长篇历史小说

隋帝演义【上】

夫子 著

北方文艺出版社

·哈尔滨·

图书在版编目（CIP）数据

隋帝演义 / 夫子著. -- 哈尔滨：北方文艺出版社，2025.6.（2025.8.重印）-- ISBN 978-7-5317-6630-8

Ⅰ.I247.5

中国国家版本馆CIP数据核字第20254CK117号

版权所有　不得翻印

隋帝演义
SUIDI YANYI

作　者 / 夫　子
责任编辑 / 宋雪微　　　　　　　　　　封面设计 / 常欢愉

出版发行 / 北方文艺出版社　　　　　　邮　编 / 150008
发行电话 / （0451）86825533　　　　　经　销 / 新华书店
地　址 / 哈尔滨市南岗区宣庆小区1号楼　网　址 / www.bfwy.com

印　刷 / 三河市中晟雅豪印务有限公司　开　本 / 710毫米 × 1000毫米　1/16
字　数 / 1028千　　　　　　　　　　　印　张 / 66.25
版　次 / 2025年6月第1版　　　　　　　印　次 / 2025年8月第2次印刷

书　号 / ISBN 978-7-5317-6630-8　　　 定　价 / 198.00元（全两册）

若本书出现印刷质量问题，请第一时间联系印厂或出版社

前 言

公元569年的中原大地，在历经近400年的动荡后，形成了长江流域以南的南陈；长江中下游以北、黄河河套以东的北齐；长江中上游、黄淮流域、黄河河套以西的北周和依附北周的后梁皇朝，以及中原周边的川藏党项、吐谷浑、漠西北的突厥等部落。纵观这些皇朝和部落的军事、政治、经济实力及面临的政局，彼此间争战连年不断，却谁也无法征服谁，谁也奈何不了谁。然而，其内部的帝皇汗位之争、朝廷内的权贵弄权夺势之斗层出不穷，导致政治腐败、穷兵黩武、享乐淫乱、民不聊生、皇位频繁更迭的现象屡见不鲜。偶尔有几个想要有所作为的皇帝，却在如此局势和习俗的围逼堵截下，不得不潜移默化地丢弃初心、随波逐流，自毁皇业，或是劳累早逝，或是乖乖让位，将家国拱手让人，北周的周武帝宇文邕、静帝宇文阐，南陈的后主陈叔宝便是例子。然而，有言道，有生必有死，有合必有分，分久必合。这不仅是宇宙潜在的生存规律，也是社会的发展规律。但如果一定要用玄学的天命论来说，这纷纷乱乱的天下便是上天降下的祸福。而那些割据一方、唯我独尊，不把民生放在眼里，没有长远建树，像走马灯一样来去匆匆的朝代和帝王，虽为天命所至，却不值后人一书。

我在此书中讲述的隋朝故事，虽然他们建朝立国的时间很短，但创下的业绩却是之前乃至之后的帝王们难以比拟的，给后世留下的智慧和财富更是源远流长、举世瞩目、享誉至今。然而，部分后人对他们的功过评价，不仅带有偏见，而且有失公正。我所要诉说的故事，便从这个时间段开始。

作者

2025年3月

目 录

开　篇——杨广寄梦	1
引　言	5
第 一 章　太师专权周帝吞声，独孤惊梦杨广出世	7
第 二 章　相国居心武帝叵测，杨坚征齐监军通敌	13
第 三 章　臣逼君意皇帝无奈，诰命闯殿兵围朝堂	23
第 四 章　往事难逝王妃夜访，权臣动情明后留言	28
第 五 章　北齐内乱杨坚布兵，慧眼识人釜底抽薪	35
第 六 章　运筹帷幄锦囊妙计，声东击西一石三鸟	43
第 七 章　西山秣马随州养晦，饭庄巧遇惩恶纳女	54
第 八 章　韬光试政收贤纳将，先知预言杨坚心惊	66
第 九 章　日食凶兆太师横尸，文邕亲政随公回朝	74
第 十 章　红颜夜临杨坚除异，协力灭齐周帝赐婚	86
第 十 一 章　武帝忌讳君不信臣，丽华祭父姐弟明志	95
第 十 二 章　宣帝上位杨家得势，君皇无德淫宫政乱	103
第 十 三 章　天后助父赵王设宴，静帝上位杨氏专权	110
第 十 四 章　鸿门伏兵烽烟四起，老将对阵各显能耐	116
第 十 五 章　童言无忌君臣无意，姐弟有情天庭有梦	126
第 十 六 章　异姓为王风波又起，静帝逊位杨坚建隋	137

01

第十七章	夫妻私访旧都民情，天子脚下恶吏横行	149
第十八章	金牌传旨六部震动，县衙设朝二圣推新	164
第十九章	太子强势虐妻凌弟，晋王贺寿意在江南	171
第二十章	江陵古城地霸挡道，江边客栈相见如故	180
第二十一章	治儿下山崔府设擂，道佛相争弱女胜男	191
第二十二章	梁廷相亲晋王无心，厅堂谋划梁上有人	203
第二十三章	木剑砍颈弟夺兄位，北隋新政拓疆图陈	211
第二十四章	军师献计杨广入穴，刺史献女崔府藏奸	218
第二十五章	金玉相诱贵儿劝膳，刀光剑影侠女收徒	225
第二十六章	欧阳闯府崔史设局，二女投主晋王添翼	238
第二十七章	三寸之舌说反军师，姐弟协力色魔毙命	252
第二十八章	新宫醉游帝砸冠首，官女诉冤帝皇置法	259
第二十九章	一夜风流社稷震动，独孤暗恁杨坚明离	272
第三十章	长江览胜贵儿诉情，空壁留迹治儿誓言	284
第三十一章	晨观日出欧阳有情，智探石矶晋王有意	292
第三十二章	建康有缘不期而遇，乱世风云一见钟情	302
第三十三章	叔宝继位风情依旧，贵妃参政阴颠阳倒	309
第三十四章	君臣论战各有纵横，太子献策声势夺人	321
第三十五章	十四殿下孰女是男，待客勾栏妃行帝权	331
第三十六章	贵妃设宴叔宝起意，宁远献舞杨广退席	338
第三十七章	北敛南奢后宫议战，兄弟阋墙独孤说梦	355
第三十八章	母子连心榻前叙情，独孤认媳两女认母	371

第三十九章	南下余波旧情泛起，杨坚失态欧阳离心	378
第 四 十 章	贵妃图权任氏风流，陈帝荒诞君淫臣妻	390
第四十一章	晋王娶妃三女同堂，妇唱夫随杨坚查访	401
第四十二章	朝堂争帅太子动手，排兵布阵晋王出谋	410
第四十三章	首战狼尾决胜千里，兵临城下叔宝梦醒	424
第四十四章	擒虎乱宫治儿护法，后主哭妃元帅训将	440
第四十五章	叔宝讨赏没心没肺，杨坚偏心自有道理	454
第四十六章	杨广登科新婚宴尔，江湖遣凶酒舍遇刺	464
第四十七章	五贵议政徨顾左右，二圣怒怼明言废立	474
第四十八章	听信谗言皇帝多疑，心存魔态良臣心寒	484
第四十九章	结庐避邪太子自作，廷审元凶皇后逼宫	491
第 五 十 章	积劳成疾独孤善后，揪延迟妃皇后寄情	506
第五十一章	恶子伤母天人共愤，一代圣后魂归天国	515
第五十二章	蜀王尊大蔑父欺兄，冷宫心暖杨坚情热	525
第五十三章	干柴烈火老骥伏枥，萧贞占卦计除二妃	537
第五十四章	故人相遇旧情难续，后宫风波文帝归西	548
第五十五章	汉王聚势红拂行刺，灵堂擒凶侠女柔情	559
第五十六章	兵反并州汉王举兵，弑兄囚弟杨广善谋	567
第五十七章	新帝登基三篇文章，新朝新规十年谋划	574
第五十八章	十路钦差别出心裁，独断专行志在千秋	584
第五十九章	凤愿凤缘旧情新意，迁都迁宫萧后牵线	592
第 六 十 章	江南情愫难杀众人，锦盒同心好事成双	601

第六十一章	万民上折皇帝心惊，夜驰白石怒斩恶吏	613
第六十二章	古祠参圣先贤留言，石屋拜仙水到渠成	622
第六十三章	洛阳行宫湖光山色，水席牡丹浮雕题词	635
第六十四章	五湖四海相国遭忌，十六庭院皇上赐名	644
第六十五章	总管选美观音应招，猎色敛财痴男入宫	657
第六十六章	绣女自荐候女自恋，十六花仙花落别院	667
第六十七章	臣议选美帝论女权，侯女遗诗总管毙命	675
第六十八章	生离死别情深情浅，一盘大棋杨广征西	687
第六十九章	敦煌遇佛沙门揭僧，文武之道威震突厥	695
第七十章	齐王自盗无法无天，萧后训词别有用心	709
第七十一章	张掖城外皇后秀爱，治儿赌气不辞而别	718
第七十二章	万国大会隋皇鸣锣，丝绸之路高丽发难	726
第七十三章	皇城酒舍师徒擒贼，招兵买马杨府露迹	737
第七十四章	治儿游园侠骨柔心，齐王乱宫罪不可恕	746
第七十五章	贵儿回京两女议夫，杨广视察萧后揽私	755
第七十六章	县令奸邪官逼民反，建德聚众东北初乱	765
第七十七章	杨广东巡志在千秋，义臣平乱县令获法	776
第七十八章	官官相护法不治王，萧后闹殿杨广折寿	784
第七十九章	后宫设宴院主献艺，治儿伤心贵儿伤情	794
第八十章	北海猎奇蓬莱纵色，皇后谗言义臣解职	811
第八十一章	治儿隐踪贵儿寻迹，南巡争议杨广怒怼	821
第八十二章	登门碰壁梅香露形，臣谋皇命黄雀在后	832

第八十三章	君临山阳旧事重现，鬼王行凶梅香捐躯	842
第八十四章	一征高丽劳师动众，轻敌开战损兵折将	856
第八十五章	杨广梦游萧后计谋，云芬说性雅芸破局	871
第八十六章	杨府谋反李密三策，二征高丽功亏一篑	879
第八十七章	玄感兵败树倒猴散，后宫选美杨广纳新	886
第八十八章	李密途穷翟让收贤，三征高丽一战平藩	897
第八十九章	萧后起意紫烟说天，巡查边城帝皇惊忧	906
第 九 十 章	被困雁门君臣拒敌，少年将军智破突厥	915
第九十一章	权臣拥兵瓦岗渐大，忠臣闯宫淫后失态	928
第九十二章	萧后偷欲化及无能，主仆狼狈丹香巧辩	939
第九十三章	黑石之战淮军得利，杨广诗作玉芝绝笔	950
第九十四章	再下江南国公遗言，道观赏花萧后败兴	962
第九十五章	杨广观天紫烟解像，智及无德沙弥丧命	972
第九十六章	瓦岗易主世充败北，治儿归道贵儿回宫	983
第九十七章	邙山决战后庭宫变，贵儿护君杨广身亡	992
第九十八章	萧后贪生化及乱宫，舅甥相逢院主殉情	1003
第九十九章	群雄兴兵天下大乱，义臣挂帅世民论道	1016
第 一 百 章	傀儡四帝难挽国运，治儿复仇萧后归唐	1027

开篇——杨广寄梦

"夫子，夫子先生……"一阵呼唤声，将我从梦中唤醒。

我睁眼一看，面前站着一个仙风道骨的中年人。他神态潇洒自如，面容清秀却带着些许倦容，我似乎在哪里见过他？于是我不由自主地问道："是你在叫我，还是我听错了？"那人淡淡一笑，说道："你没听错，正是我在叫你。不好意思，惊扰了你的好梦。但我接下来要说的，你肯定会感兴趣。"我有些不高兴地说："你我素不相识，我都不知道你姓甚名谁，凭什么觉得我会对你要说的事感兴趣？"那人不以为然地回答："我姓杨名广，现在，你应该知道我是谁了吧？"

我愕然，不由得睁大了眼睛，盯着那人，半信半疑地问："是吗？你真的是隋炀帝杨广？"杨广坦然道："正是在下。现在你对我不陌生了吧！"我不禁肃然起敬，认真地说："我对隋炀帝杨广确实不陌生，而且知道很多关于您的传说。但您与我相隔1400多年，世事太过遥远。如今您来找我，是有什么事，还是有什么指教呢？"

杨广整理了一下衣衫，双手抱拳作揖，恭敬地说："指教不敢当，但在下确实有事相托。"我诧异地说："您是1400多年前的帝王，如今又是仙人，而我只是现代的普通人，我何德何能接受您的托付，又怎么能替您办事呢？"杨广闻言，正色道："我知道夫子先生乃是与我母后一样信奉天国之道的人，虽与我天庭的仙道各有其主，但都有一颗劝人向善、疾恶如仇、诲人不倦、匡正侠义之心。所以，我觉得您定是我所托之事的不二人选。"我至此不得不带着疑虑问道："我不知道您所托何事，更不知道自己能否担当得起。但我愿洗耳恭听，然后再做定夺。"

杨广神态严肃地说："我被人骂了1400余年，也忍耐了1400余年。按理说，我们修道之人本该清心寡欲，世事皆空，不该再去关注人间的俗态杂念。然而，我如今虽已名列仙班，却因修为功底不厚，难免也染上了些许天庭仙界的喜怒哀乐之情，所以不得不借您之笔，替我说几句公道话，抒发一下我这些年积压在心头的怨气。"我似乎已感觉到杨广要说什么，便不以为然地说："我从书本上看到和传说中听到的有关您的故事很多，但可以概括成几句话，那便是您生活骄奢淫逸，对百姓残暴，对邻国穷兵黩武，是个独裁荒淫无道、役民而亡国的短命昏君。"

我的这几句话似乎激怒了杨广，他提高声音说："我气愤的就是这些人罔顾事实、信口雌黄。他们欺负我死后不能开口与他们争辩，更气我年代久远，无证可对，无从去与他们据实辨明是非，任由他们出于自己的利益和价值观断章取义、颠倒黑白、蛊惑是非，把我说得一无是处，实在令我忍无可忍！"

我带着激将的心计，故意轻描淡写地说："您这一生中不就是开了一条大运河么！但却死了那么多人，还杀了那么多人，您这个皇帝不凶残吗？"杨广变得愤然，说道："是的，我在位后确实杀了不少人，甚至也错杀了一些人，比如高颎、宇文弼、张衡等；也错信错用了一些人，比如杨玄感、令狐达、宇文化及等。但是我杀得更多的是那些枉法害民的贪官恶吏，那些妄图搅乱大隋天下的叛臣乱将。回想我这一生，难道仅仅只有开凿一条大运河的功勋吗？结束四百年天下动乱的格局，完成天下一统的隋朝大业，难道不是我亲力亲为、精心谋划、率兵南下的结果吗？普天之下沿用至近代的科举制、户籍法，既有我父皇的倡导，更有我的推陈出新，完善了这些新法，才能使其流传后世而经久不衰。洛阳何能成为继隋朝之后各朝在中原大地上最大最繁华的政治经济文化中心，没有我的执意而为能行吗？难道这其中我仅是为了自己享乐？说我独断专行也是言过其实，我若任凭朝中大臣们喋喋不休地争执，那么何来大运河、又何来洛阳城、也就更没有我隋朝此后的业绩；我统兵西伐吐谷浑、北征突厥、开辟张掖西域丝绸之道，我为的是强国富民；我三打高丽打出的是国威，树立的是中华民族之气，震慑的是那些敢蔑视我大隋实力的狂妄之辈，没有如此一张一弛的文武之道何来安定的疆域，没有强大的国力和威严何来的万众顺服，说我穷兵黩武简直是岂有此理！

"大隋天下在我的治理下，于大业中期户籍已增至千万余户、人口五千余万，农田达六千余万顷。'府藏皆满无所容、粮帛堆积于廊庑'便是各州官府的窘况，而不得不在黄河、长江、大运河沿岸各州年年添仓建储，所建之仓多者可藏粮千万石，少者也可储粮几百万石，仅是我洛阳城内的一个子罗仓就可储盐二十万石，储米六十余窖，每窖可容粮八千石，这便是我创导推行的'置仓积谷存粮帛于民'的由来。你们后人不是在洛阳考古发掘中见证到，在我大业年间建造的含嘉仓内有粮窖二百五十九个，大窖可储粮一万数千石，小窖也可储粮数千石，至今还留下了已经炭化的谷子五十五万余石吗！到了我大业后期，当时虽然天下已经有些乱了，但我知道，我储存在各地的粮帛还可以供天下民众不愁吃穿起码有三十余年之多，也为继我之后的唐朝打下了殷实的基础。由此可见，我大隋乃是历朝历代最为富裕的皇朝，又何来的食不果腹、饥民遍野？造成我朝大乱的根子不在于民而在于官，是官心的叵测、是世族贵戚在贪婪下的聚势而为。那些百姓因心有不平而造我的反，这是官逼民反，情有可原，我不能怪他们。但那些拿着朝廷厚禄的高官贵戚起兵造反就是大逆不道，没有这些人的推波助澜、趁火打劫，我的百姓何会造反去反对朝廷！灭我隋朝的不是百姓民众，却正是这些统兵一方的诸侯贵族将领，这些才是真正该杀该剐的乱臣贼子！"

我听了杨广的这番慷慨陈词，心头有所震动，却仍然有些不以为然地说："您说在洛阳大兴土木迁宫建新京是为了振兴中原。那么您三幸江南，一生喜好游山玩水又该让人作何理解呢？您这个主子如此追求享乐，您的手下又怎能不堕落。"这时的杨广反而不以为然起来，说："说我生性喜好山水不假，但说我三下江南是为了游山玩水却是欲盖弥彰。我一下江南时是为了侦探江南的军情朝政、为灭陈做准备；我二下江南时带着众臣和后宫，是为了查看大运河的实情和沿途的民生，我要让我的大臣和夫人们都切身感受到大隋江山的多姿多彩，却从中也发现了不少弊端；唯有三下江南时，既有为了沿途复查大运河的成效、察看国情民意，也有借此赏花观景、了却对后宫众夫人的承诺之意在内，却并非全是以游山玩水为主要目的。再说，秦王嬴政五巡天下，我杨广为何就不能如此呢？是的，我杨广在执政的十四年中，上朝坐在龙椅上正儿八经听政的时间确实不多，我除了外出查访、征战，确实喜欢跋山涉水，更喜欢事事亲力亲为。因为我觉得这样才能对自己所做之事感到心安理得，却绝非是被人指责成的那样，是不理朝政、喜欢游山玩水、终日沉迷在后宫的女人堆中。否则，我何能在这短短的十四年中，做成了这么些为天下人瞩目的大事！我在位这些年，没有执意为自己去树过碑立过传，甚至连自己身后的一块墓地也没想过要去打造，这难道不是事实吗？你们可以去查看天下众帝王，能有几个胜过我杨广如此不为自己去作为的！"杨广似乎心头还有不平之意，接着又说："说我淫乱无道，这又是不顾事实的胡说八道。他们用我父皇和母后推行的一夫一妻制来衡量我，却没有把历代帝王与我做比较，我有比其他皇帝过分吗？我甚至还远不及有些大臣和富户家中的妻妾成群呢！"

我被杨广的这番话说得心有所动，情不自禁地问道："那么，我该怎么帮您，又该怎么写您的故事呢？"杨广说："我会把自己这一生的遭遇如实地诉说给您听。您可以凭着您的认知领悟，去理解、去写您想写的故事。我只希望您能还世人一个实实在在的杨广,我就心满意足了。"我心有余悸地说:"如果我不能理解,甚至也要对您持指责的观点,您不会也对我产生不满吧!"杨广淡淡地笑了笑,说:"我相信天国之人是不会做违心之事的。"杨广说罢,对我鞠了一躬便飘然离去。

许久,我蓦然醒悟过来,原来方才与杨广相遇竟然是南柯一梦。

引 言

  我自幼便对历史怀有浓厚兴趣，热衷于研读史料与小说，对历朝历代的正史和传说也算略知一二。于是，我以"二十四史"为线索，查阅参考了《世界通史》《中国通史》《中华上下五千年》《资治通鉴》《南北史通俗演义》《亚洲史》《论语》《周易》《中国人史纲》《中华文典》《中国皇帝全传》《不列颠百科全书》《中国大百科全书》《辞海》《周书》《北齐书》《隋书》《隋唐史》《中华宫廷秘史》《中华文学通史》《隋炀帝传》《李世民传》《诗经》，以及民间流传的各种评书野史等书籍。此外，我还研读了浙江大学吴教授所写的《长篇历史小说的文化阐释》，从中获取了许多知识和相关资料。在这些经典文本和名人学者的著作中，我确实发现并探究出不少有关隋朝帝后的典故，这些典故与世间流传的有所不同，让我对隋朝那段史实有了全新的感悟。我越发觉得，隋文帝杨坚并非那般平庸，隋炀帝杨广也并非那般不堪，而他们皇后的为人也各有独特之处，这也坚定了我创作《隋帝演义》的信念。说来奇妙，动笔之后，我仿佛有神助，灵感常常在凌晨三四点涌现，所有故事情节次日便能一挥而就、落笔成章。

  为了向读者说明我创作这段故事的缘由和动力，我写下以下内容：

  东汉末年，农民起义爆发，董卓引胡人入京，随后八王之乱、永嘉之乱接踵而至，致使群雄割据，天下大乱。自公元190年起至公元589年，整个中国先后历经三国（魏、蜀、吴）、两晋（西晋、东晋）、南朝（宋、齐、梁、陈）、北朝（北魏、东魏、西魏、北齐、北周、后梁）等十六国。直至北周末代皇帝宇文阐（静帝）将皇位禅让给权贵随国公杨坚，北周灭亡，杨坚建立隋朝。而后，杨坚之子杨广举兵南下，灭掉南朝的陈国，统一了中国，结束了近四百年的战乱、割据与动荡时局，开创了中国历史上继秦帝国之后又一个富裕强盛的封建集权帝国。

  隋帝国从建立到灭亡，虽仅存不足四十年，但其为中国社会发展留下的功绩不可诋毁，在世界和中国历史舞台上占据着不可或缺、不容忽视的地位。然而，中国历代诸子百家对这段史实褒贬不一，且贬大于褒。贬者认为，因隋朝国祚短暂，便事无巨细地按照后人观念添油加醋，将过错全归咎于帝王；褒者则一笔带过，甚至张冠李戴，令人心生猜忌，引得国内外史学家纷纷批评。美国史学家迈克尔·哈特说："中国历史上最具影响力的不是秦皇汉武，也不是唐宗宋祖，而是短命的隋朝文炀两帝。他们统一了数百年分裂的中国，开创了科举考试等全新的封建统治制度。"美籍汉学家费正清说："隋朝是中国继秦帝国后的第二个辉煌。隋帝国时代的政治、经济策略的明智之举，为促进后朝历代的繁荣提供了可能。"还有《剑桥隋唐史》的作者杜希德、学者黄二宇、学者杨永泉，以及专家学者万绳楠、高敏等，都以不同形式发表过评论。他们都认为，不能用世俗的成见和带有偏见的历史依据，去淡化削弱隋朝在中国乃至世界社会发展史中的功绩和影响；也不能出于政治立场和利益所需，甚至文过饰非地随波逐流评说历史功过；更不能用个人好恶和简单的成败，给隋炀帝下"淫荡皇帝、残暴昏君"的定论，以免损害我们华夏民族和祖先在世人面前的功德。

　　我在本书中讲述的故事，并非要与史学家论证隋朝史实的真伪，也不是要与诸子百家辩论社会上流传的各类书刊对隋朝文、炀两帝的是非评议，只是从个人视角回顾、审视、联想历史，再用自己的认知表达领悟到的观点而已。我无意与人争执，不想与人讨论孰是孰非，更不会与谁争议高低。因为我在此讲述的故事，仅仅是我笔下的一部小说。还望读者理解！

第一章
太师专权周帝吞声，独孤惊梦杨广出世

公元557年，中原大地局势复杂，北方有西魏元宝炬、北齐高洋，南方有后梁萧岿、南陈陈霸先。当时，执掌西魏实权的太师宇文泰有意篡夺皇位，却不幸染病。临终前，他将几个儿子托付给侄子宇文护辅助，并明确指示要立三子宇文觉为皇帝。宇文护在堂叔宇文泰的悉心栽培下势力渐大，官至西魏中山公，协助宇文泰掌控西魏兵马，是宇文泰的心腹悍将。宇文护按照堂叔的遗愿，废黜西魏恭帝元宝炬，拥立堂弟宇文觉建立周朝（即史学上的北周皇朝），宇文觉称帝，史称孝闵帝，这便是北周史上的第一个皇帝。宇文护自任北周大司马，掌握朝廷的兵马军权。

宇文觉登基后，其父旧部司会李植、军司马孙恒及宫伯乙弗凤、贺拔提等人，不满宇文护把持朝政、独揽大权，于是唆使宇文觉私自招募武士，在皇家花园内密谋诛杀执掌朝政大权的大司马宇文护。然而，这一行动被心怀叵测的宫伯张光洛举报，最终招来杀身之祸。宇文护先是废黜了在位仅一年的孝闵帝，随后将其杀害，并把参与密谋的人全部逐出朝堂，该杀的杀，该流放的流放。之后，宇文护扶持宇文泰的长子宇文毓为周明帝，自己则自封为宰相，统管一切朝政，同时继续担任大司马掌控军事大权。

宇文毓娶柱国大将军独孤信的大女儿独孤般若为妻，他为人宽厚、聪明且谨慎。二十四岁登基成为明帝后，他不愿做傀儡皇帝，因此事事亲力亲为，处处勤奋节俭。宇文毓注重礼教，采集百书汇编成册，以史为鉴整肃朝纲，威望与日俱增。他亲临前线督战，击败了入侵的吐谷浑部落，受到众臣的拥戴，这使得宇文护不得不将政权归还给他。宇文护眼见自己的权威日渐削弱，又垂涎明帝的皇后独孤般若，便指使亲信、专管御膳的中大夫李安，在宇文毓的糕点中下毒，将在位仅两年多的明帝害死。而后，宇文护拥立宇文泰的四子宇文邕为帝。

宇文邕十八岁时，在堂叔宇文护的掌控下成为北周第三位皇帝，史称周武帝。宇文邕在宇文护的授意下，尊宇文护为太师，并加封其为大冢宰，监管朝中一切大小军政事务，宇文邕成了名副其实的傀儡。宇文邕身形彪悍，虽年少但内心细腻，他目睹宇文护的飞扬跋扈，决定忍气吞声，避开锋芒，以待时机有所作为。所以他表面上对宇文护万事顺从，暗中却笼络身边之人，密谋铲除奸佞，结交朝臣，物色心腹，结成死党，为日后亲政做准备。

北周的礼制基本沿袭秦汉旧制，然而由于朝臣专权，皇帝形同虚设。太师宇文护凭借废魏立周、辅佐堂弟称帝的功劳，独揽周朝军政大权。宇文护为巩固自己的特权，废君弑帝，无所不用其极，令人发指。他还排斥异己、卖官鬻爵、结党营私，自成一体。众大臣慑于他的淫威，为求自保，有的卖身投靠，有的敢怒不敢言，选择沉默观望。

北方部落以狩猎为常态，这既是生存本能，也养成了他们的杀戮技能和凶悍本性，由此形成了一套在狩猎场磨炼人格和生存能力的方式。春季有春猎，秋季有秋捕，每场猎捕既是一场血腥屠杀，也是一场角逐竞争，参与者以收获猎物的多少定胜负。皇族和朝臣们的狩猎亦是如此，皇帝出行狩猎时前呼后拥本是常态。但周武帝宇文邕被堂兄、太师、大冢宰、宰相、大司马宇文护挟持着去狩猎，不仅心情压抑，还深感耻辱。宇文邕明白自己这个皇帝只是个摆设，宇文护让他向东，他不敢向西；宇文护让他朝西，他不敢偏北。如今宇文护说要陪他去郊外狩猎，他又怎敢不去？每次这样的狩猎出行，都让他增添一层羞辱感，就像一个女人被自己不喜欢的男人逼迫承欢，既不甘心又无可奈何。

宇文邕在内侍上士宇文孝伯、黄门侍卫长孙览等人的陪同下，带着帝王仪仗和一众随从出了皇门，却不见理应守候在宫门外随驾出行的众文武官员。宇文邕正在犹豫愤慨之时，一骑飞驰而来禀告道："太师有令，请陛下立即前往东郊狩猎场。太师已率百官出了东门，在狩猎场恭候陛下驾临。太师还说，望陛下速速前行。"

黄门侍卫长孙览不满地说："太师竟敢命令陛下，自己却率百官先行？真是岂有此理！"宇文邕叹了口气道："爱卿不必多言，寡人已经习惯了。"内侍上士宇文孝伯道："宇文护欺人太甚，陛下也太过谦让，令臣汗颜！"宇文邕一边策马前行，一边摇着头说："不是寡人愿意如此，而是不得已为之。寡人不能重蹈前两位皇兄的覆辙，在时机未成熟之前，一定要忍气吞声，这叫'小不忍则乱大谋'。否则，如何能继续下去？"

随国公杨坚气呼呼地步入后堂，看到夫人独孤伽罗正挺着个大肚子斜靠在椅子上。独孤伽罗见夫君进房，便问道："今日朝中可有什么事？怎么惹得你如此怒

第一章 太师专权周帝吞声，独孤惊梦杨广出世

形于色！"杨坚一边脱朝服一边说："宇文护这个老贼，我必杀之！"独孤氏问："为何？"杨坚愤愤不平道："这畜生把持朝政，弑杀孝帝，废黜明帝，还图谋皇后，无所不为，令人发指。如今更欺负武帝年少软弱，对突厥屡次侵犯我国疆土、掳掠我边民牛羊、抢夺我百姓财富之事不管不顾，竟然唆使下属克扣军资去建庙宇，实在令人忍无可忍。为此，我当庭与他抗争，竟被他赶下殿堂。你说，可气不可气？这样妄自尊大的臣子可恨不可恨？"

独孤伽罗平静地说："那也不必说杀他呀！想宇文氏家族若没有宇文护逼迫西魏恭帝逊位，又何来这周朝？从孝闵帝、明帝到当今的武帝，哪个不是由宇文护一手扶持上位的？他虽专权，但仍恪守臣职，也没谋逆篡位自立为帝，这便是他明理明智的地方，这就是再可恨也不能说杀他的道理。经历世事的人不能只认定一时的得失而去计较全局的成败，你也大可不必凭你的年少气盛去与他的老谋深算争斗，更不可把我姐姐明皇后当作说辞去谈论是非。我们还年轻，忍他一时又何妨！你应该借力用力，帮助武帝匡扶社稷，这才是正道，也只有这样才能实现你的抱负。"杨坚沉默了一会儿，抱拳躬身道："夫人言之有理，为夫受教了。"

独孤伽罗艰难地撑起身道："唉，我是被这小子给拖住了。否则，凭着我独孤家的人脉，多少也能替你去走动走动，去沟通梳理一下朝堂的间隙。"杨坚连忙上前搀扶道："夫人怎么知道这次怀的还是个儿子呢？"独孤伽罗信心满满地说："错不了。仅凭他赖在娘肚子里不肯出来，就绝对不是姑娘家的做法。难道没听说'儿恋母，女眷父'吗？"杨坚调侃道："他这也赖得太久了吧！你生杨勇时哪有这么久？"独孤氏却不以为然地说："久什么？才十二个月！据说，你在娘肚子里待了十四个月才被生出来呢！哎哟……这小子不安分了，这一拳打得我好疼……哎哟，又踢了我一脚，痛……快，喊人！"杨坚慌忙大喊："来人，快来人，扶夫人进房！"几个老妈子和丫鬟奔进房来，七手八脚地把独孤伽罗搀扶进后堂卧房，又有人奔出房去传太医、催接生婆、下厨房烧水备餐。一时间，随国公府上下一片忙碌，却把年仅二十八岁的随国公杨坚晾在一边，手足无措。

杨坚，小名那罗延，父亲杨忠是北周柱国大将军，任司空，受封"随国公"。父亲病逝后，杨坚承袭父爵"随国公"，在朝中担任随州刺史的虚职。他娶独孤伽罗为妻，独孤伽罗是鲜卑大贵族、柱国大将军独孤信的小女儿，周明帝宇文毓的皇后独孤般若的小妹。但独孤伽罗的才色谋略和文韬胆识都在姐姐之上，深得杨坚的敬服。

| 9

杨坚自小厌学，却得到异人传授。更有传说，杨坚的母亲怀他十四个月才临盆，他呱呱坠地时紫气缠绕，满屋生香。然而，杨坚幼年和少年时期，世事多变，父亲虽有名号却常年征战在外，难以顾家。母亲吕氏听信谣言，为保杨坚平安，幼年时便将他隐姓埋名送入空门，直到西魏灭亡，周室政权稳定后，才把杨坚接回府中抚养，可以说是流年多难。但好景不长，父亲病逝后，朝中争斗又起，权贵专制，不择手段地排斥异己，弑君废帝，令人发指。少年气盛的杨坚虽承袭了父爵，却看不惯种种昏暗的权术勾当，不愿同流合污，被排斥在核心权力之外，所以他少年得意却不得志。好在他娶的妻子独孤信的小女儿，不仅娇美秀气、识文断字，而且博学多才、心思细腻、足智多谋，她的胆略和远见常常能为杨坚排忧解难，将杨坚从困境中解救出来。因此，年少气盛的杨坚在妻子面前常常自愧不如，不得不甘拜下风。

　　独孤伽罗也是将门出身，虽生性要强，行事处世从不甘落后于人，但从不仗势张扬，更不无理争强斗狠。她断事待人条理清晰，柔中有刚，治家严谨，勤俭有序。她不仅秘密收养了姐姐明皇后的非婚生女儿，和自己亲生的儿子一起亲自养育，还亲力亲为、事无巨细地承担起对儿女们的训教之责，让知晓她的人都敬佩有加、心服口服，也让杨坚心生敬畏，遇事都愿意和她商量决定，并心甘情愿、信誓旦旦地声称："此生唯以独孤伽罗为妻，决不再纳其他女子入室。"

　　杨坚正在室内来回踱步，思前想后，忧虑不安时，突然听到室外传来一声巨响。杨坚快步出房，府中值官前来禀报，前厅屋檐檐角突然折断，但无人受伤。这时，后堂又传出一声声婴孩的啼哭声，这声音不仅洪亮，而且似乎有一种直冲天庭的震撼感。杨坚匆匆叮嘱处理了前厅断檐之事后，转身快步走进独孤伽罗的卧房，一股檀香味扑面而来。接生婆见主人入室，立即捧着已穿上衣衫的婴孩前来禀报："恭喜国公老爷，喜得贵子。"

　　杨坚双手接过儿子，低头细看，只见儿子天庭宽广，阔鼻大眼，肉嘟嘟的双手握着小拳。突然，婴孩睁开了双眼盯着杨坚，随即舞动着手足放声大哭起来。这一声声嘶力竭的啼哭大有山崩地裂之感，更有一种似乎在恐惧中挣扎的态势。躺在床上的独孤伽罗连忙伸手说："快把儿子给我，你把他吓着了。"杨坚无奈地把儿子交到独孤伽罗手中，有些恼怒地说："这小子不识好歹，哭得好像我要杀了他似的。真扫兴！"独孤伽罗立即厉声斥责："哪有做父亲的这样说儿子的！你们父子俩第一次见面就如此不愉快，往后怎么相处？"杨坚自觉失言，连忙赔着笑道："请夫人见谅，是我失言了。"

独孤伽罗一边安抚着儿子，一边挥手让下人离去，这才低声对杨坚说："我在产下此儿之前，朦胧中看见一个金团撞入腹中，片刻后又见一条小金龙从我的体内出来，逐渐变大。我正惶恐之时，一声巨响，金龙从空中坠落下来。我想定睛细看，谁知一阵眩晕，在迷茫中，我仿佛看到的不是金龙，而是一头大白鼠，于是便产下了此儿。你说奇不奇怪？"杨坚沉思良久，才握住独孤伽罗的手，安抚道："望子成龙无可非议。幻觉是所思所想所致，不足为奇，有什么可奇怪的！不过这孩子天庭饱满，既有龙相又有鼠型，就取名广，字英，不知夫人意下如何？"

独孤伽罗正想开口表达意见，堂外传来禀报声："老爷，快去前厅接旨。"独孤伽罗一愣，说："此刻来旨！是为了什么事？"杨坚说："我也不知道。管他呢！去接了再说。"说罢便匆匆整理衣冠离去。

不一会儿，杨坚拿着圣旨来到独孤伽罗面前，把圣旨一扔，气愤地说："'当今'令我三日内统率开封府属下的坊兵出征北齐（坊兵制：始于秦时的全民皆兵，到西魏时由宇文泰改创为以街坊为籍，平时为民，战时为兵的军队体制。坊兵农忙时务农，闲时为兵参加操练，免租调和劳役）。这肯定是宇文护这奸贼的诡计，嫌我在朝碍他行事，放着入侵的鞑子不去讨伐，却要劳民伤财去侵犯他国领土、挑起战端。实在可恶！"独孤伽罗拿过圣旨，看了一遍后说："武帝年少，不知用兵的凶险，更不懂运兵之谋略，全凭太师一人决断，长此以往，周国堪忧啊！"

独孤伽罗随即又看着杨坚说："依夫君之见，该如何应对？"杨坚说："我去面见陛下，以府中添丁不便远行为由，辞去征齐之帅。"独孤伽罗说："不可！你去辞旨，就不怕有人治你抗旨之罪吗？"杨坚愤愤然地说："怕也没用。逼急了，我联络父帅旧部，加上你们独孤族之力，杀了这贼，还天下一个公道。"独孤伽罗不以为然地说："就目前我们的实力而言，还不足以有绝对必胜的把握去对抗宇文护，所以不宜急于求成。相反，你应该利用这次掌握兵权的机会，在边庭招兵囤粮，养精蓄锐，伺机而动。进可遵旨征讨北齐，退可挥师入京，协助陛下清除君侧，也可暂避朝中纷争的风险。但是圣旨上指定宫伯张光洛为监军兼后军司马，其意险恶，不可不防。"杨坚点头道："我知道，这张光洛是个小人，宇文护弑君废帝他脱不了干系。宇文护在我军中安插此人，意在监视，但他左右不了我的属下，更动摇不了军心。"独孤伽罗道："小人的危害不在表面，而在于其居心叵测，不可大意！为防止此人从中作梗，你可直接奏请陛下，准许你在外便宜行事。"

杨坚道："我会按照夫人所言去安排。但我这一走，少则数月，多则数年，府中诸事都得依仗夫人照料，况且夫人又刚临产，令我放心不下。这可如何是好！"独孤伽罗微笑着说："你这个即将统帅数万兵马的主帅大将军，何时变得如此婆婆妈妈起来了。虽说这是你第一次独当一面带兵征战，但历年随你父出征也是常事，何必对我如此牵肠挂肚！但令我不放心的却是你，万事要以谨慎为本，决不可意气用事，凡事要三思而后行，多与叔公、长者、参军们商议着行事。如果确实有疑难不决之事，可派人飞马报我知晓，我也会随时把朝中大事通告给你。切记，切记！"

杨坚道："谢谢夫人叮嘱，我会铭记在心。此刻既然要遵旨行事，行程就显得紧迫了，我这就去调遣将领、传令准备出征。另外，我会留五百府兵供夫人调遣。"

第二章
相国居心武帝叵测，杨坚征齐监军通敌

宇文护虽然恼怒杨坚这个毛头小子竟敢在朝堂上公然指责他的施政谋略，但也不得不对杨坚身后的势力有所忌惮。杨坚的父亲杨忠与宇文护、独孤信等都是西魏的重臣，也是北周的开国元老，均位列八大柱国大将军。而且杨忠与独孤信同为朝中陇右贵族和鲜卑族的首领。虽说独孤信早已去世，独孤信嫁给周明帝为后的长女独孤般若也因忧郁过度而离世，随着明帝的过世，独孤家在朝堂上的影响力已远不如往昔，但其还有几个在边关执掌帅印的儿子，仍是宇文护的一块心病。如今杨忠虽已病故，但杨家的旧部和亲朋故友遍布朝野，仍是一股不可小觑的势力。一旦把独孤氏和杨家逼反，使他们联手成一体，将会形成一个极强的氏族团体。所以，宇文护出于对时势的评估，未敢贸然对杨坚严惩贬斥，只是将其逐出朝堂，又以一纸圣旨把他驱入杀戮战场，以此清除朝堂上的反对声音，让众臣不敢效仿杨坚对抗他的权威。

太师大冢宰相国大司马宇文护端坐在相府的厅堂上，慢悠悠地品着茶，听着府中幕僚畅谈各自对朝政的见解。一个中年幕僚拱手称赞道："在下认为，太师对杨坚这小子的宽容体现了大度。有道是'丞相肚里能撑船'嘛！"一个年轻的幕僚却反驳道："在下不这么认为。对异己宽容，就是对自己残忍，这不仅不可取，而且应该立即纠正。不然，必定后患无穷。"宇文护微笑着，继续品茶。

这时，一位幕僚站起身，冲着众人扬手说道："诸位所言，不过是以小人之心度太师之腹，太师的鸿鹄之志，岂是麻雀所能知晓的！依在下猜测，太师不惩处杨坚，反而授予他兵权去征讨北齐，可谓用心良苦。古兵法有云，'不战而屈人之兵，善之善者也'。在众目睽睽的朝堂上，太师面对杨坚的非议，不恼不怒，只是以息事宁人的态度将他逐出朝堂，足以彰显太师有长者风度；而后又以一纸诏书，封杨坚为领军将帅，更显太师主持朝政的豁达磊落、公正无私。"

"且慢！"另一个幕僚起身道，"你这是以太师之心度小人之意，杨坚会领情

吗？"被打断话语的幕僚却不以为然，心平气和地说："兄台别急，听我继续说。收授兵权全在太师掌控，兵法有云'欲擒故纵'。如今授予杨坚兵权，可堵住心怀异念之人的口舌，让这些人无从非议，太师便占据了道理。太师提出讨伐北齐，是为国家拓疆扩土，顺应了陛下的心愿。而战场凶险，胜负难测，生死未卜，杨坚此行，若胜了，便是太师运筹帷幄的功勋；若败了，那就是杨坚的死罪，他难辞其咎。再者，即便杨坚胜了，也有办法置他于死地。所以，杨坚不领兵出征是抗旨，是死罪；领兵出征则是自寻死路，同样在劫难逃，这才是太师真正的高明之处，实在令在下佩服。"宇文护听后，放下手中的茶盏，哈哈大笑，含蓄地说："裴卿的见识果然独到，不负本府的期望，也让本府从中受益。"裴卿慌忙作揖道："承蒙恩师夸奖。但在下尚有诸多不明之处，能否借此机会请恩师赐教？"宇文护捋着胡须说："不妨说来听听。"裴卿直起身，毕恭毕敬地说："太师承祖帝遗愿灭魏建周，居首功，又执掌军政要职，却为何甘心屈居于无道昏君，您的堂弟之下，还险些丧命。实在令在下费解！"

宇文护沉思良久，才缓缓说道："本是同根生，相煎何太急。我的堂叔西魏太师宇文泰，见魏王无道，荼毒百姓，临终时将几位世子托付于我，嘱我助他们完成心愿。所以我便废魏建周，保举我叔的三子宇文觉为孝闵帝。此后，我所作所为皆因受堂叔知遇之恩所托，以扶助周廷兴旺为己任，坚守初心，绝无自立为王的念头。可谁知，自有奸邪小人污蔑我的本意，离间我与兄弟，唆使我弟弑兄。无奈之下，我才不得不废黜他，又辅佐我叔的长子宇文毓为明帝。然而，树欲静而风不止，我真心诚意扶助的明帝兄长，还是听信了谗言，要剥夺我的权益，甚至想杀我，这怎能不让我心寒。谁都知道，普天之下，求生之心人皆有之，我便又不得不处置兄长，再立我叔的四子宇文邕为帝。此等举动，是我本不想做，却又不得不做之事，只希望他能明白我的心意，做个好皇帝。否则，可悲可叹啊！"裴卿随即道："恩师，既然总是被人误解，却为何还要立您的堂弟宇文邕为帝呢？以至于如今不仅要小心翼翼地替他料理朝政，还不得不防备小人的算计。依我所见，还不如一了百了，以绝后患。"

宇文护长叹一声道："你们和旁人一样，不在其位不谋其政，只知帝王的威严，却不知其中的辛劳和担当。我有自知之明，担不起天下之职，只想选一个好君主，辅助他成为一代明君，造福社稷，惠及民众，以不负我堂叔的嘱托，这是其一。兄弟同室操戈已遭人耻笑，必定成为后世史书的污点，我若再夺兄弟的皇位，岂不更要被人坐实，遗臭万年？我若真有心谋取帝位，又何必等到今日！这份心中之苦，唯有自己知晓。"裴卿抱拳道："恩师，恕我直言。政权之争向来是你死我活之举，容不得儿女情长。在当前的形势下，不管初衷有多纯粹，理想有多远大，手中没有实权支撑，一切都会化为泡影，甚至会招来杀身之祸，到时后悔就晚了！所以，请恩师赦我无罪，我要指责恩师的顾虑乃是妇人之见，必须即刻改弦更张。否则，必会铸成大错。"

宇文护又沉默了半晌，才开口道："依你之见，我该如何改弦更张？"裴卿果断地说："必须废帝自立！"宇文护忧心忡忡地说："表面上看，朝中敢与我分庭抗礼的只有杨氏、独孤两府之人。但我不敢肯定，在众多顺从我的人背后，私下还有多少心怀异念的叛逆者在伺机而动！"裴卿道："成大事者必定不能优柔寡断。以恩师掌握的兵权去消灭杨氏、独孤两府的府兵，完全不必担忧，还可以借此告诫那些心存叛逆者自我约束。况且，独孤信和明后已逝，庇护他们的明帝也已亡故，这一族缺少权威，难以成势。如今杨坚之父也已病逝，杨坚又被调离京都，朝中再无能够与恩师抗衡之人。若恩师此刻动手，绝对是个好时机。"

"不可！"一个幕僚从座位上站起来，急忙说道，"太师若自己登位，岂不是自毁多年在朝野树立的形象？太师只要大权在握，挟天子以令诸侯才是正道，自古以来皆是如此，名正言顺，我们效仿即可，不会有后顾之忧。"裴卿冷笑道："迂腐！天下虽大，强者为王，否则何来改朝换代？墨守成规必定难以成大事。"中年幕僚起身道："杨坚虽年轻，但早年便随其父出入军旅，熟知用兵之道，且骁勇过人。如今虽已离京，但其身边尚有几万兵马，万一把他逼反，将会后患无穷。故而，夺位称帝之事，务请太师仔细斟酌。"宇文护站起身道："本府本无谋夺皇位之意，专权是因为弟帝年少，不熟悉政务，引来猜忌，我可以理解。等弟帝成熟，我必定辞去相位，归还权力。但我决不会允许反叛，对那些离经叛道、心存异念之徒，我必定严惩，绝不姑息！杨坚这小子不除，确实是心头之患。此次若能除掉他，杨氏一族群龙无首，再无大碍，独孤一族便不足为惧了！你们往后所思所议，务必以我这思路为准则，畅所欲言，多为本相出谋划策，以匡护周室兴旺发达为念。"

相国府内主仆一堂，献媚之声、争议之语不绝于耳，自有一番气吞山河之势。而周武帝宇文邕也召集了心腹死党：卫国公宇文直、右宫伯大夫宇文神举、内史下大夫王轨、右侍上士宇文孝伯在皇宫密室内商议应对之策。宇文邕道："你们都是寡人的股肱之臣，对朝中局势也必定看在眼里，寡人对这老贼是越来越无法容忍了。"

宇文直首先说道："皇兄若要亲政，必须当机立断，杀了这老贼。此事拖到今日，再不速决，我怕又会生出变故。只要皇兄下令，我必定率领府兵第一个冲入太师府，杀他个人仰马翻。"内史王轨道："时机尚未成熟，操之过急必定事败垂成！我们不能因为杨坚与宇文护分庭抗礼之事而乱了方寸，前车之鉴不可不引以为戒。"

宇文邕看着王轨问道："那依你之见，寡人该当如何？"王轨道："借力打力方能分化瓦解，深思熟虑、步步为营方能一举消灭他。"宇文邕道："请爱卿详细道来！"王轨道："这次杨坚在朝堂上公然对抗太师，可朝臣却无一人敢出面附和，足见人心向背。而后，太师又假传陛下圣旨，把杨坚逐出朝廷，领兵征齐，其意可谓一石三鸟。其一，越俎代庖，敲山震主；其二，排斥异己，有暗算杨坚之嫌；其三，测试众臣，镇压人心，巩固其势力。所以目前看朝堂形势，其势正盛，仅凭陛下目前的权威和我们的实力，必定难以消除其势力，达成我们的心愿。反之，稍有不慎就会满盘皆输。"宇文直道："照你这么说，我们只能看着这良机却不作为，坐等机会到来，这岂不是要坐以待毙！"王轨道："并非如此！我们可以利用杨坚在明处对抗宇文护，分散宇文护监控陛下的精力，便于我们在暗中加紧积聚势力。"

宇文孝伯道："皇兄为何不把杨坚招进来，壮大我们的势力？"宇文神举道："不可！据传，杨坚身有异相，只可用之，不可亲近，更要防备。况且，其父杨忠在世时与宇文护交情不浅。再者，我们此时去拉拢杨坚，岂不是司马昭之心路人皆知？必会招来宇文护的提防。"王轨道："神举大夫所言有理，我们宁可信其有，不可不防。但就杨氏一族目前的势力而言，尚不足以对抗宇文护，所以陛下更不可明着去支持杨坚冒这个险。但确实可以借力打力，借助杨坚之力去攻击太师之势，以达到削弱宇文护势力，最终消灭他的目的。"

宇文邕心急地说："请爱卿直言，寡人愿仔细聆听赐教！"王轨道："陛下这次顺水推舟，明面上支持太师驱逐杨坚出朝堂、率兵伐齐，却暗中准奏杨坚在外便宜行事、扩充兵力，以对抗宇文护的势力，确实是明智之举，此举必定能造成他们之间的水火之势。而我们借此机会则可加紧联络各方能为我所用的势力，待他们相互拼杀成劣势之后，再一劳永逸，伺机消灭宇文护。这就是'螳螂捕蝉，黄雀在后'之计！"宇文直道："如此一来，要等到何时陛下方能亲政？"王轨道："心急吃不了热豆腐。好饭不怕晚，要等火候到！我们必须做到万无一失、一击即中、置其于死地，方能不留下丝毫隐患。否则，宁可不为！"

宇文邕沉思着说："寡人也常在思考，如何能一击置其于死地！但目前朝中态势,确实不能不让寡人担忧。"王轨道:"请陛下宽心,朝中表面上无人敢反抗宇文护,但私下不满之情已越来越强烈,年少气盛的杨坚就是一例。我们往后只需推波助澜,静观其变即可!"

北齐地处黄河下游到渤海,历经文、废、孝、武四帝,才传至后主高纬。十岁登基的高纬,被其奶妈陆令萱蒙骗,陆令萱把持着后宫。陆令萱欺负高纬年幼,勾结亲党,卖官鬻爵,任用小人操纵朝政,又蛊惑幼主奢侈享乐,乱施政令,滥设牢狱,令北齐军政陷入无序之中。有道是小人媚君意,奸佞必盛行:高纬喜欢斗鸡,便有各种名号的斗鸡坊纷纷兴起;陛下喜欢享乐,除齐国京都邺城大兴土木之外,又在晋阳建造各式宫殿十二座;皇上喜欢新奇,即有人用"人蝎相斗"来取悦陛下。而众臣也乐在其中,相互仿效,致使徇私枉法、贪婪享受、佞陷献媚、歌功颂德之风盛行,却把混乱不堪的朝政说成一派太平盛世。高纬在位的数年中,朝纲紊乱、派系林立、徭役繁重、民力凋尽、国库空虚,已成了北齐的大势所趋。然而,高纬全然不当回事,依然对酒当歌,天天莺歌燕舞,醉生梦死,不亦乐乎,还自喻为"无愁天子"!甚至连周朝兵马临近边关的快报传入宫廷,朝中也无人向他禀报,更无人过问。北齐镇守信州边关的守将行台仆射高劢,是齐国大冢宰南阳王高绰的侄子,他见周朝大军兵临边关,便一面设防守城,一面直接飞书向叔父告急,催促朝廷派兵增援。然而,数日过去,令高劢疑惑不安的是,既不见周军发兵攻城,也不见朝廷派兵到来,这让他忐忑不安。

东征司马行军元帅随国公杨坚召集众将领在行辕帐中升帐议事。他头戴银盔,身穿银甲,坐在主帅位上环顾众将,威武而严肃。武帝的信使参将元胄坐在一旁,太师宇文护派来的监军后军司马张光洛坐在主帅位侧边,众将领则分列在他们两旁。

张光洛用深沉莫测的目光扫视着主帅和众将领,心里却在思忖着太师相国大司马宇文护嘱咐的一段话:"这次指派你为东征监军和后军司马,不是让你去协助杨坚征战,而是让你去监视他、掣肘他。此中你得记住三个要点:一,求败不求胜,此战以消耗杨坚的实力为目的,若能在战役中击毙他则为最佳;二,控管住辎重粮草,就地取食,只求能维持度日,不得留存储备,以离间、逼反征战兵将的军心为宗旨,让杨坚孤掌难鸣;三,监督杨坚的一举一动,如有不轨之举,可就地将杨坚置于死地。此外,我这里有书信一封,你们兵至齐境后,见机行事,待开战之际,也可秘密把此信交给齐国南阳王高绰,他会告诉你如何行事。但此事必须小心谨慎,不可被杨坚察觉分毫，以免引来被动之乱。"

张光洛自从卖身投靠了太师相国宇文护之后，就只能对太师唯命是从。但张光洛心里也明白，宇文护并没有因为他告密孝帝的刺杀预谋，就全然把他纳入相府心腹幕僚之列。这次随军名为监军，实际上对他既是测试也是利用，更是把他架在火上烤。他稍有不慎，招来杨坚的猜疑，杨坚便会杀他；但是若完不成使命，他也无法回京向宁文护交差。故而，张光洛深知此次随军行事风险巨大，如履薄冰，促使他不得不谨言慎行，处事万分小心。然而，他又必须倾尽全力去完成本次出征的使命，否则，他就算能活着回朝，往后的日子也不会好过。

杨坚抱拳作揖，字句清晰地说："诸位叔伯、兄长、小弟、将军们：在下杨坚奉陛下圣命领兵讨伐无道昏君高纬。全军来到齐国境界后，本应挥军伐齐，攻城略地。但却因本次征战行程仓促，粮草储备不能按需按时到位，各备战军需、兵员至今尚有未能报到归列之人。而最关键的是，仅凭我三万之兵要去攻打齐军三城的十万之众，没有确保万无一失的战机，绝难取胜。为此，我们不得不屯兵不进，暂且滞留于齐境边关之外，以便待机行事。造成本帅如此不作为，造成全军长途跋涉劳而无功的罪责，不在本帅，也不在众将，而在朝廷。故而，在此请张监军传言上达朝廷：为了取胜本次战役，本帅决定就地休整，招兵征粮，集训操练战阵，以备军需。何日粮草齐备，军士训练有素，本帅当即率军发动征讨齐国之役，以不负圣令。"

张光洛闻言心中一颤，暗自思忖："这岂不是在借题发挥，明着违抗太师之命，暗地里是想拥兵自重吗！"然而，张光洛表面上却不动声色，揖手答道："元帅大将军在上，本吏原是一介文官，不谙军旅之事。本次随军出征，虽身为监军，实乃是勉我其难，故一切当以圣命和太师的嘱咐为念，也当以将军的马首是瞻。招兵囤粮确是必需，但临行前太师嘱托'要速战速决'，以图早日凯旋。具体事宜还须国公定夺。"

杨坚不置可否地冷笑一声，取过一只锦囊和一枚令箭在手，道："右将军杨荀听令，命你按锦囊内所示，负责征集粮草随军听用，不得有误！"杨荀接令出帐。杨坚又取过一只锦囊和令箭道："左将军杨素听令：令你按锦囊内所示，负责征招兵马，训导后随军征战，不得有误！"杨素接令出帐。张光洛坐不住了，他已感到了杨坚的锋芒和压力，但又不能不有所表示，便婉转地说："大将军，能否容在下请教？囤粮和招兵买马乃属本后军司马之职，理应由在下去执行。可如今却为何要烦劳两员随军主将去操办，是否有些小题大做，或是大将军对在下的能力不放心呀？"杨坚

第二章　相国居心武帝叵测，杨坚征齐监军通敌

道："兵马未动粮草先行，怎能是小题？兵员不足，主将亲招亲训，实为本职，何为大作？这可是本战役取胜必备的前提。故而此事关系重大，本帅不能掉以轻心。"张光洛又道："征战事大，后备事小。大将军顾小而误大，在下认为似乎有些不妥，请大将军三思！"杨坚有些愤然地道："征战有主次，军事无大小，无备而战是拿将士的生命当儿戏，本帅必不为之。"张光洛坚持着道："请大将军息怒，在下受皇命和太师所托，仅是奉命尽职执言而已，绝非是在拿将士的生命当儿戏。"杨坚不以为然地道："监军大人难道不知，'将在外君命有所不受'吗？你若一定要本帅按远在京城的太师之意去执行，我当捧出帅印，交还兵符，让于你去按相国之命行事，如何？"张光洛慌忙起身，边作揖边道："在下不敢！但'屯兵不进，招兵买马'事关重大，须得上报太师朝廷准核方可行事。恭请大将军谨慎而后行，否则，太师怪罪下来，下官担当不起。"杨坚厉声道："不要用太师来说事。我这里有陛下恩准的奏折为凭，在征战途中，本帅有自由行事的军权。所以，你尽可放心，相国太师奈何不了你我。至于征齐战事，本帅自有主张，不劳监军费心。"杨坚随后又面对众将道："各位将军，在此屯兵期间，不能松懈各自的防务和军纪，更要加强操练以备战需，本帅会随时视察各营，如有不遵本帅将令者，严惩不贷。"

　　张光洛怀着忐忑的心情回到自己的行帐中，即有心腹随从替他宽衣解带，并送上参茶。张光洛顾不上喝茶，立即提笔修书。而后，把书信封存好交于心腹道："你立即把此信送往太师府，亲自交给太师，不得有误！"黄昏，张光洛换上青衣小帽，牵着马悄悄地出了后军营地，策马向齐国信州城驰去。

　　北齐南阳王高绰是当今后主高纬的叔父，执掌着朝廷一方军政大权。此人不仅凶悍狡诈，而且荒诞歹毒。他不仅纵容高纬不理朝政，鼓励奸佞小人用各种无耻戏乐去迷惑年幼的陛下，甚至还为高纬推荐《裸女斗蝎》这种不堪入目的凶残之戏，以助其独揽朝政。与北周相邻的信州城乃是他的势力范围，派遣了他的亲侄子高劢镇守着。张光洛来至信州，入城后直奔行台府，递帖要求拜见高劢。

　　高劢见帖后，把张光洛召入厅堂，开口便问："你帖上自称是我叔父南阳王的故友，我却从未谋过你面，一时也难辨真伪。然而，你说有要事通告，请道其详。"张光洛直着身道："我深夜冒着风险送富贵于将军，你怎么既不看座也不上茶！"高劢迟疑了一下，方才挥手示意，让张光落入座，上茶，等待着张光洛开口。张光洛喝了两口茶，看着厅上的其他人，道："请将军屏退左右随从，在下方能道出真情。"高劢耐着性子退去众人，道："可以了吗？"张光洛压低了嗓音道："在下奉当今周朝太师

差遣，有密函致你叔父南阳王。却因在下有军职在身，不便远行，故只能请将军代呈。"说罢从怀中掏出书信。

　　高励接信在手，见信已封口，便问道："你可知这是战书，还是通函？在这两国交战前夕，你家太师为何要呈信于本国南阳王？"张光洛道："既非战书，也非通函，乃是密谋你退敌、我除奸的良策。"高励疑惑地道："此言怎讲？"张光洛道："周朝出兵伐齐，非宇文太师之本意，实乃是为了堵人之口实，并与汝相国一齐协力，把力主率兵伐齐之人诛之，以共保双方的权益而已。"高励精神一振，道："原来如此，难怪你们大军压境却无攻城之举，而我朝廷也不把你们兵临城下当回事。看来，两国宰相已早有预谋。说吧，让我们怎么去配合你们诛杀力主伐齐之人？"张光洛道："现在，你们可以趁着周兵长途跋涉之劳累，战事尚未准备就绪之际去偷袭他们的兵营。如能一举斩将乱敌，便是大功一件。"高励迟疑着道："以我目前之兵力，孤军去袭你大营，不是件易事。再说仅凭你此说，让我何以为信？"张光洛道："这有何难？我在内纵火策应，你从外出兵偷袭，何愁大事不成！如能一举而定，你立功，我交差，岂不各得其所！"高励摇着头道："此事谈何容易，却绝没你说得如此轻巧。万众人中，我何能直袭中军轻取将首？不可，不可。"张光洛从袖里取出一张丝绸图，阴险地笑着道："周兵只有不足三万之众，其布阵全在此图上。你有它和我做内应助你功成，你还有何惧？"

　　高励将信将疑地接过绸图仔细辨认，许久才道："此事关系重大，当容我立报相国知晓，方能行事。喔！话至此际，本府还不知如何称呼阁下。否则，也不知该如何去禀告相国。"张光洛失望地起身道："机不可失，时不再来。将军既然不能当机立断，使事半功倍，在下也就只能告辞了。至于在下的名号不便泄露，将军只需把此信和图，以及我说过的话告知你家相国便可。"高励道："如相国准告，我当如何与你相约袭营？"张光洛道："良臣谋于先，断于前，优柔寡断乃为将之大忌。足下失去此机，再谋后事，难矣！但，往后若有机会，我自会与你相约。"说罢拱手告辞。

　　杨坚纵马出了营盘，跃上一座山丘，把随从丢在了身后。山丘不高，丘前却是一马平川，站立在岗顶可以极目远望。一轮旭日已升上地面，把荒芜的田野和河流映照得层次分明，清晨留下的薄雾飘游在其间，好似美女经过遗留下的纱巾。杨坚深深地吸了口气，用手中的马鞭指着前方的齐国山川边关，对跟随上来的随从道："如此美妙的河川却因战乱而荒芜成墟，上苍赐给众生的衣食父母，却被人弃之无暇顾及，谁人之过？"紧挨在杨坚身边的信使参将元胄若有所思地道："公出此言，是自责，还是怨人？"杨坚道："都有。"元胄道："能否赐教？"杨坚有些激昂地道："想我华夏大地，历秦汉数朝一统的天下之后，便是战乱四起，分裂割据，国疲于争，民苦于战，大地荒芜，生灵涂炭。想我辈何日方能得以平息争战，还民众一方得以休息养生之地？以不负上苍赐予我们的血肉之躯和衣食之源！"元胄试探着道："公有此心，正合天意！当今天下，都是些狐狗小人当道，君不思民，臣逐于利，他们缺少的就是公有之心。天下乃天下人之天下，公何不当仁不让，振臂取而代之，赦民于水火？"杨坚沉思片刻，方才慷慨地道："我如当道，必效秦汉，四方归一，赋田于民，废酷刑，减税吏，少劳役。"元胄道："好志向！然，公当今之急，乃该助陛下匡朝政护社稷。"

杨坚道："我知道，你虽明的是陛下五弟齐国公宇文宪推荐给太师宇文护的侍郎府吏，却是陛下派在我身旁的信使，但我们毕竟是志同道合的兄弟朋友。所以，我在你面前从不隐瞒自己的心志。有言道：'君不刚，臣则乱。朝政靡乱，既有君责，也有臣过。'而'当今'若自身不刚直，又岂能驾驭强臣！故君强则臣忠，君清则政明，君聪方能号令天下。反之，则何以匡护朝政！然而，社稷乃陛下之社稷，有道则兴之，无道则亡之，历代不都是如此吗？"元胄感叹着道："听公一席话，方知公心之大！以公之志，太师和周廷都容不下公。"杨坚用马鞭指着山川道："我若得周廷，必当先伐齐、后平北，再荡南陈，以图广纳四海八方一统天下。"元胄有所指地道："以在下之见，公要欲得周廷，必须先助君灭强臣。否则两面树敌何能为继？对此，不知公可有过设想！"杨坚哈哈一笑道："兄台是明知故问，还是有意试探？"元胄道："非也，我仅是想证实罢了。"

杨坚若有所思地道："请道其详！"元胄道："太师之意想必公已心知肚明。而陛下既有用你之心：用你以掣肘太师府，去抗太师之势，故而助你拥兵征齐；陛下也有防你之意：防你有篡位之念，故而指派我随军监察。而你出兵神速，却行军缓慢，如今又托词征粮招兵，屯兵不进。此举，虽是陛下所盼，却必为太师所忌，他岂能容你而为！太帅指派的监军已当面指责了你的不轨作为，他们岂能没有下文？"杨坚道："张光洛此举本在我的意料之中，而他潜出营帐前往齐城的行踪，又岂能逃过我的眼线。宇文护想用如此小人来左右于我，也太小瞧我杨坚了。"元胄道："那你何不抓他通齐之现行，来个釜底抽薪，暴其奸情于人庭广众之前，令其后台颜面扫地。"杨坚摇着头道："颜面扫地有何用！我要的是一箭穿心之术，而绝非是断其一指或伤其一臂之态。"元胄道："陛下也有此意，但宇文护其势正盛，此事甚难。"

杨坚道："只要陛下志坚，难有何惧？事在人为么！"元胄道："我明白了！公把陛下私下批汝奏折、暗中助汝囤粮招兵之事诏告于众，其意是在逼陛下与太师公开抗衡。对否？"杨坚道："然也，非也！"元胄问道："何解？愿闻实情。"杨坚道："宇文护势盛，陛下惧之，众臣怕之，以我之力也难以擒之。但大家心里都明之，缺的是有人能奋起而抗之。"元胄道："此话不实。公，不是曾当廷与太师抗之么！却有何人敢附议随之？"杨坚道："我非陛下，难有陛下的号召力，势也不敌宇文护，故难有人敢响应。"元胄道："兄台，你这话有点言过其实，甚至是勉为陛下所难。在当前形势下，若你是陛下，能如你所说振臂号召抗太师吗？"杨坚道："我若是陛下，岂容宇文护如此嚣张跋扈！"元胄悄声道："那，兄台何不取而代之，我当倾心相助。"杨坚道："不可。'当今'虽懦弱却无失德之举，我辈只能谏之助之，却无由去废之，此乃为臣之道也。"元胄故意道："听兄台滔滔明志，却出此言，太令我失望了。难道，公，不想称帝为皇，号令天下？"杨坚若有所思地道："在兄台面前我从不隐瞒自己的志向，称帝为皇，号令天下，造就千古伟业，是我之追求，但我不会为此而去不择手段。除非是'当今'无道，或是'当今'自觉无能治世，而甘愿禅位于他人。否则，我决不染指谋权篡位之实。"元胄叹道："天下都如公言，则战乱消矣！仁人之心，妇人之意，难夺小人之态。公不为己，当为天下人？我拭目以待。"

第三章
臣逼君意皇帝无奈，诏命闯殿兵围朝堂

朝堂金銮殿上，周武帝宇文邕端坐在龙椅上，他侧面的一张椅子空着。内史王轨站在殿前，众臣肃穆地站立在殿下，个个神情凝重而紧张，谁也没有吭声，却都似乎在等待着大事发生。殿堂外，禁军武士手执兵器守卫在四周，一派肃杀之气。太师大冢宰相国大司马宇文护身穿金晃晃的软甲，身披褐色暗龙凤肩，腰佩七星宝剑，在一群文武随从的护卫下步入朝堂。宇文护留下随从在殿外守候，自己则昂首挺胸、手握剑柄，视若无人地在众臣的躬身相迎之下，大踏步迈入殿堂，又一步步登上殿阶，在武帝宇文邕起身迎接时，落座在空椅上。

宇文邕面朝着宇文护拱手道："太师今日亲临早朝，实乃我朝之幸事。众臣能得太师当面教诲，更是朝臣之福，也是文邕之愿。"宇文护不耐烦地挥着手道："老夫此来，不是来听恭维的，而是有一事要求陛下当众明断，既以正视听，更须明正国法。否则，到时，君不君，臣不臣，国不国，老夫也将无能为力了。"

宇文邕脸色发白地起身道："请太师能明言赐教，发生了何事，而会令太师如此忧急？"宇文护阴沉着脸，盯视着宇文邕道："你是装糊涂，还是明知故问？"宇文邕尴尬地道："不知太师何出此言？寡人确是茫然无知。"宇文护厉声道："乳臭小儿，好个茫然无知！汝批奏折给杨坚，准其招兵买马、四处囤粮的叛逆之举意在何为？"宇文邕故意大惊失色地道："太师请息怒，此事寡人绝无旁念，只想按太师之意去助杨坚伐齐。"宇文护仍然声色俱厉地道："杨坚借题发挥，拥兵自重，行军缓慢，几百里之途竟然走走停停，花了数月，到了齐境边关却又屯兵不战，抗命不遵。他这不是去伐齐，而是想要造反，懂吗？"

殿下众大臣面面相觑，随即议论声鹊起。殿前的王轨趁宇文护不注意，招来内侍耳语数言，内侍立即悄然卜殿。宇文邕用颤抖的声音道："不能吧！寡人这次授杨坚兵权去征齐，均是遵太师之意而为之，绝无杂念。如今寡人当何为？"宇文护冷笑着道："立即下旨，令监军司马张光洛率后军监督杨坚停止囤粮招兵，马上发兵攻齐。否则，当以抗旨和蓄意谋反罪收缴兵符，就地论法惩处。"

宇文护话音刚落，殿下众臣行列中就有一人出班大声道："太师此议不妥！请陛下容臣禀告。"宇文护扭头看去，见是自己的堂弟齐国公大将军司马宇文宪在举臂起奏。宇文护想发怒，却又觉得碍于面子，而不得不忍气吞声暂不作声。宇文邕正愁无言对答宇文护的咄咄逼人之势，见有人插言，忙道："准奏。"

宇文宪对宇文护的日常所为早有不满，而他私下又与杨坚常有交往，在议论朝政时也互有共鸣，故此刻忍不住要发声抗议，道："据臣所知，杨坚奉旨领兵出征，事出仓促，数万之众仅给三天准备集结期。而各坊府兵正遇农忙收种时段，不仅集结困难，且沿途粮草接济也未能及时跟上，故而造成了杨坚只能采用边行军边集结边收聚粮草的举措。据军报送来的消息，征齐府兵尚有二成还未归集，故而才有杨坚屯兵边境聚粮备战之举。"

北周兵源沿袭的还是由西魏宇文泰开创的府（坊）兵制，即每户三丁出一兵，十户为一坊，十坊为一队，十队为一伍，十伍为一府，由郎将率领，军将管带；十府为一军府，设一个将军统领，两个军府归属于一个大将军指挥，两个大将军受一大柱国将军管辖，全国军府均受当朝大司马统帅。凡兵丁，可免税赋劳役，在平时为丁，战时为兵。北周共授封八大柱国将军（其中两柱国已故而空缺），十二大将军，二十四将军分管着全国各地的军府，各军府的拥兵数和实力不尽相同，以其所属上柱国大将军首领的官职实权和经济实力的大小而定。府（坊）兵平时各自以居家形式务工务农分散居住，或是由各府吏豢养着，供其主人使唤，各司其职。朝廷在农闲时会抽一定的时间，由管辖将官带领他们集中参加军事训练，以备战时募集征用。战时，朝廷一声令下，便以坊、队、伍为单位各自备器械马匹，由郎将汇编成府军，归属将军管辖成军府，再由朝廷任命的更高职位的统帅领衔出征。此建制取舍了秦朝的全民皆兵制和汉朝的诸侯分兵制，归统了全民皆兵的兵源分散之弊，又削弱了王公贵族的拥兵自大，更是为朝廷减去了一大笔日常的军费开支，是南北朝期间军事上的创举。但此建制仍然保留了上层权贵拥有管辖坊兵的权力，为隋末各地诸侯佣兵成势、各自为政，权贵借势起兵瓜分天下埋下了伏笔。

宇文护被宇文宪的一席有根有据的话，驳得一时没了借题发挥的由头，哑口无言。他恼怒地盯视着宇文宪，恨不能立即上前去扇他两个大巴掌。周武帝宇文邕见宇文护被驳住了口，暗暗地舒了口气，但他又觉得此时还不便去开口定是非，故而宇文邕一言不发。

第三章　臣逼君意皇帝无奈，诰命闯殿兵围朝堂

柱国大将军哥舒瀚见相国陷于被动，急忙出班请奏道："此话有谬误。军令出，兵当行，这是铁律。随国公杨坚身为兵马统帅，却无号令全军的能力，才导致了将士不遵军纪拖沓行事的后果，其责难逃。"荥阳公司马消难紧跟着道："太师之虑甚是，杨坚抵抗太师之令在先，太师不以一己之私授其征讨大权，可其却辜负了太师的良苦用心。由此足以可见，此人既无带兵征伐之能，更无谦让感恩之德，也确有抗命不遵、拥兵自重之疑。此等臣子，决不能养奸成患，请陛下能遵太师之言，下旨惩讨，不留后患。"赵王宇文招出班厉声道："我早就有言，杨坚既不能带兵，又无能为帅，我们更不该姑息养奸，让其脱离朝廷拥兵自大。当下之计，应该立即征讨，收其兵权于当下，熄其兵祸于眼前；还得没收其家财，绳其九族于其后，方可止类似其人的妄念野心，挽社稷危局于燃眉。"

宇文邕怕宇文护要趁机除灭杨氏一族，陷他于孤掌难鸣之态，故而急忙冲着宇文招道："皇弟是否有点危言耸听呀！杨老柱国与太师都是朝廷忠臣，又素来情如手足，且杨老柱国仙逝未久，尸骨未寒，朝廷准其子杨坚承袭其父随国公之位，也可谓寡人对得起杨氏一族了。他们有反的理由吗？"廷前众臣见陛下出面庇护杨坚，而见太师宇文护又面露踌躇不决之色，便窃窃私语起来。蜀国公上柱国尉迟迥见状出列上前启奏道："陛下，为臣认为，孰是孰非均得以杨坚是否能遵旨行事为据。如今，杨坚手握兵权在外，虽有'将在外，军令有所不受'之说，但仍得以皇命为重。故为臣之意是：陛下即可下旨，限时勒令杨坚出兵征齐，如其能遵皇命，便罢。若他坚持本意，抗命不遵，再定其罪、诛其人也不晚。"

宇文邕见有转机，立即道："蜀国公言之有理……"宇文护不等宇文邕把话说完，便挥手道："不可！如今杨坚叛逆之心已露，我再不能任其坐大，养奸为患了。故当前已到不除此人不足以镇他人仿效之地步了，更不能解朝廷之安危。为今之计唯有速决，绝不能姑息。"宇文护站起身，挺着腰，看着众臣，声色俱厉地道："各位，还有异议吗？"众臣面面相觑，无一人敢言。宇文护又转身盯视着宇文邕问道："陛下，可还有说词？"宇文邕脸色煞白，在宇文护的逼视下，只能唯唯诺诺地道："一切悉听太师安排。"

宇文护冷笑了两声，转身发令："荥阳公司马消难听令。"司马消难出列躬身应诺。宇文护道："令你带领属下府兵，立即前往随国公府，缉拿府内所有人丁，押解至开府三司听审候处。此事事关重大，切记不得徇私枉法。"司马消难呆了一下，脸露难色，双手抱拳躬身道："太师大人在上，在下有事不得不报。"宇文护不痛快地

道:"快说,何事?"司马消难胆怯地道:"随国公府兵将众多,戒备森严,且国公夫人武艺出众,我非其对手。若万一她不从,闹僵了,我怕有负太师大人的差遣。"宇文护厉声道:"那,你就多带兵将前去围剿。不从者格杀勿论,还怕他们敢怎的!"司马消难不得不转身下殿。

宇文护接着道:"柱国哥舒瀚听令,限你即日奉旨统兵前往边境杨坚营地,收缴杨坚兵符,接管其兵权,随后将其押解来京候处。若其抗命不遵,立即就地正法。"哥舒瀚应声,正准备离去,却见司马消难跌跌撞撞地奔进殿内,面朝着宇文护,手指着殿外,慌慌张张地道:"不好了,随国公府反了,杨坚夫人独孤氏带兵把朝廷大门围住了。"正在无奈且不知所措的周武帝宇文邕闻言,紧锁的眉头舒展了,他双目盯视着宇文护,心里却在思忖着对策。宇文护愣了一下,正想发话,即见头戴束发金冠,身披黑色战袍,内衬紫色软甲,脚蹬黑皮软靴的随国公杨坚的诰命夫人独孤伽罗气宇轩昂地大踏步走进殿来。

独孤伽罗接到内史王轨的告知,就猜度到宇文护的用心和朝廷中将会出现的局面。独孤伽罗对此早就有所准备,故而她立即取出早已备下的书柬一封,交付亲随快马出府,飞速驰报杨坚。接着她一面下令值守将官加强府内府外的警戒,一面换装备马,率领了一队护卫亲兵策马直奔朝廷大殿。独孤伽罗来至朝廷前殿,留下亲兵护卫守住朝廷大门,自己手执皇赐金牌直闯金銮殿。独孤伽罗快步来至朝堂殿前,双手捧着金牌,向着武帝宇文邕拱手道:"臣,随国公杨坚之妻,诰命独孤伽罗有事启奏陛下,恭请陛下容臣倾诉原委。"宇文邕已猜测到独孤伽罗的来意了,惊喜之余却有所忌讳,而不得不把目光投向宇文护,默不作声。宇文护看着走近前来英姿飒爽的独孤伽罗,可眼中闪现出的却是头戴金冠,身穿帝后锦袍的周明帝宇文毓的结发夫人独孤般若明皇后的身影。宇文护只觉得胸中有一股热气在向上涌动着,他的脸颊涨得通红,一时间竟然一句话也说不出口。

独孤伽罗见殿上无人应答,只能高举着金牌,又高声道:"请陛下赦臣无诏闯殿之不恭,容臣启奏。"宇文邕见宇文护呆立无言,忙道:"你有先帝亲赐金牌,别说闯殿,就是你要责罚在下,寡人也绝不敢说个不字,更别说恭与不恭了。请国公夫人直言赐教!"

独孤伽罗闻言,便直身道:"臣妾之夫随国公杨坚,不顾府中添丁,家中臣妾刚生养,便撇下至亲儿女,奉旨领兵即刻出征,这是朝廷有目共睹的事。这些时日,臣夫为不负皇命,在外披星戴月,训兵聚粮至今已有年半,此心昭昭更是可告日月。

而兵法有云，征讨战事，粮草必须先行，伺机而战更是行兵布阵的章法。可现在却有人要诬告臣夫屯兵自大，蓄意谋反，还要诛我满门、灭杨家九族，此等是非不分、皂白不辨，其意不仅叵测，其居心更是险恶。万望陛下明察秋毫，还杨氏一门忠贞，还我独孤氏幸存的一支血脉安宁，以告慰先祖宗亲的在天之灵。"

宇文护再也止压不住内心的忧愤，胸中一股热血冲口而出，眼前随即一黑，轰然倒地，惊得众臣发出一片慌乱唏嘘声。宇文邕急忙起身，趁机大声宣布："散朝，散朝！一切事宜都等太师体愈后再议。"

第四章
往事难逝王妃夜访，权臣动情明后留言

相国府内，宇文护闭眼仰躺在床榻上，看似昏睡，可脑海中却不断浮现出往昔的一幕幕。

他幼年丧父，十一岁便投身军旅，紧紧追随叔父宇文泰，在漫长的岁月里南征北战，历经无数出生入死的时刻。凭借着过人的智慧、赤诚的忠勇和卓越的军事才能，他成功跻身宇文泰麾下十二大猛将之列。然而，由于年纪尚小，起初他被众人视为乳臭未干的小子。不过，宇文泰独具慧眼，对他青睐有加，还让他代为管束自己那些年幼的儿子。二十三岁时，他受封西魏中山公，机缘巧合之下，与卫国公独孤信结为忘年之交。也正因如此，他得以频繁出入独孤信家中，进而结识了独孤信的长女独孤般若。

出身将门的独孤般若，那时虽正值豆蔻年华，却已出落得亭亭玉立，美丽大方且聪慧过人。她周身散发着高雅的气质，不仅精通文墨，武艺也十分高强，还善于谋划决断，志向更是极为远大。她曾立下豪言，自己的婚姻必定是"非王不嫁，非爱不许，非后不为"。这誓言不仅让她的父亲感到惶恐为难，也使得爱慕她已久的宇文护，一直不敢轻易表露自己的心意。

时光匆匆流逝，岁月不断变迁。叔父宇文泰病重之际，将尚未成年的儿辈郑重托付给宇文护，并语重心长地叮嘱道："吾形如此，必是不济。诸子幼小，寇贼未宁，天下之事，托之于汝，宜勉力以成吾志。若能立皇，当扶觉儿。"自那以后，宇文护当仁不让地肩负起继承叔父遗志、悉心匡护众堂弟、壮大宇文家族的重任。后来，他果断决策，废魏立周，将堂弟宇文觉顺利扶上皇位。

宇文护未曾料到，楚国公赵贵对他这个晚辈专权的局面心存不满，更无法忍受他拥皇自大的做派。于是，赵贵暗中蛊惑并串联卫国公独孤信，企图起兵将他谋杀。然而，事情的机密不幸泄露，被开府宇文盛察觉并告发。独孤信见形势不妙，临阵退缩，这使得赵贵孤立无援，最终全族被诛。独孤信也因此受到牵连，被削去爵位

第四章 往事难逝王妃夜访，权臣动情明后留言

和官职，关进大狱。独孤般若为了拯救父亲脱离苦难的深渊，在一个深夜，悄悄潜入大司马府密访宇文护，她声泪俱下地哀求宇文护宽赦父亲，庇护独孤氏家族。宇文护虽对独孤信跟随赵贵谋反一事心怀怨恨，也埋怨他不顾自己的爱慕之情，将般若嫁给宇文毓，但他实在不忍心看到独孤般若伤心流泪，也不愿她因此记恨自己。于是，在宇文护的干预下，独孤信得以免除死罪。此后，独孤信虽被恢复爵位，却遭到罢职，只能闲居在家。最终，独孤信因内心的孤傲、悲愤与忧郁，选择自刎，这也在宇文护心中留下了难以磨灭的伤痛。

然而，宇文护更没想到的是，他一手扶持起来的孝闵帝宇文觉，竟然经不住身边小人的谗言和唆使，私下招募武士，企图将他置于死地。这迫使宇文护不得不废黜宇文觉，后来又担心有人趁机再生事端，无奈之下派人杀了宇文觉。此后，正当宇文护为皇位继承人选犹豫不决时，独孤般若再一次在深夜来到他的府邸。当宇文护看清全身裹着黑袍、静静站在自己跟前的人正是独孤般若时，瞬间明白了她的来意。

宇文护让室内的下人全部退下后，开门见山地问道："你这次来找我，是为了谁继承皇位的事吧！我可以明确地告诉你，你恐怕会失望。"独孤般若缓缓褪下披裹在身上的黑风衣，展露出身着素衣便服的娇美身形，她含情脉脉地凝视着宇文护，轻声问道："为什么？你为何不愿意立宁都王宇文毓为帝呢！"如此直截了当地回应，让宇文护既感到十分吃惊，又觉得有些尴尬。谁都清楚，在宇文泰的几个儿子中，长子宇文毓的才能最为出众。而且，宇文毓在娶独孤般若为妻之前，与宇文护情同手足，关系最为投合。然而，宇文护也深知堂叔宇文泰留下的遗言，不立长子而立三子宇文觉为帝，完全是因为宇文毓是庶出，而非嫡生。因此，为了遵循堂叔的遗愿，宇文护当初义无反顾地扶持其三堂弟宇文觉为皇。如今，宇文觉已死，该由谁来继承皇位，宇文护不得不在心底反复权衡。平心而论，在堂叔的诸子中，抛开嫡庶之分，单论才华和可信度，宇文护觉得最合乎情理的还是堂叔的长子宇文毓。但是，宇文护对此始终心存顾虑，这也是他为立谁为帝而忧心忡忡的原因。此刻，面对独孤般若如此毫无忌讳的提问，宇文护不禁带着一丝情绪反问道："你说呢，我为什么一定要立宇文毓为皇？"独孤般若神态自若，平静地说道："我知道，你是因为我嫁给了宇文毓为妻的缘故。所以你不想让他为帝，然而这绝不是为了你们宇文氏社稷的未来！"此话犹如一把利刃，一针见血地戳中了宇文护的心事，也瞬间激发了他心底压抑已久的不平之气。他愤恨地讥讽道："是，又怎么样呢？你不

是说过非皇不嫁吗！我又为何要帮你实现这个愿望。"独孤般若沉默了片刻，缓缓说道："父亲养育我们十分不易。我身为家中长女，不能不替父亲着想……"宇文护气愤地反驳道："你替我想过吗？我此生诸事顺遂，唯有你，让我一直耿耿于怀至今。而你却并没有像你所说的那样表里如一！"独孤般若惨然一笑，问道："你是在指责我许下的那三个誓言吗？"宇文护直言道："正是如此。你第一个誓言就是非皇不嫁。你嫁宇文毓时，他是皇了吗？你还说非爱不许，你我相识相处了这么多年，你难道不知道我的心！他又哪里有我对你好呢？"独孤般若苦笑着回应："是的，我无奈地违背了自己的第一个誓言，所以我不怪你对我的指责。但我至今仍坚守着自己的第二个誓言。"宇文护疑惑不解，追问道："此话怎讲？"

独孤般若环顾四周，没有说话，径直走到一张便榻旁。她从容不迫地自上而下、缓缓地从外到里褪去衣衫，随后又解下贴身穿的粉白肚兜，小心翼翼地把它铺平在便榻中央，最后褪去下身仅存的一条碎红花裤衩，赤裸着全身，仰卧到铺着肚兜的便榻上。宇文护被独孤般若这突如其来的举动撩拨得心跳急剧加速，目睹一丝不挂、平静仰躺在自己跟前的独孤般若，他瞬间惊呆了。虽然这一幕是他日思夜想的画面，但他实在不明白此刻般若为何要这样做。难道她想用这种方式来换取自己对宇文毓的扶持上位吗？如果真是这样，未免也太庸俗了！宇文护呆呆地愣在一旁，完全不知所措。独孤般若见宇文护无动于衷，便把洁白修长的双腿微微分开一些，低声细语地说道："这不是你梦寐以求的事吗？"宇文护却坚定地摇了摇头，说道："我不愿意你以此来跟我做交易。"独孤般若轻声解释道："非也，是你想偏了。我这是要让你来见证一件事，否则你怎能明白我的心？"宇文护迟疑地走到便榻前，紧紧盯着般若高耸起伏、嫩白如玉的躯体，虽神情荡漾，但仍保持着警惕，问道："你要让我见证什么？"独孤般若深情地看着宇文护，柔声道："你把衣服脱了，上来后不就全知道了吗？"宇文护此时方才有些醒悟过来，他急忙脱去全身衣裤，上了便榻就把独孤般若紧紧搂进怀里……宇文护至此才真正明白独孤般若的一片真情实意。当然，宇文护始终无法知晓独孤般若是如何做到守身如玉的，但她自愿把自己的处子之躯交付给他，这份情义却是实实在在、毫无虚假的。这让宇文护从心底深处涌起一股感动，对独孤般若更是敬佩有加，并发誓从此不再与其他女人有任何瓜葛。宇文护因对宇文毓心存愧疚，便竭尽全力将宇文毓扶持成了周朝的第二个皇帝，即史称的周明帝。独孤般若也顺理成章地被封为了明皇后。

此后，宇文护曾多次寻找机会，试图接近般若，倾诉自己内心深处的愧疚之情

第四章　往事难逝王妃夜访，权臣动情明后留言

和对她的爱意誓言。然而，每次都被独孤般若正言厉色地拒之门外，甚至连近距离见面的机会都不给他。这让宇文护心中爱恨交加，常常是恨在嘴里，痛在心上，却又毫无办法。可谁能想到，仅仅一年之后，竟突然传来皇后般若病危，急召大冢宰相国宇文护进内宫议事的消息。宇文护怀着忐忑不安的心情，心急如焚地奔进后宫内庭。他没有见到明帝宇文毓出来迎接，却看到正冠锦服的明皇后独孤般若静静地仰躺在凤榻上。宇文护顿时一阵心慌意乱，差点双膝跪地，要向独孤般若行君臣大礼。明皇后独孤般若轻轻挥手，让左右侍众全部退下，才轻声细语地说道："人生有命，往事已逝，我与你也再不相欠，你就不用再挂于心间了。今日一见仅当慰你之情，也权当是你我从此别过，更望你好自为之，善始善终。"宇文护闻言，泪水夺眶而出，如泉涌般落下，他情不自禁地想要上前拥抱般若，却被般若那严厉的目光硬生生逼退。但宇文护并不甘心就这样放弃，他大着胆子又向前跨了一步。独孤般若微微摇了摇头，说道："我已非昔日的般若了。明帝待我恩重如山，我不能再辜负他。往后望你们能和睦相处，我更希望你能真正地理解我！如此，我便了无牵挂，心安了。如今临终，我有一事相托，万望你能铭记于心，切不可再负我意！你可答应？"宇文护哀恸地泣声道："护当对天发誓，若再负你意，必不得好死。"独孤般若合了合眼，低声说道："独孤氏一族，唯上我心之人乃是小妹伽罗。她自幼丧母，缺失母爱，故一直视我为母。如今我将离去……"独孤般若说到此处，双目垂泪，泣不成声。宇文护趁机走近前去，还没等他伸手去拉般若，就被般若大声喝退。独孤般若边抹泪边说道："往后小妹一切诸事，哪怕是灭门之灾，你均得全力担当，绝不能让她及她身边的任何人受到丝毫伤害。你可应允？"宇文护至此不得不双膝跪地，举手对天起誓道："皇天在上，只要有宇文护在世一日，就当替明皇后般若之妹独孤伽罗担当天下一切是非生杀大事。若不能履行承诺而有负嘱托，护当以命相抵，决不食言，否则天诛地灭！"

　　明皇后独孤般若的葬礼，宇文护凭借手中的权力，竭尽所能地操办，采用金饰金柩，全国上下举哀，最终将她入葬昭陵。此后，宇文护为了兑现自己的承诺，恢复了独孤信在世时所享有的封号和俸禄。同时，为了表明自己对般若的一片深情，他竟主动提出要将朝政大权归还给明帝宇文毓。然而，宇文护万万没有料到，他的放权之举让周明帝宇文毓得以亲政。宇文毓展现出卓越的治国才能，推行"内和外攻"的策略，取得显著成效，赢得了朝臣和百姓的广泛赞誉。但这也导致宇文护自己的权威逐渐丧失，引发了追随他的亲信们的担忧和不满。在种种压力之下，宇文护不

得不重新走上谋权自保、操控朝政的老路。在宇文护的默许之下，膳部下大夫李安在宇文毓的膳食中下了毒。但实际上，按宇文护的本意，并非是要毒杀宇文毓，他只是想通过这种方式逼宇文毓知险而退，主动放弃朝政大权，归权于自己这个相国大司马。

古往今来，权力和欲望总是紧密相连、相辅相成的。无权的人渴望获得权力，有权的人则追求更大的权力，即专权，而专权的人更是妄图完全操控权力。权力越大，欲望就会变得越强，一旦欲望无法得到满足，就必然会走向极端。而且，失而复得的权力会让拥有者变得更加疯狂。凡是陷入权力欲望这个漩涡的人，谁也无法逃脱这个残酷的规律。宇文毓遭到宇文护的算计，因毒发身体极度虚弱，无法继续支撑处理朝政，不得不逊位给宇文护指定的四弟宇文邕，史书中称宇文邕为周武帝。此后不久，宇文毓终因毒发身亡，结束了他这逆来顺受、委曲求全的一生。从此，宇文护便再次牢牢操控了北周的军政大权，并被尊为太师。

宇文护缓缓睁开双眼，看着眼前精工细雕的卧榻和室内华丽无比的装饰，再瞧瞧冷冷清清的四周，心头不禁涌起一阵莫名的愁绪。他的思绪不由自主地飘回到那天在金銮殿上发生的事情，自己竟然误把杨坚的妻子独孤伽罗当成了般若，以至于心急气涌，当场昏厥过去。此刻醒来，他不知道自己究竟昏睡了多久，也不明白为何身边一个人都没有。他的心中充满了孤独和惶恐，更有一股难以抑制的怨气从心底深处升腾而起。宇文护猛地翻身起床，冲着门外大声喊道："来人，人都死到哪里去啦！"

侍从听到呼喊声，急忙应声进门，双膝跪地，战战兢兢地问道："老爷有何吩咐？"宇文护不耐烦地挥着手，说道："怎么就我一个人在这里！他们都到哪里去了？"侍从惶恐地回答道："回老爷，您已经昏睡了一昼夜有余。太医诊治后说，您是一时气急，血涌攻心，只需静心调养，身体并无大碍。"宇文护伸了伸双臂，不满地说道："什么并无大碍？简直是糊涂！快去把他们都召集到大厅议事，我随后就到。赶紧去！"侍从连忙应声"喏"，便匆匆转身离去。不一会儿，侍女们纷纷涌入房中，七手八脚地替宇文护洗刷、更衣、换鞋。片刻之后，侍从前来回禀道："各府大人早已在前厅等候，请老爷前往。"宇文护快步来到前厅，果然看到各府的亲信们已在堂前肃立等候，他们那谦卑恭敬的神态，丝毫不亚于在朝廷殿前侍候陛下时的模样。

宇文护落座后，立刻开口问道："杨坚拥兵坐大之事，后来处置得怎么样了？"

第四章　往事难逝王妃夜访，权臣动情明后留言

这话一出，众人面面相觑，一时间竟不知该如何回答。一阵沉默之后，还是上柱国歌舒瀚出列，拱手说道："禀告太师，陛下有口谕'待太师病体康复后再议'。所以，我等在此等候太师吩咐。"宇文护沉思片刻，缓缓说道："我本无心针对独孤氏和杨府，然而树欲静而风不止。杨坚不遵旨意征齐，却屯兵聚粮于边境，其谋反之心已然显露。若再不加以剪除，日后必会后患无穷。"司马消难心有余悸地出列，小心翼翼地说道："那怎么处置随府的独孤诰命呀！她手中可是执有先帝的金牌。"宇文护的眉头瞬间紧锁起来，从内心来讲，他不能不处置杨坚，但从情感方面考虑，他又怎能违背自己对般若的承诺，去处置她的小妹伽罗呢？可杨坚与伽罗夫妻一体，若杨坚真的谋反，必定有其妻相助，他在殿前吐血不就是因为这件事吗！宇文护确实感到既忧愁又着急，还十分为难，一时之间竟说不出话来。在厅堂上伫立的众臣都怀着忐忑不安的心情，静静地等待着宇文护发话，一时间谁也不敢轻易开口，生怕多说一句就会招惹是非。

正当厅堂上气氛尴尬到极点时，值日门官心急火燎地奔上厅堂，冲着众人喊道："陛下来了，陛下来了！"伫立的众臣顿时一阵紧张慌乱，宇文护略一迟疑，问道："来了多少人？"门官连忙答道："陛下仅带了内史王大夫，没有其他人跟随。"宇文护听后，略松了一口气，说道："你去把陛下引到外书房，吾在那里等他。"说罢又对众人道："各位大人在此稍候片刻，我去去便来。"

宇文护穿堂入室，来到书房。还未坐定，便见门官在前引导着身材高大的周武帝宇文邕和内史王轨走进房来。宇文邕不等宇文护起身，便急忙躬身向前，关切地问道："太师病体可愈否？"宇文护挪了挪身子，边挥手让座，边说道："尚可，尚可。陛下此刻来寒舍，不知有何事？"宇文邕没有入座，而是恭敬地躬身站着，说道："太师病体的安康，乃是朝廷社稷的大事，非同小可。寡人彻夜难眠，故特来此探望。"宇文护冷冷地回应道："这点小恙，岂敢劳动陛下忧虑！好在我自幼便身体强健，出生入死都毫发无伤，这是众人皆知的。难道是陛下不知，还是陛下另有所图啊？"宇文邕一听，顿时急红了脸，慌忙解释道："太师言重了。寡人向来视太师为父辈，只求太师能延年益寿，以保我周室长治久安，保寡人能稳坐龙椅，岂敢有任何私欲杂念？万望太师明察。"宇文护干笑了两声，说道："但愿是我多虑了。目前尚有一事，还请陛下能坦诚相告。"宇文邕看着宇文护，恭敬地说道："请太师吩咐！"

宇文护紧紧盯着宇文邕，故意停顿片刻，引而不发地问道："杨坚抗旨不伐齐，

却在边陲屯兵聚粮，他究竟意欲何为呀？"宇文邕转动了一下眼珠，含糊地回答："前天朝堂上众臣所议，寡人觉得都有道理。"宇文护紧接着追问："那么，陛下觉得该如何处置才好呢？"宇文邕小心翼翼地试探着说："寡人对此事也拿不定主意，一切尚待太师决断。不过，念在前朝独孤皇后是寡人的皇嫂，且杨柱国与太师都曾同朝为寡人的股肱忠臣，如今杨柱国亡故未久，所以寡人觉得……"宇文护不等宇文邕把话说完，便大声训斥道："乳臭未干的小子，怎能担当社稷大任！这般想法定会祸国殃民。"宇文邕满脸惶恐，问道："那依太师之意，该当如何是好呢？"宇文护厉声道："请陛下即刻下旨，收缴杨坚的兵符和兵权，命他充作先锋，限时伐齐。若取胜，便将功抵过，免他死罪，再发配到边庭服役。否则，立即就地正法！"宇文邕的脸微微一抽，胆怯地喃喃道："那他的妻子儿女……该如何处置呢？"宇文护放缓了语气，说道："念着你皇嫂的情面，就让他们迁出京城，永不得返回，任其自生自灭吧！"

宇文邕急忙接口道："那么，此事就让较为稳妥的五弟去办吧！免得其他人去办，把杨坚逼反了，惹出大麻烦来。"宇文护听到这话，不禁想起自己对般若的承诺，权衡之下，他只能无奈地点头允诺。

第五章
北齐内乱杨坚布兵，慧眼识人釜底抽薪

地处周齐两朝交界处，依傍山水的西山屯，北距黄河二百里，西北距周朝随州约一百二十里，西南距义州二百余里，东北距齐国洛州一百三十里，东面距梁州二百余里，东南距信州约一百六十里。这里原本山清水秀，是个好地方。然而，连年灾祸不断，黄河水患导致农田颗粒无收，百姓难以维持生计；外寇还时常侵扰，百姓不得安宁；更糟糕的是，周、齐两国连年征战，当地居民纷纷逃往他乡，躲避天灾兵祸。于是，西山屯变得村落空寂、房屋坍塌、荒田遍野、狐兔出没，百里之内不见人影。不过，这片田地荒芜、人迹罕至的小乡村，在周齐的疆域版图上都有记载且各有所辖。从北周的疆域版图来看，它归随州管辖；而在北齐的地理位置划分中，它隶属于洛州。但由于周齐两国朝政多变，此地又常处于双方争战的兵荒马乱边缘，再加上水患和战乱致使贫困与人口流失严重，周齐两朝都因难以顾及，谁也不想耗费精力指派专员去管辖治理，更无暇关心这个村庄是否还存在，所以西山屯便成了无人问津的弃地。杨坚早年随父亲征讨北齐边寇时，发现了这片饱经天灾、被人遗忘，却曾经富饶的边境村舍。他多次勘察此地的地理地貌，摸清了周边的水系和人脉，心中已然勾勒出一幅聚粮屯兵、以备不时之需的蓝图。

在黄河以南的齐国疆域内，有三座与周朝毗邻、呈掎角之势的边城：信州、洛州、梁州。它们如同一个以梁州为直角顶点的三角形，两条直角边的开口对着周朝。梁州坐东面西，守护着齐国的大片疆土，是齐国的西大门，因此有重兵把守，守将便是齐国名将右仆射大司马斛律光的长子斛律武都。洛州在梁州的西北面，北临黄河，面朝黄河河套平原，占据着有利的地理位置，扼守要道，称霸一方，这两城之间相距仅快马一天的路程。信州在梁州的西南面，依山面丘，与梁州相距仅百里之遥，与洛州相距二百余里。信州与洛州就像梁州伸向周朝的两个触角，更似梁州守将斛律武都布下的一个袋口。如此布局的这三座边城，不仅护卫着黄河南岸大片的平川良田，以及黄河、淮河支流的灌溉水源和漕运，还因为这三座城镇的存在，将周朝黄河以北的疆域与黄河河套东南的疆域分隔开来。它们如同卡在周朝喉咙里的一根刺，是齐国坚守华北平原的重要支撑，进可攻、退可守，是确保齐国江山安稳的一道屏障，但却给周朝的民生经济和军事发展造成了诸多不便。然而，周朝要打破这一格局绝非易事，这三座城中任何一座受到攻击，都会遭到其他两座城市的夹击，且能在数天内得到齐国京都邺城发来的增援。因此，要拿下这三座城市，只有迅速彻底地打破它们互为犄角的防守态势，同时一举攻占这三座城市，形成自己的防御体系，以防范齐国的举兵反扑；或者率领大军趁势挥兵东进，直扑齐国京都，展开灭齐大战，否则绝难有破解此局、取得胜算的把握。这也是周朝屡战屡败，成为难以割舍的一块心病的原因。

杨坚这次独自带兵出征，是实现他心中预谋蓝图的大好时机。他借题发挥，屯兵于齐国边城信州西北边境，东南距信州仅四十里，东距梁州一天路程，北距洛州二百余里，而距西山屯只有一百多里。杨坚如此屯兵布阵，自有其深思熟虑的策略。他首先考虑到，本次出兵伐齐，仅凭他的孤军作战，绝难有大的作为，更不可能与齐国进行殊死的攻城略地拼斗，只能伺机进取，量力而行。屯兵聚粮，培植自己的势力，才是他此行的首要目标。其次，杨坚也明白，他目前奉旨统兵出征，必须要做些表面文章，既要应对朝廷中别有用心之人的发难和掣肘，更要应付宇文护的监视和责难，但任何举动都只能审时度势、智取，绝不可强行推进，更不能轻易对齐国开战。于是，他做出佯装进攻信州的态势，却在暗中对齐国的梁州、信州、洛州，以及作为自己秘密屯兵基地的西山屯，进行着紧锣密鼓的运作。杨坚一面派出多路细作，侦探搜寻各方军情密报；一面操练兵马，努力备战，等候战机到来。另一面，他指派心腹家将杨虎在西山屯竖栅圈地，招兵买马，积聚力量，他要把西山屯建成杨家的军府，训练出一支能征善战、克敌制胜的杨家亲兵，以备不时之需。同时，他还有一个更长远的打算，要把西山屯作为自己日后掌控朝政、平定中原、实现抱负志向的储备势力根据地。由此，在杨坚的紧锣密鼓操控下，西山屯开始招兵买马、垒石断道、破壁修路、砌墙建房、囤粮练兵、开渠引水、垦荒种田，历经数月已初具规模。然而，为了掩人耳目，杨坚又在要道路口设置哨卡，戒备森严，禁止行人通过；在屯口建造寨门，竖起"济世寨"的大旗，寨内的人统称"济世军"。一时间，寨内的旷野操场上人喊马嘶、厮杀声四起，大有一派临阵备战的景象，俨然把西山屯装扮成了一个隐藏在荒山野丘中，被强人占山为王的草寇窝。

一日，杨坚接到细作谍报，齐国朝政出现内乱：齐国右相大司马斛律光被杀，其弟幽州长史斛律羡和其长子、统率梁州边城领地的刺史斛律武都，及其一族亲信均被满门抄斩。梁州城内因失去主宰，官府无人管制，派系军兵争权夺利、相互争斗，人心惶惶，百姓纷纷举家外逃。同日，杨坚又接到伽罗的快马报信。于是，一个蓄谋已久的出兵应战方略在他心中成型。杨坚当即胸有成竹地召集众将升帐议事，他环顾着分立两旁的众将军，说道："咱们披星戴月、聚粮训兵已半年有余，大家不仅辛苦，也难免有些怨气。如今，让各位一展身手，既能发泄怨气，又可建功立业的时机已经来临！"帐前站立的众将军个个精神振奋，静静等待元帅调兵遣将。杨坚看了一眼端坐在一旁的监军张光落和参军元胄，说道："我刚得到密报，一直对我朝虎视眈眈、构成威胁的齐国大司马斛律光和驻守对面梁州城内的其儿子主帅斛律武都及其一族均被诛杀，致使齐国朝政上下动荡，边城梁州无将镇守，陷入乱局，这是上天赐给本帅破敌的良机。现在众将听令……"监军张光落身体微微颤抖了一下，脸上却神态自若。杨坚手举一支令箭和一封锦囊道："先锋韦世康将军听令！命你为本战前军主将，杨钢、李穆、徐奚达、王谦将军为你的副将，率部二万兵马，偃旗息鼓，轻装潜行，择时出发，限明日赶到梁州城外，完成对梁州的合围。听到城内的号炮声后，分别从东、西、南、北四门里应外合，发力攻城，务必一举克敌，拿下梁州。入城后迅速布防，肃清流寇，安抚民众，维护城序，任何人不得扰民掠财、滥杀无辜。但凡缴械投降的，待后续接应队伍到达后，均交后军收容处置，且各队立即移交防务，出城驻扎。与此同时，攻取南北门的两队，分别主动出兵迎击信州和洛州的来援之敌。主将则率其余兵马留守梁州城外，备战齐国驰援的东来之兵。上述军令，违者严惩不贷。详尽攻防方略可按锦囊指令执行，不得有误！"韦将军接过令箭和锦囊，率众将走出帐篷。

杨坚又取过一支令箭和一封锦囊，说道："右将军杨荀，中大夫高颎听令！"杨荀道："末将在。"高颎出列躬身道："下官在。"杨坚道："命你二人率部五千兵马及司衙杂役，带上储运车辆，作为接应梁州城的后队，于当晚酉时出发，限次日到达梁州城，接应前队，收容齐国散兵游勇，接收清点梁州城的府衙府库，以及城内治安防务。详情方略参见锦囊，不得有误！"杨荀接过令箭，应道："喏！"与高颎一齐走出军帐。张光洛动了一下身躯，目送杨荀和高颎走出帐篷。

杨坚再取过令箭和锦囊道："左将军杨素听令！"杨素气宁轩昂地出列道："末将在！"杨坚瞥了一眼张光洛，然后盯着杨素，提高声音道："三城之中，梁州城大、墙高、兵多将广，实力最强，信州其次。如今，梁州群龙无首，已陷入混乱，我军里有内应，外有五大将两万余众的兵力压境，不怕拿不下梁州！然而，梁州城的压力并非来自城内，而是来自信州、洛州的援军和未来齐军东来的攻势。因此，为了保障我军北侧的安全，特令你率五千兵马于当日午时出发。为掩人耳目，你当取道境内随县出境，直接奔袭洛州的西门，城内会有人来与你接洽，并会同梁州来的前队，攻占洛州，控制渡口。作战方略都在锦囊内标明，你可相机行事，不得有误。"杨素接过令箭和锦囊，有些担忧地问道："大哥，我们把兵马都带走了，你留下一座空营，万一信州城兵马来袭怎么办？"杨坚笑着道："你不必担忧！我有张监军的后队为屏障，尚可与张大人坚守大营，唱一出空城计。此外，还有元参军可为我谋划应变之术，这虚实结合、有备无患的阵势，既能牵制住信州的兵马，又可为你们赢得时间。你就放心吧！"杨素应道："喏！"转身出了营帐。

张光洛憋不住了，他侧身拱手道："元帅在上，在下也有几点担忧，能否请元帅一并赐教？"杨坚微微一笑道："监军但说无妨。"张光洛道："我后队都是些老兵弱将，做些运粮收缴府库钱物、看管仓储、接应前队收容战俘的勤务杂活，尚能发挥作用。可元帅却为何要让我的可用之兵变得不可用呢？信州城的兵将万一果真来袭，别说我们后队不堪一击，仅凭元帅身边这区区两千留守大营的亲兵亲将，又怎能抵挡得住信州城的数万兵马？"杨坚看了一眼坐在一旁沉思的参军元胄道："人在生死面前，只有两种可能——'为'与'不为'，我就是要把'不为'变成'为'，这就叫作'背水一战'。"张光落更是担忧地道："元帅放着近在眼前的信州不去攻打，却要远途奔袭，要以我军区区三万之兵，同时去与三城的十万之众对敌！在下认为，此中风险甚大，万望元帅三思！"杨坚微笑着道："拼死拼活地攻略一城，还不如顺势而为、翻云覆雨！这叫机不可失，时不再来。"杨坚含糊地回应着。张光落忧心忡忡地又道："元帅怎能知道一切都能如您所料！比如，如此大规模的运兵行动，齐国能不知晓、不为所动，而有所准备吗？"杨坚有所选择地回答道："我抓住的是，我的驻军位置与这三城的距离之差造成了运兵和信息传递的时间差，促成了我可以用重兵突破一城，威胁其两翼的战法，然后再逐步图谋。所以，我只要掌控住这两个关键因素，等到高励他们知晓，就晚了！我的兵已到他们的城里了。况且，明日高励尚有几难，其一，梁州被袭，他必须前去援救，否则将难逃其朝廷的责罚；其二，我离信州近在咫尺，他得提防我趁势攻夺信州，所以绝不敢倾全力去援救梁州；其三，至于高励偷袭我大营？放心！在他并不清楚我大营虚实之前，他怎敢妄动？我料高励有贼心，也绝无贼胆来一试。再说，我这里还有杨豹统领的虎威亲兵营在旁，我们的安危无须挂念！"张光洛看着杨坚自信的神态，既有一股失落感，又一头雾水，不知自己还该问什么，做些什么，但是一股隐约的担忧不时袭上心头。

张光洛回到自己的帐篷，左思右想都觉得不对劲。同时，他也不明白，太师对他之前的汇报为何至今还没有回复，如此下去，他实在觉得必定凶多吉少。他不应该再等待下去，无论如何必须主动出击，拼上一搏，把被动变成主动。张光洛不再迟疑，他匆匆修书一封，召来亲信，让其潜出军营前往信州城，把此信送到信州行台大将军高劢府中。张光洛送走了亲信，心绪不宁地来到了粮草储备营地。他看着堆成垛的粮草，踌躇着，然后摇了摇头，走回了自己的行帐，看了眼书台上的蜡烛，一个临阵一搏的计谋在胸中酝酿开来。

张光洛的信使骑马绕道出营，还未驰出十里地，就被埋伏在路边的一伙人拦下马来，并被押解到了杨坚的行帐内。杨坚坐在案前看完了张光洛写给高劢的信，淡然一笑，看着被捆绑在面前的信使道："你知道信上写了些什么吗？"信使摇着头，没有回答。杨坚挥手示意让人松绑，并把信纸丢到了信使的面前道："你自己看吧！"信使捡起信纸匆匆一览，脸色顿时变得苍白。杨坚看在眼里，然后道："你是愿意继续追随通敌卖国的张大人，还是愿意反戈一击，将功补过，做个有良心的臣民呢？"信使趴在地上，磕头说道："元帅在上，小的知罪。此生若有生机，定当悔罪感恩，尽忠报国！"杨坚带着讥嘲，嘿嘿笑道："看你这斯文的身板，不像是个从军当差的料，可咬文嚼字却有些书生气息，尤其是还知道'悔罪感恩，尽忠报国'，但却为何要投靠这等谋逆叛国的奸臣呢！"信使跪在地上，流着泪道："禀告元帅大人，在下并不知晓信中所言何事，仅是想不辱上命差遣，做个恪尽职守的差役，以博取功名而已。"杨坚训斥道："好个恪尽职守！你枉为读书人了。你能用卖国来博取功名吗？朝廷岂能让你这样的人取得功名！"信使直起了腰，带着委屈道："我本出身书香人家，祖辈均以教书育人为业，虽世代平民，却自幼尊崇礼教，以本分做人，更有向上进取、为官为民之念。却因家中无人习武，享有军功军职，也就无法取得功名为朝廷效力。家父曾以文谋得了县衙的一个文书之职，却因看不惯世族权贵的欺诈霸道、徇私枉法之态，而直言评议，终因人微言轻，不但不被上官采纳，反被革职治罪。我心中不平，才决心投笔从军，谋取功名，以雪父辱。没想到错投门庭，如今悔之晚矣！"

杨坚看着眼前这个跪地诉说原委的年轻人，沉思良久后，挥手道："你起来吧！我且问你几个问题。"信使起身，垂手站立一旁。杨坚问道："礼教之本是什么？"信使答道:"忠孝、仁义、道德、廉耻。"杨坚又问道:"何为忠孝仁义?"信使答道:"忠君国、忠臣友、忠职守、孝父母、敬长辈、爱儿女、明事理、识是非、严律己、宽待人。"杨坚进而问道:"何谓国,何谓君,何谓国君?又何为治国之本,强国之术?"信使道:"划疆为治谓国,讲礼义、崇孝道谓君,一国之主谓国君。育民乃治国之本,富民乃强国之术。"杨坚颇感兴趣地继续问道:"能否说说你的育民之本和富民之术?"信使踌躇了一下道:"识字明理、遵法循道、取舍有律、上进有序,此谓育民之本。养农重商、轻赋平役、息兵安居、修渠治水,此谓治国之术。"

这一席话让杨坚肃然起敬,他起身离座,对着信使拱手道:"先生失敬了!不知在下能否请教先生名号尊称?"信使慌忙作揖道:"元帅大人在上,小的戴罪之身,岂敢有尊称!在下姓郑、名芥、字庭、无号!"杨坚道:"能否请先生坐下来,我们细聊?"郑芥道:"在下乃草民一个,岂敢与元帅大人并坐对聊!"杨坚不再容郑芥辩驳,指挥手下搬来椅子,招待郑芥落座后道:"听你对当今行使的以军功换取功名之律似有不平之意,能否细说你的见解?"郑芥迟疑了一下道:"乱世尚武,以军功博取功名,乃历代所承时势所需。然而,拓疆掠地、安民治国、扶农养桑却绝非一个'武'字能涵盖一切。古人曾提过文相治国、武将守土之说。要想一个国家兴旺发达,必须具备文武之道,方能文治民于内、武拒敌于外。纵观如今三百余年的动荡时势与朝政,莫不是因武将当道,以武治兴国,以军功论官职和赏罚,以世族和门阀为贵贱,故而造成了门阀之争、将叛国亡、朝廷更迭、田地荒芜、民不聊生。"杨坚频频点头道:"先生可有治此弊端之良策?"郑芥踌躇着道:"我乃一介草民,所说之言已经是在妄议朝政了。在下岂敢再有良策。"杨坚道:"非也!想姜太公本是一介钓鱼翁,却为周朝赢得了八百年的基业。诸葛亮原来也是一介布衣,却奠定了秦汉之后三国鼎立一百六十年的时局。故先生不必自谦,我也并非是旧律的守护者。只要先生能不吝赐教,切中要害,我又何尝不可学文王、效高祖恭师学道,还先生一个济世为民、学有实用、志有所得呢!"郑芥闻言,即起身跪拜道:"闻元帅之言,茅塞顿开。自此后,我将知无不言,言无不尽,誓死跟随元帅,以元帅匡护黎民定天下之心为己任,以报元帅的知遇之恩。"杨坚急忙起身扶起郑芥道:"先生快快请起。先生既然已明心迹,本帅也当从长计议。目前,你对张监军通敌一事,有何决断?"

郑芥略一思索便道:"张监军唆使齐军,欲趁我兵将外出、军营空虚之时,愿做齐国内应,偷袭我军营,以牵制我大军进攻梁州,达到其'围魏救赵'之目的。元帅何不将计就计,我则可做元帅在张监军处的内应,用他诱齐军入瓮,以破信州城的齐军，再由我揭发张监军通敌卖国的现行，交付朝廷以正视听。不知元帅意为如何？"杨坚哈哈大笑道："先生之计与本帅不谋而合，如今有你助我计成，就更有了胜算的把握。没想到这个张监军，不仅帮我解了一道燃眉之急，还为我送来了一个好参军。如此，郑先生，此事完了之后，你就来我帐前暂任个中军参事吧！待你以后另有建树再作封赏。"

入夜，张光洛正在忐忑不安时，郑芥悄然走进帐来。张光洛劈头就问："事办得如何了，路上没出事吧？"郑芥拱手道："禀报老爷，事已办妥。一路顺利，并有回函一封。"张光洛松了一口气，边接回函边道："顺利就好，顺利就好。"郑芥问道："老爷，我们接下来该做些什么？"张光洛边看信边道："你去各处军营探探他们出兵的虚实，再去库房取支火把来。然后帮我备些酒菜过来。"郑芥试探着问："老爷，这么晚了，你不休息，还喝酒。是否还有什么事啊？"张光洛笑着奸诈地道："今晚你也就别睡了，在这里陪我喝点酒。等到凌晨时分，营外一有动静，你就去用火把，把杨坚的帐篷点燃了，接应来偷袭军营的齐军。"

郑芥内心暗暗吃惊，这家伙不仅老谋深算，而且阴险狡诈。由旁人去纵火，既可按约做内应向齐军报信，又可扰乱军心。事成，便是他的功劳；事败，便可由他人顶罪。郑芥想到此，故作惊恐地道："老爷，让我去烧元帅的帐篷，接应齐军？"张光洛瞪视着郑芥，冷冷地道："怎么，怕了？"郑芥不得不故作姿态地道："在下不是怕，而是觉得老爷担着这么大的险，却去做这样小的事。不值！"张光洛带着疑问警惕地道："此话怎讲？"郑芥故意转头看了看帐外，神秘地道："刚才，我路过元帅的中军帐，见帐内还有人。你让我去他军营烧他的帐篷，既伤不了他的人，也破不了他多大的财，万一被其逮住将有口难辩。且是不值！依在下之见，既要跟元帅过不去，就挑他的软肋，烧他的粮草，让他的手下吃不上粮，穿不上衣，马匹跑不动路，于是怨声四起，军心涣散。这岂不比你烧他一顶帐篷好得多！"张光洛摇了摇头道："不行。此事我曾想过，我管的粮草被烧，难逃失职之罪。不行不行！"郑芥又道："老爷，你傻呀！齐军深夜来偷袭军营，谁知道是谁放的火？事后，还不知道谁追究谁的失职之罪呢！"张光洛盯视着郑芥没有开口，许久之后突然放声大笑道："是呀！到时候还不知谁追究谁的责任呢！你这小子，真有你的！我是小看你了，此计真是既狠毒又双重保险，让杨坚吃不了也得兜着走。行！就照你所说的去办吧！"郑芥见张光洛入了他的套，一颗悬着的心放了下来，即道："老爷，这么件大事光由我一人去干，不行！你得给我安排几个人做帮手。"张光洛疑惑地问："安排几个人？不行。此事只能我知你知。"郑芥解释道："虽说粮草都在我们军营内，但也得提防被人察觉。我一人在浇油放火时，也得有一个人给压阵放风，以保万无一失。"张光洛沉思着道："哦！原来如此。"过了片刻，张光洛似乎已定下心来，挥了挥手道："好吧！到时候我在暗处替你把风压阵。你现在就按所说的去准备吧！此事成功之后，老爷我定不会亏待于你。"郑芥应了声"喏！"便退出军帐，朝后营走去。

寅时刚过，月色已尽，晨曦未现，天地仍然一片漆黑。杨坚的中军营灯火稀少，在朦朦胧胧的灯影中，除了偶尔响起巡逻士兵的脚步声之外，四周一片寂静。然而在军营栅栏的几里地外，正有一群黑影在悄悄地向杨坚军营靠近。张光洛心神不宁地坐在案前，边饮酒吃菜边留意着帐外的动静，郑芥在一边伺候着。突然，夜空中响起了一声尖厉的似惊鸿掠过长空的哨鸣声。张光洛闻听此声，立即放下酒杯起身道："来了。快！去点火接应。"说罢便随郑芥匆匆奔出了帐篷。郑芥提着早已准备好的油桶和火把与张光洛借着夜色来到草垛旁，张光洛把风瞭望，郑芥泼油点火。谁知郑芥刚把火把点燃，便从草堆里窜出几个人，夺了火把按住了郑芥。张光洛见事情败露转身便逃，却撞在了身后一个人的身上摔了个脸朝天。他借着火光认真一看，只见全身披挂、手握宝剑的元帅杨坚带着他的一队亲兵堵住了他的去路。

偷袭杨坚大营的齐军已逼近了杨坚的军营，可杨坚军营内仍然平静如故，没有丝毫动静。带队的前锋将军转身命令身边的亲兵再向夜空射支响箭，箭带着呼啸声划向天空，与此同时，朦胧中的杨坚军营里窜出了一片火光和烟雾，前锋将军挥剑一呼，率队直扑杨坚军营。他们扒栅栏、越沟渠，以猛虎下山之势冲入军营。但见在忽闪的灯火映照下，军帐中仅有少数人影窜出，沿着军帐间的通道向后营乱窜奔逃而去。齐军袭入军营后势如破竹，无人敢抵抗，很快便深入到了杨坚的军营腹地，来到了那堆在熊熊燃烧着的柴草面前。齐军的前锋将军面对着空阔场地上只有火光不见人影的场景，突然醒悟了过来，他冲着蜂拥而至聚集到火堆前的齐军，大声喊叫道："不好，我们中计了。快撤，快撤！"可是不等齐军返身回撤，随着喊声而至的是，从四周暗处飞出了如蝗虫般密集的利箭和阵阵喊杀声。仅片刻工夫，偷袭杨坚军营的齐军，几乎全军覆没，仅有少数的兵将逃出了杨坚设的层层埋伏圈，似漏网之鱼向信州城逃窜而去。

杨坚手提银枪，纵马从暗处跃出，举枪振臂大声喊道："上马！策应左将军，攻占信州城！"

第六章
运筹帷幄锦囊妙计，声东击西一石三鸟

齐国朝廷政权被权贵门阀掌控，党徒派系势力错综复杂。齐国君主高纬昏庸无能，亲信小人且纵欲成性，致使权臣弄权聚势、排斥异己，内争暗斗不止，甚至诬告陷害、相互倾轧、肆意滥杀。这使得依附于这些大官的官员们，也不得不随着上层争权夺利的需求，拉帮结派、争斗不休。

咸阳王右仆射斛律光，是齐国一员悍将，也是周朝的劲敌。他曾力战周朝名将韦孝宽、杨忠，一举夺得周朝东域北部十三城、五百里地，威震四方。其弟幽州刺史斛律羡统领的兵马，是西抗周朝、北拒突厥，镇守齐国北域的行台大将。斛律光之子斛律武都更是文武双全，独掌齐国与周朝相邻的梁州、信州、洛州西境大门的军政大权。然而，在朝当政的斛律光，看不惯当朝国师左仆射祖珽与弄臣开府府尹穆提婆的奸邪惑主、卖官营私，更反对他们与后宫篡政的陆令萱结党乱朝的种种行径，从而引发这些派系群起攻之，联合向齐主高纬诬告斛律氏一族拥兵谋反。而在朝拥有一方势力的南阳王高绰，不仅乐见其乱，还煽风点火，趁机扩充自己的势力，致使斛律氏族惨遭灭族之灾。这伙为反对斛律氏而暂时联合的权臣们，在合力扳倒斛律氏一族势力后，瓜分其留下的朝政利益时却互不相让，形成了自上而下的权力之争，朝野一片混乱，梁州城内各派系间的争斗便是由此产生的。这为屯兵边境、一直窥视齐国朝政动态的杨坚，找到了攻齐占边城的契机，也为周朝打开了灭齐的西大门。

梁州城城墙高大宽厚，城外还有十余米宽的护城河环绕四周。它宛如一只猛虎，盘踞在西进周朝国土、东联齐国京都邺城的道口，随时准备吞噬西来的进犯之敌，守护着身后东方的齐国疆域，牢牢扼住了东西方的交通和商贸经济。这座梁州边城与西南的信州、西北方的洛州，是斛律武都花费数年心血营造的一道进可攻占周朝国土、退可坚守齐国领地的屏障。因此，他在这三座城内驻养了十万之众的兵马，也成了周朝数年以来几次伐齐都无功而返的阻碍。有道是天欲成人，则人可不

费吹灰之力得之；天要灭人，则也是分分秒秒的事。杨坚虽说抓住了机遇，瞅准了时机，发重兵逼近梁州城，但他不得不有所忌讳。因为梁州城虽乱，却仍有数万兵马，若他们团结一心、同仇敌忾与他殊死一战，其力量不可小觑。杨坚同时还得防备信州和洛州城派兵增援梁州，所以他不得不在锦衾中做出应对之策。

信州城守将高劢虽是隶属于斛律武都管辖的防区，实际上却是高绰安插在斛律武都身边的高氏朝廷的心腹。随着斛律光被诛杀，斛律氏一族在朝中的势力遭到连根铲除，在幽州的斛律羡和梁州的斛律武都及其亲信势力也都在被指名诛杀之列。于是，原本被斛律武都压制的其他几股势力，借着朝堂上主子得势的机会一拥而上，不仅杀了斛律武都和他的亲信，还为争权夺利而互斗不休。一时间，这几股为分赃而争斗的势力各据一方，整天人喊马嘶、兵戎相见，把梁州城搞得分崩离析、民不聊生，乱成了一锅无人能吞得下的烫粥。

高劢对朝中变故早已得到密报，对梁州及边城目前的局势也已向其叔父高绰做了禀报，并得到明确指示：坐山观虎斗，待争斗方势疲力尽之后，再出兵镇压、接管梁州城。届时水到渠成，朝廷便可顺理成章地任命高劢为统领梁、信、洛三州的一方封疆大吏。

然而，高劢接到张光洛的密报后就坐不住了。张光洛在密信中说，杨坚已倾巢出动，要趁乱奔袭梁州，目前军营内仅剩杨坚的两千亲兵和一些老弱兵丁看守着成堆的粮草、辎重和空营帐，是个难得的灭杨好时机。齐军若要偷袭，他愿做内应，以响箭为号、以火焰为应。

高劢没想到杨坚会舍近袭远，去攻打梁州，这不仅打乱了他设想好的进取步骤和防城计划，更迫使他不得不采取措施紧急行动。然而，让高劢踌躇的是：他该分多少兵去梁州？去少了，既难以对抗杨坚的兵，又无法镇压城里的乱局！而且该派谁去领军征战？去多了，信州城谁来守，杨坚的军营还要不要偷袭？高劢左思右想拿不定主意，他好似热锅上的蚂蚁，在厅堂上抓耳挠腮、来回打转。

高劢召集了手下几个亲信，一起来商讨这突发的事件，可这些在夜间被紧急召来的属下，却没给主帅出上什么好主意。最后还是高劢自作主张：由他亲自带二万精兵火速赶往梁州，力争在杨坚的兵马到达梁州之前进入梁州城，与城内的守军一齐迎战周军。若杨坚的兵马已到梁州，便联络城内守军共同夹击周军。高劢觉得此役，不管是在地理上还是在兵力总数上，杨坚的周军都处于劣势。而且此役一旦得胜，他便能以胜利之师进驻梁州城，也就不怕有人敢不服！而偷袭杨坚的空军营，

第六章 运筹帷幄锦囊妙计，声东击西一石三鸟

既是机不可失、时不再来的事，也是一种以攻代防的策略，他决定此事交由副将率五千兵马前行即可。如此以两对一且有内应的优势，就算杨坚的兵再厉害，也绝无不被击败的理由，故而这种稳赚的买卖不能不去做。而信州留下数千人马守城，也就是装装样子罢了！高劢算计停当，便急匆匆地披挂上马，带着兵马出城蜂拥而去。

左将军杨素遵照杨坚锦囊里的作战方略：明修栈道，暗度陈仓之计。白日午时率大军出营取道向北，可夜晚子时许却已率队潜回了距信州城外东南十里地的一片丘洼地。在探知了信州城内连夜分别向北派遣出了一支约两万余人救援梁州的部队，和一支约五千余人向西偷袭杨坚军营的部队之后，便全队兵分三路进军，逼近了信州城的东门、南门与北门，仅留下通向北周边境的西门不设兵将。

黎明时分，晨曦微露，浮云飘动，苍茫大地万物苏醒。然而，齐国边境的三座城市：信州、梁州、洛州，都正在经历着一场生死浩劫。信州首先开战，城内的号炮和几股冲天燃起的烟火，吹响了攻城的号角。信州城内一片火光，埋伏在城外的杨素兵将，奋勇地扑向已被内应打开的城门，与驻守在城内尚存的齐军兵将混战了起来。

黑漆漆的梁州城在晨曦的微光中，渐渐地露出了轮廓，闪着波光的护城河好似挂在女人脖颈上的一根银项链，把巍峨的梁州城圈了起来。高劢率领着大军一路急奔，来到了梁州城外南大门，竟不见周军的一个人影。而梁州护城河上的吊桥高悬，城门紧闭，高高的城头上寂静无声，更不见刀剑林立、人影晃动，全然没有一副临战的态势。这让立马在护城河畔的高劢不由得疑虑起来：这梁州城是被周军占了，还是周军还未兵临城下，城内人还在安然睡觉？可是高劢又不明白，他率援军已来到城门外，却为何仍不见城墙上的守军有一点动静。他猜不透这是一种什么状况，更不知道城墙上的守城人到哪里去了？是不欢迎他的到来而故意为之，还是梁州城已被周军夺取，而眼前的冷清寂寞……难道是周军在以逸待劳？一股不祥之感袭上高劢的心来。如果真如此，那么他们这一夜的奔劳不仅无功，而且也很难用他们疲倦的兵马，立即去与已经攻占了梁州城的杨坚人马争城夺寨。高劢那一腔旗开得胜、马到功成的热血瞬间冷却了下来，随之而来的却是心情焦虑和疲惫不堪。

杨坚指派攻取梁州城的主将韦世康，乃是周朝名将郧国公韦孝宽之子。韦孝宽是杨坚之妻独孤伽罗的干爹，也是独孤伽罗的父亲卫国公独孤信的挚友，且与杨坚之父随国公杨忠曾同时败于齐国大将斛律光手下，他们共同的结拜弟兄柱国大将

军王雄就死在了斛律光手上。故这次韦世康跟随杨坚伐齐,征讨由斛律光之长子斛律武都统领的边城梁州,大有一股替父辈报仇雪恨的态势。然而,不等周军动手,斛律氏一族却被他们效忠的朝廷灭了,这让韦世康在欣喜之余不免有些不解恨。故当接到杨坚的密令,让其担当攻取梁州的前队主将时,他立即迫不及待地行动了起来。韦世康根据杨坚在锦囊中的指令,在大军未出动之前,即派出了三支由三员副将统领的精兵,飞马驰往梁州,与早已潜入城内打前站的密探会合,按照杨坚的计划行动,准备接应后续兵将进城。随后,他才率领大军分兵四路,不急不慢地奔赴既定的设伏地点,静等各路兵马细作从梁州城内返回探知的信息。

梁州城内的守军,自从主帅斛律武都被诛杀,连带一批跟随他的兵将也受到牵连、被排斥,而上层伸向梁州城争权夺利的各派势力趁机争夺地盘、互不相让,终于引发了派系间的互斗。城内经过一轮激战、争抢之后,形成了以四座城门为营地的四股割据势力范围:

以东门营盘为据点的是"内庭党",即内宫依托齐国君主高纬的偏听偏信而揽权,在外庭勾结黄门侍郎刘逖等大臣卖官鬻爵,以高纬的奶妈内侍中陆令萱、其子开府穆提婆、秘书监祖珽、黄门侍郎刘桃枝等一批新权贵宦官为首的势力党派。

以北门营盘为据点的是一派"后党",即以齐国君主高纬之母胡太后为首的一派旧宫廷官僚势力,其代表由淮阴王和士开、司空赵彦深、侍中元文遥、侍郎冯子琮等权贵势力组成。他们因琅琊王高俨谋杀了胡太后的奸夫和士开之后,便怀恨在心,而与想做太后的陆令萱做了交易。由内庭党祖珽诬告琅琊王高俨谋反,设计把高俨勒死在花园后,再由两派联手作证,把反对内宫干政、出面干涉他们谋杀高俨的咸阳王斛律光,诬陷成私储兵甲、意欲拥兵逼主,是高俨谋反的主谋,不仅设伏残杀了斛律光,还派人诱杀了斛律光的五个儿子和族人,造成满城冤仇,朝廷边境动乱。

以西门营盘为据点的是高俨一派势力的残余"俨党",即以齐国君主高纬之胞弟琅琊王高俨为首,以反后党权贵势力乱宫为宗旨的一派势力,其代表有开府高舍洛、中侍常刘辟强、御史王子宜、将军冯永落等。然而,自琅琊王高俨被后党联合内庭党暗杀之后,其在朝中的余党也均被诛杀,于是其分布在边庭的党羽则投靠了暂处中立的兰陵王一派。

以南门营盘为据点的是一批忠于斛律氏族的军将,称为"义党",他们与不满朝廷昏庸、忠奸不辨、贪赃腐朽而被贬官的政僚和义士合股成势,公然打出了"清君侧"的反朝廷旗号。

正当梁州城这四股势力争持不下时，城内传开了流言："南阳王高绰已得到齐主颁诏，将由其侄信州城主将高励带兵来接管梁州城总管之职，往后梁州、洛州、信州三城兵马和府衙将归高励来统领。若有不从者，当立即以叛逆罪诛其满门。"这谣传立即让四股人马同时产生了不满情绪，他们为争夺梁州城的地盘，相互厮杀、流血城河、死伤无数，如今朝廷竟然要让手不血刃的局外人高励来不费吹灰之力地占便宜，成为他们的顶头上司，是可忍孰不可忍！于是各股势力又打起了各自的算盘："内庭党"自恃在朝廷里后台坚硬，他们更觉得素来拥护陛下和陆侍中的皇叔高绰不会不迁就他们三分，故这梁州的权力之羹必不会少了他们的好处，因而他们乐待其成；"后党"自知他们在皇叔高绰眼里是胡太后的小人，虽说南阳王高绰从没有在公开场合指责过太后养奸夫乱后宫的不堪之事，但这种违反人伦、玷污皇室脸面的龌龊之举，是任何人都不能容忍的，故而他们不免都有惶恐之态。他们除了派人飞报太后之外，一时之间也不知该作何应对，而只能静观其变。"俨党"本就不服这场朝廷内乱的制造者，而想投靠朝中另一股势力来东山再起，却没想到他们投靠的主子兰陵王，并不想蹚这趟浑水，故也没给他们多大的支持，因此他们不免有所失落。"义党"是为义而聚的，他们本是这场动乱的无辜受害者，他们拥立了侥幸逃脱杀戮的斛律光的小儿子斛律钟年为帅，树起了"惩宦贼清后宫、整朝堂明乾坤"的大旗，这股曾跟随主帅斛律光出生入死、驰骋疆场的兵将，人数虽没其他三股众多，但其战斗实力却是最强的。

杨坚给韦世康的锦囊里，除了有明确的行兵布阵线路程序之外，还有提要简令写着：一是放开东门，即拿下其他三门后，再占东门；二是巧取北门，即里应外合攻占北门；三是诱降西门，即许其厚禄、保其官位，配合南门、兵出西门、攻击高励；四是策反斛律钟年，收获南门；五是联手设伏，配合后军，助其夹击高励。韦世康与杨坚都是将门之后，他年龄虽大于杨坚，却一直都很信服杨坚的为人和胆略，也愿意做杨坚的左膀右臂。韦世康在看到杨坚的"明修栈道、暗度陈仓，出奇兵分头攻取"的指令后，不禁钦佩杨坚的谋略。韦世康对杨坚"里应外合巧取北门"之计的理解是不强攻，以诈、骗、蒙和制造动乱为手段，一举夺取北门，再坐地为王去收拾游兵散勇、平息乱局。故他便指派了骁勇善战的副将徐奚达带队先行、伺机攻城。同时，韦世康也明白，杨坚的"诱降西门"之计，不仅立意清晰，而且十分高明，俨党在齐国已成劣势、前程暗淡，他们想要东山再起去复仇，只能选择另起炉灶、弃暗投明。故韦世康指派了文武双全、能说会道的副将李穆率队前往，去实施与城内细作接洽、诱降西门俨党守将。但韦世康不赞同杨坚的"劝降收服南门"之计，让他放弃前仇，去联手令他们父辈蒙辱的仇人斛律光之子斛律钟年，去夹击高励、获取南门，韦世康对此不仅自己难以甘心，更不敢对被斛律光箭杀的王雄之子、自己的副将王谦提说此计，这实在是既有违父辈心意，又是不近世态常理的勉为其难之事。但是，他又不能不去执行。而韦世康对"放开东门，最后攻取"之计也持有不同意见。但他知道杨坚的军令不可违，他只能怀着不满的情绪，根据杨坚的指令，派出了有勇有谋的杨坚族兄、副将杨钢，带上杨坚的亲笔书信，依计统率精兵前往南门。最后，韦世康才让副将王谦带领本部人马去途中伏击洛州驰援梁州的齐军，再顺势夺取洛州。韦世康把一切安排停当，便统领前队大军绕开大道悄然前行，并派人暗中监视信州城的动向，以便审时度势而动。这夺取梁州则成了此战役的关键之战，韦世康能如此顾全大局，功不可没，也显示出杨坚的用人之术。

　　这些天，梁州城内的种种谣传和民众的阵阵骚动，让城内的军民早已时时处在心惊肉跳之中。"齐国陛下已被软禁，想做太后的陆侍中已经出逃""信州城已被周军攻克""洛州城救援梁州的兵马被周军击溃，洛州城内官府的资财和军需粮仓被一股山匪趁机洗劫一空""周军已经入城，西南两门的守军已经投靠了周军"等流言遍及大街小巷，让这些割据一方的守军将士们既不知所以然，也不知何以为然，而只能坚守着自己的营盘，等待着事态的发展。

　　一阵号炮声点燃了一股股冲天而起的烟火，发出了周军攻取梁州的冲锋号角，把梁州城内守军的紧张神经推向了顶峰。沉默的南门城墙上瞬间喊声大作，一阵箭雨飞出射向高励的人马，一些冲至河沿的兵马纷纷中箭伤亡，引来了高励军阵的骚动，也引发了高励手下一些不明事理的军官，指挥部属与城上的人对射了起来。城内的号炮声和面前的箭雨，让高励豁然清醒了一个事实：周军已经攻占了梁州，他这星夜兼程的救援已成徒劳。如今不仅人困马乏，而且陷入了被动的势态，若不赶紧做出决断，即会大难临头。高励当机立断，立即命令中军传令停止攻城，速速后退。然而这突然而至的撤退令，让正与城墙上互射交战的前队众兵将不知所措，只能快速仓皇后退。可是那些在原地休息待命、疲惫不堪的后队却行动迟缓，造成这万余之众如同海滩退潮一般，前浪的快速后撤压在了后浪之上，激起层层叠叠的涌浪、翻起堆堆浪花，搅乱了潮流、冲混了沙滩，高励的队伍就成了这样的海潮，不仅彻底乱了套，还相互踩踏，死伤无数。

第六章 运筹帷幄锦囊妙计，声东击西一石三鸟

伴随着齐军高劢混乱失控的将士，城外的荒丘野林间，又响起了阵阵号炮声，以及一阵又一阵的马蹄奔驰声和喊杀声。这时，梁州城南门和西门外护城河上的吊桥也响起了吱呀声，并迅速地铺连了两岸的通道，城门轰然开启。城南门杀出了一支衣甲鲜亮的兵将，为首的便是周军前队副将杨钢，其身后是白衣白甲穿孝服、高举"清朝纲、雪父仇"大旗的投诚周廷的反齐兵将；城西门涌出了以周军副将李穆为首的一支周军和被收服的俨党人马。这两股从城内杀出来的兵马与城外埋伏出击的周军，犹如汹涌的潮流，排山倒海般地冲向混乱不堪的高劢军阵。仅片刻工夫，高劢的兵马便失去了抵抗能力，被杀得血流成河，没被杀的逃的逃、降的降，连主帅高劢也被乱兵砍伤而俘。

清晨的号炮声把东北两门的守军兵将从梦中惊醒，他们顿时明白该发生的事情要来临了。北门护城河上的桥索被砍断，城门被人打开，城外的周军兵马如潮涌般地冲入城中，挡者亡、抗者死，所向披靡，无人敢拒敌，求生者不是奔逃，便是丢盔弃甲跪地投降，仅瞬间周军的"杨"字帅旗便插上了北门。东门的守军早就被传说中的朝廷变故乱了方寸，将官们都知道失去了靠山便失去了一切，于是将官没有了信念，士兵失去了拼杀的斗志，到了如此生死关头便如散沙一盘，作鸟兽四散、夺路而逃。偌大的一个梁州城，竟被杨坚运筹帷幄、巧施妙计、顺势而为、借力打力、以柔克刚地收入了囊中。

杨坚自攻克了齐国这三座边城之后，便移营来到了梁州城内。他一面积极布防，准备迎战前来争城夺地的齐军；又一面整肃军务，梳理齐国府衙，审理齐军投诚官将；还一面颁布新政律令，出榜安民、引商开市。仅仅数日，便把梁州城治理得民安业乐、路不拾遗、商贸渐盛，彰显出杨坚的治理能力。

这天，杨坚正在其帅府议事堂召集属下各路主官听取汇报时，只见前锋副将王谦一手揪着一个弱冠少年，一手提宝剑闯入殿堂。正在堂上议事的前锋主将韦世康见状，立即起身喝道："王谦，休得无礼！你不在洛州布防，来这里何干？还不快退下。"王谦没有理睬自己主将的阻拦，径直来到杨坚跟前，把手中的弱冠少年推倒在地，用剑指着吓得浑身颤抖的少年，冲着杨坚道："此等逆贼小儿，为何要留着不杀？你们难道都忘了其族人留给我们的耻辱和吾家的杀父之恨吗？"杨坚用平静的神态看着王谦，没有接口说话。韦世康上前道："胡闹！我不是对你说过吗，当时是互为敌阵、各为其主，生死较量难免有胜败伤亡。如今已化敌为友，他在献城、击溃高劢援军一事上是有功于我们的。所以，元帅不计前嫌，不仅不杀他，还将上报

朝廷为其讨封。我都懂了此中的道理，你怎么就不解此中的深意呢！"王谦却蛮横地道："我就是不解！我只知道杀父之仇不能不报。"

杨坚起身，从地上扶起少年，边拍打掉他身上的泥土，边替他整理着衣冠，道："斛律少帅，让你受惊了。但也请你理解王将军的心情，弑父之恨放在谁的身上都会有不满之举。在下替他向你赔个不是。"杨坚双手抱拳作揖道歉，慌得斛律钟年还礼不迭，并感激涕零地道："元帅能不计在下父兄之过，不仅不杀不辱在下，还收容属下将士，承诺替在下报仇雪恨，此大恩大德在下当没齿不忘。"杨坚又转身对王谦道："王将军，你可还有话要说？"王谦怒气未消地丢下宝剑，转身离去。

杨坚即授意韦世康把斛律钟年引出殿堂，去妥善安置，然后回到帅位对众下属道："报仇杀戮不该是征战夺地的本意，除暴安良、惩恶扬善、清奸廉政，方能还四海一个安宁，给民众一个安居。为帅为将者必当以此为念，方能领导军心、赢得民意。"参事郑芥问："大人，被俘信州主将高励当如何处置？"杨坚坦然地道："此等庸将，多一个不多，少一个不少。好生安抚，待其伤愈后礼送出境，给高绰一个人情，日后也好说话。"郑芥又道："军将虏得梁州城乐府中的歌师、舞伎、名优二十余人，乐器无数，还有多个貌美名媛，据说其中还有一位是流落风尘的梁国河南王侯景的孙女叫侯蓉蓉，不仅姿色出众，而且才艺堪称一绝。这些人当作何处置？"杨坚道："一个不留！"

参将元胄急忙拦阻道："不可，不可。"杨坚看着元胄道："为何？"元胄答道："据我所知，齐国的乐府名扬天下，他们汇聚了西域的龟兹、疏勒、安国、高丽等乐曲，在吹笛、弹琵琶和歌舞之技上形成了独特的五弦和七调之音，堪称当今乐坛一流。你把他们杀了，岂不是罪过！"杨坚道："谁说我要杀他们了？我仅说'不留'！"元胄有些纳闷地道："不留，什么意思？但弃之也可惜呀。"杨坚狡黠地微笑着道："唔！我知道了，要不要给你留一两个名媛做小妾？"元胄反唇相讥地道："岂敢！主帅都不留的人，我岂敢留用。但我可不是惧内！"杨坚知其所意，即认真地道："我也并非是惧内的缘故。但我觉得这些人训导得好，必能胜雄兵数万。"元胄会意地点头道："真是高瞻远瞩！在下佩服。但是，韦将军对执行你的'攻取梁州之计'心中尚有不解之结，却又不便当面责问，故欲托我转达其意。而此刻看来，在'劝降斛律钟年之计'上的结，他已是解了，我也就不说了。"杨坚立即道："但说无妨！知无不言，言无不尽，这可是你说的。"元胄道："对东门之敌，你为何不一举歼之，却要网开一面任其逃逸。留下这壮敌之力，是不是妇人之仁，而最终会害己呀？对此，韦将军和我都有此意。"杨坚道："我的宗旨是，争城夺地的杀戮乃是不得已之举，是手段而不是目的。哀兵必凶，这是常识，也是兵家忌讳之事。留其一条生路，使其丧失斗志，既是屈人之策，也是活人之道，对争战的双方都有益。至于后事，岂不知种瓜得瓜，种豆得豆么！"元胄频频地点着头道："在下是真心地服了！但不知元帅将如何处置通敌的监军张光洛？"杨坚微微一笑，胸有成竹地道："此事无须我去处置。这个恶人，还是留给朝中的太师吧！"

中大夫高颎道："禀告元帅，除了洛州的诸多钱粮辎重被山寇乘虚洗劫一空之外，梁州和信州府库的资财和军需都已清点造册完毕，该当如何处置？请元帅定夺。只是可惜了洛州府库中那么多的东西，此事是否该派兵将去追查收缴？"杨坚道："已造册的资财全部封存，待接收大员来临后全部上交。山寇都为穷家之人，窃点财无非就是养家糊口，此事就不必再提了。"左将军杨素忍不住了，道："咱们一点也不留吗？"杨坚从容地道："留此无益。留了也是别人的，反会让人留下话柄。"杨素道："在下不明白，请大哥赐教。"杨坚道："我得到军报，接收大员已在途中，不日便到梁州。我若私留财物，岂非是为他人作嫁衣裳？"右将军杨钢愤愤地道："他们难道还要剥你军权，夺我们攻城克敌之功不成？"杨坚笑了笑道："不错！我好在没辱皇命，故太师他们也只能夺我军权，却不能治我罪。"杨钢拍桌骂道："岂有此理，让这帮人当道，天理何在？"这时在座的属下全都怒形于色地道："我们不服，这是过河拆桥。"杨坚哈哈大笑道："人心在，天理自在，一时的得失何必当真！"

杨坚正与大家谈笑着，中军校官进来禀报道："禀告元帅。探马刚才传回军报，朝廷派来由齐国公雍州牧统率的兵马已距梁州城不足二十里地了。"杨坚平静地问："可知同行的还有谁？"中军校官道："尚且不知。"杨坚挥手道："继续探实后禀报！"

杨坚待中军校官离去后道："各位，在下先在这里向大家道个别。咱们出生入死，兄弟朋友一场，我杨坚此生难忘。大家不必为我的去留而担忧，且来日方长，必有后会之期。但愿各位保重安康，戒骄勿躁，留得青山在，再续一世情。届时，我杨坚定还大家一袭锦衣玉带。"元胄突然伸出大拇指道："我明白了，杨兄真是高人。难怪，你要把亲兵营遣散回乡。"杨坚却笑着打岔道："大家少安毋躁。请各自回去打点精神，准备迎接新的主帅。"

宇文宪是周朝开国太祖宇文泰的第五个儿子，性情聪慧，胆识肚量自成一格，乃是宇文泰众多儿子中的佼佼者，深受其父赞赏，幼年就被晋封为安城郡公。后跟堂兄宇文护东征伐齐崭露头角，据险拒战，临危克敌数万，挽回战局，受到宇文护的青睐，被保举为掌控实权的大司马雍州牧。长兄宇文毓即位后，他被封为齐国公。然而，随着宇文护独揽朝政的横行势态日渐嚣张跋扈，宇文宪渐渐有了与其离心之意，但他没有公开地与宇文护当面抗衡，常以婉缓进言或是以实为据地表明自己的立场观点，来求取平衡朝政，为皇兄分忧。这次在三哥宇文邕的提名下，宇文护才勉强同意让他带兵前来收缴杨坚的军权，惩处杨坚，并行使东征伐齐主帅之职。但临行前，宇文护直言警告，不得与杨坚沆瀣一气欺骗他这个太师，否则必严惩不贷。为此，宇文护还派了他的亲信幕僚裴仁基作参军随行。

宇文宪对此心情沉重，他不愿看到朝臣间如此剑拔弩张，也不愿让宇文护借他之手去除掉杨坚。然而在途中，当宇文宪得到探马报告，杨坚一夜之间连克齐国三座边城，收缴齐军兵将和府库无数后，心态不由地舒畅了起来。他为了缓和朝臣之间这种双方互相猜忌的不和态势，已想好了平衡两边之策。故而他一面向朝廷陛下报告杨坚的战况，一面向太师提出权衡修改惩处杨坚的条款，又一面缓缓行军，好给杨坚有所预防准备。

杨坚就在宇文宪的如此周旋之下，终于以功抵过，免于刑责，交还兵符，削去军职和随国公爵号，从此不得入朝参政，也不得领兵带将，并准其迁往随州继任刺史之职，并即刻赴任。但是，杨坚此后若有不遵不规之举，当与前过并罚，绝不轻饶。对此，杨坚的幕僚和属下，心中多有愤慨不平，却都被杨坚劝说抚平。继后，杨坚带着一批誓死不愿离他而去的亲兵和幕僚，辞别了众兵将，在新任梁州主帅齐国公宇文宪的送行下，一齐策马越过西城门外的护城河桥，取道随州赴任。

杨坚见宇文宪的随从不在近旁，便靠近了宇文宪低声道："国公数次问我镇边之策，不是在下推辞不说，而是怕有人误传你我之间的关系，于国公不利。"宇文宪忙道："在下明白。但还想请教杨公，能赐我镇边之策。"杨坚道："也罢，我就说上几句，仅供参讨。防守不懈、坚守勿驰、固守待援、审时度势、马到功成。"宇文宪不解地道："杨公，在下不明白，为何只能守不能攻？"杨坚看了一眼那些正在缓缓过桥的宇文宪的随从，道："目前齐国的内乱虽削弱了国力，但支撑高纬的还有两股不可小觑的强势派，兰陵王高长恭派和南阳王高绰派。他们之间虽有利益冲突，但当有外部势力入侵时，必会促使他们联合起来一起对外，届时难有可乘之机。而再要看到他们如此钩心斗角的分裂局面，又得花心思等时机了。另外，齐国正在想与北方突厥国交好联姻，一旦他们联姻成功，必会对我们构成威胁。而我国朝廷内，你也是明白人，权臣跋扈，君臣不睦，国力难济。此等形势之下，何能攻齐？如今之策，必须先破齐与突厥联姻，再离间齐国两派，促使齐国继续内乱，以进一步削弱齐国之国力。而对江南的陈国要以和为念。然后，再聚势蓄力，筑牢基础，如此方可去匡护国政，方能思讨伐齐平东之计。"

宇文宪忙拱手揖道："谢杨公金玉良言，宪当以此策为方略，外拒来敌，内洁自身。同时，我也会上报朝廷，力促周廷和谐，国力兴旺，更盼杨公能早日重返朝堂，尽展雄略，匡国济世。杨公此去穷乡僻壤的随州，不仅山重水恶，又有匪患悍民，若有为难之处，尽可委人来言告知，在下定当鼎力相助。"杨坚也拱手道："国公的心意，在下心领了。在此别过，后会有期。"

宇文宪看着远去的杨坚，心头一阵惆怅。

第七章
西山秣马随州养晦，饭庄巧遇惩恶纳女

  杨坚辞别宇文宪，一路扬鞭跃马，匆匆赶路，好似要去赴约一般，将亲兵与随从远远抛在身后。他纵马刚跃过一片乱坟岗，便见一队蒙面跨马、举刀的黑衣人伫立路中，挡住了他的去路。为首一人头戴束发金冠，黑纱蒙面，身披黑色风衣，内穿紫色软甲，胯下骑着一匹追风白鬃豹点骏马，手执一杆闪着光泽的金枪。见杨坚单人匹马出现，此人便策马风驰电掣般跃到杨坚跟前，举枪直刺杨坚咽喉，这突如其来的变故惊得杨坚慌忙勒马侧身躲避。

  岂料，对方这虚晃一枪，目的就是要杨坚勒马侧身避让。趁此机会，豹点骏马已逼近杨坚身旁，来袭之人收枪扬臂顺势一拉，便将杨坚拉下马来，使其跌倒在地。接着，又立马转身，用金枪抵住了欲想翻身爬起的杨坚……

  追跟上来的杨坚亲兵随员，见状纷纷拔刀扬枪，催马向前扑来营救。

  只听得一声呼啸，从树丛中窜出两队身穿深浅皂色衣衫的蒙面骑手，一队手擎长枪，一队举弓搭箭，配合着黑衣蒙面骑手，将杨坚的亲兵随员团团困在圈中。剑拔弩张之际，倒在地下的杨坚连忙摇臂大喊道："住手，不得乱来！你们是何方刺客，竟敢偷袭本府！"为首的黑衣蒙面人呵呵一笑，收起金枪，摘下面纱，道："夫君，让你受惊了。怎么样，为妻训就的这兵马还可行？"说罢便翻身跳下马来。

  杨坚爬起身，看了看四周，边拍打着身上的泥土，边尴尬地道："你怎么就料定，我今天能到这里呢？"独孤伽罗道："为妻虽没你那么会运筹帷幄，但我可以以勤补拙，笨鸟先出林嘛！"杨坚突然醒悟道："你不会在我身边安插了眼线吧？"独孤伽罗微微一笑，反问道："你说，我会吗？连兵不厌诈都不懂，还当什么元帅。"这时，所有的蒙面人都摘下了面纱，纷纷下马前来参见杨坚。身材魁梧的亲兵营头领杨豹挤上前，弯腰拱手道："主公在上，末将不辱使命，已把众弟兄们一个不少地带到济世寨，与大哥杨虎会合了。却没想到夫人早已带着小姐、少爷到了山寨，不仅亲力亲为地带兵操练，立规定矩、垦田种粮，还演习行军布阵，堪比在你手下当差

第七章 西山秣马随州养晦，饭庄巧遇惩恶纳女

时是有过之而无不及。夫人在得知你要前来探视山寨，便在你必经之道设下了埋伏，既想给你一个惊吓，也想让你体验一下我们的军威。"杨坚苦笑着道："什么军威，是下马威吧！"

杨坚让自己带来的亲兵和下属前来参见夫人，并指着郑芥道："他就是我曾对你说起的，那个出自世代教书育人之家，如今却要弃笔从戎以求功名，现已任侍郎参议的书生郑芥。"郑芥上前欲要行跪拜之礼，独孤伽罗伸手拦住，并有所指地道："先生不必多礼。我在夫君的信上看到他对你的评价。你如今已经有了军功，也有了军职，却为何要辞官卸职，跟着这位已经没了前程可仰的挂名府吏来此荒山野林呢？"郑芥挺身直说道："功名乃身外之物，我弃笔从戎，并非是单纯为了追求功名，而是对当今朝廷重军功、轻文才，以门阀氏族派系用人的不满。如今我遇上了有共同感受的知遇之主，是我可遇而不可求的再生恩师，我岂能弃之而随他人？"独孤伽罗故意道："朝廷对他可是有着禁令的，他再也不能参与朝政，不能领兵带将，只能终老在这穷乡僻壤、恶水野丘之间，而且稍有不慎，还会招来杀身之祸。可你既年轻又能断文识字，必前程似锦，却何必要追随他终老在这荒野乡间！"郑芥正色道："夫人此话差矣！有言道，士为知己者死。在下虽才德浅薄，却有一腔热血，禽鸟尚择良木而栖，我岂能不如禽鸟！当今天下分裂割据、争战不断，朝政紊乱，穷兵黩武、横征暴敛，民不聊生，唯有明主才能匡治天下。而我岂能舍去此机，去追求自己的所谓荣华富贵？这不是让我去失本心而求颜面吗？这是断断不能的事。"杨坚见郑芥把话意说到此等深度，怕他再说出什么不着边际、让旁人猜测的话，便急忙拦阻道："夫人不见得要在这荒野大众面前，把我的下属一个个考查盘问过来，才能让我们进寨落脚息养吧？"独孤伽罗不再继续拷问，她翻身上马，向着众人把手一挥，大声道："上马！恭请老爷，进山寨休息用膳。"

杨坚数天的跋山涉水，把这济世寨的里里外外摸了个清清楚楚，感到非常满意。让他尤为满意和惊讶的是，夫人独孤伽罗深谋远虑的方略和治理能力，将已有万余人员、数千战马的整个山寨调理得井然有序。兵马经过训练，已不亚于朝廷的精兵强将，且兵甲粮草充沛。从洛阳城内顺手窃得的官库财物粮草，在没有外界补充之下，也足够可以自食供给数年，再加上还可自耕生产，完全不愁天灾人祸。如此势态，真可谓兵精粮足、食用不愁，再无须去忧虑生存了。

这天，杨坚决定离寨去随州赴任。临行前，他把三个儿女招到跟前，先问长女，道："丽华，你要不要跟爹去随州上任？随州城里可比这西山屯要热闹多了。"长女

杨丽华秀气中有着女孩特有的妩媚，她扭头看了看站在一旁牵着小弟杨广手的母亲，没有言语。杨坚又道："你是喜欢跟你爹呢，还是喜欢跟你娘？"站立在杨丽华身旁、虎头虎脑的小男孩杨勇见姐姐还是不开口表态，便忍不住大声道："我喜欢跟爹走。爹，你带上我吧！我喜欢骑马射箭。"独孤伽罗瞪了儿子一眼道："勇儿，不得没有规矩。你爹还没问到你呢，你插什么嘴？"杨勇见母亲发话，立即不再出声。杨坚把儿子拉近身旁，抚摸着他的头道："勇儿，不是爹不想带你去，而是你娘舍不得离开你，所以爹不能带你走。"杨勇不满却有些胆怯地道："娘喜欢的是弟弟，有弟弟陪着比有我陪着好。"独孤伽罗气恼地看了杨勇一眼，没有开口。杨坚用手轻轻地拍了拍大儿子杨勇的脑袋，笑着道："你这是在吃弟弟的醋吧？"然后走到妻子的身边，伸手想去抚摸小儿子杨广的脸道："广儿，你愿意跟爹爹去吗？"小儿子杨广不等杨坚把手碰到他的脸，便哇的一声哭着抱住了母亲的腿，浑身颤抖地哭了起来，把杨坚搞得浑身不自在。独孤伽罗抱起小儿子，边替他擦泪，边不满地道："你怎么老是这样毛手毛脚的，看你把他吓成什么样子了。"杨坚委屈地道："我的手还没碰到他呢，怎么是我毛手毛脚了？看来这小子天生是与我不对路的，平时见了我也老是躲我，别是前世与我有仇吧！"独孤伽罗怒了，她抱着小儿子杨广转身边走边道："你走吧！除了广儿，你爱带谁走就带谁走。"

周朝的官制沿袭于西魏，朝廷自陛下之下分设王，三公（太师、太傅、太保），爵（上柱国、国公、柱国、侯、郡公、县公、伯），三孤（少师、少傅、少保），六府（冢宰、宰相、宗伯、司徒、司寇、司空），六卿（上中下大夫、上中下士官），地方官（牧、总管、刺史、郡守、县令、党正、里长等），军职（大司马、司马、武卫、大将军、司马、将军、内侍、副将、参将、骠骑将军、车骑将军、郎将、侍卫、长史、军曹等）。分列九命（品）十八级：王、三公为正九命；爵、三孤、宰相、大司马为从九命；宗伯、司、武卫、大将军为正八命或从八命；六卿为正七命或从七命；将军、内侍、侍卫为正六命或从六品；牧、总管、司马为正五命或从五命；刺史、副将、参将为四命或从四命；郡守、骑将为正三命或从三命；县令、郎将、侍郎为正二命或从二命；长史、党正、里长、军曹为正一命或从一命。四命以上的官员可以自己任命幕僚下属。俸禄均以石或是户邑为单位计。

随州在周廷中虽被立为州，却是个末流的下下州，主政刺史属正四命，这不取决于随州地广人稀的政治经济地位，却取决于朝廷对它的重视程度。周齐两国历年的争战，双方都把周朝的随州和齐国的梁州、洛州、信州地域当成了一片战场。而

第七章 西山秣马随州养晦，饭庄巧遇惩恶纳女

近年来齐国在斛律光和其儿子斛律武都的强势攻战下，周廷只有招架之功而无还手之力。但斛律武都是个精明之人，他觉得周廷的随州是片恶水穷地，既无利可图，也无险可守，攻占了它反而会背上一个包袱。如此，与其让他既要治理这些悍民，又得时时提防周廷来攻击，陷入被动应战，还不如让它成为周廷的包袱，齐周争战的战场。故而周廷的随州也就在如此的势态下生存着。然而世事难料，齐国邦派之争的内乱，让杨坚一夜间收获了三座齐国的边城，把周廷的边境线向东推进了二百余里，并做好了打坚守战的准备。于是，随州变成了周齐争战的腹地，而杨坚也如愿地被贬到了随州，他要在随州这片穷山恶土上做出一番深谋远虑的事业来，这也就是杨坚自愿由从九命降为正四命、以退图进的谋略所在。

随州地处周齐两朝交壤的最东端，在其偏北边境，北有凶悍的突厥兵马不时光顾侵袭和抢掠，以及黄河支流时常的泛滥灾难；西南有鹦鹉山的土匪出没，而周齐两国又连年以此为东出西进的争战通道，造成了本不富裕的随州赋税兵役沉重，人口迁失、土地荒芜，目前在册户籍已不足两千。可是远在千里之外的朝廷却不仅不管，而且一旦开战，随州衙门必得出人出粮随军服役。此等作为让当地的官府苦不堪言，却又无能为力去抵制，而只能听之任之，以损民而保自身官位，也就造成了官商勾结、欺行霸市、盗匪出没、杀人窃货、民贫无奈，不得不以典儿卖女、贩私赌娼为谋生手段的行为比比皆是，民风更是每况愈下。

杨坚带着郑芥和杨豹身穿平民衣衫，行走在坑坑洼洼、污水横流、脏兮兮的街道上，看着商市萧条，面露饥色、衣衫褴褛的行人，心中自有股说不出口的滋味。三人穿街走巷，来到了随州府衙前的一片广场上。广场不大，好似一个阅兵的教场，又似乎是随州城的政治商贸市场交易中心。随州府衙坐北朝南，面对着广场敞开着大门，高高的府衙台阶似乎是阅兵的将台，门前的台阶旁有两尊缺腿少尾的石兽，台阶上的衙门前站着两个无精打采的衙役，一块写着"随州府衙"的大匾挂在衙门上方，而府衙门内却是黑咕隆咚的一片，看不清里面有些什么东西。一些商家店铺、饭庄客栈就围着广场开着，广场中心竖着一个顶上装有斗拱的旗杆，这似乎是在重大事件来临时，用来挂旗树幡、彰显精神仪式的标杆，而如今则有人在旗杆下围着摆摊、卖菜卖货、设座算命测字，让这座死气沉沉的破旧城镇多少有了点生气。

杨坚走得累了，肚子也有点饿了，便选择了这广场上一家最大的饭庄走了进去。饭庄上下两层、三开间的门面坐西向东，店内还算干净，可客人却不多。三人走进店堂，就有店小二迎上前来，随意地把他们引到了底层靠窗一张不太干净的

餐桌上入座。杨豹有些气恼不满,刚想起身对店小二发难,就被杨坚一把按坐了下去,可他们这个举动却被正从楼上下来的女掌柜看在了眼里。女掌柜走近杨坚的身旁,满脸堆着笑容道:"客官,请多多包涵。我家小二不懂事,让尊客坐在楼下这等座位,实乃是失敬,失敬!但确实也是出于无奈,楼上雅座已全部被郡守爷包下了,所以我家小二,只能让三位老爷屈尊于此,实乃是在下的罪过。若三位老爷还能赏光,在下改口定当在二楼最好的雅座内为三位老爷设宴接风。"

杨坚边听女掌柜巧舌如簧地解释着,边仔细察看着女掌柜的容貌和举动。这女掌柜虽没涂浓脂抹艳粉,却是脸颊如粉桃,白里透红,笑盈盈的脸上带着矜持,顾盼自如的双目似流星般地黑中闪着光亮,尤其是一副北方人的身材、南方人的身段,更别具一番风韵。女掌柜察觉到了杨坚盯视她的目光,眼中略过了一丝寒光,却仍然笑着道:"今日客官想吃什么尽管说,只要本店能办到的,绝不推辞。"杨豹带着嘲讽道:"净说大话!我们要吃龙肝凤胆,你有吗?"女掌柜仍然笑容满面地道:"有啊!只要你付得起钱,我就给你去办。"杨坚接口道:"你是这里的老板?"女掌柜谦虚地道:"在下不敢。但可以加一个字'娘',老板娘!"女掌柜不等杨坚开口,又道:"听客官口音不像是本地人吧?"杨坚点头道:"没错!我们非本地人。初来乍到,人地两疏,还请老板娘多多关照。"女掌柜笑得更灿烂了,她连连摆手,并给杨坚抛着媚眼道:"好说好说,四海之内皆朋友兄弟嘛。只要客官能用得到小娘子的,尽管开口。"

一直在旁察言观色的郑芥开口道:"老板娘,我们肚子饿了。请给我们上几个你认为可口,够我们三人吃的菜和饭吧!"女掌柜还是笑着道:"就不用上点酒吗?走路走得累了,喝点酒可以解乏。我这里可有上好的自酿佳酒,路过客人喝了没有不说好的。"郑芥正色道:"不了,谢谢。饭后,我们还有事要办。"女掌柜并不动身,却冲着杨坚继续道:"食为天,人是铁饭是钢么!客官要办点公事也好,私事也罢,总不能亏了胃肚才好。"杨坚若有所思地点头道:"也好,就来点酒,暖暖肚、解解乏。"女掌柜张开手指捏了一下杨坚的手臂,笑容可掬地道:"还是这位爷爽气。"接着转身冲着店小二道:"还不快去给三位爷上壶好茶,烫壶好酒,备几碟本店的好菜!"店小二应着"喏",走进了里间。

老板娘转身又冲着杨坚道:"客官老爷,你们这是从何处来,要到我们这个穷地方来办啥事?"杨坚并未顺着女掌柜的问话去回言,他扫视着楼梯口,带着讥嘲道:"包了二楼的郡守爷是何许人也,他这办的是公宴还是私宴?在随州这么个穷地方,

第七章　西山秣马随州养晦，饭庄巧遇惩恶纳女

如此排场真够阔气啊！"女掌柜的脸色一下子严肃了起来。她朝门外瞧了一眼，低声道："客官爷，你是外来客，当然不知道这里头的讲究。但我可以给你指点一二，你若是路过呢，也就不知道为好。你若要在这里长住呢，还不如备份薄礼去拜访一下，定然有益无害！"

这时小二上来端茶送水。杨坚不满意女掌柜这种藏头露尾的话语，待小二离开后，继续追问道："老板娘，你还没回答我刚才的问话呢，这个郡守爷到底是什么来头？"女掌柜见杨坚一定要打探，便半真半假地道："你说他是个官吧，却从没见他穿过官服，也没见他升堂办过官事。你说他不是官吧，可这府衙里大大小小的事，都得看他的眼色行事，没他的点头还真不行。民间有个什么疑难不决之事，也都得去找他裁决调定，却也没他定不下来的事。所以，这随州城实际上也就是他的天下。"杨坚带着讥嘲道："那么，他不是个富商，必定是个地霸喽？"女掌柜立即摇着手道："客官爷，您可不能这么说。"杨坚故作惊异地道："为何？是我说错了呢，还是冒犯了？"女掌柜道："都有！他既不是富商，也不是地霸，而确是一个郡守官。"杨坚又问道："郡守官！姓甚名谁？我怎么不知道。"女掌柜微微吃惊地看了杨坚一眼，迟疑着道："我们都不知道他姓甚名谁，我们随州人都叫他郡守爷，但他也乐意大家这么叫。"杨坚自言自语地道："岂有此理，当官的竟然没有名号。这个随州也真奇了怪了。"

女掌柜接口道："这也没什么好奇怪的。这随州城地处边陲，常年兵荒马乱，而朝廷又山高皇帝远，从不来管我们老百姓的死活之事，可年年的征粮赋税服役却又从少不了我们。若不是这个郡守爷替我们上挡下抗，现今的随州城还不知道会是个怎么样呢！"杨坚似有所悟地道："依你这么说，这个郡守爷还是个好官喽！"女掌柜道："是不是好官，得看他做了些什么事，在为谁做事？就说郡守爷今天出银子宴请'先知胡人'这件事，就是件积德之事。"杨坚感兴趣地问道："什么是'先知胡人'？此事怎说。"女掌柜："'先知'这话是从西域传来的，也就是能知天识地的人。对我们中原人来说就是能知过去未来，也就是常说的测字算命、会看风水之人。'胡人'指的是外族西域人。"郑芥边想边道："我曾听我祖父讲起过一段奇遇，他也提到过'先知'这两个字，其中还讲到了有一本'天书'，说的就是过去和未来。但与我们从传说中所知道的史实完全不是一回事。可惜的是我没能看到这本书，我家一次失火时这书被烧毁了。"杨坚继续问道："那么积德之事又该怎么说呢？"小二端着酒菜上来，女掌柜借机收口道："客官爷，此话说来有点长。现在酒菜上来

59

了,你们请先用餐,留下的话,咱们以后找机会再慢慢地说。我还有点事要去办,暂且失陪了。"

杨坚看着匆匆离去的女掌柜,眼中露出了迷惑的神情。郑芥替各人斟满了酒,看着还在沉思的杨坚道:"主公,我觉得这个店和这个老板娘都有故事,该好好地查一查。"杨坚喝了一口酒道:"该查的是那个郡守爷。当官的岂能无名无姓!还不穿官服、不办官事。那么朝廷下达给这里的诸事,谁在督办啊?"杨豹吃着菜道:"咱们去衙门一问不就知道了吗?"杨坚又喝了口酒道:"喔,这酒还真不错。"郑芥微微地咪了口酒道:"主公,咱们得当心点,别上了她的道。此酒还是少喝点为妙。"杨豹喝了一大口酒道:"怕啥?咱们这次微服私访,不就是要探探这里的道吗!且知,不入虎穴焉得虎子!"杨坚边品菜边道:"嗯,这菜不错,这个老板娘……也不错!咱们就从这个店探起,看看这个随州城的水到底有多深。"郑芥不安地问:"主公,去探老板娘!该怎么个探法?"杨坚摇着头道:"不!治民必先治吏,吏清则民安。"

三人正说着,楼上一阵声响,从楼梯上下来了一伙人,为首的一人五大三粗,虎背熊腰,身着士族常服,漆黑的皮肤,满脸络腮胡子,可炯炯有神的双目却闪露着寒光。与他并肩而走的是一个身材高大、碧眼黑发、白皮肤却身穿灰色道袍的西域人。那些跟随在他们身后的,看来都是些随从下人。杨坚用审视的目光盯视着这群走下楼梯的人,为首的大汉旁若无人地朝着门外走去,而那个穿着道袍的西域人在遇上了杨坚的目光之后,竟然全身一震,不由自主地放缓了脚步,情不自禁地凝视着杨坚,认真仔细地扫视起来,口中还喃喃自语,却无人知道他在说些什么。他身后的随从也把目光投向了杨坚三人,此中各人的目光不尽相同,有鄙视的、有疑惑的、有审探的、也有不以为然、更有凶狠的。杨坚面对着这群人投来的目光深感意外,他实在无法参透,这到底是群什么人。郑芥却看出了这伙人的本意,慌忙压低嗓音对杨坚道:"主公,这伙人不是善者,此地不宜久留。"这时已走到门口的大汉回过身来,冲着众人道:"别磨蹭了,咱们还有正事要办呢!"大汉的声音好似有磁性一样,众人立即被吸引了过去,这伙人赶紧簇拥着身穿道服的西域人走出了酒楼。郑芥待这群人出了门之后,赶紧道:"主公,咱们下一步该做些什么?"杨坚边吃菜喝酒边道:"不急!咱们在这里边吃边等那个老板娘。趁此刻有时间,你就给我说说你祖父与先知的事吧!"

郑芥边吃边想边道:"我祖父在年轻时曾被一伙强人贩至西域,在被卖的途中突遭沙尘暴。当他醒来时,发现沙尘暴已过,自己正躺在一片绿茵茵的草地上,

第七章　西山秣马随州养晦，饭庄巧遇惩恶纳女

一个身材高大、皮肤白净，金发碧眼穿着白袍的男子正站在他跟前，口中念念有词地祈祷着。那人见我祖父醒来，便上前比画着说了许多话，但我祖父一句也没听懂。那人便拿出一个沙盘，画了一个太阳，又画了一个人和一只迎着太阳飞翔的鸟，再指了指我祖父，这图画和举动立即让我祖父猜悟出了其中的意思，便使劲点点头，并指了指人和太阳，又张开双臂作飞翔之态。那人笑了，也点了点头，便带着我祖父来到室内。据我祖父说，屋内金碧辉煌、光彩夺目，最招人耳目的是，墙壁上挂着一幅一个裸体男人被钉在一个十字架上的画。那人很虔诚地在这幅画的前面念念有词地祈祷了一会，随后给我祖父送上了一盘丰盛的食品。正当我祖父在狼吞虎咽地用餐的时候，室外走进了一个身材高挑、肤色浅黄，乌黑的长发披在身后，身穿色彩鲜艳裙袍的妇人，若不是她也有着一副闪动着光泽的碧眼，我祖父说，此人与我们东方女人没有什么差别。而关键是，她不仅能说我祖父听不懂的话，还能够讲我们的汉语，这才让我祖父明白了许多事。原来，救我祖父的这个人是个笃信基督的'先知'圣徒，他受上帝的灵感指引，把我祖父从沙尘暴里救出，带到了他的庄园。并且通过那个妇女告诉祖父，他会凭着耶和华的神力把我祖父护送回到家乡，让我祖父为家乡的族人做个蒙受圣恩救助的见证，为后人点起一盏信奉上帝的路灯。那人还给了我祖父一本书，就是我所说的'天书'。而且，那个负责护送我祖父回家的妇女，在途中详细地讲解了天书中所叙述的内容和故事，我祖父还在书上记了许多注释。这便是我所知道'先知'的来历。"杨坚沉思着没有开口。杨豹却追问道："后来，你祖父与那个护送的女人是怎么分手的，为何没打探清楚他们的姓名住址，你祖父就没想到要回报吗？"郑芥道："这些问题我也问过。据我祖父说，在他们送他回家的途中，他只觉得心宁体轻，一路上好似在游山玩水似的，不知不觉中就到了家里，根本没想到要去问他们这些事，事后想起却晚了。这也成了我们全家的一件憾事。"杨豹不以为然地道："我不信！这简直就成神话了。"

就在这时，从大门外走进了一伙手持棍棒的人。领头的一人衣冠华丽却满脸横肉，跟随在其身后一个像管家模样的人，一手擎着一张纸，一手拉扯着一个衣衫破烂、泪流满面的小姑娘，在一群人的簇拥下进了门，立即把店堂占去了一半。领头的人拉了一张椅子在上面坐定之后，管家模样的人马上把小姑娘推到了他的面前，谄媚地道："爷，怎么样？这小姑娘姿色不错吧。回去好好调理，绝对是个好货，要留要卖都决不会输给旁人。"领头人把挣扎着的小姑娘拉近身边，仔细地端详了一会，伸手擦去了她脸上的泪水，然后道："行，就这么办吧！"

小姑娘听了这话，立即双膝跪地，哭着道："求老爷放了我吧！我爹欠下的钱，等我把我爹的后事办了，就去想办法还你们。"管家模样的人却接口道："你一个小丫头片子，除了自己的身体之外，还有什么本事去赚钱来还债？还不如跟着朱老爷穿绸带银，吃香的喝辣的，享受这世界。你爹也死了，家里也没有其他什么人了，还办什么后事？不如一把火烧了岂不省事，还各得其乐！"小姑娘突然从地上站起身来，杏眼圆瞪，冲着管家词正声严地道："你家里有爹娘吗？你就不懂得孝道常理吗？我爹是欠了你五两银子，如今我爹死了，你就要落井下石逼我还债，还说出如此不通人理的混账话，你还有没有点人性？再说，我与这位朱老爷素无瓜葛，他凭什么让我以身抵债？"管家模样的人被小姑娘说得一愣一愣，竟答不上一句话来。朱老爷见此情景却嬉皮笑脸地道："没想到这个小美人，说出的话还是一套一套的。我喜欢！"管家模样的人即道："她爹可不是普通人，生前是这随州县令，我的上司。因督办朝廷官事不力而被革职查办，才落到了如此下场。"

朱老爷却不以为然地道："在随州这个地方当官都没好下场，要钱没钱，要人没人，只有挨整挨罚的份，这样的官用八人大轿抬我也不当。但是这个小美人我却是要定了！"

小姑娘一听这话，立即转身手指着朱老爷道："你休想。你们以强凌弱，光天化日之下强抢民女，可有天理，还有皇法吗？"朱老爷却哈哈大笑着道："这里山高皇帝远，天就更高了。所以我的话就是皇法，我就是天！"早已被眼前情景激怒的杨坚再也忍不住了，他拍桌吼道："岂有此理！大胆狂徒竟敢如此貌视天理，是可忍孰不可忍！杨豹，给我拿下。"杨豹愣了一下，忙跳起身拱手答道："遵命！即刻拿下大胆狂徒。"

"且慢！"匆匆赶进店堂的女掌柜，不待杨豹转身动手已走近杨坚身旁，赔着笑道："请客官老爷息怒！有话可以慢慢说。他是这里的老板，他若有出言不逊而冒犯了官爷，尚请官爷能予以宽容，民妇定当盛情答谢！"杨坚没想到此人就是这店的老板，是眼前这个赏心悦目、能说会道、待人热情女掌柜的老公，这让杨坚不能不有所为难而踌躇起来。但杨坚又不能容忍在自己的眼前发生这等狂妄之事，故仍然道："情可容，法不可容！"朱老板冷不防被杨坚一声吼，呆了片刻，即见女掌柜赶来打圆场，又见对方的口气也已柔和了许多，且又不知对方的身份，故而他默不作声，暂且忍着所受的气，以观事态的发展再做处置。而他手下的一帮人，见主子默认无声，便也都不敢轻举妄动。

第七章 西山秣马随州养晦，饭庄巧遇惩恶纳女

郑芥把眼前的一切都看在了眼里，此刻见事态有所缓和，急忙悄声对杨坚道："对方人多势众，我们不宜在此动手。可把此事交给近旁的府衙去处置，也是对这里衙吏的一次考核。"杨坚点了点头，却道："但我得把这个小姑娘带走。否则，我这是在害她。"郑芥轻声地道了个"喏"字，便对走近前来的女掌柜道："没想到此人就是这里的老板、你的夫君！你可知道他在做什么事，又说了些什么话吗？"女掌柜佯装糊涂地摇着头道："民妇不知。但不管他有何不当之举，都请官爷能包容宽恕，民妇定当替他扫榻谢罪！"郑芥指着呆立在一旁，用惊讶的目光审视着众人的小姑娘，道："光天化日之下以强凌弱，强抢民女，还漠视天理皇法，这些作为可都是触犯天条律法的。我家大人是实在看不过去了，才出面训斥制止。若不是看在你的面子上，此刻已经把他送官法办了。"女掌柜连忙赔着笑脸道："谢谢！谢官爷给我面子。我立即让他们在楼上雅座为三位官爷重摆酒宴，让他陪酒谢罪。如能蒙官爷赏识，我们顺便高攀交个朋友。"郑芥正色道："此事确是可大也可小，但其关键是在那个小姑娘身上。她若把此事闹僵开去，我家大人岂能视而不见！否则，必将有损我家大人的声誉，到时大家再去补救就麻烦了。所以……"郑芥故作姿态地拿起了茶杯，引而不语。女掌柜心知肚明地道："官爷尽可直言，只要能让他过得去，什么条件都可商讨。"郑芥放下茶杯，指着小姑娘道："你们只要能让我们把她带走，其余诸事都可暂且不究。"

一直在默默忍受的朱老板再也听不下去了，他大吼一声道："放肆！哪里来的官爷，竟敢诈到我的头上。"随后，他又冲着管家模样的人喊道："你还愣着干啥？还不快让你手下把他们全给我拿下。我倒要看看谁是真正的三只眼马王爷？"管家模样的人这才对着众人大呼道："操家伙，把他们全部拿下！"众人有的举起了棍棒，还有的亮出了匕首刀剑，一派杀气地蜂拥而上，把郑芥、杨豹、杨坚和女掌柜团团围了起来。杨豹见此阵势，立即挺身护住了杨坚，并悄然道："老爷，你不让我带兵器，这下咱们可就要吃亏了。"杨坚手疾眼快，一把抓住了身旁女掌柜的手臂，又伸臂把女掌柜搂进了怀里，对着众人厉声道："谁敢上来，我就先让她偿命。"女掌柜并没挣扎，却悄声细气地道："爷，别这样。在这大庭广众之下，你把我搂在怀里，岂不叫人难堪么！轻点，你把我搂得喘不过气来了。"郑芥立即举着双手大声道："谁都不准动！官府衙门就在近旁，你们谁敢动我们一根毫毛，就是死罪。"谁知朱老板却哈哈大笑，一把捏住了小姑娘的头颈，把她推到众人前面道："衙门！这里的衙门有屁用。这个小姑娘就是县令的女儿，如今却要成我的小妾了。谁又能奈

何得了我？"

杨坚闻言，即低声问女掌柜："这是群什么人？这里的衙门正如他所说？"女掌柜道："这个老板姓朱，原是这里的屠夫，是宰猪宰牛的。不知在哪里发了笔横财，便开了这个饭庄，成了这里的一霸，欺男霸女的事是家常便饭。这里的府衙从来就是形同虚设，助纣为虐、派粮征役，欺负穷人百姓的事有份，除此之外再无其他能耐。"杨坚又问道："那么这小姑娘的父亲，已死的县令也是这样的人？"女掌柜看着被朱老板捏在手中、只有怒容却无惧色的小姑娘道："她父亲是个好人，却无能作为。他如能随波逐流，也就不至于会落到如此下场了。"

杨坚见众人被郑芥的话镇住了，便低头看了眼怀中的女掌柜，又盯视着朱老板道："他真是你的夫君吗？"女掌柜道："我与这个小姑娘是一样的遭遇，然而我却没有她这样的胆气。我选择了顺从和同流合污，才有了现在的我。"杨坚道："那你现在是选择顺从我呢，还是继续助纣为虐？"女掌柜道："我有心想顺从于你，但却未必顺从得了。因为他未必会把我当一回事。"杨坚勃然大怒道："岂有此理，天下竟然有如此这般的畜生，看我不亲手宰了他。"女掌柜不以为然地摇着头道："仅凭你们赤手空拳的三人吗？我看还不如用缓兵之计暂且稳住他们，再从长计议为妥，也便于我从中周全。"

朱老板见杨坚在与女掌柜窃窃私语，便威胁道："谁若背叛我，与人作私下交易，我必让她不得好死。"杨豹立即狠狠地吼道："我家老爷在万千军马中敢取敌酋项上头颅，难道还怕了你们这等小寇不成？识趣的立即放下手中兵器，尚可免你等一死。否则，必把你们个个碎尸万段，绝不轻饶。"朱老板却毫不畏惧地道："凭你们？吓唬谁呀！大家别听他的，给我上。拿下他们，我在这里给你们摆酒设宴。"郑芥手擎茶壶，跳上桌子大声道："谁敢动，我就先砸谁。我实话告诉你们吧，我家老爷就是一夜连克三座齐城的边关元帅，当朝国公，是如今来这里赴任的刺史老爷。"众人又一次被镇住了。可朱老板却不买账即叫道："大家都别听他们的。若真是堂堂边关元帅、国公、刺史老爷，岂能仅是三人在此用食，又岂能这等穿戴？我可不是被别人唬大的。大家听好了，拿下他们，不管是死是活，我都赏纹银十两。决不食言！"众人又是一阵骚动，刚才收回刀剑棍棒的手又举了起来，但谁也不敢向前迈出第一步，去砍第一刀。

女掌柜也疑惑地低声道："是呀！你们有如此身价，怎么仅你们三人来此吃饭？你大概没想到随州城会是这个样子的吧！"杨坚道："我们是微服巡视私访，人

第七章　西山秣马随州养晦，饭庄巧遇惩恶纳女

多了不便，我的随从亲兵都在城外官道边的驿站。我只需一声令下，片刻就能来到我跟前，我无须怕谁。"女掌柜道："这不是谁怕谁的事！眼前是寡众悬殊，你们这双拳难敌四手，万一他们真要一哄而上，吃亏的必是你们。依我之见，趁着双方这僵持的机会，还不如让我出面去和解，并设法通告你的属下进城来收拾这局面。"

杨坚松开了手，女掌柜边揉着肩边高声对众人道："大家把手中的家伙都放下，听我来说两句。有言道强龙难压地头蛇，我现在一手牵着龙，一手扶着蛇，而这龙蛇本是同族，有必要同种相克吗？有言道官商本是一家人，相扶才能相成！今日有缘走到一起，别为了一点小事而剑拔弩张，伤了和气。这不值！当然，这也叫不打不相识么！大家都看在我的面子上，各退一步，握手言和，岂不皆大欢喜！"站在桌子上的郑芥却大声道："胡说八道！龙蛇岂能混为一谈，官匪更不能成为一家。否则天理何在！还要律法何用？"郑芥如此一说，原本松懈的气氛又骤然紧张了起来。管家模样的人上前胆怯地道："那依你之见，当如何才好呢？"郑芥声色俱严地道："让我们把这小姑娘带走，余事暂且不究。"朱老板一把推倒小姑娘，从身后拔出一把尖刀，一个大步窜到杨豹跟前，一边举刀一边大声喊道："没门！"杨豹身手敏捷，不等对方把刀刺来，便飞起一脚把身材高大的朱老板踢翻在地，又一个箭步踩住了朱老板的手背，把尖刀夺了过来，并用刀指着围过来欲想救援的众人道："谁敢再上前一步，我就让手中的刀去喝谁的血。"吓得众人连连后退。

管家模样的人见势不妙，想悄悄溜走。郑芥眼尖，飞起手中的茶壶砸向他的头，并道："给我站住。你是始作俑者，岂能轻易放你过门？"一声轰响，茶壶砸中管家模样的人头，茶水和血立即罩满了他的脸。见此情形，胆小怕事的人，纷纷丢刀弃棒跪地求饶。郑芥又厉声吼道："所有跪地求饶者可以从轻处罚，继续执迷不悟者，将罪加一等，一律从严惩处。"经郑芥如此一说，还真见效，所有执器械在场的人都丢弃了手中的刀剑棍棒，跪倒在地上磕头求饶。

杨坚上前对众人道："往后，在这随州境内，腐吏必究，首恶必办，胁从只要自首一律不问。除此之外，只要我杨坚在这随州一天，就会还人家一个朗朗乾坤、自正民勤的风气。让随州没有徇私枉法，没有以强凌弱，让民众都过上平稳宁静、安居乐业的生活。"

女掌柜上前把小姑娘扶起来道："我们都有幸遇上一个真正的好主人了。"

第八章
韬光试政收贤纳将，先知预言杨坚心惊

在历史经典以及民众的认知里，"先知先觉"指的是能够预知未来或是占卜未来。在中国数千年有记载的文学史中，常被提及的相关内容包括测字、算命、看相、识风水；被史册记载并流传下来的书籍有《周易》等。然而，这些都是以人对事，或是以事对人，其中更多包含着传说、推算、猜测和诱导。而西域（西方）尊奉的则是一本名为《圣经》的"天书"，相传写于公元前数百年。世界的公历年谱以《圣经》中提到的圣子耶稣的诞生日为起始，书中以此分为公元前（旧约）和公元（新约）两个时段内容，向人们讲述了人类的起源、人性善恶的根源，以及由此产生的不同归宿，告诫人们信奉的选择和必然结果。其中所述皆以历史上曾发生的史实为依据，又通过各方各种见证来论证书中所言的真实性，其神奇魅力令人信服。因此，该书是数千年前文字预言被后世逐一解读和印证的经典之作。

与郡守爷同行的"先知胡人"叫约翰，用他自己的话来说："我无域无族，来自天国，我是上帝的使者耶和华的信徒，我为传递上帝的意志而生，为布耶和华的道而行，为了让更多见证传承于世而跋山涉水。凡信耶和华道的人，我必引他进上帝的天国。"约翰还是个精通天文地理的科学家，他用知识实践为听他讲道的民众，上识天际变幻，下避水祸消灾，远排忧近解难，受益之人何止千人。他根据圣灵的指示来到了随州，说是要在随州见证一个人，要把上帝的旨意传授给他，让他去造福后世，启蒙天下千万民众。果不其然，他一到随州就为当地民众免除了一场大灾难：他根据天象的变化，预测到随州将要遭受百年难遇的一场水难，上有连天降落的暴雨，下有河水决堤倒灌的灾害。他受上帝的指引把此灾难告诉了热诚接待他的饭庄老板娘，通过她的推荐找到了能发号施令的郡守爷，赶在灾难来临之前迁民移居，动员民众筑堤开渠引流，让数百户家庭免除了一场灭顶之灾，让随州的百姓目睹了耶和华上帝之道的功德和约翰先知的可信，也让民众知道了更广阔的天庭世界和信仰的神奇，更让活在水深火热中的随州民众似乎看到了希望。

新来的刺史大人孤胆斗霸、为民除奸镇恶,当众发誓要肃吏清政、救民于苦难的传言,像一股暖流传遍了整个随州城,让为非作恶的歹人心惊肉跳,让那些推波助澜做了坏事的人惶惶不可终日,却让无依无靠的平民百姓扬眉吐气,并期待着有更多的好事发生。更有人把先知的出现和新任刺史的来临,说成是随州将有大变的预兆。确实,杨坚上任后的一系列作为,正如他所说:"治民必先治吏,吏清则民安。"因此,他在大庭广众之下,以"欺男霸女、为非作歹、作恶乡里、行刺朝廷命官"的罪名,当众处死了饭庄老板朱富贵;又把原随州府衙的长吏兼县令管家荀况,以"贪赃枉法、卖主求荣、助纣为虐、鱼肉百姓"为罪证予以立斩处决。之后,新来的刺史老爷又召集了随州府从上至下的所有官吏和兵丁,让他们各自自查、检讨和揭发他人的不良作为。同时,他又亲力亲为地查账阅卷、开堂审案,在衙门公堂上指派饭庄女掌柜设座接受民间投诉,并为前县令元守仁厚办丧事,亲自插香礼拜,还把其女元逸秋送往西山屯,交托给刺史夫人独孤伽罗照看教养。此后,对劣迹斑斑、查实有据的官吏当场罢免收监,对民愤极大的官员立即公开审讯处决,查抄家财,该杀的杀、该罚的罚,没一人能幸免。杨坚如此雷厉风行、唯他独尊的王者风范,令随州府的衙吏人人自危,惶惶不可终日,进入衙门当班连大气也不敢出一口,每当听到刺史老爷的声音,或是看见杨坚的人影就不寒而栗。然而,那些平日里办事认真、清心寡欲、恪守做人底线的清官善吏,即被杨坚不拘一格地加以提升,委以重任。如此一来,杨坚仅用了短短数月,便把随州府衙调理得官场气氛一新,吏役态度勤善,处案办事走向新态,吏清民安,随州迎来了从未有过的政廉民畅。但是,随州刺史杨坚心头有一个结却始终未能解开。

杨坚在整治府衙吏役时,没发现有关"郡守爷"的任何官案记载。他虽然从女掌柜的嘴里知道了一些有关郡守爷在随州为民众所做的一些有益善举,但并没能打听到有关郡守爷的出处始末和内因,甚至连郡守爷的姓氏也无人能详尽道来,这让杨坚一头雾水,无从打探清楚。尤其是自杨坚当众处置了几个民愤极大的恶吏地霸之后,郡守爷再也没有在随州出现过,也再没听到有关他的任何信息,好似此人从随州蒸发了一样。杨坚觉得很是不解,他是赞成为民做好事的,可郡守爷为何要避他而去呢?杨坚也在不同场合有意无意地放出话去,希望能与郡守爷会上一面,可是却始终没能如愿。故杨坚只能想方设法寻找机会,等待着郡守爷能主动出现在他的面前,以解他的心头之结。

女掌柜复姓欧阳,名诺兰,其父欧阳修杰,陈国扬州人,表面上是南运北贩的行商，实际上是肩负着陈国刺探北方诸国军政要事的细作密探。因此，他终年南来北往，行踪飘忽不定，穿梭巡行在南陈、北齐、西周、后梁诸国之间。一次，他在行窃齐国军事要塞布防图时不慎失手，被追杀身负重伤，在走投无路中巧遇北齐太守宋景之女宋诺兰相救入府，才得以逢凶化吉。进而两人两情相悦，私订终身，后因有孕瞒不住便双双出逃至陈国都城建康，隐姓埋名开店经商，生下一女，取父姓"欧阳"、母名"诺兰"，便成了女孩的姓名"欧阳若兰"。后来，为了躲避官府的猜疑而迁居到了梁国的江陵。没想到树欲静而风不止，数年中陈国一直以叛逆罪在四处通缉着欧阳修杰，而北齐又以奸细罪和拐骗忤逆罪派人寻踪觅迹地追杀至江陵，宋诺兰为救夫君和女儿以身挡刀，惨死在血泊之中，欧阳修杰带着女儿逃至北周随州，改姓更名艰难度日。正当欧阳若兰豆蔻之年时，其父一病不起，医治无效，丢下女儿撒手人寰。欧阳若兰不得不卖身葬父，被当地恶霸朱富贵先收养后收房，成了徒有虚名的老板娘，干的却是女仆掌柜的活。

　　杨坚很同情欧阳若兰这一生的坎坷和不幸遭遇，他见欧阳若兰通识文墨、精于写算，且又能说会道，更赞同她尚存着人间的是非观，故而决定破例委任其为刺史府长史兼自己的管家，协助他处置府内衙门的日常事务和自己府内的一些饮食起居，开创了西魏北周史上第一位由平民出任的"正二命"执事女官。欧阳若兰也不负杨坚所望，把府衙里外诸事处理得不仅稳妥，而且公正公平，令人信服。欧阳若兰对这位萍水相逢的刺史老爷能如此信托她，不拘一格地提携她，不仅感恩再造，更是对杨坚处世断事的作为和为官清正、生活简朴的人品敬佩得五体投地。她深幸自己遇上了一位能真正识她，引领她走向人生欲望高端的恩主，故她在心中已不止一次地发过誓："士为知己者死，女为悦己者容，我当为改变自己人生的恩主而悦容，而视死如归！"

　　一日夜深，欧阳若兰端着一碗精心熬制的鹿茸参汤走近杨坚的书房，见杨坚正对着烛光还在孜孜不倦地审阅着案卷，便道："大人，夜已深、天渐凉，您已忙碌了一整天，也该休息了！我给您熬了一碗热汤，趁热喝了早点睡吧。"杨坚头也不抬地道："好的，你放在旁边，等我审完了这事再喝也不迟。"欧阳若兰走近杨坚身旁，关切地道："参茸汤是补血气的，不宜冷饮。"杨坚略一迟疑，抬头看着欧阳若兰手中的碗问道："你熬的是参茸汤！这参茸是哪里来的？"欧阳若兰有所指地道："这不是收受他人的贿赠，是我之前攒下的。"杨坚疑惑地追问："你是什么时候攒下的，为官之后吗？"欧阳若兰心领神会地道："不是。请放心，不会坏您的规矩！"杨坚道:"不是就好。但我年轻力壮,也没什么病痛,不宜吃这么名贵的补品。你把它拿走吧!"欧阳若兰不以为然地道:"炖都炖好了,何必再拿走!这可是我用私房钱给您买的。"杨坚指了指桌上的案卷道:"在我治下的百姓里,还有如此悲苦之事,我于心何忍能咽下这等名贵补品!之前在京城无以得知民间还有如此疾苦,如今闻之岂能不管。"

欧阳若兰探头看了眼杨坚所指的案卷,带了些情绪道:"这不就是我报上来的那桩典妻卖子还债之事吗!这债主确是令人发指。但这样的事在随州并不罕见,这也不是一朝一夕形成的。您的各种治理方略虽有效,却不可能一蹴而就去解脱所有人的烦恼。而您终日劳心费神地为了改变这个穷地方,不仅节衣缩食,甚至还不许我进鱼肉、置新衣、添家具,人都消瘦得要脱形了。如此下去怎么是好!"杨坚有所感悟地道:"我们为官者,必当以民的疾苦为念,如此才能当个好官。民生、民生,民得以生而存,而我们当官的也必得以民为存!民好似一个人的躯体,官是附在躯体上的毛发,躯体不存、毛发焉得安附!以后此理当成铭文写入法典之列,以告诫那些为官者。"(杨坚的这段话,竟成了他执政为帝后考查官吏的准则)

欧阳若兰凝视着杨坚清瘦的脸,眼眶里溢上了泪水,她是真正被杨坚这番执着感动了。杨坚突然又道:"若兰,我有一事总不得解,而成了我的心病。仔细想来,你是否还有什么事瞒着我没说?"欧阳若兰一阵紧张,却道:"大人,我不知您此话是何意?"杨坚看着欧阳若兰道:"我总觉得你在'郡守爷'这件事上,对我有所隐瞒。"欧阳若兰沉默了,郡守爷在她的心里也确实是一块心病。"郡守爷"姓麦,名秆,父母家人田财在一次水灾中全被毁灭殆尽,留下不足十岁的麦秆只能浪迹江湖,以乞讨为生。他为人豁达,窃得钱财时便与人大口吃肉、大碗喝酒,纵情行乐,却也时而周济穷人;没有钱财进账时,乞讨、与狗争食、挖野菜充饥、喝凉水填肚之事也时有发生。后来他遇到了一个道人,说他命中有封侯拜将之运;还说他这姓名"麦秆"两字显得薄弱易折而且不吉利,故而替他在姓"麦"和名"秆"的中间加了一个"铁"字,变姓名为"麦铁秆",随后不仅收他为徒三年,教他习武练功、演讲兵法,还传授给他一门"昼驰三百、夜行百十"的独门绝技。从此改变了他的人生。

麦铁秆三年学徒期满,师父留给了他一块竹牌,并告诉他,混迹江湖有难时可亮此牌,或可保性命,师父从此音信全无。麦铁秆重返江湖,出没穿梭、浪迹在周齐梁境域,他身怀异能、行踪飘忽无定,袭官偷粮,截道窃商,入府抢财,扶贫济穷，没过几年，麦铁秆的声势就响遍了周齐疆域，却搅得周朝和北齐的官府和富商惶惶不可终日，便联起手来出高价雇专人缉拿他。为此，他也曾数次被捕入狱，却又在弟兄们的拯救下多次成功越狱出逃。后来他便带着一帮铁杆兄弟来到随州，占据了鹦鹉山落草为寇。他自封为英武王，行的是抢官窃富济穷人，树的是重义轻财、除恶为民、随心所欲的行当，在民间成了绿林英雄、大侠好汉，而在官府衙门则成了江洋大盗、朝廷的通缉重犯，在世上留下了两个截然不同的口碑。

朱富贵在随州的恶行作为传到麦铁秆的耳朵里还是一年之前的事。心存一股正气的山大王麦铁秆，容不下为富不仁、欺男霸女恶劣行径的朱富贵，决计亲自入城登门除霸济民。然而麦铁秆的来意却被心细如发的欧阳若兰识破，欧阳若兰以柔克刚，悉心奉陪、巧意化解，并让朱富贵躬身认错，又出重金赎罪，替朱富贵免除了这场杀身大祸。由此之后，麦铁秆便成了朱富贵饭庄的常客，更成了欧阳若兰的大哥。欧阳若兰在知道了麦铁秆的身世之后，便刻意引导、力劝他为正义走正道，寻机会图霸业。并趁着周齐开战在即，双方朝政动乱之机，出金托人用假名号向周廷吏部买了个随州郡太守的官职。麦铁秆却也有股子做官的正气，他一上任便以随州遭灾为名，拒绝向杨坚征战齐国的军队派夫送粮，替随州百姓做了第一件大好事。随后又勇于担当地信任"先知胡人"的预言，用不能不让人服从的手段强逼民户搬迁，强征民夫开渠筑堤，为一方百姓免除了一场天灾，在官府和民间都赢得了好评。然而，他也有"来官不正"的自觉意识，故而他从不以"郡太守"的官职自居，也从不穿官服、登公堂、行官事，但他却不忌讳别人称他为"郡守爷"。欧阳若兰对麦铁秆的所作所为是从心底里赞同的，但因民抗官、抗粮拒赋拒征之事，都是有违朝廷律令的惯例，而总不免有所担忧，更怕朝廷由此派人来追责查问。故当杨坚一行人出现在饭庄，又以强势镇压了当地的首霸和恶吏，她的心头虽觉舒畅，却又不免感到不安，而不得不替麦铁秆想好以防万一之策，才有了对杨坚隐瞒"郡守爷"实情的举措。如今欧阳若兰面对着杨坚的直言逼问，她觉得通过这段时间与杨坚的相处，她虽对杨坚的为人不仅是作了肯定，甚至在心底里升至了敬仰和爱慕，但她却不敢贸然去把郡守爷的过去和如今对杨坚叙说。此刻，她见杨坚主动询问，让她感到也理该把郡守爷的实情告知杨坚了。同时她也相信，杨坚一定会理解麦铁秆，会给他一个好前程的。

杨坚在听了欧阳若兰对郡守爷的一番介绍后，立即毫无忌讳地道："一个山大王能有如此的为民心态和作为，不能不令人刮目相看。你明天就去，把这个麦铁秆

第八章　韬光试政收贤纳将，先知预言杨坚心惊

给我找来，我想结识这个人。"欧阳若兰故意道："他可是个出身贫贱、杀人越货，被官府通缉有劣迹的草寇。您不会在乎这些？"杨坚感慨地道："自古就有'英雄不问出处'之说。在我手下为官，我要的是能明事理，有担当、能为民敢作为的好官。贫贱算什么？汉高祖卖过草鞋，韩信还讨食于漂母呢！被官府通缉就一定全是坏人吗？强者为王败者寇、杀人越货上山为匪的，多数是被逼无奈的穷人，此中更不乏英雄豪杰。造秦皇朝反的贫民陈胜、吴广；能颠覆篡汉王莽朝政的绿林英豪樊崇、王匡、王凤等人，不都是些被逼无奈的落难穷人吗！也正是他们助推了朝代的更迭，促使朝廷当政者进步。我不会在乎家族门阀贵贱之律，只要是能者、智者，敢舍己能为民者，我必用之。要成大事者岂能墨守成规！一个朝廷如不能去旧求新，不去采纳接受各方能为我用之人，重用有独到见地的能人，这个朝廷的皇帝就不是一个好皇帝，这个朝廷也必会是一个难有建树的朝廷！"欧阳若兰道："大人，有您这段话我就放心了。"杨坚又道："你同时把那个'先知胡人'也一起给我请来。"

翌日清晨，杨坚早早地起了身，在衙府内的庭院里，迎着晨曦舒展筋骨，练了一套拳脚。在完成了这惯例的晨练后，正想进屋梳洗更衣去用餐时，庭院敞开的圆形门洞处走进一个身材高大，肤色白里透红，黑发碧眼，身穿灰色大袍，背着一个包裹的西域人。杨坚微微感到意外，却不动声色地盯视着来人，猜度着此人的来意。

西域人平和地走至杨坚跟前，把右手放在胸前，微微地鞠了一躬，用生硬的汉语道："杨大人，我们有过一面之缘，不知您还记得我吗？"杨坚的脑海里浮现出了在饭庄看到的那个"先知胡人"，即道："有点印象。但不知怎么称呼您？"西域人道："在下出身西域，信奉耶和华，是上帝的仆人，叫约翰。"杨坚道："大家都称您为'先知胡人'，对吗？"约翰爽朗地笑了一下道："没错！正是在下。"杨坚道："很巧，我正想找你，你却自己来了。"约翰微笑着道："我知道你想见我，所以我就来了。"杨坚有些惊讶地道："你知道！是谁告诉你的？是我的管家吗？"约翰道："不是你的管家，而是上帝告诉我的。"杨坚茫然地道："上帝！谁是上帝？是你们的皇帝吗？"约翰认真地道："是的，但也是你的皇帝，是一切信他的人的上帝。"杨坚不想在这个问题上深究，便道："您还知道些什么？"约翰道："上帝是万能的，信他的人能得永生。上帝有个国叫伊甸园，在那里没有贫穷没有灾难，没有生老病死，凡信他的人都能进他的国。"杨坚道："不明白。你这话是什么意思？"约翰道："上帝无处不在。你日后立国称皇，只有尊他为主、信他的道，才能得永久。"杨坚吃惊地看着约翰，一时不知该怎么答话才好。约翰继续道："耶和华告诉我们说'播种有时，

收割也有时'。上帝播下大爱，必收获满满。您若播下杀戮，也必遭杀戮！"杨坚不以为然地道："要争天下，岂能没有杀戮？"约翰把手按在胸前道："你只要听信主耶稣的话，沿着它指引的道走，就不会有杀戮。我知道你现在听不进去，所以我给你带来了一卷书和几册绘图笔记，希望能对你有用。"约翰从包内取出两捆书交给杨坚，然后鞠了一躬，便转身悄然离去。

杨坚迷茫如坠雾里，他心神不宁地捧着两捆书走进阅书房，顾不上梳洗，就坐下来去细看。一本羊皮面的书里全是蝌蚪字文，杨坚横看竖看、左看右看都看不懂，他只能把它丢弃在一旁不去理会。几册书简上画有山水地形图，有的地方既有看不懂的蝌蚪文字也有汉文注释。杨坚仔细研看发觉竟是一些讲述治理河川水系的地貌地形解说图，杨坚感兴趣了。他认真仔细一页一页地查看着上面的图文，完全忘记了时间和原本想做的事情，连欧阳若兰走进阅书房也没有察觉。

欧阳若兰见杨坚如此全神贯注地看着手中的书简，好奇地问道："是什么好文章，让大人如此欣赏？"杨坚这才抬起头来，见是欧阳若兰站立在跟前，便答非所问地道："刚才那个叫约翰的'先知胡人'来过了。"欧阳若兰惊讶地道："他来过了！我还没找到他呢，你们说了些什么？"杨坚摇了摇头，平平淡淡地道："没说什么，但他给了我这些书，我正在审阅。"欧阳若兰靠近杨坚身边，好奇地伸手拿起了羊皮面的书去看，翻了几页道："这是洋文，听我父亲说过，我小时候也见过，但没学过，所以不懂。大人，您能看懂？"杨坚摇着头，边看手上的书边道："我也看不懂。"欧阳若兰抬起头看着杨坚道："您既然也看不懂，却为何看得如此全神贯注，连有人进房来也不知。喔！大人，我把郡守爷麦铁秆给您请来了。"杨坚放下手中的书，看着欧阳若兰问道："是吗！人呢？"欧阳若兰道："已在府衙客厅等候。"

杨坚立即起身道："好！我去会会他。"欧阳若兰道："看您这情形，既没梳洗也没更衣，怎么去见人！"杨坚点头道："没错！那个'先知'来得太早了，我一看书也就忘了。"欧阳若兰立即拦阻道："别急，就让郡守爷等一会吧！我这就去准备一下，侍候您梳洗、用餐。"欧阳若兰说罢转身就要走。杨坚急忙上前，一把拉住欧阳若兰，道："别去了。我请了人家，却让人家等着，这样不好！"杨坚力大把欧阳若兰拉了怀里，欧阳若兰的脸腾地一下红了，心头怦怦乱跳。她没有挣扎，也没有说话，仅是含情脉脉地看着杨坚那张英俊帅气的脸。杨坚似乎也察觉到了自己的失态，急忙松开手，急步向客厅走去。

刺史府衙的会客厅比杨坚的阅书房大了一点，里面的摆设却几乎一样，四壁既

第八章　韬光试政收贤纳将，先知预言杨坚心惊

无字画也无花草点缀，显得清贫和单调，要说不同的是，除了书案，客厅也就是多了几张桌椅，由此却能看出这主人的生活习性。杨坚匆匆走进客厅，一眼就看到了端坐在客座上的麦铁杆：铁塔似的身躯，虎背熊腰，坐在椅子上也比一般人高出一个头。漆黑的四方脸上，络腮胡子、浓眉大眼，铜铃般的双目炯炯有神。素色的紧身中排扣衣衫上束着一条黑色阔腰带，收腿马裤下脚蹬着一双软底皮靴，全身练家武士打扮，这神态和这打扮与杨坚在饭庄见到的郡守爷完全判若两人，而且在他身后还有两个一脸杀气，挎刀站立着的彪形大汉，似乎是在向人展示着一个气场：一个不容人小觑、威严自信、以我为尊的山大王气场。麦铁杆以如此的形象出现在杨坚面前，让杨坚心头一震，这岂不明摆着是来示威，而不是来拜访联谊或是投诚求官职的吗！杨坚不露声色地快步向前拱手道："麦将军，在下多有不敬，让你在此久等，实在是失礼了。请受我一拜。"说罢躬身相拜。

麦铁杆接到欧阳若兰的传话，刺史杨老爷有事相约到府衙一会，他便不顾众弟兄和下属的劝阻，决定独自赴约相见。他如此的胆气来自三个方面：首先他自信，当下在随州地区还没人能撼动得了他的实力和存在。其次他相信，欧阳若兰是不会联手官府来算计出卖他的。再次他也想会会这个与众不同的刺史老爷，最起码也得让这个官老爷感觉到他的存在是不可忽视的。麦铁杆来到府衙后，独自坐在客厅上，而杨坚却迟迟没有出来见他，心中的火气也就渐渐地大了起来。然而此刻，却见杨坚青衣小帽对着他躬身赔不是，心头的火气也就不发自泄，但他只是微微地欠了欠身，话中带刺地道："不敢，不敢。你是官，我是寇。寇等官，理该如此。官拜寇，岂不有违常理！"杨坚辨出了此话中的不满之意，却不以为然地道："此话差矣！麦将军是草莽英豪，敢为民担当有目共睹，远胜那些贪官污吏。杨坚来到随州之后已早有耳闻，也早就想结识将军了，却因诸事缠身，而拖至今日方能把将军请进府一叙，实乃是杨坚的不是。在此再表歉意，请麦将军再受我杨坚一拜！"杨坚双手抱拳又向麦铁杆深深地一鞠躬。

这回麦铁杆确实是被杨坚的真诚深深感动了，他的气也早已烟消云散。麦铁杆急忙离座，对着杨坚作揖道："我早就听人传说了，大人来随州后的为官之道。若兰也不止一次地劝说过我，让我投奔你，谋个正当前程，可我之前常有不信。如今相见，令我茅塞顿开。从今后，我麦铁杆当以你杨大人的马首是瞻，誓死相随，绝不后悔。"杨坚一把扶住麦铁杆道："我杨坚能得将军相随，实乃吾之大幸也。"

第九章
日食凶兆太师横尸，文邕亲政随公回朝

阳春三月，太师宇文护在书房内招来掌管天象星象的宗伯大夫庾季才，问道："我近日常觉神思恍惚、疲倦易睡，这与日前天象的日食有关否？是凶兆吧！"宗伯庾大夫忙起身道："天象日食是主凶。日为天、天乃国、国乃皇么！此话我已曾对陛下说过，却与太师无干。"宇文护将信将疑地问道："为何？"宗伯庾大夫含糊其词地道："天有所指，命有所归，不在其位，不担其责乃天道也。太师若能把国事丢弃些，则便可高枕无忧了。"宇文护脸露不快带着疑问道："我近日常梦见先帝和明皇后，此兆又当何说？"宗伯庾大夫道："日有所思夜有所梦，此乃常事。太师操劳国事，劳心费神有目共睹。在下认为，太师当以宽心宁神、息养身体为念，万事当得过且过，对此切勿掉以轻心方可。且知古言云'病由心生'么！"

宇文护不耐烦地挥手让庾大夫离去后，又神思恍惚地睡去……

宇文护骑着高头骏马来到了一座繁花似锦、绿草如茵的庄院。他见院内有一个妇人带着一个小女孩在嬉笑玩耍，给人一种温馨和谐甜美的感受。宇文护当即拍马进了庄院，小女孩见宇文护骑马临近，便欢快地迎了上来，妇人也跟随在后。宇文护勒马细看，小女孩长得玲珑可爱、讨人喜欢，而且似乎是在哪里见到过。而在小女孩身后的妇人也有些面熟，但宇文护却想不起她们是何许人。

正当宇文护在疑惑时，身后传来了一个熟悉的声音道："阿护，她就是我们的女儿丽华，你还迟疑些什么，还不快去相认！"宇文护恍然大悟，正想下马认女，小女孩却被那妇人一把抱住转身就走。宇文护勃然大怒策马去追，眼看要追上，冷不防从斜里蹿出一匹马，马上一人手握银枪拦住了他的去路。宇文护盯视着来人仔细一看，不由得大吃一惊，来人竟然是杨坚。他再去看抱着小女孩的妇人，这才记起那妇人就是明皇后独孤般诺临终时嘱托他要呵护的小妹独孤伽罗。宇文护惶恐起来，一时间不知该怎么办才好。正在这时，杨坚手提银枪，对着他的心口就刺……

宇文护觉得心头一阵疼痛忽然醒来，才知道刚才所见是在梦里。

第九章　日食凶兆太师横尸，文邕亲政随公回朝

宇文护仔细回想梦中情景，一股紧迫感涌上心头。他立即招来了手下几个亲信幕僚，开口问道："你们可知道，明皇后独孤般诺的妹妹，随国公杨坚的夫人去了哪里？"这突如其来的问话，让毫无意识准备的众人面面相觑，不知该从何解答。柱国哥舒翰见大家答不上来，只能开口道："杨坚被贬之后，太师并没治其家人的罪，仅是把他们赶出了京城。据说，国公夫人带着她的孩子和家人一起去了她五哥独孤顺那里。"宇文护急忙道："她五哥在哪里？立即派人去把她和她的孩子给我接来。"哥舒翰道："她五哥独孤顺现在是项城县伯，长驻边关，路途遥远，要立即把她们接来，一时怕难遂太师之愿。"回过神来的裴仁基接口道："据臣推测，国公夫人未必在边寨项城。就算之前在，自杨坚被贬到随州上任后，其夫人一定会随夫而去的。故太师可派人直接去随州一探虚实便可知晓，避免多走冤枉路。"哥舒翰道："据我派在随州的细作回报，杨坚府衙内从没见过他的夫人、孩子和家人的踪影，所以此议不妥。我而且还知道，在杨坚的随州府衙中，仅有一个女吏兼管家与他同住，若他夫人在，岂能容杨坚与其他女人在一起！"宇文护微微点了点头有所指地问道："杨坚在随州可安稳？"哥舒翰答道："杨坚确也有些能耐，他去了随州之后，那里的官吏民风大变。他还带领民众亲自参与开山治水、引水灌田，他在民间的口碑不错。"裴仁基道："这也是他的造化。随州成了腹地，没了争战，民生安宁了，治理也就容易了。"宇文护道："可惜的是这个人不能为我所用，我就容不得他了。你们还得替我把他盯紧了，只要他一有风吹草动，就先斩后奏。"

周武帝宇文邕采纳了五弟宇文宪推荐的杨坚之略，在太师宇文护首肯直接参与：北联突厥，迎娶了木杆可汗俟斤之女阿史娜公主为皇后之后，一时间稳住了北方的动乱；继而又向南陈派出了密使，与陈宣帝项签订了互不犯境的协议，即稳定了南方的疆域；同时又向北齐派遣了说客，游说在各大臣府衙之间，离间着齐国王公朝臣之间的关系，把原本已经分崩离析的齐国朝政搅得更是明波暗流阵阵不熄，迫使齐国君臣宦官之间争权夺利的角斗越演越烈，也就再也顾不上与周廷去争城掠地。宇文邕眼见着自己的预谋在一步步实现，他觉得自己夺权亲政的时机已经来临了。

宇文邕一面与六弟卫国公宇文直算计着宇文护的行踪，一面召集亲信右宫伯中大夫宇文神举、内史下大夫王轨、右侍上士宇文孝佰密谋行刺宇文护的步骤，以便一击功成，完成匡复朝廷自己亲政的壮举。王轨设计了三个步骤：一是在文安殿设宴，在宴席上下慢性药，让宇文护死在自己的府里；二是在宇文护进内宫参见太后

的途中埋伏甲士，群起格杀之；三是在含仁殿趁宇文护参拜太后之机，由宇文直出面突袭击杀之。宇文邕觉得王轨的第三步成功把握更大些，而且他也准备了一手，必要时还得自己动手，哪怕是当着太后的面，也一定要置宇文护于死地。在此同时，宇文邕为防不测下了密招，密调五弟宇文宪率精兵两万人马，潜入京城远郊待命听宣，以防宇文护的党徒作乱。

宇文邕筹划停当，在天和七年三月十八朔日这天，终于等到了机会。他算准了宇文护外出巡视同州后即将回到京城，会按惯例在向朝廷复命之后，还将入后宫参拜叱奴皇太后。于是，宇文邕便按既定的方略设计布置好了一切，等候着宇文护自投罗网。

太师宇文护一路巡视，风尘仆仆、疲惫不堪地回到了京城，他把仪仗和随从兵马都留在了城外，在哥舒翰等几个心腹随从的伴护下，来至朝廷帝御外下了銮驾，留下伴护人员，仅带了哥舒翰一人执剑走进文安殿。早已等候在殿内的周武帝宇文邕，一见宇文护进殿，立即从龙椅上起身，匆匆几步迎上前来，拉住宇文护的手道："皇兄，一路鞍马劳顿，太辛苦了！我特意让人备了酒宴，替皇兄接风洗尘，以慰皇兄为国事呕心沥血操劳的功德。"宇文护不以为然地道："你为我设宴洗尘就不必多此一举了。吾为国操劳，你只要能真心领受、不以怨报德，我就知足了。"宇文邕脸上有些尴尬，却仍然亲热地道："是皇兄厌宫内的菜肴没有太师府的好呢！还是不领为弟的一片真心诚意？"宇文护却道："设宴洗尘这是客套，放在嘴上的真心诚意则是虚伪。你若确实体谅我的劳累，就让我快些去了却这繁文礼节，参拜完皇太后之后，好早些休息！"宇文邕却故意道："皇兄就这么急着要参见太后，不给我们弟兄俩留下叙旧的时间？"宇文护用多疑的眼神看了宇文邕一眼，没有接口说话，却引来了宇文邕的一阵局促不安。然而宇文护没再多言，抬脚就向后宫含仁殿走去。哥舒翰也手握佩剑紧跟了上去。

宇文邕见此急忙快步赶上，拉住宇文护的手道："皇兄，且慢！皇兄要去见太后，我尚有一事相求。"宇文护不得不收住脚步，回首问道："说吧，有何事相求？"宇文邕道："太后年事已高，却常常酗酒，我等劝说都无济于事。她唯有惧你行事磊落、威严不二，故你若能去当面加以劝说必见成效。"宇文护沉思不语，似有为难之意。宇文邕立即道："皇兄不必为难，我这里备有《酒诰》一道，可作皇兄劝说太后戒酒的引据，以壮皇兄出言的分量。"宇文护用疑惑的目光看着宇文邕道："让我去给皇太后念酒诰！"宇文邕忙从怀里取出一卷书简，递给宇文护道："这仅是让皇兄

第九章　日食凶兆太师横尸，文邕亲政随公回朝

有个开场白，却能让太后无从推却。"宇文护接过《酒诰》看了一眼，即继续迈步向含仁殿走去。宇文邕见哥舒翰乃紧随在宇文护的身旁走向后宫，急忙赔着笑脸对宇文护道："皇兄，哥舒翰将军也要入内宫参见太后吗？"宇文护踌躇了一下，便转身对哥舒翰道："你去宫外等着，我参见完皇太后就打道回府。"哥舒翰不得不收住了脚步，迟疑了一会，才转身向宫门外走去。

宇文护和宇文邕一前一后进入叱奴皇太后居住的含仁殿，在参见完太后，又略说了几言家常之后，宇文护取出《酒诰》全神贯注地正言宣读。时至此刻，宇文邕还不见宇文直出动行刺，便退至宇文护的身后，从身上取出暗中备藏的玉珽，趁宇文护不备从身后猛击其后脑，宇文护猝不及防被击倒在地。这时埋伏在殿内的宇文直方才持剑窜出，手起剑落把宇文护劈成了身首两段。

宇文邕、宇文直袭杀宇文护功成，顾不上去宽慰昏厥倒地的叱奴皇太后，即一声令下，指挥埋伏在宫殿内的甲士一拥而上，将哥舒翰围困在内宫门首，群起围攻、乱刀杀了哥舒翰。然后，宇文邕又按预谋封闭消息，宇文神举、王轨立即招来黄门侍卫长右宫佰长孙览由其出面，借口太师要商讨紧急国事，把宇文护在京的儿子柱国谭国公宇文会、大将军莒国公宇文至、崇业公宇文静，以及宇文护的亲信正平公乩嘉、乩基、乩光、乩蔚、乩祖、乩威、和宇文护的党羽候伏、候龙恩与其弟大将军万寿、刘勇、中外府司录尹公正、袁杰，膳部下大夫李安等先后传至文安殿逐一诛杀。又派遣柱国越国公宇文盛连夜赶赴浦州赐死了宇文护的世子浦州刺史宇文训；派遣开府宇文德持玺书赴突厥诛杀了宇文护之子昌城公宇文深；并解除了宇文护所有唯亲任命的长史代郡叱罗协、司录弘农、冯迁等人的一切职务。其后，宇文邕即下圣旨命宇文宪进军围城接管哥舒翰的侍卫军，并于次日颁发诏书，陈说晋国公宇文护的罪恶曰：

> 太师、大冢宰、大司马、晋公护，地实宗亲，义兼家国，遂任总朝权，寄深国命。然不能竭其诚效，罄以心力，尽事君之节，却内怀凶悖，心在无君，义违臣节，怀兹蛊毒，逞彼狼心，任情诛暴，肆行威福，朋党相扇，贿货公行，所好加羽，所恶生疮，高门峻宇，甲弟雕墙。遂使民不见德，唯利是视，百姓嗷嗷，道路以目，户口凋残，征赋劳剧，家无口给，民不聊生。今肃正典刑，护已即罪，其余凶党，咸亦伏诛。氛雾既清，蓬尔同庆，朝政惟新，兆民更始，大赦天下。特改天和七年为建德元年。

这为的是什么？说白了这无非是帝皇之念，君臣之规，普天之下皆皇土，皇室之下皆贱民的意识，谁逾越便是大逆不道。由此便把一手撑起北周天下，南征北战，东讨西划奠定周室乾坤的元老功臣宇文护诉得一无是处，体无完肤，且祸国殃民，一笔抹杀彻底颠覆了宇文护的过往功德，还把其打入了万劫不复之地。宇文护这个一代豪臣权贵，也就此结束了其辉煌却凶残、刚毅却霸道、宽和却奸诈、柔情却寡断的一生。是的，此人有其光鲜的一面，也有其阴暗的一面，然而在史实上，是他结束了北魏的庸政，开创了北周的天下；是他一手助推了北周朝廷的更迭，孕育了隋朝开皇的图霸之心；是他促成了北周、北齐、南陈又一个新的三国并存的政体格局。宇文护的得失与褒贬史书虽有记载，却也失之偏颇。尤其是他在情感的追求上，不能不让人感到他的执着和无奈。这一切确是不能不让人叹哉！悲哉！

宇文邕于当天建德元年元日午时开皇榜，宣告亲政，结束了周武帝宇文邕自保定元年被宇文护迎上皇位，蛰伏十一年的忍气吞声时代。开启了其亲政亲为，奋起图强，刚柔相间，强臣弱用的建德、宣政、奋力作为之年，却也为隋朝第一帝杨坚奠定了一统天下的基础。

宇文邕在扫除了一切亲政的障碍之后，立即册长子宇文赟为太子。同时封赏追随和拥戴他的功臣和能为他所用的能臣有：进太博蜀国公尉迟迥为太师，柱国邓国公窦炽为太傅，大司空申国公李穆为太保，齐国公宇文宪为大冢宰，卫国公宇文直为大司徒，赵国公宇文招为大司空，柱国枹罕公辛威为大司寇，绥德公陆通为大司马，右宫伯长孙览为薛国公，内史下大夫王轨为内史中大夫加授开府仪同三司拜仪同大将军，右宫伯宇文神举为京兆尹，右侍上士宇文孝佰为历司会中大夫授开府仪同三司东宫左官正，晋升参军元胄为大将军，其余在京官员均有封赏。此外又颁布律令大赦天下。然后允诺大冢宰宇文宪的举荐：授魏国公李晖为梁州总管，随州刺史杨坚官复原职入朝参政。

杨坚在随州早已从在京的坐探，飞马送来的快报中得知了朝廷之变。他虽对宇文护被诛杀，党羽被清洗有欣喜之情，却也难免有点伤感。他欣喜的是朝廷终于除去了一个唯己独尊的权臣，之后的朝政应该可以顺畅些了；伤感的是父辈与宇文护的交情，而自己虽然也看不惯甚至反对宇文护的专权做派，却对宇文护并没太多太深的恶感。至于常挂在口头上的"杀、杀、杀"字也仅是一时的气恼之词罢了。事后想起，也正如伽罗所言一样，不该用自己的年少气盛去计较他的老气横秋。再说不

第九章　日食凶兆太师横尸，文邕亲政随公回朝

管怎样,他毕竟是周朝的开国元勋,当今陛下更是他一手护持起来上位的。他如今的下场虽是有其必然,却难免也有所不公。

杨坚正在阅书房里沉思着,欧阳若兰、郑芥、麦铁秆、杨豹走进房来。郑芥首先开口道:"主公,我们将如何应对朝中突变?"杨坚让众人坐下后道:"我们原来怎么做,现在还是怎么做,就当朝中什么事也没发生过。"众人面面相觑,不知该怎么答话。杨坚解释道:"山高皇帝远,朝廷若能想得到我们,自会有旨传来。若无,我们就是想了也是白想。目前,偏安一方却正是我想要的。"

"我可不是这样想的!"独孤伽罗在大儿子杨勇的陪护下边说边走进房来。杨坚喜出望外地起身迎了上去道:"夫人,你来得正好!我本想过几天去寨里看望你们呢!没想到你们已经来了。"杨坚又抚摸着儿子的头欣喜地道:"勇儿长高了。你姐你弟没来吗?"杨勇快嘴快舌地道:"爹,我和娘骑的马快,所以先到。逸秋、丽华姐带着广弟坐车,由杨虎叔陪着随后就到。"

杨坚待欧阳若兰与杨豹搬椅沏茶把夫人和儿子安顿好后,便把欧阳若兰和麦铁秆逐一向夫人独孤伽罗做了一番介绍。独孤伽罗用审视的目光扫了两人一遍后,盯视着欧阳若兰道:"杨大人让你既当官又做妇,实在难为你了。我来之后,家里的事就由我来做吧!"欧阳若兰听出了独孤伽罗的弦外之音,脸腾地一下红了。

杨坚对自己夫人的用意心知肚明,急忙让欧阳若兰带着杨勇和众人退下,留下独孤伽罗扯开话题道:"夫人,我们刚才正在商讨朝中之事。想必,夫人一定也是为朝中之变而来的吧?"独孤伽罗喝了一口茶道:"正是!但不知杨大人刚才所说的偏安一方,我当作何理解?"杨坚道:"'当今'做此成功一搏,虽有不少人赞同,却也有不少人因利害的得失而持观望、指责,甚至是要复仇的意念。若'当今'要杀尽所有涉及之人,则诛杀牵连的人越多,逆反的情绪更会汹涌动乱。故此刻,甚至是在此后较长的一段时间内,朝中博弈的势力一定会表露分化出来。我若此际去参与其中,就会陷入其境必很难独善其身,甚至还会招来祸端。所以,我当置身事外,再过一段静观其变的日子,待朝中的大部分人事浮出水面之后,我冉出而释之,构成一锤定音之势。这便是我对偏安一方的说辞。不知夫人意为如何?"

独孤伽罗道:"你想过吗?如果朝廷下旨,非得让你回京,你当作何说词?"杨坚一时语塞而低头无言。独孤伽罗即道:"据我得到的线报是,'当今'已允诺大冢宰的保荐,免你罪责准你入朝参政,不日即有圣旨下达。届时,你当何为?"杨坚故意皱着眉头道:"这个齐国公真是好心办坏事。我早就对他说过了,让我安安稳稳地

| 79

在这里待上十年再出山，会省去我许多烦恼之事。"独孤伽罗一针见血地道："你就别在我面前故作姿态了，还是想想如何妥善安排好这里的后事吧！"

至此，杨坚才不得不认真地道："我虽有过设想，但还得请夫人做决断。"独孤伽罗挥了挥手道："说吧！"杨坚道："随州是我立足官场的口碑生发地，也是我施政成效的一块试验田。西山屯的济世寨是我们杨家以防朝廷不测的囤粮储兵之地，也是我们这些年的心血。掌控住随州，济世寨便能在其庇护下安然无恙，否则总难免会被人追查。所以随州绝不能让他人染指。"独孤伽罗道："这个我懂。你将作何安排呢？"杨坚道："我想保荐麦铁杆为随州总管，给他有号令一方之权柄。因为他在当地民间有一定的口碑，也有此号召力，且之前他曾向户部买过郡太守的闲职官。而这次我要让他名正言顺地穿上官服，入住衙门总揽官事。"独孤伽罗道："此人身上有股子霸气，必是员虎将。而且此人只要用得好，必定能成为一个可信托大事的忠臣。但似乎还缺乏一些内涵，得给他配备一个好的助手，方能成势。依我之见，你的那个女管家还可以。且这两人之间，似乎还有那么一点瓜李之嫌。你何不一手牵两家，成其好事！若你舍得，这个冰人我来做，保能让他俩落个皆大欢喜。如何？"杨坚没有想过这层关系，但他明白独孤伽罗的一箭双雕之意。为此，他只能点头表示赞同。

正当独孤伽罗还想说些什么时，杨勇双手挽着元逸秋走进房来，杨丽华牵着杨广的手跟在他们身后。杨坚盯视着神采奕奕的杨勇和满脸绯红的元逸秋，又用疑惑的目光看了眼身旁的独孤伽罗，微微皱起了眉头。独孤伽罗懂杨坚的眼神，却无所谓地道："两小无猜么！没什么好奇怪的。我已收逸秋为义女，他们三个多了个姐姐，你觉得如何？"杨坚有些意外，只能顺水推舟地道："府中之事以你说的为准，我无话可说！"

独孤伽罗立即道："秋儿，快上前来参拜你干爹。他对你可有再生之恩啊！"元逸秋甩脱了杨勇的拉扯，上前两步跪倒在地，朝着杨坚含着泪道："干爹在上，受女儿跪拜，"接着连叩了三个响头。然后挺直身躯道："民女元逸秋，年方十三，义州人氏，父母双亡，无亲无友，更无宿粮。生父病逝于仕途，民女无力丧葬，却遭恶霸歹徒欺凌，得遇恩公搭救，此再生之恩德，民女没齿不忘。今又得干娘为慈母，赐民女一个温馨之家，形同再造此身。民女无以为谢，当将以此身不离不弃，生死相随恩公慈母，以表民女携镯环报答之心念。"元逸秋言罢，又躬身连叩了三个响头。杨坚很觉过意不去，急忙起身离座，双手扶起已成泪人的元逸秋，这才认真而仔细地察

第九章 日食凶兆太师横尸，文邕亲政随公回朝

看着这个有胆气，懂礼义，能出口成章的女子，并以袖巾替她擦抹着泪水。

一头乌黑的长发梳了由两个发结编成的辫子，发结上除了插着两朵小黄花之外没有任何装饰，显得简朴而文雅；白净的瓜子型脸庞肤色细腻，似刚剥去壳的鸡蛋嫩得出水；五官不仅端正而且处处透着灵气；柳眉下一双黑白分明的杏眼，在莹莹的泪水中闪动着令人望而心动的光波；挺直的鼻梁下唇红齿白把整个面孔构画得层次分明楚楚动人。杨坚心动了，这个小姑娘仅隔年不见，如今却怎会变得如此甘美可人了，他之前为何就没有去想过，一个女孩会有如此的变化呢？杨坚呆呆地看着眼前这个有点早熟的女孩，全忘了身旁还有其他人的存在。独孤伽罗看不下去了，她轻轻地咳嗽了一声道："勇儿，陪你大姐去后房梳洗一下，娘一会过来替你们安排住房。"杨勇听娘如此吩咐，如领圣旨一般地上前，把元逸秋从杨坚身边拉开，转身牵着向外走去。

谁知，原本躲在杨丽华身旁的杨广突然窜了出来，张开双臂拦住杨勇和元逸秋，怒目而视着道："我不准你们两人一起去！"元逸秋愣住了，杨勇却火了，他一掌就把杨广推倒在地，道："小屁孩，你要作死呀！竟敢挡我的道。"说罢丢下躺倒在地号哭的杨广，拉着元逸秋的手走出房去。懂事的杨丽华慌忙上前去搀扶倒在地上耍赖号哭的小弟，并低声细气地安抚着，然而任性的杨广却不领二姐的情，继续躺在地上哭闹着。杨坚瞧着眼前的闹剧，一时的怨怒之气不打一处来，他狠狠地盯了独孤伽罗一眼，冲着束手无策的杨丽华和哭闹不休的杨广怒斥道："丽华，别理他，让他去闹。这小子真是无法无天了！再不收敛，我就把他丢到马厩里去。"独孤伽罗见杨坚真的怒了，也怕杨坚盛怒之下真会把杨广丢到马厩里去，便急忙起身上前把杨广拉起来，边拍打他身上的泥尘边道："你呀，人小心大，吃起你大哥的醋来，岂不可笑！放心，等你长大后，娘一定给你找一个比你秋姐更好的女孩给你。"杨广收住了哭声，却道："我不要一个，我要两个。"独孤伽罗忙道："好，行！两个就两个，三个也没问题。但你得听话，别老是与你哥较劲。"杨坚气恼地冲着独孤伽罗道："看你把他宠成什么样子了，你这是在害他，懂吗！"独孤伽罗并不理会杨坚的指责，对女儿道："丽华，带你弟去后房梳洗一下，我与你爹谈完事后就过来。"然后又对儿子道："广儿，跟二姐去里面，但不准跟你哥闹。否则，你要的好女孩一个也不给你。"杨坚既气恼却又无奈地坐在一旁生闷气。

独孤伽罗把两个儿女送出门外之后，回来认真地对杨坚道："宇文护死了，你对丽华有何打算？"杨坚愣住了，他没有理解独孤伽罗的话意，只能喃喃地自言自

81

语着道:"丽华!我,我对丽华有何打算!你,什么意思?"独孤伽罗坐到杨坚近旁道:"宇文护毕竟是丽华的生父。在宇文护的生前,我姐因为觉得有负宇文毓,也恨宇文护下毒害死了宇文毓,故而罚宇文护不得与女儿相见。如今,宇文护已逝,我们就不该如此绝情,也该让丽华知道她的身世了。"杨坚沉思良久道:"夫人说的是,朝政归朝政,亲情归亲情。但我就怕丽华会受不了这种变故。"独孤伽罗也有些伤感地道:"我们总得让丽华过这道坎。否则,我对不起大姐,甚至也有点对不住宇文护数次对我们的手下留情。"杨坚点头道:"'当今'对宇文护如此赶尽杀绝的残忍,是我始料未及的。这虽然有些不公道,但又很无奈。为此,我们只能视机悄然行事,寻找适当的时机,替逝者说几句公道话,聊表我们的心意。"独孤伽罗道:"我赞同,我们找适当机会带丽华去她父母处祭拜。"

豹头虎脸的杨豹提着两只装着一黑一白鸽子的笼子走进房来道:"夫人,车上的行李都安置好了,就不知道这鸽子作何处置?"杨坚一见笼里的鸽子立即恍然大悟地道:"你还有这么一手呀!难怪你的信息这么灵通。"独孤伽罗没理会杨坚,对着杨豹道:"你去交给逸秋小姐,她知道会怎么处置。"彪悍中带着几分秀气的杨虎走进房,冲着杨豹道:"你以为这是拿来给你吃的啊!添什么乱?"杨豹做了个鬼脸道:"哥,我们已许久没有吃肉了!"独孤伽罗待杨虎杨豹兄弟俩离开后,看着杨坚清瘦的脸有些心疼地道:"事再多再烦再艰难,也不必为了省一点钱而苟待自己,更不能连累属下。我来了,今天就给大家开荤。"

宇文邕亲政后,时间待得最长的除了文安和德仁殿之外便是御书房了,内宫皇后阿史娜处也少有驻足,李后娥姿处更是不见其影。确也是,自打亲政以后宇文邕就没有睡过一个安稳觉。他不是当廷决断朝臣们的奏词、审议答辩各部门的奏折,便是在书房整夜批阅各地送来的军情民政奏报、处置各种突发的政事边情,而常常忙得茶饭无味、作息无序,也就更无暇去临幸顾及各宫后妃们的期待和艳欲了。至此,他方才感悟到要做一个想有作为的帝皇的辛劳和不易,也让他明白了做一个独揽朝政大权的臣子,上要应对皇上、中要协调众臣、下要处置各地百官百姓百事时,会遭遇到多少的困惑和大事难事了。宇文邕真想回到过去,由着太师宇文护去独揽朝政,让他做个可以省心省事逍遥自在的皇帝。但是宇文邕毕竟不是一个普通人,而是一个想要有所作为的帝皇,故他如今虽然疲惫不堪,却不得不一次又一次地克制着人生本有的惰性,不断地告诫自己不能松懈,勉励自己一定得奋力而为,一定得兼听则明,一定得用人为贤,一定得不耻下问,一定得做一个有作为能传芳

第九章 日食凶兆太师横尸，文邕亲政随公回朝

后世的明君，一个好皇帝。否则，何以对得起自己这忍气吞声熬过的十一年，以及如今终究是归属于他的权势和天下！宇文邕强打起精神继续看着奏章，这时御书房内侍进来禀告道："陛下，大冢宰齐国公在门外求见候旨。"宇文邕抬头道"宣他进殿！"

宇文宪走进殿房欲行君臣大礼，即被宇文邕拦阻道："五弟，此非朝堂，不必行此大礼。此刻你来见寡人，可是有要事面奏吗？"宇文宪鞠躬谢过，道："正是！请陛下允许臣直言。"宇文邕坐正了身子，挥手道："你且坐下，但说无妨。"宇文宪道："陛下允诺恢复杨坚的爵位官职，宣他入朝参政，不知此话还有效否？"宇文邕愣了一下道："此话怎讲？"宇文宪道："我见杨坚迟迟没来京履职，便派人去大司徒处询问此事。方得知，陛下已改变了主意。"宇文邕想了想道："寡人没说要改主意呀！仅是在直弟劝我收回承诺时，我答应过'思讨'而已。"宇文宪道："陛下，君无戏言！你说思讨，岂不就等于是在收回吗？"宇文邕道："直弟所言也有一定见地。他说杨坚有不轨之心，不能不防。"宇文宪道："他此说可有实据？如没有真凭实据，他此说肯定也是在跟随宇文护时听来的谗言。陛下，我在此不得不明言，宇文直此人的话不可信。人人都知道他心胸狭窄之极。他素来常以小人之心去度君子之腹，且易反复无常。他离间你信杨坚之心，实属是别有用意。"

宇文邕道："五弟，此话你当我面说说尚可。直弟毕竟助我一起铲除了宇文护，而杨坚在我亲政之事上没有半点贡献，却要让他坐享其成封官加爵，这必会引来旁人非议的。"宇文宪有些气恼地道："陛下，我今天也就对你说白了吧！我之前向你推荐的'联突厥、和南陈、乱北齐'之略，全是杨坚给我出的谋略；坚守梁、信、洛三州之策，也是杨坚早就拟定对付北齐的方略；崇儒、抑佛道、借兵于空门之术都出自杨坚之谋，你怎可说他在你的亲政之事上无半点功绩呢？没他的这些文韬武略，我们周廷边境何来当前平稳的时局，你又怎能如此顺利铲除强臣护党？"宇文邕道："此事你可怨不得寡人，你之前可没说这是杨坚献的谋略。"宇文宪道："陛下，臣全无责怪你之意。这是杨坚不让我说的。"宇文邕道："为何，他是信不过寡人，还是怎的？"宇文宪道："非也！他是不想卷入朝廷争权夺利的风浪之中，他只想偏安一方造福百姓。如今的随州在他治理之下，真可以说今非昔比。如此之能人我朝不用，必会被他人用之，届时可就晚矣！陛下，此人可喻为是当今的韩信。想当年楚王因信谗言而错失韩信，结果失霸天下，汉高祖却因得韩信而得天下。陛下可不能学楚霸王啊！"宇文邕点头道："五弟言之有理。我即让户部下诏，限令杨坚速来京

| 83

履职。"

宇文宪又道："陛下，臣还有一事禀告。"宇文邕道："说吧！"宇文宪道："臣在奉旨来京途中路过随州，目睹了随州地域的变化：官吏勤俭，民风淳朴，劈山建堤，疏河引流，原本荒芜的田地现在都种上了庄稼，如此官民相得益彰之情实乃是杨坚的治理之功也。故臣就思量着要把他推荐给陛下，也就与杨坚聊起了随州的后续治理和接替他的人选，也才知道了他想偏安一方的心思。同时，从他的赞许言词中得知，有两人在他治理随州中是出了大力的。"宇文邕明白宇文宪的禀告之意，求贤若渴的他忙问道："哪两人，官居何职？"宇文宪道："有一个叫麦铁杆的，曾是个随州郡守。另一个是随州刺史府的长史，叫欧阳若兰。"宇文邕即道："就让这两人接替杨坚，一个任随州刺史，一个任县令。"宇文宪顿了顿道："杨坚有意举荐麦铁杆为随州总管，欧阳若兰为随州度支。"宇文邕踌躇着道："一下就升总管，是否有些不妥？"宇文宪道："陛下要想揽人才，就得赐其名利，不拘一格的用之，方能人为我用。由此也便于我断杨坚的托词，迫使他早日来京履职。"宇文邕道："就依你此说去办吧！"

宇文邕待宇文宪走后，沉思片刻招来了内史中大夫王轨。宇文邕坦言问王轨，道："你对杨坚进京履职，可有意想？"王轨道："回陛下，臣对此事没有想法。"宇文邕又问道："旁人，比如朝廷大臣间可有议论？"王轨谨慎地道："陛下传臣下进见为的就是此事？"宇文邕点头道："你是寡人亲信之臣。故不必忌讳，尽可直言。"王轨想了想道："众臣所议无非是赞同、反对，或是无所谓，但这些都不重要。重要的是陛下的态度和决断，除此之外任何人的议论都可以不听。"宇文邕不满地道："答非所问！现在我就要你回答，你在这件事上持什么态度？"王轨见陛下动怒只能如实地道："依臣下之见，杨坚可用，但不能重用。陛下可用他的才干，但得防他的野心，可以许他官职爵位参议朝政，但不能给他实权。并以若即若离的姿态与他相处，方能保得朝廷安稳。"宇文邕又问道："你对寡人任命齐国公为大冢宰一事可有想法？"王轨道："陛下所选正当其人，臣没有点滴想法。"宇文邕又问道："寡人命卫国公宇文直任大司徒是否得当？"王轨迟疑着道："宇文大司徒乃陛下之堂弟，在下不便评论。"宇文邕道："是寡人让你评议的，直说无妨。"王轨只能道："论卫国公之能力，出任大司徒之职尚可。但论其心胸，却难堪管理朝廷各机构之重任。且他也不满在大冢宰之下，故难免时有怨言。"宇文邕道："该当何解？"王轨道："陛下可另赐他一个爵位，以平衡他的心态。"

宇文邕采纳了王轨的提议，在左右权衡之后，亲自下了三道圣意，责成户部立即颁旨：旨一，为褒奖随州刺史杨坚助国宁边，治理随州有功，准予赦免原罪，恢复其随国公爵位，赐还原国公府邸和家财，并特赐其夫人独孤氏为"六命"诰命，授其长子杨勇为郎将，即日起限时返京参政。旨二，特赐卫国公大司徒宇文直之长子宇文宾为莒国公，以彰其除逆护国之功勋。旨三，授命原随州郡守麦铁秆为随州总管，全职治理随州地域军政民间诸事。任命原随州刺史府长史欧阳若兰为随州度支。

然而，卫国公大司徒宇文直对宇文邕仅给其长子加爵并不满意，他自认为助陛下刺杀宇文护和铲除护党其功最大，理该得到最高的赏赐。然而为他所心仪的三公之位（太师、太傅、太保）一个也没他的份，而他自觉最该属于他的大冢宰之职，却被远在边关悄然回京而什么事也没参与的宇文宪给占了去。而且，连被贬到边廷的罪官杨坚也莫名其妙地复官授爵封妻荫子地要回京了。这愤然之心造成了宇文直妒火中烧，若不是幕僚族人家眷极力相劝，他甚至想闯进宫去找宇文邕评理了。但是，自以为是的宇文直还是难释心头之怨，不仅在四处抨击宇文宪的无能，不配做引领百官的大冢宰，又聚众评议杨坚无功受禄、朝廷用人不公，继而又诬告宇文宪招降纳叛结党营私拉帮结派，想专权做宇文护第二，接着便诽谤朝廷，甚至消极怠工故意延误朝政，在朝中掀起了阵阵波澜，而受到了宇文邕的当庭斥责。于是目空一切的宇文直更是怨气难平，便暗中私聚兵甲图谋行刺大冢宰宇文宪，以逼迫宇文邕准其取而代之。

是啊！世界上就有这么一种人，他们把自己的一时功绩看得比什么都重，平时可以慷慨激昂地抨击他人的功利主义，评说争权夺名之人的卑鄙无耻。然而一旦名利摆在了他们的面前，他们心中所想和眼睛所看到的，往往就是自己的既得利益，自己手中的权力和脚下的地盘。而且，当他们的目的一旦没有达到，便会怨天怨地怨人怨事，更会不顾一切地铤而走险甚至走向极端。宇文直就是这样的人。

第十章
红颜夜临杨坚除异，协力灭齐周帝赐婚

杨坚在随州接到了圣旨，皇帝赦免了杨坚原有的罪责，归还了杨家原来被抄没的家财和府邸，并准其复爵携家限时回京入朝参政。然而杨坚对此却并不满意，但又不得不照此去执行。于是，他便带着全家及十多个亲随一路上偃旗息鼓乔装潜行，慢慢悠悠磨磨蹭蹭借游山玩水之名，却在行查看官弊民苦、考察地理地貌之实，他还时不时地拿出约翰先知给他的图简查考对照注释，如此走走停停整整用了三个多月的时间才来到了京城。独孤伽罗在途中就早已令家人把朝廷归还的随国公府打扫得里外干净了，当众人回到久违的旧家时一切都已收拾就绪，而让众人既有新鲜感又有似曾相识之处。尤其是元逸秋悲喜之情更是难以言表，她悲的是自己孤身一人来到了这个新家，喜的是慈母对她照看有加，特意给她留出了最好的闺房，女孩用的家什样样都有，加之已有官职的杨勇一路上的温柔体贴，让她真正地感到了一个家的温馨。

独孤伽罗还是喜欢亲作亲为，忙里忙外的整理协调着各处看不顺眼、还没有收拾到位的家什物件，而根本顾不上去关心杨坚在想些什么做些什么。杨坚心神不宁地站在自己的书房内，似乎已经预感到来京城后不会那么太平，必定会有什么事要发生。然而，他又感到脑中空空，无从去思考将会发生些什么事，而家里的事他又插不上手，故他只能在书房内来回走动着。郑芥带着元胄和一个身披黑斗篷罩着脸的人走进书房，道："主公，元将军和一位故人来看你了。"杨坚应声转过身，即见元胄已到跟前，抱着拳道："杨公别来无恙！今晚悄然到家，连个音信也不通告一声，是否把我这个朋友给忘了？"杨坚也急忙还礼道："且敢，且敢！得知兄台已升迁至陛下的近侍，想必一定会很繁忙，故不便打扰。"元胄却不以为然地道："你这是托词罢了。我还不知道你们夫妻俩的门道，路上的行踪秘而不宣，似乎是在游山玩水，却暗藏玄机……"杨坚一眼看到了在元胄身后包头裹身的黑衣人，不由得一阵紧张，慌忙掩饰着道："瞧你元兄所说的是什么话，我是难得有空闲之身，能趁此

第十章　红颜夜临杨坚除异，协力灭齐周帝赐婚

机会带着夫人和家人一起游山玩水，略尽天伦之乐，还能有什么玄机可藏的。你可不能危言耸听哟！"杨坚怕元胄还会当着不明身份的陌生人面再乱说一通，故接着换了话题道："老兄，你身后这位兄台是谁呀？夜深随你来访，一定有事吧！"元胄听杨坚如此一说，不由得哈哈大笑着道："当然，当然有事。但她却不是兄台，而是你的一位故人，一位对你耿耿在心的红颜知己。"

元胄说罢，闪身让在一旁，对裹着黑袍的人嬉笑着道："'兄台'，别再藏着掖着了，亮相吧！"黑袍人除去罩在头上的斗篷帽，立即一头青丝随肩而泻，一张不施粉黛眉清目秀俊俏的脸展露在杨坚眼前，而水盈盈的眼中却似乎有着一丝忧愁，她又脱去了大袍，一身素雅合体的绣衣把丰满的身躯尽现在众人眼里。杨坚愣住了，他想不起自己何时何地有过这么一位红颜故人。郑芥见此情景，忙悄然退了出去，黑袍女子上前一步跪倒在地，叩完头后道："恩公在上，小女子便是候景之孙女候容容。信州城一役得蒙恩公提训，便在元将军的指引支助下，得以来到此地京城，投得在朝大司徒府中做侍卫的亲戚，并允其儿娶我为媳，成就了我此身一个好归宿。此等恩德理当衔环相报。"杨坚此时，方才明白是怎么回事，忙挥手道："快起，快起来！此等事不必如此。再说，你该谢的还应该是元将军，而不该是我。"元胄道："你别忙着撇清关系，容容下面还有话要说呢！"杨坚道："既然如此，快起来，坐下再说。"

三人一齐坐定后，候容容接着道："朝中变故之后，得知元将军升迁不再赴边从军，而恩公也将回京任职，心中甚喜。时常思讨能面谢两位恩公的大德，以了却心头之愿。近日却听在大司徒府中供职的公爹说，大司徒在府中私聚兵甲，操练人马，名为刺杀大冢宰，实是意在当今陛下，准备乱朝篡政。我虽不懂朝政，但祖父的前车谋乱后果之鉴犹在眼前，我不能眼看着夫君之家中遭此难，便设法拜见了元将军求援，也方才得知恩公已到京履职，故持来此拜谢兼禀告这事。"杨坚没想到自己到京城遇到的，竟是这么一件朝廷权臣谋逆之事，且主谋还是助君弑奸的功臣，当今陛下的亲弟弟，这让杨坚对此事感到了有些棘手。

杨坚不能不在心中思忖着：他觉得自己之前不满意的是宇文护的独裁专政和宇文邕的懦弱不作为，而目前虽对已亲政的武帝也有不满之处，但他并不希望朝政再度陷入混乱，更不想自己也陷入其中。至于从个人的好恶而言，他不看好这个投机取巧的宇文直，尤其对他唯利是图很是反感，此人先是投靠宇文护，曾也为虎作伥做过不少陷害忠良之事；后又因不得其利而卖主求荣助君弑主；如今却又想谋

| 87

君篡位。若让这样的人上位专权，决不会好过其堂兄宇文护和其亲哥宇文邕，更无况，其中还涉及对他有伯乐之谊的大冢宰宇文宪。因此，杨坚经过思讨，觉得对待此等心怀叵测之奸佞小人，他于情于理都不能不管。然而杨坚也知道，在此等谋逆大事面前，若没有切实牢靠的证据，弄不好受其害的反而会是举告者。因为，宇文直与宇文邕，以及宇文宪毕竟是同室同宗的帝王兄弟，而自己却是个被他们防范的罪臣，更别说是一个出于自保的普通女子了。杨坚想明白这些之后，引而待发地道："元兄对此事有何高见？"元胄态度明朗地道："我没有高见，只有一个立场，永远站在你这一边。"杨坚见此即断然地道："那就趁此机会，把这个小人给除了，以清后患！"元胄道："如何个除法？仅凭容容的一面之词吗！而你我既无实权又无军职，又有何能去面奏'当今'让其信服，去制裁他的亲弟弟、一个助他亲政为皇的功臣？"杨坚笑了笑道："我是听明白了，你是因为有此顾虑才把此事推给我来办的吧！"元胄直言不讳地道："我不是顾虑，而是无能。"杨坚故意道："可我还是个刚刚被摘了帽的罪臣呢！"元胄道："哎呀，杨兄啊！你就别再推辞了。我是坚信，此事除了你非常人能为。你就直说了吧，该怎么办？"杨坚不再虚与委迤，即认真地道："借力打力呗！"元胄道："请道其详。"杨坚道："你让人在陛下耳边吹风，告发大司徒在聚兵谋反，而我去大司徒府坐实他的谋反证据。然后造势逼反宇文直，最后来个罪证确凿，连根拔除。"候容容道："我也可以让我公爹和夫君出面举证，以免受其牵连合家遭罪。"元胄不放心地问杨坚道："你何以能坐实其谋反的罪证？此可是成败的关键啊！"杨坚诡异地道："别忘了！我可是自小受过高人指点的呀。"

　　杨坚送走了元胄和侯容容之后，独自在书房里思考着该做的事。独孤伽罗进房便问："听说元将军来了，怎么不引见一下叙叙旧？"杨坚道："他们是为事而来。以后，有的是叙旧机会。"独孤伽罗又问道："他们！还有谁？"杨坚道："与元胄同行的是前梁国河南王侯景的孙女侯容容。"独孤伽罗道："我听你提起过此女。他们为何事而来？"杨坚便把元胄和侯容容的来意说了一遍，道："我猜'当今'纵容大司徒，意在掣肘大冢宰以平衡权臣之间的权力。因此大冢宰想要有所作为，不除此人就难以政令畅通。而我不从中助之，既无以答谢齐国公的保荐之情，也有碍我在朝中聚势东山再起。再者宇文直这个小人也该除。"独孤伽罗点头道："你将如何除之？"杨坚道："候容容所说之事真可谓是天赐良机，于情于理都不容我不去尽力而为。我要借此机会即可除去这个挡道小人，替'当今'清理一下朝政的污浊，还宇文宪一个人情，又可聚起一股人气，在朝中赢得一块地盘。"独孤伽罗边思边想着道："此

第十章　红颜夜临杨坚除异，协力灭齐周帝赐婚

事的关键不在于举报，而在于举证。因此……"杨坚自信地道："此事不难。既然'当今'爱听小人之蛊，不敢大胆用能人，我就顺其意而为之。你就等着瞧吧，过几天必有灵验。"

果然没几天，大司徒卫王府中出了怪事，夜半红光冲天，随后又是黑烟滚滚，还伴有阵阵雷声。邻里和巡街官兵还以为是卫王府中走水了，可敲开其府门，府内之人都不知道有此事。此后大街小巷便传开大司徒家里私聚火器兵甲，有谋逆作乱之心。立即，就有朝中大臣把这些街传巷议之言和有人目睹之实向陛下宇文邕作了禀告。平时有意呵护宇文直的宇文邕不得不下令追查此事。宇文直见自己预谋败露，惶恐之际决定孤注一掷，聚众举兵杀向内宫肃章门，却遭守卫司武尉迟运把守住皇门，并纵火拒敌，而相持不下。齐王宇文宪与杨坚视机亲率僚属府兵袭而歼杀，得以平息此乱。宇文直被迫潜逃至荆州被擒。继而，宇文邕为了释去疑惑，也为了澄清事实，亲自下旨责成京兆尹宇文神举带兵查抄卫王府。果不其然，在卫王府中抄出了不该拥有的大量甲胄弩弓刀枪剑戟，构成了违禁私藏兵器罪。接着又有人当众举告了大司徒私慕武士意图行刺陛下的桩桩罪证，这有凭有据的人证和物证摆在朝廷众臣面前，引来了朝堂上的一片哗然，更有人指责大司徒宇文直：先追附宇文护谋利，到后来为权而刺杀宇文护，又到诋毁随国公，发难大冢宰，想把控朝政等桩桩件件的反复小人之狼子野心，迫使陛下宇文邕不得不下旨将宇文直废为庶民，全家发配边廷永远不得返回京城。而后，经大冢宰宇文宪和诸多大臣的联合奏荐，宇文邕对这次平乱有功的随国公杨坚和守卫司武尉迟运各加封为大将军。

杨坚设计平了宇文直之乱，助宇文宪理顺了朝纲之序，也有了军职，便在朝内逐渐地培植结交了一批能臣良将，此中有密友朝廷近侍卫大将军元冑，杨坚的发小镇守天坮露门的仗卫窦荣定，杨坚儿时的同窗旧友郑译，宇文邕跟前的近臣银青光禄大夫、太保申国公李穆，独孤伽罗之父独孤信的旧僚礼部尚书渤海公高颖，父辈世交柱国郧国公韦孝宽，内史大夫杨国公王谊，太子宇文赟的内侍刘昉，麟址学士太子侍读柳裘等人。在朝外有燕郡公卢贲，建州刺史宋安郡公元景山，敷州凉安总管梁睿，年少将军兴固县公宇文忻，熊州刺史贺若宜等。此外，杨坚又联络了握有军政权力带兵驻守在各要塞边关的父辈族亲和自己的旧部属将军，有杨整，杨惠，杨嵩，杨达，杨旬，杨素，韦世康，徐奘达，以及独孤氏族在外镇边的亲友部众等，形成了以他为核心的一个能量圈。

大冢宰宇文宪一直把杨坚视为自己在朝廷中可以信托的支持者，他也佩服杨坚

在各种谋略上都有自己独到的建树，故陛下或是朝廷中有需要谋划决断的事，他都会先征求听取杨坚的提议，或是让杨坚来谋划。当然他也明白自己的兄长当今的陛下对杨坚抱有的戒备之心，故而他不得不时常小心翼翼地在两人之间做着协调和疏通。

大德殿是周武帝宇文邕与众臣朝会商讨议事的地方，也是他行使皇权发号施令决断一切的场所。他每当走进大德殿，坐上龙椅，面对着伏在他面前的众臣，他就有一种庄严威武的感觉。然后他又讨厌，众臣在许多事上的观念跟他的想法经常不能一致，常常是众说纷纭争论不休。而且他更讨厌那些自以为是的臣子，他们不仅跟你讲古论今地死叩所谓的道理，还要处处时时表明他们的忠心，让他这个陛下既不能不听他们的道理，又不能去责怪他们的忠心，却把他架在高空下不了台。故每当这种时刻，就会迫使宇文邕不得不动用皇权去武断地做出决断，以维护他这个皇帝的权威和尊严。今日朝堂上所争议的是他提出的要发兵东征齐国，这是他多年的心愿，也是他要为后世留下的丰功伟绩。可是，朝臣们对他这个陛下提出的举国大事却喋喋不休各说各的，听听似乎都有理，可想想却都是些逆他之意的道理，故不能不让宇文邕恼火百丈。因为说到根底上，是这些臣子完全不把他这个皇帝放在眼里，有的仅是他们自以为是的所谓理由和利害关系。宇文邕终于忍不住了，他从龙椅上站起身道："你们都别再说了，寡人也不想再听下去。你们争来争去，无非就是两点：一是反对寡人出兵东征，理由是条件不成熟。二是赞成寡人伐齐，但不赞成寡人当主帅统兵亲征，理由是认为寡人没有统兵打仗的经验，且太子年幼，代父留守治国不合适。然而，寡人现在可以明确地告诉你们，这次东征伐齐的国策决不能改变，由寡人担当统兵行军主帅也不容置疑，这就是寡人的圣旨。寡人现在就命令大冢宰齐王宪，立即责成各部制定详细的作战方略，于十五日之后由寡人率兵亲征。不得有误，违者重责。散朝！"

宇文宪与杨坚并肩走出大德殿，宇文宪忍不住问道："今日杨公在朝堂上，为何一言不发？"杨坚道："陛下早已定下了主意，谁说谁不说都无关紧要，要紧的是他能否听得进去？"宇文宪道："确也是。陛下现在是越来越听不进不顺耳的话了，并执意要独立孤行。对此，我这个大冢宰也一点无能为力。"杨坚道："陛下现在的心态：一是认为现在政清人和、国泰民安。二是建功树威，立业求成。然而，他所看到的仅是自己周朝政局这方面的事态，却并没去深解朝外以及周边国的事势。"

宇文宪道："以杨公之见，这次陛下亲征伐齐，有多少胜算把握？"杨坚道："陛

第十章 红颜夜临杨坚除异，协力灭齐周帝赐婚

下执意亲征，仅是为了建树他的个人功勋和业绩权威，对征战的胜负影响不会太大。相反，只会增加出征将士的心理负担，甚至还会掣肘战役的进展。"宇文宪道："我明白了，你也反对陛下亲征。"杨坚有些感慨地道："我不仅反对陛下亲征，也反对这次时机不成熟的伐齐东征。时机不成熟，准备不充分，胜算就没有把握，但却要让几十万的将士去为此而以性命相搏。这不是儿戏，更不是纸上谈兵，是要死人的，而且是会成千上万地去死。太惨烈了！但是其结果是谁也赢不了谁，以后还得重新开战，还得死人。故依我之见，不是不战，而是要把握时机战之必胜，且一战到底，以后不再争战，不再死人。"

周武帝建德四年八月秋，宇文邕亲自挂帅统领大军二十万，分兵六路从水陆东征到齐。由于估敌不足，在齐境河阴子城受阻，双方僵持连连争战不下，死伤惨重。最后，由于周军准备仓促补给困难，更由于急于求成的宇文邕心气不畅操劳过度旧疾发作，便不得不下令退兵。全军匆匆撤退之中又遭齐军沿途袭击，一路上焚舟弃甲损兵折将，最终以自损三万兵马和无数辎重舟船的代价，结束了历时三个月的东征之战，也应验了杨坚的预判。事后，宇文宪把杨坚的一些话传给了宇文邕，让周帝在痛定思痛之后，深感杨坚的话言之有理，便渐渐的摒弃了一些前嫌，开始有选择地信赖起了杨坚的决策。

北齐隆化元年秋，昏庸的高纬为了专心淫乐，听不进忠言却听信谗言，毒杀了兰陵王高长恭，自毁了他的最后一个股肱之臣，引发了齐国朝政的又一次震荡，从此朝政大权完全被内宫陆苓萱和宦官穆提婆掌控，军权则全落入了南阳王高绰和高劢叔侄一党的手中，高纬皇室的统治根基被彻底架空了。随国公杨坚得知信息后，感到灭齐时间已经来临，即会同大冢宰宇文宪连夜进宫面奏宇文邕，陈说灭齐之方略。

翌日，宇文邕召集文武百官商议出兵东征，并力排异议决意亲率举国之兵灭齐。宇文邕留下太子赟守国，三公辅政；委齐国公宪、陈国公纯、代国公达为前队总管，令越国公盛、谯国公俭、赵国公招为三军总管，内史上大夫开府王轨为总监军，杨坚为总参军，由他自己为中军主帅，率大军三十万、军分三队、兵分六路、水陆并进。陆路出梁州主攻锋矛直指北齐京都邺城，水路由渭水入淮直荡齐国南方诸城。

周军各路兵马一路上气势汹汹，杀气腾腾，攻城拔寨，势如破竹，不日大军便逼至齐都邺城城下。混乱不堪的齐军不经一击，高绰高劢都死于乱军之中，只知弄

权聚势敛财的穆提婆叛主献城投降周军，腐败透顶的陆苓萱被迫服毒自尽。正带着嫔妃在外游山玩水的齐主高纬，闻听周兵已攻下京都邺城，便丢下嫔妃，带着太子高恒，慌不择路逃至青州。数日后便被追踪而至的太师尉迟迥之侄尉迟勤生擒俘至邺城交付周武帝宇文邕处置。不日宇文宪和杨坚又分别攻克北齐的北方大城冀州和定州，北齐最后一位封疆皇室范阳王高绍义孤身逃往突厥，北齐亡。从此周朝统一了北方。

宇文邕在北齐京都邺城太极殿设宴庆功，嘉奖众将士：授齐国公宇文宪加爵为上柱国，封齐国公长子安城郡公宇文质为河间王，齐国公四子宇文负为莒国公，进谯国公宇文俭为上柱国大冢宰，陈国公宇文纯为上柱国并州总管，杞国公宇文亮为上柱国大司徒，加梁国公侯慕陈芮为上柱国大司马，封郑国公达奚震为上柱国大宗伯，应国公独孤永业为上柱国大司寇，郧国公韦孝宽为上柱国大司空，授上大夫王轨为郯国公上大将军开府仪同三司，加越王宇文盛、赵王宇文拓、邓国公窦炽、申国公李穆、庸国公王谦、北平公寇沼为上柱国，授尉迟勤为卢国公，丘崇为潞国公。封献城有功穆婆提为柱国，齐主高纬愿降封为温国公，嘉奖随国公杨坚为柱国大将军，招其女杨丽华为太子妃，赐食邑三千户。

宇文邕的封赏自有其意，却也迎来了几家欣喜几家不平。赵王宇文拓借着酒意移位到宇文宪旁道："五哥，他凭什么把你的大冢宰撸掉了？这次平齐大捷，谁能说不是你的功劳最大！"宇文宪忙道："拓弟，可不能这么说！要说本次功勋最大者非随国公杨坚莫属。"宇文拓不以为然地道："杨坚，'当今'可没亏待他。杨坚以后将是陛下的外戚了，与我们也就带了亲，联了姻。一个罪臣，他不知足，谁知足！"宇文宪不满地道："你是喝多了吧！尽胡言乱语。"宇文拓摇晃站起身道："这个姓普六茹的小子脑有反骨，必是我们宇文家族的灾星。不信，你就走着瞧吧！"

宇文宪胸中也自有一股怨气，他对陛下这次连个招呼也不打，就把他大冢宰的相位给了别人，他不是舍不得这个职位，也不是嫉妒他人的晋升，而是觉得陛下这做法有失常理，让他感到难堪。至于说到这次平齐的功劳和战绩，杨坚运筹帷幄，提枪上马，攻城克敌当数第一之外，配居第二的除了他就非旁人能属了。可他也实在不明白，陛下如此封赏的依据是什么？而他更不明白没有半点战绩的宇文拓为何能晋爵上柱国，却还要如此不平，甚至还把怨言指向理该最感不公的杨坚。宇文宪决定先去抚平一下杨坚的心情，然后再找机会去为杨坚讨个公道。

杨坚握着酒杯在沉思，陛下赐的庆功封赏宴会他虽不想参加却不能不参加，这

第十章　红颜夜临杨坚除异，协力灭齐周帝赐婚

倒不是他对陛下的封赏有多少不平之心，而是觉得宇文邕不征求他的意愿，就把他的女儿丽华招为太子妃感到不痛快。杨坚早就不止一次听说了，太子宇文赟是个不学无术，只知道吃喝玩乐，年纪轻轻就尽做些从欲无常之事的人，而这个太子所做的这些不堪入目之事也就是瞒着他父皇罢了，然而如今却要成为丽华的夫君，自己的女婿，这个陛下也实在太强人所难了。杨坚明白伽罗知道后也肯定会反对这门亲事的，他们都不是想攀龙附凤之人，他们只想让丽华嫁个能疼她爱她真心陪她终身的郎君，如此他们才能心安，也对得起明皇后般诺了。

宇文宪提着酒杯来到杨坚跟前，见杨坚在默默沉思，便道："未来的国丈在犯什么愁啊？"杨坚收回思绪，淡淡地道："无从说起，且想说也无用。"宇文宪坐到杨坚近旁道："是否对陛下这次封赏不公有所不满啊！"杨坚苦笑着道："齐公取笑了！你应该知道，我杨坚是个所喜所厌什么的人。"宇文宪看着杨坚认真地道："当然知道。我知道你不会为自己的爵位去犯愁，但一定会为陛下的独断专行而不满。"杨坚仍然淡淡地道："何以见得？"宇文宪道："以你的人品，以你的境界，以你为人做事的谨慎，所以你决不会去为自己的权势官位而耿耿于怀，却一定是在为陛下如此独断专行，今后朝中之事会发生怎样的变化，而思忖着方略。对吗？"宇文宪的话提醒了杨坚，他放下了手中的酒杯道："齐公，往后你虽不是朝廷的大冢宰了，但我还是愿意把心中所想到的事先告知于你，以不枉你提携信任我之情。"宇文宪举杯冲着杨坚道："就为你杨公这句话，我得把这杯酒干了。"宇文宪一口干完了杯中之酒后道："杨公，说吧！我洗耳恭听。"杨坚道："我们都明白，陛下每一次的封赏，实际上都是一次权力的再分配。职位上上下下的变动，说穿了就是陛下棋局的需要，任何当政者都会借此来笼络一些人，疏远一些人，以达到朝政的平衡。明白的人会处之泰然，不明白的人就会耿耿于怀。朝廷接下来的事会很多，比如治理北齐留下的种种弊端，尤其是奢靡腐败苛政酷吏之风。北齐败的不是其民，也不是其兵将，而是它的上层朝廷皇室和弄权的奸邪之臣，这些毒根不除，再好的民，再强的兵将也会变坏。但要整治就必须得有明政轻赋和能臣清官才行。另外，我们周廷统一了北齐，在我们北疆的突厥就不会再保持他们过去那种，两面投机两面得利的势态。我们一定得做好充分的准备，提防他们的来犯，他们收留北齐范阳王高绍义便是一种信号。"宇文宪频频点头道："杨公高瞻远瞩说得在理，我当即刻禀报陛下，好做准备。"杨坚又道："齐公，杨坚还有一事想烦请殿下转告陛下。"宇文宪道："但说无妨，我一定去替你禀告，陛下不会驳我面子的。"杨坚道："请陛下收回招我

女儿丽华为太子妃的封赏，杨坚承受不起。"宇文宪吃惊地道："这，这话让我怎么禀告？杨公，这是为的什么？太子妃，就是以后的皇后、国母，天下谁人不思，哪个女子不求？你这不是在开玩笑吧！"杨坚认真地说道："齐公，我一点也没有开玩笑。小女自幼被我夫人娇养惯了，她不配做太子妃。我就怕她一旦进宫，会做出冒犯陛下或是太子之举，而招来杀身之祸。到那时且不晚矣！"宇文宪连连摇手道："奇谈，奇谈！不可能，这是绝不可能的事。谁不知杨公夫人的家教甚严，且独孤诰命夫人不仅文武双全，更是巾帼不让须眉的女中豪杰，本朝天下还真找不出第二个像杨公夫人的女子来。由她调教出来的子女，且能逊色于别人？你这岂不是奇谈怪论吗！"

　　杨坚被宇文宪一番褒奖自己夫人之词说得脸上有些发烫，依宇文宪如此之说，他这个做大丈夫的人岂非是被贬下去了。杨坚有意要张扬一下自己，便道："齐公谬赞了！在下的夫人确是有些过人之处，比如，她的谋事识人之能，治家理财之精细，确是一般人无能及的。但她的运筹帷幄，深谋远虑，行兵布阵，纵横时局却不如在下。所以……"宇文宪不待杨坚把话说完，便大笑着道："我可没有贬低杨公之意。但如杨公所说也正好能证明了，由你夫人育教出来的女儿一定不会逊色，完全能胜任做太子妃的。"杨坚再也忍不住了，厉声道："我不能把女儿往火坑里送。"杨坚的话引来了近处朝臣们关切的目光，宇文宪愣住了，许久才不解地道："杨公，此话怎讲？"杨坚也觉察到自己有些失言了，慌忙起身道："在下喝多了，不胜酒力，有些失言了。望齐公见谅！在下不得不先告辞了。"说罢匆匆离席。

第十一章
武帝忌讳君不信臣，丽华祭父姐弟明志

周武帝宇文邕并非是一个懦弱不想有作为的皇帝。自他亲政之后，出于维护自身利益的本能，为了消除宇文护留下的影响，也出于巩固皇权的需要，更为了替自己歌功颂德为后世留下一个美名，他百事亲躬，广纳进言，权衡利弊，梳理朝臣，勤奋治国，努力做着他认为是该做的事情。然而列朝留下的弊端，尤其是权臣宇文护在他心里造成的阴影实在太深了，促使他在做任何一个决断前都要反复掂量前后权衡，甚至要左猜右测，这次平齐大捷对功臣的嘉奖封赏也让他花费了不少心计。

宇文邕明白，灭齐首功理该属于随国公杨坚把握时势的精准谋划方略，其次便是大冢宰宇文宪的配合调度和身先士卒。然而，杨坚运筹帷幄决断千里的胆略和能量，不能不让宇文邕感到压力和忌讳。他想起了宇文宪把杨坚比作韩信的话，又想起了几个亲信对杨坚的评说，而不能不让他毛骨悚然，促使他既不能再给杨坚晋官加爵，又不能让杨坚脱离他的控制，但是想做个明君的宇文邕对杨坚如此有目共睹的功劳又不能没有一点封赏。于是，宇文邕便想到了用加封一个柱国的空爵和三千食邑去堵住杨坚之口舌，再用联姻的绳索去套住杨坚的手脚。同时，宇文邕又为了预防宇文宪与杨坚合谋，利用大冢宰之职去专权，便用加授齐国公宇文宪为上柱国的空爵，以及封赏其家人来交换平衡宇文宪手中的大冢宰权柄，实使了冠冕堂皇的堵凶险在事先、防事故于未然的杜渐防萌之策。而且宇文邕尤有过人之想，他召来亲信内史上大夫王轨亲口叙事，把灭齐之功以史实记录到自己头上，既为自己树碑立传，又可堵后人的评说，于是此后的史书上，也就没有了杨坚、宇文宪灭齐的功劳。宇文邕在设计好了对杨坚与宇文宪的功绩封赏之后，又为了进一步巩固自己操控朝政的能力、加强洞察朝臣的动态，培植扩充自己的权势，更为了平衡分解各权臣手中的实权，便又封赏了一批毫无建树的亲信和宗亲。此后，心思多虑的周武帝宇文邕，也察觉到了朝中有人对封赐不满的情绪和怨言，而不得不为了进一步笼络朝廷重臣之心，巩固自己的帝位，便在宗室中筛选了一批在朝中有影响的重臣，将

他们晋爵为王，其中有：齐国公宇文宪封为齐王、卫国公宇文直封为卫王、赵国公宇文拓封为赵王、谯国公宇文俭封为谯王、陈国公宇文纯封为陈王、越国公宇文盛封为越王、代国公宇文达封为代王等。然而，宇文邕以如此的用人手段和权衡之术去施政，却是在以猜度之意去安抚忠臣之心，在用小人之念去度君子之仁，再以无赖之态去监察能臣的作为，结果必定是个得失相逆之策。但这却是宇文邕忍气吞声了十多年，所思讨好的一套对内治国理政的用人方略，也是他想要达到掌控一切人的目标韬略，却给其子孙留下了祸端。

随国公府的房屋布局与北方多数权贵家族的格局差不多。外围一圈高墙，除了正南临街面，其余三面的高墙内都有狭窄的通道相连，既供护院的家丁巡视，也供下人方便进出各庭院。高墙内的前庭院是主房，供主人处置公务、接待宾客、应酬一些场面事务的明厅客间。中院多为内眷住房。见过世面有钱有势的人家还会模仿南方人，在院中置些楼台亭阁小桥流水山石花草。后院多数是护院家丁下人居住之处，一般还都备有独门独户的马厩畜圈，而各庭院又都有边门与走道相通。

杨坚与往常一样，早早地起身做着强身健体活络筋骨的功课。独孤伽罗需要操持家务也会跟着早起，她查看各处，听取禀报，布置派活，随后便会去督促儿女们起身做各自必须要做的早课。在整个随府中她是最操心最辛劳的人，故而连杨坚都要说她不像个国公诰命夫人，却像个管家老妈子，但是独孤伽罗不肯听从杨坚和儿女们的劝阻和提议，去找个管家帮她分担些杂务，减轻她的劳累，反而说不让她亲自做这些事她会吃睡不舒坦的。为此大家也只能听之任之习以为常。

这天，独孤伽罗清晨起来，安排好府内各处的事务后，来到儿女们的房间。儿女们大了，独孤伽罗把两个女儿的住房安排在靠近她的住处，两个儿子的房就离她相对远一点。独孤伽罗先去女儿丽华房里看了看，房内摆饰整齐而温馨，一股淡淡的兰花香味飘逸在四周，洋溢着一个有教养女孩子的气息，但却不见女儿的人影。她有些疑惑，但没有去多想。独孤伽罗又来到了逸秋的住处，见逸秋已梳洗完毕，正在收拾整理自己的卧房。独孤伽罗对这个杨坚给她送来的女儿不仅很是满意，而且还有着一层打算。独孤伽罗怜悯逸秋的遭遇，却更为逸秋身上所独有的气质素养而欣喜有加。这个历经了人间艰难和困苦的女孩，不仅有着其父母遗传给她的教养和丽质，也有着她对世间人心善恶的判断和胆识，更有着她处事待人知恩图报的感悟而更令独孤伽罗疼爱。独孤伽罗见大儿子杨勇与逸秋一见如故，时常缠绵纠缠，便油然心动，不由得倍加关心起这个女儿来。甚至还时常有意无意地试探着逸秋对自己终身大事的意向。逸秋见干妈站在门口用欣赏的目光看着她时，不由得脸红耳赤起来。慌忙上前行过礼后道："干娘，您盼咐吧！我这里马上就好。"独孤伽罗慈爱地道："没事，我就是来看看而已。"逸秋挽住独孤伽罗的手臂道："干娘，既然没事，就进房来坐会吧！"独孤伽罗故作生气地道："逸秋，娘已对你说过多次了，不准再叫'干娘'，把个'干'字去掉，只准叫娘。知道吗！否则，我会认为你是不甘心做我的女儿，我会不高兴的。"逸秋马上羞怯地道："娘！您是女儿的再生慈母。惹娘生气全是女儿的不是，下次再也不敢了。求娘能够宽恕！"独孤伽罗换上笑容却故作严厉地道："我以后只要还听到你在喊爹娘前面加个干字，我就不认你这个女儿。明白吗？"逸秋连连点头道："女儿谨记在心，以后不敢，一定不敢了。"

独孤伽罗这才问道："逸秋，你起身之后见到过丽华吗？"逸秋摇着头道："没有。娘，平日丽华不会起这么早的。她今天不在房里吗？"独孤伽罗道："是啊！所以我感到奇怪。她这么早会去到哪里？"逸秋边想边道："娘，丽华是否去广弟那里了。"独孤伽罗道："不会吧！你广弟那个懒虫是最怕起早的。为此，你爹已经罚过他几次了，可是效果不大。他的早课从来都是拖泥带水地完成的，也就难怪你爹从未给他好脸色看。"逸秋道："其实广弟并不懒，是他做事没勇弟那么风风火火有气势罢了。但我却觉得，广弟做事很有大将军的气概，不仅思绪缜密，而且有条不紊。"独孤伽罗道："我也是这么看的，可见咱母女俩是连着心。可就是你爹那个榆木脑袋，看不到广儿的长处，却尽拿他的短处说事。我真不知这爷俩前世是什么缘分，会如此互不相容。"逸秋搀扶着独孤伽逻边走边道："娘，你也想多了。岂不知严师出高徒？爹对广弟的要求高，所以才会如此的。"

两人来到杨勇的房间，杨勇已穿扎停当，握着宝剑要外出去做早课。一见逸秋与娘来至跟前，不由得两眼放光，盯视着逸秋道："秋姐！娘，这么早，你们来找我有事？"独孤伽罗探头看着杨勇身后的房间：被褥掉在地上，衣鞋乱丢凌乱不堪，不由得摇着头道："勇儿，你看看自己这个房间，像个什么样子？比个猪窝好不了多少。"杨勇看着逸秋挠着脑袋憨笑着道："要做早课，没时间了，我等回去搞。"独孤伽罗不满地道："老是推三托四，你就不能早点起床吗？别总是想着依赖别人，自己的事必须自己做。"逸秋微红着脸对杨勇道："你去吧！房间我来收拾。"独孤伽罗却严厉地道："不行！得让他自己搞。等你以后过了门再去帮他，我没话说。"独孤伽罗的话把元逸秋羞得白净的粉面变成了大红脸，却让杨勇欣喜万分，急忙丢下宝剑道："谢谢娘，我这就去收拾。"

独孤伽罗拉着逸秋来到杨广房前，推门进房却空无一人。然而房内的衣鞋挂摆有序，床褥叠加整齐，床头还摆放着几本书籍，窗几明亮地板干净，一张小小的书桌上，在一只竹筒中插着一枝野花，整个房间里弥漫着一股淡淡的花香。这哪像是个懒惰成性的男孩卧房？独孤伽罗很满意小儿子的这种生活习性，做事不紧不慢，说话不急不快，小小年纪待人却有股子敢担当的魄力。尤其是被他认定的事，连杨坚也很难改变他的主意。这样的个性既有点像其爹杨坚，更有不少地方则是继承着其娘独孤伽罗的性格。杨坚坚持要用他的理念去改变这个小儿子，却又常常因为得不到预期的效果而去苛求指责，也就引来了护子心切的独孤伽罗的反对，这个家也就常常不得安宁。

　　独孤伽罗看着这空荡荡的房间，又想起不见踪影的女儿，不由得紧张起来。她慌忙冲着房外喊道："勇儿，你快过来。"杨勇闻声进房，眼睛看着逸秋道："娘，什么事？"独孤伽罗问道："你弟，广儿呢？"杨勇愣了愣道："我怎么知道他去了哪里？"独孤伽罗又问道："你今天起来没见过他吗？"杨勇道："没见过，谁知道他跑到哪里鬼混去了。"独孤伽罗严厉地道："你不准如此说弟弟。有谁来找过他吗？"逸秋提示着道："丽华也不在她房里。"杨勇即带着情绪道："我！这就更不知道了。他的行踪鬼着呢！"独孤伽罗道："去！到你爹那里去看看。若不在，把你爹给我喊来。"

　　不一会儿，杨坚随着大儿子走来，一头雾水，问道："怎么回事？一大清早，丽华和广儿都不在家里吗？"独孤伽罗道："我正要问你呢，他们没跟你在一起？"杨坚不满地道："怎么可能呢！丽华和逸秋的早课是归你管的，勇儿和广儿虽归我管，可你老是出面袒护广儿，让我怎么管？现在又来问我，此理何在？"独孤伽罗道："废话少说！现在不是论理的事，而是得知道他们的去向。看他们房间里的情景，似乎是有备而为。"杨坚即道："你这话有点道理。自从丽华知道了太子的为人和我不想让她入宫为妃的心愿之后，她似乎是有了心事。难道她从没对你说起过？"独孤伽罗似有所悟地道："哟！听你这么一说，我也觉得丽华最近有些不对劲。如果她真是为此而想不开，那得怪我这个做娘的没当好，只顾了理手上的一摊子事，而忽视了女孩家的心事。"杨勇立即道："娘，我知道该去哪里找了。丽华姐既然知道了自己要做太子妃，她就一定是去挑选嫁衣了。"杨坚马上否定道："不可能！丽华也不想入宫为妃，更不可能自己去抛头露面选嫁衣。但广儿又干吗要搅进去呢？"逸秋道："爹、娘！前几天，丽华跟你们出去后，回来就把自己关在了房里。后来，我

第十一章　武帝忌讳君不信臣，丽华祭父姐弟明志

见广弟来找过丽华几次，似乎在商议着什么，我也没在意。今天两人都不在，是否正是他们商议的结果？"杨坚愣了愣，看着独孤伽罗道："前几天……是吗？丽华是绝对不会瞒着我们做事的。但让广儿这小子掺和了进去，就难说了。"独孤伽罗心急地道："什么难说不难说的！快说，广儿怎么了？"杨坚不急不慢地道："这小子人小胆大，如果丽华要做出什么事，就一定有他的主意。"独孤伽罗发狠地道："废什么话！我要知道，他们怎么了，现在在哪里？"杨坚两手一摊无奈地道："我也不知道。你问我，我去问谁？"独孤伽罗发怒地道："去找呀！让府里的人全都出去找！"

周室皇陵在京城之南，座山而建苍松相伴，翠柏环抱威严而宁静。昭陵，是周明帝宇文毓与皇后独孤般诺的寝陵。在昭陵的旁侧有一片荒地，杂草丛生狐兔出没，苍鹰常盘旋上空。荒地正中有一座似乎是新建的孤坟，青砖铺地，砌石成垛坟。坟前竖着一块一人高的碑石，上刻着"周太师宇文护之灵座"，碑石上没有生平记载，也没有立碑人的落款，一切似乎是一种象征、一种寄托、一种挂念。一阵马蹄声由远渐近打破了这片没有人踪的寂静山林，两匹牝马驮着一个姑娘一个少年奔驰而至。姑娘的马背上挂着两个包裹，少年的腰间佩着一柄短剑。姑娘纵马奔驰在前，少年策马紧随其后。两人来至荒地下马，姑娘手提两个布包拨开草丛走至坟前，解开包裹一件一件地掏出祭品，在碑前摆放整齐，然后焚香整衣跪拜。阳光照射滋润着姑娘匀称娇美的身躯，在她白净的脸上泪痕满面，秀气的五官端庄俊美动人，素雅合体的裙衫把少女的身姿勾画得线条分明，她便是即将要成为太子妃的杨丽华。少年一身戎装打扮，双目炯炯环视着四周，站立在姑娘的身后，一手按剑，一手握拳，好似是跪地哀泣姑娘的侍卫在警戒守护着主人的安危，他便是随国公杨坚和独孤伽罗夫妇的小儿子杨广。凌晨，姐弟俩趁着府中众人还在酣睡，潜出院府来至马厩，牵出各自的坐骑，纵马出城，实现姐弟俩相约好的祭拜先人的私密之旅。

杨丽华自从跟随她的养父杨坚和养母独孤伽罗去昭陵祭拜了她的生母明皇后独孤般诺，又来此拜祭了她的生父太师宇文护之后，方才得知了自己的身世，也知道了自己亲生父母的过去。当时她实在无法接受这天地间还有如此残酷的现实，也无法想象往后的她该怎么去面对这个现实。她不想让旁人知道此事，唯有把自己关闭在房里伤心落泪，甚至彷徨在生死的歧路口。她苦苦幽思，想给自己理出一个头绪，然后再给大家一个交代。杨丽华不能不感谢她的这个小弟杨广，是他首先察觉出了她的心事，又是他喋喋不休的盘问，迫使她不得不把心中的烦恼和悲伤告诉了

他。更是这个貌似还是孩童的小弟杨广，搜肠刮肚地给她讲述了为他所知道的人间桩桩件件的恩怨故事，用他真诚的童心和细腻的情感，替她排解着心头的困惑和迷茫，化解了她心中的忧结和怨恨。这或许是俩人年龄相仿两小无猜的缘故吧！小弟杨广的言谈远比父母的说教来得随和切入肺腑，而且也让她容易感受到此中的真情厚义。姐弟俩很快就达成了默契，促成杨丽华定下决心，接纳弟弟的提议，俩人秘密去坟地祭拜她的父母，让她尽情地倾吐心中的所思所想以释心头的重负，如此才有了今晨姐弟俩这次欺上瞒下的秘密行动。

　　此刻，杨丽华跪在自己这个从未见过面的生父面前，她想到他往昔的辉煌和现在的下场，想到人世间的亲情和恩怨，想到自己即将要面临的人生，她的泪水随着伤感的言辞情不自禁地涌出眼眶，她哭诉道："爹！你的名字和你所作所为的往事，我不是没听说过。但我却无论如何也没想到，逼得我爹娘数次命悬一线，害得我们全家流离失所的那个太师、竟然会是与我有着血缘亲情关系的我的生父。因为，我现在的爹娘从未对我说过此事。若不是这次因为陛下要招我为太子妃，我爹娘为了让我能不忘你们的亲情，才在你碑前告诉了我的身世真相，否则我将会被永远蒙在鼓里。但是，你也没想到吧！一个为你一直所不能容忍，而要时刻想方设法加害的人，却是他们在养育着你的女儿，又是他们为你、在你所朝慕的我生母的近旁建树了墓碑，让你有了归宿安息之处，才让我有了祭拜你的地方。若不是因为在他们的育教下，让我知道了人间自有比权势金钱名利更重的亲情在，我完全可以不认你这个爹。因为，我目前的一切你所给过我的仅是耻辱和伤心。以前不是女儿不孝，在此也不是女儿要埋怨，你这一生为的是什么？为权，你却为权势所伤；为义，你树倒猢狲散，没见你有几个真心实意的朋友；为情，你的所爱你却不能与她相守。而你的女儿如没你所要追杀的我爹娘所养，也就早已没了现在。你想过吗？你生前虽然无比辉煌，这一切却都无善终，只落得如今黄丘孤坟一座这是何故？然而也就是这个弑你的皇帝，却要纳我为其儿媳招我为太子妃！你说我能允诺吗？不说你为这个朝廷做下的桩桩好事或坏事，也不说这个太子会否也像其父一样只认权势不近人情。却听我爹说，仅凭这个太子不学无术只知淫乐，未达豆蔻年岁便与宫女已育有一子之实，就可断定这个太子不是个好东西。我信我爹所说这是个火坑，就算他们能立即冠我为太子妃，甚至是当皇后，而要让我嫁给此等畜生为妇，我也会不屑一顾的。但是，我又不能不为此而忧虑，这会给我爹娘带来什么后果。俗话说，有其父必有其子。他们对待你如此有权势的太师说杀就杀了，更无况是养我育我如今的爹娘，则是一直被他们利用、被时刻防范、没有实权只有空职的所谓的国公了。我信我爹所说的，他们要纳我为太子妃，是要把我当人质捆绑在他们的宫内，以便他们能更好地管控利用我的爹娘去为他们卖命。所以我能去吗？然而，这个火坑，我若不入，却势必会给我爹娘种下灾祸，成为他们像杀你一样灭我爹娘的借口。所以，爹呀！我不能恩将仇报，这个火坑再深再险我都得跳。"

杨丽华抹了把泪水继续道："爹，养我育我的爹娘与你相比，他们给我的真是太多太多了。我自小到大像一个公主一般的生活在这个世上，没有烦恼，没有忧愁。有的都是快乐和笑声；他们疼我、爱我、纵容我、家里再艰难，一旦有好吃的、好用的、好穿的、都是以我这个长姐为先；我们姐弟有过错，我娘从不责罚我。有时甚至是连我自己也觉得过意不去。而我爹自小至今从没打过我一次，甚至连重话也没说过我一句，故而两个弟弟都说爹娘偏心于我。确也是如此，他们待我之情远胜过他们的亲生儿子，而这一切都因为陛下强加给我的太子妃而要变了。因为我将要失去他们的呵护，失去家人的亲情，去到那个火坑为妇。在我的心里扪心而论，不管是你还是那个陛下，或是那个太子，全无能与我爹娘相比。我爹杨坚才是朝堂上真正鹤立鸡群光明磊落之人，而在家里他更是我娘的好夫君，我们儿女的好父亲。因为他内心从没你们那么注重权欲，那么奸诈不堪。若让他当太师，他必能公正无私地处理好朝政；若让他当皇帝，他必会是一个好皇帝，一位好明君。因为他有一个宽阔的胸怀，他有一颗不记仇的心，他能心系百姓，善待朝臣，且能将心比心地善待于他人，甚至是会善待欲将他置于死地的人。然而，我爹却宁肯抗旨也不愿把我送入宫去，去受陛下的羁押，去受太子的欺凌，去做徒有虚名的太子妃。"

杨丽华泣不成声，引来了身后杨广的愤慨，他道："姐，别怕，有我呢！这个太子如果欺负你，我一定让他身首两段，不得好死！"杨丽华没理会杨广的话，收敛了泪水继续道："爹，女儿下面要说的不是什么忤逆之言，而是我将要去做的事，以报答我爹娘这么多年对我的养育之恩情。为了不让我爹去为我而抗旨冒险，去委曲求全担惊劳心，我要尽我的全力去呵护我爹娘，不让他们再受到伤害，更不能让他们为了我而失去他们理该得到的一切。所以我决定，这个太子妃我得当，而且一定得当好。若这个太子当了陛下，果真不是个好东西，我就助我爹去取而代之，让天下人有个好皇帝。"杨广又激动地插嘴道："姐！我和你一起，助我爹当个好皇帝。"杨丽华急忙道："广弟，别胡说八道！姐在这里说的话，你可不能去对旁人说。"杨广立即很大人样子地道："姐，放心！我明白。此事只有你知我知天知地知，这是我俩的秘密。"

　　这姐弟俩在这里尽情地倾诉着心声，毫无顾忌。可随国公府内，却调动了全府之人四处搜寻他们的踪影。杨坚受不了独孤伽罗的唠叨，坐在厅堂上生闷气，逸秋则在厅堂前劝慰着独孤伽罗。不一会儿，四处搜寻的人陆续回来禀告，均未发现小姐和少爷的踪迹。正当独孤伽罗烦躁不安时，去后院搜寻的下人前来禀告，称发现小姐和少爷的坐骑都不在马厩内。杨坚闻言，猛地跳起身问道："这么大清早的，他们骑马出去干什么？"独孤伽罗边想边自言自语道："清晨、骑马外出！有备而为？哦！我知道他们去哪里了。"杨坚急忙追问："去哪里呀？快说！"独孤伽罗道："十有八九，他们去了城南皇陵！"杨坚道："丽华去城南皇陵事出有因，可以理解。可此事与广儿无关，他去干什么？"独孤伽罗道："护花使者呗！我们这儿子呀，丽华没他还真不敢独自前往。"杨坚道："我们不是跟丽华说好了，都不外传吗？"独孤伽罗有些得意地道："这就是广儿的本事！"

第十二章
宣帝上位杨家得势，君皇无德淫宫政乱

宇文邕将内政梳理完毕后，便开始谋划北上南下的外事征战。他首先派遣郯国公王轨和太子府宗师宇文孝伯，以及宫尹郑译陪同太子宇文赟西征吐谷浑，以探测西域虚实。然而，宇文赟在西征途中举止无德无能，王轨借助齐王宇文宪之手，将其行为举报至朝廷。宇文邕得知后，终止了西征，并当廷严厉训斥责罚主帅宇文赟，宇文赟差点因此丢掉太子之位。

宣政元年，宇文邕不顾众臣反对，执意率兵武力北上，亲征突厥。他派遣东平公、京兆尹宇文神举为前锋，征发关中公私驴马充作军用，调集五道州的兵将随其北征突厥。但这一意孤行的举动还不到两个月，便因宇文邕旧疾复发而收兵。这位韬光养晦、深谋远虑、励精图治的北周皇室中最有作为的周武帝宇文邕，病逝在返京途中，享年三十六岁。

留守京都代父监国的太子宇文赟，在得知父皇驾崩的消息后，心中悲喜参半。悲是出于亲情的本能，喜则是发自内心，他感到浑身舒畅。他急忙连夜招来亲信内侍刘昉和已被贬为庶民的郑译商讨后事。刘昉给宇文赟出的主意是：为安定人心，先顺从朝臣，依照祖例行事，待帝位稳固之后，再行使皇权，树立威望，建功立业。郑译提出的建议是：先名正言顺登上皇位，而后清理朝政，再重新整顿内宫。然而，宇文赟自有主见，他觉得若按照祖例，必须要等一个月，待父皇的灵柩下葬入土之后，他才能上位登基，这等待的时间太长了，以他的心思，一天也不想等。于是，宇文赟决定先上位，使名正言顺，再按照祖例举办父皇的丧事葬礼，但丧礼一切从简，期限不超过十天。

于是，宇文赟不顾众臣规劝，在其父宇文邕逝世后的第二天，便身穿孝服登上了帝位。当天即改父皇的宣政元年号为他的大成元年，尊生母李娥姿太后为皇太后，封太子妃杨丽华为皇后，皇子宇文衍（阐）为鲁王（太子）；晋升国丈随国公杨坚为上柱国大将军、大司马、南兖州总管，独孤氏为七命诰命。国舅杨勇为骠骑将军，

杨广为雁门郡公。授予刘昉为大都督、黄国公、小御正之职，使其能自由出入宫禁，负责上传下达皇命朝事，一时宠冠群臣，无人能及。又特赐郑译进宫，拜为开府内史下大夫，后改封为归昌县公，食邑一千户，进而又升迁为内史上大夫、沛国公。并封赏其两个儿子：一个为归昌公，一个为监国史，恩宠之深厚，前所未有。从此，宇文赟开启了他的帝王生涯，他便是史书上的北周宣帝。

宇文赟如此急迫称帝，事出有因。宇文赟在少年为太子时，其父宇文邕给他立下了几条规矩：一是与朝臣同班上下朝；二是不得饮酒纵乐；三是记录每天的言行举止以备查，否则将重罚不贷，甚至废除太子名号。宇文赟在如此严格的管束之下，除了上下朝和应付父命而研读史书、习字，被禁足于东宫之内，事事不仅不能随心所欲，而且还得处处收敛克制，这对他的天性造成了极大的压抑。然而，生性好动的宇文赟怎能满足于这种束缚？他在完成常规功课外，在宫内最大的乐趣莫过于与宫女嬉闹，与近侍亲昵，久而久之，这便成了他的一种嗜好，为此，他还让一个比他大近十岁的宫女怀上了他的孩子。若不是其生母李太后为他瞒住了其父，遮掩处置了此事，后果不堪设想。

宇文赟身为太子时，身旁有两个近臣，一个是银青光禄大夫、入太子府后升为宫尹的上士内侍郑译；另一个是太子府内侍刘昉。这两人是宇文邕指派在宇文赟身边，名为侍从，实为监督的亲信，但这两人各有所长。郑译有学识、懂音律、善骑射，十余岁便能察言观色、巧取宠信，因而受到周武帝宇文邕的赏识，被指派为太子的宫尹内侍。而且郑译更善于猜测主子的心思，能投太子所好，于是成了太子宇文赟不能离其左右的男宠，甚至太子出征西域吐谷浑时，也指名道姓要郑译伴行。一路上，两人旁若无人地同进同出，同吃一桌饭菜，同住一顶帐篷，虽不是夫妇，却胜似夫妇，把西出征战的国事当成了游山玩水、调情亲昵的行程。结果被郯国公王轨告知齐王宇文宪，再转达给了周武帝宇文邕，郑译受到了一顿严词训斥，并被告诫若再犯此事，将把他贬为庶民，最终郑译被罚除官为民。然而，宇文赟仍与郑译暗中来往。刘昉不像郑译那样以谄媚之态侍奉主子，而是凭借足智多谋、能言善辩、深谙权术来讨得主子欢心。他不仅以此博取了宇文邕的赏识，更因能洞察宇文赟的喜好与厌恶，化解这对父子之间的矛盾而取信于宇文邕，取悦于宇文赟。此外，刘昉还善于外交游说，他与杨坚的交情就源自齐王宇文宪。他对杨坚低调执行皇命、和气待人处世颇为赞赏，并预言这是杨坚在韬光养晦。宇文赟身边的这两个人，一个陪他吃喝玩乐、欺上瞒下，另一个替他出谋划策，甚至还替他处理政事、矫诏上传下达，成了他不能离左右的专宠，却也成了宇文赟能欺瞒住其父的保护伞。

宇文赟上位封定后宫外戚之后，按照原定的列朝规矩，还得守灵尽孝十天，待举行完先皇的入土国葬礼仪后，再进祖庙拜祖，昭告天下，封赏朝臣，安定内外，随后再大赦天下，完成其登基为帝的全部进程。然而，宇文赟既厌烦宗亲重臣在耳边喋喋不休地规劝指责，又怕夜长梦多引发朝臣叛变，他要学其父亲政初期一样，为树立权威，培植属于自己的势力，也为发泄积压在心中的怨恨而大开杀戒。于是，宇文赟不等其父入土，更不顾杨坚等众大臣的反对，指使开府府尹于智、王瑞监控上柱国齐王宇文宪的行踪，并以齐王曾诬告太子的不实之事为由，弑杀了宇文宪全家。继后，又以同样罪名杀了郯国公王轨一族，还赐鸩酒逼死了东平郡公宇文神举、小冢宰宇文孝伯，在朝堂上掀起了一股腥风血雨的杀戮，为他的专权扫除了障碍。对此事，宇文赟在众臣面前宣称，他这是在为朝廷清除一个潜在的谋逆团伙。

接着，宇文赟便按照自己的亲近喜好，创设了四辅臣（相国）之职，以组建属于自己能掌控的朝政权力体系。他立大冢宰上柱国越王宇文盛为大前疑，相州总管上柱国蜀国公尉迟迥为大右弼，大司马上柱国随国公杨坚为大后丞，上柱国申国公李穆为大佐辅。又授上柱国赵王宇文招为太师，上柱国陈王宇文纯为太傅，上柱国薛国公长孙览为大司徒，柱国杨国公王谊为大司空。加代王宇文达、滕王宇文逌为上柱国。封开府于智为齐国公等。随后才发圣旨大赦天下。

宇文赟雷厉风行地完成了朝政的封杀与调整，又匆匆将其父皇周武帝宇文邕入葬于孝陵之后，却并未像其父那样励精图治，拓边安民。而是认为百事已定，该是自己纵情欢乐、及时行乐的时候了。宇文赟送葬完毕，一入宫殿便脱去丧服，换上色彩鲜艳的朝服，还责令众臣效仿，随后便宴请众臣，饮酒作乐，莺歌燕舞，通宵达旦。继而，更为过分的是，他把在后宫侍奉其父皇的所有嫔妃宫女招来，编号排队，逐一侍寝，其间荒淫不堪，难以言表。宇文赟这种近乎疯狂的变态行为既违背天理，却似乎是在发泄，更像是一种愤恨和报复。自古以来都说"食色，性也"，然而，宇文赟的这种贪色并非单纯出于生理需求，更多的是包含着一种被压抑下的欲念。长期受父皇的严厉压制使他产生了逆反情绪，而经常耳濡目染皇权的威势和至高无上的权术之教，在他心中种下了唯皇命至尊且目空一切的理念，也就导致他一旦登上皇位，掌控了朝政，便会无所顾忌，把陈年积压在心中的喜怒哀乐和企求念想全都化作行为发泄出来，以报复曾亏待他的人和事，彰显其权威的存在，这便是欲望！

杀戮、许诺、封官是唯我独尊的权欲，把每个女人当作发泄工具是以淫为乐的兽欲。宇文赟行使的权力，虽是君王惯用的那套打压一派、拉拢一派的平衡权术，却也是其畸形人格的展现，既违背人之常理，势必会造成几家仇恨、几家感恩。而此中得益最多的似乎非杨家莫属，那么其中必定也有着皇后杨丽华的影响力。

杨丽华自打决定入宫为太子妃之后，便执意而为。她拒绝了养父养母的数次规劝，精心为自己规划了一条克己、复仇、报恩之路。她要为获宠而包容，为擒获而放纵，为谋略而隐忍，她要凭借自己的姿色和智慧，为杨家在朝中争得一席之地，有所作为。的确如此，杨丽华进宫时艳丽光彩无与伦比，整个后宫的众女子一度全被太子妃的清纯美貌、雍容华贵的气质所掩盖，太子宇文赟更是一反之前那些难以启齿、不堪入目的行为，变得人模人样、温顺和蔼起来。他下朝做完功课外，再也不与其他女人厮混，而是时时刻刻陪伴在杨丽华身旁，甜言蜜语，百般温柔体贴，尽显一个男人对女人的倾心和爱恋，让整个后宫的女人都为之嫉妒。宇文赟更是信誓旦旦地对杨丽华表示，等他上位后，一定不会像其父皇那样冷落杨家，一定会让杨家在朝堂之上拥有可以有所作为的领地。其后，先帝突然病逝，宇文赟上位称帝，他果然首先兑现了对杨丽华的承诺，不仅破例封赏了杨氏全家，还一举把杨坚提升为朝中四大相国之一。如此绝无仅有的恩宠，曾一度让杨丽华对自己原有的复仇意念产生了动摇，却也差点让得益匪浅的杨坚丧失了反叛篡政的进取心。

当然，宇文赟的这些举措并非偶然：其中有他对朝堂上各方权势的认知，从中他意识到自己的皇权必须有强有力的权臣来扶持，于是他选择了身为国丈的杨坚，这样既能照顾亲情，又能借助杨坚的能力掌控朝政，维持自己的皇权。此外，还有一种物极必反的必然：这些年以来，其父皇宇文邕对他的严厉管束成为对他的强力压制，他就像是一只被人按在水中的气球，一旦按住他的压力消失，便会破水而出，享受没有束缚的自由，甚至还会产生一种急速膨胀的逆反心态。宣帝宇文赟现在的各种举措都是由此而生，由此展开的。

宇文赟在完成对朝政大臣官员的处置后，便把每天上朝听奏折的差事改成了三日或五日一朝，后来又变成仅让刘昉或宦官代朝，他在后宫听折、拟断、下旨。古人有"垂帘听政"之说，而宇文赟行使的则是有过之而无不及的"后宫听政"，他把其父周武帝宇文邕含辛茹苦建树的朝政搞得君不君、臣不臣，朝臣们更是难得一见皇面。

一日，宇文赟又借天元皇后杨丽华的懿旨，邀部分宗亲大臣的命妇身着彩衣盛

第十二章 宣帝上位杨家得势，君皇无德淫宫政乱

装入宫赐宴。宇文赟此举，实则是为了窥视臣妇之容，以满足自己的私欲。在席间，他逐个观赏，对有姿色者还不时打趣、动手动脚，惊得众妇人躲避不及，却又不敢声张，生怕遭人非议。宇文赟几番审视试探下来，终于选定了一人，她便是上柱国蜀国公、大右弼尉迟迥之孙女，族伯杞国公宇文亮之子，自己的族兄西阳公宇文温之妇尉迟炽繁。宇文赟命侍女将其灌醉，以去后宫醒酒为名，扶入自己房中，亲自脱其衣裤，纵情淫乐两日后才放出宫去，由此逼反了宇文亮父子。而宇文赟却以谋逆罪，遣将诛杀了宇文亮全家几十口人，却唯独赦免了尉迟氏，并招其入内宫封为贵妃。然后，宇文赟为宽慰笼络其宗亲，又特升其祖父上柱国蜀国公尉迟迥为大前疑，掌管蜀地十四州之军政。宇文赟如此无道的行径，彻底打消了杨丽华对宇文赟的幻想，坚定了她原定的乱宫助父谋政的信念。

大成次年春，宇文赟又突发奇想，为了便于自己专心享乐、纵情淫欲，便颁布诏书，自己退位，传位于年仅七岁的太子宇文阐为静帝，改太子居住的东宫为正阳宫，改大成元年号为大象元年，并自称为天，自封为天元皇帝，将露门称作天台，寝宫称作天庭，由他下达的圣旨称作天书。在宫廷露门依照汉魏礼制，戴冕旒二十四旒，车服旗鼓皆有定制，头戴冲天金冠，身穿褐色绛纱皇袍，脚蹬朝天皇靴，接受身穿齐服汉魏衣冠的众臣参拜。封生母李皇太后为天元皇太后，授杨皇后为天元大皇后，册太子宇文阐的生母宫女朱满月为天元帝后，大将军山提之八女陈月仪为天中皇后，开府元晟之二女元乐尚为天右皇后，尉迟炽繁为天左皇后，开创了史书上独一无二的一帝五后的宫廷体制。接着，宇文赟又颁天书，广招民间已婚少妇和未嫁美女充实后宫，以供自己享用。又发天律条文，除了宫内之人，天下的妇人都不得施粉黛，不得乘坐有帷幕的车，凡有犯律者将受天杖鞭挞处罚。继后，又下天诏，征招四万山东劳役修长城、兴建洛阳行宫。宇文赟如此肆意纵欲的行为，把北周天下搞得天怒人怨，臣心民情皆不得安宁。

翌日，杨坚正在府中书房品茶看书，大将军元胄来到杨坚的书房，他不等杨坚让座沏茶，便说道："突厥犯边，你这个相国却仍品着书，真是悠然自得呀！"杨坚一面让座，一面不以为然地说："兄台何时变得如此忧国忧民了？"元胄坐定，接过杨坚沏的茶水，反问道："你不忧国吗？"杨坚坐在元胄对面的椅子上，平淡地说："忧！又有何用？还不如顺其自然。我，自得其乐！"元胄有些愤然地说："你现在官做大了，可以乐享其成了。但你有没有看到，现在的朝政成了什么样子？小人当道，忠臣一个个被逼死，民疲兵惰。长此以往，总有一天，厄运也会降临到我们头

上！"杨坚仍然平静地说："看到又能怎样，你能阻止得了吗？"元胄激动地说："废了他！你之前不是说过，无道昏君人人可以起而诛之吗？"杨坚说："此一时，彼一时啊！我现在可不像之前无职无权了，'当今'虽昏庸，却不像其父那样处处防我。我现在毕竟是国丈、相国，做什么事也得替这个女儿和女婿想想。"元胄愤怒了，情不自禁地说："难怪，你连'齐王之冤'也无动于衷！还说什么他是你的伯乐呢。"杨坚认真地说："是的，我说过，我也抗争过。但有用吗？"元胄说："所以，你就不能无动于衷！你该拿出之前的豪情，去取而代之，实现你的治世抱负。"杨坚沉默了一阵说："说说可以，做起来却难啊！再说，我现在也已经有了独霸一方的权势，也就犯不上再去冒那么大的风险了。"元胄勃然大怒，起身道："杨坚！我没想到，你竟是这样一种见利忘义之人。告辞！"

元胄还未走出房，就见杨坚的亲随、相府长史郑芥奔进房来说："主公，宫里传讯出来，天后娘娘不知何故被陛下关入了冷宫，还逼令其自尽。你得快想办法去解救呀！"元胄收住了脚步，他觉得此事来得正好，正可以敲打一下这个满足于现状的杨坚，让他清醒过来。

杨坚一下愣住了。自从宣帝宇文赟上位之后，他觉得以前在宇文护和宇文邕手下时，自己那些小心翼翼的压抑感正在逐渐消失。而且随着宇文赟一次又一次地给他晋官加爵，并委以实权重任，他原有的那种反叛情绪也在消退。他甚至还想象着，今后作为陛下第一外戚的国丈，他该如何运用这显赫的权势，故而他对眼前所有的一切都觉得受之自然、享之应得，心中的不满和抱负似乎已是多余。事实上，杨坚的心态与宇文赟的心态同出一理，都是由压力作用而产生的演变，只是表现形式不同罢了。也可比喻为是气球效应！故任何一个人的成功或是失败的作为，既取决于内因，也取决于外因。

元胄见杨坚没有决断，便对郑芥道："事不宜迟，你马上去向夫人禀告此事，让夫人来做决断。"郑芥急匆匆地跑进内院，不一会，独孤伽罗便带着郑芥返回书房。在与元胄施过礼后，她即冲着杨坚道："我之前说的话没错吧？谁把这种没有廉耻的畜生当陛下，谁就不会有好下场。所以，我就一直在后悔，不该让丽华去当什么太子妃！"元胄在旁添油加醋地道："夫人说得正是，你把他当陛下，他并不把你当臣子。以小怨而丧天良，以无道而呈凶残，以无耻霸娘图媳，却害普天下人没了皇法可依。"

杨坚被说动了心，埋没的图强之心又苏醒了过来。他当即道："我这就进宫去问

第十二章　宣帝上位杨家得势，君皇无德淫宫政乱

个明白。若是丽华有错，我愿替她受罚。若非她之错，我必替她讨回公道。"独孤伽罗决断地道："此事当分三步走。先由我这个做娘的进宫去弄清楚原委；若是丽华的错，则由我代其受过，否则定当讨个说法，绝不能让女儿在这等昏君前受委屈。若宇文赟蛮不讲理，我抢也得把丽华给抢回来。大不了回随州西山屯去替天行道。"杨坚立即摇着头道："不行！此议不妥。不说你一个妇道人家孤身一人入宫，我不放心。再说，此事唯有我去才能镇得住这个独夫淫贼。"独孤伽罗道："我入宫不是存心去反君斗狠的，我只是以柔克刚，以理服人，迫使宇文赟收回成命，还丽华公道。而你在家明的不参与此事，暗中却正好为我做后盾。若宇文赟还是个有脑子的人，他必会虑及这一点。"元胄点头道："夫人虑事在理且周详。请兄台放心，我也当去宫内暗中保护夫人的安危。"

第十三章
天后助父赵王设宴，静帝上位杨氏专权

　　宇文赟将酗酒与淫乱当作日常生活的主要内容，反倒把处置朝政视为累赘。为了能够尽情纵欲，他让宫廷御医专门为他制作能延长房事的药。服药之后，更是通宵达旦地纵情声色，甚至让被他抽签选中的嫔妃、宫女、民妇、乐妓脱光衣裤，成群地围在他身边，按照他的要求，供他抚摸、踩踏、啃咬、玩弄，众人嬉笑、惊叫、唏嘘、娇喊之声不断，这样的场面尤其让宇文赟感到刺激与满足。

　　杨丽华作为后宫之主，对宇文赟如此淫乱无耻的行为，既感到难堪与恶心，也由此认定无道昏君便是这般模样。但为了达成乱宫助父谋政的目的，她不仅不加阻拦，反而毫无怨言，还故作大度地纵容宇文赟肆无忌惮地纵情淫乐，致使后宫乌烟瘴气、淫乱不堪。宇文赟也因此对这位皇后心怀感激与歉意。然而，人体毕竟不是机器，日夜过度纵欲，再强壮的体质也难以承受如此耗费心力与精血的男女之事。宇文赟渐渐面容憔悴。不过，以金石配伍、以壮阳为目的的药，如同人体精神的吗啡，支撑着宇文赟的身体和大脑，使他能够继续荒淫无度，夜以继日地沉迷于声色之中。

　　一日，宇文赟带着五个皇后、一群嫔妃美人和随从官员，督察观赏完正在建造的洛阳行宫后，在回京城的途中，不知怎的突发奇想，一定要让五位帝后各自驾车比赛快慢，以谁先到京城为赢家。杨丽华自幼习武，骑马驾车驾轻就熟，稳稳领先。可这却苦了其他几个皇后和一众嫔妃随从，几十里的路程下来，把她们累得娇喘吁吁、汗流浃背、花容失色、狼狈不堪。而宇文赟却乐在其中，甚至还要求众皇后当众宽衣解带，供他欣赏汗水中的"带珠梨花"。杨丽华再也无法忍受，当众带头抗旨，还破天荒地提出指责。这既扫了宇文赟的兴致，又让他下不来台，宇文赟恼羞成怒，将杨丽华关入冷宫，并扬言隔日处死她。

　　独孤伽罗弄清事发缘由后，通过刘昉的引荐，见到了正在闷闷不乐的宇文赟。她双膝跪地，磕着头说道："小女丽华，自幼娇惯，冒犯天威，罪该当死。然而，陛下

第十三章　天后助父赵王设宴，静帝上位杨氏专权

乃上天之子，上有山川五岳，横有海阔天空，威有天庭雷电，势有天下万民。上苍降天子为我大周之皇，实乃天下臣民之福，也是我杨氏独孤氏之福。如今小女触犯天威，臣妇愿代其受过，恳请以此平息天子之怒。我杨氏和独孤氏全族必当感恩涕零，叩谢天子宽宏大度之天恩。愿吾皇天子万岁万岁万万岁！"

宇文赟要处置天元大皇后杨丽华并非真心实意。毕竟，这位皇后事事顺着他，任由他任性而为，往日也并无过错，而且天下如此善解人意、温柔可心的皇后实属罕见。但她当众抗旨，这是他绝不能容忍的。若不加以惩罚，日后又如何镇得住其他人？因此，宇文赟虽当众宣布要严惩杨丽华，内心却并不愿如此。所以，他在宣布严惩的同时，也为杨丽华留下了余地。他知道宫中此等大事必会有人传递给杨府，便等着杨府的人来求他开恩撤旨。此刻，见独孤氏进殿跪地磕头求饶，宇文赟郁闷的心情顿时舒缓了不少。但他不想轻易撤旨，还想借此机会敲打敲打他们，让这位朝中重臣既感受到他的威严，又记住他的恩德。于是，宇文赟装模作样，迟迟不说话。独孤伽罗见宇文赟如此傲慢、不近人情，虽跪地不住磕头，心中的怨气和不满却悄然上升。最终，她忍不住直起身，提高嗓音说道："陛下，臣妇如此恳求，难道陛下就没有一点恻隐之心吗？我儿丽华纵有千错万错，她毕竟还是先皇赐旨招纳给您的敕命皇后，其父杨坚更是您朝中的重臣。您就不能网开一面，图个万福吗？"

宇文赟虽昏庸，但自幼所受的帝王权术教育，还是让他感受到了独孤伽罗此话暗藏的分量。然而，刚愎自用的他突发奇想，要借此事端探测一下这位朝中重臣、自己欲委以重任的国丈是否有反叛之心。于是，宇文赟说道："好呀！既然你提到了杨坚，那你就让他进宫来见朕，看看朕能不能给他面子。"宇文赟等独孤伽罗离去后，对郑译说："杨坚即刻进宫来见朕，你们做好准备。我会故意激怒他，若发现他神色有异，或有不轨之举，立刻给我拿下。"郑译一面去召集人手准备对杨坚动手，另一面却指派心腹给杨坚送信，叮嘱他小心行事，别落入陷阱。杨坚得到郑译事先关照，便泰然进宫面见宇文赟。

宇文赟在天台天德殿召见了杨坚，开口便骂道："杨坚，你个老匹夫，你可知罪？朕娶你女儿，可不是让她来指责朕的。朕待她、待你们杨家不薄吧！她想要的，朕哪一样没给她。可她却忘乎所以，爬到朕的头上，还竟敢当众指责朕，她这不是作死吗？你是她父亲，也脱不了干系。说吧，该让朕怎么罚你？"杨坚躬身，平静地说："陛下，有言道'嫁女如泼水'，也有言道'覆水难收'。而此事乃是陛下家

事，臣下岂敢评说？至于陛下要罚臣，臣无言可辞。因为，天下乃陛下之天下，臣也是陛下之臣。在下谨记忠君之事，尽君之职，君要臣死，臣不得不死。"杨坚这番表白深合宇文赟心意，他不禁一改怒容，带着赞赏的口气说："看来，你还是个明白事理之人。那么，我们就不谈此家事，来谈谈国事。你是相国，朝中重臣，你怎么看待朕目前的种种作为？"杨坚从容地说："天下之大，包容万象，无奇不有。有碌碌无为者，也有豪情冲天者，更有敢作敢为者，陛下乃是后者。敢为天下之最者，敢为天下之先者，这就是您陛下。"

宇文赟被杨坚的马屁拍得浑身舒坦，饶有兴趣地说："杨坚，那你再给朕说说，何谓'最'，何为'先'？"杨坚说："最，顾名思义，便是至高至大。先，乃是前无古人，后无来者。"宇文赟又问："至高至大，朕懂！可这'前无古人，后无来者'为'先'，该怎么理解？"杨坚说："天下已历经近四百年之乱，历经数十个朝代，可至今却没有一个国君能统一中原天下。如今，陛下已拥有中原半壁江山，何不再奋起一击，拿下江南，做个统一天下的国君。这岂不就成了当今之'先'，之'最'，'前无古人，后无来者'吗？"杨坚这一番自我心思的表白，让宇文赟兴奋不已，他立即大声说："好！言之有理，朕就要做这样的国君。杨坚，你给朕听着，朕现在就封你为天下兵马大元帅，领扬州总管之职，督办南下伐陈征战的一切事宜。同时，为此特赦天元大皇后无罪，回原宫主持后宫一切事宜。"

杨坚因祸得福，但对出兵征南之事并不积极。原因有二：其一，他认为南陈君主陈顼虽懦弱却仁慈，且陈国国力强盛，兵将众多。而周廷刚历经平齐大战，国力有待恢复，且北方时有外族入侵，不得安宁，因此征战南陈胜算不大。其二，周廷国君昏庸，朝中小人当道，权贵豪门各怀鬼胎，忠臣良将心灰意冷，此时出兵必会引发内乱。为此，杨坚托词脚疾未愈，只领兵受封却不动身。

太师赵王宇文招是宇文泰之妃王姬所生，在宇文氏族内与齐王宇文宪、越王宇文盛等均为庶出之子，不能列入正室嫡子传位之列。宇文招一直对此耿耿于怀，常常感叹上苍不给他机会，让他生不逢时，亏待了他。宇文招生性喜欢攀比，凡是比他优越的，他都会以自己的心态衡量得失。他之前与卫王宇文直相比，认为宇文直什么都不如他，只是因为宇文直是嫡子，运气好，得到了一个千载难逢的机会，才一举成功跃上能掌实权的职位；他也与齐王宇文宪相比，觉得若让他带兵攻城略地，同样能建功立业；他更嫉妒堂弟越王盛也能进入相位；如今，他又嫉妒起四辅臣之一的杨坚。君臣易位后，他终于占据了当朝三公之首的太师之位，不平的心态

第十三章 天后助父赵王设宴，静帝上位杨氏专权

稍有满足。然而，正如古言所说：君子坦荡荡，小人长戚戚。一时的满足填不满他逐利求高的心态。自从位列三公之首后，他原本以为从此朝堂之上他便是一人之下、万人之上了，尤其是想起当年太师宇文护的威势，他还模仿起宇文护的走路姿势和咳嗽声。然而，他没想到只知淫乐的皇帝不遵循前朝规矩，竟然任命了四个辅臣，分解了他这个太师的权柄，将太师架空为只有虚名、没有实权的空职，让他空欢喜一场。于是，他便妒忌起在四个辅臣中那个靠嫁女入宫、走皇戚弄权之道的罪臣杨坚。他愤然且不屑一顾，这个小子如今竟然爬上了如此高位，实在让他忍无可忍。

太师赵王宇文招得知宇文赟欲杀天元大皇后杨丽华时，心中不禁沾沾自喜。他认为只要杨坚失去内宫之宠，便会失去大后丞之位。他很自信，到时自己必能设法取而代之。可是，宫中隔日之变，不仅杨皇后安然无恙，相反杨坚又得以加官授权，这让宇文招郁闷不已。随后，当宇文招又得知宇文赟曾有置杨坚于死地的念头时，心头又蠢蠢欲动，一幅助帝清君侧的壮烈场面浮现在眼前。他觉得天赐良机不能错过，决定要替天行道，以杨坚蓄意篡位之罪将其置于死地，继而便可名正言顺地登上宰相之位，以相国大帅之威震慑朝堂，重现太师宇文护当日之权势。

宇文招定下主意，却又为以何事为由、让谁去把杨坚引入自己府内加以处置而踌躇起来。宇文招自知平日里他与杨坚虽同朝为官，但因先帝不待见杨坚，自己又鄙视杨坚是个罪官，且不满杨坚因内宠而升官得势，所以两人关系不佳，从无往来。如今却要邀其入府做客，岂不是很唐突，又怎能不引起他的怀疑？思来想去，他想到了殿前大将军元胄。他知道，元胄之前是先帝派在杨坚身旁的心腹，先帝逝世后也常见两人来往。如今元胄是殿前大将军、皇帝近臣，自己与元胄也有些交情。若能让元胄出面请杨坚入王府赴宴联谊，岂不是既合情合理，又让杨坚难以推辞？宇文招主意一定，便迫不及待地行动起来。他说服元胄去请杨坚，自己则在后庭厢房摆设酒席，在厢房廊道旁布下伏兵，只等杨坚入瓮，便可一声令下立即拿下，成就其助帝清君侧、名垂史册的大业，最终实现一人之下、万人之上的功成名就之目标。元胄并不知道宇文招的险恶用心，仅以为这是太帅在主动向杨坚示好。而且他也觉得杨坚欲成大事，在朝中理应多交友、少树敌，所以对宇文招之托欣然应允。杨坚起初对宇文招主动邀请其赴宴联谊迟疑不决，但经元胄一番劝说，也觉得有理，便欣然同意前往。

然而天有不测风云，人有旦夕祸福，而且这似乎也是一种天意。纵欲过度掏空精血的宣帝宇文赟一病不起，身体虚弱、喉咙肿痛、神思恍惚、手不能动、口不能

言。他自知即将撒手人寰，临终前召集亲信郑译和刘昉嘱托后事。郑译见宇文赟如此状况，便背着他与刘昉商讨道："陛下这般光景，我们也该早做打算了。"刘昉含蓄地说："不知沛公有何高见？"郑译说："太子年幼无知，朝中大臣又都虎视眈眈，昔日我们所为难免会得罪他们，若不找个靠山，我们必会死无葬身之地。"刘昉点头道："言之有理。这个靠山，你有意中人吗？"郑译说："我看朝中诸人，唯有杨坚此人合适可靠。"刘昉立即拍手道："此言正合我意。陛下托孤于我们，我们就借陛下之名，立国丈大后丞随国公杨坚为监国首辅大冢宰，必名正言顺。而杨坚借我们之口，从此便可内有皇太后扶持，外可执掌朝政兵权、号令天下，他怎能不对我们感恩戴德？我们后半辈子也就可以无忧了。"

宣帝宇文赟二十岁上位，二十二岁驾崩，葬于定陵。当时静帝宇文阐才八岁。刘昉假传宇文赟的托孤遗言，宣告立国丈杨坚为幼帝首辅大臣、监国大冢宰，赐以假黄钺，总督北周军政，改正阳宫为相府。郑译代静帝宣拜宣帝天元大皇后杨氏为皇太后，总管后宫；天元大帝后朱氏为帝太后。杨坚为表示自己不想独揽监国大权，向静帝宇文阐举荐年仅九岁的宣帝之弟汉王宇文赞为上柱国左大丞相，自己退居为随国公右大丞相，并将自己的扬州总管之职让给上柱国郧国公韦孝宽。同时提出加郑译为相府长史，刘昉为司马助政，授秦王宇文贽、许国公宇文善、神武公窦毅为上柱国，其余朝政官职维持不变。

皇太后杨丽华眼见父亲坐上朝廷最高位，自己的预谋得以实现，便以皇太后身份颁下懿旨，令宇文赟的其余三个皇后出家为尼。内宫众多的嫔妃、宫女、民妇、乐妓、仆役都可自愿出宫，听任回家投亲婚嫁。特允其母独孤诰命和其弟雁门郡公杨广可以自由出入后宫。北周的内外朝政如此变动，权势归属也就可想而知了。

杨坚对自己能如此轻而易举地独揽北周大权心存戒心。他知道朝里朝外不服的大有人在，但既然坐上了这权力的高位，就不能轻易放弃。因此，他表面上做出谦让分权之举，暗中却联络自己和独孤氏族的亲信、旧部以及随州总管麦铁杆，让他们整顿军备，以防万一。他又密令西山屯济世寨杨虎率队以相府侍卫的身份进驻京都近郊，起到威慑和待命应变的作用。此外，杨坚一方面四处拜访朝臣和亲友，以示亲和，稳定朝政；另一方面借静帝之口，颁布倡导节俭、减轻酷刑、简政惠民、减少入市税赋、赦免无主奴婢为民等一系列能笼络民心、亲近民意的施政条令，以博取社会民众的认可。杨坚还传言告诫佛道二门，要精诚自守，不得干预朝政，以防旁门搅局。而他自己则以身作则，轻车简从、布衣薄履、礼贤下士，以随和、勤

第十三章　天后助父赵王设宴，静帝上位杨氏专权

勉、廉洁的姿态示人。杨坚这一番武备文攻，迎来了周朝一时表面上的政简人和之景象。

有言道，成事在天，谋事在人。杨坚如此独揽北周大权，本不在他意料之中，实乃天意。然而，他由此做出的种种防备和举措，又不得不说是他的过人谋略。若仅靠天意，而没有他的深谋远虑，接下来他就无法平息举国上下的动乱，也无法抵御北方突厥的骚扰和南方陈国的侵犯。这也让那些窥视皇权的人，一时间失去了蠢蠢欲动的借口和动力，太师赵王宇文招便是如此，但这并不代表他们会就此心服口服。凡谋政者都有一个常识：没有永久的朋友，只有自身的利益，古往今来无不如此。任何一个朝代有正必有邪，有忠必有奸，有君子必有小人，这也是一种时势，一种相克相成的社会发展生存规律。杨坚并非不明白自己所处的形势，他曾对独孤伽罗说："我现在是头顶利剑，腚坐火山，脚履薄冰，度日如年。"独孤伽罗回答："此乃天降大任之兆，必累尔身躯，劳尔筋骨，炼尔心智。若无此际担当，又何能有将来？"这正是有作为的夫唱妻随。

大象三年，在北周史上真可谓是举国动乱之年。年方九岁的静帝宇文阐与十岁的监国左大丞相汉王宇文赞，尚只知抓蝈蝈、养蚕、戏水玩耍，国中朝堂之事全由大冢宰大司马随国公杨坚一人主宰，而后宫之权又全在受独孤伽罗支配的皇太后、杨坚之女杨丽华手中。如此一来，周廷朝政怎能不引来宇文氏家族等权贵的非议？杨坚为安抚宇文氏诸王的不满，颁令允许各王可佩剑上朝，以示特权。继而，杨坚为联络情义、以示亲和，缓和朝野涌动的不满情绪，便以皇命特邀诸王亲及各封疆重臣大吏进京赴宴，听封加爵颁赏。可是，杨坚以退让求和、示弱图强的方略却适得其反。他的这些举措，让原本尚在观望、测试风向的人认为这是杨坚势疲力尽的表现；让原本不服杨坚掌权、已在蠢蠢欲动的人加快了行动步伐；让原本就反对杨坚专权的势力，看到了扭转时局、有望功成名就的希望。

第十四章
鸿门伏兵烽烟四起，老将对阵各显能耐

相州总管、上柱国、蜀国公、大右弼尉迟迥早就对杨氏当道心怀不满，尤其不满杨丽华逼其孙女天左大皇后出宫为尼。于是，他当即表示不会听命于杨坚进京赴宴，随即向各州府发出了《讨杨檄文》，内容如下：

> 杨坚以凡庸之才，凭借后宫之势，挟持幼主而号令天下，作威作福，赏罚无章，其不臣之迹，昭然若揭。先帝让我身处此位，本欲托付国家安危。我身为将相，与国舅甥同休共戚，情义相连，岂容他横行无忌？
>
> 如今，我当以全族之力，率领忠勇之士，与诸位纠合义勇，匡扶国家，庇护百姓，杀入京城，勤王助君。但凡有此忠心报国者，皆可执戟响应。进，可享荣名；退，可终臣节，更能流芳后世。

尉迟迥的讨杨檄文一出，引发众多州府响应。他所管辖的相、卫、黎、毛、洺、贝、赵、冀、瀛、沧、勤，以及青、胶、光、莒等诸州纷纷揭竿而起；继而，荥州刺史邵公宇文胄、申州刺史李惠、东楚州刺史费也利进、东潼州刺史曹孝达也聚众声讨。瞬间，追随尉迟迥起兵者多达二十余万。于是，尉迟迥自封为兵马大总管，号令天下，誓师择日起兵。为分化牵制杨坚的势力，尉迟迥派出亲信持他的亲笔手书，前往朝野各王府和重臣家中活动游说，唆使他们策应其灭杨，匡扶周廷皇室。同时，他还指派专吏，北通突厥他钵可汗，怂恿其发兵犯境；派遣特使南下联陈，许以割江淮之地，请其出兵助阵。一时间，其势之盛，天下为之震动。

杨坚胸有成竹，从容应对。他当即指派扬州总管、上柱国、郧国公韦孝宽为征叛行军大元帅，其子大将军、滑国公韦世康为前锋，统率杨、徐、兖等十一州十五镇的二十万兵马前往平乱；派遣亳州总管、上柱国大将军梁士彦与柱国大将军宇文忻为征叛行军副元帅，统率所辖兵马，配合韦孝宽自草桥、河阳攻取尉迟迥之子尉迟惇的屯兵营地，同时防备南陈出兵进犯；派遣柱国大将军临贞县公杨素和其弟车

骑将军安成公杨约，以及随州总管县公麦铁杆统兵十万北击突厥，安定北疆，并提升随州府长史欧阳若兰为随州刺史，执政管辖当地民事，成就了在杨坚手下第一位独当一面的地方女主管。

太师、上柱国赵王宇文招见大势已至，机会来临，他不能再无动于衷，更不能落于人后，让唾手可得的权益被他人窃取。于是，原来设定却没有实施的计谋又涌上心头。宇文招一面暗中联络在京城的雍州牧、上柱国毕王宇文贤、大前疑越王宇文盛、太傅上柱国陈王宇文纯、滕王宇文逌、代王宇文达，密谋弑杨匡政的步骤；一面假惺惺地讨好杨坚，并托元胄出面请杨坚进府赴宴。

此时，交州总管荥阳公司马消难，听闻尉迟迥举兵讨伐杨坚，便与开府田广合谋，刺杀了亲杨坚的总管长史候莫陈杲、邳州刺史蔡泽等四十余人，窃得兵权，统率交、邳、温、应、土、顺、沔、环八镇，岳州、鲁山、甑山、沌阳、应城、平靖、武阳、上明、须水九州之众约十余万，并向南陈借兵五万，企图奔袭信州，以响应尉迟迥反杨。这时，北自商洛，南至江淮的巴蛮各州县，在各处反杨势态的蛊惑下也纷纷起兵反杨，他们共推渠帅兰雒州为河南王，依附司马消难，助尉迟迥讨伐杨坚。一时间，大半个北朝都陷入动乱之中。

益州总管、柱国大将军庸国公王谦，因记恨杨坚不助其报父仇而早有叛意。如今见天下大乱，便召集部下说道："我忍杨坚已有数年。今日各地都举反旗，我也不该落后。不知众将军可有异议？"总管长史乙弗虔道："公世袭国恩，乃朝廷镇边重臣，当以先国后家为念。万一我们一反，边门失守，此过必大于私仇。我们不如静观朝政之变，以不变应万变为妥。"益州刺史达溪惎道："我也赞同此议。"王谦则不屑一顾地说："此议不合我意。谁有更好的方略吗？"隆州刺史阿史那环道："属下有三策可供国公选择：公可亲率精锐，高举勤皇义旗，直指散关，沿途必有效忠皇命者加入，若能汇成万众之势，定见功成，此乃上策；策应天下之势态，出兵梁汉，以图均利，此乃中策；发兵自卫，坐守剑南，以静观变，此为下策。"王谦左思右想，决定采用中下两策，由他亲自带兵进取梁汉，以应天下之势；留下长史乙弗虔和益州刺史达溪惎驻守边关，以防外患，以此既图均利，又复私仇。

杨坚没想到时局一下子变得如此硝烟弥漫、风雷四起，但事已至此，唯有沉着应对，否则后果不堪设想。为此，杨坚立即一面派遣人司空、柱国杨国公王谊为行军元帅，统率郑、南、通、楚四大州的总管杨荀、李威、冯晖、李远共二十余万兵马，立即分头进击平叛，务必逐个击破，尤其要把反复无信义的叛首司马消难绞首示众，替死难将士复仇；一面指派柱国、凉安二州总管梁睿为行军元帅，统领总管于义、张威、达奚长儒、梁昇、石孝义率步骑二十万讨伐王谦叛军。与此同时，杨坚与夫人独孤伽罗一起在相府召集各府衙的近亲大臣和幕僚，商讨应对时局之策。

大佐辅、上柱国申国公李穆道："朝中接到尉迟迥的策反手书，绝不会单是我们在座的几家，可为何除了我们就没有人来禀报此事呢？"燕郡公卢贲道："显而易见，静观待变么！"陛下近侍、内史上大夫郑译道："世道叵测，人心叵测。"

司马助政刘昉有些忧急地说："相国，如今的时势非我们所料，若不速作打算，后果必不堪设想。"吏部尚书渤海公高颎道："兵来将挡，水来土掩，没什么可怕的。"邗国公杨惠拐着胡须道："高颎说得好，骑虎之势，只能降之，切不可退之，否则前功尽弃。"内史大夫柳裘道："今接长史李旬密报，尉迟迥已窃占邺城、武德等一线。但不知何故，韦老将军在永桥沁水与其隔水对峙，不进不战。又闻传，大将军梁士彦、宇文忻并收受尉迟迥饷金，军中人心骚动，相国对此当速作决断，以防不测。"杨坚有些不安地说："四处风烟皆因这尉迟老贼所赐，我寄重托于韦老将军，此路叛逆不平，则天下难安！若梁士彦、宇文忻等也受其乱，则我朝政危矣。"独孤伽罗接口道："我不信，我干爹韦世伯会跟尉迟迥作乱！"杨坚忧心忡忡地说："这不是信不信的问题。谋战在于神速，将帅在于忠勇，战机稍纵即逝。我不能等事端变成事实之后，再去处置。"刘昉道："兵熊熊一个，将熊熊一窝。在这危急关头，得立即派人去把主将撤换下来，迟则成灾，必将难以挽回。"丞相府僚仪同大将军李德林摇手道："此议不妥。尚不说传言是否当真，但自古以来临阵换将总是大忌。而且所遣之将能否胜任又是一说。故在下以为，相国当派一心腹速赴阵前监督战事，既可查实传言之真伪，也可起到威慑之功效。"独孤伽罗即道："我赞同李大将军此议。"杨坚见多数人都点头赞同，想了想，便看着刘昉与郑译道："刘、郑二卿乃朝廷重臣，也是我的肱股，且足智多谋，你们认为谁能前往？"刘昉立即摇手道："在下未尝为将，不谙军事，实难担此重任。"郑译道："谢丞相器重，在下却因老母年迈，不便远行，请另委他人方可。"杨坚心头不悦，冷眼看向两人，没有言语。

高颎见众人无意接令，即起身道："相国不必忧虑，在下愿当此任，前往军旅督战。"杨坚点头，脸色渐渐平和。继而又道："我得举一反三，王谊和梁睿几路军旅也得派人前往督战。"近侍郑芥即起身道："主公，在下愿前往王柱国军中助战。"杨坚的二子杨广也挺身而出道："爹，孩儿愿往素叔营中助战。"独孤伽罗忙道："你尚年幼，无战历经验，别去添乱了。"杨坚看了眼站立在身旁的大儿子道："勇儿，你可愿

第十四章　鸿门伏兵烽烟四起，老将对阵各显能耐

去素叔父营中磨炼一番？顺便也让铁杆叔教你些真本事以备后用。"杨勇看了眼弟弟杨广，脸露得意神色，像模像样地躬身受命。接着杨坚又授命柳裘为梁睿军营的监军，顺道视察并州军防。

这时，殿前大将军近侍元胄匆匆走进议事厅，边拱手边道："各位，在下迟到了，失礼，失礼了！"杨坚讥嘲地道："大将军贵人事多，何须失礼！"元胄没理会杨坚的讥嘲道："太师赵王已与我谈妥，他与大前疑越王愿助朝廷平息众乱，故今晚特邀相国进府赴宴商洽诸事。"正在尴尬的郑译忙道："这可是好事啊！能得到赵、越二王出面相助，必能助长我势。"申国公李穆道："元将军，你正是为此事而迟到的吗？"元胄道："正是。太师早就有意归附丞相，曾多次托我联络此事。我却因朝中多变，故而拖至今日，今务请相国能亲自赴宴面洽。"独孤伽罗疑惑地道："太师向来与我家不和，此际相邀，是否别有用心？难道他就没有收到尉迟迥的手书？"元胄道："我有意想进出太师府多次，不见异样。且太师早就请相国赴宴商洽朝事，却并非是出于此际一时而为，故尽可释疑前往。"宫伯天台露门仗卫窦荣定道："怕什么，相国尽可放心前往，有我护送，谅他也不敢妄为。"杨坚道："在此朝政动乱期间，多一个友人总比多一个敌人好。此事就这么定了，今晚就由元胄和杨豹随我赴宴。其余所商定的事务请各位多多用心。"

当晚，杨坚在杨豹、元胄和元胄之弟元威及几个随从的陪同下，一齐纵马来到赵王府。高大威严的赵王府朱门洞开，天尚未暗却已亮灯高悬。太师赵王之子德广公宇文员和永康公宇文贯二位公子已在台阶上恭迎。赵王妃之弟鲁封，王府内侍史胄带着一群仆役站立在府门两侧恭候。这仪仗阵势，让人感受到王府的热诚和威严。王府长史拦下了来客的随从，又扣下了杨豹和元威身上的佩剑，二位公子这才引陪着杨坚四人迈入府门，进入府内庭院，来到一处厢阁。

厢阁独处在府内一个山石亭阁错落的大庭院中，仅有一道小巧玲珑的园门与大庭院外的前门相通。厢阁四周绿树成荫，卵石铺道，花墙围绕，曲径通幽，看来园主意在以大见小，闹中取静，繁中显雅，显出了这厢阁独树一帜。确实，这厢阁砜砜弯椽、四壁木雕窗门、分前大后小两阁，前阁为厅，后阁为寝，精装细饰，显得华丽而富贵。但是整个厢阁笼罩在古树丛中，不甚亮堂，更有些沉闷，让人不免感到些许压抑。太师宇文招宴请杨坚的宴席就设在这前阁的厅内。

太师赵王宇文招年才半百，平时虽常注重保养，却因心思过多，诸事繁杂，房事不少，故而眼球无光，脸色灰暗，稀疏的胡须有些焦黄。宇文招端坐在厅内一侧

待客议事的主座上，厅中央是一张待宴的圆桌，但此刻桌上什么都没有。宇文招见杨坚一行人来至跟前，方才起身以表相迎，并挥手示意众人坐下。一行人依主次坐定，站立在主座宇文招身旁的是内侍史胄，在其上首依次而坐的是杨坚、元胄、杨豹、元威；下首依次是宇文员、宇文贯、鲁封。宇文招捋着稀疏的胡子道："相国能移驾来本王府，顿令蓬荜生辉，足慰老夫生平之愿。"杨坚拱手道："岂敢，岂敢。杨坚承蒙殿下垂青，能得进王府讨教，实是我等幸事，真乃感之不尽。"宇文招微微冷笑道："相国过谦了。如今的天下虽名为是宇文家的大周之国，但谁都知道，却是你杨家在主宰着宇文氏的朝政。"在杨坚下手的元胄闻言，心头不觉一颤，不免有些紧张起来。他急忙环顾四周，却不见有任何可疑之处。

　　杨坚似乎并没在意宇文招的言语，不动声色地道："太师言之有理。杨坚也自觉无德无能，难以承当天下之大任，故而造成如今烽烟四起的局面。为此特来讨教，恭请太师能赐以救世良方。"宇文招脸露得意之色道："既知今日，何必当初。若你是真心讨教，老夫倒也有一策可教你脱此苦海。"杨坚仍然恭敬地道："但愿太师不吝赐教，当下必洗耳恭听。"宇文招突然起身道："好！凭你有此赤诚之心，本王就信你一回，不再绕圈子，直言奉劝了。你今欲想平息这天下之乱，唯有四个字'退位还政'。"元胄的脸色大变，急忙插嘴道："太师，今天宴请联谊之事，何出此言？"杨豹也呼地一下站起身，怒目盯视着宇文招，正想启口指责，即被杨坚拦阻着道："不得无礼！太师乃吾等之长，所言指教，实属金玉良言，吾辈理当悉心恭听。"继而，杨坚乃心平气和地对宇文招道："在下还想请教太师，陛下尚在年幼，吾'退位还政'当退还给谁？是蜀国公尉迟迥，还是荥阳公司马消难，或是庸国公王谦？"宇文招哈哈大笑道："都不是。此等鼠辈与你有何两样？"杨坚站起身，故作不解地道："请太师明言相告。"宇文招狂妄地道："大周国本是宇文氏家的，岂能容旁姓他人染指？今本王正告你，速速退位还政于我，本王可念你年轻无知，尚能赐你等一块属地以自生自灭。如何？"杨豹勃然大怒，大吼一声道："老贼，你在放屁！"元胄见势不妙，一把拉住杨坚道："兄台快走！咱们中计了。"

　　宇文招抓起桌上的茶具摔在地上，厉声喊道："既把你们请来了，岂能再让你们出去？"宇文招身旁的四人早已有所准备，一齐跃身而起，亮出了各自的兵器，护住了宇文招。随着茶具粉碎的声响，后厢阁内冲出了一伙手执刀枪的府兵，园门外也涌入了一群刀枪手，把杨坚、元胄、杨豹、元威团团围困在了前阁中央。杨豹呼地一下退去了外衣，露出了一身戎装，又猛地把绕在腰间的软钢鞭抽出擎在手中

第十四章　鸿门伏兵烽烟四起，老将对阵各显能耐

道:"果然不出夫人所料,宇文招设的是鸿门宴。"元威也脱了外衣,把盘在身上的流星飞锤握在了手中,虎视眈眈地瞅着四周的众人。杨坚不慌不忙地道:"太师,你可想好了!你是留我在府上逼我'退位还政'给你,还是把我礼送出府,保你一府的安宁?"宇文招没想到杨坚已有防备,但是事至如今,岂能退缩,他也只能孤注一掷了。他把手一挥,大喝一声道:"再不动手还待何时?给我上!"

元胄慌忙道:"冲出去!我们不宜恋战。元威打前阵,杨豹保护相国,我断后。"元胄说罢便顺手操起身边的两只木椅,一只砸向宇文招,一只当作自卫的武器。元威舞动手中的流星飞锤,大喊一声向堵在前门的府兵冲杀过去。杨豹手执钢鞭护着杨坚紧跟而上,元胄边跟着撤退边用手中的木椅阻挡着紧逼近身的府兵。杨坚见元胄手中的木椅渐渐地抵挡不住府兵的刀剑,便放弃撤退,返身纵身一跃,从府兵头上蹿过,扬拳直取宇文招。内侍史胄和鲁封见杨坚来势凶狠,却欺杨坚赤手空拳,便举剑迎了上去。杨豹见杨坚不退,也就挥舞起鞭子返身杀入府兵阵中。元胄趁机夺过一把大刀,左劈右砍地杀开了一条血路。

宇文招见四人勇猛且武功高强,众府兵被打得四处逃窜,而鲁封和史胄虽有刀剑却也难敌杨坚的双拳,已渐现只有招架之势了。宇文招见形势危急,慌忙对两个儿子道:"我们快退。让外面的弓箭手上来,放箭,射死他们。"二儿子宇文贯道:"我们与他们现在都绞在了一起,怎么射?"宇文招边退向寝阁边急急地道:"射,把他们一起射死。"然而,不等宇文招逃出厢阁,前门传来了阵阵的喊杀声,在一片火光中杨虎率领着相府侍卫杀进了赵王府。府兵见此阵势纷纷弃刀枪四处逃遁。不一会,杨虎便带着手下来到了厢阁。

杨坚在前,手臂受伤的元胄推着宇文招,杨豹和元威按着宇文员和宇文贯一齐走出厢阁。杨虎上前参过礼道:"老爷,这王府中的人怎么处置?"杨坚抖了抖身上的衣衫道:"有逃漏的吗?"杨虎道:"没人能逃漏。我们奉夫人之命杀入府内,窦将军围住了府外,不会有人能逃脱。"杨坚点着头道:"这里派专人守护,不得骚扰府内的家眷。让府里的人把府内都打扫干净。死的埋葬,伤的救治,都要善待。"

元胄上前怀着歉意道:"都怪我,造成了这么个结果。"杨坚看着被押走的宇文招父子道:"像这种贪得无厌的人,自作孽不可活,却是害了许多无辜之人。"元胄有些不安地道:"你们已料知他会摆鸿门宴,却为何不告知我!是合也怀疑我参与了他们的设计?"杨坚拍了拍元胄的肩道:"兄台多虑了。你本好意,谁知他们却太奸诈。这怪不得你!夫人不先告知你,乃是想对此保留些周旋的余地。万一是我们

多虑了呢,岂不会让你难堪么!"

元胄道:"兄台对此事,将如何处置?"杨坚深沉地道:"他们既然要对我如此绝情,那也就怪不得我要无情了。我本不想伤人,但也不能让人来伤我,这便是我的为人之道。"元胄道:"这是理当如此的。宇文招如此有恃无恐,背后必还有同党,兄台不能轻易放过。"杨坚边走边道:"我知道!但此际四处动荡,我们不宜树敌过多。只要他们不明目张胆地跳出来反叛,我也会得过且过的。"元胄道:"你这得过且过之心,是否太过妇人之仁了?"杨坚道:"仁义礼制乃政之本,法令刑罚乃政之末,无本不立,无末也不成,此乃是治国的根基。近仁义、远专制则可以促教化,近礼法、远刑罚则可以树德威,有权不可以滥用,有势则不可以独裁。纳百言而心明,容天下则心宽。我想这就该是我们今后要遵循的一条治国理民之道。"杨坚这番话说得元胄频频点头。

渤海公高颎带着随从,昼驰夜奔地来到了行军元帅韦孝宽的军营外,见军纪严明,守备森严,心头稍安。他趁军兵入内通报之际,遥望隔水对峙、马嘶人喊声此起彼伏、连绵不绝的尉迟迥兵营,心中不免有些担忧。他知道,两阵对垒的主帅都是身经百战的名将,他们都曾是周朝的开国元勋,也曾是一同并肩克敌的伙伴,如今却为了各自的为人之道,而不得不势不相容。高颎为此不禁感叹不已!

高颎之父高宾乃北齐司马大将军,见不得齐廷宦官当道、残害忠良而背齐投周,得蒙大司马上柱国卫国公独孤信赏识,引为僚佐,并赐姓独孤。后因独孤信遭谗遇害,高宾也受牵连而亡,遗下母子两人则受到明帝皇后独孤般若的庇护,才有了此后高颎对独孤氏和杨坚的追随。有言道,天下万般皆为情。有父母兄妹骨肉之情、有男女恋爱之情、有朋友赤诚之情、有感恩戴德之情、有钱财追随之情、有权势依附之情、更有利欲欺诈报复之情。高颎觉得自己追随杨坚和独孤氏的心思,不仅是出于感恩戴德之情,更是出于对杨坚为人的信任之情。在满朝的皇亲国戚、文武大臣中,高颎凭着自己的智慧和理念觉得,在杨坚的身上有着一股与众不同的气场。杨坚在朝堂上虽不经常发声,也不常与人争执,但其若出言必能镇住众人,若有作为必会产生效果。这也就是让忌讳他的人不得不排斥他,让信服他的人不能不信赖他,这就是杨坚聚人的气场,这也就成了高颎愿意为之付出一切的追求。现在杨坚面临着反叛烽烟四起,朝政动乱,成了他掌权以来最艰难的困局。但高颎却坚信这表象是对杨坚的考验,是磨炼,是暂时的,更是一种血肉的筛选,风烟过后,杨坚必会迎来一个崭新的时局。故高颎在心中暗暗自勉,一定要倾尽全力来助杨坚平

第十四章　鸿门伏兵烽烟四起，老将对阵各显能耐

息动乱，让杨坚风和日丽的新时局早日来临。

高颎随着韦孝宽的长子韦世康步入元帅帐内，与主帅韦孝宽，副帅梁士彦、宇文忻，将军崔弘坤、崔弘升等行过见面礼之后落座，便启口道："韦老将军，相国遣在下赶来麾下军营，一来慰问军将，二来向将军通报一下朝廷近况，三来了解敌方军情。"韦孝宽毫不在乎地道："你就直说了吧！你来此是为了打探，我为何两军隔水对峙，不战不和。对吗？"高颎拱手道："老将军真是快人快语、明察秋毫。此状确是相国担忧之事。但相国也说了，他相信老将军必有良策破之，只是日下战机未到罢了。"韦孝宽平淡地道："那么，杨坚还有什么不放心的呢？"高颎道："朝中上下所有重臣都收到了尉迟迥策反的手书，形成了三股不同的态势。有心动的、也有观望的，还有愤然的。不知老将军收到没有？"韦孝宽坦然地道："尉迟迥怎会把我忘了？前天他还派专使来我营中做说客呢！"高颎有些紧张地道："老将军！您可有决断？"韦孝宽哈哈一笑道："我若有决断，则何须再在此与他对峙？"高颎心头微宽地道："那，老将军下一步当作何步骤？"韦孝宽道："我已让来人转告尉迟迥了。明天，他的军营必须后撤三十里地，让我军渡过沂水，背水扎营，并于三天之后双方决一雌雄。他胜我，我便再不带兵为帅；若他不能赢我，他就得任我处置。"高颎道："尉迟迥可有答复？"韦孝宽道："就看他明天有何动静了。"高颎从身上取出一只锦封，双手递给韦孝宽道："老将军，临行前，相国给了我一只锦封，让我转交给您。说道这是他对当前战场的一些预测，供您参考。不知是否有用？"韦孝宽接过锦封，扫了一眼便丢在桌上道："我不需要纸上谈兵。"韦世康却道："爹，杨坚惯用锦封指挥战役，都有奇招。你何不也拆开看看，有则取之。若无可取之处，也当是尽个职守罢了。"韦孝宽勉强地拆开锦封，抖开信笺，一目十行地看着。原本淡漠的神情渐渐变得严峻了。不一会，他返身走到身后一张挂在幕壁上的山川地形图前，认真地比画起来。引得帐内的人都围了上去。韦孝宽比画了一阵后，转身道："杨坚这小儿确也有些能耐，他已料到了我的用兵之意，也点到了我所担心的事。"宇文忻道："能否请元帅尽道其详！"韦孝宽道："我担心尉迟迥会不遵君子之约，趁我渡河立足未稳偷袭我军。杨坚不仅想到了这一点，而且他说尉迟迥必会如此作为。"

梁士彦道："我们该当何为？"韦孝宽道："我原本计划分批过河，并用强弩火器压阵，掩护大队人马过河，占住阵脚，再与尉迟迥做殊死一搏，以定胜负。"崔弘坤道："这确是步险棋。就目前双方的军兵实力，虽不相上下，就算尉迟迥是个君子，不做违约之举，而我们这背水一战的风险也是够大的。"韦世康急问："杨坚的

信笺里可有解策？"韦孝宽道："杨坚让我在渡河之前，先遣两队人马，一队从沁水上游潜到尉迟迥大营的背后，配合过河兵马，从其后伺机袭击；另一队从沁水下游直奔尉迟迥所占据的邺城，来个釜底抽薪，断其后路，策应全军攻取邺城。"高颎插言道："相国还有言让在下转告老将军。"韦孝宽道："说吧！他还有什么要告诉老夫的。"高颎道："不以小人之心度君子，也无须用君子之心度小人。"韦孝宽边点头边重复着这句话："不以小人之心度君子，也无须用君子之心度小人。"

尉迟迥深知韦孝宽是个厚道之人，历来的作战谋略都恪守着"诚信有道，目标清晰，组织严明，按部就班，进退有序"的原则。尉迟迥也明白，自己在韦孝宽的眼里是个谨小慎微、豁达大度的谦谦君子。这些年两人同朝为官，虽志趣不同，各走各的道，却也互不嫌弃，相敬如宾。如今则因昏君无道，为纳妇而弑臣婿，但总算也没亏待于他，乃立他孙女为皇后，又赐官晋爵于他，让他也无从言君的不是。可是，杨氏一家则借昏君之逝而垄断朝政，更可恶的是，杨氏之女竟将他孙女赶出宫去削发为尼。此等有辱尉迟家族声誉之事，让他是可忍，孰不可忍，由此，迫使他不得不反。他反的不是宇文氏的周廷，而是杨氏的朝政。眼下，两阵对垒，必分输赢。然而两军主帅却都是各知己知彼且又势均力敌之人，若要把握胜算，必须斗智斗勇，而此中的斗智尤为重要。因此尉迟迥在收到韦孝宽提出的后退三十里以一决胜负之约后，也就计上心来，他要学一学三国名师诸葛亮对待司马懿的策略，一反司马懿一生谨小慎微之态，用出乎韦孝宽意料的小人之手段去赢取这场决斗的胜券。

隔天，尉迟迥按约领兵后退了三十里之遥，然后等待着韦孝宽挥师过河，他要趁韦孝宽的大军渡河过半，前未站稳脚跟，后未跟上彼岸之机，指挥大军掩杀过去。这番当头一击，就算不能灭其全军，也当歼其大部或是一半人马，既能树立自己的威势，也可杀杀他们的锐气，为此后全歼韦孝宽的军马，杀进京城铲除杨家势力而打好这第一仗。然而，兵者诡道也。尉迟迥全神贯注地等了三天：第一天见韦孝宽在架桥，第二天在摆弄渡船，第三天却并没见韦孝宽挥师过河。尉迟迥带人隔河相望，但见韦军营内人来人往，全无拔寨进军之举。尉迟迥突觉有一种不祥之感涌上心来，他赶紧策马向自己的军营驶去。可还未等他纵马奔近军营，前方自己的军营里便传来了一阵阵的人喊马嘶的厮杀声，紧接着整个军营好似炸开了锅一样，一群一群的军士丢盔弃甲地涌出栅门，向四处逃窜。尉迟迥傻眼了，也立即明白了一个事实，他上当了。韦孝宽利用了他的君子之心，使了个明修栈道、暗度陈仓之计，从背后偷袭了他的大营。本当是他要做的偷袭小人，却让韦孝宽给抢去做了。如今，

第十四章 鸿门伏兵烽烟四起，老将对阵各显能耐

这一仗是败定了，尉迟迥决定退回邺城，收拾人马，再与韦孝宽作一较量。

韦孝宽受杨坚的启发，改从正面拼杀的强硬做法，变为从背后偷袭的巧取，不仅打乱了尉迟迥的作战方略，还在乱军之中击杀了其子尉迟惇和其弟尉迟勤，终以最小的代价获得了巨大的胜利。随后韦孝宽又挥师马不停蹄地紧跟在尉迟迥的残兵败将身后，追到了邺城外。尉迟迥兵败来到邺城，然而更让他意想不到的是，邺城已经被韦孝宽派出的崔弘坤、崔弘升两兄弟袭取了。邺城不仅城门紧闭，根本不容他们靠近城墙，而且在城墙上，尉迟迥的妻妾老小和许多兵将的家人，都被押在上面做人质，让尉迟迥和众兵将斗志全无，纷纷丢盔弃甲，跪地求饶。尉迟迥没想到自己仅这么一战便一败涂地，他自知无颜面世，即丢下妻妾老小，拔剑自刎而亡。尉迟迥从起兵反叛到如今饮剑身亡，前后仅六十八天，可见天意人心之所属了。这也应了擒贼先擒王，树倒猢狲散之说。那些跟势而反的诸侯乱将，见势众领头的首叛竟然如此轻易地被朝廷剿灭，都失去了争斗的信念，其余跟势附庸的乱民更是如断墙残壁，经不得风雨摧残而土崩瓦解了。

荥阳公司马消难被王谊一战击溃，亡命逃奔至南陈，投靠了陈王陈顼；本想坐收渔翁之利的陈王暗自庆幸没有被拖入周朝这泥潭中。庸国公王谦兵败，逃至新都被属下县令王宝砍下头颅，献给梁睿请功领赏，其余部属有举城投降的，也有被击杀而死的。杨素和麦铁杆则连破突厥于北域，稳定了北疆。一场轰轰烈烈的举国之乱就此被平息了下来。

杨坚开始梳理宇文家族的不和谐之势：他把赵王宇文招、其子德广公宇文员、永康公宇文贯等人，以及参与谋划此次刺杀事件的越王宇文盛和毕王宇文贤及其子和弟等人，交付给朝廷开府审定，先后以反叛朝廷，谋杀大臣，助逆乱国之罪名，诛杀于狱中。此后，杨坚在众臣僚的一再坚持下，把参与赵王招谋政的陈王宇文纯、代王宇文达，滕王宇文逌，冀康公宇文通等人，及其子、弟等族人的反杨残余势力，有的削爵除官，下入狱中，有的软禁在家中等待处置。由此，这场由封疆大吏搅起的，有朝内诸王参与的乱政风波，前后历经半年之余，终于被杨坚用其镇定有序、沉稳的铁腕手段给彻底平定了下去。既让杨坚理清了属于他的朝政班底，为他之后的登基称帝铺平了道路，也历练了他人生中聚势掌权的能力。事后，杨坚在封赏了众功臣后，又施以柔和策略，厚葬了尉迟迥、王谦等一批叛逆者，并对他们的家小亲友给予了赦免和安抚，体现着他另一面的为人豁达大度的姿态，为他今后的帝皇生涯树立了良好的口碑。

第十五章
童言无忌君臣无意，姐弟有情天庭有梦

杨丽华怀着不情愿的心情嫁入皇门，成为每个女人都羡慕的皇后，可她却心猿意马，"身在曹营心在汉"的念头时常涌上心头。自从宣帝宇文赟驾崩，静帝宇文阐继位，她这个天元大皇后被尊为皇太后，全权执掌后宫之后，虽有一种不再受他人压迫、仿若从地狱升入天堂的感觉，却也有着难以言说的苦楚。

当杨丽华感受着宇文赟对她的温柔体贴时，也曾怦然心动，萌生出要恪尽妇道、助君为帝、造福天下苍生的想法。然而，一想到被孤零零埋葬在荒地中的生父，再看到宇文赟那些荒淫无耻的举动，她就感到难受和恶心。宇文赟之死，对她来说是一种解脱：从此，她不用再对宇文赟那些不堪入目的淫秽乱礼之举感到恶心，也不必再忍受他的发泄式蹂躏和虐待；但这也是另一种煎熬：她自十三岁进宫为太子妃，从一个不谙男女之事的女孩，在耳闻目睹、亲身经历了宫廷内一件件男女交合之事后，到如今才年仅二十，却要去过恪守妇道的太后生涯，她深知往后的日子必定别有一番滋味，是苦是甜只能独自承受。

杨丽华本无心后宫的皇权，但为了摆脱后宫的污秽气氛，不得不用手中的皇权去整肃出一片属于自己的领地。她将宫女出身的静帝生母朱氏帝太后，强行迁入后庭先帝的别苑恭养起来；把三个以美色迷惑君主的帝后遣送出宫，削发为尼；又将所有有家可归的嫔妃、宫女、杂役全部释放出宫，让她们自择人生、自生自灭；再把自己的居所从宇文赟为她安置的露门天台寝殿，搬至前庭弘圣殿，并依照自己的喜好调整了后宫的生活作息，还在前庭设置了可供母亲和弟弟居住的侧殿。她要尽全力掌控后宫，为助父亲谋政上位而不择手段。

年仅九岁的周主静帝宇文阐每次入后宫请安，必先至前庭弘圣殿，聆听皇太后的训导后，才能进后宫向生母问安。皇太后不像自己的生母帝太后那般对他随和关爱，高高在上的皇太后虽然端庄美丽，却威严有加，令人惧怕，甚至让他不敢正视。皇太后走起路来，伴随着好闻的香风，轻盈飘逸，令人心神荡漾，但她那娓娓动听

第十五章　童言无忌君臣无意，姐弟有情天庭有梦

的训教言辞，听来却很森严，似乎有一种磁力，让人不得不顺从。因此，年幼的静帝宇文阐，出于男孩对美的向往，总想常见这位貌美的皇太后，聆听她的教诲；但作为在位的幼帝，又不希望受人约束管教，这就导致他每次步入弘圣殿时，既兴奋又局促不安，这种矛盾心理时常左右着他，无一例外。

这天，宇文阐步履缓慢地步入殿内，悄悄地环顾四周，寥寥无几的宦官、侍卫和宫女分立在皇太后的座榻前和身后，偌大的弘圣殿显得空荡荡的，还有些凄凉感，与往昔并无不同。宇文阐放慢脚步，忍不住抬头仰望设在台阶上的皇太后，爱美之心人皆有之，幼帝宇文阐也不例外。此时，在他眼里，皇太后头戴金饰凤冠、身着素色凤服、肤如凝脂、貌若天仙，宛如一尊端坐在后榻上的玉雕美人。

皇太后杨丽华明显察觉到了幼帝的心思，轻轻咳了一声，说道："陛下，如此心神不宁，是朝中有事吗？"宇文阐急忙收敛神态，快步上前，躬身道："太后千岁千千岁！儿臣给太后请安了。"皇太后道："据说，陛下给这次平乱有功的将士都颁封了赏赐，却唯独没有你外祖父大冢宰的份。这是为何呀？"宇文阐愣了愣，吞吞吐吐地说："回太后话，大冢宰给朕的恩赐名册中没有大冢宰的名号和封赏。故儿臣也就……"皇太后道："他这是谦虚，朝中没有大冢宰，怎能指挥平叛镇乱，你又怎能坐稳皇位？陛下可不能不明事理呀！"宇文阐挠了挠头颈道："大冢宰在朝中已是最大的官了，儿臣也不知道该再给他封赐什么。"皇太后道："封王呀！他是先帝的国丈，陛下的外祖父，又立下如此大功，你不觉得封他为王理所当然吗？"宇文阐马上躬身道："儿臣愚钝，谢太后赐教。儿臣这就去让人颁旨，封大冢宰为王。"说罢，就想转身离去。皇太后却厉声道："等等！你可想好，要封他为什么王？"宇文阐被问住了，他看看身后的随从，呆呆地愣在那里，不知如何作答。皇太后严厉地道："你虽尚年幼，却是一国之君，吐言颁旨都得思虑周到之后方可行事，否则会有损帝皇威严。"宇文阐僵硬着脸，胆怯地问道："儿臣谨记教诲。请太后颁懿旨，儿臣当封大冢宰为什么王才好？"皇太后道："大冢宰原为随国公，陛下何不把'随国公'改为'随王'，如何？"宇文阐立即毕恭毕敬地道："儿臣遵呈太后懿旨，立即去颁旨，晋封外祖父大冢宰为'随王'。"皇太后不满地道："加封了你外祖父为王，还有你外祖母、舅家人呢？此外，你还得考虑周全，既然是王，就该有王府、封地吧！"宇文阐又愣住了，他呆呆地道："儿臣不知该怎么封赐，求皇太后一并下懿旨，儿臣定当照办。"皇太后道："加封你外祖母为王妃，大舅父为王世子，大舅母为世子妃。晋封你二舅为国公大将军，其余杨氏族人均可加官一级。同时，把正阳宫

作为随王的王府，把随州一处二十四个州镇都作为属地封赏。如何？陛下得切记，当今的宇文氏天下唯有杨氏能保你安逸为帝。"

皇太后杨丽华看着如释重负、匆匆离去的静帝宇文阐，心中也有些不忍。九岁的孩童却要承担起父辈遗留下来的恩怨和重担，实在是难为他了。但是，她若不这么做，又怎能报生父之仇，怎能助养父坐上皇位，实现一统天下的伟业呢？杨丽华想到这里，突然思念起在家时经常缠在她身旁的二弟杨广，更想起这个二弟大义凛然、执意陪她上坟祭父的情景。当时才五岁的杨广，却让她这个长姐倍感温暖。他纵马奔驰、握剑守护的英气雄姿，让她觉得安心可靠。尤其是他那副小大人的气概和话语，远胜眼前这个唯唯诺诺的九岁小皇帝。因此，她对这个二弟情有独钟，甚至时常会想起与他在一起的种种暖心之事。杨丽华忽然感到浑身有些烦躁，她起身对阶前的宦官内侍道："去相府传我话，让二公子立即进宫，我要见他。"随后，杨丽华又对身旁的侍女道："你们去准备一下，我要沐浴更衣。另外，去御厨告诉一声，让他们准备一桌上好酒宴，配一瓶皇酿玉液，等我弟来了之后，送到寝宫来。"

十二岁的杨广少年英俊，身形似父亲般魁梧中透着斯文，五官端正俊美，肤色相貌像母亲般白净细腻。然而，他那双黑白分明、双眼皮的大眼睛，既闪烁着智慧和执着，又会时不时流露出一股野性，好似一匹已被驯服的野马，虽接受了缰绳的束缚，却还保留着桀骜不驯的神态。

杨广在家中最怕父亲时不时抽查他的功课，其中既有常规的词赋武艺，又有特定的文韬武略，更有必须恪守的家训和理政治吏的观念。他最喜欢待在母亲身边享受娇宠，或是一人待在房中赏花、看自己喜欢的书籍，或是骑马出去尽情玩耍。在杨广的心目中，唯有不受人的管束才是世界上最值得高兴的事。幼年时，他还喜欢与两个姐姐玩，闻着她们身上的芬芳香味，任由她们温柔的手抚摸自己，总会产生一种难以言喻的快感。然而，时过境迁，大姐成了他的嫂子，二姐进宫为妃又为后，除了必须应付父母不同的言传身教和关爱约束之外，留给他的只有一人在家中无聊度日，让他失去了真正的快乐。

杨广听说二姐派人来传他进宫，欣喜万分。他无心听母亲的叮嘱，更不愿把要进宫见二姐的事禀告父亲。他唯一的想法就是立即飞进宫去，见到许久未见的二姐姐，向她倾诉自己的喜怒哀乐，随后还像小时候一样，依偎在她身旁，聆听她的话语，让二姐用手拍打自己，哄自己睡觉。

杨广纵马奔驰，直至内宫门前，把传他进宫面见太后的差役抛在了身后。宫廷

第十五章　童言无忌君臣无意，姐弟有情天庭有梦

门官见是相国的公子，太后的亲弟，无人敢阻拦，任由杨广自行入宫寻路去面见皇太后。内宫庭院众多，花草树木、楼台亭阁、曲径小道错综复杂，却难得见到人影、听到人声。他之前曾与母亲一起进宫谒见过二姐，知道身为皇后的二姐住在皇帝为她安排的露门天台寝宫。然而，他却不知道该怎么去露门天台。杨广沿着宫内的廊道东拐西窜，竟然迷失了方向。

杨广来到一个庭院，见有两个小孩正在廊道上一前一后地追逐奔跑，一个大些的孩童手擎着一只绣球，脸红耳赤、满头大汗地在前狂奔，一个稍矮些的孩童衣冠不整、面露怒容地在后追赶。看来这两个小孩在一起玩了有一会儿，此刻已到了争执得有些愤怒的地步。杨广不忍心看到这种以大欺小的场景，他张开双手拦住了大男孩的去路。大男孩见有人挡道，挥舞手中的绣球愤怒地说："滚开，别挡道。"杨广见这小孩口出秽言，心头有些恼怒，他侧身让道，却在大男孩正要经过身前时，一把擒住大男孩，劈手夺过大男孩手中的绣球，随手丢给了追近的小男孩，随后才松手放了大男孩。被人半路夺走猎物的大男孩不禁怒从心起，他返身冲着杨广怒吼道："何来的大胆奴才，胆敢从朕手中夺物？你这不是找死吗！"杨广不禁一愣，这才仔细打量这个自称"朕"的大男孩，但见满头是汗的一张脸因气恼而怒目圆睁，歪斜的衣衫不太合身，但隐约显现的龙纹图案表明这必是帝皇才能有的标记。杨广有些惶恐起来。

这时，已拿到绣球来到跟前的小男孩，看也不看杨广，就把手中的绣球递给大男孩道："皇兄，给你。"大男孩一把夺过绣球，随手丢到了院中的一个水池里，仍然愤恨地道："我不要这捡来之物，你们都给我滚一边去。"小男孩"哇"一声委屈地哭了出来。杨广有些愤然，他冲着大男孩道："你开口闭口骂人，哪里像个陛下！"大男孩暴怒，他跺着脚道："哪来的狂徒，竟敢教训起朕来。你这是自寻死路，懂吗？"杨广也愤怒了，他声色俱厉地道："如果你真是个陛下，那你一定是个不知好歹的昏君。"大男孩再也忍不住了，他扬起一掌向杨广脸上掴去。身手敏捷的杨广，不等大男孩的手掌到面前，便闪身一跳轻易躲开了。谁知，大男孩因用力过猛，身体失去重心，重重地摔倒在了地上。小男孩见状，大声号啕着喊叫起来："来人，来人呀！快来救驾，有人要行刺陛下了。"这小男孩的声音虽小，但在这空荡荡的庭院内却显得格外响亮，尤其是他那哭着喊出的话，更是犹如惊雷响彻内宫的庭院廊道。杨广真被激怒了，他一把揪住还在大呼小叫哭喊的小男孩，厉声道："你这小屁孩在胡说八道些什么？是他要打我，自己摔倒的，关我什么屁事。简直是不知好歹！你再敢

胡说八道，我就揍扁你。"小男孩邺王宇文衍吓得声如寒蝉，只闻低低的呜咽之声，没了刚才的气势，大男孩静帝宇文阐闻言竟然躺在地上不敢起身。

　　从四面八方赶来救驾的内侍、宦官和宫女，把三个小孩团团围在中间，一时间谁都不知道究竟发生了什么事。杨广见众人围着他们不知所措，便大义凛然地说："我是杨广，相府的二公子，是我姐皇太后差人传我进宫的。刚才遇见这两个小孩在争夺绣球，我便出手相助。谁知，他们竟诬我欺负他们，真是可笑至极。"一个内侍宦官闻言即上前拱手道："原来是皇太后的亲弟弟，失敬了，失敬了！但他们一个是当今陛下，另一个是陛下的二弟邺王。你们都互不认识吧！这正是大水冲了龙王庙，一家人不识一家人。"内侍、宫女们七手八脚地扶起地上的静帝宇文阐，又替邺王宇文衍擦抹着泪痕。

　　杨广看着这两个帝王，心头不是滋味。他整理了一下衣衫，对着宇文阐开口教训道："做哥的要有个哥哥的样子，做陛下呢！就更得有个做陛下的德行，不能张口闭口尽出秽言污语，这有损陛下形象。"随后又冲着宇文衍道："做人要知道好歹，不能以为自己年纪小就可以胡说八道、妄自为之，长大后吃亏的可是你自己！"杨广被内侍宦官引导着来到了皇太后的弘圣殿，又被宫女带到了皇太后的寝宫。

　　杨丽华弘圣殿的寝宫豪华无比，最引人注目的是那张摆放在寝宫中央、拾级而上、足够四五个人并排卧睡的宽大床榻。床上不仅有锦被绣枕、丝织透明的帘，帐上还串挂着金饰玉佩，在帐内可以清晰地看到帐外的一切，但在帐外除非撩起缯帘，根本无法透视帐内的人影。而且床榻只要稍微有所震动，帐上串挂的饰件便会发出悦耳的声响，这声响会随着床榻摇动的强弱而变换频率，让人不禁产生种种遐想。整个屋内除了这张独领风骚的床榻外，凡是能显示皇室富贵的物件应有尽有，其中更有雕凤镶金妆台、檀香木衣橱、碧玉浴池、紫红嵌玉桌椅、金玛瑙便盆、四壁配以精工细琢的雕梁画栋和温馨暖人的装饰，令人目不暇接。向阳的花几上有几盆正吐着芬芳的兰花，那股沁人心脾的香味让闻者无不心醉。如此奢华的一切，让人不禁感叹宣帝宇文赟的奢靡。确实，宇文赟为帝生涯充其量只有两年多，但却正如他所言，他以享尽天下美妇为人生最大的快事。故《周书》中有一段专为描述宇文赟的作为所写：嗣位之初，方逞其欲。大行在殡，曾无戚容，即阅视先帝宫人，逼为淫乱。才及逾年，便恣声乐，采择天下之女以充后宫。好自矜夸，饰非拒谏。禅位之后，弥复骄奢，耽酗于后宫或旬日不出。所居宫殿，帷帐皆饰以金玉珠宝，光华炫耀，极丽穷奢。纵观宇文赟这短短的二十二载岁月，能给人留下的记忆，似乎唯有

第十五章　童言无忌君臣无意，姐弟有情天庭有梦

这阅尽人间女色为快事这一点了。当然，此等以淫乐为快事的君王不在少数，然而因情而淫且又有建树的帝王却没有几个。若一定要说宇文赟对历史的贡献，那就是他为杨坚的上位铺垫了可能。有道是耳濡目染，又言道人非草木，杨丽华置身在如此的氛围中岂能熟视无睹，她不得不从恶心反感，到逆来顺受，再到习以为常乃至略有心动。神仙尚有情欲，何况是生活在如此奢靡淫乱、毫无廉耻的后宫的年轻女人呢！这犹如挂置在香阁中的衣衫，时间久了怎能不染上香阁中的气息。

杨丽华沐浴更衣完毕，她那卸尽宫饰铅华的胴体，好似一尊精雕细琢的汉白玉雕像。她那百媚羞花的容貌、风姿绰约的形态、温柔含蓄的气质，在紫色薄衫罗裙的裹胁下，无处不显现着一个成熟少妇的脱俗和楚楚动人。杨丽华边在铜镜前整理端详着自己的衣衫面容，边问身后的侍从道："前面的天台后院怎么啦？"侍从急忙道："回太后话，小的只听到前面传来奔走的声响，具体事宜不详。要否去打探一下？"杨丽华道："不用了。待会定会有人来禀报的！"话音刚落，寝宫内侍侍卫就进来禀告道："告太后，国舅爷二公子在宫外候旨。"杨丽华急忙道："快宣他进来见我。"

杨广随侍卫步入寝宫内殿，见二姐快步迎来，便要行跪拜大礼。杨丽华张开双手拉住了杨广，边仔细端详着，边道："别这样。快，让二姐好好看看你。唷！长高了，快赶上姐成大小伙了。"杨丽华说着又用手去抚摸杨广的面颊，心疼地道："瘦了、比姐在家时瘦了。比上次娘带你进宫来看姐时瘦多了。"杨广有些腼腆地道："姐！娘说了，我正在长身体，所以只长骨不长肉。"杨丽华拉着杨广走进侧殿，问道："爹娘可好？娘还是那么里外操劳吗？还有你大哥和你的逸秋姐呢！"杨广规矩地道："爹娘都好着，大哥和逸秋姐也都好着。"杨丽华把杨广安坐在椅子上，盯着他的脸道："他们都好，你呢！你有没有想二姐？"杨广认真地道："想！怎会不想，当然想。唷！二姐，你这里好香呀。"杨丽华狡黠地道："是吗！仅是这房里的花香吗！"杨广红着脸答非所问道："想小时候跟你在一起的快乐，你替我受爹责罚的情景。还有，你陪着我，哄我睡觉。"杨丽华开心地笑了。突然，她上前捧起杨广的脸，吻了一下道："今天，让二姐好好地陪陪你，若想睡觉，二姐就哄你、陪你睡。"杨广被杨丽华的热情闹得脸上火辣辣的，满面通红，闻到二姐身上散发出来的体香，更是让他情不自禁地心旌荡漾起来。他享受着这温馨的吻，又深深地吸了口气，却用羞涩的目光扫视四周在看着他们的内侍和宫女。杨丽华看懂了杨广的眼神，便对侍从道："去告知御厨，把酒宴摆到这里来。你们都退下吧！"

杨丽华待众人退出内宫后，把杨广搂在怀里，柔声细气地道："你，还想姐姐的什么？"杨广把脸凑到杨丽华裸露的脖颈上道："我还想闻二姐身上的香味！"杨丽华笑得更甜了。她用手指轻轻地捏了一下杨广的脸道："是吗？我记得你小时候总是往我身上凑，要闻我身上的香味。你这个习惯还是没变呀！"杨广憨厚地道："香味就是好闻么，为什么要变？大姐身上也有香味，就是没你的好闻。"杨丽华故意问道："我和大姐身上的香味有不同吗？"杨广又把鼻子凑到杨丽华的胸前深吸着道："是的。二姐身上的香味是一种带着乳香的淡淡的兰花的清香味。而大姐身上是一种甘草型的香味，虽说我都喜欢，但我更喜欢二姐你身上的这兰花草香味。"杨丽华欣喜中带着妒忌道："你是当我面才如此说的吧！你这张小嘴还真能说，但二姐我喜欢。"杨广突然道："姐，刚才我碰到那个小皇帝了，被我教训了一顿。"杨丽华惊讶地道："是吗！你教训小皇帝？怎么回事，说来听听。"杨广便把进宫途中发生的事讲述了一遍。杨丽华听后深沉地道："这个小皇帝也有些可怜，小小的年纪却要承担那么多的事，他真不该生在帝皇家。往后，你们别亏待他。"

　　姐弟两人正说着话，御厨把酒宴摆了上来。杨广看着丰盛的酒宴，惊讶地道："姐，这么丰盛的酒宴！你该不是把我也当陛下对待了吧？"

　　杨丽华微笑着道："姐知道，我娘历来讲节俭，舍不得把钱花在吃穿上。而你现在正是长身体的时候，就让姐来替你补一补。"杨广即举筷大口大口地吃了起来，一边吃还一边道："爹只知道忙着朝中大事，娘只知道精打细算过日子，还规定我们三天只能一小荤，五天才能见大鱼大肉。爹如今已是大冢宰了，但在家里用餐还得如此听娘的摆布，我真是服透了。"杨丽华看着杨广狼吞虎咽吃菜的样子，心疼地道："爹娘原本的家境就不宽裕。爹之前又无职无权，现在也不是贪官。历年来，仅靠一点俸银却要养活一大家人，还有那么多的亲兵将士，故爹娘是节俭惯了，我们做子女的别怪他们。如今朝政已经安稳，姐在内宫也不用再提心吊胆。姐已让那个小皇帝颁旨封爹为王，并把随州一处二十四个州镇作了爹的食邑领地，你们今后可以在领地内自征钱粮，就不用再那么艰辛了。往后，你也可以常来姐这里，要想住在宫里，姐也替你备下了房间。"杨广无不兴奋地道："姐，你想的真周到。谢谢姐！"

　　突然杨广又道："姐，这么好的菜，有酒吗？爹娘从来不叫我喝酒。"杨丽华立即拿来了一把精致的酒壶和两只酒杯，把壶中的酒斟满了两只酒杯，然后坐到杨广身旁，举起酒杯道："姐今天就替你破个例。男子汉不会饮酒，算不得是大丈夫。往后还有许多事等着你去做，不会饮酒有失体面。"杨广闻着香气扑鼻的酒，忍不住用

第十五章 童言无忌君臣无意，姐弟有情天庭有梦

嘴去呷了一口，一股带着微甜清香的浆液似一条滑润的细流自喉而下直灌胃肠，紧接着满口清香、胃暖肠凉，把从未饮过酒的杨广惊讶得连连咂着嘴巴道："唷！姐，原来这酒是这么好喝呀！娘不准我喝酒，太偏心了。"杨丽华看着杨广这个神态，忍不住笑出声道："这不是平常的酒，是皇宫里特酿的琼浆，不是一般人能喝得到的。"杨广立即举起杯，一口就把杯中的酒干完了，道："那我今天一定得一醉方休。否则对不起姐，也对不起这琼浆了。"杨丽华把杨广的酒杯又斟满后，道："姐陪你，慢慢地喝。"杨丽华抿了口酒道："爹娘知道，你进宫来我这里吗？"杨广边喝酒边吃菜道："爹在朝中办事。你派来的皇门内侍是我接待的，但娘知道我来你这里了。"杨丽华自己一边喝酒一边不住地给杨广夹着菜，姐弟俩渐渐地都脸红耳赤起来。

琼浆虽是好酒却也会醉人，尤其是像杨广年少心贪又从没喝过酒的人，就更容易醉了。酒醉之人有文醉和武醉之分：文醉，是语无伦次的话多，或是傻笑，或是昏睡；武醉，是摔东西，哭闹怒骂、目空一切。这就是所谓醉酒的酒性。杨广的酒性属文醉，他先是一杯一杯地喝，总感到越喝越兴奋，然后便盯着杨丽华傻傻地笑着不住地道："姐，这酒真好喝。姐，你今天太美了，我以前好像在哪里见到过你。真的！姐，我没骗你，我肯定是在哪里见过你的，你身上那股兰花香味我忘不了。姐，我想睡觉了。你哄哄我，陪我睡觉吧！"杨丽华被杨广的醉话说得心猿意马，那股憋在心头的激情在涌动着。她脉脉含情地盯着杨广俊秀的脸，情不自禁地用手抚摸着杨广的脸颊，还轻轻拍打着杨广的背道："好的，姐姐陪你睡。"含着醉意的杨丽华把醉了的杨广扶上了卧榻，在帐帘金玉挂饰的柔和声响伴随下，铺床垫被，扶枕脱鞋，宽衣解带，忙了好一阵。随后，杨丽华把杨广搂在怀里，半躺半睡、轻柔地拍打着杨广的身躯，也渐渐地睡了过去。

醉睡中的杨广，似梦非梦地飘到了空中，又来到了一处宫殿。他抬头一瞧，见宫殿的大门上写着太乙宫。杨广觉得这里似曾相识，他正想推门而进，只见大门开处，一个鹤发白须的老头手执拂尘站在面前，冲着他厉声道："逆獐，你怎么能私闯天庭，又犯天规？"杨广似乎清醒过来，立即双膝跪地磕头求告道："师父，徒儿知错了。求师父能收回成命，让徒儿回到天庭，重新跟随师父炼丹学道吧！"老头长叹一声道："你所做之事，非是师父要罚你，而是天庭的规矩容不下你。况且，你可知道，你这一闹，连累了多少人跟你一起受过吗？"杨广磕着头道："徒儿不知，求师父明言。"老头道："你未经为师允许，私出这太乙宫大门，大闹皇母的蟠桃盛会。你可还记得？"杨广摇着头道："徒儿如今脑袋空空，已全然不知过去之事。还望师

父相告。"老头无奈地道："也罢！为师就让你重温一遍，你那天的所有作为吧！"老头说罢，把手中的拂尘对着杨广一挥，杨广只觉得一阵眩晕，眼前闪现出了另一番场景……

太乙宫的司仪灵童见师父整装出行，便悄悄地尾随其后跟出了宫门。太乙真人驾祥云，边觅天间风云，边揽地上胜景，不一时就来到天庭的南天门外。守天庭门神拦住去路，要求报名方能入内。灵童见天庭森严，灵机一动，摇身一变，变成一只白鼠，窜入师父宽大的长衫下，混入了天门。天庭有序，各部各司其职、井然从容。已到的诸仙故人相聚甚是喜悦，各叙新闻奇事、相谈甚欢。躲在师父长衫下的灵童，见一队花枝招展的秀女手捧果盘、袅袅婷婷地走来，橙、白、黄、红、蓝、绿、青、紫、粉、褚、嫩黄、浅绿、蔚蓝、鲜红、紫橘、褚橙色色俱有、个个靓丽。他便趁师父招呼故友之间，窜入一位紫衣秀女的长裙里，跟着众秀女来到了一座宫殿。

天际与人间虽有天地之别，却同出一祖宗，故礼仪礼数相似，但祭拜贡品、待客用具则更为精致，陈酿美酒、鲜果蟠桃香气四溢，一群秀女在穿梭忙碌着。灵童闻着酒果的香味，看着满目色彩斑斓的众美女，忍耐不住了。他纵身一跃跳上一樽酒器，一股琼浆玉液的甘甜扑鼻而来，他埋头便饮。"唷！哪来的一只大白鼠，在偷吃娘娘的御酒。"突然，一个姣美的声音在灵童身旁响起。灵童急忙回头看去，一个紫衣秀女正瞪着一双大大的杏眼在惊喜地盯着他看。紫衣秀女貌美无比，肤色白里透红、细腻胜过王母的蟠桃，令灵童一阵迷茫、不知所措。

紫衣秀女的喊声引来了守殿堂的力士，他们举刀执戟冲上前去擒拿白鼠。灵童见势不妙，跳下酒樽，钻到桌底。力士没抓到白鼠，却收不住脚步，撞倒酒台，两个力士闹了个嘴啃地，引得众秀女嬉笑声一片，也引来了值守宫殿的将军率人进殿围捕白鼠。灵童见事态闹大，慌忙择路而逃。他上蹿下跳，左躲右闪，把追捕他的众侍卫耍得晕头转向、人仰马翻，让四周观战的众秀女惊喜参半，笑逐颜开，却把原本整齐肃穆的宫殿搞得一片狼藉。灵童被追急了，干脆横下心，跳到祭桌上，背靠香炉，看着那些累倒在地、却奈何他不得的将军力士，边喘着气，边观赏着那些带着惊喜神色在盯视他的众秀女们，边思考着如何摆脱眼前困境的办法。这时，殿堂外走进一人，此乃是玉帝委任的蟠桃盛会当日的督察官长臂天王。他一眼看到了杂乱无序的殿堂，又看到了在祭桌上的大白鼠，不由怒从心头起，大喊一声道："哪来的鼠辈，敢来殿堂闹事？"同时，他手臂向前一伸，立即变成一只长臂巨手去抓白鼠。灵童急忙闪身躲避，却一头撞在香炉上，一阵昏晕翻下祭台，跌倒台阶下，滚至紫

第十五章 童言无忌君臣无意，姐弟有情天庭有梦

衣秀女的脚边，紫衣秀女不忍心白鼠被抓，便轻移罗裙把灵童罩在了裙摆里。长臂天王一抓扑空，转眼不见了灵童，不禁暴跳如雷，吼叫着道："畜生，敢跟我玩。出来！我知道你一定躲在这些秀女的裙裾下面。我虽不能动手去搜，但也有办法让她们藏不住你。所以，你还不如早点自己出来，免得我动手把你碎尸万段。"紫衣秀女不露声色地站着不动。灵童在一片朦胧的罗裙下闻着秀女的体香和醇厚的芍药花香味，既眩又晕，如此美妙的境遇，他怎能自觉放弃！

长臂天王见自己的威胁不起作用，便把殿内的秀女全部聚到了一起，排成一队要逐个检查，排队受查的第一个便是紫衣秀女。紫衣秀女见情况危急，便轻撩罗裙示意灵童钻入她下手的第二个金红衣秀女罗裙底下，然后按长臂天王的授意出列，把长裙提过脚踝，以示清白无物藏在其中，随后又退回原位，长臂天王又以此形式去逐个查看。灵童在金红衣秀女的罗裙内闻到的是丹桂花的醉香、依次是粉红秀女罗裙下是甘草香味、其次是橙红秀女罗裙里闻到的是柑橘香味、再次是黄罗裙里的菊香味、荷绿裙里的荷花清香味、白罗裙里的梨花香味……灵童正被这种种花香味熏得晕头转向时，突然殿外吹来一阵飓风，一下把众秀女的罗裙全吹了起来，露出了秀女们没有罗裙遮盖的双腿，惊得殿内殿外一片尖叫声。失去了遮盖掩护的灵童暴露在众目睽睽之下，立即被长臂天王一把抓在手中。此等无法无天，触犯天条、有辱天庭尊严的大事，立即上报给了玉皇大帝。灵童依律须遭五雷击打而粉身碎骨，众秀女因庇护罪而被贬下天庭去人间轮回。灵童的师父不忍心看到自己的徒儿受此酷刑，愿以炼就的仙丹赎灵童罪减一等，罚下天庭投生凡间经受煎熬……

一阵凉风把杨广招回到老头跟前，杨广跪地如雨般地磕头拜着道："求师父再出手救徒儿一次，让徒儿重返天庭，徒儿定当洗心革面，侍奉跟随师父修身养性，得以炼成正果、位归仙班。"老头摇着头道："天庭非吾这太乙宫，此说由不得为师。今事已至此，唯有看你的造化和缘分了。可那些花魁们却因你而被罚下凡间受苦，她们是无辜的。你若重返天庭，却让她们流落人间替你受过，你于心何忍？你是她们的罪魁祸首，你该去求她们的宽恕。"杨广磕头不已，哭诉着继续道："求教帅父，徒儿该怎么办，方能重返师父身旁？"老头若有所思地道："解铃还须系铃人，吉人或许会有天相。你何时把无辜替你受苦的十六位花魁们找回天庭，为师再去替你向玉帝求情，或许会得到玉帝的谅解。去吧！一切当好自为之。为师不能再留你了。"老头把拂尘朝着杨广挥去，一阵狂风裹挟着杨广从云端跌落下去。杨广呼叫着："师父，师父……"

喊声把沉睡中的杨丽华惊醒了。杨丽华见杨广双眼紧闭，紧紧地搂抱着她在大声呼叫，慌忙拍打着杨广的背喊道："广弟，二弟，醒醒，醒醒！怎么啦，做什么梦了？告诉姐，有姐在，不用害怕。"杨广睁开双眼，见自己正被姐姐搂抱在怀里，姐姐身上那股好闻的香味直钻心肺。他情不自禁地把脸紧贴在杨丽华薄薄衣衫下那丰满的胸前，贪婪地呼吸着香气，听着从柔实的胸膛内传出的"怦怦怦"的心跳声，他又醉了。杨丽华被杨广如此亲昵的举动震撼得心头狂跳不已，浑身一阵阵地燥热，她情不自禁地俯首在杨广的面颊上亲吻着。一时间，姐弟俩就如此相拥相抱着，默默无声地享受着彼此躯体的温柔和心神溶却的交感。

第十六章
异姓为王风波又起，静帝逊位杨坚建隋

杨坚被授异姓王爵一事，让刚刚宁静的周廷朝政又起波澜。在朝的元老中，尤以宇文氏家族反对最为激烈，他们以孝闵帝之子纪厉王宇文湜为首，联合了在位的明帝之子丰王宇文贞、宋王宇文寔，武帝之子汉王宇文赞、曹王宇文允、秦王宇文贽、道王宇文充、蔡王宇文兑、荆王宇文元，静帝的两个弟弟邺王宇文衎、郢王宇文术，以及各帝后的皇亲国戚。他们以宇文氏族的王室中不能允许有外姓人为王和有违祖例为由，极力反对静帝封杨坚为王。由此也引来了一批本就心存不满的朝臣附议，其中以上大将军黎州刺史韩明、平阳公颜之仪等人为甚。还有一些因自身利益受损的人，如受杨坚冷落的上大夫黄国公刘昉，因收受尉迟迥饷银不报而不满杨坚封赏的大将军上柱国郧国公梁士彦、杞国公宇文忻等，更是在暗中喋喋不休，密谋着伺机而动。一时间，朝堂上反杨的明波暗涛又涌动起来，大有一举颠覆杨坚掌权之势。

杨坚面对如此形势，不得不三次推让受爵为王，此后虽接受了随王的爵位，却只收受了随州十个食邑封地和正阳宫为王府的赏赐。杨坚如此谦让，引得忠于他的下属们议论纷纷。

一日，在随王府议事殿里，众人又向杨坚和独孤伽罗提出各自的观点，这不能不让杨坚感到心动。大司武燕郡公卢贲道："这批遗老遗少，简直反了！才消停了几天，又不知天高地厚，想要兴风作浪了。殿下，依我之见，如果他们再闹，干脆借机把他们全除掉，省得老是受他们的掣肘。"露门侍卫皇城总管窦荣定道："我赞同卢公之言，不给他们点颜色看看，他们还真不知道现在的朝廷是谁当家。"上柱国大司徒杨国公王谊道："殿下，小不忍则乱大谋，但物极必反这个道理也不能不顾及。以在下之见，要么忍，不把他们当回事；要么就快刀斩乱麻，殿下干脆上位主政天下。"

王谊之话一出，立即引来一片附和声。左卫大将军柱国元胄道："王柱国此议

深合众意。历来天下社稷之任，唯明君方能强国富民，而朝政都以能兴国安邦者为马首是瞻。当今的周廷朝政，众人有目共睹，若无殿下文韬武略、躬身事亲的匡国理民之策，何来当前的政清民和！如此的周廷皇帝本就是个傀儡摆设，如今却有人要以此来掣肘殿下施政，制造不和谐之势，实乃国民之不幸，也令我等不平。为了社稷民生，我恳请殿下速作决断，废帝上位，让天下民众早享殿下福泽。"大司马相府长史渤海公高颎道："朝代更迭乃世之常事，得明君治世而天下宁、朝臣欢、民众喜。殿下当以此为念，不拘小节，礼义天下，实属天下之幸，万民之福。今臣已接多方奏折，有上柱国大佐辅李穆奉祖传十三环金带献于殿下，其意便是劝殿下上皇位；有上柱国益州总管梁睿上表曰'天下之望，当在随公'；也有昌乐县公内史大夫柳裘奉献九环金带一腰的，并上表曰'时不可再，机不可失，今事已然，宜早定大计。天与不取，反受其咎，如更迁延，恐贻后悔'；还有柱国上大将军安州总管元景山、范阳郡公上大将军亳州总管贺若谊、长子县公上大将军王世积等等，共计各地封疆大吏之重臣八十三位均具名进表，恭请殿下能恤察臣心，体恤民意，废腐朽之旧朝，立新政于万民，匡天下之正义，树社稷之新威。由此必将是众望所归，更是吾等臣民之福矣！"高颎的话音刚落，许多人都跟着附议，表示赞同。

杨坚面对着如此激言劝进的措辞，不能不为所动。然而，他又不能不有所顾虑，只能怀着歉意道："'当今'待我不薄，我怎可以妄为！"杨广忍不住站起身道："爹，这个小皇帝是个欺软怕硬没用的家伙，没什么了不起的，不用怕他。"杨勇不满杨广抢他的风头，便不屑一顾地道："这是我们大人的事，你个小屁孩连陛下的面也没见过，懂什么？一边去，哪里凉快就待在哪里。"杨广不服地道："谁说我没见过小皇帝？他还趴在我面前不敢起来呢。"杨坚见儿子说出如此不知天高地厚的大话，便严厉地道："杨广，大人们在议朝政，你不能胡说八道。懂吗？"杨广委屈地道："我没有胡说八道，我说的是真话。你们不信可以去问二姐。"

独孤伽罗见杨广说得认真，便道："这是怎么回事？说来听听。"杨广见母亲支持他，便把进宫途中碰到小皇帝之事说了一遍，随后道："如此不知好歹的陛下，留他干吗？若等他掌了权，一定也是个昏君。"杨广的话立即引来众人的赞同，清河公徐州总管杨素赞许着道："小小年纪竟有此等气概，正是将门无犬子也，将来此儿必成大器！"元冑接口道："殿下，你可不能蹈太师宇文护、齐王宇文宪之覆辙。当断不断，反受其乱，前车之鉴就摆在眼前，到时悔之晚矣。"

独孤伽罗见杨坚还在犹豫不决，便道："大事至此，骑虎之势，必不得下，众人言之有理。勉之不如随之！"杨坚到此道："我不能落下篡位之名。若'当今'能逊位于我，乃可受之。"众人见杨坚如此松口应顺，立即一齐跪地叩拜并三呼"万岁！"慌得杨坚连忙下座位摆着手道："使不得，使不得。陛下还未退位，我断然不能受此礼拜。快起，快起来！"大家起身，高颎道："此后之事，就不用陛下操心了，均由我等来办妥。"

此时中书郎宜昌县伯庾季才方才起身道："臣，这几天常夜观星象，见有青气如楼阙，盘于国城之上，俄而变紫，逆风西行。此乃人君之象，人君即位，宜在二月。《气经》有云：'天不能无云而雨，皇王不能无气而立'。此刻正是二月，却让我见证了皇气所在，人君在即，须即应之。其月十三日甲子，即是惊蛰日，乃是阳气壮发之时。昔周武王，二月甲子定天下，享年八百；汉高帝以二月甲午即帝位，享年四百。故知甲子、甲午乃得天之数。今二月甲午，宜应天受命。"庾季才乃两朝的太史令，通周易兼玄象大师，经他出面论述了天象之迹，不仅让众人更加信服了杨坚的上位称帝是顺应了天命，也让杨坚增加了自信。

公元五八一年二月甲子，在露门天台临光殿，由大司寇杞国公宇文椿代周帝宇文阐宣读逊位诏书曰：

> 朕以不德，早承丕绪，上灵降祸，妖丑觊觎。
>
> 公受命先皇，辑谐内外，志在匡弼，重造皇室。文经武略，长驱晋魏，东平齐梁，尉迟猖狂，司马嗜欲，王谦之乱，口授兵书，手画行阵，风驰席卷，擒斩凶恶，指日克期，皆公之功也。
>
> 朕在谅阴，招引无赖，联结群小，积恶数旬。
>
> 公以天下之勤，屈己登庸，重以明德，雄规神略，声掩廊庙，气盖朝野，尊贤崇善，宽猛相济，敦睦帝亲。星象不拆，阴阳自调，祥风嘉气，解石摇林，瑞兽异禽，游园鸣阁，皆公之德也。
>
> 朕实无能，难匡大下，不已小节，当萃贤人。
>
> 往岁长星夜扫，经天昼见，八风比夏后，五纬同汉帝，赤雀降祉，玄龟效灵，钟石变音，蛟鱼出穴，百灵协赞，人神属望。为承民于苦难，为答公之功德，为合天地之意念，朕甘愿奉至禅帝位于公，总百揆于天下，图霸业基石于江川，继无望周室为兴旺。朕当拜首叩谢！

随后，由大宗伯大将军金城公赵煚奉皇帝玺绂，当百官之面授予杨坚，成就了隋朝第一帝隋文帝此后的辉煌。

午时，设坛于南郊。阳光普照，朵朵祥云好似朝圣纷至沓来。杨坚沐浴更换帝服，头戴皇冕，擎天子旌旗，驾六马，乘金银车，备五副车仗，配旄头云罕，乐舞八佾，登坛，遣使柴燎告天，告庙，大赦天下。立国号为"隋"，改年号为开皇元年，易周氏官仪为隋朝官制。

隋帝杨坚在完成了这登坛告示天下的礼仪后，便由相国内史令李德林在临光殿宣读隋朝第一帝的上位宣言：

周室已尽，隋气初升，上帝恩造，降福降灵，天宽地博，万物皆兴。既受周禅，身为君皇，事必躬亲，积善扶正，附顺人愿，不敢荒怠。刑法礼义，革弊立新，文德治国，武功镇边，选贤杜恶，育吏为民。立事为公，树人至孝，视贪为蠹，助桀当仇，谋政去故，如农望秋。省俗巡方，体恤民情，盲者得视，瘖者复言，贫有人扶，冤有官诉。自启开皇，日近北极，野蚕天降，嘉禾合穗，黑石变玉，珍木连理，洪恩福祉，神瑞无疆，皆是上帝爱降明灵，乃社稷之福，众臣之功，万民之德，朕当刻心铭记，谦卑感悟，以图万年。

接着，由相府司录虞庆则宣读皇帝封赐。追尊：王考忠为武元皇帝，庙号太祖，王妣吕氏为元明皇后。追封：已故上柱国郧国公扬州总管韦孝宽为太傅，谥号襄公。加冕：立王妃独孤氏为皇后，王太子杨勇为皇太子，太子妃元氏为皇太子妃，长女杨丽华为乐平公主、享皇后威仪。封：王子雁门郡公杨广为晋王兼并州总管，杨俊为秦王，杨秀为越王，杨谅为汉王。进：上柱国申国公李穆为太师，上柱国邓国公窦炽为太傅，上柱国任国公于翼为太保，观国公田仁恭为太尉，武德郡公柳敏为太子太保，济南郡公孙恕为太子少傅，开府苏威为太子少保，大司武燕郡公卢贲为散骑常侍兼太子左庶子、左领军、右将军。授：渤海郡公高颎为尚书左仆射兼纳言，相国内郎咸安县男李德林为内史令，相国司录沁源县公虞庆则为内史监兼吏部尚书，上开府大将军滑国公韦世康承袭父爵为郧国公兼礼部尚书，金城郡公赵煚为尚书右仆射，义宁县公元晖为都官尚书，国昌县公元岩为兵部尚书，司宗长孙贤为工部尚书，司会杨尚希为度支尚书，中书郎宜昌县伯庾季才为通直散骑常侍。授：近侍大将军元胄为上柱国武陵郡公右卫大将军，上柱国邢国公杨惠为左卫大将军洛州总管，上柱国益州总管梁睿为上柱国大将军襄国公南宁州总管，杨国公王谊为上柱国大将军上开府郑州总管，柱国大将军临贞县公杨素为上柱国清河郡公徐州总管，武卫近侍大将军窦荣定为上柱国大将军兼雍州牧，大将军范阳郡公贺若谊为上柱国大将军吴州总管，大将军随州县公麦铁杆为柱国大将军随州郡公总管，神武郡公窦毅为定州总管，大将军元景山为安州总管，和州刺史韩擒虎为庐州总管，上开府昌乐县侯内史大夫柳裘为大将军许州刺史，沛国公郑译为上柱国京兆府尹，相府武卫杨虎、杨豹，近侍郑芥，长史杨荀，将军徐溪达，崔弘坤，崔弘升皆晋爵为国公。赐：黄国公刘昉为舒国公免相府司马之职、与郧国公梁士彦、杞国公宇文忻各邑五千户。己巳：周静帝宇文阐是隋室之宾，尊为介国公，邑五千户，旌旗车服礼乐一如其旧，上书不为表，答表不称诏。又：周室诸王尽降为公。其余原周室臣吏皆参照原职按隋制任用，俸禄均加一等，此后再量才升降。最后，虞庆则又宣读了一则皇帝简短告示曰：

  在周室皇陵、明帝和明后的昭陵旁，为周室开国勋臣宇文护太师建造侧陵，并择诰慕铭，追赠谥号：晋荡公；将齐炀王宇文宪及其子嗣的灵位移入宇文氏家族的皇陵内，刻碑立传并封妻荫子。

  朝堂上一切礼式朝仪完毕，杨坚受百官至尊礼拜，万民顶礼叩首之后，杨坚授意近侍郑芥，在朝堂其帝座旁增设一座，并亲自降座扶请皇后独孤伽罗上座听政参政。此便是史书上所流传的"二圣执政"。
  郧国公梁士彦和宇文忻因在平叛中收受叛首尉迟迥贿赂的饷银不上报，而受到了杨坚的冷落，故而在这次改朝换代杨坚登基为皇的开国封赐中，他们仅是得到了一些钱财赏赐却没有被晋官加爵。为此，梁士彦心中一直耿耿于怀，时常满口牢骚怨言，更喜欢与气味相投的人饮酒发泄。梁士彦的续妻胡氏本是齐朝宗室之女，梁士彦在平齐时见其姿色出众，能歌善舞，且通文墨便收之为妾。后又因胡氏能察言观色、巧言伶词、悉心侍候而深受梁士彦的欢心，便被扶为正室。然而两人之间的年岁相差了近三十岁，一个即将老朽，一个却正当风华正茂，此中的男女所需必有差异。如今梁士彦心情不畅，就更无意去顾及年轻妻子的需求了。
  舒国公刘昉自从在杨坚平乱灭叛中，出于私心杂念拒绝临阵去做监军说客之后，而受到了杨坚的疏远，让他既感不平，又感到杨坚待他是忘恩负义。故而他一面拖延朝事职守，一面在杨坚晋爵为王时，暗中鼓动宇文氏家族联合起来反对杨坚称王，又联络了与他同病相怜的梁士彦和宇文忻，唆使他们伺机起事反杨。可是，刘昉没想到，杨坚没等他们准备就绪，便顺水推舟地接受了静帝的逊位，改周廷为隋朝，当上了真正的帝皇。而且还用明升暗降之术，剥夺了他在朝中的司马实权之职，这让以投机行事获取利益的刘昉既感失算而懊恼，更燃起了他的妒忌和不平之念。于是，他加紧了谋划反杨的步骤，而成了梁士彦家的常客。两人时常对酒聊天成了无话不说的贴心知己，梁士彦之妻也因此成了他俩对斟时的陪客。刘昉与梁士彦之前的交往，仅是出于泄愤和找个气味相投的同盟军，替他出面去扰乱杨坚的朝政而已，但此后两人在交往过程中，刘昉察觉到了梁士彦之妻的秀色可餐。刘昉本是小人，他在宣帝宫中当差时也常会伺机干些偷鸡摸狗之事，此际见有机可乘，岂有他不动心不下手之理！于是刘昉与胡氏两人背着梁士彦便勾搭成奸，两人经常合伙把梁士彦灌醉，在房内当着醉睡中的梁士彦之面，便宽衣解带地纵情淫乱。

杞国公宇文忻因一念之差听信了梁士彦的唆使，而让原本很是信任他的杨坚对他产生了隔阂，造成了年轻气盛的宇文忻深深的不满。他并不在乎进多大的官加什么爵，但他在乎众人都晋官加爵领封赏了，唯他们几个人没有，实在让他有失颜面。他认为杨坚对待如此小事太过认真，是亏待了他替朝廷出生入死卖命拼搏疆场的心迹。故而，宇文忻每当烦恼时便会去到梁士彦处边喝酒边发些牢骚，甚至有时还会责怪梁士彦把他拉下了水，如此他也就成了刘昉的同盟军。

这天，刘昉和宇文忻又聚到了梁士彦的客厅里，梁士彦心急地问刘昉，道："你见到宇文湜了吗？"刘昉坐定后，朝客厅外瞧了瞧道："少夫人呢？我的嗓子眼正在冒火，让她给我上杯茶吧！"宇文忻不耐烦地道："刘公，你就别卖关子了，快说吧！"刘昉只能道："我已联络了宇文家族的所有在位王公，他们都愿意资助梁公起事。但丰王公宇文贞提出，成事之后还得拥静帝宇文阐为皇。"梁士彦一听这话脸就拉长了，但他没有开口说话。宇文忻却毫不在意地道："他们还说了些什么？"刘昉没有回答宇文忻的问话，道："丰王公此说也有其有利的一面，我们打着静帝反杨复周的旗号行事，声势一定会更大。"梁士彦道："宇文氏族老的老、小的小，扯他们的旗号还能有多大势头？当年宇文拓谋杀杨坚，尚有在位的五王相助，却也未能成功。何况现在，他们都成了褪毛的凤凰，别说是飞，就连看的人也不会有了。"

刘昉摇着头道："据我所知，宇文拓当年不成功的原因在于他野心过大，不仅低估了杨坚的智谋，且又高估了自己的力量，因而造成了不听他人之言、轻敌、独行

第十六章　异姓为王风波又起，静帝逊位杨坚建隋

其是之举动。故而，我们不能重蹈宇文拓的前车之鉴，而是要广结志同道合之人，群策群力一举搞掉杨坚，让他们群龙无首，随后再去逐个收拾那些不能顺应我们的人。"梁士彦道："此事没你想的那么容易。再说，仅凭我们几个人手下的那些府兵，就算再加上府役佃农又能有多少实力，能对抗杨坚吗？"刘昉信心满满地道："兵法有云：攻其不备，擒贼先擒王，只要我们预先谋划得当，一击便可成功。"梁士彦不以为然地道："我没你那么乐观，这毕竟是生死之搏，我还得仔细斟酌一番。"刘昉不满地道："你还要斟酌些什么呀？机不可失，时不再来。趁杨坚的皇位还没坐稳，我们就给他来个偷袭斩首。此后，这天下不就是我们的了吗？"梁士彦酸溜溜地道："你刚才还在说要拥静帝为皇吗，怎么现在又说成这天下是我们的了呢？"刘昉愣了一下，马上明白过来，道："拥宇文阐为帝，是他们说的，但事在人为嘛。现在起事，我们可以借助宇文家族的声势，事成之后，你可以学前朝太师宇文护拥权自大，挟天子以令诸侯，当然你也可以学杨坚上位当皇帝。你想怎么做岂不都是由着你吗！"

刘昉见梁士彦的脸色开朗了起来，接着道："梁公，现在别看宇文氏家族落势了，但古言有云，瘦死的骆驼比马大。上次宇文拓率五王谋反虽说事败了，杨坚也仅是杀了三王，其余的参与者如今在大赦时全放了出来，降王为公，其他一切都照旧，但他们能心甘吗？而从中又说明了什么呢，这只能说明杨坚对他们不能不有所敬畏，他们的威势还在，我们要借用的就是这一点，把这些人聚在一起，这股势力还是蛮大的。"

一直在听的宇文忻道："我可不是周室宇文氏一族之人。我反杨坚是我感到憋屈，他待我不公！我现在的功名都是靠自己真刀真枪杀出来的，不是依赖谁的势力垂手得来的。我答应跟你们起事为的是讨回公道，让杨坚别小看我的实力。"刘昉顺水推舟地点着头道："杞公说的在理。他杨坚可以做宰相、做皇帝，我们为何不能？他对我们不公，我们只能靠自己去讨回该得的。"梁士彦道："我们别在这里画饼充饥了，还是说说怎么起事吧！"刘昉道："我已谋划好了，杨坚家的祖庙改建将不日完工，届时他必会去告庙祭祖，我们提前把兵将埋伏好，伺机偷袭，必能成功。"

胡氏风姿招展地托着茶水和点心走进房来，先闪目瞟了一眼刘昉，然后笑吟吟地道："奴家备了些茶点，让各位爷边吃边聊。"刘昉受宠若惊地赶紧起身，眼睛盯着胡氏饱满的胸脯，双手接过托盘，含蓄地道："有劳少夫人了。待我们功成名就，在下一定向梁公，为你讨个封号，以不负少夫人待我等之情。"宇文忻不在意吃的，他认真地道："我们要么不做，要做就一定得思忖周全。杨坚告庙祭祖是大事，所带

之人必不会少,我们不能掉以轻心。"刘昉把茶点放在桌上,道:"杨坚告庙祭祖的百官随从确是不会少,我们和宇文氏家族的人也会去。但我们是有备而去,而杨坚是不会料到在这种场合会有人去偷袭刺杀他们,这就是出其不意、攻其不备,故而胜算的把握还是满满的。"梁士彦道:"宇文氏家族能出多少人?"刘昉边想边道:"我们这是偷袭,在乎的是兵精将强,而不是人多势众。有身经百战的梁公布阵指挥,有克敌必胜的杞公率队偷袭,何能不操胜券!功成之后,宇文氏家族的人只能做陪衬。"梁士彦心有余悸地道:"我怕的是到时候大家都不听我指挥,各行其是怎么办?而且,我们还得多备些方案,万一事变,也好有个应变之策。"宇文忻强硬地道:"箭在弦上一定得发,到时候岂能由得了他们。万一诸事不顺,梁公可倾你浦州之兵,我当尽豫州之众结为连阵,不能得天下做个帝皇将相,也可暂图一方做个诸侯,总比现在如此窝囊受气强。到那时,他杨坚又奈我如何?"刘昉拍手赞道:"杞公一锤定音,好气魄!此战一开,必名扬天下。"

介国公宇文阐自从不当皇帝迁居出宫后,日子也就轻松好过了不少。首先,他再不用每天早起上早朝接受百官的朝拜、去听那些他根本听不懂的也不感兴趣的话和事;其次,他也不用再小心翼翼地去听从接受,那些名为来参拜他,实际上为的是让这些权贵朝臣们能借他的名义,去行使他们心中所想要做的事。另外,他再也不用刻意去完成每天必做的功课,去应付那些围着他转的侍从、近卫、宫女们的监视和管束了。总之,现在的宇文阐既没人来朝拜请旨、讨好关心他,也没人来指责逼迫他,更可以随心所欲,每天可以睡到日上三竿,想起就起、想睡就睡、想吃就吃、想玩就玩,没有了众多的清规戒律,不仅是好过,而且是清闲了许多。他的生母朱帝太后,只因出身卑微被迁入了尼庵,似乎已看破了红尘,整天只知念经拜佛,全然忘了还有他这个曾经做过皇帝的儿子,而他也懒得去见这个对他毫无情感的娘亲,故而如今的他似乎成了个真正的孤家寡人。当然,宇文阐也有为他所牵挂的人,那就是在他当皇帝之时,常把他训得灰头土脸,让他胆战害怕,在她面前甚至是连话也不敢多说一句的那个杨皇太后。但是,也就是她,在他不当皇帝之后,还时常派人来查看他的日常作为,还叮嘱他要好自为之,并让他在有过不去的艰难时候可以进宫去觐见她。故而,宇文阐每当在遇到不顺心,心灰意懒的时候,他便会想念起这个貌美、严厉,却是没有把他遗忘的母后。但是宇文阐却没有想到,自从他逊位不当傀儡皇帝之后,从未进过他府邸的世伯丰王公宇文贞,带着世叔陈王公宇文谦,汉王公宇文赞及弟邺王公宇文衎前来探视于他,并告诉了他一件天大的

第十六章　异姓为王风波又起，静帝逊位杨坚建隋

事情，让他闻听之后情不自禁地心惊肉跳不已，而且一时间也不知该怎么办才好。

世伯宇文贞告诉他，他们想把属于他的皇位，从杨坚手里夺过来，让他重新当皇帝，重振宇文氏家族的周朝天下。宇文阐是个当过皇帝的人，但在他当皇帝的日子里，既没感觉到当皇帝有多少可以开心的事，也没觉得他有非当皇帝不可的心思。相反的是，当皇帝太累太烦不好玩，且规矩太多，管束太多，处处都有眼睛盯着，连上个净厕也得有人陪着，让他既不能随意讲话，也不能随便做事，更不能随心所欲任意而为。父皇在时，他当皇帝还没感到有多少必须要去操心的事，万事皆有父皇去替他定夺，他只需每天上朝去做个摆样子的皇帝。后来父皇不在了，虽说他还是年少无知，却明显地感到了身上有股无形的压力，让他感到了当皇帝的无奈和不自在。故而与现在的自由自在相比，他对当皇帝一点兴趣也没有。但是几个叔伯父却把话说得很透亮，周朝天下是宇文氏家族的，不能在他宇文阐的手上被人取代了，为了宇文家族的利益，必须得由他出面去把皇位重新夺回来。否则，便是他上对不起天，下对不起祖宗。而且，他们还告诉了他，这次支助他夺回皇位的是朝中有实力影响的上柱国鄘国公梁大将军和上柱国杞国公宇文大将军，还有邺国公刘司马等，再加上宇文家族所有的王公至亲，所以大家只要共同努力，必能让宇文阐重登皇位，重新把周廷撑起来。

宇文阐在当皇帝上朝时，给他印象深刻能记住的仅有：外祖父大冢宰杨坚、与他年岁差不多的叔父汉王宇文赞，长史上大夫沛国公郑译，内史司马黄国公刘昉，还有其他几个辅臣和总是教他念文练字的太傅师爷。在后宫除了杨皇太后、自己的生母朱帝太后之外，便是一直陪他玩耍的两个皇弟，以及那些近侍宫女。至于他们所说的梁大将军，宇文大将军，他没有任何印象。然而，世叔宇文谦说的话却让他感到惴惴不安。世叔道："此事的筹划出自刘司马对先帝的感恩。是刘司马向我们透露了一个杨坚正在密谋的计划，说杨坚要杀尽宇文氏所有的族人，而他不忍心去参与这等伤天害理之事，更不愿再去做杨坚的帮凶，才决定助我们夺回帝位的。"世叔同时还道："既然杨坚如此无道，我们也就不能等他来斩杀。我们反杨这是被他给逼的！"而宇文阐却觉得在他当皇帝的时候，外祖父杨坚待他不错，不仅从未高声对他说过话，也没像杨皇太后那样训斥过他。朝廷上的事，都是外祖父在替他担当着，让他省去了不少心思。那场叛臣之乱，若不是外祖父的英明果断，他这个皇帝也早就当不成了，又何来现在的安逸！外祖母待他也很亲善，常常替他说话护着他，还当他的面指责母后杨皇太后对他太严。再说，外祖父的皇位是他禅让的，外祖父一

家也都为此而得到了他人不可能得到的封赐，他们又何必还要来逼他甚至杀他，他们还想要什么呢？宇文阐不相信刘昉的话，但他相信外祖父是不会对他们宇文氏家做如此凶残之事的，他也不相信外祖母和母后杨皇太后会同意外祖父杀他。他更不能去相信天下会有如此不讲道义，甚至是恩怨不分之人！宇文阐宁静的心和安逸自在的生活完全被这事搅乱了，他烦躁的在室内室外走动着，既不想吃也不想喝、不想玩，甚至更懒得搭理手下人的询问。宇文阐焦躁不安地过了三天，决定进宫去觐见母后杨皇太后，他要把这件天大的事告诉母后，让她来告诉他，外祖父为何要杀他和宇文氏所有族人？外祖父还想要什么？刘昉所说的此事到底是真是假？

如今的乐平公主杨丽华，还是那么年轻貌美、风姿绰约，朝代改变了，周廷变成了隋朝，然而她并没多大的变化。在杨丽华的眼里，尤其是在她心里，四周似乎是什么也没变。掌权的还是她爹杨坚，她还是住在她原来的寝宫弘圣殿里，伺候她的近侍宫女还是那么几个人。真要说是有变化，皇帝变成了她的爹、宫内的皇太后变成了她的娘、她成了乐平公主、每天进宫来向她请安的小皇帝不来了、却变成了她常要去向皇帝爹和母后娘请安。这一切的变和不变，似乎并没影响到杨丽华的日常生活，但她扪心细想总觉得自己在此中有着种种不能独善其身的牵连和难以言语的愧疚。她不知道自己这个愧疚之心是对是错，又当如何去解脱。尤其是想起那个无辜的、时常被她用仇视报复之心训斥的小皇帝，而让她心中惴惴不安。为了安抚心中这种不安的心态，她便时常派人去探视这个小皇帝，去关顾他的饮食起居，去安抚叮嘱他要面对现实、照顾好自己。杨丽华觉得她能为他做的也就是这么多了。

春兰乃是兰花草家族中的皇族，其中尤以云梅兰、绿蝴蝶兰、彭天兰为贵，且身价不菲。它们不仅株形玲珑清秀、雍容华丽，花型花香更是独特迷人，一年一度的花季在二三月间，届时花蕾绽放、清香四溢，置身其冷色素香味间，沁人肺腑，浸入毛孔，拥入衣襟，让沾有它的人长久留在其芬芳气息之中。然而它很娇惯，肥了不行，薄了也不行，干了不行，过湿了也不行。总之，它像是一个长在襁褓中的娃娃，没有悉心周到的呵护，便会株损根烂、得病而亡。杨丽华从小就喜爱兰花，不仅自己栽种，而且还会选种、授粉、嫁接、培育新的品种，让花型更好看，让花香味更悠久耐闻。她的这一无师自通的独特技艺，连父母都觉得诧异，而总是想方设法地给予她支持。久而久之大家都说在她身上沾上了一股兰花的幽香味，她人在哪里这个香味就会跟到哪里，而且她身上的这兰花香一年四季三百六十五天永不消逝。所以二弟杨广常常凑到她身上，要闻她身上的这兰花香味。故而这兰花便成了杨丽

第十六章　异姓为王风波又起，静帝逊位杨坚建隋

华引以为自怜、自赏、自豪的日常生活中必不可少的伴侣。杨丽华自从实现了进宫助父为帝的心愿后，有了更多的心思去照看为她所喜爱的这些兰花了。她在弘圣殿和寝宫中摆放了各色品种的兰花，有名贵的春兰、有娇雅的墨兰、剑兰、君子兰，有花株饱满、香气不亚于春兰的蕙兰、有花朵奇特的奇兰、有生命力旺盛的普兰等等，把个偌大的弘圣殿装饰成了一个兰花天地。而杨丽华在家中养成的自己动手种花栽草的习惯重新又回到了她的身上，她成了这个兰花世界中的园丁，一个兰花皇后，一位兰花公主。

杨丽华听报，介国公要进宫觐见她，心头不禁一沉。这个小皇帝自从被迁出宫去后，不管她如何派人去暗示他可以来宫面见她，但他都从未来过，杨丽华能理解小皇帝的心态，却让她对小皇帝产生了更多的怜悯。如今突然听说他要进宫来觐见她，这不能不让杨丽华感到惊喜和不安，是这个小皇帝想念她这个母后了，还是他有什么事情过不去而要请她出面援助？杨丽华急忙放下了手中正在替一株兰花修剪翻盆的活，吩咐侍从把小皇帝带到她的寝宫里去，并让人去告诉御厨，替小皇帝准备一些往日他爱吃的点心。

宇文阐听说乐平公主要在她的寝宫里见他，实在让他吃惊不小。他在当皇帝的时候，母后杨皇太后不像自己的生母，会让他进到寝宫里去说话，杨皇太后都是在正殿里接见他的，故而他从没进过她的寝宫。如今他已不再是皇帝，母后也不再是皇太后，他们之间可以说已没有了往昔的那层母子关系。那么，她让他进她的寝宫，怀的是何深意？宇文阐怀着忐忑不安的心情，在宫女的引领下举步进了杨丽华的寝宫。

杨丽华见宇文阐毕恭毕敬地低头走进房来，心有不忍即起身迎了上去，亲昵地拉住了宇文阐的手，边领他入座，边道："衍儿，在宫外可好！为何不进宫来看我？是恨我，还是把我忘了。"宇文阐从未受到过杨丽华如此亲切和蔼的待见，他惊喜之余慌忙离座跪地拜见道："母后在上，儿臣不孝，罪该万死。"杨丽华拉起宇文阐，怜爱地看着他道："你何罪之有啊！大人之间的恩怨，本不该由你来承当，也不该由我来出面，你我都是无辜的。"宇文阐无法理解杨丽华的话意，只能呆呆地听着没有言语。杨丽华会意地道："我知道你不明白我说的话。我也知道，没人对你说过宇文氏家族之间的恩怨；更没人对你说过，你的祖父武帝宇文邕与我的生父太师宇文护，你的伯祖父明帝宇文毓与我的生母独孤明皇后，以及他们与杨氏、独孤氏家族过去的种种恩怨。如今，我觉得这一切都该让你知道了。只有这样，我们这两个无辜的

人,才能扪心无愧,活得心安理得,不用再背着包袱去过自己的日子。"宇文阐一脸懵然地听着,依旧没有言语。

　　杨丽华让宫女把点心端上,一边让宇文阐慢慢品尝,一边把宇文氏家族间的往事恩怨,以及他们与她养父养母之间的关系和她的血缘关系,一件件详细地说了一遍。这桩桩沾血带泪的故事,让杨丽华泪流满面,却让宇文阐愧疚不已、无地自容。宇文阐听罢,情不自禁地跪在杨丽华的跟前,声泪俱下地说:"母后说的这些往事,让儿臣深感愧疚。儿臣确实不知道,我们宇文氏家族之间有着如此不堪的过去。儿臣更没想到,母后竟是儿臣的姑妈。"杨丽华抹去泪水,扶起宇文阐说道:"宇文氏家族自太祖之后,为了皇位和一个'权'字纷争不休,把周廷天下搅得短短数十年间就换了五朝帝皇。更不堪的是,你的父皇宣帝宇文赟,不识天理,不问朝政,不怜民苦,只知纵欲,做尽了伤天害理、荒淫无耻之事,诸如淫娘奸媳、霸民妇、荡后宫,污秽不堪,还把你这个年仅七岁的孩童推上帝位,去面对这纷乱的天下,去承受这天怒人怨的恩仇恶果。皇道有云:为皇者,必以天下苍生的福祉为念,必以仁慈宽容之心为本。纵观这几代宇文氏家族的过往今昔,尤其是你的父皇,他有做到吗?如此有违皇道,更有悖人道的朝廷,理该让位于天下的仁人君子,让位于有志向、有抱负、能洁身自好、能为民众着想、能以德治理天下、能遵天理循皇道的能人。而我觉得,我养父杨坚就是这样的一个能人。他有恨,却懂得爱;他有仇,却懂得宽容;他有才能,却懂得谦让;他不贪所得,却知道珍惜。而且,他也是我所见到的男人中,最有感恩仁慈之心、最喜爱家庭、最尊重我们女人、最慈善的大丈夫。让这样的人来承天道、惩恶扬善,做天下人的帝皇,那必是顺天意,是万民之福。你能禅位给他,既顺了天意,也遂了民心,一定会在今后的史册上留下不会被磨灭的印记。"宇文阐听了杨丽华的这些话,情不自禁地翻身倒地,边磕头边说:"儿臣有一件大逆不道之事,求请母后宽恕。"杨丽华急忙起身扶起宇文阐道:"快起来,起来说给母后听。天大的事,有母后替你担着。"

　　宇文阐便诚惶诚恐地把进宫的来意说了一遍,然后说:"母后,儿臣对叔伯父他们的事本就三心二意。如今听了母后的教诲,儿臣深知了此中的善恶之念,儿臣不能去做逆天理、违皇道之事。儿臣真心诚意地拥戴外祖父为隋皇。"杨丽华思虑了片刻道:"此事事关重大。但他们既然还没有告诉你详细的实施步骤,说明他们还没谋划好。如今,你就当什么事也没发生过,等待知道了他们的详细计划之后,你再来告诉我。懂吗?"

第十七章
夫妻私访旧都民情，天子脚下恶吏横行

春暖花开，万物更新。北国的春天，虽然没有江南那般来得早，但多姿多彩的势头并不亚于江南。隋朝京都长安的春天也是如此，然而其李白柳绿桃红的姿色却不似江南那般时光错落、层次有先有后，要么无声无息地沉睡，要么一下子就吐蕊怒放，让人应接不暇，感觉迟缓的岁月突然飞驰起来，人们不得不改变自己去适应。

隋帝杨坚自从坐上这帝皇的宝座，晨起四更临朝，夜睡子时审折批奏。千头万绪的朝政大事，他样样都要亲力亲为，整天忙碌在政心殿或是御所的阅卷房内，常常连用餐和喝水也顾不上，根本无暇顾及除朝政之外的事，更无暇欣赏北国春天的美好。隋皇后独孤伽罗很是心疼杨坚如此废寝忘食地操劳朝政，但她也知道，周廷遗留下来的天下是一个千疮百孔、弊端种种、法不扶正、民不聊生的社稷。杨坚身为君皇，要实现自己治世的抱负，建树自己创新朝政的功业，兑现自己对臣民的承诺，不勤奋何能心想事成，不担责又有谁能替他担当？独孤伽罗也尽了自己最大的心智帮助杨坚，分担力所能及的政事。然而，她毕竟是帝后，是女流之辈，还得替杨坚管理后宫琐事和朝廷内政事务。正如杨坚所说，她这个皇后就是隋朝的大管家，隋朝和杨坚这个帝皇没有她还真不行。但是，独孤伽罗也明白，杨坚如此操劳下去不行，劳则疲，疲则惰，惰则错，错则折，其后果必适得其反。所以，只有让杨坚明白一些道理，与其劳疲出错，不如蓄势待进，孤家不能自成寡人，有亲身的实感方能知道对错，群策聚力方能成就大事。

独孤伽罗拿定主意，便薄施粉黛，更衣换衫来到杨坚的阅卷房，见杨坚果然还在埋头审阅批示奏折，全然没注意到有人已来到近旁。独孤伽罗轻咳一声道："那罗廷，外面春色正浓，为妻想出去走走，不知夫君可否愿意随吾前往？"杨坚抬头瞧去，不觉愣住了，眼前的独孤伽罗素妆淡抹，脸带桃花，柳眉含春，布衣简饰，俏巧玲珑，清秀出俗，这哪是天下国母、帝家皇后，分明是个地地道道的乡间民女、农家娘子，一个貌赛天仙的美妇！独孤伽罗见杨坚傻呆呆地看着她却不发一言，不禁笑出声道:"夫君怎么啦,不认识小娘子了吗?"

杨坚回过神来,恍惚地道:"我的皇后,你这是要演哪出呀?"独孤伽罗认真地道:"不演哪出,只想做回民妇,夫妻双双去踏春。"杨坚不高兴地道:"我哪有这个心思!这么多的奏章要审阅,朝礼要定,官制要修,刑律要改,民怨要审。我恨不能多长一个脑袋,多长两双眼睛!却没你那份闲心。"独孤伽罗道:"事必躬亲固然好,却不是智者所为。这体现的仅是你的孤家寡人意念,而不是众人的心愿。智能者,必得聚众人之智,汇智者之识,借群臣之力,方能形成态势。闭目制策,何能明察秋毫;空中楼武,又何能决胜天下。兼听方能洞观万里,亲历才能知其真伪。你想做个明君,决不能仅守宫殿,只观井底之天地。"

杨坚反驳道:"我已派出了十路大臣,替我去巡视各地民间疾苦。我甚至把勇儿和广儿也都派下去,让他们去边城亲身历练为官之道的艰辛、屯边的凶险。你怎能说我是守在宫里的井底之蛙!"独孤伽罗道:"各人有各人的视角,为官者都有各自审时度势的立场,就比如你我,对宫内宫外的现实都各有看法。所以,仅凭他们写上来的奏折,你又怎能知道其对错与真伪呢!"杨坚哑然道:"依你之见,我不看他们奏折,不听他们的汇报,我又当如何决断这朝政呢?"独孤伽罗道:"古人有云,读万卷书不如行百里路,欲知酒的醇味,就得去品尝。你藏在深宫埋头看奏折,却要去制订能治天下的律法规矩,这是否有闭门造车、幻想建空中楼阁之意?"杨坚带着无奈的口气道:"哎呀!朕的好皇后,我之前并非生在帝王家,受过皇权熏陶的太子。我做这皇帝还是头一遭,所以我既没有想那么多,也不知道该怎么当皇帝,仅是在摸索着行事罢了!而我更不想学历朝历代的那些昏庸帝皇,但要做个好皇帝的心却是真的!"独孤伽罗耐着性子引导道:"你想做个好皇帝,我信!但历朝历代的那些帝皇,他们并没说自己不想做个好皇帝啊!甚至有人还自认为自己是个好皇帝呢!对此,你当何以为念?"杨坚情不自禁地慷慨起来道:"我认为,是不是好皇帝并非自己能定,也并非以征战输赢、拓疆多少为标杆就能下此定论的。要成为一个好皇帝,最起码得受到绝大多数臣民的拥戴,能想臣民所想,去做臣民想做却做不到的事,创前人想做而没能做成,或是连想也没想过,但却是有益于天下臣民、有益于社稷的事。让天下不疲于战乱,让臣民安居乐业。我甚至想起了约翰先知的一句话:让我的天下变成上帝的伊甸园,让我的臣民吃穿不愁,无忧无虑,快快活活地生活在里面。"

独孤伽罗疑惑地道:"约翰先知!伊甸园?让天下都变成上帝的伊甸园!这是

第十七章　夫妻私访旧都民情，天子脚下恶吏横行

什么意思啊？"杨坚笑了。于是，他把在随州遇见胡人先知、之后这个约翰先知来见他，预言他会当皇帝，并让他信奉上帝的事说了一遍。独孤伽罗似乎被勾起了什么念想，道："他让你信奉上帝！你为何从没对我说起过。原来你早知道自己要当皇帝了呀！此后，这个先知还来过吗？"杨坚道："没有。我也让欧阳若兰和麦铁杆去寻找过，但都没找到。"独孤伽罗道："那么，你当如何去信奉上帝，去实现让天下变成伊甸园呢？"杨坚若有所悟，丢下手中的奏折道："我有时也会想这个问题，但我就是看不懂约翰先知留给我的那本书。我想把欧阳若兰调到京城来任礼部侍郎，让她专管外域往来交谊之事，顺便查找那个约翰先知。"独孤伽罗带着戒心道："你这别是醉翁之意不在酒吧！她现在可不是当年你的那个老板娘了。如今人家可是堂堂的四品诰命县公柱国大将军夫人，你可别异想天开哟！但，你何不把这本书让给我来看看？"杨坚有些反感地道："请你们别门缝里瞧人好吗！你呀，凡牵涉到女人，就像是打翻的醋坛一样酸溜溜的。我把她调入京城来是要用她所长。同时，我也想把麦铁杆调到京城来助我推行新政，但让他任什么官职还未想好。你要看约翰先知给我的那本书，我一会让人给你。"独孤伽罗道："你为何一定要调麦铁杆来助你推行新政，难道朝中就没有比他更合适的人了吗？"杨坚道："不是朝中没人，而是合适的人手不够。高颎、苏威、于翼、李德林、杨约，我已令他们主持着手修订我朝新律，我务必要还天下一个政清法明，轻刑薄赋，官忠于事，民勤于业，能让我大隋社稷之律法万世相传的盛世。然而，我所要推行的这些新政，必会涉及一些人的利益，尤其是朝中某些高官达人和那些贪官恶吏的切身权益。若没有一个强有力的、可靠的，能放下自身利益的人来守护助推我的这些新政，必不能成。"独孤伽罗点头道："我懂了！你用麦铁杆为执政之刀，是因他与那些权贵没多大利益的牵挂，是打算要用铁腕来强行推进你的新政！如此，他确是适当之人。那么，何不让他担当京兆尹，总理京都的府衙，岂不是人尽其才！"杨坚一拍额头道："知朕者，夫人也！真可谓英雄所见略同，此事就这么定了。"独孤伽罗道："我当不了英雄，只能当你的贤内助，也想助你把天下建成上帝的伊甸园。那么，你现在打算怎么办？"此时的杨坚只能调侃着道："朕只能听从皇后的懿旨，不再埋头看折做井底之蛙。我当伴随娘子走出宫门，亲省民间疾苦，共赏人间春色美景。如此作为，不知娘子可否满意！"独孤伽罗笑着道："满意不满意还得走着瞧。那就走吧！"

杨坚看着独孤伽罗道："你穿成这样，难不成让我这帝皇陪伴个农家娘子去游春？"独孤伽罗故意道："你说呢，我们该怎么去游春？"杨坚神情兴奋地道："来

人，替朕更衣。并传郑芥、杨豹随行。"独孤伽罗忙摇手道："不用，不用。夫君的民服为妻已给备妥。今日微服出宫，仅限你我夫妻私行，否则难以尽兴愉悦。"杨坚迟疑地道："连个侍卫也不带！妥吗？"独孤伽罗道："我俩不是远行，且这里又在你天子脚下。凭着你、我这拳脚本事，有何不妥？"

隋朝初期的京都，继承的是汉晋魏周有着八百年历史的长安京都。初建时不仅受到时代人文地域发展的局限，而且随着岁月流逝、人口变迁、风雨侵袭，这个见证着朝代更迭的都城，早已成了一个上了年纪、贫病交困的老人。而那些入驻此城的帝皇既墨守成规、故步自封，又意识呆滞、没有远见，新的进不来，旧的又舍不得丢掉，只能得过且过地维持着原状，让这座古老的都城去勉强承受作为一个帝国京都须有的繁华。如今这座北周遗留给隋朝的京都长安城就是如此模样。这里既有帝皇面子的摆设：破旧的皇城、臃肿杂乱不堪的廓城、陈旧的宫殿露门天坛、各王公大臣的府邸官衙；又有贫富悬殊混杂在一起的大院旧宅：供官吏富商文人学士消遣的、象征着都市上层富人才可以享受的乐坊声妓掖廷；民众居住区内的商贾贸易店铺；还有着纷乱繁杂的都市各行当的交易场所。这些历经了数百年和各个朝代的各式建筑、铺面街店、车马通道、下水河沟不仅早已失去了原有的风貌，有的更是失去了应有的功效，甚至还成了这座古城和民众的累赘。尤其是那些聚集在闹市中的菜市、杂货摊、耍戏棚、粮草牲畜交易场所，简直像是附在这座古城身上的疥疮肿瘤，但它们既是民生的必需，却又阻碍着都市的发展，既让人摆脱不了它们的污垢脏水、臭气四溢，却又不能不依赖它们的存在。这些便是隋帝杨坚所在京都长安的实情。

杨坚身着青衣小帽布鞋随独孤伽罗潜出了宫门，却不知道该去哪里游春赏景，便忍不住问身边的独孤伽罗，道："娘子，你这是要带我去哪里踏春观景呀？"独孤伽罗道："老爷，咱自有去处。你只需拉着我的手，随我走便是。我包你不虚此行！"杨坚跟着独孤伽罗七转八弯、跨小溪避污沟、熟门熟路地穿行在大街小巷里，不由心生疑惑地问道："你何能如此熟悉这些地方，你来过？"独孤伽罗道："这些年以来，我一直是你的大管家老妈子，要买菜、要采购日常生活用品，此处乃必经之地，岂能不熟？"杨坚吃惊地问道："你去这些个杂乱无章、污秽满地的地方买菜进货品，图的是什么？我们平时吃用的东西都出自这种地方吗？"独孤伽罗道："你难道不知道不入酒肆何知酒味，货不比三家就不知道好坏贵贱这些道理么！你更不知道，我如此而为，这些年为我们这个家省了多少钱吗？你现在所看到的这些还算是

第十七章　夫妻私访旧都民情，天子脚下恶吏横行

好的，还有更让你受不了的地方呢！"杨坚不信地道："依你此说，京城岂非还不如我治理过的随州了！"独孤伽罗道："正是。有的地方还确是有过之而无不及呢！"杨坚又道："你是不是故意让我来这个地方'踏春赏景'的？"

两人正说着话，迎面走来一个背着一捆木柴的老翁。杨坚见木柴把老翁的背也压弯了，而老翁一面喘着气一面还要小心躲避路上脚下的污水沟和碎石。突然，老翁踩到了一浮土碎石上，人一颤身不由己地向一边倒去。杨坚身手敏捷，一个大步上前，一手扶住了老翁，一手托住了木柴，道："老人家，何苦呢！您这么大年岁，还要背这沉的柴火。家里就没人能出来，替您做这不该是一个老人做的事吗？"老人喘了口气，看了眼杨坚道："何谓该做，又何谓不该做？生就的命，是没人在乎的。"说罢，吃力地托起杨坚手中的木柴扛在肩上，继续踉踉跄跄地向前走去。杨坚见老人的腰被木柴压弯了，可双脚还是在一步接一步地向前迈着。杨坚于心不忍，上前伸手夺过老人肩上的木柴道："老人家，你在前面领路，我送你到家。"老人仅是看了杨坚一眼，没做推辞，便向前走去。杨坚跟随其后。独孤伽罗赶上老人亲切地道："大爷，瞧你这身板，以前一定从过军吧！"老人听了独孤伽罗的话来劲了。他挺了挺腰，清了清嗓子道："何止是从军，我还跟独孤大将军北征突厥、西讨吐谷浑、东伐北齐呢！"独孤伽罗心头一热，忙伸手搀扶住老人道："大爷，如此说来，您可是个有功之臣啊！"老人不以为然地摇了摇头道："何谓功，又何谓臣啊！我们小民只是为国尽忠罢了。你能眼看着鞑虏侵我疆土，俘我边民，夺我财产吗？你能看着平民百姓被人欺凌，无人救助吗？"独孤伽罗关切地道："大爷，家里还有其他家人在从军吗？"独孤伽罗此话一出，老人的脸阴沉了下来，有些伤感地道："有过，一个兄弟，两个儿子。但是，他们都捐躯疆场，再也回不来了。"独孤伽罗的心头一沉，一股热泪涌上眼眶，道："大爷，您老家中还有些什么人？"老人摇了摇头，没有作声。杨坚紧跟一步上前道："老人家，你家人为朝廷如此尽忠，朝廷就没有抚恤奖励你吗？"老人微微地摇了摇头道："朝廷自顾不周，哪还能顾到我们小老百姓。不指望，也没啥好指望的，全只能靠自己咯！"

三人沉默着，心情沉重地伴随老人家来到了一幢断墙残壁的宅门跟前，宅门的围墙里凌乱不堪，低矮的小屋有一间已经倒塌，一条大黄狗听到老人的脚步声，摇着尾巴跑来迎接。老人接过杨坚手中的木柴，推开一道倾斜的木门，一股潮湿带着酸臭的气味扑面而来，昏暗的室内几乎没有家具，炕上是团成一堆露着花絮的棉被，锅台上的两只破碗里，一只盛放着几根腌制的萝卜，另一只里有一小半碗的残

米。这凄凉的一幕，让独孤伽罗含在眼眶里的泪水夺目而出。独孤伽罗忍不住问道："大爷，您这样的日子怎么能过啊？"老人把柴放好后道："怎么过？还不是这样过呗！捡捡破烂，捡捡柴火，有啥吃啥，能过就过，反正天无绝人之路么。"杨坚的心也在抽动着，他察看着老人住房周边的邻里，见全是些与老人家差不多残缺不齐的房屋和纵横交叉的污水沟道，一股愧疚的心思油然而起。

独孤伽罗悄悄地在锅台上放了一锭银子，拉着杨坚快步离开了老人的家。两人无言地走了一段路后，杨坚怀着内疚道："这就是我的臣民，我天子脚下的百姓！"独孤伽罗什么话也没说，她拉着杨坚穿过了一段繁闹的街馆，又来到了一个场所，然后道："这里也是你的天子脚下。"杨坚看着眼前人畜混杂、纷乱无序，菜叶水液污垢遍地，汗臭人声鸡鸣狗叫，泥石尘土飞扬交浊的场景，不由地皱着眉头道："你带我来这种地方，是不是成心在捉弄我？"独孤伽罗不满地道："何谓捉弄？我能来得，你就来不得吗！要想当好家，就一定得身临其境。这里是京都最繁华的农畜杂货交易场所，也是皇城三教九流聚集的地方。我在这里转上几圈，便能打探到我们京都所有吃穿住用的市场交易状况和价格，这便是我十天半月一定要来一次的原因。否则，我何能知道，底下人买的东西是不是物有所值，我是否不被糊弄呢？"

杨坚真想开口说话，从横道里突然窜出一个衣衫褴褛的中年男子向杨坚身上撞来。杨坚眼疾手快，搂住独孤伽罗侧身闪过，中年男子没收住脚，一个跟跄倒身在地。杨坚和独孤伽罗返身细看，见中年男子长发蓬头、油污垢面，双手抱着头躺倒在地上，任凭几个追赶上来的人对他拳打脚踢。杨坚眼见着这个倒在地上的中年男子被打得遍体鳞伤、血流满面，却没听到他讨饶求救，连一声喊疼的吭叫也没有。而那些围着他拳打脚踢的人，好似跟他有着天大的仇一样，继续围着他殴打。

杨坚实在看不下去，上前拦劝道："各位兄台，还是饶了他吧！你们再这样打下去，是要出人命的。"其中一个满脸横肉的大汉盯视着杨坚恶狠狠地道："你敢来管爷的闲事，是想找死吗？滚一边去。"杨坚的火气上来了，他想上前去教训一下这个蛮不讲理的人，却被独孤伽罗一把拉住，并在他身边低声道："别冲动，这几个人不是一般的地痞流氓。"满脸横肉的大汉一眼就盯上了独孤伽罗，他一面嬉皮笑脸地道："唷！哪来这么美貌的小娘子？你跟爷回去，我就饶了这小子。"一面就伸手要去摸独孤伽罗的脸。这回杨坚是真正愤怒了，他伸手一个劈掌砸在大汉伸出的手臂上，只听得"咔嚓"一声，大汉捧着被打折的手臂，杀猪似的叫了起来。那几个大汉的同行见势不妙，急忙拥着大汉撞开围观的人群逃窜而去。

第十七章　夫妻私访旧都民情，天子脚下恶吏横行

被打的中年人艰难地从地上爬了起来，抹了把脸上的鼻血道："官衙大门朝南开，有理无钱莫进来。天子脚下也一样，民怨上诉如登天。"杨坚听此人话中有因，便问道："何谓'天子脚下也一样，民怨上书如登天'？请道其详。"中年人闪眼看了眼杨坚，摇了摇头道："老兄，你就别操这份闲心了。我都被他们整成了这样，你又何必去沾这份腥呢！你们就快走吧，他们是不会罢休的。"

这时旁边围观的人也七嘴八舌地道："是呀！你们就快走吧，他们那帮人不好惹。"杨坚忍不住又问道："他们是帮什么人？你们都如此怕他们。当地的官府衙门也怕他们吗？"人群中有人道："他们就是官府的人，只有人怕他们，没有他们怕的人。"杨坚大着声道："岂有此理，他们是哪个官府的？"中年人认真地看着杨坚，道："你是不怕这些人呢，还是不怕他们背后的官府？"杨坚道："有理走遍天下，谈不上怕这怕哪！"中年人竖起了大拇指道："兄台，你真有种。我之前也跟你一样，自认为有理，可以什么都不怕。然而呢！你现在看看，我被他们逼得官当不成、生意做不得、家也回不了。"独孤伽罗上前道："你身上有伤，在此站着说话多有不便。何不到前面那家铺子里坐下来，给我们详细说一下你的事？"中年人情感复杂地道："你们的好意我领了。但是算了，你们就别掺和了，我一人做事一人当。我既然已经来到了京城，我就不信京城都像我们那里一样，没有一个好官？"

突然人群中有人大喊了一声道："快跑，他们的人来了。"围观的人瞬间四处逃散开去，留下杨坚、独孤伽罗和中年男子被一伙手执刀剑的差役围在了中间。一个刚才逃离的人，上前指着杨坚，对一个骑在马上的官爷道："就是他，把大哥的手骨打折了。"官爷冲着杨坚道："你好大的胆子，竟敢打我们府衙的人！你是活得不耐烦了对吗！来人，把他们全给拿下。"中年人立即伸手阻拦道："此事与他们无关。你们要拿，就把我拿回去。反正我也不是被你们拿过一回两回了。"马上的将官道："你这贱骨头，几次三番地闹事，别以为我们对你没办法了。是我们爷不愿把事情闹大，才饶你不死的。"

杨坚耐着性子道："你要拿我，就先把你们府衙的名字报上。"官爷冷笑着道："废什么话，到了衙门你自会知道。"中年人悄声对杨坚道："他是长安县府的衙役，仗着他们的县令在朝中有人，便无法无天、仗势欺人。你们不能跟他去，到了他们那里，有理也说不清。"杨坚毫不在乎地道："小小一个县令，竟敢如此妄为，看来是他们活得不耐烦了。"官爷把腰中的宝剑抽了出来，指着杨坚道："不准再啰唆。胆敢再说一句，我就把你的头……"将官的话还没说完，只见独孤伽罗纵身一跃，

对着将官的手腕顺手一掌夺过宝剑，又冲着脸便是一拳，把喷着鼻血的将官打下马去，而独孤伽罗却稳稳地坐在了马鞍上。众衙役从未见过，一个女人竟敢在他们这么多人跟前对他们的头领动手，更没见过这个女人会有如此高超的身手，不费吹灰之力就把他们的头领打下马来。众衙役目瞪口呆，自知不是其对手，更无人敢去替官爷出头，而只能抢了头领便逃。

中年男人见这对夫妇俩如此了得，知道自己是遇见高人了，他慌忙忍住伤痛躬身道谢。杨坚看着那些慌不择路奔走的人道："现在，你可以把你的遭遇告诉我们了吧？"独孤伽罗从马背上下来，对杨坚道："别急！你把他扶上马，我们带他去县府衙门看看这个长安府。也好让我们见识一下这个县令到底有什么来头，还可让他们当面对质清楚，孰是孰非做个了断。"中年男人不再拒绝，他在杨坚的扶助下上了马，引着杨坚和独孤伽罗朝长安府衙走去。在途中，中年人讲出了他的一段经历和来京城的原委。那些围观看热闹的百姓，见历来穷凶极恶、不可一世的官府衙役，两次被一对夫妇打得慌不择路而逃，既感新鲜，又都觉得泄恨。现听说他们要带被打的中年男人前往府衙对质评理，更是来了兴趣，纷纷不约而同地尾随在三人身后一齐朝长安府衙走去。如此大快人心的新鲜事，很快就一传十，十传百地传开了。跟随在杨坚三人身后的人群越来越多，也引起了当地巡城官兵的注意。

开皇初年，隋朝的官仪官制废除了北周的六卿六官制，在沿用汉魏旧律的基础上做了诸多变革。确立了隋朝的中央三省（中书、尚书、门下），六部（吏、礼、兵、工、户、刑）新制官律。中书省管：颁旨、内史、监令，是三省之首，是朝廷的决策机构。尚书省管六部：吏部管辖官员、礼部执掌礼祭、兵部掌管兵将军械、工部掌工程屯田水利交通、户部管辖户籍地税仓储收支、刑部执掌律令刑法徒隶，是负责具体执行处理各项政务的机构。门下省管：纳言、奏折、审议、侍卫、黄门，是监管督促机构。三省相互配合，又相互制约，同时都可直面君皇。虽说三师（太师、太傅、太保）和三公（太尉、司徒、司空）尚存，但多数乃是议政类的空衔，有职无权形同虚设。在官衔上明确了以"品"代"命"，所有官吏分九品，共"正""从"十八级。三师、王、三公为一品；上柱国、郡王、国公、开国郡县公为从一品；柱国、太子三师、尚书令、左右光禄大夫、开国侯为正二品；上大将军、尚书左右仆射、雍州牧、金紫光禄大夫为从二品；大将军、尚书、纳言、内史令、左右武卫、六部六府寺（太常、光禄、卫尉、宗正、太仆、大理、鸿胪、司农、太府、武侯、国子、将作）、京兆尹、秘书监、银青光禄大夫、开国伯、上州刺史为正三品；上开府仪同三

第十七章　夫妻私访旧都民情，天子脚下恶吏横行

司、散骑常侍、将军、国子祭酒、御史大夫、将作大匠、中州刺史、亲王师、朝议大夫为从三品；骠骑将军、开府仪同三司、太子左右卫、侍郎、下州刺史、郎将、朝散大夫、开国子为正四品；上仪同三司、尚书丞、上镇将军、直阁将军、上郡太守、司马、宗卫、监门、校尉、长史、谏议大夫、别驾、赞务为从四品；车骑将军、仪同三司、内常侍、秘书丞、博士、舍人、参军、开国男、药典御为正五品；中镇将军、中郡太守、著作郎、直寝、洗马、都尉、都水、御史、长安令、司直为从五品；翊师将军、大都督、中镇副将、下镇将军、下郡太守、千年备身、食典御、符玺监、御府监、殿内监、内直监为正六品；四平四将、领军长史、领军司马、主簿录事、上县令、通事、给事、城直、仓户参曹为从六品；镇安将军、员外侍郎、中县令、亲卫、都督等为正七品；宁振将军、虞候、下县令、太博、郡丞、助教、长安县丞、太史令、御医为从七品。其余正八品至从九品的官职官衔，均为从职役吏，可由吏部因地制宜地加以委任统管。俸禄按官衔而定，又以匹石为单位计禄，并以一份钱、二份帛、三份粮计酬发放。杨坚的如此革新，形成了一帝管三省（宰相），三省分工、权职明确，避免了一省专权独大之态，加强了皇权，加强了中央的集权管控力度。六部精简了行政体制，是中央集权制在行政管理体系上的一大进步，为今后数千年的封建集权统治起了一个示范铺垫的作用，成了中国历朝历代朝廷沿用的典范，也为杨坚推行新政打通了组织管理上的瓶颈约束。这是隋朝杨坚胜于历代帝皇，开创后朝之先的第一步。然而任何新生事物都有它脆弱的一面，这便是各方面的接受能力和执行力度。

京都长安的管理体系有两大部分：首先是京都，皇帝中央官僚集中所在的地方，也是权力集中的地方。各部衙门林立，官员众多，势力错综复杂。虽说在天子脚下，可是能有几人得以面见天子呢？而天子又非神仙圣人，何能洞察一切，思臣所思，想民所想，更不可能去直接料理处置官屈臣怨民愤。故而一些明君帝皇们，为了绕过底下各级部衙的层层转达封锁，查检民情、体察民意、监督官府，也就想出了各种巡视、检查、考核，甚至是亲身微服私访等措施来强化自己的知情权，来消除减弱社会的利益矛盾。于是天子脚下的京都也就成了一块特殊而敏感的地方，独孤伽罗把埋头于书案奏章中的杨坚拉出宫廷，穿街走巷踏市观情的目的也就在此。其次长安是京都的长安。按照长安的规模可以定位郡，也可定位县。然而，它是天子脚下的长安，定位高了不利于各部委的管辖，定低了不利于长安衙门的治理。为此，它的官衔级别虽定位为县，却是一个特定的长安县府衙门，它的行政级别高于

县、与郡持平，它的县令享有的俸禄是郡守（从五品）的待遇。而管辖它的上司不是郡、州，也不隶属于户部，而是另外的特定部门京兆府（正三品，与六部平级），再上面便是雍州牧（从二品）。故而，长安县令的官职虽小，其能量却非一般衙门可比。

被长安府衙役殴打的中年男人姓游名元，在寿春县任领军司马（从六品）之职。只因看不惯寿春县令（从六品）贪赃枉法、谋不义之财，以大斗进小斗出的手段去盘剥百姓，而仗义执言，结果被寿春县令一伙诬陷逼迫辞官。游元为谋生而经商，却又被设陷阱害其变卖家财抵债，而倾家荡产、妻离子散。游元咽不下这口气，便上告到州府。州府不接理，才来至京都长安。可是，走遍京都各部衙门，均无一家接其诉讼，最终经人推介才来至长安县府投诉，以求得一公道。

长安府衙没像其他衙门那样拒收游元的讼词，却是在收了游元二两银子的诉讼费后，也曾表明调查以后会给他一个答复。然而没过多久，便以查无实据把游元的状子退了回去，并告诫他不得再无理取闹，否则严惩不贷。被逼流落街头的游元在忍无可忍之下，数次冲入长安府衙要讨一个说法，却均被衙役棍棒相加打了出来。性格倔强的游元便把自己来京投诉无门和长安府收受诉银及退诉殴打他的实情写成诉状，摊放在闹市告起了地状，吸引了众多的围观人。长安县令得知此事后怕事态闹大，派了专人监视游元，不准其摆地摊告地状，甚至还把游元关入牢房殴打威胁。但是游元并没有就此放弃自己的诉求，这次刚被放出牢狱便又在街头边讨乞边喊冤，再一次地遭到了长安府衙的殴打驱赶。独孤伽罗对游元的叙说将信将疑，同时也在思考着该如何去加入对此事的认定处置。杨坚关注的不是游元诉讼的真伪，而是发现了自己推行新政的不足之处，以及改革之法。

长安府衙的门面除了写着"长安县府"的门匾是新换上去之外，其他的装饰不仅其貌不扬，而且有些破落陈旧。油漆剥落、乌黑的大门前，左右两边是一排歪斜不齐整的栅栏，栅栏里陈列着县衙的仪仗牌匾。两个无精打采的衙役执仗站立在门边，门旁有一张小桌，桌后坐着一个官吏，似乎是府衙当值的役吏。役吏见到三人带着一大帮人朝县衙走来，又看清了骑在马上的来人之后，慌忙退入府衙大门内，紧闭大门，任凭门外的人敲打呼喊，就是既不应声，更不开门。杨坚有些怒不可遏了，自己的下属竟是如此对待民事，不仅是推卸民事，简直是窝囊。看来游元所言必有其实，如此之官必须清除。独孤伽罗让游元下了马，面对着看热闹的百姓，问道："这个长安县府的县令叫什么名字？"许多人都摇头答不上来。游元道："听说叫

第十七章　夫妻私访旧都民情，天子脚下恶吏横行

九爷，他在收受我诉状时，我见过他一次。此后都是他手下人来应付我的。"杨坚想发话询问，人群中即有人高喊了起来道："不好了，官兵来了。"杨坚抬头看去，果然见一群鲜衣亮甲的官兵，在一个骑马的军官带领下把众人围了起来。

游元见此对杨坚道："兄台，我说你们别掺和吧！现在可把事闹大了，他们把巡城的官兵也请来了。你们还是回避开去，一切让我去承担。"独孤伽罗有些反感地道："你已经把寿春的事闹到京城来了，还不算大吗？你说让你去承担，可你已被人家欺压到这等地步了，你再能拿什么去承担？这不是废话么！"游元道："不！我是豁出去了。我不把这伙贪赃枉法、鱼肉百姓的人扳倒，我就是搭上自己的命也不会罢休。"

已经把众人围住的带兵将官，用手中的马鞭指着众人道："你们聚众闹事，违反了隋律。若不赶快散去，定拿你们下狱。"有胆小怕事的人挤开人群向圈外走去，有的人却把目光投向了杨坚三人。杨坚冷笑着厉声道："这不是闹事，而是平民百姓有事要面官。官府不理民事，把民拒之门外，该下狱的是这个官府的县令。朝廷给他的俸禄是让他理民事，疏民怨。你应该马上去告知他，立即开门升堂，受理民诉。否则，他这个官，真的就不用当了。"将官听杨坚说的在理，便无可奈何地让手下士兵去叫开了府衙大门。众人拥着杨坚三人一起进了府衙大院，将官为防意外，也带兵进了院子。县令并未上座升堂，仅是让录事出来应付场面。杨坚面对着推诿事由、废话连篇的录事道："我现在给你两个选择。一是，马上去把这里的县令传来坐堂理事。二是，若他再玩花样不出来了事，我就让人把这个府衙给砸了。"

不一会，这个九爷县令总算是捧着茶壶升堂上座了。杨坚看着这个老态臃肿的县令气不打一处来，低声对独孤伽罗道："我的治下怎会还有这么一个老古董？让这样的行尸走肉占位食俸禄，何能政清人和！我这个皇帝岂不成冤大头了？"九爷县令喝了口茶，清了清嗓子用嘶哑的声音道："刚才是谁说要砸我的衙门啊？"杨坚狠狠地道："是我！你为官不理政，还当什么官？民有诉讼，你却闭门谢客，还有衙门的样子吗？"

九爷县令抬起头，用眼睛认真地扫视着站立在堂上的杨坚三人，道："对寿春县刁民游元状告寿春县县令贪赃枉法一事，本府不是不理，而是已有裁断。此案不仅民告官的证据不足，而且以下犯上是大逆不道之举，有违律法。本当严加惩处，姑念其已受到革职、破尽家财的处罚，本府也就网开一面，让其好自为之。谁知他却顽固不化，一而再地寻衅闹事、扰乱治安，今又聚众挟持本府带病开堂理事，是可

忍孰不可忍。为防止他人仿效，如今必须加以严处。"

游元立即反驳道："何谓证据不足？我有寿春县数百户受害者家人的联名上诉，并有寿春县县令旗下的多家售粮商家和寿春县衙仓储进出的账册为凭，足可证实我诉之事的真伪。当时，你们收受我诉银和诉状时，为何不说我证据不足？现在却又给我扣了个以下犯上之罪名，你们这是欲加之罪何患无辞呀！"

九爷县令闪动着狡黠的眼神，缓慢地道："我可没有看到你所说的诉银和举证。如真有其事，你现在可以当庭交来供本府再审重判。"

游元急着道："你们在退还我诉状时，就没把我的这些举证退还给我。当时我就向你们讨要，你们却说已经被登录上册在案，只能查看不能退还。如今却又说没看到这些举证，你这不是在信口雌黄吗？"

独孤伽罗低声对杨坚道："这个老古董不是行尸走肉，而是老奸巨猾。此案不能由着他如此胡搅蛮缠、混淆视听，得另想办法理清头绪、彻底清查。"

杨坚点头道："我还得举一反三、防微杜渐，得让高颎和苏威亲自来调审此案，并把这个案例的前因后果，作为修改官律、制订新刑法的依据加以惩前毖后，对涉案的贪官污吏必须严惩，决不姑息。"

九爷县令见杨坚与独孤伽罗两人在窃窃私语，便把惊堂木举起在桌上重重地拍了一下，抬高了嗓门道："本衙门是天子脚下的京都长安府，本县令在此为官也已有数载，不管是朝代更迭，还是审理大大小小的案子，都还没见到过你等这样的人：一个是给道不走、顽固不化的死士，又来了一个竟敢要砸本府衙门的壮士，还掺进了一个在外抛头露面、不守妇道的小女子。你们是把我这衙门当成戏台、市井了是吗？既然如此，你们想要以身试法，本府就成全你们。"

说罢，举起惊堂木又重重地拍了一下，厉声道："来人！把这三人锁了，下狱。"两旁的衙役一齐吆喝着以壮声威，有几个衙役便举着枷锁上前来扣人。

游元急了，他挺身向前，挡住了举着枷锁的衙役，道："此事与他们无涉，你们不能乱抓人。要抓就抓我，一切都由我承担。"

九爷县令冷笑着道："你已身无分文，拿什么来替他们承担？这岂不是不自量力吗？"

独孤伽罗有的放矢地道："你既然知道这里是天子脚下，你就不怕我们去朝廷衙门告你的状吗？"

九爷县令哈哈大笑着道："告状！你们去问游元，有用吗！门都没有。本府的话

第十七章　夫妻私访旧都民情，天子脚下恶吏横行

已说到此，你们就别再指望我会对你们仁慈了。本府现在就可以做出宣告。你们无理取闹、聚众闹事，违反了长安城的治安条律，这是罪一；殴打、打伤、打残官府衙役，触犯了朝廷刑律，这是罪二；扬言要砸官府衙门，犯下了藐视官府、忤逆朝廷的十恶不赦之罪，这是罪三；如此桩桩件件有目共睹、证据确凿的罪行摆在面前，本府以此而判你们为死罪，一点也不为过吧！"

这一派胡言把杨坚气得七窍生烟，他正想出言怒斥这个奸诈的县令，却被独孤伽罗抢言在先止住了。

独孤伽罗平和地道："我就不信了，你一个区区从五品县令，竟有这么大的能耐，能封住整个朝廷的衙门？"

九爷县令神态自若地道："这个门不是我封的，是几朝几代历来如此。"

杨坚再也忍耐不住了，大声吼道："简直是胡说八道。你现在当的是哪个朝代哪家的官？"

九爷县令眨巴着眼睛，不以为然地道："以前是周廷宇文氏家的官，现在是隋朝杨家的官。之前是从'五命'长安县令，现在是从'五品'县令长安，没多大的差别，但一定要说有差别，就是'命'变成了'品'。"

杨坚的气更是不打一处来，愤恨地道："那你现在执行的律法是谁家的？"

九爷县令有些疑惑地道："隋朝杨家的呀！怎么有错吗？"

杨坚怒吼了起来道："隋朝杨家的律法中，有你不究被诉者贪赃枉法之罪，却要陷诉者越告之罪的吗？更甚的是，你还扣其举诉之证，有刻意庇护被诉者之罪的嫌疑。对此你当有何说法？"

九爷县令对杨坚的责词产生了警觉，他伸直了脖子，仔细地盯视着杨坚问道："你们到底是何许人，竟敢问我这等问题？"

独孤伽罗忙接口替杨坚圆场道："我们是新朝的人。我们怀疑你是心系周室，反对当今上位改朝换代，是阴顽不化的周室遗老旧臣。"

九爷县令有些慌乱地道："岂有此理。你们怎么能如此猜疑本府，说我是周室的遗老旧臣！"

独孤伽罗道："我们可以暂且不说你是周室的遗老旧臣，但凭着你诬陷、胡判我们仗义执言的举措，我们就可以怀疑你的官位来路不正。因为现下的官吏都是经过逐级审查筛选的，不会有你如此信口雌黄、胡乱断案的官吏。"

九爷县令急忙道："说我为官不正！你们有证据吗？"

独孤伽罗有意识地道:"那你对我们说,你这个长安县令是如何得来的?"

九爷县令却故作强硬地道:"让我告诉你们,凭什么?"

独孤伽罗道:"凭着我们知道,长安县令这个肥缺,不是随便哪一个人都可以得到的。我们更知道,这个官位之前都是由皇亲国戚举荐的人担当的。所以,你若不是周室的遗老旧臣!那么,你得告诉我们,你是当朝哪家皇戚重臣举荐的?或者,你这个长安县令是用多少钱买来的,甚至还是走门路贿赂来的?"

九爷县令心虚了起来,但他却虚张声势地举起了惊堂木在案桌上狠狠地拍了一下,道:"全是胡说八道。本府之前虽是周室旧臣,但现在,已投靠了隋朝,乃是堂堂正正的从五品长安县令,有官印为凭,更有吏部官文为证,岂容你们污蔑!如今,你们真是吃了豹子胆了,在本府的衙门内竟敢审问起我来。简直是反了你们了!来人,把他们三个拉下去,每人先各行杖三十。以儆效尤!余事再判。"

独孤伽罗道:"且慢!我还有话要说,你如此颠倒是非、混淆黑白,你就不怕朝廷治你的为官不廉、知法犯法之罪吗?"

九爷县令嘿嘿冷笑着道:"别以为你们知道了一些朝廷的章法,就可以来诈我了。我也可以明白地告诉你们,我若没有朝廷的靠山,岂能坐上这个长安县令的位子。"

独孤伽罗故作惊讶地问道:"你有朝廷的靠山?说来听听,看我们认不认识他。"

九爷县令眨了眨眼,狡诈地道:"你们现在……你们还是顾自己吧!来人,给我拉下去重重地打。"

这回杨坚再也忍耐不住了,大喝一声道:"你敢吗?"

杨坚转眼看到了在人群中看热闹的将官,便用手指着他道:"你立即骑马去朝廷中书衙门传朕的话,让朝中三师三省六部的主管,马上轻车简从到长安县府衙来见朕。我要当他们的面来亲审这个胆大妄为的长安县令。"

军官愣住了。独孤伽罗上前掏出一块金牌递给将官道:"你凭着这块金牌去传他们,没人敢不听你的。你可以说:陛下要在长安县府衙开朝堂审理民事,让他们立马赶来,不得有误。"

将官接过金牌看了一眼,转身便奔出衙门。

围观的人群纷纷窃窃私语,似乎对眼前的变故一时还醒悟不过来。堂上的衙役傻了眼,好似被施了定身法似的,一动也不敢动。

九爷县令瘫坐在了椅子上,他对眼前这两个人的来历虽有猜疑,但以为他们仅

第十七章　夫妻私访旧都民情，天子脚下恶吏横行

是出于路见不平、仗义执言的豪客之类人，他只需软硬兼施，再加以退让便可平息此事，却万万没想到，他们竟然一个是当今的陛下，那另一个女的也必定是二圣之一的皇后了。

九爷县令面对如此的奇遇悔恨交加，悔的是自己为何要去揽这件事，好处没有得到多少，却惹下了这么大的祸，而且自己如今又把生路全堵死了，现在已无路可走只能等死了；恨的是自己为何没有早开慧眼识得真主！不然的话，凭着自己的聪慧，岂能不让二圣刮目相看于他？结果却恰恰相反，自己有眼无珠不识泰山，犯下了如此以下犯上、大逆不道之罪，这岂不是自作孽不可活吗？

游元在惊喜之后突然醒悟，慌忙双膝跪地，趴在地上边磕头边道："上天有眼，让我得遇两位圣人。愿吾皇万岁万岁万万岁，愿皇后殿下千岁千岁千千岁！"

堂外围观的人群，仿佛突然明白了过来，也都纷纷下跪高呼万岁。

杨坚急忙上前拉起了游元，又挥手对匍匐在地的众百姓道："各位臣民，各位父老乡亲，请起来，请大家起来听朕说几句话。"

杨坚待众人都站起身之后道："朕，今天有幸遇到千里迢迢来京告状的寿春县司马游元，又得遇各位父老乡亲一起来见证了长安县令理事断案的过程。接下去，朕请各位都别走，继续见证一下朝廷审理这起案子的结果。事后，还得请各位父老乡亲对这件事的处置做些评说。朕先在这里，向大家作揖致谢。"

杨坚说罢，就对着众人深深鞠了一躬。

独孤伽罗对着呆如木鸡的众衙役道："你们还愣着干什么？陛下要在这里开朝堂议政断事，一会朝廷各部的官员都会来此。你们现在去两个人把上面这个不称职的县令扶到堂下等候审处，其余的人把案桌椅座，堂上堂下打扫干净，然后全部退到堂外等候听处。"

第十八章
金牌传旨六部震动，县衙设朝二圣推新

　　当朝皇帝要在长安县府衙设朝堂、亲自审理民事的消息不胫而走，引得百姓乡绅奔走相告，达官富商纷纷扶老携幼，都想要来见证这种前无古人、旷世未有的皇帝当众审理民诉的奇异新政大事。于是不一会，群情激荡、前来目睹这场别开生面新鲜事的人群，就把小小的长安县府衙围得里三层外三层，水泄不通。如此大事更是惊动了分管京城的雍州牧府和京兆府，他们不得不派兵进行阻拦和疏导民众，替受皇帝召唤去长安县府衙开朝堂理案的各大臣清道辟路。

　　长安县府衙的大堂正面，拆除了县令坐堂理事的案桌，摆放了两张椅子。上首端坐着身穿青衣小帽的隋朝第一帝杨坚，下首坐着民妇打扮的隋朝皇后独孤伽罗，在他们身后站立着郑芥、杨豹和两个执笔的录事。大堂两旁的椅子，上首坐着太师李穆、太傅窦炽、太尉于翼、内史令李德林、左仆射高颎、右仆射赵煚、雍州牧窦荣定；下首坐着内史监兼吏部尚书虞庆则、礼部尚书韦世康、都官部尚书元晖、兵部尚书元岩、工部尚书长孙贤、度支尚书杨尚希、京兆府尹郑译。在座的各部门官员全都正襟危坐，大气不敢出，谁都猜不透陛下把他们招到这种地方来审理民事的起因，更不知道陛下借此朝审要达到什么目的。大堂下的一张凳子上瘫坐着面色灰白、好似要僵死过去的长安县令宇文九，游元则站立在一旁等候着讯问。大堂外的院子里站满了各府衙的随从和围观人群，衙门外更是密密麻麻不愿散去的围观者，以及维持秩序的兵将。

　　杨坚脸色铁青地坐在椅子上，冲着游元道："你把来京要诉讼的事由和经历如实向各位大臣叙说一遍。"游元施礼谢过陛下后，便开始叙述他来京上诉的起因、经过和遭遇。自知死罪难逃的长安县令宇文九一声不吭地听着，众大臣虽也在默默无声地聆听着，可各人的心思却全然不同：太师、太傅、太尉们边听边在猜度着陛下由此要达到的目的；左右仆射在想着此事的起因在哪里，为何会引起二圣如此动怒；内史令在思忖着处置此事有哪些方案可供陛下采纳；吏部尚书在担忧着自己由

第十八章　金牌传旨六部震动，县衙设朝二圣推新

此要承担的责任；礼部、兵部、工部、都官部、度支都在审度着此事与自己本部门有无牵涉；而两个管辖长安县的上级部门雍州牧和京兆府尹却在惴惴不安，此中尤以京兆府尹郑译的惶恐不安为甚。

杨坚在游元诉说完后问长安县令宇文九，道："现在轮到你来给大家说一说，从受理此案到断案的经过了。"宇文九有气无力地道："此案并非是本县受理的，而是由京兆府委派下官出面审理断案的。下官对该案的判决也全是按京兆府尹的意思去办理的。而冒犯陛下和皇后，实属是下官的无知，理当该死！"宇文九此话一出，不仅让杨坚感到意外，更是让在座的人都不约而同地把目光射向了京兆府尹郑译。

杨坚转脸问道："郑国公，此事真如宇文九所言吗？"郑译身不由己地慌忙起身跪在堂前，磕着头道："陛下，此事是属下一时失察，纵容下属胡作非为，妄断是非，乃至惊动圣驾，犯下了滔天大罪。臣甘愿受罚，求陛下开恩，臣下次绝不再犯。"独孤伽罗不满地道："你先别忙着想受罚的事。你应该把此事的来龙去脉给大家说清楚，再告诉大家你错在哪里，然后让大家来评判该怎么罚你。"杨坚也生气地道："你站起来！就按皇后所言，但不得推诿罪错，否则加重处罚。"

郑译站起身道："寿春县县令乃是下官的至亲族人，常有来往。因其属下同僚，就是这个司马游元，要上京来状告其贪赃枉法，故而托下官能从中给以调停，大事化小，小事化了。但下官以为，此事以民告官有违先制，下官更因此事与下官有着至亲关系的瓜葛而不便出面，便委长安县令代为周全了断此事。可谁知游元执理不从，故而才闹成此刻场面。臣上面所述句句属实，万望陛下和皇后能明察秋毫，臣当甘愿受罚。"独孤伽罗带着讥嘲道："据你如此说来，你何错之有啊！你既是在为朝廷调理民事，又知回避至亲，岂不是个好官么！坏就坏在游元执理不从。否则，岂能有此刻场面。对吗？"郑译听皇后句句带刺，慌得他趴在地下磕头道："求皇后千岁恕罪，在下绝非这个意思。"独孤伽罗追问道："那么，你还有哪些意思啊？"郑译不得道："臣不该庇护寿春县令，收大放小，克扣民脂民膏，欺上瞒下，挤压同僚，贪赃枉法。更不该收受贿赂，指使下属枉断民案，给朝廷新政抹黑，让二圣受辱。臣知罪，罪该万死！"

杨坚气愤地道："郑译啊，郑译！你让朕怎么说你才好。你是嫌朕给你的官位不高，俸禄赏赐不多，还是你觉得朕还有亏待你的地方！朕可是从没有忘记你我曾是同窗，也没忘了你曾经有的举荐之功劳，我更念着你对老母的孝顺，故而没有把你在平尉迟迥作乱之时，你与刘昉临阵拒命的不忠之嫌，而去与刘昉等同处置。当今

隋朝初建，朕要兑现对臣民的承诺，而一定要推行新政，把旧朝旧政的弊端给清除干净，还民众一个政清吏善的朝政，开创我隋室民富国强的天下。我还指望着你与其他同僚朝臣一样助我成功。可是，现在呢……"杨坚转脸面对着众臣有些激昂地道："你们都知道，朕是最恨贪赃枉法之徒的，尤其是那些占着高位，拿着朝廷俸禄还要贪利忘义的有权有势的高官，他们想的既不是朝廷社稷的千秋大业，也不是民众的吃穿住行、喜怒哀乐、生老病死，却是在为了一己之私利贪得无厌，攀亲纳故，拉帮结派，他们是在逆天而行，藐视法纪，对待这样的朝臣，天下的臣民谁不恶之，朕的新法也必不能容之。为此朕不得不宣告如下：革去郑译和宇文九的一切官职，交大理寺审查处置；京兆府的上司衙门雍州牧府也脱不了失察之责。寿春县县令贪赃枉法一案，所牵涉到的人与事均交由大理寺审核后，依隋朝新律查处法办，不得姑息！朕也会关注此事的进展。同时，你们尤其是制订新律法的衙门官吏，一定得通过此事举一反三，在实践中不断地修正完善新律法。比如，为何就不能把民诉官、越级上诉、平民百姓直接上朝堂申诉、开衙门甚至是开朝堂审理民事等等的事列入新法？王子犯法与庶民同罪，知法犯法罪加一等，哪级官僚犯法除了其主管得承担责任之外，上级主管也得承担责任。这些条文都得用明文写进隋朝新律法中去，以示职责所在，公平公正。此外，往后的死罪判决权朝廷得收回，不能由着像宇文九这样的官吏去胡作非为，草菅人命。若朕不是陛下，他如此一言定案，我与皇后岂不都成了冤魂吗！而像游元如此耿直无畏的臣民又将会有何下场呢？当然其中的细节问题，你们得仔细斟酌之后，报朕审查定夺。朕要让天下的臣民都知道：官有多大，身上的责就有多大；手中的权有多大，身上的担子就得有多大。朕还得告诉你们，在朕手下当官，朕不会让你们太舒服的。你们更得当心，朕会随时派人，或者是朕自己，在你们的背后或是近处监看着你们的一言一行、一举一动。但也请你们都记住并相信，朕必会行使善有善报，恶有恶归这一条天律。"杨坚这一番落地有声的话，说得众人面面相觑，更让郑译脸色惨白，浑身颤抖不堪。

突然，杨坚冲着都官部尚书元晖问道："你可知道，朕住的京都长安城几长几宽，有多少户人家，几多街坊吗？"元晖吓得赶紧站起身，道："下官这就让人去查阅后禀报。"杨坚道："朕料你也不知道，故下面的问话你就更答不上来了。但朕可以给你一个机会，你现在可以立即去把整个长安城的大街小巷看一遍，随后再来回答朕的问题。到时再答不上来，看来你这个尚书不仅是官也别当了，还得追查你这个官位是怎么得来的。去吧！速去速回。"

第十八章　金牌传旨六部震动，县衙设朝二圣推新

　　杨坚看着匆匆离去的元晖，又转身问兵部尚书元岩道："你知道自己治下的兵部有多少籍官兵，有多少因战而亡、而残的兵将吗？"元岩起身拱手道："陛下所问，臣因上位时日不多，尚未理出头绪，而有负圣意。臣愿即刻回去查询清楚，再来回复陛下询问。"杨坚不以为然地道："今天，朕在长安街旁遇到一位老人，他是前朝的一位老兵，曾跟随朝廷东征北战，家中兄弟儿子都战亡于疆场。如今只落得孤身一人，守着断墙残瓦，靠捡破烂、拾柴火度日。他把少壮之躯甚至是家人都奉献给了朝廷，如今却无怨无悔地度着残年，这样的兵丁、如此的老人家绝不会仅是他一个。朕看在眼里，心中很不是滋味，朕和你们的高官厚禄、荣华富贵，不正是他们用血肉之躯打下来的吗？可我们在享福，他们却在受罪，我们于心能忍吗？"独孤伽罗插言道："今天，陛下如此而为的用意，是想让大家明白一个道理。身在高位的你们，别光顾了自己的私利，而忘了自己的责任，天底下有多少的不平和不公正，还有多少的困苦和无奈在期待着有人去解救。陛下要兑现对臣民的允诺，还得靠你们共同去尽心尽力。"

　　太师李穆应声道："陛下的良苦用心，老臣终于明白了。有言道：君使臣以礼，臣事君以忠。请二圣下旨，臣甘愿以老骥伏枥之志，去替陛下分担忧国忧民之心。"李太师的一席话引来了一片附和声，也引来了堂外的窃窃私语。

　　左仆射高颎猜度着道："陛下是否对目前正在试行的新律和京都长安的现状有所不满？"杨坚大声道："岂止是有所不满，却是要有所大变动。朕经过这段时日对推行新政的观察思考，为了彻底改变陈规旧俗，让新政能造福天下臣民、流芳后世，就一定得强化新政的推行。并且在推行的过程中，还得不断地按实践中发现的问题进行修整完善。为此，朕现在就要颁旨，为了保障适应新律的推行，新隋律中的官制和人事当行变动。其一，原三师不动，六部中撤去度支部，以原都官部中的大理寺为核心组建刑部，朕要加强法治下的刑律来惩处贪官腐吏，来处置对执行新政不力的官僚，来平民怨、树正气。其二，改都官部为户部，原度支部并入户部，在这两部原有的管辖部门中再增添一个救济抚恤部，专门负责对贫孤伤残、老弱民众的帮困救助。其三，免高颎的左仆射、升为尚书令兼纳言；免李德林的内史令、改任太子太保；免柳敏的太子太保、改任御史兼纳言；免苏威的御史少保、升为左仆射兼刑部尚书纳言；调韩濬、张衡为刑部侍郎；任右仆射赵煚兼吏部尚书纳言；升吏部大夫卢恺为吏部侍郎；调随州郡守欧阳若兰为户部度支侍郎；原都官尚书元晖降为户部侍郎；调吴州总管贺若弼为兵部尚书；原兵部尚书元岩降为兵部侍郎；调

上柱国杨素为兵部监察御史令。撤上柱国窦荣定兼职的雍州牧，改由大将军麦铁杆担任。撤京兆府衙，其职责归雍州府管辖。原度支尚书杨尚希改任御史令、户部尚书，专门负责对全国的流通币和度量衡做统一整改和强力推行，必须把过去各朝各代各自为政，因地制宜，甚至是出于私利而制订的各种钱币、尺度、秤量、斗衡，从不虚、不匡、便利、长久的出发点去做出统一规范，务求一年内在局部地区见到实效，两年内完成全面更替。往后，各官职的升迁均以其在职期间的政绩声誉为依据。朕还正在考虑，在内史令之下完善监察御史部门，专门负责考察、审查、评定朝廷及各地各级官吏的政绩，为吏部对官员的升降迁调提供依据标准。"

　　杨坚如此雷厉风行地对朝廷上层部门的调整，是他对前一阶段推行新政的感悟，而今天的实地感受更坚定了他进一步改革朝政的决心。杨坚不仅意识到推行新政的关键所在，也明白了要确保新政的顺利实施，必须首先从体制上去进行大刀阔斧地改革，方能让众官员看到了他对推行新政的决心，而由此去震撼一些对新政有抵触、执行不力的官员。果然，众高官对杨坚用如此鲜明的态度，强硬的手段，从改革调整朝政人事上去着手，去告诫众人必须执行新政是始料未及的，他们鸦雀无声地听着杨坚继续谈论着对改革朝政的思维理念，个个都在认真地领悟着杨坚的话意，努力去让自己跟上推行新政的步伐，而不被新政淘汰。

　　杨坚继续道："朕的新政不仅要管富人的为富不仁，更得管贫苦人的生老病死，让朕的隋朝天下臣民都过上宿有房、食有粮、穿有衣、困有帮、冤能诉的无忧无愁的日子。朕为何要如此？因为朕始终相信，只有官吏廉洁了，平民百姓才能安居乐业。此外，高颎与苏威等修制律法的众臣听着，你们在第二稿的立法文本中一定要体现：'以民本为核心，轻赋税、减劳役、助农桑、促商贸、扶民生；以廉政和治腐吏为抓手，立法制、明刑律、疏酷刑、讲人性、杜后患。让朕的天下真正实现政清吏善民和。'"众臣一面在认真地听着，一面在心里琢磨着，两个录事在快速地记着，这个临时的朝堂越发变得肃静起来。

　　突然，杨坚认真地道："朕还有一件大事要宣布，朕迁都的决心已定。朕现在责成高颎和宇文恺即速设计制定开拓新都的实施规划，新都定名为大兴郡，工部必须限期完工，朕等不及了。新都不仅要有甲天下的雄姿，更得有包容四方八夷来朝的大气，还得商贸有序，贫富兼顾，以彰显朕大隋的恢宏。"高颎道："陛下，由中大夫宇文恺负责督造的太庙尚未完工，是否待其修建太庙的工程完毕后，再来规划营造大兴新都。"杨坚道："不行！太庙仅是朕一家之殿堂，岂能与都城并提。营造新都

第十八章 金牌传旨六部震动，县衙设朝二圣推新

牵涉着百官万民的福祉，展现的是朕的大隋在天下群雄心目中的颜面威仪，更是能彰显朕的千秋万代之功的大计。长安城尚流传了八百余年，朕的大兴都城也该如此。高颎，你得与宇文恺多费心思，以不负朕的期待和臣民的盼望，尽早让朕的臣民们迁入新家，不用再住在断墙残瓦的房里，走在污水四溢、坑坑洼洼的路上，处在尽是臭气的集市中。朕要让大隋的臣民享受天国的雨露，而不再忧愁。"高颎立即跪地对着杨坚道："臣明白。臣一定与宇文大夫倾全力去替陛下完成这一宏愿，让陛下的千秋功业源远流长，让后世万代永远记住陛下心系万民的仁德。"

杨坚这堂借事现场说法的造势，既严厉处置了贪官腐吏，又掷地有声地表明了推行新律的姿态，更为其执行新政植下了一块坚硬的基石。同时，杨坚让众大臣明白了推行新政是他们仕途能否顺当的云梯，也为在堂外聆听的臣民注入了兴奋剂，在他们的心目中树立了一个廉政亲民的明君形象，更为隋朝奠定了此后数十年的辉煌。

高颎、宇文恺也没让杨坚失望，仅用了九个月的时间，就在老京都长安县城的东面建成了一座崭新的隋朝大兴新都。其面积八十四点一平方公里，是旧都长安城的近三倍。新都吸纳了曹魏邺城、北魏洛阳城的成功可取之处。在方正对称的原则下，沿着南北中轴线，将宫城和皇城置于了全城的主要地位，郭城则坐南而建，在宫城和皇城的正南面，且分区整齐明确。既象征着皇权的威严，又体现着民意所在，充分显示了中国古代京都规划和布局的独特风格，反映了隋朝统治者专制集权的思想和要求，开创了前无古人、后有模仿借鉴的典范。如今中国的北京、日本的奈良等名都，均有仿其造型而建留下的痕迹。

大兴都城的前瞻规划设计和营造能力，在古代的帝王都城中都可谓是举世无双的。有人把世界上最有名气的朝代都城，如中国的北魏洛阳、唐代长安、明朝南京、明清北京；国外的东京、奈良、巴格达、罗马、拜占庭等，从面积规模、交通出行、繁华合理等方面与隋朝的大兴城做了比较，隋朝新都大兴城无可非议地独领风骚，占位第一，其对世界建筑业的影响之深远也久盛不衰。

京兆尹郑译和长安县令宇文九都被按律法判了死罪，却又被杨坚赦免，改死罪为贬为庶民。杨坚赦免宇文九冒犯陛下死罪的理由是：不知者不能为死罪。赦免郑译的理由是：念郑译曾有开国之功，可以将功抵过。（不久，杨坚在得知郑译贫困潦倒后，于心不忍，招其回京都，给了个闲职让他养老终身。）鉴于这些赦免的理由，杨坚为此对新刑律做了专题批示曰：新律对死刑的认定，要慎之又慎。朕认为，除

169

了有确凿不移的谋逆反叛、杀人害命的行为结果之外，能不定死罪者尽量给予生路，对社稷有功者可将功抵过，酌情罪减一等。杨坚对这一死罪的范围界定、定罪慎重、量刑宽松的理念，被高颎、苏威、杨素、韩擒等融入了隋朝的新律法之中，并彻底废除了秦汉以来的诸多酷刑，如枭首、车裂、杖毙、立斩等。此外，除谋逆之外不得罪及族人也列入了新律。尤其是对死罪的执行，新律中还规定了一定得经朝廷审议准核后，方可行刑。新律还开创了只要有依据，允许越级上告和以下犯上，甚至可以去朝堂击鼓鸣冤的制度。

杨坚下令改革的钱币和度量衡也如期在两年内全部规范统一。开皇三年，杨坚把南北朝期间各朝各代各式所有的官币、私钱，全部都兑换成了隋制的铜质五铢钱币。隋制的五铢钱外圆有规、内方有矩，外圆周为环，内方周为孔。钱币印有文字的一面为"正面"，其另一面为"背面"，每枚钱币重五铢，故称之为五铢钱。此钱币一直流传至今，即是大家通常所说的铜钱(俗称铜板)。而在清朝、民国年间所流传的银圆，也由此演变而来。

隋朝之前的古度量衡，即指汉代王莽期间所定制的以小变大的标准："度"，古尺以一点二为一尺(合如今二十九点五一厘米)；"量"，古斗以三升为一升(合如今五百九十四点四毫升)；"衡"，古秤以三斤为一斤(合如今六百六十八点一九克)。在隋初期间，度量衡很是混乱。有的官商勾结(如寿春县令)，则借此在收时(买入)以大代小，在放时(卖出)以小代大，更甚者还以自制的生铁钱币和私尺私斗私秤来做交易牟取暴利。杨坚十分痛恨这种生财无德之人，他不仅全力推行新币、新度量衡，明码标价公示了度量衡的单位标准，而且还严厉地惩处了一批从中牟利的高官达人和不法奸商。寿春县的县令及其一伙人不仅被判徒刑流放边塞服役，其家财全被抄没充公就是佐证。而杨坚时期隋朝的新币新度量衡，也就成了后世各朝代沿用，且行之有效的钱币贸易守则。

此外，杨坚在新都大兴城落成之前指名道姓提拔了刚直不阿的游元担任了大兴郡守之职，为杨坚推行新政起着马前卒的作用。麦铁杆和欧阳若兰夫妇到京后，各自走马上任。雍州牧麦铁杆掌控了京都的一切行政治理事务，为杨坚的新政起着保驾护航的作用。欧阳若兰在户部任度支侍郎之职，掌管着朝廷的财税收支大权，从经济上确保了新政的推行。

此后，杨坚把太子杨勇召回了京都，让太子三师田仁恭、李德林、孙恕加强对太子的辅教，开始引导太子参政。

第十九章
太子强势虐妻凌弟，晋王贺寿意在江南

太子杨勇大大咧咧，生性豪放，爱弓马、好狩猎，也喜纵酒、贪恋美色。作为一个男人，这些喜好本属寻常。然而，他生在帝皇家，是早已被法定为太子的皇位继承人，而其父皇母后一贯坚守廉洁治国、克己为民、勤俭理家的理念，厌恶奢华，故而对自己的家人，处处以他们心目中的标准衡量、培育与取舍。

杨勇在母后的一手包办之下，娶了心仪的大姐元逸秋为妻。新婚宴尔之时，他确实十分心满意足。尤其是当看到二弟杨广投来的嫉妒目光时，他更觉心情舒畅。杨勇知道，杨广也喜欢这位与他们没有血缘关系的大姐，故而弟兄俩常常为此明争暗斗，如今他如愿以偿，终获胜利。在几个弟妹之中，杨勇不知出于何种心态，尤其忌讳二弟杨广。两人一碰面，不是争就是斗，每当他胜出一筹，便会感到满足、心安理得，否则就浑身不自在。这种争斗不仅体现在娶老婆这件事上，两人常常为了一两句话或一件小事，就会互相争执，且都不愿低头让步，所以两人在一起，常常闹得鸡飞狗跳、不欢而散。然而，随着年岁的增长，这种争斗不再是小时候那种两小无猜的感觉。尤其是当杨勇看到大姐、二姐以及弟妹们全都站在二弟一边帮衬时，心中常常会留下隐隐的伤痛。每当这时，杨勇自我宽慰的方式是：我有父皇为靠山，不必怕谁，将来的天下都是我的，只有别人臣服于我，而无须我去臣服于谁。但是，当他见到母后时常庇护杨广时，心头的伤痛感尤为强烈，甚至会把心头的积怨不满发泄到母后来。由此，也曾引发过父皇和母后的争执。

在家里男孩中排行老二的杨广，自小因母亲的宠爱而有些娇惯。然而，他的性情没有大哥杨勇那么张扬，也不像杨勇那样喜欢骑马射箭。他把父亲逼迫他每天早起晚睡、习武练功当作一种负担，往往是迫不得已才为之。但他喜欢看书，不仅看四书五经、诸子百家等易学之书，还爱看兵法战例的典故和诗经之类的杂书，为此常常被不喜读书习文的父亲不屑一顾，却备受母亲赞许。杨广很好强，也爱动脑筋思索问题，凡是他认定的事，都会想方设法去做成。他也很自信，只要认定是对的

事，便会当仁不让地与人争斗，非要分出高低不可；然而，当他知道自己错了，却不肯轻易认错，甚至还会耍些无赖手段去争回些许所谓的颜面。在日常生活中，杨广还有洁癖，喜爱花花草草，房里常会有一些不知名的花草，被他拿回家放在案头作摆设点缀，此事便成了杨勇攻击他像个女人、爱拈花惹草的话柄。杨广的体魄没有杨勇那么高大强壮，两人动手争斗时，吃亏的总是杨广。他的嗓门也没有杨勇那么洪亮，所以与杨勇口舌争辩时，他不得不声嘶力竭，才能勉强保持些许平衡。这就导致兄弟俩争吵时，杨广形象难堪，常常处于下风，引得母亲和姐弟怜悯。而杨广则常常利用这种外力，把劣势转为优势，以获取自己的利益。

杨坚和独孤伽罗并非没有察觉到这对兄弟之间的隔阂，也为此隐隐担忧。为避免他们兄弟之间互争高低的意气之争伤害感情，他们常常有意无意地平衡两人之间可能引发争执的事。杨坚不止一次告诫杨勇："你身为太子，就是未来的国君，国君一定要有容纳天下的度量。你是家中长子，在弟妹中是长者，长者就要有长者的风度。凭意气用事，与弟妹们斤斤计较，这有失长者的仁厚。若家事都处理不好，又怎能处理天下大事？"独孤伽罗也常对杨广说："争强斗勇确实是男孩的立身之本，男儿不刚强，怎能立足于天下？但要记住，兄弟阋于墙，外御其侮。更要记住，'兄弟既具，和乐且孺。妻子好合，如鼓瑟琴。兄弟既翕，和乐且湛。宜尔室家，乐尔妻帑'。"

一日，杨坚兴冲冲地对独孤伽罗说："小伽罗，为夫已决定，把孩儿们招回家来，给你举办个家宴。"独孤伽罗又惊又喜，微红着脸娇憨地说："今何出此言？我年都快过半生了，还加个'小'字，岂不令人害臊！"杨坚上前搂着独孤伽罗说："害什么臊？你在朕眼里，永远是那个小巧玲珑的小伽罗。人过四十又怎么啦？咱们的琴瑟和鸣之日才刚刚开始呢！"独孤伽罗问道："给我举办家宴！又是为何？"杨坚说："你我辛劳半生，从未安宁过，更未为自己办过一个家庭寿宴。如今儿女们都已长成，无须你我过多操心，而我们以国为家，为社稷为民操劳天下大事，所以必须善待自己。这便是为夫要为你举办家宴寿宴的初衷。"独孤伽罗感动地说："初衷虽好，却有点让儿女们和你我为难。"杨坚问："此话怎讲？"独孤伽罗认真地说："广儿、俊儿、秀儿远在千里之外。让他们为了给我祝寿而往返数千里，且不说他们劳累，你我心中能安稳吗？再说国事刚顺，万业待兴，艰难还在后头。你我如此一搞，会惊动多少人？我们不能为了这点虚荣，而去惊扰天下臣民，这岂不违背我们的初衷？所以你的情为妻领了，而此事就作罢吧！"

第十九章　太子强势虐妻凌弟，晋王贺寿意在江南

杨坚的一腔热情被独孤伽罗当头泼了一盆冷水，不免有些懊丧。但他还想解释争取一下，便说："在京城外的三个儿子，我都已发帖告知他们了，想必他们已在来京的途中了。至于在京城的儿女们，我也叮嘱了他们，不让他们外传而惊动任何人，这权当是我们家的一次团圆家宴，不会骚扰别人的。"独孤伽罗还是坚持自己的主张，说："我还有一事担忧，所以也没心思去搞寿宴。"杨坚忙问："你还担忧什么事？快说。"独孤伽罗说："我曾对你说过，丽华告诉我的那件事。宇文氏家族与刘昉、周士彦、宇文忻一伙合谋，要拥戴废帝宇文阐谋逆夺位，可我看你并不上心，不知这是为什么？难道你是怀疑丽华所叙不实吗？"杨坚说："我不是怀疑丽华，而是觉得此事有点不可思议。周士彦、宇文忻收受了尉迟迥的贿金没有告示我，而我也没有去追究此事，在论功封赏中并没忘了他们，只是与旁人相比少了那么一点，这就成了他们要反我而立他人的理由吗？我免刘昉司马的军职是他贻误职守、不能称职，但以提升他为舒国公作了弥补，他又有何理由要反呢？至于宇文氏家族的这些遗老遗少，他们拿什么来反我，这岂不是螳臂当车、不自量力！所以我倒要看看，他们接下来还有什么举动。"独孤伽罗说："此等事情，只能信其真，却不能掉以轻心，更大意不得。"杨坚说："我知道。我已做出安排，打算过几日先试探着把周士彦、宇文忻调离他们的领邑驻地。他们若听调，没有异动，则可证明他们没有异心。反之，即使他们有异心，但失去了依托的地盘，他们还能拿什么力量来反我呢？这就叫作釜底抽薪。"内侍进来禀报道："陛下、娘娘，太子和太子妃在庭外候旨请安。"杨坚说："宣他们进内殿等候，我们一会就到。"独孤伽罗却道："不必如此，让他们来我这里吧！"

杨勇在前，元逸秋在后，来到独孤伽罗的寝宫。见父皇母后都在，便双双上前，要行跪拜磕头大礼。独孤伽罗忙伸手拦住元逸秋，说："在家里，你们不必如此。"然后盯着逸秋的脸又说："秋儿，看你脸色如此憔悴，是病了，还是哪里有不顺心的事？"杨勇不等妻子开口，就抢着说："她哪有什么病啊？就是嫌我不常去她房里罢了。"元逸秋的脸被杨勇说得瞬间变得通红，两股泪水涌上眼眶。独孤伽罗狠狠瞪了杨勇一眼，用安抚的口气对元逸秋说："秋儿，别不好意思！夫妻间没什么羞于出口不好说的话。你实话对娘说，勇儿有多久没进你房了？"元逸秋强忍着泪，苦笑着摇了摇头，低声细气地说："母后，别听他的，我没事。"杨坚说："没事就好。妇道人家，就得学你母后的品行。"独孤伽罗看了杨坚一眼，有所指地说："勇儿，娘也告诫你一句。是男人，就得像你父皇那样：近君子、远小人、不贪权、不唯利、不图色。

在外为君子，甘为臣民之楷模；在家为丈夫，成为儿孙之榜样。"

一阵脚步声，把众人的注意力都引向殿门外。杨广风尘仆仆地大步闯入殿内，令众人大感意外。杨广没想到母后的寝殿内有这么多人，又一眼看到了许久许久没见面的逸秋大姐也在其中。杨广两眼发光，顾不上先去向父母行礼请安，更不屑与杨勇见面寒暄，紧赶两步，走到大姐跟前，抓住逸秋的手说："大姐，你怎么也在母后这里？我已有多年没见到你了，今天能见到你太高兴了！"说罢，像孩童时那样，使劲摇动着元逸秋的手臂。却没想到，杨广如此不拘礼节、无所忌讳的举动，引来了众人不同的反应。元逸秋被杨广摇动的手臂震得浑身疼痛难受，情不自禁地龇牙咧嘴起来，泪水也随之滚落眼眶。杨坚看着眼前的情景，皱起了眉头。独孤伽罗既为杨广还是像孩童时那样，对逸秋怀着两小无猜的姐弟之情而感动，却又为逸秋的反常举动而心生猜疑。杨勇见杨广竟敢当着他的面，如此肆无忌惮地对待他的妻子，不禁怒从心起，上前一步把杨广从逸秋面前拉开，说："小子，别太没规矩。她现在不是你的大姐，而是你的大嫂了。你这个时候回来干吗？该不是私自回京，图谋不轨吧。"

杨坚被杨勇的话提醒了，便问道："广儿，你怎能这么快，今天就到京城了？"杨广没理会杨勇恶意找碴儿的话，揉了揉被推捏的肩头，上前向爹娘行过礼后，说："启禀父皇母后，孩儿正在疆域边境巡视，接到二姐的飞鸽传书，得知父皇要为母后办寿宴，便直接取近道赶来京城，故而就快了许多。"独孤伽罗欣喜地说："原来如此，看来丽华与你常有联系！"杨广点头说："这飞鸽传书是二姐教我的，所以我在边城也养了些鸽子。"杨坚带着讥嘲说："你可知道，你二姐的这本事全是你娘教的。看来，你俩都是你娘的好徒弟。"

这时，内侍从殿外搬来了两个大包裹，杨广一见便说："父皇母后，孩儿在回京的途中，觅得几匹江南的上好丝绸，权当孩儿给母后祝寿和晋见父皇的见面礼，恭请父皇母后笑纳。"杨广让内侍打开包裹，一匹匹色泽鲜丽、工艺精致的丝织绸缎展现在众人面前。独孤伽罗上前用手抚摸着绸缎："我常听人说江南的织品精美，却从没见过此等艳丽、细腻、滑润的上好丝织品。广儿，这些缎匹价格不菲吧？"杨广说："价格确实不菲，但物有所值。不仅比京城的货好，而且也要便宜多了。"杨坚探究地问："你怎么知道京城没有这等货，你买的价格就比京城便宜呢？"杨广说："是二姐告诉我。"杨坚追问道："你见过你二姐了，她是怎么对你说的？"杨广说："我进京后，顺路先到了二姐处。二姐看了我给她的绸缎后说，宣帝给她的赏赐

第十九章　太子强势虐妻凌弟，晋王贺寿意在江南

中见到过这等类似的织品，但都没有这么好的。二姐问了我的买价后说，她出宫后在市面上所看到最好的织品不但没我的好，而且价格都高出我的二至三成。所以，二姐夸我会买东西、会挑货。二姐还说，母后一生节俭，舍不得穿这么好的东西，更舍不得买。"独孤伽罗说："我确实舍不得买，所以也从来不去关注这些事。我问你，这次你买了多少？有没有其他兄弟姐妹的？"杨广不无得意地说："孩儿买的不多，但每个兄弟姐妹都有份。我已让手下分配好，给各府送去了。"杨坚猜疑地问："这得花多少银子！你哪来这么多钱？"杨广说："请父皇放心，孩儿这几年在外，省吃俭用着呢！而且，这几年领邑户田的收成尚好，加之孩儿还学着经商做些买卖，也多少赚了点钱，所以才能给大家买点礼品回来。"

一直在冷眼旁观、看着杨广显耀的杨勇，突然拉住了元逸秋的手说："你还愣在这里干什么？是眼红了，还是想说离别之情？"元逸秋又羞又恨，使劲一挣，从杨勇的手中挣脱出来，却因用力过猛，手臂碰上了椅背，疼得她情不自禁地喊出了声："哎哟！"独孤伽罗对女儿的反常神情早已有所猜疑，见此急忙上前扶住元逸秋，并趁机撩起她的衣袖，只见在细嫩洁白的胳膊上布满青一块紫一块的伤痕。独孤伽罗立即明白了这是怎么回事，转脸冲着杨勇厉声责问道："你真是长能耐了，竟然打起老婆来。"元逸秋慌忙抽回手，双膝跪地说："母后，这不关太子殿下的事，是女儿自己不小心碰伤的！"独孤伽罗说："胡说，这像是自己碰伤的吗？你就别替他瞒着了，娘不是不知道，自从这逆子把那个云氏弄进了门，你就没过上好日子。之前，娘还不想管这事，但此后，我非得管管不可。"元逸秋边不住地叩着头边哭着说："求母后息怒，这全是女儿的命不好，既没能生个一儿半女，又没能伺候好殿下，才有了殿下招妾进府这事。万望母后能开恩，别去责怪殿下。"

杨广见大姐如此这般地替杨勇求情，再也忍不住了，上前冲着元逸秋说："大姐，你何苦要去替这等没人性的败类求情呢！我早就说过，他是个伪君子，让你别嫁给他，可你就是不听我的话，你这不是自找的吗？"杨勇一听这话，火气又上来了，冲上前去扬起了拳头。杨广丝毫没有惧怕的样子，反而迎了上去说："来呀！打啊！背着人在家里打老婆，在这里当着父皇母后的面又要打兄弟！你以为我会怕吗？"杨坚见这对冤家兄弟如此剑拔弩张，又气又恨，愤愤地说："住手，给我住手。杨勇，杨广，你们都给我跪下。在你们眼里还有没有父母，有没有兄弟的情分？真是气死我了。"独孤伽罗却道："杨勇跪下，杨广不能跪，否则没个是非之分了。杨勇，今天你得给我说清楚了，为何要打逸秋？是逸秋的错，还是你受那个云氏贱人

教唆的。你今天若不说明白，要么你就不认我这个娘，要么你就永远不要进这个家门。"杨坚见自己的处置引来了独孤伽罗如此态度鲜明的反响，扪心细想，也觉得自己对杨广的处置有失公允，故而只能顺着妻子的意思说："杨勇，听见没有？快给你母后跪下。否则，我也饶不了你。"杨勇无可奈何地就地跪下，铁青着脸，双眼直视着地面，一言不发，可心头的愤恨之火却在燃烧着。杨广心头得意，却形不露声色地上前搀扶起元逸秋，然后说："大哥，你想想看。当初你要娶逸秋姐的时候，她是什么样子，你又是什么样子？但是现在呢！你是什么样子，逸秋姐又是什么样子？这能让母后父皇不揪心吗？"

杨丽华悄然无声地跨进殿门，见众人围着跪在地上的杨勇在说着话，不由得加快了脚步，上前惊异地问："父皇母后，勇弟这是怎么了？"独孤伽罗余怒未消地说："当了太子，真是长本事了！纳妾尚且不说，还欺负到了逸秋身上。我不知道，他眼里还有没有我这个娘？"杨坚并不想过多指责杨勇，见杨丽华来过问此事，觉得该让这个女儿出面，给独孤伽罗一个台阶下，以缓和、了结此事。于是，便给杨丽华使了个眼色，说："你娘正在气头上，这事是勇儿不对。"何等聪慧的杨丽华岂能不明白父皇的心意，她上去握住了元逸秋的手，亲切地说："大姐，千错万错是没有夫君之不是的。你不会没听说过，前朝宣帝那些荒淫不堪的传说吧！而我作为他的正妻皇后，又能如何呢！这就是我们做女人的命。但只要他还有一丝怜惜的心存在，该宽容还得宽容，这也是我们作为妻子的本分。现在，勇弟已经跪在你面前了，你饶他这一次吧！若他往后再要欺负你，我这个做二姐的也绝不会轻饶他。大姐，快去把他搀扶起来，这个面子娘是会给你的。"元逸秋本不想见到如此的场面，却更怕杨勇由此而受到母后更严厉的责罚，故而她急忙上前去搀扶杨勇。谁知杨勇却不领她这份情，跪在地上不肯起来。杨丽华见此真是又气又恨，她更怕这个不懂事的弟弟会惹得父母之间发生节外生枝的冲突。她便不等父母再开口，上前一把拧住了杨勇的耳朵，说："给我起来，你不要给脸却不识抬举！"杨勇没想到自己现在已经身为太子了，可这个二姐还把他当成小孩那样，揪着他的耳朵让他服软。杨勇有心想抗拒，但被拧着的耳朵疼得让他不得不站起了身，并且发狠地道："二姐，我现在已经是太子了，你还把我当小孩啊？"杨丽华也气愤地道："怎么啦！你当上太子，二姐就不能管你了吗？"杨广也趁机帮腔道："你就省省吧！没二姐，你哪来这个太子的份？"此刻的杨勇成了众矢之的。杨坚怕独孤伽罗再发声来制裁杨勇，急忙道："好了，此事就当给杨勇一个教训。今后若还敢欺负逸秋，别说他母后和丽华不会轻饶他,我也绝不会让他好过。"

杨坚见独孤伽罗没有再发声,知道已是默许了他的这个决断。但为了稳住当前的局面,杨坚有意岔开了众人的聚焦点,接着道:"丽华,你此刻回家是有事,还是单纯为了给父皇和母后请安?"杨丽华心领神会地道:"我得知广弟千里迢迢赶回家来替母后祝寿,也就先过来看看。顺便还有一事想禀告父皇和母后得知。"杨坚知道丽华已领悟了他的心意,也就接口道:"哦,说吧!说来大家听听,好帮你拿拿主意。"

杨丽华本是想借向父母请安来会二弟的,却没想好要向父母禀告什么事,但时至此刻,她不能不借事说事了。杨丽华待众人坐定后道:"广弟刚才给我送来了几匹江南的上好绸缎,我与京城这里的同类货比较下来,确实价廉物美。不由得让我想起了广弟说的,他想去南方历练经商之事,我觉得此议可行。故特来向父皇母后禀告,可否让广弟去试试,不说是赚钱,权当是给他个机会,或是让他换个领地职位去磨炼一番,附带着见见世面、开开眼界。"杨坚一语破的地道:"原来如此,你这是来为你二弟做说客的吧!"杨广急忙辩解着道:"父皇,儿臣现在在河北道当行台尚书令,对北疆域内的军政民事已了如指掌,可以说已达到父皇派我驻边锤炼的目的了。儿臣还记得母后所说,读万卷书不如行万里路,故儿臣不想总待守在一个地方,想恳请父皇降旨,让儿臣去南方走走看看,也好做些生意赚点钱。"

杨坚没有顺着杨广的思路去答话,却道:"你说你对北疆域内的军政民事已了如指掌,那我先来考问你几个问题。你治下河北道的政体得益的是什么,受制于什么?"杨广站直了身、胸有成竹地道:"河北道地域的前身是东魏和北齐,其族种的分布呈现的是胡汉混杂,而且是随着东魏元姓拓跋氏族的势力逐步衰弱,鲜卑族的汉化现象盛行,汉族先进有效的农耕技术、姻亲理念、军政管理体制得到了较大的吸纳和发展,才成就了北齐几十年的军政治理。周室灭齐之后,在治理北齐的这片疆域上却没有多人的作为。而我朝的新政才刚推行,所以,纵观军政民事的发展趋势,只有不断地因势利导、逐步推进,把军政体制、社稷的改革新政融入族种汉化中去,才是河北道乃至我隋朝的得益所在。然而,这些年北方外族突厥的进犯骚扰,成了河北道的一块心头之患,事实上也是我隋朝的心头之患,此患不仅牵扯着我朝政体的稳定,民生的安居乐业,更影响着民情的向背和新政的成效。"

杨坚突然转脸问杨勇,道:"你也在北疆待过,有何见解?"杨勇毫不犹豫地道:"我没他那么啰唆。如果父皇能给我一支兵马,我就能把那些突厥鞑子全给灭了。何用费什么其他心事？"杨坚又转脸问杨广，道："你对此，又有何议？"杨广道："儿臣认为，突厥进犯鸡头山一战，我朝虽赢了，但并未伤到突厥的筋脉。就目前我们的国力而言，尚无主动出兵征战之力，要清除外患，首先得巩固稳定内政，积蓄国力以备后举。如今的势态，只能以逸待劳，以防待进、以和求取暂时的边境安宁。待力量和时机成熟之后，方可一举克敌、平息边境之患。同时，儿臣认为长孙将军的离间之策可行。"杨坚满意地点了点头，似乎是在思考却不再言语。

突然，独孤伽罗问道："广儿，你欲谋南方差事的真正意图到底是什么？难道就是为了换个新鲜、赚点钱吗？"杨广迟疑了一下不得不道："是，也不是。"杨坚道："好！就说说你的不是。"杨广振作了一下精神道："父皇母后常对我们说，兼听则明、多看得益。要想治理天下，就一定得有容纳天下之事的胸怀。江南还有一个陈国，为何我们就不能像秦汉那样，让这两分的天下归纳成一统呢！儿臣猜想，父皇对此事早已规划在心了，仅是时机还没成熟而已。故儿臣有心前往江南的陈国，以行商为名去为父皇以后的攻城拓疆打个前站，岂不一举多得！"杨坚又一次陷入了沉思，没有言语。独孤伽罗即道："不行！江南地大人杂，谁都没去过。此行险恶难料，我不同意你去冒此等风险。"杨坚突然道："我有一人可助此事成功。"独孤伽罗略微思索便道："你说的是欧阳若兰？"杨坚道："正是！她父亲本是陈国建康人，她幼年便随父母四处飘迁，也在后梁江陵居住过，不仅见多识广，也熟悉各方乡土人情。广儿若能得她相助，必能事半功倍。"独孤伽罗疑惑地道："她当时尚小，且离乡背井已多年，能记得那么多事吗？"杨坚不以为然地道："可以去询问一下。若能知道些情况，总比一无所知强，更比去询问其他人可靠吧。"杨广兴奋了起来，道："父皇，这么说，你是同意了。我这就去找欧阳姊。"独孤伽罗道："别急，此事没你想的那么简单，得从长计议方可。"杨广道："父皇母后，儿臣早已想好了。我可以借道梁国，沿江进入陈国，再直达陈国的都城建康。既可沿途察看他们的江防，也可探查陈国的政商民情，可谓一途多得。"杨勇却不阴不阳地道："你还有一得，可以去游山玩水了。"杨丽华忍不住道："顺带游山玩水，有何不可？我也想随广弟一起去，也可解我长居后宫的闭塞和孤单寂寞。"独孤伽罗恍然大悟地道："原来，你们姐弟俩早已合谋好了呀！丽华，你一个女孩子家，怎么也不安分起来了。暂且不说这是男孩的事，可这千里迢迢、举目无亲、凶险四伏的事，该是你这身份的人去想吗？"杨丽华争辩着道："母后，你可别忘了，我可是将门之后啊！再说有其母必有其女么，我是跟你学的。"此言堵住了独孤伽罗的口。杨坚道："我近日得到传报，陈皇顼

第十九章 太子强势虐妻凌弟，晋王贺寿意在江南

病重，常不理朝政，故我朝有人上折提出了趁机出兵伐陈。我不知此传是否属实，正想指派可靠之人前往借机探视。今广儿提请去江南借探察商情之便，行窥视南陈朝政之实，我觉得此事可行，也可以让广儿去锤炼胆略、作长远图谋，确是个一举几得之事。同时，我还有一想：前些时日，梁朝国君萧岿来朝送贡，得知广儿成年还没提亲，说他有二女，愿供我们选择为媳。故我想广儿可借此途经梁国之机，自己去拜望、目睹一番，以定此事？"杨丽华急忙道："这岂不是更好了吗！我可以去替广弟把关。"独孤伽罗道："别急，此事还得仔细地谋划一番。但若能让欧阳若兰陪他们一齐前往，我方能放心。"杨坚道："让欧阳若兰陪他们一同前往，我看可以。她在朝中的事，我可以让杨尚希代为管辖。再让郑芥、杨豹随行，我觉得应该可以无忧了。"杨坚心中的一个借联姻联谊之机，行窥探江南实情的计划已然成熟。

突然，杨丽华道："父皇，让郑芥和杨豹陪我们去了，你身旁没了得力的近侍，万一那伙人要提前动手，你当何为？"杨坚不以为然地道："会跟他们造反的人毕竟是极少之人。况且京城由麦铁杆掌控，朝中近卫有杨虎、元胄。你们放心吧，宇文氏家族掀不起大浪！"杨勇大义凛然地道："父皇身边还有我呢！若他们真敢造反，我把他们一个个全斩草除根。"杨丽华不由得担心地道："父皇，他们若万一果真要反，你会把他们全杀了吗？"杨坚斩钉截铁地道："若他们果真要反，那也就怪不得我要绝情了。法不容情么！新律规定，谋逆之罪，全是死罪，谁也不能逃脱！"杨丽华无不担忧地道："父皇，宇文阐并无争夺帝位之想，他是被人胁迫的，且又有告发之功。你不会把他也列在谋逆之列吧？"杨勇道："谋反若是以他为首，此罪岂能豁免，否则何能服人！"杨丽华一听急了，连忙朝着杨坚双膝跪地道："父皇，前朝世族大人间的恩怨，岂能让一个单纯无辜的小孩去承担。女儿在此恳请父皇让宇文阐以功抵过、网开一面，免其死罪。否则女儿何能再有颜面去面对宇文阐和其先人？"杨坚扶起了杨丽华道："事情尚未发生，你不必想得如此之多。你也得相信父皇会酌情处置，不会滥杀无辜的。"

第二十章
江陵古城地霸挡道，江边客栈相见如故

　　江陵自公元前278年秦将白起攻占南郡，到设立江陵县，已有百余年历史。从秦末汉初相争，项羽立其部将共敖为临江王，建王府于江陵之后，刘邦立国，汉景帝上位，又先后在江陵封其子刘阏、刘荣为临江王，又经历了数百年。东汉章帝刘炟把其弟巨鹿王刘恭迁入江陵为王，曾让江陵有过一段辉煌，但在东汉末年之后，江陵便成了兵家争斗之地。偏安于南方的东晋王朝，先后更迭成宋、齐、梁、陈，以及独居江北江陵奄奄一息的后梁残余，史称南朝。北方则由一统的北魏政权先后分裂为东魏、西魏、北齐、北周，直至隋朝取代北周，共五个朝代，统称为北朝。从当时疆域的分布上看，隋朝已拥有了整个北方和江淮的大片土地，占据了中原三分之二的国土，南朝的陈国仅占长江之南的一部分土地，北强南弱显而易见，而名为南朝的后梁，则因依附于隋朝而得以存在，但仅是夹在隋陈之间一个名存实亡的附庸国而已。但究其能苟延残喘的原因，却也能从中一窥整个南北朝的端倪。

　　后梁的前身梁朝，在公元502年，由自我标榜为士族大族的萧衍在建康兵变，杀了南齐国君东昏侯萧宝卷后建立。萧衍一族与当时南方最大的一流士族琅邪王氏、陈郡谢氏、陈郡袁氏并称为侨姓四族。萧衍利用掌控的军权内镇反叛暴乱，对外与北朝争夺地盘，战事连年不断。他在政治上依托士族官僚抵抗门阀贵族，提拔庶族寒士参与朝政以维护其皇位，用伪善欺世盗名、创佛教的手段在思想意识上奴役臣民，又以严刑峻法盘剥民众以巩固其统治，他即是史书上的梁武帝。然而，在萧衍执政的近五十年中，梁朝内外不实、贪得无厌和强征暴敛，使梁朝奢靡浮夸、贪污腐朽、将不乐武、士不学无术、官不知收种、吏高谈阔论之风盛行。又随着北朝诸国的强盛，梁朝对外争战节节失利，加之侯景之乱，把萧衍本就危如累卵的一统梁朝搞得四分五裂。萧衍被困宫殿饿死之后，形成了各方势力拥兵割据自重的局面。

　　当时有占据了江陵的湘东王萧绎，占据了长沙的河东王萧誉，占据了襄阳的岳

第二十章　江陵古城地霸挡道，江边客栈相见如故

阳王萧察，占据了郢州的邵陵王萧纶，占据了成都的武陵王萧纪，他们群雄争盘夺地，称王称帝，搅得江南狼烟四起。先是在江陵自称梁元帝的湘东王萧绎攻打河东王萧誉；而已自封为梁王的岳阳王萧察出兵救助河东王萧誉，而去围攻梁元帝萧绎的江陵，却不仅久攻不下，反遭梁元帝萧绎在杀了河东王萧誉之后的反击，损兵折将。岳阳王萧察势单力孤，遣使西魏求为附庸，并要求西魏出兵助他攻取江陵、保其帝位。西魏宇文泰趁武陵王萧纪率兵出川夺地之机攻占了蜀地，才伺机出兵汉水助岳阳王萧察攻打江陵。侯景杀了邵陵王萧纶，占了建康，这便是史书上的侯景之乱。梁元帝萧绎迫于西魏兵强，一面向宇文泰割地求和，一面派遣手下大将陈霸先、王僧辩出兵建康灭了侯景。而西魏宇文泰则助岳阳王萧察击杀了前来夺地的武陵王萧纪，随后一起联手杀了梁元帝萧绎，攻占了江陵。宇文泰不食前言，在窃取了江陵梁元帝宫中的所有珍宝、掳走了全城的少壮男女百姓之后，把一个老残贫病的江陵空城留给了萧察，才正式封萧察为梁王，这便是在江陵立国的后梁王朝。宇文泰还给萧察立下了要保梁朝安然无恙，必须岁岁进贡的常规，此规一直沿袭到此后宇文氏家族的北周，乃至杨坚的隋朝。

占据建康及大片江南城镇土地的陈霸先，得知梁元帝萧绎被杀，萧察依附北魏为王，而王僧辩却想依附北齐之后，他便杀了王僧辩和萧渊明，先拥兵自大，立了萧方智为敬帝，后又杀了萧方智，在建康自称为帝，建立了陈朝，这便是史书上的南陈和陈武帝。南陈的陈武帝在位三年，东征西讨，平定了南方各地的势力，稳住了帝位，然而陈霸先疲于征战，更不想再以战拓疆，便从此息兵治国，也就没把在江陵立国的南朝后梁收归陈国。陈霸先为政宽简，生活俭朴，亲民乐善，对这些年遭破坏的南朝经济文化的恢复和发展起了铺垫作用。此时，北朝的宇文护助宇文觉立周代西魏，可北周却内乱和北征东伐战事不断。而此后南朝继位的陈文帝陈蒨也以息兵养晦，举文修性，重视农业生产，大力推行农商并举的经济措施为主政之道，这才造就了南陈民生安定一时的国力强盛，让南弱北强的对峙局势得以有所平衡，也让苟延残喘的梁王萧察得以存活下来。然而竹篮打水一场空的萧察积忧成疾，不久便撒手人寰，把梁主的王位和满目疮痍的江陵传给了三子萧岿。北周被杨坚的隋朝取代，在江陵自治的萧岿察觉到了天下大势所趋，为了找条可取的退路，便借进贡之机，主动向杨坚提请联姻，以期待从中可以保全萧氏一族的前程。

在江陵立国的后梁国土面积不大，所辖的领地疆域总共只有隋朝一个郡州的大小，但它背依北方隋朝，南临大江，隔水面对南陈，西上连川蜀，东下扼汉中建康水

| 181

域，无疑是南下北上、东征西进的一处咽喉要塞之地。且又处于两河平原之端，不仅水土肥沃、物产丰富，而且南方的丝绸桑蚕文化、农耕纺织之技与北方的冶炼技术、农林畜牧业的交流贸易，成了繁荣江陵市场的主流经济。同时，它更兼容着南朝的士族地主文明和北方的贵族游牧习俗，在南北朝之间，在军事、政治、经济和地域交通位置上，起着一种调剂缓冲的作用，这也是南北双方政权能允许其存在的重要原因之一。杨坚之所以允诺萧岿的联姻请求，他看重的不是萧氏家族曾经有过的辉煌，也不是对萧岿之女的才貌有所耳闻，而是另有一番打算，他要借此机会让萧岿自愿地把江陵这块要地归纳进隋朝的版图。但是，杨坚在对此事的谋划尚未周全时，却没想到儿子杨广想到了他的前面。故而，杨广想借行商之名去探江陵和南陈之实的请求，正合杨坚心意，这便是杨坚欣然同意杨广去江南的真实用意。

北方的春天仍然是万物萧条之时，而南方则已进入了生物的苏醒之期。杨广一行人离了长安，时而骑马，时而坐车，停停息息地一路向南，倒也不觉得十分劳累。生长在北方的人，对南方总有一种向往，这不仅是北方那漫长的寒冷天气给万物带来的压抑，更有着对南方山川河流、鸟语花香、人情世故的幻想和寄托。杨广一行人中，除了欧阳若兰到过江南，其他人都未去过南方。杨广、杨丽华、郑芥仅是在书上看到过对江南的描述，而杨豹只是听说而已，故他们对江南的认识只能凭借文字和传说去想象。欧阳若兰虽说到过江南却已有许久了，但她对江南的记忆并没有淡忘，故而一路上，她把自己在江南所看到听到的、所经历过感悟到的，一桩桩一件件像故事一样讲给众人听，把众人对江南的渴望之火烧得越来越旺。南方的天气、南方的山川似乎也没让他们失望，随着他们越往南走，天气暖和了，花花草草多了，河道里的水清澈了，山上郁郁葱葱的树木茂盛了，村宅人影也多了起来。

杨广的黑发用白丝缎扎着发结，身穿白色箭袖棉袍，在腰间束着一条白色锦带，上佩着一柄短剑，脚蹬一双白色软靴，骑一匹白色长鬃骏马，加上他眉清目秀、唇红齿白、神采奕奕，给人一种潇洒倜傥、简洁英俊的感觉。坐在轿厢式马车里的欧阳若兰和杨丽华，虽是一般家居妇人的打扮，但其气质和丽色却仍然掩盖不住。杨丽华在打着瞌睡，欧阳若兰在想着心事，郑芥、杨豹与一行随从都一身家丁打扮，佩剑骑着马，跟在轿厢马车的后面缓缓行走着。杨广的马伴车而行，他看着前面临近的江陵城墙，对坐在车厢里的欧阳若兰道："婶，前面就是江陵了。我们先找个地方住下，畅玩两天，仔细看看这座江陵古城，然后再去拜会这里的梁帝。可否？"

第二十章　江陵古城地霸挡道，江边客栈相见如故

欧阳若兰对这次江南行寄予了不少期待，童年的故乡建康，往昔的梁地江陵，对她都有着一段难以忘怀的经历和回忆。她无法辨别此中是忧多还是喜多，也无法感悟自己的人生是机遇还是福报。尤其是当杨坚指令她为这次南下行程的总管之职，把公主和晋王的安危交托给她担责时，她感到了身上的压力。欧阳若兰知道，这是杨坚对她的信任，然而她也明白，江陵和建康虽说都是她的故地，但这些年的争战烽烟、朝代更迭、帝皇变换，谁能知道是变好了还是变坏了，又有谁能知晓会埋藏着多少风险。她不怕与人打交道，就怕身不由己，更怕这对皇子公主的娇宠让她难以驾驭，万一有个三长两短，她何以去向如此看重她的恩主交代！届时，她将百口莫辩、无地自容。

此刻，欧阳若兰听见杨广发话，便探头向前看去。高高的城墙，陈旧的城门上方写着"江陵"两个大字，毫无疑问，这是他们要前往的第一个目的地——梁朝都城江陵。欧阳若兰仅知道，来此地的目的是为晋王相亲，并无其他大事，且这里乃是隋朝的属地，也不会有太大的风险。故她听杨广提出要先玩后办正事，也就不便直接反对，便道："一路上大家也都累了，到了江陵大家放松一下也不是不可以。但我们是否该先去刺史府知会一声，崔大人毕竟是你父皇派遣在这里的我朝官员。然后，我们就在这里好好休息两天，我也可带大家去各处看看，尝尝这里的江鲜山菜，尤其是去品尝一下到江陵不能不吃、脍炙人口的'三鲜鱼糕'，然后再入朝递折子，拜见梁主谈正事。"杨广却道："我们本是私访，除了办正事，没必要去惊动其他官府。否则，反而有诸多不便。"杨广说罢便一抖缰绳，策马向前驰去，慌得杨豹带着几个随从赶紧扬鞭催马跟上。

郑芥看着奔驰而去的杨广道："这个二殿下，还是那么自以为是。"睡眼蒙眬的杨丽华探出头来问道："你说谁自以为是？"欧阳若兰忙打圆场道："没事。前面就是江陵城了，我让殿下先去探望一下。"杨丽华一听江陵到了，也就来了精神，她伸了个懒腰，理了理鬓发道："姊，我听你说江陵城，被西魏宇文泰手下的一员大将给烧了，还把光了官里的所有珍宝。你可知道这个大将叫什么名字？"欧阳若兰摇头道："不得而知，我也是听说的。若你感兴趣，我们在拜见这里的梁主萧岿时，可以去问问。"杨丽华若有所思地点了点头，没有再说什么。

杨广纵马进城，江陵给他留下的印象是，这座名气在外却已古老的江陵城，犹如一个风烛残年的贫困老人，不仅衣衫褴褛，而且伤痕累累。那到处可见的宽大断墙残壁，无不在向人叙说着当年这里曾经有过的辉煌；而那低矮新建的房屋、窄小

的街道，正在诉说着生活的艰难；那些低头匆匆走路，连抬头看人一眼的勇气也没有的行人，简直全无一点做人的气概；这一切又无不在向人证明着这里的悲哀和凄凉。偶尔也有一些高大敞亮的房屋建筑展现在杨广的眼前，也有一两条商铺林立的街道在开门迎客，似乎尚在向人表明这里还是一个有着生命力的城郭。杨广策马信步驰过的地方，有两幢醒目的建筑让他过目难忘：一幢朱门雕楹、碧槛篆花、宽敞高大，门前还有六个兵丁把守，门匾上用大金字书写着"刺史府"，显得富贵威严而有气魄；另一幢却是陈旧的朱门、灰色的黄瓦、褪了色的红墙，两个宫人似的侍卫守候在门前，让人猜不透这是佛家的庙殿，还是皇家的朝堂。杨豹低声道："殿下，我们要不要先去刺史府崔大人处知会一声？"杨广扫了眼刺史府道："没这个必要。况且我看这个刺史府显摆得有些异样，觉得有些别扭。"杨广调转了马头，又道："豹叔，我们出门在外，不能招人耳目，不要再叫官名了。"说罢，继续策马向前走去。

郑芥在前引道，领着马车和众人进了江陵城。江陵虽是都城，也有车马在道上行走，却极少见有轿厢式的马车出现在街道上，况且车厢内还有两个不时探头向外张望的绝色美妇，一时间引得路人、商家、住户纷纷关注，甚至还有人驻足观望。欧阳若兰起初并没在意，可是当她发觉到关注她们的人越来越多时，她不由地感到了不安。而在前面引道的郑芥也发现了端倪，赶紧调转马头靠近马车，低声对车上的人道："快把车帘放下，别再探头向外张望。你俩和这车太招人注目了，会招来是非的。"欧阳若兰急忙把杨丽华拉入车厢内，放下车帘后，对郑芥道："立即派人去告知殿下，我们直接去刺史府找崔大人，殿下和公主在江陵的安危得由他担起责来。"

郑芥正要返身离开，道前传来了一声声粗鲁的喊叫声，一伙打手模样的彪形大汉站立在道中央，挡住了车马的去路。为首一个额头上有道刀疤的中年汉子，扬着手臂大声喊道："车上的人听着，入庙拜庙主，进府拜官爷，你们进入江陵，岂能不拜我们崔大爷？"在车厢内的欧阳若兰不由自主地紧张了起来，她情不自禁地伸手摸了一下挂在腰带上的一块焦黄色竹牌，又捏了捏身边一只小包，然后才心有所安地定下心来等待着事态的发展。杨丽华本就白嫩的脸上泛起了红晕，她紧了紧身上的腰带，捏了捏挂在腰间的一柄小巧精美的防身匕首，又把短剑紧握在手中，双目却闪出了两道寒光。车外的随从立即擎刀在手，护住了马车。郑芥策马向前，拱手道："好汉失敬了。我们初来乍到，不懂规矩。若有冒犯，万望见谅。"还是那个刀疤

第二十章　江陵古城地霸挡道，江边客栈相见如故

脸道："见谅不见谅，后说。只要你们懂规矩，我们什么事都好说。"郑芥还是拱着手道："恭请赐教！只要我们能办到，必定恭敬从命。"刀疤脸呵呵笑了两声道："把车上的那两个人留下。你们便可以想去哪，就去哪。"郑芥放下手，用商讨的口气道："可否以其他规矩来替代这一规矩？"

在道边路口驻足观望的人，怀着各种心态，鸦雀无声、大气也不敢出地注目着眼前的情景。这时，刀疤脸身后的一个人大声喊道："大哥，别跟他们啰唆了，我们动手吧！"郑芥把手一扬，大声道："且慢！你刚才所说的崔大爷，是不是你们这里的刺史崔弘坤？"刀疤脸一愣，用凶狠的目光盯视着郑芥，厉声道："你们是什么人？是不想活了，还是想咋的！竟敢直呼我家爷的名号。"郑芥不由得松了口气，放缓了声音道："既然你们是崔刺史府的人，我们便有话可说了。我们也正要去拜会他，你们前面带路。"

一阵马蹄声由远而近。刀疤脸闪了闪狡猾的眼睛，又看了看几个亮刀在手的侍卫，再闪眼扫了一眼马车，高声道："笑话！我还不知道你们的来路呢，怎能去把你们引荐给我们的爷。"随着一声马嘶声，杨广骑着长鬃白马来到众人跟前道："不用引荐，我根本就没想去见他。你们回去告诉崔弘坤，让他别来烦我。若他有事一定要见我，可以到江陵客栈来。但得看我愿不愿意见他？"拦道的一伙人中有人发声道："让我们的爷来见你，真是好大的口气。你是谁呀？"杨广举起马鞭道："我，晋王、杨广！若你们再挡道不让，我的马鞭，可就不饶人了。"此刻，杨豹也带着随从挥剑策马来到众人面前。这阵势、这威严，让这伙挡道的人身不由己地闪开了道路。杨广在前，郑芥引车，随从护卫着马车，杨豹殿后，在四周各种猜疑、兴奋的目光中缓缓前行。

江陵客栈地处江陵城南，面朝大江，傍着官道，距江边码头仅千步之遥。客栈有房两栋，有院两个，后院一栋大房住客，连着一个挺大的后院，既有马厩又有车场；前院一栋小房是居家住房，连着住客用餐的厅堂，院虽不大却有流水又有花草，还有着几只大白鹅。用餐的厅堂里有几幅义人墨客的字画，尤其厅中央的正壁上挂着一幅王羲之的《兰亭序》，更显其间的书香气息。杨广打前站探道，一眼就相中了这个客栈。像往常一样，他只管选址定店，具体细节都由郑芥和欧阳若兰去操办。这一路上，郑芥和欧阳若兰对杨广选址定店的眼力是无可挑剔的，不仅所选的住房干净明亮，用餐、进出方便，而且在安全上也从未出现过任何险情。但是在所支付的费用上，尽管郑芥没说，欧阳若兰总觉得是太贵了。为此，欧阳若兰在最后结账

时，常常会跟老板斤斤计较。

江陵客栈的老板是江南会稽金庭人氏，为避战乱和官府恶吏的勒索，才举家迁来江陵，又为了生计而买下了这片房产，开办了这个客栈。今天，他见有一伙远道而来的北方客人要借宿入住，而且要包下整个客栈，不免既有些兴奋，又有些担心。兴奋的是：这江陵虽说是梁朝的都城，却由于历代都是大国的附庸，处处受到管制和盘剥，完全没有自己的主权，故而根本没有其他都城那般的繁华。于是，民稀物少，商疏客刁，一句话，民贫生意难做，他这么大一个客栈，若不是全由自己家人经营，实难维持生计。故现在见有豪客光顾，怎能不感到兴奋。然而，他却又担心，这个江陵都城有着两个朝廷，一个是地主梁朝，一个霸主之前是周朝、现在是隋朝委派的监管。地主管辖的规矩大同小异，做小本生意的人尚可应付，而霸主的管辖规矩却层出不穷，一个比一个难侍候，让他们这些做小本生意的平民百姓不知所措，却又无可奈何。这次若被他们知道接待了这么一伙豪客，又不知道要被敲诈去多少真金白银了。但有生意总比没生意好，更不能因噎废食吧！他也只能兵来将挡，随机应变了。

众人来到了江陵客栈，按照惯例：杨广安置车马，杨丽华指挥众人摆放行李，并亲自伺候两只碧眼红睛的信鸽，喂食、放飞、熟悉环境。郑芥和杨豹检查安全防务，欧阳若兰则与老板洽谈住店价钱。老板五十来岁，慈眉善目、长袖素袍、清风道骨，不像商家店主，却像个文士学究。他把欧阳若兰请至客厅上座，客气而恭敬地上茶送茶点干果，完全是一副待宾客如亲朋的样子。欧阳若兰开门见山地道："老板，我们这些人一天的吃住，该怎么跟你结算？要不要先给你一些银两作定金？"老板慌忙道："夫人，不必这么着急的。我们这里，向来都是先住店用餐，到最后再结算。满意了多给点，不满意少给点，甚至不给也可以。"欧阳若兰惊异地道："此等行商规矩倒也新鲜，我还从未碰到过。你就不怕有人故意找碴儿，少付钱，或是不付钱吗？"老板坦然地道："我以真心待人，我也相信，客人会以真诚待我。若他一定要少付钱或者不付钱，想必也准有他的理由和难处。再说钱乃身外之物，只要大家都能过得去，又何必去斤斤计较。"

"好个'何必去斤斤计较'！"杨广边说边豪气十足地走进客厅，接着又道："老板，瞧你这里的摆饰和言谈，必定是文人经商吧！"老板慌忙起身并带着探究，道："客官年纪轻轻，竟然有这般老练的目光，老朽佩服之至。但这文人经商，在客官眼里可有不妥？"杨广道："自古有官不言商之说，故我们北方官家大富之人都不经

第二十章　江陵古城地霸挡道，江边客栈相见如故

商，最起码不在台面上经商，而且把商市谓之贱业，但在我的眼里却不然。国无商、物难流，民无商、业难继，商乃国之漕渠，民乃国之根本。我们不能把经商看成仅是钱财的交易，商家之中也不仅是铜臭味，你这何必去斤斤计较，便能道出此中的甘味。可嘉可赞！"老板肃然起敬，拱手道："后生可畏呀，老朽真是孤陋寡闻了。"言罢端茶倒水上果点忙个不停。

杨广坐定，举起茶杯、揭开茶盖，一股清香沁人肺腑。他抿嘴品茶，微苦中带甘的茶水润喉清心，杨广不由地道："好茶，好茶！这茶此刻江北何能有啊？"杨广又大喝了一口道："老板不是当地人吧？"老板惊喜之余，认真地看着杨广道："正是，在下江南会稽金庭人氏。此茶乃是刚从江南来的明前茶。"杨广又品了一口道："此茶此刻在宫廷里难能品到，老板用它来招待我等，岂非用心良苦？"老板微微一笑道："且不知，宝剑赠英雄，绫罗送美人，好茶会挚友吗！物有所值，何须用心良苦。区区一茶，更何足挂齿。"

欧阳若兰见老板如此认真地接待他们，有些不安地道："老人家言重了。我们就是一般的过客，在此稍停一两天便要走的。我怕到时候，我们付不起你的房租和膳费，我们会于心不安的！"老板不以为然地道："夫人，你这是在羞辱我啊！自古有言相逢是缘，相聚是情，君子之交淡如水。我们虽是萍水之谊，却也不能只重钱财吧！"欧阳若兰自觉失言，红着脸急忙道："老人家，请恕我言不由衷，多有得罪。在此请受我一拜。"说罢起身，向老人行了个万福礼。杨广道："老人家，在下能否请教，您的尊姓高寿？"老人捋了捋胡须道："在下姓王，不敢言高寿，仅虚度五十五春秋而已。"杨广边思边想认真地道："江南会稽金庭！王老板的先辈，莫非是东晋书圣会稽内史王羲之老大人之后？"老板矜持地道："何以见得？"杨广起身指着厅壁上悬挂的字画道："我一进门就看到了正壁上的《兰亭序》，也注意到了其他几幅字画，都与我曾见过的书圣王老大人的墨宝相似，加之前院的白鹅和您现在所言之词，便是我推断的依据。不知是否言中？"老人高兴至极，不由地跨近杨广的身旁，边盯视着杨广，边捋着胡须道："后生可畏！老夫总算也没识错人。在下乃汉帝左领军王羲之第十一代世孙王全之是也。却不知少年贵人来自何处，想去哪里？"杨广肃然起敬，立即躬身道："果然是先辈书圣之后，失敬、失敬。请前辈受晚辈一拜。"杨广说罢便抱拳在胸，向着老人深深地作了一躬。然后答道："晚辈杨广，由京都长安来，途经此地，想去江南一游。"老人眯起了眼睛，若有所思地点了点头，道："好啊！尔若要去游江南，想必定要去建康苏杭吧！然而老夫可要进一言，若尔游

江南而不去蜀冈、姑苏、钱塘，就不能称之为游江南，也就不能领略江南江北的差异所在，就更难知道江北江南相得益彰在何处了。"杨广道："此话怎么说？请前辈赐教。"

老人让杨广坐下后，自己也归座到原位，边让杨广和欧阳若兰品茶，边感慨地道："江北和江南各有所长、也各有所短。江北多峻山古城，气宇轩昂，却缺少和风细雨、温柔乡情；江南多小桥流水、碧波河道，却欠阳刚之气、古都风貌。这一南一北完全是两种格调，犹如阴阳之别，合则阴阳调和、风调雨顺；分则阴错阳差、祸乱不断。秦前的风光，汉后这四百余年的岁月，便是最好的明示。乱，似乎乱的都是皇朝权贵；破，则是山河城廓；苦，却尽是平民百姓。何时能出真龙天子？似秦皇汉武，平天下之乱归于一统；效三皇五帝，整山川河谷、农桑渔牧；树新帝新政，救万民苦难出水火；还国泰民安，治北山南水、风和日丽，这便是相得益彰。届时，尔重来游江南，定当别有一番情趣。"

杨广正在细细地品味这段话时，客栈的院门外传来了一阵嘈杂声，一个黄门内吏双手捧着一册黄面拜帖，低头哈腰地走近厅堂，举目朝厅堂里的人扫了一眼后，冲着杨广双膝跪地，把帖举过头大声道："殿下千岁，梁主差在下递帖求见。"老人视若无睹，装聋作哑地坐在椅子上毫无反应。杨广微微皱起了眉头，看了欧阳若兰一眼，低声道："何能来得这等快，他们的消息也真够灵通的。"欧阳若兰道："既来之则应之吧！不能失了礼数。"

杨广立即起身，怀着歉意拱手对老人道："前辈，在下本不想招摇，却还是躲不过这官场的礼数，而有负前辈的热情款待和这明前茶。在下先在此别过，容以后再面谢。"老人从容地起身道："殿下办正事要紧！若有所需，这里的一切尽可差遣。有机会容老夫再为殿下详述江南，以供殿下未游先知。"说罢，老人告退入内。

杨广与欧阳若兰走至厅口，杨广收起黄门内吏的拜帖，正要开口，院门外又传来了一阵喧闹声，接着几个横眉竖眼的官员拥随着一个脸露傲态的人涌进院子，朝杨广走来，为首此人肥头大肚，糟鼻鹰眼，锦袍粉靴，举步砸地有声，让人一看就有一种不是良善之辈的感觉。内吏一见此人，慌忙让在一边，低声细气地道："殿下，来人便是江陵刺史崔大人。"欧阳若兰在杨广耳旁迅速言道："来者不善，先稳住他，从长计议。"

杨广待崔弘坤走至近前，旁若无人地对内吏道："请公公代为传言，在下立即备马进宫，拜见你家陛下。"内吏暗自松了一口气，匆匆离去。崔弘坤用色眯眯的眼神

第二十章　江陵古城地霸挡道，江边客栈相见如故

往欧阳若兰身上扫了一眼后，微微欠身，向杨广作了一躬，道："在下江陵刺史总监崔弘坤，前来拜见殿下千岁。"杨广挥了挥手，轻描淡写地道："崔大人不请自来，可有要事？"崔弘坤微微一愣，有些尴尬地道："据手下人禀报，在我辖区内有人冒犯了殿下。在下特来请罪。"杨广顺水推舟道："崔大人既然知罪，那就将功补过，去把这几个拦路匪人缉拿归案，绳之以法。本王便不究你的失职之罪。"崔弘坤的脸色沉了下来，接着振振有词地道："在江陵境内追查罪犯，非在下之职。但我可责令梁庭，按殿下旨意去办理。"杨广盯视着崔弘坤的脸道："崔大人，这伙强人打的可是你的旗号，你就不怕他们会追责到你的头上吗？"崔弘坤强压着怒气，轻描淡写地道："在下没什么可怕的，手下人瞒着我做些不安分的事，定要追查我的责任，最多也是管教不严罢了。"杨广冷笑着道："好个不安分之说！他们可是在你监管的地盘上，光天化日之下拦道抢人。你身为朝廷派驻在此的命官，能不知道你有什么罪责吗？把如此之罪轻描淡写的说成是你的管教不严，岂非是欲盖弥彰、自欺欺人吧！"崔弘坤正想对抗杨广的责问，却见杨丽华、郑芥和杨豹带着随从走进前厅。崔弘坤的眼睛不由地一亮，他匆匆地扫了一眼走在前面的郑芥后，一双色眼就忘乎所以地盯上了杨丽华，竟然忘了自己的说辞。

欧阳若兰见此情形，即上前拦住杨丽华，并对郑芥和杨豹悄声道："此人便是崔弘坤，色胆包天，绝非善类。你们可助殿下见机行事，我与公主不便在此。"说罢带着杨丽华一起返身进入后院。杨豹快步上前，冲着崔弘坤对杨广道："殿下，你还跟他啰唆什么？让我把他绑了送官治罪罢了。"跟随在崔弘坤身后的几个官员立即凶相毕露地围了上来。郑芥怕众人动手伤了杨广，急忙举着双手向前，一面护着杨广，一面对杨广低声道："我们没必要在此动手，容我另想办法对付此人。"杨广领悟地哈哈大笑道："崔大人，看来你这个总监刺史是干到头了。本王本想，你只要在江陵能伺候好我们，此事便放你一马，不跟你计较了。谁知，你竟然是这样不识抬举，那就别怪我不给你留情面了。"

崔弘坤蓦地听到朝廷的人来至江陵，领头的还是当今陛下的儿子晋王杨广，不免大吃一惊。崔弘坤自知这些年以来违天悖理之事做了不少，他也时常在防范着被朝廷追究。如今这伙来头不小的人既不进他的府邸，向他这个总监刺史告知来意，也不去梁廷，却住进了江陵民间客栈，让他不能不添上一层忐忑不安的感觉。崔弘坤为了摸清对方的底细以防不测，才决定亲自登门拜会。此刻，他听杨广话中有话，同时也怕把事情弄得不可收拾，便急忙赔着笑脸道："殿下，千岁殿下，误会了，这

全是误会。"然后他又转身训斥随从道："瞎了你们的狗眼，在殿下面前，你们也敢胡来吗！"杨广到此，也就趁势下坡地转身对郑芥和杨豹道："杨将军，你去让人备马，并把公主和欧阳大人请出来，你们随我和郑大人一起进宫去面见这里的国君。"杨豹应诺匆匆离去。

崔弘坤暗暗吃惊，两个美妇，一个竟然是陛下的女儿，另一个欧阳大人必定是户部侍郎、朝中唯一的一个女官。而跟前这个郑大人似乎有些面熟，该不会是陛下身旁的近侍紫光禄大夫郑芥？这些人的官衔都高在他之上，且还有将军跟随着要陪伴晋王进宫去面会梁帝！如此之大的阵势来江陵，他们到底为的是啥？崔弘坤慌乱之际急中生智，急忙毛遂自荐地道："殿下千岁，梁国乃是我朝的属国，没必要惊动公主和殿下亲自入朝去拜会他们。你们何不到我府中去，让我派人去把他们传来觐见你们，也可让我为殿下和公主，及各位大人尽些地主之谊。"杨广和蔼地道："崔大人的心意本王领了。拜会梁国君主，乃是我父皇的圣旨，不必烦劳崔大人费心。反正本王在此也得待上几天，有便一定去大人府上讨扰。届时，崔大人可别把我拒之门外哟！"崔弘坤听杨广如此之说，不由得心情舒畅起来。他立即表态道："岂敢、岂敢！能得殿下和公主，及各位大人光临寒府，乃是在下没世的福分。只能是令我蓬荜生辉，岂有拒之门外之理？"

第二十一章
治儿下山崔府设擂，道佛相争弱女胜男

江陵刺史崔弘坤倚仗着自己是当朝秦王杨俊之妃的堂兄，国公崔弘升的堂弟，自从当上了隋国监察梁朝国政的总监之后，不仅将监管之职变成霸主之权，更是处处插手干涉梁朝国政，根本不把梁朝君臣放在眼里，俨然成了梁国的太上皇。崔弘坤目空一切、作威作福、越权干政，从以职谋私、包办讼案、欺男霸女，到贪赃枉法、纳江湖人士当官吏、召江洋大盗充打手衙役、贩私盐、制私钱，简直无所不为、无所不用其极，成了江陵一个名副其实独霸一方的霸主，把本就千疮百孔、奄奄一息的梁国折腾得雪上加霜，毫无生气。

崔弘坤明白，这些年自己在江陵地区的所作所为，早已远远超出了隋帝赐予他监察梁室的四品刺史官职所赋予的权限。他也清楚，万一梁国君臣向朝廷告发他的种种罪状，他不仅难辞其咎，可能招来杀身之祸，甚至还有灭族之灾。然而，崔弘坤一来欺梁国君主萧岿性格懦弱，能逆来顺受，且多数朝臣都收受过他的好处，所以不怕梁室君臣告发他；二来欺梁室江陵距京都长安山高皇帝远，又不隶属于朝廷其他郡州管辖，只要能督促梁室按时纳粮进贡，朝廷就不会派专人来查看，况且朝中还有他的族亲庇护，因此有恃无恐。这些年，崔弘坤事事顺风顺水、得心应手，他的刺史府简直成了这一带江湖上三教九流聚会的码头、藏污纳垢的避风港，他的野心和胆子也越来越大。在崔弘坤的一生中，除了做官弄权，在他心目中还有两件事是人生必须想方设法满足的，否则既违背做官弄权的本意，更枉为做人一世的享受，这便是美女和钱财。而且在崔弘坤眼里，美女是第一位的，这也成了他做人为官的两大追求准则。所以，崔弘坤为了做官弄权可以不择手段，招降纳叛、结党营私、行贿舞弊，甚至杀人放火；为了私欲和女人更可以不惜钱财、为所欲为。正因为有这样的心思和追求动力，他做事往往只求如愿，不计后果，甚至为了达到目的可以一时委曲求全。

朝廷派晋王杨广带人来江陵的消息，让崔弘坤心绪不宁，而这伙人中还有两个

貌若天仙的女人，更让他垂涎欲滴、心痒难耐。然而，当务之急，崔弘坤最想知道的是晋王他们来江陵到底所为何事，是公出还是私游。以往，朝廷若派人来他领地收缴税赋、督办官事，朝中必会有人提前告知，以便他早做安排、行事方便。可这次居然没人来知会一声，害得他的手下差点闯下大祸，也让他一时不知所措。为此，崔弘坤既为弥补自己手下人的过失，也为探明这伙不速之客的来意，更想把他们迎进自己府中，以便见机行事，这才匆匆来到客栈。然而，让崔弘坤没想到的是，这伙来自朝廷高层的人，个个身价都在他之上，这让他不禁暗自思忖，陛下派这么些身世显赫的人来到江陵，既不派人告知他，也没人来打扰他，却径直住进民间客栈，看来是有意回避他办事，这让他心里既不舒服，又联想到自己这些年的种种所作所为，更是忐忑不安、如坐针毡。而那个看似年少的晋王殿下，开口言谈竟如此犀利，不仅抓住了他的要害，还句句点到他最担心的事，这让崔弘坤心惊肉跳。不过，不知为何，晋王最后说的几句话，似乎有宽恕调和之意，又让他宽心不少。的确，崔弘坤虽说胆大妄为，但也不想把事情做绝，只要晋王来江陵不是对付他的，或者诸事还有挽回余地，他就不会去招惹他们，不会因小失大、惹是生非，更不会与朝廷对抗，毕竟还是以和为贵。但是，眼前那两个被他看到的美女，实在让他垂涎三尺、过目难忘。尤其是经打探得知，其中那位公主还是前朝的皇后，这更让崔弘坤想入非非。

崔弘坤怀着复杂的心绪回到自己府中。他把那些招惹是非的手下痛骂一顿之后，招来亲信臣僚在聚义堂上商讨方略。刀疤脸首先开口道："爷，依我之见，到了江陵的地面上，管他什么殿下公主，都得看崔爷的脸色行事。再说，他们也就几十号人，有什么可怕的？把他们弄来，是杀是剐、是玩是留，还不是崔爷一句话的事儿！"一个武卫将军道："老爷，趁他们来江陵立足未稳，今晚我带兵去把他们一锅端了，看他们还有什么能耐在您面前装大爷。"刺史府的主簿，一个干瘦的老头，连连摇手道："不可，不可！在没弄清他们来此目的之前，绝对不能胡来。朝廷虽远在长安，可如今的势态犹如旭日东升，周朝根本无法相比，而江陵虽是梁国之地，却也不是世外桃源，我们在这儿要是把事情闹大，伤了陛下的儿女，到时候谁也脱不了干系，还得连累朝中至亲、家中族人，所以务请贤侄大人从长计议。"

刺史府的长史，嘴上留着三撮山羊胡子，江湖上人称神算小诸葛，也是崔弘坤的军师，捋了捋胡子，慢条斯理地道："主簿大人不必杞人忧天，各位也少安毋躁，在下有几策可供总监大人选择：其一，以静制动。原则是人不犯我，我不犯人。只要

第二十一章　治儿下山崔府设擂，道佛相争弱女胜男

他们不是冲着我们来的，就以修好为善，这便是江湖上常说的，多一个仇家不如多一个朋友。其二，以动制动。若对方来者不善，我们与其束手待毙，不如反戈一击。凭他们这几十号人，就算有天大的本事，且不说总监大人手下有一批府兵强将，仅凭我们在座的这些江湖豪杰，他们能逃出我们的掌心吗？只要他们敢动，我们就有了处置他们的理由。其三，蓄势待发。暗中派人监视，掌控他们的一切动态，我们便可伺机而行，把主动权掌握在手中，届时是方是圆，都由我们说了算。这上中下三策，请总监大人斟酌选用。"

崔弘坤沉默片刻道："这三策虽各有优劣，但若让我选，必选第三策。我向来不愿受人掣肘，与其等着让人摆布，不如掌握主动来得痛快。尤其是那两个美人，我恨不得现在就把她们弄进府来，免得夜长梦多，难熬难耐。"军师哈哈大笑道："大人，我早料到您必选第三策，所以已替您备下后续方案。有道是，好宴不怕晚。大人只需照我的方略行事，这伙人必会乖乖落入您的囊中，还怕美人不上您的床？"崔弘坤急不可待地道："快说来听听，别净吊我胃口。"军师转身对着一个抱着一柄旧剑，坐在一旁的女孩道："治儿姑娘，今晚你可否替师叔去江陵客栈走一趟？探听一下晋王杨广这伙人来江陵的真实目的。"治儿姑娘应声站起，双手捧剑抱拳道："师叔之命，晚辈敢不遵从！"

崔弘坤举目看向起身站立的姑娘，不觉皱起眉头问道："小姑娘，你今年多大啦？你是何时来我这府上的？为何我从来没见过你？"军师不等治儿姑娘开口回答，便道："大人，请放心。她是我师兄的独生女。因其父母被仇人所害，自小便被我师父收留在身边。别看她今年才十二岁，却尽得我师父真传，其功夫远在我之上。这次出道江湖，她是奉师父之命来投奔我的，刚来没两天，说是我能助她替父母报仇雪恨，所以还没来得及拜见大人。今日之事，正好让她初显身手，当作觐见大人的投名状。不知大人意下如何？"崔弘坤听军师这么一说，便一边认真打量眼前这个小姑娘，一边道："我知道，你师父不就是眉山剑仙吗？却从未听说他有这么个女弟子。"

手握宝剑、一副道童打扮的小女孩，不仅气宇轩昂，而且清秀脱俗。乌黑的发丝盘成一束扎在头上，微黑的鹅蛋脸上五官端正，柳眉透着秀气，明眸闪着深不可测的寒光，一件灰布道袍裹住了纤小玲珑的身躯，脚上穿着一双黑色布面软底道靴，整个装饰和神态在严峻清贫之中，让人感受到一股莫名的威严和惆怅。如此一个娇小俊秀的小女孩，又怎能承担起替父母雪恨的重担？崔弘坤不禁摇头道："我

不能做这么缺德的事，让一个未成年的小姑娘去替我承担风险。难道在座各位都比不上这个小姑娘吗？"崔弘坤此话一出，犹如在热油锅里滴进一颗水珠，立刻引来了四周一片喧闹声。有不满的，有愤愤不平的，有左顾右盼、窃窃私语要挑衅比武的，也有不以为然冷笑的，更有不少人沉默不语。然而，大家似乎都碍着师爷的面子，只是嘴上说说，却没有任何人站出来明言要替代小姑娘去行动。军师听着、看着众人的表情，脸上露出矜持的笑容，等众人的议论声小了一些之后道："总监大人的心意，在下心领了。然而，我让治儿姑娘去办这件事，并非是要贬低各位。一来杀鸡焉用牛刀，二来请诸位给治儿姑娘一个立功进府的台阶。所以务请总监大人和各位给我个薄面，也给这姑娘一次初出茅庐的锤炼机会。"

一个体形彪悍、一身佛家短装打扮，腰束一条练功宽带的光头和尚，终于忍不住站起身道："我虽是佛门弟子，却从无贬低道家之意，但军师今日所为，实在让人难堪。刚才总管大人也发了话，若我等为了顾全面子，再装聋作哑不挺身而出，却让一个小女孩出面去成就如此关乎生死存亡的大事，以博取你们道家之誉，岂不是有悖我们众人之愿，有违佛门以慈悲为本的心念吗？"军师面露不悦之色道："普济，你别老是拿道佛之争来自我标榜、说事。我们今日齐聚一堂，不是来争你我之间高低的，而是来助总监大人争霸一方、图谋大事的。若你非要为此而争，我也不反对你与治儿当着众人的面比试一下，再做定夺。如何？"

在座的众人一听要当面比试身手，都来了兴致，一时间厅堂里又热闹起来。崔弘坤见此情景，正中下怀。说实话，他对自己下属的底细不能说全知，最多也只能了解个七八成。而这些慕名招来的幕僚和经人引荐的食客，往往只闻其江湖上流传的名号，却从未见过各人的真功夫、真实力。崔弘坤早就想对这些人做个甄别，却碍于江湖规矩，不能寻根究底去区分真伪。如今有了这么个借题发挥、推波助澜的机会，把那些滥竽充数的冒牌货分出高低优劣，再剔除出去，别让江湖上的人以为他好糊弄，把他的钱财当成冤大头，岂不是一举多得？于是崔弘坤便道："自古以来，江湖之大，藏龙卧虎，三教九流各有千秋。今朝崔某有幸得到各方英雄豪杰的青睐，齐聚一堂共议大事，实乃我之福分。刚才军师此说也不无道理，所以我有个想法，我们何不借此机会，仿照古人设擂比试点将，凡有意愿、有能力者，都可自愿登台参与。比试时，只准使用拳脚功夫，不得用刀剑棍棒暗器，且点到为止，不得伤人，胜者本府赏纹银十两，决出的擂主赏银百两。不知大家意下如何？"

崔弘坤的话犹如火上浇油，整个厅堂上顿时议论纷纷。有摩拳擦掌、跃跃欲试

第二十一章　治儿下山崔府设擂，道佛相争弱女胜男

的，有冷眼旁观、低眉垂眼默不作声的，也有用眼观察着引发这场对擂的一大一小、一强一弱极不对称的对手之神态，在心里测评着胜负的可能性。普济和尚一副大义凛然、稳操胜券、无所谓的样子，而小姑娘则怀抱旧剑，面无表情地向前迈了一步以示应战。崔弘坤见场面上众人情绪激动，心中暗自欢喜，但看到这实力悬殊的两个对擂者，生怕万一有失，让军师面上不好看，心情又不免有些忐忑。他看着小姑娘，用关切的口吻低声对军师道："你真有把握，她能赢得了普济？"军师道："我虽然早就离开了师父，也没见过治儿姑娘的真本事，但我见过我师父的功夫。治儿两岁时，我师兄夫妇就过世了，此后她便被师父收养。若她真能得到师父的真传，别说一个普济，十个普济也不是她的对手。"崔弘坤点了点头，不再说话，领着众人向府内校场上的擂台走去。

江陵刺史府本是历朝设在后梁的一个督察机构。西魏的宇文泰为何会让这个仅是弹丸之地的后梁江陵存在，是有一番深谋远虑的。当时江北的西魏之东，尚有虎视眈眈的北齐，而江南梁国的大片土地正在经历内战之乱，鹿死谁手尚不可知。身为西魏权臣的宇文泰又心有夺权篡位的野心，因此，他既要防备北齐，又得掌控住西魏的朝政，还得关注江南梁国朝政的发展变化。宇文泰留下梁国江陵的目的在于，进可以用江陵干涉江南梁国的朝政，退可以让江陵作为屏障，拦阻江南势力的北上，也可或多或少地牵制住北齐的注意力。为此，宇文泰向江陵派出了自己的亲信为监察官，使他不仅能赢取民心，还能岁岁得利，更便于他纵观天下、左右逢源。因此，他把这后梁的江陵造就成名为西魏朝廷的属国，实际上却是他的一块私人领地。此后的周廷，基本上都继承了这一思路行事。周武帝灭齐之后，本打算把这名存实亡的后梁江陵收入版图，却天佑后梁江陵，周武帝还未能拓展宏图，便病逝于征战途中。从此周廷元气大伤、一蹶不振，结果被杨坚的隋朝所取代。隋朝建国之初，杨坚虽有宏图大志，却不能一蹴而就，他的朝政新法尚在逐步完善推行之中，他的官僚体制所用之人，基本上还是周廷遗留下来的那些声称效忠于他的旧官员。杨坚明知这些留用官僚良莠不齐、善恶皆有，却一时无法对他们择优除劣、做出甄别。所以杨坚向各地派出巡察大员，努力推行新政，严厉奖善惩恶，就是为了达到拔莠留优、逐步清洗的目的。这次杨坚让自己的儿子女儿借道梁国属地江陵去江南，也有这样一层目的。

崔弘坤原本就是周廷派驻在后梁江陵的总管，如今摇身一变，又成了隋朝派驻江陵的刺史。随着他们崔氏家族在新朝廷内的势力逐渐壮大，更助长了崔弘坤的私

欲。他凭借这几年在江陵为官弄权、把持朝政的作为，他的刺史府不仅掌控住了后梁朝廷的一切军事、经济实权，梁廷的军队和赋税全由崔弘坤指派的心腹担任主管，而且梁廷的官员任免也得经崔弘坤的刺史府核准。因此，崔弘坤成了实实在在的江陵王，刺史府也就成了实实在在的江陵朝廷，只差没个正式名分而已。崔弘坤这江陵刺史府的所谓擂台，实际上就是他操练兵马的一座将台，高出地面五丈，长宽也就二十余丈，是一个无栏无栅的砖砌平台。崔弘坤带着众人来到擂台下，又定出一条规矩：凡被打下擂台的就得认输；凡自己觉得打不过的，也可以自己下擂台服输。

中国的武术源自擒拿格斗，最初是为了生存；继而发展出刀枪剑戟，是为了征战逞强、拓疆护土，于是便成了帝王将相称霸一方之人必须拥有的利器。既然成了守能护身、攻能格击他人的利器，其中便增添了争胜斗狠的理念，又衍生出许许多多的流派、套路和名目，也就有了南拳北腿，外家少林，内家太极，形意八卦。拳起于齐秦，有道仙佛圣、姓氏门路、禽兽动物等拳；剑始于吴越，有昆仑华山、峨眉蜀山、武当衡山、崆峒嵩山等门派，此后又衍生出了九剑十三道。拳在于力，剑在于化，各有所长，又各有所短，其关键在于一个"悟"字。拳术是通过悟，使拳脚身手合一，运力自如，指东打西无所不能；剑术是通过悟，把剑的刚、锐、柔、幻合成一体，融入丹田，再化成气而随心所欲。若两者相对，拳有推山填海之势，剑则有以柔克刚之力，要论高低，就得看使拳、用剑之人的内在功底。所以，江湖上的武林中人都明白一个道理，评判武功强弱绝不能以貌取人。如今，一个体形高大彪悍的少林佛门弟子要挑战一个娇小柔弱的道家女弟子，看似极不公平，但谁也不敢断言谁胜谁负，因此更引起了众人的关注和兴奋。

普济站在擂台上，心头不免有些后悔。自己弃空门、染红尘，涉江湖来江陵投崔府，为的不就是名利吗？可因门派之争一时冲动，引发了此时这种对自己毫无价值的无谓对擂，他觉得非常不值。若他胜了这个弱小的无名小姑娘，乃本该如此，对他的名利不会有丝毫增色。然而普济也不免有些担忧，仅凭这个不露声色的小姑娘敢站出来应战的勇气，且不说她到底有没有真本事，却也就不能不让人刮目相看了。但他若赢不了她，不仅会名声扫地，而且也再难在江湖上立足，故这场擂台争战对他是有百弊而无一利。普济想到此，真想立即纵身下台，退出这场争斗。

道童姓薛名芍，小名治儿。父薛礼，幼年曾拜眉山道长为师，后任南陈太子陈佰宗的武卫近侍。陈佰宗上位后，把其妹赐配给他为妻。此后，陈伯宗被叔父安成

第二十一章　治儿下山崔府设擂，道佛相争弱女胜男

王陈项篡位，废为临海王，薛礼不愿留在朝中为官，乃携妻子追随临海王，为贴身护卫。当临海王被不明身份的歹徒追杀灭门时，为保存临海王的唯一血脉王子陈至泽不被诛杀，薛礼与妻子携王子陈至泽一齐出逃，隐姓埋名，以砍樵采药为生度日。后来，夫妻俩生得一女，薛礼因其妻在临产时梦见芍药花开遍地，且又因女儿出生时满屋遍渗芍药花香，故替女儿取名为芍，小名治儿。女儿出生两年后的一个夜晚，薛礼一家又遭一伙蒙面歹徒的偷袭，王子被窃，薛礼奋力抵抗，被击成重伤，妻子被杀，女儿被丢弃在草丛中。薛礼猜想这必是仇家陈项遣人所为，薛礼伤重自知难存活于世，便连夜将女儿送至师父处，委托师父教养其成人，以替父母尽职寻找被窃的王子陈至泽，并追缉仇人，替父母雪恨。

薛治儿跟随眉山道长悟道、练功、习剑十年。一日，遵师命，辞别师父下山时，师父把她父亲留给她的一柄旧剑交付给她后，道："治儿，你在为师身边已有十年，你如今已艺成功就。但尘世中你还有一段情缘未了。你父母的恩怨乃是家仇国恨，自会有人替你去了结。但你自身的这段情结，尚需你自己去追寻、品味。"薛治儿一脸懵懂地道："师父，徒儿是有什么地方做错了，还是师父不想教我了，而要找个借口把徒儿赶下山去？"师父道："都不是。为师能教你的，你学得都超出了为师的期待，如今为师已没有了可教你之术，往后唯有靠你自己去悟了。但在此师父仍得提醒你一句，剑道的精华在于剑气合一，所忌的是动情和贪财。你本非是林中兽鸟，你的归宿更不该在为师身旁。你今日辞别师父，乃是你新的一生之始，不管你愿还是不愿都得如此，这便是天命。"治儿还是不能理解地问道："师父，徒儿的天命是什么？天下那么大，我又该到哪里去寻找我的情缘？"师父道："你的天命只可你去遇，为师不可泄。但为师可以指点你几句：你这番涉足江湖，可先去梁国的江陵刺史府，寻找你的师叔——江陵刺史府长史神算小诸葛温伯。你可以借助他给你提供的机遇，凭着你的悟性，去寻找到你的情缘所在。"治儿又问道："徒儿从未听师父提到过这个师叔，如今徒儿贸然去他，师叔会认我这个师侄吗？"师父道："我这里有竹牌一块，他见到此牌必会认你。然而，他只是你找到情缘归宿的一块跳板，你也无须去依赖他。况且他多行不义必自毙的天命早已为他圈定，故你不必把这个师叔放在心上。"薛治儿接过竹牌，看着上面的图文又问道："这竹牌师叔也有吗？"师父道："他学艺不专心，是被师父逐出门的，故他不配有此牌。"

薛治儿奉师父之命来到了江陵，找到了师叔。果不其然，师叔没过两天就给了她这么一个在众目睽睽之下一试身手的机会，让她可以验证这些年以来自己所学之

功力。为此，薛治儿在心中充满了一股跃跃欲试、初生牛犊不怕虎的感觉。然而薛治儿也知道，她与这么一个大个儿拼力，她未必能赢，她只有巧取才能稳操胜券。故而薛治儿脸如凝霜，怀抱着一柄旧剑上了擂台，又纹丝不动地抱剑站立在台沿边上，等待着对方发起攻击。

崔弘坤发起这场对擂的目的，其醉翁之意不在酒，他需要的是要借此挑动自己门下的人参与比拼，好让他当场分辨良莠，筛选可供他支配的有用人才。故他对台上这一大一小两个人对擂的过程并没太大的兴趣。崔弘坤期待普济胜了才好，接下去才会让众人进入比拼争高下的氛围之中。否则，被他捧为座上宾的普济输给一个才进府的小丫头，让这个小丫头当上擂主，再让他府上的这些人去与她比拼！崔弘坤既怕众人会碍于师爷的面子而不愿上台参与，也怕众人会产生赢了也仅是赢了一个小姑娘，没多大意思而失去兴趣。而崔弘坤更怕万一他府中没人能赢得了这个无名小辈，岂不是要被江湖上嘲笑他府中尽是酒囊饭袋，而脸上无光吗？故崔弘坤此刻的心态是，希望普济一拳就把这个小姑娘打下台去，好让这场擂台赛按他心想的意愿进行下去。

崔府长史、军师温伯对这场由他挑起而引发的对擂比拼，原本还是信心满满。他早就对这个佛门嵩山少林派的还俗弟子，时常在大庭广众之中向他发难而心存怨恨。温伯怨恨这个和尚老是用他的佛家少林名门武功来说事，来与他争辩佛、道间的高低，而常常让他下不了台。若让温伯平心而论，他除了在运筹帷幄上可以略胜普济一筹之外，在武功的造诣和功底上确实不是普济的对手，故在这点上他不能不服软，这也是温伯在众人面前不能更硬气的原因。然而，温伯没想到，从不看好他的师父，竟让一个最得意的弟子找上门来投靠他，这不仅让温伯深感意外，而且也让他心生一计，他要制造一个机会，借此打压一下普济的气势，也测试一下这个同门侄弟子的功力。此际，他眼看自己的计谋正要得逞，突然之间却有些颤颤不安起来。擂台上的对手表面力量如此悬殊，万一他这个师侄没有学到师父的真本事，而败下阵来，既没达到他打擂预期的目的，若还在比拼中有所闪失，他该怎么自圆其说，去向众人和师父交代？但是温伯转念一想，又自慰自嘲起来。自慰：他安排的这场争斗，是在为师父和这个同门师侄创造扬名的机会，不管胜负如何，他们都该感谢他的好心。自嘲：江湖本无常态，胜负当听天由命。胜了，他的目的达到，那就什么都好说了；败了，如此以小打大，输了也在情理之中，也只能当作这个师侄学艺不精，而对于他来说，最多是脸上无光而已，大不了一笑了之。故而，此时温伯的

第二十一章 治儿下山崔府设擂，道佛相争弱女胜男

心情反而坦荡了起来。

这时台下突然有人高声喊道："小丫头，说好不能用剑，你干吗抱着剑上台？"这么一喊，众人也感到了此中的不公。接着却有人带着讥嘲的口吻道："抱着一把破剑对擂，能起什么作用？借此壮胆罢了。只要普济不理会，大家何必大惊小怪。"薛治儿怒目圆睁地看着喊话的人，却并没放下怀中所抱之剑。台下人见台上对擂之人不计较抱剑的事，也就不再多说，开始专注起这场大小、强弱悬殊的比赛。

普济被说得不好意思起来，他向前跨出两步，向薛治儿招了招手，表示对擂比试可以开始，他可以让薛治儿先出手。中国的武术源远流长，更注重于智力技能和临场发挥的融合，其中就有一条抢占先机、先发制人。普济能如此谦让，其用心也可谓良苦。可是薛治儿却并没领情，仍然抱剑站立着，没有任何想要发起攻击的举动。普济见这个小姑娘不领他的情，还是纹丝不动地站着，而台下那么多的人都眼睁睁地看着他们，普济只能探步上前开始出击。

普济一个虎跃，扑至薛治儿跟前，出左腿成弓形虚步，拖右腿在后成半马步，左手握拳在腰，右手伸掌，一个泰山压顶之势砸向薛治儿的头顶。这是少林拳法中攻击对手取胜最有效的招法，称七星三式拳。所谓七星即：头、脸、胸、腰、背、腹、膝；三式可分为掌、拳、腿，且能虚实相结合，掌拳腿互用互换、随机应变、变化莫测、让人防不胜防。普济举掌下压，其势可以劈砖碎石；同时普济又准备了后手，被攻击方一旦出手挡掌，他便会趁机冲拳击其中路要害部位，其力可以砸墙倒柱；与此同时他即飞腿扫向对方的下部空挡，这腿力足可以把碗口粗的树干一折两段。这一连串一气呵成的掌拳腿会让对手顾此失彼，足可以把对手打伤致残或击倒在地。普济一出手就用如此凶悍的手段，其目的很清楚，他没把这个小姑娘放在眼里，更不想拖时间打消耗战，他要在一个回合之内就奠定此局的胜负，让众人看到他的神力所在。但普济也顾及对方是个弱小的姑娘，故而他的力仅用了六分。

薛治儿见对方出手凶悍，大有一掌就定乾坤之势，她也知道普济这一掌的分量。故而她并没以力抗力迎掌而上，却是身躯一晃窜向一旁，巧妙地既避开了头顶上的掌，又让普济的拳和腿失去了攻击的目标。普济见自己第一个回合竟成了徒劳，又见小姑娘闪在了一边，即一个顺势，变蹬腿为立锤足，出左脚成扫堂腿踢向薛治儿的下二路，意在趁对方立足未稳把她打翻在地，普济这第二招之力已用至八分。薛治儿看得真切，她不等普济的腿扫至自己近旁，便轻轻向上一跃，躲过这一腿后，又像树叶一样轻轻飘落到了原位。

普济第二招落空，心头发狠。他收势逼近对手，劈腿成马步，双手抱拳，冲着近在咫尺的薛治儿，对准其前胸用炮拳全力出击，普济这一拳势在必得。少林的炮拳被武术界业内人士称之为少林看家拳，此拳更是汇集了少林武术中的气雄填河、势壮摧山、力大拔树的态势，故也被誉为少林第一拳。薛治儿面对近在眼前的夺命炮拳，她不能再避让，她双脚开立，深吸一口气凝于丹田，左手握剑，右手迎着来拳展掌护胸……

有言道，内行看门道，外行看热闹。站在擂台下的这些江湖人士鱼龙混杂、良莠不齐，故而既有看得懂台上相争之人强弱趋势的高手，也有一知半解不得精髓的半吊子武夫，更有滥竽充数假冒大爷的混混。高手深知普济这一拳的厉害，却又被这个接招小姑娘的镇静自如所折服，而且他们都明白，这一招胜负的后果必定是不死即伤，故而都不免为这场没有必要发生的擂台争强斗狠而忧心。可是那些看热闹的混混却不是这样想的，他们想看的是大男与小女之争的奇事，他们更希望大男输给小女，让他们有谈话的资料。故当他们看到小姑娘轻易地避开了普济两招的攻击时，便在台下大声喝彩，替薛治儿加油。此刻，他们见小姑娘不再退避，而是伸掌迎拳，便又兴奋不已起来，期待着奇迹的出现。

崔弘坤本是武将出身，当然也懂得点武道。但他此刻关注的并不是台上这两个人的生死胜负，而是台下这些观战之人的反响。他要去分辨在这些人中，哪些是真懂武术门派拳法强弱优劣的内行人，哪些人仅是一知半解、不懂装懂的假把式，又有哪些人则是买狗皮膏药的，只会吆喝却什么都不懂的混混。军师温伯的心情就比较复杂了，他所担心的不仅是这个师侄女的安危，更关心的是这场比拼的胜负和自己在胜负面前该采取的应对措施，他也在留意着众人对这场比拼的表情。温伯见治儿轻易地躲过了普济的两招攻击，不免在心中暗暗赞许，他甚至深切地感到，换了自己在台上与普济对擂，在第一个回合中就一定会败下阵来。但是温伯又在纳闷，治儿为何不抢占先机主动出击？就算不抢先出手是为了谦让，可普济已经接连打出了两招，治儿却为何还不出手回击，是惜力还是怯场，或是学艺不精、功力不济？温伯知晓争战方有"一不过二，二不过三"的心态，故当他看到普济第三招用上了少林看家拳近身攻击治儿，不由得心惊肉跳，倒吸了一口冷气，他已经预料到了这场对决的胜负，不敢再看下去，而紧紧闭上了双眼。

普济使出看家本领这一招去对付这么一个弱小的对手，却也并非是他的凶狠，而是他对自己连发两招的徒劳，已让他感到了对手内心的强大，在他的心里留下了不祥的阴影。大凡高手都有一个量力而行的心态，不到万不得已都会给自己留有余地。但此刻的普济已被两个心态支配着：一是江湖颜面，以他现在的江湖声誉，败给名不见经传的弱小女子，别说他自己会无地自容，同门兄弟又会如何看待他？二是急于求胜，他见对方只有招架没有回击，既吃不准她有多少功夫，也就意想着对方可能也就这么多能耐，如此何不一击而定胜负，以了结此事。于是普济便拼全力打出了这一拳。

然而，普济却万万没有想到，他这势可推山、力可折柱的一拳，打在对方迎击的掌上，如同打在棉絮上一样，失去了强势也失去了冲力，而且似乎他的拳与对方的掌之间还隔着几指宽的空隙，他的拳根本没有打到她的手掌上。普济真正地吃惊而心虚起来，但是如此急速强势的炮拳已打出，自己若中途回收，定会自伤内功，如对方趁势反击，他更会必死即伤。可以这么说，他这一拳只能打到底，却不能收回来，而且也可以说他只能胜不能败。普济到了此等时刻，只能倾尽全力以图来个突破。他咬紧牙关，运丹田之气血聚于手臂，泄于双拳，冲着挡在前面的掌心猛力一击。谁知，小姑娘的手掌好似天上的云，似有型却无形，普济这倾力突击的炮拳打在对方的手掌上，初似磐石，震得他五脏六腑生痛，一腔热血从喉中喷涌而出；后似空气，让他收势不住，身躯跟随拳势撞向擂台边缘，"轰隆"一声摔下台去。

中国的武功有内外功之分：掌、拳、腿、刀、枪、剑、戟、棍等有形的功夫技艺，谓之为外功；气、脉、意、禅等无形的功力，谓之为内功。外功借内功而强大，内功借外功而发力，故内外功是相辅相成的，但内功对外功起着主导支撑作用，也是一切功夫的生存之源。台上竞争对手突如其来的变换，让台下人瞠目结舌，但谁都认为这是普济求胜心切，中了小姑娘以逸待劳的诱兵之计而失手摔下擂台的。因此，小姑娘的胜乃胜于心计，而不是武功实力；然而也有高手虽看出了些许门道，却猜不透这个小姑娘到底有多少真正的实力。

其实，薛治儿前面所接二招都是用以柔化刚的纵跳躲避之术，她从中既避开了普济的锋芒势头，也感悟到了对手的功力；第三招，薛治儿先用内力挡住了普济的拳势，也就测试到了普济的功底。在如此的势态下，她才迎着普济的舍命一击而动用了丹田之气，在两人拳掌相碰的瞬间聚势发力，用自己的内功化成掌力把普济的外力逼了回去，造成了普济的内伤。而后，她又适时收力，避让开普济高人身躯前冲的惯力，让众人看到的是普济冲拳收势不住而跌下擂台的实景。此中除了普济本人，谁都体会不到薛治儿这一击的内功有多大。众人看普济与薛治儿的这场比拼，关注的往往是男与女、大与小、强与弱不对称的对擂，看到的是普济有形的强势攻击，却没意识到薛治儿那表面躲闪的示弱，则是内里有条不紊、扬长避短，探测对手功力的无形反击，更没看透她不露声色一击制胜的功力之强大。

薛治儿收势，不动声色地站在台上，看着普济被人搀扶着离开了人群，这才纵身跃下了擂台。普济的突然败阵和薛治儿下擂台表明不愿当擂主的意向，都让崔弘坤感到意外，更有违他的本意。崔弘坤急忙走至薛治儿跟前，用激将法道："治儿姑娘，你现在是本台的擂主，肯定还会有人要与你切磋武艺。你此刻可不能下台，让人以为你是胆怯了，更不能让人以为你胜普济是侥幸、是个意外。"

军师温伯正在为师侄赢了普济给他长了脸而喜形于色，听到崔弘坤的话，情不自禁又产生了一种心态。他觉得自己这个师侄既能把普济打下台，还愁眼前这些乌合之众、无名鼠辈吗？何不顺应总监大人的意愿，借此之机打遍刺史府、扬名江湖，更可助他巩固在刺史府中的地位。于是温伯也上前道："师侄，你赢了普济，当这个擂主理所当然。你也该谢总监大人给了这么一个可以扬名江湖的机会。你不能推辞，你应该站到台上去继续与人比试，直至让大家都信服。如此既能进一步与众人切磋武艺，也可替师父扬名。"

薛治儿白了温伯一眼，冷冷地道："师父没让我来这里与人切磋武艺。刚才的对垒，乃是为了完成您师叔交代给我的嘱托，而不是为了打擂才与人分胜负的。去江陵客栈为崔大人打探晋王的来意，既然我已经答应了就不会食言。今晚我就去，定给大人一个答复。"说罢转身便离去。

第二十二章
梁廷相亲晋王无心，厅堂谋划梁上有人

梁帝萧岿生来就有书生习性，他生性温顺，待人随和，自小喜欢写写画画，身上满是江南士族那种侃侃而谈的气质，有着只求名气、不务实业，既不想与人争，更不想与人夺的谦谦君子风度，确实给世人留下了不错的印象。然而，像他这种与世无争、任人唯善、脾性好的皇帝，怎么会落得如此处处事事唯唯诺诺，不管是家事还是国事都得逆来顺受的窘境呢？这就不得不责怪他所处的世道了。

萧岿生在帝皇家，但他父皇留给他的帝位所在国，仅是一个断墙残瓦、破烂不堪，仓无存粮、库无寸金，城无壮男、民不聊生的他国附庸国。他所经历的是个乱世之秋的朝代，所要担当的是个没落之国的帝皇。萧岿很悲哀自己生在这样的朝代、这样的家族之中，又因为他是帝皇家赖以寄托重任之人，而不得不去当了这样一个皇帝。在他有生之年，除了聊以自慰的书写字画之外，已别无他求，留下的只有悲伤和凄凉，是一杯不得不吞咽的苦酒。然而周亡隋立，隋帝杨坚的一系列新政，让他感受到了一些与以往朝政不一样的景象。他在朝政臣民的困苦贫穷和百般无奈之中，似乎看到了自己摆脱困境的出路和追求未来的希望。于是在臣僚的点拨下，他想到了借进京送贡品之机，去探究新朝新政的虚实，而在隋帝亲善的接见和平易的交谈中，想到了联姻。然而，萧岿没想到隋帝竟然很快就让隋室的公主和晋王，迢迢千里、不辞辛劳地亲自上门来相亲。萧岿在激动之余，深感这一次两位殿下亲临江陵前来相亲，其意义非同一般。然而，他又无法理解，他们来到江陵之后，为何既不进他的宫殿，又不住他的宾客贵舍，却住进了江陵的民间客栈。萧岿为了解心头之疑，匆匆派出内史上门递帖求见晋王，以示梁廷的诚意。可是内史回来的禀报，却又让萧岿感到意外。一是晋王的回复竟是如此豁达，没有丝毫的矫揉造作，而且又表示要立即进宫来拜见他，这让萧岿既感欣喜又有些惶恐不安；二是崔弘坤抢在他前面去见了晋王，不知他见了晋王又会生出些什么事端，故而萧岿的心里又不免忐忑不宁，急忙召来了他的亲信柳庄商讨应对之策。

萧岿的亲信中书侍郎柳庄，本是其父岳阳王萧察的近臣，为人重义务实。在梁国四分五裂、萧察称帝、众叛亲离时，是柳庄不离不弃地替梁王出谋划策，保住了梁朝的最后一块领地江陵府，让萧察父子才有了一块立足喘息之地。此后，柳庄又力排众议，劝阻萧岿别去追随尉迟迥、司马消难、王谦起兵反杨坚，从而没让梁廷陷入绝境。隋廷左仆射刑部尚书苏威曾在杨坚面前评说道："江南有学业者多不习世务，而习世务者又多无学业，能学务兼之者，不过于柳庄。"故而杨坚曾想留柳庄在隋廷京城为官，但柳庄拒绝了杨坚，却甘愿跟随旧主萧岿，回到处处受制肘的梁廷江陵，过忍气吞声、艰难困苦的日子。柳庄给萧岿出的应对隋廷使臣之策是：热诚接待，不卑不亢，尽力而为，顺其自然。于是萧岿一面尽心尽力地准备接待贵客，一面让两个女儿精心修饰，准备待宴，期待着晋王这次亲自进宫相亲能如所愿。

可是事与愿违。晋王和公主一行人进宫拜见萧岿，虽礼节可嘉，在递交了他父皇的书信和礼品之后，几乎没提及其相亲之事，且对萧岿特意为之准备的晚宴也几乎不感兴趣，更是对萧岿两个女儿在席间的殷勤待客之态反应冷淡、视若无睹，却尽是向萧岿打探隋廷派出的刺史崔弘坤在江陵的作为，从而引发了萧岿这些年以来隐埋在心里的种种苦楚。这一切让萧岿实在吃不准他们此来的目的是考察政情还是相亲。事后，柳庄给出了几点评判道："其一，晋王一行执意打探，并录下了江陵刺史崔弘坤对梁廷的种种不法之作为，看来是隋廷对江陵的现状已有所耳闻。从席间他们不动筷，以及对崔弘坤的态度来看，他们是知道并同情梁廷之艰难的，故他们此行并非是单纯为相亲而来；其二，晋王不提及相亲之说，对陛下的两位公主仅是出于礼节、虚与客套，可见晋王并没看上她们，陛下对此事当另作他议；其三，以臣之见，朝廷派人来核查崔府之恶行，在朝廷没有明确表态之前，不能明言妄动，只能暗中发力助朝廷，否则会惹火烧身；其四，晋王虽年少，却言谈犀利、断事豪爽，且相貌天庭饱满、眉骨高耸、英俊倜傥，非一般世子和人臣可比，未来必贵不可言，陛下对此门亲事不能轻易放弃。"

萧岿不能不忧急地道："朕的处境心知肚明，故对刺史府之恶行能忍的我都忍了，也无意去向隋廷说三道四。只是当着他们的追问，今日一时没忍住，也让你们尴尬了。但朕对这桩攀龙附凤之亲事，可都是依了你所献之策去办的，当然，也寄托了我的种种心愿。然而我仅有这两个女儿，晋王若真看不上，我再不放弃又有何意义？"

柳庄沉默了片刻道："陛下，微臣没有丝毫责怪的意思。隋廷如真有心惩处崔弘坤，这是大好事。但我担心的是，除去了崔弘坤，隋廷会怎么管控我们梁廷的江陵却难预料。而我观晋王来江陵的用意，并非是对相亲这件事的本意不感兴趣，而是没有相中两位公主罢了。所以，微臣提醒陛下不能放弃，因为目前我们梁廷想要摆脱困苦，与隋廷联姻是最佳的出路。为此，臣想起了一件事，可供陛下斟酌而行。"萧岿不以为然地道："你想起什么事？可说来共议。"

柳庄道："微臣知道陛下还有一个女儿，也曾见过一面。据传出生时有异象，后因其生母非陛下原配，且此女又生于世俗忌讳的二月初二日，故而被逐出宫门。后来，据说是被六王爷收养了。六王爷宾天后，又被其母舅收留。现在此女，不知陛下可还有其音讯？"萧岿边想边道："此女命苦，生不逢时，又身犯克星，出生后其母便逝。朕无奈才把她送出宫门交给六弟抚养，谁知六弟不久也便过世，这等凶女再没人敢收养。后来，还是其母舅不忍心看她流落街头、无家可归，才把她留在家中充为家奴，尚留得她一个温饱。时至现在，大概也该有十岁了吧！如此不祥之女，我岂敢把她纳入宫中，再送去隋廷害人？"

柳庄摇着头道："有言道，心生相，相生性，相向相克，又相克相生。好坏善恶虽是共识的天理，却也有其相对而言的变数。在有些特定的时候、特定的条件下，人性的理念也是会变的。也就是说好的也可能变成坏的，恶的也会变成了善的，这便是相克相生之理。公主命厚，克的可能就是命薄之人，若有比她的命更强大的人，她又能去克谁呢？恰恰相反，如此命厚之人两相结合，说不定会做出一番惊天动地之事来也未可知。况且，我从见到公主其人之后，总有一种感受，觉得此女非贱即贵，若得遇天作之人，前程难料！"

萧岿将信将疑地道："若依爱卿之理，朕眼下当怎么办？"柳庄果断地道："事不宜迟，陛下当立即去把此女接进宫来，该复名即复名，该调教就调教，既尽陛下为父皇之责，也可弥补陛下所欠她的人情之债。若她命中果有奇缘，陛下岂不上报了天意，下尽了父女之情么！同时，陛下要给此女绘幅肖像画，连同她的生辰八字，立即遣人直送隋廷二圣审看决断，以坐视天命所为，成败也就在此一举了。"萧岿点头表示赞同，并立即委派柳庄去办理。

杨广一行人从梁廷回到客栈，已近二更，众人都被梁廷的艰难寒酸所困惑。堂堂一个梁朝的宫廷，徒有空堂广殿，却门户失修，桌椅不全，君无锦袍，女无艳服，臣衫褴褛，侍从寥寥无几，让人看着心酸。所谓招待他们的迎宾宫宴，竟不如隋廷一个下官的家宴，让众人实在无所适从，连筷子也不忍心下手。故而这席梁帝精心准备的宫宴，竟然成了摆设，而无人愿意品尝一口此中酸甜苦辣咸的滋味。

起初杨广有些恼怒，以为这是萧岿故意在他们面前装穷示苦。但随着众人你一句我一言地追问了江陵的朝政民生之后，方才知道徒有其名的梁廷君臣这些年以来过的是什么日子。身为梁帝的萧岿竟然当众痛哭流涕地叙说着他生不如死的艰辛困苦：他父皇留下的江陵城塌房倒，断墙残壁到处可见；民不足千户，且都是老弱病残；熟田不满百陇，壮兵更是没有一个。江陵城虽在江边，可岸边停泊的船只却没有一艘是为朝廷所有；萧岿为了守住梁廷江陵的这最后一块基业，不得不含辛茹苦、忍辱负重，带着所剩无几的朝臣侍卫上山开荒种田，下河捕鱼捉虾，换得的钱财还得首先满足给隋廷的上贡赋税和打点朝官的例钱；在灾荒年间更不得不走街串巷，甚至涉足百里靠乞讨过日子。此外，再加上隋廷派驻江陵的刺史崔弘坤目无梁室，随意凌辱梁主朝臣，到了无所忌惮、作威作福的地步；而且崔弘坤指使手下占房霸田、刻意盘剥江陵臣民和商贾，到了敲骨吸髓的程度；崔弘坤还招降纳叛、聚众成势，设路卡、占码头，对过境的行人和船只收取过境费，私入囊中；光天化日之下欺男奸女、强抢恶夺之事比比皆是，把江陵城搞得民不聊生、暗无天日，给梁廷君臣民众的生计犹如是雪上加霜，逼到了尽头。

梁廷君臣这声声血泪的哭诉，加之来到江陵城之后的亲历所见，让血气方刚的杨广听得怒不可遏、愤声不绝。杨广回到客栈后，再也顾不上什么礼节，也不去顾及客栈的厅堂是否有闲人进出窥视偷听，更没注意到身后有一个黑影，尾随着他们闪身进了客栈，即站在客栈的大厅里，冲着郑芥喊道："你一再要我注意礼节，让我冷静忍耐！可是，这样的恶霸狗官如此无法无天，若再让他多待在世上一天，就是让这里江陵的臣民多受一天的罪，也让我杨广不堪忍受。所以，我已是忍无可忍了。现在，你说吧，在这里用什么办法去对付他？怎样才能让我立即把他绳之以法，以泄我心头之恨，以振我隋廷新政在江陵的朝纲？"欧阳若兰道："殿下，我见大家在梁廷都不忍心举筷，现在肚子肯定都饿了，我已让人去后厨告知备餐了，我们可以边吃边仔细商讨。大家都别急！既然要一举清除如此可恶之人，就不必在乎推迟一时两天，我们得从长计议、妥当方可行事。"杨丽华也道："广弟，我跟你一样，恨不能立即把这个恶霸碎尸万段。但郑大人的话没错，这人在这里是土皇帝，他不仅有钱有势，还手中握有重兵，更有一群围着他转的地痞流氓、江洋大盗，这些就是他敢肆无忌惮的依托。梁廷君臣奈何不了他，我们这区区几十个人更奈何不了他。所以我们只能立即把这里的实情写成奏折，禀告父皇，让朝廷派兵来把他绳之以法。

第二十二章　梁廷相亲晋王无心，厅堂谋划梁上有人

我相信父皇和母后看了我们的奏折，一定会做出决断的。"郑芥道："公主殿下所言极是，但我们要禀告朝廷的奏折中，还缺少他贪赃枉法、为非作歹、鱼肉臣民的真凭实据，现在光有梁廷君臣的一面之词是不够的，会被不明事理的人看成是梁廷设的套，甚至是两朝官员的内斗。"杨豹插嘴道："崔弘坤的手下，那个脸上有刀疤的恶棍，在城中光天化日之下就敢扯着崔弘坤的大旗，拦路劫持公主和欧阳大人。如此之滔天罪行，还不够治崔弘坤一伙之死罪吗？"

客栈老板王全之匆匆走了进来，道："各位贵客，此处大厅不是议事场所，得防厅外有人窥探。在下已把饭菜移至里面客堂，请各位大人随我入内。"众人随客栈老板来到里间的客堂。这是一间内眷聚餐会友用的厅堂，屋内梁粗柱大、宽敞高爽、窗几明亮，除了梁柱上方，四周烛光普照，装饰风雅。整个厅堂足可以容纳四五十人聚会用餐，如今却只在室中央摆了一张宽宽大大的方桌，桌上摆满了精致的大小碗碟和色香味俱全的菜肴佳酿，让人垂涎欲滴。杨广见此排场，即转头有所指责地问道："欧阳婶，备如此丰盛的宴席这是何意，难不成是要让大家记住梁廷的宴席？"欧阳若兰忙道："此乃是王老伯之意，说是有缘，定要为我们接风洗尘。我推辞不过，更不是为了与梁廷之席媲美，也就只能允诺了。"杨广又问："那些将士，不跟我们在一起用餐吗？"欧阳若兰脸露歉意道："客随主便，我不便强求。但我已给他们添了菜，把他们安排在后院用餐了。"杨广不满地道："出门在外没有主次之分，这是我的一贯主张，下不为例。"客栈老板安排众人坐定后，便想转身离去。杨广急忙离座躬身道："请王老伯留步。主人替我们接风洗尘，哪有主人不在场之理？"王老伯道："在下见众位有要事相商，觉得不便在此参与，故暂作告退，容以后有机会再叙。"杨广道："老伯不必如此拘泥。我等在此商讨之事，乃关系着这里江陵臣民的大事。有你参与，正好让我们兼听则明。老伯觉得可好？"王老伯不再推辞，从容地在方桌下手坐定。

酒过三巡之后，杨广斩钉截铁地道："江陵这股崔弘坤的恶势力必须铲除，而且是刻不容缓。这便是我的主张。"杨丽华有些忧心地道："父皇和母后让我们来此，主要是为了你的相亲。对此地发现的状况，我们唯有上折禀告父皇处置为妥。"杨广立即辩解着道："梁帝那两个公主，我一个也没看上眼。让我娶这样的人为王妃，我宁可打一辈子光棍也绝难从命。故相亲之事就不必再提了。然而，我们南下沿途巡查当权新政的推行现状，不正是父皇所期待的吗？我们雷厉风行地替父皇清除崔弘坤这种恶霸毒瘤，不仅是替江陵的臣民做了一件好事，也是在替父皇母

后分忧。我们有什么可以忌讳的！"杨豹边吃边道："我跟随陛下多年，知道陛下的脾性，疾恶如仇本来就是陛下一贯的风范。故我认为刚才殿下所说，陛下一定会允诺的。"

郑芥开口道："我们现在所得知有关崔弘坤的枉法害民之事，我认为既有发生在我隋朝的，却有许多还是前朝北周所遗留下来的旧事后续，而且这也仅是梁廷的一面之词。因此要以此来把崔弘坤定成死罪则有些勉强，也不合陛下的新法。否则，陛下为何会在推行的开皇新律中，赦免了那么多可判死刑的人犯，而且还特别强调涉案要用证据定罪，对上代历史存在的问题要因时因地去宏观宽容对待。而我们目前只有证词，却缺少崔弘坤的现行罪证，像拦道窃人之事，他可以装聋作哑推在下人身上，我们奈何他不得。为此，我们只能上折禀告，却没有擅自行动的权力和能力。否则，不仅是会打草惊蛇，也会功过适得其反。"杨广不满地道："那么依你之见，崔弘坤这么多的罪状，依开皇新律既不足判其为死罪，我们也无法去治他了？"郑芥道："正是。崔弘坤完全可以把许多重大罪责都推到前朝的律法制度上去，说是朝代更迭所遗留下来的问题。况且其中也有许多是属梁廷的不作为，或是无能为力的责任。但是，我们若能拿到崔弘坤不仅是贪赃枉法、更有私聚兵甲、蓄意谋反的现行罪证，那就能易如反掌地把他钉死在死囚柱上了。而且，陛下也会毫不犹豫地下旨把他除去。"欧阳若兰道："我赞成郑大人的说辞，要治崔弘坤必须捏住其七寸要害，一锤定性置其于死地才行，否则僵蛇复苏，其害更大。所以，现在的关键是如何去坐实他谋逆反朝廷的罪证。我们是否可以把已录崔弘坤的证词写成奏折先上报朝廷，同时，我们在江陵做进一步取其罪证之事，来个双管齐下两不误。"

杨广看着客栈老板道："老伯，您是当地人，您是如何看待这个崔弘坤的？我们这些外来人对他的判断，有差错吗？"王老伯道："隋廷有尔等为政为民、匡扶正义的忠臣，乃天下之幸、万民之福，吾当替江陵百姓在此谢过。而更令老朽钦佩至极的是，殿下虽英气年少却能如此爱憎分明、疾恶如仇，实属当今贵戚之中所少见。至于崔弘坤之流的存在和得势，实乃是长在朝政百姓身上的毒瘤，也是乱世天下的必然产物。欲要割瘤除弊，就一定要清除其滋生的根基。隋廷颁布推行的新政律法，老朽已不止一次地细究过，乃旷世好法，确实是前无仅有、深得民心之法。开皇律法中规定判罪之轻重在于证据，这正是此法的精华之处，既可以防止贪官腐吏见财起意、胡乱断案，也可以避免枉判好人而漏掉恶人留下隐患，必定能对除恶扬善起到正本清源的作用。天下若能全推行此新政，必能让江山焕新、万民得益。老朽听

第二十二章 梁廷相亲晋王无心，厅堂谋划梁上有人

了你们的谈论之后，觉得各位所言不差，不入虎穴焉得虎子，欲要掌控崔弘坤确凿的罪证，必得窥其踪、入其穴、探其心，方能捏其脉、擒其身、斩其首。老朽也就是这么些心得，实乃是抛砖引玉，供大家见笑罢了。"众人没想到老人能说出如此深邃精辟、高瞻远瞩的见解，都不由得肃然起敬。杨广边想边道："老伯，您这一番话，让我们接下去的行动更有了底气。由此启发，欲擒故纵，我们何不来个投其所好，促他误认为我们会与其同流合污，而露其恶行劣迹，我们便一举把他拿下，为江陵臣民除此一害。"郑芥点头道："殿下此议虽好，却得谨慎伺机而图之，绝不能操之过急。给陛下的奏折，今晚我立即起草，待明日大家复议后即可派人送告陛下。"杨广道："郑大人，在奏折上一定要添上我的建言：梁廷已成过时的摆设，与君与臣与民都晚废不如早废。撤销江陵刺史府的独辖职权，并入荆州府管辖以杜绝其弊政。同时请赐我们执法的实权。"

杨广见郑芥点头赞同，接着又道："我另外有一计，我们明日何不借崔弘坤今日来访之机，来个礼尚往来，去他府上拜访，再见机行事，如何？"杨广的话刚说完，其所坐餐椅上方昏暗的梁柱上飘落下来些许尘灰，杨豹警觉地抬头运用目力向上扫视，却什么也没有发现。王老伯谨慎地道："据传，崔府内有不少江湖的武林高手，你们不能大意。而且，既然崔弘坤还手握兵权，你们更得做好应变的准备，防他狗急跳墙，孤注一掷。"

杨广若有所思地道："王老伯言之有理，我们会小心应对的。此外，我有个不情之请，这次待我们清除了崔弘坤之后，王老伯可否成为我们中的一员，随我们一起南下建康拜会陈帝，游历江南，既做使臣又做向导。北归时，我定向父皇保荐您入朝为官。"王老伯笑着拱手道："承蒙殿下对老朽的一片好意，但在下乃方外野人，无拘无束惯了，所以有关入朝为官之事，恕老朽不能应之。况且我身上尽是些江南文人侃侃而谈的俗气，却无你们北方人能干实事的勇气，这就是南北人文化理念的差异。往后，你们若能一统天下，结束这数百年的动乱和南北分治，把江北的耿厚朴实、敢作敢为的豪迈之气渗入江南的温柔奢靡、小家碧玉之态中去，让大江南北融为一体，开创出一个崭新的朝代，造福后世万代，老夫我定会为你们树碑立传的。但这次如能随你们去游江南，老朽却是很乐意。另外听殿下说，要去拜会陈帝？难道你们还不知他已在日前驾崩了吗！"众人吃惊，杨广问道："老伯，此话当真！您这消息是哪里来的，我们怎么没听说过？"

王老伯道："我们这客栈临近江边码头，常有南来北往的过江客在店内歇脚，这

讯息就由南来的客人传来的。如此重大朝事，不该会有人诈传。"郑芥道："我们得到的信息是陈帝病重，所以借机前去探望。如此看来，我们此行的目的岂不已落空了。"杨广道："别管它落空不落空，我们去我们的。我们可以把探病变成贺新帝登基吗！但就是不知道继位登基的会是太子陈叔宝吗？"

第二十三章
木剑砍颈弟夺兄位，北隋新政拓疆图陈

南陈宣帝陈顼在位十四年，虽有北上伐齐讨周的雄心，却无丝毫建树，不仅损兵折将，造成国库空虚，自己也落得病重缠身、奄奄一息。史书上对他的评论是：德不逮文，智不及武。然而，宣帝陈顼在拓疆征战、朝政事务上虽一无所获，却在后宫"成果丰硕"，前后共育有四十二名男孩、十四个女儿，孙辈更是不计其数。

长子陈叔宝被立为太子后，秉承父性，喜好江南士族文人的声色酒谈，钟情后宫的嫔妃成群。平日里不是聚友饮酒、吟诗作画、高谈阔论，就是纵情掖庭、狎昵优伶，对朝政毫不在意。在其父皇病重卧床时，除了例行进宫御前侍候，其余时间在外依旧如此，回到东宫府中仍然是左拥右抱、声色歌舞，全无半点伤感，更没想过该如何继承父皇身后之事。陈叔宝的二弟始兴王陈叔陵生性暴虐，习性怪僻，对皇位早已耿耿于怀。如今见父皇即将驾崩，而长兄陈叔宝自以为太子继位理所当然，仍没心没肺地自得其乐，这更助长了始兴王陈叔陵伺机夺位的野心。病榻上的宣帝陈顼虽多方求医，却均医药无效，拖延数月之后，就在杨广一行到达江陵前夕，气壅痰塞，驾崩归天。始兴王陈叔陵趁陈叔宝伏尸哀哭之际，迫不及待地操起避邪用的木剑，当众砍向陈叔宝的后颈。陈叔陵本以为凭自己力大，就能劈死陈叔宝，造成太子位空，他便可顺理成章地顶替长兄继位为皇。

然而，木剑毕竟不是铸剑，既不锋利又不坚实，陈叔陵仅把陈叔宝砍伤在地，血流不止。在一旁陪伴宣帝的柳皇后见骨肉相残，便上前以身护长子；五弟长沙王陈叔坚人高马大，冲上前去徒手抗击陈叔陵；陈叔宝的乳母则大喊大叫地招来御前侍卫。陈叔陵眼见自己一剑夺位的计划落空，慌不择路地逃出宫廷，继而又心有不甘，招兵聚众，自立山头予以抗争。弟夺兄位的闹剧让陈叔宝躯体受伤、魄散魂飞，卧床不起，陈廷朝政一时无人主持，众臣人心惶惶，宣帝的葬礼也草草了事。此时，长沙王陈叔坚乘虚而入，借陈叔宝之名调兵遣将，派遣大将军萧摩诃率兵去击杀陈叔陵，又趁机出兵扫除反对他篡权掌控朝政的势力；而陈叔陵不敌萧摩诃，便释放囚犯，扰乱社稷。如此一来，陈廷兄弟内斗的争位夺权之战蔓延开来。

就在南朝陈国帝位空缺、弟兄夺位争权内乱之时，北方的隋朝和突厥也在经历一段天灾人祸、艰难动荡的时光。隋朝建国之初，杨坚废寝忘食、身体力行地推行新政，晨起五更，夜眠子时，朝议不分时辰，甚至常把膳食送至朝堂，与群臣共餐，边食边议，令朝臣们感慨不已，无不倾心尽力地协助杨坚实现为民治国的理念，群策群力支持杨坚兑现对臣民的承诺，为建树新政朝纲不遗余力。由此，杨坚身边聚集起一批忠心耿耿、敢直言不讳的能臣良将，其中史书上著名的有尚书令兼纳言高颎、内史令柳敏、仆射刑部尚书苏威、户部尚书御史杨尚希、兵部尚书贺若弼、吏部侍郎卢恺、御史元胄、郑芥、大将军麦铁杆、长孙览、长孙晟等，以及一些周廷留任的老臣，如太师李穆、上柱国梁睿等。仅一年时间，杨坚的新政便渐得人心。度量衡的统一、流通钱币的更新、民间减税轻赋的施行、开皇新律的不断完善、开渠引流、助耕利农、平籴平粜、奖励商贸的有序推行、大兴新都的落成、府兵制的革新，让整个隋朝气象日新月异。

开皇二年春，即杨坚建立隋朝称帝的第二年，京都长安大兴一连数月滴雨不下，河道干涸，田地开裂，春播春种的节气将逝，一年一度赖以为继、期待秋收回仓延续生计的希望也将成泡影，百姓恐慌，君臣心焦，各种谣传纷四起，隋帝杨坚更是坐卧不安。为此，独孤皇后向众臣内眷发出吃素念佛、向天祈祷求雨的倡议，得到朝臣上下响应。杨坚招来庾季才查询星象演变后，决定设坛祈雨，并颁布敕令，所有在京臣民在陛下祈雨期间一律不得饮酒行乐。杨坚更是以身作则，在登坛祈雨前三日便停议朝政，沐浴净身，闭室辟谷，以示心诚。

然而，就在隋廷君后臣民同甘共苦感召上苍之时，时任柱国、舒国公的刘昉却逆天道和人情而为。他不去回想自己在尉迟迥、司马消难、王谦作乱时，杨坚需要他出力的关键时刻却不尽力；也没有细想杨坚称帝后论功行赏的依据和对他的宽宏大度，却一直念念不忘自己助杨坚掌控朝政的功劳，耿耿于怀地计较个人得失。刘昉这种不自我检点的心态，使他产生对隋廷君主施政的抵触情绪，走上了不自量力、意欲谋逆反叛之路。然而，刘昉在利令智昏中更没想到，杨坚在知晓他的心态和作为后，仍给予他知过而悔的时间，给他自新表现的机会，没有立即追查惩处他和被他蛊惑的一伙人的罪责。确实，在这个世界上，有一种人在衡量自己人生的功过和得失时，只记得自己的功劳和应得的报酬，却从不想自己的欠缺和过错，也不想自己所得到的已超过付出，这便是这种人自私和无知的可悲之处。正因为如此，

第二十三章　木剑砍颈弟夺兄位，北隋新政拓疆图陈

他们不仅自己丧失理智，还把自己陷入万劫不复之地，把信任他的人也拉进地狱，酿成一连串的苦难悔恨和人间悲剧。已身居福禄无忧高位的柱国、舒国公刘昉便是这样一个人。

刘昉见君主朝臣都忙于求雨祈福，觉得机会来了。他一面四处散发天欲灭隋的谣言，一面加紧上下串联、蛊惑人心，说服梁士彦、宇文忻加紧举兵起事，煽动宇文氏家族聚众谋反，把隋朝京都搅得暗潮涌动，大有溃堤淹城之势。然而俗言道：人在做，天在看。如此关乎民生朝政的祈雨大事，在隋帝和独孤皇后的亲力亲为带领下，终于感动上苍，祈雨日当天普降大雨，臣民无不喜极而泣，向天顶礼膜拜，感恩声不绝于耳，朝野欣慰，万民欢笑。

祈雨事毕，正当杨坚在观德殿召集众臣庆贺上苍降福、祈雨成功时，御史梁毗出列奉折上奏，弹劾舒国公刘昉在君臣民众祈雨期间对抗圣命，饮酒作乐，狎妓昵妾。奏折上写道："柱国、舒国公昉，位列群公，秩高庶尹，縻爵稍久，厚禄已淹，戒满归盈，鉴斯止足，却乃规圣令于不顾，置民苦于脑后，狎妓于赁屋，当垆沽酒，家为逋薮，身昵酒徒；若不纠绳，何以肃律！"正在兴头上的隋帝杨坚本是性情中人，看了奏折后，见自己以往的一片苦心，刘昉不仅毫无领悟，竟然还逆势而行，不由得勃然大怒，把奏折丢至刘昉跟前，声色俱厉地道："刘昉，你好大的胆子！竟敢如此明目张胆地对抗朕的指令，看来你真是活得不耐烦了。"刘昉见杨坚动怒，心急慌忙跪倒在地，但他见奏折上没提到他策动谋反之事，也没听到杨坚提及其他，心头便宽松许多。而且凭着他对杨坚的了解，觉得仅为饮酒一事，杨坚不会对他重处，只要苦苦哀求，这事便能不了了之。于是便哀声解释道："陛下，请陛下息怒。臣不是有意违陛下的圣令，只因臣嗜酒如命，一日不饮便不得安宁。故泣求陛下开恩，饶臣这一次。"但是，刘昉没想到，隋帝杨坚并未听他哀求，却道："这饮酒之事，朕今日可暂且不究。但对你这些时日来的所作所为，朕却不能不问。你与周士彦、宇文忻认为，朕在封赏功臣上亏待了你们，故而做出种种叛逆之事。可是，你们有没有想过，你临阵退却，周士彦、宇文忻在与敌对阵时，收受敌方贿赂，还隐瞒不报。你们这是什么罪过？但朕念着你们过去的功劳，不仅没处罚你们，在封赏功臣时也没忘了你们，只是给你们的没有其他人多罢了。朕如此区别对待，不应该吗？可是，你们呢！你们又做了些什么呢？"阶下众臣鸦雀无声地看着刘昉，杨坚气愤得从龙椅上站立起来，走到刘昉跟前恨恨地道："你们别以为朕不知道，你们竟然蓄意谋反！但是，朕还是给了你们悔过自新的机会和时间，朕还想拉你们一把。可是结果

213

呢？刘昉，是你一而再，再而三地冲击着朕的底线，不仅自己要一条道走到黑，还把他人拉来一起陪葬。你自己这是死有余辜，却是害了其他人。"

周士彦浑身颤抖，脸色灰白的宇文忻身不由己双膝跪倒在地，磕头不起。杨坚转身走到左仆射刑部尚书苏威跟前，道："他们的事，朕不再包庇了。一切按开皇新律论处，该当何罪由刑部按律定处。"

苏威的为人性格正如他的字"无畏"一样，认定的理，就会无所畏惧地去做。在北周宇文护当权时期，他虽是宇文护的女婿，却不仅反对宇文护独霸朝政，还辞官避入山寺读书修炼。杨坚当宰相时，三次请他出山为官，均被其以"名不正"为由拒绝。直至周静帝宇文阐禅位，杨坚建立隋朝，他才出山入朝，接受杨坚委派，负责制订新朝的新政律法。因此，在杨坚推行的新政中，绝大多数新律制定都出自他和高颎之手。

如今，苏威见杨坚把如此重大的一桩，涉及朝中三位大臣谋逆之罪的大案交付给他处置，既有些兴奋又有些担忧地道："陛下，为臣在受理此案之前，得向陛下讨几个说法。"杨坚道："可以，你说吧！"苏威道："其一，此案被陛下包庇至今，往后的审理，陛下得承诺，不得再做任何干预。"杨坚立即道："当然可以。"苏威接着道："其二，若有涉及陛下或是其他皇室成员之事，因案情需要查询，请陛下降旨，任何人不得推辞。"杨坚道："这个也没有问题。配合查案，理当如此。"苏威又道："依律判处的结果，陛下不能因情而另行颁旨推翻，以至让《开皇新律》成为众人的笑柄。"杨坚迟疑了一下道："依律判得重证据，不要搞刑审逼供，否则难服人心，尤其是牵涉抗拒皇命，还须分别主客之念。朕仅提此议而已。"苏威道："臣明白。抗拒皇命只要不是主观有意为之，则可视其具体情节和后果而定，处罚也可根据实情酌情处置，但一切都得在律法允许范围之内执行。请陛下放心，轻口供重证据，不搞刑审逼供是我朝开皇新律中特别注重的事，不是臣一人说了算！"杨坚点着头满意地道："苏大人说的正是我力推新律的本意，定罪一定得重证据。此外，朕还要说一点，除了真心谋逆反叛之罪不能轻饶之外，其他的罪错，只要有所认识，都可以从轻处置。"杨坚的这段重惩叛逆、轻罚罪错，貌似轻重分明、冠冕堂皇的话，却为他往后的执政留下了阴影。

历来的朝政都是以君主的意愿为执政宗旨的，帝皇明智与否，便决定了围绕他的近臣的心态和作为是光明磊落还是阴暗奸诈，隋朝的君臣状态也是如此。可以说，若把隋朝的朝政比喻为一个人的躯体，杨坚便是此人的大脑中枢神经，高颎是心脏，苏威便是躯体的骨骼，杨尚希是血液，贺若弼是手脚，五体合一组合成一个强有力的政治器官，而民众便是肌体，大小官吏便是附生在机体上的皮肤毛孔毛发。只要大脑中枢神经健康，器官便会运作正常；民众富裕安定了，这个肌体必定丰满，这个躯体必会强壮有力。杨坚初建的隋朝就具备了这样的功力，所以隋朝这个生机盎然的朝代已经初具叱咤风云、征战南北的健全脏器，但差的是民众还不够富饶，故肌体还不够丰满有力。而且，由于政治残酷，历朝历代对窥视皇位谋反之罪忌讳颇深，处罚严厉，这便让这具肌体的免疫系统留下了病灶。隋朝开皇新律虽然在重证据、废酷刑、减处罚等许多方面都做了修订，比起秦汉刑律确实轻缓、人性化了不少，但其在对待谋逆罪的认定和判处上还是存在偏执，甚至残酷。

苏威一受理此案，便立即传刘昉审讯。起初刘昉还处处推托狡辩，却挡不住苏威抽丝剥茧般的追查，更经不起苏威手下一些酷吏的威逼诱导。刘昉在诸多事实面前，为推卸自己因怨生恨的罪责，把策划起事的主谋责任全推给了周士彦、宇文忻；把复周谋逆的事，说成是受宇文氏家族蛊惑，不得已而为之；更是把参与此事的人一个不漏，甚至添油加醋、捕风捉影地咬了出来，酿成隋廷新政以来的第一大谋逆要案，而不只是饮酒纵乐、抗皇命的罪错。结果，苏威坐实这伙人的谋逆罪后，上报朝廷，迫使隋帝杨坚按律判处刘昉、周士彦、宇文忻死罪，其家眷族亲数百人被流放边庭（其中仅有宇文忻之弟宇文恺因有功于朝廷而被免职，未被流放，直至杨广上位，才经杨素举荐得以复职启用）。宇文氏全族参与谋逆的人，有爵位的全被捕杀，其余男的均被充边庭服苦役，女的入掖庭为奴，因之受牵连的老老小小不下千余人。有举告之功的静帝宇文阐，却因无人能证明其举告之实，也未能幸免而被诛杀，年仅十岁（这让事后才知道此事的杨丽华落下终生悔恨，也造成杨丽华从此对杨坚的怨恨）。

突厥来历有两个传说。一说是：祖先杂居于平凉胡地，姓阿史那氏。后魏太武灭沮渠氏，阿史那引五百家奔茹茹，世居金山，工于铁作，善骑射。金山状如兜鍪，俗呼兜鍪为"突厥"，此后沿用作为阿史那部落之名号。另一说是：西海之上有一游牧部落，后被邻部落偷袭，男女老少尽被杀，遗下一刖足断臂的幼孩于草丛中，被一母狼救入狼穴，以狼乳和衔肉哺育长大，其后与狼交合，生得十男，性凶残，善奔袭，取姓阿史那氏，建狼头纛于牙门，以示不忘本，号突厥。该族以牧为业，穹庐毡帐，逐水草而居，披发左衽，食肉饮酪，身衣裘褐，贱老贵壮。官衔世属之分二十八等，善使角弓刀剑，族无文字，却有戒律。谋反杀人者皆死，淫乱者斩腰，偷盗赔偿十倍。斗伤者偿之以女、无女则破财，父兄死、子弟得娶其母嫂为妻。五月中，多杀羊马以祭天，敬鬼神、信巫觋，重兵死而耻病终。世俗与匈奴类同。

突厥称雄西漠已有数朝，西魏期间便成势。自突厥的佗钵可汗继承了伯父俟斤木杆可汗的汗位，统一北方各游牧势力后，便与北周、北齐在北方形成三方势均力敌的割据态势。佗钵可汗为稳固其势力，封兄之子摄图为尔伏可汗，统领东方领地；封弟褥袒之子为步离可汗，据占西方领地；自己据中掌控全局。北周、北齐既怕突厥南下骚扰，也为巩固各自势力，争着向突厥佗钵可汗献媚，赠絮纳锦，送女联姻。北周与北齐还展开招突厥俟斤木杆可汗之女阿史娜公主为皇妃的争斗，最后以周武帝宇文邕财礼丰厚而获胜。但北周与北齐却被佗钵可汗嘲之谓：吾在南有两儿孝顺，何忧国贫！此后，北齐被周武帝宇文邕所灭，佗钵却收容北齐范阳王高绍义于帐前，以抗衡北周，并常出兵犯周。周武帝宇文邕因征讨突厥而病亡，北周宣帝宇文赟继位后，为安定北疆，只能封赵王宇文招之女为千金公主，嫁于佗钵可汗为妃，以联姻求和好。一年之后，佗钵可汗暴病而亡，为争汗位，兄弟相争，兄子摄图势众，占据都斤山，自号沙钵略可汗。弟子大逻便仅得北方一席之地，称阿波可汗。摄图为抑制阿波可汗西扩，便封从父玷厥为达头可汗，管辖西方。摄图见大局已定，便接收了佗钵的汗妃、北周的千金公主为妻。

其时，北周已被隋取代，赵王宇文招因谋反而被隋帝杨坚所杀，千金公主欲报父仇，唆使沙钵略兵犯隋境。杨坚刚上位，无暇也暂时无力出兵征战，便一面遣上柱国阴寿统兵镇守幽州，以防突厥南下；令京兆尹虞庆则屯兵边境修建长城，以守为战。此外，隋帝杨坚为谋长远之计，一面派人潜入西域诸国境内，刺探军政民情，侦查出进入西域的地形途径，笼络官员为己所用，为往后出兵征战作铺垫。此后，杨坚又采纳了高颎和车骑将军长孙晟的缓兵离间之计，并指派熟知西域人文政情的长孙晟率团出使西域各国，用名利钱币、因人因势、离强合弱、远交近逼之策，离间摄图沙钵略可汗与属臣间的关系，迫使玷厥达头可汗，说合阿波可汗，招纳奚霫、契丹等部落小国为隋廷属国，诱招处罗候归顺隋廷为内附，把原本受突厥胁迫而一统的西域搅得貌合神离、分崩离析，成了相互猜忌、互为防备、各自为王汗的态势。

在如此形势下，隋帝杨坚决定毕其功于一役，令卫王杨爽为行军元帅，率同河间王杨弘、上柱国豆卢绩、柱国右武卫大将军窦荣定、右仆射尚书令高颎、左仆射虞庆则、骠骑大将军长孙晟、大将军史万岁等分八路兵马奔袭突厥。一战之后，阿波可汗归顺隋朝，并招降了达头可汗，一齐攻取摄图的西部属地，并自立为汗王。

第二十三章 木剑砍颈弟夺兄位，北隋新政拓疆图陈

沙钵略汗营被袭，藏于草丛中方逃得性命，沿途收拾残兵与千金公主会合，在众叛亲离、四面楚歌中，为求生计，千金公主上表隋朝杨坚，自悔罪过，声言再不犯隋，并自请改姓杨氏，为隋主之女，沙钵略为隋室女婿。隋帝杨坚在权衡了得失利弊之后，接受了千金公主的请求，赐其姓杨，并授千金公主改称为大义公主。由此，一统的突厥分裂成了东西两部，杨坚则指派了虞庆则和长孙晟游刃监督于两部之间，稳定了北方西域的局势。

隋帝杨坚在清理了朝政，平息了北方突厥边患之后，便专心致志于深化内政、革旧创新和改善民生。杨坚自幼就不喜欢念书，他称帝之后也就反对倡导儒学。但是自古三皇五帝流传下来祭天地众神、拜祖宗、测凶吉大事的汉族礼乐，自孔子以来便是儒家独门专掌，历朝历代都得采用，而不能不遵。否则，将会被史书认定为有违祖例，将会成为国之无朝，朝中无帝的异类族种。隋帝杨坚不愿让世人称他是异类族种的皇帝，故而他尽管不喜欢儒学，但在这传统的儒学礼乐面前，还得仿照前人而为。可是，隋帝杨坚又是个非同一般帝王的皇帝，他虽不得不遵循前人的轨迹而行之，却有着自己的思想理念，有着自己的抱负，更有着他能够付诸实践的能力。他要制定出一套能承先启后的隋礼，而且要让他的隋礼成为后人传承的模板。于是，隋帝杨坚下达诏书，命礼部尚书牛弘废周礼，禁塞外杂礼，依据汉时的《礼经》、参照齐礼、模仿南朝华夏正统礼乐修吉、凶、军、宾、嘉五礼，制订出隋礼雅乐（隋帝杨坚此诏书下达于开皇元年公元五八一年，前后参与者有西魏、北齐、后梁、南陈众多的著名学者和宫廷乐师，还有杨坚指派的隋廷重臣，高颎、苏威、杨素、牛弘、虞世基、许善心、明克让、裴政、袁朗等人。经数次修改后，隋朝礼乐成于开皇十三年公元五九三年），成就了隋礼流芳于后世的壮举。与此同时，隋帝杨坚为了强化中央权势、简化地方官制、改变官僚的庸政、懒政、乱政，而在朝中创立了三省（内史、左、右仆射）六部制。并决定改革州、郡、县的管理体制，合并州郡府改为州、县内级官役制。杨坚借此机会责成吏部尚书卢恺裁汰了一批旧官冗官，为了推行选优汰劣的用人制度，加强了吏部对各级官吏的考核，并将地方官吏的任命权收归中央朝廷，又规定了州县主管三年一换，不得连任，不得选用当地人，以防当地豪强把持本地政局，造成官僚地主沆瀣一气的态势。如此一个政简官精、民实的朝代已初具了雏形。随后，隋帝杨坚便在外政上展开了预谋。他广纳众言，鼓励朝臣边将献计献策，开始谋划制订南下平陈、统一华夏之大略。

第二十四章
军师献计杨广入穴，刺史献女崔府藏奸

崔府打擂，普济没想到这场不期而至的比拼，自己竟会败在这样一个小姑娘手下。他深知这个小姑娘不仅功力高强，而且对他只是点到为止，给他留了余地，没让他颜面尽失。但普济也明白，自己如今内功受损，一时难以恢复，他既无颜面对这个小姑娘，更羞于在众人面前认输，于是便不辞而别，连夜出走。

神算小诸葛军师温伯为自己的师侄女不负期望，当众击败普济而感到满意。如今又得知普济不辞而别的消息，更是欣喜万分。他甚至觉得，只要能让这个师侄女留在身边，往后这刺史崔府，乃至整个江陵，都将是他的天下。温伯得意之余，又想起师侄女夜探江陵客栈的承诺，他决定再等片刻，前去师侄女的房间，探问昨晚的成效。

崔弘坤设擂比武，不仅没有达到预期目的，反而折损一员大将，内心极不舒坦，却又不能埋怨他人。谁知，第二天一早，他又得知普济连夜出走的消息，更是揪心不已。崔弘坤对薛治儿胜普济的结果并不服气，他所看到的这场比武，都是普济在虎视眈眈地进攻，小姑娘则在步步退让。所以，普济失手跌下台来，就像许多人说的那样，是小姑娘施的诱兵之计，靠的是巧取，算不得真功夫，崔弘坤懊恼揪心之处正在于此。他觉得，这个小姑娘若是凭真功夫打赢普济，他也就认了，但现在是小姑娘凭着一点聪明侥幸取胜，却让他失去这么一个靠真本事闯荡的普济，实在太不值得。然而如今事已成定局，悔之晚矣，他只能面对现实。而目前最关键的是，他得应对这伙来自京城的不速之客，更得摸清这伙人的来意：若是善意，他得悉心巴结；若是恶意，他得认真对付。崔弘坤想到这里，便在客堂间传召军师温伯，问道："你师侄女，昨晚夜探客栈可有回话？"温伯拱手回话道："回主公大人话，在下正要去探视。现在既然主公要问话，何不传她过来见你？"崔弘坤想到"礼贤下士"这句话，便挥手道："还是我们去探看吧！也可显出我的诚意。"崔弘坤的话音刚落，薛治儿已现身在堂前台阶上，双手抱剑拱手道："不敢烦劳大人费心。在下此刻前

第二十四章　军师献计杨广入穴，刺史献女崔府藏奸

来，为的就是要回复昨晚夜探江陵客栈的结果。"崔弘坤和温伯猛地见到薛治儿出现在眼前，虽感到有些唐突，可更多的是意外。崔弘坤愣了一下，忙迎上去道："正说曹操，曹操便到。昨晚有劳小侠，辛苦了！快请入室就座。"温伯也道："师叔怕你昨晚辛苦，故没来打扰。没想到你这么早就自己过来了。"

三人坐定，崔弘坤就迫不及待地问道："你可探到，晋王杨广他们来江陵所为何事？"薛治儿道："昨晚，我在一更时分，便守在了江陵客栈附近，直至二更，他们才从外归来。"崔弘坤插嘴道："我知道，他们去梁廷见萧岿了。"薛治儿接着道："我尾随他们进了客栈。起初，他们在大厅内议论，由于我不能入厅靠近窃听，仅是在厅外窥见：晋王年纪轻轻却脾气很大，他似乎在训斥手下人，而两个女的在一旁劝说。"崔弘坤又插嘴道："你在厅外，听不到他们在谈些什么，这次夜探怕是徒劳了。"薛治儿没理会崔弘坤的话，继续道："后来，店主入内，把他们让进了内厅。我瞅了个空当，先他们进入内厅，躲在了梁柱上，这才听清了他们所有的谈话内容。"崔弘坤急忙欣喜地问道："快说，他们都说了些什么？"

薛治儿带着厌烦的表情白了崔弘坤一眼道："他们主要是来相亲的。晋王看不上梁主的两位公主，所以相亲一事，看来是黄了。"崔弘坤暗暗松了一口气，即道："他们谈的就是这些？没有其他的事了吗？"薛治儿不满地道："我还没说完呢！"她换了个坐姿，接着道："他们还谈到，你是个枉法乱纪的恶霸，他们说要把你容忍手下扯着你的旗号，光天化日拦路劫持他们的事禀报朝廷，派人来收拾你。"崔弘坤刚松弛的心情又紧张起来。一直在旁听的军师温伯带着幸灾乐祸的口气道："主公，我早就说过了，像刀疤脸这样的人，成事不足败事有余。他们做出来的事不是在给你脸上贴金，而是在损害你的名声。所以我说，要成大事者，不能不拘小节。"崔弘坤则问道："后来，他们又说了些什么？"薛治儿想了想道："那个郑大人似乎不太赞同晋王的说法，说什么治你罪的证据不足。有人还说要入什么穴取什么子。当时他们说这话时，有一条四足虫爬到了我的脸上，我没忍住伸手把它掐死了，而梁上被我抖落的尘土惊动了底下的人，我只能抽身退了出来。所以有些话没听完整。哦！还有句话我漏了。晋王说，明天，不，应该说是今天，他们要礼尚往来到府上拜访你。"

崔弘坤茫然了。一会儿说要禀告朝廷惩处他，一会儿又说要来府上拜访他。晋王这伙人的心态到底是善还是恶呢？崔弘坤的心里就像装了十五只吊桶，七上八下，忐忑不安。温伯见崔弘坤没有开口说话，便道："在下归纳分析了前后左右的事

态和传话,得到如下结论:其一,晋王来江陵的目的是相亲,而不是针对主公您的;其二,刀疤脸的冒犯恼怒了晋王,所以他要来找主公的麻烦;其三,那个郑大人说服了晋王,才有了今天晋王要登门拜访一说。所以,在下的这些分析是否正确,就看今天晋王是否来府拜访,我们也可以从他们的话语中,判断他们对主公的态度是友善还是恶意。"

崔弘坤问道:"依你之见,我们该怎样对待他们?"温伯道:"以在下之见,善以善待,恶用恶对。"崔弘坤又道:"何以善待,又何以恶对?请军师尽道其详。"温伯脸露得意之色地道:"善待,顾名思义,就是修好,乃至投其所好,以和为贵么!恶对,便是兵来将挡,水来土掩。仅凭他们这区区几十个人,又能把我们怎么样?"崔弘坤摇了摇头道:"恶对,有些不妥。他们的身后毕竟是朝廷。"温伯不以为然地道:"事在人为么!况且天宽地大,山高皇帝远,只要我们做得滴水不漏,朝廷又能把我们怎么样?况且主公大人,不是还想着那两个美人吗!天赐艳福,主公会舍得错过?"

老天爷在造人时,也不知出于何种心思,造就了像温伯这样的人。他们依势傍权,自己作恶也就罢了,还要唆使主子去作恶,去危害更多的人,而且不恶不足以体现他们的"忠心"。他们虽说只是帮凶,可实际上比其主子更恶。上自历朝历代的暴君奸相,下至民间乡里恶吏豪霸的身旁,都会有这种奸邪小人出谋划策、助纣为虐。他们的所作所为堪比虎豹身旁的豺狼,性情远比虎豹凶残贪婪。崔弘坤经温伯这么一点拨,竟然喜笑颜开起来。他笑眯眯地道:"知我者,非军师莫属也。有言道,死在柳裙下,做鬼也风流。天赐美人,一个徐娘虽半老却风韵犹存,一个国色天香绝世无双。如此尤物我岂有不纳之理?否则妄为在世做人。"

薛治儿狠狠地白了两人一眼,站起身道:"若没有其他事,在下告辞。"温伯见薛治儿不悦,即道:"治儿,你不能走。待会晋王他们来府上,你得跟随在主公大人身旁,保护主公大人的安危。"薛治儿道:"大人府上有那么多亲兵家将,还有那么多江湖豪杰,何必非要把我推到前面去?"温伯道:"在那样的场合,你一个小孩家在场,不会惹人防备,这正是其他人没有的优势。"崔弘坤豁然开朗,连连点头道:"军师想得就是周到。有治儿姑娘在旁保驾,我有何惧?好!就这么定了。治儿姑娘请放心,事完之后,我必有重赏。"

温伯道:"主公大人,我们得做好两手准备。你想过吗?若是他们善意而来,你将如何待他们?若是他们来者不善,你又将怎样对付他们?这些事都得事前谋划

第二十四章　军师献计杨广入穴，刺史献女崔府藏奸

好，方能有备无患，临阵不乱。"崔弘坤频频点头道："军师言之有理。以军师之见，我当如何处之？"温伯道："所谓善待：乃投其所好，要钱给钱，要物给物，要女人给女人，让他们尽兴，满足他们的意愿，何愁他们不能为大人所用！至于恶对：他们既然来到了大人的府上，要杀要剐还不是凭大人一句话，岂不轻而易举！"崔弘坤道："依军师所言，我更喜欢爽快地来个恶对。如此，美人到手，岂不更容易。"

未时，杨广审阅好郑芥写的奏折，并把自己写好的一封信附上，让杨豹派人骑快马一同送往京城。然后对郑芥道："我们走吧！今天，我倒要见识一下这个江陵刺史崔弘坤，他到底能霸道到什么地步？"郑芥道："殿下，您可不能抱这种心态去见崔弘坤。有言道，强龙不斗地头蛇，目前，在这江陵地面，崔弘坤就是一条地头蛇。我们在没有捏住他的七寸，没有准备好之前，只能与他周旋，而不能去挑事。否则，反而会受到伤害。"杨广不置可否，抬腿出门。

杨广的装扮既精干利落，又简朴清秀，更显英俊潇洒：他把头发盘成结，用竹签束住，内穿护身软甲，外套一件浅褐色箭袍，腰束一根褐色练功带，脚下是一双黑靴软底鞋。然后又佩挂了一柄龙泉宝剑，如此打扮，却不免带了些杀气。欧阳若兰看着杨广的这身装束，担忧地道："郑大人说的没错。殿下此去崔府，可不能意气用事，得多听郑大人之言行事。"杨广面露不悦之色，走到杨丽华跟前道："二姐，你们别不高兴，更不用为我担心。我谅他崔弘坤不敢把我怎样！你们就安心待在家里，等我和郑大人去把崔弘坤的七寸捏回来！"杨丽华不安地道："二弟，你们此去，我确实有些不放心。我总觉得，你把此事想得太简单，甚至可以说是太轻敌了。你们要去的毕竟是个不知深浅的虎狼窝，而我们又在他掌控的地盘内。所以我还是那句话，我不赞成你们去崔府，我们可以把崔弘坤招到这里来，伺机行事。如此，我们的风险要小得多。"杨广不以为然地道："你们没听王老伯说吗，不入虎穴，焉得虎子。"杨豹也上前道："殿下，还是让我跟你们去吧！多一个人，就多一份力。"杨广道："豹叔，我们不是已经说好了吗，你留在这里保护二姐和欧阳大人。若有情况，你们可去梁廷找柳大人，或者直接奔荆州投清河公素叔搬兵来援。但你们放心，我们不会有事的。"说罢转身便走。

临近申时，崔弘坤听手下人来报，晋王殿下和紫光禄郑大夫率众人来访。崔弘坤急忙整好衣冠，带着薛治儿和于下帮官吏迎出府门。崔弘坤满心期待见到他心仪的两个美人，可谁知大门前只有晋王和郑大夫带着六个佩刀武卫在外，却没有他想见的人。崔弘坤的心头不免有些惆怅，欣喜的情绪也立即低落下来，但他又不得

不顾及场面上的礼节，把来客迎入聚义正厅。崔弘坤把杨广和郑芥安置在殿堂正位上座，六个武卫一字排开站立在他们身后。崔弘坤和刺史府长史温伯及两个将军在两旁侧座相陪，薛治儿抱剑站在崔弘坤身旁，其他属吏分两旁站立在他们身后，如此排场礼仪，崔弘坤觉得自己的待客之意已足够到位。

　　崔弘坤待仆从上茶完毕，即开口道："殿下千岁和郑大人能驾临本府，实乃下官之荣幸。却不知为何公主殿下、欧阳大人，以及杨将军没有同来？否则，下官可为大家一起接风洗尘。"郑芥有所指地道："谢崔大人惦念。一来，公主殿下和欧阳大人旅途劳累，昨天刚到江陵又受了崔大人手下的一点惊吓；二来，去梁廷办事又不顺，也可能是有些水土不服吧！故她们贵体有些小恙。而由于晋王殿下本不想惊动地方上的人，所以也未向任何人告知。谁知，还是瞒不过大人，但为了回礼，晋王殿下只能由在下陪伴来府上做个回访，也算是略尽人之常情吧！但却因事出仓促，只能空手而来，实在抱歉。"崔弘坤忐忑的心思略有松弛，便借机道："我已处置了昨天冒犯公主和欧阳大人的几个无知下属。现得知公主和欧阳大人为此而患病，下官深感不安。请殿下千岁恩准，能否容在下前去探视她们，聊表赔礼道歉。"杨广冷冷地道："这就不必了。一点小恙，她们自有人伺候。"

　　崔弘坤见话不投机，只能另找话题打探道："听郑大人说，去梁廷办事不顺。不知是为何事，在下可否帮得上忙？"郑芥道："晋王殿下来江陵，乃是受陛下所遣为相亲而来，却因对方八字不合，故亲事不成。"杨广故意带着气愤道："这个萧岿，真不是个东西，把本王当成什么了。如此丑陋的女人，也敢送给本王当王妃！真是岂有此理。"

　　崔弘坤心头一阵轻松，晋王的话不仅证实了薛治儿的回话无误，更让他觉得有了一个投晋王所好的机会，而且他猛然想到了一个人，于是崔弘坤道："原来是这件事惹得晋王殿下不高兴！这个萧呆子，真是不自量力。他那两个女儿呀，我见过：要姿色没姿色，要文采没文采，还不及我府上的丫鬟呢！如此之女怎配给晋王当妃，岂不是在玷污殿下吗？晋王殿下，别心烦，下官府上有一养女，可否让她过来给殿下瞧瞧！若能中殿下之意，岂不也是一段佳缘，还可让下官高攀，与殿下结成秦晋之好。不知殿下意下如何？"

　　郑芥看了杨广一眼，不等杨广回话，即道："好呀！或许晋王殿下的千里姻缘，就在刺史大人府上也未可知。"崔弘坤一阵欣喜，不由得笑逐颜开地道："正是，正是！既然如此，当请晋王殿下和郑大人随下官入内府，见过小女之后再议。"崔弘

第二十四章　军师献计杨广入穴，刺史献女崔府藏奸

坤见郑芥点头，晋王默许，便起身对手下人道："军师随我陪殿下和郑大人入内府，张、王两位将军负责把客人招待好，其他人各归职位待命吧。"说罢，自己便转身在前引路，招呼着杨广和郑芥随他步入后堂内府。温伯和薛治儿跟在后面。

杨广和郑芥跟随崔弘坤进了后堂，堂外竟是一个春意盎然的庭院，小桥流水、柳树依依、繁花似锦、湖莲翠绿，真是别有洞天。引得杨广不由得带着讥嘲道："看不出来呀！崔大人府上真是深藏不露，还有这般美妙雅致的去处，简直犹如世外桃源，令本王大开眼界。"崔弘坤得意扬扬地道："殿下谬赞了！俗言道，近朱者赤，近墨者黑。下官虽一介武夫，却在江陵为官多年，深受江南士族风气的影响，才有此雅兴。下官也仅此而已，让殿下见笑了。"五人又穿庭入内府，只见素墙黛瓦的围墙、粗梁飞檐、朱门雕窗的群房，既有江南文人心仪的气息，又有豪门暴富的霸气，给人的却是一种不伦不类的土豪习气。推门进屋，便有身着彩缎的妙龄丫鬟相迎，且个个都体态丰满、婀娜多姿。室内摆饰紫椅檀桌，金柜银橱，玉屏珠帘，字画红毡，檀香阵阵，沁人心脾，确有说不尽的富丽豪华，令人瞩目。杨广带着感叹道："崔大人，我的王府也没有你这等气派啊！"崔弘坤急忙道："殿下说笑了。不过，殿下若能相中小女，下官能与朝廷陛下结成亲家，别说是这区区庭院内府，只要殿下喜欢，我这里的东西任你挑。"郑芥却泼冷水道："崔大人也太小看咱殿下了。且不说你哪个养女能否入殿下之眼，殿下随口赞了你几句，就不知道自己轻重高低了。你不会是太自信了吧？"崔弘坤被郑芥说得心里很不舒服，便在心里道："若是做不成亲家，那就做个仇家。哼！做仇家也未必不是件好事！"崔弘坤不再接口说话，却加快了脚步，走到富丽堂皇的客厅正殿中央，对着一个丫鬟道："小翠，去把贵儿小姐请出来见客。快去！"说罢，崔弘坤便招待杨广和郑芥在上位坐定，自己和温伯陪坐在一旁，薛治儿仍然抱剑站立在崔弘坤的身边，但她的目光却时不时地扫向杨广。

丫鬟们待主人和客人落位坐定后，便依次序上来，先替客人送香巾净面，后端水漱牙递茶沾口，再送上香茗和八碟茶点让客人品尝，然后站成一队立在一旁恭候待命。如此待客的礼仪，让杨广和郑芥感到意外。而崔府客厅之精美更让他俩吃惊，却也让他们大开了眼界。宽敞明亮的厅堂好似一个博览厅，琳琅满目的西域琉璃彩瓷，金丝楠木雕曾描凤的家具，栩栩如生的东西美女画作，逐一映入眼帘，令人目不暇接，让人不得不感悟到主人的富贵和好色之心。崔弘坤对此还喋喋不休地介绍着他的收藏心得，向他们显示着他的"文才修养"。

一道由六扇碧玉和紫檀组成的彩屏处，随风飘出了扑鼻耐闻的百合花香味，在一阵佩饰的声响伴随下，从屏风后面走出了一位豆蔻少女。她体态如春风拂柳，袅袅婷婷；鲜衣丽服，不输公主嫔妃；弯眉秀眼，明眸挺鼻，中含着一股秀慧之气；红唇白齿，脸似满月，透着无限丽质。都说貂蝉昭君之美，却谁也没见过，可眼前貌美如仙、气质典雅的少女，却是活生生地站立在了众人面前，谁能不为之动容呢？崔弘坤瞧着众人的神情，脸上露出了得意的笑容。他待少女行过礼，即挥手示意让其退下之后，不无得意地说道："晋王殿下，郑大人，小女的姿色如何？下官没有虚言吧！不知是否中殿下之意？但在下还得补充一点，小女的诗文，也不在一般人之下。"

杨广虽为崔弘坤之女的美貌和气质所震撼，但一来他在宫里见得多了，故而这种感受也仅是一闪而过；二来他似乎情窦未开，对男女之事并不上心，而他这次进崔府的目的，是要置崔弘坤于死地，并非为相亲而来，故而他对崔弘坤的得意之说并不在意。郑芥的城府要比杨广深得多，他见杨广不开口，便带着赞许却含蓄地说道："真没想到，崔大人的小女竟是如此才貌双全，令我等钦佩不已。崔大人府上，让人惊异的地方实在是不少啊！"崔弘坤道："依郑大人如此之说，下官是否可以认为，与殿下结亲之事有望了？"郑芥含糊地说："可以这么说吧！但崔大人得把你养女的生辰八字递上来，容我们推算后，方可再上报朝廷，由陛下皇后做决断。"崔弘坤满心欢喜地说："当然，当然，这是应该的。我马上让人把小女的生辰八字写好后送交给大人过目，但此事还得烦劳郑大人上心促成啊。下官为表心意，特恭请晋王殿下和大人能在本府入席用宴。此外，宴后下官还备有些许不成敬意的薄礼，恭请笑纳。相亲事成后，在下更有重礼答谢。"

郑芥看了杨广一眼后说："殿下，我们既来之，则安之，就客随主便吧！否则，辜负了崔大人的一片好意，于情也说不过去。"杨广道："好吧！但此刻入席为时尚早。可否请崔大人带本王再参观一下，你这深藏不露的崔府还有哪些耀人眼目的好景宝物，也好让我们再开开眼界。成吗？"崔弘坤见杨广答应留下用餐，还要游览府衙，不禁欣喜万分。他一面吩咐厨房设座摆宴，一面起身带引杨广和郑芥及温伯、薛治儿等亲信随从一齐向后院走去。

第二十五章
金玉相诱贵儿劝膳，刀光剑影侠女收徒

戌时已过，欧阳若兰还不见杨广和郑芥回来，忧急之情溢于言表。她不得不对杨丽华和杨豹说道："殿下和郑大人已去崔府近四个时辰了，为何还不见回来。他们万一有个三长两短，让我怎么向陛下交代？我等不及了。现在我决定：杨将军留下来陪伴公主殿下，我带上六个武卫亲兵前去崔府要人。"杨豹着急地摆着手道："不成，不成！欧阳大人的此议不妥。要去崔府要人，也得是我去，岂能让你一个妇道人家去呢？不成，肯定不成。"欧阳若兰严肃地道："杨将军，请别忘了，我此刻是朝廷从二品命官，更是这次由陛下亲自任命的南下相亲探朝的总管，不是什么妇道人家。我要对你们每一个人的安危担起责任，所以你们都得听从我的安排。"

杨丽华见欧阳若兰较真生气，便劝道："欧阳大人请息怒。杨将军的本意是，我们女人去崔府有所不便。而我在想，崔弘坤敢在光天化日之下拦劫，若我们主动上门岂不正中他下怀！但从当前的形势分析，他欲动晋王和郑大人只有两种情况才有可能：一是崔弘坤察觉了晋王和郑大人拜访他的意图，把他们囚禁了起来；二是晋王年轻气盛，出言不逊与崔弘坤发生了冲突，却因寡不敌众被他们扣了下来。可是我再一想又觉得不太可能，因为崔弘坤果真敢跟晋王他们翻脸，我们此刻又怎能安然无恙？所以，依我的主意是不能操之过急，相信晋王和郑大人会没事的。"

欧阳若兰坚持道："公主殿下的话虽然很有见地，但我不能有丝毫的侥幸心理。在我的一生中，不管是在官家还是江湖，虽然阅人涉事无数，却从未怕过也未退缩过。然而，这次陛下把你们交给了我，我深感离京城越远，身上的责任和担子就越重，我甚至还怨恨自己，为何会答应陛下挑这份担子？为此我也对自己的夫君说过，若殿下和公主有一丝的闪失，我就是粉身碎骨也难报陛下给我的知遇之恩。所以公主殿下，杨将军，望你们能理解我的心情，只有你们安然无恙我才能安心。也请你们放心，我现在去不是无的放矢，而是有备而来的。若晋王殿下和郑大人果真有事，我就是拼上这条命，也要把崔弘坤碎尸万段，让他不得好死。"杨丽华听欧阳

若兰的话中有话，连忙问道："婶，你说的有备而来，指的是什么？"欧阳若兰解开朝服，露出早已穿戴整齐的紧身软甲。她又撩起宽大的衣袖，绑在手臂上的几支袖箭赫然在目，说道："临行前为防意外，我夫君替我装备了这些防身利器。所以，你们就放心吧！"

杨丽华和杨豹见欧阳若兰早已准备妥当，也就不再说什么。欧阳若兰在紫色的朝服外面，又束了一条皇帝赐给二品官员才能佩戴的九环金腰带，在腰带的左侧佩上一只诸色香囊粉袋，在右侧挂了一块焦黄色带有黑纹图案的竹牌，然后戴上便帽，披上风衣，走出客栈，翻身上马，在客栈店小二的引路下，带着六个佩刀跨马的亲兵向刺史府驰去。

崔府的宏大与奢华让杨广和郑芥瞠目结舌。前府用于公务待客，左前府办理军务，旁边是校场和兵营；右前府也办公务，旁边是一条直通码头的河渠。前院是休闲区域，草坪、小桥流水、花径树柳，将前府与后府、后院隔开。后府是家居群屋，正殿厅堂、卧厨厢房归原配李氏所有，另有四侧殿堂由四位夫人居住。后院里，假山亭阁，树木葱郁，水榭骑楼，相映成趣，若不熟悉路径进入，定会迷路。而这亭阁骑楼内的装饰更是华丽无比，光彩照人，且有美女穿梭其间，娇声侍候，令人不禁心生遐想，这一切完全可与皇室的后宫庭院相媲美。然而，在河畔还有一座青砖琉瓦、尖顶翘檐的七层玲珑宝塔，尤为引人注目，此塔远看是一座地标，走近四周，景色在雄伟中蕴含着佛道的灵气，秀丽中增添着江南的文采，更增添了崔府的气势。

崔弘坤在途经宝塔时，用炫耀的口吻对杨广和郑芥道："这座宝塔名叫天王宝塔，是经一位西域游方和尚指点而建造的，是我崔府的镇宅之塔。为了镇住这一方的官运财气，不仅耗费了我十万两金银，而且还赔上了几十条性命。但是建成之后，我觉得值了。因为，从此后我的官运不仅亨通，就算是周室换成了隋朝，我还是当我的官，没人能把我怎么样。而我南货北卖，北货南运的船只一下子扩展到了十余艘大船，我的财源更是滚滚不断。所以，我这座天王宝塔成了我的聚宝之塔、发家理财之塔，也是我的藏宝之塔。"

杨广有心想进去一探究竟，便有意点拨道："如此一座有来历的宝塔，里面肯定藏有不少宝贝吧！但是如此重地却为何不见有人守护，崔大人就不怕有人进去盗宝吗？"崔弘坤听后哈哈大笑道："不是没人想进去盗宝，而是只见有人进去，却从没见有人能够活着出来的。我说赔进去了几十条性命，指的就是这些不自量力的盗宝

第二十五章　金玉相诱贵儿劝膳，刀光剑影侠女收徒

者。所以这座宝塔无须用人守护，也不是随便什么人可以进去的。"

有言道，言者无意，闻者有心。郑芥见崔弘坤既无意让他们进入宝塔观望，还用如此话语恫吓他们，更怕杨广提出强行入内观看的要求，从而让崔弘坤心生警惕，给以后的探视带来麻烦，于是郑芥看了杨广一眼，有所指地道："原来如此，崔大人这是有备无患啊！如此神秘禁地，我们也就不必进去看了。崔大人陪我们看了崔府这么多地方，不仅让我们开了眼、长了见识，我们也有些累了，我们就到此结束吧！"

一直跟随在众人身后的薛治儿低声问温伯："师叔，这座宝塔你进去过吗？里面的机关真有那么恐怖？"温伯迟疑了一下，悄声道："此塔是有专人看护的。我没进去过，但我听府里的老人说，那个西域僧佗很邪恶，不仅长相凶狠，而且心如蛇蝎。和尚白天饮酒吃肉也就罢了，可每个晚上还得有两个童女陪睡。也不知刺史大人是如何认识他的，还相信他的话，花了这么多钱财和心思去造这么一座塔，又害了这么多人，实在是用心险恶。"薛治儿盯着宝塔，用目光测量着宝塔的门户间距、顶高层宽，口中说道："这个宝塔藏了些什么宝贝？竟要惹得那么多人去送命。"温伯因崔弘坤不让他染指宝塔之事而心头不快，便道："江湖上传说，宝塔内不仅藏有崔府历年搜刮来的金银珠宝，还有汉武帝刘秀遗留下来的一枚传国玉玺，梁帝萧绎用和田玉制成的一块帝皇玺，其价值无法估量。这就是引得一拨又一拨人前来盗宝送命的根源。"薛治儿不再言语，她再次看了一眼宝塔，便随着众人绕道往回走。

崔弘坤的酒宴设在玉女殿。这玉女殿因有一尊引人注目的、通体用白玉雕成的裸女站立在门首迎客而得名。室内为了体现一个"玉"字，便处处镶金嵌玉，白玉铺地能照人影，青玉竖柱盘蛇升天，花玉为桌山水似画，镶玉为屏七彩凤凰，雕玉典故配置门窗。在这玉光丽色的环绕中，一幅红毯铺在中央，既夺目又富丽，彰显的不仅是主人的富甲一方和所谓的渊博文修，也蕴含着一种霸道和野心，以及主人藏于内心不便言说的意图。崔弘坤有意在玉女裸雕跟前止步，对着众人道："这尊玉雕乃是我花了一万两黄金从南洋买来的。"杨广叮着玉女裸雕，带着揶揄的口气道："难怪，我觉得这尊裸女玉雕塑的不像是我们华夏中原人，原来是南洋人。崔大人花这么多钱弄来，把它放在这里迎客，本王实在不能理解，崔大人的真意何在？是欣赏，还是在羞辱人！但本王却更想知道，崔大人仅凭朝奉，何来这么多钱既要置豪宅，又要造宝塔，还要养那么多的府兵家将、食客。你的钱怎么会这么多呀！"

杨广的问话让崔弘坤感到尴尬，也让郑芥感到紧张，更让温伯感到意外，却让

| 227

因看到站立的裸女而不愿进厅堂的薛治儿，忍不住朝杨广看了一眼，而后才去认真细看玉雕裸女。薛治儿已忘了儿时娘亲给她哺乳的情景，但她却忘不了母乳的滋味，甜甜的、香香的母乳养育了她，薛治儿情不自禁地用舌舔了舔干涩的嘴唇，把双目慢慢地向下移去：体肤洁白润滑，一段瘦瘦的腰身，一个有些扁圆的肚脐眼，一片光洁平坦的肚皮下是两条修长好看的长腿，脚上没穿鞋，光着脚板站立在玉石地板上。薛治儿突然感到脸上一阵火辣辣的热，她赶紧移开双眼向上看去：玉女的头颈细长，整个脸面像个剥了壳的鸭蛋，光洁而白嫩，弯弯的眉，大大的眼睛，高高的鼻梁，宽宽的嘴，厚厚的唇中露出了洁白的牙齿。这张脸确实跟中国女人有些不同，眼中流露的尽是贪婪的光，却没有娘亲的那种温柔，脸上和嘴角处展露的笑容，也是冷冰冰的。薛治儿看到这里忍不住自言自语道："不知廉耻，买这么个东西来污人眼目，简直是缺德！"

众人被薛治儿的话吸引得转过头来。杨广这时才发觉还有这么一个不起眼的随从跟在身后，他尤其对她紧抱在胸前的那柄旧剑产生了兴趣。郑芥则不以为然地摇了摇头，没有开口。崔弘坤正为被杨广揶揄和追问而感到不快和尴尬，却冷不防又被这个不知尊卑的野丫头呛白，不由得心头升起一股怒火。崔弘坤声色俱厉地道："无知之极！这是艺术珍品。别蹬鼻子上脸，这里还轮不到你来说三道四。"温伯见崔弘坤发话，即训斥道："治儿，胡说些什么？你一个姑娘家，不看也就罢了，还要不知天高地厚地评说。还不快去向崔大人认错。"

杨广吃了一惊，他可没想到眼前这眉清目秀的道童竟是个姑娘。薛治儿却并不买账，道："不看就不看，谁稀罕！"说罢转身就走。杨广却急忙阻拦道："小姑娘请留步。"正在生气的薛治儿回首冲着杨广道："你比我大不了多少，却喊我小姑娘，凭什么？"杨广没想到这个道童如此纯真爽直，不禁放下身段道："哟！对不起，冒犯了。你叫治儿吧！那我叫你治儿姑娘，行吗？"薛治儿点了点头表示可以，并道："说吧，什么事？"杨广上前指着薛治儿怀中抱着的剑道："能否让我看看你这把剑？"早就有些不耐烦的崔弘坤道："晋王殿下，一把破剑有什么好看的。里面的宴席已经准备好了，我们还是进去入席吧！我已让人传我女儿贵儿前来陪殿下用餐了。"杨广道："好！治儿姑娘也一起去。"说罢，便上前拉住薛治儿的手，朝殿堂里走去。崔弘坤无奈地跟了上去，郑芥看了眼目瞪口呆的温伯，也不好说什么，迈步跟进。

崔弘坤这宴席上，不仅有亮得照人眼目的银餐具引人注目，而且那丰盛酒菜的

第二十五章　金玉相诱贵儿劝膳，刀光剑影侠女收徒

色香味更是诱人。宴席的座序完全仿照了宫廷的形式，君主在上为主座，主座两边设陪席座，殿堂两旁依据左文右武的座席排列。崔弘坤的亲信文官武将，以及几个有名望的江湖食客济济一堂，都已站立在一旁肃然候客，他们一见主人带着客人走进殿堂，立即躬身迎接。而在主席座位旁的陪席上，已有一位白衣少女在座，见客人来到便缓缓起身，走出座位向来人万福相迎。

杨广拉着薛治儿的手大步走向设在殿堂首端的主席座位，见已有一位素装艳女占据了主席座位的下首陪座位。杨广没去细看该女是谁，却把薛治儿引到上首的陪座位上坐下，然后他当仁不让地在主席座位上坐了下来，这才扭头去看下首陪坐的女孩，也才看清了这个素装典雅的女孩，就是崔弘坤欲想许配给他为妃的养女贵儿小姐。杨广反客为主的举动，打乱了崔弘坤的席位安排，但此刻他又不便说什么，只能耷拉着脸坐到了文官首席座位上，可心头的不快和不满却在涌动着。郑芥坐在崔弘坤对面的武将席首位上，温伯见崔弘坤不高兴，不免有些尴尬，却又不能出面纠正，只能默默无言地坐到崔弘坤的下首座位上。

薛治儿从未经历过这种场面，她不仅心乱如麻，而且满脸通红。她可以孤身一人出来闯荡江湖，可以面不改色心不跳地与高手强人对搏，甚至可以来去无踪地去做自己想做的事，但却从未有过被人牵着手，虽心有不甘却又不便推却，身不由己地听从他人安排，坐在这么个大庭广众中享受被人羡慕的款待。她恼怒地瞥向让她尴尬、让她坐不安宁的晋王殿下。谁知，正巧碰上了杨广向她投射过来的目光，四目相撞，薛治儿浑身像被雷击了一下，从头顶一直麻到脚底。薛治儿惊呆了，她不知道这是一种什么感受，她不敢再去看任何人，只能盘腿抱剑，垂头坐着，默不出声，可是胸膛里像有一头小鹿在狂奔乱跳着。杨广只觉得这个治儿姑娘坦直得可爱，但他感兴趣的不是她这个人，而是她怀中抱着的剑。当然，杨广也想知道，为什么这么一个纯真不谙世故的小姑娘会成为崔弘坤的亲随？

酒宴在崔弘坤的主持下开始了。杨广举起酒杯，抿了一口就皱起眉头，他想起了在二姐后宫里喝的琼浆玉液，想起了酒醒之后二姐替他梳洗的情景，也想起了此后每次饮酒都想找回的那种感觉，以及再也体会不到的他们姐弟之间的这种纯真无瑕的快乐和童趣。

"晋王殿下，怎么光举杯不饮酒啊？"一个娇滴滴的声音在杨广耳边响起。杨广急忙收回神思，举目看去，见贵儿小姐正躬身弯腰举着酒杯在他跟前，一双明亮动人的眼睛正闪着柔情盯着他，杨广有些慌乱起来。杨广见识过的女孩姑娘不在少

数，不管是在家里，还是在母后、二姐的宫里，还是自己的王府内，甚至是亲友故人新交的宴请聚会中，他从来都能应对自如、不卑不亢，从未有过像今天这样慌乱的心态。是因为她太美了吗？是的，有点，乌黑的长发，白嫩的肌肤，波光盈盈的双目好似水中的黑宝石，红润的嘴唇，洁白整齐的牙齿，不高不矮、不胖不瘦，像是从美人模子里刻出来的身段，都显得无比秀美，但是比起二姐，似乎也不过如此。

贵儿见杨广举着酒杯只是盯着她看，却没有言语，不禁也有些慌乱起来。她避开了杨广的眼神，白嫩的脸上飞起了红晕，扭头看了眼正朝她以目示意的养父崔弘坤，只能再次举杯，凑到杨广跟前，低声细语道："殿下，是这酒难入殿下的唇齿，还是这菜肴不对殿下的口味，才引得殿下举杯不饮，停筷不食？"杨广这才回过神来，掩饰道："不是，都不是。少饮酒，乃是遵母后之嘱。出门在外，饮酒怕误事。"贵儿见杨广没了下文，便追问道："那么菜肴呢？这些菜肴可是府上名厨专为殿下烹调的大江南北的各式名点名菜。比如这道三鲜鱼糕！"贵儿伸出葱般白嫩的手，指着杨广面前的一款食点道："它又叫湘妃糕，是我们这江陵的名食。"

杨广一听眼前这几片黄白相间、色泽鲜艳、视感嫩滑诱人的餐食，就是欧阳婳推介的江陵名吃，不由地来了兴趣。他放下酒杯，拿起筷子，夹了一块放进嘴里，一种鲜嫩软糯，似鱼又似肉的口感难以用言语表述其中的甘美。杨广不待第一块鱼糕完全咽下肚去，又夹起了一块，这次他没有把鱼糕直接放进嘴里，而是停在嘴边，一股香香的，似鱼却不是鱼，似肉却不是肉的香味扑进了鼻孔，杨广盯着手上的这块名食问道："这三鲜鱼糕，是用什么做的？为何这般鲜嫩爽口。另外还有一个美妙的名字叫湘妃糕，是否还有一些故事在内？"说罢，杨广才把第二块鱼糕又塞进了嘴里品尝起来。贵儿见杨广对此感兴趣，便笑吟吟地道："这鱼糕确是有典故在内。相传舜皇带着娥英和娥皇来到江陵，适逢娥皇胃口不佳，娥英便用大江的鲜鱼、江陵的山猪，取其精华剁成末，用蛋清和之蒸煮成糕。此糕，便成了鱼含肉味、肉有鱼香，鲜嫩可口的美食佳肴，一直流传至今。"杨广夹起第三块鱼糕放进嘴里，道："这鱼糕，真是让我既饱了口福，又长了见识。"

贵儿见杨广只吃鱼糕，不动其他的酒菜，便又道："殿下，你不能光吃鱼糕，而冷落了面前其他的名菜佳肴，它们不仅味美，也有着许多的典故在内。比如，这道'钟石龙蟠'，相传是三国东吴孙权的宫廷菜。孙权称帝后迁都建邺，他的厨师为贺他迁都之喜，特制了这道菜。殿下，我得考考你，你看出些什么了吗？"杨广略一思索便道："通体色泽金黄，昂首摆尾盘旋于山川和片片白云间，莫不是寓意着金龙降

第二十五章 金玉相诱贵儿劝膳，刀光剑影侠女收徒

世临天下？哦！我记得，当年孙权迁都至秣陵后改都名为建邺，设年号为黄龙，是否有其意在内？但这个龙首和龙尾却有些含糊其事，像龙不是龙，像蛇不是蛇。这个厨师看来学艺并不精湛。"贵儿笑着点头道："殿下的聪慧果然不同于凡人。但龙首龙尾含糊其事，实乃是厨师有意为之。因为孙权当时虽然称帝，但他的吴国乃尊北方魏国的曹叡为皇，故厨师有所忌讳，而不得不如此作为。殿下，你再尝尝这道菜的滋味如何。"

杨广在龙胫处夹了一筷，送入口中边嚼边细细品味，肥而不腻、细嫩而味鲜，确实另有一番滋味。贵儿见此又问道："殿下为何不挟龙肚，在龙肚子里面可有龙心龙肝许多的美味在内呢！"杨广却另有其意地道："开膛破肚太惨烈。欲知擒贼先擒王，对付蛇类只需打蛇的七寸，断其胫也就可以了。"然后，杨广指着一银盏中有点点红蕊的白玉羹问道："此盏中的红点白玉羹又有何说？"贵儿道："此乃长生羹。相传常食此羹之人，可以活到三百岁。"杨广不以为然地道："无稽之谈！若真有此实，秦王汉武岂能不食而长留于世！然，我在北方宫中确实没见到过此食，不知其味如何？"贵儿用汤匙捞了一勺递给杨广道："此羹味甘甜、性平和、能温补气、益肝脾。它乃用百合、白耳、雪梨、枸杞、冰糖文火熬煎而成。服之爽喉、润肺、凉血、平肝、明目，是南方宫廷和达官显贵滋补身体、延年益寿的佳品。"杨广边品边问道："为何北方不得见？"贵儿道："北方天寒气冷的时日长，人体缺乏的是暖热助阳之气，故喜食牛羊肉和姜蒜烈酒。而南方多的是烈日酷暑，风热潮湿，故爱凉性清淡却又能滋补的食材。因此也就引出了各自不同的饮食文化。"

杨广带着欣赏的眼神看着贵儿道："看来你对这饮食颇有见解，确实难能可贵。你这是出于生性喜欢，还是家庭传授？"贵儿道："饮食乃是人生之必需，烹调乃是来自日常的耳濡目染，却不是生性喜不喜欢之事。但这些见解却是出于潜心研学而得来的感悟，尤其是我们女人对此等事是必须要知晓的，更不能去依赖别人。"杨广用探究的神情道："好呀！一个女孩子家能有如此领悟，令人敬佩。我是个赞成女子无才便是德的这种儒家之说，也不赞成女子只能顺其自然，而不知其所以然的说教。那么，能否再对我说说，你的其他见解？"贵儿答道："自古以来，华夏有民以食为天之说。我们华夏地大物博，上苍和先祖为我们留下了许许多多的，既能饱腹助长，又能调理机体，还能治病健人的膳食良方，我们后代必须得传承，更不能把它糟蹋甚至泯灭了，否则何以对得起上苍和先祖的赐予。比如这酒，它可以助兴，也可以泄愤，还可以入药治邪气。有言道，邪气至时，饮之万全，此时酒乃是良药；

可也有言道，酗酒为乐，酒壮贼胆，无法无天，此时的酒乃是毒品，就会害己害人的。所以，食因人而益之，人因食而得之，人食之却又因此而彼此抑之，即所谓的相辅相成，相依相克。"

崔弘坤见杨广和贵儿两人谈吐甚欢，却不顾他人的存在，既有满意之感，却又有些醋意，而他则更怕贵儿绕过他直接向杨广直抒心怀，让他的期待成为泡影。故崔弘坤趁两人话锋一落，就插嘴道："贵儿，今天，殿下是你参我请来的贵客，你可不能独霸着，却把我们都晾在一边。"崔弘坤的话，把贵儿说得脸红耳赤，心头狂跳不止。她完全没意识到，自己与杨广已经谈了许久的话，她只知道这个殿下不仅英俊气昂，平易亲切，悟性聪慧，而且年虽少却言谈不俗，是个可以交往，甚至是可以托付终身的知音。她真希望能够单独跟杨广坐下来，促膝长谈以释心怀。但此刻，她的养父发话了，似乎还有些不满意，贵儿无奈，她只能朝杨广依恋地看了一眼后，回到自己的座位上。

抱剑端坐在上首陪坐席位上的薛冶儿，开始时的心态是有些怨恨。这个晋王算怎么回事，连起码的礼节规矩也没有，就把她拉坐到这个本不该是她坐的位置上，让她如坐针毡，不得心安。其后，则把她晾在一边，不闻不问，却自顾自地与另一个女孩谈笑风生，还没完没了，似乎是忘了她的存在，这又怎能不让任性惯了的薛冶儿感到尴尬，而后悔当时为何不一口拒绝坐这个位子。薛冶儿甚至还在扪心自问，一贯能保持冷峻清醒、独断孤行的自己，为何在这个晋王面前，会如此俯首帖耳，任其摆布？故而薛冶儿面对着桌上丰盛的饭菜，虽觉口馋，却因愤恨而无意动筷进食。她更想起了师父说过的，剑道之艰辛就在于在任何场合都能凝心聚意，能以自己的心态为主宰，而不是被他人所撼动。可是今天，薛冶儿不能不觉得，她此刻已完全没有了自己的主心骨，难道这个晋王就是师父所说的，是她要了却的这段世态情缘的源头？薛冶儿想到此更是心烦意乱起来，她闭目不视桌上的酒菜佳肴，她塞耳不闻他人的言谈声笑，她要用意念去控制自己的心绪，希望这个尴尬的场面早些过去。

杨广没想到，自己与这个素昧平生的女孩子能谈得这么投机融洽，更没想到，这个女孩子肚里的学问还真不少，不仅对食饮有不同于一般人的独到研究见解，而且还博古通今，不能不让他刮目相看。此刻，崔弘坤的提示，也让杨广醒悟到身旁还有其他人的存在。他扭头一看，马上看到了薛冶儿既不吃也不喝，正在垂头闭目地生着闷气，杨广的心头情不自禁地升起了一股歉意。杨广急忙举起酒杯，起身走

第二十五章　金玉相诱贵儿劝膳，刀光剑影侠女收徒

到薛治儿跟前，躬着身道："治儿姑娘，为何不吃不喝啊？来，我给你把酒斟满，我俩来干一杯。"薛治儿睁开眼，看了杨广一眼，仍然冷如冰霜地抱剑坐着，没有任何举动。杨广立即明白，是自己把她拉上了这个位置，此刻却又冷落了她，这全是他的不是，理该向她赔罪。于是，杨广放下酒杯，指着桌上的三鲜鱼糕，赔着小心道："这是江陵的美食，叫三鲜鱼糕。我吃过了，可好吃了。"薛治儿见杨广如此殷勤地劝她喝酒吃菜，心头的冰霜有些融化，一股暖流开始涌动。但她在表面上仅是看了三鲜鱼糕一眼，还是既不动手，也不开口。杨广见自己第二次低声下气的赔罪认错，还是没能起到作用，便只能耐着性子，弯着腰，从桌子上取过薛治儿的筷子，夹起一块三鲜鱼糕，送到薛治儿的唇边，委婉地道："这鱼糕啊！是用鱼肉、猪肉加蛋清制作的，不仅味道鲜美，而且，你们女孩家吃了还能养颜。你尝尝！"薛治儿的心动了，暖暖的、热乎乎的。自小长这么大，在她的记忆中有的只是师父的严厉，习文练功的艰辛，面壁思过的困惑；缺失的是亲情的温暖和爱人的呵护。此刻，她似乎感到了这种暖意正在心底滋长，全身的血液开始奔流，薛治儿脸红耳赤，口干舌燥，一股喷香的鱼肉味又涌进了鼻孔，她情不自禁地张开了口。杨广见薛治儿开口，立即把鱼糕塞进了她的嘴里，并心急地问道："怎么样？鲜不鲜，嫩不嫩，好不好吃？"薛治儿看着杨广情真意切的样子，一种从未体验过的感动，化成了一股热流涌上了眼眶，润湿了漆黑秀美的双眼，又变成了两颗晶莹剔透的泪珠滚落到俊美染上了红霞的脸颊上。杨广见状吃了一惊，他无法理解此刻薛治儿的心情，还以为是她的气还未消，于是急忙坐到了薛治儿的身旁，伸出袖子去替她擦眼泪。

　　女孩子毕竟是女孩子，尽管心里喜欢的就是这种温柔，但在脸面上却还要装出一副讨厌、害羞、拒绝的样子，薛治儿此刻的心态也是如此。她举目白了杨广一眼，伸手拨开了杨广替她抹泪的手，低声道："讨厌！"可是口中的鱼糕堵塞了她的声音，杨广似乎并没听到，而鱼糕鲜嫩的滋味，却让薛治儿再也无法坚持拒绝，她情不自禁地咀嚼了起来。杨广见自己的这番殷勤起到了效果，便趁热打铁，又夹起了一块钟石龙蟠菜中的龙肚，把它送到薛治儿的嘴边，并现学现卖地道："这道菜叫钟石龙蟠，是三国东吴孙权的宫廷菜。肥而不腻，鲜美可口。在这龙肚里面还有龙心龙肝，此菜我也是第一次品尝，确实很好吃的。"薛治儿这回不再装样子推辞了，她右手握剑，伸出左手接过杨广手中夹着菜的筷子，把菜放进嘴里大口吃了起来。

　　杨广见薛治儿左手使筷，便带着欣赏和探究的神情道："你左手使筷，与我们右手用餐是否有些不一样？"薛治儿没有回言，却把右手握着的剑放在餐桌上，接

| 233

过左手的筷子,又灵活地夹起一块鱼糕送进嘴里,脸露得意的神采,这才边吃边无不娇憨地道:"我这双手,不管是使剑,还是用筷,乃至穿针引线都没有不一样的感觉。这是师父传授给我的真正剑道功夫:细巧之处可执发理丝,宁心静气时泰山压顶也敢伸掌相迎而绝不脸红,一旦动手便能气吞山河,乃至万人阵中直取敌酋人头。"杨广见她如此大言不惭,便随口道:"你这是言过其实了吧!你说泰山压顶时也绝不脸红,可你刚才为何脸红啊?"薛治儿被杨广如此一问,真有点尴尬而羞怒了,女孩家的心事,岂能随意向人告白?再说,能让她脸红的人,除了你晋王之外还没有过呢!薛治儿这一羞一怒,脸上也就一层红一层白了起来:脸红时,娇如桃花,色艳可餐;脸白时,洁如梨花,冷似冰霜,令人心寒,却惊得杨广目瞪口呆。然而,杨广是何等聪慧之人,他见自己无意出口的话,竟会引得薛治儿脸色如此变化,一定是自己触到这小姑娘不可言说的隐情了。于是杨广连忙起身,对着薛治儿躬身道:"治儿姑娘,请恕罪!在下此言仅是随口而出,绝对无其他用意在内,恭请姑娘,能赦在下的无心之言。"

薛治儿本无意迁怒杨广,仅是一时难以说出口而尴尬罢了,现在见杨广如此真诚谦卑地自责,不禁心情畅顺,"扑哧"一下笑出了声。大凡心地坦诚之人的情绪表象就是如此,不会有那么多的隐晦曲折而需要遮遮掩掩,他们的喜怒哀乐、是笑是泣、是爱是恨,全是因性因情而起、因情因性而泄,绝非是矫揉造作的刻意之为,这样的人就是我们常说的性情中人,是活在自己世界中的爱憎分明之人,是光明大度豁达之人。薛治儿虽未成年,却已是这样的一个人了,她只要觉得对,便会出手去做,她只要觉得好,便会去相助,她只要觉得喜欢,就会义无反顾地去接受,她的憎恨愤怒、她的喜笑颜开、她的哀泣泪水,无不都是她内心深处真实情感的反应。

杨广见薛治儿转怒为喜,心情也就舒畅了起来,他看见薛治儿放在桌上的剑,又勾起了他好奇的心思。这把旧剑貌不惊人,剑鞘上似乎还有些锈迹水斑,可是却被这个小姑娘视如珍宝,从不离身,是因为这剑的珍贵,还是在这把剑上有着其他的典故,而导致这小姑娘会如此惜剑似宝。杨广按捺不住想要探究此中的故事,以释自己内心好奇的心思,便手指桌上的剑,道:"治儿姑娘,能否让我看看你这把剑吗?"杨广见薛治儿没有言语却有为难的表情,但为了达到看剑的目的,便锲而不舍地道:"我也喜欢使短剑。可惜,我那柄龙泉宝剑,寄放在了这崔府的殿堂外。否则,我们交换着比试一下,也好长长见识。"薛治儿从不曾把自己的剑给人看过。但此刻,她听杨广说得恳切,还说什么要跟她的剑做个比试,心里既因对杨广存有好

第二十五章　金玉相诱贵儿劝膳，刀光剑影侠女收徒

感，又觉得杨广可笑，她的剑天下无双，哪来需要比试之说。但为了这点好感，也为了打消杨广的好奇，薛治儿大大方方地把剑递给了杨广，道："何用说那么多，你要看就看吧！"

在殿内陪酒的人，见杨广只关注身旁的两个女孩，与她们既是进酒劝食，又是聊天，还亲自给上座的道童夹菜喂食，现在又要看剑，而全然无视他人的存在，这让众人感到了有些无趣，更觉得这个晋王在大庭广众之下的如此举动，不仅是轻浮得有失身份，也是在有意地羞辱轻视他们，而且又都认为杨广必定是个好色之人。郑芥对晋王的这一切看得直摇头，可是他不能出面去阻拦而有伤晋王的脸面。温伯见自己对晋王一行的估测，正在被晋王的言行逐步证实而暗自欣喜。崔弘坤看在眼里却惊喜参半，惊的是这个晋王殿下如此不拘礼节，自以为是得毫无忌讳，一定是个有隙可乘、可以进"油盐"的纨绔弟子；喜的是这个晋王一定好色，也正是自己可以攀龙附凤的权贵，故而崔弘坤也就顺其而为，装聋作哑，却冷眼旁观着杨广的一举一动。

杨广握剑在手，可剑的分量却并没他想象的那般沉重。他低头细瞧，剑鞘陈旧，鞘口的三分之二以下还用布包裹着，剑柄已被磨得光滑无比。杨广左手捏剑鞘，右手握剑柄抽剑，却没想到剑身才出鞘五指左右，便有一股森森寒气逼人肌肤。杨广有些吃惊，他朝薛治儿看了一眼，见她神态自如地在吃着菜。杨广便轻轻地一使劲，随着些许轻微的声响，剑身带着一道寒光跃出鞘外，一柄闪烁着光泽却寒气凛冽的宝剑展示在了杨广眼前，不能不让杨广心生畏惧而大吃一惊。

剑以长短分三等：一尺之剑为匕首，著名的如春秋吴越之争中，越王阖闾遣专诸刺杀吴王僚所用的鱼肠剑，此剑为当时铸剑名家赵国徐夫人所制，通体鱼纹，坚利无比。三尺之剑为短剑，传名于世的有吴国炼剑名家干将、莫邪夫妇铸制的莫干剑，也谓之雌雄剑，其吹发可断，削铁如泥，锋利无可匹敌，据说雄剑被吴王随其葬于地下，雌剑却不知所终；还有一柄是由梁朝人陶弘景为梁王定铸的照胆剑，与莫干剑同等犀利无比。五尺、七尺之剑均称长剑，乃以欧治子的巨阙、纯钩、湛卢最为著名。杨广虽对各款名剑的来历和典故有所知晓，却从未目睹过这些名剑的真实存在，也就无法去分辨出此刻手中握着的这把剑的出典来历。但杨广知道，薛治儿的这把剑绝非是一把普通的俗剑，它长在三尺上下，握在手里轻巧灵便，它通体寒光闪闪，其貌不扬，宛如一把刚出土的旧剑，可是它闪烁出来的剑气却能让人不寒而栗。如此一柄外貌陈旧、内在锐利的宝剑，不说此剑的来历有多少故事在内，单

说占有此剑的人又岂能是个平庸之辈？杨广再次向薛治儿投去了猜度的目光，她五官端正的脸上流露着稚气，一丝不乱的黑发盘在头上扎成结，眉清目秀间透着一股灵气和自信，唇红齿白，粉嫩的脸色中含着些许阳光遗留的残影，却显出肌体的坚实强健，在灰布道袍里面包裹着的整个人体身躯，看不透是丰满还是小巧玲珑，而她那一反之前无奈、拘谨、愤慨、委屈的神态，与此刻无拘无束、悠然自得、自斟自饮的神情真宛如两人，实在让人感到她的纯真无瑕、心旷神怡。

薛治儿见杨广的眼光盯住她的脸上看个没完，以为自己脸上一定有什么不雅的东西吸引住了他的关注，便放下酒杯，抹了一把脸，然后问道："现在没事了吧？"杨广知道她误会了，便怀着歉意，趁机道："你脸上很干净。是我想向你打探一下这把剑的来历，而且也想知道，你是什么时候开始练剑的？现在的剑法已练到了什么程度？"薛治儿开朗的脸一下变得凝重了起来。突然，她站起身，也不向杨广解说，就轻而易举地把杨广手中的剑夺了过来，再轻轻一跃便来到了殿堂中央。只见她拉开架势：点，似蜻蜓点水；横，如挥斥诸侯；竖，像岩上青松；劈，胜巨石坠地；捺，是扫地拓路；刺，其势如破竹；挑，巧如水中捞月；揖，意在瓮中捉鳖……起初这一招一式，剑与人清晰可辨；可是十招过后，已是只见剑光不见人影；又过十招，但见一团青光裹着寒气在殿堂里上下漂移，在众人面前闪烁而过，惊得众人面面相觑，却让杨广内心起伏不定。杨广没想到，如此貌不惊人的小姑娘会有这等超群武功，可见这天下之大，能人豪士更是藏龙卧虎，大有人在，社稷大业若得此等能士相助，何愁不能一统中原。突然间，漂浮在殿堂上的这团青光由大变小、变浅，然后便消散得不知了去向，四周更是一片寂静无声。温伯喜形于色的神态难以言表。郑芥惊愕得目瞪口呆，心想崔弘坤身边有此等能人护卫，难怪他会有恃无恐，若要拿下他必不是件易事。崔弘坤惊讶之余，欣喜万分，他深感自己这次是弃之东隅，得之桑榆，塞翁失马，焉知非福！失了一个普济，却得了一个如此的剑仙神人，往后自己身边有了此等能人在辅助，何愁不能高官厚禄，更何愁不能占得江山社稷，称皇为帝，崔弘坤笑出了声。

杨广的眼中失去了薛治儿的光影，不禁呆立在薛治儿的座位前，提着空剑鞘不知所措。忽然，杨广觉得身后有人碰了他一下，他急忙转身回头，却见薛治儿已端坐在她的座位上，正举筷在夹菜，而且她的脸色平和，神态安宁，丝毫看不出她刚才正在演绎着让人惊心动魄、摄人心魂的剑术，如此貌不惊人却有着如此高超剑术的一个小姑娘，太令人不可思议了。杨广既惊又喜地道："治儿姑娘，你这出神入化

第二十五章　金玉相诱贵儿劝膳，刀光剑影侠女收徒

的功夫太令人震撼了，让我看得连你是什么时候回到座位上也不知道。你真厉害！不能不令在下敬佩之至。"杨广说罢就躬身要抱拳相谢。谁知，当他举手看到自己左手原本提着的空剑鞘中，已插进了剑身，此等来去无踪影的事就发生在自己的眼前和身边，实实在在地让杨广大吃一惊，杨广惊讶得张大了嘴，许久说不出话来。薛治儿看着杨广这副魂不守舍的神态，从杨广手中接过了剑，心满意足偷偷地笑了。

杨广突然萌起了一个念头，他走回自己的座席，在酒杯里斟满了酒，然后举杯走到薛治儿的身旁，毕恭毕敬地道："治儿姑娘，为你刚才超凡的剑术，本王得敬你一杯。同时，还有个不情之请，务请治儿姑娘能允诺。"薛治儿脸如桃花地笑着道："说吧！本姑娘今天高兴，我能允的一定允诺，绝不含糊。"杨广一口干了杯中的酒，道："本王想拜姑娘为师，务请姑娘能收在下为徒。"说罢，放下酒杯，就要向薛治儿下跪礼拜。薛治儿一听杨广的话就急了，她慌忙站起身拉住杨广，急着道："不成，不成，此事不成。不说师父能否允许我收徒，我就算要收徒也不能收你晋王为徒呀！你这不会是在戏弄我吧？"

第二十六章
欧阳闯府崔史设局，二女投主晋王添翼

此刻的崔弘坤举手击掌，喜笑颜开，大声高喊："天助我也，有此能人良将在侧，我还有何惧？传我的口谕，封薛治儿姑娘为本府无敌将军，赐黄金百两。军师温伯举贤有功，特赐黄金五十两。"温伯闻言欣喜万分，立即起身对着崔弘坤抱拳鞠躬致谢道："谢主公大人赏赐，在下定当继续为主公大人尽心尽力，鞠躬尽瘁。"

郑芥闻言暗自吃惊，崔弘坤口出狂言，竟然敢以帝皇之词来私自封赏山野下人，其反意已是昭然若揭。但此刻在此地，他们也真奈何不了他。郑芥手举酒杯，含酒在口却无法下咽。杨广初闻崔弘坤之言吃惊不小，但继而一想反觉坦然了起来。自己进崔府不就是为了证实崔弘坤的谋逆之实情吗？如今，他竟然敢当着他们的面肆无忌惮地口吐反言，既证实了他胆大妄为的反意，也表露了他不把他们当回事的心态。此时虽不可忍却还得忍，而且还得从瓦解他手下人开始着手，去进一步把他的谋反实据捏在手里。由此，杨广把目光投向了他身旁的这两个姑娘贵儿和治儿，一个策反她们尤其是策反治儿为己所用的念头油然而生。

杨广见薛治儿仍若无其事地在继续吃着菜，即问道："治儿姑娘，崔大人封你为无敌将军，怎么不见你高兴道谢啊？"薛治儿头也不抬地低声道："我才不稀罕这种头衔呢！再说，师傅让我下山，了却的是一段世缘和替父母报仇，可没说是让我来当什么将军的。你要觉得好，我就送给你好了。"杨广觉得这个小姑娘实在天真得可爱，更对她这种淡泊名利的言行感到感动，便道："听师傅之言，理该受我一拜。"

崔弘坤再也忍耐不住了，他走出座席来到杨广跟前，拦阻着道："从今后，治儿姑娘是本府的将军、我的近侍护卫，容不得旁人对她指手画脚、染指分毫，拜师也得经我同意才行。"杨广却毫不相让地道："崔弘坤崔大人，可别忘了，你是本朝派驻江陵的四品官员。本王欲要拜治儿姑娘为师，你管得着吗？"崔弘坤脸上有些下不来了，那股坐地为王的本性露了出来，他嘿嘿冷笑着厉声道："到了我的地盘，你还摆什么王架子！我今天要让你知道，什么叫地头蛇？你顺着我，我可以恭你为王、招你为婿。若不识抬举,我即可把你押入地狱,不见天日。"

郑芥没想到,杨广和崔弘坤一下就翻了脸,而且是如此的剑拔弩张之势,他觉得这样的态势发展下去吃亏的必定是他们。于是,郑芥慌忙出席道:"方才还好好的,此刻却为何要如此不堪呢?自家人见识不合,没必要如此当真。崔大人德高望重,请见谅晋王殿下的年少气盛,今后说不准你们两家还有翁婿情分在内,就为了这么一点小事,却要争强斗狠,传出去岂不有失脸面,而让人耻笑么!"

杨广也实在没想到崔弘坤的翻脸比翻书还快,可见此人的霸道已到了什么程度,这样的地霸不除,何能治国安民?但此刻也确实是只能智取,无能力除。而其中最根本的是一定得把治儿姑娘说服为己所用,否则将会一事无成。杨广由此想来决定忍气吞声,以退为进,他不再说什么,拿起桌上的酒杯,回到了自己的席位上就座。

温伯对这样的场面感到意外,他不希望双方反目为仇。而且温伯也清楚,崔弘坤仅凭目前的势力要去对抗朝廷,想由此自立为王必难成事。如今江南江北两个朝廷的存在,才是江陵崔弘坤小朝廷生存的天时和地理要素,崔弘坤脱离了这个要素不亡也危。故而当他看到晋王与贵儿小姐言谈甚欢时,他为之高兴;当他看到晋王待治儿的亲昵举动时也为之欣喜;而当他见晋王当众要拜治儿为师时更为之动容。然而此刻崔弘坤突然变态,却完全超出了温伯的意料和期盼,他一时中也不知道该先去劝说引导谁,而只能呆坐在一边察言观色,伺机而动。

崔弘坤见自己的势头占了上风,也就把刚才的霸道腔收敛了些许,他得意地冲着杨广道:"这就对了嘛!晚辈要知趣,我们做长辈的都是为了你们好,也岂有不给你们留面子的道理!若你真的喜欢贵儿,我今晚就可以让你们拜堂成亲。如何?"崔弘坤的话让朱贵儿的心狂跳如奔鹿,情似潮涌般起伏,她满脸通红。虽说她跟这晋王殿下相识仅在这咫尺片刻之间,但他留给她的感受,却犹如虽是初交却已似相识了多年、虽似陌生却气息相投,虽似随意却谈吐甚欢、心思多有互为相映、情趣更是相随。莫不是自己的姻缘正注定在此人身上?如是如此,自己这一生能得此归宿,也就可慰爹娘之心愿了。

崔弘坤的话却让杨广在心里狠狠骂道:"这个老匹夫,太可恶了,竟然把女儿的婚事当作儿戏,想怎么着就怎么着。你等着,看我怎么来收拾你。"然后,杨广转念顿生一计,即道:"好呀!在下正是求之不得。但此事来得突然,也出乎本王来崔府的原意,且既无媒妁之言,也无婚约聘礼,更无父皇母后的允诺,故此等大事匆匆而成,是否有些唐突不妥?"崔弘坤见杨广如此爽快地赞同婚事,便确认杨广已相中了贵儿,更认定杨广是个好色之徒。同时,他见杨广如此表态,不能不认为这也是一种合情合理的担忧,故而即道:"殿下,哪个好男人身边没有个三妻四妾的,况且你乃是晋王千岁,只要你喜欢,愿意收小女为妃,让老夫能沾上皇亲国戚之名分,老夫也就心满意足了。至于去请奏你父皇母后的允诺,此乃是后续也可以补办么!总不成,你们有了夫妻之实,你父皇母后还会把你的爱妃赶出王府不成?"崔弘坤口中虽是这么说的,可他心里却另有一套打算,他要把这桩婚姻当作一个绳索套住杨广和朝廷。顺之,他可以借此攀龙附凤保住富贵;逆之,他以此可作为人质去开价讲条件谋利。至于如此仓促而就的婚事会否对贵儿有所伤害,崔弘坤觉得这无关紧要,更不是他所需忌讳的事。因为,这个养女本就是他的一道备餐,他可以留下自己享用,也可以当作礼品送给他人受用,其间的原则只有一个,只要自己有利可图便是。

郑芥见崔弘坤用逼婚的手段来控制杨广,心中不免有所担忧,他生怕杨广心有所好而弄假成真,搞得左右为难不可收拾。于是,他便委婉地道:"我们这次来江陵去梁室相亲之行,本是奉旨而行之事,却没想到晋王殿下不中意梁室公主,却相中了崔府千金,实属是天意,也是天下奇缘,但此事还得奏请过陛下和皇后允诺后方可成之。否则,朝廷怪罪下来,我这个随行官会有难辞其咎之虑的,万望崔大人三思。"谁知,杨广不等崔弘坤表态就道:"郑大人不必多虑。既然父皇母后让我出来相亲,必有允我挑选之权。我舍萧岿之女改选崔府千金,也该是我的合规之举。此事也正如崔大人所说,我们可以后补嘛,或是今日之说也可权作定亲。请郑大人放心,我相信父皇母后是会允诺的。"郑芥听杨广把话说到这个份上,他已觉得无话可说了,而只能摇着头不发一言。

崔弘坤则高兴万分,但他并没依杨广所说去作为,却立即宣布道:"天赐奇缘,小女贵儿与晋王殿下的婚事赶早不如赶巧,今晚就趁热打铁立即举办。"而后,崔弘坤转身冲着温伯道:"你马上吩咐下去,全府张灯披红挂彩,让后院众夫人准备婚房,让后厨准备酒宴。府内上下官吏将士衙役都有喜钱酒肉赏赐。快去!我要让晋王殿下看看我崔弘坤办事的实心眼,让郑大人也看看我崔府的办事实力。"

杨广见崔弘坤正在兴头上,觉得正是该提要求的机会了,便上前躬身道:"崔大人,在下还有一个请求,万望崔大人能成全我这一夙愿。"崔弘坤兴致勃勃地道:"说罢!只要我能办到的,别说是一个,十个也没问题。"杨广指着正在冷眼看着众

第二十六章 欧阳闯府崔史设局，二女投主晋王添翼

人的薛治儿，故意大声道："在下自小喜欢剑术，虽有钻研练习，却从没见过像治儿姑娘如此有本事的师傅。今在崔府得见，也算是在下有缘吧！故能否请大人允许我拜治儿姑娘为师学艺，以了我生平之愿。"崔弘坤略一迟疑便道："既然你我即将成为一家，也就没那么多的忌讳了。你自己去问治儿姑娘，若她愿意收你为徒，我也无话可说。"杨广见崔弘坤不再拦阻，立即走至薛治儿跟前，一躬到底地道："师傅，崔大人已经允诺我拜你为师了。请师傅在上端坐，受我杨广三拜。"说罢双膝跪地，对着薛治儿就连叩了三个响头。

薛治儿的神思本就在纠结烦恼之中，一来她在为崔弘坤未经她同意就乱封什么无敌将军和赏赐百两黄金而烦恼着，因为她根本不稀罕这些东西。二来她厌恶崔弘坤用官职来捆绑她的自由之身而愤恨。三来，崔弘坤瞬息之间就把他的女儿，嫁给了这个晋王为妻，而这个晋王居然也愿意连夜娶那个才认识的女人、成为新郎。这男女之事为何就来得这么轻率、那么容易，若那个女人换成是自己，该咋办？薛治儿的神思正在恍惚之间，没想到这个晋王就冲着她，还不容她分说地行了三个拜师大礼，这让薛治儿又急又恼却又不知该怎么办才好。说心里话，她并不讨厌这个比她大不了多少，却英俊和蔼可亲还喂她吃菜的晋王。但她这次下山来，为的是要了却一段世缘、报一桩杀父母之仇，而并不是为了做官扬名的，更没有收徒教艺的本分在内。如今自己寄身暂住的这个崔府，不仅鱼龙混杂，而且乌烟瘴气，若不是师傅说过，这里有师叔在关照着，是她的暂时落脚之处，她真是一天也待不下去。故她何能在这里收徒传艺，而且是收这个她对他有好感的晋王为徒呢？不成，这是断然不成的。不说自己断然不能被崔弘坤这样为非作歹的人左右，自己也不能辜负晋王这样会疼人哄人、想真心学艺的男孩，让他失望。薛治儿想到此，立即提剑起身，一边去拉杨广，一边冲着杨广道："我没同意收你为徒，任何人说了都不算。你拜了也是白拜。"杨广急了，推开薛治儿，脱口而道："你不同意收我为徒，我就跪着不起来，今晚我也不成亲了。"

崔弘坤似乎是明白了些什么，他用手拍了下脑袋道："原来你同意成亲，是为了拜师啊！你真是用心良苦。而我差点让你这小子给骗了。"崔弘坤呵呵地冷笑着，突然高声喊道："来人，把这个外来人和他的随从全给我拿下，押入大牢，待我把他们来江陵的其他人一齐抓来之后，再看情景做处置。"

这瞬息之变又是杨广万万没想到的，却惊得郑芥目瞪口呆，连崔弘坤手下之人也瞬间不知如何作为。有的呆望着不知所以、有的却是一脸惊愕左看右瞧着、而也

有几个人冲出座位上前要去擒拿杨广。满心喜悦的贵儿被这突如其来的变故惊得情急意乱，她的心早已倾向了杨广，在此等时刻，她岂能只顾自己的颜面而不去挺身护夫？贵儿抓起桌上的酒壶挡在杨广身前，把酒壶对着要上前拿杨广的人砸去。薛治儿也恼怒了，她一把拉起杨广，大声喝道："住手，你们至于如此待人吗？一会要成亲，一会要把人家押入大牢。什么意思？是为我不收他为徒吗？真岂有此理，有你们这样翻手为云覆手为雨行事的吗？"

此时，温伯带着欧阳若兰从殿外进来，见殿内的气氛不是他刚才出去时那般融洽喜气，便茫然不解地道："大人，这是怎么啦？成亲的事，我都已安排就绪。而且巧了，欧阳大人来府上探望，在下便把她迎了进来。"郑芥听说欧阳若兰来了，不由地一阵紧张，赶紧转脸看去，果然见欧阳若兰站立在殿堂门口，向殿内探看着。他不由得在心里惊喊道："哎呀！这是什么时候了，你来这里干吗？这岂不是自投虎口吗！"杨广正在思索着对付崔弘坤的解脱之法，却听温伯说欧阳大人来了，不禁一愣，即问道："哪个欧阳大人！"杨广略一回神又问道："她来干什么？"

崔弘坤惊疑地转身朝殿门口看去，果见一个风姿飒飒的女人站立在殿门外，紫色大袖朝服、外披一件暗红皱风、羸瘦的腰间束一条九环金带、头戴一顶八琪二品乌纱官帽、白净俊美的脸上浓眉大眼不怒自威、高挺的鼻梁下唇红齿白，秀气中带着刚毅、可能是骑马和心情的缘故吧，乌黑的长发梳成一束马尾倾泻落在右肩丰满的胸前，整个人的气质和形态，威武中含着丽质，端正中透着杀气，大有巾帼不让须眉之风采。崔弘坤呆住了，他完全被这个如此风姿绰约的女人勾住了魂，而忘了身旁还有其他人的存在。温伯见崔弘坤如此忘乎所以，不免有些尴尬地提醒道："主公大人，是你去迎接，还是让我传她进来？"崔弘坤自觉有些失态，便道："你真糊涂，她现在可是穿着二品官服来的，我这四品官岂能去传她进来？快，让众人列位，我要用大礼迎接，以显示我崔弘坤的礼数到位和谦卑，别给人落下话柄。"

欧阳若兰神态自然却面容威严地察看着殿堂内的情景。让她没想到却又惊讶的是：殿内一片混乱，似乎正在发生着冲突对峙，冲突的一方显然是以崔弘坤为首的人，另一方则是两个年轻女子，而双方争斗的核心似乎是晋王杨广。欧阳若兰搞不懂这是怎么回事，但她见杨广和郑芥安然无恙，一颗悬着的心也有了些许松懈，但此刻她不便主动自降身价去招呼崔弘坤，她只能以静观变，等待着里面的人出来做解释。

崔弘坤待手下人在两旁排班站队恭候之后，才快步迎向欧阳若兰。他并不想知

第二十六章　欧阳闯府崔史设局，二女投主晋王添翼

道欧阳若兰进府来的目的，却在心里暗自盘算着，怎样才能把这个标致的女人弄到手。崔弘坤来到欧阳若兰跟前，躬身抱拳带着得意道："欧阳大人夜临本府，在下有失远迎，请恕下官不恭之罪。"欧阳若兰根本不想与崔弘坤客套，她指着殿内问道："这里发生了什么事，你们欲对晋王殿下怎么样？"崔弘坤不以为然地掩饰着道："什么事都没有。若说有事，也仅是点小误会。"欧阳若兰声色俱严地追问着道："什么误会？"崔弘坤抬眼看着高出他一个头的欧阳若兰，答非所问地道："府中正在举办宴席。欧阳大人光临舍下，实在蓬荜生辉，令在下颜面增色。欧阳大人，何不请移尊步，入内与我们共饮合欢！"欧阳若兰见崔弘坤不回答她的追问，却把那双色眯眯的眼睛，不怀好意地盯在她的胸前不肯离去，心头虽然恼怒却又无奈，她发泄般地把长发和帔风甩向身后，决定不再理会崔弘坤，而大步向杨广和郑芥走去。

郑芥迎上欧阳若兰，见面便低声道："崔弘坤反意已露，你来此不仅于事无补，反会助长崔弘坤的反势。"欧阳若兰也低声道："他敢对你们动手，我们岂能幸免。与其束手待毙，不如奋而一搏。我已想好了，我们以速离此地为宜。殿下怎么啦？"郑芥摇了摇头道："我不知其何为！一会同意招婿成亲，一会却又要拜师拒婚，如此独断专行，我根本无法知道他要做些什么。"欧阳若兰见崔弘坤走近，即转身冲着杨广大声道："晋王殿下，刚接到京城八百里快报，南陈宣帝项驾崩。陛下命我们改探病为吊唁，并令我们速速南下建康不得有误。"

杨广有些疑惑，但一看欧阳若兰向他投来的目光，立即明白了欧阳的用意。然而杨广并不想改变他的初衷谋划，故而大声道："郑大人，马上给我父皇拟奏折，说我要拜治儿姑娘为师，要娶贵儿姑娘为妃。"郑芥有些为难地道："这……晋王殿下，陛下一直倡导要以国事为先，家事为后。你如此肆意而为，让在下如何向陛下启奏？"杨广固执地道："这有何不好启奏？你就实话实说。告诉我父皇，治儿姑娘的剑术有多高明，我学了之后，增强的是治国安邦的本领；贵儿姑娘学识渊博，危难时刻她还能挺身护主，忠心可嘉，如此女中人才，弃之可惜。你照此奏请，我相信父皇母后绝不会无动于衷的。"

崔弘坤听杨广所说，既要坚持拜师，又愿娶妃，而且说得字字恳切、句句在理，不由得把原有的一颗忐忑不定之心宁静下来。他觉得朝廷二圣若能依晋王所言准奏，对他而言且不止合心意，更不是什么坏事。否则，真要搞到剑拔弩张之势态，他也未必有多大胜算的把握，而最多也只能在一时中霸地称王罢了，而且以朝廷二圣的气势，岂能容他长久。想到此，崔弘坤也就不再多言，仅站在一旁，看着事态的

变化。

欧阳若兰听杨广把站立在一旁的两个女孩评说得如此之好，不由得也上心起来。她走到贵儿姑娘身边，用审查的目光端详着，觉得这姑娘的容貌气质确是百里挑一的姣好，相比萧岿之女确有天壤之别，欧阳若兰对此女已在心中默默地投下了赞成票。欧阳若兰又踱步走到了薛治儿的身旁，见此女一身简洁的道家装束，在这个富丽堂皇的殿堂中显得有点不伦不类，但灵秀的面容、清澈的眼神，不能说不俊美，可从眉宇间嘴角上透露出来的则是一股子任性和野气，而在抬目视人、举手投足之间，所流露出些许稚气的神情，又似乎有着一些不谙世事之态，如此一个年不过少的女孩何能担起为师育王之责？怕是这个晋王殿下出于童心未泯之感，想找个年龄相仿的女孩玩玩而已吧！到此，欧阳若兰已胸有成竹，她转身走向崔弘坤。

薛治儿见这个女官欧阳大人如此气宇轩昂，且又貌美端庄，连霸道的崔弘坤在她面前也不得不低声下气，不由得肃然起敬。薛治儿见她走到自己面前，用会说话的眼睛上上下下地打量着她，让她既感不自在又不免有些心慌。女人打量女人产生最多的不是共鸣，而是挑剔和防范，然而心纯无瑕的薛治儿现在多的不是挑剔和防范，却是一股傲视之态。她在心里对自己说道："她是官，有什么了不起！她能如此无所顾忌地打量人，自己为何就不能也盯住她看！得让她知道，自己什么都不在乎，也根本不会怕她。"于是，薛治儿也就举目直视起欧阳若兰来。

欧阳若兰走到崔弘坤跟前道："崔大人，本官刚才传达的圣意，你听明白了没有？若你想做个尽职的好官，立即替我们备下船只，护送我们去南陈京都建康。到时，我们一定会在陛下面前替你美言。"

崔弘坤本想借着情气孤注一掷图成大业，但不免底气不足有些心虚，故而成事凶狠之际又虎头蛇尾胆怯起来，大有走两步退一步之心态。此刻，崔弘坤面对杨广的执意，两个当事女孩力挺杨广的言行和欧阳若兰下传的圣旨，让他在情理之下既无词可抗，也无法去违，而显得无可奈何，却又有诸多不甘，尤其是崔弘坤那股贪婪的心火却并没有熄灭。于是，崔弘坤闪动着狡黠的眼睛，盯视着欧阳若兰诡异地道："欧阳大人的吩咐，下官岂有不遵之理。但今晚晋王殿下与小女贵儿的婚事，下官当怎么办？我这府里的上上下下，可都已吩咐下去准备好了。在下之意，何不请欧阳大人留下来，再把公主殿下也接过来，今晚一起把晋王的婚事给办了。待过几天，让下官备好船只，送你们前往南陈建康。如此而为两不耽误，岂不更好？"

杨广见崔弘坤不怀好意地又要逼他成婚，知道他必另有所图，即道："崔大人，

第二十六章　欧阳闯府崔史设局，二女投主晋王添翼

圣命不可违是大事，本王的成婚则是小事，匆匆而办的事也有草率之嫌。但为了表示本王言出必行的心迹，何不让贵儿和治儿姑娘随本王南下建康吊唁，既不违皇命，也可宽崔大人的心，更可解两位姑娘的尴尬，岂不是一举多得的好事。"

老奸巨猾的崔弘坤岂能同意杨广的这一安排？他略一思索，便接口道："晋王殿下，各位大人，你们此时去南陈建康，实有不妥。"杨广执意而道："有何不妥？皇命大于一切，抗之才谓之不妥。"崔弘坤不以为然地道："你们有所不知，我日前刚得到探报，南陈朝廷发生内斗，始兴王陈叔陵谋刺太子不成，出逃在外聚众造反。如今的南陈朝政动乱不堪，谁能登基为皇尚不得而知，你们去向谁吊唁？你们还是听我所言，在这里安心住上一段时日，待南陈朝政稳定之后，再言南下之事尚且不晚。"崔弘坤可不想把到口的肥肉就如此轻易放走，但一时间又找不出可以拒绝的理由，便说出了刚得到的这条信息。

温伯也不想让杨广把治儿带走，让他尚未稳固的权势失去支柱。而且他更知道，崔弘坤的醉翁之意在何处。于是，他眉头一皱计上心来，道："晋王殿下，欧阳大人，下官明白崔大人的心意，他这是怕夜长梦多，你们这一走，还不知何时能回，让他落个空欢喜一场。当然，你们皇命在身不能久留，但南下路途遥远，且目前南陈朝政动荡，风险安危莫测，如再带上家眷同行更会添上诸多不便。故在下有一策，既可令晋王不违皇命，又可去崔大人的不安之心，还可让公主殿下和欧阳大人两位女眷不涉路途劳累和风险。不知各位大人可否听下一说？"

崔弘坤急忙道："好好，快说出来，我愿听！"温伯见其他人没有开口说话，便清了清喉咙道："下官的意思是，今日之后，即派专人前往南陈刺探消息。一旦局势明朗，由崔大人备下船只礼品，送晋王殿下和郑大人率队赴南陈吊唁，以承皇命。让欧阳大人和公主殿下留在江陵，由贵儿和治儿陪伴着云游山水，享受江陵的人情、美味佳肴，她们的安全则由崔大人担责，岂不各得其所、都不相误！"崔弘坤一听此说，立即眉开眼笑连声叫好。

欧阳若兰对温伯和崔弘坤的狼狈用意心知肚明而怒不可遏，她真想上前去抽温伯两个耳光，却被郑芥一把拉住。郑芥悄然道："既知其用意，也就没必要去点破。我们只能将计就计，去商讨出一个顺水推舟之策，以图欲为之大事。"杨广想来个缓兵之计，便对崔弘坤道："军师之策言之有理。但可否容我们回去跟公主殿下商讨一下，然后给崔大人一个回复，如何？"崔弘坤却不容分说地道："来来回回岂不麻烦。不如我这里就派人把公主殿下接来。我这府上，你们也看到了有的是华房丽室，

不仅干净而且安全,你们又何必去住什么民宿客栈呢!这岂不让下官没有面子?"

杨广的心里已有一本谱。他从刚才崔弘坤无所顾忌的反目中,已领教了此人的有恃无恐和心怀叵测的野心,而从贵儿和治儿两人无所畏惧挺身呵护他的态度上,他已感悟到了她们两人对他的认可和对崔弘坤潜在的叛逆心,故而觉得他有把握说服她们背叛崔弘坤,弃暗投靠他杨广。于是,杨广便道:"既然崔大人如此热情,我们还要推却岂不是有悖常理。但容我与欧阳大人和郑大人,以及两位姑娘再商洽一下,免得他们误解了崔大人的心意和我的意思。不知可否?"杨广的回答正合崔弘坤之意,他立即挥手道:"可以,完全可以。你们快去商讨吧!我这里也立即让人去打扫房屋,备妥用具。"说罢便转身招来后院管家与军师温伯,交头接耳地谋划起来。

杨广没走向欧阳若兰和郑芥,却来至薛治儿身边,压低着声音道:"师傅,徒儿今有一难,唯有依赖师傅之力方能得以渡过,万望师傅能助我们平安!"此刻的薛治儿,不仅是对崔弘坤把女儿的婚事当作儿戏而反感,她也明显地感到了崔弘坤在咄咄逼人的强势下,似乎有着不可告人的心思。而当欧阳若兰出现之后,崔弘坤的眼神情态和言行更让薛治儿感悟到了其意何为。薛治儿见不得邪恶的纯洁心态和容不下为非作歹行径的正义之感,已让她定下了取舍之念,现在她见杨广前来求助、并口口声声地称她为师傅,更让她燃起了一股义不容辞的责任之感。薛治儿怀抱着剑,脸无表情地点着头道:"说吧!让我怎么帮你,才能保你们平安?"杨广没想到薛治儿会如此爽快地答应了他的诉求,即开诚布公地道:"崔弘坤要谋反,这是大逆不道灭九族之举。我们已掌握了他的许多罪证,还差去他藏宝塔里面取些证据,我们本当想徐徐图之,却没想到他的狼子野心已等不及了。他心怀叵测,意图扣押我们来达到他的目的,迫使我们不得不采取行动。而我此刻允诺搬入他府中居住,实乃是以图入塔方便拿取罪证,但崔府人鬼混杂且人多势众,我怕万一有闪失,我姐和我婶两个女流之辈会有不测之灾。故恳请师父能出一臂之力助我功成,也保我姐和我婶之平安。你若能允诺,我杨广将没齿不忘。"薛治儿脸色严峻地沉思着,她对杨广所说的这些事,除了进塔探秘,她都可以理解,也可以出力相助。但她无法确保凭着自己的这身本事,能够既进得了塔,替杨广获取所需的崔弘坤谋反罪证,又能护住两个女人的安全,万一不成功,她在此中将要担着多大的凶险?为此,薛治儿不敢贸然回言,这也是她生平第一次,在这可为和不可为之间感到了犹豫和左右为难。

第二十六章　欧阳闯府崔史设局，二女投主晋王添翼

欧阳若兰见杨广与薛治儿两人在一旁窃窃私语着，却把他们晾在一边不闻不问，心头不由得有点忧急起来，她生怕这两个少男少女没把眼前燃眉之事放在心里，却在私底下聊些儿女情长之事；她更怕崔弘坤会对手下布置更多对付她们的阴谋诡计，而她也感到了郑芥对杨广有所成见，有些话不能直言，故而心头忧急之火越燃越旺起来。到此，欧阳若兰也就顾不得身份和礼节了，她上前几步来到杨广身旁道："殿下，我们正等着你拿主意，你却在这里对她说个没完没了！"杨广正在焦急地等待着薛治儿的回复，并思忖着该如何再去进言说服薛治儿出力相助，却冷不防被欧阳若兰上来打断了他的思路，而且言语之中又含有对薛治儿误解之词，便不免心有不满地道："欧阳大人，我们不是在没完没了闲聊，是在商讨今晚之事。"欧阳若兰知道错怪了他们，便带着歉意道："你们商讨出结果了吗？"杨广摇了摇头，没有开口回答。

薛治儿的脑中虽在思索着该如何去帮助杨广的事情，可她的双眼却被几步开外欧阳若兰腰间挂着的一块焦黄色的竹牌吸引住了。当欧阳若兰走近他们身旁，让她把这块竹牌看得更清楚了之后，一股莫名的激动涌上心头，故而根本没把欧阳若兰说的话听进耳中。薛治儿上前走到欧阳若兰身旁，伸手捏住欧阳若兰垂挂在腰间的竹牌，边看边问道："你这块竹牌是哪里来的？"欧阳若兰吃了一惊，立即似有所悟的反问道："你认识它？"薛治儿没有回答欧阳若兰的问话，却固执地追问道："你先告诉我这块竹牌的来历。"欧阳若兰见这个小姑娘如此蛮横，只能如实道："此牌是我夫君给我的防身信物。可你为何要追问它的来历，你是信不过它还是信不过我？"薛治儿翻看着竹牌道："我信不过的是你！夫君是谁？我怎么不知道？"欧阳若兰奇怪地道："你这个小姑娘好没道理，我的夫君凭什么要你知道？"说罢一把抢夺过了竹牌。薛治儿毫不动气地道："凭的就是这块竹牌。因为师傅没给我提到过拥有这块竹牌的人。"欧阳若兰有些气馁地问道："你告诉我，你师傅是谁？"薛治儿却毫不谦让地道："你得先告诉我，你的夫君是谁，这块竹牌他是怎么得到的，又为何到了你的手里？"欧阳若兰在薛治儿的连续追问下怯场了，她不得不把竹牌的来历简单扼要地说了大概，然后道："我夫君麦铁杆也不知道传授给他武艺的师傅道长叫什么，此事也成了这些年留存在他心中的一块心病。"

薛治儿听完欧阳若兰的陈说，即道："师姑，此事我已明白。你们现在就不用担心了，尽可放心在这里住下，你们的安危由我担了。晋王殿下提出的事，除了进塔取证之外，我也允诺了。但此刻此地却不是详细商讨这事的地方，待你们安顿好之

后，我们再找机会磋商。"杨广悬着的一颗心掉落了下来，可欧阳若兰却持着疑虑道："治儿姑娘，此事开不得玩笑。我们势单力孤，难以去力抗崔弘坤的狼子野心，唯有智取或是等待朝廷派兵到来，方可制服崔弘坤。"杨广道："婶，有我师傅担保，你就放心吧！崔弘坤奈何不得我们了。"

这时，崔弘坤已布置好了他的安排，脸上流露着满满的欣喜意欲，走近欧阳若兰的跟前，色眯眯地道："欧阳大人，你们商讨得怎样了？下官已备下车马，让军师亲自前往客栈去接公主殿下，你们的住房也已有人去收拾。下官还吩咐了后厨重置酒宴，待公主殿下驾到之后，我们便可重开宴席共庆欢叙。下官如此安排，你们可否满意？"欧阳若兰见崔弘坤如此肆无忌惮、自作自为，不把他们放在眼里，心头怒火中烧，不禁勃然大怒，用手指着崔弘坤道："崔弘坤，你别太嚣张了。公主殿下若有闪失，我必会让你死无葬身之地的。"待在一旁的郑芥见欧阳若兰突然动怒，生怕事发不可收拾，急忙上前来劝解道："崔大人，这是怎么啦？为何惹得欧阳大人如此发怒！"崔弘坤却是嬉皮笑脸地道："什么都不为。我是想，待公主殿下来到之后，请大家共聚一堂饮酒作乐，以表下官的一片待客之情。却不知为何，这位女大人却要如此发怒，太煞风景了。"郑芥听说公主殿下会来崔府，不由得心头一阵收缩。一个欧阳自投虎口，还要再来一个送上门！这是谁的主意？郑芥把目光投向了杨广。此时的杨广有了薛治儿在背后撑腰，完全没有了刚才的懦弱和心虚，他看到愣在一旁发呆的贵儿，心头一动，丢下众人，走到贵儿面前低声道："贵儿，只要你能坚定地跟着我杨广，什么事都会过去的。"贵儿什么话都没说，仅是呆板地点了下头。她面对眼前这些一会和、一会抗争的人事，她分不清谁是谁非，但在她的心中只有一个意识念想：眼前的这个父亲并非是自己的生父，这个崔府也并非是自己的家，自己更不可能永远待在这个家里。而如今自己既然已被许配给了这个晋王殿下，他便是自己的夫君。依据夫为妻纲之训，从此自己便生是他的人，死是他的鬼，他的一切就是自己的一切，再不可有任何变更之理了。

杨广安抚好了贵儿，见崔弘坤在旁不便商讨行事，便转身来到了崔弘坤跟前道："崔大人，事已至此，你手下这些人在这里全是多余的，你让他们全都撤了吧。况且我等尚需商讨南下吊唁之事，你在旁也多有不便。至于剩余之事，等我二姐来了之后，我们再商讨着办。行吗？"崔弘坤心头虽然不快，却又无拒绝的理由，只能无可奈何地带着贵儿、治儿和下人边迈步离去，边在心里道："对我耍心眼，门都没有。你们就是有天大的本事，若不能遂我心愿，一个也休想离开我这府邸。"崔弘坤

第二十六章　欧阳闯府崔史设局，二女投主晋王添翼

带着众人走出客厅门，又反身把门带上，随后指挥着手下亲兵家将，把守住客厅的院门，不得让门内之人外出。

欧阳若兰早已忍耐不住了，见崔弘坤离开，客厅里就剩下他们三人后道："晋王殿下、郑大人，崔弘坤的狼子野心已暴露无遗，我们当下该拿什么办法去对付他？我们难道就只有束手待毙了吗！"郑芥看着杨广若有所思地道："欧阳大人别急，我想晋王殿下已胸有成竹了吧！"杨广毫不谦逊地道："我已说服了治儿姑娘，她答应出手相助。"郑芥有些疑虑地道："她是崔弘坤的近侍护卫，凭什么帮我们？"杨广道："凭着她有一颗纯洁无瑕的心和江湖义气，我信得过她。"欧阳若兰也若有所悟地道："她是我夫君的同门师侄。但我担心，她一个小姑娘家，何能有这么大能力去对付整个崔府。"郑芥松了一口气道："经欧阳大人这么一说，我现在坦然了。我见过她的武功，所以我不担心她的能力。但与我们接着要做的事，她又如何相助呢？"

薛治儿从一个柜子后面闪身出来道："你们说吧，要我如何相助？"杨广大喜道："治儿，我就知道你准在近旁。"薛治儿疑惑地问道："是吗！你怎么会知道我就在近旁？你是猜的！"杨广笑嘻嘻地道："心灵感应么！"说着，杨广凑近薛治儿的身旁，伸长头颈闻了闻道："没错，我闻到的就是这个味，芍药香味！"薛治儿惊讶地瞪大了眼睛，也伸长脖子在自己的身上闻了闻道："胡说八道些什么呀？我怎么什么味也没闻出来。"杨广哈哈大笑着道："这就叫作身在其中不知味，懂了吗？"郑芥看了直摇头。欧阳若兰不满地道："好了、好了，你们两个小孩子家，这是什么时候了，还在打情骂俏地闹着玩。"

薛治儿被说得脸上飞起了红晕，正想开口反驳，杨广却不以为然地笑着道："有治儿姑娘助我，我何愁之有！崔弘坤若敢对你们非礼，我定让治儿姑娘顷刻之间取其项上狗头。"郑芥认真地道："说笑归说笑，趁此机会，我们还是商谈一下正事吧！"薛治儿见要谈正事即道："我已想过了。要入塔探宝取证，我还得举荐一个人，若能得他出力相助，此事便会有八九成的胜算把握。"杨广想了想问道："谁？是这崔府上的人吗？"薛治儿点了点头道："正是。崔府长史，军师温伯。"郑芥道："我观察下来，此人是崔弘坤的心腹，许多谋划都出自他之口，如此之人何能为我们所用？治儿姑娘，此事关系重大，是容不得出差错的。"

欧阳若兰一头雾水，无不忧急地问道："此时，又何来要入塔探宝之事！我们接下去到底要做什么？"杨广信心满满地道："郑大人，欧阳婶，别性急，让治儿说下去！"薛治儿道："温伯是被我师父半途逐出门的徒弟，师傅让我下山投靠他，说

249

是通过他可以让我了却一段世缘。我能遇上你们，可能就是师傅所说的，你们就是我的这段世缘了。师傅还说了，温伯仅是我遇见你们的一块跳板，而他的为逆不道之举自有天报。但这次他若能助我们成功，或许也是天赐给他的一丝生机吧！"郑芥问道："你为何认为，他会有助于我们？是他知道藏宝塔的秘密，还是他对崔弘坤怀有二心？"薛治儿道："他仅知道一些宝塔的传说，却并不知道其中秘密，正是为此，他才对崔弘坤抱有想法。或许，这就是我们可以利用的地方。"

杨广问道："他知道哪些传说，对你说过吗？"薛治儿道："宝塔里除了有崔弘坤历年所搜刮的金银财宝之外，还有东汉皇帝的传国玉玺，梁朝的帝皇玺等宝物。正因为如此，才引得江湖上的人纷至沓来前往窃宝，前后为此而丧生的已不下四五十人。"郑芥惊叹地道："如果此说属实，崔弘坤私藏帝皇传国玉玺，便是满门抄斩的死罪。但死了那么多人，想必此宝塔内一定凶险异常。"薛治儿道："据说此塔为一个西域游方僧陀所建，外观似乎与普通宝塔无异，可内里却密布机关，步步凶险。"郑芥又问道："既然温伯也不知道宝塔里面的底细，你为何要举荐他参与我们收集崔弘坤罪证之事？"薛治儿坦诚地道："我不忍心看他遭到报应，希望你们能给他一个机会，让他回头是岸，也聊尽我这个师侄的一点心意。我想，有一个熟悉崔府的人做内应，我们的成功率或许会更多些。"杨广道："我明白了，策反温伯的事就交给我去办吧。"郑芥道："有关西域僧陀在佛塔内设置机关之说，我曾在一本书中看到过讲述，其启动机关的基本原理都在于一个重力变态，若要破其机关，只要找到这个重力变态的源头所在，把它掌控住，那么其他的事便可迎刃而解了。我们若能拿到建造此塔的图纸，破此机关就不在话下了。"

杨广道："郑大人所说的重力变态，我可否理解成，是兵法中所说的虚中有实，实中含虚的疑兵布阵法？此类阵法是让闯阵者在阵内难辨真假，不知何以自助，而后堕入陷阱或是圈套被擒或亡！"郑芥点头道："理论上可以这么解析，但在实际中却要复杂得多了。"杨广又道："万变不离其宗，但最根本的还是人的问题。图纸是人画出来的，塔是人造出来的，其中的机关毕竟也得要人去掌控。有言道，擒贼先擒王，打蛇打七寸，我们要入塔取证，不必像他人那样去考虑如何去取宝，而得把着眼点放在破机关上，而要破机关，就必定先要控制住管机关的人，在机关的源头上，把整座宝塔捏在手里，如此而为何惧之有？"欧阳若兰道："那么，我们该如何去找到这个掌控机关的人呢？"杨广道："温伯就是我们的跳板，他是崔府的长史，崔弘坤的军师，理该知道谁在掌控这座宝塔的机关。届时把这人掌控住，再去拿下

第二十六章 欧阳闯府崔史设局，二女投主晋王添翼

崔弘坤，岂不是如囊中探物，手到擒来么！"郑芥至此不得不在心中暗叹，这个少年晋王思路的敏捷和独到之处，不仅显示在其大胆独断的作为上，也显示在其识人用人的果敢上，更显示在其不同于一般人的深谋远虑、高人一筹的谋略上，其思维的聪慧和待人接物柔中藏刚的手段，绝非是常人所能及的，其照此发展成势，将来的作为必不逊色于他的父皇杨坚。

第二十七章
三寸之舌说反军师，姐弟协力色魔毙命

温伯一行人在杨广随从的陪同下来到了江陵客栈，见到了正在纠结不安等待消息的公主殿下杨丽华和杨豹。他们在听温伯说了晋王已选定崔府千金为妃，要接他们入府去参加成婚礼仪的来意之后，既不信却更感吃惊。但杨豹在盘问了陪同前来的亲兵后，得知崔府上下已在张灯结彩地准备开了，便又不得不信，决定去崔府探个虚实。而杨丽华更是心急火燎地要去看一看，她的这个广弟所选的弟妃到底好在哪里，竟要让他如此急不可待地定下亲事！于是，杨丽华和杨豹怀着将信将疑、忐忑不安的心情，带上了所有的侍从匆匆离开江陵客栈前往崔府。

杨丽华和杨豹来至崔府，见到了门外披红挂彩的喜庆样子，他们不安和疑虑之心多少打消了一些。但他们拒不听从崔弘坤的安排，以一定要面见晋王的固执态度，迫使崔弘坤生怕把事情闹僵，而不得不放弃欲想把杨丽华直接引入房间的打算，无可奈何地让温伯带着他们来到了杨广待茶休息的厅堂。

杨丽华与杨豹推门进厅，见众人都在，不禁转忧为喜。杨丽华正想上前开口说话，却见杨广对着站在门旁的温伯拱手道："军师大人，烦你劳神费心把公主殿下护送到此。但本王还有些事须与你相商，能否借一步说话？"温伯受宠若惊，连声道："当然，当然可以，请晋王殿下尽管吩咐。"杨广朝门外看了一眼，把温伯让进了客厅，找了个不显眼的座处两人坐定后，杨广即认真地道："本王刚得知，你和治儿姑娘与欧阳大人同出一师门，真可谓是有缘千里来相会，不是一家人不进一道门呀！但是，为此却让我们在惊喜之余，不能不有所担忧。"温伯闻言吃了一惊，他转眼朝正在和公主说话的欧阳若兰看去，难以相信这个被崔弘坤垂涎的堂堂二品女官，也是他师父的弟子。他又瞧见了正向他投来冷冷目光的师侄治儿，温伯不知道她为何也在这里，情不自禁地诚惶诚恐起来，不知道该怎样来回答杨广的话。

杨广开门见山地道："本王这次来江陵，你可知道是为什么而来的吗？"杨广见温伯脸露迷茫，接着道："就是为了坐实崔弘坤的贪赃枉法之罪。而从我们现在所掌

第二十七章 三寸之舌说反军师，姐弟协力色魔毙命

握的罪证，他已够得上满门抄斩了。"杨广把温伯既吃惊却又有些故作淡定的神色看在了眼里，于是话锋一转，声色俱严地道："你是朝廷命官，府中的长史，更是崔弘坤的军师。你对他这些年来的所作所为不会一无所知吧！尤其是他私藏传国玉玺、帝皇玺这等灭九族的谋逆大事，更不会是与其同流合污的作为吧！"

此刻的温伯坐不住了，他脸色惨白地道："这怎么可能呢？他把东西藏在宝塔里，有他亲信专人守护，我们连他藏宝地方的门都没法靠近，何来知道他在里面藏了些什么东西，就更不用说与他同流合污了。晋王殿下，请与欧阳大人说一声，念在我与她是同门师父的份上，别把我与崔弘坤划在一起，我在崔弘坤眼里也就是个走卒而已。"杨广顺言而道："看来军师还不是个不明事理之人，那么我们便可坦诚相见了。你只要能助我们拿到崔弘坤的这些罪证，我不但保你无罪，而且还有更多的好处给你。此中的利弊得失何去何从，你自己可得想明白了，但过了我们这个村，可就再没有我这个店了。"温伯异常激动，欲想有所言，却又变得踌躇了起来。杨广看在眼里，便知其然地道："你一定是在怀疑，仅凭我们这些人何能去收拾崔弘坤这条地头蛇吧！在此我也可以如实告诉你，欧阳大人传告的朝廷八百里通报中，还有一条内容她没说出来。我们在收到通报的同时，荆州和汉中刺史都会同时收到陛下的圣旨，不出十天，这座江陵城就会被他们团团围住。到那时，他崔弘坤能抗得住吗？"至此，温伯心底的犹豫全被杨广这段话给扫除了。他振了振精神道："晋王殿下，需要我做些什么？您就吩咐吧，在下定不负所望。"

杨广想了想道："那就把你所知道的崔弘坤的为人和这个崔府说一下吧！"温伯边想边道："崔弘坤看似大大咧咧，很有江湖义气，出手也大方，但他心地歹毒，手段凶狠，凡跟他有过节的，他必图而除之，故江湖上有人在背后称他为崔蝎子。他好色，这是众所周知的，甚至连自己的姨娘也不放过。崔弘坤仗着朝中有人，在这里也就成了太上皇，江陵的税赋除了一小部分上缴朝廷之外，全成了他的私有资财。"杨广插话问道："这些税赋收支有账册吗？谁在替他管理？"温伯道："有，账册肯定有。资财上的事全由刺史府主簿、他的亲信族人崔叔掌管着，此人还是崔弘坤的内管家。有关宝塔内部所藏宝物和所置机关之事，在下保证此人也一定知道。"

杨广点着头又问道："崔弘坤手下有多少能听从他调遣的兵马？"温伯道："名义上有⼀支水军，一支府军，号称约三万余人。但实际上，水军就是他的漕运商队，专门从事南来北往的货物买卖运输。"杨广道："喔！难怪他有那么多的钱可供他挥霍。那么，能死心塌地跟随他的人有多少？也就是说，崔弘坤的死士，能替他卖命

的亲信、亲随、家将、亲兵等，以及府军中会舍命跟随他的兵将有多少？"温伯为难地用手指挠了挠头皮道："这个有些不太好说。就比如说我吧！在你们和众人眼里，我都算得上是他的亲信了，但只有我自己或者极少数几个人才知道，事实并非如此。否则我何能就背叛他了呢？"

杨广纠正着道："我并没把你划在他的死党亲信群里，否则我何会借你一步说话，跟你坦诚相见，把你拉入我们的阵营内呢！"温伯感叹地带着奉承道："这就是晋王殿下的过人之处。您方才所言之词句句击中在下的痛处，不能不让在下痛定思痛，毅然回首弃暗投明。我也知道崔弘坤在这里，也就是夜郎自大罢了，仅凭他的这点实力何能与朝廷抗衡。但他有时让我们做的那些事，我们如不顺从，必为其所忌，可事后去想，实在让人胆战心惊，在此人手下做事犹如脚踩卵石，险中求存。"

这时，厅堂门外传来了一个女子的娇喊声道："晋王殿下，我要见晋王殿下。"杨广吃了一惊道："是贵儿！"他急忙扭头朝厅门看去，见贵儿已经闯进门来，而欧阳若兰正在迎上前去，杨广丢下温伯快步朝贵儿走去。朱贵儿看到了杨广，急忙避开欧阳若兰匆匆迎上前来，不及走近便朝着杨广行了个万福礼之后，从身上取出一枚银针递给已走至身旁的杨广，道："晋王殿下，家父已在内厅摆下宴席，等一会就会来请你等入席。但是有些菜肴已被他指使人在里面下了药，你与各位大人定当小心对待。食前先用此针测试，针头发黑决不能入口。其他的饮食也应谨慎待之，以防不测。贵儿无其他能力来表述自己的心意，也不能在此久留，万望殿下和各位大人保重。"说罢，朝着围上来的众人道了个深深的万福，即匆匆地离去了。

温伯目送贵儿走出殿堂门后，又看了一眼在一旁冷眼观事的治儿，走至众人跟前，感慨地道："这众叛亲离的势态近在眼前，看来崔弘坤的气数已尽了。晋王殿下，公主殿下，以及各位大人，有言道，当断不断反受其乱。凭着崔弘坤的本性，他没有什么事是做不出来的，与其等着他来左右大家，还不如我们先动手把他除了，方为上策。"

郑芥从温伯的话中得知晋王的策反已是成功了。他返身走至厅堂门首，向门外瞧了瞧后，回转身把堂门关了起来。杨广即道："我也正有此意。军师是熟知内情之人，你可有应对之全策？"温伯道："依照晋王殿下的意图：一是掌控，二是瓦解。因此，为今之计须掌控住崔弘坤的亲信崔叔，也就捏住了其命脉，这也是最关键的首要大事。"杨广点头道："对，通过崔叔，我们可以获取到崔弘坤所有的谋逆贪赃枉法的罪证，也就捏住了崔弘坤的七寸，也就可以把崔弘坤置于死地，再把其死党

第二十七章　三寸之舌说反军师，姐弟协力色魔毙命

一网打尽。"温伯继续道:"崔府貌似强悍,可实际上内部却是鱼龙混杂、唯利是图、良莠不齐,此中真能舍命陪崔弘坤的没有几个人。而且,还有不少之人还是江湖上蹭吃蹭喝的食客,让这样的人去替崔弘坤卖命是不可能的。江湖上向来是雷声大雨点小的事为多,崔弘坤名声在外,实际上也就是仅此而已。但他靠的是手中掌管着朝廷的军政大权,有号令独霸一方的能力,所以才会要风有风、要雨得雨。若把他背后的朝政大权抽去,让他这棵大树没了支撑,崔府必定会轰然倒塌,那么树倒猢狲散,也就必然是崔府的结局了。"

郑芥问道:"你可知道,崔弘坤手中的兵符,由谁掌管着?"温伯道:"崔弘坤连我这个长史也从未告知过此事。故除了崔弘坤自己之外,唯有可能知其详情的只有刺史府主簿崔叔了。"杨广问道:"崔弘坤的养女贵儿能否知道些状况?"温伯摇着头道:"不得而知。但从刚才贵儿小姐的举动来看,何不让她去蹚蹚路。万一能把兵符盗出,这釜底抽薪之功,就足可以一举把崔弘坤给灭了。"欧阳若兰道:"此事就交给我和贵儿小姐去办吧!"杨广边想边道:"能盗出兵符,则意味着灭崔弘坤之事便可大功告成。届时,可由豹叔和郑大人带兵符去掌管军队。由我和治儿去把崔叔控制住,逼其交出崔府的所有秘密,再力争把崔弘坤的亲信一网打尽。随后由军师出面,去把崔府所有在职的官员召集到府衙议事殿内,等候我来处置。"

郑芥摇着头道:"不妥。晋王殿下,你把此中的主角崔弘坤留给谁去对付?他可不是一头死猪,而是能吃人的活老虎。"杨广闻言不由得一愣,即拍着脑门带着自嘲道:"啊!真是不可理喻。我这岂不是只顾了抓鱼虾,却忘了捕大鳖!"随着厅外一阵杂乱的脚步声,温伯急忙站起身道:"崔弘坤来了。目前在下和治儿都不便出现在此,让他产生疑虑。刚才所议之事,大家可找机会,各自分头小心行动吧!晋王殿下若需要我做什么,尽可让治儿告诉在下,我当尽力而为。"言罢,便闪身越窗而出。薛治儿也晃身一闪不见了踪影。

崔弘坤独自一人满面红光、踌躇满志地跨进厅堂,见众人都在,一个不少,立即把色眼扫向了杨丽华,贪慕心仪已久的美人就站在眼前,其他人立即就失去了光泽。崔弘坤眼视着杨丽华,心头却在念道:"如此绝色佳人,简直就是九天仙女下凡、三国貂蝉临世,得其同枕共寝岂不胜似天上神仙、地下帝皇么!"崔弘坤看在眼里、贪在心里,恨不能立即就把杨丽华搂在怀里。可他也明白心急吃不了热豆腐,此刻他还得故作姿态忍耐一时,但是淫荡的心神却又驱使着他需要释放一下,也权当是纵欲前的调情吧!崔弘坤快步上前欲要去行跪拜大礼,来个吕布戏貂蝉。

杨丽华又怯又紧张却也奈何他不得，只能一边避让一边侧转了身不让崔弘坤正面对视她。杨豹上前一把拉住了崔弘坤道："你想干什么？"崔弘坤嬉皮笑脸地道："崔氏祖坟冒烟了，天元皇后光临敝舍，微臣岂有不行跪拜之礼？否则，祖宗是不会饶恕我的。"

地痞无赖之说，实乃是对人性丑恶嘴脸的一种揭示。他们的自我意识是：狂妄自大，不知羞耻，目空一切，全无人间之常识，更不遵天下之常理，眼里有的只是自以为是的作为，却把他人的喜怒哀乐当成了追求满足的目标，崔弘坤此刻的这副嘴脸就是如此模样。他在家天下的意识里，眼前的这些人都是他的瓮中之鳖、盘中之餐，他想怎么玩，其他人就得陪着他玩；他想怎么消遣，其他人也得听之任之被他耍。他此刻要尊杨丽华为天元皇后，既有羞辱之意，也有玩耍之态，更有蓄谋之情在内。羞辱：你堂堂前朝天元皇后，现在居然来到了我的府中，即将成为我口中之食、胯下之马，你敢受我跪拜吗？玩耍：你越躲避，我就越要追着你玩，就像猫捉到老鼠后玩于掌下那样。蓄谋：我已把这里的一切都安排妥当，你们只能任我所为。尤其是对你如此一个花容月貌、国母级别的女人，此刻我尊你为皇后是我的喜好；之后我让你陪我上床，我便理所当然地成了陛下，岂不美哉！故而，崔弘坤此刻见杨丽华越躲避，他就越来劲。他甩脱了杨豹的拉扯，又一掌推开了上前来劝说的郑芥，继续一会东一会西地纠缠着杨丽华，要行面对面的跪拜大礼。

杨丽华被崔弘坤纠缠得脸红心跳、怒不可遏，她一手遮护着脸面不愿被崔弘坤逼视，一手按在腰间的防身匕首上以防不测。杨广对崔弘坤的这副嘴脸恨极了，他真想上前挥剑去把崔弘坤这个狗头砍下来，可是剑不在身旁。他四下一瞧，从花架上拿下一个琉璃花瓶直冲着崔弘坤大步奔去。崔弘坤也真是活得不腻烦了，他见杨丽华左躲右闪地不让他得逞，让他虽近在咫尺，却只能是看在眼里的美色，闻在鼻中的香味，而不能沾其丝毫，故不由地兽性大发起来，他趁杨丽华侧身躲闪之际，突然纵身扑去……杨丽华早已是被逼得忍无可忍了，她猛地拔出防身用的七寸匕首，不等崔弘坤扑上身来，便侧身一闪对着崔弘坤的心窝用力刺去。而此时，杨广已跃至崔弘坤的身后，举起琉璃花瓶对准其后脑一瓶砸去，这个恶贯满盈的狂妄之徒，在这姐弟两人的前后夹击之下一声没吭轰然倒地，却惊得众人目瞪口呆，一时不知所措。

面对突发之事，首先清醒过来的是郑芥，他立即上前检查了崔弘坤的状况，然后奔至门前关上了厅门，对众人道："崔弘坤死在此刻也未必不是一件好事，但我们

第二十七章 三寸之舌说反军师，姐弟协力色魔毙命

得把这个消息封锁住。否则，我们寡不敌众，怕有大的变故会发生。"杨广立即无不担忧地道："不知门外崔弘坤的那些侍卫，是否知道了殿内发生之事？"不知何时薛治儿已出现在众人身后，低声燕语地道："不用担心，殿外之人已被我点了穴，一个时辰内不会发出任何声音。"杨广喜出望外地道："好！治儿，你立即去把军师招来。然后，我们大家就照刚才的安排马上分头行动，一举占领崔府。"欧阳若兰边安抚着杨丽华边道："你这一刀直刺其心脏，真是一刀毙命，又准又狠又解气。"杨丽华心有余悸地道："我当时是气极了。天下竟然有这等无赖之人，居然还是个朝廷屯边的四品官呢！真让人恶心不已。若不是自小受母后教授了这几手防身攻击之术，我可要吃大亏了。"

杨广一行此刻的处境，真可以用"瞬息万变"这几个字来形容；而"乌合之众"又可形容貌似强大的崔府，如今所面临的树倒猢狲散、土崩瓦解的结局。杨广的独断专行和识人的慧眼捏住了胜算的筹码，他那无所畏惧、勇往直前、精谋细作奠定了成功的先机。此后，贵儿在欧阳若兰的协助下取得了兵符，郑芥和杨豹凭着兵符掌控了府军。杨广指使治儿杀了几个崔弘坤手下罪大恶极的亲信死党镇住了众人，又逼迫崔叔交出了崔府历年来所有贪墨枉法的秘密卷宗，破解了宝塔地库中的机关，获取了富可敌国、难以计数的黄金珍宝，而传说中的两枚帝皇玉玺在塔内却不见其踪影，或许也有可能这是纯属江湖误传。可是，军师温伯却因贪图宝塔中的财宝，在夜间偷闯宝塔欲窃取夜明珠而误中机关，惨死于塔内，也应了其师父的预言，实属是劫数难逃。而后，在杨广亲自主持、众人协助下，对崔弘坤的家眷做出了处置，只要不涉及触犯律法、不狐假虎威欺诈他人的，一律领取一笔生活补贴金之后准予迁返原籍，或是任其投亲靠友而不作株连。杨广对崔府内外上下的所有官员做出了三查鉴定标准：查背景、查财产、查民愤，并定下了好的留、无用的走、坏的治罪关入狱中，并做了逐个筛选鉴别。杨广一行人的如此作为，让江陵城内民商欣喜、风气人变，梁廷也如释重负。

郑芥和欧阳若兰对杨广如此大刀阔斧、宽严有据的治理手段，不能不为之感叹：此举措与其父杨坚在整治随州乱势时的思路不仅是何其相似，而且效果也是如此立竿见影。这对父子如此鲜明的子承父志的作为，古往今来又能有几个？在如此明君父子的治理之下，隋朝岂能不兴旺！

杨广在处置江陵诸事的同时，又亲自上书给父皇母后，不仅列举了崔弘坤的桩桩作恶谋逆的事实，还详述了江陵的现状和对梁廷的评估，以及他接着想要做的

事：一，留下郑芥、杨豹协助监理梁廷萧岿整治江陵，免除梁廷江陵百姓三年赋税。二，把抄没崔府的赃款资财一分为四份。一份分发给江陵百姓，改善其营生和日常生活；一份拨给梁廷充其朝政日常开支和允其改造皇府宫廷；另一份作修缮江陵城府设施和增添军备之用；还有一份则上缴朝廷。三，由他杨广和二姐杨丽华与欧阳若兰，携两位有功之人薛治儿和朱贵儿，以及特邀书圣之后王全之老先生伴同，率队继续沿江南下，赴南陈京都建康，借吊唁和贺新君登位为契机，察看江南政态、军情、经贸、民意。

第二十八章
新宫醉游帝砸冠首，宫女诉冤帝皇置法

新都大兴城落成后，高颎根据杨坚的示意，先妥善安置好民商集市，再挪府衙官吏掖廷，最后才迁朝廷内宫和东宫，并举办迁都庆典。如今诸事都已完善，百官也都已在露门前等候陛下和皇后二圣动身，离开旧宫前往新都，以完成整个迁都的庆典大事，去迎接一个新朝时局的来临。

杨坚神色严峻，头戴九株帝冠，身穿黄面暗龙绸缎皇袍，腰束十三环金带，脚蹬龙头厚底朝靴，牵着独孤皇后伽罗的手，缓步走出观德殿，对跟随在身后的高颎和元胄道："都说乔迁之喜，可朕为何就是喜不起来呢？"高颎道："帝心太大，区区偏安一方之都，难撩陛下之激情，故何奇之有，也就不足以提所谓之喜了。"元胄不以为然地道："依高大人所见，陛下不喜，乃是厌新都太小了，往后还得建一个更大的、更富丽堂皇的新都，才能激发殿下所喜喽！"高颎反问道："那么，依元大人所见，当如何体谅陛下此刻的心情？"元胄坦然地道："二圣，这是在心疼钱！花了这么多钱，建了这么大一个城郭，能否花得其所尚是个未知数。他们的这一生啊，都是在战战兢兢、候分掐厘地过着日子的。"头戴金钗凤冠，身穿霞帔凤服，腰扣金环玉带，脚上着一双厚底凤靴的皇后独孤伽罗道："两位大人所言皆是。心不大难容天下社稷，钱不省着花就难解民间还有疾苦。迁都虽说是大事，但不要做成了劳民伤财，为后世留下伤痛而得不偿失之事。故陛下不愿大办庆典，却要带着百官先实地看商市，再入室察民情，但愿你们都能理解此中的苦心。"杨坚抬头举手指着四周空荡荡的宫殿道："此长安城的宫殿也战战兢兢地历经了八百余年，却能全今尚存于世，见证着朝朝代代的兴衰。我们做任何事情也是如此，要能给后人留下评说的见证，而不是尘飞烟灭之后的伤感，或是像一杯茶水，给人留下的是人走茶凉的感觉。"

大兴新城位于渭水南岸，西傍沣河，东依霸水，南对终南山，由宫城、皇城、廓城三大块组成，整体格局犹如半壁棋盘。宫城是皇城的核心，宫城之宫殿又分为三

个部分：正殿为仁德殿，是专为皇帝备下的议事场所；后宫即内宫，以仁寿宫为主体建筑，是帝后议事生活活动的场所，也是帝后日常宿膳的主要地方，围绕在仁寿宫四处的还有万春、千秋、梅花、甘露、神龙等别院，供嫔妃宫女们居住；此外宫内的苑囿，乃是帝后及内宫嫔妃宫人游玩消遣的去处，有水榭楼亭、小桥流水、花昏树木不一而足，此中的布局设施处处体现着帝皇的风范和至尊。宫城外是皇城，中为太极宫，内有大兴殿，是朝廷君臣日常议事所在地。右为掖廷，乃是太庙、太社、各朝廷衙门办理公务之处。左为东宫太子之属地。整个皇城宫殿坐北面南居中而立，殿堂不仅高大宽敞，而且威严之中还带着一种冷峻，象征着皇权的威仪和至高无上。皇城南门外有一条东西走向的横道，把皇城前的郭城与其分割了开来，廊城是百姓商贾居住生活交易的场所，廊城内按天支田分成了一百零八坊，坊有街、街有市、市有铺，居舍有道与其相连，一切显得井然有序。整个大兴城中道宽路畅，皇城门前通往郭城的横直大道足有数十丈宽，一般区域之间的主街道宽也都有二十余丈。三条来自城西三泾的引水渠——永安、清明、龙首渠，分别出城东汇入渭水，既为城中人畜之生活用水的源泉，又是商贸的漕运经脉。道旁遍植榆槐，渠边都种柳枝，形成了"渠柳条条水面齐，烟水明媚孤翠叠"的景色。杨坚和独孤伽罗同乘一舆在前，由侍卫黄门执事引道，百官或车或马随后跟进，衣甲鲜明的兵将列队两旁护行，说威严有威严，说气派也够得上。

　　帝后率领百官进得大兴城，臣民依例跪伏主道两侧口呼万岁，恭迎圣驾光临新都，更有一群几十人的父老乡亲，头顶万民祈福折前来面圣递交贺喜。杨坚本就厌烦这种官面的作为，既烦民又扰民，更让他难以洞察民情的真情实意，但到了此刻，杨坚在车上再也坐不住了，他喝令停车，众人止步。杨坚下得车来，即奔已跪伏在地的父老乡亲跟前，收起万民折，逐个扶起了众乡亲，并高声道："我那罗廷，虽是万民之首的陛下，实乃是由你们哺育出来的晚辈。我何德之有，要让哺育我的人，为我下跪顶礼膜拜？请大家全部站立起来，受在下杨坚一拜。否则，将会令杨坚举步维艰、无地自容的！"杨坚说罢，就朝着纷纷起身的众臣民拱手施礼，众臣民见皇帝向他们施礼，又纷纷跪地叩拜，还大呼万岁！呼声此起彼伏，不绝于耳，百官也纷纷下车下马，此等场面情景，无不让人感动泪流。

　　民心乃人情，情致所至，金石为开！古往今来无不如此。情系于民乃民之福，由此为民坐天下者必流芳百世。杨坚聪明人也，不仅懂此道，也明此中之理。杨坚不再登车，却牵着皇后独孤之手，步入乡亲父老之列，率领着民众和文武百官一齐

第二十八章　新宫醉游帘砸冠首，宫女诉冤帝皇置法

举步穿街过市，既察看着市容市貌，更贴身感受着臣民的气息，洒下了千古一帝不同凡响、点点滴滴的辉煌踪迹，在万民心中留下了难以忘怀的印象。这便是杨坚心中真正想要的东西！

杨坚和独孤伽罗又特意来到了专为伤残军人、孤寡老人而置的荣功坊宅院，也见到了那个无意中碰到的大爷。看着他们居所宽敞，衣食有官吏定期发送，杨坚严峻的眉头终于展露出了笑意。大爷拉着杨坚的手，含着泪道："上次，你们走之后，我就知道是遇上贵人了，却万万没想到小民遇上的却是陛下和皇后二圣，更没想到，你们一直情系着我这个孤老头子，不时地派人送衣送食。不！你们情系着更多像我这样的人，才有了当今众人的这些福祉，还不肯接受我们众人的跪拜。我们唯有祈祷上苍，天佑我大隋千世万代，天赐二圣福寿无疆！"

杨坚和独孤伽罗一齐步入皇城太极宫，这是新都朝廷议事的地方。台阶高高拾步而上，粗梁大柱寂寞生威，雕梁画栋一派富丽，油木地板光亮照人，龙案龙椅居高临下，令人望而胆怯。杨坚和独孤神态严峻，并肩坐上了龙椅，在接受了文武百官的五跪九叩、三呼万岁之后，便大声道："这新都确是够大、够宽敞，够气派、够周全，建造得也够快的，仅用了不足三百天就完成了如此规模的工程量，不能不让朕感到惊叹，也不能不让朕觉得这是咱们大隋一个了不起的开端。但是，朕更要赞叹的是，不是高颎，也不是宇文恺、更不是刘龙、贺娄子干、尚龙义等臣官巧妙精准的领范布局，而是参与这次建造新都的民众的付出。没有他们忘了自我的奉献，没有他们夜以继日的血汗奋战，再巧的构思，再完美的设计都是纸上谈兵，难成其实。所以创造如此奇迹的归功之至应该是他们，在我们的史册上要把他们奉为功臣。"独孤伽罗道："官不以己力去贪民之功，谓之好官。民不以己付出而去图谋，谓之好民。好官有好民拥戴，便能开创举世无双的政绩。而朝廷拥有了如此的好官和好民，必能创下举世伟业，必能筑成与天下臣民共享的太平盛世。所以，衡量一个朝廷的好坏，就得看朝中治下好官有多少；衡量一个好官，就得看民众对他的拥戴有多少。"杨坚接着道："朕的大隋，必以民意为己任，以民之所求为朕之所愿，以民之所得为朕之所盼。朕期待着你们众臣能理解朕意，与朕齐心协力去开创大隋的新天地，与民同甘共苦，去共享由此而来的成果。"

广部尚书赵熤于捧奏折出班列道："臣遵陛下之意，撤郡并州的设置方案已准备就绪，今呈陛下审核。若有不妥，恭请圣旨批注，臣下当以圣旨为念，即做修正，以利推行，好还天下一个新朝新政新貌。"

杨坚接折在手，随意翻看了几页道："你们对梁廷的江陵可有设想？"赵煚愣了愣道："江陵乃梁国之属地，臣下尚未有设想。"杨坚道："南北对峙之势态，虽已历经了数朝数代，但如此的分割局面于民于政都无益。不以一统天下的观念去制定方略，就谈不上去陈立新。不以高屋建瓴的姿态去谋事，就难成大事。"内史令柳敏捧折出班道："禀告陛下，臣，昨日接到晋王殿下发来的八百里快报和紫光禄大夫郑芥写的奏折，提到了在江陵发生的事，以及他们所做的处置。以外还有萧岿的一份奏折。恭请陛下审阅。"

杨坚接过奏折，先一目十行地看完了萧岿的奏折和一幅肖像画，随即把奏折和画像递给了独孤伽罗，接着又匆匆翻阅了郑芥的奏折后道："郑大夫的奏折中有两点很有见地。一是，梁廷已成摆设，迟撤不如早撤。二是，撤江陵郡并入荆州管辖。柳大人，对此你可想到些什么？"柳敏诚惶诚恐地道："请陛下恕罪！臣下对此不敢有所设想。"独孤伽罗扬了扬手中萧岿的奏折道："梁帝在奏折中已表明了他的态度，若能结秦晋之好，愿以江陵作为女儿的陪嫁归于大隋。"皇后的直言立即在众臣中引来了一片议论。有的捋须叹息道："梁朝终可寿终正寝了！"也有的道："萧岿如此选择，也不失为是上上之策。"更有人道："郑芥已有多日不见，原来他是去干这件事了。若能成之，则功德无量。"

杨坚接着严厉地道："江陵刺史崔弘坤为非作歹，劣迹斑斑，据说朝中还有人庇护于他。朕在此可以告诉这个朝中人，若再执迷不悟，崔弘坤的劣迹一旦查实，你这个朝中人也难辞其咎。"内史令柳敏忙道："陛下，请看晋王殿下的奏折。崔弘坤因为图谋不轨，欲加害晋王和公主殿下一行人，现已在江陵被晋王殿下就地正法了。崔弘坤的罪证是以权聚势、敛财忤逆、行凶，且罪证确凿。事后，晋王殿下正会同郑芥大夫和欧阳大人、杨豹将军在对崔府属下众官吏展开着鉴别。"

"是吗？"杨坚边问边展开杨广的奏折，认真地翻阅了起来。独孤伽罗带着欣喜的神色道："果真如此，他们不虚此行。"杨坚却带着揶揄的口气道："他岂是不虚此行，还艳福不浅呢！"独孤伽罗吃惊地看着杨坚问道："怎么回事？此话怎讲？"杨坚把手中杨广的奏折递给了独孤皇后，道："你自己看吧！"接着又对众臣道："刚才皇后所说，梁帝萧岿提出的两朝联姻之事，确是可取。但朕见萧岿此女生于二月初二之丑时。据说，此乃是不祥之时辰，生于此时的女子八字有些蹊跷。此中有着许多说法，故此等大事做不得贸然行之。"御史庚季才出班道："陛下所言，可能是只知其一，不知其二。古历法中的二月初二，乃属阳气初升之始，也谓紫龙抬头吐气

第二十八章　新宫醉游帘砸冠首，宫女诉冤帝皇置法

之日。始后天地间便雨水渐多，作物普长，故也有地之春之说。此间出生之女子也确有两种说法：一是金，金即硬、硬生克、克生杀、杀即是凶。二是水，水即柔、柔则是生、更能克刚，生即能转世。故虽说对此不能贸然行事，但也不能武断。依臣下所见，陛下何不把梁帝之女和晋王殿下的生辰八字交付于臣，容臣做仔细推断，万一两人八字相合，岂不是大好事一桩吗？"独孤伽罗收起杨广的奏折道："庾大人言之有理。两人的生辰八字待会即让人给你，望你仔细推断。"说罢，便转脸对杨坚道："你刚才所说的艳福，是指广儿奏折中提到的薛冶儿和朱贵儿吗？依我所见，这两个女子在平定崔弘坤之事上不仅有助于广儿，也有功于朝廷。若没她们，这次广儿南下的第一站是祸是福还不得而知呢！往后，广儿若能得此两人真心相助，确凿是他的福分。你我该当容之，而不是斥之。"独孤伽罗话说到此，突感腹中一阵恶心，眼前也金星乱冒。她情知这些时日睡眠不实，食欲减退，劳累烦心之事叠加，此刻怕是要熬挺不住了。但她更明白在这迁都大喜之际，她绝不能躺下去息养，她无论如何也得挺住，坚持散朝之后，方能去调养生息。否则，必会引来臣民的不安，甚至会给这次迁都带来众多的说辞和猜虑。独孤伽罗用顽强的毅力凝下心神，硬是把冲到喉口的呕吐之物咽了下去，她垂下头，合上眼，努力用意念去掌控自己浑身的难受。然后，才睁眼抬头，低声对杨坚道："我累了，如无大事，就早些散朝吧。"

杨坚吃惊地看了独孤伽罗一眼，见皇后俊美惨白的脸上在冒着颗颗晶莹汗珠，杨坚情知有变，可当下朝中还有多事待议，此际突然宣布退朝，不仅必会引来非议，更会引来众多猜忌。杨坚此刻心中虽有千般担忧，却更有万般无奈，他只能在心里祈祷期待着，皇后能再多坚持一会。故而他不得不低声对独孤皇后道："你无论如何再多坚持一会，我当尽快退朝。"杨坚立即对众臣道："整治官吏已到了刻不容缓的地步。没有廉洁的吏治风气，就没有我大隋巩固的基业。民靠吏去治，吏不洁何能治民，民心不宁，社稷又岂能安稳！如今，晋王，郑大人和欧阳大人为大家开了个好头，对贪官污吏的整治绝不能手软。卜面高颎、苏威听旨：朕命你们即速推选忠贞、勤勉、廉洁之官员，分赴各州县展开撒椰并州和考核清查各地方官的巡视。对罪大恶极，民愤大，罪证确凿的官员，该免即免，该杀即上报朝廷核准后即杀，必须严惩不贷。"杨坚此旨一出，在朝廉洁的官员大受鼓舞，贪腐的人则惶恐不安。而在隋朝上下则掀起了一股整吏纠风的浪潮，为隋朝的昌盛奠定着集权于中央的监管基础。

当晚，隋帝杨坚和独孤皇后在宫内设了庆贺迁都之喜晚宴，席宴谈不上奢华，

却给君臣一堂带来了欢乐。但席间因独孤皇后劳累未出席，杨坚则因心系皇后的病体而郁郁寡欢，而给宴席多少带来了一些阴影。杨坚为了不让众臣扫兴，不得不接受众臣的敬酒，而渐渐地喝多了。等到宴席散后，杨坚带着醉意来到了皇后的寝宫，在得知皇后安然无恙，已服御医之药睡了，杨坚方才如释重负地借着酒兴信步而去。

杨坚在长安旧都的后宫，在皇后独孤伽罗的管辖下，为了廉洁和减少日常费用开支，原本就人丁稀少。这后宫虽说也有三宫六院的配置，却因宫中主人不喜声色，也就形同虚设，故许多宫殿别院徒有其名却无其实，最多也仅有几个宫女住守而已。如今这新都后宫比原先的大了许多，宫内的规模设置一下又增添了许多，不仅整洁宽敞，令人耳目一新。尤其是帝后居住的内宫，设置得殿堂院室、楼台亭阁、山石幽径、小桥流水、树丛花草应有尽有，在那苑囿里更是小道幽幽、花丛树景影影绰绰、那若隐若现的楼阁亭台之间、偶尔流露出来的点点灯火，似天上的星星眨眼、遥可望而近却不得及，又似如海市蜃楼虚幻无比，可里面的勤杂守护和宫女却并未增添多少。而那些形同虚设的嫔妃别院就更显得人迹稀少、声色无辉，一到晚间，各庭各院留值的役吏宫女便早早地闭门落闩，自觉清闲，而难觅人影踪迹，故而偌大的后宫仅存的只能是寂寞。

独孤伽罗在助夫成就帝业上，不愧为是一个巾帼英雄，一位绝世的帝后，在隋朝治世，奠定杨坚流芳后世的功绩中，有着她不可以被磨灭的功勋。但是，独孤伽罗用治政的手段来治理后宫，用她的喜好来规范夫君，而让人觉得她有些独断和专宠，心胸有些狭窄，也让杨坚感到了一种男人难言的压抑。杨坚和独孤伽罗的家庭生活中还有一条潜规则，由于独孤伽罗喜欢样样事情都由自己动手操劳，故而养成了一种不用下人跟随伺候的习惯，此中既有节省开支的成分，也有旁人在场不方便自己随心所欲、独断专行的意识在内。故众人一回到家里，不管是什么身份，都会屏退随从，做回不受人伺候的自己，这个习惯也就一直被带到了宫里，这也成了杨家之人都有不依赖人而自立的渊源。所以杨坚进入后宫之后，他的随从也就不再跟随在其左右伺候了，一切都得由他自己独立自理，这也是杨坚和独孤伽罗这对帝后不同于其他皇室帝后的独特之处，这也就是杨坚的后宫人气不足而寂寞的缘故，旧宫如此，新宫还是如此。确实，自古有史以来，哪个帝皇后院不是嫔妃满屋、彩女遍院的？更别说是在这新都新宫内呢！如换为其他帝后，早就广选彩女充室填堂，遴选嫔妃莺歌燕舞了。如此相比之下，隋朝的这对帝后确实有不同于前世后朝帝皇

第二十八章　新宫醉游帘砸冠首，宫女诉冤帝皇置法

的独到之处。但以此来定是非，论取舍，却难免不妥，更不能由此来指责隋朝独孤皇后的独断专宠和心胸狭隘的妒忌之态。若不是独孤皇后的喜好和专制，又何能造就杨坚的一世英名。当然，任何事物有正必有反，有得必有失，哪怕是圣人也有对错之分，帝皇也是人，是人必有七情六欲，一时之错又岂能作为论是断非的依据。隋帝杨坚和独孤皇后不也是如此吗！

　　杨坚带着酒意信步穿径过桥，游转在山石树丛之间，这新都确是令杨坚扑朔迷离，难辨东西。好不容易看到前面有闪烁星火，又好不容易走近前去想探个究竟，但迎接他的却是星火已灭，四周一片寂静。杨坚走东撞西总不能如愿，他越走越迷糊，越迷糊心头就越感到郁闷，越郁闷就越想有所发泄，甚至还感到了一丝丝的凄凉。他想找人说说话，可四周没有一个人影；他想喝口水，可四周没有可供他坐下歇脚喝茶的地方，迎面一阵风吹来，他感到了身上有些凉意，却没人给他添衣挡风。他不禁仰天长叹，自己身为至高无上的帝皇，何会感到如此的寂寞孤独难忍！杨坚此刻的心情犹如荒漠中的夜行者，既渴又孤独，渴望有人能赐以甘露，安抚他疲惫的身躯，渴望能有人来替他披衣暖体，聊慰他寂寞的情绪，更渴望能依偎在香软怀抱之中，以解心灵的孤独，以泄身心一时之需求的快感。杨坚见没人理睬他，连星火也躲着他，他的倔劲上来了，一个找不到人誓不罢休的意念支配着他，便不顾一切地在后宫各别院之间乱闯游荡着。蓦然间，前面的别院闪出了一丝光亮，黑咕隆咚的四周被这一束光亮照得朦朦胧胧、若隐若现，杨坚如获珍宝，快步向前走去。可杨坚刚来到这透出亮光的窗下，随着"哗啦"一声，一道竹帘自上而下砸在了杨坚的头上，差点把他头上的皇冠也打落下来。杨坚恼了，冲着探头出窗口看究竟的人影喝道："什么人？胆敢用东西砸我！"

　　一个在亮处看暗中，什么也看不明白；一个在暗中看明处，虽然能看得明白明处的光亮，可在明处的人其脸背对着亮光，让杨坚根本无法去辨别其面容，甚至这个探头出窗口的人是男还是女，是老还是少都模糊不清。探头出窗的人见被砸的人发话，只能小心道："哟！大哥，对不起了，是奴家卷帘时，一不小心失手砸了大哥，万望大哥恕罪。"杨坚正被孤独和寂寞困扰着，见有女子出来与他答话，便一边扶正头上的冠带，一边愤愤然地道："这么晚了，还卷什么窗帘？这不是没事找事吗！"女子却柔声和气地道："刚才忘了把窗帘卷上，此刻起风了，风吹窗帘在窗外啪啪响，奴家害怕，更怕风把窗帘吹坏，所以才出来卷窗帘的。"杨坚听女子口气温柔，声音清脆，一股探究好奇之心油然而起。他便抬头看着面容模糊的女子道："你是哪

个庭院的？当家园主是谁？"女子见问，慌乱缩身回去，又急忙关了窗户，却在窗内答道："这里是梅花院，院中尚无院主。"杨坚又问道："你是谁？叫什么名字？院中还有什么人？"

谁知窗内却传来了女子的询问规劝声道："大哥，你是谁呀？这么晚了，还在后宫内院独自停留，你就不怕被皇后娘娘逮着抽筋扒皮下大狱吗？"此话让杨坚感到一阵头皮发麻，他没想到自己老婆皇后会如此心狠手辣对待下人，一股逆反的心情顿时升起。他提高了声音道："你们都如此怕她吗？现在的开皇新律可不兴抽筋扒皮了。"

窗内沉默了一阵之后，女子道："大哥，你快走吧。如此夜深人静，你我在此答话，我有失妇道，你也有犯宫规。"杨坚的倔劲上来了，他答道："我不走。你我这么说说话，就失道犯规啦？你出来开门，我还要进来讨杯茶喝呢！"窗内的女子慌乱了，她哀求着道："大哥，你快走吧！你我各不相识，别没事找事，万一犯事，谁也脱不了干系。我求求你了！"此刻的杨坚岂会听女子的话，他仗着酒性，走到黑灯瞎火的庭院前门，用拳敲着门道："开门，快点开门，让我进去讨杯茶喝。"

隋朝新都宫城内的梅花院与其他几幢别院都一样，乃是为嫔妃居住设置的庭院，前院为庭，后院为厨仆房，内中仅是一幢主殿和两个配室，但庭院里或山石幽径、或树丛溪流、或花草亭榭相隔相连，显得错落有致，但与皇后居住的宫殿配套设置设施相比则相差甚远，从中也体现着当时主尊庶卑的社会态势。配室内的灯火亮了起来，庭院里传来了脚步声和粗哑的问话声道："谁呀？这个时候来砸门，讨什么茶喝！你以为我这院里的人是好欺负吗？"

这时的杨坚被刚才一阵对话和夜间的一阵阵凉风吹得酒意有些退了，脑子也有些清醒了。此刻听迎出来答话的不是刚才那个温柔的声音，不免有些不快乐地道："你是谁呀？快开门让我进去。"庭院里的脚步声在门口戛然而止，一个更严厉的声音却在门内响起道："张三，你前天耍酒疯闹得不够，今天大老晚的又来闹，是不是骨头又痒痒了？我可不管你是谁的侄子，你如还不收贼心，想沾我们院里姑娘的便宜，小心我今天不仅要打断你的腿骨，还得把你拉到皇后娘娘那里去治罪！所以，我看你还是快滚吧，别再闹了。"杨坚一听门内这话里有事，不由得更勾起了好奇心。他把门敲得更响地道："开门，快开门！我不是张三。"门内的人无不惊恐地问道："你！你不是张三！那你是谁？这么个时候了，你还敢来砸门，真是吃豹子胆了。快走，否则我可要喊人了！"杨坚真是耐不住了，他高声道："我是杨坚，当今的陛下。你还不开门，我可要治你的罪了。"

门内传出了"啊！"和"咣当"木棍掉地的声音，接着静寂了片刻，才听到有人在开门了。院门处，一个举着灯笼的中年宫女用惊恐的目光盯视着来人，见来人头上戴着皇冠，身穿龙袍，果然是当今陛下，吓得她扑通一声双膝跪地，磕头到地，不敢抬头。杨坚跨进院门，四处瞧瞧，不见其他人，便对趴在地上的中年宫女道："你起来吧，这里的其他人呢？"中年宫女趴在地上不敢起来，道："禀告万岁爷，这梅花院里，连老奴在内共有三人。老奴是这院里的带班值守。"杨坚道："这么个院子，只有你们三个人吗？那还有两个人呢。"中年宫女直起腰，跪在地上道："回万岁爷，院里原本就只有老奴和另一个宫女小翠。最近才新来了一个，宫头给她取了个名叫小蝶。此刻，怕是她们都睡了吧！"

杨坚有点愤怒地道："胡说八道，刚才朕还跟一个人在说话呢！"中年宫女惶恐地道："小的该死！小的被张三这小子搅得还没回过神来呢。我这就去把她们叫来，伺候万岁爷。"杨坚问道："你刚才说的张三，是怎么回事？"中年宫女道："回万岁爷。张三是宫头张总管的侄子，不知怎的也来到了宫里当差，还说什么与新来的宫女小蝶是表兄妹。故凭着张总管的关系，常来这里纠缠不清。我们拿他也没办法！"杨坚看到室内有人影晃动，便拔腿朝里走去，并边走边道："内宫竟然还有这等事。你去把小蝶跟小翠给我找来，我要当面问个明白。"中年宫女慌忙从地上爬起来，跑在杨坚前面举灯引路，并道："禀告万岁爷，是张三那个小子不好，小蝶根本不理睬他，可那小子还是来纠缠。"杨坚抬腿迈进主室，道："这个张三是干什么的，在哪里当差？"中年宫女答道："张三在御厨房当差，是个跑杂的，所以才有机会跑到后宫来。再说张总管是他叔，谁敢说他不是。"杨坚恨恨地道："岂有此理！这个张总管枉法，竟然妄到后宫来了。"

杨坚进到殿堂，却不见刚才两个人影出来相迎。即问道："你说的小蝶和小翠呢？不来迎朕，难道还要朕去请她们吗！"中年宫女连忙答道："不敢，绝对不敢！她们可能是不知道万岁爷驾到。我这就去把她们喊出来见驾。"说罢，中年宫女立即奔进内室高声喊道："小翠，小蝶快来见驾。万岁爷在此要召见你们！"不一会，中年宫女左右手各拉着一个年轻宫女走到杨坚跟前，一齐跪下，然后道："万岁爷在上，奴婢们参见万岁爷。愿万岁爷万岁万岁万万岁！"中年宫女带着两个年轻宫女叩完头之后，指着右手边的年轻宫女道："她叫小翠，是旧都宫里带来的。"然后又指着左手边的宫女道："她叫小蝶，是新来的。虽说一个老一个新，但万岁爷很少来内宫别院，故她们都没见过万岁爷，所以也不懂这方面的规矩和礼节，恭请万岁爷能宽恕她们的无知。"说完又带着叩头在地。

杨坚此刻的心情不是要去惩罚谁，而是要想知道刚才卷帘失手与他答话的那个宫女是谁。故他目不转睛地盯视着两个年轻宫女，想看清她们的容貌。可是两个宫女一进房来就把头低着，而此刻又趴在地上不敢抬头，让杨坚无法看清她们的面目。故杨坚不得不道："起来，你们都给朕站起来答话。朕赦你们无罪。"

中年宫女急忙爬起身，又把两个年轻宫女拉了起来，站在杨坚跟前。杨坚这回可把两人看清楚了，小翠虽说五官端正，却浓眉大眼，粗胳膊粗腿，一副关东姑娘的样子，看来是个干粗活的宫女，根本勾不起杨坚的兴趣。可想而知，独孤皇后把不是老的、便是丑的，或是平庸的宫女安排在嫔妃院里，其用心也是很清晰的。杨坚把目光转向了小蝶，匀称的身材，白净的脸，乌黑的长发，弯弯的眉，那粉红性感的嘴唇，洁白如玉的细牙，五官不仅秀气，眉目还似乎会传情，如此一副神情无不在向人展示着一个女子的诱人魅力，杨坚的眼睛放光了，他上前一步靠近了小蝶，用亲切温柔的目光盯视着她，柔声问道："刚才是你放竹帘，砸了朕的头吧！"小蝶一听问话，慌忙双膝跪地，叩头在地道："求万岁爷开恩，奴婢实在是无意而为，绝非是故意的。"杨坚哈哈一笑，趁机拉住了小蝶的手臂，把她扶了起来，道："好个无意！既然是无意而为的事，何罪之有呀？快起来，朕还得谢你呢！"小蝶的胳膊被杨坚捏在手里，又羞又怯，更不敢去挣脱，而满面通红起来。中年宫女和小翠不知此中的缘由，只能惊讶地看着他们。

杨坚松开了手，继续盯视着小蝶的脸，带着调情的口吻道："没有你这一下，朕何能认识你呀！更不会知道，在这片冷冷清清的庭院里，还藏着你这么一个美人。这岂不是朕与你的缘分吗？况且，你刚才还不住口地喊朕为大哥，喊得还那么的甜，不能不让朕这个大哥心动。为此，朕这个大哥是不是得感谢你呀！让朕无意中得了个小妹妹。"中年宫女听到此，也就明白了其中的原委。她立即拉扯了一下小翠的衣袖道："万岁爷，你与小蝶姑娘到里面去坐，我们这就去给你们准备茶点。万岁爷若想要在这里用酒菜，我马上去通知御厨让他们送来。"杨坚不言可否地点了点头。

食色，性也！自古以来，哪个正常的男女不好色，又有哪个男人会在美女面前不动心、哪个女人不在俊男帅哥面前不忘形的呢？上自帝王，下至平民百姓，无不如此。故"食色，性也"乃是人类的另一天性，男人如此，女人也是如此，但只要不

第二十八章　新宫醉游帘砸冠首，宫女诉冤帝皇置法

过分，只要不因色起贪心歹意，去做逆天理、违人道的十恶不赦之事，亲近美色又何罪之有呀！杨坚作为一个正常的男人，一个至尊无上的中年帝皇，数十年来独守着一个皇后，这绝对是天下少有、难能可贵的。然而世间俗态，尤其是历朝历代的宫廷规矩，哪个皇帝没有俏丽宫人陪伴，又有哪个皇帝甘愿独守一个女人的呢！杨坚对此内心的本能会甘心吗？若一旦有机会得以亲近，他又岂能无动于衷，况且此刻的杨坚还带着几分的醉意。杨坚待中年宫女和小翠离去之后，即拉起了小蝶的手走向里间。

新都后宫嫔妃住的庭院主殿室：前为殿，供嫔妃院主接待陛下、皇后或是贵人用的会客议事殿；后为卧，是院主的卧房，也是陛下来了与其共寝的地方；左右两配室是供院主接待陛下、皇后或是贵人私聚用的餐息室和依据院主喜好设置的书房或是私藏储物用的房间。小蝶被杨坚牵着手走进了院主用的主卧房，脸发烧，耳发烫，心房情不自禁地怦怦乱跳，她既不敢挣扎，更不敢开口说话，只能任凭杨坚把她按坐在没有铺上被褥的床沿口。杨坚看着四周整洁，却是没有人居住过的房间问道："这房间你们每天都打扫吗，床上怎么没有被褥？"小蝶紧张得一会点头，一会用手指着橱柜，却说不出一句话来。

杨坚并不在意小蝶的心态，却突然问道："你跟那个张三是怎么回事？"小蝶一听这话，慌忙起身，扑通一声跪在杨坚跟前道："奴婢跟张三什么事都没有的。请陛下明鉴。"杨坚一把拉起了小蝶，还是把她按坐在床沿上，自己则站立在床前盯视着小蝶问道："要让朕明鉴，你就得把事情的原本都说个明白。否则，朕不明事理，何能替你们明鉴呢？"小蝶心里七上八下着，不知该怎么来回答杨坚的话，而只能沉默着。杨坚看着小蝶通红的脸和欲言又止的神态，心生怜悯，只能引导着道："你得如实告诉朕，你与张三是什么关系？你们又是如何入宫的？"

小蝶沉默了一阵之后，低声细语地道："奴婢家遭不幸，被有权有势的恶人所害，被迫卖身入掖廷为奴，得蒙后宫张总管相中，招入内宫为侍女，才得以此刻能见到陛下。张三是张总管的侄儿，在宫内御厨当差，他心仪奴婢，故常找借口入内宫找我。但奴婢并没看上他，纯属是他的一厢情愿，我与他之间绝对不会有任何事情发生的。"杨坚听出了话中的问题，立即插话追问道："张三在宫里当差，是个太监。他有什么资格心仪你？是玩笑吧！"小蝶通红着脸道："我不知道。奴婢是看在张总管的脸上，不好去拒绝。"杨坚愤怒地骂道："这畜生，简直是岂有此理！"但他继而一想又问道："你说家遭不幸，卖身入掖廷为奴，这又是怎么回事？但据朕所

知,凡入掖廷为奴的女眷,多数是朝廷的罪臣。不会,你也是罪臣之女吧?"小蝶垂下了头,什么话也没说,可眼泪却涌出了眼眶,这让向来自喻帝皇不宜儿女情长的杨坚,此刻却动起了怜香惜玉之情。他上前把小蝶搂在怀里,边替她拭泪,边柔声道:"别哭,天大的事在朕这里都算不得什么大事。告诉朕,你是谁家之女,有什么冤屈尽可说出来。"

小蝶闻言,挣脱了杨坚的搂抱,双膝跪地,流着泪道:"奴婢本是济南州府七品度支徐达之女,祖籍江南江都。家父为人耿直,不愿与太守一伙同流合污,而屡遭同僚排斥诬陷,锒铛入狱,家财被抄没,我们全家人成了无家可归的乞丐。此等冤屈,奴婢无处可申,只能委曲求全,为救父出狱而自愿卖身进掖廷入宫为奴,期待有朝一日能得遇圣恩,替家父申冤,为全家人雪恨。"杨坚道:"你说的济南州府太守一伙,这个太守叫什么名字?"小蝶愤愤地道:"他说,他是当今皇帝的皇舅,叫吕永洁,还受封为齐郡公。"

杨坚若有所悟地道:"又是他!你告诉我,他又犯什么事了?你父亲不愿与他同流合污的是些什么事?"小蝶抬起了头,看着杨坚道:"他们与当地的官宦富户狼狈为奸,在户籍上弄虚作假,逃避税赋徭役,却让无权无势的贫苦百姓们替他们担责出钱出力,还让我父亲替他们做假账、造假籍。家父不愿昧着良心收受这种不义之财,故而才遭到了他们的报复打击,害得我们一家人四分五裂、天南地北、不知所终。今天若万岁爷还不能替我们审此冤屈,枉为我还对朝廷存有一丝期待之心,而入宫为奴了。"杨坚愤然地道:"这个吕永洁劣心不改,一而再地造孽。此事一旦查核清楚,朕绝不轻饶。你现在起来吧,朕还有话要问。"

杨坚待小蝶起身后,继续问道:"你父亲现在在哪里?他可有吕永洁造假犯法的证据?"小蝶道:"家父还被他们关押在济南狱中,目前尚生死不明。吕永洁在济南的不法行为妇孺皆知,朝廷只需派忠贞耿直之人前往调查,获取其贪赃枉法之罪证不是难事。奴婢盼万岁爷能速速派人前去济南,既拯救百姓于水火,又可救我父亲出狱,还我们全家一个清白。如能这样,奴婢必当以身相报,永生永世伺候陛下。"说罢又要下跪行礼。杨坚伸出双臂把小蝶搂在怀里,边拍着她的背边道:"这个吕永洁是朕母的娘家人,朕念在亲戚的份上已宽容他许久了。但他还不思悔改,竟然还做起了伙同他人偷逃税赋、钻营朝廷空子的大逆不道之事,令朕真是忍无可忍!但是,现在开皇新律中已经明文告示,民可以告官,甚至可以到朝堂去上诉,你却为何不去朝堂告官,却要入宫面君申诉呢?"小蝶道:"因为吕永洁是当今皇帝

第二十八章　新宫醉游帘砸冠首，宫女诉冤帝皇置法

的皇舅，民女怕一般官员没人敢惹他，也就想拼了自己的身子也要把他告倒。"

杨坚沉闷了一阵后道："此事经你一诉，朕忽一有想，朕当举一反三地去对待此事。朕得重申：皇戚犯法必须与庶民同罪。此外，朕要在大隋国土上，展开一场轰轰烈烈的'大索貌阅'普查，不仅要堵住这户籍上的漏洞，更得查处借此贪赃枉法之人。"小蝶依偎在杨坚的怀里，低声而羞怯地问道："陛下，什么叫大索貌阅？"杨坚道："就是让官吏按照户籍上登记的年龄和本人的体貌核对，检验是否存在谎报、虚报、瞒报的不实之举，以换取朝廷的免征、减征赋税、徭役等的摊派事项，这是件于国于民都有益处的好事。嗳！说多了，你也不懂。还是说说你吧！朕还不知道，你姓啥叫啥，今年有多大了……"

杨坚真不愧是一代明君。他从一个宫女的遭遇中，洞察出了朝政上存在的一个全国性的问题，而大胆地开创出了一个政体户籍人口普查《大索貌阅法》。后经高颎的补充，又加入了"输籍"法。即由朝廷户部根据各地的人口户籍资财变化的情况，制定出了划分户籍等级和交纳租调的标准，称之为"输籍定样"，发放给各州县对照办理，形成了一个独立完整的政体人口户籍财税徭役管理制度。这也就是自隋朝之后的历朝历代，甚至就是当今世界各地政府所沿用演变而来的户口户籍法和人口普查制度。杨坚为了推行此法规，从试点制法、修正完善立法、到全面推行执法，前后用了数年的时间才完成了这场整顿吏治，清查户籍人口的运动。从中不仅查出瞒报、虚报、漏报的壮丁四十万余人，新增了户籍一百六十余万户，清除了从中牟利的贪官污吏一大批，奠定了隋朝政体户籍人口的稳定和经济繁荣的基础。此后在公元五八九年，杨广灭南陈、一统南北之后，杨坚又在全国进行了一次户籍复核普查，并规定在每年正月五日，由县令派人定期复查，以三百或五百家为一团，以"输籍定样"为标准，确定各户的户籍等级和赋税及应服徭役数，写成定簿上报执行。如此使地方官不能任意舞弊，人民也无法逃税避役，既公平了赋税，又安定了民心，更是增添了朝廷的财政收入，使隋朝成了中国有史以来历朝历代中最富有的皇朝。也为继隋朝之后的唐、宋、元、明、清，乃至民国和当今在户籍人口赋税的管埋上有了一套规矩制度可寻觅，竖了一块管理朝政的崭新样板。这便是隋帝杨坚对后世留下的又一丰功伟绩。

第二十九章
一夜风流社稷震动，独孤暗怼杨坚明离

  自古帝皇权倾天下，天下万物皆为皇储，天下美女又何尝不是如此呢？隋帝杨坚难得醉中看花花更艳，更是难得把如此绝色美女无所顾忌地搂在怀中。他是真醉了还是假醉？或者是久缚的情欲终于冲破了理智的牢笼，变成了一匹脱缰的野马！

  杨坚清晨醒来，记忆犹新的是昨晚他构思的"大索貌阅"规划；他急于要做的是上朝去把这个规划与众臣仔细商议，复制、实施、推行，以便堵上朝廷在这方面的漏洞，让平民百姓不再受其所害，让贪官腐吏原形毕露。然而，当他一眼瞧见睡在自己身旁的小蝶，心头又不自然地狂跳了起来，他想起了昨晚的荒唐、快感和满足。他看着她那裸露在被子外洁白似玉的手臂，看着她那酣睡之中还带着羞怯笑容的面孔，杨坚真想再把她抱在怀里，再肆意妄为地纵欲一番。然而，他心头有事的责任感和一种做了亏心事怕被人窥见的胆怯，让他不敢再停留片刻。他生怕惊动了小蝶的酣梦，便轻手轻脚地下了床，又快手快脚地穿上了衣衫，匆匆夺门而出。可就在他走出卧房即将离去的那一刻，他情不自禁地回首，深情地看了眼还在熟睡中的小蝶，在心里默默地道："小蝶，你放心，你家里的事朕管定了。你等着，朕一有机会，一定还会来看你的。"

  杨坚急急忙忙地来到了后宫门前，还没跨出宫门，便被内史令柳敏和御前近侍小兰子迎上前来，说道："陛下，今天后宫发生了什么事？竟然让陛下早朝迟了半个时辰，候朝的众臣都有些惶恐不安了。"杨坚一想起昨晚的事，既心虚又尴尬地道："没事没事！朕睡过头了。"

  杨坚匆匆地来至太极殿，龙椅还没坐稳，便起身道："让诸位大人久等了！朕昨晚突有一想，今说出来，请各位大人共同来商洽该如何去实施推行。"杨坚见众人都在翘首聆听着他的下文，便接着道："各地上交的税赋乃是朝廷的命脉。本朝自建国以来，虽说在推行税赋征收法上有了不少新的改革，但各州县按户籍人口征收的法则仍沿用着前朝的旧制，故而有人便钻了朝廷这个空子，欺上瞒下，谎报漏报，弄

第二十九章　一夜风流社稷震动，独孤暗怼杨坚明离

虚作假，从中牟利。平民百姓感受到的是不公平，而朝廷损失的不仅是钱粮税赋，更多的却是民心。更有甚者，他们竟然利用手中的权力，对不与他们同流合污的官员民众施行排斥、诬陷，甚至逼得人倾家荡产、家破人亡，实在令人发指。此等情景若不加以阻止、严惩，吾大隋失去的不仅是民心，社稷也将会被他们蛀空。为此，朕已经决定，在全国以州县为单位，实施《大索貌阅法》，在各级管辖的范围内普查户籍登记，以体貌年龄核对户籍人口。先由各县自查，再由州派专人复查，继而由朝廷户部、吏部指定专职官员进行审核，对查出问题的官员交刑部严处，此法也适用于军将之中的吃空饷行为。具体实施细则由尚书令高颎，左仆射刑部尚书苏威，右仆射户部尚书赵熲，吏部尚书御史杨尚希，兵部监察御史令杨素共同商洽制订。务必特事速办，立竿见影，并且可以让派遣去各地巡察的朝廷特使配合进行。总之，朕要让天下人知道，在朕的手下当官吃俸禄，唯有忠贞廉洁，勤奋踏实才能得到朕的赏识，他的官才能做得长，做得大。否则等待他的必定是一场空欢喜，甚至是灾难。因为朕会时常派人去查他们的底，揭他们的疤。"杨坚这突如其来的一番长篇说事和施政说教，令文武百官既感唐突又感事出必然有因。但谁也不知道此因出于何处，只能面面相觑，并把目光投向了丞相高颎。

　　高颎虽然对此的起因也是一头雾水，但他觉得杨坚如此突然且雷厉风行地要推行这又一新法《大索貌阅法》，必有他的道理，而且绝对不会是无的放矢。故而，他在众人的期待中出列道："陛下，有言道无风不起浪。故臣想知道，陛下要如此雷厉风行地推行《大索貌阅法》的起因是什么。以便我们可以有针对性地制定实施细则。"杨坚坐回了龙椅，却愤愤然地道："朕接到有人举告，济南府太守吕永洁伙同其下属官员在户籍人口上弄虚作假，贪墨舞弊，并对不与他们同流合污的同僚实施诬陷打击报复，逼得人家家破人亡，妻离子散。此等不法之臣令朕孰不可忍。朕现在责令吏部立即派专人去济南查核此事。一旦查核确凿，主犯立即就地免职贬为庶民永不录用，其余涉案官员交刑部依法论处。我要让天下人都知道，朕所说的'皇子犯法必与庶民同罪'这绝不是一句空话大话。你们也要举一反三地去领会朕所说的这件事和这些话，别让朕感到失望。"又是一场政治地震，就在隋朝建国的这短短三年之中，杨坚手中的权力之剑始终对准着那些贪官污吏。从义无反顾地推行新政、制定隋朝新官律、开创监察审核制度、大刀阔斧地考核筛选无用之官、不拘一格地选用人才、每年定期派出官员到各地去巡察、考查官员的政绩和民间的口碑、审核各地官员的财政收支，鼓励民众和下属官员越级向上投诉贪官污吏等，杨坚如

此这一件件一桩桩地推行律法制度，无不是在实施着他所说的话：官不廉洁，民不得安业，社稷就难能稳固。故而，他的这些措施都无不是在为整肃吏治，创导廉政清官的目标而作为着。由此也端正奠定了隋朝官吏的治民心态，成就了隋朝的官僚阶层是有史以来最清廉最有作为的官吏，也为此后隋朝的兴旺发达、国富民顺奠定了官僚和物质基础，此中杨坚的治吏意识功不可没。

整整数天，杨坚吃住在太极宫的大兴殿里，足不出户、眠不脱衣地沉湎在《大索貌阅法》的制定、研讨、修改、审核之中，似乎可以说他是到了夜以继日、废寝忘食、刻不容缓的地步，却也可以说他是在回避着什么。杨坚对各部门报来的施行方案一页页、一个个地审查着，又逐个找人征求、商洽、磨合着各方面的意见，再亲自批发给各部衙门，督促着他们展开演习，找出确凿可行的方法。这场涉及隋朝每一个臣民的《大索貌阅法》的政治风暴，几经筛选、几经修改后最终确立了以州为审核单位，县令为首的保长，里正，党长为具体人的核查责任制度，凡发现此中有舞弊弄虚作假的行为，当事责任人将会被执行充军流放等处罚，这些决议从长安周边开始试行，随后再逐步向四周推行开去，计划耗时两年完成全国覆盖。届时，杨坚就可以查清自己国度的人口户籍家底，同时也可提炼出一批忠诚可靠的官员，并为其后推行的均田法和租调徭役制度打下切实可行和有效的基础。

这些天杨坚尽管忙得手脚无闲，未能回到后宫去休息，但他每天都会派人去后宫探视皇后病体的状况，在旁人看来这是他对皇后的关心，但只有杨坚扪心知道，这是他的心虚作为。但当他得知后宫风平浪静、皇后的身体已基本康复之后，他再也按捺不住要当面向皇后说些关爱的话，要回后宫去探视一番，此中既有他对皇后病体安康的真心挂念，却也有那种一夜风流压在心头的怯意。杨坚推迟了自己上朝的时间，换了件宽松的便服先来到仁寿宫，见皇后伽罗面容红润、神态安详，气色平和几乎与往常一样，于是也就把一颗悬着的心放落了下来。

独孤伽罗见杨坚走至跟前，一面让人挪椅让座，沏茶上果点，一面温和地道："陛下这几天辛苦了，脸也瘦了，连胡茬都长出来了，可别把身体给累坏了呀！不过，陛下今天能进后宫来，想必那个《大索貌阅法》已经有些眉目了吧？"杨坚对独孤伽罗的这段话，似乎感到有些刺耳，却又感到了充满着关切的情意而无可挑剔，故只能讪讪而道："谢谢皇后的关心。朝廷之事，都瞒不过皇后，否则众臣们又何来'二圣'之称呢！但是，皇后身体刚刚恢复，切莫再劳累过多，让朕在外也不得安心。"独孤伽罗微微一笑道："谢谢陛下关心，但臣妻是劳碌命，不劳碌反而会不习

第二十九章　一夜风流社稷震动，独孤暗怼杨坚明离

惯的。再说，想着你我在月下的誓言，我又岂能去安逸享受呢！"这叫作言者随意，闻者心虚，杨坚觉得无言以答，只能去取茶杯在手，以喝茶来掩饰自己的尴尬。独孤伽罗似乎并不在意杨坚的神态，她见杨坚只顾喝茶无意答话，便接着道："我们刚迁入新都新宫，有诸多事尚待完善。你我也做些分工，你管朝政，我管后宫，我往后对朝政大事不再插手，可以方便你凭着你自己的意愿去行事，而我一定会把后宫治理好的。比如：我要让那些空着的庭院，该充实嫔妃的还得充实，各处短缺的宫女和杂役也得补充调整，你我帝后的仪仗威严还得仿照历朝规矩维持，不能再为了节俭开支而有失皇家体面，给后人留下笑柄。"

独孤伽罗的这番话，让杨坚如坐针毡，也应了俗话所说：做贼心虚。杨坚不能不想起了小蝶，想起了那个晚上，他感到脸上有些发烧，他真想知道皇后的这番话是有所指、还是无意而说的，他更想立即去梅花别院看看，小蝶怎样了？但他此刻的胸口好似有五爪在抓心般的难受，双脚更像是灌了铅似的那般沉重，根本无法跟随他的心意去挪动，杨坚只能郁闷在心头。独孤伽罗却仿若无事一般在继续道："有言道岁月易逝时光难留，臣妻这些天以来是深有感受。往后有许多事臣妻已感到了力不从心，再也不能像之前那样伺候陛下了。故而，臣妻想替陛下去多找几个有品貌的嫔妃来伺候陛下，以免因臣妻的缘故，而冷落了陛下的需求，而让臣妻落下不是。陛下若对臣妻此说没有其他异议，那就由臣妻出面去颁发懿旨，着令专人到各处物色招募佳人入宫，届时任凭陛下筛选后留下便是。"杨坚是真正坐不住了，但他虽心虚却还是故作强硬地挺身站起，带着愤慨道："你这是什么意思啊？请你别用己心来度我之意。后宫之事我从不过问，招嫔妃和添宫女更与我无关。此类事，我之前不管不问，此后也不会干涉。你想怎么做就怎么去做吧！"说罢头也不回，转身朝宫外走去。

杨坚一怒之下出了皇后所在的永安宫，可是来到宫门之外后，却又不知该去向哪里？他踌躇片刻，环顾四周不见有人在旁，便拔腿朝梅花别院走去。他要去看看那个陪了他一个夜晚的宫女小蝶，她可安好？会不会想他，更会不会责怪他这个身不由己的陛下对她的薄情寡义，而他得向她解释他的无奈，更得当面告诉她，他已责令专人去济南清查太守吕永洁等人的贪赃枉法之事和她父亲及家人的冤屈，并且，将由此而在全国掀起实施一个惠及社稷和民生的新法《大索貌阅法》。等到此法初显成效，他首先要奖励的人就是她，一个普普通通卖身入宫的宫女，他也一定会说服皇后，给她一个应得的名分。杨坚越想心头越热，脚步也就越走越快，他甚

至想象到了小蝶见到他时的惊喜，听到他替她父亲申冤后的欢欣。

杨坚怀着一腔热情，匆匆来到了梅花别院的门前，庭院的大门还是紧闭着，院里院外还是那样寂静不闻人声。杨坚举掌拍门，不一会便听到院内有脚步声临近了院门，有人问道："门外敲门的人是谁？"

杨坚听门内问话人的声音有些粗哑，既不像梅花别院的领班中年宫女，更不是柔声柔气的小蝶。难道她是那个浓眉大眼粗手粗脚的小翠吗？杨坚有些不耐烦地道："你是小翠吗？快开门，我是来看望小蝶的。"院门处，一个高高大大，肥胖的宫女出现在杨坚面前。她瞪着一双与体形不相称的小眼，用审视的目光看着杨坚道："我不是小翠，这里也没有小蝶。你是谁呀？干吗要来这里找她们？"

杨坚傻眼了，他生怕自己走错了地方，而抬头看了眼门匾上的四个字"梅花别院"，这才问道："你是新来梅花院的宫女吗？你去把院内其他人都叫出来，朕要见的不是你。快去！"这回轮到这个胖宫女傻眼了，她慌忙双膝跪地磕着头道："万岁爷饶命！小的实在是有眼无珠不识万岁爷光临。但这个院里只有奴婢一人，再无旁人在内。万岁爷若不信，自己可以入内去查看。"杨坚不耐烦地道："起来起来，朕不怪你。但你得如实告诉朕，原来这梅花院里的那几个宫女去哪里了，你是谁派来这里的？"胖宫女颤抖着站起身道："万岁爷，奴婢是李总管安排来这梅花院当值的，奴婢进这庭院时里面什么人都没有。奴婢保证句句是实话。"杨坚恨恨地道："哼！这后宫原来不是张总管在管理的吗？何时又变成李总管了呢！去，把这个李总管给朕传来，若不说实话，看朕怎样收拾你们。"胖宫女见万岁爷发火，愣了一下，转身便走。杨坚突然又感到了不妥，他觉得此事是后宫之事，他不能插手，况且他刚才还在对皇后说过，他绝对不干涉后宫之事，而此刻去把总管传来，追查别院之事，岂不是自食其言去与皇后闹不痛快嘛！由此而引来的后果，既有损"二圣"之颜面，更会在朝廷众臣面前引起震动，而毁尽自己在臣民面前建树的形象。杨坚想到此又立即冲着胖宫女大声吼道："回来，不用去了。朕自己去找他！"杨坚并没有去找李总管。有言道，做了亏心事的人，何能有理直气壮的态势去面对现实？除非是强势夺理，或者是破罐子破摔。但杨坚却不是这种强词夺理和破罐破摔的人，他既忌讳着皇后的威严，又得顾及自己的脸面，更怕被臣民们议论，因为他毕竟是个想做好皇帝的君主。

杨坚怀着郁闷的心情走进了仁德殿，近侍们见陛下虎着脸走进殿来，都不知道发生了什么事，而只能小心翼翼地伺候着。杨坚心中有事无心理政，更无心去审阅

第二十九章 一夜风流社稷震动，独孤暗怨杨坚明离

奏章，但是小蝶那温柔的声音、那姣好的面容、那玉石般细腻洁白年轻的胴体和如今不知去向，甚至是凶吉未卜，而不能不令杨坚梗阻在心难舍难忘。他也不能不猜测到，这别院三个宫女的失踪，必定与皇后有关，而且他觉得除了皇后，绝对没有人敢跟他抢人。当然，杨坚也不是没感到亏心，他也不想去违背自己在发妻面前许下的那个誓言："此生唯以独孤伽罗为妻，决不再纳其他女人入室。"然而他并没打算要让小蝶去与独孤皇后分享他的一切，他仅是一时的朦胧、一时的需求罢了，更没有丝毫想要去损害到她皇后的利益。如此之下他这一夜的荒唐又算得了什么，而小蝶更何罪之有呢？如果由此而让小蝶遭受杀身之祸，这不仅是他不能接受的事，而且也让他对小蝶犯下了不可饶恕之罪，而皇后岂不是也太残忍了吗？为此，杨坚觉得他一定得去追查清楚梅花别院这三个宫女的去向，更得为小蝶讨回公道，否则他会无地自容的。但是，杨坚也明白，如此之事他岂能自己出面去追查，却又何能去对他人诉说，而且万一此事果真涉及皇后，两人为此而发生冲突，他届时该怎么办？他真会为了一个宫女而去伤害皇后吗？杨坚左思右想、忧心忡忡，一时间竟然一筹莫展，一股身不由己的失落感蓦然袭上心头，他感到了宫廷里的压抑，更感到做个皇帝的艰难。杨坚一阵郁闷，便横下一心不准旁人跟随悄然走出宫去，从御马厩里牵出了他的那匹乌骓宝马，纵身一跃上得马背扬鞭而去。

独孤伽罗见杨坚愤然离去，不免心头也有些不落忍，她也觉得自己在处置杨坚的一时外遇上太心狠手辣了。但是，独孤伽罗在男女之事上的那股自尊和专横的心态，让她不能容忍杨坚对她有所隐瞒。这些年以来，独孤伽罗自喻为是对得起杨坚的：先是忍辱负重地替杨坚支撑着这个杨氏家族，亲力亲为地育儿抚女；此后是步履维艰地替杨坚聚集着喷薄而出雄立问世的力量；其后便是运筹帷幄地替杨坚谋划着扫除异端、称皇立朝的壮举；如今更是在呕心沥血地替杨坚建树着一个一代明君、千古一帝的辉煌形象。这一切的一切难道不足以能证明她这个妻子是称职的、她这个皇后是不可能不让人不信服的吗？仅凭这些，她要求杨坚实现他自己许下的诺言，从一而终，过分了吗？

独孤伽罗回想着，当她听到杨坚趁她病卧在床而去梅花别院私幸宫女小蝶，便心头燃起了愤怒的欲火。她无法容忍杨坚背着她去干这等事，而且还是趁着她在病中，所临幸的又是一个最普普通通的宫女，此中的愤恨、醋意和伤心怎能不打一处来。她，独孤伽罗不是个一般的女子，她上马能杀敌，下马能执事，参政能游刃于众臣武将股掌之间，坐堂能驾驭朝廷大事，她又何惧于一个小小的宫女呢？是的，

她无须惧怕这个宫女！但是，她不能不忧心她的夫君杨坚。她明白，杨坚是一个有血有肉之人，作为一个帝皇，他不可能只守着她这个皇后。不管是古往今来，还是人之常情，或者是一个有作为的男人，他都不可能，也不该仅守着她一个女人，这乃是遍布华夏的道理。凭此而言，她让他恪守自己的诺言不去亲近旁的女人确实是有些过分，而他能恪守到现在也已是不易了。但是，独孤伽罗觉得自己什么都能退让，唯独在这件事情上她不能退让分毫，对此杨坚应该明白，这是她的底线。因此，独孤伽罗经过左思右想，决定以其之道还治其身：既然你背着我去私幸宫女，那我也就背着你去暗中惩治她们。你不说、我不言、大家装糊涂、看谁装得过谁？我容得了你这一次，却绝不能容你再有下一次。你不能恪守你的人道，但我一定要守住我的底线。于是独孤伽罗不顾及自己还有病在身，在深夜里带着心腹把梅花别院的三个宫女，全部秘密处死了，同时也把张总管以及他的侄子张三打入了大牢。独孤伽罗真不愧是千古一后，她既有姣美无比的容貌，又有助夫谋取天下的智慧，更有义无反顾、坚强的内心和疾恶如仇、怜贫恤老的善心，却独独没有能包容一个小宫女一时有违其心意，与其分享男女情爱的度量。这是一种什么心态呢？是自尊、自私，还是专横，或是凶残！这只能让人智者见智，仁者见仁地去评说了！

独孤伽罗在处置完了梅花别院的事之后，心情并没有宁静下来。她不能不担忧杨坚在知道了此事之后，会产生何等的感受，又会去做出何种反应？而且独孤伽罗也不是不明白，他们夫妻俩在此事上一旦有了矛盾，冲突必定难免，而且倘若没人愿意谦让，其后果是家居从此失和，也必会毁了两人半世的英名，甚至还会危及社稷的安危，而独孤伽罗所担忧甚至是后怕的也就在于此。由此，独孤伽罗也做出了退让的举措，在言语中引而不发地做出了承诺，希望借此能平息杨坚心中的不满，以便能让此事得以淡化。但是事与愿违，独孤伽罗所担心的事还是由此而发生了，当她听到杨坚独自出宫失去行踪的禀告时，犹如五雷轰顶一般让她一时回不过神来，她不能不想到，这是杨坚在知道了她的所作所为之后，才愤然离宫出走的。她更没想到杨坚会用如此之举动来表示他的愤怒，因为杨坚如此不对任何人告知、孤身独自一人离宫绝无仅有，他除了怨恨和愤怒到了极限之时是不可能会如此作为的，因此这必定是与宫女小蝶的失踪有关，与她有关。此际，独孤伽罗已没有时间去揣度杨坚在想些什么，又想准备做些什么？但有一点她清楚地意识到：皇帝无故离宫出走，一定会在朝堂上掀起轩然大波，若不极速采取措施，最受伤害的不仅是杨坚这明君和千古一帝的形象，也有损她这个皇后在臣民心中的口碑，更会伤害到

第二十九章 一夜风流社稷震动，独孤暗怼杨坚明离

正在欣欣向荣的大隋社稷。

独孤伽罗坐不住了。她立即派人前往太极宫，把高颎和杨素招进了永安宫，她要向这两个朝中的重臣查询众臣的意向，更得把她自己内心的忧郁向他们倾诉，以谋取他们的同情、支持和帮助，以便把皇帝离宫出走的大事化小化了，让此事在朝中的影响缩至最小范围，以维护帝皇的尊严。独孤伽罗待高颎和杨素落座之后，便开门见山地问道："朝中众臣对陛下孤身外出都议论了些什么？有没有人趁机妄加评论？"高颎看了杨素一眼后道："朝中没人敢妄论是非，然而不安之心却不在少数，至于议论却都是些不着边际的猜测罢了，完全可以不足为虑。"独孤伽罗却坚持着问道："我想知道他们具体都说了些什么？"

高颎略一思索便道："今日早朝，大家久等不见陛下临朝，也不见黄门内侍出来通报陛下的圣意，便有人猜测，陛下的龙体是否安康，也有人猜测后宫是否有事。但大家还是处之泰然地在等待着陛下临朝议事。然而，随着时间变长，众臣们的不安之心也在增长，因为这些年来，陛下从未有过如此反常之举。无奈，我便派人去内宫打探。"这时杨素插嘴道："他们入不得内宫，仅在宫门口打探，又怎么可能知其所以。于是，我就拼着这张老脸，进入内宫仁德殿，方才得知，陛下来过，又走了。我便寻迹跟踪，来至御马厩，知道了陛下独自一人骑着他的乌骓宝马，离宫出走了。但谁也不知道陛下去向何方。我只能回到了太极宫大兴殿，正在与高相大人商讨此事时，皇后娘娘便遣人前来宣我俩进宫议事了。"

独孤伽罗对杨素道："你与他是发小，对他的脾气属性比我还清楚。你觉得他独自一人骑马出宫，会去向何处？"杨素捋了捋胡须，矜持地道："此刻的他是陛下，为臣不好说。况且，他若心中有事，不愿对旁人陈说，我这个发小也无办法可想。"高颎用探讨的口气道："皇后陛下，以臣下猜测，皇上陛下不上朝却独自一人外出，此中必有起因。不知皇后陛下知道些蛛丝马迹吗？"至此，独孤伽罗不得不把杨坚醉酒私幸宫女之事，掐头去尾、轻描淡写地告诉了他们一个大概事态，然后道："我并没想到会如此伤了他的心，更没想到他竟然会因此而丢下朝政大事悄然离宫出走，却把我给推上了这风口浪尖，太令我匪夷所思了。你们快想想办法，该用什么方法才能予以弥补？"

杨素快言直语道："这还不容易，你把那个宫女赐一个封号还给他，不就结了吗？再说你管他也确是有些过了。别说他是当今陛下，连我都有三妻四妾了，而你却让他只守着你一个皇后，行吗？"独孤伽罗的脸沉了下来。高颎急忙打着圆场，

道："你的德行岂能与陛下相比。当前之急是得尽快弄清陛下的去向，找到陛下，方可以对症下药，化解他的心结，圆皇后陛下一份心愿，还臣民一个安宁。"独孤伽罗道："高相大人所言甚是。但此事不宜对外张扬，仅限于你俩知晓。你们可以立即出宫去寻找，一旦有信息即可禀告。"

三人正商讨着该怎么办时，突然内侍进来禀报道："皇后娘娘，刚得到东华门传来的消息，说是陛下孤身一人，骑着马出了东华门。"独孤伽罗立即道："既然有了陛下外出的方向，你们立即前往。快！不管用什么方法，一定得把他劝回宫来。并传我的话，不管有天大的事，都可以回宫来商讨着办。你们得让他明白，此事孰轻孰重，孰是孰非由他自己掂量。"高颎和杨素辞别了独孤皇后，急匆匆地出宫上马而去。

杨坚出了东华门，继续扬鞭纵马沿着官道向前奔驰着。他胯下的乌骓宝马，跟随他北征突厥，西讨吐谷浑，东伐北齐已十年有余，真可谓是驰骋疆场、汗血相依了。有言道，马是有灵性有感情的动物，好马不仅识主而且忠于主人。杨坚的这匹乌骓宝马来自大宛国，是匹罕见的纯种汗血宝马，浑身上下没有一根杂毛，全身乌黑中透着红亮，尖耳细脖，瘦腰长腿，整体神采精悍而威武，仰颈一嘶，十里开外都能听得到它的声音，若让它撒开四蹄奔驰，日行千里完全不在话下，而要赶超它的却至今还没有过，故杨坚视它为兄弟，而它也只认杨坚为主子。今日杨坚孤身一人纵马驰出东华门，又不加约束地任其随意奔驰，熟知主子脾性的乌骓宝马，已感知到了今日主子心情的反常，它在放开四蹄奔驰了一阵之后，渐渐地放缓了步伐，还不时地仰颈长嘶，似在提醒主子该收心回神，不该让它再漫无目标地驰骋了。而杨坚此刻的心态真可谓是万念俱灰，身为堂堂一国之君竟然连临幸一个宫女也不行！常言道，儿女情长英雄气短，此刻的杨坚可能就是这种心态，而且他的这种心态，又不能去向人陈说。否则岂能不被他人嘲笑他的无能？届时，他还有何面目立于朝堂，面对臣民去施政、去安抚社稷民心。杨坚渐渐地也发觉了他的这位不会开口说话的兄弟，不仅不愿意再向前奔驰，而且还不时地回过头来，向杨坚示意应该往回走了。他伸手拍了拍乌骓宝马的颈脖道："兄弟，我是真不想回去啊！我这皇帝还不如一个普通的臣民，当得也太窝囊了。谁人没个喜好欲念，又有谁人没有个一时的冲动犯错？可我为什么就不行，还得让别人来替我受过。我有心纵欲，却绝无害她们之意，但却确实是她们被我所害。我的名声，我的形象，难道比他们的性命还重要吗？兄弟呀，我想不通啊！我要我的臣民尊法守法、依法办事，可我的皇后，她

第二十九章　一夜风流社稷震动，独孤暗怒杨坚明离

为何就可以不依法行事，草菅人命、滥杀无辜呢？让我往后又该如何去面对我的臣民！而这些话，我又能对谁去倾诉。兄弟，我这个皇帝当得好苦啊！"

高颎和杨素策马来至东华门，在问清楚杨坚出城后驰骋的方向，便一齐扬鞭驱马寻踪觅迹而去。若不是杨坚这个不会说话的"兄弟"，不愿由着杨坚的意愿而奋蹄奔驰前往，那么高颎和杨素哪怕是把马跑死，也是绝对追不上的。不同凡响的宝马就是有灵性，它似乎已感觉到了后面来追赶他们的人已经临近，便不再扬蹄奔跑，而是变奔跑为漫步行走起来，而且还不时地回首引颈长嘶。正在埋头奋力追赶的高颎和杨素，听到前面不时地传来一声声的马嘶声，杨素立即兴奋地道："相国大人，我听出来了，前面传来的马嘶声，一定是陛下那匹乌骓宝马的声音，不仅洪亮而且还带着磁性。一定是它，没错，快，他们就在前面。"说罢扬起马鞭，狠狠地抽了马屁股一鞭，杨素的坐骑负疼奋蹄狂奔而去，一会便把高颎甩在了身后。

杨坚见自己的这位"哑巴兄弟"越走越慢，他不由地感慨而道："兄弟，大概你也在看我的笑话了吧！我这个大隋皇帝，现在有的只是英雄气短之心，却绝对没了儿女情长之意呀。你是不是也觉得我很可悲？"杨坚的身后传来了喊声："陛下，那罗廷！别再走了，你是要把我累死吗？"杨坚转身一看，见杨素双臂搂抱着马颈，伏身在马鞍上，随着狂奔的坐骑飞驰而来。乌骓宝马不待杨坚授意，便立即转身，用一声长嘶以示相迎。杨素的坐骑见有同伴迎接，也便放缓了脚步。

杨坚看着衣冠不整，满脸惊悚来至近前的杨素，由不得诙谐地道："你呀，真让人汗颜，堂堂一个戎马半生的上柱国大将军，骑个马竟然会骑出如此一副魂不守舍的样子，真有点塌我们杨家的脸面。"杨素勒住了马缰，扶正了衣冠喘着气道："好汉不提当年勇。你我眼下都已是过了半世之人，何能比得上年青之时。我刚才为了追你，可是下了狠心地把它给抽疼了，这才有它狂奔着要把我颠下地来，对我实施报复。这个畜生，快把我的骨架都要颠散了。"杨坚不以为然地道："怎么，就你一人来的吗？"杨素跳下马来活动着身躯道："没有，高颎的马没我的快，还在后面呢！"杨素把话题一转，直言而道："我说你呀！堂堂一个皇帝，怎么会为了一个小丫头，去闹出如此之大的动静？让我简直是匪夷所思。"杨坚愤愤然地大声道："是啊！古往今来，哪个皇帝会像我如此窝囊。别说是三宫六院，嫔妃如云了，我竟然连个宫女也碰不得，岂不如一般的臣民么！当这样的皇帝还有什么意思？"

"陛下，此话差矣！"高颎的马驰至跟前。他听到了杨坚的话，不及下马就在马背上道："陛下乃天下人之陛下，心系的也必定是天下人之大事。何能以己一时之

欲,一念之差而去弃上苍之托,负天下人之心呢!故今日之事,臣认为是错在陛下。因为在陛下的心目之中,只有己欲,却忘了天下社稷,忘了万千臣民。"杨坚反唇相讥地道:"朕这个陛下也是血肉之躯,也有三情六欲。自古帝皇能做的事,为何朕就做不得?朕就临幸了一个宫女,过了吗?"高颎跳下马来道:"不过,但却不然!身为帝皇,这绝不算过分。但若要成为千古一帝的明君,这就不然了。陛下得为他人不能为之事,也得不为他人能为之事,否则何为千古一帝?万望陛下能宁下心来静静一想,此中的得失便会一目了然。皇后陛下的良苦用心,不就在此吗!"杨坚似有所悟,但他仍然道:"但她不该做成如此绝情之事,竟然背着我,把她们不知迁往了何处?我甚至怀疑,她们已遭她所害。若果真如此,我将何以为堪!我还是一国之君、天下之主吗?开皇新律是我所定,可我的后宫却在伤及无辜、草菅人命,我能为此而无动于衷吗?你们给我评评理,我当这样的皇帝还有意思吗?"杨素故意道:"嗯,这好办!你既然不想当皇帝,那就把帝位让给你儿子,像周宣帝宇文赟那样,去做个太上皇,纵情享乐,岂不如愿?"高颎见杨素单刀直入的话,把杨坚问住了,他更怕杨坚说出破罐子破摔的气话,让他们的劝说没有了回旋的余地。故急忙道:"陛下正当年富力强、帝业蒸蒸日上之时,岂能有让位之说!如今大隋的天下四海瞩目,北方边患几近平息;南方一个陈国虽说尚未平定,却也已被陛下囊入了心中,纳入大隋版图仅是个早晚之事;当前的社稷是官清吏洁、民心思定,完全是一派欣欣向荣之态,陛下的宏图大计犹如曙光初现,一个光焰四射的大隋帝国即将喷薄而出。请问陛下,这时陛下还愿意为了一时的委屈,去弃天下大事和万众臣民的心愿于不顾,却要凭一时的得失,去行捡小失大的愚者之态吗?"杨素指着乌骓宝马又道:"我看你呀!还不如你的这位兄弟。它不仅不愿随你胡来,见我们来了便调头相迎,说句难听的,你岂不是……"高颎怕杨素又要说出让杨坚难堪的话,急忙打断道:"陛下!皇后陛下也发话了,她让我们告诉陛下,只要陛下能回去,天大的事都可以商讨着办。"

杨坚跳下马来,认真地问道:"她真是这么说的吗?"杨素抢着道:"一点不假,我可作证。可能皇后也觉得,她做得有些过了。"高颎狠狠地盯了杨素一眼,他觉得此际说皇后的不是,会助长杨坚固执的心态,而不利于他们夫妻之间的和好。故而他接着道:"皇后陛下对此事的出发点还是对的,她要顾全的是大局,是陛下的形象,而不是这种小是小非,所以万望陛下也得谅解。"杨坚不满地道:"我谅解她,她能谅解我吗?要我回去可以,但她得答应我几件事。否则我拼着不当这个皇帝,再

第二十九章 一夜风流社稷震动，独孤暗怼杨坚明离

也不回皇宫。"

杨素知道杨坚是头顺毛驴，在气头上只能顺着安抚，不能逆来。故他觉得高颎说的这话是在与他唱反调，于是便大大咧咧地道："理解，我完全理解！你说吧，别说是几件事，几十件都没关系。"高颎又急了，急忙道："陛下只要提的要求在理，为臣觉得，皇后陛下应该会通情达理的。"杨坚又愤然了，他提高了嗓音道："她若是通情达理，我此刻又何至如此？难道是我不通情达理了吗？"杨素见杨坚产生了抵触情绪，急忙打着圆场道："你们夫妻俩呀，都是通情达理之人，否则何能有臣民的拥戴，当今大隋的天下！但现在要说的并不是通不通情，达不达理的事，而是陛下提出要求，让皇后陛下去做的事。所以你现在就说吧，要让皇后做哪些事，你才能随我们回宫？若你不能说，我可代你当面去说。"杨坚见高颎不再开口，便道："让梅花别院的宫女回到原来的庭院，但我可以保证不再踏进这个院子半步。凡涉及此事的人都不予追究。"高颎一听杨坚此说，即为难地道："这！恐怕有点难办。万一……"杨素知道高颎会说出杨坚不中听的话，故而抢着道："小事一桩，我回去就对皇后说，让她照着办就是了。你还有其他的要求吗？"杨坚看着高颎道："我知道你说这个万一的下文，如果真如此，我要求她，替她们建坟立碑，我当亲书铭文以示我意。而且我的后宫绝不允许再有下次不遵法度，随意地处置宫人，让我这个皇帝背上骂名。要知道开皇新律不仅是天下臣民的律法，也是后宫之法。"杨素又抢着道："在理，此说在理！我相信皇后向来与你同心，绝对不会有异议的。你接着说，还有什么其他要求？"杨坚摇了摇头道："仅此而已！只要她能做到，我已无其他诉求。"杨素见事态明朗，他的大功已经告成，便无不兴奋地道："这就对了嘛！如此小的事，大家退一步岂不是海阔天空吗！走，回宫去，若你再不回宫去呀，朝堂上的文武百官可要翻天了。"

高颎见杨坚上了马，一把拉住了也想上马的杨素悄然道："你怎么能如此之说呀？万一皇后陛下不能答应照办，我们岂不有欺君之罪。"

杨素却不以为然地道："管他呢！不必想那么多，先把他骗回去再说。到时候我们交差，后宫的事让他们夫妻俩自己去解决。"说罢翻身上马，扬鞭去追赶已跑远的杨坚。高颎摇着头，上了马，无可奈何地自言自语着道："这种言过饰非、弄虚作假之事，我可做不来！"

| 283

第三十章
长江览胜贵儿诉情，空壁留迹治儿誓言

北黄河、南长江，似一对同宗同胞姊妹，它们都发源于青藏高原唐古拉山脉地域，各自携滔滔洪流自西向东，将群山峻岭、河川草坡上的肥壤沃土冲刷堆积，形成了中华最肥沃的千万顷良田；又吐出涓涓细流遍布南北，孕育着代代勤奋不懈的中华儿女，构建起他们灿烂辉煌的传统文化与史实。它们是东方的骄傲，是中华民族的灵魂和血脉，更是历朝历代赖以为生、寄托情怀的源泉。

然而，自然灾害、征战破坏、外族入侵、划江而治，造成了地域原貌的变迁，导致同种不同习俗的变化，引发性格、理念、追求的差异。北方多高山峻岭，南方多小丘河道；北方好武崇义，南方腻文纵情；北方人粗犷豪爽，南方人温文尔雅。真是各有所优，各有所劣，各有所好，各有所恶，不可一言以蔽之，也不可一言以概之，只能各取所喜，各投所好。

杨广在了断了江陵该做的事之后，不顾郑芥、杨豹的劝阻，决定按自己既定的计划，由欧阳若兰为总管，王老伯为向导，薛治儿为护卫，朱贵儿为随从，与他和二姐杨丽华率领二十名侍卫乘船沿江东去南下，欲经武昌、寻阳、江都，前往南陈国都建康，再去京口、姑苏。

入夏的江南犹如一个盛装少女，处处都展现着丰艳的靓丽。这日东方旭日初升，江面上波影滚动，微风轻拂。杨广和杨丽华打扮成富家公子小姐的模样，贵儿和治儿成了他们姐弟俩的贴身近侍，欧阳若兰成了当家夫人，王老伯为管家，率领着一群家丁侍卫，登上了郑芥和杨豹专为他们备下的一艘高大商船。这艘商船高近十丈，长百尺，通体油光晶亮，三帆耸立，威武气派，令杨广既感新鲜又觉满意。解缆启航，扬帆破浪，一切都那么顺顺当当。

杨广带着众人站立在二楼甲板上，看着船头乘风踏浪，举目远眺，心旷神怡，他不由得感慨道："纵观天下，饱览江河。踏浪而行当如此舟！为吾所为，由此人生。乘风破浪，我欲何求？"然后，杨广转过头来问道："王老伯，我们来到江陵后一直不得

第三十章　长江览胜贵儿诉情，空壁留迹治儿誓言

空闲，故而也没能静下心来，听您老讲述这次江南行的沿途状况。如今何不趁此刻大家得闲，既观景又可听您细说江南，岂不是一举多得？不知老伯意下如何？"王老伯捋捋胡须道："老朽按殿下之意，为避南陈京城动乱之态，而设计有选择地乘船前行，既能察看山川河道、寻踪访古，又可领略江南民情民意，为的就是要让殿下能对江南风貌人情有更多的了解。"

杨广插话道："老伯，我们由此沿江东去陈国建康，探病还是吊唁的借口都已成过去，贺新帝上位目前还尚无其实，欲想借公探私就更难以顺理。故我想，我们此行只能借游历或是做生意为名再见机行事了。所以大家得记住，此后别再提'殿下、大人'等称呼，这里只有夫人、管家、公子、小姐、家丁。听明白了没有？"杨广瞥见薛治儿在朝他投着白眼，便又补充道："当然还有师父！"治儿撇了撇嘴，垂下了眼睛。

王老伯会意地点了点头，继续道："我把此去江南的第一站放在了江夏（北岸的汉中、汉阳和南岸武昌的统称）的夏口（武昌），是出于两点考虑：北岸的汉阳、汉中和南岸的夏口是南来北往的中间枢纽，素有'九省通衢'之说，更是历来兵家必争之地。然而，隔江对峙的龟蛇两山，虽互有雄姿却各为异主，不能不让天下人心寒。"杨广又插话道："老伯，有言道合久必分，分久必合。请放心，南北分治的态势必不会长久。"王老伯感慨地道："公子所言，老朽坚信无疑，否则老朽也绝不会揽这等差事。如今的天下也该出一个真龙天子来一统乱局了。"接着，王老伯继续道："位于南岸的蛇山，三国期间归属于吴国，吴主孙权在此山巅西端的黄鹤矶头建了一座高十余丈的三层楼台，站在楼台上居高临下可纵览两头江水和四周风云，其本意是当作军事瞭望塔之用，可其后不经意之间竟成了一处观景点。更因民间流传的'道长画鹤于其壁，鹤闻笛声起舞，道长驾鹤而去，留下空壁于此'的故事，而让此楼台成了名闻天下的黄鹤楼胜地，也就成了天下南来北往之客和文人名士慕名必至的去处。故而，我们途经前往，既有凭吊古人、取舍古意的勘察之意，也有一饱眼福以增认知的心愿，真可谓一举多得。"（按语：黄鹤楼至今历时近一千八百余年，虽屡毁屡建，却见证着朝代的更迭、时代的变迁，而且是越建越雄伟壮观，被誉为天下江山第一楼，更引得天下诸多骚客名人墨士填诗留词于此。其中最为著名的有古代的崔颢、李白、贾岛、杨慎、陆游、张居正等。如今这座高五十一点四米，五层，四方八面玲珑雄姿的黄鹤楼更是享誉世界）杨广问道："如此险要佳处，陈军不会没有官兵驻守吧？"王老伯道："老朽曾在三年前到过此处，确有官兵驻守，却是

徒有其表。而守道揽费却成了当地官员的生财之道，此等朝廷舍大贪小，其势必难长久！"杨广有所悟地道："我由此方明白父皇把水军主力不摆在江北的汉中，却要放在上游荆州的用意了，这是为了麻痹陈军，可以顺势而下掌控出击的主动权。"欧阳若兰点头道："公子说得不错。我听陛下对我夫君和杨监史大人曾说过此事。而且杨大人已在宜都奉旨开始建造兵船了。"

长江的水势若以水面流速来分可以划分为三段：上游河道狭窄，水势汹涌，险滩重重，此中以重庆下游的宜都为转折点；宜都东至江州（九江）段为中游，河面逐渐开阔，水势变缓，但却因河道弯头过多而造成滩多水浅、凶险莫测，走货行船，船老大的经验往往是这一段水路安全的保障；江州之东直至江水入海便为下游。水面开阔，水势浩荡，风助水流，浪逐水波，加之两岸人口稠密，作物渐丰，就有了另一派壮观景象，而且沿江所建的座座古都名城比比皆是，如舒州（安庆）、建康（南京）、京口（镇江）、江都（扬州）等，乃属中原大地最为富饶、最多姿多彩之地，成就了历代文人墨客、名人雅士凡经江南必游此地的习俗。

杨广一行经王老伯的安排，在江陵城最好的船老大把舵行船下，顺风顺水地沿江而下，次日便来到了夏口。众人兴致勃勃地弃船爬坡登山，上得蛇山顶，登上了黄鹤楼。面北，西眺长江滔滔而来的浪潮，东看滚滚而去的江水，止不住心潮澎湃；面南，高低不一的山丘，郁郁苍苍的大地，似浓墨淡彩的画卷，又似清秀脱俗的锦缎，让身临其境的人无不各有所叹又各有所惜。欧阳若兰道："此前虽跟父亲到过江夏，却只有浪迹天涯之感，全无观赏山水之意。这应了那句古话：景由心生，物因情润。"杨丽华贪婪地看着前后左右的景色道："我常听人把江南的山水喻为小家碧玉，我也看到过一些名家所画江南的山山水水，却从未能身临其境地看过、领悟过这些真山真水留给我的感受。广弟，欧阳姊，王老伯，感谢你们给了我这个走出宫门的机会，让我真正地感悟到了人生和活生生的自然，我似乎觉得自己对未来又产生了期待。"

欧阳若兰见朱贵儿眼含泪水低头不语，便关切地走近前去问道："贵儿姑娘，你何不把此刻的感触也说出来，让大家与你共享共担？"朱贵儿突然走至杨广和杨丽华跟前，双膝跪地，含着泪道："殿下和公主替贵儿除了仇人，又救贵儿出了地狱，大家更是把贵儿当作家人相待，此中的大恩大德贵儿没齿难忘。然而，贵儿的真正身世，却并非如崔弘坤所说的那样。如今，贵儿随着各位恩人踏上故地，重返故乡，未免触景生情。贵儿在此先向大家谢过，然后，再把贵儿的真实身世和前前后后的

第三十章　长江览胜贵儿诉情，空壁留迹治儿誓言

遭遇告诉大家，既可让大家知道贵儿的来历，也可了却贵儿的一桩心事。至于此后的去留，全凭殿下和公主、欧阳大人决断。"杨丽华急忙上前扶起朱贵儿，道："你在生死之间有功于我们大家。如今，我们以姐妹相称，就更没有必要行此大礼。"杨广道："二姐说的对，我们同舟共济，不必再分你我。但我很有兴趣听你说说你的身世，然而此处却不是说话之地。我们等一会回到船上去，再听你细说此事，岂不更好吗？"朱贵儿点头默认。杨广偶尔回头却没见到一直不离左右的薛治儿，不免有些奇怪，他调头问欧阳若兰，道："欧阳婶，治儿姑娘呢？"欧阳若兰也急忙四处寻找着道："我刚才还看到她在这里的。"王老伯道："她刚才在问我，仙人道长乘鹤飞去的故事。她莫不会是去下面酒坊跟踪寻缘了吧？"杨广道："你们在此继续观赏吧，我下去看看。"说罢转身走向楼梯。

据传这座瞭望楼台还未扬名之前，在它的近旁，有一座小酒坊。开此酒坊的辛氏夫妇俩带着一个小孩，既卖自酿的米酒，也卖些自制当地的下酒菜和食点。夫妇俩虽然生意清淡、生计清贫，却是节俭勤快，而且乐善好施、为人厚道，故人缘口碑一直都不错。一日傍晚，风雪交加，蛇山之巅不见人影，辛氏小酒坊更是无人问津。正在这时，门外进来了一位步履艰难、衣衫破烂、污垢满面的老道士，谁知老道士不及就座便已趴地不起。夫妇俩见状便急忙上前把老道士抬至炕上，女的添柴火烧炕，男的揣水擦身，一阵忙乱之后，老道士渐渐苏醒，便向夫妇俩讨吃的。于是女的开锅煮饭，男的温酒整菜，夫妇俩一切准备就绪，便邀老道士上座饮酒用餐。老道士蜡黄着脸二话不说，入座后便斟酒举筷大口吃喝了起来，一会便酒尽碗空。老道士抹去了嘴上残留的饭粒，起身道："贫道浪迹天涯，不仅饥寒交困且身无分文，却得两位施主悉心救援后又施以酒食，贫道对尔此等功德若不报，实在有点过意不去。为此，贫道为表一片情意，就留下一信物于尔，待尔富余之后贫道再来取回。"老道士言罢，便从屋外捧来一把黄土，放在碗里和上水，用手指蘸着碗中的黄泥浆，在室内的空壁上画了起来。不一会，一只栩栩如生、展翅昂首欲飞的黄鹤便出现在了空壁上。老道士倒掉了碗中剩余的黄泥浆，在破道服上擦去了手上的泥痕，对着空壁上的黄鹤招了招手道："后会有期，贫道去也！"谁知说来也奇怪，空壁上的黄鹤竟然展翅舞蹈着，冲着老道士伸颈长鸣了三声，老道士不留踪迹地走了，可画鹤闻声会舞、闻笛会鸣的事实，却令人信服，传遍了大江南北。从此后，蛇山顶上的黄鹤楼便名贯天下，在人间传承着中华民族知恩图报的美德，这辛氏小酒坊更成了一块宝地。此后，小酒坊逐渐变成了大饭庄，夫妇俩也发了。但不知何年

何月，老道士果然又故地重返，他要兑现许下的诺言，在酒干饭饱之后，把画鹤从空壁上招了下来，然后在一阵笛鸣声中跨鹤离去，仅遗下了一段鹤去壁空，令人惋惜缅怀的遐想，却也给此后的文人墨客留下了各取所需、无穷无尽的取题素材，源远流长，滋润着一代又一代华夏民众的情感。

薛治儿是被仙人道长乘鹤归去的故事勾起了心事，她趁人不注意，独自来到了这个传说中的小酒坊。小酒坊的门面已荡然无存，但似乎是为了证实这个小酒坊确实曾经存在过，那道鹤去壁空的遗址却还保留着。薛治儿抱剑驻足在这道陈旧的空壁前，心头阵阵惆怅：自从遵师命来到崔府后，她觉得投师叔打擂树威、助晋王辨奸邪、遇师姑除恶人这桩桩件件的经历，似乎全都在印证着师父的预言。那么这一切是否就是如师父所说的，是她下山所要了断的那段世俗情缘呢？如果确实如此，那么她的这段情缘想必已了，接下去的路又该如何去走，她的家仇又该如何去报呢？师父说，她的家仇便是国恨，对此她无法理解。师父又说，此仇会有人替她去报的，那这个人会是谁呢？他会不会就是晋王殿下？薛治儿不能不感到迷茫。因为这些时日与晋王相处下来，她内心深处总有一种朦胧的感觉，似乎觉得她的未来会与这个晋王有着割舍不去的牵连。但是她又说不出来，这种割舍不去的牵连是出于报家仇，还是她终身的情感归宿？薛治儿想到自己这终身大事更感到了茫然而若有所失。她对晋王的感觉不是不好：少年英俊，气宇轩昂，敢说敢为，疾恶如仇，亲切近人，尤其是像他这般有着高贵身份的人，待她竟能如此温柔体贴，不能不让她感到心动而有所浮想联翩。然而，她又不能不自惭形秽，她自己除了这一身武功之外，要貌无貌，要姿没姿，她甚至是个连家也没有的女孩，更别说家境身份了。就算晋王不嫌弃她的这一切，晋王的父皇母后又会怎样呢？皇家门庭岂是那么好进的？有话说婚姻大事，靠的是父母之命，媒妁之言，可她什么都没有。师傅不在身边，况且他也不会管这事。而刚认的欧阳师姑，似乎又不太喜欢她，她又怎么可以开口让师姑去替她牵线保媒，别说她说不出口，而且万一被人知晓，她还有何颜面在人前露脸。

"治儿，怎么一人站在空壁面前发呆呀？"晋王杨广悦耳的声音在薛治儿身后响起。薛治儿一阵心跳脸红，赶紧回过头来，果然见到晋王杨广站在她身后，在看着空壁问话。薛治儿在杨广跟前没有气馁的感觉，她此刻的脸红心跳，则是怕自己的心思被杨广察觉而生。故她略一镇定，即回复了常态，道："你，不是也在看着这空壁发呆吗？"杨广被薛治儿问住了。于是只能看着薛治儿身穿的紫色绸缎新衣，

第三十章　长江览胜贵儿诉情，空壁留迹治儿誓言

无话找话地道："治儿，这套衣衫穿在你身上恰到好处，真的太漂亮了！"

薛治儿的脸又腾地一下红了。这套紫色绸缎新衣就是晋王杨广替她挑选，又逼迫她穿上的。薛治儿从未穿过如此艳丽的衣服，初穿时不仅感到别扭，而且浑身感到不自在。脱下厚重的道袍，换上如此轻柔的衣衫，好似光着身子那样不敢见人也不敢被人看见。贵儿替她梳理了长发，又替她薄施脂粉，然后把她引到铜镜前照看，让她看到了自己焕然一新的容颜，而吃惊得说不出话来。微黑的肤色在紫罗兰色衣衫的陪衬下，让她变得端庄秀丽而文静；漆黑的长发披在肩上增添着一个女孩家的妩媚；清秀俊俏的五官，一双黑白分明的大眼显得更是特别的明亮；以前被道袍裹住的身躯，如今在一条紫红腰带和合体且又柔薄的衣衫勾勒下，展现出了一个少女所特有的线条美。薛治儿心慌意乱，羞红着脸，手足无措地呆立在铜镜前，若不是贵儿的婉言说教，把她引领到众人面前，她恐怕是一步也不敢迈出房去的，更不知道今后该怎么办才好。然而，又是晋王杨广在看了她的换装新容后，第一个拍手叫好，才让她有了自信，才敢在人面前挺直了身躯，而逐步适应了起来。她甚至还在心底里暗暗地感激着晋王杨广，没有他，她还不知道自己还有这等令众人赞美的姿色。此刻，她见晋王又要拿她的衣衫说事，脸上更是变得火辣辣的通红起来，她恨恨地盯了杨广一眼，噘着小嘴道："都是你，尽说些做些让我不自在的事。"杨广哈哈一笑，道："有吗？那你说，还让我做些什么事，说些什么话，才能让你更不自在，或是更高兴？"薛治儿毫不犹豫地道："我要你替我报家仇，雪国恨！"杨广不由得一愣，随即道："哟！让我给你报家仇雪国恨？此事可太大了，我怕自己未必有这个能力承担。但你可否把此中的仇恨来历告诉我，或许我能替你想出些报仇雪恨的办法也未可知。"薛治儿盯视着杨广认真地道："我的直觉告诉我，你是不会让我失望的。"杨广也认真地道："你既然如此信得过我，那你就把家仇国恨原原本本地说给我听，然后我才能决定是否有能力帮得上你的忙。"

薛治儿沉默了一阵，才缓缓地把从帅父那里听到的、有关自己的身世家事逐一诉说给了杨广听，最后又道："我不知道该怎么去弄明白师父所说的，我的家仇也是国恨这句话。师父又说，我的这个家仇国恨有人会替我去报的。所以我在想，这个人会不会就是你？"杨广认真地听完了薛治儿的诉说后道："我对你师父所说的家仇国恨是这样理解的：你父亲薛礼尽忠的是陈国太子陈伯宗，而不是谋夺太子皇位的他的叔父安成王陈顼。而且你父母为了效忠于已被剥夺了皇位的太子，宁可隐姓埋名入山砍樵采药度生，却不愿入朝为官，足可以显现出你父亲是个忠勇之臣。但

历朝历代的朝政都是血腥的，陈顼夺得皇位后，为了巩固他的朝政统治，便把太子和忠于太子的人都视为了是他朝廷的隐患，这才有了后面太子一家人被追杀灭门的惨烈遭遇。你父亲为保太子的遗子骨肉而以死相拼，也就牵连到了你父母被害，让你成了无家可归的孤儿。所以说，你的家仇便是国恨，而且是先有国恨才有家仇，国恨乃是陈顼不择手段谋夺太子皇位之恨，家仇却是因你父不事二君的忠勇之举而被诛杀之仇，然而这国恨家仇又同时归结在了一人身上，此人便是南陈的国君陈顼。"薛治儿握剑在手，愤愤地道："为君不正，害我父母，我必杀陈顼！"杨广悻悻地道："陈顼不用你去杀，他已无福受你这一剑了。"薛治儿惊愕地问道："此话怎讲？难道我不该去杀他吗！"杨广道："不是！因为他已作古，你难道要像春秋伍子胥那样开棺鞭尸吗？"薛治儿不以为然地道："我才不管呢！此仇不报枉为人子！"杨广认真地道："我并非是不赞同你替父报仇。我们这次南下，除了去梁廷相亲之外，其主要的目的还是南下陈国。我们以探望南陈国君陈顼之病为借口，踩点察看陈国朝政，以谋灭陈统一天下为大计。谁知，我们还没踏上南陈的国土，陈顼就撒手西归了。我们不得不改探病为吊唁。可是又谁知，陈顼谋害太子夺取皇位的史实，演变在他的儿子们身上。陈顼的第二个儿子始兴王陈叔陵，趁乱谋刺太子陈叔宝欲夺皇位不成，而反出宫廷另立朝堂。太子陈叔宝受伤病卧在床，陈顼第五个儿子长沙王陈叔坚率兵助太子攻杀始兴王陈叔陵，形成了如今南陈朝政的动乱、民心不稳的势态。我们这次趁其君臣动乱朝政不稳而南下陈国，既有趁乱而入探究其朝堂之虚实，也更有从中去窥视南陈君臣的向叛之心，为此后灭陈做好铺垫。治儿，你现在该明白了吧！我们此行南下，可不是尽为了游山玩水，却是肩负着一统天下的使命哪！"薛治儿若有所悟，但却仍然按着自己的思路固执地道："我管不了什么天下的使命，我只管要报自己的家仇国恨。我一定得把这个陈国给灭了，让陈顼的儿子来替我父母偿命。"杨广觉得好笑，这个女孩子怎会连这么简明的因果关系也不明白，甚至简直是有点一根筋。然而，杨广从中却感悟出了薛治儿的单纯、执着和可人之处。于是他忍住笑，认真地道："应该，应该！这个家仇国恨一定得报。但是，偌大一个国家，你一个人怎么去灭呢？再说，陈顼已经死了，他有那么多儿女，你该不会让他们全来顶罪吧？"薛治儿却爽爽朗朗地道："我不是还有你吗？你背后还有你父皇、母后，整个大隋朝廷，何愁灭不了这个小小的陈国。至于陈顼的儿女们，凡参与他父亲害人的绝不饶恕，其余无辜的也绝不株连。"杨广没想到薛治儿会有如此的意识和理念，他觉得自己是小瞧她了。于是用带着玩笑的口气道："你凭什

第三十章　长江览胜贵儿诉情，空壁留迹治儿誓言

么说我一定会帮你呀？再说我也做不了我父皇和母后的主。我更不知道，我父皇会什么时候去灭陈。"薛治儿毫不迟疑地道："这不是明摆着的吗！你不是说我们是先行！先行之后，灭陈也就是迟早的事了。至于，你为什么要帮我，因为我也可以帮你呀！而且我还可以承诺：你助我报仇雪恨之日，便是我自愿嫁给你之时。只要你愿意，我绝不食言！"

"什么绝不食言呀？"杨丽华的声音在他俩背后的门口响起。薛治儿脱口而出的心事冷不防被人听到，不由得脸红耳赤，一阵燥热浑身不自在起来，她恨不能立即找个地方躲起来。杨广正在品味着薛治儿的这番话，杨广感动了，一个如此明事理的女孩，怎么能笑她是一根筋呢！恰恰相反，由此却更证明了她内心的纯洁、理智、善良和恩怨分明。杨广盯视着薛治儿那张因满面通红而似桃花盛开显得无比娇美的脸，想着她那句"自愿嫁给他"的许诺，杨广心动了。杨广至此方才觉得，这个女孩有着旁人没有的气质和坦诚，他由此也感到了惶恐不安。

杨丽华在朱贵儿的陪伴下上来，看着两人道："哟！你们这是怎么啦？一个脸似桃花，一个局促不安！该不会是在这里背着人说悄悄话吧？"杨广看了薛治儿一眼，掩饰着道："我们在面壁思古。我觉得这个道长也有些小家子气，既然留鹤在壁，又何必还要招鹤离去呢？既予之，又夺之，说小家子气是客气的，说是夺众人之美也不为过。古代就有人云：不以己不需而施之于人，也不以己需而夺之于人，否则便是小人！"

杨丽华瞧着羞红着脸低头不语的薛治儿，故意道："治儿姑娘，这段古人云，我可从来没有听说过。他刚才正是这么对你说的吗？"薛治儿可没有杨广那么会掩饰，可又不知道该怎么回答杨丽华的问话，故而只能垂首摇头不语。杨丽华见此，便会意地道："喔！我明白了。但此刻天色已不早，我们还是回船去细说吧！免得当众尴尬。"

第三十一章
晨观日出欧阳有情，智探石矶晋王有意

中华的造船业始于春秋战国，扬于隋唐，盛于明。其中，隋朝的造桥和造船建造技能堪称一流。隋朝匠人李春设计建造的赵州单孔大弧卷安济石桥，被后人誉为天下第一桥；兵部监史令上柱国大将军杨素督造的五牙战舰，上起楼五层，长百余尺，可容八百兵将，前后左右置六拍竿用以攻击敌船，令敌船防不胜防、望而生畏，南陈水军在其面前不堪一击，堪称人间第一舰；之后隋帝杨广，根据宇文恺和何稠的设计，更是造出了前所未有的巨型龙舟，上起楼四层，高达九十尺，宽三十尺，长二百尺。上层有正殿、内殿、东西朝堂，中间有一百二十间房，下层住宦官侍卫、设御厨，后仓饲马匹，把朝廷都搬上了船。如此气势和规模堪称当时世界之最，这全得益于中华早已领先世界的前瞻理念和制造技术。若与欧美十六世纪（公元1500年）最早出现的舰船相比，无论是意识理念、工艺技术，还是造型势态，他们都望尘莫及。

杨广对这条崔弘坤家最大的商客两用船很是满意，它不仅宽敞、整洁、靓丽、气势不凡，在船上行走如履平地，途中可行可卧，不仅不觉劳累，更是远比骑马坐车要舒适得多。船上还配有厨房厨师，可以边饮茶喝酒边观赏两岸风光，让人有一种人在画中之感。而且在宽阔的江面上撑起三竿风帆，行驶平稳速度快，连快马都赶不上它。

南方夏日的早晨，东方早早地发生了变化，尤其是从宽阔的江面去看天水一线的东方，此时的变幻多彩令人着迷。缕缕青光透过夜幕和晨星展现在天水线上，晨星渐渐变弱，黑幕慢慢地褪去，天际从青光中泛出了白色，然后又在白色中染上了粉红，继而粉红色的天空又被万道红霞替代。于是，一轮初醒的骄阳探出了额头，羞红着脸伸颈抬头，把一张红彤彤的面孔缓缓地托露出江水，越来越大、越大越圆，媚态十足。突然，骄阳拉下了盖在她脸上的红布巾，闪着耀眼的光芒跃上了江面，完成了她华丽的变身，从初醒到苏醒，从娇憨到光焰万丈，让天下万物感受到的不

第三十一章　晨观日出欧阳有情，智探石矶晋王有意

仅是它的妩媚可人，更是靓丽和热量。

商船为赶潮流早早地起航了。欧阳若兰在厨房舱里安排好了要为大家准备的早餐后，走上顶楼的甲板，她想看看这江面上久违的朝阳是否还是绚丽多彩的原样。可是她没想到，晋王杨广早已登上了这船上最高的甲板，正全神贯注地盯视着前方江面，看着那轮正在吞云破雾、冉冉跃升的红日，全然没有注意到身后有人临近。

欧阳若兰通过这段时日与杨广的相处，对他已有了更多的了解。她觉得这位二殿下，与他的几个兄弟姐妹都不同，不仅年少却城府深、谋略多，办事思路清晰，而且敢作敢为，毫不扭捏，大有少年大丈夫的气概。由此，欧阳若兰情不自禁地想起了，杨坚在尚未登基称帝前，曾背着其妻独孤伽罗在私下里，让她对他的几个儿子作的评述。她知道，这是杨坚对她的信任，更是杨坚想通过旁观者去给他的儿子们做些客观的评判。当时她出于对杨坚的感恩，也凭着对杨家这一家人的了解，便无所顾忌地逐一做了陈述。欧阳若兰记得，她对杨坚长子杨勇的评说是：有勇无谋，不雕琢难成大器。对二子杨广的评说是：文可雕龙，武难定邦。对三子杨俊的评说是：忠厚有余，才能不济。对四子杨秀的评说是：气宇不浊，难甘居人之下。对五子杨谅的评说是：胸怀不宽，性情多变。然而此刻，欧阳若兰发觉自己对晋王杨广的评说，似乎有些不妥。因为她发现而且感悟到，杨广的文韬武略足以弥补他表面上武功的薄弱，而且他的心胸之大、目光之远，绝非是他的其他几个兄弟所能比拟的，更不是一般人能拥有的。甚至是像郑芥这样的谋略高手，也不得不在他面前有所顾忌，而只能顺其为之。同时，欧阳若兰还感到匪夷所思，在杨广的身上似乎有着一股独特的魅力，凡是接近过他的女孩，也包括她自己在内，都会被他吸引，会处心积虑地去维护他，心甘情愿地去听从他的安排，甚至愿意去为他付出一切。此中最为令人惊叹的是，这萍水相逢且都身怀才技的两个女孩——薛治儿和朱贵儿，竟然都愿意为他去背叛、去赴汤蹈火，成为他最忠贞不贰的追随者。欧阳若兰实在无法理解其中的因果关系，她呆呆地站立在杨广的身后，看着在旭日东升光辉照耀下的杨广背影，不由得在心里感叹着、沉思着。

杨广似乎感受到了身后有人的气息，他回过头来见到欧阳若兰站在他身后，急忙转身歉意地道："欧阳婶，这么早您就起来了！离京后，您是我们中最担责、最辛苦的一个人，让我真不知该怎样感谢您才好！"这短短几句亲切的感恩话语，让欧阳若兰感到宽慰和暖心。她不得不在心底里说，这小子的嘴比他父亲要甜得多了。欧阳若兰上前一步，亲切地道："我年幼时随父亲在大江上看过日出，景色给我

的感觉虽相差无几，可情趣和感受却截然不同，所以让我真正感悟到了什么叫情景相融。"杨广转过了身，迎着骄阳也感触地道："我看了今天这日出，觉得南方的日出似乎要比北方的日出多了许多诗情画意。你看这初升的旭阳喷薄而出，漂浮在水面上，染红了粼粼波浪，映照着两岸朦朦胧胧的乡村、山丘、树木、原野，水雾如纱，随风时展时散，让人入迷，这是一幅多么美妙绝伦的图画呀！可惜，我不是一位丹青手，不能把此时的景色融合在书画中，让没有看到过此景的人也能感受我的情怀。"

欧阳若兰突然想起了什么，道："昨晚，朱贵儿在说她的身世遭遇时，不是说过，她是南陈这夏口太守的千金独女，祖父辈都出身于书香门第。她自小就秉承了父辈的心得，琴棋书画一点即通，幼年便被选为乡间的文曲童星而名贯一时吗？何不去把她叫来，让她把此景变成一幅丹青永留后世，既了却你的心愿，也可让她留名，岂不是一举两得！"杨广略一沉思道："算了，让她多睡一会吧！听了她的身世遭遇，谁能不替她感到难受。这个崔弘坤竟然如此卑鄙无耻，为了图谋她家的财产，竟然设下借南北官商合作做生意为名，倒买倒卖双方朝廷都禁运的盐铁，又指使他人告发她父亲为官通敌，把她们一家几十口陷害入狱，却又充作好人去出面疏通官府，但仅保释了她与其母亲出狱，而其他人都在狱中被处以极刑。而后不仅伙同陈国高官侵吞了她家的所有资财，还霸占杀害了她的娘，甚至还想娶她为妾。若不是有人因仇恨崔弘坤，而把此中的实情告诉了她，贵儿至今都还会被蒙在鼓里。这个崔弘坤口蜜腹剑，简直是畜生不如，二姐给崔弘坤的这一刀，我砸他的这一瓶，也太便宜他了。"

欧阳若兰突然又想起了什么似的道："你在崔府，要娶朱贵儿为妃，还准备当晚成亲，是当真的吗？可为何至今却又不提了呢？"杨广迟疑了一下道："我当时所言，仅是把此事当作了一种应变的手段，认为这反正是崔弘坤的家事，因此根本没把此事放在心上。但昨晚听了朱贵儿的哭诉，我踌躇了。我若不把这当众宣布的事去认真对待，必将会给朱贵儿这么一个好女孩造成伤害。但是，若按我当时为应付事端而当众宣布的话去办，难免有点违心，却是对贵儿的不公，也无法向父皇母后去交代，甚至还会授人以我有乘人之危的口实。为此我只能闭口不言，让时间去冲淡此事，或者等我找出应对之策后再去面对。所以，我不敢提此事，大有左右为难的尴尬。"欧阳若兰点着头道："我明白了。你既没有娶她的真实意愿，却又不想让贵儿姑娘受到伤害，而去违心办事，你的此情此意确是难能可贵。放心吧！我会替你从中去周全，但愿能让你们都感到满意。"杨广感激地道："谢谢欧阳姊！"接着杨广又道："离开江陵时，郑大人从崔弘坤的金库中，给足了我们途中所有的开支，还给了一笔打点用的专款供急用，往后，您就不必再省吃俭用担忧钱不够用了。"欧阳若兰道："公子，此话差矣！郑大人所说的'穷家富路'没错。他为此替我们多备了许多银子供我们路上使用，这是他的好意。我当然也知道，崔弘坤家那么多的赃银赃物是我们此行的意外所获，用去这么一丁点，不及他金库里的一根毛，确实也算不得什么。但是，我们不能因此而大手大脚地去花钱，尤其是不该把钱去花在那些毫无益处的地方。你父皇对我们常说，隋廷并不富裕，民间还有许多衣不蔽体、食不果腹的人在。我们当官的一定要常想到他们的困苦，不该浪费的不能浪费，更不该荒淫奢侈。你母后虽身为国母，却还是像从前那样在兢兢业业地把持着后宫，连使唤宫女也都要精打细算，有如此的帝皇帝后，怎能不让我们敬佩。所以我们这一路上还得节俭着用，尤其是那笔贿赂官员的钱，不该用就不能用。"杨广感叹地道："难怪您是父皇和母后所看重的人，您把他们的精华都学到骨子里了。父皇调任您为户部度支，真是人尽其用！"

"好呀，你们在此看日出，也不叫我们一声。"杨丽华在朱贵儿的陪同下走上了甲板。杨丽华看到太阳已经跃出了水面，江面的波浪因白亮的阳光照射，而变成了闪烁的鱼鳞状，不由得紧走几步来至杨广身旁，挽住了杨广的手臂惊叹地道："我曾随宣帝宇文赟到过黄河，看到过黄河上的日出，可是给我的印象是混沌一片，哪有这般壮观！这次我若不随你出来，还待在深宫，何能见到一路上如此之多的美景？"

杨广应声道："二姐，我也正在想，在朝堂和深宫忙忙碌碌的父皇母后，虽然一个尊为天子，一个贵为国母，却难得有我等这么自由之身，更难得见到在他们治下的江山有多么之美。我不能不由此而感叹，有至高无上的权势不一定都是好事，是否也在应验着有得必有失？"

杨丽华有所感触地问道："若你是他们，你会怎么办？"杨广脱口而道："自己解脱自己呗！我不会像他们那样把自己束缚在宫内。自古就有，读万卷书不如行万里路嘛！我会走出宫殿去四处巡游，踏遍国土疆涯去察看民情、了解民意，我还会览尽天下美景、去品尝天下美食、我要做一个自由自在明白人间事理的帝王。同时，我也会让在我身边的人随我同行同乐，皆大欢喜嘛！"杨丽华深情地看着杨广道："能当你这样男孩的皇妃，不枉为人一世。"

欧阳若兰的心突然一动,她看着跟前这对情深义重的姐弟俩,又转眼看了看身旁表情落寞却凝重的朱贵儿,觉得自己在此似乎是多余的。于是,欧阳若兰转过身想悄悄离去。谁知,杨广突然回过头来道:"欧阳姊,我若做皇帝,你愿不愿意做我的大总管?替我管家理财,助我当个像父皇那样的好皇帝。"欧阳若兰的心头一阵感动、一阵热乎,她不知道该怎样来表述自己的心思,但她知道,此刻不便再留在此,万一这姐弟俩还要说些什么其他话,她会感到左右为难的。于是,欧阳若兰委婉地道:"我要去下面看看,早餐准备得怎样了?你们在一起别只顾了一时说话的顺畅,而忘了早晨是不宜在这冷风湿雾江面上久站的。"说罢拉住朱贵儿匆匆离去。

杨广一行看了江景,游览了蛇山和夏口,了解了民心思安的意愿,也察看到了夏口官府的政况,还得知了建康城内陈国朝廷的实情:太子被始兴王行刺受伤,而不能登基行使皇权;长沙王则借助替太子匡政为名,趁势起兵追杀始兴王及其同伙;长沙王又为了扩充自己的势力,培植自己的亲信,在朝里朝外清除异己,大有架空太子篡位的意图。为此,南陈国内传言四起,各方势力争斗不休,政局动荡不宁。

杨广一行的商船行至江州(九江)地界,被从江州逃出来的人告知,城内兵匪作乱,见物就抢,见人就杀,城内人几乎已经逃尽,并劝告他们千万不能自投罗网去遭受乱兵恶匪的欺凌杀戮。为此,在欧阳若兰和王老伯的力主之下,商船不再停靠江州,直接沿江而下,再择机上岸。

江南的地面多河道,春夏季天上多雨水,随着季节气温逐步升高,空气湿润,热气日升夜降,形成了晨凉多雾的常态。尤其是在山谷下、江面上,这雾气浓郁时便会形成一片白茫茫的景象,一丈开外看不到对面的人影。这不仅是大自然的一种赋予,又是一种南方特有的景色奇观。雾气凝成的露水滋润着农田的作物和花花草草,而雾气形成的屏障却让车船行人不敢贸然行走。然而,雾里看花、花更艳的意识,让朦朦胧胧的景物会产生出别具一格的奇特之美。确实,山有山景,水有水观,晴有晴爽,雨有雨美,人在其中的情趣更有一番独特的感受。当商船遇上天气晴朗、视野开阔、顺风顺水时,船老大便会张开风帆一路疾驰,让船上的人有一种两岸景物一掠而过,身似飞鹭踏水而行的感觉;当商船遇上阴雨天气,江面烟雨蒙蒙,逆风顺水时,船老大便会落帆降速慢慢行驶,让船上的人有一种无精打采,无心观景,甚至是有点郁闷的感受;当商船遇上了雾浓的天气,船老大便会视雾浓淡的状态或抛锚息船停驶,或是在船杆上点上一盏红灯顺流缓缓漂行在江心,还会派出伙计站

第三十一章　晨观日出欧阳有情，智探石矶晋王有意

立在船首、船尾，不时地（一般间隔1—2分钟）朝着雾气朦胧的江面拉长着嗓音高声喊叫"开道"：以防迎面有船驶来相撞，"殿后"：以阻后面有船追尾。而此刻身在船上人的心情倒是另有一番滋味。人若站立在船头向前观望，船在乳色朦胧的江面上缓缓漂行，犹如置身在天上的云端里穿行，其乐无穷，而阵阵带着水腥味的雾气迎面扑来既醒脑又清肺；沿着船舷向后看，只见船身在云雾中荡漾难以看清其全尾，大有神龙见首不见尾之感，而且那一声声断断续续的吆喝声，犹如天庭传出的回音，荡魂摄魄地震撼着四周，既似有形又无形，梦幻仙境般的感受让人久久难释其怀，此中的回味一生难忘。

商船一路沿江东去，快快慢慢、走走停停，好在坐船的人也不急着赶时间，故而也就没有急躁烦恼的情绪。这天商船又赶了个早潮，刚过戌时，南岸旁的远处出现了一道郁郁葱葱形似马鞍的山岗，北岸则是绝壁连峰、高低不一的山岩，而在前方远处的江面上却出现了一座孤突的峭壁山头，横在江心挡住了主流航道，滔滔东流的江水在此山跟前不得不分成南北两股，绕其山脚而过再继续东下。正在船头与杨广众人观赏沿岸景色的王老伯道："我们已到建康地界了，右手前方那道形似马鞍的山岗，即是被人喻为此处的天门山（马鞍山）。前面那座耸立在江面上的峭壁山头，就是此江上有名的牛渚矶（采石矶）。"

杨广惊叹地道："三大名矶（岳阳城陵矶、南京燕子矶、马鞍山采石矶）之首的牛渚矶原来是这样的呀！固如磐石般地耸立于江畔，扼守着江面上来往的船只，确是建康西方江面上的一道屏障，若从上游而下要攻占建康，必须先得拿下此要冲。"王老伯感慨地道："看来公子是有备而来呀！真是志高不在年少。不知公子还知道些什么？说出来也让老朽饱饱耳福。"杨广谦逊地道："我知道的也不多，仅是在离京前做了些功课，查了些此行可能会经过要去的地方和一些相关的记事书籍，才略知了其中的一二。"杨丽华道："广弟，你就别卖关子了，说出来让大家多长长见识，不也是一件好事吗？"杨广略一思索便道："牛渚矶的得名始见于三国东吴时期，因此处曾产五彩石而得名。然而此山形又似浮在江面上的一只蜗牛，有'金牛出渚'之说，故而谓之牛渚矶。据传秦始皇东巡会稽、道丹阳、至钱塘，曾乘船通过此渚矶。东汉兴平二年（公元195年），孙策渡江攻占了刘繇在此的牛渚营地，掀去了刘繇拒北之兵的屏障，然后才挥兵进取，获得刘繇的粮谷战具无数，初定了东吴的立国地盘。此后，孙权尚未称帝之前，便使大将军孙瑜在此地屯兵立寨，握住了大江东西道的要冲，保障着孙权在建康建都的安全，起到了能北拒曹魏、西阻刘蜀的功

效。而乌程侯孙皓继位后，率兵伐晋，便是从这里举兵逆水而上，出其不意地袭敌大获全胜而归。从此牛渚矶在军事上便成了兵家必争之地。西晋咸宁五年，晋伐吴，遭吴将王浑拒于此石矶。永嘉元年，陈敏据建业（建康），令其弟陈宏镇守牛渚矶，以拒扬州刺史刘机。永和三年，穆帝司马聃派名将谢尚据守石矶，保得其十年帝位安稳。隆安二年，晋王司马尚大败历阳反叛豫州刺史庾楷于牛渚矶。宋元嘉二十七年，北魏武帝拓跋焘率兵南犯，宋军于此牛渚矶至暨阳陈舰列营六百余里，吓退北魏来犯之敌。梁主萧衍于普通六年，在此石矶置南津校尉，太清元年侯景作乱攻历阳，大将羊侃请率二千人进驻石矶，以固石矶水军防地，梁主萧衍不允，结果牛渚矶被侯景攻陷，建康震骇，梁主悔之已晚，其后建康城被攻占，城郭几乎被毁尽，萧衍被饿死宫殿。永定元年，梁将陈霸先夺得皇位，在建康建国号为陈，不服陈霸先的梁将齐谯和刺史徐嗣徽欲夺建康，领兵偷袭牛渚矶，结果兵败而亡。由此可见，此处牛渚矶在历朝历代帝王争霸中的地位可谓是举足轻重了。你们看牛渚矶突兀江畔、绝壁凌空，扼据大江要冲、水流湍急、地势险要，确有中流砥柱的形态。若要征讨收服南陈，必要先夺取建康，而要占得建康，必须先得拿下此牛渚矶。"王老伯忍不住拍手道："好一段精彩纷呈、借古论今的战略说辞。公子啊！你真令老夫钦佩至极，古有英雄出少年，此话应在你的身上一点也不为过。看来亡陈之国非是你们隋朝君臣了。"

商船距牛渚矶尚有两箭之遥，众人正在船头说着话，从牛渚矶的东北侧驶出了两条战船，迎着杨广一行的商船像一把剪刀的两刃那样驶来，战船体狭轻巧、船速很快，船杆一面大旗上写着一个"陈"字。杨广注视着战船道："果不出所料，此处他们必会有驻军。"然后杨广又回过头来对众人道："王老伯和我留在此处应对他们的查问，其他人都进舱内不要出来。欧阳婶管住家丁，让他们各司其职、各就其位。"薛治儿手捏着宝剑，不满地看着杨广，既不动身，也不言语。杨广一瞧薛治儿的神态，马上明白了，他立即笑着道："我忘了，治儿姑娘就留在甲板上，以应我们的不测之需。"薛治儿这才神态松弛地站到了一边。

两条陈国的战船一左一右地驶近了商船，战船上兵列船沿、剑拔弩张，各船有一名将士站立在船头，挥动拿在手中的令旗，喝令商船抛锚停船接受检查。一个将官指挥战船贴近商船，抛出缆钩让小船牵住了大船。商船与战船的体形相比，不仅是高出了数丈，而且还足足长了其半个船身，两船邻近相待犹如是一个巨汉旁边贴着个小孩那样地相形见绌。战船上挥旗的士官只能仰头对着站立在船沿旁的一老一

第三十一章 晨观日出欧阳有情，智探石矶晋王有意

少高声喊话道："我们是江防督守营的巡查舰，下面要问你们的话，必须老实回复，如有不实假话必将受到严处。你们这船来自何地，要前往何处？"王老伯垂首高声答道："我们来自夏口，欲往京城建康。"士官道："去京城何干，船上载有何物？可有军械兵器违禁货物？"王老伯道："我们欲去京城进货。你们也该看得出来，船舱是空的，更不会藏运兵器与违禁货物。不信你们可以上来瞧瞧。"士官跟身后的将官商讨了几句，又道："你们船上有没有北方来的细作？若有，就把他们交给我们。否则一旦查出，你们可是死罪。"杨广笑着道："这位军爷说的话有些可笑。我就是北方人，现在去南方做生意，是北方人难道就一定是细作吗？这未免有点牵强吧！"

可能是战船上的将官，见答话的一老一少没有可疑之处，不该是他们要重点盘查的对象，同时觉得士官的问话也有些不妥，于是便带着歉意道："我们这也是例行公事，请你们见谅了。但是，我也不得不告诉你们，此刻去建康，你们真不是时候。虽说新帝已上位，但朝中还是不太平。若是依我之见，你们掉头回去吧。万一遭遇不测，悔之晚矣！"

杨广一愣，急忙问道："新帝是谁，是何时上位的，朝中为何还不太平？"

将军道："太子是在前天上的位。若让别人当新帝，这个天下会更乱，京城会更不太平，你们商家也就别想能安稳做生意了。"杨广若有所思地道："你为何会如此之说，底下人都拥戴太子即位吗？难道除了始兴王，还有其他人也想当皇帝？"将官产生了疑问，道："你们打探这些干啥！不会是另有企图？唔，你们该不会是刺杀太子的叛贼始兴王的人吧！"杨广急于想知道京城的现状，便拱手道："请问将军，建康城内现在到底怎么样了，朝中的内斗还未结束，京城还是传说中的那般凶险？"

王老伯见将官神态有异，急忙摇着手道："官爷言重了。我们打探这些全是为生计所迫，官家争斗与我们小民何涉？但是，饭得吃，衣还得穿，生意又不能不做。官家之乱遭殃的必是我们商家小民，是吗！因此，弄清朝廷之变出于无奈，实属生意之需。力望官爷见谅！"将官闻言觉得在理，便道："我想日前京城内也好不了多少，兵匪之乱还未肃净。因为掌实权的不是新帝太子，而是他的弟弟长沙王。"杨广追问道："长沙王不是支持太子的吗？怎么也有篡位之意？"

将官见问话的少年文质彬彬，一脸书生的随和气息，也就放松了警惕，更有点故意卖弄文才的心态道："要说这次京城之乱，起于始兴王刺杀太子、长沙王护驾，本是宫廷内斗。可是，长沙王故意放纵始兴王逃出宫外另立山头，把狱中的囚犯放

出来烧杀抢掠搅乱社稷，这便成了名不正言不顺的匪患，让长沙王有了出兵镇压的借口，并趁机借此清除异己，以独揽朝政。没想到却招来了其他亲王和朝臣的抵触，引发了各地的对抗动乱，这便成了兵患。如今，长沙王不得不把太子再捧上帝位，以便借太子之名去平息内乱、安稳朝廷。但是，他却架空了新帝，独掌着朝中的军政大权不放。如此下去，陈国危矣！"

杨广试探着道："看来将军是拥戴新帝，是太子这边的人啦！"将官毫不犹豫地道："我仅是个带兵的小官，我只需做好自己分内之事，领俸吃粮才是我的所求。这两边，我们谁都不沾，但就是看不惯，他们不把老百姓的命当回事。"杨广赞许地道："将军真高人也！但在下还有不明之事，想再打探一番，万望将军能够不吝赐教。"将官无不得意地道："好说，好说！有不明之事，你尽管问吧。"杨广边想边道："在下见你们的战船，从前面这山侧驶出，你们的驻营地难道就在这突出于江上的山背后吗？"

将官又向杨广投去了警惕的目光，没有立即答话。王老伯忙插话道："请官爷别多心，我家公子乃一介书生，对路上的新鲜事样样感兴趣。如你不嫌他烦，你就给他说说吧。我这里有十两银子奉上，权当是请你给他授课的师酬！"王老伯从袖中掏出一锭纹银丢给了将官。接银在手的将官，既感意外又不免喜悦地自我宽解地道："这位公子所问的事本不是什么秘密，我告诉你也实属无妨。前面这座横在江上的山头叫牛渚矶，是我们陈国的江防要塞。你们现在见到水流湍急的断崖峭壁是石矶面西之处。石矶的面东之处却有沙石港滩可停泊船只，矶上有房有室，还有名刹古庙。这石矶东侧便是我们巡防营的驻地，有战舰三十余艘，扼守着这江面上的来往船只，以保京城安危。"杨广故意不以为然地道："就凭你们这区区几十条舰船能扼守住江面，能保得京城建康的安危？是不是有些夜郎自大啊！"将官见对方不信他的话，便争辩着道："谁说我们只有这区区几十条舰船，矶上我们还有驻军，有火炮，有抛雷。岸边水下还有锚链、拒船障栅，若要闯关必船毁人亡不可。"杨广点着头道："原来如此！"

突然杨广换了个话题道："将军刚才说，谁当皇帝都无所谓，你只是为了领俸银吃皇粮，以在下之见，却得另有一说，不知将军愿否听我细说？"将官不以为然地道："你想说什么，你说吧！我听着。"杨广道："在好皇帝手下当差，赏罚分明，没有兵患匪灾，疆域宁静，国泰民安，能安稳领俸银吃皇粮，如此当官为将方是福分。否则，像你们京城如此这个乱世，你能保得了中立，能心安理得地领俸银吃皇粮吗？

第三十一章　晨观日出欧阳有情，智探石矶晋王有意

万一哪天上峰一声令下，调你去领兵征战剿匪争地盘，你是去还是不去？"将官疑惑地道："你说的这些话是什么意思？你们到底是什么人？"杨广却笑着道："将军多虑了，我们什么人都不是，仅是个过客而已。"接着，杨广又换了个话题道："据将军所说，山上还有名刹古庙，故在下请将军能行个方便，让我们上矶一游。这通融费定当另酬。"将官面露难色地道："牛渚矶乃是我朝军镇要地，除了当地住户和驻军，从不允许闲杂等人上去游览。故此事难以通融。你们既然一定要前往京城，还是速速赶路吧！"

第三十二章
建康有缘不期而遇，乱世风云一见钟情

南陈京都建康城位于长江下游的南岸，东南有似苍龙蜿蜒蟠伏的钟山，西有似猛虎盘踞之态的清凉山，西来的滔滔江水从清凉山脚下流过直泻东海，这山形地理风水气势造就了其傲视天下的雄姿。此城始建于春秋末周敬王四十二年（公元前473年）。当时越王勾践在灭了吴王夫差后，大夫范蠡在此筑千里城墙谓之"越城"，乃是此城有据可查最原始的城郭。周显王三十六年（公元前333年），楚国灭了越国，楚威王在此设置金陵邑，并自清凉山西麓，从虎踞关、龙蟠里、到草场门建烽火城台，一台举火千里狼烟以传递军情信息，这便是"金陵城"的来历。秦始皇二十四年（公元前223年），楚国灭亡，秦始皇为破此地的帝王之气，而大肆掘地变道，并改金陵为秣陵。此后，相传在东汉末年（公元208年），赤壁战前夕，孙权、刘备联合抗击曹操，诸葛亮途经此城，观看到此城的山势地形，便道："此地钟山龙蟠，石头虎踞，真乃帝王之宅也"。在与孙权谋合作战方略时，即劝在武昌建都的孙权迁都此城。于是，孙权便迁都至此，改秣陵为建邺。并且在清凉山的原址上就地取石修筑城楼：西坡借天然峭壁燕子矶为城基，环山而筑，北缘大江，南抵秦淮河口，依山傍水，夹淮带江三千里，东西各开一门，南开二门，城内设置有石头库、石头仓以储存军粮兵械，连同原有的烽火报警台，建成了石崖耸立，居高临下，逶迤雄峙著名后世的石头城（建康城志上记载曰：山上有城，名曰石城山）。三国之后（公元280年）的晋朝改建邺为建康。而后，晋朝北方的八王之乱，加上匈奴贵族在永嘉年间（公元307—313年）趁乱举兵，北方一统的晋朝从此战乱不息，史书称之西晋的朝廷名存实亡，造成了北方士族大户为避战乱而纷纷举家带口迁居南方（史称永嘉南渡），并在南方多地形成了客侨士民（北方南迁的士族）与当地土著民众的混杂，甚至出现了客侨多于土著士民的态势。时任建康太守的司马睿据江而守，并在南下琅琊王氏大族的支持下，联络了江南名士，立国为东晋，建都于建康，成就了此后的宋、齐、梁、陈都在此建都（这便是六朝古都的来历），也成了此后历朝历

第三十二章　建康有缘不期而遇，乱世风云一见钟情

代兵家战事中双方必争的地盘，更成了文人墨客缅怀史实、凭吊古人遗址遗迹的必到之处。

建康城作为名城国都既有其兴旺傲人的经历，也有其倍受战火熏陶凄凉的遭遇。改朝换代似翻书，国已非原国，帝王将相更似过眼云烟，其城名虽尚在，但景物又有多少是原样原貌的，能留名于史册的人物又有几多呢！东晋之后的宋、齐、梁、陈的国君、权贵、豪绅和草莽英雄为争天下，无不以占据对方的国都为操控胜券的标志。建康城在这数百年的朝代帝王的更替中所经历的就是：帝王将相的轮换，兴旺衰弱的变迁，拆了建、建了烧、烧了再建的更替，正可谓是历尽了风尘烟云，既留下了其辉煌的名声，却又遗下了数不尽道不完的斑斑血泪史实。秦朝始皇帝把越楚两国的城墙道舍几乎拆尽，仅留下了几处烽火台和一些破旧残室还证明着此处曾经有过的存在；东吴孙权在此再建京都，方才有了像模像样的城郭和门楼，有了都市的繁华和声望。然而好景不长，南北朝的对峙，南朝帝王将相似走马灯一样的更迭，让这座享誉天下的古都经历了一次又一次的烽火烟尘和兴盛与灾难。到了此时陈国当代君王的手中，建康城相比东吴时代的建邺城早已面目全非，其中的真迹所在又能有几何？真让人不能不哀哉悲矣！

杨广一行来至建康城西的江边码头。如今，由于长江潮流的改道，江水不再从清凉山脚下经过，使江边码头距建康城郭西门有了一段距离。为此，众人不得不在江边码头靠岸泊船，再改装上岸换乘马进城。然而船行走在江面上的凉爽与岸上的燥热截然不同，杨广下船前换了一身洁白轻薄的纹布箭袍箭裤白短靴，显得简朴英俊而潇洒；杨丽华换上了丝质嫩绿色的骑装衣裤白色软靴，真有兰花仙子的姿容；欧阳若兰穿了套缎面米色罗衫加马裤，端庄而随和；朱贵儿在浅蓝色的绸缎罗裙里，穿的是欧阳若兰替她备下的白绸马裤，让人觉得清雅而飘逸；薛治儿还是紫罗兰色束腰的薄衫紧身裙袍，手捏宝剑像一尊佛一般地令人望而胆怯；王老伯仍然是灰色家常便服，慈祥而安逸。这二男四女六色行头的装扮，犹如百花园里盛开的鲜花那般地令人瞩目。

这一行人下了船，站立在码头上，边等待着侍从把马匹从船上牵引上岸，边眺望着前方高矮不一、残缺不齐的城墙，杨丽华不由得感叹地道："闻名不如一见！赫赫有名的江南建康都城怎会是这个样了。城郭破烂不堪，跟我朝人兴都城怎能相比？"杨广却按自己的思路有所感地道："我们离京时大兴城还未全部竣工，新建的肯定是会比旧的遗留下来的好，老城也确是不能与新城相媲美。但是老城旧归旧、

破虽破，却必定会有老的筋骨在支撑着其中的精华，才能让新添的血脉溶却贯通，也就必会有其别树一帜的风姿存在，而决不能以一言而概之。我想这眼前的建康城也是如此！我们这一路过来，虽还未入城，却不难感受到这座盘踞在长江边上的古都魅力。此刻来至城下，看到了它虎踞山头、纵览大江的雄姿，掐南北通衢的险要，谁敢忽视它存在的必然，难怪帝王将相们都要在此勒马建业了！我朝南下若欲占得此城，绝不能厌其破旧而弃之建新，更不能学秦始皇那样去破势而为。此外，我们若欲攻取此城，不能沿此码头上攻，他们居高临下以逸待劳必会造成我们极大的伤亡。但我们一定要占此码头堵住他们向江边逃窜的去路，围而不攻必能见到成效。"王老伯感慨地道："好一段借古喻今的联想。是呀！建康城的皇气之说，历传数百年经久不绝，绝非偶然。故而，前后六朝在此建都也就在必然之中了。尽管这数百年的战乱之灾，把那些文物古迹已毁之殆尽，但中华文化的传承却是抹不去的。我们反正不赶时间，入城之后，你们办你们的正事，空闲之时，我带你们慢慢查看，细细品味，一定让你们不虚此行。"

欧阳若兰有感触地道："我记得这码头进入西门有一条西大街，与中南东北北大街相连，也可直通商市官廷和皇城玄武宫殿。在西大街靠近城门处，有一个很不错的大客栈。如果客栈还在，我们可以投宿此店作为食宿歇脚之处，便于我们进出都城，只是我当时的记忆不知是否还有效？"王老伯道："此客栈是否叫聚义客栈？在西街口坐北面南，有楼有室，楼上可供达官显贵狎客会文行乐聚餐，底下酒肆茶坊任凭百业百姓饮酒吃喝，后面还有个挺大的院子。在建楼时，却因有人在地里挖出了三国东吴孙权亲题的地契石碑，故而名噪四方。而此客栈更由于老板一家为人仗义疏财，喜欢结交四海各道朋友，所以历来的口碑不错。然而最难能可贵的是，这座客栈竟然能历经数朝战乱得以完好地保存下来，不能不说这是一个奇迹。我三年前来建康就住在此店。"欧阳若兰高兴地道："正是，正是聚义客栈。没想到它还在！"

杨广饶有兴趣地问道："老伯，孙权亲题的地契石碑有何说法？"王老伯道："据传这块石碑上记刻的是孙权为帝时颁发的地契令，证明此地基乃归属于孙权的丈人乔国老所有，由此推断此处便是乔国府在建康城的遗址了。那么由此延伸开去，乔府的大乔二乔也必留迹于此，于是，这一切的传说便都成了有据可依的史实。"

不一会，马匹都下了船。杨广领头，众人上马，逐坡沿着上行的便道，向西门外的官道缓缓而行。临近西门，杨广一行被一队官兵挡住了去路。领头骑马的将军

第三十二章　建康有缘不期而遇，乱世风云一见钟情

举着手中的马鞭，指着杨广喝问道："本将军关注你们这伙人已许久了。你们来自何地，进京城有何贵干？"王老伯拍马上前拱手道："官爷！我们来自夏口，前往京城办货。我们的货运船就停在前面江边码头上。"王老伯回首指着远处江边的商船。将军不以为然地看了眼江边的大商船，道："既然是商家办货，何用这么多人？而且还带着这些花枝招展的女眷，别是另有图谋吧？"王老伯笑着答道："让官爷见笑了。家中女眷们从未来过京城，想趁进货之机到京城里挑选些女红针线，也可顺便看看京城的风光。但得知近来京城有点动乱不安宁，故而多带了些家丁护院以防不测。"将军将信将疑地道："你们既然知道近来京城不安宁，那还来京城干吗？岂不是自寻麻烦吗！你们入城后可有预定去处？"王老伯道："有啊！西门西大街聚义客栈便是我们的歇脚处。然后，我们便四下看货进货，一旦货物聚齐便返回夏口。"将军道："你们要四下看货进货，但我得告诫你们几句，你们是外来之人，而且还带着女眷，必会引人注目。而目前的时局表面虽似安定，可流匪尚未完全肃清，城门和宫廷内外都在戒备之中。我劝你们须谨慎出行，万一受到盘查得尽力服从配合，如受到骚扰，可向巡逻官军求助，更切莫惹是生非去自行了断，而生出意外。"杨广道："没想到京城的治理秩序竟然这么严中有序，看来外界的传言，都可以不作为信了。敢问官爷，我可否这么去领悟你的话意？"

这时从官道上驰来了几匹骏马，为首是一个身穿洁白绣花绸缎锦服的俊美年轻男子，跟随在其身后的几个随从，也个个都是斯文倜傥的俊秀男儿。他们见官兵拦住了一伙人在盘问，也就放缓了马匹的脚步，徐徐地走向众人。杨广的穿戴和答话吸引住了为首的年轻男子，他靠近了杨广，仔细而认真地上下打量察看着杨广的一举一动。将军不在意来人是谁，却盯视着杨广故弄玄虚地答道："你的话放在之前，就大错特错了。而现在的京城是掌控在司空大将军长沙王的治理下，所以你这话没毛病。"在马背上的为首年轻男子却低声细气地道："他的话没有毛病，可你这话有毛病。现在主管制理京城秩序的是车骑将军萧摩诃，可不是他长沙王。"那将军毫不在意地道："萧将军不是还得听长沙王的吗？"为首男子反唇相讥道："可长沙王还不是得听新帝的吗？而萧将军真能听他长沙王的调配吗？别忘了他长沙王仅是个辅臣而已。你拍马屁可别拍错了主子！"说罢，嫣然一笑。两人的争执对话却引得杨广一行人面面相觑，尤其是杨广和杨丽华都目不转睛地盯视着这个为首的年轻男子：他那乌黑长发盘成的结上戴着一个冲天银冠，嫩白的脸面秀如满月，五官俊而美艳却又带些傲气，一双黑白分明的大眼闪烁有神，那两道黑黑的弯眉与其

说是秀气，还不如说是有点像女子额上的柳叶眉，尤其是在眉梢处还有一颗不显眼的小红痣，挺拔的鼻梁下唇红齿白，嘴角微微上翘却棱角分明，俊美中展露的不仅是冷峻，而且还有着一股自信和自傲，让人看着会忍不住产生遐想，然而坐在马背上的身姿虽健美却似乎缺少了点阳刚之气。杨广的心动了一下，但他似乎觉得有些荒唐，自己怎会对一个陌生年轻男子心动呢？这简直有些不可思议，杨广赶紧转过了脸。杨丽华的内心也在起着波澜，如此一个偶遇的年轻男子自己何能对他心生异念？是此人翩翩风度的英俊，还是他那不急不慢低声细语而说出的幽默言谈！杨丽华用迷恋的目光盯视着马背上的男子舍不得移动分毫。

将军恼羞成怒了，他用马鞭指着年轻男子，愤愤地道："你是谁？竟敢如此侮辱司空大将军。你就不怕我把你抓起来治罪？"年轻男子身后一个随从立即怒容上前尖声训斥道："不长眼睛的东西，你也不看看，跟你讲话的人是谁，还想抓人治罪？你今天是喝多了呢，还是你这个官不想当了？"可是年轻男子不以为然地转过了脸，却不期而遇地迎上了正在盯视着他的杨丽华的眼神，而不由得微微一愣，但立即避开了杨丽华的目光，转而盯视着杨广低缓地道："你们远道来京城不易，只要守法，该怎么着就怎么着吧！你们大可不必去理会这种人的言谈。京城自有京城的法度，岂能容此等小人长期一人专权聚众造势！"说罢留下目瞪口呆的将军和杨广一行人策马挥鞭扬长而去。

杨丽华赶紧收回了眼神，可她眼中流露出的爱慕之情却被欧阳若兰察觉到了。杨广看着离去的人影忍不住问道："官爷，刚才那个人是什么来头，他说的话算数吗？我们现在可否进城了！"将官又恼又羞却又不敢发作，只能挥动着手中的马鞭狠狠地道："去去去！你管他是什么来头。"说罢，一抖缰绳带着手下人，丢下杨广众人拍马离去。

杨广有所感触地对王老伯及身旁的人道："你们由此可看出些什么端倪了吗？如今，陈廷新帝虽然上位了，表面似乎也是平静的，可内里却暗流涌动，尤其是军将中分歧不小。夏口的官军是懒散不理政；寻阳的争战是互不相让；牛渚矶处的将官表露出来的是想保持中立；而刚才他们展现的则是各有追随的对立。他们如此四分五裂下去甚好！这正是我想要的。但那个马上公子所提到的萧摩诃则是他们朝廷的支柱，我知道萧摩诃确是个厉害角色，将会成为我朝南下的障碍。"杨广说罢两腿一夹，缰绳一抖，率先策马朝西门驰去。薛治儿紧跟而上。

欧阳若兰见杨丽华呆呆地看着那个远去的男子没有动身，便靠近了道："心动了就别犹豫。过了这村，可就没有这个店了。"杨丽华一愣，随即满脸通红地道："哪有啊？我连他姓啥名谁，什么情况都不知道，何来的心动？"欧阳若兰认真地道："人生机遇不仅是一个巧字、一段缘分，更在于自己的追求和把握，否则到手的情缘也会流逝的。"杨丽华红着脸道："是呀！你与我父皇的这段情缘，真可惜了。"这回轮到欧阳若兰脸红了。但她却坦然地道："我与你父皇的这段情缘本来就不对等。我是受他之恩，想报答他，却绝非是有其他非分之想。如今过来了，却也感到非常坦然。爱未必定要以身相许，常留在心中思念也未必不是桩暖心的事。只要我懂他的心，他知我意便可以了。"杨丽华看着走远的杨广，默默垂下了头，用脚跟踢了一下马腹，一抖缰绳，催着马朝着城门跑去。

　　众人入了城，欧阳若兰在西门聚义客栈包下了几间客房和货栈，以供大家在城中落脚汇合休息囤货之用，还安排好了留守家丁守候接应。欧阳若兰安置好了一切，见时间尚早，便有心想去旧地故地，看看当年的景物是否依旧，旧邻是否还在。谁知她把这番心意一说，立即就引来了众人的赞同。于是大家也顾不及更衣和做旅途休整，便跟随着欧阳若兰一齐涌出客栈走向大街。

　　北朝京城长安与南朝京城建康的建筑格调、市容繁华和人情风俗确是有着诸多的不同。北朝长安城，皇城内宫廷连着宫殿，楼宇叠加，山水相连，甚至是金碧辉煌，显示的是高大、雄伟和粗犷；民间的富贵大户也必定都是户户高墙大院、豪门丽宅、三井四幢，甚至是一门几宅。而南朝建康城的房室庭院注重的是经济实用，体现的是小巧玲珑，不管是皇城街道的整体规划，还是宫廷家居豪宅的布局和装饰，讲究的是一个合理、一个精美、一个有文化氛围，从中去显示出主人的身价地位、修养和富有。故而，南朝的宫廷豪宅没有北朝那般的气派，但其内在的修缮装饰却是北朝无法比拟的。建康城的主道大街，虽然没有长安城的大街那么宽阔，但街道很整洁，沿途的店家房室也很整齐。尤其是过往行人和家居店铺的老板伙计们，在相遇交谈时所展露出来的热情和斯文则是北方长安城中所缺少的。这让初来乍到的杨广一行北方人，行走在大道大街上都感到新鲜和亲切，让他们不能不感受到南方与北方人性情上的差异，这样的差异实质上即是一个文化理念、习俗意识上的差异。自东晋以来，北方动乱，南方安定；北方拜佛，南方崇儒。此后的南方虽也经历了宋、齐、梁、陈四个王朝几十年的不安宁，但其早已成型的社会经济基础和民俗却并没受到太大的影响，而由此却促进了士族民众对文品生活的追求，渐渐便形成了博古崇文、主儒雅、好文藻的风俗习惯，于是便出现了赋言、骈文、五言诗等，为后世盛行的诗词歌赋做了铺垫。此中流传甚广且著名的有：陶渊明的《田园诗》，刘义庆的《世说新语》，钟嵘的《诗品》，萧统的《文选》，刘勰的《文心雕龙》等。在后世《南史·文学传序》中就记录着："自中原沸腾，五马南渡，缀文之士，无乏于时，降及梁朝，其流弥盛。盖由时主儒雅，笃好文章，故才秀之士，焕之俱集。"到了南梁甚至还流传着不是真诗人，不能入品不能为官的内控条文。这也就造成了官场民间处处讲声律、人人附风雅、喜清谈讲排场、重文饰好骛远，更是助长了崇文轻武之奢侈浮夸风气的盛行。如此之态到了南陈更是发展到了登峰造极的地步，南陈太子陈叔宝便是一个典型的代表，他以文选官择友，亲狎客昵小人（解曰：狎客，便是附庸于主人，以主人意念为行事谈吐宗旨的陪客文人，然而他们也得有一定的才品，方能受到主人的亲昵。至于德，将以主人的喜好为念了），寄情于华文藻词的酒肆，奢极丽姿浮名而不在乎朝政的得失。如今的南陈宫廷就是处在这样一个浮华不实的变故之中。

  杨广一行刚出客栈，即被一群围观皇榜的民众吸引住了。杨广正想上前去看个究竟，就被紧跟在他身后的薛治儿告知道："不用上前去看了，我来告诉你吧！皇榜上说：太子依祖规承位登基后，立年号为至德元年。为示皇恩，大赦天下，免众臣民半年的赋税。还告诫所有臣民要遵守法纪不得聚众闹事，要感恩新帝的皇恩浩荡！"杨广吃惊地回过头去看薛治儿，又看了看张贴在墙上那张皇榜上模糊的字，道："这么远的距离，你也能看清皇榜上面所写的字？"薛治儿咧嘴微微一笑道："这有何难！别忘了我是干什么的。"杨广冲着薛治儿竖起了大拇指。薛治儿被杨广称赞，心中更得意了，她朝杨广抛了个媚眼，很自负地道："再小的字，哪怕是夜间，我也可以看得一清二楚。"杨丽华看着围观皇榜的人问道："出什么事了，皇榜上写的是什么？"杨广道："陈国新帝上位的例行公事，我们别去管它。让王老伯带着我们先观市容，再察衙门，沿途寻访古迹，有好吃的就吃，有好看好用喜欢的就买，难得来一次都别错过了！"

第三十三章
叔宝继位风情依旧，贵妃参政阴颠阳倒

  南陈宣帝陈顼的长子陈叔宝字元秀，号黄奴，乃是柳皇后嫡生。在陈顼上位后，陈叔宝即被立为太子，当年才十岁。陈宣帝驾崩时，陈叔宝正是而立之年，按理由此继位为帝，也可谓是修成了正果。然而他所面临的则是一场弟争兄位、叔陵行刺、叔坚专权、宫廷内斗的局势，令陈叔宝伤痛心病同聚一身。为杜臣议、稳朝纲、安民心，陈叔宝不得不在五弟长沙王叔坚的夹持下，拖着伤痛病体匆匆登基。然而陈叔宝虽占得了帝位，但他没有实权，更无法顺当地行使帝权主持朝政，这让他时常耿耿于怀，更让他念念难忘二弟始兴王的执剑刺杀，这便是史书上有记载的南陈新帝陈后主当年的遭遇。陈叔宝这些时日来的外伤内忧，令他犹如惊弓之鸟，不仅多疑生非，而且外伤可忍，内忧却在与日俱增，以致他在承香殿养伤期间经常被噩梦惊醒，于是卧榻之旁，除了贵妃张丽华之外，谁都不准待在近边。

  提及陈叔宝的这个爱妃张丽华，则不能不把她入宫为妃的往事做个叙述。张丽华的出生并非名门，也非富家望族，乃是一个家境清贫的兵家之女，其父兄以织席为生，一生无官无财。但她却生就丽质、聪颖过人，不仅有触类旁通的敏捷，还有举一反三的智慧，更有凡过目诗书和历经之事都能久记不忘的能耐。十岁时，她选入太子东宫为婢，被时为太子宠妾的孔妃收为侍女。一日，陈叔宝与孔妃小饮对酌，张丽华捧壶而上，陈叔宝见之，端视良久而对孔妃感叹地道："此等天姿国色的佳丽，何能被卿收藏府中，却不令我得见。何意之有？"孔妃有些不快地道："你呀，真是不知好歹。我收她入府中还不是为了你吗！她当时尚在幼年，是个才十岁的微芭嫩蕊，何能经得起你那似狂蜂浪蝶般的进出？我让你此刻见之，还犹嫌过早呢。"陈叔宝听之即哈哈大笑道："原来如此，承蒙爱妃有心了。我定当小心护之，不过早采折，留待往后慢慢享用。"说完就把张丽华拉入怀中抱在膝上，当着孔妃的面亲昵抚摸不休。而张丽华虽然尚在年幼，却情窦已开，对陈叔宝的所有举动配合从容，全无一点羞怯之态，让陈叔宝欣喜得爱不释手，并当场填赋一首赠予张丽华：

>　海棠初试胭脂嫩，翠竹黄花，弱态难支，不许金风用力吹。
>　新桃时样慵梳妆，淡淡蛾眉，云鬟双垂，欲护兰芽不自持。

　　自此后，陈叔宝常把张丽华招至身边，没等到张丽华年满十三，便把她收了房。书生气息十足的陈叔宝，为表达其当时春风得意的心态，又作词一首示于张丽华：

>　明月映珠帘，依约小栏杆侧。昨夜欢笑染帐底，占尽几分春色。憨痴未谙云雨情，娇羞更无力。为问温柔滋味，有谁人晓得？

　　谁知聪明绝顶的张丽华，竟然还依韵和了陈叔宝一首：

>　喜气上眉梢，斗转月轮初侧。雨露恩浓承天上，愧对龙颜生色。柳条枝弱不堪攀，春风借微力。绣帐夜阑情绪，唯娘娘知得。

　　陈叔宝看了此词，赞不绝口，当众赞许道："小小年纪，竟能写出如此清词丽句。结句还搬出了孔妃娘娘，足见灵心四映，真才女也！"从此后两情胶漆，难舍难分，如鱼得水，形影不离，宠幸更在孔、龚众妃之上。陈叔宝登基之后，他的后宫，却因柳皇太后只顾吃素念佛，不理宫内诸事；沈皇后虽为一宫之主，却性情恬淡寡欲，故不受陈叔宝待见，其皇后之位也就形同虚设。于是后宫诸事均出自贵妃张丽华裁决，故张丽华虽名为贵妃，行使的却是皇后之权。如今，陈叔宝身上受着伤，皇权又受着五弟长兴王的挟持，他就越发离不开张丽华了。

　　南陈长沙王陈叔坚并非是宣帝柳皇后嫡出，是陈叔宝的同父异母之弟。且其生母出身卑微，乃是吴中一酒家女，宣帝见其有姿色，与其私通有孕后才召其入宫，封为淑仪生下叔坚。陈叔坚在宣帝众子中排行第五，外表虽然五大三粗，体型彪悍强壮令人望而生畏，但其内心却是徒有其表，处世断事往往仅凭一时之勇，貌似强大，其实多是虎头蛇尾，甚至有时还有些出于自卑而优柔寡断。他在陪护父皇时仅是出于义愤帮助了大哥陈叔宝，制止了二哥陈叔俊刺君谋位的反叛行径。但说他是故意放走二哥陈叔陵，而酿成了此后始兴王有了聚势乱京的机会，这却是天大的冤枉。陈叔坚为了澄清事实、表白心迹，而不得不挺身而出号令天下，在大将军萧摩

第三十三章　叔宝继位风情依旧，贵妃参政阴颠阳倒

词的支助下，亲自挥戈冲锋陷阵、浴血奋战，剿平了始兴王陈叔陵，而赢得了众兄弟的赞赏，由此却也让他飘飘然起来。陈叔坚之前从没想过他会有如此之威望，顷刻间就可以号令众臣、左右朝政，变得如此强大，使得他的私念一度暴涨。于是，陈叔坚在手下人的鼓动和游说之下，产生了要趁机取代太子为帝、主宰整个朝廷的意念。这也应了那句话：小人得志，不可一世。然而陈叔坚不仅高估了自己，也低估了他的那些皇兄弟和朝臣们的理念，因而遭受到各方的反对和抵制，于是他不得不退而求其次，想模仿古代的权臣，做个挟天子以令天下的权臣，来达到实现其一人之下、万人之上，由他掌控朝政的心愿，太子陈叔宝便在如此的境况下被陈叔坚扶上了帝位。新帝陈叔宝上位后，不得不依顺陈叔坚的意愿，封其为司空骠骑大将军，让陈叔坚名正言顺地执掌起了朝廷的军政大权，而陈叔宝只能成了一个挂名皇帝。由此，南陈朝廷表面上是平和了起来，可实际上却仍然涌动着你争我斗的暗流。

　　建康城不愧为是一个南方的六朝古都，尽管历经了数朝的更迭和战火的熏陶，但其民间重文轻武、喜乐狎娼、歌舞升平的习俗并未因乱世而减弱。杨广一行人入城后，在王老伯的指引下，一面听王老伯讲述城中那些古刹楼宇的典故和传说，观看着金陵府石头城中未毁尽尚还遗留下来的景色，出没在秦淮河畔的庙宇庭坊旁，品着南方源远流长的名点菜食，采购着北方稀少昂贵、南方富有便宜的绸缎织品；一面则伺机打探着南陈的朝政军事态势，察看着建康城中的商贸经济和民情的向背，议论着江南与江北的差异所在而乐在其中，让少年气盛、独断专行的杨广全然忘了自己身处异国他乡之地的凶险。杨广既听不进欧阳若兰和王老伯的劝说，也对薛治儿多次提醒有人跟踪窥探之言置若罔闻。这天，他们游览了玄武湖，远看近观了皇城宫殿，但未等他们转身离去，就被一队官兵团团围住，为首的将官竟然就是那天在西门城外碰到的那个要扣押他们的将军。杨广不以为然地责问道："请问，你今天围住我们又为的是哪一出？"将官趾高气扬地道："我怀疑你们来京城另有所图。这些天以来我一直派人在跟踪着，你们行踪鬼鬼祟祟，不走大道尽穿小巷，不看货买货却窥视我们的军营宫殿，还逢人打探我朝朝政和官场信息、民心向背。如今更是窥探起了皇宫重地，这一切的作为足以构成你们是奸细无疑了。我上次被你们蒙混过了关，你们这次还有话可说吗？"杨广面不改色地道："真好笑！我们中除了王老伯来过京城之外，都是些从未到过京城之人。为此而四处走走，到处看看，多问问、多听听有何不可！凭这些，你就想扣押我们，岂不是岂有此理！"将官蛮横地道："我不管你有理无理，我扣押你们是奉了司空大将军之命而为的。这次你们

休想再会有人来帮你们过关了。"将官说罢，把手一挥，大声道："废话少说，把他们全部带走。"杨广一把握住了薛冶儿想动武的手，轻声道："小喽啰一个，没必要跟他计较，谅他们也不敢对我们胡来。"随后，杨广冲着将官道："也好！我顺便去会会你们这位司空大将军。看他敢不敢来处置我们？"

杨广一行人被将官带到了长沙王的司空府，欧阳若兰亮出了隋廷特使的身份和来南陈恭贺新帝登基的来意，不仅让扣押他们的军将傻了眼，也让未露面的司空大将军陈叔坚在得知实情后感到尴尬。陈叔坚对此事并非是做不了主，而是他明白此中的利害关系，故不得不派人把这伙有嫌疑的客人请进了驿馆，同时派兵把他们名为保护、实为软禁了起来。随后，陈叔坚便匆匆进宫去找新帝陈叔宝商讨处置后事。

陈叔宝在张丽华衣不解带、寸步不离、尽心尽力地照看陪护下，外伤渐渐好了起来，但其心中的忧郁却与日俱增，故而他不得不常常跟张丽华叙说自己的郁闷，而把张丽华当成了心灵上的依赖支柱和谋划议政的肱股之臣。这天在承香殿，张丽华正在伺候着陈叔宝进补参汤，司空大将军长沙王陈叔坚匆匆跨进殿门，不等他人开口便道："大哥，我手下日前发现了一伙行踪可疑之人。我派人经过多日跟踪窥探，终于识破了他们借行商之名，潜来京城勘察我朝国情的图谋，我便把他们扣了下来。可是我没想到，他们手中持有隋廷国书，是隋廷派来京都贺你登基上位的使臣。他们声言要择日上朝面见于你，商洽两朝修好之事，却让我陷入了尴尬。但依我之见，他们此刻前来贺你登基是心怀叵测、来意不善，我们不能听信他们所言，由着他们设计摆布。我们必须得严加盘查，而这也是我们借此掣肘他们的好机会。"

陈叔宝憋着心头的不满，没好气地道："平日，朝政都是由你处置的。今日却为何要来问我了？"陈叔坚不得不解释着道："我对北朝之事知之甚少，一时不知该怎么去处置。我们兄弟之间虽然有所不和，但在北朝这外人面前却得同仇敌忾，否则岂不让人笑话而得利么！"陈叔宝听陈叔坚如此之说，只能问道："他们来了多少人？"陈叔坚走近陈叔宝跟前，瞥了一眼张丽华道："没多少人，为首的户部尚书是个女的，我看晋王和公主也仅有十五六岁模样吧！老老少少仅是二十多人。"陈叔宝带着讥嘲道："既然如此，这有什么可以大惊小怪的。你这不是在杯弓蛇影吗？"

陈叔坚怒了，跺着脚斥责道："糊涂！北朝对我们江南这片土地一直是虎视眈眈。如今隋廷之势正是方兴未艾之时，杨坚其人更是野心勃勃、阴险叵测，况且他之前与我朝从无交往，而今我朝兵将臣民之心还不够安宁，朝政尚在动荡之际，他

第三十三章　叔宝继位风情依旧，贵妃参政阴颠阳倒

却派出使团来我朝贡贺，其意且不在沛公吗？而且派来的使臣却以女子为总管，更有轻薄我朝之意？我们岂能等闲视之。"陈叔宝强压着怨恨道："那，依你之见，该当如何处置呢？"陈叔坚道："把他们全部扣押起来当作人质，我看杨坚还敢动我们吗？"陈叔宝愤怒地道："你既然已有了主见，又何必还要来问我？"陈叔坚被问住了。事实上，陈叔坚虽然有主见，却缺乏果敢之心，而且临阵决断常有犹豫之态，这也就是他既有仗义护陈叔宝之举，却又有想伺机作为之行，后又有见难退让之情，才造成了他如今的骑虎难下之势。因此，他虽然感觉到隋朝此际派人来的用心不善，但他却不敢贸然去行事。为此，他才不得不把此事告知陈叔宝，以便让陈叔宝这个皇帝去拿主意，免得让他去承担其中的后果。

张丽华见陈叔宝低头不语，便轻描淡写地道："区区两个女人加一个小孩，却要如此大动干戈。万一激怒隋廷，杨坚举全国之兵南下，我们有能力挡得住他们吗？你身为司空大将军可得想仔细了。"陈叔宝一展眉头也道："对！到那时，我们失礼在先，而他们却成了名正言顺的正义之师，必会凶如虎狼。你再拿什么去拒他们？"陈叔坚内心的犹豫也是此后果，但他却又不想放弃自己的主张，便道："我们不能如此轻易放弃这个掣肘隋廷送上门来的机会。我们明的不来，可以来暗的嘛。总之一句，进了我笼子的狼崽不付出些代价，决不能让他们安然生还，否则必然会后患无穷。若不信，你们就等着瞧吧！"说罢，转身便走。

陈叔宝怒火中烧，他盯着走出殿门的陈叔坚恨恨地道："在他眼里何来我这个陛下！我就是个傀儡，如此下去简直让我孰不可忍！"张丽华却心平气和地道："你光说气话是没用的！得用行动去做。"陈叔宝无奈地道："我的病体尚未康复，朝政都掌控在他的手中，我怎么去做？我怕把他逼急了，也像叔陵那样给我一刀，岂非连现在跟你厮守在一起的资格也没有了吗？"张丽华平静地道："事在人为。你与其在此怨天怨地，还不如奋起而为之。你只要敢为，怎能知晓胜家必定是他呢？"陈叔宝虽点着头，却气馁地道："我又何尝不想如此呢？可我现在是孤掌难鸣，而且更不知道谁还能听我的，能与我同心。"

张丽华胸有成竹地道："要想夺其权势，就得乱其心智、分其心思，省得他一天到晚都注视着你的一举一动，让你不敢作为。为此我给你举荐一人，我觉得他能分解叔坚心智，也会成你可以放心的人。"陈叔宝若有所思问道："你要举荐的是谁，他真有此能耐吗？"张丽华道："你的十四弟叔重，他在你众弟之间向来都有人缘，为人也不张扬，而且也是个明事理之人。你可趁着始兴王之位还空缺着，把它恩赐

给叔重。叔重必会对你心存感激，旁人也不会反对，你则可借此得到众多弟妹的人心。而叔坚这个庶出的长兴王，谅他也不敢做出招惹众怒之事，去冒与众兄弟姐妹之不韪与叔重去争。借此你还可分掉叔坚的部分权势，让叔坚对叔重产生隔阂，造成他们之间的不和，却可使你伺机而图之，逐步去分解掉叔坚的态势，以达到最后的灭之。"陈叔宝把张丽华拥入怀中欣喜地道："你真是管仲再世，外可当宰相助我揽朝政，内当后妃管住三千佳丽容我行乐。有你在我何愁之有！"张丽华挣脱了陈叔宝的搂抱，认真地道："你现在还是想想，如何去处置隋廷派来贺你登基为帝的使臣吧！而且是刻不容缓。万一让叔坚对他们下了毒手酿成大错，后果将会不堪设想。"陈叔宝大眼瞪着小眼、一筹莫展地问道："依你之见，我当如何处置？"

张丽华略一思索便道："我朝与隋廷目前的态势，我们决不能抗之，而只能顺势为之，故对待他们的使臣定当以礼相待！更得防范叔坚持权拦阻生事。为此，你何不就照叔坚所言，来个明暗双管齐下去行事。"陈叔宝一脸茫然地问道："何为明暗双管齐下？"张丽华道："明的：你立即下旨招叔重入宫，把此事的利害关系挑明给叔重，并下旨委他出面去接洽隋廷使臣，把此事从司空管辖下分割出来。同时赋予叔重处置此中相关事宜的一切权力，让他出面去与叔坚争侍，以掣肘叔坚的不轨之念。我相信叔重必会依你之意去办的。暗中：你当立即派一亲信先去秘密造访隋廷使臣，告知他们，你欲与隋廷和睦相处的本意，并提示他们，要严加防范司空欲加害他们的图谋不轨。如此，既可使他们能成为你的同盟者以壮声势，也可使隋廷使臣对叔坚心存猜忌，迫使叔坚不敢贸然行事，而坏了你的国策，这便是明暗双管齐下的来龙去脉。我相信隋廷使者必会为你所动，而你则可以为此后所想要实施的诸事设下伏笔。"陈叔宝脸露难色，喃喃而道："你所说的双管齐下之事虽好，可这一切来得太突然了！我还没有想好，该如何去设定面对隋廷的具体之策。再说，我此际又去哪里找一个亲信代我传言隋廷使臣？"张丽华却胸有成竹地道："他们既然是女子当道，我们也可择一女子私下前往，既可出其不意地绕开叔坚的监视，也可以女会女，通达人情世故而不招人耳目，显出我朝的高尚礼义文明之态，还可获取掌控信息的主动。万一需要从中斡旋，也就有了捷径可走。"陈叔宝底气不足地缓缓而道："依你所说，可我何来这样的女子？"张丽华嫣然一笑道："我已替你相中了一人，你最宠的那位小妹宁远公主可当此任。论身份她是你的皇妹，与隋帝的公主世子身价相当；论年岁她也与他们相仿，又都在少年春意盎然之际，彼此容易产生交谈之话题。而且，你那个小妹生就聪慧丽质、讨人喜欢，绝不会误你使命。"陈叔宝

第三十三章　叔宝继位风情依旧，贵妃参政阴颠阳倒

闻言眼前一亮道："你说的是十四妹？哎呀，我怎么把她给忘了！这小妮子确是聪明伶俐、能说会道，琴棋书画无不精晓，绝不会逊色于杨坚的儿女。此议甚妥，此议甚妥。你立即去，派人把她给我招来。"

陈叔坚没有想到，陈叔宝不仅没同意替他担责，而且还借此扶植了十四弟陈叔重为始兴王，并责成叔重全权去接待隋廷使臣，不仅夺了他手中的一部分权势，也给他树了一个对立面，让他又恨又恼却又没有反对的理由。正当陈叔坚心烦意乱之时，看守驿馆的领队军将进来报告道："启禀司空大将军，有人夜闯驿馆，我们拦不住，特来禀告，当如何处置？"陈叔坚立即大怒道："何人如此大胆，竟敢私闯朝廷驿馆？你们那么多人，难道连一个人也拿不下吗！"军将委屈地道："不是我们拿不下他，而是不敢拿。他说他是十四殿下，奉皇命有事面见隋廷使臣。如此，我们哪个人再敢为难他呀！"陈叔坚一听傻眼了，但再一想又感到了不对，十四弟已受皇命要来主管与隋廷使臣接洽之事，他要去见他们且不是名正言顺么，何需要夜闯呢？此中是否还有其他什么不可告人的事？于是，陈叔坚便问道："你们认准他就是始兴王十四殿下了吗？"军将道："十四殿下蒙头穿着紫袍，我们无法辨认。况且，我们也没人见过十四殿下，又无从去辨认呢！"

陈叔坚听了此话无言可对。但蓦然间一个念头袭上心来，让他不由得一阵不安。他觉得此事很是蹊跷，十四弟刚封王上位，新帝虽说也已下旨让他接管隋廷使臣之事，但他还没到司空府去报到履职，也就是说他还不能管辖此事。那么，他却为何要如此迫不及待地夜闯驿馆私会隋廷使臣？他这是受新帝之命而为，还是他另有企图想与隋廷使臣合谋行事，去做对陈国，或是对他这个司空不利的事，甚至是心怀叵测含有其他不轨之图呢？当然，陈叔坚也心知肚明，新帝陈叔宝对他的专权控政早已不满，用旁人来分他的权、掣肘他的势力，这也是新帝一定会找机会想做的事，启用十四弟为王就是一例。因此，陈叔坚此刻所担心的是，新帝和十四弟会否借隋廷使臣之事来设计剥夺他的权势，或是联合起来一齐对付他？陈叔坚想到此，马上对手下近侍道："吩咐卜去，立即备马，我要去驿馆看个究竟。"

杨广一行人被看押他们的军将请入驿馆后，众人不免有些担忧。但杨广却若无其事地把众人召集到客厅里道："我们住在这里既不用担心安全，也不用担忧吃喝，欧阳婶就更不用担心还要付钱了，故大家只需心安理得地在这里住卜！其他的事，就等着陈叔宝来给我们做个交代了！"欧阳若兰并未被杨广说服而安下心来，她忧虑地道："晋王殿下，我不得不多说一句，你的心未免也太大了。此地是陈国的京都

建康，可不是在我朝境内，我们万事总得防患未然，方好有备无患。可你又不让我向在江陵的郑大人通告我们的行踪，万一有个不测，你让我怎么办？"杨广不以为然地道："欧阳婶，你尽可放宽心。我料定就是再借陈叔宝、陈叔坚几个胆，他们也不敢对我们怎样的。你们等着瞧，不出一两天必见分晓！"杨丽华也忧心地道："广弟，欧阳婶的担心也是事出有因，父皇把这次出行的担子都压在了她的身上，而陈廷的政局还未完全稳定，不怕一万就怕万一，他们若不计后果地胡来，我们是要吃眼前亏的。所以我觉得应该告知船上，立即把信鸽放出去，向母后禀报我们的处境。"杨广自负地道："别紧张，如果他们敢胡来，我就让治儿擒贼先擒王，拿下他们的新帝，然后再让父皇发兵过来，里应外合趁势把陈国给灭了岂不更好，反正这个陈国迟早总会是我们的。"薛治儿高兴地拍着手道："对，我赞成！把这个南朝早灭早好。"

王老伯摇着头道："晋王殿下年少气盛的雄心可赞，天下一统的大势所趋也属必然。但是，世上万事都得有个循序渐进、因势而导的过程。你父皇派你们先来游察陈国，而不是立即挥兵过江，必然有其长远方略。故你们此行乃是他整个棋局中的一步棋子，切不可冒失大意，而因此影响到你父皇的整个大局。"欧阳若兰道："王老伯说得在理，我们既不能因小而失大，但也得防个意外，而晋王殿下更不能意气用事。否则，让我如何去向你父皇母后作交代？故依我之见，当立即发信息给对岸的我朝守军。"杨广不等欧阳若兰把话说完，即哈哈大笑道："看把你们紧张的！但我还得感谢你们的良言婆心。请你们放心，我此说绝非是无备的戏言。临行前，父皇母后已给我交了底。我们这次秘下南陈虽是以修好为口实，行的却是去探其朝廷虚实，察其政情民意的向背，非万不得已不必去惊动任何人。但为防意外，父皇已给杨伯父、贺伯父、高大人、长孙览将军等都颁下了密旨，令他们所在宜宾、汉中、历阳、六合、广陵的各部密切关注南朝的动态，一旦遇到意外，我们只要发出信息，他们便会全线出兵南下、伺机拓疆扩土。然而我这一路看来，觉得目前攻取南陈的时机尚不成熟，陈叔陵的谋逆之举和陈叔坚的专权并没伤到陈廷朝政的要害，其根基并没遭到削弱。故陈廷表面虽乱，但社稷稳定、商贸畅通、国库丰实、民心思宁，而其军中还有一批像萧摩诃、任蛮奴这样的忠臣大将在，故此刻发兵南下，还不是最佳时机。我们如今到了这里面会陈廷的新帝和权臣，却正好借此机会去观察这两个面和心不和的兄弟俩的心态，听听他们接下来还想干些什么，达到更好地知彼。至于我为何不怕他们敢对我们胡来，主要还是我们背后有着强大的朝廷

第三十三章　叔宝继位风情依旧，贵妃参政阴颠阳倒

靠山。我料陈叔宝和陈叔坚这对兄弟也不是傻蛋，连最起码的治国邦交之策也会不知道吧！况且我已让人去客栈告知我们的行踪了，所以大家不必担心。"王老伯不由得肃然起敬地道："何谓少年老成！老朽今天才得到了眼见为实的应验。晋王殿下深藏不露、年少心大，却又思路清晰、纵横判断、驾驭有序，真乃少年奇人也！隋家一统天下的史实，必将会应验在你们父子身上。老朽为能够见证这天下大事，也不枉为此一生了。"欧阳若兰却不高兴地道："我看是人小鬼大，心计之深恐怕连他父皇也会望尘莫及的，却让我这个总管一路上跟着白白地担心怕事。"杨广急忙朝着欧阳若兰作揖着道："欧阳婶，晚辈知错了！请您老人家在此受我拜谢。"说罢连连作揖告罪。杨丽华见欧阳若兰不高兴，也就出面打着圆场道："欧阳婶，别在意。我回朝后，定当向父皇禀告，欧阳婶一路上为了照顾我们而担惊受怕，让父皇特施恩泽于您，以弥补我们给您造成的心烦。"杨丽华语重心长的话，让欧阳若兰脸红耳赤没了怨气。

这时门外侍从进来禀报道："欧阳大人，门外有客要求面见晋王殿下。"杨广一愣，即道："来客点名要见我？此人是谁，我认识吗？"来客跨步进门道："我们见过面，但并不认识。"室内众人一齐把目光投向了这个不请自入的不速之客。此人身高五尺有余，比杨广矮了半个头，显得有些文弱。身着紫色带帽兜的披风，帽兜遮盖在头上，嘴鼻蒙着白纱，脸上仅露出了闪烁着光波的一双大眼和两道弯眉，形态显得神秘而飘逸。薛治儿手捏着宝剑靠近了杨广，做出了随时挺身上前护卫的准备。朱贵儿只能愣在一边不知所措，王老伯不动声色地盯视着来人的举止，杨丽华瞪眼注目。突然，此人眉梢处的一颗小红痣让她似觉眼熟，杨丽华情不自禁地一阵紧张而伸手拉住了身旁的欧阳若兰。欧阳若兰用警惕的眼神审视着来人，厉声问道："你是谁？夜深来访，又不请自入，是有要事，还是另有图谋？"

来客没有回答欧阳若兰的问话，却径直走向杨广。薛治儿闪身一步便挡在了杨广的身前，喝道："站住，不得再向前走了。否则，别怪我下手无情。"杨广慌忙拉住了薛治儿的手，冲着来客抱歉地道："不知兄台有何要事找在下？我们又是何时相识的？"来客没有回答杨广的话，却看了看四周围着的人，低声道："晋王殿下，我们能否借一步说话？"杨广不以为然地道："他们都是我最可信、最至亲之人。你有什么话，尽可以在此直说，不必有所忌讳。"来客这才低声道："新帝让我转告你们，陈国愿意与你朝修好，各自保境安民、互不犯边，以共享天下安宁。具体的议和事项，新帝将派专人来与你接洽。除此之外，你们对任何人的干扰决断都不必理会。

317

另外，这里虽是朝廷驿馆，却并非是安全之地，你们的一切当以自己小心为念，万事不可大意。早日办完正事，可速速离去，免遭不测之变。"杨广心机一动问道："兄台这后面几句话，我该怎样理解？是你们朝政不宁，还仅是驿馆不安全？是你新帝的嘱托，还是你个人的关照提醒？你如此裹头遮面的不露真相，是否也是出于这样的原因？"来客脉脉含情地看着杨广，坦然地道："大概都有吧！但总的一句话，希望两国以和为贵，互为近亲友邻，相携相成对大家都有好处，也可皆大欢喜嘛！而剑拔弩张、互为仇敌，则有害无益。是这个理吧！"

杨广探究地问道："这是你的主张，还是你们新帝朝廷的意思？"来客垂下了头，低声细气地道："争战只会给社稷带来动乱、生灵涂炭，这是陈国大多数臣民的意愿。"杨广愕然了，但却认真地道："我们也不想争战，但你岂不知分久必合的道理吗？中原乱世至今已近四百年，南北分治不合时势需求，臣民盼天下一统才是当今的大势所趋。想要天下太平、社稷兴旺、生灵安宁，南北必须统一，只有这样才能对谁都有好处。你说该不该如此？"来客似乎怕冷而用手拉紧披风，却有些不服气地道："依晋王的天下必须一统之见，南北争战是不可避免的咯？那么，你认为这个一统天下之帝该由谁来担，方能让天下人诚服呢？是你们隋帝，还是我们陈帝？"杨广含蓄地道："仁者为帝，民之幸也；庸者为帝，社稷之灾也；强者为帝，国之祸福也。至于陈国的皇帝想当一统天下之帝，他担当得起吗？他连自己的国也治不好，又何能当天下之帝呢！"来客沉思后突然道："哦，我明白了。你们这次来建康名为贺新帝登基，实是来探视我们陈国之虚实的吧？"杨广毫不在意地道："你怎么去想都可以，但我有几句实实在在的话请你转告你们的新帝，顺天意者昌，逆天意者亡。就目前两国之势态，我们不会与你们交战，因为不合时宜，就如你所说还是以和为贵才好。至于以后，或是如果你们要逼迫我们，那就另当别论了。"

来客的眼中流露出尴尬的神色，不再开口言语。杨广见此即拱手道："兄台，我们虽各为其主，但在下对你能来此通风报信深表感谢。若兄台觉得方便，可否留下尊号大名，容在下谨记在心，后报必会有期！"来客似乎感到了为难，迟疑了一阵，还是没有开口，却想转身离去。

一直在旁察言观色的杨丽华赶紧上前，带着羞涩不安的神态拦住了来客的去路道："公子请留步。我如果没猜错，您就是那次在西门助我们解围的人吧！今日夜晚，又为我们的安危前来报信，不能不让我等感激万分。为此务请公子留下名号住址，容我们改日登门道谢。"来客似有难言之隐，急忙摇着手道："我乃受人之托，

第三十三章 叔宝继位风情依旧，贵妃参政阴颠阳倒

也是举手之劳。不用谢，不用谢！"说罢，便想绕过杨丽华离去。杨丽华认定了来客就是那天马上的那位为首公子，她更是想起了欧阳若兰的话，而此刻有这等能与对方面对面交谈的机会，她岂能不去追逐，而让自己再错过。杨丽华情急之中顾不得礼节和男女之嫌，伸手拉住了来客的披风，坦言恳求道："公子，我们两次巧遇相逢也算是有缘了，你就给我们一个答谢的机会吧！"欧阳若兰见杨丽华情急失态，便已知其意，也跟着上前说道："公子，她是晋王殿下的二姐乐平公主，我们这里都是自己人，你无须忌讳什么。有言道有缘千里来相会，我们两次相逢，岂不正是天意！"杨广并不知道二姐和欧阳若兰的心意，见客人眼露尴尬焦急之态，便对两人劝说道："各人自有各人的难言之隐，你们就不要勉为其难吧！"杨广言罢，即冲着来客道："兄台刚才说新帝会派专人来与我接洽，不知此专人是谁？兄台可否方便告知一二！"来客到此只能对杨广低声道："新帝指定的专人是，新封的始兴王十四殿下，你们有什么事都可以对他直说。"说完转身去挣脱杨丽华拉扯他披风的手。谁知，杨丽华并不松手，两人一拉一扯，杨丽华竟把来客的披风扯了下来，还把来客蒙在脸上的面纱也带落了，在众目睽睽之下，一张满面通红、无比秀美却带着怒意的脸展露了出来。来客似乎被激怒了，她狠狠地盯了杨丽华一眼，丢弃了披风撒腿就跑出门去。这意外的场景令杨丽华不知所措，却让杨广愕然发呆，更让欧阳若兰吃惊地盯视着离去的背影陷入沉思！王老伯似乎有话要说，可想了想又咽了回去。

杨广一行各有所思地在室内正无言相对时，门外传来了一阵杂乱的脚步声。即刻司空长沙王陈叔坚在随从的簇拥下跨进门来，目光炯炯地扫视着众人道："各位请听好了，你们虽持有隋廷国书，但真实身份仍需查核。所以从此刻起，你们不能随意出入，更不能私下与任何人接触交谈，否则当按陈律严惩不贷。另外，刚才十四殿下私自会见你们，违反陈廷邦交律法，你们之间若有苟且约定，一概不为准，而且必须如实向本王交代清楚。否则后果自负！"杨丽华欣喜地急着问道："刚才的来人是十四殿下？"杨广却词正理直地道："来人向我们转告的是你们陈帝的圣意，你区区一个长沙王，有何权力去否定你新帝的旨意？你可得明白了，此事从重了说，你这是在以下否上，属忤逆之罪。此中的后果该由谁来负，你自己去想吧！"

陈叔坚因为没逮着自称是十四殿下的人，正在心无底气、恼无依据的愤恨之中，此刻又被杨广理直气壮地训斥着，不免心惊肉跳，更是恼羞成怒。他唰的一下拔出了身上的宝剑，指着杨广厉声吼道："反了你了，你真以为我会怕谁吗？你信不信！若你再敢信口雌黄，我当即把你当成奸细斩于剑下。"谁知，陈叔坚的话刚说

完，薛治儿已现身站到了他的跟前，只见寒光一闪，"当啷"一声，陈叔坚的宝剑已被削成了两截，同时一个细弱的声音传来："我不准你用剑指着我们殿下。"陈叔坚惊恐得连退了几步，话都说不成句地道："你、你们这是，要，要行刺本王吗？"杨广却神色坦然地道："你用剑指着本王在先，才有我们的作为在后。若你还想胡作非为，以己之私欲去破坏两朝的正当交往，既违你朝新帝的圣意，又违民心所需的安宁，我当即将你拿下，送交给你朝廷新帝去处置。届时，你该当何罪，自有你朝君臣去定夺！"陈叔坚自知理屈词穷，且武又不敌对手，更怕事情弄巧成拙闹到朝堂之上，不仅脸面全丢，反而会被对他心存不满的人有了削弱他权势的借口。为此，陈叔坚不得不外厉内怵地匆匆离去。

　　杨广目送陈叔坚离去之后，转身见二姐杨丽华手捧着披风在发呆，不禁感到奇怪而问道："二姐，今天，你怎么有点反常？留客岂能拉拉扯扯的。况且，我们跟对方并不熟悉，岂不让人有唐突之感？"欧阳若兰明白杨丽华的心思，见杨广的话让杨丽华感到难堪，即接口道："殿下是男孩，而你二姐是女孩，你能知道女孩的心思吗！"杨广蓦然有所悟地道："二姐莫不是看上他了？这好办，只要此人还未娶妻，我包二姐能心想事成。"王老伯微微摇了摇头道："殿下若想成全此事，尚需先摸清对方的底细之后，再有的放矢地去商办方可。因为对方绝非一般之人。"杨广却不以为然，断然地道："被我二姐看中的人，也就是我杨广要的人。哪怕此人果真是十四殿下，我也得让他娶我二姐为妻。他若有妻，我必得让他停妻再娶。"杨丽华的脸腾地一下涨得通红。

第三十四章
君臣论战各有纵横，太子献策声势夺人

这天，隋帝杨坚早早地出了后宫，走向太极殿。他要在朝堂上聚集文武百官，集思广益，共议平陈之略。这些时日，他已收到了许多朝臣和边关大将对天下政事态势的评测，以及对南北朝政和出兵南下灭陈所献的对策方略，这勾起了他一阵阵的心潮波澜。

杨坚向来被世人以韬光养晦和胸有野心的说法评议着。在未成势时，他一直被人非议、招人排斥，甚至因猜疑而遭受到灭杀之灾。对此，杨坚闻之不惊、处之泰然，以谦柔退让为处世之策，化解着一桩桩的灾难，以委曲求全、忍气吞声来应对所临的不平，从而躲过了许多凶险，最终赢得了他心中期待的蓄势掌权、称帝为皇。然而，杨坚在执政为帝之后，为了实现他胸中的宏图大略，除了在后宫之外，他一反之前的谦柔和退让，变得强硬而果敢起来。他大刀阔斧地改革着旧朝遗留下来的弊政，毫不手软地清理着贪官污吏，全力以赴地推行着他的开皇新律。他派出精兵强将，甚至是自己的儿子率军西征吐谷浑，双管齐下地武力讨伐和离间分化着北突厥，强势守护着疆域的安宁。对谋逆者则施行格杀勿论的铁腕手段，前后粉碎了声势浩大的各路叛逆势力，清除了阴谋篡政乱朝的五王之乱，用斩尽杀绝的手段彻底泯灭了宇文氏家族的复辟念想，向天下臣民明明白白地宣告着他杨坚的治国理政为民之国策。在这短短的数年之间，他就把北朝隋廷治理得风生水起，呈现出朝政清朗、臣民勤奋、官不敢贪、吏不敢恶、民不敢刁的局面，一派政清民和之象。这使得朝臣官员个个思政绩、想作为，民众人人图壮举、育善念。隋廷的天下在新政的扶持下，律简法公、税减赋轻，百姓安居乐业、人心思富，垦荒平田、行商囤粮，家有余粟、人丁兴旺，农桑渔牧各行业竞业发展。有言道，国强谋拓展，民富思报效。由此在隋廷朝中，涌起了一股拓疆扩土、征战南方谋一统天下的风潮：朝臣们评说天下大势、献策献计论证统一南北的奏折每天都有，让看折从不遗漏一份的隋帝杨坚应接不暇，也让他看得心潮澎湃，恨不能立即提枪上马，把南陈归入隋廷的

版图。但是，杨坚又不能不左顾右盼，去思量种种可能会引发的不测之忧，担心因不自量力而产生的后果。然而，随着时间的推移，挥兵南下平陈、一统天下的念想在杨坚的胸中越来越强烈了。今天，杨坚就是怀着这样的念想上朝的，他要把如此举国之大事交与文武百官，让他们去面对面地争辩，众议此中的利弊得失和时机的选择，以便让他下决心做出最后的定夺。

新都皇城的太极宫庄严恢宏，向人展示着一个大国皇宫的气势，让人望而生畏。然而宫内的装饰则体现着杨坚夫妇俩的简洁和朴素，尤其是君臣们相聚议政的朝堂太极殿，更是一反历朝历代的奢华和富贵之气，处处展示着简陋和朴实。殿内四壁，除了皇坮后壁上，由独孤皇后亲手用金丝线制成的一个大大的"隋"字绣锦，好似行军作战中的一面帅旗，威风凛凛地悬挂在正中之外，再无其他饰件。而且殿内没有一张桌椅，连皇坮上摆放给陛下和皇后坐的龙桌龙椅也全撤去了。君臣们聚朝议政均一律脱履上殿、席地而坐，此举被杨坚称之为，不分高低，畅所欲言，平心议事，也开创了一个朝代的一种议政新风。

杨坚自临幸宫女而负气出走，被杨素和高颎力劝回宫之后，独孤皇后也自感处置欠妥，有损帝皇杨坚的脸面。为了在朝臣面前给杨坚撑个脸，有个台阶下，独孤皇后主动提出甘愿自罚：她从此后不再陪杨坚上朝听政。独孤伽罗又为了暖杨坚的心，令人厚葬了这三个宫女，给其家人发了恤金。此后，她又随意挑选了一些年轻女子，充填了后宫几处空荡的庭院，默允杨坚可以随意行事，以示其博大宽容的姿态。然而，心有余悸的杨坚一时间却再也提不起另寻新欢的念头。如今的杨坚已有了与以往不同的心态，他往昔总觉得独孤伽罗是他的主心骨，决断大事总愿意听独孤皇后的主见，而且往往言听计从。但是现在则不然了，他觉得现在的自己不该再事事听信后宫的言辞，他应该摆脱惧内的阴影，树立一个帝皇应有的尊严，否则太有损他这个帝皇的形象了。因此，他今天独自上朝与众臣共决如此举国大事尚属首例。

朝堂上的文武众臣情绪热烈，趁着陛下还未临朝，便三人一堆、五个一伙，人声嘈杂地各抒己见：有评说时政的，也有叙述经历的，但更多的则是在论证着对南陈的攻防之略。大家都知道，随着政清民和、国力的增强，出兵南陈、统一天下就成了大势所趋，是朝中众臣关心的头等大事。人人都想献计献策，以博取陛下的青睐，好借此建功立业、名垂史册，使爵位俸禄更上一层楼。而今天朝堂上君臣要重点研讨的正是对南陈宣战之事，所以人人振奋、众情激昂。可太子杨勇的神态却异

第三十四章　君臣论战各有纵横，太子献策声势夺人

于众人，他冷眼看着众人的神态，耳闻着众议的言辞，却似乎已是胸有成竹地站在一旁，既不参与议论，也不表示立场，仅是默不作声地旁观着。

杨坚和独孤伽罗的长子杨勇，自小英武彪悍，重武轻文，深得父亲杨坚的悉心培育和欢心。自杨坚执权为周廷辅臣之后，未及成年的杨勇便被授予了大将军之职；杨坚受封为王，杨勇被立为世子，并受封为左司卫、长宁郡公，后又出任为洛州总管、东京小冢宰，统管旧齐之地；此后，又进位上柱国大司马，为保父亲杨坚顺利登基，而授领内史御正统禁卫诸属；杨坚受禅为帝，杨勇即被顺理成章地立为了太子；杨坚为了历练调教杨勇，又指派他出使北疆、参与西征吐谷浑之战，后召回朝中，准其参议军国政事，并指令其可参决尚书奏请、准核死罪事宜，由此可见隋帝杨坚对太子杨勇的一片栽培之心和倚重之态。

年少时的杨勇为人豪爽耿直，不喜奉承、讨厌奸邪，也不矫揉造作，做事待人直来直去，更常以强势示人，北方汉子的习气在他身上展露无遗。成年后，他却变得好女色起来，还不顾父皇母后的反对，在外私纳嬖妾数人。杨勇自被立为太子之后，就处处以未来帝皇的形象做派看待自己，他从不忌讳手下人称他为太子帝，也喜欢人称他为储君。他更是在自己的东宫以陛下的姿态待人断事，事事都与父皇相攀比，前呼后拥的仆从，森严的护卫，无不过之而无不及，如私纳彩女选为嬖妾更是其父皇所没有的。他在对待自己原配元氏太子妃的行事作为上，虽觉此中有自己的不是，但却不肯认错，还责怪母后对他管得太多。他尤其内宠昭训云氏，冷落折磨原配太子妃元逸秋，致使其受尽委屈、含恨而亡。为此，若不是杨坚的庇护说情，其母后差点要与其断绝母子关系（杨广和杨丽华因不在京城尚未知晓此事），最后则以罚他无诏不得入宫中家门而不了了之。谁知杨勇却不思自责，自此后背着父皇母后常以储君的身份结交朝臣，更是肆无忌惮地酗酒行乐，还在节至日于东宫内接受百官朝贺礼赞，从而引来了杨坚的训责。但是杨坚还是碍着他太子的身份，仅是处罚了与杨勇走得最近的两个大臣：太子内舍人明克让和太子内直监陆爽。并下诏训示众臣曰："礼有等差，君臣有别。皇太子虽居上嗣，却义兼臣子。而诸方岳，正冬朝贺，任土作贡，别上东宫。事非典则，宜悉停断，下不为例！"以示警告。由此可见杨坚在护子之余，对太子杨勇的管辖还是恩威并用的。但独孤伽罗却由此对长子杨勇耿耿于怀。

杨勇在朝中历来是以鹰派的姿态处事的，他不喜欢文绉绉的说教和推理断事，在他口中最多出现的一句话是："让我带兵去把他们拿下。"在他的心目中最崇拜的

乃是一个"武"字，他认为对仇敌说十句废话还不如砍其一伙头颅，对违法之人说教十句，还不如抽他一顿鞭子来得让他们能够刻骨铭心。所以太子杨勇在众人的心目中乃是一个强臣，未来上位为皇必是一个悍帝，故在对他敬畏之余，也怀有不少胆怯之念。杨坚对他的训诫是："过硬易折，过软被欺，必孤家寡人失道也。为帝之道当恩威并用，方能服众，方能治世！"

今日，父皇召集文武百官众议征南一统天下之大事，让众人畅所欲言、各抒己见地论证平陈策略以供朝廷选择采纳，此举正合杨勇心意。杨勇觉得此事正是自己的强项，更是他舒展志向抱负的大好时机。他要借此机会让上至父皇，下至众臣都知道，他太子杨勇是个足智多谋、运筹帷幄决胜千里的有果敢作为的统帅。他要带领隋朝的千军万马去荡平南陈，去完成一统天下的大业，为他今后坐上皇位树立一个英武的形象，在史册上留下一页永不能被磨灭的政绩。所以，他今日怀中揣着手下长史替他写就的平陈十三策奏章，并早早地来到了朝堂之上。他要面对朝中文武百官陈述他对当前时势的评估，然后献出他的平陈方略，最好能让父皇当廷封他为征南统兵大元帅，继而他便可披挂上马、挥兵南下，拓疆扩土、建树他的丰功伟绩，为他登基为帝落下艳丽辉煌的一笔。此刻，杨勇边听边看着朝堂上众臣的议论，却在想着自己踌躇满志的作为，脸上情不自禁地露出了淡淡的得意笑容。

杨坚从屏风后步入朝堂，见众臣三五成群，东一堆西一簇，情绪热烈地在热议着，不由得满心欢喜。他要的就是手下人事事关己、人人议政，而不是事不关己、互不通气，各官自顾庭前事，不管他家门外霜的那种官场陋习。众臣见陛下不声不响地悄然来到了朝堂之上，不由得人人收敛，个个神情肃穆地归位站立，又一齐跪拜，三呼万岁万岁万万岁！

礼毕。杨坚道："众位大人，各位爱卿，请起归位。"杨坚待众人席地坐定，自己也盘腿坐在了皇台上，然后目光炯炯地看着众臣道："朕刚才见大家议论正欢，此刻让朕也加入，与诸位一起共议吧！现在这个头谁来开呀？"一时间众臣面面相觑，他们谁也没想到，陛下会用这种形式来开启这次朝堂议政，让大家既感新鲜，却又觉得不能像方才那样口无遮拦、无所忌讳地想说什么就说什么，故而瞬间场面冷清了下来。杨坚见要冷场，忙道："你们都不说，朕就来开个头吧！"杨坚从袍袖中取出了一份奏折，看着道："今有散骑常侍聘陈主使薛道衡大人给朕上了一份奏折，其所言克陈之势有曰：顾后汉之季，群雄四起，华夏分崩，孙权兄弟方拥吴楚，永嘉南迁始有今陈，江东蕞尔一隅僭擅遂久。然郭璞（公元276-324，东晋文学训诂学家，

第三十四章　君臣论战各有纵横，太子献策声势夺人

字景纯。好古文奇字，喜阴阳卜筮之术。任东晋著作佐郎，参军，弘农太守。著有《江赋》《尔雅注》《方言注》《山海经注》《穆天子传注》等）有云：江东偏王三百年，还与中国合，今运数将满矣。观自此以来，战争不息，否终斯泰，天道之恒。有德者昌，无德者亡，自古兴灭，皆有此道。如今陈主项已逝，兄弟争权，内宫不宁，上下离心，而太子乃纵文狎妓，外廷拔小人施文庆委以政事，尚书令江总唯事诗酒，萧摩诃、任蛮奴皆一夫之勇耳！充其廷甲士不过十万，则无德且量小。西至巫峡，东至沧海，分之则势悬而力弱，聚之则守此而失彼。而我朝有道乃大，席卷之势其在不疑，岂容使区区之陈久在天网之外？尔今机不可失，事不宜迟，当断则断，以继承一统天下之威势，塑吾大隋辉煌史册。"杨坚住了口，抬眼看着众臣接着道："各位大人，你们对薛大人的这番见解，可有不同高见？是赞同、补充，或是反对都可畅所欲言。"

早想直抒己见的庐州总管韩擒虎起身道："启禀陛下，在下与陈将萧摩诃、任蛮奴、甄庆等多次交战，深知他们的用兵之道，而屡挫其锋，使其闻我生畏、望我则遁，故薛主使言陈将是一夫之勇一点也没错。时值陈廷有变，内宫争斗，文武离异，正是我朝趁机平陈的大好时机。我愿为灭陈之先锋，渡江拿下金庸（建康）城，以扬我大隋之国威。"言罢归座。

兵部尚书贺若弼起身，手捧奏折道："陛下，臣有取陈十策，已写成奏章，请陛下当廷审核询问！"近侍接过奏折，交付隋帝。杨坚立即翻开奏章，边看边问道："你这'阴在阳之内，不在阳之对'用在取陈方略的首策中，可有其他深意？"贺若弼道："阳即是取陈之声势，越明越大越好，令其惶恐生畏。阴乃是取陈之手段，隐藏在阳明之中。暴露的未必是真的，而隐藏的则未必是假的。届时，适我时为之，不适我时则隐之，可随天地人和，随时随机而行，令其防不胜防。此策也称之为瞒天过海之计。"杨坚点头道："你这是用虚张声势之态，去伺机而取之。哦，朕明白了，你的其余之策均围绕着此态势去作为的。"

柱国清河郡公杨素不等贺若弼答言，便扬手起身道："陛下，臣没有那么多讲究，用实力说话，也根本不需要设什么计谋。在下已拥有战舰两百余艘，首艘'五牙'巨舰也已完工，第二艘已开工在建。臣的一艘巨舰高五塔，载有十二大型拍杆和强弩火器，可容兵将千人，可以横行大江大河，战力足抵百艘战舰，两艘巨舰便可称霸江海水界。目前水军巨舰正在训练军将操作，不日便可入列参战。届时只要陛下一声令下，臣当亲率水陆两军沿江东下南进，必将横贯江河，扫荡南陈如囊中

取物。"杨素在朝中是一个有影响力的人物。他自小落拓有大志,善文工草隶,精兵法熟武艺,却又不拘小节。在与杨坚同列行伍时,被杨坚的父亲杨忠所看重,委以车骑大将军之职。平齐战中,他屡立战功,被齐王宇文宪保荐为清河县子。在杨坚为周廷首辅时,他力挺杨坚执政,率兵平定尉迟迥、王谦、八王作乱,又助杨坚禅位建隋朝为帝,成了杨坚在朝中的左辅右弼,而受封清河郡公,进位为柱国大将军,统辖一方兵马。故众文武百官听杨素如此一说,更觉得陛下这次平陈之战的决心已定,朝廷南下灭陈之役已是铁板钉钉的事了。于是,群情激奋,议论声一片。文官谈谋略、思对策,不甘落后于他人;武将摩拳擦掌,恨不能立时上马率兵冲锋陷阵、建功立业。整个朝堂成了民间的茶馆,杂乱无章起来。

太子杨勇沉不住气了,他跳起身大声吼道:"如今的天时,陈廷动荡不宁;地利,我朝已万事俱备;人和,君臣心思一统,民意盼大同,真可谓是只欠东风了。我们不战便会坐失天时,错失战机,辜负臣心民意。这便是我的第一决策'此役必战'。"太子杨勇的吼声压住了朝堂上杂乱的议论声,众臣们都仰起了脖颈,关注着杨勇的下文。贺若弼和杨素也悄然地回到了自己的位子上。杨勇把朝臣们的注意力吸引到自己身上后,便放缓了声调道:"刚才父皇念到薛主使所说,陈朝甲士不足十万,且又君臣不和。而纵观我朝自推行新政以来,官廉民勤,国力猛增,坊兵制的改革使我朝已有兵将百万,军将的战力更是史无前例地强盛,如此强国兵势必所向披靡。谁能敢挡?这便是我的第二决策'一战必胜'。"杨勇把目光投向了盘腿坐在皇坮上的父皇杨坚,见他也在认真地听着,不免心里得意,便又提高了声音道:"我的第三决策是'速战速决'。有言道,时不我待,机不可失!陈帝已亡,群龙无首,陈廷纷乱,民心不宁,正是我出兵征战的好时机。而此际,我朝的秋熟在望,马壮膘肥、兵精粮足,伐陈正得时宜。请父皇允诺,儿臣当亲统大军挥戈南下,一月之内平定江南,定把南陈归入我大隋版图,还天下臣民一个一统的大隋江山。"

一时间,殿内的文武大臣又纷乱了起来。有兴奋得嗷嗷直叫的大臣道:"太好了,一月之内平定南陈。太好了!"也有摇头不信的大臣道:"一个月平定南陈,谈何容易?简直不可思议!"更有趁机溜须拍马的大臣道:"太子殿下雄心壮志可贯日月,我大隋一代明君正是后继有人。"杨坚脸露笑意,却故意训斥着道:"你这一月平定南陈之说,可有依据?征战大事牵涉着方方面面,可不能纸上谈兵啊!帅误一着,满盘皆输;将错一步,兵死万人,后果是不堪设想的。"杨勇掏出奏折,胸有成竹地道:"父皇,儿臣的用兵之十三策全写在了奏折上,请父皇过目。"说罢双手捧折递给近侍。杨坚含笑接过奏折,边看边道:"各位爱卿大人,你们对此可有想法?朕希望大家从不同的角度去评论此事的成败得失,尤其要从不利的因素去考量此中的利害功过。别光想着成功获利的一面,却忽视了细小的不利环节,而造成功亏一篑的结局。"

朝堂上一片沉默,众臣都在品味着杨坚这段话的真实含义。但多数人得出的结论,这是陛下欲扬故抑的姿态,所以谁都不想开口提说反对之词。佑仆射御史大夫苏威见无人出来陈说朝廷所面临的实情,便挺身而起道:"陛下,为臣觉得征陈战事尚需从长计议,其理由有三:其一,平南之事乃天下之大事,不仅得考虑到南陈的国势和整个天下的大局政态之趋势,还须全面虑及我朝的政治、经济、民心向背和军事的实力,不能以一叶障目而不顾全局,也不能夜郎自大,只看到南陈的表面之态而贸然对其开战。其二,我朝建国尚初,推行新政也才开始,虽取得了可喜的成效,但其根基尚未牢固,更有许多新政还需边做边改,方能达到其预定的功效,尤其是国力的真正强盛,还需数年之后才能体现出来。我朝如今犹如是一个孩童少年,正在长身体发育的阶段,过早伤筋动骨必会影响到往后的成长,甚至还会殃及其他。其三,目前北方虽尚觉安宁,但北方各外族仍虎视眈眈地看着我们,若我以举国之兵南下征战,必国内空虚,驻守北疆的军队失去内援,未必能挡得住虎狼似的北敌外寇。届时我朝两面征战将不堪重负,若有个闪失,顾此失彼,后患可就大了。臣下所言皆我朝的现实,望陛下三思。"

左仆射渤海郡公高颎见苏威归位,即起身道:"陛下,刚才苏大人所言确是我朝目前的实情,但为臣还需做些补充。自陛下推行《大索貌阅法》以来,成效可见,若以当前试点郡县的成果为例做推算,依臣下估计,得用三年时间方能达到陛下的预期绩效,且目前尝试阶段尚有不少方略需要改进完善。况且要全面推行,必须立法成章方可成方圆,届时我朝户籍增加三分之一完全有可能。那时赋税收益必为可观,可从军征战的壮丁和战力更会大有拓展,民富国强的态势将有望得以真正实现。另外,自古礼仪之邦素有'礼不伐丧'之说,如今陛下又正在疏导臣民以礼守法,以礼待人,但却要趁他国之丧危而去举兵开战夺国,既有乘人之危打劫之实,又给人有伤失礼仪、落井下石之感,必会在陈国的臣民心中种下仇恨隐患,为往后的长治久安埋下不良的阴影,所以这也是必须从长而议所要考虑到的问题。故臣下认为,目前并不是伐陈的最佳时机,务请陛下全面权衡利弊后再做定夺。"苏威、高颎反对出兵平陈的不和谐之言,令朝中大臣们都感到震撼,但他俩所说的实情和道理却又不能不令众人去认真思考。众臣都知道，苏威和高颎两人在朝中的威望，更知道他们的言行在隋帝杨坚心目中的分量，而此时他俩一起站出来反对出兵征南，若不是他们早已商议过的，那就一定有其中的必然，而且势必会影响到隋帝杨坚征南方略的制定。故而众臣除了面面相觑之外是一片静默，大家都把目光投向了隋帝杨坚和太子杨勇，等待着他们做出最后的决定。

一腔热血、一心想要建树丰功伟绩的太子杨勇，被这两个栋梁大臣的一席话，犹如当头泼了一盆冷水，顿时心凉灰暗起来。他知道自己无法用事实和话语去批驳这两个大臣的反对之言，更不能用自己太子储君的身份去否定他们的所说。但他心有不甘，如此能塑造自己形象的机会岂能轻易放弃？杨勇在心中暗恨着这两个挡他道的朝中重臣是多此一举。因为他知道，父皇的主战心情虽很迫切，但对这两个重臣的话不会置若罔闻。为此，杨勇不得不把希望寄托给了父皇，希望父皇能坚持主见，一锤定音，把这平陈、统一大江南北的举世伟业交付给他去完成。

隋帝杨坚听了苏威和高颎反对出兵南陈的直言，犹如在饭菜中看到了一只蟑螂，不仅恶心，而且感到心情沮丧。杨坚自小的抱负就是想做个对天下有建树的英雄，做个有权有势、能按自己意愿作为的人物。他虽没想到过自己会做皇帝，但是一旦为帝，杨坚就想着要做更多更大的事情了。其中除了改革朝政，清理贪官污吏，给民众营造一个轻赋税、少劳役，能安定富裕、舒心过日子的强盛社稷之外，他心心念念都在想着能早日出兵南下，除梁灭陈，完成一统天下的丰功伟业。当然，杨坚也知道，除梁不在话下，可以随时随地根据自己的需要去办，但出兵灭陈就不是一件小事了。所以杨坚在立国之后，就一直怀着这个心愿，处心积虑地谋划着这事。如今把这件事推上朝堂让众臣来议论，其目的就是想让众臣与他心思步调一致，来坚定他的信念，齐心协力去完成这平南伟业，实现统一天下的壮举。杨坚满以为众臣会义无反顾地支持他，也满以为他提倡的平等朝议会带来预期的效果。果然开头的一片附和拥戴声正是他所期待的，但杨坚却没想到，他故作姿态的征求不同意见之词，却引出了苏威和高颎的联合反对之声，这是他最不想听到和看到的，但却又是他不能不正视和认真对待的。因为这两人的声望不仅在朝中举足轻重、影响甚大，而且他们那一句句有理有据的话语让人无法反驳。杨坚此刻甚至觉得，自己刚才那段让众臣提反对意见的话是多余的了。当时，他完全可以趁势而为，把南下灭陈之事当廷决断，于是一个举世瞩目、必能永留史册的伟举决策便可形成，又岂能引来这两个朝中重臣一前一后的反对之声。当然，杨坚也明白，这两人所言并非是

第三十四章　君臣论战各有纵横，太子献策声势夺人

言过其实。他静心认真细想，也不能不有所觉悟，自己急于出兵征战，是急功近利的偏心驱使，是一厢情愿的疏忽和缺失，而忘却了朝中存在的其他隐患。但是，杨坚又觉得，当前出兵南下也正如众人所议那样，并非不是一个好战机。虽不能说有全胜的十分把握，但输是绝对不可能的，一场能改变天下大势格局的征战，不可能等到万事俱备之后才去作为，机不可失、时不再来，乃是最好的成事因素。所以，作为一个有为之君必须当机立断，绝不能像个小脚女人做事那样顾此失彼。杨坚想到此，便振作起精神而反问着道："那么，依照两位爱卿所言，我们只能关门闭户，理财蓄势、修身养性，放弃这大好的战机，等到万事俱备之后，再来商议出兵南下，完成一统天下之大任了吗？"

高颎见杨坚带着讥嘲之音而问，便答道："臣并不反对在适当的时机兴兵伐陈。因为分久必合乃是天意，统一天下乃是民心所向、大势所趋，平陈一统大江南北更是上顺天意、下得民心的壮举，只不过目前尚不合时宜罢了。故为臣建议，我们既不能在条件尚未成熟前去兴兵伐陈，落个操之过急的失策之错；又不可乘人之危，选择当前时间去出兵征战，落个被人诟病的污名。但我们可以一面在国内进一步推行新政，同时积极备战，从各个方面聚集征战的条件；另一面，我们也可采纳贺大人之'阴在阳内、不在阳对'的谋略，用虚张声势一阵接一阵地大造南下攻陈的舆论和故作姿态的举动，去调动南陈的朝廷致力于备战，以耗他们的物资财力，劳其君臣军民的身心，令他们始终处于亢奋惊恐之中。长此下去，他们只听闻我们的举兵声势，却不见我们有真实的出兵作为，必会由亢惊到疲惫，再由疲惫到习以为常，以至不足为奇而放松了警觉，便给我们举兵出击有了可乘之机。而我们则得以借此训练士兵，演习攻防之战，提高将士的作战素养，这岂不是一举数得！一旦等到出兵的时机条件成熟，即可一鼓作气，一举平定江南，实现一统中原大地的伟业，岂不是更能稳操胜券么！"高颎这承上启下、有张有弛的举措，不能不令杨坚感到信服，也觉得比较稳妥。但是，他那帝皇的尊严感，让他觉得被属下这么三言两语，就如此轻易地放弃了自己原定的方略，而改弦易辙地放弃了自己思虑已久的主张，人有失自己做帝皇的体面了。此外，他也感到了如此大事不经过皇后认可不免有些心虚。故而，杨坚在沉默了一阵之后，突然想到了正在探察南陈实情的儿子晋王杨广，便有了下台阶的借口，即道："朕对众爱卿所议的'战还是不战'都觉得有一定的道理。然而兼听则明，而晋王尚在南陈奉旨探视，朕还想听听他的主见。所以，各位爱卿若无其他提议，此事就下次再议吧！"

杨勇见父皇有退缩之意，便急吼吼地道："父皇，此事等不得！兵法有云：兵贵神速，机不可失。父皇不纳多数大臣之意也就罢了，却要等杨广回来再议此事，是否既拂了众臣之心，也太把杨广当回事了吧！到那时还有何机可趁？"杨勇的话引来了众多的议论声，却让杨坚感到了难堪。杨坚不得不婉言而道："朕会立即让晋王赶回来向朝廷禀告南陈实情的。此等有关天下一统的大事，草率不得，容朕回后宫与皇后商议之后再做定夺。现在退朝吧！"

第三十五章
十四殿下孰女是男，待客勾栏妃行帝权

司空长沙王陈叔坚回到府中，余怒未消。他左思右想，总觉得新帝安排始兴王十四殿下接管此事，完全是针对他的。否则，何来十四殿下夜入驿馆，私自拜访隋廷使臣一事？此中必有他们见不得人的勾当，而且他们谋划的，一定是针对他手中权势的事。若容他们达成共识，他欲独揽大权、挟天子以令天下，将成黄粱一梦。然而，陈叔坚也心知肚明，论国力，陈国能维持现状已是不错，哪能与北朝隋廷争高下？隋廷的使臣更是碰不得，况且他们随从武艺高强，唯有避之方可保无恙。论眼前，由他一手扶持起来的新帝大哥陈叔宝，本是出于无奈之举，又岂能无缘无故再把这个新帝拉下来，自己上位？别说是众兄弟和朝中众大臣会有异议而不服，连他自己也觉得如此出尔反尔有所不妥。但是，新帝把十四弟扶上王位，又赋予接待隋廷使臣的特权，这岂不是在明显削弱他的权力吗？他若容忍，他们之间万一达成针对他的某种苟且协议，那么离他下台甚至杀身之祸的末日也就不远了。陈叔坚想到此，决定等陈叔重来见他时，必须借题发挥、伺机而为。一定要在自己权力未被剥夺之前，把这个才被新帝扶起来、羽毛未丰的始兴王陈叔重打压下去，哪怕将这个十四弟灭掉也未尝不可，甚至还能借此给新帝一个警告，让他不敢再妄自尊大。

陈宣帝十四子陈叔重，字子厚，生母是江南大族之女吴姬。陈叔重长相斯文，外貌平平，为人朴实，性格憨厚，待人诚恳，彬彬有礼。他虽无技艺却肯吃亏，从不与人争高论低，更无功名利禄、奇志异想的抱负追求，是个地道的与人为善者。故兄弟姐妹都愿与其相处，族人同僚之间人缘也极好，但有时倔劲上来，也会不计后果地认个死理。陈叔重在刚成年时被授予扬州刺史之职，后又封为郡公兼江州刺史，当了个吃皇粮不管事的官，所以他当官虽无作为却从不得罪人，口碑也不错。

新帝宠妃张丽华选择陈叔重去制衡长沙王陈叔坚，并非无的放矢。其一，张丽华看重的是陈叔重为人谦逊、无所追求，是个甘做无为之举的憨厚人，不会让人有威胁感。其二，张丽华看中的是陈叔重在众皇亲国戚、大臣中的良好人缘，这是一

股无形的势力,也是一把剑,用好了能让陈叔坚时时处处感到压抑。其三,张丽华另有一层私心,她要在朝中扶植一个能受她支配的亲信,为巩固自己的势力蓄养力量。张丽华相信,选择陈叔重必能如她所愿:压制陈叔坚,助她左右朝政。

陈叔重这几天犹如在梦中。他作为一个庶子,又无任何功绩,对于封王晋爵、升官之事,根本想都不敢想,这便是他无所求的原因。可他没想到,一天之内,新帝连续下了两道圣旨:先是把二哥陈叔陵遗留的王位赐给了他,接着又委以实权,让他全权负责接待隋廷使臣。如此名权双至的恩泽,让陈叔重仿佛置身云雾之中,心猿意马、不知所措,却又欣喜万分。陈叔重应召匆匆进宫面帝谢恩,这才知道新帝给他封王授官的真实用意,也知道了提携他的是新帝身边的张贵妃。陈叔重虽不是个有心计、有进取心的人,他恪守上尊天下敬地、善待亲友、与世无争的做人本分,只希望自己能平平稳稳、庸庸碌碌地过完这一生就心满意足了。但当富贵降临在他身上时,却又不能不动心。然而,当今新帝大哥却要他违背心愿,去做他不想得罪人的事,去夹在两个兄长之间,成为他们权力之争的马前卒,这让陈叔重左右为难,不知该如何平衡两边态势,做到两边不得罪又两边讨好。他更不明白新帝的这位宠妃为何要提携他。由此,陈叔重深感为难和惶恐,甚至害怕去司空府面对长沙王陈叔坚述职,所以他没有立即去见大司空五哥。

正当陈叔重在踌躇迟疑之时,宫里派内侍给陈叔重传来了贵妃娘娘的口谕:"十四殿下既有新帝圣旨在手,就不必拘于常礼,当便宜行事。今即可去任大将军府中,令其派兵给你接管朝廷驿馆的守卫,以确保隋廷使臣的安全,并告知隋廷使臣晋王殿下:明晚,新帝将在皇城兰香院设宴召见他们,以示亲善友好。"陈叔重虽在外为臣,却也知晓朝廷和宫中的礼节。他明白,接待他国使臣乃朝廷大事,应严肃认真对待。但兰香院乃是皇城中的风月场所,在此设宴接待外国使臣,既违祖规陈律,又悖常情,似乎有些不妥。然而陈叔重觉得,既然贵妃娘娘传的是新帝旨意,他也只能听从。而且这是他第一次听从后宫宣旨去办事,所以必须办好,不能让提携他的这位贵妃娘娘失望。于是,陈叔重穿戴整齐之后,匆匆来到大将军任蛮奴府上传达新帝口谕,领一支亲兵前往驿馆,替换了原先的守卫。然后,他进驿馆报上名号,前去拜访隋廷使臣晋王殿下一行,转告新帝的旨意。

杨广和众人正在厅堂里聊天,侍卫递上始兴王的名帖,传言陈国十四殿下奉旨前来,求见拜会隋廷使臣晋王殿下。杨广闻言,不无得意地道:"怎么样?今天馆外守卫换防,此刻始兴王十四殿下又奉旨登门拜访,是不是正应了我说的,他们不出

第三十五章 十四殿下孰女是男，待客勾栏妃行帝权

一两天，必会做出反应的话？"杨丽华听说十四殿下要来，心头情不自禁地一阵乱跳，她悄然走到一旁，背着人偷偷整理了一下衣衫和发丝。欧阳若兰瞧在眼里，便对杨广道："来人既然是奉旨拜会，我们大家也得整理一下，该着官服以官衔相迎，以尽礼节。"杨广不以为然地道："欧阳婶，这个始兴王今天是来拜访，而不是正式会谈，随便一点反而能显出亲和融洽，也无伤大雅。您觉得呢？"杨广的话让欧阳若兰觉得言之有理，便照办了。

陈叔重跨进厅堂，见正座上坐着一位素衣简饰的夫人，其他人都分坐在厅堂两旁，显示出厅堂内众人的尊卑次序。陈叔重慌乱间不及细看，紧走几步，向着正座上的夫人拱手道："在下新帝之十四弟陈叔重，奉新帝和贵妃娘娘的旨意，前来拜会隋廷使臣晋王殿下……"陈叔重的话刚出口，便感到有所不妥。他面前的是位神态端庄、丰姿绰约的夫人，这怎么可能是隋帝的世子晋王呢？于是陈叔重急忙收住口，转眼去看坐在两旁的人：左手边是三位年轻貌美的女子，其中上座为首的一位正用诧异的目光盯着他，末座一位手中还提着短剑；他又急忙侧脸看向右边一老一少恭立的两人，上首老者鹤发长须、仙风道骨，下首少年气宇轩昂、相貌不凡。陈叔重有些茫然，尴尬不已。由于差事来得突然，他没有任何准备便匆忙接了皇命，去履行自己还未上任的职务。他只知道要把新帝的口谕传达给隋廷使臣晋王殿下，其他事新帝未说，贵妃娘娘也没讲，他不便询问，也没时间细想，这才导致他对隋廷使臣的情况一无所知，连谁是晋王都不知道，造成了此刻的窘态和尴尬。

杨广见此，便微微一笑，起身回礼道："始兴王十四殿下，我是晋王杨广。你面前的是隋廷户部尚书，本次出使贵朝使臣的总管欧阳大人。贵朝新帝有任何旨意，均可对她直言。在座的各位都是我的家人，方才正在闲聊。得知十四殿下光临，一时间不及整冠相迎，有失礼节，万望殿下见谅。"说罢，又拱手致意。欧阳若兰一脸微笑着道："十四殿下光临，此室满堂生辉，恭请殿下上位落座！我们正在随意聊天，不拘礼节，殿下若有兴趣，何不也入乡随俗，加入我们的即兴闲聊，以体现隋陈两朝亲情之融洽！"陈叔重既无入乡随俗的嗜好，也没有攀龙附凤的追求，此刻皇命在身，面对的又是他国达官显贵，他哪敢再让自己陷入尴尬境地！于是急忙摇手道："岂敢岂敢！大人的好意在下领了。然而，今日冒昧打扰大人们的雅兴，实乃皇命所使，不得已而为之。还请各位大人见谅。更不敢加入贵列，来个狗尾续貂，扰了大人们的兴致。"

杨广接口道："殿下既然有皇命在身，我们也不便勉强。但不知此皇命是否与

我们有关?"陈叔重急忙道:"有、有!贵妃娘娘宣达的皇命,正是对各位大人所言。贵妃娘娘说,陛下将于明晚,在皇城的兰香院,设席宴请隋廷使臣晋王殿下和各位大人。务请各位大人准时赴宴。"欧阳若兰见杨广在沉思不语,便委婉地问道:"殿下,你们陛下明日在皇城兰香院设宴,只请我们一家吗?这个兰香院是什么场所,该不会是宫内某位嫔妃的住所吧?若是,我们进后宫赴宴,是否有些唐突?但愿十四殿下能给我们指点一二,以便我们有所准备。"陈叔重面露为难之色,他要转达的就是这么几句话,其他事他一概不知,知道的也不便明言,又怎能给对方指点呢?陈叔重再次陷入尴尬。

杨丽华用疑惑的目光盯着陈叔重,突然发问道:"我听你说话吞吞吐吐、藏头露尾的。你该不会是假冒的十四殿下吧?"陈叔重的脸一下就白了。这话怎么能这么说呢?他虽然受封始兴王才几天,却是新帝亲自下的圣旨,由内侍送达他的府上当面宣告,并交代户部入册的,这岂能有假?就算自己有造假的胆量,也没这个造假的能力呀!陈叔重情不自禁地举目怒视,却看到一双黑白分明、冰清秀丽的眼睛中,有两束寒光向他射来,令陈叔重不寒而栗,不敢正视,更是情不自禁地瞠目结舌、惶恐不安起来。杨丽华的疑心更大了。她初听十四殿下来访,心头一阵激动。可当她看到来人的模样后,简直有些不敢相信自己的眼睛,随后便由激动变成了失望。但听了一番问答之后,杨丽华突然萌生出一个疑问,此人会不会是个冒牌的十四殿下?因为,她前两次见到的那个俊美无比的十四殿下,与眼前这个十四殿下根本无法相比:前十四殿下身材娟秀,貌美容悦,神态潇洒;眼前这个十四殿下却相貌平平,说话吞吞吐吐,神情猥琐,两者截然不同,完全判若两人。为此,杨丽华心中涌起一阵希望的波涛,她期待眼前这个十四殿下是个冒牌货,是司空长沙王陈叔坚派来诱惑他们的诱饵。

杨广听杨丽华责问,不由也起了疑心。他上前询问道:"你说宴请我们的是你们的新帝陛下,可这皇命为何要由贵妃娘娘来传话呢?不会是,你们陈朝的皇事都由贵妃娘娘说了算吧!"陈叔重又怎能回答这样的问话!他只能诚惶诚恐地道:"此事的缘由在下实在不知。而且在下始兴王的爵位,也是贵妃娘娘恩赐的。十四殿下更绝非下官假冒。"杨丽华的猜疑更强烈了。她走近陈叔重,道:"有谁能证明你就是始兴王十四殿下?我们看到的十四殿下,是由你们的司空大将军长沙王陈叔坚指认的。你这模样怎能与他相比!不是假冒,还能是什么?"陈叔重被如此责问,简直有口难辩,而他又是个不善于与人争辩,甘愿以退让换取空间的憨厚之人。所以,

第三十五章　十四殿下孰女是男，待客勾栏妃行帝权

当他觉得自己无法跟他们说清楚真伪时，只能用沉默来回答对方。欧阳若兰也警觉起来。她逼近陈叔重，温和地道："我们没有别的意思，只是想弄清楚此事的来龙去脉。因为，是你们司空府的将军把我们带到这里的。你们的长沙王要囚禁我们，而有人则来传你们新帝的话，要我们自保安危。可此刻，你又来传告，贵妃娘娘要在皇城宴请我们的旨意。所以我们不知道该相信谁，也就不得不怀疑此中的真伪，这才有了让你自证是始兴王十四殿下的话。"

王老伯上前来，盯着陈叔重和蔼地问道："今天，我们所住的驿馆调换守卫，是受司空府指使，还是你按贵妃娘娘的旨意办的？"陈叔重见有话可答，连忙道："用士兵调换驿馆的守卫，是下官受贵妃娘娘的旨意照办的。这也是陛下的圣旨，司空府也得听从。"王老伯又问道："你们朝中有几位十四殿下？"陈叔重惊讶地答道："就我一个呀！我是先帝的第十四个儿子，如今受封为始兴王，自然就成了十四殿下。"王老伯接着道："据我所知，你们的父皇有四十二个儿子，十四个女儿。儿子封王后便可称为殿下，否则只能称世子，或是以官职相称，女儿受封公主之后也可称为殿下。是这样吗？"众人听王老伯问出这么个问题，一时都不明白此话用意，有些蒙了，大家不约而同地把目光投向王老伯。陈叔重更是丈二和尚摸不着头脑地道："没错啊！我朝遵循的是秦汉之律、先祖之制，从未逾越过。这有什么不妥吗？"王老伯没有回答，继续问道："你父皇的第十四个女儿，已受封为公主了吗？她多大了，长得有你这么高吗？"杨广此时突然有些明白了，他瞠视着正瞠目结舌、思索如何答话的陈叔重，希望尽快知道答案。朱贵儿和薛治儿也被王老伯一连串的问话吸引，走了上来，众人把陈叔重围在了中间。

陈叔重似乎也有些开窍了，却又带着妒意答道："十四妹比我小十多岁吧！自小就深受父皇和其母妃的宠爱，幼年时便被封为宁远公主，尽享父宠母爱、兄嫂呵护，却也养成了她娇纵不羁、不愿遵循祖规的性格。长大后又耐不得闺中寂寞，常听手下人唆使着男装出行。你们见到的十四殿下是不是她，这我就不知道了。我与各位大人从未见过面，肯定不是你们见过的十四殿下。但若被五哥长沙王认定是十四殿下，那就不会有错，必定是十四妹宁远公主无疑了。恳请各位相信我所言，我不是假冒的十四殿下。所以明日陛下和贵妃娘娘在皇城兰香院所赐接见晚宴，务请各位准时光临。届时，在下会来迎接各位前往。"陈叔重说完，如释重负地告辞而去。

杨广等陈叔重离去之后，开口道："我怎么就没想到，他们的十四殿下还有男女

之分。王老伯，您是怎么想到这一层的？我们见到的那个十四殿下，真的是他们的宁远公主吗？"王老伯捋了一下胡须，微微一笑道："在西门外，我们第一次见到那个在马上的十四殿下时，并没有引起我的注意。那天晚上，我第二次见到那位十四殿下时，她有几个异常举动引起了我的猜疑：其一，走路。像她那般年纪的男孩走路，必定大大咧咧、风风火火，可她却轻盈无声。其二，她与公主殿下拉扯风衣时的举动，不像男孩那般粗鲁，竟然争不过公主，还丢下风衣负气离去。其三，她的身材不像在马上看去那般高大，而是显得有些文弱。尤其是她的眼神，看晋王殿下时柔和中带着羞涩，看公主殿下时却躲躲闪闪，似乎有所防范。不过当时，这些想法也只是猜疑而已。直到刚才陈叔重出现，再三声称自己是十四殿下，才让我猜测到可能存在的误会。现在看来，我们前两次见到的那个十四殿下，应该就是宁远公主无疑了。"

杨丽华的脸色阴沉下来，眼中似乎还蒙上了一层亮晶晶的泪花。欧阳若兰知道杨丽华的心情，她搂住杨丽华的肩头，低声细语地道："别伤心，缘分天注定。天地广阔，你还年轻，天下好男孩多的是，婶一定时刻留意，肯定能帮你物色到一个好夫君。"杨丽华脸红了，微微摇了摇头道："命中有的自会来，命中没的不必强求。我心里笑话自己，怎么会把女孩当成了男儿，该不会是自己犯花痴了吧！岂不让人笑话？"说完，眼中滚出两颗晶莹的泪珠。杨广似乎明白了杨丽华的心情，便道："二姐别难过。有我在，一定会给你找个好夫君。只要你愿意，我会陪你阅尽天下好男儿。"杨丽华没有说话，径直走出厅堂。过了一会儿，她捧着折叠得整整齐齐的风衣，送到杨广手里，道："这件风衣就由你去还给她吧！要是有缘，你也喜欢她，就别错过了，把她带回去。父皇和母后那里，我去替你说。"欧阳若兰和王老伯都被这对姐弟的情义感动，频频点头。可在一旁的朱贵儿和薛治儿，心里难免有些醋意，尤其是薛治儿狠狠地瞪了杨丽华一眼，把嘴一噘，抱着剑坐回了自己的座位上。

欧阳若兰带着疑惑道："明天，他们的新帝在兰香院设宴？我觉得这个兰香院，似乎不是个正经场所。要是真如我所猜测，他们的新帝为何要在这种地方接见宴请我们？会不会有其他原因？"王老伯道："欧阳大人猜得没错。据我所知，皇城兰香院在京城名气很大，它确实是个风月勾栏之处，但却是达官贵人名流聚会的场所。江南的士族，尤其是高官贵胄、文化名流，附庸风雅已成风气，而皇城的兰香院代表着京城最高雅的风月场所。这里不仅格调高雅、人物风流，开销更是不菲，一掷千金乃是常态，所以不是一般人能光顾的。他们常在此吟诗作画、品茗饮酒、狎客会友，而且各自都有品流相当的圈子和去处。兰香院内最常见的，不外乎皇孙公子、贵戚显富，或是真正有才华的风雅名流、色艺俱佳的青楼女子，能在这里现身的人，更象征着一种身份。据说当年的太子陈叔宝，就是这里的常客。如今太子刚刚上位成了新帝，怕是难忘旧习，要在这里招待国之宾客，老夫认为，完全有这种可能。"杨广若有所思地道："照这么说，这个新帝把我们当成附庸风雅的名流之士，而不是国之上宾了。也好，咱们就去尝尝这江南之'鲜'！"

一直在旁生闷气的薛治儿突然开口道："这种烂地方，你们要去就去，我不去！"杨丽华也道："你们男人寻欢作乐的地方，岂是良家女子该涉足的？我也不去。"朱贵儿低声细语地道："这种场所我也不想去。"王老伯见此便道："江南风俗遵循儒家之道，尤其是士族大户家的女子，都不会在公众场合抛头露面，这才会出现像宁远公主女扮男装出行的现象。但我听说，陈叔宝还是太子时，就曾携其龚、孔妃和现今的张贵妃多次到这兰香院会友狎客，成了当时独领风雅的笑谈。如今会不会是陈叔宝故伎重演，想借此标新立异，也未可知！"

杨广随即哈哈大笑，和颜悦色地道："你们呀！真是少见多怪。陈叔宝能带着他宠妃进去的地方，难道我们就去不得？这会儿他邀我们前往，不管他有什么用意，我们进去看看又有何妨？去去去，大家都去！不用着朝服，就当是去会客闲逛、开开眼界，领略这江南的风雅习气，为我们以后治理江南增添底气，也别让他笑话我们不懂他们的儒雅风情。"

第三十六章
贵妃设宴叔宝起意，宁远献舞杨广退席

兰香院地处玄武门侧畔，背山临湖，青山绿水环绕，不仅风景秀丽、环境幽雅，小桥流水间画舫荡漾，楼台伴着秀阁亭榭。它不似人们常见的那种青楼独幢朱阁，也不似文剧中所描绘的那种门首挂着红灯笼、门前站着老鸨的勾栏院，而是一处隐匿在山水楼台间的风月场所，一座风雅别致的调情山庄。兰香院的名号，是融合在许多豪舍丽宅中的别院统称，也是一处以文韵铺垫、集琴棋书画、声歌艳舞和名吃于其中的纵情行乐之地。它所招揽的，不仅有俊男淑女的品貌才气，还有文渊琴技、棋术画艺，以及莺歌燕舞、宫廷墨宝，更有皇孙公子、达官显宦、贵胄的豪情财富和文人墨客的真才实学与名气（它就是自唐代之后沿传下来的金陵最著名的官民共享、三教九流混迹其间的秦淮人家的雏形）。

杨广在陈叔重的引领陪同下，带着众人来到一处河畔码头，登上一只朱门绣户、雕龙描凤的画舫，沿河而去。夜色尚未暗沉，可河岸两畔的楼台亭阁却都早早地挂出了各种形态、闪烁着光亮的灯笼：有大红圆肚灯、八角纱纺灯、六角走马灯、古色古香的方灯，还有碧纱莲花灯、净素梅花灯，甚至更有成串成片的星灯。这令乘船沿河而去、各自倚窗而坐的杨广一行人目不暇接，不忍错过如此难得的观赏良机。画舫拐过一道弯，河面突然开阔，河畔的楼台亭阁变换成了隐身在假山叠岩、小桥树影间的一幢幢绣楼闺阁。从树枝叶缝中透出的强弱不一的光影，给人一种扑朔迷离的感觉。一阵优雅缥缈的弦乐声扑面而来，扩散在空间，仿佛是天籁之声，又似人间仙境的妙音，的确别有一番风雅情调。杨广一行都被眼前所见感染，没有一人开口说话，却都在心里品评着眼中所见的感受。尤其是杨广，忍不住在心底对自己道："天下竟然还有这般奇妙的去处，这个陈叔宝也太会享受了。"

画舫来到一幢绣阁前的水榭码头靠岸停船，码头上早有几个黄门内侍手执宫灯，前来迎候众人上岸。众人沿着曲径来到一栋秀楼跟前，悠扬美妙动听的乐曲声从朱门花窗里渗透出来，流传开去，让人不禁有一种如身入异域、心动神漾的感

第三十六章　贵妃设宴叔宝起意，宁远献舞杨广退席

受。众人跨入灯烛灿烂的朱门，室内雕梁画栋、飞阁流丹，显示着一股说不尽的华丽和富有。迷迷荡荡的声乐裹挟着众人，让人如痴如醉。杨广忍不住扭头问陈叔重："这是什么乐曲？如此缠绵，让人心神不宁，似乎有种飘飘欲仙的感觉。"陈叔重恭敬地喃喃道："陛下精诗文韵律，好声乐创意，更会谱曲定调，故常以此聚亲会友。此曲调可能就是新帝的新作吧！"杨丽华却不屑地道："能作此糜曲滥调的君主，非庸必昏！"陈叔重道："请公主殿下包涵，我朝的文风习气就是如此。席间可以无佳肴，却必得有好酒新词、美曲艳舞，否则就不能尽兴，还会受人诟病。而陛下所写的新词丽曲，无人不说是世上的佳品绝作。"杨广不无讥嘲地道："我如果是陛下，我的劣作也定会被人说成是佳品绝作的。你的这个陛下，难道不知道此中的道理吗？"杨广的这段话把陈叔重说得哑口无言。

众人穿过庭院，一阵沁人的香味扑鼻而来。杨广深吸一口道："此香似兰非兰，似檀非檀，却能直钻人心头，想必是麝香无疑了。"朱贵儿却悄声道："不是纯麝香，是一种合成的麝涎香，否则不可能没有膻味，却有木兰香味。"陈叔重急忙道："各位大人请住口，陛下就在前面厅堂里，容在下先去禀告，然后再请各位入内。"

陈叔宝年仅三十出头，可身躯已经有些发福，五短的身材因肥胖而略显臃肿。白净的脸皮、端正的五官，流露着江南文人的气质，唇上留着的两撇八字须，似乎又在显示着些许老成持重。但他那双晶体混浊的眼珠和开始下垂的眼袋，却在向人预示着他已酒色过度。此刻，他正在宠妃张丽华和心腹都官尚书孔范、中书近侍施文庆的陪伴下，边欣赏指导着自己新填词曲的演奏，边品茶闲聊，等待着所请客人的到来。陈叔宝很满意宠妃张丽华给他出的主意正在一步步实现，也满意这个十四弟正在按他的意思行事，成了他对付五弟长沙王的一枚棋子。今天他之所以不在朝堂上接见隋廷使者，却安排在如此私密隐晦的场所召见他们，确实别有一番用意。首先，他要给掌控着朝堂大权的司空陈叔坚一些精神压力，让这个想左右朝政的长沙王去猜测而不安；其次，他要在这私密的场所，先去探索一下隋廷使者的政见深浅，揣摩一下他们能否为他所用，去夺回掌控朝政的大权。此外，他还要用这种私晦的场所，试探一下杨坚儿子晋王的嗜好，以便投其所好，为来日方长之事做些铺垫。陈叔宝见陈叔重进来禀告客人已到，立即道："快宣！请他们进来。"都官尚书孔范和近侍施文庆起身，代陈叔宝随陈叔重前去迎客。

欧阳若兰在杨丽华和杨广左右陪伴下走在前，王老伯携朱贵儿、薛治儿跟随在后，走进了厅堂。金碧辉煌的堂室内，雕梁画栋，玉屏檀椅，珠帘绮户，穷极精工，

好不奢华。厅堂上首正面主位，刻花镶玉的案桌前端坐着一男一女：男的头戴金龙冠，身着缎面黄锦暗龙便袍，疲惫的脸上，那双混浊的眼珠却在闪着光亮；女的体态秀美，衣饰素雅，乌黑的长发闪着光质，披肩而下，鹅蛋形凝脂般的脸庞上，五官匀称而美艳，尤其是那双顾盼自如的美目，似有勾人魂魄的神力，让人瞧后难以忘怀。

陈叔宝见客人入室，即想挥手示意，却被杨丽华的艳丽惊呆了，甚至忘了自己想要启口说的话。张丽华见陈叔宝如此失态，已猜知其意，便用手指悄悄地拉扯了一下陈叔宝的衣襟，带着赞赏的口气道："隋廷果然不愧为上邦之国，使臣如此神采奕奕，不能不令我们刚继帝位的陛下也受此感，而有些自愧不如。如今你们远道来访，我们不胜欣慰，陛下特在此设宴为你们接风，但愿我们两国能从此和睦相亲，各自保疆安民。若有可能，甚至还可以互通有无，连成亲家。"陈叔宝被张丽华的话点醒，急忙接口道："对，爱妃说得对！化干戈为玉帛，变争战为秦晋之好，岂不皆大欢喜？各位快请入座。我们今晚不分君臣，仅以友会客，共聚一堂，忘却疆域之分、男女之别、老少之虑，借词酒联谊，以情会友，纵情于歌舞之中，为往后的天长日久一醉方休。"

杨广一行在施文庆的安排下纷纷落座。正面主座是陈叔宝和张丽华，侧面左首为男宾，上座是杨广、王老伯，在下首相陪的是陈叔重和都官尚书孔范；右首为女宾，上座是欧阳若兰、杨丽华、朱贵儿和薛冶儿。近侍施文庆则忙前忙后，指挥侍从端果点、斟茶水，穿梭在主客之间。

陈叔宝待一切就绪，便满面春风地道："各位贵戚，朕在此等场所设宴接待上国之使臣，你们必有所想吧！为此，朕不得不把我的初衷告诉你们。实不相瞒，朕这皇位来得有些不易，差点为此而丧命，兄弟阋墙虽古来就有，不足为奇，但毕竟是丑事一件。然而，命中有的必自有，又能奈我如何？这就叫作天意不可违。但是，你们想必也知道，我的朝堂当今尚不得安宁，甚至有人违我心意，把你们囚禁起来予以加害，欲挑起两国争端。此等作为，我岂能容他？可是，我心虽有如此之想，但目前却不能如此去做，因为我尚无此力，时机也未成熟。故你们今昔来得正好，我欲想借你们之力，助我一起把这个奸臣除掉，既可匡我朝政，又可与你们永结秦晋之好，相辅相成于天下，成就史册上多姿多彩的一笔，为后人留下恒久的美谈。为此，我才不以朝廷迎客之道召见，也不以君臣之礼相称，却安排在这里与各位像亲友一样相叙。不知欧阳大人、杨广老弟，你们意下如何？会否讥嘲我陈叔宝做事太荒

第三十六章　贵妃设宴叔宝起意，宁远献舞杨广退席

唐，没个君主的样子呀！"陈叔宝说完，用色眯眯的笑眼盯视着杨丽华，似乎还在说："若你们能成就我此事，我可以封你为贵妃，你就留在我后宫与丽华平起平坐，助我朝理政。我得'双丽助政'，必会成为一桩传世佳话。"

杨丽华厌恶地避开陈叔宝的眼神，本想开口讥嘲几句，却见杨广已开口道："既然皇兄如此以心待我，我们岂能不领皇兄之情！隋陈两国一北一南，虽隔水而治，却同为一根，都是黄帝之儿孙，陈廷不宁，隋朝岂能不顾？皇兄之事，既是我隋国之事，也是我杨广之事。请兄台放宽心，此事我杨广管定了。说吧！你要我怎么助你？是让我朝廷立即派兵过江，把这长沙王一帮子给灭了，还是让我派人去取囚禁我们的这个司空的头颅？不是我杨广说大话，只要皇兄一声令下，我一定帮你搞定想做之事。"陈叔宝乍一听愣住了，他可没想到杨广会把此事上升到这么严重的程度去领会，更没想到杨广会一口答应助他，甚至是派兵过江，或是去刀取陈叔坚的头颅。他不仅感到了事与愿违，而且出于一种本能，也感到了此中存在的凶险。然而，他的理念又让他意识到，不能由此便去猜度杨广的别有用心。故而他一时间无话可说，只能把目光投向都官尚书，希望孔范能出面去纠正杨广的话意，别把今日会面的目的给弄砸了。可是谁知，这个平日能说会道，在诗文典故、狎雉驯童上总能胜人一筹的孔范，此刻却盯着杨丽华身旁的朱贵儿，呆若木鸡，一言不发，不知在想什么。陈叔宝又气又恨，只能抬头把目光投向站立在他身旁的近侍施文庆。然而，这个往昔样样都能猜度到他心思的贴身亲信，给他的只有一脸无奈的表情。这让陈叔宝心情沮丧，这两个平日不管大事小事，总会在他耳畔滔滔不绝诉说的心腹，此际在他需要借力的关键时刻，不仅不能助他一臂之力，竟然会以如此麻木的神态表现，真是朽木一块，徒有虚名，甚至连杆银样镴枪头也不如，令陈叔宝大失所望。陈叔宝不免垂头丧气，不得不把脸转向身旁的宠妃。

张丽华早已把陈叔宝的尴尬看在眼里，也猜度到了陈叔宝的心思和意愿。她之所以迟迟不开口接话，是因为她知道，在公开场合，陈叔宝对后宫干政还是有所忌讳的。陈叔宝在没有外人的情况下，他可以把她捧如至宝，甚至言听计从。但是，女不涉政的陈廷祖训，陈叔宝还是不能不有所敬畏。所以张丽华明白，若要想让这个皇位还未坐稳的君主往后言听计从地依赖于她，除了她必须倾心尽力地满足他的需求之外，还得尊重他的面子，照顾他的选择，更得让他离不开她，而时时有求于她，如此才能把他掌控在股掌之中，才能如己所愿。

张丽华如此算计陈叔宝，并非出于什么坏心眼。实质上，张丽华也不是一个坏

女人，只是自小的经历和遭遇，让她觉得，要想让自己和家人都出人头地、享受荣华富贵，一定要有权势。而要想有权势，背后就一定要有靠山，要想找到靠山，自己就必得有本钱，还得靠智慧。而作为已投胎为女人的张丽华当然懂得，她唯有的本钱便是有一张比一般女人漂亮的脸，和一个别的嫔妃所没有的娇嫩身躯。她被选入宫，得遇孔妃，了却了她第一步的心愿；张丽华进宫后，处处强化自己，刻意改变自己的一切，去适应宫廷的人情世故。她潜心学习宫规礼仪、琴棋书画，偷窥暗记陛下的习性、嫔妃的日常生活，甚至是他们床笫之间的淫乐之事。在她幼小的心灵和身上，也过早地烙上了成年女人才有的欲念，这便是她迈向成功的第二步；当然张丽华也知道，作为陛下，必然会有众多貌美如花的女人。而她若要胜过她们，就一定要凭自己独到的优势。这便是她虽然年岁幼稚，却有着与其他成年女人同样的性欲心态，会去努力适应陛下的需求。她用后宫嫔妃们所没有的娇芭嫩蕊的身躯，去尽力满足着陈叔宝求鲜的淫乐生理。而且，她更在心里用一层比其他人更为成熟的心态和缜密的心计，去倾心迎合着陈叔宝的心愿。

张丽华此刻见陈叔宝向她投出求助的眼神，知道是该开口说话的时候了。她扫视众人一眼，脸带笑容地微启朱唇道："晋王殿下能如此出言，太令人欣慰了，陈隋两朝的交谊以此为磐石，必将能造福天下黎民百姓。然而，陛下刚才所言之意，却并非是希望殿下插手我朝堂政事。至于朝中个别权臣弄权，原是兄弟间的一场争执，却无根本利害的冲突，也就无须动刀兵去争战流血。故陛下之意是希望两朝在道义上能结秦晋之好，在疆域上互保现状，各不相扰。若能如此，便是上国隋廷欧阳大人和晋王殿下，还有乐平公主对我朝最大的扶持了。"

杨广见张丽华出面替陈叔宝圆场，心中不由得想着："陈叔宝这个窝囊货，自己说话不达意，被我抓住了话由，故意向他显耀我朝实力，来了个借题发挥、敲山震虎。如今他自己不去自圆其说，却让女人出来扳回面子，岂不更显得无能？如此倚仗女人去把持的朝政，可想而知，这个朝廷将来会是个什么结局了。"杨广心中所想，口上却微微一笑道："皇嫂言之有理，兄弟阋墙本无大事，更不宜动兵刀危害百姓。此话只是在下一时出于替皇兄忧急而信口道来，却让皇嫂见笑了，确是在下的不是。在此，在下对刚才所言表示歉意。"杨广起身抱拳，冲着陈叔宝和张丽华躬身示意。随后，带着恭维又接着道："皇兄好福气，有如此聪慧睿智、强悍的皇嫂在侧辅政，何愁朝堂会不宁？"

杨广的这番话，让陈叔宝和张丽华都感到舒坦满意。尤其是张丽华，忍不住向

第三十六章 贵妃设宴叔宝起意，宁远献舞杨广退席

杨广送去一个感激的媚眼，并微微地欠了欠身，开口道："晋王兄弟过奖了，兄弟的好意，我替陛下在此谢过。此外，我还得借我们这次会面相识，替陛下向欧阳大人和晋王讨个彩头：希望从此陈隋两国结成秦晋之好，互通有无，永成兄弟，各保疆域，决不伐兵。最好还能形成文字国书，以免被遗忘。不知本宫的此说能否得以允诺？"张丽华此番话的本意，是想由此可以免除外忧，使她放手专权辅政。

欧阳若兰见对方说事认真，而且是要用国书的形式成文，不免有些拿不定主意，便把目光投向了杨广。而此刻杨广正在心里想着：我此刻与他们结秦晋之好和签国书，并无不妥，乃是随机应变的一时之策，其意在迷惑对方，让陈叔宝可以无所忌讳，放手朝政，纵情行乐，有助张丽华涉政弄权。如此用不了数年，在江南这种崇儒风气中的陈廷，由女人摄政掌控的朝堂必乱。而我朝南下灭陈的各种条件，到那时都应该具备成熟了。那么秦晋之好和国书就是空话一段、白纸一张，谁还会来管有用无用！但在此际谈此事，还得故作姿态，认真对待，必得让对方信以为诚，这也是兵法上所说的谋兵之道在于一个"诈"字。我同时还得借陈叔宝身旁的这个女人去推波助澜，去笼络她、尊她为大，助这个女人去弄权乱政，以便让陈叔宝这个傀儡皇帝名副其实。当然，自己也不能小看了这个会借坡上驴，而且是得寸进尺、不让分毫的女人。该给她压力的时候也得给，不能让她小看了我的年少识浅，而左右于我。该仰该抑的尺寸，须得掌控在我的心里，绝不能由着她为所欲为，自成一霸，反成我以后灭陈的拦路虎。杨广想到此，也看到了欧阳若兰投来的目光，便很自信地冲着张丽华道："皇嫂真是个巾帼不让须眉的女中魁首，有奇谋、有远见，令在下十分敬佩。两国结为兄弟、互不伐兵，正合我意，这是大好事！岂有不允之理。至于把此事列成条文，用文字写成国书形式，也是必需的。但国书须得盖上我父皇的玉玺才行。所以此事，我认为还是先把双方的意愿用国书的形式书写成文，然后由我们带回去，交我父皇盖好印后，再由朝廷派专人送来，正式施行。可否？"

陈叔宝心花怒放，他很满意张丽华能一言中的地道出了他心中所期待的事，不仅替他圆了刚才的失言，而且还把他想要说而没说出口的话也直言不讳地挑明了，这也是他今天在此设宴招待杨广一行的首要目的。故而陈叔宝连连点着头道："诺！诺！完全可以，朕允了。"张丽华却道："国书中还得写上一条，你们隋廷必得认定：在此座上的新帝才是陈国唯一君主。除他之外任何人称帝，你朝都不得支助。"张丽华此说的目的表面上是在为陈叔宝着想，但实质上则是在为她以后挟陈叔宝这个傀儡皇帝为她专权而做出的铺垫。杨广已知其意，即脸色一沉道："皇嫂此

话不能这么说，有些太强人所难了。我们能来陈国恭贺新帝上位，今晚又能应邀到此赴宴，并同意签国书、结秦晋兄弟之好，本就是对新帝的认可。若要再对此专例一条，岂非有些多余？况且，任何一个朝廷的君主都难免会不顺人理而自然更迭，陈朝也岂能例外？我若依了皇嫂之说写入国书，这不是把我朝架上了进退两难之地吗？届时，你朝君主更迭，我朝是不认可，还是出兵干涉，或是坐商观望？岂不让我们有些尴尬！如此兴师动众地签下的一份国书，是会惹人耻笑的，在下更怕我的父皇也不会允诺。"

张丽华带着疑问道："晋王殿下，何为坐商观望之？"杨广道："商乃机，是利也！视机而动，以利为先，即是坐商观望、择利而为。如此是否太有些铜臭味了！而陈廷建国虽仅二十余年，却已换了五位君主。算下来每位君主在位也就四五个年头，有的甚至连两三个年头也不到。如依皇嫂之说，今日签下的国书，岂不是成了一帝一时之事，又怎能如皇兄所言留传后世，成为传世之美谈？届时，我们将以义为先呢，还是以利为先？故依在下所见，如按皇嫂之意，此事到那时怕是不成美谈，反成后人笑柄了。"杨广这一番巧言辞令，说得头头是道，既模棱两可，却又含着观念，还对张丽华的贪婪之心有所指责，更是在众人的心目中增添着他这个少年晋王的光彩。张丽华自觉理亏而脸红了，陈叔宝哑口无言。杨丽华却感到了自傲，欧阳若兰由衷诚服，朱贵儿和薛冶儿暗暗敬佩，王老伯更是捋着胡须在心中喝彩道："这个晋王不仅少年老成，而且在外交辞令上也是如此进退自如，陈廷君臣绝非是他的对手。天下大势所趋在隋廷这对父子身上，应该是没有悬念的了！"

杨广见众人都没有言语，便坦然一笑，接着道："请皇兄皇嫂见谅，在下刚才的言辞有些过了。但两国邦交、结秦晋之好是共识，是必然的。我在此代父皇向你们允诺：我朝不管是从道义上，还是在力所能及的范畴上，都会义无反顾地关注、资助皇兄皇嫂去独掌朝堂大权，而且绝不反悔。所以你们完全可以放手去做你们想要做的事，不必忧虑有人来横加干涉。此外，在下还有一个提议，鉴于皇兄病体还未完全康复，当以从长着眼、息养为主。朝政之事，在下觉得凭皇嫂之智慧能耐，完全有能力助皇兄收复皇权、匡扶朝政，而且必能镇服众人。这也让在下想起了，我父皇问鼎朝政前，我朝民间传言的'独孤天下'。父皇因得我母后助政，方有了隋廷，才成了众所周知的现实。皇兄何不也学学我父皇，放手让权给皇嫂，自己乐得坐享其成，去成就自己诗文艳词上的天赋，而流芳后世！"

张丽华听了杨广的话，心里觉得比吃了蜜还甜润。她情不自禁地用会说话的眼

第三十六章　贵妃设宴叔宝起意，宁远献舞杨广退席

睛直视着杨广，似乎在说："好兄弟，你的话说到了我的心里。你虽年少，却更比别人懂我的心。此后陈隋两国结成了秦晋兄弟，你是弟、我便是姐，而我更会把你当作自己的知音相待。"陈叔宝喜笑颜开、精神焕发，大着声喊道："来人，奏乐，摆宴开席！朕要跟众位爱卿、兄弟姐妹举杯欢歌，共庆陈隋两国永结秦晋兄弟之好。而且，朕还要与杨广老弟聊些私事，助兴今日之盟约。"张丽华即接口道："下面还得有劳孔大人，把今日所议书成国文，交陛下审阅签署后，送隋廷使臣欧阳大人和晋王兄弟带回朝中盖印。"善于察言观色的近侍施文庆，见有了捧场插话的机会，立即转身，冲着一道屏风仰颈尖着嗓子喊道："陛下有旨，为庆陈隋两国永结秦晋兄弟之好，奏新乐，上新舞，摆酒宴，开席贺喜，一醉方休！"

伴着喊声，从厅堂下端的玉屏风后，分两边走出了两队人：一队九人，各捧乐器，走至左侧就位，整弦调音，准备演奏；另一队八人，都是身着嫩黄彩衣纱裙的妙龄女子，扭扭捏捏地走至下首，站好方位，摆好阵势，准备起舞。随着喊声，从侧门外，一队内侍手捧各式餐具，鱼贯般地走入厅堂，来到各餐位前，撤茶具、摆碗碟，有序退去后，接着又有一队人端盘托碟捧盆，把各式各样的点心摆放到了各人的餐桌上。不一会，轻柔的旋律声响起，美女们踏着乐点，随着音节曲调，翩翩欢舞起来。肃穆的厅堂一下子变得热闹了。接着，便有侍候在一旁的内侍上前，给各人斟酒上菜。酒宴之奢华、丰盛、欢乐，令杨广一行瞠目结舌。别说是他们在北方从未见过，甚至连传闻也未曾听到过。那镶金嵌玉的各色碗碟，由小至大、有方有圆、有长有扁。有金灿灿小巧玲珑的酒斝，有洁白如玉的瓷碟，有色泽鲜艳的花盏，有纤纤美女的彩盆盖盘，更有令女人羞视、男人悦目的春宫套碗。而且都是根据菜肴的色泽口味，以一菜一具成套配制而上的。故而桌面上时而呈现出一片金黄，时而一片翠绿，时而是一片玉白，或时而是一片杏黄、一片丹红，且从无重复之色，让人目不暇接。然而，在这些奢侈的餐具中所装的菜肴，就更是令人垂涎欲滴，却又不忍心下手了：此中有在花草陪伴中翩翩起舞的彩碟酥饼，带着清香的甜味，入口即化；有在玉盆中栩栩如生的粉莲金鱼，得用玉瓷专勺去捞，含入口中，鲜嫩无比；有在蓝天白云碧水盏中，欲展翅翱翔、散发着诱人香味的飞禽，可谁都不忍心去把如此精美的艺术品折翅断胫，放入口中品尝；更有被通红丹盘遮盖，揭盖而现的，是被冰霜裹胁、正在滴血的心肝鲜鱼薄片，血淋淋的薄片已把洁白的冰霜染成了殷红色。

欧阳若兰觉得恶心，合上了盖子。杨丽华本就在恼怒着陈叔宝那淫猥目光的骚

扰,此刻见上来了这么一道鲜血淋漓的菜,就更不耐烦了。她一下把盘盖掀翻在桌上,怒视着陈叔宝,借题发作着厉声道:"无耻!你们南朝竟然还有如此活吃心肝鱼片之菜肴?简直是没了人性。"朱贵儿并没领悟到杨丽华此际的心境,侧身道:"姐,这道菜是东海蛮夷人传进来的生吃心肝鱼片,用它蘸着盘中的咖酱,鲜嫩可口,不仅能滋补心肝、增添智力,还有杀毒防病之功效,是江南的一道名吃。而且在目前的节气能吃上这道菜,非皇家和有钱权贵是不能的。"薛治儿却不以为然地看着盘里的菜肴道:"什么名吃不名吃!我小时候在山里没东西吃,师父就给我吃过生菇、生鱼、生鲜肉。"

张丽华见此,微微一笑,莺声燕语地道:"晋王兄弟,这位姑娘说得没错。此时在这里能吃上这道名菜,也就是我们陛下为招待你们而特意令人备下的。盖盘中冰上之心乃是飞禽之心,肝为羔羊之肝,鱼片则取自东海深水之鱼,其鲜嫩味美,你品尝后就知道了,而且还滋补。"杨广用镶金的玉筷夹起一块带着鲜红血丝的鱼片,蘸了蘸小碟里嫩绿色的酱汁,试探性地慢慢放入口中。刚合上嘴,立即有一股辛辣味直冲鼻孔,那刺激味觉神经而产生的回味,令杨广双目含泪、神情振奋。口中所含冰凉的鱼片,则化成了鲜糯的美味,顺着咽喉下入胃肠,留在嘴里的则是令人无法用言词去表述的味道。杨广回过神来,不由得冲着陈叔宝和张丽华赞美地道:"果真是名不虚传的江南名吃!谢皇兄皇嫂上心,让我们得以品尝如此美味。"随后,杨广又转脸对着杨丽华、欧阳若兰和朱贵儿、薛治儿道:"二姐,你们都尝尝,确实不错。我们不能辜负了如此美餐,更不能辜负了主人的一番美意。否则,岂不可惜了!"薛治儿已夹起了一块心片,不蘸调料就放入了口中,觉得也没有什么特别的味道,便自言自语地道:"也不过如此,没必要去这么恭维的。"朱贵儿闻言,笑了笑道:"你没去蘸旁边的调料,当然品不出其中的真味了。用此蘸料的生食法是我们华夏自古以来就有的,并非是东夷所独有。"

孔范好似突然苏醒了过来,道:"这位姑娘,家中可有懂医道膳食之人?"朱贵儿闻言愣了一下,但没有言语。孔范却紧接着道:"我视姑娘良久,我们好似在哪里见过!"朱贵儿抬起头,疑惑地道:"是吗?不可能吧!我怎么没有什么感觉。"孔范似乎又迟疑了起来,结巴着道:"以你这年纪,我也觉得有些不太可能。但此事虽已过去了多年,可我的印象还是有的。数年前,夏口太守诸润恺被人举报,犯下了里通敌国、监守自盗之死罪,一家人被押解来京受审时,我似乎是见到过你。唔!我想起了,该不会是你的姐姐,或是你母亲吧?"朱贵儿的脸色一下变得苍白了起

第三十六章 贵妃设宴叔宝起意，宁远献舞杨广退席

来，她挺直身子，惊讶地道："我没有姐姐，家里女孩子就我一人。你是谁？难道你就是害我们一家的那个人？"

众人被他们的对话吸引住了，全都投目注视起来。孔范见大家都在等待着他开口解说，只能推卸地答道："诸太守之案是由江总江大人在一手操办的，我们旁人也就不太好说什么了。"朱贵儿的泪水一下涌出了眼眶，哭泣着道："你们都拿了我家的好处，但还是把我爹和我们一家人给害了，还把我娘和我推进了火坑。你们都不是人！"杨广一听就愤怒了，他拍案而起，冲着孔范厉声道："什么不太好说了？你们与我朝的恶吏崔弘坤沆瀣一气、同流合污，谋其家财、害人性命，简直是到了丧尽天良的地步！"随后，杨广又转向陈叔宝和张丽华，道："皇兄皇嫂，我朝的贪官污吏崔弘坤勾结你朝高官污吏谋财害命，这伙人才是里通外国、监守自盗的不法之徒。如今，我朝江陵总管崔弘坤及其一伙人已被我就地正法了。你朝的这等贪官污吏，该怎么办？请皇兄皇嫂给我和贵儿姑娘一个说法。否则，我会让大家都看到，他们这等贪官污吏会有何等下场？"薛冶儿闻言而动，提起了身旁的宝剑。

孔范急忙申辩道："此事我帮衬过。但是，结果事与愿违。因为此中又牵涉出了前朝名人，南齐梁朝陶弘景的遗著《药总诀》一事。崔总管便绕过江总和我等，却与逆臣原始兴王共谋，才有了此后诸太守一家被害身亡，其妻女失踪之结局。我至今为此还觉于心不安呢！"陈叔宝一脸茫然地道："竟然有此等之事！我怎么一点也不知道。"张丽华为了讨好杨广，便调侃着道："江总可是你的狎客座上宾，他竟然连此等图财害命之事都敢做，其他诸事只要能瞒着你，还有他不敢做的吗？"施文庆见陈叔宝陷入危难之境，急忙出来救驾道："此事出在先帝健在期间，在下也略知一二。先帝因朝事繁忙而无暇去顾及此事。但当时陛下还是太子，还没有上位，所以怪不得陛下。"陈叔宝见这次施文庆能出来替他解围，不由得高兴地道："对，对！此事怪不得朕。那时，朕还在当太子呢，根本管不了那么多的事。"杨广却不依不饶地道："皇兄此前管不了，那么现在能管吗？"陈叔宝脸露难色，不知道该作如何回答，只能又把目光投向了张丽华。孔范急了，慌忙起身离座，冲陈叔宝双膝跪地道："陛下，此事下官本无意加入，是江总硬把我拉进他们那个圈子内的。"

张丽华怕孔范会拉扯出更多的人，把此等贪赃枉法之丑事闹得沉渣泛起、难以收拾，故急忙拦阻着道："孔大人，事情已经过去了那么久，就没必要冉去东拉西扯了。此事该由谁担责，就得由谁来担责。否则，既无法向杨广兄弟和这位姑娘作交代，也无法体现出我朝与前朝的不一样和新帝的英明。现在，我问你：陶弘景是

什么人,与原始兴王又是怎么回事?他们是怎么勾结在一起去加害诸太守一家人的?"张丽华来了一段开场白,控住了话场后,即把话锋一转,其意欲把谋财害命之责任卸给已被剿灭的陈叔陵,来个死无对证,替众人开脱。而后再给杨广一个温馨的说法,去平息此事,也可了去一桩前朝的公案,达到皆大欢喜的目的。然而,张丽华的最后几句问话,却让在座不少人都感到了尴尬,一时中谁都不便去点破此中难堪的无知。

悲愤的朱贵儿见无人出来回答,只能含着泪道:"陶弘景乃是我重曾外祖父,生前著书虽多,但最负盛名的是那套共七卷的《本草经集注》。而我重曾外祖父一生著书中最具代表的,则是归结了他一生心血的《药总诀》。不知是谁得知了此书已传至我母亲手中,陈廷的高官便不择手段去逼迫我母亲交出此书,这便是我父亲及家人被害致死,母亲和我被骗至江陵,最后我母亲被逼无奈而惨死的根源。我当时年少无知,后来才知道的真相。如今恭请陛下和娘娘替贵儿做主,报仇雪恨。"

杨广听后,不由得惊叹地冲着朱贵儿道:"哎呀,没想到被南齐萧道成看重、被梁武帝萧衍尊之为'山中宰相'、集儒释道于一身的医家隐士陶老先生,竟然是你的重曾外祖父!失敬,失敬。难怪你对医道和膳食有那么多的独到见解。可上次在船上,怎没听到你说过此事?"朱贵儿突然醒悟,便含泪答道:"请晋王殿下恕罪。当时因贵儿心中有阴影,我不想让大家为我添愁。而此刻则因触景伤怀,才忍耐不住说了出来,坏了陛下和娘娘的召见之情,也坏了大家的融洽之心,这乃是贵儿的罪过。贵儿明白,国事为大,家事为小。好在此事的主谋崔弘坤已被晋王殿下正法了,还把贵儿视如家人。故贵儿在此恭请陛下、娘娘就不用再去追究此事的责任了,免得再让大家闹得不安宁。"朱贵儿言罢起身,对着陈叔宝和张丽华,以及晋王杨广、欧阳若兰和杨丽华众人,逐一躬身道谢、万福作揖。

张丽华的脸额有些发烫,她已知道自己刚才说话的无知了,也就装聋作哑,不再出声。陈叔宝本无意去管这等事情,今见主诉人朱贵儿主动撤诉,也就顺水推舟,却故作姿态地道:"此事,贵儿姑娘虽然深明大义不再追究,但朕却不能如此。孔范,你给朕听着,朕无法去追究死者陈叔陵的罪责,但对你与江总等人的贪赃枉法却不能置若罔闻。否则,便是对贵儿姑娘的不公,也是对朝廷法纪的贱薄。为此,罚你和江总两人把贪墨所得的钱财,如数归还给贵儿姑娘,以求得被害人的宽恕。"陈叔宝说完,转脸问杨广:"杨广老弟,朕如此处理,你可满意?"杨广却不置可否地道:"皇兄是主,我为客,客随主便乃天经地义,更岂有客拂主意之理?只要贵儿能宽容，我也就不多说了。"陈叔宝见此事得以如此处理，既体现了他对下属的仁慈和对冤屈者的公正，不失体面，又树立了他对朝廷法制的大义凛然之态，真可谓在处置此事上他收获甚多。陈叔宝不由得高兴起来，便冲着还在厅堂下首演奏的舞女和乐手们拍手高喊道："停住，停住了！换演我前几天写的那首新词所谱的新曲。你们该不会把我教的又给忘了吧？"

舞女和奏乐的一阵忙乱，舞女们匆匆走进屏风后去换装，乐师们忙着调弦整音。谁知这时从屏风后面闪出一个妙龄舞女，漆黑的长发在头上盘成了两个高高的仕女结，明亮闪光的大眼下被一帕红纱遮住了大半个面孔，翠绿合体的舞裙把少女婀娜多姿的身段勾勒得美妙无比，一双小巧玲珑的红靴时而从裙边下裸露出来，让这尊玉雕般的人体上下层次对称，显得美艳鲜活。绿衫妙龄舞女走至乐队跟前，低声对乐队领班说了几句话。不一会，乐队奏响轻柔缥缈、悦耳动听的和弦声，像春风一样向厅堂里吹散开去。这一曲飘拂在空中的美妙乐曲，像是一缸醉人的香醇，用它的芬芳陶冶着众人的心境。厅堂顿时安静了，众人的目光都聚集到了演奏处，又一下汇聚到了已开始随着乐曲声翩翩起舞的舞女身上：只见她步履轻盈、身段娇柔、舞姿美艳，时旋时住于厅堂中央，时飘时跃在众人跟前。时而舒臂昂首挺胸，好似孔雀展翅欲飞；又时而匍匐在地，扭转着腰肢，好似在四下觅食。丰富的形韵和美妙舞姿的含义，透过她那双闪闪发光的大眼，向观众传递着……

陈叔宝自认为懂得音乐，便带着赞赏和自负的口气对众人道："好一曲《临春乐》，配上这段舞姿，妙不可言，妙不可言啊！"杨广却不满意，故而大声道："好虽好，却是可惜了！"陈叔宝不解地问道："可惜！杨广老弟，你这可惜是什么意思啊？"杨广道："动听的乐曲，配上优美的舞姿，更得有声情并茂的内涵去提升。春风拂面，大地春临，这是乐曲赋予的含意，可她却把脸遮盖着，岂不破坏了此舞蹈的内涵吗？孔雀出巢的欢乐，展翅飞翔的傲气，伏地觅食的艰辛，除了得有丰满的舞姿去表达之外，更得有贴切的神情去点缀这段舞姿的意境，如此方能达到整体上的完善完美。然而这个舞者却似乎并不理解，或者是并不支持这种舞蹈必须要达到'曲姿神韵一体'的观念。所以我说，可惜了！"

舞蹈完毕，乐队停声，舞女收住了舞姿，摘下了面纱，满面通红的脸上挂着汗珠，却径直来到了杨广跟前，向着杨广道了个万福之后，边喘着气边道："谢谢晋王殿下的点评，我都听见了。但是，你只知其一，不知其二。我不是名伶舞女，你也不知道我们女孩家抛头露面在大庭广众中的难处。我若不是为了皇兄所托，我才不会来这种地方为你舞蹈呢！"她言罢，转身便走，却把杨广惊得目瞪口呆，不知所措，尴尬异常。

陈叔宝却哈哈大笑道："朕的这个十四妹呀，今天真是太难得了。杨广老弟，你是不会知道的，她傲气得很哪！若不是因为你，我这个皇兄也是请不动她的。这次也不知咋的，我一提到让她来助我给你传递消息，她竟然会一口答应，而且也同意我的提议，到此为你舞一曲。这不，却还不能入你的法眼，所以她的不高兴，我是完全理解的。杨广老弟，朕可以毫不夸张地告诉你，朕这十四妹的舞姿啊，不仅天下少有，而且连朕也很少见到过她跳得如此上心，还当众揭去面纱向你露出真容。老弟，此中的含意你就去细细地品品吧！不过，若是你也有意，我这个做皇兄的也可帮你们撮合撮合。但是，我也有一事得请你给我撮合撮合。如何？两家合成一家，岂不皆大欢喜！"陈叔宝在嘴上一面夸赞着自己的胞妹，一面在调侃着杨广，可他的双眼却一直游移在杨丽华的身上。

确实，陈叔宝一见杨丽华，就情不自禁地被杨丽华的艳丽和气质勾住了魂。但碍着有宠妃张丽华在身旁，他也就不敢随心所欲，而只能用垂涎的眼神去满足自己内心的淫欲。他那双混浊的色眼一直在偷窥着杨丽华的举动表情，恨不得穿透杨丽华的外衣，去窥视杨丽华那冰清玉洁、娇嫩丰满的肉体，更恨不得支开所有人，把杨丽华纳入自己的怀中肆意妄为。然而，陈叔宝也害怕杨丽华那双犀利如箭、冲着他喷射怒火、咄咄逼人的眼睛。故而陈叔宝不得不时而偷视，时而躲避着杨丽华的眼神，还不得不装着道貌岸然的模样，去应付着场面上的尊严。此刻，陈叔宝见有机可乘，便端起酒杯，咧开嘴露着牙，冲着杨丽华嬉皮笑脸地道："公主殿下，朕说的这番话意，能明白吗？"杨丽华却毫不客气地说："我明白如何？不明白又如何呢？"陈叔宝仍然嬉皮笑脸地道："明白就好！若不明白，那就让朕与你私下说个明白，可以吗？"说完，陈叔宝朝杨丽华扬了扬手中的杯子，一口把酒吞了下去，然后又眯起双眼，贪婪地盯视着杨丽华。

杨丽华扫了一眼装模作样的张丽华，愤然作色地道："不用私下说，你现在就可以当众直说。敢吗？"杨丽华那充满着火药味的神态，让在座的人都感到惊讶。杨广盯着杨丽华没有作声，心中却在想着其中的起因何在。欧阳若兰也察觉到了陈叔宝淫秽心思中包藏的龌龊行径，但此刻她觉得还没到该出面去帮衬杨丽华的时候，故她沉默着。朱贵儿用惊恐的眼睛瞪视着陈叔宝和杨丽华，她无法理解，为何自己的事会引得他们两人剑拔弩张起来？然而，他们间的对话似乎又与她无关。薛冶儿

第三十六章　贵妃设宴叔宝起意，宁远献舞杨广退席

目不斜视地端坐着，似乎旁人的事都与她无关。王老伯神态自如地饮酒夹菜两不误，他却在心里猜度着会发生的事。

陈叔宝没想到杨丽华会如此强势地逼迫他说出心中所想之事，不由得踌躇起来。他作为一个男人，好色是本能；作为一个帝王，选美纳妃那也是常事，为此他本无须忌讳什么。但是，他此刻身旁不仅有宠妃在侧，更有他意在示好结盟的他国使臣，而他所想图谋的乃是他国使臣中的一位公主。可让他心神不宁的是，这位公主对他的意愿完全没有顺从之意，这才让他不敢贸然有所作为。然而近在咫尺的美色他又岂能错过？陈叔宝忽有所思，却又话中有话、软中有硬地笑着道："公主殿下真是见笑了，这里是朕的国土，哪有朕不敢说不敢做的事呢！现在你要朕对着大家直说，那朕就在此公开一事吧！朕已令人设计好了，朕要在皇城后宫玄武湖上仿仙境蓬莱建造三座宫阁，分别取名为临春、结绮、望仙，不日即将动工。朕这三阁是专为后宫嫔妃美人所建，如果公主殿下有意，朕可以为你专留一阁。可好？"谁知，杨丽华闻言便摔杯大怒道："无耻昏君！你孝期在身，便如此荒诞绝伦地在两国使臣中乱政，是可忍孰不可忍！若天不灭你，我朝必当灭你。"至此，杨广已明白了杨丽华愤怒的原因，也情不自禁地愤怒起来。杨广拍案而起，声色俱厉地道："陈叔宝，原来你唱的是这一出啊！看来，我是错把你当成谦谦君子了。凭着你这副德行做派，竟然图谋起我二姐？你不仅是癞蛤蟆想吃天鹅肉，更是恬不知耻。走！我们退席，离开这等龌龊之地。"姐弟俩的一顿发怒，震惊了在座的所有人。刚才还在得意的陈叔宝，此际却神郁气悴，声如寒蝉，咧着嘴发不出声来。他眼睁睁地看着杨广姐弟俩手牵手，带着众人走出了厅堂，大有在父皇病榻前被二弟陈叔陵突袭砍了一刀的感觉。

谁都没料到事态的发展会以如此的结局而告终。陈叔宝好似中了风的瘫子一样，呆如木鸡，不知所措。张丽华则在为刚才陈叔宝的言行而生着闷气。孔范正在为被罚钱之事而烦恼着，故对眼前突发的结局，不由得暗暗欢喜，开始设想着去借机发挥的话题。陈叔重是左右为难，客人是他奉贵妃娘娘之命去请来的，他却没想到陛下打起了女宾客的主意，更没想到的是客人竟然为此而愤然退席。按理说这是陛下的不该，但此刻他又怎能去指责陛下？那么，他现在该怎么办呢！是继续陪同客人，把客人送回驿馆，还是留在这里等候贵妃娘娘的旨意，陈叔重没了主意，只能木愣着。施文庆察觉到了张丽华幸灾乐祸的神态，也看到了陈叔宝那双充满着恐惧的眼睛，不由得联想到朝政的态势和这次由张贵妃提议而设席的原意。施文庆不

能不为朝廷和自己的长远利益去考虑,也不能让此事传到虎视眈眈的司空长沙王的耳中,造成对陛下和娘娘谋权不利的后果。他现在唯有的办法是先稳住宾客,再想方设法去游说客人,提出能让娘娘放心、陛下满意,对方能接受的条款,以达到皆大欢喜。于是,施文庆立即授意陈叔重去安抚客人,自己则去侍候娘娘和陛下。

杨丽华可以说是个阅尽人间富贵沧桑、成熟且完美的年轻女子。对她来说,钱财权势都已被她视为身外之物,她对自己感情上的事也早已有所设想,除非是有能够让她心仪的男人出现,她是不会再去染指分毫的。谁知来到江南后,第一眼就看到了一个能让她心动的男人,但谁又知道,这个能让她春心萌动的男人竟然是个女的,让她情不自禁地在心中嘲笑、咒骂、气恨着自己的白痴心情和变态之念。而正当她心浮气躁时,陈叔宝又想以他的帝王权势和奢华,用被她视之为囹圄的宫阁来诱逼她,这怎能不引得她肝火中烧、怒不可遏,这才有了摔杯翻脸的举措。然而,杨丽华一时的纵情泄怒,却没去想由此而会引发的后果。更没想到被众人公认为少年老成的二弟杨广,竟然也会随她拍桌而起,拂袖率人离席而去。这让她既涨了威势,也让她扪心而慨,手足情深,难道不该如此吗?她把杨广的手紧紧地捏在自己的手里,两人手牵着手,在陈叔重的安抚陪同下,一齐回到了驿馆。这才松开了杨广的手,像孩时那样把杨广拥在怀里,亲切地道:"广弟!姐有你在,什么都不怕。"短短的数言,体现的不仅是姐弟俩的深情,更是信任和依恋。

欧阳若兰在送走了陈叔重之后,关紧了厅堂门,对着杨广和杨丽华道:"殿下,公主,刚才所发之事始料不及,而陈叔宝之念也太无耻、胆大妄为了。然而,事既已至此,我们得想好此后的对策,以不变应万变,以防陈叔宝贼心不死,再来纠缠不休,对我们施以不利。"王老伯道:"欧阳大人言之有理。此处毕竟是他们陈国的天下,有言道强龙难斗地头蛇。陈叔宝若要一意妄为,我们一时间也奈何他不得。况且,我们人生地不熟,且又人少势单,若不早做打算,必有后患。"薛治儿却不以为然地拍了拍手中的宝剑,冷笑着道:"这等无耻昏君,怕他咋的?只要晋王殿下一声令下,我立马取他项上人头。然后,让陛下派兵南下,我们干脆就把这个陈国给灭了,也了却我一桩心事。"

朱贵儿不安地说:"此中变故是因我而起,可不能因为我而误了殿下之大事呀!"杨广却坦然地道:"我在回途中也想着席间所发生之事。我没想到陈叔宝会对我二姐动此等非分邪念,更没想到陈叔宝会当着他宠妃的面说出他心中所想之事,可见他并不把在场的所有人当回事,也足见他的无耻欲念和胆大妄为已到了无所

第三十六章　贵妃设宴叔宝起意，宁远献舞杨广退席

顾忌和迫不及待的地步了。而我们能不费周折地全身退出，乃是我与二姐出其不意的举措，让陈叔宝一时反应不过来所致。当然他可能也明白，我们并不是他可以为所欲为之人。但是，向来都有色胆包天之说，更何况他乃是一国之君！万一如欧阳婶所说，陈叔宝贼性不死再来纠缠，这也确是一件麻烦事，我们还不得不防。为此，治儿刚才所说的是'武对'，我认为目前还没到大动干戈的这一步，故非到万不得已，我们不能动武。"欧阳若兰道："陈叔宝那副样子一看就知道是个贪得无厌的色鬼。我们只要还留在此地，他绝不会不来纠缠，甚至还会不择手段地来强逼，我们是会很被动的。所以依我之见，我们当速速离开此地，方能安全。"王老伯道："老夫认为欧阳大人所说甚是。我们来建康已有多日，想看能看到的都看到了，想打探的能打听到的也就是这些了，喜欢的也买了不少。如果没有此意想不到之事的发生，多留几天也无妨。然而此事却关系着公主殿下的安宁、众人的安危，我们就得当机立断，更不能因疏忽大意而酿成祸端。所以我也赞成欧阳大人所说，速速离开此地，方为上策。被他们困在这里，势必会被动不妥！"

杨丽华和朱贵儿各有点心悸地看着踌躇不语的杨广，见他仅是点了点头，却没有开口说话。突然，杨丽华似乎明白了些什么，她走到杨广跟前，低声道："广弟，有什么为难之事就直言告诉二姐。不要难为自己，让二姐不安。"杨丽华的这段表白，似乎点到了杨广的心里。杨广下决心了，他深吸一口气，鼓起勇气道："我没有什么难言之事，只是有两件事让我有些踌躇。贵儿借今日之机，能讨回她家的财产，这对她和她父母的亡灵来说，也是一种宽慰。我们若就此一走了事，岂不便宜了孔范那帮人，这岂不是对贵儿的一种不负责任吗？另外，我觉得……"杨广的话说到此停顿了一下。谁知一直在凝心憋气听他们讲话的朱贵儿，突然插嘴道："我不要这些赔偿，我赞成大家早些离开这个污秽之地。"杨丽华感慨地低声道："广弟，二姐从未见到你办事说话如此吞吞吐吐过。别不好意思了，二姐却已猜到了几分，你还有一事，是否在想着那个为你跳舞的十四殿下宁远公主？"杨广的脸微微红了，他只能坦白地点着头，怯意地道："我确是对她动心了，而且是从来没有过的，我也不能辜负了她对我的用心。本想来日方长，两人总会有机会面对面地做个表白。可谁知道冒出了陈叔宝会对你产生这种淫秽念头，我岂能让他得逞，让二姐受辱？"突然，杨广把于　摆，断然地道："罢罢罢！我这种儿女情长事小，父皇的使命、二姐和大家的安危才是事大。来来来，我们大家一起来合计一下，怎样才能让陈叔宝死了这个邪恶之念，心甘情愿地送我们离去？"杨丽华却脸色严肃地道："我不同意！

| 353

二姐从未见你对哪个女孩子说过心动。在这里能有一个喜欢你，也能让你喜欢的女孩子，这不仅是巧合，更是一种天注缘分。二姐不能为了自己的安危和脸面，去让你失去这么一段天作之合的情缘。所以，我不同意我们就此离去，二姐愿意出面去找陈叔宝，只要他答应把他的这个十四妹宁远公主嫁给你，提什么条件，我都可以跟他谈。"杨广立即脸红耳赤，不乐意地道："二姐，你胡说八道些什么呀！我岂能让你为了我去蹈陈叔宝的火坑？别说是我跟宁远公主八字还没一撇，就算是我与她有婚约在先，我也不能让你去为我填坑。二姐不用再多说了，我的主意已定，我们明日就离开这里，继续向东前往京口（镇江），完成下江南的预期设想。"欧阳若兰见姐弟俩先是低语，后又争执了起来，但她却又不明其中的缘由，便不安地问道："你们姐弟俩怎么回事啊？在争论些什么，说出来大家一起商议。"

"砰"的一声，厅堂门突然被推开了，陈叔重气喘吁吁地跨进门来，冲着杨丽华道："公主殿下，在下奉贵妃娘娘口谕，带来了令牌，让你们即速离开京城，免遭不测。否则有伤两国之邦交，对大家都不利。"陈叔重说完，便从怀里掏出一块金牌递给杨丽华，接着又道："这是宫里的金令牌，贵妃娘娘让我交给你们，凭着它可以帮你们安然离京。"杨丽华把金牌接在手里，问道："为什么要我们立即离京？贵妃娘娘还有其他什么话对我们说吗？"陈叔重边摇头边转身道："没有！娘娘没说，其他之事在下也不得而知。望各位大人即刻准备，马上动身吧！"杨丽华却固执地道："始兴王殿下，你不把话说明白，我们是不会走的。"陈叔重尴尬了，他扭转着身看看这个又看看那个，走也不是，不走又不是。无奈之下他只能开口道："陛下在席间说的那段话，你们听了不高兴，娘娘又岂能高兴呢？娘娘听到孔大人在向陛下进言，要派人强迫你们就范。娘娘怕陛下会听信谗言执意孤行，落下有伤两国邦交和风化的臭名。所以，娘娘才连夜把在下召进宫去私下叮嘱，让在下来告知你们此事。这也是娘娘的一番好心，希望你们能感受到娘娘的用心良苦，速速离开京城吧！"

第三十七章
北敛南奢后宫议战，兄弟阋墙独孤说梦

  光阴似箭，季节匆匆，春去秋来，夏盛冬衰，展现的乃是天体万物的自然规律。而朝代更迭、世态之变、富贵贫穷、喜怒哀乐，却皆在人为。

  隋帝杨坚在建国之初的几年中，励精图治、勤政更始、惩贪奉廉、推陈出新，身体力行地创举性奉行立法体制改革，促使隋廷的朝政官吏和民间生存习俗发生着巨大变化。杨坚全力推行的这些举措，从上层表面看有：其一，毫不犹豫地废除旧律酷刑，全力制定推行《开皇新律》，奠定了立朝的准绳，赢得了民心；其二，大刀阔斧地改革官制，创立了三省六部新官制，强化了中央集权管理体制，为推行新政做了层层组织铺垫；其三，毫不手软地整治贪官污吏，不拘一格地选用贤臣良将、能人好官，担当亲信委以重任，组成了他独裁统治的施政权威，保证了政令畅通无阻；其四，强势北拒外敌、内镇叛逆、保境安民，统一钱币度量衡，为发展商贸、繁荣经济打下了保障基础；其五，不断完善、全面铺开推行的《大索貌阅法》，成了隋朝户籍、财税、兵源快速增长的源泉，也倡导了公平和公正，改善了贫富间的社会矛盾；其六，以身作则，赞扬低调勤勉、斥责铺张扬富、厉行节俭、反对奢华、讲究效益、反对浮夸，提倡娶妻不纳妾、不近女色、抵制声色场所（在历朝历代的记述中，隋朝的声色场所是最少的），从精神文化上树立了抵制腐朽贪婪的导向。从底层实效看有：其一，由上至下推进政体改革，撤郡并州县，变三级体制为二级管理，实现了地方官员由中央吏部根据整体所需直接任命，抓腐打贪、罢冗官，精简了政体、规范了政务、提升了效益，让中央有了更强的管控能力；其二，立法为规、以民为本，具体表现在：在农桑渔牧业上细化了均田制，民间设立可以代代传承的永业田，以保障其基本的生存收益，官员按职位给予职分田以利其逐职养位，确保了官民的基本生存条件；以新户籍法为依据，推行新租调徭役法，将十八至六十岁为丁改成为二十一至五十岁为丁，每丁每年服役从一个月改为二十天，并且可以用布帛代役，降低了民众的生活压力，保障了田间有充足的劳力，也助长了民间和官赋的收益；杨坚在完成了新都大兴城的建造和祖庙的修建后，又以京城为中心展开了疏通河渠、大兴水利的工程，为保障农桑的收成和鱼牧的兴旺，提供了交通和货物漕运的便利；开设商市、广召商客，改建旧都长安城，设立商贸中心都市，广召境内外客商，在商市上形成多种语言混杂、各色服装皆有、南北货物丰盛、高雅低俗皆备的商贸态势，为此后发展形成的东出海、南下洋、西入川、北进草原的大隋国际商贸都市打下了基础；推崇佛道思想，从精神上来引导臣民的行善思维，反对华而不实、绮靡的文风，以此来规范官场信奉、民间习俗，为其治国理政立下了框架。

杨坚这一步步的措施，确实大大巩固了他的统治，有力地保障着他新政的不断推进，促使着官场风气的转变，民间风俗习惯得以扶正祛邪。而上行下效的结果，又迫使朝廷上下崇尚淫乐、贪图享受、高谈阔论、不干实事、贪赃枉法、欺民辱弱的旧习风气大有改观；高官显贵出门不再前呼后拥、车马成群，宦官达人在大庭广众跟前都奉行着清贫和谦卑的形象；朝廷议政多以奉律法、凭证据、讲效益来说事；连民间大族富户娶妻纳妾、做寿生子都悄然而为，不敢以铺张扬富为念。官变则民变，政清则民和，官廉则民富、官好则民善，这正是体现一个朝代成败的象征，更是兴衰的基石。隋帝杨坚欲把他的国度治理成他心目中的天国伊甸园，让他的臣民都成为奉公守法、衣食无忧的好百姓，因而废寝忘食地行使着他的帝王之权。杨坚的这些治国理政意识，与南陈上位为帝的陈叔宝的言行，形成了一个鲜明的对比。

这段时期，杨坚举兵南下平陈的炽热之心，被独孤皇后的一番论述说得清醒了许多。独孤伽罗道："主战派的言论，是出于他们过高地评估了自己的力量，小觑了陈国的实力，从而趋功求成，却没有全面考虑到朝廷目前所面临的艰辛。反战派虽道出了朝廷的现实问题，却也没能真实了解南陈内在的虚实，而提出了不合你意的保守之策，所以也就难以说服对方，也包括你这个陛下去赞同他们的方略、施政行事，于是也就让你这个皇帝处在了左右彷徨的境地。举兵征战之大事，决不能好大喜功、意气用事，也不能不估量现实而贸然行事，更不能鼠目寸光、囫囵吞枣地求是论事。作为主帅的帝王，你尤其得纵观事态，揽控臣心民意、高瞻远瞩、图谋全局，方能将自己立于不败之地。为妻知道，一统天下，做个有作为、能流芳后世的帝王，是你历来的志向。如今你废寝忘食，励精图治，想尽早完成这个大志，本无可厚非，却也不能操之过急，必须顺势前行才能建成大业，否则一定是劳民伤财、遭天愤民怨，最终适得其反。但你也不必心烦，更得明白此等举国大事不可能一蹴而就。古训有言：厚积薄发，厚德载福，得民心者必得天下。以你目前治国理政的韬略，在朝臣们的倾心尽力之下，必能受民众百姓的拥戴，故统一天下定会成必然。而且，为妻觉得迟一年还是早一年南下平陈必有天数，就像你这个皇位一样，该是你的迟早都是你的，一切顺其自然岂不更好？再说广儿不日就能回到京城，为妻相信，他这次对南陈的实地探察定会有所收获，广儿才应该是你在战与不战的方略中最有发言权的人。同时，为妻似乎已经感到了，广儿必会助你心想事成，一统大江南北、造福天下民众，你们父子俩必能功成名就、流芳史册。"

杨坚对独孤伽罗的依赖虽然已减弱了许多，但在关键时刻和大事的决断上，还是总想听她的意见，因此在战与不战之事上也是如此。故独孤伽罗的解说不仅客观透彻，而且讲得头头是道，不能不让杨坚的心冷静下来。于是，杨坚改弦易辙，对战与不战不再表态，而是调集了宰相高颎、柱国大将军杨素、吏部侍郎裴矩、长孙平、工部侍郎何稠、阎毗、李春等一批谋臣良将、能工巧匠，专心致志地谋划研讨，着手开掘河道、疏通水渠、架桥建堤、兴修水利的工程，还时常出宫去各处工地巡视督察，却把朝政委于太子杨勇和右仆射苏威监管。杨坚如此前后一张一弛的举措，令朝中许多人感到诧异费解，甚至口出怨言，尤其是以太子杨勇为首的主战强力派，都纷纷上奏折，要求陛下能给他们一个解说，还指名道姓地提出要与以左右宰相高颎和苏威为表率的反战派当庭折辩，以正潮流。杨坚对此却既不恼也不怒，而是避而不见，闻而不答，令两派朝臣的争辩没法分出输赢，无以为继。杨坚采用如此手段来对待朝臣们的争议，自有他的一番主张在内，他既不想伤害战与不战两派的热情，也不想把自己陷于其中而左右为难，他是在等待着晋王杨广把南陈的实情带回来后再做定论。

一日，杨坚在勤政殿与几个朝中重臣，即宰相内史令左仆射高颎、右仆射兼刑部尚书苏威、上柱国吏部尚书郕公虞庆则、兵部尚书越国公杨素、近侍左卫大将军武陵郡公元冑、御史近侍内史紫金光禄大夫郑卉、户部尚书银青光禄大夫杨尚希商讨水利漕运之事时，皱着眉头道："朕有件事因操之过急，却疏忽了另一件事，深感不安。疏浚河道，开河护堤，兴修水利，改荒地为良田，乃是今后数年中富民强国的国策，动摇不得。虽说这本是一件利国利民的好事，却由于朕的考虑不周，给今年秋粮大丰收带来了不便：原有的河道漕运因开河疏渠而堵塞，变得一时不畅通了起来，却正赶在目前各地收粮要上京纳赋税交差之时，尤其是那些运粮进京、吃水深的大船，在有些被堵塞的河道口排起了长队，寸步难行。这不仅令各地收缴的粮赋不能及时上交至京城入库,更是让各地可调运的船具滞积在途中,令官府心焦,令船工们苦不堪言。据各地官报和主管漕运的官员在奏本中道,各地州县的仓储粮库本就狭小,而能供官府租调的运粮车船也很有限,而今年的收成又特好,加之推行了《大索貌阅法》之后,户丁大增,纳粮税赋也随之大增。加之各地臣民百姓交粮纳税主动踊跃,府衙收缴的税粮已堆满原有的库房,而只能囤积堆放在室外。若不加紧出运来京上交,百姓辛苦种收缴上来的粮食在日晒雨淋中难免受损,如此下去不仅令人心痛,而且此中的责任,各地官府也承担不起。所以,朕此刻把各位爱卿召来商讨此事,务必商讨出一个可立即推行的解决之法。现在请各位爱卿畅所欲言、各抒己见,以缓解朝廷和朕的燃眉之急。"

曾担任过度支尚书,现在任户部尚书的杨尚希道:"我朝建国初期有户三百五十九万余户,而如今,尤其是近一年以来,猛增了近四十万户,目前共有丁口三千余万。不说今年秋粮丰收所带来各地交粮纳税的空前踊跃,单就这增添的四十万户的应交税赋对各地来说,都是一个很可观的数字。然而各州县府衙大多数都在沿用着前朝遗留下来的库房,难以应对如此集中而来的税粮。现在唯有尽快把税粮送交京城入库,方能免除他们的后顾之忧。故河道堵塞、漕运不畅,对他们来说确实是个头痛之事。但是若漕运畅通了,各地的税粮全部涌向了京城,而目前京城所拥有的储库也难以全部容纳,故京城也会存在无法接纳的问题。臣已令属下推算过,最起码得有四成的税粮要另筑储地或是堆积在户外。"大将军、兵部尚书杨素摸了摸脸道:"这也真是的,没粮不行,粮多了没处放也不行。陛下,你这个当家的,可真难为了!"杨坚听了,心中感到舒坦,不由地道:"是啊!穷有穷的乐,富有富的忧。朕看了这些奏折,昨晚可就没有睡安稳过。这才急着把你们召来商讨此事,大家快说说吧,该怎样来替朕排忧解难。"

宰相兼刑部尚书苏威道:"陛下,既然运输和集中储存都有难处,且费时费力,何不就不要把税粮集中到京城来储存,也就先解了运输难这个难题,然后再去设法解决储存问题,这不省了许多事!"内史令、宰相高颎接口道:"陛下,苏大人之言拨开了此中的迷津,令臣茅塞顿开。各地官府每年为上交税纳粮所花的心思和费用不在少数,可谓是既花精力又劳民伤财。若朝廷能制定出一条新律,由户部的度支衙门指派专职官员下到各州县去掌管税粮库存,朝廷可按比例储税于州县,存粮于民间,既可免除各州县府衙每年为上交交纳赋税的烦恼,也可为朝廷省下大把的银子,如此也可减轻京城收支囤积的压力,岂不是一举多得嘛!"时任吏部尚书的

第三十七章　北敛南奢后宫议战，兄弟阋墙独孤说梦

虞庆则道："陛下，下官认为此事可行。自上而下的专职财税官吏可自成一体，行使独立管辖权，仅受陛下和度支衙门的调度支配、负责汇报。朝廷通过他们既能洞察各地州县的实际财政状况，也能通过他们监督评估地方官吏的政绩，确能起到一举多得的作用。"近侍内史郑芥对杨坚道："陛下，欧阳大人即将回到京城，由她担当度支尚书此职，主管调度全国税赋流通，必能胜任，此职非她莫属。"左近卫大将军元胄上前，不以为然地道："各位大人的高瞻远瞩之言都言之有理，但陛下现在要的是能解决燃眉之急的决断。一是各州县和京城库满，税粮无处存放之事；二是河道不畅，漕运受堵之事。然后才是你们在议的长远规划。陛下，在下所说是否言中你之所想？"

杨坚点头道："正是，正是此说。但大家所言也正是朕所盼求的。"杨素昂首挺胸地道："这有什么难的呢？立即调集兵丁，限日限时地疏通主要河道，确保漕运畅通无阻。其次，调集民夫，限时限刻地划地建库房、收帛囤粮。陛下的燃眉之急岂不是都解了吗！"高颎道："柱国大人的话果敢而明了，不失为是能解决陛下燃眉之急的一个途径。但只能治表，不能解本，不免显得有些简单。故我们何不把此时之需和后事之虑合在一起来做，既能解陛下的燃眉之急，又能图朝廷的后势，岂不更好么！"杨坚闻言，顿时眉开眼笑地道："众爱卿所言止合朕意，朕受益匪浅。有你等爱卿、忠臣良将在朕身旁，何愁我大隋江山不日日添辉！各位众爱卿听着，朕这就下旨。苏威苏大人听旨！"苏威向前跨出一步，拱手听旨。杨坚道："朕令你即刻起就着手制订有关囤粮于民、储税于各州县的可行可控之律法。一旦成文即交付朕审阅，一旦成章法，即由内史令颁文推行。高颎高大人和虞庆则虞大人听旨：朕令你俩立即规划在全国州县设立财税独立官职衙门，制订相应的行事准则，推荐选拔相应合适的官员任职，要确保任职官员对朝廷的忠诚和品质廉洁。杨尚希杨大人听旨：朕依据全国目前州县和河道交通分布的状况，拟在全国构建一定数量的中转粮仓，以便能因地制宜地集中分管各州县府衙满溢、不便储存的税粮和棉帛。因为朕已经预感到，藏粮于民间之便利要好于朝廷集中管纳，而且随着我朝的人丁兴旺、水源便利、良田增扩，各地的税赋一定会增长，所以我们必须要未雨绸缪、早做准备，而不能让朕的燃眉之急再重演。"

这便是历史上有名的"置仓积谷"之初始。此方略经杨广推行，发展至其执政后期，全国共有大小粮仓不下千窖，隋廷在各地的储粮足够民众吃用五六十年，隋朝的富余和殷实可见一斑，更在历代王朝中是罕见的。这也是隋朝留给唐朝的又一

笔巨大财富，铺就了唐朝兴旺发达的根基。此史实经后朝历代的考证记载得知，隋朝仅在黄河沿岸就留有数百个大小不一的储粮仓，每仓多者藏粮千万石，少者也有几百石。如巩县东南平原上的洛口仓，仓城方圆二十余里，建窖三千个，每窖可储粮八千石。现代近年在洛阳城考古发现的子罗仓，系隋朝杨广在位大业年期间的盐米仓，储有食盐二十万石，米六十余窖，含嘉仓内已查明有窖二百五十九个，大窖储粮一万数千石，小窖也可储粮数千石。至今还留下了炭化的谷子五十五万余石。这无疑是隋朝两帝政绩的见证。

杨广和杨丽华风尘仆仆地回到了京城，先入后宫去晋见母后，即听到了两个噩耗：一是大姐亡故，二是逊位的小皇帝宇文阐被弑。姐弟俩对此同时感到了无比的悲伤和愤恨。杨广不顾母亲的劝说，执意要去找杨勇讨个说法。杨丽华则痛哭流涕地对母亲道："我临走前再三叮嘱过父皇要善待宇文阐，这不仅是父皇如今的一切都是为宇文阐所赐，更是宇文氏家族的背叛也是宇文阐给揭露的，他有恩于我家，有功于父皇和隋廷，而且父皇也曾允诺过我，会善待于他。可如今，却趁我不在，不分青红皂白把他也给杀了，父皇凭什么要斩草除根？他这是忘恩负义，是草菅人命，是滥杀无辜！我要上朝廷找父皇当面评理，让他给我一个解说。否则，我就不认他这个父亲！"

独孤伽罗心中知道，这一对儿女的愤慨全在情义之中，也是她心中排解不开的一个结，更是她时常为之担忧的心病。她也明白他们所说的都在情理之中，但却让她这个做母亲的感到为难。独孤伽罗不是不知道，大女儿之死，不会不与大儿子太子杨勇无关；独孤伽罗也知道，夫君弑杀一个年仅十岁且有恩于杨氏的宇文阐太过残酷，她也曾为此而抗争过、愤然过，却都被时间和现实磨去了锐气，变得迟钝而踌躇起来。但是她心中为此的担忧却从没有消逝过，因为她知道，凭着杨广和丽华这对儿女的为人和性情，他们回家后必会知道一切，也必会掀起讨伐的轩然大波。但她作为一个母亲、一个皇后，却不想看到家人间发生是是非非的争执，甚至是由情感义愤而引发的积怨于胸的仇恨。她更不想让此事闹上朝堂，引得满城风雨。毕竟帝王家的事再小也是大事，甚至还会引得沉渣泛起，令天下臣民不宁，以致伤害到皇家的脸面。

为此，独孤伽罗不得不使出了严厉的手段。她传来了内侍、近卫大将军杨虎，把杨广看押了起来，又喝令杨丽华不得迈出房门一步。正当独孤伽罗为两个儿女之事心烦意乱之时，杨坚匆匆跨进门来。见皇后伽罗怒容满面地盯视着坐在一旁抹泪

第三十七章　北敛南奢后宫议战，兄弟阋墙独孤说梦

的女儿丽华，便紧迈几步，走到独孤伽罗身旁问道："你这是怎么了！如此怒形于色，是丽华做错什么事了吗？"

杨坚在朝堂上得知，外出南下近一年的儿子、女儿和欧阳若兰一行已回到了京城，不由得心喜情急起来。但是左等右盼，却不见他们上殿来禀报这次南下的经历和收获，不免心中有些诧异。杨坚觉得不便马上去传唤欧阳若兰来见他，而只能让近侍郑芥亲自去晋王府传唤儿子杨广，立即进朝堂面君。然而，郑芥回话称晋王和乐平公主去了后宫拜见皇后。杨坚心想儿女们此举在情理之中，不仅无可厚非，而且理该赞许。同时他也想到，何不借此与儿女们一聚，既享天伦之乐，也可在席间详细询问自己欲知之事。于是杨坚即刻派人传话给在军营的太子杨勇，让他当晚来后宫晋见母后，与外出回京的姐弟一聚。而后，杨坚不待退朝便匆匆来到后宫，就看到了眼前这一幕情景。

正在伤心怨恨的杨丽华，见杨坚若无其事地走近身旁，更是怒火中烧，跳起身责问道："杨坚，你凭什么要杀宇文阐？我临走前你就允诺过会善待他的。你身为帝王，一言九鼎，却说话不算数！你忘了这个帝位，是谁让给你的吗？"兴冲冲而来的杨坚可没想到，许久未见的这个女儿会迎面给他来这么一顿暴风雨般的质问，而且竟然还直呼他的名号，不由得一股怒火从心底升起。杨坚站稳脚跟，厉声训斥道："反了你了，竟然敢责问朕，还敢直呼朕的名号，如此大胆，就凭你是朕的女儿吗！"杨丽华毫无惧色地道："非也。我凭的是宣帝宇文赟的天元太皇后的资格、静帝宇文阐的母后皇太后的身份，向你讨个合情合理合法、以正视听的说法，难道不该、不能、不可以责问，而违法吗？"杨坚被问住了。他在下旨诛杀宇文氏家族时曾犹豫过，但为稳固帝位、斩草除根、以防后患的念头，却让他铁了心。但他在杀了宇文阐之后也曾后悔过，尤其是在受到皇后独孤伽罗的指责时，也想到过曾对女儿的承诺而愧疚过，但这一切都已成了过去。而此刻被女儿指名道姓地斥责他的不是，心中虽有不甘，却无言以对。

独孤伽罗此刻正在梳理、缓解女儿的愤怒之情，希望通过自己婉言相劝，来疏导、平衡女儿的心境，而不让她任性闹事。但是，杨坚的突然出现，让还未平静的女儿又燃起了愤恨之念。而此刻父女俩剑拔弩张，杨坚被责问得哑口无言的态势，又不能不让独孤伽罗感到忧急，而不得不站出来充当和事佬。独孤伽罗上前拉住女儿，把她按坐在椅子上后，冲着杨坚道："你看，我不是早就对你说过吗，宇文家族中的其他人都可任凭你处置，唯独小皇帝宇文阐不能。别说是丽华临走前再三叮嘱

过你，我也曾为此与你反过目，可你就是耳根软，听信旁人之言，想一劳永逸、杜绝后患，而不分青红皂白一杀了之，却从此落下了滥杀无辜、忘恩负义的恶名。丽华为此指责你，这不是大逆不道，而是理所当然。我当然知道你也愧疚过，所以是你厚葬了宇文阐，把他归列到周廷宇文氏帝室的祖庙。如今人死虽不能复生，可女儿为此要向你讨个说法，有何不对吗？你在朝堂上是君主，而这里不是朝堂，在这里你只是一位夫君、一个父亲，你不必用帝王的威严来说事，错的就是错了！你应该相信丽华是个懂事、明理、识大体的孩子，她刚才所言也仅是一时气愤脱口而出的性情之言。你该将心比心理解她，你只需把你的无奈对她道明了，我相信没有她不会理解的事。"

独孤伽罗真不愧为是一个治国理家的能妇，一番有褒有贬、左安右抚、合情合理的疏导解说，立即把室内紧张的气氛扭转了过来。杨坚不再以帝王之态盛气凌人，杨丽华也收敛住泪水，默然无声起来。站立在周边的近侍们也放下了提心吊胆的心情，轻舒了一口气。独孤伽罗为了进一步松弛杨坚和女儿尴尬的气氛，故意转移话题问道："朝堂还没到散朝之时，你怎么提前回来了？该不会还有别的事吧！"独孤伽罗的问话，让杨坚有了自我解脱出窘境的机会，他立即答道："正是。听说广儿来后宫了，他人呢？我有要事要询问他。"

独孤伽罗看了眼还在抹泪，但情绪已趋平静的女儿后，便有意识地道："你只知道惦记你那个平陈之策，却全然不顾儿女们的心情，有你这么当父皇的吗？但你该明白，'父皇'两个字，父在前，皇在后！"杨坚在独孤伽罗的强势面前历来都是显得懦弱的，此刻当然也不例外。他点着头，顺水推舟地道："皇后言之有理，在下谨记了。方才得知广儿和丽华回到京城，不免有点思儿女心切，他们这一走已近一年，跋山涉水一定历经了不少凶险，故急于想看看他们一切可好？"独孤伽罗明知杨坚言不由衷，却也不便点破，即借题发挥着道："你真有这份心思，倒也是可嘉可慰，只怕你是醉翁之意不在酒！不过，你应该相信广儿和丽华，他们的作为绝不会让你失望，也不会逊色于你。但你得记住，儿女自有儿女间的情感，你得理解疏导，而不该是强压。"独孤伽罗言罢，转脸道："丽华，你去虎叔那里把广弟带来。告诉他，父皇有事要询问他，让他好自为之，别意气用事，惹父皇生气。"

杨坚听独孤伽罗话中有话，便疑惑地问道："怎么啦！广儿也有不顺心的事吗？"独孤伽罗不满地道："还不是为了逸秋这不明不白之死的事么！广儿跟逸秋自小就形影不离，两人长大后虽各有忌讳，但谁都看得出来，两人都彼此喜欢着，可勇儿也喜欢逸秋。怪就怪我听了你的谗言，先顾大后顾小，才说服逸秋嫁给了勇儿。谁知勇儿喜新厌旧，让逸秋受尽了折磨而含恨致死。对此事，我一直于心不忍、耿耿在怀，是我这个做娘的不好，没有尽到本分，害了逸秋。如今广儿回来知道了此事，他一定要找勇儿去讨说法，我怕这兄弟俩为此闹出事来，便让杨虎把广儿拉出去看押了起来，想等他冷静下来后再好好开导一下。你们父子俩等会见面，能不说这事就尽量别提这事了。我怕你会偏心勇儿，让广儿无法接受眼前的事实，再造成你与广儿的冲突。"杨坚不以为然地道："此事你就不要一再自责了，儿女自有儿女们的福，有福无命也没用。杨勇这小子其他都像我，就是好色不像我。我已告诫过他多次，却总是阳奉阴违，但这毕竟是小节，男儿哪有不好色的。像你夫君我这样的男人，可是天下少有的呀！"

独孤伽罗却讥嘲地道："是吗？你这脸皮也可真够厚的。要不是我看得紧，你能如此吗？对了，我们既然说到男女之事，我觉得广儿纳妃、丽华招婿也该摆上日程了。男大当婚，女大不中留，可是古训！"

杨坚道："广儿之事好办。庚季才已对梁帝萧岿之女与广儿的八字测算过了，结论是天人之合，不仅大吉，而且大福大贵。我已经把这门亲事定下了，等到萧岿女儿年岁及笄便可让他们完婚，我也就可以把萧岿嫁女的嫁妆——江陵城名正言顺地收入大隋版图了，这岂不是一举两得，了却两桩心事么！对丽华招婿之事却有些难，一是丽华原先帝后的身份很尴尬，低不能、高难就；二是丽华的秉性清高自负，不入她心眼的人很难成就此事。你我着急也没用，一切还是顺其自然吧！"

独孤伽罗见杨广和丽华走进房来，便故意大声道："广儿，你父皇听说你们回来了，不等退朝就赶来看你们。你快来参见父皇，并把你们这一路的经历说一说，让你父皇也可知道些外面的景况，尤其是江南的实情。"杨广行礼参拜过父皇后，杨坚不等儿女们坐定，就迫不及待地问道："广儿，你们这次南下陈国可有收获？陈廷的帝位之争有后遗症吗？他们朝政势态如何？你对陈国的边关防务和臣心民意可有评议？"

杨广对父皇一见面就连串的提问并不感到意外，他早已洞察到父皇要南下平陈、一统天下的决心了，所以才有他执意南下去陈国实地考察的动机。故他在一路上也是处处以此为目的，按自己的思路用心探察着所见所闻，并在回京的途中，认真梳理了这次去南陈获取的感受和结论，准备好了回到朝中就向父皇做个系统的禀报。因此，此刻见父皇发出如此一连串提问，他便胸有成竹、有备而言地从容答道：

"禀告父皇，儿臣这次南下既有所得，也有所失。我们领略了天地之宽大、世事之凶险、人心之叵测，却也有真情善意在其中；我们也知道了万恶之源在于贪，千祸之首在于念，百邪之根在于淫的道理，这些便是我的所得。儿臣虽明白了这些道理，却认为自古世事都如此，哪个帝王将相不为图名图利而违心做事，甚至是为了功成名就和享受而不择手段地去作为，因此我觉得陈叔宝的皇帝当得要比父皇轻松得多。儿臣还常在幽思苦想，而且觉得很迷茫，至今也没有弄明白，自己面对这种世事常态该何去何从？是拒之还是纳之，这就是儿臣此行之失。"

杨坚并不想听杨广说这些感受，故插话道："广儿，你还是说说陈国的状况吧！把你沿途的所见所闻详详细细地告诉我。"杨广本有许多感慨想说，但现在听了父皇如此之言，便只能直奔主题回话道："回禀父皇，陈叔宝上位已成定局，陈国的帝位之争也就告一段落。此后陈廷虽还会有波澜，但仅凭陈叔坚之能耐，已掀不起什么大浪了。而且，他们的乱是乱在表面，仅是三个兄弟之间的争权夺利，朝臣和军将中几乎没人卷入其中。所以，叛逆之势态不仅时间不长，涉及面不广，对陈国朝政、经济、民生影响危害也有限，更没影响到其国的根基。如今，陈叔宝虽还未掌控全部朝政，但这仅是个时间问题，因为江南的儒家理念和世俗习惯对其掌权有利。他还想利用与我们结盟来巩固他的权势，故我们欲想此时去平陈还不是时候。"杨坚对这样的结论似乎并不认同地道："我想知道的是具体而详细的陈国实情，而不是你概括的笼统结论。"杨广道："儿臣的这些观点来自对陈国的观察结果，却并非是笼统的结论。其中的详情与提议，儿臣已写成奏折，将由欧阳大人面呈给父皇审阅。"杨坚有些迫不及待地道："与其等着看奏折，还不如你现在就当面说吧！"杨广见父皇如此性急，只能把自己进入陈国之后的沿途见闻和经历，滔滔不绝地从南陈的朝政态势、军事城防、商贸经济、巷谈民议、臣心向背、军将士气等逐一做了陈述，还穿插一些他的分析评议。整整一个多时辰的讲述，有详有略、有序有层次，有时间、有地点、有名有姓、有言有实例，有凶险、有惊喜，不仅讲得生动精彩，犹如在演说、讲故事一般，让在场的人都听得动情而入神。

独孤伽罗没想到自己的这个儿子会有如此口才，能把所历之事说得有声有色，而且是那么详尽、有根有据。杨坚则惊异万分，他没想到杨广竟然会有如此深刻细致的观察和记忆力，而且对陈国朝政事态和对人对事的分析和判断，不仅条理清晰、细腻透彻、有理有据、有见地，简直可以说是头头是道，让人不得不信服。杨坚甚至不由得在心里暗自称奇，这小子这次南下之行，怎么好似开了天眼，不仅观事

第三十七章 北敛南奢后宫议战，兄弟阋墙独孤说梦

之细、察事之深刻、识人谋事之确切、断事之果敢，大大出乎他的意料，简直让他有士别三日、当刮目相看之感。而且杨坚还觉得杨广此行似乎是天意，一路上总有贵人在护着他，让他总能逢凶化吉、遇事呈祥，难怪连足智多谋的郑芥也会自叹不如，而甘愿听从这个小子的指使。

杨丽华见杨广住了嘴不再说下去，不由得问道："广弟，你怎么不提十四殿下和张贵妃的事？我们若是没有她们，怕是回来也难了。"独孤伽罗见杨广没有回答丽华的话，不免有些奇怪，也问道："广儿，你二姐在问，这十四殿下和张贵妃的事，你怎么不回答？"杨坚向杨广投去询问的目光，似乎也在问："这里面可有故事？"杨广想了想，故意搪塞着道："这两个人并没有什么重要的故事。有故事的是他们背后的陈叔宝。张贵妃张丽华仅是他的宠妃，我之所以没有细说这个人，因为这仅是我的猜度，甚至还寄托着一种连我也不知是否存在的期待，更不知道会有什么结果，所以没说出来，是怕危言耸听。"杨坚感到了兴趣，急忙道："快说！你猜度到什么，又怎会是危言耸听？"杨广道："据王老伯介绍，张丽华出身贫寒却聪慧过人，十岁进宫，十三岁被孔妃推荐给陈叔宝而得宠。陈叔宝上位后即封她为贵人。她则以超人的记事和断事能力，让陈叔宝言听计从，目前也是她辅助着陈叔宝，从陈叔坚手中夺回权力。十四殿下陈叔重和宁远公主仅是由她推荐给陈叔宝，去抑制陈叔坚权势的棋子，所以这两人不在我需要介绍的话题之内。而据我观察猜测，往后张贵妃才是陈廷真正的掌权人，陈叔宝会成为傀儡。所以我期待并希望张贵妃能成为陈廷的后宫'皇帝'。而女人掌权必会对陈廷的朝政产生影响，也必会对我朝南下平陈、一统天下有帮助。"杨坚不经意地看了独孤伽罗一眼道："何以见得女人掌权就一定会乱政呢？你母后助我得天下、坐天下到现在，隋廷不是很好吗！"杨广道："张丽华岂能与我母后的文韬武略相比！她以貌美摄人，以蛊言惑人，以权谋控人，以势拉帮结派，她举荐拉拢十四殿下陈叔重去掣肘陈叔坚便是一例。而陈国尊崇的乃是儒家意识，这便是张贵妃的压力所在，也是她必须要拉帮结派才能掌控朝政的主因。据我观察，如今的陈叔宝已经离不开张贵妃了，重大事件几乎都由张丽华在决断行事。"

杨坚有所认可地边想边道："你的臆想猜测果然有些道理，但只能作为参考，不能作为断事的依据。然而，我们要期待张丽华乱政，还不如去助她掌权，纵使其乱政。但要去做成这等大事，却绝非是一件易事。不仅要有深谋远虑的布局，更得认真捉摸。广儿，你对此可有设想？"

杨广道："父皇、母后，儿臣尚且年幼，对男女之事也无经历，故而对此虽有所想，却不敢有所断，更怕有污圣听，所以也就不敢妄言禀告。"杨坚却不以为然地道："但说无妨！这是在家里，说错也无伤大雅。"杨广道："张丽华要专宠，而陈叔宝好色，这便是儿臣初想的切入点。儿臣受启于夏国因妹喜而亡、殷商因纣王宠妲己而丧、周幽王听任褒姒戏诸侯而失信于天下的典故，而意识到我朝欲要平陈，必先要动摇其国的根基，就得促使陈朝政乱，而让女人掌权、小人得道，便是一条千古不变的乱政途径。那么，陈叔宝和张丽华的心态和作为正适得其人，于是就让儿臣产生了以下几个方面的设想：其一，同意与陈国结盟，表面上支持陈叔宝夺权，促使陈叔宝和陈叔坚势不两立，达到分化陈国实力的目的。暗中则推波助澜，助力张贵妃扩张她的势力，唆使其重用小人和无能之人，达到架空陈叔宝、让后宫掌控朝政，引发陈国政局不宁的效果。其二，纵容孔范、江总、施文庆和王瑳等一批墨客文人贪赃枉法，让贪官污吏执政当道，使忠臣远离君主，让惑主的小人去蛊惑君主的需求，极尽淫乐之能事，达到消耗其财政、衰弱陈国国力的目的，并用贫民劳民之举去激起民愤、引发民变。其三，鼓励崇文厌武，分化文臣武将，促使君臣猜忌不和，削弱忠臣和武将在朝中的势力，离间朝廷重臣和军中大将的关系，达到文不敢进言，武不愿卖命的局面。如此不出三至四年，陈国必乱，那时方是我们平陈、一统天下的最佳时机。"杨坚听到此，不由得拍掌道："好！广儿，没想到你有这般见地设想，你这三招真可谓是招招入扣，招招似刀，又刀刀见血呀！"

"父皇，什么招招似刀，刀刀见血？"杨勇边说边大步跨进殿来。

正说在兴头上的杨广，见杨勇跨进殿堂，不由得一愣，立即想到了大姐之死，想到了他要去找杨勇论理讨说法的事。便不等众人有所反应，就纵身冲向前去，当胸一把抓住了杨勇，使劲摇着大喊道："你把大姐还给我！一定是你害死大姐的，我要你把大姐还给我！"众人都惊住了，杨勇却发怒了。他伸手捏住了杨广的手腕，凶狠地道："放手！你再不放手，我就不客气了。"正在愤恨中的杨广岂会放手，他更用力地抓着杨勇的衣衫，大声呼叫："还我大姐，还我大姐！你不还我大姐，我就不让你走。"杨勇真正地愤怒了，他的体型本就比杨广高大，且又身强力壮，文质彬彬的杨广不仅比他矮半个头，其力气更是难敌发怒的杨勇。然而，杨广在如此明显的劣势之下，却仍然紧抓着杨勇的衣衫不肯松手。杨勇扳开杨广的手腕，奋力一甩，立即把杨广甩出了五六尺远，重重地跌坐在地上。

独孤伽罗见弟兄俩一见面就动手扭在一起，既惊又恨，一时愣住了。父母对待

第三十七章　北敛南奢后宫议战，兄弟阋墙独孤说梦

自己的儿女，虽说手背手心都是肉，不会有偏心，但现实中却不然。在重男轻女、压大护小、制强扶弱、爱智厌笨、喜富欺贫等情感的支配下，难免有偏心，且自古有之。独孤伽罗自小就疼爱杨广，且对养女逸秋之死也常耿耿于怀。此刻见杨勇把杨广摔倒在地，不免心疼，立即大声怒斥道："杨勇，你疯啦，竟然敢打你弟弟！"

杨广好像是一头被激怒了的疯牛，他不顾身上的疼痛，翻身跳起，纵身又向杨勇冲去。杨勇不甘示弱，摆开了搏击的架势，对着向他猛扑过来的杨广抬腿便踢……杨勇本是习武之人，加上身材高大，且又在发怒之时，他这一脚之力足可以让杨广损筋断骨，不残便伤。独孤伽罗看得真切，她也是习武之人，不由得惊出了一身冷汗。杨丽华吓得愣在一旁，不知所措。杨坚根本就没想到兄弟俩一见面就会如此恶斗，他也来不及去发声拦阻他们的举动。此刻眼见着一个好似中了魔一样，不自量力地要去以命相搏；而另一个却又不肯退让，正要使出绝招制服对方。他若再不出手制止，后果将不堪设想。杨坚虽已到中年，但自幼练就的武功底子不弱，他一个箭步窜至两人跟前，眼疾手快，挥右手一掌推开了杨勇已抬起的腿，同时伸左手一把扯住了杨广的手臂，再一使劲，把杨广拉向了他的身旁。杨勇支撑身躯的腿失去重心，一个趔趄才站稳了脚。见是父皇出手，只能乖乖地站在一旁不再言语。杨广身不由己地被拉向一旁，却仍然怒不可遏，他绕开挡在身前的杨坚，又使出全力，再一次地向杨勇扑去。杨勇见杨广如此不顾父皇的拦阻，一而再，再而三地不顾一切地向他发起挑战，已是忍无可忍，更觉得理在自己这边了。若再谦让，既会助长杨广的嚣张气焰，也会大失自己太子的面子。于是杨勇不待杨广近身，便伸拳向杨广头部击去。杨勇这一拳虽然只用了六分力，但若被其击中头脸，定会鼻陷眼肿，惨不忍睹。杨广的武功虽然远不及杨勇，但出于一种本能，对迎面而来的拳头即侧身避让。结果杨勇这一拳打在了杨广的肩膀上，且把杨广打出了丈外之地，瘫倒在地上动弹不得。杨丽华见状，立即扑向杨广，边扶边哭喊着道："广弟，你傻呀！如此鲁莽地动手，岂能是他的对手？他把你打残了可怎么办？吃亏的还不是你自己吗！"独孤伽罗也急忙上前，边与杨丽华一起把杨广扶到一张卧榻上躺下，边心疼地问道："广儿，让娘看看，疼不疼，他打在你什么地方，疼得厉害吗？要不要去传御医来，让他们给仔细瞧瞧？"

杨勇觉得委屈，忍不住大声吼叫道："是他先动手，还不依不饶地惹我。你们凭什么都护着他，你们还有公理吗？"杨广忍着疼痛，声嘶力竭地冲着杨勇喊道："你先把害死大姐的事道个明白，我就还你公理。否则我绝不放过你！哪怕与你拼个你

死我活。"杨勇的火气又上来了,他举手指着杨广,声色俱厉地道:"好啊,你来呀!我倒要看看你有多大的本事敢跟我来较量,我不揍扁你才怪了。"杨坚再也忍不住了,他冲着杨广厉声喊道:"都给我住嘴!简直是无法无天了,竟敢当着我的面,三番五次地动手搅事。你别以为,有人护着你就可以不分青红皂白、胡搅蛮缠、不讲道理。"

独孤伽罗本就不满杨勇以强欺弱,此刻听杨坚说的话中有话,不由得几股火合在一起,也愤怒起来。她挺直腰道:"杨勇,你给我听着。我本不想再追究逸秋是怎么死的,但现在既然有人支持你要讨公道,那么,你就先把逸秋的公道还给她,然后,我再来还你们的公道。否则,我也不会放过你们。"杨坚见自己一时性急说漏了嘴,引来了皇后发怒,不免也感到理亏,而不得不解释道:"皇后言重了!我全无指责你的意思。逸秋之死已过去多时,此中有着许多说不清、道不明的事,我们没必要再去旧事重提,由此伤害的只是我们自己。今日广儿、丽儿回家,本是件高兴事,我们的几个儿女除了勇儿,都分散在各地。我是想让勇儿回家来一起聚聚,好好享享我们的天伦之乐。却谁知广儿会挑起这一件事,而且还当着我们的面,如此三番两次地寻事生非,全然不顾兄弟之情,还要以命相搏,他眼中还有谁?我的好心情全给搅黄了,我岂能不生气!"独孤伽罗却不依不饶地道:"既然逸秋之死中有着不明不白之事在内,你身为皇帝为何不去查个清楚,问个明白?逸秋虽不是我们亲生的女儿,但也毕竟是喊我们为爹娘,是堂堂正正的太子妃,她含屈而死,你能忍心不给她个说法,我却不能!杨勇家里的那些个狐媚贱婢,一个也脱不了干系。我告诉你,你护的不是一个太子,而是事关你《开皇新律》的国法。"杨坚也明知道元妃逸秋之死与杨勇喜新厌旧、好色有关,但他总不能为了一个女人,去把朝政搞得沸沸扬扬,而有损太子的脸面。所以他也就是在私下对太子杨勇进行了一番说教,随后便得过且过地在独孤伽罗面前来了个冷处理,把此事掩盖了过去。然而,杨坚却遗忘了杨广与逸秋的感情,也失算于杨广会对此事如此认真执着,而且更没有想到,对此事已熄恨的独孤伽罗会重燃怒火,还把矛头直指他的立法软肋"刑不上皇戚",而让他无言以对。

"哇"的一声,一口鲜红的血从杨广口中喷出来,惊呆了众人。只见杨广脸色惨白,一手护着肩膀,倚靠在杨丽华的身上,疼痛得满头大汗,昏厥了过去。杨丽华惊得手足无措,独孤伽罗抱住杨广,连声惊喊道:"广儿,你怎么了?快睁开眼告诉娘,伤在哪里,疼得厉害吗?娘这就让人去传御医。有娘在,你别怕,我会为你和

第三十七章　北敛南奢后宫议战，兄弟阋墙独孤说梦

逸秋去讨公道的。"此际的独孤伽罗，见不得爱子杨广忍受的委屈和疼痛惨状，护爱子心切的情感已替代了一切。她把杨广搂抱在胸前，用前所未有的声调冲着杨坚大吼道："你还想怎样，还不快去传御医！"

杨坚从未见过独孤伽罗会发如此大火，他此刻只觉得脑袋空空，一时间不知道自己该说些什么、做些什么。他心慌意乱，身不由己地抬腿向门外走去。杨坚惧怕独孤伽罗，不是怕她的蛮横和凶悍，而是怕她的认真和以理制人的缜密心机，怕她用执着和愤怒之念去不依不饶地追究，更怕看她那冰冷的、让他从头寒到脚底的脸色，而让他产生为人做事似乎都会失去主心骨的孤独感受。世上真正强悍的女人就是如此，她们有貌却绝非以貌惑人；她们有睿智聪慧，却情感坦荡、处事真诚；她们有强大的内心世界，却待人接物豁达大度，从不斤斤计较；她们也有七情六欲，却对喜怒哀乐的发泄把持得很有分寸。这些便是她们能胜过他人、能令人信服的素质修养，独孤伽罗便是这样的人。但此刻她似乎已变成了另一个人，不仅狂躁，以声势支使人，让杨坚胆寒！独孤伽罗瞧见愣在一旁发呆的杨勇，更是怒火中烧，厉声斥责道："我看你是昏头了！竟然敢当着父母的面，把兄弟打成这个样子。你给我滚出去！害妻打弟的恶行，别想逃过惩罚。你别以为是太子，我就奈何你不得了，这个公理我一定会给你们的。滚！你马上给我滚出去，我不想看到你。"杨勇被母亲骂成这等样子还是人生头一遭，他那倔强的个性，不免感到既委屈又愤恨，却又无可奈何，而不得不灰头土脸地离去。

独孤伽罗不经意地碰了一下杨广的手臂，一阵钻心的疼痛把杨广刺醒。他睁开眼，见母亲正抱着自己，二姐在旁边着急地看着他，心头不由得涌出激动，想动手起身。可是肩膀的疼痛立即传遍了全身，"哎哟！"杨广忍不住又喊出了声，额头上的冷汗又立即冒了出来。独孤伽罗慌忙道："别动！等一会御医就来了。你的手肯定是被打残了。杨勇这个畜生，下手这么狠，我定饶不了他。丽华，你到我房里去把那绿瓶中的伤药取来，先给他服两粒止痛，其他用药待御医看了后再说。快去！"

杨广心头暖暖的，可是他仍然惦记着大姐之事，便忍着痛，含着泪道："母后，你为何不追究大姐的死因呀？大姐生前就不断受大哥的虐待，你是知道的。你为何不阻止、不告诉我呀？否则，大姐何至于致死。"独孤伽罗到此不得不道："广儿呀！母后知道你对大姐的情义，母后也知道是你大哥的不是，更知道逸秋的死必与他有关。但你父皇说也对，人死不能复生，再由此去把刚趋稳定的朝政搞得沸沸扬扬、动荡不宁，会因小失大，让天下人失望的，毕竟家事再大也大不过国事。你

大哥是储君太子，牵一发而动全身啊！这就是母后不得不按下追究你大哥责任的心思，而只能对不起逸秋了。母后本来也希望你能理解为娘的无奈心情，却没想到，你一回来，不等为娘对你做些解释，就要追究此事。而且，你们兄弟俩又各不相让，才发生了如此严重的后果，为娘很心痛！为娘虽然会追究出逸秋之死的缘由，还逸秋一个说法，但为娘也不得不在此希望广儿能懂得，儿女情虽长，还得以社稷为重。你大哥一定会受到惩戒，但也得顾及他太子的身份。另外，为娘还得借此告诫你，人虽然无骨气而难立，但太过刚硬则必折。这也让为娘想起了……之前曾做过的一个梦。"

杨丽华拿着药瓶匆匆来到近旁，见杨广好似一个幼儿，安静地依偎在母亲的怀里，在认真听着母亲说话。同时，杨丽华也听到了母后在说："生前做的一个梦……"便接口道："母后做的是什么梦？能让广弟听得忘了身上的疼痛。"独孤伽罗接过杨丽华手中的药瓶，倒出两粒黄色药丸，又从近侍手中取过水，喂给杨广服下后，对近侍和宫女们道："你们都退下吧。等御医来了，你们进来通报一声。"独孤伽罗等众人退出之后，便把生杨广之前，在朦胧中看到有金团入室变金龙后、金龙腾飞遭雷击惊吓坠地折尾的事，对两个儿女说了个大致情况，隐去了一些内容。她没提曾对杨坚所说的，生杨广之前有金团撞入腹中而生下杨广的开头，也把金龙坠地折尾之后变成大白鼠之事的后果略去了，却有意识地添加了一段评说："金龙乃是天子的象征，尊贵无比，能来到我家，不正应验了此后，你们父皇由将相成为帝王的事实么！然而，我总在思虑着那金龙遭受雷击而坠地损体折尾的报应出自何由？也曾联想到天理不可违的出处。父子乃骨肉，兄弟乃手足，切不可为了一点私欲而去互相伤害，这应该是天理。我们更不能因为自己是天之骄子，便可以不分是非，任己所为，而酿下遭天怒人怨的恶果，去应验金龙遭雷击坠地折尾的报应！由此我不得不提醒你们，人的骨气和刚直虽可以坚硬无比，但在天道面前是来不得半点妄为的。"

第三十八章
母子连心榻前叙情，独孤认媳两女认母

京都大兴城的宫城，坐落在皇城的中心轴主位，象征着封建帝王的最高权威。宫城外右侧是辅城，为朝廷各官府衙门所在地，也是朝中官吏住宅聚集区；左侧是皇族世子府邸（太子杨勇的东宫位于宫城内；乐平公主杨丽华因曾为太后身份，拥有独立宫殿）。宫城正南为护城河，出宫城大门过河便是皇城大道，对面是商贸大街；宫城后方则是掖庭及配套场所。

杨坚与独孤伽罗共育五子：长子杨勇，曾封房陵王，授大将军、左司卫，领旧齐之地为诸侯，隋朝开国立为太子；次子杨广，封晋王，授武卫大将军、上柱国、道台、尚书令，先领河北之地，后领淮南之地为诸侯；三子杨俊，封秦王，授右武卫大将军、上柱国、河南道行台尚书令，领关东之地为诸侯；四子杨秀，封越王，授柱国、益州刺史，领蜀二十四州为总管；五子杨谅，封汉王，授上柱国、左卫大将军、雍州牧，领五十二州为总管。

杨广的晋王府位于宫城外左侧第二条街，与其他王弟府邸相邻。杨坚为显公平，所造王府规格相近，均为三进院落：前井为府衙，中井为府室，后井为内眷住所与园子。

杨坚与独孤伽罗对子女管教甚严且公正。虽杨坚偏爱长子杨勇，独孤伽罗宠爱次子杨广，但成年儿子均需离京赴边塞任职、从军磨炼，无人例外。杨坚根据各人表现授予职权、分配领地，使其从政掌权，成为实权王侯。因此，世子们的官职与领地均凭业绩获得。

杨广因未婚且常年在外任职，不常住京城，即便回京也来去匆匆。故晋王府除管家杨大和少数常役家仆外，并无他人。若不是管家携家眷居住，偌大王府更无女眷踪影。此次杨广南下归来，不仅带回大包小包的货物礼品，更带回两名如花似玉的年轻女子和几名清秀灵巧的南方女仆，令冷清的晋王府顿时热闹起来。管家杨大一时有些应付不过来，不知如何是好。

杨广却早有安排。他为朱贵儿和薛治儿分配住房，让她们带侍女自行收拾房间。杨广自幼习惯自己整理房间，随后指派管家带人打扫各处房室、庭院，命管家之妻买菜备饭、采购日常用品。一个少年处置事务如此井然有序，令朱贵儿和薛治儿暗暗称奇。在杨广看来，理家与治国虽大小有别，道理相通。预谋设计、有条不紊、循序渐进、以小见大，若小家管不好，何谈治国。观人理家手段，可测其理政治国能耐，并非虚妄之想。

　　杨广一生虽独行其道、独断专行、柔中见刚，更多继承了母亲独孤伽罗的睿智与执着。他博览群书，见识过人；爱幽思苦想，见解独到；不畏凶险，事必躬亲，如坚持自己整理房间。更有宁折不弯的倔强个性和不屈不挠的脾气。俗语曰"知儿莫如母"，独孤伽罗对爱子杨广的一番肺腑之言便源于此。然而，被抬回家的杨广并未接受母亲的劝告，仍想着如何为大姐报复大哥杨勇。

　　后宫兄弟阋墙、太子打伤二弟之事，被杨坚严令不得外传。杨广经御医诊治后，杨坚与独孤伽罗未让其立即回晋王府，待其服药入睡、夜深人静时，由杨丽华陪同，被心腹近侍抬回府中。杨广受伤被抬回晋王府，急坏了朱贵儿，激怒了薛治儿。不等杨丽华讲述缘由，朱贵儿便为杨广解衣查看伤情、把脉诊病；薛治儿连声追问，嚷着要找太子算账。

　　杨丽华安抚薛治儿道："治儿，我理解你的心情。母后已承诺惩戒太子，为广弟出气。现在最重要的是让广弟静心养伤。御医说肩骨损伤已包扎固定，伤筋动骨需时间恢复，体内略有内伤并不严重，静养调理即可，不必过于着急。"朱贵儿为杨广盖好被子道："殿下脉象虽有些紊乱，但脉息强盛，体内伤势并无大碍。外伤属硬伤，所谓'伤筋动骨一百天'，但以殿下体质，用药辅以推拿、艾灸、理疗、食疗，不出一月便可恢复。"杨丽华欣喜道："有你俩在他身边，我这个二姐就放心了。"杨广悠悠醒来，朦胧中见三位女子在侧，疑惑道："这是何处？我不是回京了吗，怎么像还在驿馆？"薛治儿口无遮拦道："你睡糊涂了吧！被打成这样抬回家，还以为在驿馆。真好笑！"杨丽华上前道："广弟，你喝了御医的药，已睡了两个多时辰。身上伤痛好些了吗？"

　　杨广想起发生的事，动了动腿脚尚可，一动身体便感肩头刺痛。见左臂包扎着，委屈与不平涌上心头。朱贵儿细心察觉，俯身柔声道："殿下有伤在身，不宜动怒，否则有碍恢复。"杨广固执地从被中伸出右手道："我不能让大姐不明不白地死去，定要为她讨回公道，让杨勇付出代价。不然决不罢休！"杨丽华担忧道："广弟，忘

第三十八章 母子连心榻前叙情，独孤认媳两女认母

了母后的话吗？大哥固然有错，但要体谅母后的用心、父皇的难处和朝廷的未来，也要为自己的前程打算。母后说的金龙坠地折尾之梦，不仅是告诫太刚必折，定有深意，你要好好琢磨。"

杨广沉思许久道："二姐，我实在猜不透母后此梦的深意，甚至觉得与太刚必折关联不大。我怀疑母后未将梦境说完整，或故意隐瞒了关键情节。"杨丽华道："是啊，母后的梦与告诫之意似乎不相关。以母后的睿智，岂会无的放矢？至于是否隐瞒了什么，又该如何揣测？"杨广道："比如，此梦是在生我之前、之时，还是之后？金球从何而来？何时化为金龙？"杨丽华道："母后确实未说明时间与细节！这很重要吗？"杨广似有所悟道："当然重要，时间往往能揭示真相！"这番对话让朱贵儿和薛冶儿如坠云雾。薛冶儿忍不住问道："究竟是何梦让你们如此费解？说出来或许我们能帮忙破解。"朱贵儿也投来期待的目光。杨广委婉回绝道："不过是些因果报应之事，我不信，你们也不必听。"此话堵住了两人的好奇心。

杨广转而对杨丽华道："二姐，我行动不便，外面的礼品货物，请贵儿和冶儿帮你分给亲友。给父皇和母后的，我已带入宫中。相信这些南方特产，他们会喜欢。"杨丽华道："我在母后处怎未见你带的东西？"杨广反问："母后对你带去的东西有何评价？"杨丽华道："还不是老话，说我们花钱大手大脚，不知节俭。"杨广笑道："我就知道母后会唠叨，所以直接交给后宫总管，眼不见为净。"杨丽华突然问道："欧阳婶会如何向父皇禀报我们南下的经历？"杨广反问："你如何对母后说的？"杨丽华道："今日进宫还未及说，便与父皇大吵一架，若非母后劝阻，我真要与他拼命。"杨广心领神会道："是为了小皇帝之事？"杨丽华道："你已知晓？"杨广道："猜测而已。我虽认为父皇此举有些过分，但也在情理之中。若我是陛下，或许也会如此。"杨丽华摇头道："我不信你会如此绝情。"

杨广脸色黯然，朱贵儿察言观色道："是不是药性过了，伤口又疼了？"杨广摇头道："我在想，我们对宁远公主是否太过绝情？她会不会骂我无情无义？"杨丽华愣了一下道："我不知你们私下有何往来，但仅因不辞而别便说绝情，我难以认同。你用陈叔重搪塞我提及的十四殿下，似有隐瞒，现在可以说了吧？"薛冶儿接口道："我来说！离开陈国京口那晚，我见宁远公主与殿下在码头说话，临别时她塞给殿下一个东西，这算不算私下来往？"杨丽华惊喜道："广弟，原来你们真有事！她给了你什么信物？"

杨广脸红，瞪了薛冶儿一眼道："别听她胡说，哪有什么信物，只是一个盒子。"

薛治儿噘嘴反驳道："我何曾胡说？你自己也承认她给了你盒子！"杨丽华追问道："广弟，别躲躲闪闪，说出来让二姐参谋参谋。"杨广无奈回忆道："我们匆匆离建康，扬帆至京口。游览金山江天禅寺时，被十四殿下的侍女拦住，带入方丈室见到乔装的宁远公主。她责问我为何不辞而别，害她四处追寻至京口。还问她两位哥哥是否又做了对不起我们的事。我只得说明原委，并出示她十四哥陈叔重给的通关金牌。她仔细查看后收下金牌，让我们速速离开陈国，否则大祸临头。"

杨丽华恍然大悟道："那日在金山寺烧香后不见你踪影，原来被宁远公主'劫持'了！为何当时只字不提，用虚言搪塞？"杨广道："当时晕头转向，不知如何解释，只能避而不谈。后来曾对王老伯提及此事。"杨丽华问："王老伯如何说？"杨广道："他只说缘分天定，强求不得。"杨丽华道："可惜未能请王老伯来京效力。"杨广道："人各有志，强求不得。像王老伯这般世外高人，早已看透名利，岂会为朝廷所用！此次他陪同南下，正如所言，是为见证历史变迁的序曲，也预示我们必将一统天下。"

杨丽华看着躺在床上的杨广，又瞥了眼一旁认真聆听的朱贵儿和薛治儿，心头一动。她抬眼注视着这两个性格迥异的女孩道："贵儿、治儿，今晚我留下陪护广弟，明日起由你俩轮流照看。天色已晚，你俩先回房休息，有事我会传唤。"薛治儿愣了一下，面露不快未动。朱贵儿微微点头，拉了薛治儿一把，神色自若地走出房间。杨广坦然看着杨丽华，未发一言。杨丽华待两人离去后开口道："你大概知道我要说什么吧？"杨广道："是问她们俩的事？"杨丽华点头道："正是！贵儿和治儿是难得的好女子，一个文静娇柔、才学出众，天下难有匹敌；一个英姿飒爽、巾帼不让须眉，行事坦荡。更重要的是，据我观察，她俩才貌双全、性情独特，对你贴心忠诚。如此一文一武的贤内助，你可不能因小失大。"

杨广脸红，不得不道："二姐是因宁远公主才说这番话吧？不瞒你，我虽对宁远公主有些好感，但总觉渺茫。且不说两国相隔、一统天下非一蹴而就，即便灭陈之日，谁知会发生何事？因此我不敢上心。况且回京后听说父皇已允诺梁帝之女的婚事，我诧异不已。我曾让郑芥禀告父皇未相中梁女，不知为何会这样。本想进宫问母后，并禀报贵儿和治儿之事，却得知大姐噩耗，什么都没办成。"杨丽华不满道："广弟，你做其他事果敢决断，为何感情之事如此优柔寡断？即便宁远公主遥不可及，贵儿和治儿你究竟喜不喜欢？她们可是为你才来此的，若亏待她们，我绝对不答应。"

第三十八章 母子连心榻前叙情，独孤认媳两女认母

杨广急辩道："怎会亏待她们？正因怕亏待，才不敢草率行事。禀告母后正是要给她们名正言顺的名分，让她们安心。否则便是对不起她们！"杨丽华点头道："这还差不多！但你可知母后会允你正妃未娶便纳妾？父皇的例子摆在眼前，母后对这事管得严。你没见她对杨勇纳妾之事一直耿耿于怀吗？"杨广道："我知道，所以并不急于此事。我会与她们商量约定，不让她们受伤害。否则我于心不安。"杨丽华叮嘱道："我明白。但切勿让母后对你心生隔阂。我感觉母后对你寄予厚望，金龙折尾之梦或许是预言或暗示。二姐真心期待你能成为陛下。"杨广无语，右手紧紧握住杨丽华的手。杨丽华心领神会，也握紧他的手道："广弟，我会像辅佐父皇一样辅佐你。"俗语"兄弟齐心，其利断金"，杨广与杨丽华这对姐弟的默契自幼便有。日后杨广能被扶为太子、登上皇位，杨丽华功不可没。

次日清晨，杨丽华离去不久，薛治儿在后园练早课，朱贵儿在杨广房内侍候用早膳。前井门役急匆匆跑来禀报："王爷，皇后娘娘来了，马上到府上！"杨广一愣道："母后这么早便来了！"他急忙对朱贵儿道："你速回房与治儿准备见母后，稍后我派人来传！"朱贵儿慌乱道："你伤痛在身，没我们在旁行吗？"杨广摆手道："放心，我有近侍侍候。母后喜欢简朴，你们切记。"朱贵儿离去后，杨广让人撤去早膳，重新躺回床上等候母亲。

独孤伽罗彻夜未眠。俗语"儿行千里母担忧"，此次杨广远行不同于往昔，肩负刺探他国军政要情的重任，风险难料。虽有杨坚的应急预案，但异国他乡遇事难以及时救援。在独孤伽罗心中，最心仪的还是二子杨广。她常想起生杨广时那个似梦非梦的场景，日常也处处比较杨广与其他儿子，尤其是太子杨勇，结果往往是杨广胜出。这让她不禁思考，皇位继承是否一定要遵循长幼之序，而非择贤而立？此次杨广主动提出南下探国，与杨坚的心思不谋而合，更显父子同心。

独孤伽罗虽认为杨坚是难得的好帝王，但百年之后呢？她不愿看到江山毁于后代之手。如今儿女平安归来，却不想女儿回来便与父皇争吵，兄弟相逢竟刀剑相向。独孤伽罗事后细想，儿女的愤怒情有可原，但作为母后，她不得不违心维护国君之意、帝皇之律，内心却为儿女抱不平，更担忧受伤的杨广。辗转反侧一夜后，她早早起身，亲自下厨为儿子做了几道爱吃的点心，清晨便前往晋王府。

独孤伽罗来到杨广卧房外，从侍从手中接过点心盒，独自走进房间。见杨广用手护着受伤的左肩，合眼躺在床上面露痛苦。爱子心切的她心头酸楚，放下点心坐到床边，情不自禁地伸手抚摸杨广的额头。杨广突然睁眼，见母后在侧，激动得滚

落泪珠,挣扎着要起身拜见。独孤伽罗急忙按住他道:"别动!伤筋动骨不宜多动,伤痛好些了吗?昨晚没人陪伴你吗?"杨广含泪道:"母后,孩儿身上的伤不怎么疼,可心里的痛难以言喻。大姐之死也有你的不是啊!她本不愿嫁给大哥,是为了顺从你的意愿才出嫁的。"独孤伽罗的自责被勾起,怆然道:"娘知道!你别再操心了。娘定会给你个说法。你府上为何不多添些家丁?也不至于无人照看。"杨广道:"孩儿不想劳烦母后,府上并无大事。昨晚二姐陪着,今早贵儿侍候,她见我睡着才去用早餐。稍后治儿会来,母后不必操心。"

独孤伽罗环顾四周,神情不自然地问道:"贵儿和治儿,就是你奏章中提到的那两个女孩?你已收房了?"杨广道:"母后误会了,孩儿未经您同意,岂敢造次。"独孤伽罗面露满意之色道:"这才是母后心中的广儿。传她们来见我。"杨广道:"母后,我还未详细说明她们的情况。贵儿和治儿身世可怜,文武双全,孩儿是出于怜惜与赏识才将她们留在身边,绝非贪图美色。她们绝非轻浮女子,母后见了便知。"独孤伽罗微微点头道:"母后相信你,快传她们来。"

朱贵儿将乌黑发丝盘成女儿结,素面朝天,身着漂洗过的白纹布连衫裙,清纯脱俗;薛治儿梳着马尾辫,上身米色宽袖薄布衫,下体同色宽松裤,脚蹬灰色布鞋,英姿飒爽。两人手挽手走进房间,行至独孤伽罗近前双双跪地叩拜:"民女叩见皇后娘娘,愿娘娘千岁千岁千千岁!"

独孤伽罗惊讶于两人的简朴与美貌,杨广的介绍已让她心生好感,此刻见面更觉满意。她审视着朱贵儿道:"你是贵儿吧?"朱贵儿万福答道:"民女正是。"独孤伽罗自语道:"素中见纯,雅而不俗。"又转向薛治儿道:"你是治儿姑娘吧?"薛治儿抱拳答道:"正是。"独孤伽罗赞许道:"真有我当年的风采!如今我已老迈,社稷未来全靠你们年轻人。你俩一文一武追随我儿,可见非浅薄之辈。我将晋王托付给你们,望你们助他亲君子远小人,重情义轻钱财,图霸业戒女色,成为千古明君。但需告知你们,他父皇已为晋王选定正妃,你们无望获得正妃名分,且在正妃进门之前不得完婚。若有异议,趁尚无夫妻之实,可另做选择。"

薛治儿心直口快道:"禀告娘娘,我不在乎名分。我与晋王有约,灭陈之日便是我嫁他之时,除此别无所求!"朱贵儿见状也道:"晋王替民女报了家仇,贵儿生是他的人,死是他的鬼,绝无二心。贵儿从未想过名分,也不在乎成婚早晚。"独孤伽罗连连点头。杨广感动不已,伸手指天发誓:"我晋王杨广在此立誓:凡真心跟随我的人,不论身世、不分大小先后、不论强弱贫富,均一视同仁。若违此誓,天诛地

第三十八章　母子连心榻前叙情，独孤认媳两女认母

灭！"独孤伽罗转头厉声道："休得胡言！人生岂可不重名分，'寝同床'之类的话也是随便说的？你呀，总不让我省心。"

朱贵儿见杨广的话惹恼皇后，委婉道："娘娘不必介怀，晋王殿下伤病中胡言乱语，上苍不会当真。"她瞥见桌上的点心，岔开话题道："娘娘，这精致的点心定是您所赐，何不赐民女喂晋王食用？娘娘可在旁歇息。"薛治儿也机灵地扶起独孤伽罗，引她到桌椅旁坐下劝解道："皇后娘娘，我师父说过，道即自然，顺天者昌。我朝灭陈乃顺天应命，一切自会如愿。"

独孤伽罗见两个女孩如此灵巧善解人意，转忧为喜道："贵儿、治儿，我今日认了你们，从今往后，你们便是晋王的人、杨家的人。待我与陛下商定吉日，为你们完婚，了却我一桩心事。但往后要改口称我为母后，不可再叫娘娘。"

第三十九章
南下余波旧情泛起，杨坚失态欧阳离心

　　凌晨，欧阳若兰接到近侍传话，陛下让她马上去勤政殿有事要询问。为此，欧阳若兰心中不免有些忐忑不安。她回京之后，按常规本该先进宫去回复皇命，再去户部消解公差，随后方可回府息养休假。然而，欧阳若兰进城之后，却反行其道，先回了自己的府上。这倒并非是她思念夫君心切，而是她要梳理一下面见陛下时，哪些话该讲，哪些话不该讲。尤其是这次从南面带回来的这么多礼品货物，该怎么找个合适的借口去向陛下禀告，特别是那些超出常规的开支，该怎么去向陛下、皇后开口销账，才不会引起非议。

　　欧阳若兰一路上就在为这些事发愁，并且她由此不能不在心里暗恨自己太懦弱，不敢去逆晋王之言，只能处处顺着晋王之意去办事。但是，欧阳若兰又不得不承认，晋王让她所购买的都是些价廉物美、北方极少见的东西，尤其是那些在北方难得一见的上好丝绸缎匹，不仅质地好、色泽鲜艳，而且价格比起北方，便宜得超乎想象。晋王亲自选货砍价，更是占尽了客大欺主的利好，故不能不让人心动，而去听从晋王之意，多购了不少货品。

　　有言道，冲动消费，事后后悔！欧阳若兰似乎也有此感，但却经不住晋王一阵游说，不仅觉得不该后悔，相反感到是做了一桩将会名利双收的大好事。然而随着离家越近，欧阳若兰的理智负担却越来越沉重了。因为她作为一个主管经济财政的户部度支尚书官员，尤其是作为一个受陛下和皇后信任的女人，且对他们简朴的习性有着切身了解的亲信，她怎能不担忧会因此而受到责备，而失去他们尤其是陛下的信任。

　　欧阳若兰到家后，得知夫君麦铁杆奉皇命带兵去了东域，督察新建粮仓和水利工程，让她连个商量此事的人也没有。而此刻还不到上朝时间，陛下就派专人来传唤，且陛下又在书房勤政殿召见她，这又给欧阳若兰增加了一层无形的压力。

　　欧阳若兰拿上了本已准备好的奏折，怀着不安的心情走进了杨坚平时批阅奏折

第三十九章　南下余波旧情泛起，杨坚失态欧阳离心

和小憩的书房勤政殿，却见只有杨坚一人在案前审阅着一堆奏折。这让欧阳若兰既感意外，又觉得欣喜。

她感到意外的是：自从杨坚登上皇位，她与麦铁杆进京担起朝中要职后，除了日常上朝例行公事能见面交谈之外，就很少有机会能够说些家常私事，更别说是单独面见了。欧阳若兰明白，这是皇后对女人接近陛下存有戒心造成的，而杨坚又为了不让皇后猜忌，故而也就尽可能地避免着与她单独相处。

欧阳若兰对此常会在心中自问道："这算怎么回事？想当年在随州，自己还年轻，且是独身一人，在与杨坚朝夕相处时，虽说自己有心，甚至也有自愿献身之胆，却与杨坚都没敢越雷池一步。如今，杨坚已当了陛下，他会缺少女人吗？而自己也已半老且有了家室，可皇后却为何还要如此防范呢！此事不仅早已时过境迁，自己也已既无心也无意了，哪怕此刻再借她十个胆也不敢做的事，她又怎会无自知之明？难道此时的杨坚，在如此清晨，在这他人不可随意进入的单间单独召见她，却敢任性妄为吗？"欧阳若兰不能不在心里否定着，却又不免对杨坚的如此举措感到诧异和意外。

然而，欧阳若兰欣喜的是：单独向杨坚禀报南下之事，可以让她省却许多小心思和顾虑，她无须为了不让旁人误解，而去做过多的掩饰和隐瞒。有些事她甚至可以直言不讳地对杨坚陈述自己的见解，哪怕是说错了，她也相信，杨坚是不会对她作无端的指责而让她难堪的。

杨坚在后宫所受的气，让他郁闷在心。女儿的指责、两个儿子见面的斗殴，引来了皇后从未有过的盛怒，不能不令杨坚一面反思，一面却又感到愤然不平。而让杨坚最不能理解的是，皇后从未有过的怒形于色。儿女们意识淡薄，只知其一不知其二，他还可以理解。可历来深明大义、深受他尊重的皇后，却为何也会不分青红皂白地袒护着儿女向他发怒？难道她忘了他乃是一国之君，他所要操心的是社稷大事，而不是这些婆婆妈妈的家庭小事吗！

杨坚知道，自己的这些怨气和不平，是不能摆到朝堂上去让众臣评说的，他只能借看奏折来解烦闷。这一夜，杨坚在勤政殿彻夜难眠，辗转反侧地感受着做个孤家寡人的艰辛和无奈。

天色刚亮，杨坚蓦然间想起了回京后还没有来朝递折、禀告行程见闻的欧阳若兰，让他那烦躁的心情，不由地更增添了一把无名之火。他不仅要进一步去证实杨广所言的真伪，他更想要找个借口，把心中的烦恼和气愤向人发泄一下，而欧阳若

兰正是他此时需要的最合适人选了。

杨坚对欧阳若兰的感觉是比较复杂的。想当年在随州初遇的她，是个貌美如花、四面玲珑、善解人意的女老板娘；此后，在府衙朝夕相处的她，是个谋事周到、做事踏实、待人细腻、能算会道的好帮手；如今成了朝中重臣的她，是个办事稳重、处世待人有分寸，对他和朝廷绝对忠诚可靠，是他完全可以信托之人。

杨坚把这样的一个女人拢在身边委以重任，初时只是出于他治理随州，需要有一个熟悉当地风俗，能助他治民理政的帮手，却并无其他更多的想法。但是随着时间的变迁，杨坚也不是感觉不到，在这个姿色超群的女人身上有股吸引力，他甚至也为此动过心。然而却出于两点理念，让他只有所想而没有所动：一是家有天后般的娇妻，他不能违背自己对她许下的诺言，去另找女人寻欢；二，他所需要的女人，不仅要有才貌、有能力，更要忠贞。而他对欧阳若兰唯一有忌讳的是，传统观念对他的束缚：她曾委身过其他男人，故也就成了杨坚接纳她的障碍。

杨坚在随州那段身心最自由的日子里，是在用堂皇的理性，克制着自己的欲念，所以他与欧阳若兰什么事都没有发生过。但是，此后若不是独孤伽罗用女人的敏锐和手段，为欧阳若兰指定了另外一个男人，杜绝了他的念想，他与欧阳若兰在旷日持久的相处之下，他能否坚持得住，用理性之念去抵抗欲念的诱惑，就很难说了。

烦恼中的杨坚见欧阳若兰进来，立即劈头盖脸地责问道："这次南下去了那么久，一定是玩得流连忘返了吧！所以回来也不用跟我说一声了。你现在是越来越不把朕放在眼里了，你心里还有我这个陛下吗！"

欧阳若兰被杨坚这串莫名的责问训斥得目瞪口呆。她心想，就为了回京后没先去向你禀报，就要如此说我是去游山玩水？简直是岂有此理！你为何不问我这一路上夜不能安稳入睡的担惊受怕；不问我长途跋涉的艰辛劳累；不问我不马上来见你到底为的是什么；却要用如此带刺的话语来伤害我，你还有没有良心呀？

欧阳若兰感到一阵委屈，眼中情不自禁地冒出了泪花，同时在心中喊道："杨坚，你这是在揣着明白装糊涂吧！我若不是为了报答你的知遇之恩，为了对你心存的一片情义，我一个女人又何必要抛头露面出来做什么官？"

杨坚这一顿责问，却有着他多层情感在内。他正在郁闷烦恼中，忍受着孤独和被冷落，他所受了责难和委屈的心情，需要有所释放发泄，需要有人来宽慰，需要被人能理解。然而在他所认可的女人中，除了欧阳若兰之外，还能有谁呢！因此，

第三十九章　南下余波旧情泛起，杨坚失态欧阳离心

杨坚的这一顿斥责，可以说是既有着恨，又有着妒忌，还有着深情期待在内的。

然而此刻见欧阳若兰眼中冒出了泪花，杨坚不由地也心存歉意而慌乱起来，他不能再装模作样地坐在龙椅上了。他急忙放下手中的奏折，离座走至欧阳若兰的跟前，盯视着她的脸。他本想说些安抚宽慰的话，结果话到嘴边却违心地说成了挖苦的讥嘲之言道："唷！我就说了你几句，还真的掉眼泪了！是我说重了，还是说到你的痛处了，或者是你心中确有愧疚于我的地方啊！"杨坚如此的言不由衷，不仅没有起到安抚的作用，反而是火上浇油，更增添了欧阳若兰的委屈和愤怒。

欧阳若兰再也忍不住了，她已忘了此时的杨坚已不是以前的杨坚了。这一路上濒临的凶险、紧张、劳累，化成了一股怒火冲口而出道："杨坚，你好没良心啊！我处处小心，步步为营，日夜操劳地护着你的两个女儿南下刺探国情。回来后，你不仅没有一句宽慰之言，却还要用如此没由来的话伤我，难道我真的是离你不成了吗？我，我走……"

欧阳若兰的话还未说完，只觉得胸口一热，一腔热血喷口而出，然后眼睛一闭，身体一歪，不由自主地跌倒在地。杨坚的脸上和身上都是欧阳若兰口喷的鲜血，一时之间，杨坚情迷意乱，愣在一旁不知所措。

杨坚本意是想在情绪发泄之后，再去向这个红颜知己叙说他心头的委屈和郁闷，想得到她的宽慰和爱抚，却根本无意想去伤害她，更没想到会出现这样的后果，而且这根本不是他所要的。是啊，人心都是如此，表面上越是强硬的人，他的内心就越脆弱，杨坚如此，欧阳若兰又何尝不是如此呢！

杨坚清醒了过来，他一把抱住了欧阳若兰，情切切地喊道："若兰，你怎么啦？若兰，我刚才的话不是心里想说的。若兰，你醒醒！我心里有许多话要问你呢！"杨坚不顾身上的血迹，把欧阳若兰紧紧地抱在怀里，把自己带血的脸贴在欧阳若兰的面额上，咽声哭泣。

欧阳若兰因一时气急血涌而晕倒在地，此刻被杨坚紧紧一抱，加上哭声和身体的震动，她不由地睁眼醒来。却见自己与杨坚脸贴着脸，自己还被杨坚紧紧地搂抱在胸前，欧阳若兰不由自主地一阵颤抖而心慌意乱起来。年轻时梦寐以求的念想，此刻竟然成了现实，她赶紧合上了双眼，默默地感受着此中的暖意。她只觉得自己的心跳在加剧，呼吸在加速，脸额热得发烫，但她却不明白，杨坚何时对她变得如此的果敢起来？

突然，欧阳若兰明白了一件事：自己已是有夫之妇，杨坚是陛下，自己与他不

能有任何瓜葛，甚至是连一点桃李之疑也不能有，否则自己一定会有杀身之祸、灭门之灾。

欧阳若兰清醒了，她挣扎着使劲推开了杨坚的搂抱，从地上爬起身，一面抚弄着弄皱的衣衫，一面冲着杨坚用冰冷的口气道："陛下，清晨把我传到此，为的就是把我骂一顿吗！现在你骂够了没有？没够，你还可以继续骂，否则我就要告辞了。"

杨坚傻眼了，他不仅是没有见过，也根本没有想到过，欧阳若兰会当着他的面说如此之话，而且是用如此冷若冰霜的神态跟他说话。一时间，杨坚帝皇的本性又暴露了出来，他上前把欧阳若兰拉进了怀里，也不顾两人的脸上都是斑斑血迹，对着欧阳若兰的嘴唇就亲吻了起来。

欧阳若兰似乎是麻木了，她既不张口也不还手，一动不动地任凭杨坚又吻又摸着。男女之合，一定要有男女双方出于自身情感和肌体的需要，才会产生出激情和冲动，才能爆发出情欲和性欲对肉体交合的渴望，方能达到两情相悦、琴瑟和谐的境界，这才是真正的情爱交合，否则只能是一种肉欲的满足、兽性的需求。

杨坚想用自己的热情和从未有过的举动，去融化欧阳若兰的冷漠，去稀释她的误解，去召回她对他的热诚和无怨无悔、无私的奉献，更想用男女间如此的冲动去弥补自己的过失，去修缮出现的裂痕。但是，他并没有如愿，换来的还是欧阳若兰那冷若冰霜的对待。

杨坚失望了，他不得不停了嘴、松了手，放开了欧阳若兰。但杨坚并不愿意欧阳若兰离他而去，他只能悻悻然地回到自己的龙椅上道："朕刚才不该责怪你，这是朕的不是。但你也不该对朕如此冷冰冰呀！你们出去了这么久，你知道朕有多么牵挂你们吗？"

欧阳若兰见杨坚停住了嘴，即用冰冷的声调道："你想说的就是这些了吗？那我就告辞了。"说罢，便想转身离去。

杨坚是又气又恼，他希望欧阳若兰刚才所说只是一时的气话，他更不想欧阳若兰离去。于是，杨坚急忙道："站住，你就这么走了吗！对朕派你的差事，难道连一份奏折也没有吗？"

欧阳若兰此刻方才想起自己怀中揣着的奏折，也想起了自己来此的目的。她不得不收住了脚步，从怀里掏出两份奏折，上前递给了杨坚后，道："一份是晋王殿下的，另一份是我的。"

杨坚接过奏折扫了一眼后道："晋王的奏折，为何他自己不来面呈，却让你来

第三十九章　南下余波旧情泛起，杨坚失态欧阳离心

递交？"

欧阳若兰想起了杨广的预谋，便道："晋王殿下瞒着我做了一件事，他怕会受到你的指责，所以他不敢来面呈。"

杨坚不禁心头一愣，他想起昨天见到杨广时，杨广不仅没提到做过任何瞒天过海之事。相反，他把这次南下之行说得风起云涌、精彩不一、收获不小，而不能不令人对他刮目相看。谁知这小子尽说好的不说坏的，却把坏事留给别人来替他顶包受罚！杨坚愤然而道："这小子，敢做却不敢说，简直混蛋。说吧，他做什么违法乱纪之事了？别以为，不见我的面就可以逃脱处罚。"

欧阳若兰道："我们凭着张贵妃给的金字令牌，出了建康城，来到京口，又去了丹阳、扬州。晋王殿下在扬州结识了一位做丝绸的商家，瞒着我和公主，私下以极低的价格，进了一大批上好的江南绸缎。"

杨坚疑惑地道："就这件事吗？你怎么知道这是上好的绸缎，又是极低的价格呢？"

欧阳若兰道："公主殿下见多识广，她也是这么说的。而且，公主殿下还说，她在北方从没见到过有这么好的绸缎，而且还是这么便宜。"

杨坚好奇地道："丽华既然也这么说了，就错不了，这是好事么！却为何要怕告诉我？"

欧阳若兰道："晋王动用了郑大人拨给我们应急用的那笔准备贿赂南陈官员的专款。"

杨坚听到这里立即打断着道："你停一下，朕好像听郑芥说起过此事。这钱是从崔弘坤家中被抄没的赃款中提出来的，为的是方便你们去陈国行事，万一有个意外之需，而划给你们的备用专款，对吗！如今，被你们用来采购货品了。就这么件事，虽错也不至于错到让他不敢对我说吧！他如此躲躲闪闪，是不是还有其他什么事瞒着我？"

欧阳若兰道："晋王殿下，一是怕，他挪用这笔钱去私自购买货品会受你责怪；二是，他买的这批货，是想分发给朝中所有官员的，他是想让大家与他共享这次南下的成果。"

杨坚听到此不禁动怒地道："原来关键是在这里呀！他这岂不是在用公款贿赂朕的官员吗？真是岂有此理。"

欧阳若兰接着道："晋王殿下知道你会这么说，他这才让我来面呈奏折禀告此

事。他说了,这个人情让给你去做。"

杨坚忽然清醒,警觉地道:"哦,我明白了,他是用我的钱买回来的这些货品,再让我给朝中的官员发红利,我花钱沾了个名,可官员们感觉的还是他杨广。对吗?嘿!这小子这如意算盘打得还真不错,可朝中却从来没有这个规矩,我可不会去替他做嫁衣裳。而朝中各处都正需要用银子的时候,我不能助长这种奢侈。"

欧阳若兰道:"晋王殿下也已经料到你会为此而生气,他才给我出了个难题。他让我用朝廷户部的名义,把这批货品按进价卖给各位官员,再把卖货收到的钱如数归还给朝廷了。如此朝廷既不花钱,又有面子,还能让所有的官员得益叫好。而晋王殿下说了,最关键的还是,能让朝中的官员看出陈国的国情,激发他们南下平陈的决心。"

杨坚边想边道:"一,你的难题是动用朝廷的名义,让户部去做这件事。但这件事算不得是什么难事,朕只要点头就行。二,你怎么就知道,所有的官员都愿意自己掏钱去买这批货呢?而且还要花了钱叫好!"

欧阳若兰道:"一两银子一匹上等的绸缎,连傻子都知道,是便宜得不能再便宜了。所以谁能不叫好,谁会不想要呢?不信,你等会就去朝堂上听一听!"

杨坚心头一热,点着头道:"好!朕就依了你们。你立即就把这小子采购的东西送到朝堂上去,并由你负责去做这笔买卖。我倒要看看这小子的自信成不成?成了,朕就重重地奖励你们。"

欧阳若兰见一切全在杨广的预料之中,自己最大的心事已经有了着落,便道:"陛下,此事就这么定了。晋王殿下的货我已全部归入了户部库房中,会有专人去处置此事的,你只要把此事知会给吏部就行。而我从此将辞官回家息养终老,恳请陛下允诺。"说罢,欧阳若兰转身便走。杨坚眼看着欧阳若兰毫无一丝留恋地离去,心头五味杂陈,真是责也不成,拦也不是,悔也不能,只能眼睁睁看着欧阳若兰的身影消失在自己的眼前。

杨坚朝堂的宏玄殿成了集市,百官所议的不是朝政大事,也不是民间疾苦,而是杨广从南陈带回来的价廉物美的上等江南绸缎。有人甚至还捧着拿到的绸缎来到了殿上,询问陛下还有没有货。这让杨坚在欣喜之余有所失落。欣喜的是,儿子杨广的眼力果然不错,不仅识货,更懂得人心;失落的是,这本是好事一件,却因为自己一时的意气用事,把自己心仪的女人给得罪了。而这件事他又不便去对任何人讲,只能郁闷在心里,想让时间去感化欧阳若兰,能重新回到朝堂上助他理政。

第三十九章　南下余波旧情泛起，杨坚失态欧阳离心

杨坚见大家议论得都差不多了，便开口道："这次由欧阳大人、郑大人、杨将军、晋王杨广和乐平公主历时近一年的南下探察，可以说是功德圆满地结束了。他们不仅替朕清理了江陵的一颗毒瘤，长了朝廷的正气，让江陵的百姓也体验到了朝廷的恩泽；他们又越江去到了江南陈国，几度经历凶险，实地探测到了陈国的朝政民情，用细腻的感知和卓越的判断，为朕提供了有理有据的平陈建议，为朕今后的对外施政方略奠定了基础；而且还为大家带来了受之欢喜的红利。这不能不说，他们是完成了一件利国益天下的大好事。为此，朕要对他们特颁嘉奖。下面，内史令高颎听好，朕要颁口谕了：特赐郑芥黄金百两，江南上等绸缎二十匹，受封为郡公；特赐欧阳若兰黄金三百两，江南上等绸缎五十匹，高丽进贡的红参两盒，突厥上献的毛皮十张，东海珍珠十颗，同时受封为郡公，官衔进为度支尚书令，并恩准其在家息养调理数月后再入朝续职；特赐尚在江陵任职的杨豹黄金百两，江南上等绸缎十匹，吐谷浑骏马十匹，衔位进为柱国；特赐晋王杨广黄金三百两，东北老参两枚，朕御厩中的宝马一匹，同时进位上柱国；特赐乐平公主黄金百两，江南上等绸缎三十匹，高丽进贡红参两盒，东海珍珠十颗。其余随从赏赐由户部另颁。"杨坚言完，郑芥出列谢恩。

太子杨勇对由吏部出面，让朝中所有官员自掏腰包去户部购买杨广从江南带回来的货品，心头憋着一肚子的气。此刻，又见父皇当众颁布了对他们的奖励，而且是极少有的慷慨，不由得由气恼变成了愤愤不平。他待郑芥谢恩过后，立即出列大声道："陛下，儿臣不服！"杨坚闻言，心头不由得一颤，心想不知这小子要生什么事了。但在朝堂大庭广众面前，作为陛下又不好强制身为太子的杨勇不让其开口说话。故杨坚迟疑了一下后，略带不满地道："你有何不服？可直言道来。"

杨勇理直气壮地道："晋王杨广这次南下公出，不仅借公行私、游山玩水、行为不端，而且其心叵测。可父皇却被其迷惑双眼、蒙蔽视见，还对其赐以重赏，不能不令人唏嘘，更不能不让人愤慨不平。"

杨坚带着训导的口气道："你身为太子，这番所言可有依据？你得明白，此刻在朝堂之上可比不得在后宫家里，你说的在理，可以商榷，若说的没有道理，你自己掂量，该有什么后果。"

杨勇却不以为然地道："儿臣据报，晋王这次南下，逢山必游，遇水必涉，这不是游山玩水，又是什么呢？还据说，凡到一个地方必要品尝那里的美食名吃，搜刮当地的珍稀物品，回京带回的大包小件有目共睹，这就是例证。而且，还有人亲眼

| 385

看见其带回了一群美女。"

杨勇此话一出，引来了朝堂上一片议论，却也引来了郑芥的愤然不平。郑芥出列大声道："太子殿下这是在妄言耸听、信口雌黄，为臣不得不以亲身经历加以逐一批驳，以正视听。我们一行人长途跋涉，沿途必逢山遇水，为解途中疲乏劳累，逢山看山、遇水赏水，乃是出门在外之人自我调节心情的常态，岂能以一言'游山玩水'而冠之！地方上的美食名吃，每到一地必有商家向你推荐。请问太子殿下，届时面对着如此选择，你是甘食粗茶淡饭，还是去品尝从未吃到过的，而且在当地是价廉物美的美食名吃呢？"朝堂上对郑芥所言纷纷发出了一片赞同声，却引得杨勇无名火起，而忿忿然地道："郑芥，你跟杨广是一伙的，有他的吃喝玩乐，岂能没有你的份？再说，他带回京的大包小包和两个年轻貌美如仙的女子，这可是有目共睹的。你又怎么解说呢？"

郑芥神色从容地道："晋王带回京的大包小包，在下没见过，无从解说。但是有关这两个美女的事，我不得不说，这次能铲除欲想谋逆造反的江陵府总管崔弘坤，若没有她俩的忠心支助，我们决难顺利得手。而且她们两人一文一武，奇才盖世，绝非常人女子可比，晋王能得她两人相助，既是晋王之福，更是我朝廷之福，却绝非是为了私欲。我还得在此恳请陛下对她两人进行嘉奖呢！否则，我对陛下所赐，将受之有愧。"

众臣对郑芥所言都来了兴趣，立即有人道："郑大人，你可不可以对大家详细说说这里面的故事啊？尤其是晋王与这两个女子的事。"于是，郑芥把朱贵儿和薛治儿助他们铲除江陵崔弘坤的经历扼要地说了一遍。

杨坚坐在龙椅上暗自思忖：杨广这小子瞒着我的事还真不少呢！这不，这里又窜出了两个女子的事。但从郑芥对这两个女子的讲述上来看，郑芥所言不会虚妄，而杨勇道听途说则不可信。但对杨广搜刮地方财物一事，还得以眼见为实作依据，方能去决断杨勇所说的真伪。

杨勇本是出于对杨广的嫉妒，而把道听途说的事当成了砝码，再加上自己的观念在朝堂上抖擞出来，想以此来泄私愤、诋毁杨广，却没想到引来了当事人郑芥有理有据的逐点批驳。这不仅让杨勇脸面尴尬，更让众人对杨广有了更好的印象。

谁知，杨勇不肯服输，继续自行其道地冲着郑芥暴怒地道："你和杨广是一丘之貉，杨广居心叵测，你是在为虎作伥。他把买卖做到了朝堂上，让堂上的文武百官不议朝政只谈买卖，把朝堂变成了集市，还美其名曰是给大家的红利。他这是在行

第三十九章 南下余波旧情泛起，杨坚失态欧阳离心

贿朝廷的文武百官，这才是他真正的目的。你们呀，全都上他的当了！"

杨勇的这段话不仅让坐在龙椅上的杨坚脸上难看，心中更是在训斥着道："这个小子简直不知天高地厚，满口喷粪！这下可把满朝的大臣都给得罪了。下面，看你该怎么收场？"

果然，朝堂上的文武百官被杨勇的话给激怒了。越国公杨素站在班列里，毫不忌讳地道："太子殿下，嘴上可得留点德啊！晋王千里迢迢把这么价廉物美的东西带给我们，他没有不收钱，何来行贿之嫌！他也没有赚钱，又何来买卖之说？但却说明了，他能想到在朝中的大家。换在你，能吗？况且，晋王此行可不是私事。你没听你父皇说了吗，他可是带回了陈国的军政经贸民意的实情，为你父皇制定今后的平陈方略是大有好处的。老夫念你是个乳臭未干的小子，所以就不跟你计较了，你以后做事说话可得多学学你这个晋王弟弟！"

位列朝臣末位的内史侍郎张衡出列拱手道："陛下，微臣有言在喉，不吐不快。斗胆恳请陛下，能让在下言之以舒胸中憋气。"杨坚不以为然地挥了挥手道："只要不是居心叵测，任何话都但说无妨。"

张衡挺直了腰身大声道："太子殿下刚才所言，让人岂能不唏嘘、鸣不平呢？下官暂且不说，太子殿下针对晋王殿下所有的指控是否言之有实据。仅说太子殿下指责朝堂之上的文武百官，不议朝政只谈买卖之事。我们都知道，任何一地的买卖，体现的都是当地的经济和民生，归拢了便是他们的朝政势态。晋王能带回如此价廉物美的江南丝绸，以其原价分发给大家，不仅是为了让大家与他共享这次南下的红利，实质上他还在告诉着我们陈国的经济势态和商贸民生。请大家想想，如此上等的江南丝绸，在北方见到过吗？在我们京城，远不如它的货品市场售价与其相比，都要高出其数倍乃至数十倍，此中说明了什么呢？是商家不知道南北差价的利润，还是陈国当地商家在做善事？不是的，此中是在告诉着我们几个现实：南朝北国分属两个天下，政体不同、民情虽异，商贸交往却乃是必需的。但是，如今则是交通不畅，商贸不便，造成了货物的缺失和价格的天壤之别。而其中更主要的是在告诉着我们，江南民生的困苦和物质生活的低下。这么上等的丝绸无人问津，这么好的货品只卖这些价钱，是在把肉当豆腐卖，这不是他们不知好坏，不懂营生，而是买不起，是贱卖，是无奈，是求生！而晋王殿下不辞辛劳，千里迢迢地把它带来京城，是为了孝敬满朝的文武百官吗？没有，他是要收钱的。是为了赚钱吗？没有，他用购货单向我们表明这是以原进价卖给我们的。而且晋王殿下还冒着私自挪用朝

387

廷专款的罪责进的货。如果我们不认可，不出钱买下这些货，他就会还不上朝廷的钱，朝廷就会治他的罪。然而，晋王殿下，这又为的是什么呢？他是在告诉我们江南物丰民贫，我们不能安于眼前，天下必须归一。所以，这场买卖不是单纯的商品交易，却是当前的朝政，是我们必须透过其表象，要看清的陈国和天下趋势实质的意识和理念。也就是刚才越公所说，会对陛下制定平陈方略起着影响的居心韬略，绝对不能妄言谓之是居心叵测！否则，太伤晋王殿下的良苦用心了。为此，下官不得不在此还要对太子殿下，奉上几言：人心是否叵测，得看他办事为人的出发点。太子殿下是朝廷的储君，以后的陛下，你能否像当今陛下这般的睿智大度，影响的不仅是满朝文武的心态，更标志着大隋江山的稳固和未来。兄弟阋墙要不得，信口雌黄更要不得！"

张衡的一番言论，让满朝文武都赞声不绝，而让杨勇虽愤怒却无言以对。杨坚对张衡的这段言词感知尤深，想到弟兄两人的争斗，造成了后宫的不宁；想到自己对杨广的误解，导致欧阳若兰负气离去，心头不免隐隐作痛，甚至还对杨勇升起了一股无名怨火。但是他看着满朝文武一面倒的势态和太子陷于孤立无助而愤然的神情，蓦然意识到，如此下去，不仅会造成太子和晋王兄弟俩的进一步冲突，会造成朝中大臣选主站队的分化和朝政的不稳定，势将会对太子往后的接班执政极为不利。

杨坚真不愧为是一个英明果断的君王，他知道在此刻事态如此明朗之际，他既不可不辨是非逆势去护太子，也不便去拂满朝大臣之兴，更不能去自陷其中，随着众人一起对此事论是议非。他得借势而为，随波逐浪地把此事化解平息下去，不能让对太子不利的事态再扩展下去。

于是，杨坚挥手制止了文武百官的议论声，大声道："朕认为，此事不管是有人说好还是有人道坏，只是所处位置不同罢了。但是，大家却都是出于公心，为的是朝廷，所以此事也就不必再往下议论了。然而，朕要对晋王杨广在原有嘉奖的基础上再作如下安排：此次，晋王杨广南下不避凶险、审时度势、满载而归，功不可没。特另授其为淮南道行台尚书令，为平陈一统江南做准备，即刻赴任。同时，令项城公杨歆、安道公李彻为淮南道行台尚书随行予以辅之。对有功于朝廷、铲除谋逆乱臣的奇女子朱贵儿和薛冶儿，朕须与皇后商榷之后再另行颁奖。总之，该次南行利国利众臣之事已圆满收官，往后再也不必多议了。此外，朕要请各位臣僚都记住了，平陈统天下的国策，将是我大隋这数年中的奋矢之的，盼大家都能宁静致远，聚智凝力，汇集成势，为结束这数百年的乱势，早日实现大江南北中华大地之一统而各显神通，为能在史书上留下辉煌灿烂的一笔而群策群力。"

杨坚对杨广的这一安排，其意是在化解弟兄俩的争斗，达到稳定朝臣的心态，稳固太子在朝中的地位，其出发点无可厚非，但结果却大相径庭。杨勇明白父皇庇护的心意，自认为将来的天下必归自己，故而日渐嚣张跋扈，背着父皇母后更是骄奢淫逸。竟然遇长至节日，在东宫内接受朝中百官大臣的朝拜，引来了杨坚当廷对杨勇和众朝臣的训斥和警告道："东宫非朝廷，太子非陛下，众臣再不必去东宫贺拜。"而杨广也从此结怨在心，激起了不平之心，最终酿成了夺嫡之谋。

第四十章
贵妃图权任氏风流，陈帝荒诞君淫臣妻

陈叔宝在张丽华的谋划，以及陈叔重、孔范、施文庆等人的辅助下，终于如愿以偿地从长沙王陈叔坚的手中，夺回了本该属于他的皇权。

越年正月，陈叔宝登殿封赏众臣：任命皇弟豫章王陈叔英为中卫大将军，晋熙王陈叔文先为扬州刺史，后又改任江州刺史；任命始兴王陈叔重为丹阳刺史；近侍施文庆进为中书舍人；常侍王瑳封为散骑近侍；都官尚书孔范进为尚书令；吏部尚书江总升为尚书左仆射。同时，把一批常跟随在他身旁的座上狎客，如沈客卿授为中书侍郎，阳惠朗授为大市令，徐哲授为刑法监，暨慧景授为尚书都史令等。

然而，对于其父皇遗留的一批老臣良将，陈叔宝却予以驱之冷落，不予封赏。其中有位侍奉先帝多年的累朝勋臣毛喜，因对陈叔宝只重诗文狎客、听信身旁谗言小人、良莠不分的举措不满，而多日不朝，以示告诫。谁知陈叔宝却不以为然地道："毛喜无由无言不朝，其意是在阻我欢饮，实属可恶。既然如此，我就遂他心愿，把他谪爵为吏，让他去永嘉为官，再也不用入朝来烦我了。"

毛喜被贬，寒了一批忠臣老将的心，却让那些以艳文淫词、谗言奉承的人更为得势。陈叔宝在处置长沙王陈叔坚及其党羽时，却又显得虎头蛇尾、心慈手软。当陈叔坚被架空失权、圈禁之后，因心存愤恨，用巫术诅咒陈叔宝短命，而被人告发下狱待处时，陈叔宝却听信了陈叔坚所说的辩解之词："臣本无他意，不过前亲后疏，为求安然，所以祈神保佑。今既犯天条，罪当该死，但臣死后，必见叔陵，愿陛下先传明诏，责诸泉下，方免为叔陵侮辱。"为此，陈叔宝念及旧情，不仅不再追究此事的真伪，也不加刑于陈叔坚，反以诬陷罪杀了告发者。事后，还把抄没的家财和府邸还给了陈叔坚，不久又起用他为侍中兼镇左将军。

在朝文武大臣对陈叔宝如此不分轻重得失、不辨优劣真伪、朝令夕改、任性而为地处置朝政，惊讶得个个瞠目结舌，无话可言。短短数月，陈廷朝堂上，忠臣失势，敢谏者闭口，而文过饰非的文臣却指点江山，排斥良臣武将的风气成了潮流。

第四十章　贵妃图权任氏风流，陈帝荒诞君淫臣妻

尚书令孔范更是自封为能文能武、无人能超越的贤臣良将，并对陈叔宝道："朝中诸将，起自行伍，只不过一介匹夫罢了。若指望他们有深见远虑，岂能成事？如今，外界无战事，天下太平，何不让他们早日赋闲在家，既能归拢军权，朝中也可少些杂音碎语。"陈叔宝深感其言有理，且正中下怀，立即找了个借口，将身经百战的领军将领任忠逐出朝堂，徒迁吴兴为吏，将其部卒划归给孔范管辖。对稍有过失的将帅，更是以小过重罚，黜夺兵权，使得本就重文厌武的陈国朝廷，文官只习酸文淫词，迎合陛下的喜好口味，武将不思练兵卫国，只求自保。于是，文武失调，士庶离心，谗言奉承、信口开河、夸夸其谈、夜郎自大之风盛行。

陈叔宝的后宫生活则是另一番景象。陈叔宝把图纸上的临春、结绮、望仙三阁，在其亲自督导、夜以继日的施工下，提前建成实景。三阁位于光照殿的前端，高数十丈，连续数十间。阁下积石为山，引水为池，遍植异花奇树，花开时微风吹拂，香飘十里之外；朝日初照，光映后庭，月明之夜，恍如仙境。整个工程穷尽土木之奇、能工之巧，难以言喻。窗户、墙壁、栏杆全由沉香檀木打造，以金玉珠翠装饰，点缀五彩宝石；门口垂珍珠挂帘，里面置七宝帐、八宝床，服玩珍奇，器物瑰艳富丽堂皇。三阁有廊相连，可互通往来，实属千古未有。

陈叔宝自居临春阁，张丽华独住结绮阁，龚、范两妃合住望仙阁。此后，张丽华为了迎合陈叔宝的需求，为了让三阁变成名副其实的人间天堂，特上书建议从民间选美："妾闻阴阳无二理，男女本同揆。朝廷之上，不乏文人；闺阁之中，岂能少才女？班昭续汉，成一代之良史；苏氏回文，倡千秋之绝调。此皆巾帼增辉，须眉短气者也，自古有之，今岂无偶？然空闺自闭，美玉韫于椟中；绣户深藏，丽珠埋于涧底；胸罗锦绣，未著于芳声；笔聚云烟，难邀明鉴。蛾眉为此痛心，脂粉因之减价。伏惟陛下，睿智焕发，圣藻缤纷。俾旁求之典，兼及红裙；征辟之加，不遗绿鬓。庶三千粉黛，争抒风雅之才，与八百衣冠共佐文明之治。"

陈叔宝闻之心花怒放，遍示众臣，发诏四方，不论士庶贵贱，凡有才色可观者，皆要报名送选，并责成张丽华和孔、龚两妃负责督办此事。果然，各州府闻之而动，不出数月就选得妙龄貌美才女数千人。陈叔宝遂与张丽华、孔、龚两妃并坐内殿逐一挑选，先观其貌，后测试其才，精选出七位绝色美女，她们是王、季二美人，张、薛二淑媛，再加上袁照仪、何婕妤、江修容，充实于三阁之中，供他随心所欲地招幸，成就了陈叔宝把三阁变成人间仙界的臆想。

此后，陈叔宝又选出才色俱佳的十位女子，赐为女学士。每当宴会，便令她们

分列两旁，在飞觞走斝时随时助兴添趣；对才有余而色欠佳者，任命为女校书，承担笔墨侍候之职；对色甚而才不足者称之为慧女，则充实于内府当差，或是归入乐坊，学习新声，练歌习舞，分队迭进，轮番传唱。陈叔宝置身其中，常常把自己新写就的赋词艳诗，让她们谱曲成歌、练唱成舞，供他和他的狎客们享乐，真正过上了人间天堂的生活。

而陈叔宝的那些亲信狎客们，更是三日一小聚，五日一大聚地围着陈叔宝转，他们不是饮酒作乐，便是赋诗属文，各表才艺，互相吹捧。尤其是首辅江总，亲信孔范、施文庆、王瑳、沈客卿等人，不亲政务，不管臣民的喜怒哀乐、生死存亡，却自封为各路神仙，对此津津乐道、不厌其烦，全然忘了自己乃是朝廷高官，肩负着国家的兴衰，忘了他们自己还是个凡夫俗子，却把陈国的后宫朝政搞得乌烟瘴气。

有言道，近朱者赤，近墨者黑。陈叔宝在如此氛围的熏陶下，岂能不混沌，又岂能不沉湎于酒色之中？对此，陈叔宝不仅沾沾自喜，而且自以为是，越陷越深。然而，却也写出了他这一生中为之自豪、流传于后世的名作《玉树后庭花》：

丽宇芳林对高阁，新装艳质本倾城。
映户凝娇乍不进，出帷含态笑相迎。
妖姬脸似花含露，玉树流光照后庭。
花开花落不长久，落红满地归寂中。

陈叔宝令专人将其谱写成曲，令人习唱练舞，献于宴席供人欣赏，君臣更是以此为乐，经常共舞通宵达旦，却把军国政事全都置之脑后，不仅不闻不问，反而是把朝中政事不分大小，全交给了宠妃张丽华去处置。

一时间，陈国朝廷上下官员办事，都知道只需要找张贵妃，不必去烦陈后主。可谁也没想到，如此艳词丽句的《玉树后庭花》，所叙述的"花开不长久"之意，竟成了陈叔宝的亡国之音，成了后人用来告诫世人的陈词滥调，这却是陈叔宝所万万没有想到的。

后话：陈叔宝并非是个一无所长的皇帝，他在辞赋诗歌上还是有一定造诣的。陈叔宝过世之后，他留有数卷作品在民间。经明末的张溥收集整理后，出过一本《陈后主集》单卷。此中著名的诗赋有清新典雅的山水诗《巫山高》：

第四十章　贵妃图权任氏风流，陈帝荒诞君淫臣妻

巫山映巫峡，峭壁耸春林。
风岩朝蕊落，雾岭晚猿吟。
云来足荐枕，雨过非感琴。
仙姬将夜月，度影自浮沉。

这是一幅浓墨山水画的意境，将静态的巫峡峭壁衬映在风雾云雨的动景之中，显得十分传神。另有一首描写戍征苦寒悲壮生活的边塞诗《陇头水》：

塞外飞蓬征，陇头流水鸣。
漠处扬沙暗，波中燥叶轻。
地风冰易厚，寒深溜转清。
登山一回顾，幽咽动边情。

作为一个帝王，能写出如此确切反映戍边之悲苦的诗词，实在是难能可贵。故陈叔宝在灭国降隋后，被任命为令史官也是受之无愧的。

张丽华专宠专权靠的是什么？她知道，一是靠自己媚人的容貌、诱人的身体；二是靠自己的智慧和能洞察人心、审时度势的谋略。迷人的容貌和诱人的身体，能让陈叔宝如痴如醉、欲罢不能；洞察人心的智慧和审时度势的谋略，能让她做到进退自如，立于不败之地。

张丽华了解陈叔宝的喜好和习性，故只要不伤害到她的利益，她就可以纵容，甚至想方设法去成全陈叔宝的意愿，哪怕是有违纲常伦理、被人嗤之以鼻的事，她都愿意去做。她还鼓励那些狎客小人，用赋诗饮酒、声色犬马、阿谀奉承去天天围着陈叔宝转，唆使陈叔宝沉迷于酒色，乐在其中。但是，若有危及影响到她专宠专权的事和人，她便会不择手段地予以排除。

陈叔宝在孔范的谋划下，欲想劫持隋廷乐平公主杨丽华就范便是一例。因为张丽华深切地感到，杨丽华在各方面的条件都远远高于她，若让杨丽华进入到陈叔宝后宫的圈子，那将是她末日的来临。为此，她岂能让陈叔宝得手如愿！于是，她派始兴王陈叔重深夜去送金牌，助杨丽华离开京城；此后，她又故弄玄虚，暗示宁远公主跟踪追迹到京口，名为给杨广通风报信，实为迫使他们早日离开陈国，以断绝陈叔宝的一切臆想念头。这便是张丽华过人之处的心态和专宠专权的手段。

还有一例：右卫大将军萧摩诃是陈廷一位身经百战、德高望重的老将军，他掌控着几十万军队，是护卫京城安危的重臣，是朝中武臣的主心骨。陈叔陵行刺陈叔宝、谋夺皇位时，曾经许以高官厚禄策反过萧摩诃，然而陈叔陵释放囚犯、危害社稷，坏了萧摩诃的规矩，故他不仅没有为其所动，反而是出兵助陈叔坚剿灭了陈叔陵。陈叔坚专权掌控朝政时，想利用萧摩诃的威望和势力去助其剪除异己，萧摩诃却觉得陈叔坚专权名不正言不顺，也就没有为其所用，而没有参与陈叔坚的任何行动，始终保持着中立。

陈叔宝在后宫张丽华的谋划下，实施夺权、架空陈叔坚时，萧摩诃认为，这是陈氏皇室兄弟之间的争权之斗，他作为一个外人、一个朝臣，没有必要加入其中。但他的内心深处还是认可太子陈叔宝为帝方是正统，故萧摩诃虽然没有站出来表态，却以沉默在支持着陈叔宝和张丽华的种种作为。因此，陈叔宝能如愿地掌控皇权、稳住朝政，不能不说也有着萧摩诃的一份中立功劳在内。

当陈叔宝封赏功臣时，却把他冷落在了一边。但萧摩诃却仍然遵循着自己身为人臣的准则，支持着陈叔宝的一切决断，默默无闻地恪守着他分内的职责，成就着陈国朝廷的稳定。因此，萧摩诃的威望是朝臣心目中的标杆，是陈国兵将们的定海神针，把他喻作是陈国朝中的一块中流砥柱，一点也不为过。

由此，张丽华明白，她若想稳固自己在陈国的地位，不仅得借助陈叔宝的大旗，还得让朝中有实力的大臣支持。故张丽华在朝中，"文臣"拢住了始兴王陈叔重，"武臣"就盯上了萧摩诃。

萧摩诃中年丧偶之后，续娶了一位妇人任氏。任氏颇有姿色，不仅长得花容月貌，而且也善诗文歌赋，且正值女人如狼似虎的年岁。而萧摩诃却已年过六十，常年的军旅生涯让他很少顾及家庭，加之他本就不喜好女色，故对自己这个年轻貌美的续妻也就关照甚少。这让任氏不免常常叹息自己嫁非其人，虽然富贵有余，房中却无人怜香惜玉。

张丽华在得知了萧摩诃家任氏的实情之后，觉得有了接近萧摩诃的机会。她以陈叔宝要稳定朝政为名，仿效朝臣文人狎客品茗赋词的举措，在后宫经常召集宴请众大臣的家眷聚会，萧摩诃的续妻任氏也在其中。张丽华为了提升自己在众家眷中的威望和号召力，还不时地邀请陈叔宝参与。

任氏在众臣的妻室之中，不仅显得容颜俏丽、体态轻盈，兼能吟诗作赋，才色文韵均独领风骚，也就成了宴会中的佼佼者。张丽华借此与其显得格外亲昵，并结

第四十章　贵妃图权任氏风流，陈帝荒诞君淫臣妻

为了姐妹。由此，任氏常常被张丽华招进宫来聊天说地，甚至还不时地把任氏留在宫中陪宿过夜，显示着她俩关系的不同一般，也就拉近了与萧家的关系。萧摩诃对此起初有所介意，但随着相安无事，也就习以为常起来。

陈叔宝在参与众臣家眷的宴席中，早已注意上了任氏。他作为一个好色的君王，岂能不为任氏的容貌才情所动！但他既碍于君臣之仪，又慑于萧摩诃之威，更因在众目睽睽之下，虽几次想要寻机有所动作，却并不敢大胆作为。这把陈叔宝馋得好似一只欲想偷食鱼腥的猫，在主人的注视下，看着桌上心仪的美味，却一点也不敢为所欲为，故不免心头痒痒，欲念渐涨。

陈叔宝的如此心态，岂能瞒得过张丽华的眼睛。但她有着自己所期望的目标。然而，张丽华更知道，任氏是萧摩诃的妻室，而非一般的女人可以由着陈叔宝胡来。因此，她必须掌握好其中的分寸，既不能让陈叔宝去坏了她这块拉近与萧摩诃关系的跳板，却又不能让陈叔宝为此而记恨于她。若万一陈叔宝一定要硬来，首先得要让任氏自愿，而不能影响到其家庭的安宁，留下恶果。同时，她也得捏住任氏的软肋，让任氏乖乖地听从她的安排，并让陈叔宝能记住她的好。张丽华如此左防右顾，煞费苦心，也真可谓是匠心独具了。

有言道，被贼惦记防不胜防，但是自愿引贼上身则就是另一回事了。张丽华为了防止陈叔宝在淫欲的唆使下走极端，却不择手段地逼迫任氏就范，而减少了招任氏进宫的次数，甚至还找出不让任氏进宫的理由，去搪塞陈叔宝的追问。张丽华认为这是在不得罪陈叔宝的前提下对任氏的保护，但事实上却起了反作用。因为，此中不仅是陈叔宝有意，而任氏更是主动，这让张丽华陷入了尴尬之地。更让她夹在其中，还不得不替他们隐瞒着真相，背上了牵线搭桥、淫宫乱政、祸国的罪名，让不明真情实相的人戳她的脊梁骨。

一日，张丽华按陈叔宝的旨意，出面邀请朝中重臣的家眷进后宫过节会宴，任氏当然也在被邀之中。任氏这个刚迈入三十华年的少妇，此时正是风姿绰约、情趣盎然、形态神韵处处撩人的时光。她就像是一朵娇艳盛开的鲜花，不仅色艳香气迷人，更是婀娜靓丽引人注目。

确实，一个女人最最美妙的年岁，不是二十左右粗略风情的青春少女，也不是四五十岁已领悟到人情世故的中年妇女，更不是看透了人生已失去了追求的耄耋女人，而是像任氏这般三十上下、姿色风情俱佳的少妇。

任氏出身于不大不小、不富不贫的官吏人家，自幼耳濡目染的不仅有书香之

气，也有着官宦攀比的浊气。聪慧和家教让她对琴棋书画样样皆通，可人的容貌随着年岁的增长，让她越来越自命不凡。为了追求富贵和荣身故里的虚荣，她不惜以自己年轻貌美之躯，嫁给了比她年龄大一倍有余的二品达官萧摩诃为续妻，也由此受封为二品朝廷命妇。

有了富贵之后，随着岁月的变迁，任氏渐渐感到了自身情感需求的渴望。每当独守空房时，那种空虚和孤独难熬常常让她心烦意乱，进而怨恨起自己当初追求的得不偿失。女人的需求和现实往往都是如此自相矛盾：当为了达到需求的目的时，可以无视现实中的一切艰辛，还义无反顾地沾沾自喜；但当现实不如想象，困惑降临，便会去埋怨当时需求的可笑、愚蠢，甚至是可恶。任氏如此，张丽华又何尝不是如此呢？这无疑也是一种人性的两面映照。

张丽华为自己的需求，把任氏拉进了自己的圈子里，本指望任氏能为自己所用，可谁知任氏上了张丽华的"船"，却找到了她渴望的需求，全然不顾及张丽华的感受。女人追求异性的思维与男人有所不同，目光不仅敏锐，思虑更是表里不一，而且做事尤有着其独特自私的一面。她们注重感性认识，往往不在乎一时的生存条件，甚至是成败得失，即所谓的一见钟情、一往情深。

任氏与陈叔宝初次见面，她就敏锐地感觉到了这个君王对她的企图。但她出于女人的羞涩和矜持，不露声色地等待着对方的追求，甚至在某些地方还故作姿态，展露着一个纯真淑女的形象，以抬高自己的名望和身价。当陈叔宝有所忌讳，迟迟没有进一步行动时，她又感到焦急不安。甚至当她看到陈叔宝当着她的面与张丽华调情时，便由烦躁不安变成了妒忌，由矜持等待变成欲火中烧的渴望，进而施以眉目传情的挑逗。

陈叔宝本就是个好色之徒，他也早就对任氏想入非非、虎视眈眈了。当然，陈叔宝作为一个君王，想要临幸一个女人，并非一件难事。但他一是出于张丽华的蓄意阻挠，二是出于他心中还存有的那点社稷安危的责任，故而不敢有所妄动。但任氏主动眉目传情的挑逗，他岂能无动于衷？他又怎能逃脱欲火的煎熬和女人的诱惑，而且还是这么一个秀色可餐、主动调情的女人！陈叔宝终于按捺不住自己的欲念，授意张丽华出面举办了这次后宫的宴会。

宴会就设在后宫的光照殿。这里本是陈叔宝在后宫理政的主殿，但自从在该殿前面建了"三阁"，如今实际上却成了陈叔宝聚客演文、吟唱观舞、作乐的场所。光照殿有正道通往前宫，又有幽径通往"三阁"和乐坊。故而陈叔宝在此通宵达旦地

第四十章 贵妃图权任氏风流，陈帝荒诞君淫臣妻

恣意纵情欢聚后，不仅进出方便，行乐便利，也不会招人非议。

陈叔宝授意主办的这次宴会，本就醉翁之意不在酒，召集各大臣家眷入宫参加宴会仅是个遮人耳目的幌子，其真实目的就是为了能如愿以偿把任氏搞到手。有言道：男人想女人时，中间犹如隔着一道墙。陈叔宝如此大动干戈，就是因为他知道其中还有阻力，要想如愿就得有破墙的勇气。他同时也知道，在这方面向来大方的张丽华，并不赞成他去勾引朝臣，尤其是朝中重臣萧摩诃的女人。张丽华甚至还对他说过这样的话："陛下身为一国之君，对自己属下的家眷不可有非礼之念，这不仅有违君臣礼义、伦理纲常，更是会危及社稷安宁。你若觉得后宫还缺少可人中意的女子，可以令人再从民间去挑选。"但是欲火让陈叔宝欲罢不能，在任氏眉目传情的挑逗下，欲念变得更为炽烈。陈叔宝决心已定，他要借这次宴会破墙而出，把任氏搞到手，其他的全可置之脑后。

任氏来到宴会，立即察觉到陈叔宝对她与往昔的不同。他似乎在故意冷落她，也似乎在冷落张丽华，却对其他大臣的眷属彬彬有礼、谈笑风生，俨然一副风雅有道君主的做派。陈叔宝此举意在瞒天过海，表面上的冷淡，不仅是在给任氏和张丽华施压，让她们对他此后的行为做出让步、顺从，更是做给众人看，借此掩人耳目。

果然，这让任氏感到不解和一种莫名的压力，一股怯怯不安的情绪不时袭上心头。而张丽华虽然感觉到了陈叔宝的叵测居心，却也感到对陈叔宝已是回天乏力的无奈。然而，更为她所担忧的不是自己和任氏的得失，而是此事一旦传扬开去的后果。故张丽华唯有把期待寄托在任氏身上，盼她能守住妇道的自尊底线，拒绝陈叔宝的图谋，从而化险为夷。

就在宴会进行到一半时，陈叔宝推说朝中有事，让张丽华主持，由孔、龚两妃负责招待众宾客，他便匆匆离开了光照殿。张丽华心中疑惑，却脱不开身又不便追问。

任氏在自己的座位上，见陈叔宝离开时深深地看了她一眼，心头不免有些失望，对宴席上的酒菜和应酬顿时觉得索然无味，甚至觉得再坐在殿上是在浪费时间。但是，细细回想起陈叔宝看她的眼神，她又忽然有所明白。于是，她对邻座的夫人说了一声要去解手，便悄悄地离开了光照殿。有言道：女想男隔层纸，此刻的任氏出于生理的饥渴，她要主动去捅破这层纸。由于任氏常进后宫，对后宫进出的路径并不陌生。

任氏出了光照殿，径直向临春阁走去。她知道这是陈叔宝的住处，她曾跟着张

丽华来过这里，但未进入室内。此刻，她要去身临其境探究一下陈叔宝的住处和卧房，更想找个机会把自己献给陈叔宝。因为她已全然忘了自己身在何处和自己的身份，她所感到的只是周身的燥热，所想的是一种渴求和一种男女纵欲的快感。

不知名的奇花异草，在阵阵微风的吹拂下，清香中夹杂着檀木香味扑面而来，令任氏头晕心醉。飞檐雕梁、碧瓦珠帘的临春楼阁，不似帝王的居所，却像是一幢富丽堂皇的秀楼闺阁，矗立在山石花草水溪之间。任氏逐级信步而上，途中却不见一个宫人的身影，心头不免有些奇怪。

当任氏撩帘进屋，即见陈叔宝已迎她而来。不待她开口，陈叔宝就拉住了她的手，脉脉含情地说："朕思慕夫人已久，今日能否遂朕所愿？"任氏脸红耳赤，心跳如小鹿狂奔，但喜悦之情不胜言表，可口中却低声细语地说："此时，只恐不可！"陈叔宝却不以为然，把任氏拉进怀里，拥抱着说："夫人既知我意，又何必推三阻四地撩我心情，令人难熬！"说罢便搂住任氏向内室走去，还边走边伸手去替任氏解扣宽衣。

任氏见陈叔宝如此温柔风流且又是如此主动猴急，她虽垂首含羞，却又怎能不似干柴遇烈火，欲念中烧呢！她任由陈叔宝把她按在床上，手忙脚乱地卸去两人的衣衫，含笑无语地迎合着陈叔宝的求欢。两人时而翻云覆雨，时而又轻声笑言，任氏更是时而娇声喘息，增添着陈叔宝的冲动，令这场床笫之乐达到了高潮。良久事毕，两人方才携手起床，守候在室外的宫人捧上金盆，伺候两人洁身整衣洗手。

张丽华在宴间许久不见任氏回席，又打探到陈叔宝根本没有回朝理事，便知这男女两人的情事有变。她待宴席客散后，怀着失望和无奈的心情回到了自己的结绮阁。张丽华刚在客厅坐定，即见陈叔宝脸露春风得意的神态，携着鬓乱钗斜、娇羞满面的任氏之手走进房来。

张丽华见事已至此，反对无益，只有恭贺方为上策。于是立即笑容可掬地上前对任氏说："陛下得遇姐姐是福分，也是他合该享受的风流。姐姐能如此屈尊帝意，令陛下能如愿以偿，也不枉了我的牵线搭桥。但你鬓钗斜乱，让外人见了有失风雅，还是让丽华来给你整妆重梳吧！"

陈叔宝见此，脸露笑容，用自负和赞许的口气说："朕说的话没错吧！朕的爱妃岂是那种小肚鸡肠之人。往后你尽可常来这里，无须怕有人会说三道四。"

张丽华却意味深长地说："陛下，不是臣妾要扫你们的兴。姐姐比不得一般女子，她可是个有家室之人。况且，她的夫君还是握有重兵的朝中大臣，宫中虽无人敢言,但得防备宫外有人谗言,故还得以谨慎为好。"

张丽华这些话说得任氏花容失色,纵欲欢乐时的无所畏惧,此刻想想后果,不能不有所担忧。一时间,陈叔宝也沉默不语起来。张丽华见此,立即又说:"事已至此,忧也无益!为长远起见,当行则行,当止则止。陛下只需能听从臣妾的安排,一切都还是可以如愿的。"

陈叔宝一闻此言,立即拱手对着张丽华作揖说:"谢爱妃知朕心意。往后朕和夫人之事,都听从爱妃安排。但愿能细水长流,不要节外生枝。"张丽华心中虽有醋意,但到了此时,也只能顺水推舟地说:"陛下的人情我可不敢收,但姐姐若能记住我的人情便好。"任氏立即脸红耳赤地说:"当然,当然,此情岂能相忘!"于是张丽华做着人情说:"陛下,你们今日匆匆而就,必有诸多不如愿、不尽兴的地方,但此中的趣味犹如新婚之欢。故臣妾今晚做东在阁内摆宴,把姐姐留住。陛下可愿意?"陈叔宝喜出望外,立即说:"甚好甚好,一切听从爱妃安排。"张丽华主动提出要把任氏留住,陈叔宝岂能不欣喜,而任氏又岂能求之不得,真可谓一个如鱼,一个得水。这一晚,游鱼戏水,尽情重赴巫山之欢,较之白天的匆匆而就,更觉情趣味浓。

古来对男女之情自有一番嘲讽之言:拥有的不如捡到的,捡到的不如偷来的;老的不如少的,少的不如新鲜的;恋妻不如爱妾,爱妾不如偷情;自有的不如人家的,吃在嘴里的不如揣在手里的,揣在手里的还不如在锅里的。人间的男女之情,是否都有如此之态?尚不好断言,但陈叔宝对任氏的情态不就是这样吗!他后宫中的女人并不逊色于任氏,而且完全可以任由他名正言顺摆弄,但他却偏偏要去干这种偷偷摸摸、有悖君臣伦理德行的事,并且兴趣盎然、欲罢不能。是一时之兴、是情还是欲念,或者就是一种因果的轮回?

次日,张丽华来催两人分手,陈叔宝即提笔赋词一首,以续后会:

幽兰艳艳,花痴低雅,玉立亭亭如画。
巫山独占碧峰头,喜雨片刻沾云惹。
相逢如梦,相知如旧,一点柔情非假。
风流趣味两心间,愿勿忘今宵。

任氏为表心意,也即答词一首:

满苑娇花人似醉，芳草多情，也是萦缭砌。
多谢春风能做美，一番浓露和烟翠。
一霎匆匆罗帐里，聚出无心，散却偏容易。
窗外柳丝阑上倚，依依似把柔情系。

　　自此，两人常常通过张丽华在后宫幽会，不时品尝着偷食纵欲的欢悦。然而又有言道：世上没有不透风的墙，若要人不知，除非己莫为。任氏与陛下通奸之事，不久便传入了萧摩诃的耳中。耿直却又顾及脸面的萧摩诃在查实了此事的真伪之后，找了个借口，秘密杀了任氏，从此也就丢弃了他效忠陈国君主的念头。

　　后话：公元589年，当杨广统兵南下伐陈时，萧摩诃便消极应战，随后就与任忠率兵投降了隋廷。陈国京城建康即被杨广手下大将韩擒虎攻陷。陈叔宝和张丽华，及孔、龚两妃被擒于后宫枯井之中。此后，陈叔宝降隋，张丽华被杀，陈国灭亡。

第四十一章
晋王娶妃三女同堂，妇唱夫随杨坚查访

　　杨坚一手包办，力主替杨广娶的梁国萧岿之女萧贞，乳名媚娘，不仅长得清纯脱俗，有沉鱼落雁之容、闭月羞花之貌，内在更是聪慧睿智、知书识礼、委婉和顺。这表里合一的姿色才华，怎能不人见人爱？杨广又岂能例外。然而，萧贞虽出生于梁廷皇室，可在孩童时代却有着一段异常悲惨的身世，这更增添了杨广对萧贞的怜悯之心。

　　萧贞出生时，梁国仅剩下江陵一隅，已成了北周的附庸国。她生于周武帝建德元年二月初二，其父便是名存实亡的梁国末代君主萧岿，生母张氏乃是萧岿的嫔妃，她出生不久，生母便亡故了。本就非嫡出的萧贞，因出生于二月初二，引起了宗室之人的忌讳（据世俗民间传说：该日出生的女孩，必是凶煞之星，在家克父母，出嫁克夫君），于是便被逐出宫门。萧岿的六弟萧岌不信此邪，力排众议收留了她，谁知仅一年多，萧岌夫妇竟然相继而亡，萧贞自然也就成了众矢之的，谁也不敢再提收留她的事。年仅三岁的萧贞只能流落街头，靠乞讨度日。风雨来临时，她只能龟缩在人家的屋檐下躲避；严寒冰雪天，只能在破庙草丛中栖身，饥饱无度、衣不蔽体，小小的年纪便受尽了人间的苦楚。

　　萧贞的母舅张轲，是一个没落朝廷的小官吏，实在不忍心看着自己的亲外甥女受如此困苦，便不顾家人和族人的反对，把萧贞领进了家门充当奴仆，让萧贞总算有了一个可以遮风避雨的栖身之处。但是，旁人的冷眼、使唤和无端的斥责，以及有一顿没一顿的吃喝，让萧贞备受欺凌和磨难。她有时为了逃避责罚，宁可藏身在破庙里，也不愿进这个缺少暖意的所谓"家"。

　　在一个雨雪飘舞的日子，萧贞因为失手打碎了一只碗，为了逃避舅母的惩罚，偷了一个馒头躲进破庙，却见一个浑身是泥水、冻得浑身哆嗦的西域头陀占据了她常栖息的草堆。萧贞见此人衣衫破烂、骨瘦如柴、脸上还有着伤痕，不由得心生不忍，没有赶他让出草堆。萧贞把自己仅有的一个馒头给了他，并在破庙里生起了火，

还找出了自己藏下替换的衣衫给头陀御寒。头陀为此深为感动,在道别离去时,头陀给了萧贞两个瓷瓶,并告诉萧贞,红瓶留给自己用,它可以助人红颜不老;黑瓶留给仇人用,谁服了里面的药,谁就会断子绝孙。萧贞当时收下了这两个瓶子,但没当回事,心里还骂这个头陀是个恶棍。

有言道:吉人自有天相。一日,萧贞在破庙前遇到了一个游方道士(此人便是能预测未来而名贯后世的奇人相士袁天罡,又名袁天纲,北周益州成都人氏,道士、玄学家,著有《九天玄女六壬课》《五行相书》《易镜权要》《称骨推背图解》等,在隋末唐初均被当朝政要捧为异学博士)。道士一见蓬头散发、满面污垢、衣衫破烂、面黄肌瘦的萧贞,立即惊讶得瞪大了眼睛看着萧贞道:"岂有此理,你怎会流落到此等的地步?"萧贞用惊恐的眼神打量着面前的陌生人,没有躲避,却一言不发。道士走到萧贞跟前,用审视的目光认真仔细地盯着女孩的脸,和蔼地问道:"你叫什么名字?可知道自己的生辰八字?"萧贞对自己被人忌讳的生辰八字岂能不铭记在心。如今,见有人又要问起她的生辰,不免心存反感,便憋起嘴想转身走人。道士立即阻拦道:"你别走。我是想给你算算,你怎么会落到这等地步的,今后的前程又在何方?"萧贞年纪虽小,可这些年间对自己的遭遇,在耳濡目染之下还是心怀不平的。现在见有人主动要替她测算前因后果,她不仅好奇,又岂能不为所动?萧贞收住了脚,低声细语地报出了自己的生辰八字,然后站在一旁,冷眼看着道士口中喃喃、掐指计算。

良久,道士深深地叹了口气道:"母仪天下的命,却前犯灾星,后运桃花。不过,不出数年,必苦尽甘来。别灰心,你的福运长着呢!"道士从背在身上的褡裢里掏出了一本书递给萧贞,道:"你趁着还有几年磨难的时光,得把此书印入心间,它会让你看透世情,逢凶化吉。"萧贞没有接书,却道:"我不识字,又何以念书,更别说把它印入心里了。"道士却不以为然地道:"此庙馆后面有位道长,是贫道的师兄。你可常去他那里,我会让他教你识字读书。待你把这本书全部印入心里之后,就把此书还给道长即可。现在,我带你去见我的师兄。"萧贞将信将疑地接过了书,随着道士进了庙馆。

道士要萧贞读的书是《九天玄女六壬课》(此书出处不详,有说早在尧舜年间就有流传了,也有说是袁天罡所著,但都因为书上没有署名而无从确认其真伪)。据说该书讲的是九天玄女奉西天皇母之命降临至人间,向黄帝传授借用上天的神功去治理河山、教诲世人、修身养性、征讨邪恶的法则学术,其中的要旨在于传播道教中

第四十一章　晋王娶妃三女同堂，妇唱夫随杨坚查访

的玄学思维，如：日上神为太阳，日阴为少阳；辰上神为太阴，辰阴为少阴。阴阳生合，闭合处凶吉之端倪不露，惟于相克处一逗杀机而遂尔见形。盖不杀不成其为主，而取克正所以观五行相生之妙也。又如：上天下地，天克地理势皆顺，故百事宜。地克天是下陵乎上，故主逆。神将凶而祸不单行，神将吉而福祥双至。吉神旺相事皆吉，凶神旺相事必凶。再如：诸门从此起，万类若通神等。然而，如此玄学的东西，却并非人人都能悟出其中灵性，故通神通灵之人也就少之又少、凤毛麟角了。

可是让人没想到的是，萧贞自从开始跟着道长学读此书之后，不仅一点即通，更是触类旁通，而且还能过目不忘。没用多长时间，就把此书的字字句句全装入了心间，令道长惊叹不已，也就更精心授教起来。萧贞记住了道士所言，把书交还给了道长，而她自己则开始进入了真正的修身养性。萧贞白天干活之余，就闭门静坐；晨起四更，闭目打坐；晚睡三更，还要默诵一段书中的谶语。她吃得很少，睡的就更少了，但她的变化是明眼人都能看得出来。她尽管还是蓬头垢面，穿的还是破衣烂衫，但神态容光焕发，通体都在散发着一种青春少女的魅力，让见过她之前模样的人无不啧啧称奇。也就在此时，她的生父萧岿把她接回了宫里，恢复了她公主的身份，让她享受到了胜过其他姐妹的礼遇。

萧贞初见杨广是在成婚之夜的喜房床沿前。当杨广按礼俗上前揭去她头上的红缎盖头后，萧贞首先看到的是一个身穿红袍、头插羽饰、神情有些恍惚的英俊少年，而且在他的身后还有两个神情不一的年轻美貌女子。萧贞茫然了，她不知道自己该怎样去对待这样的场面，也不知道自己的夫君在此人生大喜之日为何神情恍惚，更不知道在他身后的这两个年轻美貌女子是何许人也。然而当杨广用眼直视她之后，萧贞的眼神发生了变化，令她的神情为之一震。她眼中的英俊少年，变成了一个叱咤风云的君王。萧贞定了定神，揉了揉眼睛，再凝目向杨广看去，果不其然，骑在马上挥军征战的君王，就是自己的夫君杨广。萧贞默然了，她相信自己的灵性给她的预示，深深庆幸自己嫁对了人，也想起了与道士初次见面时，道士对她说的那句话："母仪天下的命。"

杨广起初对这桩由父皇强逼于他的婚姻，完全是处于无可奈何的接受状态。其一，他从没见过这个公主，也不信画像上的人是公主本人。否则，他去相亲时，为何梁廷君臣不让他见她呢？其二，他不满父皇为何要让他立即回京，又逼他匆匆成婚，而让他在淮南任上，遗下了一件未能了结、问心有愧的憾事。然而，杨广知道，不管是父命还是皇命，他都难以抗拒。而让杨广真正为之动心的，不是眼前这桩婚

事，却是母后对他的许愿：他只有完成了父皇为他选定的这娶正妃婚事之后，母后方可遂他心愿，让他再娶贵儿和治儿。为此，杨广才勉强接受了这桩没有一点感觉和心理准备的婚姻。杨广在婚后才知道，他的婚姻牵涉到梁国的存留。他与萧贞成婚之后，梁国便不复存在，江陵将归入大隋，梁王萧岿将成为隋臣而被封为梁公。

晋王杨广的婚事没有大办。梁廷萧岿依照隋帝杨坚的旨意，送亲仅派了柳庄带了少数几个随从护送女儿悄然来京，新娘到京后就被接入后宫，由专人伺候梳妆整衣待嫁。萧贞到京之时，便是成婚之日。故而，这一切似乎都是在悄悄进行着的，连朝中的大臣也没有几个人知道此事。所以，杨广直至揭开新娘的面盖之前，都没看到过新娘的真容。其中的原因，一是杨坚和独孤夫妇还是恪守着节俭过日子的宗旨，他们要为朝中的大臣们做个样板；二是太子杨勇娶正妃元逸秋时的婚事也是简陋的，所以其他几个儿子的婚事，也得依样画葫芦，不能超越太子的模式（此点有些牵强，昔日杨勇成婚时的身份、环境、条件与如今晋王杨广是不能相提并论的）；三是杨坚不大张旗鼓地举办此桩婚事，是他不想让其借联姻吞并江陵之举招人注目、引发议论，他要让梁国悄无声息地从人们的视野和感觉中消失。

杨广在贵儿和治儿的陪伴下，迷迷糊糊、若有所失地走进了新房，又神情恍惚地揭开了盖在新娘头上的红缎遮脸巾。他终于看清了父皇母后让他娶的新娘的真容：漆黑光亮的盘发下，是一张美如天宫仙女的笑盈盈的脸。洁白如玉的脸庞上，不仅眉清目秀、唇红齿白，而且鼻梁挺拔、五官端庄，让杨广觉得眼前看到的好似是一尊石雕玉刻的塑像，而不是一个活生生的人。然而，随着她一笑一颦从身上散发出的香味，让杨广不仅觉得好闻而喜欢，又好似这是一种自己在哪里曾闻到过的丹桂花香味。杨广再定睛细瞧，在清纯脱俗的脸上，从眼神中流露出的光波不仅神采奕奕，而且还有着一种无限的依恋在内。杨广呼吸着那沁人肺腑的香气，盯着自己娇美可人的新娘，他忘了一切，他醉了。

朱贵儿站立在杨广的身后，她见杨广先痴后醉，便悄悄地扯了扯杨广的衣衫，并低声道："愣着干什么？说话呀！"站在一边早就不耐烦的薛治儿，却开口道："偏要把我们拉进来，陪你看新娘，可见了新娘又不说话，这是怎么回事？现在你新娘也看了，就没有我们的事了吧。"杨广清醒了，立即笑容满面地转身对朱贵儿和薛治儿道："没事了，你们没事了。余下的事，我能应付了。"薛治儿狠狠地瞪了杨广一眼，嘟囔着道："见色眼开，无情无义。"朱贵儿却脸上堆着含蓄的笑容对杨广道："愿殿下，新婚之夜，春风如意，万事遂愿。"杨广立即答道："贵儿，治儿，承蒙你俩陪伴，明日定当重礼相谢。"朱贵儿怕薛治儿还要说出让杨广难堪的话，立即挽起薛治儿的手，欲想转身离去。

萧贞见自己的夫君与这两人的关系不一般，也就主动起身上前招呼着道："两位姐姐请留步。既来至新房，岂能不坐坐就走？"杨广没想到自己的这位新娘如此落落大方，不由得变担心为舒坦了起来，也就顺水推舟地道："对对，既来之则安之。你们坐下喝杯茶，也是无妨的。"心直口快的薛治儿又不高兴起来，她看着新娘道："你冲我喊姐姐，我有比你大吗？"谁知新娘一点也不生气地道："那我就认你做妹妹吧！"朱贵儿也觉得让晋王的正妃称她们为姐姐有些不妥，也就接口道："你以后便是殿下的正妃了，与我们姐妹相称，似乎有些不妥。还不如直呼我们的名字吧！我叫贵儿，她叫治儿。"新娘愣了一下，立即认真地道："不成！我们往后相处来日方长，什么正妃不正妃的？不能如此生分。若你们不愿姐妹相称，直呼我名也可，你们就叫我贞儿吧！"杨广闻言，立即拍掌笑着道："好，好！就这么定了。一个叫贞儿，一个叫贵儿，一个治儿，我有三儿为妻，乃我杨广之福，此生还有何求？"薛治儿闻言却恼了，她狠狠地盯了杨广一眼，边转身边道："我还没嫁给你呢，你这话说得也太早了点吧！"说罢，抬腿便走。

萧贞看着尴尬的杨广，疑惑地问道："你与她们……还没成婚吗？"杨广急忙解释道："是父皇母后的意思。他们要等你过门之后，我才能把她们娶过来。"萧贞带着歉意道："原来如此，太委屈她们了。"朱贵儿接口道："此事不必介意。我们生死都是晋王殿下的人，岂在乎一时和先后。"萧贞带着疑问道："那么治儿姑娘，是不是还有什么其他不高兴的事？"杨广道："没事的，她就是这么个小孩脾气。"朱贵儿道："治儿要等晋王殿下平定南陈之后，才肯成婚的。此刻也就是女孩的一时之感罢了。你们都别在意，我这就去看看她。"

杨广在朱贵儿离去之后，便关上房门，向前拉住萧贞的手，伸头在萧贞的身上讯闻讯问道："贞儿，你这身上的丹桂之香是哪来的？我想不起曾在哪里闻到过这样的香味。"萧贞边躲闪着杨广凑近脸额的嘴，边低声羞答答地道："这香味自小就有，想必是来自娘胎。据说，娘生我那日，天上在不住声地打着雷，所以我被人认为是个不祥之女。"杨广却不以为然地道："别信那些凡夫俗子的胡说八道。哦！我想起了，这是天庭上才有的香味，我曾在皇母的蟠桃会上闻到过这香味。"萧贞惊讶地仰起了脸道："你果真是天子下凡呀！否则怎会知道，皇母的蟠桃会上有这香味呢？"杨广把脸凑到了萧贞的脖颈上，边闻边道："我可能是在梦里去过吧。但……

你何来这天子之说呢？"萧贞却认真地道："我见到过你，头戴皇冠，身着黄袍，指挥着千军万马在征战。"于是，萧贞把自己受道士指引读书识字修炼的事，以及道士所言和刚才两人初见时的灵感预示，对杨广叙说了一遍。

杨广将信将疑地听完了萧贞的讲述后道："我现在似乎有些明白了，父皇为何要让我成婚后，马上离开京城，回淮南道了。"萧贞不解地道："你成婚和外放任职，与我所述有关联吗？"杨广边想边道："父皇怕我在京城里会再与当今太子发生冲突，而影响到太子往后主持朝政的威严。"萧贞又问道："当今太子不是你的大哥吗？你们之间怎么会发生冲突呢？"杨广把兄弟俩历来不和之事都说了一遍，还把母后梦见金龙之事也说了一遍。最后道："你刚才所述之事，往后再不能对任何人提一字，免得招父皇和太子的猜忌。"萧贞听后，若有所悟地道："原来如此！但退让并不是个办法，天欲成人是天意，任何人是违背不得的。夫君，请放心，为妻一定会与你同心同德的。"

大至一个国，君臣同德必能利国利民；小至一个家，夫妻同心必能兴旺发达。从此后，萧贞作为杨广的正妻，开始替杨广治理着家室。萧贞是一个受过苦的人，懂得治家不仅要衣饰简朴、生活简单，更要靠人勤俭、食节约，故而很合母后独孤的心意，被认为杨广娶到了一个好主妇。此后，杨广带着萧贞、贵儿和治儿离京赴任。次年，萧贞因孕回京。萧贞受母后独孤伽罗旨意，在回京前夕替贵儿与杨广完了婚。萧贞随后便生下了杨广的长子杨昭（即此后的元德太子），这让萧贞在杨氏家族中的地位有了明显的提升（太子杨勇的正妃元逸秋无子嗣，太子宠妃云氏虽育有三子，却因不得母后独孤伽罗的欢心，故元氏逝后，一直没被扶正）。如今，晋王妃嫡生出长子，更深受独孤和杨坚的欢喜。

阳春三月，北方的天气还是有些冷。隋帝杨坚趁着早朝之后的空闲，与皇后独孤伽罗轻车简从来到晋王府门前下了车。随从敲开了紧闭的王府大门，又遵杨坚之命不让门丁入内通报。随后，杨坚携手独孤伽罗悄然走进了王府。

隋帝杨坚携皇后独孤突然去探望儿媳萧贞和孙子，有着他的几个打算。一是，杨坚老是听皇后在他耳边说，杨广的府上人丁稀少，如何清贫。他作为帝后，从未去过儿子的府上探视，所以有些不相信。如今儿媳育儿在家，他们是否需要帮助，他要眼见为实，做出些安排，以体现他不偏不倚的公正。二是，杨坚要当面向儿媳侧面打探一下，杨广在外地为官的所作所为，尤其是想听听这个儿媳对自己夫君的评价。三是，如果一切属实，评价良好，他将要把自己的一个决定当作礼物送给儿媳和儿子杨广。

萧贞回京之后，遵照杨广的主意，没有听从母后的安排住入后宫，而是住进了自家的晋王府待产生育。萧贞明白其中的用意，故对家中大小诸事不仅样样自己动手，而且任劳任怨、无怨无悔，甚至做得比杨广要求的更好。尤其是生了儿子之后，坚持亲哺亲育，辛劳备至。这不仅让多次来探望的母后独孤伽罗见此如同身受、倍加爱怜，也让府中的下人深受感动。

这天，萧贞在料理好了儿子杨昭的衣食，哄他睡觉之后，见丫鬟正在厨房里帮助管家大娘备餐，便自己提了儿子换下的衣衫去水池边汲水洗刷。不一会儿，冰凉的水就把萧贞的手指冻得通红。

杨坚和独孤伽罗迈进大门，跨入庭院，不见院内有人影走动，可院子却收拾得干干净净。杨坚带着独孤伽罗故意不走正道，从右侧廊道沿厢房走去，还不时透过窗户门隙察看房内的动静和摆设。杨坚走到廊道尽头，见有一间偏房的门窗被遮盖得严严实实。杨坚出于好奇和探究，随手推开了门，一股混浊的松木铜臭味扑鼻而来。杨坚借着门外的光亮，凝目向里看去，一些钟鼓乐器和家居饰件在尘灰笼罩中隐隐展现。

跟随在杨坚身后的独孤伽罗却没有其他心思，她牵挂的是孙子和儿媳在干什么。独孤伽罗见杨坚在空房门口驻足探视，便不再跟随在杨坚的身后。她熟门熟路地穿过正厅走向后院，即见萧贞一人在晾晒着小孩的衣衫。独孤伽罗心头一热，快步向萧贞走去。萧贞闻声转脸，见是母后来了，急忙放下手中衣物迎上前来，举手要行跪拜大礼。独孤伽罗抓住了萧贞的手，萧贞那双冰凉且冻得通红的双手让独孤伽罗有所不忍，一股母爱之念油然而起。她用自己暖暖的双手捧住了萧贞的手道："你为何不听母后的话，却要自己动手呢？女人产后是沾不得凉水的。"萧贞抽回了手，感激地道："谢谢母后关心。这点苦，算不得什么，我习惯了。"独孤伽罗关切地道："我对你说过许多次了，你不必这么操劳，让你多添一些下人，银子不够花，问我要，别亏了自己。你累坏了，昭儿怎么办？广儿在外面能安心吗！"

杨坚走近萧贞跟前问道："杨广怎么啦？你们这晋王府也确实有点人丁稀少啊！"萧贞首次见杨坚驾临晋王府，不免有些神情慌乱。她急忙双膝跪地，边叩头行着人礼边道："请父皇恕儿媳不恭之罪，没出门来恭迎。"独孤伽罗把萧贞拉起来后，举起萧贞的手道："她是我接到京城来的，你现在看到了吧，她的手冻成什么样了。被广儿看到，会责怪我们做父母的不关心他们呢！今天，你也亲眼看见了这晋王府的状况，不会再说我常在你耳边唠叨是瞎操心了吧！"

杨坚心里虽有些过意不去，但口上却道："皇后的责备不无道理，但朕还有些话要问个明白，然后容朕一并做出处置。"萧贞慌忙道："父皇，府上的状况与母后无关，是儿媳遵照了晋王的嘱托，不能坏了父皇和母后勤俭治家的家训。所以，我没有听从母后的劝说，坚持着要自己哺儿劳作的。请父皇和母后放心，儿媳一定会把昭儿哺育好，教导好。"杨坚满意地点着头问道："你如实告诉朕，晋王在淮南府上都做了些什么事啊？"萧贞恭敬地道："回禀父皇的话，儿媳伴晋王赴淮南上任近一年有余，晋王做了三件事：修水渠拓田地，下校场秣马练兵为平陈战事做准备，巡视辖区整顿官吏，所以被属下和民众都称他为实干王爷。"

杨坚好奇地问道："何谓'什干王爷'？"独孤伽罗不无嘲讽地道："是'实干'，不是'什干'。你儿子是个干实事的，不是什么也不干的王爷。明白了吗？"杨坚笑了笑，继续问道："他有没有呼朋唤友地外出狩猎、喝酒，或是去什么地方寻欢作乐？"萧贞微红着脸道："回禀父皇，晋王殿下除了公事之外，在家就是看书、绘图，或是跟治儿学剑术，跟贵儿学食谱烹调，他已能烧出几个好菜了。"

杨坚有些欣喜，却又有些不解地问道："看书、绘图！看什么书，绘什么图？他是跟谁在学绘图？"萧贞道："晋王殿下空闲下来不是看兵书，便是看些有关江南的史册，他自学的绘画，绘的也是江南的山水地形图。他说，今后平定江南会用得上的。"杨坚满意地点着头道："这还差不多，也正合我意。但我还有一事，想听听你的主见，你是想让父皇把晋王调来京城与你在一起呢，还是让他继续在外任职？"萧贞立即谦逊地道："儿媳全凭父皇、母后做主。"

杨坚见独孤伽罗对他的问话有些不耐烦了，立即加快了话语道："朕想让他去独当一面，提升他为雍州牧任江都内史令，集江淮军政大权于一身，统筹谋划平陈战事。"萧贞即道："谢父皇封赐。但儿媳怕晋王能力有限而有负父皇的恩宠。"独孤伽罗真的不耐烦了，她发话道："早该如此了。但如此政事，何不在朝堂上当众宣布，却要带到家里来做人情？我是来这里看孙儿，却不是来此谈朝政的。晋王妃，我们走，让他一人在这里疑神疑鬼地明察细访、瞎猜疑吧！"说罢，抬脚便向后院走去。

杨坚知道，这是独孤伽罗对他之前把南下有功于朝廷的杨广贬出京城、还派人借辅助为名去监察杨广行径的安排感到愤慨、在泄恨。为此，杨坚不得不在心里对自己道："'可怜天下父母心'这话没说错。皇后啊！你溺爱广儿，我不反对。勇儿身为太子，虽有许多不及广儿之处，但涉及社稷大任之事却不能因此而乱。如何任用广儿，如何去平衡这兄弟两人之争，我自有分寸。你就放心吧！"

第四十二章
朝堂争帅太子动手，排兵布阵晋王出谋

开皇八年，杨坚历经八年一系列励精图治，隋国朝政官廉政清，举国上下府藏皆满，物丰民宁：东拓含嘉仓，西建太仓库，囤粮储帛于州县；北镇突厥，西拒吐谷浑，训兵聚武于边疆，军压长江向南备战，完成了积蓄内力、治国固疆、图谋一统天下的战略目标。此时，杨坚决定兴兵南下，奋力一击，以完成自己统一中原的宏图大业。

秋季是收获的季节，北方草原上的牲畜经过水草丰盛的时节，此时牛壮羊肥、马彪蹄捷。黄淮的中原大地上，万家欢乐，棉粮收摘入仓；而南方的鱼米之乡，稻穗低头待收，鱼虾戏水长个。中华地大物博，尽显于此时。有话说，智者谋事在先、成事在后。杨坚选择此时聚兵南下，亦是深思熟虑。杨坚的国力经这些年磨炼，已体健力旺、兵强马壮，出击征战无后顾之忧。而江南的陈国臣民，在隋国虚张声势、疲劳战术的骚扰下，年年心惊肉跳、草木皆兵，不得安宁。田地里种下去的作物，不知能否收回，荒田一年比一年多，粮帛民生之需匮乏。商贸上，商家不敢囤货，店家不敢存钱，买卖萧条。陈国这民不聊生的境况愈发严重，可陈廷的君臣们却还在吟诗作赋、花天酒地。南北国情差异如此之大，正是杨坚所期盼的，他选择此时出兵南下，正当其时。

君臣同心同德，不仅体现在君主一声令下，臣子们便能披肝沥胆、闻风而动，更体现在众臣能想君主所想，做出比君主要求更好的政绩。这天，朝中议政的太极殿朝堂门外，早早便聚集了许多官员，其中还有不少是从各地被召回京述职的皇公封疆大臣和屯边将军，这让朝臣们都感到今日朝会与往昔不同，必有大事发生。然而大家都心知肚明，今日朝堂上所议大事，一定与出兵南下平陈之战事有关，这也是众臣盼等多年的头等大事。所以众臣群情激奋，个个摩拳擦掌，都想去战场上一试身手，博取功名、光宗耀祖。

宰相勃海公高颎还未走近朝堂门，就被众臣团团围住，杂乱无序的询问声此

第四十二章　朝堂争帅太子动手，排兵布阵晋王出谋

起彼伏。有人问道："宰相大人，今天陛下如此郑重其事地召集朝会，是不是要商定平陈的大事了？"也有人问道："高大人，您是内史令，能否给我们透露一下，今日朝堂上会议论些什么大事？"还有人问道："海公，陛下是不是已下决心要南下灭陈了？"渤海公高颎却含蓄而矜持地笑着道："陛下的决策，来自大家的决心，岂是我能猜测得出的？"正走近前来的上柱国清河郡公杨素，不满意高颎的故弄玄虚，即大声道："大家的关心都在正题上，今天陛下在朝堂上要议的主题就是平陈之战事。而且，还要设擂议事，公议决定平陈主帅和各路统兵将帅的人选。在朝堂上，只要有本事，人人都可以出列竞选。"众臣哗然，议论声纷纷攘攘响成一片。

太子杨勇身穿金灿灿的软甲，身披诸色战袍，出现在朝堂门外，他那威风凛凛的样子，立即又引起众人一片议论之声。而晋王杨广却手执一筒卷纸，悄然来到朝堂门外。朝堂上响起轰隆隆的启门声，立即引来了朝堂门外一片混乱，朝臣们纷纷按序排班列队。待黄门近侍把朝堂大门完全打开后，便鱼贯而入。

重大朝会按照惯例，由太子领头，后面跟着在京的诸王公，随后是文武百官分左文右武两班跟进。今日应召到京上朝的王公有：太子房陵王杨勇、晋王杨广、秦王杨俊、越王杨秀、汉王杨谅；河间王杨弘、广平王杨雄、卫昭王杨爽。上朝的文班有：渤海郡公内史令左仆射纳言高颎、郡公上柱国吏部尚书令虞庆则、邳公右仆射刑部尚书令纳言苏威、上庸郡公上柱国户部尚书令韦世康、郡公柱国京都监察使杨虎、河南郡公工部尚书令御史令狐熙、建安郡公黄门侍郎内史梁述、蒲山郡公柱国李密、安定郡公上大将军司农卿樊叔略、高都县公光禄大夫民部尚书令杨尚希、昌乐县公内史大夫开府尹柳裘、平昌县公太仆少卿吏部侍郎宇文翊、历城县侯太子内史舍人明克让、郫县侯御史内史尚书梁毗、礼部尚书令御史牛弘、都官部尚书令御史皇甫绩、光禄大夫内史舍人柳謇、内史舍人常侍聘陈主使薛道衡、御史工部侍郎兼漕渠大监郭衍、柱国礼部尚书杨玄感、刑部尚书大理卿薛胄、御史刑部侍郎张衡、谏议大夫吏部侍郎长孙览、开府仪同三司吏部尚书卢恺、散骑常侍左庶子裴政、御府监工部侍郎何稠、员外散骑常侍王劭、尚书都官侍郎大理少卿赵绰、太府少卿库部考功尚书元文都、国子博士何妥、太学博士房晖远、御史通直常侍庚季才、开府散骑常侍柳誉、内史尚书邯李安、水部侍郎柳俭、漕渠侍郎参督元寿、膳部侍郎裴肃等。上朝的武官有：清河郡公上柱国兵部尚书令杨素、武陵郡公上柱国左武卫大将军元胄、襄国公上柱国大将军梁睿、莒国公柱国已故梁公萧岿长子萧琮、范阳郡公上柱国左武卫大将军贺若谊、随州郡公柱国上大将军麦铁杖、平昌郡

公柱国兵部尚书元岩、柱国大将军吴州总管贺若弼、落从郡公柱国大将军燕荣、江陵郡公柱国大将军杨豹、项城郡公大将军行台仆射王韶、蒲城郡公大将军内史舍人郭荣、汝阳郡公御史右卫将军独孤楷、宜阳郡公大将军蕲州总管王世积、安平郡公兵部尚书苏孝慈、襄武县公左武卫将军杜彦、井陉侯兵部尚书韦师、新义公大将军庐州总管韩擒虎、上柱国大将军元景山、仪同三司左勋卫车骑将军长孙晟、上开府左武卫将军李彻、仆射幽落州总管张威、大将军黄州总管周法尚、大将军兖州总管赵仲卿、内史侍郎左卫将军李圆通、散骑常侍太子左庶子左领军卢贲、右卫将军宇文述、骠骑将军史祥、车骑将军刘权、亲卫大都督鱼俱罗、骠骑将军寿州大都督来护儿、上开府车骑将军史万岁、昌州刺史候莫陈颖、陕州刺史杨义臣、岚州刺史卫玄、相州刺史梁彦光等。

  谁也没想到，往日是众臣在朝堂上等陛下临朝，今日却是陛下早已坐在了龙椅上。在他后面左边站着的是郡公柱国监察御史令内史近侍郑芥，右边站着的是郡公柱国内史近侍度支尚书欧阳若兰，正看着大家进入朝堂大殿。这让众臣们一下子都紧张起来，人人加快步伐。在跪拜三呼朝礼完毕之后，一个个都鸦雀无声地紧随着前面的人，进入到各自的例位。郑芥见百官都已就位，便高声宣布道："陛下口谕：今日朝会乃是一次军事聚会，议题只有一个，就是'平陈之战'，大家可以不拘小节，畅所欲言。"郑芥的话音刚落，朝堂上虽有窃窃私语声，但没有一人站出来第一个开言。

  杨坚听议论声小一些了之后，见还是没人站出来开口论说，便动了动身子，扬了扬手道："几年前，我们曾经有过一次'平陈之战'的议论。当时战与不战的争论各执一词，结果不了了之，让许多人都感到失望，这是朕决心不够坚定所致。如今在众爱卿的共同努力之下，不管是国力，还是兵力都已今非昔比。所以今天要议论的，不再是战与不战之事，而是怎么战才能一举灭陈、统一天下。在此，朕也得开诚布公地对大家说一下，有言道：兼听则明，偏信则暗。今天有谁能拿出足以说服朕和众臣的'平陈战术方略'，朕就可以当廷委其为平陈统军大元帅，统管灭陈一切军政事务。并且一旦功成，别说是封侯拜相，待到凯旋之日，朕必会率领文武百官出皇城相迎。"

  杨坚的这番话，犹如在火热的炒锅里浇入一勺油，轰地一下，立即腾起一团火焰。内史舍人散骑常侍聘陈主使薛道衡第一个抢步出列道："启禀陛下，自古战事必胜之条件乃是天时、地利、人和。臣曾说过，东晋郭璞就预言'江东偏王三百年之

第四十二章　朝堂争帅太子动手，排兵布阵晋王出谋

后必与中国合'，如今期限已到。加之我朝这些年，岁岁风调雨顺，年年五谷丰登、六畜兴旺，民安乐业，这便是天时。而陈帝叔宝荒诞不经，疏忠臣、近小人，妄想以长江天险拒我雄师渡江。殊不知，我已备下大小战舰上万艘，只需一声令下，万舟齐发、千舸顺流而下，其长江天险又能奈我何？这便是我们的地利。再观陈廷，后宫弄权，妇人当政，朝廷任人唯私，卖官鬻爵，纲常已乱，导致这些年江南各处天灾人祸不断，民无隔宿之粮，商无备货之币，怨声载道。然而我朝却恰恰相反，官清民勤，仓满钵溢，国泰民顺，国富兵强，这就是人和，也是为国之本，更是我朝能克敌制胜之根。"

广平王杨雄听得有些不耐烦了，他一个大步跨出班列，抱拳冲着薛道衡大声道："你说了一大堆无用之言，难道你想当领兵统帅不成？"薛道衡坦然一笑道："非也！我有自知之明，领兵统帅绝非是在下之'的'，而若由太子殿下当之，则适得其人。"站在班列之首的太子杨勇，脸上不由地露出得意的笑容。广平王杨雄却不以为然地道："陛下，臣弟虽不才，却愿自荐领兵征战，并当庭立下军令状，一月之内不灭陈国，必提头来见。"太子杨勇不高兴了，他呵呵冷笑了两声道："这里是朝堂在议事，要的是征战制胜的战术方略，可不是阵前请战去博命。"

柱国大将军吴州总管贺若弼出列启奏道："禀告陛下，臣蒙陛下垂爱，委以吴州总管之职，兼蓄势谋划平陈大计。数年前，臣曾上过平陈十策，'瞒天过海'的首策，在陛下的肯定之下，已实施多年，取得了实实在在的效果。如今陈国边境的官兵，对我们虚张声势的造势攻击习以为常，不再有所惊恐去做防战反应，这便是我们瞒天过海之策所要的结果，也是我们能够一战成功的关键。有言道，攻其不备，出奇制胜，十年磨剑为此一役。故，臣恳请陛下能允许让臣率兵过江，去实现陛下一统天下的大志。"

郡公大将军江陵总管杨豹立即出列接口道："陛下，为臣奉命屯兵江陵，准备渡江南下，军将们早已等得不耐烦了。如今，为臣愿领兵过江打头阵，以不负陛下对我多年的栽培和期待。"庐州总管韩擒虎见同僚竞战，即出列抢着道："陛下，平南征战的先锋非末将莫属。因为，陈国最有名望的将帅萧摩诃、任蛮奴、甄庆，都是末将的手下败将。这次灭陈，末将定将他们手到擒来，献给陛下。"

郡公上柱国吏部尚书令虞庆则摇摆着双手出列道："你们这简直是本末倒置。征战之方略还未成型，统兵领将的元帅也尚未定夺，却都争当起先锋官来了。你们这是有悖陛下的圣意，还是孺子不可教也？这岂不令满朝文武百官好笑而尴尬

413

吗！"杨豹和韩擒虎两员虎将被虞庆则说得满面羞愧，哑口无言地退回了自己的列位。

清河郡公上柱国兵部尚书令杨素，怕杨坚会听信虞庆则的谗言，把能建千秋功业的"平陈之战"的统兵大权举荐给他人，心有不甘，便出列带着讥嘲的口吻道："陛下若委虞公任平陈大元帅，在下一定亲率荆、信、宜三州水陆大军渡江东下，做他的南征先锋将。如何？"虞庆则知道这是杨素在嘲笑他，也就反唇相讥地道："老夫知道，你有大舰王牌水军在握，沿江南下平陈犹如囊中取物，而老夫自有自知之明，陛下要委用的平陈大元帅绝非是你我。"杨素听后哈哈大笑地道："我在陛下的授意下，历经数年的筹划练战，至今已拥有每艘可容上千军将作战的巨舰五艘，可容一百五十人的战舰数百艘，以及速如飞鱼的轻舰无数，加之训练有素的水路和骁勇无敌的陆路军将十数万之众。如今，陛下只需一声令下，我将分成三个梯队顺流而下，二日之内首取寻阳、巴州，五日之内必占夏口、江州，十日之期攻取陈国京都建康，别说是腐朽的陈国，任他陈国有什么将军又能奈我何？"

憋了许久的太子杨勇出列，向着在廷前争辩的众大臣双手抱拳作揖后道："诸位叔伯前辈，大隋江山能有今日，离不开你们的浴血奋战和辛劳付出。如今，吾父皇欲要完成宏图大志，一统大江南北，还天下万民一个安宁的社稷，岂能再让你们去冲锋陷阵、涉险流血呢！在此，我们小辈不是要与你们争功，而是你们应该让我们到战火中去提炼真本领、硬功夫。你们只需站在我们的身后，对我们的功过作为加以指点评说，等到天下一统大业告成之日，再让我们一起共庆恩荣，岂不更好吗？"

杨勇这一番铿锵有力、柔中显刚、掷地有声的话语，堵住了朝堂上有心争功夺权的一批老臣宿将们的口舌。他们知道，太子若有意要争夺这平陈统兵大元帅之职，不仅名正言顺、犹如囊中取物，而且陛下也必会允之。若有人还想要与其争夺，岂不仅是不自量力，也会得罪太子和陛下，更会自讨没趣么！所以，在廷上争辩的大臣只能收敛起激情，神态肃然地回到各自的站位，静等着陛下开口做出决断。

杨坚对杨勇的这番话，并没有投以赞许的神情。他觉得杨勇这是在以太子之势去夺众人之心，完全违背了他在朝堂上论战选帅的原意。杨坚在朝堂上发起这场论战，主要目的在于激发朝臣们对"平陈之战"的共识，要让众臣从各个角度、各自的职位和意识理念去集思广益，去不骄不躁、有的放矢地制定出克敌制胜的详细战术。而且，杨坚在心里也并没有想过要让杨勇去争当这个平陈统帅之职。因为，杨

第四十二章　朝堂争帅太子动手，排兵布阵晋王出谋

坚认为作为一个储君，应有的不是冲锋陷阵的勇气，而是要有眼观六路、洞察八方的智慧和谋划长远、决断千里的意念。可是，杨勇并没有理会他的真心实意，把他平时对其的教导都丢在了脑后，真是孺子不可教也！

此时，杨坚眼看着朝堂上原来争辩热闹的场面被杨勇搞成一潭死水，这个帅位似乎已被众臣认定归属太子杨勇，故而再也没人站出来自述夺城之勇气和平陈之谋术，去据理力争平陈统军之帅位了。为此，杨坚不由得在心里愤恨地对杨勇道："你这小子，怎么老是不长记性？臣为君用的道理该不会又忘了吧！你身为储君，不能以势夺人，更没必要去参与这场帅位归属的争夺。由此下去，你往后坐上了帝位，何能去驾驭众臣，何能让他们能心甘情愿地为你效命？你呀，真是越来越让我失望了。"

杨坚想到此，见众臣都在等待着他开口说话，于是便道："你们并没有完全领会朕召集这次朝议的真正用意。朕要的是，这次平陈之战的谋略和攻之必胜的战术，而不是单纯的勇气，也不是一厢情愿的作战方略，更不是信誓旦旦的骄躁之词。你们不能把这次平陈之战想得那么简单和容易，陈国的开国皇帝陈霸先是以武略打下江南的，这些年与北朝和我国的争战络绎不绝，虽未占上大的便宜，却也互有输赢。可见，陈国的将帅并非像他们当今的帝皇那样，是些只会吟诗作对、饮酒作乐的蠢材和无能之辈。因此，我们凭如今的实力可以在整体上去藐视他们，但在具体作战的细节战术上却决不能轻视，更不能大意。征战是要死人的，但朕不能因将帅的无知和大意去让士兵做无谓的牺牲。所以，朕才要你们去集思广益，做出理智、有把握的战术谋划去赢取胜利。有言道，先谋而后动，则胜券在握。希望你们能理解朕的这份心意，再去各抒己见，议论平陈之战的胜负之术。你们不必在意言者的身份和官阶爵位，只要言之有理都可以采纳。不拘一格用人才，这是朕的本意。"

杨坚的这番话，如同在刚燃烧过的残灰上撒了一把木屑，立即燃起点点星火，又渐渐地燃成一片。朝堂上的议论声又由小变大，变得轰轰烈烈起来。可是太子杨勇并不在意父皇语简意赅、深思熟虑的话语。杨勇为了在朝堂众臣面前更好地表现自己，又血气方刚、振振有词地高声道："父皇有言，先谋而后动。儿臣早在数年前就已开始谋划平陈之战了。今天就借此机会再来表述一番，请各位叔伯前辈给评议得失，以便儿臣晚辈能不负众望，早日横枪立马于建康城头，实现父皇的宏图大志，完成大江南北的统一。"这时的杨坚真有些冒火了，他用双目狠狠地盯着不能领会他心意的杨勇，却又不便去拦阻杨勇要说的话语，只能在心里生闷气。

杨勇加重了语气道:"儿臣只需三十万兵马便可打赢这场平陈之战。我们都知道兵贵神速是能克敌制胜的重要战术。儿臣就是要用闪电不及掩耳之势,亲率十万大军首先渡江,袭取陈国京都建康,来个擒贼先擒王的战策,让陈国失去朝廷的运筹,使其抵抗之势陷于群龙无首而难行的瘫痪状态;随后便指挥中军和后营的二十万兵马及辎重分两路跨江南下跟进,左路军沿江扫荡大江下游胆敢拒我之敌,右路军扫平大江上游之敌;儿臣则统帅大军长驱南下,占领陈国的全部疆域,征服其臣民,使其成为顺我大隋的国民。儿臣觉得此役快则一月,慢则三月便能鸣锣收兵了。"杨坚没好气地问道:"你可知道,建康城有守军多少?谁是主帅,又有哪些主将在统领?"杨勇不以为然地道:"儿臣这是闪击偷袭,这十万大军趁夜袭杀,打的就是他们晕头转向、防而无功。儿臣就算他们的领军统帅有再大的能耐,我也谅他们挡不住兵败如山倒、溃不成军的乱势。"杨坚又问道:"一时的乱势过后,他们纠集人马组织反攻呢?你可以反客为主,但你又怎知他们不能反主为客呢?因为,你毕竟是人地两疏,后援甚至粮草辎重尚在隔江而待,他们若封住江面,你就没想过由此而来的后果吗?"杨勇有些强词夺理地道:"这是不可能的事。他们一时间哪能集结这么多的军力来封堵我的后路?我二十万大军的后援,只需持续两天时间便能过江而至。"

"谁说没有这个可能?"杨广踏出班列,声色俱厉地道,"身为领军征战的将帅,岂能用'可能'这样的虚词来指挥作战?"杨广转身冲着杨坚拱手行礼后道:"儿臣探得陈国最新的军报是:施文庆在京城建康周围已备下了三十万之众的兵力,分别由孔范、萧摩诃、任蛮奴率领,以应对我朝发动的攻击。在夏口上游的长沙、浔阳、巴州,由岳阳王陈叔慎率陈慧纪、吴忠孝和戚昕统领二十余万水陆大军驻守。中游的江州、湖州、南州防区,由田瑞、樊毅两员大将各统领十万之众的军将镇守其间,作为上扼江州、道守夏口、下驰京都的增援军力。而由始兴王陈叔重率周智安、鲁达两员骁将镇守建康下游的京口、扬州、丹阳、湖州,共有兵员不下三十余万,作为京都建康的东南屏障。他们要封锁江域、驰援京城,完全有把握在二天之内就能到达建康。他们以这些兵力来阻断大江南北,围困你区区十万之众于建康城内,有何不可?再者,建康城是倚江而立有名的石头城,江中还有牛渚矶为其北拒水路入侵之敌的要塞,你若从江面攻城,不仅必会损失巨大,甚至还可能无功而返。"

杨勇正在无词应对父皇的问话时,见杨广站出来插话,而且有条不紊地说了一大堆有理有据的军情,让他更没了与父皇争辩的理由,便不由地在心中念道:"杨

第四十二章　朝堂争帅太子动手，排兵布阵晋王出谋

广，你这小子处处与我过不去，现在岂不是又在存心跟我作对么！"杨勇怒火中烧，一步冲向前，用手指着杨广的额头厉声道："你给我闭嘴，这里还轮不上你来评说是非呢！你以为我不知道你所说的这些事吗？我可以告诉你，我跟随父皇领兵东征北战时，你还是个屁孩呢！你带过兵、打过仗吗？你砍下过鞑子的人头吗？就你这副样子竟敢在我跟前充大佬，难道你也想与我争这个平陈统兵大元帅不成！"杨广对杨勇如此咄咄逼人的神态毫不理会，也没有胆怯之态。他后退了两步，从身上取出一本奏折和一卷纸，面对着杨坚继续道："父皇，儿臣已备下了平陈作战之方略，可否容儿臣当廷作番解释？"

杨坚对杨勇不领会他的意图，早在心里存有不满，本想对他做些开导，让其知难而退，再把朝堂上的议论引入他想要的轨道，此事也就可以继续下去了。然而杨广站出来说出了一番有理有据的话语，让杨坚听后不仅感到欣喜，而且也符合他的意愿。可是却激怒了强势夺理、无知逞勇的杨勇。杨坚眼看着这对冤家兄弟，又要发生剑拔弩张的冲突，不能不在心中产生不安，尤其是对杨勇那副仗势欺人的做派增添愤怒。但是，杨坚却没想到，杨广居然一反常态，主动退让，避开了杨勇那盛气凌人的威逼，而且主动要求当廷阐述他的平陈方略。这让杨坚不能不感到杨广的变化和成熟，也感到这兄弟俩性情素养的差异，也让杨坚不能不在心中辨别掂量着两人的优劣。

杨坚接过杨广的奏折和纸卷，随手打开纸卷看去，见是一幅水墨地形图，不禁有些好奇，也就认真地看了几眼，立即明白了这是一幅行军作战的地形示意图。杨坚即把图纸交给了郑芥后，道："你去找根竹竿把它挑起来，展示给大家看。不知有几个人能看着此图，把自己平陈的战略战术意图表述出来？"斗勇好胜的杨勇不高兴了，他上前一步道："这有何难的，看图排兵布阵，哪个将军不会？纸上谈兵的东西也配拿到殿上来献丑。"杨坚见杨勇还是没理会他的意图，还要胡搅蛮缠，便加重了语气道："他还没谈，你就一言蔽之，是否太狂妄了？但是，朕还是很想听这纸上谈兵的。若你有主见，何不听完之后再予以评判！"

杨广见父皇已允许他当庭阐述，便走到已展示出来的图示跟前，手指着绘图道："这是我在参阅了前朝数代史书中留下的大江两岸地貌图，和江南陆舟行径地形图之后，加上自己南下时所探察获得并被证实了的陈廷沿江各处的军将屯兵营地，结合当今陈国最近的军况，所绘制成的一幅可供作战参阅的图示。陈廷为了预防我朝渡江南下，便在以其京都建康为中心的这几处屯下水陆重兵实施布防。在长

江水面要地：上游有浔阳、巴州，中游有夏口、江州，下游有牛渚矶、京口，各大营水师共有战船不下两千余艘，其中尤以浔阳、巴州水师的战力为强；在岸陆沿线：除了京城建康有重兵守护之外，还有长沙、钦州、湖州、丹阳的陆路四大军营，共有军将五十余万，作为其京城建康的外围护军。他们想以如此的水陆防线，守卫其京都来抵挡阻止我朝南下，其设想和用意不可谓不深。若我孤军深入而被其聚合在一起围斗，则绝无胜算的把握。所以，我们的平陈之战必须是全线出击之战，以绝对优势的兵力去分头逐个迅速歼灭其分散在各处的屯兵，迫使其首尾不能相顾，更不能彼此驰援接应，最终一举拿下其京都建康，实现父皇一统大江南北的宏图大志。"

杨勇却不以为然地反驳并讥讽道："我以点及面、巧取敌酋，何能见得必会无功而返？你全线出击，怎么个出击法？简直是故弄玄虚。"杨广不去理会杨勇的抨击，继续道："我朝在父皇长远的规划下，目前的兵力布局已经具备了渡江南下的能力。水军屯兵于大江上游的信、荆、江、汉、淮诸州，共有大小战舰三千余艘，有训练有素的水军将士三十余万之众。不仅在局部数量和规模上，而且在兵势和地理上都远超陈国水军。陆军方面，我朝以江汉、江淮的兵马为主战军力，共有军将五十万之多。在数量上虽不及陈国的兵马众多，但却是聚势已久，且兵强马壮，骁勇善战，绝非是陈国的分散之军和骄将弱兵能匹敌的。我们若以此强悍之师去逐个围歼陈国分散之敌，岂能不稳操胜券。"

杨广的这段分析解说，引来了朝堂上一片议论赞许声，也听得杨坚频频点头。杨勇的内心虽然也觉得杨广的讲述不无道理，但他那斗狠好强的心态让他不愿低头服输。杨勇不待杨坚开口，立即大声吼道："一面之词加一厢情愿，全是纸上谈兵。你别以为去了一次江南，就可以夸夸其谈，你这是在哗众取宠！"杨坚虽然在心中谴责杨勇的蛮横和无知无理，但在口头上他没有去直接训斥。杨坚挥手阻止了朝堂上的议论后，对杨勇道："他这是知己知彼，可不是什么故弄玄虚，也不是一厢情愿，更不是哗众取宠。"随后杨坚又对杨广道："若让你来指挥这场战役，你将怎么行兵布阵？"

杨广胸有成竹，很自信地指着图示道："儿臣认为，这次战役宜设西、中、东和海域四个战场。西战场以我水军中实力最强的杨叔父属下的宜、荆水陆大营为主力，他们不仅战舰大而多，而且军将的水陆两栖作战训练有素，宜作本次平陈战役西北江河水面和内陆各州县争战的前军主力。由他们率先过江，在围歼了陈国的浔

第四十二章　朝堂争帅太子动手，排兵布阵晋王出谋

阳、巴州水营和长沙的陆路军营之后，水路军可以进入洞庭内湖继续南下扩大战果，陆路军则分兵东进南下，拓疆扩土向纵深发展，并包抄拦击牵制钦州、南州之敌，迫使他们不得东驰北上驰援建康；中战场以江陵杨豹叔管辖下的洪湖水军和陆军兵马，以及王大将军统领的江汉水陆大营为中军主力，作为此次渡江战役的另两把利剑，夺取夏口、江州，继而围歼拦击驰援建康的湖州、丹县之敌，然后南下配合西路军，扫荡各州府扩大战果；东路战场也是本次战役灭陈的主战场，将以江淮、淮南的水陆大营为主力军分兵三路：水路攻占牛渚矶和京口，达到掌控制江主权；陆路分左右两路军，右路从天门山道插入，直取天门、新林、横江、秣陵，切断建康退据西南和西北驰援建康之道，待全军发起决战攻击时夺取建康西门；左路由京口挥军南下西进，攻占曲门、晋陵、丹阳、句容，从东南方向与右路军联手形成包围建康之决战态势，最终攻占陈国京都建康，达到灭陈一统中原之目的。海域战场乃是自江出海，占领各沿海江岸之城，再入钱江攻占余杭，继而配合中西路军南下扫荡陈国残余之敌。全线战役应分三个时间段发动，每个时间段相隔五天，自西向东逐个推进。其目的是造成陈国朝廷的错觉，让他们觉得这初期之战仅是边境上的局部争战，而无须重视。但等到他们获得确切信息而醒悟过来之时，也就为时已晚，他们分散在各地的战备屯兵，已被我朝各路军分割拿下或是牵制，再难发挥他们原定的备战作用。详细作战规划，儿臣已在奏折中阐明了。"

　　杨素很满意杨广对他管辖下的部属战力的肯定，也满意让他的部队作为前军的主力率先过江发动攻击，也就是说，此次平陈战役的头功是非他莫属了。所以，他待杨广的话音刚落地，立即接口道："我赞同晋王如此行兵布阵。"杨素边说边出列，继续道："我军驻地顺流而下至浔阳、巴州，最多也就是一个昼夜的水路。以我水师的战力，去与区区浔阳戚欣和巴州陈慧纪手下仅有的数百艘舰船对决，他们岂是我的对手！岳阳王陈叔慎本就是个纨绔子弟，根本不足为虑。其手下的田瑞、吴忠孝虽有些名气，却又能奈我如何？"贺若弼紧跟着站出来道："禀告陛下，为臣愿做东路左军先锋。"韩擒虎不甘示弱地接口道："末将愿做东路右军先锋。"秦王杨俊也出班道："启奏父皇，儿臣从未立过寸功，这次平陈之战，愿随二哥前往，以不负父皇平日对儿臣的教导。"

　　杨勇见杨广的陈述得到了多人的出廷肯定和追随，不由得有些心急火燎起来。他既不满杨广与他当廷抗争，也不服杨广会胜过他去博取父皇和朝臣们的青睐，却更怕父皇会由此而一锤定音，把他想要得到的平陈大元帅之职给了杨广，夺了他太

子的威势。一时间，杨勇忘了这里是朝堂，所有人都在众目睽睽地看着。他不管不顾地使出了平时对待杨广的神态，忘乎所以地蹭上前去对着杨广挥拳便打，同时在口中大声喝道："你这个不识时务的小子，敢在父皇面前巧舌如簧，跟我来抢夺帅位！且吃我一拳再说。"

众大臣们谁都没想到，太子会当众用如此强悍的手段去对付晋王杨广。一时间，都惊恐得张口结舌、不知所措。端坐在龙椅上的杨坚也没想到，杨勇为了争夺帅位，会用平时在家里对待杨广的这副凶相去强势夺人，不由得怒从心起，正想启口拦阻，却见杨广不待杨勇的拳头临近，便悄然向旁一闪，避开了杨勇的攻击。杨勇挥拳扑空，身躯失去重心向前扑去，重重地摔倒在了杨坚御台阶前。这兄弟俩在朝堂上交手演变的瞬间，在众臣眼里都认定这是太子杨勇的不是，而在杨坚的心中则认为这是对他作为父皇的一种耻辱，更认为这是太子杨勇在以强凌弱的无理取闹。为此，杨坚不由得勃然大怒，一拍龙椅站起身，冲着摔倒在地上的太子杨勇大声吼道："你！岂有此理，简直不成体统。来人，把他拉下去，罚俸禁足三月，闭门思过，以改前非。"

杨勇感到委屈，爬起身来用手指着杨广争辩着道："父皇，是他出手把我推倒在地的。儿臣冤枉！"杨广闻言，不动声色、默然无语，但却在心里暗自得意地想："治儿教的这一手闪身借力打法，今天还真是用上了。"刚才，杨广见杨勇挥拳扑来便闪身躲过，却趁杨勇攻击身躯扑空越过身旁的瞬息，伸手在杨勇的手臂上拉扯了一把。杨广的这一拉扯，是顺势借力而为，不仅乖巧隐蔽，而且用力虽然不大，其效果却是不可小觑。果然，杨勇被重重地摔了出去，不仅当众出丑，还背上了不堪的骂名和责罚。杨勇为此岂能不感到冤枉？

然而此时，站立在杨坚身后的欧阳若兰则趁机进言，悄声道："身为太子，在朝堂众大臣面前，竟敢如此对待兄弟，既无视王法，又无视家规，竟然还喊冤枉！更是无视公理。罚俸禁足的处置，必难以服众。"杨坚虽怒，却碍着皇室的尊严，故本想以此处罚来平息此事，却经不住欧阳若兰的这番指责，而不得不加重语气厉声道："太子杨勇，无视王法，公然在朝堂上无理取闹；又无视家规，无由殴打兄弟晋王杨广；而且其不仅不思悔改，还不服朕的处罚，口喊冤枉，实属胸无公理，目无朝堂，行无长幼。朕若不从严惩处，何以立法正朝纲？为此传朕口谕：惩太子杨勇，除了罚俸禁足，保留东宫太子之位外，削去其他爵位，三月之内不得涉政，以观后效。此刻，就把他押回府邸，任何人不得探视。"

第四十二章　朝堂争帅太子动手，排兵布阵晋王出谋

杨坚在处置完杨勇后，定了定心情，对着众臣道："朕在听了晋王杨广所述的平陈之战术后，已做出决断，现颁旨如下：一，委晋王杨广为平陈战役统兵大元帅兼东路军行军元帅，决断平陈之战的一切事宜，信、荆、江、淮、东海九十四州兵马任其调遣。二，委左仆射内史令高颎为平陈特使，兼大元帅帐前长史；委吏部尚书令虞庆则为监军，协助晋王杨广部署平陈之战的各项战前之事；任内史舍人薛道衡为大元帅帐前参军、刑部侍郎张衡为大元帅帐前记事；任吴州总管贺若弼为东路军左先锋、庐州总管韩擒虎为东路军右先锋，各领属下兵马听从晋王杨广指挥。三，委广平王杨雄为后军行军元帅，督办粮草辎重随军跟进；任散骑常侍裴政为后军长史，大理少卿赵绰为后军参军。四，委秦王杨俊为中路军行军元帅，统辖江陵、江汉兵马，归属晋王杨广调遣；任吏部侍郎长孙览为中路军长史，散骑常侍魏澹为中路军参军；任蕲州总管王世积为中路军左先锋，江陵总管杨豹为中路军右先锋。五，委信荆总管杨素为西路军行军元帅，统其属下兵马归属晋王杨广调遣；任内史尚书梁毗为西路军长史，左卫将军李圆通为西路军参军；任廷州总管刘仁恩为西路陆路军先锋、礼部尚书杨玄感为水路军先锋。又：西北疆域诸将总管兵马均不调用，以防北寇西境之敌来袭，你们能保得西北疆域的安宁，朕同样为你们记功。各位爱卿，此刻若有异议，可当庭提出，以便朕斟酌而行。"朝堂上一片静默，没有人提出任何异议。杨坚对此很是满意，便道："既然大家都没有异议，那么就让本次平陈战役的统兵大元帅杨广再细说一下，他对这场战役的其他设想吧！"

晋王杨广对父皇当廷封授他为平陈战役的统兵大元帅和东路行军元帅虽感有些意外，但他觉得自己凭着这些年来的努力谋划已胸有成竹，当之无愧。此刻，又听父皇要他细说其他的设想，不免觉得正好借此机会，把自己的谋划意念都和盘托出，既能作为战术构思的补充，又可加强参战将臣对本次平陈战役的意识领会。于是杨广出列道："父皇，诸位前辈大臣将军：在下荣幸受父皇委派，并承蒙朝中众大臣和各位将军的信托，肩负了平陈大元帅之职，深感责任重大。但在下愿意与各位前辈大臣将军，共同去完成父皇父托的这统一天下之重任，去渡江南下把江南收归为我朝国土，还天下民众一个统一和睦、没有争战和隔阂的乾坤。父皇为了实现这个分久必合的天意和治国理政平天下的目标，早在数年前就谋划这场战役的步骤了。儿臣在此提出的战术方略，仅是继承了父皇的宏伟谋略，而制定出的具体战术方略。为了让父皇文治天下的战略得以更好地付诸现实，在下还有一些前因后果和几则战时要点需要当众阐述明白：其一，大家必须要树立一个信念，本战不同于往

昔一般的拓疆略地之争，我们这是在为分裂三百余年的中华天下归为一统的历史大任而战，此战必将载入史册，由此必能改变我华夏民族的未来，所以其责任之重大就可想而知了。因此这一战我们必须赢，而且必须是完胜，若有不能克敌制胜必将受到惩处。其二，我们这场战役为何要自西向东分段推进？此战打的就是时间差和信息传递的差异。根据我的预谋，我军开战拟定于本年的冬至节。其意是：我朝在经历了多年的备战后，已到了粮草丰满、兵强马壮、万事俱备的时候；而冬至节之后数九严寒，江水属于枯水期，河道变浅、河面变窄利于渡江作战；此外，还寄意着天下在经历了严冬之后，必将迎来春光明媚、天下一统的时光。西路军进行第一阶段争战的五天，就以冬至节为开战首日，这也是这场平陈战役的开局，所以必须如期展开、如期完成预定作战目标：以我估算，当我朝攻克浔阳、巴州、长沙的信息传递到建康城时，最快也得要四天时间；而且我断定，陈国朝中的江总和施文庆们会认为，这是我朝与陈国边界上常有的局部争战而已，故他们未必会当回事，这就为我们第二阶段开战的五天留下了空间。中路军拿下夏口、江州和海路军东进钱江的消息传递到建康城，最少也需三天。若引起了陈国朝廷的关注，他们由此做出反应派兵驰援江州、夏口等地，即可削弱其京都建康城的防卫力量，对我东路军攻占建康城有利；若他们见京城周边相安无事，乃对各地军报掉以轻心还是置之不理，这就为我西路、中路、海路兵马攻城略地留下了更多的制胜空间，所以不管陈廷会怎么做，都对我方有利。为此，在这两个时间段中，西路、中路军自西北向东南，海路军自东北向西南必须迅速展开攻势，占城略地、扩大战果，为东路军最终拿下陈国京都建康赢得全局的胜利。在下要求各路领军将帅必须充分领会时间差、信息差的概念，打好你们各地域的争战。我将以你们在这时间段内攻城略地的多少为据，报请父皇朝廷给予嘉奖。其三，战争虽会有杀戮，但杀戮不是战争的目的，尤其是不能滥杀那些手无寸铁的平民百姓和已放下兵器不做抵抗的陈国官兵。大家都要知道，以后这些陈国的臣民就会成为我朝的百姓，我们不能给他们留下滥杀无辜的印象。他们只要能诚服，我们必须以礼相待，像对待自己的臣民一样去对待他们，如此我们方能得到他们的信赖和拥戴，天下才能真正地归为一统。此外，在下还希望各位领军将帅能令行禁止、严明军纪、管好自己的属下，不得随意进入商家民宅强买强卖、扰民役民，更不得私入禁地，比如陈国的高官富家大院、皇室后宫等宅地，为财见色而胡作非为。掳到皇室后宫嫔妃妇人以及钱财珍物均不得私自收藏处置，一律上报上缴朝廷。凡有违这些条令者，必将受到严处。禀告父皇，儿臣想要说

第四十二章　朝堂争帅太子动手，排兵布阵晋王出谋

的就是这些话，若有不妥，请父皇和众前辈大臣将军指教。"

杨坚对杨广的这番条理分明、理念清晰、奖惩有据的叙说在心中暗暗叫好，但他面对着众朝臣却轻描淡写地道："刚才，晋王杨广的这段话，朕就把它视作是其接任平陈统兵大元帅的上任誓言吧！其中言及的三点争战细则和奖惩条例就作为其帅字第一号令，凡参战将领必须严格遵守，朝廷各部府衙也必须随时配合，不得有违。朕对其余的事就不再过问，此后得由你们去按部就班执行了。现在退朝。"

朝臣们待杨坚离开后，立即议论纷纷：有为没能参与平陈之战而惋惜的，也有对陛下如此草率任命而感到不平的，更有人对杨素父子同时被委以平陈重任而口出怨言的。杨素闻听后，不以为然地哈哈大笑着道："你们真是些口是心非、鼠目寸光之辈！你们真以为陛下是随心所欲、信口而言的吗？陛下早已不知多少次地专题研讨过渡江征陈的战术了。还不止一次地与我们许多人商讨过，这才有了今天当廷的决断。所以我说，陛下的高屋建瓴、深谋远虑、高瞻远瞩岂是你们这等人能领悟的吗？不然，你们也都成陛下了！"

杨素的话音刚落，即有人道："那么，今天太子这一出，怎么解说？"杨素冷冷地道："他这是咎由自取。不领圣意也就罢了，还要如此逞强出手。这个太子呀！由此下去，他的前程可就难说了。"

第四十三章
首战狼尾决胜千里，兵临城下叔宝梦醒

开皇八年十二月冬至日，隋文帝杨坚在完成了一系列平陈之战的准备步骤之后，由晋王杨广统帅水陆大军九十余万（水军三十余万，陆军五十余万），分兵四路，沿江而下自西向东，由北渡江发动了对南陈的灭国大战。一场在中国乃至世界史册上具有划时代意义的南北朝之战，终于拉开了帷幕。

孕育中华儿女生存兴盛的两条大河，北是黄河，南是长江，它们似母亲，哺育滋养着中原大地上的生灵作物和万千儿女。"她们"日日夜夜不知疲倦地孕育着千片沃土、万顷良田，养育着千千万万的儿女康健成长、传宗接代。"她们"并不希望天分两片、地掰两端，也不希望自己哺养长大的儿女们互相杀戮。但是，天地自有天地的规律，人类自有人类的灾难。有言道：天要灭人谁能挡得住，地要难人又有谁能拦得了。天灾人祸，似乎自有因果中的神灵在操控着，又有谁能奈何得了！合久必分，分久必合，也是一条天理。

长江出自川藏之南的唐古拉山脉，自西向东滔滔数千余里。它时弯时窄，生死攸关；时旋时急，险象丛生；时深时浅，应接不暇；时坦时缓，风情犹存，承担着它应天顺地的使命。其湾时（长江鼓村天下第一湾），可以突然间来个一百八十度的大转弯，让人晕头转向；其汹涌澎湃时（玉龙雪山旁的虎跳峡），千军万马也难以阻挡其势，只能望涛兴叹；其旋急成滩时（三峡的狼尾滩），过滩犹如过鬼门关，不知有多少人船都葬身其间；其上游与下游的落差，构成了它的水流只能由高向低、川流不息地自西向东奔入大海。若要逆水而上，得靠背纤行舟，急流处将寸步难行；顺水而下，只要能借得水势，便可以势如破竹，日行千里。这便是杨坚为蓄势借地利，而把水军主力放在长江中上游信谊荆诸州的缘由。

杨素在儿子杨玄感的陪同下来到行军元帅大帐，在接受了属下众将的参见后道："本帅奉陛下之命，将由我部首开灭陈之役的战端。望诸位将军不负圣意，奋力而为，以摧枯拉朽之势态去灭了陈国在浔阳、巴州的水营，使我大军过江南下，攻

占长沙，建得头功。为此，本帅决定，由水路军先锋杨玄感率水营五巨舰打头阵，抢占狼尾滩，继而趁势顺流东下攻克巴州；由陆路军先锋刘仁恩率本部兵马进军歧亭，夺取白沙渡，随后攻占浔阳，接应本帅大军过江拿下长沙，完成陛下交付于我的灭陈第一战。此战只准赢不能输，违者军法惩处。"

陆路先锋刘仁恩道："启禀元帅，末将尚有一事担忧，尚请明示。"水路先锋杨玄感踌躇满志地接道："刘将军是怕在下拿不下巴州，还是有其他念想？"刘仁恩诚恳地道："是，也不全是。"杨玄感不以为然地问道："此话怎讲？在下愿闻其详。"刘仁恩认真地说："长江的江水在过了西陵峡之后，由于河道的落差变小，江面变宽，水势放缓，水中夹带的沙石沉积在河道沿岸，形成了礁多滩浅。水深之处更有漩涡暗流，成了行船之大忌。狼尾滩乃是西陵峡之东的第一大险滩，不仅河道深浅不一，滩头乱石众多，而且据我探报得知，陈将戚昕为防我军顺流而下偷袭其浔阳水师军营，已在此滩布下暗哨机关和驻军，专候伏击我军舰船。因此，狼尾滩之战不仅凶险甚多，也不宜用巨舰打头阵，更不能对狼尾滩的守军掉以轻心。若狼尾滩一战失利，势必会影响到全局的战势，不仅是水军难以顺流而下，去顺势夺取巴州，也不利于陆路军去攻取白沙渡、占领浔阳，接应大军过江去拿下长沙。"

杨玄感脸露不悦之色，正想开口驳斥，杨素却谦逊地道："本帅因常驻京师，对战地势态的变化，肯定没有刘将军熟悉。但正因为狼尾滩之战确系事关大局，所以才有用巨舰打头阵之术，以便强势夺人，一举去拿下此滩，保障后战顺利推进。"刘仁恩道："狼尾滩之险，全在于其深水道会因水势水流的变化而变化，过往船只稍不留意便会中招，不是搁浅便是触礁沉没；浅水道则是浮石流沙连片，让人防不胜防。而且，此滩周边不是悬壁便是山林峭岩，既无水道可绕，又无陆路可通。属下还侦探得知，陈将戚昕在滩头滩尾上悬铁索、下置暗桩机关，还布有火炮，他们在用守株待兔之法来伏击我军进犯，更是增添了攻占此滩的凶险。"杨玄感闻言，脸上蒙了灰影。他原以为，凭着自己用巨舰打头阵的强大军势，去夺取这个长不足五里地的滩涂，完全可以不费吹灰之力，却没想到会有如此复杂的地理势态和军情在内，给他那想借父势去巧取功名、封侯拜将的火热愿望，被当头浇了桶冷水。

杨玄感乃杨素之长子，少时性内敛，似有呆痴，却体貌雄伟。及长大成人，便好读书，会骑射，被誉为少年晚成，受父爱，又以父功得以受封为杜国爵位，并授以三品礼部尚书之职。杨玄感年轻志旺，他觉得子承父荫虽不为过，却是嗟来之食，不是自己挣来的功名，心气不壮。杨玄感明白这次平陈之战乃是建功立业、名垂青史的大好机会，故而他说动了父亲，保荐他成了平陈西路水军先锋，想以此占得头功而一举成名。然而刘仁恩这一番军情和水情的叙说，让杨玄感悟到了此中存在的凶险，而不由地把原先踌躇满志的心态，变得疑虑不安起来。

杨素毕竟是个见过大阵仗的将帅，他并不感到气馁。杨素问道："那么，依刘将军之说，这一仗该怎么打才能稳操胜券呢？"刘仁恩道："以属下愚见，对方虽有驻军却为数不多，且离其大营援军尚有一段逆水行舟的距离。我军当以轻舟快艇配备火器，偷袭速战速决为宜。待其大营援军赶到，我军已占得滩涂，破坏其布防机关，即可反客为主，而后军也可即刻跟进顺流而下，借势发动攻击。如此去把握战场，岂不更加稳妥！"杨素捋着胡须，点着头，边想边道："言之有理！但该由哪位将军去率领这轻舟快艇打头阵呢？"

"末将愿往！"一声巨响犹如当廷雷鸣，从杨素的随从队列中站出一位体态彪悍的将军，拱手道："启禀元帅，刚才刘将军已道明水情和敌情，而属下自幼驾舟嬉水，深知水性，觉得此战由属下领军，必能旗开得胜。"杨素闻言，不禁觉得有些意外，道："李将军乃是陛下指派下来的本帅参军，岂能自荐冲锋陷阵，承当此战领军？万一出现差错，让本帅何以向陛下交代？"杨素口头上是如此之说，心里却在嘀咕道："李圆通啊，你是陛下的亲信，更是陛下听信谗言派在我身边的监军。陛下怕我们父子俩在这次平陈之战中会占尽风光，趁机图谋私利。而你现在又来抢占这场战役的首功，这是什么意思？难道是陛下，连这先锋分内的首战之功，也不能让我儿杨玄感占得吗？"杨素这内心的猜忌也并非是无风三尺浪。这次平陈征战的战略出自杨坚多年的图谋，而战术的细节却来自晋王杨广。这对父子的深谋远虑和精耕细作，竟然领悟吻合得如此之好，好似是上帝的天作之合，不能不让朝臣们在诚服之外，更觉得这是天意，也让众臣们对平陈之役更是充满了必胜之念。在此理念之下，人人都想参与其中，去争功得利、拜将封侯。于是，也就有了各式各样钻营寻门路去谋求显官要职的权人，也就有了趋权附势、投机取巧去营私舞弊的官员，甚至是为了达到争权逐利，而不惜去想方设法抬高自己、污言诽谤他人来谋取功名的作为。

隋帝杨坚对此等官场中的现象并非是没有感触，而是看在眼里、想在心里，反而觉得自己身在帝位，由此去借力聚势，分化朝臣间的派系，达到驾驭平衡各方权臣的目的，也不失为是一种稳固帝位的权术。为此，杨坚在这次平陈之战封帅拜将的各路军中，都安插了他的亲信或是皇室的近侍作为随军耳目，便于他能得悉将帅

第四十三章　首战狼尾决胜千里，兵临城下叔宝梦醒

们的心态，去掌控战场发展的时局。在历朝历代的官场中，帝皇和权臣，君子和小人，忠和奸一直是相辅相对、相伴相成的。朝代的兴亡、发达还是衰落，不是取决于哪一种人的有和无，而是取决于主导权势的帝皇是明智的还是昏庸的，从而导致了朝中是由哪一类人掌控了实权，是哪一种势力占据了上风。杨坚的明智和以身作则，使得隋廷的朝政官心向廉、民心向善，一派和谐，但并不等于那些不和谐的基因就消失殆尽了。因为人性的欲念是会随着权势地位、生存环境和人性心态的变化而变化，而且是没有一成不变和止境的。

杨坚心态在演变着，随着他人生目标的一步步实现，随着政权的稳固、皇权的专制，他看多了、听多了、也就想多了、忌讳也就更多了。于是，他也就渐渐地变得猜疑心多了、独断专行多了，也就有了他在平陈之战各路军中的如此布局。杨坚并没意识到他的如此用人安排有什么不妥，但在征战疆场领军将帅的权臣心中，却不免投下了阴影，也为此后的离心离德埋下了伏笔。杨素的徇私谋利和杨玄感之后的反叛，就是如此结茧化蛹的。

狼尾滩之战，杨素既不想让李圆通夺得头功，也不想让自己的儿子杨玄感去冒凶险。最终决断由当地水军将领王长袭率百条轻舟飞艇和二百军兵在夜半偷袭狼尾滩守军，杨玄感率二百条战舰跟进接应。同时，刘仁恩率先锋甲骑进军歧亭，夺取白沙渡，会同杨玄感水军攻占浔阳，而后接应杨素主力大军过江。再分兵两路，由杨玄感乘巨舰率水军东下攻占巴州，杨素率刘仁恩陆路军主力杀向长沙，完成平陈之役西路军的第一战，拿下整个平陈之役的首功。

西路军首战狼尾滩的战事异常惨烈：陈国驻狼尾滩的守军用铁索暗桩拦住了水道，迫使杨玄感的水军大船不能逼近滩涂，更不能逾越狼尾滩顺流东下。他们却又凭借着地势、火器、暗桩和军营栅栏，拼死抵抗乘轻舟前来偷袭之敌。隋军乘轻舟划艇出战的士兵，在领军王长袭身先士卒的指挥冲杀下，从狼尾滩前的水道上袭战到浅滩，从一步一坑陷阱似的沙滩地上逼近栅栏，在飞箭火弹的抵抗中，用血肉之躯猛攻其军营，直至杀尽所有陈国的守军，方才占领了狼尾滩，破除了陈军设置在水上水中的道障，打通了东下的水道，赢得了此战的胜利。而王长袭率领的这支军兵已伤亡大半，王长袭自己也身负重伤。这一战，如果没有刘仁恩事前叙说军情的铺垫，促使杨素改变了作战策略；若没有王长袭率领士兵的拼死相争，凭着陈国守滩之军如此彪悍，杨素欲想轻易取胜，决难如此顺当。也就不会有此后西线战事上能得以顺利拿下白沙渡、水陆先锋会师攻占浔阳、夺取巴州，主力围攻长沙，斩

杀岳阳王陈叔慎的成就；更不可能会有在赢得西北战场首战告捷之后，水路军驶入洞庭湖一路南下，陆路军向东进军，在夏口与秦王杨俊会师后长驱直入江南湖广之地，以狂风扫地之势态去席卷陈国西南各地的辉煌，而让杨素得以晋爵为国公，杨玄感进位上柱国，官拜鸿胪卿的荣耀。

　　秦王杨俊所率中路军的进展也算顺利。镇守廷州的陈将吕仲肃，在得知浔阳被隋军攻陷、将军威昕阵亡，而后吴忠孝镇守的巴州也相继失守之后，自觉势孤力单，军将难敌隋军的攻势。便一面把隋军进犯的军情飞报夏口州府衙门，一面收缩兵力退居公安县城，与守将陈慧纪汇合，准备死守公安，等待夏口州府的后援。然而，他们欲坚守的防务还未布置完善，隋军中路右先锋杨豹率领的水陆大军已经杀到城下。一个是有备而来，凶如猛虎，势在必得；一个是仓促应战，人心不齐，杂乱无章。双方立阵主将对战，吕仲肃与杨豹战不上几个回合，便被打下马来，落荒而逃。杨豹挥军攻击，两军接触交战，陈军战无斗志，一战即溃，四散奔逃。陈慧纪见大势已去，只能丢盔弃甲，伏地求降。杨豹拿下公安县城后，一面出榜安民，一面指挥水军沿江东进攻取夏口，接应秦王大军过江南下。自己则率陆路大军挺进赤壁天治，包抄夏口，既切断了夏口守军的退路，也堵住了南来驰援夏口之敌的去路，完成了他右路先锋的首战军务。中路左先锋王世积率领的水陆大军在江面朦胧的晨色掩护下，轻而易举地攻下了陈将纪镇驻守的江州水营，又顺手夺取了江州。随后便马不停蹄地分兵两路继续南下，水军沿江入鄱阳湖至赣，攻取洪州（南昌）；陆路向东北杀向祁门黟县湖州，牵制陈国京都南方之军。隋廷这西中两路兵马虽然出兵谨慎，却是杀势凶悍，时间错落有序，彼此配合默契，攻城略地进展神速，应验着杨广的预期。仅用短短不足九天时间，便拿下了陈国长江沿江中上游的所有重要水港，掌控住了整个江防。同时，也占领了陈国西北地域内几乎所有的重要州城县镇。

　　直到此刻，陈廷才收到了从各地陆续传来的说法不一的军情快报。有说是隋军小股水军偷袭的；也有说是隋军大股军队进犯的；更有说是隋军已攻下了浔阳、长沙诸多州城县镇；还说隋军来势汹汹，难以阻挡，要求朝廷立即派大军增援抗击。施文庆对各地来的军情快报开始并未留意上心，觉得这些都是边将官吏为了邀功求赏而编造的危言耸听罢了。再说这些年以来，隋朝一直在虚张声势，鼓吹渡江南下，可都是些只闻雷声不见雨下，全没有实实在在的举动。为此，施文庆对这些边报压而不报，不做处置，却觉得心安理得。而朝中宰辅江总更是日日陪随在陈后主陈叔宝身旁，饮酒戏狎，吟诗作对，阿谀逢迎，无暇关顾朝政。陈后主陈叔宝在把所有的

第四十三章　首战狼尾决胜千里，兵临城下叔宝梦醒

朝政大事都委于张丽华和施文庆去措置之后，更是如释重负，五日一大宴，三日一小宴，天天左拥右抱，对酒高歌，乐此不疲，喜不可支。不仅是让朝中众臣都觉得，要办成事只需找张贵人和施总管，而无须通过陛下，连陈叔宝也忘了自己还是陈国的皇帝。故而，此刻的陈国京都建康城内仍然是一派灯红酒绿、歌舞升平、风平浪静。朝臣权贵们还是在吟诗作赋，互比高低；文人骚客还是在舞文弄墨，卖弄文采；平民百姓仍在日出而作，日落而息地过着他们自己的日子。

随着西北各地军情快报越来越多，传来了隋朝大举入侵、攻城略地的信息后，施文庆这才感到了事态的可信和严重，这才把它当作了一桩事情，匆匆进后宫去结绮阁找张贵妃相商对策。张丽华也觉得事态严重，必须向陈叔宝面奏。于是，两人又一起来到了陈叔宝居住的临春阁。谁知陈叔宝昨夜醉酒，如今正搂抱着新宠美人，睡意正浓。在被张丽华从温柔乡中唤醒后，不禁有些恼怒。故不待施文庆把军情说完，就挥着手，不耐烦地道："此事若属实，可找江总和孔范商议。但是，隋廷虚张声势多年，都不见有确实举动，你们也别像以往那样，听风便是雨，自寻烦恼，还要来扰朕酣睡美梦，不仅可恼，简直可恨。下去吧，别再来烦我！"张丽华和施文庆听陈叔宝如此之说，虽有不快，却也觉得在理。于是，对此事也就放下不谈，也未去找江总、孔范通报商议。

自古以来，兵法上说的和兵家所作所为之事，不管是战还是和，不管是胜还是败，归拢概括起来无非也就是四个字：谋（智慧）、诈（运作）、速（时机）、勇（杀伐）。万事先在于谋，精谋细作，先谋而后动，显现的是将帅运筹帷幄的智慧；虚幻不实、虚虚实实、声东击西、偷梁换柱等，便是运作中的诈；兵战贵在于掌控住机遇、时间和神秘，谓之机不可失，时不再来，即是速；征战中杀伐果敢而凶猛，便是获胜之本，谓之勇。隋廷的平陈之战，先有杨坚多年高屋建瓴的战略谋划；继而有杨广实地侦探，知己知彼，精心设计的战术策略（他把战事从陈国的西端自西向东分段推进展开，"策"在一个地域差异、一个信息传递的时间差异，"略"在一个对陈廷君臣处世断事和认知差异的了解判断）；后有众将士齐心协力，智勇凶猛的拼搏，才成就了这场战役的西路、中路、海路军能得以如期展开，节节顺利推进。

陈国各地失陷、求援告急的军情急报，一天好几拨地送至京都主管朝政的施文庆案头。建康城内也纷纷扬扬地传开了隋军侵城略地的种种道听途说。镇守京口的护军将领樊毅见北岸隋军调动频繁，大有攻伐之势态，便亲自纵马奔驰入京，向其上司、朝中具体主管京都防务的仆射袁宪报告军情，言及他的担忧，希望朝廷在江

防上增添兵员船只，以防万一遭隋军偷袭而引来不测。施文庆听了袁宪的禀报，联想到各地送来的军情急报，确也觉得情况与往昔不同。于是，便召集了亲信沈伯卿和执掌军权的孔范前来商议对策。然而，孔范和沈佰卿都一致认为："此事是隋廷惯用的伎俩，其目的是要扰得我们逢年过节不得安宁。我朝有长江天堑限制南北，谅北军一时也难能飞渡，我们大可不必上其当，随其自乱阵脚。"于是，此事又被搁置了起来。

战事进行到了第九天午时，隋朝平陈大帅营帐前，呈现着一派战前肃穆的氛围。元帅大帐前方竖着三根旗杆，高高的旗杆上飘扬着三面橙黄色的大旗。中间一面是个大大的"隋"字，左面是个"帅"字，右面是个"杨"字。大帐门前分列着两队身穿橙色盔甲、腰佩利剑的侍卫军兵。宽大的帅帐里，杨广身穿橙色盔甲，端坐在帅桌前。在其身后站立着怀抱宝剑、身披紫缎紧身战袍、神情严峻的薛治儿（其身份是：晋王府四品带刀近侍，现在是大元帅帐前侍卫）。大帐内左面站着一排文职人员，为首的是左仆射御史高颎，其次是监军虞庆则，参军薛道衡，记事张衡，太子常侍卢贲，太府卿苏孝慈，后军长史裴政，大理少卿赵绰，漕渠参督元涛。右面站着一排武将，为首是后路军行军元帅广平王杨雄，其次是中路军左先锋贺若弼，右先锋韩擒虎，行军总管郭衍，杜彦，右卫将军宇文述，骠骑将军史祥，车骑将军刘权，将军王韶，大都督来护儿，大都督鱼俱罗。

杨广抱拳向两边的文臣武将们拱手道："诸位前辈臣僚将军，本帅从军报上得知，西路军和中路军自开战以来进展顺利。至今已经攻占了长江中上游江州以西的陈国所有港口营地，以及西北地区的大批州府县镇。如今，西路军已进入了川广赣南地域；中右路水军在攻占了夏口，完成接应大军过江后已沿江东下；右陆路军则由赣北向东入皖，拿下了泾县后正在向东北推进，不日便能兵临湖州，胁迫建康；而海路军已入钱江，占领了余杭，正在自南向北进逼姑苏。各路军所有的这一切成就，都为我们东路军这最后一击，拿下陈国京都建康创造了必胜的条件。但是，陈国朝廷似乎并没有受到西北各地战事的影响，而把守卫建康城的兵力调往驰援。由此可见，陈廷不仅还有忠臣良将在，建康周边还有四五十万的兵力可用，这势必会对我们这最后一战带来压力。为此，我们决不能掉以轻心。为了赢得这场战役的完胜，本帅不得不再次强调以下几则军令：一，东路左右两先锋军为此战打头阵。由于渡船不足的缘故，先锋军分两个梯队于后天子时渡江南下。左路第一梯队，由贺老将军率五万兵马从六合过江，夺取京口（镇江）。待左路第二梯队，由将军王韶和

第四十三章 首战狼尾决胜千里，兵临城下叔宝梦醒

大都督来护儿率八万兵马跟进后，攻占曲阿（句容）、南徐州（丹徒）、晋陵（钟山），配合海路军对建康形成围困的态势。右路第一梯队，由韩老将军率五万兵马从横江过江，拿下牛渚矶（采石矶）、天门山（马鞍山）。待右路第二梯队，由总管杜彦和大都督鱼俱罗率八万兵马跟进后，攻占南豫州，新林（秣陵），姑熟（溧水）。配合中西路军对建康城形成包围态势。此战至关重要，务请各位将军严阵以待，不能轻敌酿成后果。违者当以违反军令而受惩罚。二，建康城不仅是陈国的京都，也是一座古城名都。我们不能像秦朝的始皇帝那样，占而毁之，给后人留下遗憾和骂名。所以，我们在形成包围后暂且围而不打，为的是迫使陈廷君臣明大势，开城投降，以保住这座名城古都和城内臣民不受伤害。只要陈廷君臣能识时务，不抵抗，我们就要以礼相待，包括对其后宫所有的嫔妃贵眷和城内的百姓民众。我军将士若有违此令者，必将严处。三，若陈国君臣不识时务，想据城顽抗，各路军将的一切行动，必须得以本帅的军令步序听令而行，不得私自开战，强行攻城。入城后，更得严明军纪，不准私闯宫廷，滥杀无辜。违者必严惩！"

我们都知道，千年前的传递信息，主要是靠马匹四条腿日夜不停地奔波（依靠信鸽传递信息毕竟少之又少）。然而马再快再健也不是机器，它会疲劳，也得饮水吃食休息，而且还要防备天灾人祸、路途受阻的不测。于是，官道上就有了供饮食休息、换马传递信息的驿站。所谓的八百里飞马快报，也得如此一站接一站地接力而至。由此可想而知，在数千里、数百里之外的边疆异地，把信息传递至京城建康，该花费多少时间，又有多么的不易。杨广谋划的远攻近围之策，就在于汲取利用了这个地域信息传递不易所造成的攻略机会。而陈国朝廷高官如此漫不经心、麻痹大意，既源于其君主的腐朽和用人不当，更来自其君不务政、臣不思进，以及天意和民心，助推了杨广的成功。

南陈祯明三年正月朔日，陈后主陈叔宝既迫于越来越多隋军进犯信息的困惑，也想在这新年开端之日来接接地气，便心血来潮地召集群臣到临光殿聚会。陈叔宝自上位为帝之后，他上朝止儿八经议政的时日屈指可数，但其谈化前风月、道音律诗赋、评酒肴美色却是津津乐道，不厌其烦，更成了其日常的喜好。故文武大臣对陈叔宝召集的这次朝会虽然猜测重重，却更多的是期待。但是，陈叔宝上朝之后，并没有询问隋廷的动向，也未让人告知当前战事紧迫的所在之地，更没有去部署如何派兵去防范抵抗隋军的进攻。却是东拉西扯地说了一通前朝琐事之后，道："金陵素钟皇气，齐兵三来，周师再至，无不溃败。今日，隋军又能奈我何？"陈叔宝的言

谈让文武百官都大感不解。正在此时，殿外突然乌云密布，遮天蔽日，浓雾聚起，日光渐无，殿内更是一片皆黑。一时间，万众瞩目，百官惊恐，陈叔宝不得不匆匆退朝。张丽华得知讯息，即率众嫔妃把陈叔宝接至后宫，摆筵开饮，纵歌作乐为其压惊。陈叔宝胸存心事，情绪不宁，便借酒浇愁，不久便喝得烂醉如泥，被扶入结绮阁张丽华床榻帐内鼾睡。

翌日，施文庆接到京口来的飞报，京口遭隋将贺若弼的围攻，危在旦夕。接着又接到牛渚镇守军急报，告知牛渚矶已被隋将韩擒虎从横江夜渡占领。施文庆见军情危急，只能一面遣人去传报江总、孔范、萧摩诃、任蛮奴、鲁广达、樊毅等重臣入后宫商议军情，一面则直闯结绮阁，把陈叔宝和张丽华从酣睡中叫醒。陈叔宝素来不达军事，见敌军突至，军情紧急，不免情急心慌，束手无策。他顾不得君臣礼仪，竟然当着张丽华和众臣的面，边号啕大哭边道："天要亡朕，让朕又能咋办？"施文庆、江总、孔范均无言以对。萧摩诃、任蛮奴缩在一边，佯作未闻。鲁广达见状即道："牛渚矶一失，京都就失去了江上和北面的屏障。倘若再失京口，也就打开了京城的东南大门。如不即速派兵救援，陈国危矣！如今之策，只能水来土掩，兵来将挡。我愿率白下舟师去救京口。同时，当即遣皋文奏守住西北入京都之要塞，坚守南豫州，等待朝廷援军。此外，立即通告天下各州府，火速派兵来京都勤王。"

至此，施文庆方道："西北各州府都已陷入隋军攻击之中，自顾尚且不周，岂会有能力来京勤王？以在下认为，兵法有云：客贵速战，主贵持重。京都不仅城固粮足，周边和城中尚有军将三四十万之众，只要我们坚守不出，我谅隋军也奈我不得。待到春水上涨，江河横溢，隋军后路自断。届时，我们再反攻收复失地，也为时不晚。"

施文庆的这席话说得任蛮奴的脊背直抽冷气，便在心里暗自道："岂有此理，一厢情愿的胡话也说得出口。陛下，臣不是不忠，而是朝中奸臣当道，您只信小人，不辨忠臣。如今态势，皆是咎由自取。我可不能听他的，去替他陪葬！"于是，任蛮奴道："陛下，只需给臣三万精兵，三百艘金翅舟，臣愿率其沿太湖水路出江湖，袭隋军之后路，封其水路后援，断其辎重粮草，迫其退回江北，必能有所收获。"

孔范和施文庆与任蛮奴向来不和。现听任蛮奴所说，有想要分权领兵、独立门户、摆脱他们掌控的嫌疑，不由得同时起来反对道："陛下，此事不可。"孔范更是急不可待地道："陛下，太湖水师，现在乃是朝廷仅剩的精锐之伍，绝不能分兵单独出战。臣下赞同施大人的主张，宜守不宜战。"接着，施文庆也别有用心地道："区区

第四十三章　首战狼尾决胜千里，兵临城下叔宝梦醒

三万之众，难敌隋军的虎狼之师。难不成，任将军是另有图谋？"一直沉默不语的江总不得不道："现在都什么时候了，你们还在钩心斗角。你们这是在替陛下分忧呢，还是在火上浇油啊？当前之策到底是守还是攻，宜速速决断，而不是在此彼此唇枪舌剑，互耗心力。"

施文庆却毫不相让地反唇相讥道："那么，依江大人之见，我们到底是该守，还是该战呢？"江总虽名为朝廷宰相首辅，但其奉行的乃是儒家的中庸之道。他虽然知道张贵妃、施文庆等人内外勾结在朝中弄权，但他只求自己能被陛下赏识信任，保住自己的荣华富贵，而恪守着明哲保身、不与他人为伍的准则，全然不去干涉旁人之事。如今事到临头，又被施文庆逼着表态，于是不得不拉出萧摩诃来替他拿主意道："我蒙陛下垂爱，本是文人一个，从不谙军事。对隋军之战是守还是战，我认为萧将军必有一说。萧将军乃是朝中元老，军中磐石，不论是资历还是经历都是朝中翘楚，由他所言，必能代表我意。"

萧摩诃此时的心情静如止水。自从陈叔宝不念天理，不顾君臣之名分，把他的家眷诱骗成奸，让他脸面全无之后，他对这个朝廷已无所寄托了。后宫干政，君不像君，奸臣弄权，臣不是臣，小人当道，无所忌讳，使萧摩诃对这个朝廷厌恶至极。他数次以各种理由，提出要辞去官职，卸下军权，都被江总借陈叔宝的名义逐一驳回。萧摩诃口中不言，心中却知道这是首辅江总的一种朝政平衡之术。如今又要让他来平衡此刻的势态，萧摩诃虽有十分不愿意，却又不得不说道："君要臣死，臣不得不死，但臣要君亡，却是有违天道。然而，天要灭国，谁又能阻挡得了？陈国的朝政到今日之地步，已经不是战还是守的事了，它全取决于人心所向。况且，我在入宫时已接到军报，京口已被贺若弼攻陷。所以，再在此争论驰援京口和战与守，已为时太晚了。"

陈叔宝闻言，更是放声大哭着道："早知今日，何必当初。当初死于兄弟剑下，一了也就百了了。如今却要不知死在谁的手里，而且还要背一个亡国昏君的骂名，朕这是何苦来着呢？你们既然都无能救朕，你们都走吧，走吧！"此时的张丽华虽是女流之辈，却并没有像陈叔宝那样失态痛哭流涕。她见众人要转身离去，心中虽是忧急万分，口中却平静地道："想往昔，你们个个信誓旦旦要忠君报国。如今君难国危，正是需要你们出力报效之时。你们却要如此离去，你们能心安理得吗？有言道，患难见真情，生死辨忠奸。你们都是陛下身边最受信赖的重臣，陈国朝廷的脊梁，在这君国生死存亡的关口该何去何从？你们自己看着办吧！但愿别让我这个妇

433

人把你们看低了。"

张丽华一席柔中带刚的话语镇住了所有的人，一个个都收住了脚步，重新回到了陈叔宝的跟前。最终经过商议得出决断：立遣司徒豫章王陈叔英，司空司马消难率十万精兵奔赴豫州新林，拦阻王世积和韩擒虎的隋军东进南下。由孔范、萧摩诃为领军，鲁广达、樊毅为副将，率兵十五万东去蒋山白土岗布下长蛇阵，迎头拦击并视机歼灭贺若弼的隋军。由施文庆率任蛮奴留十万兵马镇守东门和朱雀门，以应付各处的不测之需。留下江总率翰林军陪伴陛下坐守宫中，作统帅指挥。

隋军东路左先锋贺若弼一是求功心切，二是倚老卖老，并没把统帅杨广的指令放在心上，也就没有按杨广规定的时间发兵开战。而是回到自己的营地后，立即就发兵渡江进攻陈国的京口。所以贺若弼开战的时间，比杨广计划的要求整整提前了一个昼夜。这才让陈廷有了驰援西域防务的时间，给隋军韩擒虎攻克天门山、进军新林增添了阻力。

贺若弼一鼓作气拿下京口之后，稍做休整，等不及后续军兵跟进，留下五千兵马镇守京口，便率不足四万之众的将士向建康城进发。他想趁势而为，一举攻占陈国京都，抢先立下举世瞩目的首战第一功。兵家征战所忌讳的不仅是冒进，还有孤军深入。而贺若弼如此作为，这两个忌讳都沾上了。他没想到，陈廷的应急反应会如此之快；他更没想到，挡住他去路的主帅将领是他之前数次攻陈都无功而返的萧摩诃，以及两员大将鲁广达、樊毅。有道是冤家路窄，一点也没错。一个是兵多将广、布阵待敌、以逸待劳的守战之师，另一个则是经过一仗恶战又匆匆奔驰、缺乏后劲的冒进之旅。两军在精神和兵力上又是如此悬殊，贺若弼又何能有胜算的筹码？再者，萧摩诃布下的这一字长蛇阵乃是古传兵书中的凶杀之阵。不管是盘踞还是横卧或是纵行，它可以首尾相接，攻守自如，动其一点而应及全身。其中以盘踞态势结阵最为凶狠，乃是攻击杀戮之阵；横卧其次，乃是守势之阵，却也能伸展自如；纵行则是行进之阵。长蛇阵之外形不变于头、腹、尾三段，但其阵内却含着变幻莫测的三十六地罡、七十二地煞阵法的变化。其应战不仅反应之快，而且变化之多端，让人防不胜防。但凡被其缠上，就很难完整脱身，不是丢盔弃甲，便是全军覆没，绝无幸免。然而，如此凶险之阵靠的全是领军大脑审时度势的指挥和训练有素的将士的配合。要破此阵的关键，则在于要识其领军大脑的所在之处，即蛇脑，也就是常说的"打蛇要打其七寸"之处的要害。但这也并不是能让一般人所识破的，因为阵形的变化出自领军大脑，而这个大脑可以因地制宜地变换其位，让外来之敌

第四十三章　首战狼尾决胜千里，兵临城下叔宝梦醒

无法判断、无处下手。此中完全体现着领军大脑的老谋深算和入阵将帅的临阵心态。所以，凡是在攻防之战中用阵法来比高下的将帅，一定都是些智谋、经历、武艺极深的人物，萧摩诃便是这样的人物。但贺若弼毕竟也是一名久战沙场的将帅，当其发现自己前进的道路上有陈军挡道，不免有些惊讶。他登上高处极目远眺，立即识破对方摆的乃是长蛇阵，敞开着大口的蛇首在东南，尾在西北，横卧在大道中央的是肚腹。贺若弼知道，破长蛇阵的最佳时机是其行运中，趁其布阵未遂、列阵未稳固时分段截杀而破之。破长蛇盘踞阵必定得避其锋芒，待其出首而斩断其首即可破之。而这长蛇横卧阵虽然取的是守势，但要破之却并不易，打蛇打七寸的道理就在于要击其要害——蛇脑中枢神经的所在处。但贺若弼却看不破这条长蛇的七寸蛇脑在哪里。贺若弼虽然知道，张着大口的蛇口是破此阵的入口，可他知道，仅凭自己这区区三万多兵马（攻占京口时损失了数千人，留五千人马守京口接应后续梯队）去闯这个蛇口，万一找不到蛇脑、击不中其要害，不仅绝无胜算的把握，还会死无葬身之地。而且蛇首也未必是蛇脑的所在地，且凭其敢敞着口"迎客"，这是个陷阱就必然无疑了，故贺若弼不敢去冒这个险。但是，贺若弼更不甘心自己想抢头功的意念，被阻挡在这距陈国京都建康城仅咫尺之遥的地方。

贺若弼踌躇了一阵，做出判断认为：陈国将领敢在兵临城下之际在此摆阵迎战，必不会墨守成规。而以守为重的长蛇横卧阵法中，这蛇腹好似一张网的底，又好似一团棉球，它会随着攻击者而收缩膨胀，让人攻不到其实、击不痛其处，让人产生犹如用铁锤砸棉花那般的感觉。但就在这攻防中，蛇头和蛇尾便会从两侧迅速席卷而来，把攻击者围困在中央灭掉。这便是攻击蛇腹的凶险之处。而且往往蛇脑也就会设在这个敏感之处，便于顺势而为、进退自如地掌控全局。故进攻者最不能碰的就是其蛇腹。如今摆在路中央的蛇腹看似无遮无拦、不堪一击，但贺若弼知道其防守的功能不在其表而在其里，所以，更不能贸然而动。然而有言道，兵者诡道也！贺若弼觉得自己若想速胜就要去逆常规而为，欲破此阵就得用反其道而行之理，用得胜之旅的锐气和快刀斩乱麻之态势，用出其不意的力量去猛冲直撞、横扫竖砍这个蛇腹，把这条长蛇拦腰截断，去向被兵家认为是进攻者之大忌、最不可能被攻击的地方发动突袭。万一有幸能砸中其蛇脑，该阵便会不攻自破，陈国也必会不战而亡。自己岂不是有了这一举两得之功么！也岂不是正如兵法所说的不在情理之中的情理中。贺若弼这一厢情愿的决断又犯了大错，一是过高地估计了自己这区区三万多人马的力量；二是他不了解对面的蛇脑是由谁在掌控着。这既不知己又

不知彼的碰运气决断，岂不是自寻死路吗？

果不其然，贺若弼想拦腰突破蛇腹、直捣蛇脑的出奇制胜法，遭到陈军蛇腹守将鲁广达和樊毅的顽强抵抗，几次冲击不仅无法撼动对方的阵势，反而是损兵折将。而且，此时贺若弼也知道了对阵的领军蛇脑是萧摩诃，他更是眼见长蛇阵的蛇尾在向着他们席卷而来，军将即将陷入险境。为此，贺若弼不得不当机立断，急速挥兵后撤。但此际为时已晚，贺若弼的三万多兵马等到跳出萧摩诃布下的这一字长蛇阵后已所剩无几了。贺若弼带着仅剩的千余残兵败将不得不向京口退去，好在萧摩诃并未痛下杀手、挥军追杀，否则贺若弼必将全军覆没、前功尽弃。

贺若弼静下心来既气又恨，却又有些不解。他气的是自己贪功心切而损兵折将，恨的是怎么巧不巧又碰上了萧摩诃这个老对手，而且是又败在了他的手下。不解的是，萧摩诃这长蛇阵在围困他时，为何只见蛇尾动，却不见蛇首有所作为。否则的话，他们就别想逃出一个人来。而且，贺若弼更不明白陈军为何不趁势追击至江边，把他们赶尽杀绝并夺回失地？他真是百思不得其解。贺若弼领着残兵败将在回撤的途中，遇见了后军跟进前来助战的王韶和来护儿的兵马。贺若弼气恨未消，决定出其不意杀个回马枪，打萧摩诃一个措手不及以雪前耻。

萧摩诃临危领军抗隋并非出自其本意。他虽然杀了淫妇——自己的老婆任氏，却不能以下犯上，去杀陈叔宝这个奸夫，因为陈叔宝毕竟是陈国的君王。由此，萧摩诃对这个朝廷也就失去了信念，这便是人心。萧摩诃知道，隋帝杨坚是一定会来吞并陈国的，故而他期待着这一天能早日来临，让他能得以泄去颜面之辱、心头之恨。到那时，他愿意隐居山林，做个逍遥自在的平民百姓。所以，萧摩诃别说是让他出征应战了，他连带兵守城护国也不是心甘情愿的。陈国首辅江总硬是把他推进了这个临危受命的尴尬境地，萧摩诃既有碍于江总的情面，也是被陈叔宝那种无助的号啕大哭所撼而产生了怜悯。但是，一时的怜悯替代不了心头的耻辱和仇恨。萧摩诃领军设阵对仗，其意就在于不想与隋军拼死交锋。他坐镇在张开了口、没有设陷阱防务的蛇头处，而把鲁广达和樊毅安排在蛇腹，孔范守蛇尾，如此安排任何人都无可挑剔。但萧摩诃却知道，只要他这个蛇脑不作为，整个长蛇阵也就是死蛇一条。所以，萧摩诃期待着趁势来攻战的隋军能按常规从蛇口而入攻战此阵。届时，他便会束手待擒、瘫痪蛇脑，顺理成章地把此阵交付给隋军，既免去了双方军将的彼此杀戮，也就此把陈叔宝献给了隋廷杨坚，而了结了他与陈叔宝的一切旧恩宿恨。但是，萧摩诃没想到久经沙场的贺若弼会犯下如此逆常规而自以为是的大错，而且是

第四十三章　首战狼尾决胜千里，兵临城下叔宝梦醒

撞到了鲁广达和樊毅的刀口上，再加上孔范也自作主张一哄而上，造成了贺若弼如此的惨败，这让萧摩诃欲想借机投隋的预谋蒙上了于心不安的阴影。

孔范本是庸将一个，只因靠施文庆的关系攀上了张贵妃，并与孔贵妃互认了兄妹，才有了飞黄腾达、如今大权在握的势态。如此小人得志便仗势欺人，卖官鬻爵，妒功嫉才，不可一世。但要让其真刀实枪地上阵去干仗，他不仅是一筹莫展，而且更是心惊胆战。但是临到阵前，却又不满萧摩诃对他发号施令，更听不进萧摩诃发布叮嘱的军纪军规。然而，当其看到隋军败退、有机可乘时，便不等萧摩诃发出号令，就挥军冲出阵营去捞取战功。让他没想到的是，隋军竟然如此不堪一击、溃不成军，成了他的手下败将。古话有言，叫小人得势必然妄自尊大。孔范见隋军败退，便要挥军追击，却被萧摩诃拦了下来，道："孔大人，你可知道，对方的领兵将领是谁吗？"孔范不耐烦地道："败军之将，没必要知道他是谁。你不让我去乘胜追杀，是害怕了呢，还是另有预谋？"萧摩诃带着讥嘲道："他是隋朝有名智勇双全的将军贺若弼。他的一时之失，你以为他会甘心认输？你现在追杀上去，就不怕他会反咬你一口吗？"孔范迟疑了一下，但他不相信萧摩诃所说的话，更不信刚刚溃败的隋军会有能力立即卷土重来。相反，他觉得此刻正是趁势追击、消灭隋军、夺回失地、自己建树功勋的好时机。于是便反唇相讥地道："你是在贻误军机，还是在妒忌我在抢你的功劳啊？"萧摩诃嘿嘿冷笑了两声，边离去边低声道："昏君和小人当道，我要功有何用？"随后提高了声音道："我不拦你了，你要追就追吧！你这是在让手下的这些军兵陪你去送死。"庸将孔范没听清楚萧摩诃前面所说的话，但听明白了萧摩诃后面这段话，他却毫不在意地道："打仗哪有不死人的？我只要赢，谁死了都无关紧要。而想让我死却没那么容易呢！"于是，孔范便一意孤行地指挥自己的部下向北追去。

然而，孔范根本没想到，没等他们追出多少路，便迎头碰上了气势汹汹前来复仇的隋军。一个是盲目追赶、骄兵应战，一个是憋气填膺、要雪前耻的复仇之师。贺若弼一声令下，挥军掩杀，势不可挡，陈军何能挡得住隋军的攻势。不等孔范清醒过来，就被隋军将领李明打下马来，成了俘虏。贺若弼反败为胜，更是士气倍增，勇往直前，直冲已不成阵的陈军营地。萧摩诃本不想战，现见隋军杀来，立即率部弃械投降，鲁广达和樊毅之部见前军不抵抗，也就一哄而散，各自逃命。鲁广达和樊毅不得不率残兵败将退据钟山，陈叔宝倚赖他们保护京都城安全的一道外围防线就此被破了。贺若弼在得知了阵前的战况之后，见萧摩诃被绑至跟前，恍然有所醒

悟，立即跳下马来替萧摩诃松绑，在问清了前因后果后，即把萧摩诃留在军中，敬如上宾。随后率军继续向陈国京都建康进发。

隋军右先锋韩擒虎夜半偷袭，没费多大劲便攻占了陈国建康城外设置在长江上的屯兵要塞牛渚矶，掌控住了建康江面的通道。接着便挥军渡江，直扑建康西门要道天门山，毫无防备的天门山守军也是不堪一击。韩擒虎没想到，自己这旗开两战竟然能如此轻易得手，不免喜出望外。于是，也就不待后军到来，便挥军向建康西门外的最后一屯兵防区新林进发。他只要把新林城关拿下，他的军将不用一个时辰就可直抵秣陵，进逼建康西门。但是，让韩擒虎没有想到的是，陈国派出的援军已与新林守军汇合，在城里城外做好了防止攻击、坚守新林的准备。而且韩擒虎也知道了，援军的领军将领是多年前参与尉迟炯反杨坚而叛逃投陈的荥阳公司马消难。就是这个奸诈无信义的司马消难，设计骗杀了他的恩师总管长史侯莫陈杲。杨坚和韩擒虎都曾发过誓，要亲手斩了这个逆贼。如今这仇人对峙，简直又是一桩冤家路窄的争斗。

司马消难在得知隋军大举攻陈之后，便知陈国危运来矣。当让他领军去新林驰援时，他知道唯有死守新林，等待各地勤王之兵的来临，方能保得陈国的太平，才有他的活路。所以，司马消难星夜领兵上阵，煞费苦心地指挥军将在新林的城里城外构建起一道道的防卫，其意是必须硬防死守住新林，甚至是大有与新林城共存亡之气概。而这与韩擒虎信誓旦旦，一定要把司马消难生擒活拿、予以严惩，犹如是锋芒对上了麦芒：一个是死守，一个是强攻。如此的两军攻守之战，其意都是势在必赢，其间的凶险惨烈必定是双方损兵折将，就看谁能坚持到最后罢了。

右路二梯队总管杜彦率队过江后，得知韩擒虎已领兵去攻取新林而受阻，心头不免有些不痛快。于是，一面派人向大元帅杨广汇报韩擒虎不遵军规，不待后军到来便提前开战，且受阻而损兵折将；一面指派鱼俱罗率兵绕道去攻取南豫州，而他则坐镇天门山按兵不动。

建康城内人心浮动，陈廷官吏更是各怀鬼胎、自寻门路。施文庆关照家人收拾好细软，准备随时离开这眼看着要保不住的京都。而他自己则时时不离陈叔宝和张丽华的左右，还不时进言，劝他们早做离开京都的打算，却一字不提双方战事进展的现状。然而，醉生梦死中的陈叔宝对城外战事全然不放在心上。他照常在张丽华和众嫔妃的陪同下，与江总等人吟诗赋词，喝酒赏月，看花唱曲，乐在其中。一日，镇守朱雀门的任蛮奴进得后宫禀报道："陛下，萧将军摆的长蛇阵已被隋军攻破，至

第四十三章 首战狼尾决胜千里，兵临城下叔宝梦醒

此东域已无可挡隋军进攻之师了。隋军无须数日便会兵临城下，请陛下早做准备。若陛下还信得过下臣，可立即颁旨令太湖水师听臣指挥，臣当保陛下率忠于陛下的臣民，赴南方偏居一方，自成一气。"

此时，陈叔宝仿佛有些醒悟过来。他转脸看了看四周，见自己熟悉心仪的人都还是围坐在他的身旁，便问道："你们愿意随朕去南方吗？"这突如其来的问话，问得众人面面相觑。一时间，谁也不知道该怎么回答。陈叔宝见没人应答，不由得泪如雨下地道："朕明白，区区三万之众的太湖水师，又何能挡得住势在必得的隋军，而偏居一方也只是一厢情愿罢了。朕当然也明白，世道都是一样的，趋炎附势如蚁附膻是人之常情，哪怕是民间的夫妻，大难来时也得各自飞呢！所以，朕也不能责怪你们。何去何从，由你们自己去决断吧！而朕就哪里也不去了。想当年，朕与杨广还有过一面之缘，朕见杨广乃是性情中人，朕只要不与他殊死相对，想必他也不会对我以死相逼的。现在你们都走吧，天要亡陈，谁又能奈何之？"众人见此都无言以对，唯有张丽华开口道："只要陛下不弃，臣妾会永伴陛下左右。"孔妃也急忙表态道："臣妾也不会离开陛下的。"

第四十四章
擒虎乱宫治儿护法，后主哭妃元帅训将

　　平陈兵马大元帅杨广先后接到东路左右两先锋军的战报，得知这两个先锋都因不遵守他制定的作战军规而损兵折将，受阻于途中，心中很是愤然。杨广明白，贺若弼不按军令私自提前开战，影响到了整个战役的推进步骤，既有他争功心切之念，更有他蔑视主帅威严之心，若不加以查处责罚，定会引来更大的后果，他人也必将仿效。于是，杨广招来特使高颎、监军虞庆则、参军薛道衡、记事张衡，对他们道："西路和中路军能按本帅要求步骤行事，战事至今节节顺利。然而，我东路军的左右两先锋却置本帅的军事部署当儿戏，不遵令行事，导致如今损兵折将，受阻途中，影响到整个战局的如期推进，本帅是可忍孰不可忍。若不严明军纪加以惩处，破城之后必将祸害臣民，酿成后果。为此，请各位大人能直言，本帅该怎么去处置他们？"

　　监军虞庆则道："殿下，老臣觉得此际正是用人之时，不宜在此时惩处一个领兵征战的主将，否则必会适得其反。"参军薛道衡也接口道："监军大人所言极是，况且将在外军令有所不受，而临阵换将更是军中大忌，望殿下能审时度势地去处置此事。"杨广无不愤然地道："那么依尔等之见，本帅之令仅是儿戏？"高颎听杨广如此之说，便道："军中无戏言，不遵军令者理当受罚。以在下之见，必须重申军纪。但是否也可令他们将功补过，以观后效，若有再犯，两罪并罚，严惩不贷。"杨广点头决断地道："高大人此言正合我意。建康乃陈国之都城，若无严明的军纪去攻占此城，必会祸害无穷。到时伤害的不仅是陈国的臣民，更是我大隋的威严和脸面。为此，为杜绝有人仿效违法乱纪之行径，本帅特委高大人抽调干练将士组建军纪督查队，实施临阵执法，严密监督各路破城的军将，入城后不得胡作非为，不得私闯陈廷衙宫殿，更不得滥杀无辜、掳掠百姓。若有不端作为，即查即处，尤其是对入城违纪的将士必须严惩，绝对不能姑息。你们督查队入城后，同时要担负起张榜整顿城中秩序的责任，协调各路入城兵马监管制理军纪。"

第四十四章　擒虎乱宫治儿护法，后主哭妃元帅训将

正在此时，传来了左路先锋在后援的支持下反败为胜，不仅破了长蛇阵，还收降了陈军大将萧摩诃的战报，这才让杨广愤然的情绪渐渐地平静了下来。但是，由此而起的一股不安意识却仍然梗在心头。蓦然间，杨广看到了抱剑守候在一旁的薛治儿，一个念头和一套部署油然从心底升起。杨广挥手让帐内其他人退去之后，走近薛治儿身旁，用充满着柔情蜜意的目光盯视着薛治儿，低声细语地道："治儿，陈国破城灭国就在眼前，你对我的承诺是不是也就可以兑现了？"薛治儿被杨广看得脸上发烫，口中却不解地道："什么承诺让我兑现？"杨广故意不高兴地道："瞧，忘了吧！你在黄鹤楼照壁前第一次说的话，后来，你当着我母后的面又表白过的。你难道都忘了？"此时，薛治儿才恍然大悟，脸一下就涨得通红，不由得也低声细语地道："你好坏！谁会在此刻去想这种事？再说，陈叔宝还在建康城内，陈国还未灭，你让我现在兑现承诺，还为时过早呢！"杨广立即道："你只要没忘就好！但我为了让你的承诺能早日兑现，想让你立即去建康城内，在他们破城之前，先把陈叔宝给拿下，灭了陈国，建树此役最大的功劳，随后再让父皇母后把你风风光光地嫁给我。不知你可愿意前往？"薛治儿羞红着脸道："我听你的！你吩咐吧，我该怎么去做？"杨广精神焕发地道："治儿，有你这句话，我杨广就坦然了。我要让你立即去建康皇城，不仅要拿下陈叔宝，还得担当起守护陈廷宫殿和宫眷不受侵犯的责任。更不能允许我朝军将违我军令，擅闯后宫禁地，抢劫奸淫，败坏我隋朝的声誉。对不遵我军纪军规者，你有权先斩后奏，格杀勿论。此外……"杨广说到此踌躇了起来。薛治儿见状奇怪地问道："说呀，此外还有些什么吩咐？"杨广这才喃喃地道："此外，也就没什么重要的了，但你可以顺便关注一下那个十四公主，毕竟她帮助过我们。"薛治儿迟疑了一下，然后眼中闪动着狡黠的光波道："哦！我知道了。但我不知道该是怎么个关注法，是不是让我直接把她给你带过来？"杨广想了想道："我没有别的意思，就是别让人伤着了她。你现在可以立即动身，需要带多少人去，你可以自己决定。"薛治儿急忙摇着手道："不用其他人跟我去，我一人足够了！"杨广道："你一人前往，没人陪伴我不放心。虽说，我会让高颎去接应你，他会随你之后率队去临阵执法，我也将率领全军即刻跟进，出榜颁律，维护军纪，稳定民心。但乱势之中你一个女子却得防备万一。"薛治儿噘了噘嘴，却是顺从地道："既然如此，我就带上菊香、梅香，她俩跟我学艺多年，由她俩相伴出行，你总该放心了吧！"

当日夜深，薛治儿便带着菊香和梅香两个贴身侍女，身穿紫色紧身软装，仗着

一身功夫和对建康城的熟悉，渡江从西门翻墙入城，直奔皇城而去。薛治儿到过建康，而她的两个侍女本是建康京都人，故而三人在凌晨时分进入城中，没费多大工夫就来至了皇城外。而此际，隋军尚未破城，城内明的虽未大乱，但人心已乱。皇城的朱雀门前，持械守门的军将神态萎靡不振，好似没有睡醒一样；而慌慌张张的官吏却人进人出，似乎都在疲于奔命；驱马拉车、牵驴载人的皇府衙役也行踪匆匆，神色沮丧，完全没有了往昔的威武和庄严，却全是一派事不关己、临变应急的模样，更没有人来拦阻盘问薛治儿她们的来历和去向。

早有叛意的任蛮奴投降了韩擒虎，他与韩擒虎联手，里应外合攻占了新林，生擒活捉了司马消难。新林城失守，陈国都城建康西门外已无险可守，建康城内早已人心惶惶的官吏民众，有权的挟着钱财纷纷逃遁，有势的赶紧寻门路投靠或是携着家眷开溜，无路无财的只能待在家里听天由命。施文庆在得知了任蛮奴率众投敌，与隋军联手攻占了新林之后，便知大势已去，无可挽回，他立即带着家人钱财，在亲信侍卫的保护下出南门，一路向南奔逃而去，欲想另投靠山。留下镇守都城的将士群龙无首，又见主将叛的叛、逃的逃，更就没有了斗志和主见，有的就干脆放下兵器，脱下盔甲，为避杀戮而四下逃出军营，回家的回家，藏匿的藏匿，纷纷隐迹于百姓民众之中。但也有甚者，却趁机纠伙集势，盘踞在军营中浑水摸鱼，明为官兵，实为匪盗，他们夜出朝归，闯富户、窃府室、豪抢凶掠，大发战时横财，把个陈国京都搞得更是乱上加乱，民众苦不堪言。等到韩擒虎在任蛮奴的引领下，率兵来到了陈国京都建康西门城外时，建康城内已是家家闭户，店店关门，城墙上除了军心不稳还在守城的将士之外，府衙也已是人去室空，昔日繁华的都市变得凄凉荒芜而可怕。两阵对争、两军相战的战争，不管是现代的还是古代的，最受伤害的一定是手无寸铁、无辜的平民百姓，尤其是妇幼弱者。

一个白发苍苍的老者怀抱着一个未满周岁的婴儿，踉踉跄跄地来至皇城朱雀门，对着守城的官兵号啕大哭道："天子脚下，光天化日，盗匪入室，强抢奸杀，无人管辖，京都城内还有没有皇法？我们一家几十口人，现在只剩了我们祖孙两人，皇城之大，竟然没有了我们平民百姓的活路，如此朝廷还留着何用！此刻，我们也不想活了，何不就死在你们皇城天子跟前吧！"言罢，纵身向城墙撞去。正想进城的薛治儿听得心惊、看得真切，跃身向前拦住了绝望撞墙以死诉求的祖孙俩。薛治儿看着痛不欲生的一老一小，不由得想起了自己年幼时的遭遇，心头不免阵阵酸楚，她把老人搀扶在一旁，低声道："老大爷，你们如此去死，岂不是放过那些残害

第四十四章 擒虎乱宫治儿护法，后主哭妃元帅训将

你们的人了吗？太不值得了。"老人呜咽哭泣着道："我们无权无势，上无官府庇护，下无防身本领，面对乱世，我们唯有的只能是以死上诉了，根本谈不上值不值得。可现在是连死都死不了，你说，我们该怎么办？"薛治儿有感而同情地道："大爷，您得好好地活着。您也不用担心，不出数日，我定会还你一个公道。"老人收住了哭声，用疑惑的目光打量着这个口出大言的姑娘道："此话怎讲，是为了宽慰我吗？"薛治儿摇着头道："非也。晋王杨广的隋朝大军已兵临城下，陈叔宝已成瓮中之鳖，无道陈国灭国在即，您的家仇何愁没人替您去报？"老人若有所思地道："您所说的晋王杨广，莫非就是数年前曾来过建康，搅得朝廷上下风风雨雨的那个人吗？"薛治儿点着头道："正是。有他来这里当政，我保您家仇得报，晚年无愁。"老人将信将疑地道："他会对我们平民百姓的家仇也上心吗？"薛治儿肯定地道："您尽可放心，我相信，他肯定会的。他若当皇帝，绝不会像陈叔宝那样昏庸糊涂，更不会不理民间疾苦。"老人不由得警觉地盯视着面前这三个衣着与众不同的年轻人，突然问道："姑娘，莫非你们就是晋王杨广的人？"薛治儿反问着道："您何以见得我们就是晋王杨广的人？"老人道："我儿曾在驿馆当差，见过晋王和他身旁的人，也就知道了晋王的为人和他身边都有些什么样的人了。"薛治儿恍然大悟道："原来如此，那你就更得好好地活着，等待晋王来替你报仇吧！"老人却又啼哭着道："晚矣，一切都晚矣！我儿和儿媳等家人都已死于乱兵盗匪之手，报仇只能雪恨，却是不能让人死而复生的。"薛治儿不解地问道："那么依您老之见，我们该怎么样来帮你呢？"老人抹去泪水，抱起襁褓中的孙儿，有些疯癫地道："晚矣，晚矣！天命如此，晚矣，晚矣！"薛治儿看着渐渐远去的老人，心头惆怅，若有所思。

任蛮奴见陈军守城将士紧闭了西门，还在城墙上持械以待，而隋军韩擒虎也摆开了攻城的架势，眼见着一场攻防之战将要一触即发。任蛮奴急忙拍马上前，来至城门下，仰头冲着城墙上的守城将士大声喊道："朝廷腐败，忠奸不分，赏罚不明。如今隋军兵临城下，破城即在眼前，尔等何苦再要夫替昏君奸臣舍身守城，到时玉石俱毁，生灵涂炭，岂不枉然。今老夫尚降，诸军将士何不快开城门，另择明主！老夫当保尔等及其家人都相安无事。"陈军的守城将士本无心守战，现见当朝大将军任蛮奴亲身说事，立即纷纷丢弃手中军械兵器，更有人撤去门闩，打开城门，迎接隋军将士进入。

韩擒虎不费一兵一卒，轻易得城，事出意外，不免欣喜若狂，不及思量便挥兵入城。数万准备拼命搏杀的北域兵马如潮水般地涌入南方陈国的京都城中，犹如贫

民来到了富豪的家园而眼花缭乱，也犹如饿汉进入了饭庄而饥不择食，更犹如豺狼闯入了羊群而肆无忌惮。街道路途只见持枪握刀的隋国军将蜂拥而至，他们如入无人之境，逐街沿巷四窜追杀扫荡，遇到一些虽是为躲避兵灾而流窜逃命的陈国残兵败将和平民百姓，他们也会逢人便杀，见物必夺，更有穷凶极恶者肆意闯入衙门豪宅民室，掳掠行窃，甚至是见财必抢，逢女即奸，把个陈国京都搅得天昏地暗，一片狼藉。

　　昔时庄严辉煌的陈廷皇城已是一派大劫降临的情境，朱雀门前那些官兵官吏都已不见了踪影，殿内的文武百官也都如鸟兽四散，皇道府街人影全无，宫门敞开门外都可罗雀，各处全是一派窃后残留的模样。陈叔宝龟缩在后宫自己的临春阁内以泪洗面，身旁仅剩下了张丽华和孔妃两人。尚书令江总脱去了官服，换上青衣小帽，从阁外匆匆奔入，冲着陈叔宝忧急地道："陛下，这都是什么时候了，您怎么还是如此无动于衷呀！陛下难道不知道任蛮奴已叛，隋军已入西门，施文庆不知了去向吗？如今，军队将士降者不知其数，朝中文武百官全都遁迹无踪，宫内侍卫和宫人眷属也已四处藏踪没了人影。您却还是守候在这里，这岂不是在自毁吗！常言道，留得青山在，不怕没柴烧，趁现在隋军还未来到皇城，您就听臣一言，快脱去皇袍，随臣潜出宫去，另图东山再起。否则，隋军一来，玉石俱焚，一切图谋就都晚了。"陈叔宝整了整衣袍，泪如雨下地啼泣着道："朕待人向来不薄，重情义，顾礼节，处事也不凶狠。往昔众人尊朕如神，谁知今日却落得只有卿尚能眷顾着朕，令朕不胜追愧这世态的炎凉，人心的叵测。朕自知不德，至今也是我朝气数已经垂尽，再图东山复起，不仅为时已晚，又谈何容易。"江总若有所思地问道："那么，依陛下之见，当该如何以待？北兵早有所图，且又凶悍，难不成，陛下要续梁武帝见侯景的故事吗？"陈叔宝摇着头，叹着气道："非也！朕不想像萧衍那样被饿死后宫。但朕想，朕与杨坚、杨广素无积怨，他们要的只是朕的江山，而非是朕的性命，朕只要他们能同意让丽妃和孔妃常伴朕的左右，朕当自愿把江山奉献给他们，以图个后世的自在快活。人生在世，岂不都是如此的吗！"江总闻言，摇头叹息着道："北兵入都，兵锋已至，陛下不能寄现实于当然，届时若事与愿违，怎生了得？当前之策，还是以速速回避为妥。隋君，就算有好生之德，但乱兵之锋却是试不得的！"江总看了眼正在用眼神乞求的张、孔两妃，心生怜悯地又道："陛下，兵即匪，且多好色。您何苦要让伴随你的爱妃去以身事匪呢？若有闪失，既害了她们，你也必会悔之莫及的。"陈叔宝把绝望无助的张、孔两妃拥入怀中，边泣边道："事已至此，又能奈何

第四十四章 擒虎乱宫治儿护法，后主哭妃元帅训将

呢！爱卿，朕已自有主张，这里的一切只能听天由命了。你不用再来管我，自己就快走吧！"

贺若弼的军队被挡在钟山前，距建康东门仅咫尺之遥。贺若弼想着近在眼前的硕果不能如愿到手，万一被别人捷足先登，自己岂不是功亏一篑吗？故而贺若弼心急如焚地加强了攻势，他下了战马，亲率将士握盾蹬梯攀墙杀敌，终于拿下了钟山，然后挥军杀向东门。

韩擒虎纵马入城，只见自己的兵马穿街入巷，四处追逐没放下军械兵器、尚在逃窜的散兵和躲避乱军的城中百姓，整个阵营队伍已是将兵失控，混乱不堪，而不由得忧急了起来。他一面立即颁令随从分头传命，去拦阻各部属的肆意妄为，一面自己立即亲率亲兵直奔京都皇城，以防乱兵闯宫闹事，造成不堪设想的后果。

薛治儿进了皇城，已是探得陈叔宝不在朝堂，而是躲在后宫的三阁内，不理朝政，纵情淫欲，这就更增添着薛治儿对陈叔宝的愤恨。薛治儿带着菊香和梅香直扑陈廷后宫去寻找陈叔宝，她一心想着逮住陈叔宝之后，先要揍他一顿，发泄一下这些年来埋藏在心头的怨气和怒火；然后逼迫他签下降书，让所有还在各处守城抵抗的官军放下兵器，缴械投降，随后再让陈叔宝把十四公主给传来，交由她来保护看管，以便完成晋王杨广交给她的任务。可是，薛治儿和菊香、梅香搜遍了后宫所有房屋的角角落落，除了找出几十个嫔妃宫女和一些男不男、女不女的内侍之外，就是找不到陈叔宝，甚至连陈叔宝所宠的张贵人、孔淑妃等人的影子也未见到。薛治儿又问遍了所有的嫔妃宫女和内侍，他们虽众说不一，但都众口一词地说，皇帝没有离开过后宫，这让薛治儿异常纳闷，却就是无法解开此中的谜底。薛治儿又向人打探十四公主的踪影，却被告知十四公主因为厌恶陛下的荒诞不经和由着宠妃专权、后宫乱政，故而从不来后宫见陛下。薛治儿见自己难以完成晋王杨广交给自己的任务，正在忧急，宫外却传来了一阵阵人喊马嘶的声音，接着便有一群隋军官兵闯进了后宫，他们见物即抢，见男人（内侍）便砍，看到姿色出众的嫔妃宫女就抓，更有一个将官搂住一个貌美嫔妃，把她按在地上，竟然当众扯衣解带，欲行苟合之事……

薛治儿见这群贸然闯宫的军兵如此无法无天，不由得勃然大怒，她抽剑出鞘，对着那个欲行苟合之事的将官挥剑砍去，只见森寒的剑光一闪，将官的头颅已被齐刷刷地砍了下来，随即从脖颈里喷出了一股鲜红的血柱，足有一尺之高，吓得嫔妃宫女惊叫不敢正视，四周的军兵无不惊魂失魄、目瞪口呆，一动也不敢动，站立

在一边不知所措。薛治儿余怒未消地冲着军兵大声训斥道："你们是哪个畜生的部下？竟敢不遵法纪，私闯宫殿，光天化日之下胡作非为，你们都是死有余辜，绝不能幸免。"薛治儿的威严令许多军兵不寒而栗，纷纷跪下求饶，但也有几个胆大妄为的将士不愿服软，又欺她们仅是三个女流之辈，而拔刀冲上前向她们砍去。薛治儿神态自如，握剑在手纹丝不动，菊香和梅香不容对方靠近，立即挥剑相迎，不上两个回合，这几个不愿服输的将士都被砍下了头颅，吓得众军士匍匐在地，磕头求饶不止。

这时，韩擒虎带着他的亲兵侍卫和一拨人从后宫门外闯了进来，瞧见了室内血流遍地和属下众将士的狼狈相，且一时间也没认出三个持剑而立的女子是何方人氏，故而横眉竖眼地喝道："你们是什么人？竟敢伤害我的将士。"薛治儿已认出了来者是右先锋韩擒虎，便声色俱严地道："韩大将军来得正好，这些人不遵军令军纪，私闯宫殿禁地，又犯下抢劫玷污后宫之罪，按军规全得处死。你现在既然已承认他们是你的部下，我就把他们全部交给你处置。而你也得承担此中的责任。"韩擒虎此际才认出了眼前的人是谁，同时也明白了自己该担当的责任，不由得低声下气地拱手道："原来是薛侍卫在此执法。赦在下有眼不识泰山，多有冒犯得罪，恭请能谅解他们的无知之错，这次就免了吧。"薛治儿却毫不客气地道："他们这是无视晋王大元帅的军纪军令，在光天化日之下枉法乱纪，这也不是你在冒犯得罪我和要我谅解的事，你在此中该担什么责任，自有晋王大元帅给你做论断。而此刻你得让你的属下立即退出宫殿，更不得让人再私入宫殿半步。否则，你的前责后罪一并查处。"

正在这时，后宫门外又传来了一阵嘈杂喧哗声。不一会，十几个将士簇拥、拉扯、推搡着一男两女来至韩擒虎的跟前道："禀告大将军，我等正在宫内各院搜查，经过一口井旁，见井口有绳索，又听得井内有人呼救，便放下绳索救人。谁知井下之人沉重异常，我等三人都无法将其拽上井来，于是不得不唤来其他兄弟一齐使劲，拽至井口方才看清，原来一绳竟拽上了三人。我们问他们话，他们只是掩面哭泣，什么话都不肯回答。所以，我们只能把他们带来这里，交给大将军发落。"

韩擒虎正在愁着无法应对薛治儿的责问，见有此等奇事出现，岂不正好解脱！他立即上前仔细察看被拽上井来的这一男两女到底是些什么人。三人的穿着打扮不像一般的宫人，虽说各人的脚上沾满了污泥柴草，但其身上穿的是绫罗绸缎，而且衣衫华丽富贵；三人的肤色不仅洁白细腻，而且是嫩如羊脂玉；蓬头散发遮住了他

第四十四章 擒虎乱宫治儿护法，后主哭妃元帅训将

们的面孔，污痕垢迹让人难辨其真面目；男的肥胖而不臃肿，斯文中却带着傲气；一个女的风姿绰约，黑发齐腰，丰腴而不失俊美；另一个女的身材适中，羸瘦中显现着身段秀丽。韩擒虎左看右看不得要领，便伸手去撩长发女子遮在脸上的黑发，女子胆怯地连连后退。谁知那个男的突然开口道："不得无礼！朕便是陈国皇帝陈叔宝，我愿意去见你们的大元帅杨广，或是隋帝杨坚。"

韩擒虎闻言大喜，但他既不认识陈叔宝，也没见过陈叔宝的画像，故用疑惑的口气问道："你说是陈叔宝，就是陈叔宝了吗！你有何物能证明你就是陈后主啊？"在一旁观察良久的薛治儿上前道："没错，他就是陈帝陈叔宝。长发的这位就是张贵人，另一位便是孔嫔妃。我见过她们，不会有错。"韩擒虎止不住心头的喜悦，更听说眼前的这位长发美人就是以艳丽而扬名天下的张丽华，不由得淫性荡漾，而情不自禁地就要伸手去抚摸张丽华的面孔，吓得张丽华左躲右闪，花容失色，不知所措。薛治儿见不得这等无耻行径，她见韩擒虎抬腿进逼，便伸脚一绊，并伺机把韩擒虎推了一把，韩擒虎一个趔趄摔倒在地，不免恼羞成怒，翻身跳起便要动武，他的属下也都虎视眈眈地握刀围了上来。菊香和梅香立即扬剑护住了薛治儿，眼看着一场刀光剑影的厮杀又要呈现，慌得陈叔宝连连摆手道："你们自家人可不能为了我们而动手啊！否则朕的罪责就难当了。"

"此话说得在理。你们都给我住手！谁动手，便是死罪难逃。"高颎领头，贺若弼紧随其后，带着一拨随从将士跨进房来，边走边道。陈叔宝见来人大有压倒众人的势头，不由得惶恐异常，欲向众人作躬礼拜。高颎慌忙上前用双手托住道："万万使不得，你乃是一国之君，国虽亡，但天下之礼仪则不能变。只要你能真心归顺，入朝后将不失为一个归命侯。届时，同为一朝之臣也未可知呢！"

高颎渡江后，紧追慢赶地与拿下了钟山的贺若弼汇合，随后便随其攻入建康东门，方才知悉韩擒虎的军兵早已从西门进入了建康城内，在城内四处掠夺，兵患成祸，把建康城的民众搅得怨声载道、叫苦连天。高颎知道，这一定是韩擒虎放纵士兵违纪违规而造成的后果，他立即责令贺若弼派人带队去封闭各处城门，去张榜律令皇榜，遏止兵乱。他自己则与贺若弼轻骑简从直奔皇城，他担心韩擒虎的乱兵会祸及陈廷后宫，让晋王杨广的担忧变成了难以挽回的现实。果不其然，他若晚到一步，这场自家人的火拼将会难以避免。然而当高颎问清了前因后果之后，不由得在心里暗暗佩服晋王杨广的虑事周到，和身旁有着薛治儿这样的高手护佑而感到欣慰。但高颎也知道，此时此刻的当务之急是要拨乱反正，稳住军心，暂且还不便

去追责韩擒虎的对错。故而,他用息事宁人的语气道:"韩将军,这里的事你就别管了。你立即把你的人马聚集起来,全部撤离皇城。然后,与贺将军率领属下一起维护城内的治安秩序,对违纪乱民的将士一定要查处,绝对不能姑息。"

韩擒虎正在兴头上,他岂肯在此刻退出这里的好事,即不满地道:"这事不能如此处置,是我率先攻入的皇城,凭什么要我让给旁人?"贺若弼立即针锋相对地道:"你这是在乱宫,懂吗!你去看看你的部下,进城后把建康城搞成了什么样子?再如此下去,陛下怪罪下来,你逃得了此中的罪责吗?"贺若弼的后面几句话让韩擒虎感到了分量,平心而论,韩擒虎也知道这次仓促入城,他没有约束好自己的部下,由此所造成的混乱,他难辞其咎。但他不在乎杨广再三叮嘱的军纪军规,却有些怕杨坚会由此追查他的责任,让他前功尽弃。然而,他又不甘心到嘴的肥肉被人从他手上夺走,尤其是跟前这个名声在外的女人,他岂能不沾沾腥味,就让人从他眼前带走供旁人享用?于是,他便指着张丽华,以退为进地道:"我可以退出皇城,但得让我把这个女人带走。"薛治儿也火了,她用剑指着韩擒虎厉声道:"我奉晋王大元帅之命来这里保护后宫,谁也别想在我眼前从这里带走一物一人。否则就来尝尝我手中之剑是不是锋利?"

高颎对陈国朝政的关注不是一日了,尤其对张丽华和施文庆专权乱政深有反感,认为正是这两个人才让陈叔宝陷于如此境地。而此际又是这个女人,正在引发着一场争斗,一旦各不相让,刀刃相见,必会死伤无数,届时该由谁来承担其中的责任?高颎想到此,不经意地扫视了张丽华一眼,正遇上了张丽华向他投来祈求的目光。高颎在张丽华那泪盈盈的光波下看到的是一种无力的求助,一种希望的乞讨,一种柔弱的哀怜,他的心被触动了,也震撼了。高颎不仅感到了张丽华的魅力所在,也感到了这个女人潜在的危险:有言道女人是祸水,若让这个女人随韩擒虎而去,不仅是有违军规军纪,别说是自己不会答应,薛治儿也绝不会罢休,那么一场杀戮也就由此而生;若就算能说服韩擒虎把这个女人留下,那么留下之后呢?是让她陪伴在陈叔宝的身边,还是让她进宫去见陛下?然而,陛下见了她之后呢,会不会也像他一样,不由自主地产生心动和震撼。若果真如此,独孤皇后会允诺吗?陛下会不会也像陈叔宝一样被迷得沉迷于酒色,隋廷会否就此也像陈廷那样纲废政弛,一败涂地!由此,高颎不由得想起了前人所说过的一句话:"天下唯小人和女子难养也!"他觉得与其把这个女人留成祸害,还不如此刻就把她除掉,以免留下害人,哪怕自己为此而承担责任,他也得为了朝廷、为了陛下而当机立断去清除此中

第四十四章 擒虎乱宫治儿护法，后主哭妃元帅训将

的隐患。

高颎打定主意，便道："你们别争了，大元帅已奉陛下之命在来建康的途中。现在，皇城内的全部兵马立即撤至城外，皇城由执法队关闭守护，这里的一切也全部封存。陈后主留在这里，待大元帅来了之后再做定夺。其他的所有人都去德政殿，由专人看管待命，没有大元帅召见之令，任何人不得随意出入，违者立斩。"陈叔宝到了此际，也只能以泪洗面，听之任之。高颎唤来身边一个侍卫，对他耳语了几句，即把殿内除了陈叔宝之外的陈廷所有人全部押送出殿去。韩擒虎一来怕杨坚追责，二来忌讳高颎是陛下亲信、朝中首辅，他不得不有所收敛，故而他除了眼睁睁地看着张丽华被人押送出殿堂，也就只能在贺若弼的监督下，顺从地带着部属撤出了皇城，与贺若弼联手去整肃建康城内的秩序。

薛治儿对高颎如此处置眼前之事无话可说，但为她上心惦念的则是十四公主还未找到。故而，她待韩擒虎和贺若弼率队离去之后，立即辞别了高颎，带着菊香、梅香去寻找十四公主，期待能完成杨广的嘱咐。

数日后，杨广在薛治儿的陪护下率众来至建康城，见自己的兵马旗帜鲜明，营帐整齐地驻扎在城外，城门处有将士把守，进出人员秩序井然，城内要道口有手扎红巾的执法兵士值岗，主要街道上有将官带着执法队在巡逻，上街的百姓民众虽然不多，但有些店铺已经悄然开门迎客，在做生意了。杨广对此很感满意，从心底里赞赏着高颎的办事能力。

杨广被高颎率领着众将官迎入了皇城，于正殿上坐定。在听取了高颎对陈国建康城的现状和陈廷投诚官吏将士的处置意见之后，即道："一，我得重申，建康城不仅是陈国的京都，也是历代的名都，往后便是我大隋的领地了。这里的一切不仅建之不易，其中更有着深厚的历史典故。如今我们得到了，就该守护好它，绝不能让它毁在我们的手里，而被后人咒骂。所以，皇城宫殿内的房屋和一草一木，以及室内一切物件、资财、珍宝一律造册封存，任何人不得毁损，更不能窃取私藏，待我班帅回京后全部报请父皇母后处置。二，对所有投诚的官吏将士和后宫嫔妃、皇戚眷属一律好生对待，任何人不得欺凌，更不能胡作非为，尤其不能再有企图玷污她们的事情发生，否则我定斩不饶。他们将随我班师一齐回朝，交付父皇母后处置。三，我朝将士的功过，由高大人如实成文上报朝廷，待平陈战役全部完成之后，论功行赏，按过处罚。"

高颎待杨广吩咐完毕后即道："禀告大元帅，陈帝陈叔宝，现在羁押在偏殿，我

们不知该怎么处置，故而只能让他独自单处。"杨广闻言立即起身，有所感触地道："我跟陈叔宝有过一面之交。昔时，他曾以会友之谊设宴相待于我，他此际虽说已成了我朝的阶下囚，但我不能以亡国之君去待他。人生在世的得失起伏自有天定，功过优劣也由人去评说，但人情世故显现的却是人心，更在人为，我们不能以世态俗念去待人。高大人请你前面带路，我得去看看这位朋友。"

杨广走进偏殿，见陈叔宝蓬头垢面，精神萎靡，完全失去了昔时帝皇的倜傥神采，而不由得于心不忍地上前握着陈叔宝的手道："陈兄，我们一别数年，你怎么会如此啊？岂不让在下自感羞愧心酸不已！"陈叔宝也认出了来者是昔日相识的晋王杨广，似有所喜却又有所恨，便故作冷漠而愤然地道："何必如此假惺惺！一个亡国之君岂配与你称兄道弟？可惜的是，我悔当初没听臣下所言，才导致了今日之辱。"杨广却不以为然地道："陈兄是后悔当初没有杀了我吗？错了！陈兄难道至今还不明白，陈国到此境地，全在于天意，在于你自身的作为，在于人心所向，在于大势所趋，而不在于有没有我杨广的存在。陈兄也得明白了，我们不管是君还是臣或是友，却都是血肉之躯，都有聪睿糊涂之时，都有善恶之念。但不能在得意之时，光想到自己的喜好，而忘了自己的责任，当酿成后果时，则绝不能把自己的责任推卸给他人。我们得有敢作为、敢担当的襟怀，也得有不怨天、不怨地、不怨人的心胸，更得有面对现实、从容以对的气概，如此才能被人敬佩，而不被人笑话。陈兄，请别介意，我此刻所言，不仅是对你而言，也是在对我自己而言，绝无一点点想要指责和羞辱你的心意在内。盼望陈兄能够领会我杨广的一片诚意，过好往后的时日。我相信，我父皇也会善待于你的。"

杨广的一番话让陈叔宝领悟而感慨，由不得他不对这个小自己十多岁的晋王大元帅肃然起敬，也就不由地想起来那次相见时的情景，故而拱手道："晋王兄弟，在下惭愧呀！我们别后这数年，我是逐年在堕落，而你则是天天在成长，陈隋两国才有了如此相形见绌的结局，这正如你所说，怪不得旁人，只能怪自己。承蒙晋王兄弟还惦念着我们的一面之缘，以己之念度我之心，启我茅塞，让我有了面对现实的勇气和生存下去的活力。我在此已别无他求，若得苟全性命，但求晋王兄弟，能念着往昔的情谊，把我的张、孔两妃赐在我身旁，以慰余生。不知可否？"杨广闻言道："陈兄言重了。怎能说'可否'呢？只要能找得到两位皇嫂，这就是必须的。"杨广即转身问道："高大人，请你立即张榜告示，替陈兄搜寻张贵人和孔嫔妃，哦！还须加上陈兄的十四妹。她们一有音讯，立即告知我，让陈兄如愿。"

第四十四章 擒虎乱宫治儿护法，后主哭妃元帅训将

高颎难免尴尬而默然无语。陈叔宝急了，即大声道："杨广，你们不会是故意在做戏给我看吧！我是不知道十四妹去了哪里。但前天，我的张、孔爱妃是与我同时被从井底打捞出来后，羁押在这里的。你的那位韩将军居心不良，要把丽华带走，是这位高大人拦阻了他，然后，却是把我与她们生生地给分散开，关押起来。现在，怎么又说要张榜寻找？你们到底把她俩怎么着了！"杨广诧异地问道："高大人，这是怎么回事？你们刚才所说，是否对我还隐瞒了什么？在此，你务必给我说个明白，给陈兄一个交代。"至此，高颎不得不低声下气地把故意隐瞒张、孔两妃实情不报的起因简略地说了一遍。最后则加重了语气道："自古以来都有女人是祸水之说。前有妲己乱商，姜太公蒙面斩妖妃；后有褒姒烽火戏诸侯，周幽王自毁社稷招来杀身之祸。而陈廷之所以如此，与张丽华专权乱政无不有关。在下为我大隋朝政的长远之计，不得不下此杜根绝源之策，指使人斩了此祸端，以保得君王清心静欲，乃是在下的初心。但孔妃尚健在。"

陈叔宝闻言失声大哭。杨广既心有不忍，更有愧对陈叔宝之念，即怒目盯视着高颎，声严词厉地道："高大人，我不赞同你的初心之说，更不赞成把女人当作祸水的见解。天下本就是阴阳之和的天下，男女之合本是上苍为世人定下的生存繁衍的规律，男主女辅更是自古以来一种相辅相成的必然。哪个君王能离得开后宫的扶衬，又有哪个家庭能少得了女人的操持？我们不能把男人的过失推给女人去承担，这不仅不合理，也不公正。我们隋朝有今日，能说全是我父皇的功德吗？陈国落到今日之地，是他这个皇帝的事，能全归咎于女人的身上吗？我不是要替女人鸣不平，而是觉得自古以来我们男人对女人都存有偏见，你杀一个女人能挽回什么呢？"杨广的一番慷慨陈词震惊了所有人，陈叔宝止住了啼哭，高颎虽然默然无语，可内心却在想："没想到，这个晋王年纪轻轻却有着如此深厚且推陈出新的理念！太令人惊讶，太令人不可思议了。往后，若由他来执掌朝政，天下的女人可就有福了，而天下奇事也必会层出不穷！"

杨广收回话题，用宽慰的口气对陈叔宝道："陈兄，今日事已至此，在下只能替父皇和母后向你道歉。也怪我，没有把这里的一切安排周全，让陈兄也包括我，落下了难以挽回的伤痛。嫂夫人的后事，我一定亲自操办，以慰她在天之灵。此外，我立即让孔妃回到你身边。以后有机会，我定让父皇替你再纳妃续弦，如何？"于是，杨广立即让高颎把孔妃带到了陈叔宝的身边，又安排好陈叔宝和孔妃的住房，还派了两个侍女伺候他们。随后，杨广亲自上香祭奠，厚葬了张丽华。陈叔宝到了此际

又能说什么呢！（杨广的此番举措却引来了后人的非议，认为这是杨广对张丽华另有所图，从此给他戴上一顶好女色的帽子。）

　　杨广在把陈叔宝的心态安抚好之后，便认真地对陈叔宝道："陈兄，往事不堪回首，我们都得回到现实中来。如今，你朝气数已尽，陈国疆域除了少部分城镇未归顺于我朝之外，各地都已改朝换代，做了我隋国的臣民。陈兄也该明白了，你的一切已成了过去，该放弃的就得放弃。为了让你的臣民不再做无用的拼搏而去流血，你应该立即张榜告知天下，明言陈国已亡，朝廷已不复存在，你已归顺隋朝隋帝。同时，你得让各地还未归顺隋帝的城镇和臣民全部立即弃旧迎新，以顺应天下大势所趋。此外，你要用自己的感受告诉原陈国的臣民百姓，让他们信服隋帝会一视同仁地善待他们的。"杨广使用这恩威并施的柔术手段，先动之以情，后晓之以理，不仅让陈叔宝甘心就范，也让陈国各地尚在抵抗的臣民将士失去了信念，没有了继续与隋军抗衡作战的决心，而纷纷缴械投诚。此中有：豫章王陈叔英，始兴王陈叔重，尚书令江总，尚书仆射袁宪，大将军鲁广达、樊毅，水军都督周罗睺，湘州都督王勇，郢州刺史荀法尚等，杨广均以礼相待，敬如宾客。同时，杨广对被抓获的蔽主祸国、乱朝专权、殃民害民的奸臣贼子：施文庆、沈客卿、阳惠朗、徐哲、暨慧景和叛梁投敌、拒不投诚的萧巘等佞臣奸人，则顺应民意，当众斩杀，大快了人心，也在民众中树起了隋廷扬善惩恶的权威。此后，更有威震岭南、声摄一方的高凉郡太夫人冼氏，在杨广与陈叔宝亲书说动下，率岭南数郡和全族子孙全部归顺了隋朝，并遣长子冯魂率众出迎十里，接隋军入城，成就了陈国所有的州郡府共计三十州、一百郡、四百县都归入隋国的版图，迎来了隋朝一统大江南北的天下，完成了隋帝杨坚梦寐以求的宏图大略、雄心壮志，奠定了隋朝的辉煌。

　　杨广配合父皇杨坚，运筹帷幄，亲自指挥领兵灭陈的战役，结束了自东汉之后中原近四百年的动乱，在史册上留下了不能被忽视的重重一笔。而杨广灭陈之后在江南施行的种种举措：肃整军纪；斩杀祸国害民的奸臣；以礼相待陈国投诚的善官清吏和陈廷后宫妇幼；不私自占取陈廷财物珍宝；颁榜抚恤受战乱之苦的百姓；开仓放粮接济贫民；给陈国的民众留下了一个年轻有为、严于律己、廉洁奉公、观念鲜明的少年王帅的印象，也为此后江南的发展奠定了隋帝君主信誉上的基础。

　　杨广在料理好灭陈的后事，即将班师胜利回京时，接到了郑芥派专人送来传达陛下杨坚口谕旨意的书函。郑芥在来件中道："陛下经过深思熟虑之后，决定由我出面，把他的口谕转告于你。据说，建康石头城内有潜在龙迹，会对我朝的长治久安

第四十四章 擒虎乱宫治儿护法，后主哭妃元帅训将

构成威胁，为社稷的安危而防微杜渐起见，令你在把陈廷宫殿内的所有财物珍宝全部搬移走之后，毁平石头城宫阙，破其潜在龙迹，并改建康城为蒋州，委将派吏置兵监管。陛下之所以不颁圣旨，却令我出面传其口谕，我知其意乃是怕招人非议而心烦。望晋王殿下也能通悟陛下之心意，在班师回朝前夕，不拘一格地把此事办妥了，好让陛下心安。"

杨广手持郑芥写的函件反复看了多遍，更是亲自把陈廷皇城里里外外实地踏勘了一遍，又带着薛治儿骑马绕着石头城远观近看，沉思良久，最后决定不能完全遵照父皇的心意去办。于是，杨广一面把陈廷宫内所有可移动的财物珍宝扎包装箱，一面指派将军王韶留守建康，保护皇城宫殿建筑不受侵损。临行时，杨广把这些包装好的财物、字画图册连同陈叔宝及其兄妹子女，后宫的嫔妃宫人，皇亲国戚，以及陈廷的公卿大臣和俘获的叛臣等由军将护送上船，一并带回隋廷大兴京城，此中也有混杂在宫役间、已经改名换姓、乔装的十四殿下宁远公主。

第四十五章
叔宝讨赏没心没肺，杨坚偏心自有道理

隋帝杨坚没有食言，在皇后独孤伽罗和太子杨勇的陪同下，亲率文武百官出大兴城十里至骊山，慰劳凯旋班师的队伍。随后，由晋王杨广携秦王杨俊，用铁骑夹道，把陈叔宝及其子女、后宫嫔妃家眷、陈廷的王公将相、叛臣司马消难，以及佞臣都官尚书孔范、散骑常侍王瑳、王仪等等随众官吏，连同乘舆服御、天文图籍、地域名册等人证物件引入长安，献俘太庙，告慰祖先。诸事礼毕，杨广才率领出征得胜官将，在朝中文武百官的伴随下，骏马开道，彩旗飘扬，锣鼓齐鸣，入朝仁寿宫勤德殿递折拜见父皇母后，完成了平陈班师凯旋回朝的礼仪。

次日，隋帝杨坚在仁寿宫广阳门召见出征众将官和文武百官，宣诏天下，实施封赏大典。杨坚在宣诏中言曰：

> 往吴越之野，群黎涂炭，干戈方用，积习未宁。今率土大同，含生遂性，太平之法，方可流行。凡我臣僚，澡身浴德，开通耳目，宜从兹始。丧乱已来，缅将十载，君无君德，臣失臣道，父有不慈，子有不孝，兄弟情或薄，夫妻义或违，长幼失序，尊卑错乱。朕为帝皇，志存爱养，时有臻道，不敢宁息。内外职位，遐迩黎人，家家自修，人人克念，使不轨不法，荡然俱尽。兵可立威，不可不戢，刑可助化，不可专行。禁卫九重之内，镇守四方之外，戎旅军器，皆宜停罢。代路既夷，群方无事，武力之子，俱可学文，人间甲仗，悉皆除毁。有功之臣，降情文艺，家门子侄，各守一经，令海内翕然，高山仰止。朕临区宇，于兹九载，开直言之路，披不讳之心，形于颜色，劳于兴寝。自顷逞艺论功，昌言乃众，推行切谏，其事甚疏。公卿士庶，非所望也，各启至诚，匡兹不逮。见善必进，有才必举，无或嘿默，退有后言。今颁告天下，咸悉此意。

随后，隋帝杨坚当众封赏：晋升晋王杨广为太尉，授并州总管，食邑三千，赐

第四十五章　叔宝讨赏没心没肺，杨坚偏心自有道理

辂车、乘马、衮冕、圭璧准其享用，同时降旨授近侍薛治儿为三品带刀武卫，特恩准杨广与其完婚。授秦王杨俊为扬州总管，坐镇广陵都统江南四十四州军事，食邑三千，帛万匹。进广平王杨雄为司空安德王，坐镇安德郡为属地，赐帛万匹。授高颎为上柱国内史令纳言，晋爵为齐国公，邑食千乘县一千五百户，赐帛万匹。授杨素为纳言，晋爵为郢国公（后经杨素提请"不愿与逆臣王谊同为郢名"而改为越国公），领荆州总管，赐食邑长寿县三千户，帛万匹，特赏陈叔宝之妹为其妾和女妓十四人。授虞庆则为尚书右仆射，右卫大将军，赐帛万匹。授西路军水路先锋杨玄感为上柱国，晋爵为清河郡公，赐帛六千匹。授西路军陆路先锋刘仁恩为柱国，拜大将军，领浔阳总管，赐帛六千匹。授中路军左先锋王世积为柱国，拜大将军，领安州总管，赐帛六千匹。授中路军右先锋杨豹为上柱国，晋爵为郡国公，拜左武卫大将军，领江州总管，赐邑食千户，帛六千匹。授东路军左先锋贺若弼为上柱国，晋爵为宋国公，拜右领军大将军，赐邑食襄阳户三千，加宝剑、宝带、金瓮、金盘各一，雉尾扇、曲盖、杂彩二千段，女乐两部，帛万匹，特赏陈叔宝之妹为其妾。东路军右先锋韩擒虎因纵兵乱城，纵容属下玷污陈廷后宫，功过相抵，不予追究也不予赏罚。授苏威为国子祭酒，改任其为左仆射纳言吏部尚书令，赐帛万匹。升吏部侍郎卢凯为礼部尚书、礼部侍郎宇文敫为刑部尚书、崇正少卿杨异为工部尚书，各人赏赐另具。其余各参战将士官吏和在朝众臣的赏赐，均由吏部造册颁发奖励。

继而，隋帝杨坚召见了陈叔宝及其随行的王公文官将士，令纳言宣诏陈廷亡国之由，责其君昏臣佞，乃招致天人共愤而灭国。纳言声厉色严的词调，令陈叔宝及其陈廷的官吏们匍匐在地，惶恐胆战，汗流浃背，不敢出声。接着，便由御史内史近侍欧阳若兰宣读隋帝杨坚对他们的赦免书。陈叔宝和陈廷众官吏一忧一喜，如坠云雾之中，许久才醒悟过来而跪拜谢恩。这时隋帝杨坚才启口道："尔等国亡已成史实，再悔也已成过去。吾之大隋乃是天下人之国，朕也是天下人之君主，而尔等多数人虽也是人中之杰，却因君昏朝廷腐败而珠落尘埃，难以发光。如今，朕只需尔等能改去旧时之劣习，顺从人隋之律法，朕必将给尔等一个好的前程和归宿，更不会亏待有作为之臣民。为此，朕已决定，在本次征讨战中，对有功于我大隋的陈廷之官将予以赐封褒赏。"

御史令内史近侍郑芥手捧圣折应声而出，照本宣读道："陈叔宝听旨：吾大隋皇帝，念陈主叔宝，尚能真心归顺，配合招抚各地臣民归隋，特准携孔妃留寓京都，给正三品官遇，赐专人侍候。柳皇后准其如愿入庵为尼。"陈叔宝闻言出列跪谢后道：

"为何只有官遇，没有官职官位？但，可有酒喝！"杨坚笑着道："给尔三品待遇是为了让尔生活无忧，吃穿不愁，活得自在。酒，当然是有的，但劝尔还是少喝为宜。至于官职官位，尔要来有何用呢？尔皇帝都不当了，难道还在乎一个三品官职！"杨坚的话说得殿下众官将哄堂大笑，可陈叔宝却摇了摇头，不以为然地走下殿去，立即便有人说陈叔宝是个没心没肺的人。(后话：灭国后，陈叔宝在长安乃终日酗酒，混沌半世，继杨坚逝世后不久，醉死于住宅，葬于洛阳。至杨广上位，为慰其生前所愿，授以大将军之职，并封其为长城县公。)

郑芥继续宣读道："岭南高凉郡冯魂听旨，太夫人冼氏深明大义，亲率族人弟子和臣民择道而进，吾大隋皇帝特颁旨，册封冼氏为正二品宋府郡夫人，世代镇守岭南，听宣不入朝，听招不听调。五品以下官吏可自选先任命后上报。同时授冯魂为正四品广州府刺史，兼管海南诸军政之事。"冯魂红光满面地谢恩下殿入列。

郑芥继续宣读道："原陈廷驻隋特使许善心，虽遭奸臣排挤，却乃忠心不阿，坚贞可嘉，特授正三品通直散骑常侍之职位，另赐锦衣一袭。原陈廷仆射袁宪有临危护主的忠诚，实为可嘉，特授从三品开府仪同三司之职位，赏赐另具。原陈廷掌印袁天友能屡谏朝中弊端，坚诚可嘉，特授正四品主爵侍郎之职位，赏赐另具。原陈廷吏部尚书姚察勤勉职守，授从四品秘书丞之职，赏赐另具。"隋帝杨坚见授赐四人无人出列谢恩，便道："朕理解尔等心情，但自古便有良臣择主而为之例，陈国之亡乃是上苍之意，民众之心，非尔等之罪责。吾朝上合天意，下得民心，尔等却还要逆此而行，岂非是愚忠吗？朕希望尔等人能明事理，至于孰去孰从绝不勉强。"杨坚这段晓理明责、软中见硬的话，让众人感到了压力。四人似乎心有灵犀，一起鱼贯而出，跪地谢恩。

郑芥接着宣读道："原陈廷内史令江总，虽无大错却有文才，吾大隋惜才用人，授其正三品上开府仪同三司之禄位。原陈廷大将军萧摩诃、鲁广达（自愧无力救国，郁积成疾，不治而亡。）、樊毅授骠骑将军职，仪同三司之禄位。原陈廷水军都督周罗睺（上书隋帝，陈述己过，不愿受赐，甘心当个顺民以了余生。）、王勇、史苟法授车骑将军职，仪同三司之禄位。原陈廷大将军任蛮奴，虽有献城之功，却纵容属下军将监守自盗，误国害民，实属小人之举。今功过相抵，不予追究，也不予奖励，享仪同三司之禄位。"

郑芥待众人谢恩后又宣告道："陈氏所有族人听宣：吾大隋皇帝，念尔等昔时过惯了养尊处优、锦衣玉食的日子，已忘却了人间百姓劳作的辛苦。为了让尔等能自

第四十五章 叔宝讨赏没心没肺，杨坚偏心自有道理

食其力,过普通臣民的日子,特在边州之地划分田业与房产给你们,作为往后日常生计之依靠。"这一宣告引起了原陈氏族人的一阵骚乱,更有族人冲着陈叔宝怒目而视,破口大骂,可是陈叔宝却闭目养神,不视不闻。(此后不久,在杨广的提请下,隋帝下旨降恩,赐原陈廷始兴王陈叔重和豫章王陈叔英及陈叔宝的兄弟子女们从三品禄位,给了他们终身富贵。)郑芥阻止了众人的喧闹,然后继续宣告道:"陈廷后宫所有嫔妃宫人,以及无家可归、无主无依靠的妇幼老弱均归入掖庭,依据个人所长分配调教使唤,以确保她们各得所用。"(杨广让薛治儿寻找的十四公主,已更名为陈宣,改装隐迹于妇人仆役之中,随着妇幼老弱也被没入了掖庭。)

最后,郑芥宣告道:"乱朝佞臣孔范、王嵯、王仪、沈观,以尔等邪佞其主致使亡国的恶行,理该与施文庆、张丽华、沈客卿等人同罪判处斩首之刑。然,吾大隋皇帝已在告天下诏书中表明了好生之德,特赦尔等死罪,发配边庭服役思过。叛臣司马消难,本该碎尸万段。但念尔已垂暮年,特免尔死罪,押入狱中过完残年。"(此后,不过两旬,杨坚看到司马消难在狱中的惨状,于心不忍,便赦其出狱发配为乐户。后又加恩赦为庶民,未久因病而亡。)至晚,隋帝杨坚和皇后独孤聚文武百官又在太和殿设盛宴为凯旋的将士官吏接风洗尘,太和殿里外张灯结彩,延绵数里的钱币锦帛财物摆放于殿外任凭众人自己拿取,殿堂内上首是陛下皇后的主位,郑芥和欧阳若兰在其后伺候。殿堂左右两侧,各分列着四行酒席,皇子皇孙皇亲国戚,由太子杨勇领头分坐在左侧前行;其次,便是按文左武右、爵位官职大小依序而坐,留出正中的空间供众臣朝拜和奏曲演舞。如此丰盛的赏赐和欢庆的宴会,这在隋帝杨坚手上是绝无仅有的,故而众臣不仅感到惊讶不已,而且兴奋异常。宴会没有多大的客套和礼仪,在有声有色的歌舞伴随下,席间有的便是君臣一堂的融洽和欢聚,有的便是丰盛的菜肴和佳酿,更有的是受赏晋爵加官后的得意和欣喜,但也有一些失意而心存不平的怨臣屈吏,却因无处申诉而趁机借酒浇愁,形成了两种截然不同的神态。

宴饮过半,酒酣之余,怀着一肚子牢骚的韩擒虎借着酒兴,手举酒杯,步履踉跄地走至大殿中央,冲着杨坚大声吼道:"陛下,臣对今日之封赏心存不满,不吐不快。不知陛下能否允臣直言?"满殿的文武大臣,被韩擒虎的大胆之举震惊了,杨坚对韩擒虎的吼叫虽感震惊,但仔细一想,却已知其意,便毫不在意地道:"有什么不快尽管吐,有什么直言也尽管说,朕在这里听着。"韩擒虎一口干完了杯中的酒,大声道:"吾奉大元帅军旨,令臣与贺军同时合势进取伪都建康。然,贺若弼却不遵

军令先期进兵,而遭贼兵围歼,致将士伤毙甚多,几乎全军覆没,导致我军处于不利之势。而臣招降陈将,仅率轻骑五百,直捣金陵皇城,倾巢穴占府库,亲执陈帝及后宫于麾下。此际,他贺若弼方才进得皇城。此中的过和功能与臣相比吗?然而,陛下对臣与他的赏赐却如此大相径庭。为此,臣不服!"

一直在沾沾自喜的贺若弼闻言,见韩擒虎当众揭他的伤疤,要与他论功过争赏赐,由不得也气上心来,便离席上前争执道:"臣在蒋山死战,破陈锐卒,擒陈骁将,又亲自执盾攀梯率众登城墙勇震敌营,逐灭陈军之劲旅,方平了陈国抵抗之底气。韩擒虎未经激战,仅凭巧取豪夺,怎能与臣论功?再说,陛下不予你赏赐,恼的乃是你纵军乱城,玷污宫殿,陛下不降你罪,已是对你宽容了,还敢当众诉什么不平!"

韩擒虎仍然愤愤不平地道:"破城之际,万众争先,哪有不乱之理?说吾玷污宫殿实属冤枉。此事可由晋王殿下的薛近侍为我作证。"贺若弼立即反唇相讥道:"你明知今日盛宴,皇室家眷一概不参与,却要提出让薛近侍为你作证,此为何意?却不令人可笑之极。"

杨坚见两人争执不休,还要扯上别人,不由得生气地故意道:"韩擒虎,你认为朕给你的赏赐用功过相抵是不公平吗!那好,朕趁着今天高兴,准你开口讨赏。说吧,想要朕赐给你什么?"韩擒虎没想到陛下会如此爽快让他自己开口提赏赐,不由得又踌躇了起来。他怕自己要求过高,会让陛下尴尬不快;要求过低,自己又不心甘,故而韩擒虎迟疑着没有开口。杨坚见韩擒虎迟迟不开口提要求,便带着气恼转脸对高颎道:"本次伐陈的功过都是由尔录记提交朕的。尔就当着众人的面论说一下,朕这次赏赐有何不公的地方?尤其是他俩。"

高颎没想到陛下会把他推上风口浪尖,让他出来评说两人的功过,高颎不免感到有些为难。因为在高颎的心里,对陛下这次以功论赏、以过受罚并非没有想法,其中尤感陛下对晋王的赏赐有些过于刻薄。这次平陈之战,不管是从整体的谋划设计,还是局部的策略制定,到具体的指挥运作,晋王功之大无人可以比拟。但是不知陛下为了何故,给晋王的赏赐仅是一个空头的太尉职位和表面的虚荣;而且还让他重返并州为官,让人有种像是在解其军权、降其威望之感。相反,对秦王杨俊的赏赐,不仅是把江南的军政大权都交付给了秦王,而且实质上是让秦王成了江南之王,由此与晋王相比不能不令人咂舌。但更主要的是,秦王与晋王两个人的秉性和纵览全局的能力绝对不在同一个水平上,若以高低相比拟,晋王犹如是高山上的一株松，而秦王只能是小丘上的一棵草了。然而，陛下却要把整个陈国，这个刚归入隋国版图，还未捂熟的新地域划给秦王去管理，不仅是太欠思量，甚至不能不让人对未来堪忧。所以，此刻要说不公平的，最应该的是晋王。至于贺若弼与韩擒虎之间的不公平，这与晋王与秦王之间的差异相比又算得了什么？但是陛下现在既然要让他说，他身为纳言又岂能不说，故而高颎起身走至大殿中央，只能指东说西，含糊其词地道："臣乃文吏，只知用文字按实录记各处上报的史实，怎敢论大将功过？贺将军献平陈十策早就有录在案，蒋山苦战先败后胜也是事实。韩将军抢占陈国京都，首获陈帝和后宫宠妃也是无可非议之事。至于如何对他们进行赏赐，却全在于陛下，而不在于臣下的评说。但是，如果陛下一定要让臣来论说此次赏赐中的不平之处，臣当斗胆地进上一言，供陛下审评。"

杨坚没想到高颎回应正题含糊，却要扯出另外话题，心中虽不悦却又无可奈何，便只能随口而道："说吧！尔是纳言，尽可直言不讳。"高颎振作精神道："本平陈之役，其功当首推陛下的高屋建瓴和英明决策，没有陛下的宏图大略，便不可能有今日的凯旋完胜。"杨坚闻言悦在心头，口上却道："朕之功不必提及，更不作为功。尔还是言归正题吧！"高颎接着道："满朝文武都有目共睹，本役之功其次当推主帅晋王殿下。晋王前有当廷奏献平陈之策，继而亲下江南克难涉险刺探陈国军政国情，为伐陈之战奠定了制胜的基石。伐陈之始更是运筹帷幄，制定克敌占地的谋略战术，为整个战役的有序推进和完胜铺下了一条吾朝的皇道。然而，晋王殿下的行事作为还表现在其未雨绸缪以法治军，三申军纪防范枉法乱为，而其却自始至终奉行以身作则，克己奉公，勤政护国的准则，面对财色不贪不恋分文不动令人钦佩有加。陛下，晋王如此的表率榜样理应受到特殊的嘉奖，却不该，因为晋王是陛下的爱子，而受到近似苛刻的不公平对待。"

杨坚对高颎的这番论说在心里还是认同的，但他之所以如此不公平地对待杨广，则有着他另一层意识在内。此伐陈之役，不说杨广之功会合功高盖主，但从众臣对杨广在伐陈前后的所作所为的赞许上看，已远远超出了当朝太子杨勇的声威，杨坚对此不能不有所忌讳。他怕杨广会由此而结党成势摄持朝政；他也怕由此会影响到太子在朝中众臣心目中的形象，给太子未来的执政带来影响；他还怕这对原本就心存芥蒂不和睦的兄弟俩会由此矛盾更深。故而，杨坚不能让杨广由此而做大，更不能让他在朝中拥权做强，于是便有意识地贬低着杨广在这场战役中的功勋，压制了对杨广的肯定和赏赐，收回了杨广手中的军权，并把他拨回了原来的领地，杨坚的这番做作也真可谓是用心良苦。然而，杨坚面对着高颎的这番仗义所言却不能在嘴上认同，于是便不以为然地道："晋王虽说伐陈有功，但也不是像尔等说的这般没有过错。朕还没追究他，为何不按朕的口谕去行事呢？"高颎被杨坚的话惊得愕然了，情不自禁地问道："陛下，此话怎讲？陛下是何时下的口谕，臣身为内史令却为何一概不知？"杨坚本不想把要破龙迹而毁建康皇城之事当众披露出来，因为这毕竟是一桩上不得公众议论的隐秘事件。但是，杨坚却没想到一不留神自己反而把此事给泄露了，让自己陷入了难以启口的维谷之地。为此，杨坚只能含糊其实地道："算了，事已至此，也就什么都别说了。"

太子杨勇虽是一直沉默不语着，但他早已是耿言在喉了。他既为父皇不让他参与伐陈之战而愤愤不平，也为如此盛大的庆功宴上自己一无所获而心烦，更为众人盛赞晋王杨广的功德而妒忌郁闷，此刻闻听父皇指责杨广不遵口谕，便觉得自己正可趁机发泄一下心头的烦闷。于是，杨勇从席位上一跃而起，挺身而出上前大声道："父皇，此事不能如此作罢。晋王胆敢不按父皇的口谕行事，乃是抗旨不遵之大事，岂能不予追究。"杨坚正在为自己的失言而在搪塞遮盖着，却没想到杨勇横里窜出要予以追责，这真让杨坚恨在心里道："这小子，你来插什么嘴呀？简直是个蠢货，完全不知好歹。"但是杨坚却不能在口中直言。故而，他只能愤慨地道："你懂什么呀？下去，这里没你的事。今日乃是庆功盛宴，不追究谁的对错。"谁知，杨勇却认为这是父皇在有意袒护杨广，故而仍然不肯罢休地道："父皇，此等抗旨大事，岂能不予追责。由此下去，父皇往后怎能治理天下，又岂能让儿臣们诚服？"杨坚被杨勇的话激怒了，他不由得愤而训斥道："岂有此理！这里轮得到你来评朕的过错吗？狂妄至极，简直是不知天高地厚了！"高颎见自己的话题让陛下和太子发生了争执，不免有所惶恐。他不得不把目光投向了沉默不语的独孤皇后，希望她能出面说上几句话，去平息他们父子俩的争执。

独孤皇后虽说主动退出了参与朝堂上的议事，但她对朝政并非是一无所知，尤其是朝中如此之大的伐陈大事，她岂能漠不关心。晋王杨广在这场伐陈之战中的出色谋划、战绩辉煌，不仅令她满意，而且更为自己有这样出众的儿子感到自傲。杨广班师凯旋，她坚持要与杨坚一齐出城相迎慰劳，她从中要体现的不仅是母仪天下的责任，更是在显现着一个母亲对儿子远征回家的挂念和喜悦。当她看到儿子杨广英姿飒爽地从马背上下来，跪伏在她跟前时，她含泪上前扶起了儿子，又情不自禁地用手抚摸着儿子的脸，喃喃自语道："瘦了，黑了，长高了！"当她目睹着儿子率

第四十五章 叔宝讨赏没心没肺，杨坚偏心自有道理

众人太庙献俘祭祖时，她眼中看到的似乎是杨广戴着皇冠在参拜祖先的身影。虽说直至目前，杨坚后宫唯有她一个女人，儿女也全是她亲身所生，然而在这些儿女中，最受她心仪的唯有这个二子杨广。她觉得这个儿子样样都像她，聪慧过人、睿智超众，心境坦荡、善解人意，做事处世胸有成竹、有条不紊，待人接物有理有节，这在其他儿女身上是没有一个人能及得上他的，这也是造就独孤皇后对这个儿子有着更多宠爱的缘由。随着时间的推移，随着一桩桩事情的发生，更是随着太子杨勇越来越飞扬跋扈，以及养女元逸秋的死和杨勇对杨广的排斥欺凌，再加上隋帝杨坚对太子杨勇的宽容和对晋王杨广的严厉苛求，让她对杨勇的失望升至为怨恨在心，更对杨坚的偏心有了越来越多的不满。尤其是这次伐陈之役的完胜，终结了数百年天下之动荡，建树了一统大江南北的丰功伟绩，在世上留下了浓墨重彩的历史，谁人不在赞扬着隋帝杨坚和晋王杨广的功德！但是，杨坚在朝堂上封赏功臣时对杨广的明显不公平，不能不令独孤皇后耿耿于怀，她不明白为何杨广能逆来顺受不去据理力争？为此，独孤伽罗把杨广招进后宫当面盘问，虽说是弄明白了一些事，但对杨坚的偏执仍然怀有不满。此刻，她见高颎也在为杨广鸣不平，而杨勇却是一副欲置杨广于死地的神态，这才把独孤皇后心中的那股不平之气又激励了起来。独孤伽罗目光炯炯地盯视着杨勇，含沙射影地厉声道："你还有完没完？连朝中大臣都觉得这次赏赐对晋王有失公允，你还想让你父皇怎样处置才能合你的心意？若你一定要坚持追责晋王不执行陛下口谕的错，那我就得告诉你，要追责，就该追查这个下口谕人的错，这才是事态发生的根源。像你如此不明事理、心胸狭窄的人，能让人相信也能治理得了天下？"

杨坚见皇后开口说出的话，不单是在训斥着太子，更是把矛头对准了他这个下口谕的人，心中不免有些惶恐。故而只能赔着小心低声道："这小子不识好歹，也太狂妄了。你要训斥他，何必把我带上呢！"独孤伽罗瞪了杨坚一眼，道："你下的那个口谕没有错吗？我认为，晋王不执行你的口谕却是对了。他这是在阻止你学秦朝的那个始皇帝，让你别被后人诟病。知道吗！哼，你选的这个太子，凭他这副德行，我真担忧，让他来接你的皇位，这个朝廷还不知要被他搞成什么样子呢！"高颎没想到，皇后会如此当众指责陛下，众大臣更是不知道此中的原委出于何处，而只能面面相觑，目瞪口呆地注视着事态的发展。

当事人杨广心中虽有委屈，却也不便去诉说。如今见母后替他指责父皇对他的不公，虽感舒坦，却知道也得给父皇留下面子。于是便起身上前，对着父皇和母后

拱手道："父皇母后在上，儿臣对父皇的赏赐只有感恩的分，绝对没有异议。父皇让儿臣回并州，自有父皇的道理，儿臣一定遵命而为便是。但儿臣已答应治儿，与她在京城完婚后，我们全家再一齐回并州赴任。不知父皇母后可允诺？"杨广的回话正合杨坚的心意。杨坚心中明白，杨勇对杨广的妒忌之心由来已久，此中既有着杨勇身为太子的优越感，又有着杨勇在智谋和综合能力上一直输给杨广的自卑感，还有着杨勇对母亲自小便袒护杨广的嫉妒感。而杨勇和杨广两兄弟之间的优劣差异随着岁月增添越来越明显，也就造成了两人之间的积怨越积越深，好在杨广懂得了退让，否则这两兄弟势必会形同水火互不相容。如今朝廷上下，甚至是整个天下，都在盛赞着晋王杨广一统天下的建树功德，也就造成了杨勇更大的失落感，促使着杨勇不平心态的激增，更是激化着杨勇对杨广的强烈排斥感。由此，杨坚不能不担心，若让这两兄弟同处一堂同朝执政，万一哪一天杨广不肯退让了，杨坚真不知这对冤家兄弟会闹到什么地步？这便是杨坚这次明知杨广功大，却没有重赏于他的根本原因之一，也是杨坚不听从皇后的劝说，坚持让杨广速回并州的又一个重要原因。此刻，杨坚见杨广如此通情达理，立即赞许地点头道："广儿能如此深明大义，朕深感欣慰。尔前两次的婚事，朕都没有参与，这次尔与治儿的婚事，朕一定亲自督办，一定给你办得风风光光的。毕竟治儿助你伐陈成功，她也是有功之臣么。"

独孤皇后的气并没有消除。她的本意是要把杨广这个爱子留在身边，让他在她的近旁做官执政，别再去那个远离京都的地方无人照应、受苦受累（独孤的这一念想，正是可怜天下父母心的写照）。所以，当她听到杨广主动提出甘愿去并州，而杨坚又一口允诺，不由得心头之气直冲脑门，便拍桌而起厉声道："我不允诺！你们眼中还有没有我这个皇后？你们还懂不懂儿行千里母担忧的心情？"谁都没见过，独孤皇后会当众发如此之大火。不仅是杨坚震惊，让满朝文武百官惊呆，杨勇和杨广更是惊吓得手足无措，甚至连独孤伽罗自己也觉得此举不免有些过火失态。于是，她趁着众人还没缓过神来，即放缓了口气道："我虽是一国之母的皇后，却更是一个生儿育女的母亲。广儿和治儿，刚刚历经生死回到了我这个母亲的身边。我暂且不说，对他们的赏赐是否公平，可坐享其成的却是你们：一个是陛下、一个是太子。而今一个陛下却又变着手段要逼着他们马上离家去并州赴任，一个太子却无事生非地要追究他的什么责任？你们这是在欺负他能顾全大局不与你们争辩，但你们能体谅我这个做母亲的心情吗？这些话，我本不该在这里说的，却是因为你们如此肆无忌惮地排挤逼迫广儿，让我实在是看不下去了，我才不顾你们的脸面，而如此恼火，

第四十五章　叔宝讨赏没心没肺，杨坚偏心自有道理

如此说的。现在，我火发过了，气也出了。广儿，你现在跟母后回家去，你与治儿的婚事由母后替你们操办。这里的事，由着他们去看着办吧！"杨广没想到母后会如此地袒护他，心头感动，却见父皇脸露尴尬，不免有所感触。即道："父皇母后，请你们放心，儿臣知道，什么该做，什么不该做。所以，你们不必再为儿臣之事去操心了。但是，儿臣对江南之事尚有一些想法，在这里借此说上几句，供父皇母后，还有三弟作谋划。"杨坚被独孤皇后如此一闹，正在尴尬着无法下台，此刻见杨广如此之说，急忙道："广儿，有什么话，尽可直说，朕愿闻其详。"独孤伽罗故意把头扭向一边不做表态。

杨广扫视着愤愤不平却又无可奈何的杨勇道："如今，陈国虽然已亡，江南已归入了我朝疆域，但江南数百年传承下来的门阀士族儒家习俗，却是根深蒂固的，他们审时度势做人的行为准则也不可能立即随之而改变。江南臣民中的儒家意识表现在：柔中见刚的固执，自以为是的排斥，自喻高雅的风气，与我北方民族的彪悍耿直大相径庭。为此，要想治理好江南，我们必得入乡随俗，借利诱导，聚势而图之，切莫以权势去压制，以谋而取之。否则，必会适得其反。"杨广的这段话，在当时并没有引起隋帝杨坚、扬州总管秦王杨俊和朝中大臣们的重视。此后，秦王杨俊纵欲劳民在先，苏威以北俗作五教词、令江南臣民传颂习做在后，致使江南民众怨声传谣四起，引发了各州郡的大乱。越州乱首高智慧、苏州乱首沈玄桧趁机揭竿而起，自喻为天子，他们率众东攻西略，造成大半个陈国故地震动，江南一片混乱。至此，杨坚才想起了杨广的这段话，而调杨广接任扬州总管，予以亡羊补牢。

此后，杨坚为了安抚韩擒虎的不满情绪，晋封他为上柱国。

第四十六章
杨广登科新婚宴尔，江湖遣凶酒舍遇刺

并州（太原也称晋阳）是个古老之城，始创于公元前四千五百年的尧舜年间，初名为唐城，也称之初都。公元前四百九十七年，晋国的赵鞅（赵简子）在此汾河谷地建晋阳宫，取城名为晋阳，其子赵襄子在此建立了赵国。公元前二百九十八年，前秦皇帝苻坚的儿子苻丕在晋阳称帝，改此晋阳为太原。公元前一百零六年，汉武帝刘彻又改太原为并州。公元三百零七年，西汉并州刺史扩建并州城内的晋阳宫，形成了城高十三米、方圆十四千米的绕宫城围墙，为此后的太原城奠定了当时并州西区的皇城规模。公元五百三十二年，北魏权臣高欢改北魏为东魏，在并州建丞相府控制朝政，历史上称之为霸府。公元五百五十年，高欢之子高洋废东魏皇帝自立北齐，因并州是北齐皇室的发迹之地，高洋在西区之南大造宫殿，形成了并州的中区，晋祠是其中最著名的建筑之一，这里便成了东魏的别都和政治经济中心。公元五百六十七年，北齐皇帝高纬在并州的晋阳宫内建造大明宫，又改并州为大明城。公元五百八十年，杨坚取代北周建立隋朝后，即改大明城为并州，于公元五百八十三年，在并州设立河北道行台尚书省，委杨广出任并州尚书令。如今，公元五百九十年春，杨广为了顺应父皇杨坚的安排，也为了躲避朝中的是非，更为了养精蓄锐去实现自己的图谋，而重返并州继续出任河北道行台省尚书令。这在朝中多数大臣的眼里，杨广受此于不公；在少数人的心里认为杨广这是在忍辱负重；但在杨广的潜意识里觉得，这是父皇杨坚对他的一种磨炼，也未必不是一件好事。再者，杨广已读懂了并州古往今来的地气运势，促使他对这座古城有着一种欲借此地气而有所作为的寄托。他要像父皇母后隐迹随州一样，借并州城的潜在之势去图谋他未来的前程，去实现他内心深处的抱负。周易风水学中有言道：天生自然，自然生道，道生万物，万物归天，这是一种循环，却道出了万宗不离其变的乃是天，世上万物兴兴衰衰都有时，唯有天才是永恒的。而天为乾阳，地为坤阴，乾坤阴阳相合则四气之行方盛。并州地处黄河中原腹地，河套之东有太行山把关，西以吕梁山为

第四十六章　杨广登科新婚宴尔，江湖遭凶酒舍遇刺

依托，北有万里长城为屏障，汾水和晋水在其侧畔，境内山陵、川谷、盆地纵横交错，关隘林立，物产丰盛，闭关自守也能独成气候，故自古便有"表里王国"之称，更是历来兵家必争之处。而更主要的是，并州乃龙兴之地。自从尧舜年间开埠至今，乃一直是历朝历代之都封皇蓄侯的兴国发源地。被风水星象大师所言，这里连着天下的龙脉源头昆仑山脉之地气，是孕育天下之主的福地，而素有"欲得中原者，必先得太原，要拥关西必占晋阳"之说。此说不仅是之前的史实已有佐证，此后的将来也在证实着此言并不虚妄。近的是杨广二出并州便一路风光向上，谋得东宫，取了皇位；其后唐朝的开国皇帝李渊和李世民都出自太原；中国世上唯一的女皇武则天，也来自这座太原城；直至五代十六国的北汉在此建都被北宋赵光义一把火烧毁晋阳宫止。所以，中华民族文化瑰宝之一的周易风水学说之所以能流传至今，也是有其一定原因的。

然而，杨广并没有马上离京去并州赴任。杨广在母后的主持下，在父皇的参与下，在满朝文武百官的光临下，在京都与薛治儿风风光光地完了婚，此婚典之隆重和丰盛远胜杨广娶萧贞正妃和朱贵儿。而后，不知杨广用了何等手段，萧妃和贵儿都心甘情愿地接纳、祝福着治儿，而没有一句怨言。薛治儿自己也万万没有想到，她这生会有这么一段风光无限美满的姻缘。从今后，她不再是一个无依无靠、仗剑走天涯的孤独女孩，而是一个当朝皇帝的儿媳，一个晋王的侧妃，一个文武百官和天下臣民都要仰视的三品诰命带刀武卫。

成婚当晚，客散夜深，晋王府的婚房内红烛闪烁。在雕花棕床锦被帐内，却时不时地传出一阵一阵低声细语的男女对话和调笑声。男的带着不满口气道："我们现在已成夫妻了，你怎么还把背对着我呀？"女的却带着骄矜之气答道："我不习惯有人睡在身旁么！你还对我动手动脚，弄得我身上痒痒的，真是羞死人了！"男的加重了不满的声调道："哪有成了夫妻不睡在一起的道理？若被人知道了传开去，那才是羞人和遭人笑话的事呢！"女的沉默了一阵才喃喃而道："她们与你睡都不害羞吗？"男的道："普天下的成婚女子都一样，这有什么好害羞的。你把身体转过来，让我好好地看看……这就对了嘛。二姐送了你许多色泽鲜艳上好的衣裤，你干吗还是在穿这身绛紫色衣衫？"女的低声细语地道："我就喜欢这种颜色。"男的若有所思地道："哦，这绛紫色的衣衫，还有你身上芍药花的香味，让我想起了一个人，哦，是一群人。"女的警惕地问道："你在说什么呀？什么一个人，一群人？"男的长长地叹了一口气道："都怨我，是我害她们从天上沦落到地上人间受苦受难

的。"女的追问着道:"从天上落到地上受苦受难!告诉我,这是怎么回事?"男的默然无语了一阵,随后道:"我做过一个梦。梦见自己原本是太乙真人的弟子,因出于好奇变成一只大白鼠私闯天庭,大闹蟠桃会,犯下天条被天将追杀。幸亏遇到众仙女姐姐搭救,尤其是那个身穿紫绛色衣衫的芍药仙子,是她让我躲进了她的罗裙里,躲过了长臂天王的擒拿。我在她罗裙里闻到的香味与你身上的体香味一般无二,我似乎觉得,你就是那个芍药仙子。"女的似乎并未在意谁是芍药仙子,却追问道:"后来怎样了?"男的继续道:"谁知,不知从哪里刮来了一阵飓风,把众仙女姐姐的罗裙都吹了起来,我便被长臂天王抓获。玉帝要判我雷击碎尸,我师傅虽是救下了我,但玉帝却把我打入下界投身凡间,而那些受我连累的仙女姐姐们,也都被罚下人间受罪,所以,我很是对不起她们。师傅说了,我若要想回到天庭,就先得把她们都找到,求得她们的原谅,愿意回去替我求玉帝,我方能回到天庭。"女的继续追问道:"你现在找到了吗?"男的无奈地道:"我虽有想象,但无以为证。天下那么大,我从哪里去找她们呀?"女的一阵沉默,突然问道:"你这虽有想象,是什么意思?"男的叹了口气道:"我凭着她们身上特有的香味,我曾问过她们。但是,她们没一个人承认她们是天上下来的仙女姐姐。比如,现在的你,我说你穿的衣服颜色和身上所散发的芍药香味,跟救过我的那个仙女姐姐很相似,你不是也没有承认吗?"此时,女的才似乎恍然大悟地道:"我并没否认呀!但我真的很像她吗?"罗帐内传出一阵响动声,随即又响起女的咯咯咯的嬉笑声,并娇喘着道:"你好坏,我怕啥你就来啥。我吃不消了,你饶了我吧!"男的似乎是停止了动作,然后道:"要我饶你,可以!但你不得再躲闪抵抗。我武功虽然远不如你,但我有这个法宝就足可以治理你了。"女的静默了,接着一阵窸窸窣窣和一阵压抑的娇吟声音过后,传出男的气喘吁吁的声音道:"治儿,我觉得,你就是那个芍药仙子,你身上的这股芍药体香,跟她身上的香味一模一样,绝不会有错,我是忘不了的。我杨广,从与你相识,到你辅助我,现在又成了我最心仪的贴身护卫,你且不都是在帮我吗?"薛治儿微微地喘着气,却娇憨地低声细语道:"师傅为我指点的这段与你之间的姻缘,可能就是天作之合。如今我已是你的人了,我虽然不知道,我的前世是不是就是芍药仙子,但凭着你这些年来的作为和胸中志向,我愿意原谅你前世无心而为的一切,并且愿意终身护卫着你,不受他人的伤害。"杨广也喘着气道:"治儿,有你在我身旁,我如虎添翼,我杨广不会让你们失望的。"言毕,帐内又传出更响的动静。

婚后,以隋帝杨坚的心意,他希望杨广能早日离京去并州上任,免得在京城会

第四十六章　杨广登科新婚宴尔，江湖遣凶酒舍遇刺

生出意外之事。而独孤皇后却是出于爱子心切，尤其是觉得杨坚亏待了杨广，更为了跟杨坚扭劲，故一而再地阻拦着杨广带全家迁往北域并州上任。杨广的本意是既不想违父皇之意，也不想伤母后之心，他在两难之下也就只能得过且过。况且二姐丽华，也不愿杨广带着贵儿和治儿匆匆离京，让她失去两个能说说话的闺中姐妹。故而杨广除了常去后宫给父皇母后请安之外，在京城中既不用上朝理政，也无须为了公务去做应酬，他在自己的晋王府内不是陪伴妻妾续文习武、教子练字，便会带上治儿、有时也会带上贵儿一齐去二姐宫中坐坐，谈些古往今来帝皇将相的史事和江南风情。这一切在无心人的眼中，看到的是平淡无奇、不值得关注的平庸作为；但对杨广的为人和志向有所了解的人的心目中，却觉得杨广的日常生活有些反常。而由此更引起了杨坚的不安、独孤的不忍心，以及朝中杨坚身旁的重臣郑芥、欧阳若兰、高颎、杨素等人的关切，更有太子杨勇对杨广迟迟不离京城产生着不满和种种猜忌。

杨勇的近侍宠臣姬威深知太子的心思，便进言道："太子殿下，古训有言：害人之心不可有，防人之心不可无。太子殿下虽有陛下的偏护，但晋王殿下却有您母后的撑腰，您不可不防由此而会产生的后果。为了太子殿下的千秋基业，该放的就得放下，该拿的就得提起来。兄弟虽如手足，妻妾犹如衣裳，但都是身外之物。自古要成大事者，不能拘泥于小节，量小非君子，无毒不丈夫，当断不断反受其乱，说的就是，凡能成大事者，在任何时候都要有杀戮决断之勇气，哪怕是先小人后君子也不是不可以的作为。但决不能拘泥于儿女情长、英雄气短的俗态，否则必会错失良机、事倍功半。"杨勇踌躇地问道："那么依你之见，我该怎么办呢？难不成，我去让父皇下旨，逼他离京吗？若被母后知道，又要责怪于我的不是了。"姬威道："此事说难不难，说易也不易，其关键是得看太子殿下有何打算了。若太子殿下想一劳永逸那就不难，倘若太子殿下只想图眼前，那就有些难而不易了。"杨勇接口问道："你所说此话，当让我做何理解？"姬威狡黠地答道："太子殿下，您想想，是用快刀斩乱麻谷易，还是用钝刀割肉容易？"杨勇毫不迟疑地答道："那还用说吗？当然是快刀斩乱麻容易啦！"杨勇紧接着又问道："你此话到底想让我明白什么意思？快道个清楚，别吞吞吐吐的让人猜谜。"姬威神秘地看了看四周，便凑近杨勇的耳边，低声细语地说了一阵。杨勇惊讶的神色溢于言表，许久才回过神来道："你可有把握？此等之事万一败露，可是要被灭九族的。"姬威微笑着冷冷地道："败露仅是万一，成功却是九千九百九十九。用一去搏万是绝对赢利的买卖，只要能把握胜算，

去一劳永逸地办成一件大事，如此划算的赌博，太子殿下难道不想赌一把吗？"杨勇沉思良久后，还是心存疑虑地问道："你真有绝对胜算的把握？据说，晋王新娶的三夫人，可是武艺不弱啊！"姬威信心满满地道："传说之事，还得以眼见为实方准。在下所用之人，据说还是个赛荆轲的大侠呢！但事在人为么，不去作为又何能知道其结果？况且，以在下之计，太子殿下根本不用出面，您只需放手让我去办，在家坐享其成即可。至于，就算那个万一被不幸言中，其后果自有人去承当，绝不会牵连到东宫，更不会伤害到太子殿下您的一根毫毛。"杨勇来回走了几步，然后神态严肃地道："你们一定要这样去做，就得答应我几个条件：一，除了当事人不得滥杀无辜。二，此事只能待他离开京城之后方可进行。三，这件事我不要知道过程，你只需报结果。"

北方的秋天，不仅来得早，而且去得更快，盛夏到严冬似乎就是一眨眼的时间。然而北方秋天的蓝天白云、天高云淡、水清溪澈、旷野多彩、作物涂金、羊肥马壮，却是一年之中不可多见的景观。生活在北方京城豪宅里的人，尤其是那些有着游牧民族血统的王公大臣富户们，他们全都知道秋天意味着什么？是成功、是成熟、是收获、是功德圆满、是财富的丰收、是粮仓满囤、是牛羊满圈、是大地给勤劳人们的回馈，却也是严冬来临、大雪封道、万类僵死的前兆。于是，穷人家奋力进行着打禾割草、积粮存柴、缝衣补毡准备度冬；而富人家则是抓住秋天的尾巴催粮入库、盘点财产、围猎秋捕，尽情享受着秋天带来的喜悦。杨广不是穷人，无须去想冬天的艰难，但他也不愿意去与皇孙公子为伍，混迹于富家子弟的犬马声色场所。然而，他也舍不得，正当闲来无事之时，让一年之中难得相遇的秋色美景从眼前逝去。同时，杨广也为了兑现自己对家人的承诺，选了个晴空朗朗的日子，带上三位夫人、两个儿子和萧贞的贴身丫鬟丹香、贵儿的贴身丫鬟百合、治儿的贴身丫鬟梅香，以及管家的老婆分乘两辆马车，出大兴京城去郊外远足游览。杨广与贵儿、治儿带着两个丫鬟和一些吃喝食品乘坐一车，由管家的儿子在前驾车开道；萧贞带着两个儿子和丫鬟丹香与管家的老婆同乘一车，由老管家驾车跟随其后。

大兴都城的官道已没有了初建时的那般平坦和整洁，时有坑坑洼洼之处，颠得马车摇摇晃晃，令驾车的父子俩不时会心惊肉跳，不得不小心翼翼勒马慢行。然而车上之人却并没有因此而降低游兴，尤其是杨广的两个儿子杨昭和杨暕，不顾母亲的拦阻，不时地探头向外张望。马车出城之后，郊外的野趣渐渐见浓：山黛溪碧、绿树黄叶草青、草黄美不胜收，加上农舍田园、雀鸣鸟飞、远山近水、天高云淡，

第四十六章　杨广登科新婚宴尔，江湖遣凶酒舍遇刺

不能不令人心旷神怡，尤其是两个小孩的欢乐嬉闹，更是增添着旅途的情趣。杨广的长子杨昭年方六岁，体态有点胖，眉宇之间神情深沉，言谈笑靥却有些像杨广儿时那种小男孩大丈夫的气概，而深受父亲杨广的宠爱；二子杨暕小杨昭一岁，生得唇红齿白、口齿伶俐、异常秀气，却喜听大人讲史书故事，而深受其母萧贞的溺爱。一家人在如此秋光乍现、天色秀丽之时离开喧闹沉重的京城，去到旷野农田、青山绿水的天地中，去到袅袅炊烟的乡宅民间出游，不用说，是两个小孩了，就是大人也会情不自禁地感到神清气爽，享受的似乎是另一种人间情趣。然而，这一家人谁也没有注意到，在他们车后远远地跟着一匹黑色骏马，时快时慢地保持着一定的距离尾随着他们。

马车载着众人走了一阵又一阵，来到一处便道十字路口。杨广看见远处依山傍水的绿树丛中隐约可见金瓦黄墙，更时有钟鼓声飘忽不定地传来；近处道上虽不见人影，却在山丘树林溪流旁有个酒舍，一个大大的"酒"字挂在树杈上随风荡漾，招人耳目。酒舍四周绿树成荫、环境整洁，旁边还有一片池塘，塘水深沉墨绿似镜，一群麻鸭在水面上沐浴戏水。酒舍的三间茅草屋前搭着一个树藤缠绕的棚架，几张方桌和几只长条板凳摆放在其间，错落有序，一条大黄狗懒洋洋地横卧在门前。那份恬静惬意、那份农家情趣，不仅是在向过往行人显现着一种诗情画意，似乎更隐含着一种独特的乡村气息。杨广喜水，见有如此经长途跋涉后既能歇脚，又能陶冶情怀的地方，他岂肯放过。于是，杨广立即让管家的儿子勒马停车，他自己却不等马车停稳便跳下车来，面对池塘张臂伸腰、踢腿吐气。随后对跟随临近的老管家驾驶的马车扬臂高喊道："靠边停车，让大家下来歇脚，活动一下筋骨，吃些东西。我们出城远足扫秋，不能一直如此坐在车里走马观花，这么好的地方，应该下来看看、细细品味，错过了才叫可惜呢！"

薛治儿一手握剑，一手撩裙，纵身一跃跳下车来，朝四周扫视了一眼，边向池塘走去，边道："我怎么感觉不到，你说的好在哪里？反而觉得这里有些怪怪的。"朱贵儿在丫鬟的搀扶下来到了池塘边，她看了看长在池塘边上的绿草野花，又蹲下身去用手试探着池塘的水，立即惊叫着道："哎哟，这水好凉呀！简直有寒彻心骨的感觉。"杨广一手牵着大儿子杨昭，一手怀抱着小儿子杨暕，走至贵儿身边道："大惊小怪。你咋不知道秋凉水寒的道理？我们城里的水岂能与这深山旷野里的塘水相比。像这野外池塘里的水，在寒冬腊月水面可以结冰成片，但它底下的水不仅不会结冰，反而却是温暖的。而现在秋天，水却是冰凉的了。你们知道这是为什么吗？"

杨暕挣脱杨广的怀抱跳下地来，立即抢着答道："我知道。冬天池塘底下的水上面盖着冰被，所以它是暖和的。现在没有冰被，所以水也就凉了。"杨昭站立在池塘边看着清澈见底的水，却理直气壮地道："你说的不全对，寒冷与暖和是相对而言的差异，没有严寒的对比，哪有暖和的感觉？冰和水之间本来就有一个温差，两者相比才有了冷和暖的差异。如今冰没有了，水就没有了比它更凉的对比，就像没有所谓的坏，也就难以有好的对比一样，这和'饱汉哪知饿汉饥'是相同的道理。"

薛治儿故意瞪大了眼睛，看着杨昭道："哟！昭儿，你的学问大有长进呀。这个道理，连我也不知道，你是从哪里学来的？"杨昭却老成持重地答道："三姨，你一直跟在我爹爹身旁，难道我爹就没教过你，该怎么透过事物的表象去识别其内在的本质吗？"杨昭如此振振有词的回话，让薛治儿闹了个大红脸，却让杨广忍不住哈哈大笑了起来。萧贞走近前来，她怕薛治儿脸上难看，一把拉过了杨昭厉声道："你怎么可以如此跟三姨说话，没大没小的，还懂不懂点规矩？"杨广却不以为然地道："首先，治儿没你说的那么娇气，她不会生昭儿的气。其次，你不能老是用规矩去教育孩子，规矩是死的，人是活的。一个人不能被规矩缚住手脚，要想有作为的人就得冲破规矩行事，否则必难成大器。今日，我为什么要带你们走出京城，到这陌生的野地去走马观景！我需要让你们知道，室外有房，房外有院墙，墙外有皇城，京城外更是另有天地。这便是古人所言，读万卷书不如行百里路的理念。我通过千里江南行，更明白了这个道理。你们都记住了，再好的学问留在口头上都是空谈，只有付诸实践，方能真正领略到其中的滋味。昭儿、暕儿，爹刚才所言，你们可听明白记住了吗？"杨昭点头，杨暕却道："孩儿记住了却没听明白，但孩儿现在肚子饿了，请爹允许我去尝尝车上吃食的滋味。"杨昭立即反唇相讥道："这一路上你老想着二姨给大家备下的吃食。所以我看你是馋，却不是真正的饿了。"杨暕正想反驳，朱贵儿向前拉过了杨暕道："来，二姨带你去尝今天的吃食。然后，你再对二姨做的吃食评说一番。如何？"

管家老婆带着三个丫鬟，早已把车上的吃食拿了下来，摆满了桌子，店家夫妇也在忙着端茶送水，殷勤准备招待客人。杨广带着众人分桌落座，边吃边喝闲聊着，唯有薛治儿却似乎有着心事，手握宝剑在四处游转搜寻着什么。

杨广见店家夫妇随和热诚，便信口问男店主道："大伯，这里山青水绿的环境虽然不错，但却比较偏僻，过往行人也不多，生意一定不怎么好做吧？"店主谦逊地笑了笑道："这些年间天下太平，我这里的生意好做多了。每到佛道之节，进山烧

第四十六章　杨广登科新婚宴尔，江湖遣凶酒舍遇刺

香拜佛、悟道的客人络绎不绝。所以，我们一年到头虽有旺有淡，收入却也就足够我们养家糊口了。"店主停顿了一下，接着迟疑地道："请问客官，你们这拖家带口的要去何方，是要进山去烧香拜佛，还是磕头悟道？可现在并非是拜佛悟道的佛道之节呀！"杨广却不以为然地道："烧香拜佛，磕头悟道凭的全是一个诚字，难道非要到了佛道之节才可以吗？"店主连忙赔笑着解释道："我们在往常的日子里，除了佛道节很少见到有香客专程进山去拜佛悟道的，所以才有我刚才之说。"杨广还是不以为然却认真地道："烧香拜佛何必都要挤在一个日子里去凑热闹。去的人多了，菩萨能应付得过来，能看清你的真面目吗？还不如趁它清净时去上门参拜，也好让它记住我的心诚，这岂不是更好！"店主吃惊地看了杨广一眼，然后道："客官说笑了，但此说所见虽与众不同，倒也不无道理。客官，今日难道就是为此而来的吗？"杨广微笑道："非也！只是与家人出门远足扫秋，正巧路过此地而已。听你方才所说，知晓此山有佛道可供人参拜，却不知此佛是何佛、此道是何道？然而据我所知，佛道向来互不相容，为何这山里却是既有佛又有道，佛道共拥此山呢？"店主更是吃惊地盯视着杨广，许久才喃喃而道："客官如此之说，我们平头百姓何能答得上来。但依小的愚见，佛也好，道也罢，见佛拜佛，遇道参道，多烧香，多磕头，总不会有错。咱平头老百姓图的就是平平安安能吃口饭，而不是要去求高官厚禄的。"杨广有所感触，便感叹地点着头道："此话说得好，有了平常心态，就少了争斗之念。看来这山里的佛道之间能和平共处，必是得了此心态之念的真传，方能相安为邻。如此说来，我们也该进山去参拜一番方好，去去身上的争强斗狠之气，以求得天下太平。"

　　杨崬又吃又喝，还连连朝朱贵儿竖起大拇指道："二姨，我就喜欢吃你做的点心，我娘做的与你相比可就差远了。"萧贞听后故作生气道："小马屁精，你这张甜嘴也是从你爹那里学来的吧？以后，你就给二姨做儿子得了，让二姨天天给你做好吃的。"杨广见此即大着声道："什么是你的我的呀？咱们都是一家人，何必要分得那么清啊！你们这两个小子听着，以后见了姨全都叫娘，二姨叫二娘，三姨叫三娘。听见了没有？"朱贵儿脸红了，薛冶儿在外面装作没听见，而店家的那条大黄狗却用贪婪的目光盯视着杨崬手中的肉夹馍。杨崬见状，便拿着肉夹馍去逗狗，大黄狗嗅了嗅杨崬送上来的肉夹馍没吃，却掉头朝屋里走去。杨崬见这么好的肉夹馍大黄狗不吃心有不甘，便尾随着大黄狗走进里屋。猛然间，昏暗的里屋闪出一个黑影，伸手一把，就把杨崬擒在了手中。杨崬被这突如其来的袭击惊吓得魂不守舍，一时

间噤若寒蝉，连个哭声也没有，任凭对方把他提在手里走出屋外。

薛治儿这一路上凭着自己的灵性和敏感，觉得有一股寒气一直在尾随着他们，而且越逼越近。此等凶险临近的感觉是她从未经历过的，她不能把这种感觉去告诉别人，免得众人随之不安，她只能自己处处倍加小心去应对。这个坐落在十字路口的村野酒舍孤立而宁静，虽普通却很是显眼，而且似乎还隐隐地含着一股混浊之气。薛治儿无法判断此中到底含了些什么意念在内，她只能凝心静气地留神四处观察，希望能找到破解心头之疑的目标。她已绕着这个酒舍的前后左右察看了好几遍，都没发现有什么罕见异常之处。薛治儿出于礼节，也是出于一个女孩家的羞怯，唯独没有闯进室内去查看。谁知就是这么一个出自人间常情的疏忽，她没能把危险拦阻扑灭在来临之前。刚才，薛治儿手中的宝剑在剑鞘里噌噌响了两下，激起薛治儿一阵紧张，她捏紧宝剑张目四处瞧望，即见杨暕手拿肉夹馍尾随着大黄狗走进了茅草屋。薛治儿浑身冒火，心中暗恨自己出于俗念而留下了隐患，她拔出宝剑刚想跃身前去拦阻杨暕，却见一个全身用黑袍罩住、只露两个眼孔的人，左手执剑，伸出右手把杨暕擒在了手里，然后提着杨暕走出屋门，站立在门前，用嘶哑的嗓音喝道："杨广，给我听着，现在你的儿子在我手里，我只要你能跟我走，我就不会伤害他。因为我要行刺的人是你，而不是你儿子，更与旁人无关。你若不想让你的家人难堪，就乖乖地按我所说去做，否则就难说了！"薛治儿勃然大怒，用手中的剑指着黑衣刺客厉声道："无耻之徒！既要行刺，却用小孩来要挟，此等卑鄙行径，乃是江湖下三烂之做派，何能称之为刺客！我现在警告你，立即把小孩放下。否则，我马上剁下你的两只手，让你不能再仗剑害人。"黑衣刺客迟疑了一下道："你就是他们告诉我的，杨广的三夫人吧！你手中的这把宝剑我也认识，它是春秋战国时期干将和莫邪练就雌雄剑中的雄剑。我与你也可以说是同道之人了，所以我不愿意与你为敌。"薛治儿双目似剑，咬牙切齿道："胡说八道的狂徒，我道中岂能容得下你这种小人。你若再不把小孩放下，我就要出剑了。"

杨广明白了刺客的来意，为了了解此中的背景，即扬手上前道："这位好汉，在下杨广与你素不相识，真不知你为何要行刺于我。你若能告知我此中实情，我不仅可以免你死罪，还可与你化干戈为玉帛。如何？"黑衣刺客并未因此而松开杨暕，却扬了扬手中的短剑，放缓了口气道："拿人钱财替人消灾，乃是我们道中千年不变的规矩，行侠守诺更是江湖上做人的骨气，为此请晋王殿下能恕在下不能直言奉告。"薛治儿已是怒不可遏了，她纵身一跃就来至刺客跟前，在一步之遥处用剑直

第四十六章　杨广登科新婚宴尔，江湖遭凶酒舍遇刺

指刺客的眉心，用冰冷的口气道："你想活命就把小孩放下。"黑衣刺客自知不是薛治儿的对手，他后退了一步，突然把手中的杨暕对着薛治儿手中的剑锋甩去，然后返身窜向屋内。薛治儿实在没想到对手会如此恶狠，竟然会用杨暕做盾物来实施逃逸。薛治儿为防手中之剑伤到杨暕而急忙收剑，又侧身伸臂一把抱住了杨暕，却给刺客有了逃窜的机会。早已潜在一旁伺机而为的梅香，见刺客要逃遁，便把捏在手中的一枚铜发钗眼疾手快地飞起，直奔刺客的后肩。随着"轰隆"一声响，刺客仆身倒在了门内的地上。杨广急忙上前查看，只见一枚铜发钗刺中了刺客的后心窝，而刺客的手足还在抽搐着。杨广见此，带着赞扬和惋惜道："梅香，没想到你的武艺被你师傅调教得如此长进，就这一钗便替他了断了身后的种种烦恼，也替他的幕后主子得以了解脱。"梅香愣愣地道："我打的是他的左肩，谁知怎么就击中了他的心窝？"

薛治儿把杨暕交给了朱贵儿，上前看着尚存一口气的刺客问道："念着你我是同道，快说，你这是收了谁的钱财要如此卖命？"刺客睁了睁眼，吐出了一个字："东……"便咽了气。薛治儿"呸"了一声，愤愤地道："这么个蠢货，也想当刺客，真是便宜他了。"杨广边检查着刺客的衣物，边想边道："便宜的不是躺在这里的这个人，而是指使他来行刺的主子。"随后，杨广又对龟缩在一旁、呆若木鸡的店家夫妇道："你们马上去管辖这里的衙门报案，就说你们亲眼看见了有人要行刺晋王殿下，刺客已被晋王侍卫当场击毙，让他们派人来料理后事。"萧贞搂着杨昭插嘴道："还得让衙门指派专人去追查这个刺客的身份。"杨广摇了摇头道："不必了。此事乃是一场蓄谋，不仅已是死无对证，即便追查也不可能会有多少结果。然而却让我明白了一个'树欲静而风不止'的道理。看来我也得调整一下自己的心态了，不能让他们认为我杨广的谦让是软弱可欺。"薛治儿忿忿然地接口道："回去禀告母后，让母后出面去追查这个'东'字背后之事，不会没有结果的。"杨广看到刺客的后颈脖处有一粒黑痣，想了想道："不要如此！我不能让母后再为我们操心，甚至去与父皇不和。但我自有办法让此事张扬开去，虽不能伤他筋骨，却也得让他寝食难安。"

朱贵儿忧心忡忡地问道："我们接下去该怎么办？"杨广挥了挥手道："这场虚惊把我的游兴全破坏了。回吧，回吧！我们也算是出游过了。另外，贵儿，你留下些银两给这里的店主，他们是无辜的。他们做生意不容易，发生了此事，难免不受影响。所以，你就多给他们一些，也仅是做些弥补吧！"

第四十七章
五贵议政徨顾左右，二圣怒怼明言废立

晋王殿下一家出游遭人行刺的消息不胫而走，朝堂上下、茶肆酒坊、街谈巷议，到处都在传说着此事的来龙去脉。更甚者，有人尽管取材于道听途说，却把此传说编得有声有色。尤其是把晋王三夫人武功盖世、拔剑镇刺客，以及其丫鬟梅香飞钗毙刺客的故事，描绘得淋漓尽致、神乎其神。更有一些好事之人心存疑虑，不惜长途跋涉去到那个十字路口的酒舍打探实情、查问细节。店主先是怕事，躲闪其词地应付着来访人士的询问；继而见来的人多了，且又有利可图，便对前来打听的人故弄玄虚，卖起了关子，不在其家花钱饮茶喝酒者，一律不予答复提问。一时间，这个偏僻的酒舍竟成了民间闻名遐迩之地。

朝廷刑部对如此一桩行刺晋王未遂的惊天大案，岂能不知，又岂能不去追查？然而，不管是把刺客的尸体当众展示让人辨认，还是把刺客的容貌绘图成文告四处张贴，悬赏提供线索者，全都一无所获。为此，主管刑部的苏威愁得一筹莫展，不得不去找足智多谋的内史令高颎商讨该如何处置此事。谁知，高颎似乎已知道了苏威的来意，他早已把陛下身边的几个重要大臣郑芥、欧阳若兰、杨素都请到了家中的书房内。而且不待众人开口便道："诸位大人，今天老夫请各位到家里来相聚，不用明言，大家想必都已知道是为什么了吧？"高颎见大家都静静地听着，没有开口，便接着道："皇后为了此事，几乎与陛下反目，而陛下似乎又有难言之隐，故并没下旨去正式追查此事。这就造成了朝野上下的谣传更是众说纷纭，也就把主管刑部的苏大人推上了风口浪尖。此刻，苏大人亲临敝舍，老夫知道，这是苏大人讨救兵来了。然而，老夫对此事也是讳莫如深、左右为难，觉得讲也不是，不讲也不是。为此，不得不请诸位大人到家里来私下共议此事。因为在朝堂上，陛下没有下明旨让我们去追查此事。而我们作为朝中举足轻重的大臣，在未弄清二圣心意之前，也就不便公开去说些什么。否则，不管是说对还是说错，都会在二圣之间产生影响、造成后果。而此刻在老夫家里私议此事，让大家做到彼此心照不宣，而后朝着一个方

第四十七章　五贵议政徨顾左右，二圣怒怼明言废立

向共同出力去稳定朝政、平息巷议，再见机行事。老夫此议是否妥当，还得请各位大人畅所欲言，发表高见。"

郑芬开口道："能否请苏大人把这些时日以来，刑部对此事的追查结果说一下，方便我们对此事的前因后果有更多的了解。"苏威神态严峻地道："我们刑部接到州府的文书报案，即派专人去当地勘查询问了事实经过的真相，并让仵作对刺客的尸体做了复验。但在询问当事人晋王殿下时，他只是轻描淡写地说了一个过程，却不肯细说此事发生的详情细节，甚至还把此事说成是一场偶然的意外，还说什么刺客已死，让我们别去追究了。然而，发生在晋王殿下身上的如此大事，陛下和皇后竟然也讳莫如深，没有任何明确的旨意。这不能不让我们感到匪夷所思。再说，我们如此大张旗鼓地暴尸认尸、张贴图像、搜寻悬赏知情者，均一无所获。这才不得不来这里向首辅大人讨教高见。没想到首辅大人早有预见，已把各位大人请来这里共议此事，在下真是求之不得。万望各位大人能各抒己见，助在下一臂之力。"

杨素捋着胡须道："老夫当初也觉得此事有些蹊跷。然而更觉蹊跷的是，当此事在全城上下闹得沸沸扬扬时，晋王竟然带着全家悄然离开京城，去了并州赴任。他什么时候不可以去并州呀，这岂不是明摆着要逃避什么吗！我看这小子肚子里一定还藏着什么不便言语之事。否则，陛下和皇后他们一家子，又为何都要如此闪烁其词，没有明旨呢？"

高颎见欧阳若兰欲言不语，便道："欧阳大人的高见，无妨说出来，让大家共同见识见识。"至此，欧阳若兰不得不轻声婉言道："在下对晋王殿下的为人是了解的，他想淡化回避的事，一定有着其难以启口告人的原因在内。而且，陛下和皇后对此事又是如此地一反常态、戒口寡言。大家难道真的就没有一点点的联想吗？"杨素立即接口道："我只要这个侄子安然无恙，其他的事也就懒得去想。"欧阳若兰道："如果此事牵涉到陛下的家事和朝廷的前程，你愿不愿意去想呢？"杨素愣住了，急忙认真地问道："欧阳大人，此话怎讲？我杨素承蒙陛下看得起，与我兄弟相称，他的家事也是我的家事。尤其是广儿这小子，是我从小看着他长大的，若有人要蓄意谋害他，我岂能袖手旁观？"

郑芬看着苏威，然后缓缓地道："不是没想过，而是想后不便说。"高颎接口道："苏大人不是外人，而此事在老夫家里，但说无妨。"郑芬道："太子与晋王虽是兄弟，但其两人的秉性和行事作为却迥然不同，一个专横跋扈，一个柔中见刚。而陛下在朝中为了维护太子的形象，不得不处处去抑制晋王，也就造成了这兄弟俩之间

的矛盾越来越深。为此,也就造成了皇后对陛下的不满。本次灭陈战后的论功行赏便是一个最鲜明的例子,朝中明事理的人谁不在替晋王鸣不平?"苏威道:"如此,受损的是晋王,得益的是太子,这与买凶行刺晋王之实扯不上多大的关系,也于理不通呀!"高颎摇了摇头道:"看来苏大人还是只知其一,不知其二了。官场上素有功高盖主之忌,民间也有卧榻之侧岂容他人酣睡之说。晋王的功绩和声誉越来越赫然显著,且又有后宫皇后的眷顾,太子岂能不忌,又怎能安然酣睡?如此之下,这之间扯得上关系了吧!晋王回避不说详情,又突然悄声离京,二圣不欢,陛下和皇后对追元凶之事又是如此讳莫如深。老夫请问苏大人,太子买凶行刺晋王之实与理通了吗?"苏威有些不自然地连连点头道:"原来如此,我们怎么就没想到这一层呢?"高颎带着不满的口气道:"苏大人,你们办刑案的人就事论事办案本无可厚非,但追根寻源查找元凶之真相就不能如此墨守成规了。我真不知,你们这是故意而为之,还是无意而如此的?当然,我们光有推理没有真凭实据,此案也难以擒凶结案。"苏威还是点着头道:"那么以首辅大人之见,下官该怎样去了结此案?"

欧阳若兰道:"正本必须清源!除了首辅和苏大人,我们这些人在太子眼里,可能早已被划入了晋王党羽之列。在下对官场之事已经看淡,若不是陛下一再挽留,我如今已是无官一身轻,过平民百姓之生活了。"杨素一拍大腿道:"我早已看杨勇这小子不顺眼了,在他眼里根本就没有我这个教他本事的叔父,甚至还来跟我抢他父皇赐给我的陈叔宝之妹,简直是岂有此理。若让这小子上位,我还不如解甲归田。"郑芥道:"我曾听庚季才说过,太子的面相难成大器。所以,我等也得各自有个打算,免得付出了忠心,到时反受其累,不值!"

高颎道:"事虽在人为,但更得出自天意。当今的陛下不能不说是一位好天子,甚至可以说是一位前无古人有作为的帝皇。我们身为深受陛下信赖的朝中重臣,既要对得起二圣历来对我们的寄托,更要对大隋的基业和未来负责。为此,我们应该责无旁贷地替陛下把好继位之大关。然而,我们更该明白陛下秉承的是,自古以来长幼有序的传统。以在下猜测,若此事有真凭实据牵涉到确是太子而为,那么太子的东宫之位就难保了。否则,陛下是不会轻易去废太子的。故我们这些重臣心中得有杆秤,该纳言的就得口无遮拦,该拦阻的哪怕刀架在脖子上也得直言不讳,一切都得以稳定朝纲为先。各位大人,您都说说,我这段话是否言之有理?"苏威急忙起身拱手道:"听了众位大人所言,在下犹如醍醐灌顶、茅塞顿开。但晋王遇刺之案到底该怎么去结,在下心中还是没底。"高颎微微一笑道:"老夫送你四个字,'谨遵圣意'!"

第四十七章　五贵议政徨顾左右，二圣怒怼明言废立

隋帝杨坚这些时日以来，后宫不宁、心情烦躁。自从南陈归隋，江山一统，论功封赏之后，朝中不和谐之音便暗流涌动。有些人大有只能共患难、不能共享天下平和之态，甚至连患难夫妻的皇后，也跟他处处掣肘、时时扭劲，让他心情不畅。二子晋王出游途中遇刺，皇后更是把矛头直接指向东宫，让他无所适从。然而太子又出言不逊，引来皇后震怒，提出了欲废太子、另立东宫之言。晋王耐无可耐，不辞而别，举家离京赴任并州，又引来朝廷上下众多猜测，议论纷纷。皇后更是一反不再干涉朝政的表态，唆使刑部要把行刺案查个水落石出，不管牵涉到谁，也一定要把元凶擒拿归案、依法严惩。杨坚明白，皇后如此而为绝非是无的放矢，他也明白其中嫌疑最大的必是太子。但是，如果此案万一真让人查出来是太子而为，这将不仅是一件家丑，也是一桩国耻，更会引起朝政的震荡、举国之不安。届时，他这个既为人父的国君，将作何处置？故而杨坚不得不在心里对皇后道："伽罗呀！你可不能聪明一世、糊涂一时啊！太子和晋王都是你亲生，虽说两人之间的能力大小、性情作为的差异在增大，太子身上确也有着众多的不是。而我们作为父母的只能去引导、去维护，去以身作则地影响他、扶持他，我们更要对他有信念。我知道，你对逸秋之死一直耿耿于怀，故至今也不准太子把云氏转为太子妃，连我说情你也不允；我也知道，广儿的睿智明理、深谋远略是你的骄傲，难道不也是我的荣耀吗？在灭陈后的封赏大典上，我对广儿的赏赐确实是有所不公，但我的出发点是为了维护太子的尊严，为了维护朝政的长治久安，是以失广儿的小家去维护了我大隋的国家。可是，你对我的这份良苦用心就是视而不见，甚至听了广儿的一面之词，就武断地认为主使行刺的元凶必是太子，以至向我提出了要废除太子、更换东宫的主张。皇后啊，你让我怎么说你才好？你难道就不明白随意兴废储君是国之大忌吗！自古以来长幼有序乃是祖训，废长立幼有悖常理。你我好不容易创下的江山，可不能为了个人的厌好而令其从此动荡不宁。广儿委屈，我们只能用其他去弥补，却不能因此去让广儿想入非非，而动摇了他对家国应尽的责任和义务。否则，由此而产生的后果，你可知道该由谁来负了吗？所以，我压广儿、扶勇儿，乃是不得已而为之。"

皇后独孤伽罗的心态与隋帝杨坚的理念截然不同。她最看不得杨勇仗着太子的身份，不可一世。在朝臣的眼中，杨勇飞扬跋扈；而在她这个做母后的眼中，则是自小养成的霸凌之气。以前在家里，体现的仅是对姐弟的蛮横霸道，事事要占理，处处要优先，夺弟之爱，霸姐为妇后，随之又喜新厌旧。自从被立为太子、占得东宫

477

之后，这些品行上的拙劣作为更是成了他习以为常的行为准则。尤其是无视父皇母后以身作则的榜样表率，私下召妓纳妾、挥霍无度，逼死原配还指责他人，实属令人忍无可忍。在朝堂上，处处以储君之势争名扬威，自己谋无定所、智不及弟，却又妒忌弟之功德，全然没有一个为人子、为人臣、为长兄应有的处世之念、理事之态。若任其下去，兄弟必会反目，天下更会人纲全无，把江山交付给如此德行之人，大隋必会步北周的后尘，蹈南陈的覆辙。独孤伽罗把造成杨勇如此之品行，首先归咎于她自己自小对其严教的不足，其后便是指责杨坚对其的纵容和放任，尤其是不分轻重和优劣的一味庇护，这才造成了杨勇如此肆无忌惮、唯我独尊的霸道作为，以至发展到为了排除异己，而如此无所不用其极地买凶行刺。

　　独孤皇后认定杨勇是行刺杨广的元凶，并非是空穴来风。首先，杨广举家出游前曾来宫中禀告过父皇和母后，当时太子杨勇也在旁边；其次，当杨广谢绝父皇母后要派兵沿途护卫时，杨勇却一反常态，极力赞同杨广自由自在出行的主张。这不仅令独孤伽罗感到匪夷所思，连杨坚也情不自禁地道："你兄弟俩的主张难得有如此相同之时，但愿往后，你俩处处时时都能如此，这才是我们做父母最大的福祉了。"因此，当独孤伽罗听到杨广在途中遇刺，立即就联想到了当时杨勇的这一反常之举。她为了证实和核查杨勇是否参与谋划了此事，特意把杨坚和杨勇招到后宫内室，在屏退了左右侍从后，盘问晋王途中遇刺之事时。谁知杨勇又是一反常态，不等她把话说完，即肆口否认，还说出了什么"这是杨广赖在京城里不走而应得的报应，死了才好"的混账话，气得她抓起桌上的杯子就向杨勇砸去。于是，独孤伽罗便把心中的愤怒泼向了杨坚，而提出了要废太子、另立东宫的念想。

　　此后，晋王杨广举家悄然离京去并州之举，不仅引起了朝野更多的议论，也坚定了独孤伽罗要另立东宫的意念。尤其是杨广不辞而别的留言，更令做母亲的独孤伽罗心碎。杨广在留言中写道：

　　　　父皇母后台鉴：赦儿臣不孝，近不能奉双亲于膝前，远不能承父皇母后之欢笑，实属天下之大逆不道也。今，儿臣不辞而别，虽出无奈，却有违人间情理，而必会使父皇母后生气。在此，儿臣只能请父皇母后给予宽恕。然，儿臣并非是个不明情理之人。儿臣懂得，国之纲常在于君，家之尊荣在父母，亲之无隙是手足。而今，儿臣为国却不能忠君，为家却不能尽孝，为亲却兄弟反目、阋墙成仇。但，此责有目共睹，儿臣不忠不孝、兄弟阋墙绝非是儿臣所

第四十七章　五贵议政徨顾左右，二圣怒怼明言废立

愿。此际，为报君恩，儿臣可以无视功名利禄；为谢养育之情，儿臣甘愿忍辱负重；为念亲谊，儿臣当从此远走他乡。从今后，天地虽宽，日月虽遥，而父皇母后之恩情却近在咫尺、永存心间。万望父皇母后不以儿臣不忠不孝为念，为了大隋社稷江山能千秋万代，为了你们的儿孙能永享盛世，切切爱惜自己的龙体凤颜。由此，儿臣就是客死异乡也心满意足、生死无憾了。儿臣在此泣血遗书，率妻儿叩首拜别，再叩首，三叩首再拜别！

独孤伽罗一遍又一遍地含着泪看着儿子的留言。杨广在留言中所表现的那份谦卑孝顺、那份凄凉无助、那份顾全大局、舍己为情的无奈之举，更是犹如烈火浇油般地增添着独孤皇后心中的悲恨哀愁和眷恋担忧，也让她在心中发誓，一定得替广儿讨回公道。

史书上的独孤皇后不仅是一个能文能武、懂事理、有胆略、聪明睿智的女中之杰，更是一个能运筹帷幄、左右朝政的一代圣后。她不仅以自己卓越的预见助杨坚取代北周，得了皇位，更是以坚定的信念参与着杨坚各项新政的推行。她适时而退，但仍在后宫影响着朝政，干预着平定江南、一统天下之大事。而且更是以她特有的魅力掌控着杨坚的后宫，为世人树立了一个政清人和、廉洁有为、不贪色、无嫔妃、专情于发妻的，前无古帝、后无效者的独一无二的圣君形象。有异议者说她后宫干政、女人专权、独霸后宫、容不得不顺她心意者。但是，她干政不为私利，不仅有效且有远见；她以身作则、运筹睿智，治理朝廷和后宫，令上下佩服；她对隋朝有着不可被否认的贡献，这才是有目共睹的。

独孤皇后欲废太子、另立东宫的大事，并非是她一时喜怒哀乐的心意，也不是她瞬间的心血来潮，更不是她随心所欲的冲动。有言道，知儿莫如母。独孤伽罗在几个儿子之中，打小就对杨广情有独钟。这不仅是生杨广前那个似梦非梦的情景，而是此后杨广在几个儿子中与众不同的聪慧、好学多谋、独特的坚毅果断，尤其是洁身白好、重情重义、出类拔萃的表现，不能不在独孤伽罗的心目中产生与梦相应的共鸣。然而，已被立为太子的长子杨勇，其各种作为却越来越不佳。不仅谋不能安邦，武尽是匹夫之勇，更甚者瞒着父皇母后声色犬马、召妓惹非、宠妾害妻，令人发指，如今更是到了肆无忌惮、买凶行刺兄弟的地步。这才真正把独孤伽罗逼到了是可忍孰不可忍的境地。这一切便是独孤伽罗要罢免太子、另立东宫的缘由。而这一次，独孤伽罗当面向杨坚提出欲罢免杨勇、另立杨广为太子的意愿，虽是积水

成渊的结果,却是二圣在继位大事上首次摆上桌面的争执,也让杨坚感到了压力。

独孤皇后的寝殿,向来没有过多的摆设:一张雕龙绣凤的大坑床上,两只长枕、几床锦被、一顶丝帐、几叠床柜;一张檀木镶玉的雕花圆桌上摆放着一套京窑茶具,四只檀木圆凳围桌而摆;白墙光壁、木格明窗,令殿内显得简陋而整洁,却不免有些空空荡荡,然而却显示着主人不喜铺张摆设、只求实用的心态习惯。这间寝殿是独孤皇后和隋帝杨坚共度良宵的场所,也是这对帝后夫妇简朴人生、日常共同生活的一个写照,又是作为帝皇的杨坚与其他君王不同的见证。故而,杨坚在这些年以来,散朝后,除了回到审事议政的勤政殿,或是去到作为书房的养心殿之外,唯有的去处只能是皇后独孤的后宫和这间寝殿了。

杨坚和独孤伽罗对这种习以为常的生活环境,原本并未觉得有何不妥。但自从江山一统,朝野振奋,万众欢呼,杨坚的志向抱负得以如愿以偿,在他兑现承诺、大赏众臣之后,却引来了种种不和谐的声音。有争功夺利的,有愤愤不平的,有趁机谋取高官厚禄的,也有阳奉阴违的,更有拉帮结派的。这让杨坚为此感到郁闷惆怅,他甚至斥责这些人为何不能像当初那样与他同舟共济、同甘共苦,却要在共享太平盛世和荣华富贵时去斤斤计较、钩心斗角,甚至欲与他分庭抗礼。而更令杨坚心烦意乱的是,他一直赖以信托的皇后也成了他的心病。尤其是皇后竟然借着晋王遇刺之事,提出了欲罢免太子、重立东宫的念想,这不能不让杨坚感到真正的不安和烦躁。扪心而论,杨勇和杨广这对兄弟之间的优劣差异是明摆着的。但是,储君太子乃是一国之栋梁,岂能说废就废、说立就立?这可是万万不能迁就的事。杨坚就是为了这些外忧内乱的事,好些时日未入皇后寝殿过夜了。这天散朝后,杨坚刚入养心殿,即见皇后的贴身侍女奉皇后懿旨来请他入寝殿叙事,杨坚立即感到忐忑不安起来。他不是怕皇后责怪他不进寝殿过夜,也不怕皇后怀疑他会在外面拈花惹草,但是他却怕皇后又要向他提出罢免太子之事。此刻,皇后居然用下懿旨这样沉重的手段来请他入后宫进寝殿,他既没有理由去拒绝,更不能不去。

独孤伽罗见杨坚小心翼翼地跨进寝殿,立即起身迎上前去,边屏退左右侍从,边微笑着亲切却又略带不满地道:"那罗廷,近来朝中有何等大事,竟然让你把发妻也丢在一边,不理不顾!"杨坚马上诚惶诚恐地道:"皇后说笑了,自从江山一统之后,朝廷琐事繁杂,而朕的精力又随着年岁的增添,实在有点每况愈下的感觉。所以进后宫的次数就少了,陪伴皇后的时间也就显得不多了,却绝非是愿意把皇后丢在一边不理不顾的。"谁知独孤伽罗却情意绵绵地道:"那罗廷,你之前可不是这样的

第四十七章　五贵议政徨顾左右，二圣怒怼明言废立

呀！那时，你哪怕再累再乏，也要缠着我干那件事。而现在，你有那么多围着你转的忠臣近侍，朝中之事何须你样样去管呢！至于年岁不饶人之说，你我还未到耄耋之龄，只要养生有道，又岂能入不敷出？所以，你还是心不在焉，故意冷落我罢了。"

　　杨坚没想到独孤伽罗会如此缠绵而露骨地说起往事，这岂能不触动他的心思。再说人到中年的杨坚，又岂能对男女之事没有需求？当夜深人静，杨坚难以入睡时，他不能不想，世上有哪个帝王不是三宫六院、美女成群，又有哪个皇帝会像他这样孤身独眠的？他甚至更是在心底里产生着怨气，他竟然连个有三妻四妾的平民百姓也不如。故而此刻，他不能不赞同皇后所说的，自己还未到耄耋之龄，有能力也有需要得到女人的体贴照看。而自己的皇后现在虽说已是徐娘半老，却姿色犹存，其风韵似乎更是不减当年。为此，杨坚又岂能不动心呢？再说，今日独孤伽罗主动用此事挑逗于他，让杨坚不能不在心里认为她也有这方面的需求。男人的欲念比女人的欲念更容易被异性勾起，这不仅是生理的需求，更是心理的因素。杨坚迎上去，情不自禁地把独孤伽罗搂进了怀里，并且情切切地道："你难得有如此主动的诉求，这几天是不是孤灯独眠，也不好受啊？"独孤伽罗在挣脱了杨坚的搂抱后，坦坦荡荡地道："然也。但是孤灯独眠不好受的，未必就是我一人吧！"杨坚没想到皇后会如此不讳，这话让他既感到辛辣，却又觉得不好回答。他心中刚涌起的那股欲火冲动，似乎被泼了水，焰火立即降了一半。

　　独孤伽罗似乎毫不在意杨坚神情的变化，她拉住杨坚的手，把他按坐在圆桌前的圆凳上，然后道："你我之间，不管是日常生活、还是床笫之欢，以及朝堂上的政事，我都会像以前一样，毫不隐瞒自己的观念对你诉说，但也希望你能坦诚相见。由此，我们必能还像往昔一样，被朝臣称之为二圣，必能琴瑟和谐、万事如愿。你说可以吗？"杨坚见独孤伽罗话锋一转，由情绵绵的温馨话题转到了冷冰冰的朝政，他立即就预感到独孤伽罗下面要说的话题了。但是事到此刻，他听得听、不听也得听，根本没有他所谓的适从不适从的选择。于是，杨坚只能怀着戒心点头道："皇后所言，也正是朕之所盼。想往昔，你我夫唱妇随是多么的融洽，天下谁人不羡慕你我的琴瑟和谐？"

　　独孤伽罗便淡淡一笑，开门见山地道："如此甚好。那我问你，如今南北一统了，在你心中，当前朝廷最大的事是什么？最要紧的事又是什么？"杨坚胸有成竹，严肃地道："当前朝中最大的事乃是，君臣之间不像以前那么和谐；当前最要紧的事是，须防止有人拉帮结派，威胁朕和朝廷的安全。除了这些，其他的都是次要的

了。"独孤伽罗却引而不发地道："那么，你想过此中的根子在何处吗？"杨坚毫不迟疑地道："在朝臣中，追名逐利、贪图享乐之风气现在是越来越盛行了，他们全然忘了你我以前身体力行所倡导的勤俭简朴。"独孤伽罗马上接口道："此话说得好，但你知道他们为什么会如此吗？"杨坚若有所思，却不知道该怎么回答，他只能摇了摇头，没有开口。独孤伽罗狡黠地道："我们之前所倡导的勤俭简朴，在许多人的眼里已成了过去。因为，我们也即将成为过去的人了。"杨坚立即瞪大了眼睛，警觉地问道："此话怎讲，我们怎么就成了过去的人了？"独孤伽罗立即双目炯炯，严厉地道："难道不是吗？你我之后，难道不就是太子的天下了吗？"杨坚不解地反问着道："没错呀！朕总有百年之事，此后太子继位，这天下便是太子的天下，且不是情理中的事吗？"独孤伽罗冷冷一笑道："确是情理中的事！难怪你会三易其稿，在加紧赶建着你的皇陵。你连身后事都在如此紧锣密鼓地进行着，朝中大臣岂能不看在眼里。由此，他们还有必要去遵循你我的勤俭简朴吗？"杨坚愣住了，但他仍然心有不甘地道："此话怎讲？他们难道不该继承我的作风吗？"独孤伽罗立即反唇相讥地道："你人都即将作古了，他们还有必要继承你的作风？你难道不明白世态炎凉、人走茶凉的道理！"杨坚仍然不解地问道："我还是不甚明白，请道其详。"独孤伽罗呵呵冷笑着道："古训有言道，上行下效、上梁不正下梁必歪。你曾煞费苦心地亲自踏看过晋王府的实情，那么，你为何就不能去东宫太子府中看看，你眼中的太子到底是副什么德行？我可以直话告诉你，我们身上有的，勇儿身上没有；而我们身上没有的，他的身上却都有。由此，你想过吗，当你作古，太子继位之后，他们兄弟之间将会如何？大臣们是继承你的作风重要，还是去追随太子的喜好，能给他们带来利好呢？"杨坚被问得哑口无言。他不能不在心底里认输，自己字字设防、小心应对，但结果还是被绕了一个圈子，回到评论太子继位的正题。

　　杨坚对太子杨勇的日常作为，不是没有一点耳闻。但他想到自己身为帝王的处境，不能不替儿子考虑。他不希望儿子也像他一样成为孤家寡人、寡欲之人，像他一样不能享受做帝王应有的欢乐。为此，他对太子的日常作为，也就睁一眼闭一眼，不去过问。而此刻，却被皇后套住了话题，去拿太子的日常作为来说事，这不能不令杨坚自知理亏，无言以对。当然，杨坚也知道，独孤伽罗如此之说，为的乃是要废太子、另立晋王为东宫。因此，杨坚觉得尽管皇后说的在理，但若要涉及评论太子的不是，还须避重就轻为好；若要谈论废太子、另立东宫之事，必当从长计议，不能顺着皇后的心愿去迁就。杨坚拿定主意，随即开口道："皇后所虑，言之有理。但

第四十七章　五贵议政徨顾左右，二圣怒怼明言废立

朕觉得，勇儿日常作为只要不太过分，也就罢了。我们现在已拥有了天下江山，至今数十年又是风调雨顺、国泰民安，让天下百姓与朕共享这太平盛世，让朕的臣民们分享些欢乐喜好，也未尝不可吧！所以，勇儿之过乃是小事，不是大节，岂能就此去罢免他的太子之位，如此又何能服人心呢？况且，另立东宫更是社稷之大事，岂能儿戏！"独孤立即严词厉声地道："岂有此理！勇儿心胸狭窄，没有大局之规；只有匹夫之勇，没有文韬武略；只计蝇头之利，没有深谋远虑。目前虽还不能说他已沉迷于声色犬马之中，但在他的东宫府内，却日日欢宴，夜夜笙歌，召妓纳妾，随心而为。你再看看在他身边，围着他转的有你我中意之人吗！你能说这些是小事而不是大节？他事事看不得广儿，处处要压着广儿，如今更是买凶要置广儿于死地，他有一点做长兄的样子，有一点做国君的肚量吗！这样的作为也是小事而不是大节吗？勇儿和广儿都是我身上掉下的肉，谁继承你的皇位，对我来说都是一样的。然而两人相比，不说朝中大臣自有分晓，你我心中难道不也是明镜一样！那么，我就不明白了，你为何就不能听我所劝，择优去劣，却还要坚持那种古板的长幼有序、不合时宜的继位传统？我真不知道，你之前的那种睿智果断都到哪里去了。"独孤伽罗这通严词厉句，说得杨坚无言可答。然而独孤伽罗并未罢休，继续道："你刚才还在说，朝中最大的事是君臣不和谐，最要紧的事是社稷的安危。你难道就不明白，太子在众臣的眼中是国之栋梁、以后的陛下，他的一言一行都是众臣的表率，太子品行之优劣，岂能听之任之！储君不贤，乃是社稷安危、人心向背之大计，更不能当儿戏！现今，我不得不说，趁你我还健在之时，尚可纠错，否则为时就会恨晚了。"杨坚沉思了良久后道："请皇后息怒，勇儿身上确有许多不堪的作为。若要以此去废他太子之位，不免有些草率，也必会引起朝野震动、朝政不宁。但太子买凶行刺一事，如今尚未有定论。朕一定勒令刑部去严查此事，一待查实，此事若真是太子所为，届时再提出罢免太子，也就事出有因、无可非议了。不知皇后，可否允诺朕去如此而为？"

独孤伽罗心里明白，要让杨坚同意她的念想，立即去罢免太子，这是不可能的。如今，他既然已顺着她的意念做出了承诺，也就不便把他逼得过紧。万一把事态闹僵，必会引起他的固执心态，反而不是好事。于是，独孤伽罗点着头，和蔼地道："这才是我心里想的那个陛下了。"然后独孤伽罗嫣然一笑道："那罗廷，今天就不必再孤灯独眠了吧！"杨坚一阵欣喜，急忙道："朕，悉听皇后懿旨。"独孤伽罗眼中含着"火"道："什么是悉听懿旨！怕早就是求之不得了吧？"

第四十八章
听信谗言皇帝多疑，心存魔态良臣心寒

  人到中年，必有几大困惑：一是经历和阅历多了，想的事就多，忌讳和顾虑也随之增多；二是心思成熟了，却没了年轻时的那般敏捷与果敢；三是成见和条条框框多了，墨守成规的情况增多，听谏纳言的心态变少，尤其是对逆耳之词，会从心底产生抵触情绪，于是主观武断的行为也就多了。隋帝杨坚目前就处于这种状态。

  杨坚对独孤皇后为废太子而逼宫的行为，从心底产生抵触。他已没有年轻时处处依赖她的感觉，有的只是自己宏图大志功成名就的成就感和帝王的尊严；他需要的是心想事成，众臣一呼百应、唯唯诺诺。然而，杨坚毕竟还是个明智的、想名垂青史且有作为的帝王。他对太子的人品作为并非毫无忌讳，尤其是这次行刺晋王事件，他也并非没有怀疑过是太子所为。所以，他对皇后的逼宫以及对太子的评说进言，虽抵触却还能勉强接受，并未一概否认。故而，杨坚一面下旨给刑部，令苏威彻查此事；一面设想，万一查实是太子买凶行刺晋王，自己该如何处置。若要兑现承诺，因此废了太子、另立东宫，最受伤的虽是太子，却更有损他的脸面。而且此事看似简单，真要付诸实施却并非易事。因此，杨坚为此时常心绪不宁、左右为难、坐卧不安。刑部对晋王遇刺之事一直查无结果，且刺客已死，当事人晋王又离京赴任，所以追查刺客之事成了无疾而终的案子，久而久之便没了下文。这让杨坚心中的压力减轻，不安也逐渐淡漠。然而，朝堂上一些不和谐的状况似乎在发生演变，这让杨坚多疑的心思又蒙上压力，甚至凭着主观嗜好产生种种猜疑。

  朝臣们开始将对陛下的称呼改为皇上，说这才是一统天下的皇帝当之无愧该有的名号，还称"皇上"的称呼远比"陛下"显得大气。杨坚明知这是奉承话，却很乐意接受。朝堂议事表决时，一人提议、多人附议的现象明显增多；遇上有是非争执之事，你好我好大家好的人多了，沉默寡言的人多了，坦诚直言的人少了；阳奉阴违、敷衍了事的人多了，认真办事、敢担责的人少了；为争权夺利而拉帮结派的小团体现象渐渐盛行起来。这让杨坚感到潜在威胁，他隐藏在胸的猜疑之心愈发强

第四十八章　听信谗言皇帝多疑，心存魔态良臣心寒

烈，尤其是对被朝野称之为隋廷权贵的杨雄、高颎、苏威、虞庆则，猜忌更多。

沛国公上柱国郑译，自从因不忠不孝之罪，遭隋帝杨坚削权削职、疏远之后，便郁郁不得志。此后，杨坚念他曾助自己上位有功，又通礼乐律音，便起用他参与律令乐事的修订。郑译不负杨坚所望，在周齐之乐律的基础上，推陈出新，创建出了《乐府声调》等八篇富有新意的《音律志》，从而重新得到杨坚的赏识，复职还爵，再度成为杨坚跟前的红人。有言道，小人得志妄念顿生。郑译先是看不惯比他权重位高的一些无名之辈、后起之秀，继而又妒忌受杨坚垂爱的朝中重臣和近侍。于是，他故伎重演，凭借察言观色的本领，想方设法利用机会，不时向杨坚进捕风捉影的谗言，评这说那，编造着朝中大臣们的种种不端之事。这些谗言随着杨坚心态的变化，久而久之，成了杨坚窥视朝政众臣的重要信息来源，以及评定朝臣可信与否的依据。郑译见自己的谗言逐步起效，便更是喋喋不休、乐此不疲，随心所欲地把一些针对朝中权贵的真真假假的故事，编得有声有色。有言道，一滴墨汁可以搅浑一缸清水。像郑译这样得意便猖狂的小人就是墨汁，它可以被主人用来写字绘画，却也能把清水染浑。杨坚长期受郑译心怀叵测的蛊惑，猜疑之心、武断之态愈发严重，久而久之，变成了杨坚积压在心中的一块病灶。好在郑译时运不济，享年五十二岁便因病卒于府中。但郑译给杨坚留下的先入为主、宁可信其有不可信其无、自以为是、主观武断的病根，并未随着他的去世而消失。如今，杨坚身上的这块病灶，在各种条件因素的催化下，终于演变成一颗毒瘤，不仅侵害着杨坚的身心，更蚕食着隋廷的人心所向。

杨坚忌讳杨雄权势太重；怀疑高颎一人之下万人之上是否忠诚；觉得苏威父子的名望太盛；认为虞庆则经常顶撞皇威，必是心存反意。有言道，心浊则魔生，君子不坦荡，小人心戚戚。实际上，杨坚的东猜西疑之念由来已久，绝非一日之虑、一时之想。只不过如今朝堂上二圣缺了一圣，他听不得逆言、独断专行之心无人疏导，那些忠贞敢谏之臣无人撑腰，而从阴沟里冒出来的污水，借着皇上乐意奉承、喜听吹捧的心态，有了聚溪成涌的机会。

邘国公杨雄乃是一方诸侯，执掌着隋廷一方的军政大权和京城的禁军兵权，他的一举一动都会对隋帝国的政局安危产生影响，历来是隋帝杨坚跟前的红人，被朝野上下称之为隋朝第一贵人。由此，他成了郑译谗言的首要对象，自然而然也成了杨坚猜疑他职高权重的目标。杨坚先是借晋封杨雄为广平王，削去他在朝廷中的军职；后又以有职无实权的司空之位，取代他手上掌控的行政大权；在平陈战役中，

封他为后军总管，助杨广南征，解除他在京城禁军中的兵权；而后在平陈庆功宴上，杨坚又以有名无实的安德王爵位授封于杨雄，彻底剥夺了杨雄的所有实控大权。杨坚如此一次又一次处心积虑的作为，伤透了杨雄的心。杨雄从此闭门谢客，不问朝政。

右仆射苏威有子叫苏伯尼，少年时便因精通音律而闻名，后改本名为夔。苏夔任太子通舍人时，因心高气傲，常在音律上与人龃龉。众人都慑于其父之权威和太子之名讳，不敢与其争执，却争相吹捧。由此，被国子监何妥奏本隋帝杨坚，告苏威父子与礼部尚书卢恺、尚书右丞王弘、考功侍郎李同和等人朋比为奸、结党营私、以权乱政，致使朝堂上下只知有苏威父子，而不知有陛下和太子。杨坚心中最忌讳的便是朝中大臣朋比为奸、结党营私。此时见国子监何妥奏本，加之郑译那些添油加醋的进言一直蛊惑着他，唆使杨坚下旨责令四子蜀王杨秀与上柱国虞庆则查核推断此事。蜀王杨秀顺父意，力主查实有据，同时密告上柱国虞庆则有庇护苏威父子之嫌疑。于是，杨坚当即免去苏威右仆射之职，降至开封府为官，贬苏夔为庶民，卢恺削职为民，永不录用，其他人遭谴责，留职试用。上柱国鲁公国虞庆则由此开始遭到杨坚冷落，被贬为桂州道行军总管。其后，虞庆则之妻有一弟叫赵什柱，在其府中任长史，与虞庆则小妾通奸，怕奸情败露，便恶人告状，上书隋帝杨坚，状告虞庆则蓄意谋反。杨坚信以为真，不问青红皂白，即降旨予以诛杀，令满朝惊恐。

上柱国齐国公内史令左仆射高颎，是杨坚的首辅大臣，在朝廷中职高权重。而且高颎有文韬、懂武略，受世人敬仰、朝臣敬畏，历来是杨坚得以信赖的股肱之臣。杨坚曾当众对高颎赞喻道："公识鉴通远，器略优深，出参戒律，廓清淮海，入司禁旅，实委心腹。自朕受命，常典机衡，竭诚陈力，心迹俱尽。此则天降良辅，翊赞朕躬，幸无词费也。"高颎为人处世奉行刚正不阿、是非分明，且足智多谋，在隋廷中与郑荞等人均是举足轻重的人物。于是，难免会遭人嫉妒，更会因对事不对人而得罪人。郑译在世时，早就把高颎与郑荞等人视为眼中钉、肉中刺，在杨坚耳边没少进他们的谗言。然而，当时的杨坚还算睿智，尚能明辨是非，没有听信郑译的一面之词。自从大江南北一统之后，朝野民和、国土疆宁，上下一片颂歌赞词。于是，杨坚渐渐变得骄纵武断起来，不再广纳谏言，也不再善待直言不讳之人。相反，他对批评朝政的人变得烦躁、不屑一顾且反感，更甚者，对与他意念相悖的人，便会投以猜疑和排斥。他需要的是歌功颂德的臣子，是树碑立传般的赞扬，是唯唯诺诺的顺从。

第四十八章　听信谗言皇帝多疑，心存魔态良臣心寒

高颎在贺若弼与韩擒虎的争辩中不肯实话实说，杨坚便在心中认定这是高颎的圆滑；高颎替晋王杨广表功讨赏，杨坚便猜疑高颎是否收受了晋王的好处；高颎中年丧妻，杨坚欲赐女为其续妻，高颎以年老力不从心为由推辞了，之后却为自己与小妾生下的一子大办满月喜宴，这让杨坚心头不爽；杨坚寻思让高颎之子高表仁娶太子杨勇之女为妻，却遭到高颎虚与委蛇，无果而终。高颎的这些作为，让杨坚认定高颎已与他离心离德，开始对高颎冷落疏远。此后，朝中但凡有大事，杨坚不再事事与高颎相商，也很少愿意听从高颎的意见。

辽东与高丽边境不和，有人提议出兵辽东、讨伐高丽，高颎则主张此事不必劳民伤财、大动干戈，只需派特使从中斡旋调解即可。杨坚对高颎的提议置之不理，执意指派汉王杨谅挂帅，与大将军王世积领兵征讨。结果年少的汉王缺乏领兵行军经验，又固执己见，不采纳王世积的意见，致使军将在途中遭遇病疫，不利而归。其后杨谅为推卸责任，反诬王世积有谋逆之心。

平静的江南，在秦王杨俊的作威作福管制下，多地因不愿习隋俗的五教词而发生骚乱。高颎提议速派晋王杨广前往治理。杨坚不仅不允，却派杨素领兵前往镇压，结果造成江南的局部动乱演变成整个江南的暴乱：以越州高智慧，苏州沈玄恰、沈杰为首的乱民更是聚众数十万，攻城略地，自封为天子。一时间，大半个南方都陷入战火混乱之中。杨坚至此才想起，杨广曾说过治理江南的那段话，这才下旨令晋王杨广与秦王杨俊对调领地，杨广任扬州总管，杨俊为并州总管。杨广带了薛冶儿上任后，坐镇江都，积极推行均田制、租调徭役等新律法，以文治配合杨素的武功，很快就平息了战乱，扭转了整个江南的局面，同时鼓励江南与江北开展农牧贸易互流，开启了江南的新时局。杨素由此得以替代右仆射苏威之职，而高颎却没得到杨坚只言片语的赞赏。

大兴新都仁寿宫的扩建饰造，是杨素在宇文恺和封德彝、何稠的助力下完成的。其中的富丽堂皇堪称一时之最，但由此所花费的劳力和钱财更令人咋舌。更甚者，杨素为了赶工程进度，纵容手下的官吏监工对被征的十万余民工日夜开工，限日竣工，致使民工死伤无数。高颎听到民怨，经过详访细察后，直言指责：该工程太奢华，耗财太过，且民工死伤太多，如此建造在白骨堆上的宫殿，不该成为今后仿效的典范，还得追查此中的贪赃舞弊。杨坚闻言心生不安，招来杨素欲究其罪。这让杨素原本满心喜悦想要讨赏的心情，变成目瞪口呆、寝食难安，只能私下去晋见独孤皇后，希望皇后能出面平息此事。独孤皇后正因杨坚迟迟不兑现废太子、另立

东宫的誓言而心生怨恨，她也知道高颎在废立太子之事上的立场。现见杨素前来托她化解此事，便计上心来，应答道："高颎也是多事，这种事得过且过也就罢了，何必要如此当真呢？这岂不是成心在为难你吗？"杨素见皇后有替他说情的可能，立即道："谢皇后娘娘能如此之说。但我怕皇上要追究我的罪错，我岂不冤屈？"独孤皇后指西而言东地道："处道（杨素的小名），此事若是让太子来处置，那就有些难说了，现在的太子也不一定会听我这个母后的话。在朝中除了高颎向着太子与你不和之外，其他人是个什么态度？"杨素一听皇后话中有话，立即心领神会地道："我们朝中大臣，对太子的飞扬跋扈早就有所不满了，他现在竟然连你母后的话也不听，真是岂有此理。他如此作为岂能与晋王相比，更难以服众。往后，我得在皇上面前多说道说道，让他早些定下废立太子的心思。"独孤皇后满心欢喜地道："如此甚好。你这个叔父往后还得在朝中出把力，广儿有你辅助，我也就放心了。至于仁寿宫之事尽可放心，也没必要与高颎去争执，我会给你一个满意答复的。"

　　隔天，隋帝杨坚要去仁寿宫实地勘查，杨素怀着惴惴不安的心情，带着宇文恺、何稠、封德彝等人陪同巡视。杨坚沿着通道里外看了一遍后，在便殿小憩，神色不悦地对杨素道："没想到果真如此奢华，看来不让你代朕谢罪天下，还真不行呢！"杨素悬着的心一下提到了嗓子眼，他心里暗自念道："皇后啊，你说的话怎么不算数？现在陛下要拿我治罪了，我可咋办？"杨素正在纠结，忽然有人前来通报说，皇后驾到。杨素立即像饥渴逢甘露一样，不等杨坚开口，转身即把皇后迎入便殿，落座上茶，殷勤备至。独孤伽罗见杨坚脸有愠色，即道："处道知我夫妇年老，无以自娱，故盛饰此宫，慰我夫妇晚年之乐，何罪之有啊！忆想天下帝皇将相，哪个不是离宫行殿多不胜数，又何能像我夫妇如此清贫寡欲？皇上可不能听信一面之词，去让忠心耿耿之人背黑锅。时值当前天下太平盛世，我们节俭大半生，就算晚年能享得这份奢华，我认为也不为过！"杨坚对仁寿宫的装饰本无太多异议，想处置杨素也只是为了堵人口舌、自喻廉洁、沽名钓誉罢了。现在被皇后先声夺人，不仅心安理得起来，反而对高颎的进言更感到不耐烦。此后，提异议的高颎却被杨坚斥之为多管闲事，免去了督察之职，而杨素不仅得到许多赏赐，更得到了杨坚的信赖。

　　上柱国王世积因征辽受汉王诬告，被贬到边城凉州为总管，他郁郁寡欢，常以酒浇愁。其有一下属皇甫孝谐因罪被罚，对王世积心生积怨，便上书朝廷，称王世积受道人蛊惑，用名马珍宝贿赠于左卫大将军元旻、右卫大将军元胄和左仆射高颎，以图谋叛逆大事，并欲起河西精兵称帝封后。杨坚对谋逆之事向来神经过敏，

第四十八章 听信谗言皇帝多疑，心存魔态良臣心寒

便不分青红皂白，以谋逆罪欲诛杀王世积，追查元旻、元胄、高颎的罪责，却遭到高颎的极力反对和申辩，在朝堂上发生争执。杨坚鉴于自己的尊严和固执，执性不听高颎所言，不仅削去元胄与元旻的官职（事后，杨坚自感不妥，又恢复了两人的官职），还要把高颎列为王世积的同党，与王世积一起治罪诛杀，由此彻底伤透了高颎的心。后经众多大臣的力保，高颎虽得以免死罪，却被杨坚削职为民，而王世积则被问斩。

杨坚种种的独断专行，让朝堂看似安宁了。但皇帝与皇后心思不一，不仅凉了忠臣之心，也引起众臣的不安与不和。此后，欧阳若兰因病辞官，不久便病亡。杨坚伤心至极，亲赴灵堂，插香泣拜，恍若失态。继而，郑芥也托词出了宫城，云游四方，不知所终。从此，杨坚身旁敢直言不讳的忠臣良将所剩无几，朝中更是无人再敢对杨坚所言说个不字。杨坚的朝堂彻底变成了只有他一人的声音，众臣多是歌功颂德的奏本和敷衍奉承、谄媚谀辞。继而一批能顺从杨坚的朝臣成了新宠，杨素由此接替高颎出任内史令，成为朝中唯一的权臣。杨坚孤家寡人的权威得到空前稳固，但实际上却埋下了隐患。

一个人的尊严，在慧者眼里，象征着遇事睿智果敢、处世谦逊随和、待人平易热诚；在蠢者眼里，是声势和排场；在独裁者心里，便是至高无上的权力、一言九鼎的威势、唯我独尊的做派和他人奴颜婢膝的顺从。杨坚从一个谨言慎行、仰人鼻息的君子，到心怀壮志、韬光养晦、图谋大业的权臣，再到勤勤恳恳、躬体礼士、以身作则的帝王，如今却变成了为己所为、独断专行、听不得逆耳之言、容不下不顺心之人和事的霸主性情。这是一个心态受环境影响，由酝酿之因而产生的演变之果，也是他人生变化开始走向另一个极端之途。我们都知道，世上万物没有一成不变的道理，普通人如此，帝王将相、杨坚又何尝不是如此呢？

秦王杨俊改任并州总管后，思前想后，心生怨恨：一是不满父皇，把他从富饶的江南调到贫瘠陈旧、缺乏新鲜乐趣的并州执政；二是怨恨大哥身为太子，有父皇扶持，将来大卜都是他的，而自己往后还得仰其鼻息为臣子；三是妒忌二哥有母后宠爱庇护，处处都能出人头地，胜他一筹；四是责怪自己时运不济，江南刚刚安定下来，他本想有所作为，更想好好享受一下江南风情，可属下各地却烽烟四起，不仅搅没了他的志向和好事，还让他像败兵之将般被匆匆招到了并州，连相中的几个江南青楼女子也没来得及带上。

杨俊来到并州之后，一时间心无所系、情无所依，百无聊赖，于是便纵情于声

色场所，时常召妓聚赌，通宵达旦。他为谋取钱财，用官钱放贷求息，借官差巧取豪夺，略得钱币便无度挥霍，以图所欲。杨俊的正妃崔氏规劝不成，反遭毒打欺凌。于是，愤恨之余，崔氏便在杨俊所食瓜中下了毒。不久，杨俊毒发，薨于官邸。事发后，杨坚愤怒，崔氏被处死，杨俊不得入祖嗣。王府僚佐曾恳请太子念及兄弟情分，向皇上求情，为杨俊建墓立碑，却不仅遭到太子的冷遇，更受到杨坚的训斥："朕若以国法治之，他便是罪人。我今以父道来治之，已念了父子之情。他欲求名，一纸史书足矣，何用立碑！子孙不能保家，徒与人作镇石！"因此，杨俊死后，他的荒墓前连个碑也没有，其子女也没有继承的名分。

随后，杨坚任命年仅十七岁的五子汉王杨谅为并州总管。为给杨谅树立威严，杨坚竟不顾杨谅的能力，将长安城西北五十二州的地方军政大权都赋予汉王管辖，并准其便宜行事。杨坚如此独断专行的一严一纵，让皇后独孤伽罗伤心不已，指责杨坚与太子铁石心肠，也坚定了她废太子、另立东宫的想法。但这却造成了汉王杨谅唯我独尊的自大和不切实际的骄妄，发展到招降纳叛、聚势成患、兴兵作乱。

第四十九章
结庐避邪太子自作，廷审元凶皇后逼宫

东宫太子杨勇的宠妃云昭训，因迟迟得不到母后独孤的认可，无法转为正妃，不能名正言顺地管辖东宫，也不能让三个亲生儿子以嫡出身份承继父恩，因而心生怨恨。她不时在杨勇跟前撒娇哭诉，常闹得杨勇心烦意乱、不得安宁，这让杨勇心里也怨恨起母后对他的独断专行。

太子的岳丈，云昭训的父亲云定兴，乃是市侩出身的势利小人，平日里常干些无节无义、攀高结贵之事。自从女儿被太子杨勇相中，私下往来，暗结珠胎之后才被悄悄迎入宫中，直至生下一子方才得以在众人面前露脸。于是，云定兴一步跨进了龙门，在外更是处处以太子之岳丈自称。云定兴自知身份卑微，但为了讨好太子这个女婿，他变着法子投太子所好，做太子喜欢的事：他见太子喜欢奇服异器，便四处寻觅，甚至远涉西域收集异宝奇珍、异木奇花献给太子，以博太子青睐。太子舍人左庶子裴政对此很是不满，便借元妃暴亡之事当众指责云定兴道："元妃暴薨，人言纷纷，皇后震怒。公在此际，理当引退，方可免祸。"云定兴却不以为然，竟把裴政之言告知了女儿，太子为此便将裴政逐往外藩任职，改用擅长音乐和取媚之术的唐令则为左庶子。唐令则善用媚功，常男扮女装，手弹琵琶，男腔女唱，以淫歌艳舞博取太子和众官僚的欢心。太子洗马李纲对此实在看不下去，便直言相告："太子殿下，唐令则身为宫僚，常自比伶人，以淫词秽行，男不男、女不女的作为污太子和众人耳目。若此事上达圣上，其罪难免，我等与太子殿下也必将难辞其咎。"正在兴头上的太子杨勇，却不以为然地道："适时行乐，乃是本太子的嗜好，值得你如此多言！"李纲见劝说无效，便愤愤退出，从此不再参与东宫太子及时行乐之事。

杨勇除此之外还有几大喜好：一是争奇斗胜。他常在东宫内召集王孙公子、富家子弟，或以奇物斗奇，或以赌注决胜，此中输赢的赌金少则百两，多则上千，把东宫弄得如同赌场。二是酒后纵性，而且不顾场合，不辨年长年幼和姿色，性起之时，只要是女子，尤其是陌生女子，谁都可能成为他的发泄对象。但事过之后，他却一

概不认账。这便造成一个奇怪现象，太子的嫔妃们在其酒后乱性之际，会把自己或贴身侍女打扮成各种新奇模样，主动供太子即兴发泄，甚至还会躲在一旁观看。此时的东宫，简直成了公开的淫乐场所。三是迷信占卜之术。杨勇有个亲随宠臣叫王辅贤，此人懂周易八卦，善星卜之术。杨勇每逢大事，必要先请他占卦推算而后行，有时甚至连行房事也得先让他卜上一卦，因此，这人成了他须臾不可离的亲随之一。有言道，物以类聚，人以群分，有什么样的主人，就有什么样的仆从。在太子杨勇身旁，与杨勇性情嗜好不符的耿直之人越来越少，离他越来越远；而那些善于拍马奉承、不知廉耻的小人，却如闻腥而聚的苍蝇，越聚越多。其中有幸臣近侍姬威、王辅贤，太子左庶子唐令则、太子家令邹文腾、左卫率司马夏侯福、典膳监元淹、礼部侍郎萧子宝、主玺下士何竦等外戚外贵，把太子杨勇团团围住，使得太子杨勇只见身旁之人，只闻周围之音，难察身外之事，难辨忠奸之士。

一天，王辅贤占得一卦后对太子杨勇道："太白袭月，长虹贯宫门，此乃凶兆！太子殿下当小心为上。"杨勇闻言，忧急地问道："可有解法？"王辅贤沉思良久，摇了摇头道："目前，尚无解法。"杨勇愈加惶恐，急召姬威、邹文腾、元淹等人商讨应对之术。元淹当即献上一策，让杨勇在后园放置铜铁兵将，搭建茅庐，穿布衣，远离人气，不食炊火之物，在茅庐中避灾。此时，适逢隋帝杨坚要召太子进宫议事，太子不仅迟迟不至，后又让近侍传话称病卧在床。杨坚心生疑惑，即指派杨素前往东宫探视。杨素对太子怀有忌心，来到东宫后并不急着见太子，而是从东宫僚佐口中打探太子的实情，随后以太子在东宫信奉邪术、结庐避祸之说报于杨坚，同时也将此事密告了独孤皇后。

独孤皇后对太子杨勇的日常作为早已耿耿于怀。这不仅因为长子杨勇不讨她喜欢，更因为太子杨勇的种种作为，让她意识到若让如此德行的杨勇继位当皇帝，不仅是社稷臣民之灾，她所喜爱的二子杨广也必会遭殃。所以，为避免出现政乱、弟兄阋墙这样不堪的局面，废太子、另立东宫势在必行。但是，独孤皇后明白，太子杨勇有权有势且凶暴蛮横，背后又有执政父皇的庇护，处于绝对强势；而晋王杨广软弱谦和、势单力薄，明显处于弱势。若她这个母后不力挺杨广，吃亏的必定是杨广。所以，独孤皇后认为，不管是为了社稷还是为了杨广，她一定要让隋帝杨坚废了杨勇的太子之位，另立杨广为东宫太子。然而，这些时日下来，杨坚却迟迟没有废除太子杨勇的实际行动，独孤皇后对此忧心忡忡，这也是她常与杨坚发生争执的主要原因。如今，她接到杨素密告，杨勇放着社稷公事不干，不仅托病不应召入宫

第四十九章　结庐避邪太子自作，廷审元凶皇后逼宫

办正事，反而听信蛊惑，奉行邪说，搞歪门邪道来欺君蒙骗父皇，实在是越来越不像话。独孤皇后的气愤涌上心头，她决定这次绝不能让此事不了了之，一定要让杨坚做出明确决断，否则哪怕闹到朝堂上，也要把此事当众公断。

杨坚对杨勇的日常作为也有所耳闻，但他始终割舍不了长幼有序的继承传统，反而认为这些传闻并非大事，不足以据此否定太子的一切作为，进而罢免太子。此外，杨坚还有另一层想法：他觉得皇后独孤要废太子，主要出于私心。她自小就宠爱二子杨广，就像自己宠爱长子杨勇一样，这对父母而言并无过错。但宠爱是私情，立储君是国之大事，是公事。他身为一国之君，不能因私情误公事。在太子杨勇没有确凿大错的情况下，他不能迁就皇后，废长立幼。故而，杨坚对皇后提出的废立太子之事始终不予正面回应，所以他对杨素汇报的东宫见闻也只是听听而已，仅说了句要派专人核查，并未太上心。

退朝后，杨坚按惯例先去勤政殿处理了一些奏折上的事务，看看时间差不多了，便进后宫与皇后共进晚餐。往日，杨坚除出宫巡视和朝中政事繁忙外，一直保持回后宫与皇后同桌共餐、同床栖息的习惯，而且独孤伽罗必会为杨坚备下他爱吃的菜点。如今，两人虽不用再为日常开支精打细算，穿戴和桌上菜肴也比以前丰富多样，但勤俭务实惯了的独孤皇后并未因此骄奢淫逸，更不会随意铺张浪费。房中依旧没有多余摆饰，她身上除几身常备宫服和日常官便服外，也从未穿过过于豪华的服饰，桌上也不会常有山珍海味和琼浆玉液。这对皇帝夫妇过的生活似乎还是那种富足却不奢侈的生活。今日，杨坚步入后宫餐殿，发觉殿内有些异样：餐殿内不见常见的几个宫女侍从，皇后孤零零一人坐在餐桌前，餐桌上虽摆着两人用的碗筷餐具，却不见一碟菜肴和酒壶酒盏。杨坚走到独孤伽罗跟前，奇怪地问道："皇后，这是怎么啦！是厨子都病了，还是他们要造反了？"独孤伽罗目光炯炯地看着杨坚道："他们什么都不是，今天是我要反了。"杨坚惊愕不解地问道："伽罗，此话怎讲？"独孤伽罗声色严厉地道："太子在宫内听信谗言，装神弄鬼搞邪门巫术，这样还有个储君的样子吗？你我奉行天理正道，全家何曾信过邪教歪道！这样的储君要给后世树立怎样的榜样？今天，你得给我把话说明白，这样的储君，你是要害他，还是在害己，或是要让他去祸害社稷百姓？"此时，杨坚才明白皇后的用意，也感受到了兵临城下的严峻。但如此大事，岂能轻易作答、仓促决断！可是，皇后今日的架势，完全是不达目的誓不罢休，这让杨坚犹豫起来。此刻的杨坚，开口不好，不开口也不好，真正感到进退两难。独孤伽罗见杨坚闭口不言，越发恼怒地道："今

天，你若不把此事明确了断，那我俩同桌而餐，还有什么意义？这与同床异梦又有何区别！"杨坚真的惶恐了，不得不开口道："皇后，此话怎能如此说呢？餐寝是你我家事，废立太子是国之大事，岂能混为一谈。又怎能在家里说废就废呢？"独孤伽罗却强硬地道："隋朝天下不就是你杨坚的吗？既然这社稷是你杨坚的，就有我独孤伽罗的一半，甚至可以说我的一半多于你。那罗廷，你该扪心自问，当年若没有我，能有现在的你吗？你别固执，也别小肚鸡肠，勇儿又不是庶出，他与广儿一样都是我身上掉下来的肉，我不会像你一样厚此薄彼。你之前立勇儿为太子，我有过异议吗！而现在我为何要提出废他、改立广儿，是我没道理，还是你固执偏心？你说这是社稷大事不能在家里说，可以！我们立即上朝，把这废立大事放到朝堂上，让文武百官公开论断。如果文武百官都赞成你的主张，我独孤伽罗从此不再提废立之事。"杨坚惶恐无言以对。独孤伽罗见状又道："那罗廷，你别再抱着立长不立幼的陈旧观念不放了。事实上你心里清楚，最能领会你意图、力挺你这种观念的高颎已被你赶走，苏威被你罢官，郑芥也离你而去。如今朝堂上，还有几人会直言不讳对你说真话，又有几人能真心维护你长幼有序之说？我若上朝堂把此事付诸公议，你应该清楚会有什么结果。所以，今天不管是私议还是朝堂公议，你必须把此事说明白、定下来。否则，你别想吃饭，更别想睡觉。"杨坚感到极大委屈，想发怒却没勇气，想申辩又觉词穷理屈。他明白皇后所言并非无理取闹，若让她上朝堂提交百官审议，自己不仅会颜面尽失，而且凭皇后的威严，自己必输无疑。但是，杨坚觉得废太子不能如此草率，太子若没有确凿罪证和不可饶恕的恶行，他岂能仅凭皇后之言就做出决定。然而，眼前该如何平息皇后之怒呢？

杨坚思前想后，觉得现在唯一的办法是以虚缓应对其实，先避过眼前，再想将来，能拖一时是一时。于是，他露出无可奈何的神态道："皇后请息怒，朕已责成杨约去明察暗访太子的种种不端行为，少则数十天，多则两三个月，必会有结果。到那时该废该立，全凭皇后做主。如何？"杨坚让杨约去明察暗访太子日常作为，只是一时设想，希望以此搪塞眼前尴尬。但所说的数十天和两三个月期限，不过是脱口而出的无稽之谈。独孤伽罗将信将疑地问道："杨约是何许人？我怎么毫无印象。"杨坚答道："杨约是杨素的异母弟弟，他孩童时上树登房伤及男器，杨素怜悯爱惜，以军功向朕为其弟杨约讨封赏，朕念其兄弟情深，特授其为宗正大理少卿，享五品官禄。不过，杨约终究是宦者，只能混迹于宫廷宦官和王室家眷之间。所以，你对他怎会有印象！"独孤伽罗虽点头表示认可，却又道："原来如此。他既然是杨

第四十九章　结庐避邪太子自作，廷审元凶皇后逼宫

素的兄弟，那就不是外人。你宣他来见我，本宫要当面询问他明察暗访之事，绝不能弄虚作假。"杨坚没想到皇后如此认真，只能忐忑点头称是。

宗正大理少卿是个有职无差的闲官。杨约身残，心智却不残，反而熟读史书，通博古今，利齿伶牙，聪慧过人。他仗着杨素的官威，穿梭于王公大臣之间，结交贵戚，倒也混得像模像样。但他明白，仰仗他人威势的颜面只是权宜之计，要真正出人头地、受人敬仰，必须得有权势在手。太子杨勇与晋王杨广兄弟不和由来已久，隋帝杨坚庇护储君太子，众臣皆知。太子凭借权势欺压晋王杨广，也是朝廷中公开的秘密，但谁也不愿明言指责其中不当。杨约也曾出入东宫，结交太子身旁的宠臣与权贵，尤其与太子近侍姬威交情非同一般。然而，随着杨约对太子府中的人和事看得多了、听得多了，了解也愈发深入，特别是对太子的暴戾脾气和违背常人习性的行为，杨约心里渐渐产生排斥感。他不禁想到，今后太子上位，隋朝天下还能像现在这样安宁富足吗？看好太子的大哥还有能力庇护他吗？常言道，天要灭人，谁也拦不住。正当杨约看透太子本性，想另寻门路、另攀高枝时，有人将晋王杨广身边的近侍段达介绍给他相识。段达和杨约谈及朝政，共同语言颇多。杨约对晋王事事处处的谦让深感不平，得到段达认可，段达还将杨约引荐给晋王。此时，晋王杨广身边已聚集了几位重要的心腹大将和谋臣，他们都是杨广在伐陈之战和治理江南过程中赏识的谋臣良将，其中有扬州总管司马张衡、寿州刺史总管宇文述、洪州总管郭衍和晋王府参军段达、左领军将军史祥、上开府大都督来护儿等，尤其扬州总管司马张衡和寿州刺史总管宇文述深得杨广倚重。

张衡原本在朝中是个徒有虚职、并无实权的六品文员侍郎，却因在朝堂上公然评说太子仗势欺压同僚弟兄的不当跋扈行为，被太子杨勇记恨。后来，太子在吏部进谗言，张衡被贬到刑部任七品度支二曹郎。杨广念及张衡的耿直，也看中他的人品和才华，借着伐陈之战用人之机，点名把张衡调入自己帅府出任行军参军，让张衡有了立功升职的机会。伐陈之战结束论功行赏时，张衡不愿升职回朝堂任官，宁可追随晋王出任晋王府司马。此后，杨广调任扬州总管，立即保举张衡担任扬州总管司马（扬州总管是隋朝四大总管之一，总管司马为正五品官衔）。

右卫将军宇文述在伐陈之战中，自六合率三万兵马水陆并进，胁从贺若弼下东吴，出奇兵攻占会稽，招降陈君范、萧岩，斩杀梁廷叛将萧讞，被隋帝杨坚封为大将军，授为安州总管。晋王杨广调往扬州为总管时，点名要宇文述随行，并授以寿州刺史，任兵马总管，成为杨广安定江南的得力助手。此后，两人交往密切，交情日

深。一次，两人谈及朝政走向，宇文述屏退左右侍从后道："皇太子的不堪人品和德行，天下已有传闻，失宠于国母皇后也并非绯闻。以臣下所见，皇太子长此以往，失爱于皇上也将是迟早之事。而殿下您仁孝著称，才能盖世，南征北战屡立大功，且内有皇后宠爱，外有四海之望，却独缺朝中有重臣相扶。否则，废立之大事，舍您其谁！有言道，当局者迷，旁观者清。以臣之意，晋王殿下该早做谋划。为此，在下为殿下举荐一人，若能得此人相助，包您心想事成。"被说动的杨广问道："你所荐是何许人？我可熟悉？"宇文述认真道："越国公杨素，他如今可是皇上跟前最红的人。自从左仆射高大人被贬后，他这个右仆射便成了朝中首辅。他只要在皇上跟前多为您美言几句，这废立之事何愁不成。"杨广闻言，立即摇头道："不成，此事不成。越国公是太子的师傅，他岂肯助我？"宇文述微微一笑道："殿下不必忧虑，事在人为。历来成大事者，身边必有能人辅佐，越国公定是您的不二人选。若您对越国公信心不足，可以通过他的弟弟杨约为您传话、牵线搭桥。如此，此事必成。"杨广犹豫道："那，我该如何牵线杨约呢？"宇文述道："此事不难，您只需指派可信之人，找个借口直接询问大理少卿即可。"

在以物质为生存基本条件的人世间，人心和人情很难躲开功名利禄的诱惑，能避开之人仅是凤毛麟角。所以，人与人之间为权、为利、为财、为色争斗不断，平民百姓、帝王将相概莫能外，只是争斗规模大小不同而已。晋王杨广对太子之位并非没有觊觎之心。杨广自小就不服杨勇的霸道，但当时只是争口气。随着两人地位名分高下已定，杨广在杨勇处处以太子权势相逼欺凌下，加之父皇一再庇护太子、打压他，心中渐渐积聚起一股不平之气。每次对父皇的不公平处置忍让退却一步，这股不平之气就聚涨一分。尤其是遇刺后，得知竟是东宫买凶，杨广心头的反抗之火再也压不住。但为了不让父皇、母后乃至家族蒙羞，杨广不得不再次忍受，还带着全家不辞而别，远走并州。

杨广本想在并州按自己心意治理，开创一番天地。谁知江南动乱，又将他推上风口浪尖。他不得不放弃打算，为父皇谋大局、为朝廷谋统一、为江南百姓谋安定。不过，杨广从此多了个心眼，他觉得朝政多变，父皇母后会老去，不能再一味退让，要掌控自己命运，为自己谋划未来，这便是他在身边聚集可用之人的初衷。宇文述的一番肺腑之言，揭开了杨广心中的盖子，点燃了他的思路，指明了一条可行之路。于是，杨广指派段达联络杨约，宇文述更是亲赴京城与杨约会面，并在杨约引见下晋见越国公杨素。宇文述没想到，杨素听明来意后，竟满口答应助杨广争太子之位，还将皇后对太子的不满告知宇文述。至此,宇文述与杨素、杨约结成同盟,共同助力杨广谋取太子之位。当然,杨广上位后,对宇文述、杨素、杨约也有所回报,三人都成了朝中重臣,杨广还将宇文述次子宇文士及招为驸马。

杨约意识到,隋帝杨坚并非铁心不想废太子,只是在没有确凿罪证令众人信服前,不愿听皇后之言贸然行事。所以,杨约决定从东宫太子府亲信处调查落实太子的恶行。鉴于对东宫太子府内情的了解,他从太子近侍姬威入手。原因有三:其一,他了解姬威。姬威靠一张能把事说得天花乱坠的嘴在太子跟前得宠,实则没多大能耐。其二,姬威是小人,贪赃贪财,自私自利,只要有利可图,什么都不顾。其三,姬威虽是太子红人,却常背着太子与云定兴狼狈为奸,不顾名节谋取私利。杨约正是从姬威、云定兴等人身上,看透太子前程凶险,才决定另择明主,也确定从姬威身上寻找扳倒太子的罪证。

一日,杨约宴请姬威,酒酣之际道:"东宫罪过,圣上皆知。吾兄已奉密诏,废立之事近在眼前。我与你情同兄弟,故相告知。你是太子近侍,若不速速决断,届时就晚了。"姬威大惊失色,问道:"此事当真?"杨约答道:"如此大事,岂会儿戏!想太子往昔得罪之人众多,你若再执迷不悟,必将为其陪葬。"姬威闻言,沉思良久道:"兄台良言,如醍醐灌顶。但太子所做得罪人之事太多,让我从何说起?"杨约心中暗喜,口上却淡淡道:"小事只能算过错,圣上不会追究。唯有杀人放火、危及朝廷社稷的大事,才能称之为罪。你只需将这些大事呈报圣上,便可将功补过,或许还能立功受赏!"姬威连连称是,并与杨约约定,在圣上正式审讯太子时,当庭递讼。

常言朝中有人好做官,此言不虚。隋帝杨坚对太子杨勇的行为原本将信将疑,怎奈后宫独孤皇后刚柔并济、执意威逼,朝堂上以杨素为首的文武百官进谗言!待杨约掌握太子重大罪证并奏报杨坚后,杨坚再无推诿余地。于是,杨坚不得不顺应皇后意愿,在朝堂上审讯太子,让众臣认定太子罪证真伪,共同商议是否废除杨勇的皇太子之位。

独孤伽罗这些时日饮食乏味、入夜难眠,即便入睡也多梦,常觉疲惫不堪、力不从心。她明白,这段时间让她心神不宁、忧心忡忡的,正是废立太子之事;也清楚这是常年劳累、思虑过度,积劳伤神的结果;更知道废立之事不定,她难以安宁。因为这关乎她个人喜好,更关系到大隋社稷兴衰,关乎她与杨坚一生奋斗的后继人选。独孤伽罗不能不考虑,选人不当会给臣民带来何种后果。而且她已预感到,自己身心每况愈下,怕一旦撒手人寰,会给二子杨广留下后患。所以,朝廷对太子的废立大事刻不容缓。今日朝堂将公开廷审太子，决定是否废太子、另立东宫，独孤伽罗和杨坚都早早起身，独孤伽罗还亲自为杨坚准备了可口早餐，她期盼杨坚能兑现承诺，给她一个公正明白的结果。

朝堂上，杨坚身着戎装，召集满朝文武百官，按序分立于武德殿。他当众宣布朝议日程事项，随后指令殿前武士传唤东宫太子杨勇上殿。太子杨勇对父皇要当众审理他是否适合当太子之事并非没有耳闻，起初没当回事，后来事到临头却束手无策。听信妄言，结庐布衣避灾也毫无作用。原本围着他转的亲信侍从、幸臣，似乎都失去了往日的足智多谋、能说会道，一提及应对罢免的正事，个个噤若寒蝉，或找借口退避三舍，就连他宠妃云昭训的父亲云定兴也躲得无影无踪。太子杨勇一筹莫展，唉声叹气，往日威势荡然无存。他如今唯一的希望，便是父皇把这场庭审当作掩人耳目的过场戏。然而，杨勇随殿前武士走进武德殿，只见大殿两旁戒卫森严，朝臣们神态肃穆，父皇戎装在身、神情严峻，吓得他浑身颤抖，情不自禁惊问身旁武士："是否要杀我？"隋帝杨坚看着阶前的杨勇，虽于心不忍，却不得不威严地道："皇太子乃未来国之储君，其品行关乎朝政长远、百姓安宁，容不得半点文过饰非。据传太子杨勇不堪承嗣已久，皇后早劝我废之。我念其是我布衣时所生，又是长子，望其能渐改，隐忍至今。谁知他不求长进，又生诸多事端，实令朕忍无可忍。朕今日将太子押至朝堂，交付诸位公开审理，以罪论处，彰显我朝律法，皇太子也不例外。该废该立，以实情证据为凭，由你们决断，也可让朕洗脱包庇之责。想必诸位能明白朕的良苦用心。"然而，殿上众臣无人应声。

杨坚只得又道："朕先开个头，大家可据实畅所欲言。皇后对太子元妃之死一直心存疑虑，深疑是被用药谋杀。有证据表明：太子自南兖州归来，在外与人私合，却对卫王说：'阿娘不给我一个好媳妇，又不容我娶一个好媳妇，实在可恨，我必杀恶妇，再把好媳妇娶回家，看谁能奈何我！'此后不久，元妃便无病而终。他随即把那个在外私会的女子私自引入宫中，此为其罪之一。其二，昔日晋太子娶了屠夫之女，其子便喜好屠割，还扰乱宗社。刘金麟是市侩诌媚之人，逢人便称是云定兴的亲家。朕起初不信，派人询问得知，太子曾带其婿曹妙达与云定兴女儿同桌共宴，其女殷勤劝酒，行为如同夫妻，故而有此说法。有言道，人以群分，物以类聚。太子竟与这等人为伍，纵容其妇与友违礼而为，实在可憎可恶。朕虽德行不及尧舜，但总不能将天下交给这等不肖之子为帝吧！"

杨坚话音刚落，左卫大将军五原公元旻立即出班道："皇上所言皆为家庭琐事，

第四十九章 结庐避邪太子自作，廷审元凶皇后逼宫

而废立皇太子乃天下大事。天子一言九鼎，不能为琐事所惑，更不能让臣下众说纷纭。若谗言泛滥，谁来评判功过！所以，臣认为此事不宜在朝堂上公议，望皇上明察。"杨坚心中虽喜，脸上却不露声色。杨素见状，立即出列道："陛下还记得逆臣王世积贿赂一事吗？如今，元公为太子说话，并非无因。据司承告发，元大将军身领宿卫之职，与太子交往密切，来往书信都有'亲启'二字。其中是否有隐情，望陛下明察。"杨坚听后，惊愕且愤愤地道："朕在仁寿宫，稍有小事，东宫太子便知晓，朕一直觉得奇怪。原来是你在作祟！"当即令武士将元旻羁押，交大理寺依法追究治罪。杨素接着道："太子日常行为岂止这些家庭琐事。如今，太子近侍姬威在宫门外候旨，要呈文告发太子。陛下何不传旨准其上殿，与太子对质。"

杨坚无奈，只得令武士将姬威带进殿来。姬威头顶状告太子犯法的抗表，跪倒在阶前。杨坚待近侍收起抗表后问道："太子所做之事，你可尽言。"姬威答道："皇太子与我交谈从不忌讳。皇太子起初一心追求奢华，想学齐后主高纬、陈后主陈叔宝，便在东宫院内建一座春夏秋冬四季分明的小城。但因不合心意，朝建夕改，劳役不止，工匠夫役苦不堪言。此后，他沉迷女色，宫中女子无一幸免。太子妃因不满其荒淫，遭毒打身亡。有一次，皇太子晋见皇后娘娘回来，竟对我说，阿娘不肯把身边的好女子给我，实在可恨，将来总有一天，她们都将是我胯下之物。后来，皇太子性情越发骄横霸道，遇见不合心意之人，常说必杀之。还有师姥曾为皇太子卜言：至尊在位二十年，如今期限将满，劝他早做登基准备。为此，皇太子对着朝堂奋髯扬肘道，现在朝中大臣没几个好人，将来我上位，仆射以下，我必杀一二十人，让他人知道怠慢我的下场……"杨坚听不下去，怒容满面地插话道："其他的都别说了。朕现在问你一事，必须如实回答。行刺晋王，可是太子所为？"姬威胆怯地看了杨勇一眼，见杨勇脸色苍白，眼中却喷火般盯着他，吓得不寒而栗，不敢出声。杨坚见状，厉声追问道："快从实说来，'是'还是'不是'！若有虚假，定斩不饶。"

朝中大臣都明白，之前所说太子诸多过错，或许还可饶恕。但行刺晋王一事，若真是太子所为，那便是个叫饶恕之罪。所以，朝中大臣都提心吊胆，眼巴巴等待姬威开口道出真相。姬威到此只能硬着头皮说道："行刺晋王殿下一事，确是太子指使。"杨坚心头发凉，追问道："太子指使了谁，如何指使的？"姬威胆战心惊地答道："是太子指使我去找的刺客。"杨坚厉声追问道："你从何处找来的刺客？刺客姓甚名谁，相貌有何特征？"姬威答道："刺客赛荆轲是江湖游侠，行踪不定。我与他仅有一面之交。他相貌无特别之处，但有个外号叫一星侠，据说这外号源于他胫后

的一颗黑痣。"杨勇闻言,大声喊道:"你这个畜生,尽胡说八道!是你唆使我去行刺杨广的。没有你们这些小人,我何至于落到今日下场!"

杨坚见杨勇已承认行刺杨广是他所为,又气又恼。他心里明白,如果继续追问,让姬威再说下去,定会有更多难堪之事公之于众,届时将更难收场。现在只能快刀斩乱麻,结束审讯,阻断姬威的揭发。否则,丢的是自己的脸面,难以挽回的是这个逆子的命运。杨坚主意已定,立即高声道:"来人,把这个以下犯上的逆贼推出去斩了。"众臣见杨坚如此处置姬威,心里都明白他的用意,于是人人装聋作哑,任由殿上武士把连声喊冤的姬威拖下殿堂。杨坚不得不高声宣告:"今日廷审皇太子杨勇一事,到此为止。朕现颁旨如下:废立太子乃天下大事,容不得虚妄和草率。自古储君虽有不才,但只要不是失于理智、怙恶不悛,尚可责成其闭门思过,甚至让其守器,也并非不可。然而,朕身为父皇,也有不可推卸之责。为此,责成大理寺卿派遣可信赖之臣,再次查实皇太子所犯之事,不仅要以正视听,更要依法断处。届时,再由朝臣们根据实情决断废立之事。"杨坚这番话,完全否定了让朝臣廷审太子的初衷。朝臣们听在耳里,想在心里,明白杨坚此话的真实用意,所以无人站出来提出异议。

乐平公主杨丽华的弘圣宫殿宛如兰花的世界。这些年,她首要爱好便是栽培种植兰花。说来奇怪,天南地北各种各色的兰花,在她的精心培育下,都能在宫殿里生根发芽、分穗开花,且一年四季花开不绝,使宫殿四处弥漫着兰花沁人心脾的幽雅香味。众人将她的弘圣宫赞为兰花宫,杨丽华也成了兰花仙子。然而,杨丽华在精心育种兰花之余,并未放弃对朝政,尤其是与二弟杨广相关之事和人的关注。她留意着杨广率兵伐陈的战绩;对父皇在灭陈后论功行赏时对杨广的不公平感到不满;也关心朝中大臣的动向,尤其是父皇身边举足轻重大臣们的荣辱职位变动;她是家族中拥护母后废太子、立杨广的坚定追随者;痛惜欧阳若兰过早离世,父皇身边失去一位支持立杨广为太子的帮手;得知杨勇不顾手足之情,买凶行刺二弟杨广时,她怒不可遏,独自冲入太子府责问杨勇,随后又鼓动母后向父皇讨说法,力挺母后向父皇公开提出罢免杨勇皇太子之位、改立二弟杨广为太子的逼宫之举。杨丽华对父皇在朝堂上公审太子杨勇的举措,与母后抱有共同期待。所以,当她得知父皇在廷审太子时的反复无常、虎头蛇尾,不仅大失所望,更是异常不满。为此,杨丽华急匆匆赶进后宫见母后,想商定一个趁热打铁、迫使父皇立即废除杨勇太子之位、改立杨广为东宫太子的一劳永逸之法。

独孤皇后心神疲惫地躺在床榻上,等待朝堂上的决断,期待杨坚能如她所愿,

第四十九章 结庐避邪太子自作，廷审元凶皇后逼宫

废了杨勇的太子之位，改立杨广为东宫之主。然而，朝堂传来的消息让独孤伽罗大失所望。她心头一阵烦恼和忧急，觉得胸口有股热流涌动，情不自禁张口喷出一口鲜血，染红了床榻上的被褥。近侍宫女顿时手忙脚乱、不知所措。独孤伽罗拦住要去传御医的近侍，让宫女撤换床单被褥，自己换了衣衫、洗净血污、调理心情，并禁止下人将所见之事告知任何人。

独孤伽罗见女儿杨丽华匆匆进宫，立刻明白她的来意。便平和地问："丽华，你是为朝堂廷审太子没有结果，才赶来见我的吧？"杨丽华坐定，待侍女奉上茶点后，开口道："母后说得正是。父皇在废立之事上仍犹豫不决，当庭下旨斩杀告发者姬威，更有庇护太子之嫌。母后若不采取果断措施，废立大事将前功尽弃。"独孤伽罗点头道："我也在想这事，你可有让你父皇一锤定音的办法？"杨丽华摇头道："孩儿只有生气的份，哪有什么办法？所以才匆匆进宫，聆听母后教诲，商讨出有效办法，消除父皇的犹豫不决，扶广弟早日登上太子之位，了却母后和我的心愿。"独孤伽罗边想边道："自从高颎被贬后，朝中反对废立的主流势力减弱，观望、见风使舵的人增多。这也是你父皇难以辨别众臣心态倾向、难以分清是非、难以果断决策的原因。废旧立新，废的是祸端，立的是福源，我们不能重蹈周室覆辙。这不仅是杨家之事，更是社稷天下百姓之事，势在必行。所以，逼迫你父皇早做决断已刻不容缓。否则，让勇儿这样无德无能之人继承你父皇的江山，后患无穷，我与你父皇呕心沥血创下的基业也将毁于他手，最终受害的是天下百姓。"杨丽华情不自禁忧急地说："母后，我们该怎么办？广弟远在扬州，不便出面为自己的事与父皇抗争，此事只能靠我们助他成功。"独孤伽罗点头道："正是如此。我看中的就是广儿明事理，他一再谦让，正是克己奉公、顾全大局的品行体现。我们不能让诚实谦逊的人吃亏，否则天下就没公理了，我这个母后也对子女有失公允。我已跟你父皇说，我现在要'反'了。若今日廷审没有废立结果，我明日就重返朝堂，凭借昔日二圣临朝的威严，让众臣对废立之事当场表态、当场决断。到时看你父皇还能用什么理由搪塞我？"杨丽华既喜又忧地说："母后用如此手段逼宫，确实爽快。但孩儿有些担心，万一朝中大员迫于父皇威严和太子权势，不如我们所愿，母后将如何处置？"独孤伽罗信心满满、毫不犹豫地说："这些年，我虽不再与你父皇同时上朝理政，但大隋二圣执政的余威仍在。我就不信，连你父皇都不敢与我抗争的朝堂，我独孤伽罗会无法以理服人，征服不了那些臣子？今日等你父皇退朝回后宫，我就跟他谈此事，我等不及了，这也算是先礼后兵吧！"杨丽华立刻说："想当年，母后在朝堂上一言

九鼎，风头远超父皇，这是公认的事实。所以，我信母后说的。今天，我就留下陪母后向父皇宣战，让父皇也知道，我们母女扶持广弟是同心的。"独孤伽罗却认真地说："你父皇如今已不像从前那般谦逊随和，不仅你们做儿女的要顾及他的尊严，连我也得给他留面子，不能让他觉得我们联合起来反对他。否则，激起他的拗劲，反而适得其反，于事无补。所以这事你就不必出面参与了，免得你父皇和勇儿记恨你，日后相处难处。"

杨坚退朝后来到养心殿，左思右想，心绪不宁。他知道此时回后宫，必然难以躲过皇后的盘问。他也清楚，长子杨勇的东宫皇太子之位恐怕难保，更明白朝中大臣们对废立太子之事虽都未明确表态，但都看在眼里、记在心里，等着他做决断。杨坚恨杨勇这个逆子辜负了他的期望，让如此庇护他的自己颜面扫地。他连自己钦定的继位者都教导不好，又怎能在朝堂上训导天下臣民、树立威严，这让他这个一言九鼎的君主里外不是人。杨坚在养心殿里徘徊不定，拿不定主意去后宫面对皇后。他想找个贴心人倾诉，舒缓心头郁闷，可心仪的红颜知己欧阳若兰已离世，再也见不到她那温婉的笑容，听不到她语重心长的调侃；他想把郑芥召到身边，让郑芥排解烦恼，可郑芥也已离他而去，不知去向。高颎，这个曾被他器重、足智多谋的首辅，却被他贬为庶民。如今朝堂看似平静，可他却像失去了主心骨，无所依托。突然，杨坚想到了没什么心机、心直口快的族弟杨素，又想起杨素曾是杨勇的师傅，如今也是自己在朝堂上倚重信赖的支柱。此刻，何不召他前来，倾诉心中烦闷，也打探一下众臣的心思？于是，杨坚立刻派人召杨素速速进宫觐见。

杨素退朝后，见陛下急召他进宫议事，立刻猜到所议之事必定与太子有关。若说杨素是个没心机的人，那就大错特错了。他大智若愚，遇事善于审时度势，虽谈不上有深谋远虑的智慧，却能随机应变，常使自己立于左右逢源的不败之地。说他心直口快、大大咧咧、口无遮拦倒也有些贴切，但他所言绝非信口开河，更不会无的放矢。高颎对他的评价是外表粗豪，内心谨慎。这些年，他步步高升，权势日重，便是最好的证明。在废立皇太子这件事上，杨素原本并无偏向。皇太子杨勇有父皇庇护，继位名正言顺，而自己曾是他的师父，料想杨勇也不会亏待自己。但杨素愿意扶持杨广为太子，主要出于两点考虑：一是杨广背后有母后和朝中一批大臣支持；二是从才能、智商和情商方面比较，杨勇明显逊色于杨广。自己若能在扶持杨广上位这件事上出大力，凭杨广的智商和人情世故，日后也绝不会亏待自己。所以，在废立皇太子之事上，杨素虽是个骑墙派，但更多时候会随机应变、有所倾向。随着杨坚身

第四十九章 结庐避邪太子自作，廷审元凶皇后逼宫

边一批重臣被贬离，杨素的权势日益加重。尤其是左仆射首辅高颎因杨坚的猜疑被逐出朝堂后，杨素已成了朝中无冕的首辅。不过杨素心里明白，这左仆射之位虽仅一步之遥，但若没有重大建树，这一步也难以轻易跨越。如今朝廷外无征战，内无叛乱，他这个靠武功上位的权贵，很难凭学识和文治胜过他人。要成为名副其实、一人之下万人之上的首辅，必须有所建树。帝后之间关于废立太子的争斗，让杨素察觉到其中的玄机。所以，他在皇帝杨坚面前不会进逆言，在皇后独孤面前则一再表示全力拥戴杨广为太子，在朝堂上又会就事论事，不偏不倚地对待废立太子之争，但在不同场合会大大咧咧地说些各有所好的话。杨素这番煞费苦心的表现，赢得了各方认可，都把他视为自己一派的支持者。如今皇太子大势已去，但杨坚当庭斩杀告发皇太子的叛臣，中断庭审皇太子的进程，这无疑向众人表明了皇上的态度。而此刻杨坚却私下急召杨素入宫议事，这让杨素不得不猜测后宫帝后之争的结果。这就像一场两军决战，胜负已摆在眼前，他该何去何从，不能再迟疑；这更像一杆天平，他或许会成为帝后之间的一个砝码，决定大局走向，他必须当机立断，这让杨素感到了巨大压力。

杨素神情忐忑地走进养心殿，杨坚不等杨素行完君臣叩拜之礼，便问道："处道，朝中百官对朕今日之举可有异议？"杨素稍做迟疑，试探着说："皇上，今日朝堂之举，可有些不像您平日的作风啊！众臣们对此岂能没有议论！"杨坚追问道："快说，他们都议论了些什么？"杨素故意轻描淡写地说："他们无非是说陛下在有意庇护太子，事情还没查清楚，就把告发太子的证人杀了，这让刑部大理寺卿还怎么追查真凭实据？而且之后又匆匆中断庭审、宣布退朝，陛下这不是把自己的态度明确地告诉文武百官了吗？"杨坚长叹一声道："我没想到，这个逆子竟会犯下这么多无耻之事。如今被人公之于众，日后必将传遍天下。我怎能容那些小人继续说下去！这样丢的可不止他一人的脸面，而是整个朝廷和我大隋的声誉。朕当初这么做，也就是出于这个考虑，并没有其他意思。"杨素心头一颤，试探着问："皇上，那您对废立太子之事，打算如何定夺呢？"杨坚忧愁地说："我也正为此事犯愁。勇儿其他事，或许还有挽回余地，但买凶行刺一事，我怕皇后不会善罢甘休，我再庇护也无济于事。他这个太子之位看来是保不住了！"杨素闻言，心中轻松了些，说道："皇上，既然事已至此，该废的废，该立的立，不就没事了吗，何必再烦恼呢！"杨坚心情烦躁地说："我本打算让此事缓一缓，看看还有没有转机。所以责成大理寺卿去核实，可又怕你皇嫂为此跟我翻脸。"杨素终于明白了杨坚此刻的心情，说道：

"皇上，这就是您的不对了。您把举告太子的证人杀了，再让大理寺卿去审核，他们哪还敢把事情查个水落石出？您既然明知太子之位难保，又何必再缓、再拖，皇嫂因此跟您翻脸，她可是占理的。想往昔，皇上决断英明，赏罚严明；令天下人信服，可如今怎么变得如此瞻前顾后、迟疑不定，让朝中大臣们费心思猜测，也难怪皇嫂要跟您翻脸。皇上，有句话叫'当断不断，反受其乱'，望皇兄三思！"杨坚沉默片刻，搪塞道："我担心，这个家从此不得安宁。"

杨素认真地说："皇兄，这又是您的不是了。勇儿与广儿都是您和皇嫂的嫡子。皇嫂不满勇儿的行为，完全是出于对社稷的考虑。我看广儿也是个重情重义之人，相信他们换位之后，皇嫂不会不念母子之情，广儿也会善待勇儿的。"杨坚犹犹豫豫地说："如今，我自己搭的这个台阶，该怎么下呢？"杨素大包大揽地说："这好办！您传令内史，让他们拟定废立太子的措辞和议程，我去后宫跟皇嫂说说您的苦衷，并让皇嫂承诺，日后善待勇儿。这样一来，皇嫂顾念人情道义，肯定会给您面子！"

开皇二十年十月癸未，杨坚在武德殿视朝，文武百官列于东侧，太子诸王公立于西侧，侍卫武士分布在阶前殿下。太史令袁充出列进表说："臣观天象，帝星旁有一小星昏昏欲垂，此象预示皇太子当废。"接着，内史近侍薛道衡宣读诏书：

> 太子之位，实为国本，若非其人，不可虚立。自古储副或有不才，长恶不悛，仍令守器，皆因情溺宠爱，失于至理，致使宗社倾亡，苍生涂炭。皇太子勇，位居长子，备受钟爱，初登大位，即建春宫。但其性识庸俗，仁孝无闻，亲近小人，委任奸佞，前后过错，难以尽数。然而百姓乃天之百姓，朕恭承天命，理应安育。虽欲爱子，实畏上天，岂敢以不肖之子扰乱天下。勇及其子女为王、公主者，皆可废为庶人。朕顾念百姓，事出无奈，言及于此，深感愧疚叹息！

诸王和文武百官似乎都已预知今日之变，朝堂上一时间出奇地安静。太子杨勇及其所生十子：云昭训生的长宁王杨俨、平原王杨裕、安城王杨筠；高良娣生的安平王杨嶷、襄城王杨恪；王良媛生的高阳王杨该、建安王杨昭；成姬生的颍川王杨煚；后宫宫女所生的杨孝实、杨孝范（未封王），皆被武士夺去冠带，押在一旁。杨勇虽早知会有今日，但内心仍有不服。然而此时，他似乎被惊恐和无奈堵住了嘴，脸色惨白，垂头丧气，一言不发。随即，薛道衡又宣读诏书：

第四十九章　结庐避邪太子自作，廷审元凶皇后逼宫

　　自古以来，朝危国乱，皆因邪臣佞媚，凶党煽惑，致使祸及宗社，毒害百姓。若不严明典宪，何以肃清天下！左卫大将军、五原郡公元旻，执掌兵卫，受朕心腹之托，陪侍左右，恩宠优厚，却包藏奸心，离间君亲，为祸乱之首。太子左庶子唐令则，任职于太子府，身为宫僚之长，却谄谀取容，以音技进身，亲自演奏乐器，助长太子骄侈，引导其行非法之事。太子家令邹文腾，专行邪道，深受太子亲昵，被委以心腹之事，大小事情都参与知晓，还占问国家之事，妄图灾祸发生。左卫率司马夏侯福，对内谄媚，对外作威作福，凌侮上下，亵渎宫闱。典膳监元淹，胡乱表达爱憎，挑起怨恨嫌隙，妄加诽谤，暗中挑拨离间，其人性情浮躁，心怀险恶，进献奸谋，谋取荣利，策划阴谋，制造祸端。前主玺下士何𬤇，假托天象，妄言妖怪，企图祸乱，急于发动。还制作奇器异服，皆由何𬤇谋划，助长太子骄奢，耗费百姓钱财。以上七人，危害极大，一律处斩，妻妾子孙及其家财全部没收入官。云昭训之父云定兴，下令缉拿，归案后再行论处。

　　宣诏完毕，武士遵旨当场拿人。这时，杨勇突然冲上殿堂，双膝跪倒在杨坚跟前的台阶前，大声哭喊：“父皇，孩儿知错了。”杨勇又指着被武士捉拿、即将斩首的昔日密友和亲随说：“孩儿落到今日下场，全是受他们蛊惑和唆使，他们全都死有余辜。恳请父皇念在孩儿一时糊涂，饶孩儿这一次。往后，孩儿定当闭门思过，痛改前非，重新做人，不负父皇期望。”

　　杨坚听了，心中有些不忍，刚想开口，就见杨素出列道：“你既早知今日，何必当初。朝廷废立大事，岂同儿戏？皇上一言九鼎，威震八方，方能使天下诚服。你父皇今日只是废了你的太子之位，并未治你不忠不孝、荒淫无耻之罪。其中既有让你改过自新之意，更有亲情在内。你要好自为之，不要再让天下人看你父皇的笑话。”杨素这番话，既堵住了杨坚心中的不忍之情，又扑灭了杨勇求饶重生的希望，眼前的一切就此成为无可挽回的事实。

　　此后不久，杨坚在皇后独孤的逼迫下，又昭告天下立杨广为皇太子，并大赦天下，改开皇年号为仁寿年号。进封杨素为左仆射，召回苏威授为右仆射，柳述为吏部尚书，梁毗为大理卿，隋廷其他官员也都有封赏。而隋廷更大的风波，却由此拉开帷幕。

第五十章
积劳成疾独孤善后，掖廷选妃皇后寄情

原陈国的宁远公主，是陈叔宝的十四妹。在杨广挥兵逼近建康时，她便知陈国必亡无疑。她恨陈叔宝治国无方，恨自己身为女儿身，不能上阵杀敌保国；更恨隋朝君臣不守信义，以强凌弱兴兵侵国；甚至还恨起了杨广，觉得他辜负了自己的期待。同时，她也明白亡国的后果。于是，她疏散了仆从，仅带贴身侍官蔡氏，女扮男装混出皇城。可还没等她们出建康城，隋朝韩擒虎的军队就破城而入，乱兵进城抢夺财物、杀人奸淫，无所不为。主仆二人只能退回皇城，没想到皇城也被随后赶到的隋军占领。

为保护自己，防备被人认出和拆散，宁远公主绞了长发，身着烂衣，用眼罩蒙住双眼装扮成盲人；蔡氏则蓬头垢面，装作聋人。她俩改名换姓，以一对残疾夫妇相称，混杂在皇城宫中的闲杂役吏中，被隋军当成战利品看押起来。后来隋廷派人审核，因她俩能搭档弹唱，便被划入掖庭艺人队待用，之后随着陈国被俘人员一起来到隋朝旧都长安的掖庭宫，留了下来。或许是心思过重，或许是劳累，又或许是南方人到北方水土不服，宁远公主到长安后，病了整整一年多。原本青春靓丽的她，变得骨瘦如柴；陪伴侍候她的蔡氏，也因劳累而没了原来的模样。不过，这反倒让她们避过了隋帝和掖丞从掖庭挑选美妇、宫女、杂役、乐技、奴仆去充盈内宫和赏赐功臣的安排。

掖庭最早起源于春秋战国时期的周氏皇室，秦朝史书有文字记载，在汉隋时期盛行，到唐周武则天时期衰落。历代掖庭是储存战争中被虏获的王公贵族战俘及其家眷的地方，后来也成了朝廷收容因罪被罚没的王公官员家族家眷的场所。凡进入其中的人，便失去一切人身自主权，实质上成了没有枷锁的囚犯，也成了可由当朝皇帝任意处置的奴隶。皇帝可以把中意的人留给自己享用，也能随心所欲地把里面的人当作礼品送人，甚至用作与他人他国交换的筹码。实际上，掖庭就是皇帝储存奴隶的仓库，里面的人都是皇帝私存的"货物"，只有服从的权力，没有自主的余

第五十章 积劳成疾独孤善后，掖廷选妃皇后寄情

地，生死大权全掌控在皇帝或主管掖庭的掖丞手中。若想跳出掖庭，唯一的出路便是靠运气和机遇，等待被挑选或皇帝大赦。

掖庭或掖庭宫，由皇帝指派内宫宦官管理，设有专职掖丞，只听命于皇帝或皇后。掖丞掌管着不同职能的分支部吏，负责对进入掖庭的人员进行甄别审理和调配，并按男女年龄、价值规格、可使用程度分类分等级管理。其中包括：王侯将相贵人吏（负责对王侯将相贵族分类，有作为人质看押的、作为罪犯发配去边庭或军旅服苦役的、训导教授以观后效准备留用的，还有将老残病弱集中一处任其生死的）；嫔妃女眷侍女妻妾吏（负责对女性按姿色品貌年龄分类分等级，年轻姿色上等的为一类甲等，年岁稍大姿色上等的为一类乙等，年轻品貌尚可的为二类甲等，品貌一般身体强健的为二类乙等，未成年可调教的暂列三类甲等，色衰体弱无可用之处的全部归入三类乙等）；技巧乐艺吏（负责以技取人，物色身怀演技的人才，并按其技能分为乐理、声曲、演奏、舞伎、特技、传导等）；医膳工匠杂役吏（负责以特技取人，分医馆、膳房、匠工、花农、洗涤等）；还有专门负责培育训导宫廷所需专业人员的教授吏（负责统筹宫廷各处所需人员类型，选拔合适人员进行培训，然后分配给宫廷用人部门）。

隋朝的掖庭宫是从北周延续而来的。当时，掖丞管辖下的掖庭宫，已成为专为皇帝后宫提供嫔妃宫女、为皇亲国戚功臣提供妾妓奴仆、为宫廷提供杂役，乃至供达官贵人自由出入随时行乐的宫廷官艺声色场所。此时的掖庭宫堪称一个置身于朝廷律法和刑部管辖之外的驯化看守所，一座打着皇家旗号的官家演艺妓院，而主管掖庭宫的掖丞就如同老鸨。掖丞对没入掖庭的人员，不仅有权向上举荐给皇帝，助其成为妃嫔显贵，也可将他们发配至边庭服苦役，或划配去演艺妓院供人取乐，甚至将其投入冷房，让其终身没有出头之日，自生自灭。所以，凡被没入掖庭之人，希望和出路在于：要么凭借自身出众条件出人头地，被选入宫中，受到皇帝或皇后青睐，从而大富大贵；要么被送至达官贵人富家做妾做妓，享受后半生无忧生活；或是贿赂掖丞，狄举荐谋得好差事，离开掖庭。否则，只能终身做苦役，在掖庭生老病死。

然而，隋帝杨坚当政时的掖庭宫却另有一番景象。杨坚碍于对皇后的承诺，日常生活中对女色敬而远之，更不会去窥伺染指掖庭宫内的女色。所以，他为避嫌疑从不踏入掖庭宫，也就无从知晓掖庭宫内的情况。而掖庭宫的官员知道当朝皇后的好恶，不敢把掖庭宫内的美人美妇举荐到后宫。宫内有时需要填补空缺，掖丞只能

把一些相貌平平的二类乙等，甚至三类乙等之人送往后宫交差，这让掖庭宫内的美人美妇失去了一步登天的机遇，却让杨坚手下的文臣武将得了好处。杨坚常把掖庭宫的人当作特殊礼品，赏赐给手下有功之臣，其中有贵为皇亲的陈国公主，也有美若天仙的陈叔宝嫔妃淑女。由此，杨坚落下了隋帝不近女色、只尊发妻的美名。

时间一年年过去，在蔡氏的悉心照料下，身在掖庭宫的宁远公主身体渐渐康复。她眼见隋朝政清人和，国势日益强盛，又听说隋帝杨坚没有亏待她的哥哥、陈国的亡国君主陈叔宝，还得知晋王杨广去了江南扬州当总管，心情也随之发生变化，对隋廷君臣的仇恨随着时光流逝渐渐淡薄。然而，她与蔡氏相扶相济、相依为命，名为夫妻实是姐妹，过着寄人篱下、苟且偷生的惨淡日子，这让她们不堪忍受。当宁远公主得知晋王杨广被立为皇太子后，内心不由得又燃起希望的萌芽。但她没想到，改变她们命运的不是皇太子杨广，而是杨广的母后独孤皇后和父皇隋帝杨坚。说来不仅有些难以置信，而且似乎是一种巧合，或许这就是缘分。从不踏进掖庭宫的独孤皇后，为安排好自己的身后事，竟然破天荒地亲自去掖庭宫，要为夫君杨坚选妃。又在偶然机缘下，无意间听到这对苦命姐妹的独白，独具慧眼地将这对乔装后失去光彩、埋没在泥污中的主仆，从毫无希望、只有苦难的掖庭宫中解救出来，成就了一段故事，书写了一段传奇。

实际上，隋皇后独孤伽罗的为人并不像外界传说的那样专宠且妒忌。事实上，她好胜要强、目光远大，聪慧美丽、情感细腻，有着一般女人所没有的自信和果敢，更有着一般女人所没有的坚定和执着。她为杨坚付出了全部，而她想要杨坚给予的回报，只是一个女人应有的尊严，而非权势和专宠。独孤伽罗要求"尊她一人为妻"，并非逼迫杨坚许下承诺。但对古代帝王来说，这确实是一件离奇且艰难的事，可谓绝无仅有，开创了多个天下第一：让杨坚成为千古难得的第一帝，让独孤伽罗成为后宫专宠的天下第一后，在封建王朝中树立了第一个夫妻平等的样板。独孤伽罗能让刚毅英武的年轻杨坚和权倾天下的隋帝言听计从，是因为她有智慧、有能力，有强大的内心世界，让杨坚信服；也是因为她既有出众的容貌，又有超人的才华，更有着非凡的卓识远见，是一个值得隋帝杨坚为她做出牺牲的女人。而且，杨坚认为自己听从妻子，放弃帝王特权，放弃男人所谓的尊严，并非因为独孤伽罗要专宠，而是对她付出的回报，是尊重，更是杨坚只尊独孤伽罗一人为发妻的自我约束。至于说独孤伽罗妒忌，更是言过其实。独孤伽罗有夫君杨坚一往情深的宠爱，有二圣临朝的威严，更有身为一国之母、皇后权倾天下的地位，她还何须畏惧妒忌

第五十章　积劳成疾独孤善后，掖廷选妃皇后寄情

他人？然而，独孤皇后真正需要的是：让天下女人明白，女人不能因男人之喜而喜，以男人之需而需；女人不能只会依附男人，做供男人泄欲的玩具；女人必须懂得自尊自爱，明白什么事该做，什么事不该做；女人应该是男人的清凉剂，是男人疲惫时可歇息的摇床，是男人可依托的后盾。女人做到这些，便会拥有男人的一切，因自信而强大，受人尊崇，又何须去嫉妒他人他事！独孤伽罗要把夫君隋帝杨坚塑造成世上第一个遵循一夫一妻制的帝王，让隋朝帝皇帝后为天下君主皇室独树一帜，成为开创一代新潮的先人，为后人树立可供仿效的样板。她更要让天下女人别逆来顺受、自甘堕落，以她为先导，破除千年扣在身上的枷锁，像她一样自尊自荣自强，立于天地间，造福夫君、社稷和天下百姓，这便是独孤伽罗的真实内心。

独孤伽罗当然明白，为此她和杨坚要承受忍耐和委屈，但她从未动摇心中的念想，甚至不屑背负专宠妒忌的污名，与天下数千年男尊女卑的习惯势力抗衡。独孤伽罗心里也清楚，作为一国之君的杨坚要维护尊严，所以作为皇后的她，必须顾及帝王的颜面，在某些事上也得做出退让。比如，在废立皇太子这件事上，她起初并未限时限刻逼迫杨坚决断，而是给了杨坚数年时间，让他一拖再拖。独孤伽罗更明白，作为男人的杨坚有生理需求。故而，当她意识到自己的身体状况无法继续陪伴杨坚走下去后，开始安排身后事。其中，她首先要做的是，不能让废立皇太子之事悬而不决，必须在离世前为杨坚的皇位找到可靠继承人。于是，她力主罢免长子杨勇的皇太子之位，将中意的二儿子杨广扶上东宫太子之位；而后，她要为自己挑选可靠的接班人，在她之后保持杨坚后宫的宁静和简朴，督促杨坚保持本色，为后人树立无可非议的帝王榜样，安度余生。

独孤伽罗对接班人提出两个必须：一是必须品行端正，没有污点，但不一定要门当户对；二是必须才貌双全，有自己独立的主见，不能随波逐流，且能投杨坚所好，被杨坚接受。然而，这看似简单的两个要求，却让独孤伽罗在一次次秘密挑选中失望，未能如愿。随着时间推移，她的精力和体力即将耗尽，忧急之情与日俱增，迫使她不得不加紧四处打探。

一日，有人告诉独孤伽罗，掖庭新来了一批被罚没的官宦之女，不妨去瞧瞧。独孤伽罗对这些因牵连而受罪的无辜女人向来心存同情，但这是朝廷历来的规矩，她也不便多言。不过，她曾多次叮嘱管理掖庭的官员，要以平常之心善待进入掖庭的人，尤其要善待被罚没进入掖庭的女人。可独孤伽罗从未想过，要从这些人中挑选自己的接班人。但当她想到自己时日无多，再不抓紧恐怕会酿成后果，这才抱着

些许希望，身着普通官吏便服，只带两个侍女来到掖庭宫。

独孤伽罗一行三人不要掖庭官员陪同，独自在掖庭宫内各处走了一圈，大致看了一遍，都没相中中意的人。独孤伽罗信步走到一处堆放杂物的庭院前，见路已到尽头，正感失望，准备转身离去时，却从院内传出一阵委婉悦耳却有些凄凉的弹弦说唱声。弦声如诉如泣，那浓浓的吴语唱词优雅动人，却似乎饱含诉说不尽的委屈和哀伤。独孤伽罗虽听不懂唱词内容，却从乐曲声调中感受到一份无奈和悲伤。她出于好奇，更想探个究竟，便循着琴弦声来到一间破旧矮房的窗户外。琴弦声渐弱，吴语唱词变成低低的哭泣，接着又有一个压低嗓音、带着京腔吴音的声音从窗内传出："公主殿下，往事不堪回首。您如此下去，身体又会难以承受的。"窗外的独孤伽罗听了一愣，立即宁心静气，侧耳倾听。里面又有人说："我没事的，只是一时有感而发罢了。我们姐妹俩来此屈指已十年有余，我忧心的不是自己，而是姐姐的青春因我给耽误了。唉，我于心不忍啊！"长长的叹息声，揪紧了独孤伽罗的心，她再也等不及，绕到房门前，使劲推开木门，举目望去，见房内一男一女搂抱在一起哭泣。独孤伽罗用惊愕和迷惑的目光打量着面前这对男女，一时不知该如何开口问话。房内的人被突然闯入的人吓得目瞪口呆，不知所措，也不知该如何面对这三个不速之客，更怕刚才的私密话会带来意想不到的灾难。随即，男的慌忙抓起桌上的眼罩蒙住自己的双眼，女的把一块脏布巾披在身上。

独孤伽罗目睹眼前一切，平复了一下情绪，跨进房门，大致察看了室内简陋的环境，又走近她们跟前，和颜悦色地说："不用害怕。你们若有什么伤心疑难之事，不妨说出来，或许我能帮你们解决。"女的没有开口答话，只是用惊恐的目光扫视着独孤伽罗；男的仰着头，似乎在倾听，却没有回话。

独孤伽罗心存疑惑，目光在两人身上扫视，也看到了搁在椅子上的琵琶，联想到刚才听到的弹唱，便问道："你们是这里乐妓队的？"男的神态不自然地点了点头，还是没有回答；女的似乎没听见问话，呆愣着。独孤伽罗似乎明白了一些，又说："你们是残疾人，一个是盲人，一个是聋人？"男的使劲点了点头，依旧没开口，女的动了一下，伸手拉住披在身上的布巾。

独孤伽罗心头有气，突然说："你们可以装聋作哑，但是这一男一女为何要姐妹相称啊？"独孤伽罗盯着戴黑眼罩的男子，生气地问道："你们之间谁是公主殿下，该不会是你吧！"独孤伽罗又看着女的，厉声道："你也不用装聋了，你们刚才的对话我都听到了。是你们自己说实话，还是让我去把掖丞喊来处置你们？"

第五十章 积劳成疾独孤善后，掖廷选妃皇后寄情

女的惊恐万分，立即双膝跪地，边磕头边掩饰道："这里没有公主殿下，我们仅是在排演唱词。"男的似乎在纠结踟蹰，垂下头却一言不发。独孤伽罗已从男装之人身上看出端倪，她贴近男的，仔细认真地打量着，突然出其不意地伸出左手托起男子的下巴，用右手摘去他脸上的眼罩，又拨开男子故意遮在耳畔的黑发，顿时什么都明白了。独孤伽罗马上沉下脸，带着怒气厉声道："是你们知罪自己说，还是由我来替你们说？"蔡氏知道再也瞒不过去，只能拉着宁远公主跪在地上，抬起头含泪恳求道："实不相瞒，我们都是女儿身，这也是被逼的。恳请夫人能谅解我们的无奈，别去告发我们。否则，我们也只能以死保清白了。"

独孤伽罗闻言，不由得认真打量起蔡氏：一张俊秀的鹅蛋脸上，有几道好似被故意抹上去的灰痕，黑发盘于头上，柳眉秀眼中隐藏着顾盼自如的神情，吐出的带着吴音越语的京话委婉悦耳。独孤伽罗心中一动，急忙转过脸去审视宁远公主：白净细腻的肤色绝非北方血统；瓜子型的脸盘上五官端正，眉清目秀，唇红齿白，若将她视作男子则清秀脱俗，若身着女服……独孤伽罗不由得眯起眼睛，在心里想："这不就是一副贵妃相吗？忆想自己最鼎盛的当年，也未必能及得上她。"独孤伽罗不由得暗暗吃惊，心想："都是美人胚子。我今天怎么啦！完了完了，却怎么都在这里被我给碰上了。是天意，还是杨坚的福分？或是我的真诚感动了上苍！"

独孤伽罗那颗仁慈的心颤动起来，她伸手拉起两人，自己在一张椅子上坐定后，说："说吧，你为何要女扮男装？你们到底是什么人？谁在逼迫你们？"宁远公主情知乔装被识破，不由得脸红耳赤，一张粉嫩的脸立即变成一颗熟透的蜜桃。但这突如其来的事，让她不知该如何是好。蔡氏见宁远公主没有开口，她也只能沉默。独孤伽罗见两人似乎有顾虑，便说："既然事已至此，你们也就别再扭扭捏捏的了。我也可以坦诚地告诉你们，本宫便是当今的皇后，与皇上一样有着操控你们去留和荣华富贵的权力。现在你们可以实话告诉我，你们的身世、来历了吧！"

宁远公主对独孤皇后早就仰慕在心，这不仅是因为她对独孤皇后的威名早有耳闻，还因为杨广曾对她说过，他敬重母后远胜过父皇。为此，宁远公主曾有过一时的遐想：做一个威名如此远扬的母后的儿媳，是祸还是福？此际不期而遇，宁远公主相信皇后有操控她们命运的权力。然而，这个皇后此刻为何要微服来掖庭，又以如此直言不讳的言辞揭穿她们的伪装，是巧合还是另有目的？皇后知道了她们的一切之后，又会怎样操控她们的命运呢？宁远公主心头纠结，欲言又止。独孤伽罗见两人还是没有回话，心里有些生气，便欲擒故纵道："你们既然有难言之隐，那我也

就不勉强你们了。但是,你们今天错过了我这个村,可就再没有我替你们备下的那个店能收留你们了。"独孤伽罗装着要走的样子,站起了身。

蔡氏慌了,急忙拉着宁远公主又双双跪地。随后,蔡氏说道:"请皇后娘娘恕罪。她是陈后主的十四妹宁远公主,我是公主的近侍长史。自从陈国灭亡之后,我们便来到了这里。为避免被选入宫,或是与人为奴再陷火坑,我们不得不隐姓埋名,乔装假扮成夫妻小心应付,在掖庭里靠卖艺为生。虽说受了不少苦楚,却至今还尚能保得洁身自好。可是没有想到,今日被皇后娘娘识破假象,我们只有无地自容了,期盼皇后娘娘能够谅解,不予追究,宽恕我们无奈的欺君之罪,我们当感恩不尽。皇后娘娘往后若需我们效命相报,我们必会心甘情愿,绝无二言。"

独孤伽罗很满意蔡氏的这番话,但她见宁远公主还没有开口,便故意不高兴地道:"你说的话能替代得了你们的这位公主吗?"蔡氏拉了宁远公主一把,说道:"皇后娘娘,公主与我情同手足,这些年以来,我们彼此更是心相通,我的话她一定会认同的。"宁远公主至此不得不开口道:"她的话我认同。但我还有一诉求,请皇后娘娘给予认同。"独孤伽罗宽容地道:"说吧,想说什么话尽可直言。"

宁远公主道:"请皇后娘娘能允诺我们,勿赐予我们不愿为之之事。否则,我们将宁死不从。"独孤伽罗心头一沉,生气地道:"我对自己的儿女,甚至是当今的圣上,都没有过如此承诺,你却让我允诺如此之事,真有些难为本宫了。你不觉得有些过分吗?"独孤伽罗说到此,转念一想,便又改口道:"你可知道,我要带你们去哪里吗?"

蔡氏怕皇后一怒之下会把她们交给官吏处置,便立即回话道:"皇后娘娘请息怒,公主和我仅有一个念想:不与人为奴,也不与人为妾,除此之外别无他求。"独孤伽罗故意挑逗地道:"是吗?你们难道不求自己终身大事的情投意合,不求王侯将相的荣华富贵?"谁知,宁远公主立即答道:"我只求自己的终身大事情投意合。除此之外,绝无它求。否则宁死无悔!"独孤伽罗闻言,心头暗喜,不由得在心里道:"有此意念的女子其情必然专一,其性必然刚烈,真有点像我的气概。但不知道她这般年岁了,心里可有所念?若无其他念想,让她来接我的班,倒也可以心安。"于是,独孤伽罗开口问道:"看你们生在豪门,这等年纪何能不谈婚论嫁?可你们却如此守身自好,想必是一定情有所系,心有所好了吧!"蔡氏见公主不愿回答,便道:"回禀皇后娘娘,我们生不逢时,国亡家破之人漂泊他乡流离失所,自己的终身大事岂能如愿!公主与我的心思都是一样的,与其苟活还不如独善此身为好。所以

第五十章 积劳成疾独孤善后，掖廷选妃皇后寄情

何来情有所系心有所好呢？此刻，不知皇后娘娘会赐予我们什么恩典？我们不求什么大富大贵，只求公主与我能够终生为伴，相守余生，也就知足了。"

独孤伽罗脸含笑容道："本宫知道了。那么，你们听着，这里的东西你们什么都不用带走。待会，便会有人有车来接你们出宫的。"宁远公主不安地问道："皇后娘娘，这是要把我们接去哪里？"独孤伽罗道："去我后宫，做我后宫的贵宾，你们不愿意吗？但是，你们到了我的后宫，一切都得听从我的调教安排。因为我的后宫，不是你们陈国陈后主的那个后宫。我要让你们知道我隋廷的律法和我隋廷后宫的规矩，学会做好了便罢，否则谁也帮不了你们。"

宁远和蔡氏两人的命运，由此而改变，却也改变了隋文帝杨坚的命运，更给皇太子杨广，此后的隋炀帝落下了无数授人牵挂的绯闻。中国五千年的文明史中，常把女人喻作祸水，这是对女人的不公允，也是中国这个特有的封建社会的罪过，更是一种不可饶恕的偏见。你能说独孤皇后是祸水吗？你能说她废长立幼是为了自己吗？你能说她设身处地替杨坚安排她的后事是自私吗？

传说或是史书上的妲己乱纣、褒姒烽火戏诸侯、吕后弄权，以及许多帝王腐朽衰败等的乱政亡国之举，似乎都跟女人有关。而那些替帝王将相歌功颂德的御用文人墨客，以及瞧不起女人、对女人有偏见的所谓名人雅士，把此中的因果都说成是女人的罪过，把一盆盆脏水都泼向了那些无势无权、手无缚鸡之力的无辜弱女子，却把那些掌控着朝政和军队实权的帝王的罪孽予以开脱或是减弱，这合理吗？而让不明真相的后人，把污言秽语都泼向了仅靠色相肉体去承欢的女人们，这公平吗？纣王朝如此，周幽王朝也是如此，秦汉两晋三国南北朝的兴衰存亡又何尝不是如此！中华历朝历代的兴衰更迭，该担责的主体应该是男人而不是女人。女人仅是可以影响男人，但不可以把罪责全推到她们身上，更不能让女人去挑这祸国殃民担责的大头。而好女人会起好的作用，坏女人才会产生坏效果，其中的主导权还是在男人身上。就像是隋文帝杨坚和他的义献皇后独孤伽罗，以及隋炀帝杨广和他的皇后萧氏就是如此；两个不同习性的女人造就了两个不同成就男人的不同结果。这便是事物的两面性，再矫枉也必须言实！

513

长篇历史小说

隋帝演义

【下】

夫子 著

北方文艺出版社

·哈尔滨·

第五十一章
恶子伤母天人共愤，一代圣后魂归天国

独孤伽罗自十四岁嫁与杨坚为妇，历经周、隋两朝六帝（周：孝闵帝宇文觉、明帝宇文毓、武帝宇文邕、宣帝宇文赟、静帝宇文阐；隋：文帝杨坚），阅尽人间家庭的悲欢离合与朝廷帝皇的兴衰更迭。在她的精心辅佐下，终于迎来夫君杨坚开创的杨家社稷，她也得以母仪天下。按理说，独孤伽罗应知足，可尽情享受荣华富贵，然而她并非如此。她将治国视为理家，理政当作烹饪，事无巨细，皆亲力亲为。大到出谋划策、平叛征讨，小到官吏任免、民间疾苦，都融入她的谋略与干涉。她身处后宫，却深思远虑、纵览天下，能想到夫君未曾考虑之事。参与朝廷新政律法的制定与推行，致力各地除弊，关注革新成效。更心系天下百姓的安居，朝中文武百官的所思，想方设法为他们排忧解难。处处先谋而后定，无论是梳理朝纲、惩治贪官污吏，还是灭陈平乱，都时刻体现着她对夫君最坚定的忠诚与全力的支持。她拿出私蓄奖励护国戍边、杀敌有功之臣；身体力行地奉行律法面前无特权的准则；她的大姑舅大都督崔长仁犯法当斩，杨坚欲赦免，她却道："国家之事，焉可顾私！"

身为皇后国母，她还亲自料理后宫家庭的饮食起居琐事，时刻督导子女儿孙为人表率，要求男儿有远大志向，女儿恪守妇道。她倡导女权，反对男人纳妾奢华，因此管制夫君，不准其招嫔纳妃，为天下树立了一代君皇只有一位发妻的先例。她不仅疾恶如仇且极为执着，太子杨勇虐待元妃致死，触犯了她为人妻母的底线，从此她耿耿于怀、不依不饶，这成为罢免太子的导火索。如今，独孤伽罗终于如愿，罢黜了不肖长子杨勇的皇太子之位，将心仪已久的二子杨广送入东宫。这一切看似圆满，她那颗为国为民、为家为儿女操劳的心，似乎可以放松了，然而事实并非如此。她既担心杨广成为太子后辜负期望，招致夫君杨坚的怨恨；又为被她执意拉下太子之位的杨勇的未来担忧，更害怕两个亲生骨肉因此水火不容。当得知杨勇消极无聊，在家闭门不出、借酒消愁时，独孤伽罗既郁闷又不安。她觉得自己对杨勇有所亏欠，常常自省在这件事上是否过于偏心、狠心，想要弥补对杨勇以往关心的缺

失，对其今后倍加关爱。同时，她也决定吸取放任杨勇的教训，对杨广严加管教。这正应了那句话：手心手背都是肉，可怜天下父母心！爱时，捧在手里怕化了；恨时，恨不得千锤百炼让废铁立马成钢。独孤伽罗此刻的心态便是如此，这种爱恨交织的心情体现在对杨广和杨勇两兄弟的态度上，让她的内心背负了两个沉重的包袱。这种内心的煎熬，她不便向旁人诉说，更不能让杨坚知晓，以免杨坚对废立之事失去信心，对两个儿子产生误解，进而怨恨她。

仁寿二年八月，天象异常，夜晚月晕朦胧，太白星闪烁，清晨太阳昏暗，天空无云却响惊雷。甲子这天，独孤伽罗接到近侍禀报，废太子杨勇在府中借酒耍泼，竟攀树上房、揭瓦胡闹，搞得府里府外一片混乱，行人驻足围观，不成体统。巡城官碍于杨勇的身份，既不敢擅自阻拦，又不敢前往朝堂禀告，只能托人向皇后娘娘请教，该如何妥善处置此事。独孤伽罗心急如焚，她深知此事既关乎京城治安，更关系到皇家颜面。一旦事态闹大传入朝堂，杨坚定会发怒，翻出前事，以蔑视律法之罪惩治杨勇，到那时再求情就晚了。于是，独孤伽罗二话不说，立即带着几个侍从，匆匆赶往杨勇府上。

杨勇被贬为庶民后，一家子并未搬出东宫。其一，杨广被立为太子后，不愿入住东宫，坚持将太子府设在原晋王府内，只是修缮并增添了些房屋作为公所，调用宇文述为太子府左卫率，郭衍为左监率，张衡为太子府长史，升段达为左卫副率，并增添了一些官吏侍卫作为公役。其二，杨勇人多family庞大，一时难以找到合适的囚居之所。其三，隋帝杨坚和独孤皇后都有共识，不想把杨勇逼得太狠，让他在失去太子之位后，生活上再陷入窘迫。如此，杨勇一家仍住在东宫府内，却过着被囚禁的日子。

独孤伽罗来到东宫，只见门首围着一群兵丁，都在仰头望向屋顶。独孤皇后走近门前，才看清杨勇一手提着酒盅，一手捏着吃食，披头散发地骑坐在屋顶屋脊上，又唱又喊："母后偏心，父皇不公，杨广小人，还我太子。我冤枉啊！"独孤伽罗既气愤又心疼，更觉得任由杨勇这般闹下去，实在有损皇家体面。她立刻转身对巡城官说："太不像话了！你马上派人上去，把他押下来。"

早有准备的巡城官立即奉皇后懿旨行动，派了几个身强体壮的兵丁架起木梯，爬上屋顶去擒拿杨勇。正在借酒兴闹事的杨勇见有人来抓他，举起手中酒盅，怒目圆睁地吼道："不准过来，谁敢上前，本太子就用这酒盅砸谁的头。"有个胆大的兵丁，不理会杨勇的威胁，翻身上了屋顶，朝着杨勇走去。杨勇见状大怒，大声喝道：

"大胆奴才，竟敢不听本太子命令。看砸！"说着，将手中酒盂朝着已爬上屋顶的兵丁砸去。兵丁早有防备，不等酒盂飞近，侧身一闪，躲过酒盂后，立即扑上前去按住杨勇，随后与跟进的兵丁一起将杨勇捆绑起来。杨勇手中的酒盂没砸中屋顶上的兵丁，却越过屋面坠落下来，砸在正抬头观看的皇后独孤伽罗胸前。独孤伽罗没想到会发生这样的意外，毫无防备，躲闪不及，被打倒在地，吓得侍从和兵丁们瞠目结舌，一片惊恐。隋廷宫内的一只青铜酒盂，少说也有三四斤重，从数丈高的屋顶自由落体落下，冲力是酒盂本身重量的数倍。如此沉重坚硬的物体，砸在毫无防备的年老女子身上，后果可想而知。当即，独孤伽罗被砸倒在地，声息全无。惊慌失措的随从、官员和兵丁们手忙脚乱，有的去搀扶倒地的皇后，有的砸东宫太子府的门喊人出来相救，还有的慌慌张张地跑去朝堂衙门报告。

　　皇后被废太子用酒盂砸伤的消息震惊了整个朝野。昏迷中的皇后被抬回她居住的永安宫，杨坚调集所有御医前往救治，又责令刑部大理寺卿立即将杨勇及其一家老小全部押入大牢候审。随后，杨坚带着太子杨广，寸步不离地守在独孤伽罗身旁，并派人去通告在长安城的乐平公主杨丽华，等待独孤皇后醒来。满朝文武大臣和王公贵戚们不约而同地聚集在宫门外，守候着宫内皇后的消息。更有受过皇后恩惠的百姓闻讯赶来，围聚在皇城门外，匍匐在地，祈祷皇后娘娘平安无事。

　　杨广跪拜在母后床前，心潮澎湃，却欲哭无泪、欲言无声，母后从小悉心教育他成长的情景历历在目：母亲手执书卷，为儿女解读《三字经》《孝女传》，让他们懂得忠孝道义；母亲通过择书目、以考核问答的形式，让他们了解"四书五经"的内涵、知晓《史记》《汉书》的精华，领悟做帝王将相的不易与凶险；母亲还以身作则，教导他们要勤俭节欲，她虽为朝廷命妇，却长期节衣缩食，成为皇后，还处处亲自操劳家务。母亲家教甚严，儿女若犯家规，必定受罚，然而唯独他杨广，从未受过母后的鞭笞甚至责骂。有好吃的，母后定会亲自夹到他碗里；有新衣服，母亲又会亲自为他穿上。母亲用心血和智慧陪伴他成长，义无反顾地将他扶上太子之位，使他成为帝位继承人。杨广心想，若把父母比作天地，那么父皇是高高在上的天，母后是能让他脚踏实地借力的地，天高难攀，地实则能让他感到安稳，获取所需的一切。杨广明白，母后是他人生的榜样、此生的依靠，没有母后的悉心抚育，哪有他今日的一切；没有母后的陪伴，他的世界将失去光彩，人生也会失去前行的指引。如今，母后静静地躺在床上，奄奄一息，虽面容未显太过苍老，仍保持着俊美，却惨白如纸，完全失去了昔日的光彩，再也看不到她那慈爱祥和的笑容，更不知她何时才能醒来。杨广想到此，悲哀之情溢满胸膛，悲愤之情冲口而出，情不自禁地趴在母后床前号啕大哭，还不时用声嘶力竭的声音喊道："我要让他还我母后的命来！"

杨坚此刻心态虽极为慌乱，但仍保持着清醒。得知皇后受伤的起因后，他不禁在心里责怪自己在废立太子之事上不够果断，留下了后患。他明明知道杨勇会不服，甚至可能闹事，却未采纳杨素的建议，将杨勇交给中书省看押疏导；也未听从大臣们的提议，封给杨勇一个小国，让他远离京城安度余生。杨坚也清楚，皇后虽坚持废了杨勇的太子之位，但母子之情依然深厚，她对儿子的牵挂远超自己这个父皇。是她担心杨勇与杨广发生冲突，支持杨广不入住东宫，任由杨勇留在熟悉的太子府，以缓解其失落感；是她反对将杨勇贬为庶民，给他五品官衔的禄位，还保留了杨勇之子的爵位；是她在废太子后，亲自上门安抚教导；是她时刻挂念着杨勇的生活起居和情绪变化，否则也不会发生今日之事。杨坚也深刻意识到，这些年独孤伽罗在他生活和朝政上的有力辅助不可或缺。他的内心十分清楚，没有独孤伽罗这个文武双全、智勇兼备，识人处事、理国治家皆出色的女中豪杰的支持，就没有他一帆风顺的经历，没有他出将为相、创建隋廷、灭陈一统大江南北的辉煌成就。他这一生因她而辉煌发达，他的朝廷、社稷因她而和睦融洽，他的天下、百姓因她的存在而繁荣昌盛、风调雨顺、安居乐业；他的后宫，因为有她才成为温馨的栖息之所。如今，若她不在了，他该如何是好？为此，杨坚心乱如麻。然而，他也明白，独孤伽罗不仅是他心中的主心骨，更是隋廷举足轻重的人物，在朝中众臣心目中的威望远超自己。目前，他不能乱了方寸，必须全力救治皇后，其次要稳定朝政、安抚人心，然后做好善后处置的准备。而且，他更要坚定地沿着她铺垫的道路走下去，治理好大隋江山，处理好儿女们的事情。只有这样，才能对得起这位陪伴他至今的贤妻良母、好皇后。

杨坚含着泪，听着御医们对皇后病情的不同见解，忍不住说道："你们别再各说各的了，行不行？朕要的是，现在皇后的伤病怎么治？怎样才能让她尽快苏醒，恢复如初。朕要看的是你们治疗的实际效果，而不是在这里说三道四，讲些不着边际的话来掩饰你们的无能。此刻，朕明确告诉你们，谁能让皇后起死回生，朕立即封他为侯。若治不好皇后，朕马上把你们发配到边庭服苦役。"

杨坚的话吓得御医们纷纷跪地哀求。其中一位年长的御医提高声音说道："皇上，皇后娘娘现在昏厥，表象虽由外伤引起，但这外伤并非导致皇后娘娘昏迷不醒的主要原因，且这外伤也并非疑难不治之症。然而，让我们棘手和难以决断的

第五十一章　恶子伤母天人共愤，一代圣后魂归天国

是……是……"老御医的话突然变得迟疑、吞吞吐吐。

杨坚不耐烦地追问道："快说！是，是什么？你们都起来说话。"老御医底气不足，起身压低声音道："据皇后娘娘微弱而杂乱的脉息推断，皇后娘娘肌体患病已非一日，少说数月，多则年余。否则，不可能仅因这点外伤就昏迷不醒。"杨坚又急了，提高嗓音道："胡说！她今天还早起，为我准备了早餐。这些日子，我既没见她有任何反常的不舒服，也没听她说过有何病痛。你们可别误诊了！"这时，一位中年御医接口道："皇上，皇后娘娘现在因伤昏睡的现象，从神色和脉理分析，下官认为可用'积劳成疾'四字概括。除此之外，我们无法用其他病理来解释皇后娘娘现在的状况。"

杨坚一听，泪如泉涌，说道："朕明白了！朕知道，这些年她太累了。你们可知道，朕的皇后，不仅时刻操心着朝政安宁、百姓安居乐业、江山社稷稳固；还得替朕关照儿女们生儿育女的家庭琐事；更用一言一行，为儿女们树立榜样，督导他们遵循应有的家教，养成为人臣、为人子应有的品行。又有谁能想到，朕的皇后，虽身为富贵甲天下的一国之母，却一生布衣素食，极尽节俭，从不奢靡。她日常操心的事，似乎比朕还多，她真的太累了。然而你们不知道，朕离不开她，大隋的臣民离不开她，子女儿孙们也离不开她呀！没了她，朕该怎么办？大隋将国不成国，朕的家也将不成其家。你们诸位爱卿都是大隋的名医，朕信得过你们，朕的皇后在你们精心治疗下，一定能起死回生，对吧？拜托了，拜托了。朕在此向你们鞠躬，拜托你们了！"杨坚说罢，便向众御医躬身拜谢，慌得众御医跪地不敢受礼。

乐平公主杨丽华手捧一个锦盒，从室外匆匆跑进屋来，顾不得向父皇杨坚行礼，便扬着手中锦盒对中年御医说："这是支千年山参，是周宣帝留下的，据说能治百病，甚至让人起死回生。我母后从不舍得服用这些珍贵补品，如今母后昏睡不醒，我想这支山参一定对她有用。你们快拿去给我母后服用吧！"中年御医接过锦盒，面露难色道："公主殿下，以在下愚见，久旱虽盼雨露，但人体与天地作物不同。皇后娘娘如今的病症，是长年累月承受过重精神压力，加之长期营养补充不足，导致肌体失调，进而引发脏器整体功能衰退，才有了目前病入膏肓的衰竭现象，并非一朝一夕突发。这就如同大树，外表看似枝叶尚存，但其主干内部已然干枯，根本经受不起任何风雨。即便皇后娘娘没有这次意外受伤，她的脏器肌体也维持不了多久。然而这支山参……"

中年御医边说边打开锦盒，揭开黄绸锦帛，一支白里泛黄、有手有足、有眉有

须,躯干布满密密皱纹的人参呈现在众人眼前,立即有人惊叹道:"还真没见过如此稀罕的极品老参!"中年御医惶恐道:"此参若非出自皇家,简直让人难以置信。但下臣不敢贸然用它给皇后娘娘服用,就怕……"杨丽华急切地问道:"你这话什么意思?是说我娘没救了,还是你在胡说八道!"中年御医急忙解释:"请公主殿下息怒。下官的意思是,此参非同寻常,功效绝非一般人参可比。而皇后娘娘现在肌体衰竭,只能温补,尚不知能否缓过来,绝不能大补。此时若用大补之药,犹如饮鸩止渴、火上浇油,必然适得其反。"杨丽华泪水夺眶而出,哭着说:"我不管你们用什么办法,一定要把我母后救过来。"

突然,内殿传来杨广惊喜的喊叫声:"母后,娘,您醒啦!"杨丽华闻言,转身向内殿跑去。杨坚也率领众人匆匆走进内殿。

皇后独孤伽罗的内殿就是她日常起居的卧房,室内宽敞,却装饰简陋,让人难以想象,这里竟是大国皇后和皇帝最私密、最无须掩饰嗜好的地方。独孤伽罗在迷蒙中幽幽醒来,看到床榻前围着许多人,一眼就认出身旁的是二儿子杨广。见他满脸悲痛欲绝的倦容,红红的眼睛饱含泪水,仿佛正经历一场生离死别。独孤伽罗心疼地抬手抚摸着杨广的脸,用微弱的声音说:"记住娘的话,为君者要有包容天下的胸怀,要有忍受委屈的肚量,心里更要装得下世上的喜怒哀乐。娘最放心不下的是,你处世做事别太刚愎自用,更不能意气用事、急于求成。"独孤伽罗喘息了一下,继续道:"你一定要亲近君子、远离小人,如此才能成为叱咤风云、所向披靡、与天地长存的君王。你们兄弟姐妹是一脉相连的手足,要相互关照、彼此谦让。不要记恨你大哥的过错,等你君临天下时,更要善待他,因为世间万物皆有因果报应。"

杨广紧紧握住母后的手,声泪俱下地道:"娘啊,您醒过来就好。在孩儿记忆里,您这一生都强健无比,没什么能难倒您。可没想到,如今您竟如此昏睡衰弱,我们都吓坏了。"独孤伽罗惨淡一笑,用微弱的声音说:"傻孩子,娘不是神仙。娘吃五谷杂粮,哪能不生病?只是没那么娇气罢了。能扛过去的事,咬咬牙也就挺过去了。所以,你们也要学娘,不要无病呻吟、小病大治,对待自己的孩子更不能娇生惯养。"

杨丽华挤到杨广跟前,凝视着母后,深情地说:"娘,御医们都说了,您这外伤并无大碍,关键是平时太过劳累,又不注重调养,体质才如此虚弱。如今,您可得听御医和我们的,别再操心其他事,安心静养,好好进补,这样才能恢复如初。"独孤伽罗脸上露出一丝笑容,却淡淡地说:"傻丫头,娘早就清楚自己的身体状况。俗话说,人生自古谁无死,娘到了这把年纪,早已看淡生死。活着时能为你父皇谋划朝政,为你们操持这个家,让你们逢年过节有个其乐融融的家可回,我就满足了。死后,只要能看到你们都安稳度日,和睦相处,想我的时候,还能常去看看你们的父皇,为娘也就别无所求,心安了。"

杨坚含着泪,走上前说:"伽罗,你一定要好起来啊!你我历经无数风雨,闯过诸多人生坎坷,才有了如今天下安宁、风调雨顺、万物兴旺的局面,到了真正能享受荣华富贵的时刻。你可不能就这样撇下我,离我而去啊!伽罗,你曾说,我杨坚的天下,有一多半是你的功劳。可我要说,没有你,哪有我杨坚的今天,哪有大隋的天下,哪有儿女们的未来。伽罗,我离不开你呀!"杨坚泪水伴着哽咽滚滚而下,泣不成声。围在床前的御医和宫女近侍们,无不为之动容,纷纷落泪。

独孤伽罗把手伸向杨坚,说:"你让大家都退下吧,我有话跟你说。"接着又对杨广说:"广儿,你去把你和勇儿一家子都带来,我想见他们。快去!"杨广愣了一下,含着泪退了出去。杨坚挥手示意,让室内的人都退出内殿。随后,他伸出双手,将独孤伽罗纤小的手握在掌心,看着独孤伽罗苍白却秀美的脸上那一抹红晕,心中悲切却又深情地说:"小伽罗,我们很久没这样手牵手谈心了,我很愧疚,这都是我的错。以后我一定一有空就陪你,像现在这样手牵手促膝长谈,该多好啊!"杨坚眼眶里的泪水一颗接一颗地落下,强忍着悲伤继续说:"人们都说徐娘半老风韵犹存。可我要说,我的小伽罗,岁月减不去她当年的风姿,我们情浓意深的日子才刚刚开始,相濡以沫的时光还长着呢。所以,伽罗啊,你一定要挺过这道难关。不然,你说,我该怎么办?"

独孤伽罗脸上露出淡淡的、迷人的笑容,却微微摇着头说:"那罗廷,谢谢你的夸赞。然而岁月无情,世事无常,该老的总会老,该走的终究要走,这是天理,不以我们的情意而转移。我十四岁进了你杨家门,与你相伴三十六载,你始终坚守承诺,只尊我伽罗一人为妻,为天下众多男女,尤其是历代帝王和后世之人,树立了有诚信、有担当、敢作为的君王形象,我为此深感骄傲。这份能载入史册的荣耀,是你的,也是我独孤伽罗的。为妻得感谢你,为我付出的艰辛与委屈,我独孤伽罗知足了!"

独孤伽罗合上疲倦的双眼,稍微振作后继续说:"那罗廷,还记得你在随州布衣素食时遇见的那个约翰先知吗?"杨坚一愣,略做思索,满是惊疑地问道:"这时候,你怎么提起他来了?关于约翰先知的事,我只跟你讲过一次,你也从未见过他。

现在，你为什么问起他？"

独孤伽罗神情变得肃穆起来，突然脸上容光焕发，说："我见到他了。他身材高大，黑发碧眼，身穿灰色大袍，皮肤白里透红，我猜，他就是你跟我说过的那个先知约翰。"杨坚用惊愕的眼神看着独孤伽罗，问："这正是约翰先知的模样。你在哪里见到他的？是在梦里吗？"独孤伽罗说："我正在旷野中走着，天色渐渐暗下来，我迷失了方向，不知该往何处去。就在这时，天庭洒下一缕光辉，一个身材高大的人迎着我走来。他把我带进那片光辉里，让我看到了一个不一样的世界：天地广阔，阳光明媚，绿草如茵，遍地果树上硕果累累；鸟雀在空中飞翔，小鹿在溪边饮水，一切都那么宁静美好，我仿佛来到了书中记载的世外桃源。这时，我才看清引我进入这个世界的人，就是你曾跟我说起的约翰先知。然而，他不等我开口询问，就回过头对我说：'我正是那个与你丈夫杨坚相识的胡人先知约翰。此刻，我奉上帝耶和华之命，来接你前往他的天国伊甸园。'我当时很奇怪，便问：'我并未信奉上帝，耶和华为何要把我接到他的天国伊甸园去呢？'约翰先知道：'你虽嘴上没说信奉我主耶和华，但在你心里，早就有了他的存在。你把我给杨坚的那本阿拉伯文的《圣经》，不遗余力地四处求教，译成汉文，还用私蓄雇人缮写装订成书，这就证明，你心中已有上帝。此书虽未传播出去，却是首次让我主耶稣的福音《圣经》在东方中原地区面世，功绩可流传万年。而你日常行事，处处遵循主的教诲，所作所为都在替上帝传布仁爱和善德。你的行为表明，你已尊我主耶稣的教、信他的道。如今，你的归期已到，是该返回天国的时候了。'当时，我很惶恐，更想到了你和孩子们，以及还有些未了的心愿。我便对约翰先知道：'能否让我回去，给夫君和孩子们交代一下身后事，免得我们都留下遗憾。'约翰先知同意了，却又对我说了这番话。他说：'人的肉体终会毁灭，唯有灵魂不死。人死后，灵魂有两条去路：一条是有罪不知悔改的，会走向宽门；一条是信奉主耶稣基督的，会走向窄门。你这次回去安排后事，希望你能用生前的灵性感悟他们，把他们引向窄门。否则，你们将再难相逢。'"杨坚凝视着独孤伽罗的脸，将信将疑地说："是吗？这简直不可思议。那么，这宽门和窄门各是什么意思？"独孤伽罗说："我也问了。约翰先知道：'宽门是地狱，窄门是天堂'。还说：'主耶稣基督告诉我们，凡播种必有收获，凡悔改必能被宽恕，凡信奉上帝的人必能进天国'。于是，我就回来了。没想到，我躺在床上，你们都围在我面前，我便想起了这段似梦非梦却异常清晰的事。"

杨坚不知该说什么好，握着独孤伽罗的手，喃喃地说："伽罗，你什么都别想，回来就好，你不用再回去了。有我在，你的一切都会好起来的。"独孤伽罗微微摇头说："数十年前，约翰先知给过你一次信奉上帝的机会，你没把握住。现在，他让我回来感召你。这些年，我从《圣经》中明白，不要信奉手中的权势，也别信其他歪门邪教，更不要再杀人了。天下唯有靠上帝的大爱才能和谐，唯有信他的道方能得永生，进入他的天国。天底下，唯有主耶稣基督才是真正的救世主。那罗廷，别再执迷不悟了。你不是也想让你的天下成为伊甸园吗？那么，你就得信奉上帝，信奉主耶稣基督。否则，你我从此天地两隔，再难相聚。"独孤伽罗说罢，泪如雨下。杨坚双手捧着独孤伽罗的手，泪流满面地说："你是知道的，我向来不信阴灵鬼神。儒、佛、道不过是我治理天下的工具，谈不上信不信。约翰先知给我的那本上帝的《圣经》，不是我不想看，而是看不懂。若它能助我治理天下，我同样可以尊它为先生。现在，你让我信他的道，我答应你，我就信他的道。不为别的，只愿你我能长相厮守，生死相伴。"

独孤伽罗脸上的红晕褪去，强打起精神说："杨坚，你没明白我让你信奉上帝的真正用意，我是希望你的灵魂也能得救，这样，我们才能生死相随。我花了这么多年心血译成的汉文《圣经》，就在我的衣柜里，书中有许多话我还没完全理解，你应该认真去读这本书，等你明白了，我相信你的灵魂一定能得救。我遗憾的是，没早点把这些感悟告诉你，让你也能早点得救。"

独孤伽罗喘着气，吃力地说："那罗廷，我走后，你要是觉得寂寞，可以去我后宫的偏殿，我已为你备下两个人，若合你心意，就选一个，把她当作我，让她陪你度过余生吧！"独孤伽罗深深吸了一口气，看着杨坚说："那罗廷，为妻还有最后一个请求：我走之后，不要大办丧事，别把我葬入你苦心营造多年的寝陵。我要火化，我要火化……我要……火……化……"

仁寿二年（公元602年）八月己巳日午夜，大隋皇后独孤伽罗合上双眼，薨逝于永安宫，一代圣后就这样悄然离去。

杨坚放声大哭，惊动了殿外所有人。第一个冲进殿内，扑在独孤伽罗身上号啕大哭的，便是杨广。他声嘶力竭的哀哭，完全发自肺腑。一生中，他最爱的就是这位母后，是母后将他养育成人，教导他做人的本分，一手把他扶上太子之位，让他有朝一日能成为天之骄子、君临天下。他的母后是慈爱善良的化身，是智慧果敢的结晶，是纯洁美丽的天使，是他崇拜的偶像，是他人生的追求。杨广无法想象，没了母后，他今后的世界会怎样？父皇没了母后，生活又会怎样？大隋没了母后，天下臣民又将如何？

　　二姐杨丽华的哀声恸哭，让杨广突然想起母后亡故的起因，一股怒火从心底燃起。他猛地纵身跳起，双眼喷火，厉声道："我要让他还我母后！"杨丽华立刻明白怎么回事，一把抱住杨广，边哭边说："广弟，你不能这样。母后刚刚离世，你们兄弟俩就要争斗，你让母后怎能安心走？你要记住，母后临走前是怎么跟你说的？"杨坚上前，也厉声道："杨广，休得胡来。你母后这一突然离去，朝里朝外有多少事等着我去处理。你此时不但不帮我，还要添乱吗？"杨广的神志渐渐平静下来，看着父皇泪光盈盈、苍老的脸，又看看静静躺在床上的母后，心里默默念叨："父皇、母后，我现在听你们的，暂时不跟他计较，但不代表以后我不会跟他算账。因为，他竟敢出手伤了母后，实在太伤天害理了！"

　　太子妃萧贞带着长子杨昭、次子杨暕，在朱贵儿和薛冶儿的陪同下，匆匆赶来。看到眼前的情景，她们纷纷跪拜在母后床前，号啕大哭。殿外和皇城外的百官臣民闻讯后，不等朝廷发布讣告，便自发挂起白帛、设立灵位祭奠。由此可见，独孤皇后在臣民心中的地位和分量。然而，被关押在大理寺狱中的杨勇一家子，却无人告知此事，他们对此一无所知。

　　杨坚并未按照独孤伽罗临终遗言简办皇后丧事。杨坚颁下诏令：为悼念皇后仙逝，杨坚罢朝一日，举国上下禁乐禁酒致哀三十天。文武百官、宿卫禁军披麻戴孝，仁寿宫挂白致哀，并允许皇亲国戚、臣民入宫吊唁。此后，杨坚也未按独孤伽罗的要求，将皇后遗体火化。而是在仁寿二年十一月甲申日寅时，在白衣白甲白马的禁军武士开道压阵下，杨坚率领众儿孙和文武百官，亲自护送皇后灵柩前往皇陵。杨坚宣读完祭文后，又亲口册封独孤伽罗皇后为"文献皇后"，然后将其葬于太陵安息。独孤伽罗花费数十年心血译缮的那本《圣经》，被杨坚当作独孤伽罗喜爱的物件，和其他众多葬品一同陪葬于太陵，致使这部在东方首次面世的《圣经》从此失传，让《圣经》在中原的传播推迟了千余年。

　　后话：数年之后，隋帝杨坚驾崩，也葬于皇陵中的太陵，与文献皇后独孤伽罗同坟异穴。又过数年，有盗墓贼进入皇陵，却发现太陵中的文献皇后墓穴竟是一座空穴，里面空空如也，连一根骨骸都没有。如此匪夷所思的现象，不禁让人猜测种种未知的可能。

第五十二章
蜀王尊大蔑父欺兄，冷宫心暖杨坚情热

天下事自有天下人评说！同一件事，张三传为正面，李四却道虚假，各执一词，又各有凭证，究竟该信谁、不该信谁，时间一久，唯有天知。正如有人说过，历史就像一个任人摆布的小女孩，因其天真无邪，便深信人间皆为真诚，任由他人为其涂脂抹粉、乔装打扮；因其朴实谦卑，便喜欢接受恭维，甚至逆来顺受，任凭他人巧言惑众、随意摆布。的确，历史是文人墨客笔下的文字，是政客利益的体现，更是社会统治阶层和上层经济结构的需要，古代如此，如今又何尝不是？

隋帝杨坚的结发妻子独孤伽罗文献皇后，一生在史书上记载甚少，然而将她描绘成嫉妒成性、专宠争权且残暴的传闻却甚嚣尘上。这是有人心怀叵测对她的污蔑，也是对上帝将大任赋予一个女子（而非男子）的抵触，更是中国封建统治史上长期遵循男尊女卑观念的写照。实际上，隋朝的兴衰与独孤伽罗皇后有着千丝万缕的联系。杨坚落魄为布衣时，是她一直支撑着杨坚的家庭；杨坚出将入相，是她为杨坚出谋划策的成果；杨坚受禅称帝建立隋朝，是她一锤定音，坚定了杨坚称帝的信念；二圣同朝理政，是她开创了女人理直气壮参与政务的典范（谁敢说，此后唐朝武则天称帝不受她的影响？）；隋廷颁布的条条新政律令，都有她的主张；在征北战南的战役中，她那卓越果断的先见之明起着至关重要的作用；在中国封建帝制礼教中，是她开创并维护了帝皇一夫一妻制，成就了隋帝杨坚前无古人、后无来者的独一无二先例；杨坚在位期间政治清明、百姓和乐，她的功绩不可忽视；废长立幼，立次子为皇太子，有她不遵传统、力荐贤能的努力，从而造就了隋炀帝杨广在短短十四年执政中，为世人留下不可低估的业绩，其中包括：其一，奠定并完善了举世无双的科举制度，为天下选拔人才开辟了一条公平竞争的渠道；其二，开凿了举世无双的南北大运河，与东西走向的海河、黄河、淮河、长江、钱塘江构成水路连通的通道，为东西南北经济的共同发展构建了流通网络；其三，融合并促进了南农北牧的农牧农耕技术，提升了南北农牧桑鱼的经济互补，奠定了隋朝富国强民的基

础；其四，稳固并发展了海陆边贸交流，以贸易促进国与国、民族与民族之间的了解和交往，通过经商致富为民，提高了商家的社会地位，改变了自秦汉以来重武轻文、鄙视商业的社会风气。不仅使隋朝经济繁荣发展，举世瞩目，还造福后代，直至今日仍在散发着光辉，却也因触及某些人的利益、受到旧习和偏见的影响，留下质疑和绯闻，在人为的历史中引发探索和争议。

隋帝杨坚的第四子杨秀，自小长相怪异：体魄魁梧且毛发浓密，年纪尚轻便生出鬓须，生性好动，不爱习文却喜好练武，还常常出拳伤人，导致亲友和朝臣见了都敬而远之，因此也被杨坚视为不肖之子。杨坚曾对独孤伽罗说："杨秀必定不得善终，我在世时或许无忧，待兄弟之间相处，他必定谋反。"后来又说："破坏我律法的，必定是他及其子孙！"所以，杨坚每次对诸子封侯拜将时，若不是皇后独孤伽罗时常提醒他"不要厚此薄彼"，杨坚常常会把杨秀遗忘。为此，杨秀虽口中无怨言，但内心并不舒畅。

杨秀被立为蜀王，进位上柱国，徙封于蜀，担任益州刺史，总管蜀地二十四州军事之后，远离父皇母后和朝堂，倒也逍遥自在，自得其乐。杨秀信奉道教，常以真人自居，还经常装神弄鬼，愚弄百姓，为自己涂脂抹粉。当他得知大哥的皇太子之位被二哥取代后，心中既不服气，又充满不平和怨恨。此后，母后病逝，他更没了精神束缚。于是邪念顿生，竟妄图自己夺位称帝。他模仿帝皇，奢侈无度、纵欲无节，车马服饰仿照天子，前呼后拥不亚于其父皇隋帝杨坚。他自以为天高皇帝远，无人敢将他的所作所为告发至朝堂，却没想到属下中自有隋帝的眼线。不久，杨秀便被一纸圣旨收去军权，随后又被召回京城述职。

太子杨广得知四弟杨秀回京述职，便召集在京的诸王兄弟，准备在东宫为杨秀设宴接风，叙叙旧情。谁知，杨秀不仅不来赴宴，还派人传话道："你别以为当了皇太子，我们就得依附、听从于你。我不是大哥，不会中你口蜜腹剑的圈套，任由你来摆布。"

隔天上朝，在武德殿上，隋帝杨坚满脸怒容，不待文武百官施礼归位完毕，便厉声说道："把逆臣杨秀押进殿来。"不一会儿，杨秀便被两个武士押着走进殿堂。他昂首挺胸，若无其事地走到台阶前，朝着父皇杨坚双膝跪地，却转脸用凶狠的目光扫向站在殿前的太子杨广，似乎在说："别用父皇来压我，更别指望我会服你。"

杨坚怒目注视着杨秀，冷冷地说："之前秦王挥霍财物，我以父道教训他。如今你蛊惑残害百姓，朕当以君道惩处你。"杨秀挺直身躯回话："儿臣不知犯了何罪，

第五十二章 蜀王尊大蔑父欺兄，冷宫心暖杨坚情热

竟让父皇要用君道惩处我！"杨素见杨秀不但不委曲求全，反而直言顶撞，不由得着急地说："你这小子，死到临头还不知悔改。你以为陛下不知道你在外面的所作所为吗？现在唯有赶紧认罪，求你父皇赐你一条活路。"

杨秀却强硬地说："臣承蒙天恩养育，九岁便知荣华富贵，年少时尽享富足安乐，虽愚笨但不痴呆。然而天恩不公，不辨真假。如今又给我定罪，怎能让人信服？"杨坚闻言，拍案怒道："你身处庸蜀要地，肩负家国重任，如此重要的职位，你还想要什么？然而，你竟自言骨相非凡，非为人臣之相，信奉妖道邪教，干犯纲纪、扰乱常道，觊觎二宫，心怀恶意、幸灾乐祸，盼望灾祸降临，指望朕不起，好取而代之；皇太子是你的亲兄长，你却假托妖言，说他不得善终；汉王谅是你的亲弟弟，你仍说请西岳华山慈父圣母降下神兵，收了杨谅的魂魄，囚禁于华山之下，不让其消散游荡；我是你的亲生父亲，你却画我的形象，将我头部捆绑，说请西岳诸神囚禁我的灵魂，要让我转变心意，立你为皇太子。还假托鬼神，妄称清城（成都）出圣人，又谎称益州现龙，还修建成都宫阙，妄图佐证蜀地祥瑞，证明自己当帝位乃天庭之征兆。"

杨秀忍不住愤然咆哮道："这些都是道听途说的小人之言，毫无根据，全是胡说八道。怎能相信？"杨坚冷笑道："那么，你擅自制造白玉之珽、白羽之箭，文物服饰与君皇无异，聚集旁门左道，用符书诅咒镇邪，以君皇之仪巡视属地，可有此事？你在众目睽睽之下所穿的皇袍，所乘坐的龙舆，不见得也是小人捏造的吧？更不见得，你所辖的臣民都与你有仇，全是他们在对你胡说八道吧！"此刻的杨秀已顿时醒悟，自己在属地所做之事已被人传到京城，父皇已然知晓一切。他也明白进京述职是假，要惩治他才是真意。他更清楚此事的后果，这才真正感到害怕，脸色惨白，无言以对，完全失去了刚才的强硬气势。然而，他想到昨天太子杨广还要宴请他的虚伪之举，心头又愤愤不平起来，他转脸怒目圆睁地盯着杨广，在心里怒吼道："奸诈小人！你早就知道父皇今日要治我之罪，昨天却还道貌岸然地请我赴宴，原来你摆的是为我送行的断头宴呀！你这狼心狗肺，叫真够恶毒的。我若死了，定会化作厉鬼来缠你的魂。"

杨坚见杨秀不再言语，却用凶狠的目光盯着杨广，便提高嗓音，厉声说道："畜生，你包藏祸心，图谋不轨，这是逆臣的行径。盼望父亲遭灾，以此为自己的幸事，这是贼子之心。心怀非分之想，对兄长肆行狠毒，这是悖逆兄弟的行为。嫉妒弟弟，无恶不作，毫无兄弟之情。违反制度，坏乱到了极点。滥杀无辜，如豺狼般残暴。剥

削百姓，暴虐至极。贪求财富，如同市井小人的行径。专事妖邪，生性愚顽。不堪重任，是个不成器的东西。凡此十者，灭绝天理、违背人伦，你都干了，不祥之极！你的种种劣迹，早就有益州长史元岩苦苦劝谏你，可你却不知悔改，反而变本加厉，致使忠贞不渝的良臣客死他乡。如今，你还要当着朕的面狡辩，朕实在忍无可忍！"杨坚越说越愤怒，扬手冲着殿下的武士喊道："来人！把这个逆子卸去冠带，拉出去斩了。"

杨广对四弟杨秀在属地的一些装神弄鬼的行为虽有所耳闻，但他认为传言不可全信。他还觉得信道、信佛或是信儒，仅是个人信仰，无可非议，而兄弟之间的情谊，不应因此受到影响。杨广尤其觉得自己继承皇太子之位后，难免有人不服，他应牢记母亲临终遗言，主动维护好兄弟情谊，不能因此淡薄兄弟感情。所以，当他得知四弟来京述职后，便立即做东，主动宴请众兄弟到府上为四弟接风洗尘、叙旧。结果，却没想到反遭四弟无端指责。然而，当杨广在朝堂上听到父皇对四弟在属地所做的种种不端之事后，不免暗自吃惊。他明白，杨秀的这些行为若属实，按隋律论处，这不仅是谋逆当斩的大罪，还定会牵连一大批人和四弟的家眷被查处。为此，杨广觉得尽管四弟对他产生误解和不满，且犯下如此罪孽，但他仍是自己的四弟，不能对四弟之事置身事外，任由父皇用极刑处置，让母后在天之灵不安。此时，见父皇下令让武士上前擒拿杨秀，杨广不由得匆匆出列，跪倒在台阶前说："父皇，请息怒！请容儿臣替四弟辩说几句。"

杨坚恼怒地大声训斥道："你要去替这个畜生辩说，你难道刚才没看到他盯着你的那股凶狠目光吗？你呀，简直糊涂。他早就不把你当兄长了，可你还要去维护他，替他说话，昨天还要去替他接什么风、洗什么尘。你难道没听说，不知道他在属地所做的种种行为，不仅冲着我的皇位，更是冲着你皇太子之位的吗？此等伤天害理的畜生，留他还有何用？我不能让他继续成为天下人的笑柄。"

杨广却坚持说："父皇，儿臣认为，四弟犯下如此过错并非本意，全是受了小人谗言蛊惑，四弟也不知鬼怪之说乃是江湖骗术。故而儿臣在此叩首跪拜，恳请父皇念在四弟尚且年轻，赦免他这一次。"杨坚愤愤地说："他这是受了人的蛊惑，还是他在蛊惑人啊？我早就知道，这个逆子不会让朕消停。他竟敢在光天化日之下做出此等大逆不道之事，可见其胆大妄为已到了何等程度。我若不惩治他，不将他绳之以法，大隋律法何在？我若不将他斩首示众，如何震慑天下狂徒，防止他们仿效，又如何巩固我大隋江山永固？这会让天下人笑话我杨坚虚伪！我也要让你明白一

第五十二章　蜀王尊大蔑父欺兄，冷宫心暖杨坚情热

个道理：皇法不容亲情。"

杨广见父皇不听他的辩说，只能匍匐在地，继续求情道："父皇，孩儿记得母后常教导我们，兄弟齐心，其利断金；兄弟阋墙，灾难必降。如今，大哥因行为失态被下狱，三弟已亡，我只剩下四弟和五弟了。如今，万望父皇念在母后临终时嘱咐孩儿，兄弟如手足，彼此要相互照看、谦让的份上，饶恕四弟这一次吧！"

杨坚被说动了心，正在踌躇该如何决断时，杨秀突然挣脱武士的拉扯，冲到跪在地上的杨广跟前，厉声道："你少来这一套，你若真有善心，那就把你的皇太子位让给我。"杨坚见杨秀如此不领杨广之情，还这般目无他这个父皇，不由得气恼攻心，刚说了句："你这个孽障，真是要气死我了……"便眼前一黑，"哇"地一声喷出一口鲜血，昏厥过去。朝堂上下顿时一片混乱。杨素愤怒不已，上前冲着杨秀一巴掌将他打倒在地，说："你这个孽子，简直无法无天了。这一巴掌，是我替你父皇教训你的。"随后又对武士道："来人，把他拉下去关入大牢，等候处置。"

杨广已翻身爬起，上前扶住父皇，一边替杨坚捶胸抚背，一边急忙召唤御医上前救治。一阵忙乱过后，杨坚悠悠醒来，说："唉！我怎么变得如此弱不禁风了？看来确实是年岁不饶人啊。"杨素接口道："皇上啊！您明白这点就好。往后，您该省省心，享享清福，也该让太子历练历练，替您分担些事务了。"杨坚点头道："我早有让广儿历练的打算，可总觉得什么事都放不下手。况且，回到后宫总是冷冷清清的，实在无趣。所以就一拖再拖，将就着，才酿成了现在这个局面。"

杨素随即说："今天这是上苍给您敲的警钟，该放手时就得放手，否则对您和太子都无益。至于您后宫冷清，这好办！此事由我来替您解决。皇嫂离开您的日子也不短了，她见您现在这样子，也会不好受的。"杨坚急忙摇手道："此事不劳老弟费心了，皇后临走前已有所安排。我只是一时放不开，难以接受罢了。"杨素却不以为然地说："怎么会难以接受呢？是男人，怎能离得开女人！既然皇嫂早已给您安排好了，您不接受，岂不是对不起她吗？"杨坚不由得点头道："是啊，她看到我现在这个样子，肯定也会于心不安的。"

杨坚随后又转脸对杨广说："广儿，从明日起，我就把朝政交给你监管了。你遇事要多与素叔和苏大人、柳大人他们商议着办。切记，别辜负了你母后和我对你的期望。"杨广闻言，匍匐在地，一边磕头一边说："请父皇放心。儿臣一定牢牢记住母后和父皇的嘱咐，与素叔父和众位大臣一起，把父皇交付的朝政办好。既告慰母后在天之灵，也让父皇安享清福。"

有人将夫妻生活比作琴瑟,把家庭和睦形容为琴瑟和鸣,杨坚对自己与独孤伽罗的日常生活也常有此感。一日三餐,晨起暮宿,出宫时是威仪天下的帝王、权倾社稷的君主;入宫后则是娇妻的夫君、孩儿的长辈。这种平民百姓式的生活,与天下千家万户并无不同,也让他习以为常,所以他在后宫有时甚至会忘记自己是拥有天下的一国之君、万民之主。然而,他们毕竟不是一对普通夫妻,而是肩负治理天下重任、受万民期待的帝皇和皇后。因此,他们的后宫生活不可能完全像普通民众那般轻松平淡。

杨坚曾对独孤伽罗说过:他这一生就像一根弦,始终绷得紧紧的,不仅在朝堂上如此,回到后宫,这根绷紧的神经也难以松弛。因为他在后宫面对的虽不是严峻肃穆的朝堂,但也不是一个能让他随心所欲、纵情放任的温柔乡,而是一个宁静简朴、单调如家庭般的栖息之所,有时甚至还是一个"朝中之朝"。可以说,他在朝堂上的许多决策,大多源自后宫。以往,杨坚对此从未有过不满或不足的想法。因为他深切感受到自己的娇妻、皇后,是如此完美、睿智、体贴入微,把他想做的事都安排得极为周到且卓有远见,让他心服口服,心甘情愿地按她的意愿办事,甚至产生了依赖之情。为此,杨坚还有何不如意,还有何奢求呢?如今,她不在了,这一切也随之消逝,一时间,他又怎能适应。

杨坚在后宫虽不缺人伺候,但怎能与他的皇后独孤伽罗相比!他看着身边的女人,论智慧没有智慧,论气质缺乏气质,论姿色也不出众,根本无法吸引他的情感,更谈不上产生欲念。杨坚明白,自己那根一直绷紧的弦,一旦松弛,必然会走调。那次酒后乱性的行为便是如此。事后,独孤伽罗用愤恨和严厉的手段告诫杨坚不可为,又以退为进的温柔智慧告诉他"爱之越深、恨之必极"的因果道理,迫使杨坚在心里自责自愧,不得不赞同她所说的"人之常情,莫不如此"。所以,杨坚那一直琴瑟共鸣的后宫,如今只剩下单调的琴音,怎能不让他留恋往昔,又怎能不让他无所适从。

杨坚在苦闷、孤独、彷徨之余,也曾想到独孤伽罗安排的替身。但他总觉得心有所属,又觉得自己不再年轻,再加上多年受独孤伽罗熏陶,留下一夫一妻不近女色的观念根深蒂固,一时间难以迈出跨越雷池的第一步,只能忍受着孤独的煎熬。直至今日昏厥的遭遇,才让杨坚从内心深处真切地感受到一种需求、一种缺失,而杨素的一番话又恰好点破了他内心焦虑苦闷的根源。是啊,人怎能没有情欲?尝过了甜蜜滋味再去尝苦涩,既会对苦味难以忍受,更会对甜味渴望至极,杨坚此刻的

第五十二章 蜀王尊大蔑父欺兄，冷宫心暖杨坚情热

心态正是如此！

独孤伽罗设在后宫的偏殿，本是看押失宠嫔妃的冷宫，或是犯事宫人的居所。这样的禁地，帝皇不愿涉足，宫人见了也心寒。如今却成了独孤伽罗储秀养艳、训教未来皇后的地方。宁远公主和蔡氏满腹狐疑地被独孤皇后接到这幢偏殿内，经过一段时间的隋礼教授，她俩才知道独孤皇后的用意：独孤皇后希望她们其中一人，在她逝世之后替代她去伺候圣上，也就是说，她们两人之中将会有一人成为大隋未来的皇后。这让宁远公主和蔡氏既惊讶又觉得不可思议。她们惊讶的是，一夜之间，命运竟发生如此巨大的转变，原本是任人踩踏的奴隶，不久后即将成为受人仰慕的皇后。她们更难以理解的是，威严且名声显赫的独孤皇后，怎么会有如此独特的举动，像帝皇一样去选定自己的接班人？然而，当她们得知皇后已身患绝症，这是为了让自己的夫君没有后顾之忧才做出的决定时，她们深受感动，也明白了自己所承担的责任。她俩不再犹豫，毅然接受了皇后的嘱咐，开始认真学习隋廷的礼律和独孤皇后治理后宫的理念，熟悉隋帝杨坚的生活习性和喜好，模仿独孤皇后的处事举止，决心成为能让独孤皇后放心、让隋帝满意的皇后替代者。不过，宁远公主的内心不像蔡氏那般炽热，她有的只是无奈的等待，心里不禁想着，往后该如何面对皇太子杨广？

独孤皇后匆匆离世，留下宁远公主和蔡氏在后宫偏殿，天天翘首盼望着隋帝杨坚的到来，以便他能从两人中选出一位接替独孤皇后的后位，按照独孤皇后生前的心愿伺候圣上、治理后宫，告慰独孤皇后的一片苦心。然而，她们左等右等，都不见隋帝杨坚到偏殿来选后，也不见隋帝派人来探视她们，仿佛隋帝根本不知道她们的存在。这让她们原本满怀期待的热情渐渐冷却，变得淡漠失望。宁远公主又开始抚琴弹奏她那借以寄托情感的琵琶，打发着期盼、失落、无聊的日子，希望能快点过去。

杨坚的仁寿宫规模很大（长宽一千八百余步），改建之后的仁寿宫就更大了，连杨坚自己都不清楚仁寿宫里面究竟有多少宫殿、多少庭院。加之，在独孤皇后的感化和干预下，杨坚没有对嫔妃的牵挂，也不喜好淫欲、奢侈和游乐，他把精力都放在了朝政和独孤皇后身上，所以也就没有时间到宫内各处闲逛。在独孤伽罗没告诉他偏殿藏美之事前，他根本不知道后宫偏殿在何处，更别提偏殿内还有两个绝色美人在等着他。

杨坚的个性是一旦明白某件事必须去做的道理，就绝不会再犹豫迟疑。但让他

有目的地去后宫为自己挑选女人，却不像做其他事那么果敢。他既担心皇后留下的两个女人和后宫其他女人一样引不起他的兴趣，又害怕一直被人称赞不近女色的自己，在皇后逝世后去为自己挑选女人，会遭人指指点点，从而感到惶恐不安。所以，杨坚在问清后宫偏殿的位置后，换了身便服，只带了一个黄门近侍来到偏殿，并让近侍留在殿门外，独自怀着忐忑的心情推门走进殿内。

隋廷后宫的偏殿称不上是什么宏伟宫殿，只是在一幢庭院内有几间简陋的房屋而已。一个五大三粗正在打瞌睡的管值宫女，见有男人推门进入殿院，顿时紧张起来，立刻起身阻拦道："你是谁呀？竟敢私闯冷宫。你别以为皇后娘娘不在了，就可以不守礼法、胡作非为。"杨坚满脸羞愧，不得不说道："朕，是皇后娘娘让我来……这里的！"宫女冷笑一声道："什么真不真假不假的！你这是信口胡诌。皇后娘娘升天已有数月，娘娘在世时都没让任何男人来过这里。现在，你却假传已升天娘娘的圣旨想进这里，居心不良吧？你听好了，这里除了当朝皇帝，谁都别想进我这个门。否则，别怪我这双拳头不客气。"宫女说完，立即卷起袖口，摆出一副要与人打斗的架势。杨坚既羞愧又感动，他向来知道皇后治宫严格，却没想到她治下的宫女对她定下的规矩如此严格遵守，这让杨坚从心底感到温暖又心酸，也不禁对这个五大三粗的宫女产生了好感。于是，杨坚说道："朕就是当朝皇帝杨坚，也是奉了皇后娘娘的圣旨来这里探望人的。"

宫女愣住了。她瞪大眼睛，打量了杨坚好一会儿，又转脸瞧见站在殿门外的黄门内侍，这才慌忙扑通一声双膝跪地，一边磕头一边说道："求皇上恕罪。罪女有眼无珠，不识圣驾光临，还出言不逊冒犯了皇上。万望皇上大人大量，不治奴婢无知之罪。"杨坚说道："你从未见过皇帝，不认识朕，何罪之有？但你对皇后娘娘颁布的宫规遵循依旧、恪守不渝，实在难能可贵。朕不但不会罚你，还要奖励你。现在你起来吧！陪朕去看看里面的人。"

杨坚在宫女的陪同下，绕过拦在庭院前的一道屏墙，进入院内。立刻，一阵如丝般细腻却又悦耳动人的弦琴声传入杨坚耳中。杨坚驻足聆听了片刻，问道："这是谁弹奏的曲子？朕从未听过如此扣人心弦的曲调。"宫女立即回答道："回禀皇上，婢女不知道这弹的是什么曲调，但知道，这一定是十四公主弹的琵琶声。"杨坚愣住了，惊愕地问道："十四公主！哪家的十四公主？难不成是南陈后主陈叔宝的十四妹？"宫女回答道："回禀皇上，十四公主正是当年南陈的宁远公主，其他的事婢女一无所知。因为皇后娘娘从未对我们说过，也不准我们打听里面人的事情。"杨坚又

第五十二章　蜀王尊大蔑父欺兄，冷宫心暖杨坚情热

问道："偏殿里不是有两个人吗，另一个怎么称呼？"宫女回答道："回禀皇上，殿内确实有两人，另一个是宁远公主的近侍长史蔡氏，我们都尊称她为蔡大人。她不像宁远公主那般冷峻，还常跟我们讲她江南家乡丹阳的故事。所以，我们又常称她为蔡姐。"

大概是房内的人听到门外有人说话的声音，弦琴声戛然而止，门开处走出一个素装淡抹的年轻女子，她神态清秀，目光顾盼自如。宫女立即对杨坚说："禀告皇上，她就是我说的蔡大人，蔡姐。"杨坚举目望去，不禁在心里感叹道："江南女子果然小巧玲珑，颇具小家碧玉之美，与粗犷豁达不失大家闺秀风范的北方女子相比各有千秋，但其温文尔雅的气质却是独树一帜的。"

蔡氏在房内听到庭院内有男人的说话声时，既紧张又好奇。她猜测来人会不会是隋帝，因此紧张，又想亲眼看见隋帝的龙颜，所以好奇。但当她跨出房门，猛然见到一个男子时，心头情不自禁地一阵狂跳，脸庞瞬间变得通红。宫女急忙上前说道："蔡姐，皇上来看望你们了。"此时的蔡氏立刻明白即将发生的事，她不由自主地返身进屋，对正抱着琵琶发呆的宁远公主说道："公主，快！圣上来了，我们出头的日子到了。"

杨坚站在庭院中，原本期待着蔡氏会上前参见他，却没想到蔡氏似乎毫不理会，转身进入屋内，这让杨坚心里不禁自问："她们这是表示讨厌，还是不懂礼仪？"杨坚继而一想，觉得今天是自己来探望她们，没必要计较这些，于是便朝屋内走去。

宁远公主似乎还未从琴韵中回过神来，她愣了一会儿，随后缓缓说道："来就来吧！谁能知道，这是祸还是福？"杨坚不请自入地推门进屋，屋内光线虽不如室外明亮，但因窗户敞开，光线充足，所以室内的一切都能看得清清楚楚。陋室虽简陋，却收拾得干干净净，摆饰不多，却摆放得井井有条，而且这些桌椅柜饰及其摆放位置，让杨坚觉得似曾相识。猛然间，杨坚一阵热血涌动，泪水涌上眼眶，眼前屋内的物件和布置，不止是独孤伽罗生前后宫内殿的翻版吗？没错，这房屋除了不是后宫内殿，小了些，其他一切都与独孤伽罗生前所用之物相同。这里除了物是人非，怎能不让杨坚触景生情？此中的深情厚谊，杨坚又怎能不知。杨坚泪水夺眶而出，在心底说道："伽罗啊！你真是用心良苦。你为了我杨坚，生前呕心沥血，生后怕我孤单，怕我没人照顾，怕我思念之情难消，不仅抱病为我挑选训导了接你班的人，还如此体贴入微地安排了这情景交融的地方，让我时时能体会到你的深情、你的温

柔。你让我该如何报答你呢……"

杨坚看着站在他跟前，用惊恐目光盯着他的两个女子：一个是刚才转身离去的蔡氏，另一个想必就是宁远公主了。杨坚见她们神情惊恐、呆立不语地看着自己，立刻明白是自己的失态让她们手足无措。

杨坚急忙转脸，悄悄抹去脸上的泪水，然后面对她们说道："朕让你们见笑了。但朕也可以直言相告，独孤皇后在朕心里的位置，是谁也替代不了的。"宁远公主闻言，心头一忧一喜，心想："我们当皇后的希望落空了。但没想到这个皇帝对自己的皇后竟如此一往情深，在当今世上实在难能可贵。"她移开盯着杨坚的目光，垂下头等待处置。蔡氏双膝跪地，又把公主拉扯着跪在地上，然后轻声说道："圣上，我们没有想替代皇后娘娘的心思。我们是奉了皇后娘娘的懿旨来侍候圣上，替皇后娘娘照看圣上后宫的。"

杨坚内心愧疚，说道："既然如此，你们都起来吧！朕没想到，皇后替朕想得如此周到。然而朕对你们还一无所知，今日初次见面，你们能否做个自我介绍，以便日后相处。"杨坚等两人站起身，自己找了一张熟悉的椅子坐下，这才认真仔细地打量着站在自己跟前的两个女子。两人身着一白一粉绸缎素帛，显得温文尔雅；身材匀称俊美，蔡氏身高略矮于宁远公主，体型相比之下显得较为丰满；两人肌肤如凝脂般白嫩细腻，不施粉黛。一个长发披肩，妩媚动人，瓜子脸上丹凤眼、柳叶眉、红唇白齿、挺鼻梁，五官搭配得无比俊秀，宛如一尊出自名匠之手的玉雕；另一个黑发盘头，显得干练利落，鹅蛋脸上的眉眼口鼻，笔笔精致，美轮美奂，犹如一幅丹青高手绘成的仕女图。杨坚忘情地欣赏着，说实话，杨坚虽身为帝王，也见过不少女子和美妇，哪怕面对自己的儿媳，或是与亲友属下的家眷们在一起，都从未如此无所顾忌、近距离地直视她们。

蔡氏敏锐地察觉到皇帝杨坚看她们的目光中饱含欣赏之情，内心不由得突突直跳，嫩白的脸庞泛起红晕。宁远公主的心情却不像蔡氏那般激动，凭借女人的本能，她已猜到杨坚此刻的想法，自然而然地想到自己的归宿，这才抬起头审视这个即将成为自己夫君的皇帝。她想知道，他长相如何，心地是善还是恶？谁知，正当宁远公主抬头举目时，与杨坚投来的炽热目光不期而遇。宁远公主虽常女扮男装出入大庭广众，但除了曾对杨广动过心，还从未如此留意过其他男人。而此刻，她面对的是一个只能服从、无法选择的男人，自然要上心留意。

宁远公主无所畏惧地直视着杨坚，在心底评价着杨坚给自己的印象：身材魁

第五十二章 蜀王尊大蔑父欺兄，冷宫心暖杨坚情热

梧，神态严峻，周身确实有一股帝王之威；衣饰简朴，不像她大哥陈叔宝那般穿戴奢华；双眼目光犀利，却带着浑浊和犹豫；年纪大了，须发已经斑白，做她的父辈绰绰有余，但要做她的夫君……宁远公主的心情突然沉重起来，神态也变得矜持。

杨坚似乎猜到了宁远公主的心思，说道："你是不是觉得朕已经老了，不配做你们年轻女子的夫君。然而在朕眼里，你们只是美貌女子罢了，若不是朕的独孤皇后安排，朕或许连正眼都不会瞧你们一下。所以，朕来这里全是为了不辜负皇后的良苦用心，但也不想勉强你们。你们若愿意跟随朕，就点一下头，朕自然会派人把你们接到后宫，但你们不是去做皇后，而且往后你们的一切都必须遵从独孤皇后的训导。你们做好了，朕自然不会亏待你们。若不愿意，就从哪里来回哪里去。若现在还没想好，朕可以等。等你们想明白了，告诉她……"杨坚指了指站在门口那个五大三粗的宫女，继续说道："朕现在就封她为七品女官，指定她为你俩的近侍，你们有什么需求尽管对她说。其他的一切，朕会让后宫主管安排妥当。"宫女听说皇帝封她为七品女官，又惊又喜，呆住了。蔡氏见状，忙对她说："小眉，眉大人，还不快向圣上磕头谢恩。往后我们也得仰仗你了。"小眉回过神，慌忙双膝跪地，边拜边说："谢皇上隆恩，谢皇上隆恩！"

宁远公主却不愿就这样不明不白地听之任之，开口说道："谢圣上，尤其要谢皇后娘娘对我们的知遇之恩。然而，我对自己的终身大事还在犹豫，既不想辜负皇后娘娘对我的期望，也不想如此糊里糊涂地把自己的一生交给……恳请圣上恕我直言，我是说，交给一个足以做我父皇的男人。"杨坚不以为然，却自负地说："自古以来，帝王都把后宫女子当作自己的宠物和娱乐泄欲的工具，唯有朕不是。朕从布衣时起就尊重自己的发妻，也就是现已离朕而去的独孤皇后。你们是朕的皇后派到朕身边的人，所以朕也尊重你们，会按她的要求善待你们。男女之间真诚的感情，不在于欲望，不在于年龄大小、老少差异，也不必考虑地位高低、贫富差距，而在于彼此尊重、诚信和愉悦。在这一点上，我杨坚可以自豪地说，问心无愧！若你们能从这一点出发理解朕，那么，帝王与平民、贫穷与富有、年轻与年老又有何妨！"杨坚的这番自我表白，深深打动了宁远公主。她眼前的杨坚似乎变得年轻英武，颇有那个与她不期而遇的晋王杨广的风采，她情不自禁地点头默认，嫩白的脸上随即泛起红晕，如同盛开的牡丹。

此后的一切顺理成章地进行。杨坚相中了仁寿宫大宝殿附近的秋香苑和梅香苑，委派小眉为主管，悄悄把宁远公主和蔡氏接到里面居住。这样既方便杨坚处

朝政，又便于他进出秋香苑和梅香苑，还隔绝了后宫的人多嘴杂，避开了让他触景生情的独孤皇后的永安宫，杨坚这番用心可谓煞费苦心。

俗话说田旱盼雨水，禾苗喜甘露，而杨坚与这对美人则是干柴遇上烈火。起初，杨坚还能克制自己的欲望，然而已过了大半生过着一夫一妻生活的男人，面对如此娇躯嫩蕊，又怎能按捺得住，不纵情享乐？而事已至此的宁远公主和蔡氏也有自己的需求，便放下所有顾虑和杂念，倾心示好，全力迎合，尽情承欢，还唯恐杨坚有丝毫不适，刻意奉献，无所不为。至此，杨坚又怎能不领她们的情？于是，杨坚先是隔天轮流去她们两院食宿，后来改成每天轮流去两院纵情欢乐。此后，杨坚又把她们都招进大宝殿，同食同卧，寸步不离。为答谢她们的倾情付出，杨坚封宁远公主为宣华夫人，封蔡氏为容华夫人。

第五十三章
干柴烈火老骥伏枥，萧贞占卦计除二妃

　　杨广自从当上皇太子之后，身上原有的那股敢想敢说敢做的锐气似乎减弱了许多。日常除了上朝参政，他恪守多听少说的原则，若一定要表明态度，也只是说些随大流的话，极少阐述自己独到的见解，更不会当众坚持自己的主张。即便回到府上，不是阅卷审事、解析朝政，就是研读史书，或者与三位夫人和孩子们聊家常、玩耍，处处变得谨小慎微。因此，朝臣和家人们都说杨广变了，变得让人看不懂、摸不透了。对此，杨广的三位夫人虽各有想法，唯有三夫人薛治儿敢当面对杨广直言己见："你如今的这些做法，一是怕言多必失，受到父皇指责；二是怕锋芒毕露，重蹈你大哥杨勇的覆辙；三是怕结交朝中大臣，落下拉帮结派的嫌疑。然而在我看来，这些都是你的韬光养晦之策。还有，你在培养孤家寡人的皇上之威，让朝臣们对你敬而远之，为以后的长远之计铺路。"杨广只是笑了笑，说："你只知其一，不知其二。"确实，旧太子的前车之鉴，让杨广不得不小心谨慎。

　　然而，当杨广被授权替代父皇监国理政后，他处置朝政虽以谨言慎行为准则，事事请示父皇。因为他明白，父皇虽放权于他，实则是对他的考验。不过，杨广在日常交往中还是悄悄有了些许改变。他不再坚持闭门谢客的惯例，开始与朝臣在朝堂之外交往，还常去朝中一些重臣、老臣家中拜访请教，展现出晚辈对前辈应有的尊重和谦逊，让这些在朝堂上举足轻重的权臣既惊又喜，赞赏有加。随着父皇对他信任度的增加和放权范围的扩大，杨广在朝堂上渐渐改变了以往的沉默寡言，变得知无不言、言无不尽，谋事处世滔滔不绝，生怕别人不能领会他的本意，让聆听者无不心服口服。而且，他努力改变朝堂各部衙门之间封闭隔阂的状态，尤其对以往人浮于事、怕担罪责、隔岸观火、幸灾乐祸、钩心斗角、争功夺利的现象进行批判和疏导。半年下来，朝堂各部之间的互动有了很大程度的改善，这让力荐他的首辅杨素感到欣慰，让老道持重的苏威感到羞愧，也让那些曾经反对罢免杨勇、立杨广为皇太子的人哑口无言。内史近侍薛道衡和吏部尚书柳述在给隋帝杨坚的奏章中，都

称赞皇太子杨广理政有方、治吏有度,是个有才能、称职的君皇接班人。但是,杨坚似乎成见已深,仍然没有把全部皇权交出来,尤其是对朝臣的任免大权,依旧牢牢掌控在自己手中。

仁寿四年春,天气奇寒。寒风像发了怒的婆子,一个劲儿地把北方的冷气刮向南方。南方本应是阳春三月、花叶吐蕊的时节,可此时大地依旧光秃秃的,毫无春天的气息。北方就更不用说了,冰天雪地,还不时飘起大雪,阻断了南来北往的交通,把人们因春天来临而激发的兴致全都浇灭了,引得大街小巷谣言四起,杨广也因这反常的天气而心事重重。

这天,杨广散朝回到太子府。阖家共进晚餐,儿女和下人都离去后,太子妃萧贞见杨广闷闷不乐、沉默不语,便把朱贵儿和薛冶儿两位夫人拉到一旁,轻声说:"贵儿、冶儿妹,大姐有个不太好意思的请求,今晚能不能让殿下去我房里睡,不知两位妹妹意下如何?"朱贵儿脸红了,低声说:"一切听大姐安排,我没意见。"薛冶儿心直口快,大声对朱贵儿说:"他今晚本就该归你。你都没意见,我还能说什么呢?"

正心烦的杨广见自己的三位夫人聚在一旁窃窃私语,不禁好奇,调侃道:"三个女子一台戏,你们这是唱哪出呀?"还是薛冶儿快人快语:"大姐有戏要和你单独唱,你该问她。"萧贞连忙笑吟吟地走上前说:"不为别的,臣妾这几天见殿下闷闷不乐、心事沉重,所以想替你排解排解。"杨广故作欣喜地说:"好呀!那你就当着大家的面说吧,也好让大家和我一起释怀、同乐,岂不更好!"

萧贞脸色微微一红,略微迟疑,随后招呼贵儿和冶儿围坐到杨广身旁,低声说:"这些时日外面传言很多,我知道殿下是为此担忧。于是,我昨晚占了一卦,结果喜忧参半。今晚想静下心来,和殿下好好推敲琢磨一下,说不定会有意外收获,也未可知。"朱贵儿说:"我早就听说大姐会推卦,却从未当面听过。今日能借殿下之光,当面受益,真是福分!"

杨广听了,不高兴地说:"我跟你们说过多少遍了,没有外人时,别老是'殿下'长'殿下'短的,这样太生分了。你们该学学母后称呼父皇,叫小名!"薛冶儿接口就喊:"太别扭了,我喊不出来。我能不能直接喊你杨广?"萧贞立刻说:"冶儿,这不成体统。母后和父皇从小青梅竹马,他们关系特殊,我们学不来。太子殿下以后是一国之君,是天子、皇帝,是万民之尊,不光是我们,全天下臣民都要对他有敬畏之心。所以,我们得从现在做起,不是为了生分或者喊不出口,而是为了天下大

第五十三章　干柴烈火老骥伏枥，萧贞占卦计除二妃

礼。"杨广不以为然地说："错了，错了，此话大错特错！你们和我同桌吃饭、同枕而眠这么多年，难道还不了解我的心意？我向来讨厌墨守成规，什么都按传统惯例办。这样怎么能出新？没有新规新矩，岂不死气沉沉，何来新的气象，整个社稷又怎能发展进步？你们知道'推陈出新、逆水行舟，不进则退'这些话吧？破旧俗，就得有逆水行舟的勇气，有勇往直前的精神，更要有不惧习俗、义无反顾的进取心。就像你们三个人，相处得像亲姐妹一样，我很欣慰。因为你们破除了以往妻嫡妾庶、大正小卑的旧俗观念，为天下臣民树立了榜样。我在治家治国的理念中，不仅要破除女人之间的等级观念，还要破除男人和女人之间男尊女卑的陋习。在这方面，我父皇在母后的扶持下有所突破。二圣临朝治国理政是一例，册封重用欧阳姊为当朝重臣又是一例，父皇与母后始终恪守一夫一妻制，只尊母后一人为妻更是一例。当然，父皇没能把这些开天下先河的好事延续发展下去，立规立矩让天下人认知，变成一种社会新俗，实在有些遗憾。"

薛治儿忍不住插嘴道："你既然觉得父皇和母后的一夫一妻制是好事，那你为什么不遵循，却要娶我们三人为妻呢？"杨广闻言一愣，随即哈哈大笑，借故推托道："这话问得好。我也想过一夫一妻的生活。但我忘不了，我的前世还答应过师父一件事。你们也知道，我犯了天条，不能让你们跟着我受罪，我要找到因我被贬下天界的十六位仙女姐妹，一起去求玉帝，让大家都重归天庭。不管你们承认与否，我现在只找到了你们三位，其他人在哪里，我不得而知，还得请你们帮我寻找。否则，我怎能安心！"薛治儿不高兴地叫嚷道："哎呀！你可真行啊！照你这架势，是不是要把她们都娶到手才肯罢休？你这花心也太厉害了。"杨广没理会薛治儿的不满，对着萧贞拱手说："贞儿，牡丹是花魁之首，你最懂我心意。你也不忍心让姐妹们沦落在人间受苦吧！所以，这事拜托给你了。"说完，深深地鞠了一躬。朱贵儿见杨广说得认真，便说："我听你说过。你大姐身上有甘草香味，你怀疑她是甘草仙子。二姐早已被你认定是兰化仙子了，她们能不能算在你说的十六花魁之列？"薛治儿瞪大了眼睛，抢着说："哎呀呀，贵儿姐，你这么一说不就乱套了吗！大姐已经去世，就不说了。二姐还在，难道要把二姐也娶进府来？不行不行，二姐不能算在我们花魁之列。再说，二姐自从母后过世，就一心修佛，如今已出家，怎么能还俗呢？"萧贞胸有成竹，笑盈盈地说："治儿妹真是童心无忌、天真无邪。一会儿叫小名还觉得拗口，现在左一声右一声，叫得肉麻，真让人妒忌。"

萧贞这番话把薛治儿说得满脸通红，不再言语。萧贞见制住了薛治儿，接着

说："他没说过，凡是花魁就得都娶进府中！现在既然让我管这事，那我就当仁不让了。但往后花魁的认定都由我来定，是否娶进府中也得我说了算。你们说，认可不认可？"朱贵儿附和道："我没异议！其实，我们认可不认可不重要，关键得当事人认可才行。尤其是我们这位夫君……！"杨广对萧贞说："你以后成了皇后，后宫的事当然由你说了算。但别把我管得像父皇那么形单影只，我可不想做真正的孤家寡人。"萧贞却笑着说："怎么会呢！你现在就有三位夫人陪着你，还觉得孤单？以后被你相中的那些花魁，要是愿意跟你，我能拦得住吗？"

杨广见萧贞话里有话，便扯开话题说："言归正传。你还没把那个让你半喜半忧的卦事告诉我们呢！现在说说吧，给大家听听。"萧贞定了定神，想了想说："天象显示的是天意。母后归天前夕，天地间曾有异象。为此，我也曾占过一卦，结果是大凶。果然，隔天母后就宾天了。"杨广闻言，立即厉声训斥道："你什么意思？既然知道母后有凶灾，为什么不马上告诉我？说不定我们能破凶化吉呢！"萧贞满脸羞愧地说："这么大的事，我当时不敢说出口。怕万一感悟有误出差错，那岂不是罪该万死！再说，有些天机不可泄露，要是泄露不当，上天震怒，赎罪的就是我了。但事后，我又很后悔。"

杨广沉默片刻后，问道："说吧，这次喜忧参半的卦是怎么回事？"萧贞咬文嚼字，一字一句地说："我占得的初卦是：初六，鸣豫，凶。"杨广急忙问："怎么解？这卦是什么意思？"萧贞说："豫卦初六爻说，欢乐过甚，主凶险。续卦上六是冥豫，象传爻说，通宵寻欢作乐，大凶。"杨广心里猛地一阵跳动，脱口而出："你这是在给父皇占卦？"萧贞默默地点点头，没有言语，杨广的心头沉重起来。

杨广自从接过父皇交托的朝政，便一心投入到整肃吏治、重振朝纲、再树皇威的改革中。刚开始，杨广明白，父皇既惦记朝政，又对他执政不放心，所以常到朝堂、宫廷外明察暗访，还常把心腹大臣招入后宫询问，杨广对此并非不能理解，反而促使他事事处处谨小慎微，这对他有不少帮助和鞭策。后来，随着杨广施政成效口碑渐佳，父皇临朝听政和招大臣进后宫询问的次数变少了。起初，杨广以为是自己取得了父皇的信任，父皇才放心把朝政交给他。但听到一些传闻，说父皇在后宫宠信了两个从掖庭来的女子，这让杨广的自信打了折扣，继而有些担心不安，甚至不满父皇这么快就忘了母后，心生怨恨。然而，当他得知这两个女子是母后生前安排伺候父皇的，心情便坦然了许多。而且，当杨广知道父皇对这两个女人并未迷恋到昏庸的地步，只是悄悄给了她们夫人的虚位，既没在朝堂宣布，也没传旨让儿孙

第五十三章 干柴烈火老骥伏枥，萧贞占卦计除二妃

们进宫参见，还传话让他不用常去后宫请安打扰清静。父皇这一切似乎不想让人知道，上不了台面，所以，杨广也就不再把这事放在心上。此刻，杨广听了萧贞的卦爻"欢娱过甚，通宵作乐，主大凶"，不由得联想起这些事，忧急起来。他明白这话并非虚妄，甚至埋怨自己，为什么不主动常进后宫探视父皇，或许能解开父皇的一些困惑。于是，杨广接着问："那么，你的喜从何来，又怎么说呢？"萧贞说："我因为心存忧虑，便又占了一卦。这次是替你占的。"杨广马上问："卦象怎么说？"萧贞说："占得的卦是初九，需于郊，利有恒，无咎。《易经·象传上》曰'需于郊，不犯难行也。利用恒无咎，未失常也'。需卦初九爻说'在郊外等待，利于坚持，没有灾害'。"杨广一边回味着卦意，一边问："你对这爻有什么推论？"萧贞说："'需'就是'须'，'郊'就是'外'；'利'是'利用、借用'，'恒'是'坚持、耐心'。该做的必须去做，而且一定要有持之以恒的耐心，前提是对自己有信心。《易经》象说：长久在外等待，不冒险前行，没有灾难，这是正常做法。这就引出我想推敲的想法：如果不符合常规状态，还能用常规方法去做吗？比如，在郊外遇雨不能进，须止步等待。但要是能借到一把伞，就不用等雨停再前行，这样就把无为变成了有为。联想到初六的上卦，岂不是逢凶化吉了吗？"杨广若有所思地说："原来，这就是你说的喜！按你意思，是要用我复卦之喜冲初卦之凶，把等待的无为变成前行的有为啊！"薛治儿在一旁早就听得不耐烦了，说："什么无为有为的？你们这么咬文嚼字，我听不下去了。我要回房睡觉了。"

谁知，薛治儿话音刚落，老管家便匆匆推门而入，神色慌张、语无伦次地说："殿下，快，快去后宫。不好了！皇上，你父皇得了急病。后宫派人飞马报信，让你马上赶去后宫处……处置。"杨广顿时全身一震，看了眼萧贞，似乎在说："真邪乎，难道又被你卦中了？"杨广一边更衣，一边问老管家："派人去请御医了吗？"老管家摇摇头说："不知道！"杨广立即吩咐："快备马，我马上进宫。"薛治儿上前说："要不要我陪你一起去？"杨广摇摇头说："我又不是上战场厮杀，你去了也没用。还是早点同房睡觉吧。"朱贵儿说："殿下，还是让我陪你去吧，我或许能帮上忙。"杨广想了想，点点头说："好！你快去更衣。我但愿她的卦不准。"

中华文化源远流长，儒家学派一直主宰着中原文化主流。其中尤以五经（《诗经》《尚书》《礼记》《周易》《春秋》）为有据可查的文化经典，而其中最具宗教神秘色彩的当属《周易》。《周易》包括《易经》和《传》两部分，是一部占卜之书。《易经》的图文有阳爻和阴爻两种爻象，是象征事物或事理的符号，由八卦两两相叠成

为六十四卦卦象，以及相应的卦名、卦辞、爻名、爻辞等组合而成。《传》共七种十篇，是解释《易经》的。据传《易经》中的八卦卦象出自上古三皇之一的伏羲，经中由周文王演变为六十四卦，并作卦、爻辞。《传》由孔子所作。所以，此书历经漫长时间，经多人研究完成并流传下来。由此可见，它有一定社会渊源，被道教誉为阴阳学说的起源依据。然而，占卦之说常有爻卦人说："诚在于信，信则灵，不信则不灵。"由此，让人感觉扑朔迷离，但其结果又往往有诸多难以解释之处，这或许就是中国文化的奥秘所在。

杨广带着朱贵儿匆匆赶入后宫，只见大宝殿前已围了许多御医和后宫内侍主管。大家见太子殿下来了，纷纷上前参见。杨广心急如焚，忧虑的是父皇的病况，问道："我父皇怎么样了？"一位内侍上前说："禀告太子殿下，邹太医和李太医正在内殿给圣上把脉切病。我们人多嘴杂，怕惊扰圣上，所以都聚在外面等消息。"杨广不再多言，带着朱贵儿快步走进内殿。

杨坚所在的大宝殿是他在后宫理政兼休憩的地方，殿内按功能设有聚仪堂（用于议事）、御政房（用于理政）、阅书房（用于审卷）、静心房（用于修身养性）、憩息间（卧榻寝室）、便餐间（用餐梳洗室）、侍从室。从殿门进入殿内，必经侍从室。里面有个不大的庭院，中间有段廊道连着聚仪堂，穿越聚仪堂进入中院，一个小巧玲珑、有山石水池连着花廊的院子，把御政房、阅书房、静心房围在一起。两侧花廊通向房后绕墙的林荫便道，一条长廊把两侧的便道串联起来。长廊中间有一道圆洞门，里面是一个楼台亭阁相携的优雅舒适的后院，杨坚的寝憩食泄就在这里。如今，在后院的转角处开了一道边门，有通道直通附近的两处苑院，即宣华夫人住的梅香苑和蔡氏的秋香苑，这两位夫人入大宝殿伺候杨坚都是由此进出。

杨广和朱贵儿来到憩息间，见室外站着两个内侍，杨广匆匆走入室内。见灯光不太明亮的卧榻床头围站着两位御医，床尾站着三个女子，其中一个女子正移步隐身在人影背后。杨广无暇顾及在场的都是些什么人，走近榻前细看，见父皇脸色乌紫、须发焦枯、口目紧闭、奄奄一息，不由得转脸着急地问御医："我父皇现在怎么样了？"

年老的御医答道："禀告太子殿下，圣上的龙体脉虚闪烁，属虚症；脸色乌紫、眼圈发黑，又属气亏血瘀；而手足冰凉、神气浑浊，实乃是精血劳损之象。如今昏睡不醒，已经到了……"老御医说话吞吞吐吐起来。杨广急了，心头一酸，眼眶里止不住溢上泪水，提高嗓音问道："快说，我父皇病到什么程度了？"朱贵儿站在杨

第五十三章　干柴烈火老骥伏枥，萧贞占卦计除二妃

广身后，盯着杨坚，悄悄地拉了拉杨广的衣衫，压低声音说："别急，还有救。"

中年御医见老御医胆小怕事，便接口道："回禀太子殿下，圣上虽然已有病入膏肓之症状，却并非无可救药。此刻刚服下宁神益气丸，我们正在等圣上苏醒过来。然而，圣上往后一定得清心寡欲，以静养为上策，再施以温补调养，就能无恙了。"杨广的神情松弛下来，放缓口气问道："我父皇的龙体向来康健，如今怎会变得如此衰弱？"众人没有回答。杨广又问："这温补调养法该如何施行？"朱贵儿上前对杨广说："殿下，可否让儿媳替父皇号下脉？"朱贵儿见杨广点头默许，便上前挽起衣袖，凝神憋气，伸手替杨坚号起脉来……此时，杨广已没有了刚进室时那种心无旁骛、一心只担忧父皇安危的紧张神情，他开始关注周围的一切。父皇这间卧室虽然整体秉承着母后简陋无华的风格，却在四周增添了不少文人墨客的笔墨裱画，尤其是当他看到一幅熟悉的王羲之的《鹅》字墨宝之后，杨广不禁在心里暗暗想道："父皇对文物从不感兴趣，何时变得如此文雅起来了？"

正在这时，杨坚手脚动了一下，接着喉咙咕噜响了一声，嘴里吐出一口长长的气，睁开失去光泽、浑浊的双眼，扫视着围在他跟前的人。朱贵儿慌忙松开号脉的手，直起身退到一旁。杨广急忙上前俯身说："父皇，你可把我们大家都吓坏了，你再不醒过来，儿臣都不知道该怎么办了。"杨坚没有理会杨广的诉说，扭头四下张望，似乎在搜寻着什么。站在床尾，一个体态丰盈的女子见状忙上前说："圣上，我们都在这儿。太子殿下也在，太子殿下的夫人刚才在替圣上号脉。御医们也来了。"杨坚伸手捏住女子的手，情切切、泪汪汪地哆嗦着，似乎有满腹的话要说，却什么也没说出来。老年御医着急地劝阻道："圣上的龙体稍有恢复，切莫劳心费神，更不能动情伤身。"杨广也上前说："父皇，儿臣和贵儿都在这儿。父皇有什么旨意，尽可对我们说，儿臣一定会遵照父皇旨意去办。"朱贵儿即躬身说："儿媳参见父皇。刚才儿媳已替父皇号过脉了，御医大夫诊断得没错，父皇并无大病，只是操劳过度，气血两亏，伤及了元神。儿媳回去就给父皇开方熬药，往后只需调理滋养、进补，再加上儿媳每日用食疗辅助，儿媳可以断言，父皇龙体恢复如初并非遥不可及之事。"

杨坚似乎并没有领众人的情，他点了点头，又冲着众人挥了挥手，合了合眼，接着便转眼四下张望起来。站在床尾的一个五大三粗的女子看懂了杨坚的心意，随即说："圣上旨意，他要憩息，让你们都离去。"杨广有些冒火地说："你是谁？我父皇病成这样，谁来陪伴照看？你让我们现在就走！这让我们于心何安？真是岂有此

理。"站在杨坚跟前体态丰盈的女子说："太子殿下请息怒。她是皇上赐封的御前内侍，她领会圣上的旨意没错。"杨广这时才想起父皇的两位新宠，便带着轻蔑和调侃的口气问道："你是谁？据说父皇身边只有两位夫人，怎么又多出一位？"五大三粗的女子不高兴了，立刻说："太子殿下，请你别出口伤人。我叫小眉，不是什么夫人，仅是一个六品内侍，她们两位才是皇上亲口赐封的夫人。"随后，她指着站在杨坚跟前的体态丰盈的女子说："容华夫人就是她。我身旁的这位便是宣华夫人。"杨广无意审视两位夫人，但为顾全礼节，不得不冲着两位夫人抱拳，微微躬身行礼，话里有话地说："两位夫人，在下太子杨广有礼了。我父皇如今病成这样，想必与你们脱不了干系吧！我若让你们继续留在这里，不仅是我不孝，我母后也不会答应，而我父皇恐怕会断送在你们手里。"

宁远公主在见到杨广从室外进来后就忐忑不安，所以尽可能躲在小眉身旁，不敢现身直视杨广。此刻听杨广说出如此含沙射影的话，让她感到无地自容。蔡氏的心态与宁远不同，她立即辩驳道："太子殿下，此话差矣！我们是受皇后娘娘的嘱托来伺候圣上的。如今圣上就是我们的天，我们的夫君，侍奉圣上是我们的天职。我们唯有全身心奉献，才能不负皇后娘娘的嘱托和圣上对我们的宠爱。你对父皇的孝与不孝，全在你的内心，与我们侍奉圣上有什么关系？"杨广被驳得哑口无言，朱贵儿见此，上前施礼后说："夫人说得有理，但请大人谅解太子殿下，他本意并无恶意，还望夫人宽容！"突然，杨坚冲着杨广涨红着脸，吃力地开口说："出去，出去！"小眉立即走到杨广跟前说："太子殿下，圣上让你们出去。"中年御医也上前低声劝说道："太子殿下，此事只能诱导，不能逼迫，逼急了对圣上的康复反而有害。这里有我们在，您就放心吧！"

杨广只能带着不满和委屈的心情，与朱贵儿辞别了父皇杨坚，在老御医的送行下来到室外。杨广走到长廊，见四下无人，便停下脚步说："老先生是不是有话要对我说？这里没有旁人，不必忌讳，有话直说。"

老御医诚惶诚恐地说："谢太子殿下给我这个说实话的机会。圣上病体全因纵欲过度，皇后娘娘在世时，圣上绝不可能这样。圣上如今已是古稀之年，怎能经得住如此妖艳的两个女子呢！"杨广说："你们刚才不是说，有你们在，我父皇不会有事吗？"老御医无奈地说："太子殿下，我们医者在病人面前不能把话说得太直白。不仅要给病人留面子，还要鼓励他们的期望，更要让他们心存念想，激发他们的信心。我们医者常说，三分药治，七分心治，就是告诉世人，医道不是万能的，药也不

第五十三章　干柴烈火老骥伏枥，萧贞占卦计除二妃

是万能的，治好病人不仅要靠医生和药，更要靠病人自身配合。圣上的病就是这样，不戒色、不止欲，照这样下去，仙丹妙药也没用，神仙也难救。"杨广点头说："老先生说得对。想我父皇，在母后的帮助下，创下如此基业，还奠定了一生只尊母后一人为妻的传世英名。怎么到老了，还来这么一出，自毁金身，真是可惜！"老御医深有感触地摇摇头说："色魔，色魔！世上有几个男人能戒掉这色魔呢。你父皇好不容易走到这一步，到头来还是没逃脱世俗的诱惑，实在可惜！"

老御医一眼看到站在一旁的朱贵儿，有些惶恐又有些期盼地说："老朽没想到太子夫人不仅懂医，还懂食疗辅助之术，后生可畏啊！不过，太子殿下，老朽有个不情之请，不知当讲不当讲。"杨广大度地说："老先生但说无妨。只要我们能办到，一定尽力。"老御医欣喜地说："太好了，太好了！"他立即转向朱贵儿，边施礼边说："老朽刚才见太子夫人替圣上号脉手法娴熟，想必一定师出名门吧？而且竟然没向我们询问病况详情，就想替圣上开方子，还辅以食疗，并断言可以治愈，实在令老朽惊讶。所以，在下的不情之请是：一，太子夫人可否告知，师从何门？二，太子夫人替圣上开的方子，能否让老朽参阅借鉴？三，太子夫人的食疗辅助术有没有法谱？四，……"杨广不耐烦地打断道："打住，打住！你这哪是一个不情之请，再这么问下去，我夫人的家底都要被你翻出来了。这样吧，你也别问那么多，我说出一个人的名字，你就什么都明白了。听着，我夫人的外祖公是陶弘景。现在你明白了吧，还有其他不情之请吗？"老御医这才恍然大悟，说："原来如此，原来如此！是大名鼎鼎的山中宰相、医道世家之孙呀！请太子殿下和太子夫人恕老朽昏庸无知，有眼不识泰山。得罪了，得罪了。"老御医惶恐至极，连连作揖。朱贵儿却谦逊地说："您是前辈，我们晚辈还得仰仗您的指点教诲，哪能说参阅借鉴呢？这不是折煞我们晚辈吗？"

杨广和朱贵儿回到府中，见萧贞还在客厅等着他们，便说："你的卦不全对！父皇虽有凶险，但并无大碍。明日，我上朝后，你进宫去替我照看父皇，最好能让那两位夫人远离父皇。否则，父皇的病体好不了。"萧贞为难地说："我们都没见过父皇身边的这两位夫人，父皇似乎也不想让我们见她们。你刚才在那儿劝说了吗？要是连你都没能劝她们离开，我又有什么能耐让她们从父皇身边走开呢？"朱贵儿说："大姐说得对。依我观察，父皇不会让她们离开，她们也不会自动离去。但殿下说得也对，父皇的病根就在她们身上，不把她们撵走，父皇的病肯定好不了。"杨广沉默着没有说话。

萧贞略一思索，心生一计，说："你们说，是让父皇把她们撵走好，还是不让她们离开父皇好？"杨广不以为然地说："现在，父皇宠恋她们，如胶似漆，睁开眼睛就想见她们。我刚才提出让她们离开，结果反被父皇赶了出来。你说让父皇把她们撵走，这不是天方夜谭吗！"萧贞狡黠地说："既然这样，就让她们留在父皇身边，大家不都省心省事吗？"朱贵儿说："不行，万万不行。父皇的病根就在她们身上，父皇不离开她们，怎么能禁欲？这会送命的！"萧贞立刻说："我们一厢情愿没用，强行而为必然适得其反。所以，与其做不到，还不如不做，皆大欢喜不好吗？"杨广似乎明白了萧贞的用意，含糊其词地说："就这样放任父皇，会不会招来他人非议？难道就没有别的办法了？"萧贞奸诈地说："有啊，但得有人愿意去做，也能做才行。"杨广不解地说："愿闻其详！"萧贞说："只有一个办法：让她们背叛父皇，背上不忠不贞的罪名。也就是说，得让父皇对她们的忠贞失去信任，这样才能割断父皇对她们的宠恋。说白了，哪怕用手段诱惑她们红杏出墙，而且要让父皇亲眼看到她们的所作所为。只有以毒攻毒，才能让父皇从她们的迷惑中清醒过来，除此之外，别无他法。"朱贵儿摇摇头说："这么做是不是太缺德了，她们万一经不住诱惑，岂不是太残酷了？"萧贞却坦然地说："不做则已，要做就得斩草除根。但关键是谁去当这个诱饵？也就是谁去诱惑她们背叛父皇。"萧贞说完，便把目光投向杨广，似乎在说："这事非你莫属。"杨广说："开什么玩笑！你这不是要陷我于不忠不义不孝吗？"萧贞冷冷地说："并非如此！当然，你可以假戏真做，也可以真戏假做。至于其中的道理，可以认为：对朝廷尽的是保国匡政的忠，对父皇尽的是儿子应尽的义，对母后尽的是督促父皇回归本性的孝。否则，父皇命丧这两个女人之手，毁的是父皇一世英名，玷污的是隋廷朝政，让母后在天之灵痛心。而这么做，就是把无为变成了有为，甚至能把坏事变成好事。此外，你想想，她们万一蛊惑父皇，把你像大哥一样罢免了，换上她们想要的人，你不就什么都晚了吗？"杨广心动了，但没有说话。萧贞继续说："自古以来，没有哪个女人不爱俊男，也没有哪个年轻美貌的女子，会心甘情愿守着一个年老体衰的男人过一辈子。父皇的未来大家都清楚，她们又怎会不知道？她们来自掖庭，更明白其中的道理。所以，她们无论心理还是生理，都需要有新的依靠，而你是不二人选。你这个年轻英俊的未来君皇，让她们折服易如反掌。这样一来，父皇摆脱她们的纠缠，就能延年益寿；你也能消除后宫隐患，稳坐帝位。要是你愿意，还能得到两个美女相伴，何乐而不为？又何必担心达不到目的呢？所以，你要么听之任之，让父皇自得其乐、自生自灭，这是听天由命的无为

第五十三章　干柴烈火老骥伏枥，萧贞占卦计除二妃

之举，彼此相安无事，但难免会有烦恼，甚至是不测风云；要么变无为为有为，就能心想事成，不过或许得背负一个骂名……"杨广有些心动，试探着问："你说得容易，可我该怎么做呢？"萧贞不紧不慢地说："我明天进宫去，先认识这两位夫人，探探她们的口风。有我这个媒婆给你穿针引线，不用担心没结果。但有一点，我得先跟你约法三章，等你正式登上皇位那天，皇后之位只能是我的。除此之外，其他事我都可以顺着你，帮你去办。"

第五十四章
故人相遇旧情难续，后宫风波文帝归西

仁寿宫大宝殿后面的梅香苑和秋香苑四周僻静，树木翠郁，沿途树荫朦胧，既优雅又隐蔽。一般的后宫杂役也不会来这里，简直是后宫内的一片世外桃源般的私密场所。梅花苑和秋香苑似乎是个姊妹院，大小相同，布局相似。苑内的庭院不大却小巧玲珑，一栋房屋、三间平房、一个院子，有两条小道通向苑外，一条通往大宝殿，一条连着两苑。其间的差异在于梅花苑的院子里栽种的是梅树，秋香院里栽种的都是菊花。杨坚选用这两处冷僻的苑子作为自己藏娇纵欲之所，并非没有考量：首先，他不能不顾及这些年以来独孤皇后替他创下的名号声誉；其次，他也怕朝中大臣们的非议和儿女们的不满而有损他的形象。而这两个苑子距大宝殿不足三四十步，杨坚在殿后墙上开道门，既可方便他出入两苑，也方便两位夫人应招随时进出大宝殿，所以这两处地方确有其独到之需。宁远喜欢梅花，所以她入住了梅花苑。庭院内的几株梅树在花开季节会幽香扑鼻，在盛夏期间会枝繁叶茂遮光庇荫，令人舒畅。宁远每当独自一人在房时，常会临窗遐思，又会浮想联翩，此中既有伤感又有无奈，也会时有欣慰。她伤感自己的命运为何如此坎坷，风华之年却成了亡国之女，一见钟情之人却成了灭她国的仇人；她无奈，她恨自己那么多的兄长都是些无用废物，尤其是恨身为帝皇的大哥让她落到了如此的地步，她也恨杨广的无情无义，她还恨自己是个女人不是个男儿，不仅不能匡国扶政反而要受男人的左右，她更没想到此身最终所托的不是自己原来心仪之人，却是他的父皇；然而她也时有欣慰，她没有想到这个足可以做她父皇的君主，不仅从未严词厉句地训斥过她，没把她们当成是男人纵欲的工具，而是对她们呵护有加、怜香惜玉，收藏在宫中赐予她们尊严，这不能不令她心存感激之情，而心甘情愿地为他付出自己的全部。

然而天有不测风云，皇上的突然病发令宁远心惊肉跳，尤其是当她看到皇太子杨广来临时更是心慌神乱、不知所措，她唯有躲在小眉的身后，去回避这见面的尴

第五十四章 故人相遇旧情难续，后宫风波文帝归西

尬。但让她没有想到的是，杨广居然会对她视而不见，还会用那般仇视刻薄的言辞来指责她们，让她感到无地自容，事后想起又不免感到愤怒不平。这能怪得了她们吗？作为一个女人，尤其是像她们这种亡国的阶下囚女人，她们有选择和不服从的权利吗？面对着收容她们的帝皇是那么的知冷问暖、体贴入微，知道她是第一次伺候男人，更是脉脉温情，轻抚轻摸、浅进慢出，给足了她们适应的时间，不能不令她心存感动而甘愿倾心尽力地付出，男女之间的情感不就是如此交融的吗？此中又能说谁对谁错、谁该谁不该呢？她的欣慰也就在此。宁远并非不知道男人纵欲，尤其是一个老年男人放纵的后果，但她面对着一个把她们如此放在心上，刻刻不能离开她们左右的帝皇，她们又该怎么办？她们能够去劝阻他、去拒绝他吗？不能。她们唯有温柔承受，让他感到满意满足，这才是她们唯一能够做的事。由此却要指责是她们的不该，宁远岂能接受得了，这心情能舒畅吗？

蔡氏见宁远闷闷不乐，只能劝慰道："公主，都过去这么久了，你怎么还没把自己解脱出来？你现在已是他父皇的人了，他又能把你怎样呢。按规矩说，他喊你一声母后也不为过。"宁远摇着头道："我想的不是他的事，而是皇上康复之后，他还要天天离不开我们，如此下去我们该怎么办？"蔡氏沉默了一阵后，叹了口气道："确也是，拒之，皇上会不满；顺之，皇上万一有个三长两短，我们便是罪人。看太子昨天那个神态语气，我们是百口难辩。"宁远若有所思地道："他昨天是没有认出我们，还是故意如此？"蔡氏宽慰道："我觉得是他没有认出你。房内烛光本就不亮堂，你又躲在小眉的背后，他岂能认出。而他虽面对着我，但他仅是在西门码头和金山寺见到过我，还不知道他能否对我留有印象，他不认我也在情理之中。"宁远无言以对。

蔡氏还想劝说，即有近侍前来禀告道："娘娘，太子妃和太子的三夫人在苑外求见。"宁远不由得一愣，甚至是有些心慌了起来，即道："她们来干什么？……你去对她们说，我昨晚在陛下处当值，累了，现在已经睡下。让她们回去吧！"蔡氏却道："你这是何苦呢？丑媳妇总是要见公婆的。而你现在得明白，你不再是宁远公主而是宣华夫人了，是他父皇封的名正言顺的皇妃，你应该毫无顾虑地去正视这个现实。往后你们也不可能一直不见面，你总有一天会面对他们的，与其躲避还不如直接面对，却可省去许多尴尬。"宁远想了想道："太子妃没见过我，但那个三夫人却是认识我的，所以我还是不见为好，免得在目前这等时期再节外生枝。但你可以在这里见她们，也可弄清楚她们要见我的本意是什么。"宁远说罢就走进了内室。

萧妃和薛治儿在近侍的引导下走进梅花苑，来至客厅。薛治儿是应杨广的要求陪同萧妃入宫去探视父皇病情的，此中既有杨广对父皇病情进展的挂念，又有他要让她俩在父皇跟前尽些孝心，去均衡三位夫人留给父皇的印象，同时他也对萧妃提的方略有所不放心，而让治儿去旁观便于监听，免得生出意外，由此却可见杨广的小心思也不少。

萧妃和治儿走进房内，在行过见面礼落座后，萧妃便解释道："我俩奉太子殿下的指令，入宫去父皇处探视圣安，见父皇正在安睡，也得知了两位夫人昨晚在父皇处当值，已回苑内憩息。为了替太子殿下答谢两位夫人的辛劳，特意冒犯觐见，以便当面表示感谢。"

蔡氏矜持地道："本是一家人，何须如此？而侍奉好圣上也是我们应尽的心责，岂能收受太子殿下的谢意，言谢岂不也有点见外了！"萧妃见对方回应不仅得体似乎还有点冷意，无话找话地道："夫人言之有理，这就是我们的不是了。我据你们的眉近侍说，宣华夫人住在梅花苑，没想到容华夫人也在这里，这岂不正好吗，省得我们再过秋香苑去拜见夫人。但为何不见宣华夫人呢？"蔡氏不得不道："宣华夫人累了，她已躺下睡了。"

薛治儿一直在旁察言观色着，突然开口道："夫人，我似乎在哪里见到过你？"蔡氏闻言不由得一愣，脸色微微一红，迟疑了一下后才道："是吗？我怎么没有这个印象？"薛治儿道："我们习剑之人，识人辨物过目不忘是一种本能。我相信自己的眼力是不会有错的，只不过是还想进一步证实而已。"

蔡氏诧异地盯视着薛治儿，在心里自问："有这么厉害的人吗？她难道就是那个提着剑一直不离晋王身旁的人！"萧妃闻言也觉得诧异，便道："治儿妹，你想证实什么呢？"薛治儿道："我记得宁远公主身边有这么一个陪伴在左右的人。第一次看到时是在建康西门外，当时身穿橙色衣衫、骑匹黄骠马在宁远公主侧后；第二次在京口码头上，是紧跟在宁远公主身后来找晋王的，你就是这个人吧！"蔡氏惊呆了，连她自己对这些往事都有些朦胧了，而这个三夫人的记忆却如此清晰，简直让人难以置信，但她却不能承认。萧妃见容华夫人缄口默认，无不惊讶地道："宁远公主是谁？难道你们与太子另有故事！"蔡氏见太子妃并不知道此中的实情，便急忙否认道："三夫人一定是认错人了。我不记得自己骑过黄马、穿过橙色衣衫。太子妃，你们还有其他什么事吗？我也该要去憩息了。万一圣上醒来要找我们，我怕自己无力去应付。所以，你们请回吧。"

萧妃不甘心就此而回，即道："夫人，我还有一事相告，不知当讲不当讲。"蔡氏冷淡地道："说吧！"萧妃道："父皇病体的安危，全在两位夫人身上。所以太子殿下想亲自来拜会两位夫人，既表心意，也可与两位夫人商讨些往后的长宜之计。"萧妃见容华夫人似乎是在思索，而没有接口回答，便另有用意地道："父皇已年老体衰，谁都知道这百年之事已近在眼前，而两位夫人则正在风华茂盛之年，往后更是来日方长，难道你们对此就没有一点自己的打算吗？"萧妃这段话确是击中了蔡氏的心事，让她不能不在心底里产生着共鸣。这次皇上突然得病，她岂能不想此中的前因后果，而担心后事之忧。但她们又能有何作为呢？为此，蔡氏含蓄地道："请太子妃能够明言告之，我们当怎么办为好？"萧妃见自己的话起了作用，即言而不露地道："父皇百年之后，必定是太子主政天下。因此，来日方长之事不仅在于太子，也在于你们自己。我也只能把话说到这个份上，望你们三思。"萧妃见自己的目的已经达到，便起身告辞。

　　蔡氏送客之后，见宁远在卧房内呆坐着，即道："太子妃的来意你现在明白了吗？"宁远冷冷地道："明白如何，不明白又当如何呢？"蔡氏不满地道："你就装吧！太子妃是来暗示我们，往后的天下是太子的了，我们应该去向太子示好。"宁远道："怎么个示好法，还让我像当年那样去追吗？"蔡氏道："你呀，真是死脑筋！太子妃不是说了，太子想来拜访我们吗，你何不借此机会，去与他重续旧情。"宁远道："我现在是宣华夫人，已不再是十年前的那个宁远公主了。你让我拿什么情感去与他叙旧？"蔡氏不得不坦言道："我赞成太子妃所说的，我们正当风华正茂，且来日方长，对往后之事也该有个自己的打算。你难道还想过掖庭那种提心吊胆、朝不保夕的日子吗？"宁远的心动了一下，但她仍然道："木已成舟，我们还能有何作为？他要拜访我们，其意又何在？万一让皇上得知，我们还有何脸面在世。"蔡氏道："只要他有心，我们的脸面又算得了什么呢？"宣华夫人默然了起来。

　　萧妃和薛治儿回到府中，杨广在听完了两人的叙述后道："我信治儿不会看错人。但是，容华夫人不肯承认此事，此中必有蹊跷。因此现在的宣华大人是不是宁远公主也就更不好说了。"朱贵儿边想边道："昨天我们进宫探视父皇，在参见二位夫人时，我现在想来确实也有些蹊跷。出面张罗的容华夫人我没有什么印象，但那个老是躲在胖近侍身后的宣华夫人，却让我感到有些眼熟，但也无法认定她会不会就是宁远公主。"萧妃有些不高兴地道："我被你们说得一头雾水，这里面的故事是不该我知道呢，还是不能让我知晓？"杨广道："你误会了。我与宁远公主的事本是一场偶遇，且是已过去了多年的陈旧往事，可以说早就淡忘了。你一定要知道，我另找时间给你细说。但现在还无法肯定，她们就是我们当年的旧识故人，也不知道宣华夫人是否就是当年的宁远公主？"薛治儿道："这好办，我今晚就去梅香苑探个明白，此事不就了了吗？"杨广摇着头道："不妥不妥。若宣华夫人果真是宁远公主，而她们却不肯认我们，此中必有道理。我们若要去贸然相认，这会让她们很难堪的。若万一被父皇知道，那么对谁都没有好处。"萧妃似乎已明白了其中的缘由，道："我不是这样想的。我已经为你铺好了路，那个容华夫人的心已有所动，你应该先去找她。如果宣华夫人正是当年的那个公主，那么我们所想的事就更好办了。由她们去助你早日登上皇位，必定会顺风顺水、一切都如愿的。"杨广既没有赞成也没有反对，他什么话都没说就走了出去。

退朝后，杨广刚回到太子府，侍卫段达就进来禀告道："殿下，宇文大人和杨大人到府上已多时，长史大人正陪着他们在书房等候。"杨广立即随同段达走至书房，边落座边开门见山地道："让你们久等了。说吧，你们是不是为了我父皇的安危而来的？"宇文述和杨约对视了一眼，杨约即开口道："正是此事。殿下对此是否已有所准备了？"杨广扫视了一下在座的四人，故意道："我父皇的病体正在好转，我要做何准备呢？"杨约不以为然地直言道："殿下，此说不违心吗？朝堂上下谁不在议论此事，这可不是能瞒得住的小事。有备而无患，更是您当今太子殿下的头等大事。"

宇文述接口道："据在下得知，被拘禁在大理寺的先太子在吵吵闹闹地要面见皇上。万一皇上动了恻隐之心，难保不会另生枝节？"杨广心头一颤道："在狱中的人也知道了这消息，此事传得也太快了吧！"张衡道："朝堂里外替先太子鸣不平的暗流从未消逝过，大理寺内也必有先太子的同党之人，所以此等消息岂能不传得更快。"还是杨约道："太子殿下，居安思危乃是聪明人之本分。我们虽倡导害人之心不可有，却不能没有防人之心。况且此等关系着社稷和殿下前程之大事，就更不能掉以轻心了。"张衡道："皇上到了此等年岁，龙体有患必是正常之事。但殿下作为储君却不能没有防患于未然的意识。"杨广点着头，引而不发地道："各位说得都在理。此后我该做些什么呢？"杨约道："据家兄说，皇上纵欲过度，如此下去离油干灯灭之日也就不远了。因此殿下得早做继位的准备，更得防范先太子会伙合同党来孤注一掷、掀浪捣乱。"宇文述道："我认为，为防意外之事发生，可以由首辅大人提议，把我调入宫中任禁军总管，既可阻止图谋不轨之人的出入，也可阻断宫里不实消息的传播，并以备不时之需。"段达道："我是侍卫，殿下可以把我带在身边，以防

第五十四章　故人相遇旧情难续，后宫风波文帝归西

不测。"张衡道："我可以做殿下的策应，以确保殿下的安危和诸事进展顺利。"杨广沉思良久后道："大家既然已是胸有成竹，就按大家之见去办吧！但此事必定是朝堂上众臣最敏感之事，所以你们一定得慎之又慎，一定要审时度势去为之，绝对不能操之过急而惹出是非、功亏一篑。"

　　隋帝杨坚的病体在服用了朱贵儿亲自熬煎的汤药和调配的食疗，在御医的关照下，加上后宫二位夫人的精心护理下日渐见好。然而往昔的心理素养却因年老体衰之态而每况愈下，理事决断不仅是越来越固执多疑、容易烦躁，而且更是自以为是。他听不得不顺心的事，也不允许旁人去做有违他心意之事，他更是常常把大臣和儿女们的劝说当成了是图谋不轨，尤其是对劝说他为保重龙体要远离女色之言恨之入骨，由此也就造成了再无人敢去直言不讳地对他叙述朝政，更不敢在他面前对宣华和容华两位夫人说三道四。于是，当他自己感觉身体已恢复如初后，又情不自禁地把纵欲当成了日常的第一所需，甚至还令御医配制药物供他纵欲所用，用杨坚自己的话来说：他要把之前的缺失都补回来，他宁做石榴裙下的风流鬼，也不愿去做色中饿死鬼。杨坚如此的年岁，又是如此的心态，又能有多大的能力在似虎狼的女人身上去驰骋，又有多少精力去纵欲、去耗费呢？没过多久，杨坚又重蹈覆辙，奄奄一息了起来，却把后宫和御医们又搅得一阵紧张和慌乱。

　　杨坚这次的病情比前次严重了许多，不仅是昏睡，而且还时有惊厥，这让伺候他不离左右的三个女人更是惶恐不安。宁远心里明白，这是杨坚纵欲的必然结果，她虽然也曾多次地劝说，甚至是拒绝过杨坚过分纵欲的要求，然而得到的却是杨坚的怒斥，甚至是恶意的猜忌和无情的谩骂，让她不仅感到委屈、忧念在心，而只能顺从，甚至只能去更精心、更贴切地去慰抚着杨坚的所需。因此，当杨坚又一次患病，她能做的也只能是无怨无悔、夜以继日地守护在杨坚的身旁，用全身心的情感去期待着杨坚的康复。蔡氏的感受虽与宁远有相同之处，但她更多的还是温柔迎合，甚至是为了让杨坚满意和省力，还施以主动作为。蔡氏对自己如此的举动，解释为：是对杨坚的体贴和无余的照顾，除此之外她也就无能为力了。此外，她希望太子能进宫来探望，更盼等着太子和太子妃能来单独拜访她们，把太子妃未说完全的话继续下去，因为她不会像宁远那般的固执。小眉对皇上和夫人之间的事看在眼里、急在心里，但她什么都不能说，也不能问，更不能去干涉，还不得不遵照皇上的叮嘱去做：不得把她所看到听到的事外传。由此可见，杨坚身旁这三个女人的身心有多么劳累了。

553

然而，杨坚的这次犯病虽然比第一次严重，却好在御医们和宫内之人都知道了发病的起因，也就有了对症下药和治理养护的较多自信。御医更是把太子二夫人开的方子当成了药典在使用，御厨也就把朱贵儿留下的食谱依样画葫芦地炮制着皇上的膳食。因此，后宫众人虽心不安，却没有了前一次的惶恐；医护虽繁杂，却都能按部就班顺序而进；更因为消息被封锁，宫外之人对皇上的实情并未知晓多少，也就少去了朝堂上的不宁和许多流言蜚语。

杨广对父皇病情的变化并非不知情，宫里的状况自有张衡在随时禀报着。他知道自己无法去左右父皇的好恶，也不能去改变父皇的习性，他只能听之任之，但愿一切都能太平如旧。然而他对宣华夫人是否就是宁远公主却是耿耿于怀，他也曾数次萌起冲动，要去探个究竟，却都被理智给压了下去。理智告诉他：宣华是不是宁远已经不重要了，而她是父皇的宠妃却是无可否定的事实。即使宣华被证实就是宁远，他又能去做些什么呢？是旧情复燃、是子续父妾（但父皇还在）？还是任其而为、让父皇毁在她们的身上？或是强行让她们离开父皇、以求得父皇的长寿？然后呢，这会对谁有利，是父皇、是他自己、还是宣华（宁远）？杨广最后得出的结论是：一切顺其自然。所以他既没有听从萧贞的话去宫内会面宣华，他也尽可能地按照父皇的意愿，不进后宫去探视父皇的病体，仅是不时地找来御医探问父皇的病况变化。这些生活在各种各样矛盾中的人，又有谁能摆脱这样或是那样的无奈和烦恼呢！杨广又岂能例外。

古代把能活到六十以上年岁的人都称为古稀之人，杨坚已是过了六十开外（六十三岁）。若是心态平衡，此等年岁的帝皇一定会是个养尊处优、延年益寿之人。然而他却似乎是以前女人亏欠了他似的，到了如此的古稀之龄，他所喜好的竟然是女色、是纵欲、是日日不弃的男女之欢，尤其是眼前这两个在他晚年而得到的心仪女人。如此娇艳可人的女人，论貌，说是沉鱼落雁、闭月羞花都不为过；论色，真可谓是天姿国色，越看越艳、越看越鲜；论柔，肌如温玉、润滑细腻，体似花瓣、不忍心重揉，情趣似流水、滔滔不绝、恋不释手，让身在其中之人骨酥魂消、情不能自守，绝不能不尽欲而罢。杨坚真不知道这是他欠她们的，还是她们欠他的，他竟然被迷恋到了片刻不能离开她们左右的地步，不仅让人匪夷所思，更是令人不可思议。此中的起因来自什么，其中的得失又在何处？但是人体生理的自然规律却由不得人去随心所欲，更不是多问几个为什么就能解决得了的。此中不管你是帝王还是平民，不管你的心智有多高，情趣信念有多么丰厚，老了就是老了，衰弱了就是衰弱了，力不从心只能望洋兴叹，是人岂能不是如此。因此杨坚到了这把年岁，不管他的内心有着多么旺盛的欲火，也不管他的头脑有多么的清晰，更不管他还手捏着朝政的兴废生杀大权不放，但他的体力却已到了最终的冲刺之时，他这支虽然还在燃烧着的蜡烛，更是到了蜡炬成灰、烛泪干枯的境地，那微弱的烛光又能明亮多久呢！杨坚不知道，在他身旁的人也不知道，御医或许知道，但又有谁敢说穿？

杨广退朝后在太极殿处理了一些朝政要事，他见天色还没晚，又似乎是受了灵感的唆使而没有回太子府，却是带着段达和张衡径直来到了他父皇的大宝殿。往昔这座后宫大宝殿，因为父皇不喜欢人多繁杂，所以这里的侍卫和宫女都安排得较少。后来又因为父皇为了掩人耳目，方便他随时随地招幸两位夫人，又把这殿内的杂役、侍卫和宫女削减去了大半，故而这大宝殿内人影稀少并不奇怪。但今日不知怎的，杨广走进殿内却四处不见一个人影，四周静悄悄的，不闻声响，特别安宁，好像所有的侍从、宫女都去睡觉了一样，连当值的侍卫、御医也踪影全无。这让杨广不免感到有点奇怪，人员再少也不可能一个人也没有呀！杨广对如此的异象不能不感到诧异，他把张衡和段达留在了廊道上等候，自己则加快了脚步向父皇的憩息间走去。

杨坚虽然时而昏睡、时而清醒，却还是活着。他昏睡时似乎忘却了一切的烦恼和乐趣，也就无所谓了权和欲、生和死；他清醒时却不能不去想帝皇的尊严和心中追求的好事，于是也就有了烦躁和不宁，有了许多割舍不去的念想和人情是非。是的，没有信仰的人死后什么都没有了，既没有了肉体，也没有了灵魂。而有信仰之人却不同了，因为他们有信仰在，有魂魄在，在世间会留有他们的故事。因此，世人会惦念他们，神仙会敬他们，鬼怪会怕他们，这便是没信仰和有信仰人的不同。此刻，杨坚似乎是睡着了，但从他闭合着的眼皮下，那眼球的不时转动上看，又似乎并没有睡着，而是在念想着什么。蜷缩在杨坚床榻旁的宁远，似乎是因为睡姿不舒服而在小心翼翼地转侧着，又似乎是睡不踏实而显得不安宁。室外的脚步声把宁远惊醒了，她挺直了身子转脸朝门外看去，却正好看到杨广推门进来。如此的意外，让宁远感到了一阵紧张，而情不自禁地全身僵住了，头脑更是一片混沌……室外的亮光并没有让室内明亮多少，因此室内就显得比较昏暗。杨广从室外走入室内，只见躺在床榻上的父皇身旁坐着一个人影，却看不清人影是何人，即带着不满的语气冲着人影指责道："为何宫内没个侍从人影，如此死气沉沉的样子哪还像个宫殿？"

宁远和蔡氏、小眉这些时日其实是够辛苦的，不管是白天还是黑夜，她们都得衣不解带、寸步不离地轮流守候在杨坚的身边，只怕杨坚醒来，见不到她们会生气发怒，猜忌她们会背着他去做有伤风化、偷鸡摸狗之事，甚至是去与权贵朝臣串联设计来谋害于他，这让她们实在是有口难辩，而唯有小心谨慎地守候在杨坚的左右，迎合着他的所需去伺候他，更盼望着他能够早日安康，让她们的一切都恢复正常。然而就在这天中午，杨坚醒来，精神突然变得好了起来，不仅喝了一碗参粥，而且还左拥右抱着两个夫人亲热了好一阵子，让三个女人欣喜万分，而不由得向杨坚诉说起了这些天宫内众人食不甘味、睡不安稳的劳累和辛苦，却也激发了杨坚原有的怜香惜玉、体恤属下之本性，而执意让宫里所有人都回去休息酣睡一整天。宁远借此机会便打发蔡氏和小眉回苑先去梳洗憩息，由她陪伴在杨坚身旁当值以应所需。因此，整个大宝殿内的众侍卫和宫女、厨役、御医都如获大赦，仅留下了杨坚和宁远相守在殿内，享受着这少有的宁静和安逸的两人世界。杨坚把宁远拥在怀里，似乎有着说不完的话、抒不完的情，而滔滔不绝地诉说着，宁远不能不为之动容而掉泪。杨坚或许是累了，或许是他想闭目休养一会儿，再继续他的抒情之说吧……他讲着讲着竟然又睡着了，这也让宁远有了可以放松自己身心的机会。宁远安顿好睡着了的杨坚，梳理了一下自己的鬓发和发钗，整理好身上的衣衫，然后就伏在杨坚的床榻边上憩息着，却没想到正在朦胧之间，见杨广走进房来，她不知道这是在做梦，还是自己的臆想，更不知道自己该怎样去面对跟前的人。

杨广走近父皇的床前，也就看清了站立在父皇床边的女人，不是他之前见到过的容华夫人，于是他也就确认了面前之人就是宣华夫人，也就是治儿所猜疑的宁远公主。杨广驻足凝视着眼前之人，却在脑海里搜寻着当年宁远公主留下的影子。都说女大十八变，但当年的宁远毕竟已经成年，再变也脱不了原形。因此杨广又岂能认不出跟前的宣华夫人就是那十多年前的宁远，只不过现在的宣华夫人少了之前宁远脸上的那副高傲和自信，少了宁远身上的那股青春靓丽的气息，却多了疲惫和倦容，甚至还有一种让杨广也说不上来的神情。杨广更是想到了宁远数次乔装见他，又一路跟踪追寻到金山寺与他会面，并在京口主动送他信物同心结，向他表露心迹的种种不拘世俗的作为。对此，杨广岂能无动于衷！杨广向前跨了一步，忘乎所以地伸手就去拉宁远的手，谁知宁远却惊恐得像是在避瘟神那样连连后退。杨广见此不由得不高兴地道：“我已认出你就是十四殿下宁远公主了，我们故人相见有必要如此陌生吗？”宁远的脸一下白了，她看了一眼躺在床榻上的杨坚，迈腿就向门外走去。杨广不知道宁远是什么意思，他也看了眼躺在床上纹丝不动的父皇，似乎是明白了什么，立即转身快步追了出去。

杨广在房外廊道的转角处赶上了宁远，伸手一把拉住宁远的衣袖，道："宁远，在父皇跟前你不好意思认我，但在这里可以跟我说了吧！"宁远无奈地转过身面对着杨广，冷冷地道："你……要我对你说什么呀？"杨广逼近宁远跟前道："告诉我，你是何时来到京城、又是怎么会成为宣华夫人的？"宁远心不甘情不愿地道："有此必要吗？既然你已经知我是宣华夫人了，请你把拉我的手松开。"杨广松开了手，却不甘心地道："我是不明白，你既然来到京城，为何不来找我？否则又何至于如此。"宁远冷如冰霜、愤愤地道："何谓不至于如此！一个亡国之女，找了你又能怎么样？是能还我一个国，还是能给我一个名分。"杨广感到了理亏，却情不自禁地要有所表示，他上前一步把宁远搂在了怀里，道："国，我是还不了你了，但名分，我当时还是可以给你的。"宁远挣扎着道："我现在已经有了名分，不再需要你的假惺惺。放开我，你再不放开我……我就要喊人了！"杨广无奈地松开了手，宁远一把推开杨广，立即返身快步奔回了房内，并关上了房门。

杨广站在廊道上发愣，他也不知道自己还要在宁远身上得到什么，更不知道此刻自己还该做些什么。守候在廊道上的张衡和段达目睹着杨广的作为，却不明白这为的是什么，更不知太子与这个女人是何种关系。尔后，他们见女人愤愤地推开了太子，又奔回到了房里，这才走近杨广身旁，张衡低声询问道："殿下，这是怎么回事？那个女人是谁？"问话让杨广回过了神，却也让他清醒了过来，他立即意识到自己或许已闯下了大祸，说道："她是我十多年前认识的陈国宁远公主，现在是父皇的宣华夫人。但她却不肯认我。所以……"张衡眼珠一动，立即有些着急地道："殿下，照此情形，这个女人可能会对你不利。"杨广心有余悸却又情不甘地道："还不至于吧！我就是想跟她叙叙旧，对她又没做什么。我想她不会那么无情无义，去父皇跟前说三道四的。"张衡道："我见她形有怒意、脸露愠色，绝非是对你有情有义之样。常言道，天下唯小人和女子难养也。殿下对此不能不防！"杨广不安地道："事已至此，我该怎么个防法呢？"段达道："夜长梦多，留着总是个祸害。"杨广于心不忍地道："她是无辜的，你们别错怪了她。"张衡看了眼段达，道："殿下，您先回吧！这里无事便罢，有事必当先下手为强。请放心，我们会妥善处置的。"

宁远回到房内，没想到杨坚已经醒来，正眼睁睁地看着神色有些慌乱的宁远，似乎在问："刚才谁来了？"宁远不由得一阵紧张，急忙答道："是太子殿下。"杨坚突然睁大了眼睛，盯视着宁远凌乱的发钗、歪斜的衣衫，用猜忌的眼神在发问："你们之间发生了什么事？"宁远熟悉杨坚这种不信任的眼神，情急之中不得不道："太子无礼！"杨坚闻听此话好似被电击了一样，人体猛地在床上坐了起来，口齿不清地道："畜……生！朕……朕还没死呢，你、你们就……就要如此……不堪。独孤误我也！"宁远委屈地解释道："没有，我们什么事都没有。殿下只是……"为人猜忌的事，越解释会越被可疑。杨坚本就是一个猜疑心重的君皇，他老来纵欲、后宫藏娇更是一种心病，在体衰病弱中所眷恋丢不下的也就是这么一口嗜好，此刻被他眼中所见之事，又在应验着他的猜忌，因此他又岂能会去听信宁远的解释！相反，宁远的话更是让他怒火中烧，整个人体竟然一下子变得精神清晰了起来，他横眉怒目地道："畜生如此不堪，何能担当社稷大事。快，立即替朕去宣：杨素、苏威、柳述、元岩、许善心入宫来，去派人把勇儿招来见朕。快去，快去！"宁远吓呆了，她根本没想到自己言不由衷的随口应答，竟会引出如此翻天覆地的事端，而她也无心要去诬陷杨广于不义，故而跪倒在杨坚跟前，恳切地道："太子没有对我怎样，您不能就此去废了他，这于情于理都是不该如此的。"谁知宁远的这些话犹如火上浇油，更是让杨坚怒不可遏，他厉声骂道："贱货，你还敢有脸替他辩护！趁我还有能力废他，岂能容你们两人快活。滚，滚出去！"随后，杨坚又声嘶力竭地冲着门外大声喊道："来人，快来人……"一腔怒火、一阵气急、一股热血涌出喉咙，杨坚"哇"的一声一大口鲜血夺口喷出，人体随即就像是泄了气的皮球一样瘫软着倒在了床榻上。宁远惊吓得跃身大喊着道："来人，快来人，快去传御医……"

房门被撞开，冲进了两个人来，一人抓住宁远，把她拉出了房间，另一人走近床榻去查看……

第五十五章
汉王聚势红拂行刺，灵堂擒凶侠女柔情

仁寿四年（公元604年）秋丁未，隋朝开国皇帝杨坚驾崩于长安大兴城仁寿宫大宝殿，终年六十四岁。杨广率文武百官披麻戴孝伏地致哀，朝堂罢朝百日，军民百姓举国禁乐。杨坚的梓宫设在仁寿宫，棺木殡于大兴前殿，由杨广率子孙妃嫔儿媳日夜守灵百日（其间没有宣华和容华二位夫人的身影）。待期满举办丧葬大典，再移棺木入寝陵，葬于独孤皇后的同墓异穴，完成所有的殡葬大礼。随后，杨广正式登基、宣誓新帝继位、告祖庙、定年号、昭告天下，开始新帝执政的新纪元。

朝廷文武百官自太子杨广监国理政起，就在适应着未来新帝的新态。自隋帝杨坚第一次发病，众臣就有了换帝的预感。但对朝廷突然宣布皇帝驾崩的消息，不免仍然有人感到有些诧异，于是各种流言蜚语也就不期而至。杨广为稳定朝政、安抚人心，召集了重臣亲信杨素、郭衍、宇文述、杨约、张衡、段达至太子府商议决定：由杨素主持，宇文述、苏威、裴蕴参与，起用高颎，组成理政当值班底，负责处置朝廷日常事务；由杨约执笔，杨素出面把隋帝杨坚的遗嘱公告于众，以令天下人对朝廷仍然信服。杨坚的遗嘱曰：

嗟乎！自晋室倾颓，天下动乱，四海震荡，以至周齐，争战杀戮，生灵涂炭。上天降旨，受命于朕，拨乱反正，偃武修文，身教远被，天下大同。此乃天意，岂敢逸豫，昧旦临朝，日理万机，晦明寒暑，不惮辛劳，盖为百姓也！本欲率土，永得安乐，不慎遇疾，弥留至大渐。此乃人生常分，何作言及，但四海百姓，衣食不丰，教化政刑，犹未尽善，唯留此恨。朕自思已是六十有余，死虽不为夭，但得为天下百姓，当舍则舍。人生子孙，既为天下，当割须割。古人有言，知臣莫若君，知子莫如父。勇及秀等，心怀悖逆，若令其治国家，必当祸辱于公卿，流毒于人庶。今幸恶子已黜，后继者必能堪负大业，吾已欣慰，此乃虽是家事，理不容隐。皇太子广，仁孝著闻，望众臣百官，内外协力，

共治天下，朕虽瞑目，何所复恨！自古帝王，因人立法，律令格式，沿革随时，前敕后改，务当因地制宜，与时俱进。呜呼，敬之哉！无坠朕命！又，朕所遗之人，悉听其便。

如此应对措施确是在表面上稳定了朝堂，但那股拥戴旧太子杨勇、不服杨广的暗流却仍然存在，甚至有人还提出了清君侧，要把淫乱先帝的两个女人陪葬。继此，段达又进言道："殿下，臣得到线报，在并州的汉王谅，自殿下继承了太子之位后，他便招降纳叛，私自扩充兵马，有蓄意谋反之迹，而且还与旧太子往来密切，汉王提的清君侧便是由此而来。故臣认为，殿下对此不可不防。"杨广叹了口气道："五弟的个性虽烈，却是个重情义之人。我父皇除了大哥，最疼的也就是他，所以父皇把并州给了他，其意也就可想而知了。如今父皇驾崩，他对我难免会有怨恨，我不去谅解他，相反要去治他之罪，于情于理都是说不过去的。否则，我便对不起母后和父皇。所以，此事就听其自便吧！"张衡道："殿下，先帝的两位宠妃该如何去处置？"杨广道："先帝之灾，罪不在于她们，岂能让她们去陪葬。此事你们就不要过问了，我会让皇后去处置的。"

杨广的五弟汉王杨谅，出于杨坚的宠爱，十二岁便被授予雍州牧，后又加上柱国、右卫大将军、左卫大将军。十七岁接过秦王杨俊的属地并州，被封为并州总管，辖五十二州的军政大权于一身，俨然成了一个独霸一方的诸侯王。杨谅自小好高骛远，虽有过人的才气却没有过人的肚量，多的是眼高手低的臆想，缺少的更是务实的姿态和坚定的信念，却自恃有父皇的宠爱，而处处要胜人一筹。杨谅来到并州后的第一年，便主动请缨参加了征辽之战，却出师不利，不习异地水势疫情而招致全军染病，无功而回。隔年，突厥犯境，朝廷任命其为行军元帅率兵抗击，却谁知其畏首畏尾，临阵不战，以至丧失战机，不利败归，却推卸责任嫁祸于属下。此事若换在旁人必遭严处，但出于杨坚的庇护，仅是从此后取消了他率军领兵上阵的资格。如此，却让杨谅萌升起了另一个与人一争高低的念头，他开始去钻研军事，开始去物色聘用能征惯战的名将，开始去招兵买马自成一体。用杨谅自己的话说：他不能让父皇和别人小看他的军事能力，他要组建一支能征惯战的强军，要在军事上独树一帜，要让父皇和兄长们都另眼相看于他。由此，在他的身边渐渐聚集起了一批声名在外的将领，其中有梁朝名将王僧辨之子王頍、陈国降将萧摩诃、大将军余公理、纥单贵、刘建、綦良、裴文安、茹茹天保、候莫陈惠、赵子开、王聃等。此外，杨谅

第五十五章　汉王聚势红拂行刺，灵堂擒凶侠女柔情

还广招天下有奇才绝技之江湖隐士高手充为其门客，并派人四处招兵、出关买马，一时间，并州汉王的名声响彻了西北。

杨勇在为太子时并没看好这个五弟，甚至还认为杨谅是他几个亲弟中最没有出息的一个。直至杨勇被贬为了庶人，他才感到了这个五弟的可利用之处，于是两人便私下暗中来往了起来。杨谅手下的好几个大将军都是由杨勇举荐的，如萧摩诃因不满不被重用，而经杨勇劝说去投靠了杨谅；又如王頍也因在隋军内不得志，受杨勇唆使去并州投了汉王。杨勇本想等到时机成熟，他要借杨谅的并州之力去夺回太子之位，却没想到母后一死，他被囚禁在了大理寺的狱中，让他失去了能方便纵横朝廷、联络各处部属来追随他的机会。但是随着时过境迁，父皇不仅没有进一步处罚他，狱吏也对他放宽了管辖，让他有了比较多的自由，并且也让他知道了朝廷发生的更多事情。父皇的突然驾崩，杨勇感到了潜在威胁的临近，也让他感到了这是借此生死一搏的机会。他立即亲书了一封给汉王杨谅的信，蛊惑杨谅立即起兵入京，他将在京城与杨谅里应外合夺取皇位、共治天下。

汉王杨谅收悉了大哥的亲笔信后，也萌起了要干预朝政的念头，甚至觉得凭着自己的实力，仅做一方诸侯太屈才了，于是立即就召集了亲信部属一起来商议起兵夺位之事。然而让杨谅没想到的是，他的话音刚落就遭到了并州司马总管皇甫诞的反对，并诉说了此中的几大不可，道："一，不可在父丧期间兴兵进京，这是大逆不道；二，不可全信旧太子所言，兄弟阋墙必遭天谴；三，不可高估自己的实力，以免一失足成千古恨；四，不可盲目行事，将自己置于绝境；五，并州虽说已有号称二十万精兵强将，但粮草、马匹、器械尚不足以应对一场旷日大战，万一双方势均力敌而僵持起来，并州难以持久坚守，故此战不可开。"但也有不少的人支持杨谅出兵争夺天下，此中尤以王頍、萧摩诃的言辞最有说服力。王頍道："皇上死得不明不白，子去替父申冤，何谓大逆不道？弟夺兄位已在先，如此兄弟阋墙，罪不在汉王。实力是靠拼出来的，不打何能分出强弱，有言道养兵千日，用在一时，机不可失，时不再来，若失去此等里应外合的大好机会，是会成千古恨的。"萧摩诃道："兵法自古就有置绝境而后生之策。想老夫虽已是七十有三，尚且还不甘于人后，还想做番拼搏为光宗耀祖，尔等年轻后生岂能满足于现状？一个人生更能有几搏呢！"杨谅被说动了心，决定兴兵起事、一展雄心，即道："本王已经决定，一个月之后起兵进京，替父皇讨个说法，并视实情另立新君。"王頍不解地道："历来起事，兵贵神速。汉王为何要推迟到一月之后再兴兵起事呢！汉王难道不怕在这一月之中被朝廷知

晓，而生出另外事端吗？"杨谅胸有成竹、很自信地道："将军所虑，本王早已想到，也早已备下了对策。本王起事乃有明暗两线分头而行的步骤，兴兵起事乃是明线，如此可以招人耳目，聚人注意，分人心智，更能掩盖本王暗中布下的杀招，这也叫作虚虚实实、声东击西，明修栈道、暗度陈仓之策。到了那时，我们兵临城下，或许京城内已经大事告成，岂不省心省事！"

汉王杨谅此说，倒并非是他在故弄玄虚，而是他已打发了数路探子进入了京城，去上探朝堂之事，下查京城之变，以验证杨勇在信中蛊惑他起事的实情。由此可见，杨谅也并非是个可以任人摆布的草包。而且杨谅更有他的野心，他甚至想到了，他已经没有必要去听从身陷囹圄、没有实力的大哥杨勇的指挥，而去为这个大哥打天下了。他觉得自己已有能力去独自面对新太子杨广，去独立闯出专属于他一人的天下了。为此，杨谅已派遣了高手入京，去干一件神不知鬼不觉的天大之事。到了那时，大哥被囚、三哥已亡、四哥已痴，因此别说是这东宫的太子之位了，就是这隋朝杨家的帝位，舍他还能有谁与其争夺？

杨谅派遣入京去干天大之事的高手，确也并非是等闲之人，乃是一对义结金兰的兄妹，男的叫张仲坚，女的叫张出尘。男的出身扬州盐商首富，身材魁梧，却是一脸的虬髯，且髯浓须密似针，非常扎眼。他弃家中万贯资财于不屑一顾，投北剑昆仑奴为师，学得一身功夫，文有治世之材，武有安邦之术，更有非一般人之念，而漂泊在江湖行侠仗义，被世人称之为大侠虬髯客。女的本是陈国名将张忠肃之千金，将门之女长得美如貂蝉，却不愿去习诗文学女红针绣，偏要去做巾帼不让须眉之事。后陈国被灭、父亲阵亡、母亲被隋将掳走，她便四处拜师学艺、行走江湖，执意要去北方隋廷寻母报仇。几经周折，张出尘终于学得了一门独技武艺，手执一杆红色拂尘，能敌百人不得近身，且性情高傲、处事独具慧眼，被江湖人士赞其为红拂女，而誉为风尘女侠。虬髯客张仲坚敬佩红拂女张出尘的女不让须眉之志，也暗恋着红拂女的才貌和神情，便有意无意地接近、伴护在其左右。红拂女察觉出张仲坚的心思，却不中意张仲坚的体貌，但两人的志向又有相似之处，便互结金兰成了兄妹。张仲坚为助张出尘北上寻母报仇，并得知并州汉王喜结江湖英豪，两人便一齐来至并州汉王府，既作临时的歇脚之处，也作打探隋廷朝政的入门之口，却没想到即被年轻的汉王尊为上宾。张出尘也就得知了，当年指挥军将杀其父的魁首就是当今的太子杨广，掳走其母的人是当今的首辅杨素。而且汉王还爽快地答应了红拂女，愿意资助他们入京去寻母报仇，不仅为他们指点出太子府和相府的具体位置，

第五十五章　汉王聚势红拂行刺，灵堂擒凶侠女柔情

授予了丰厚的盘缠，还许愿他们一旦事成，要官赐官，要财送财，甚至还暗示，若张出尘愿意，可将其纳为王妃。张仲坚和张出尘在赴京城的途中，张仲坚点穿了汉王要利用他们去铲除异己、争夺皇位的意图，决定不参与此事，但他却无法说服张出尘不去寻母报仇，为此两人只能分手。张仲坚继续北上去访友，张出尘则入京去行刺太子、寻母报仇。

仁德殿的前殿白帐、白幔、白幡、白练，四周一片皆白，隋帝杨坚的灵堂设在正殿，梓棺摆在中央；围在灵柩前守灵的皇亲国戚、文武百官白帽、白衣、白衫、白靴，一脸悲泣，白天由他们当值，夜晚则由太子杨广率儿孙家人守护。前殿外是身穿白盔白甲的将士在护卫值守，路有身披白袍的军士在巡逻，整个皇城宫殿户户挂白，鸟不鸣、雀不叫、鸡不啼、犬不吠，处处寂寞，举国在致哀。

杨广这些时日以来，不管是在灵堂上守灵，还是在宫内憩息，一直耿在他心怀的便是：父皇走后自己该怎样来治理这个天下？杨广对此尽管早已有所设想，然而一旦要把心中所想付之于实施，他内心难免还有一些忐忑不安。他既怕自己的威严难以服众，也怕自己的心愿不能被朝臣们理解，更怕有人会与他分庭抗礼而让他难堪。因此杨广始终在想着，百日之后当他登基上位正式为帝时，他颁布的第一道圣旨应该是什么？是按照历朝历代的规律，大赦天下，让天下臣民共同得益；还是严惩贪官恶吏，还天下臣民一个朗朗乾坤；或是立即启动自己已谋划了多年的，开掘一条取道南北走向的大运渠，把东西走向的海河、黄河、淮河、长江、钱江全部联通起来，去实现自己梦寐以求的治水规划，既解决了南北没有水道漕运的历史，以便促进南北经济的交往，又可疏通东西水道、降低各地水灾，治理改善沿河千顷万亩良田，为天下臣民后世百代留下一笔取之不尽、用之不竭的资财。

杨广每当想到要开掘这么一条大运渠，他的心潮就会汹涌澎湃，他就不能不想起自己第一次南下，在长江上坐船乘风破浪前行的那种舒畅感受，也就想起了曾对欧阳姊、二姐、贵儿、治儿和宁远公主许下的誓言，以及此后自己得到土老伯九私资助的种种作为。渐渐地，随着他百日后临朝登基执政之期越来越近，他心中想要做的这第一件大事也就越来越明确清晰了。

朔冬的夜晚寒气逼人，空旷的灵堂内更肃穆无声，仁德殿内虽然燃着白烛，但烛光并没有把四周的黑暗驱尽，相反，烛光近处的亮光与烛光照射不到之处的黑暗之间有了更多的反差，亮处似乎更亮，暗处则更黑。杨广见守灵的人因旷日持久都已疲惫不堪，而他自己也想静下心来继续去思考一下即将要推行实施的事，便把厅

563

堂上除了少数几个应差近侍之外，都打发离去憩息，就剩下他一人独自迈步在父皇的灵堂梓棺前，思索着将要做的大事。忽然，梓棺前燃着的烛光火舌，似乎是受到了殿外来的风而晃动了起来，杨广仅是看了一眼摇晃的烛光，却仍然在幽思苦想，完善着自己心中欲要去做的事情……

夜色似乎是更黑了，四周也似乎是更静了，静到杨广能够听到自己的心跳声和呼吸声。杨广似乎感觉到了身后正有一股寒气在逼近，他情不自禁地伸手拉了拉衣领，正要转身环顾身后，立即听到一个低沉的声音在喝道："想要活命就别动！"杨广心头一惊，他本能地站直了身，不敢做任何举动。随即那个声音又在杨广身旁响起道："你就是当今的太子杨广吗？"杨广点着头道："杨广正是本人。"还是那个声音在问道："是你带兵灭了陈国吗？"杨广闻言感到奇怪，想转身去看个究竟，立即感到后背似被人抽了一下的疼痛，而那个人又厉声道："别动，你只有老实回答的份，否则我就要对你不客气了。说！是你带兵灭了陈国的吗？"杨广不得不点头道："正是。"并随即反问道："你是谁，为何要问这些旧事？"那人并没有回答杨广的问话，却继续问道："陈国湘樊守将张忠肃是你带人杀的吗？"杨广愕然了，即道："两国交战，参战将士近百万，死伤必然无数。我又没上阵参与交战，岂能知道谁死谁生？"那人似乎是愤怒了，她窜到了杨广的正面，用手中的红拂尘指着杨广，声色俱严地道："死到临头了，还敢嘴硬。"

谁知这话音刚落，就听到又有人冷笑着道："真是好笑，你自己死到临头了，却还敢说别人！"红拂女大吃一惊，她这本是暗中取人、手到擒来的胜算，却没想到会有螳螂捕蝉、黄雀在后的意外。她立即侧身一闪，反身就是一拂。她那原本看似像马尾一样细软的拂尘，此刻竟然变成了闪着毫光、像钢丝利刺一样犀利的一束剑光，在昏暗的烛光中划出了一道明亮的弧线，向着身后的声音横扫过去，既护住了自己，又砍向了对方。这正是高手不乱、能者不慌、险中求胜的招数，如此的绝地反击也是一般人所意想不到的。然而天外有天，山外有山，能人自有能人道，高手更有高手在。在朦胧的烛光中，立即有一道寒光自上而下迎着那束银光击去，只听得似有快刀斩乱麻的声音响起，成束的光亮被斩断成了千枚银针，纷纷洒落在地。随即，身穿黑色便服的薛治儿出现在了红拂女跟前，她用手中的剑指着红拂女道："怎么样，还想试试吗？"

红拂女花容变色，看着自己手中被削去一截的拂尘，既心疼又无奈，更明白了自己的武艺远不及对手。如今唯有束手就擒，再另找机会脱身方为上策。红拂女立

第五十五章　汉王聚势红拂行刺，灵堂擒凶侠女柔情

即收起拂尘，诚服地解释着道："小女子不自量力，绝不敢再跟姐姐对阵，而甘拜下风。但小女子并没有真心要行刺太子殿下的心意，仅是想问清一些实情，以便去寻找被掳走的家母。"

杨广见薛治儿突然出现在面前，又看清了正在威逼他的也是一个貌美女子，而且已被治儿制服，不仅悬着的心落了下来，且又听了该女子的解释，即道："你既然是为了寻母而来的，又何必要如此作为呢！万一被我家夫人伤着了，且不枉费了你的一番孝心，却要让我们背下一个不仁的罪名。"

红拂女见有机可乘，立即冲着杨广拱手道："太子殿下，小女子有眼不识泰山，多有冒犯，恭请殿下和姐姐能够宽恕谅解，小女子将铭记在怀，有生不忘。"杨广盯视着眼前的不速之客，见她黑巾束发、眉清目秀，一身紧身的束腰黑衣，把一个女子的娇美勾勒得英姿飒爽。杨广那颗怜香惜玉的心，情不自禁地升华了起来，便道："既然如此，你就介绍一下自己吧！也好让我们知道该怎么去帮你。"

红拂女到此只能如实地说了她受汉王所遣的来意，并道："我与义哥张仲坚在途中就商定好了，绝对不会听信汉王的一面之词来行刺殿下，去替他谋夺皇位。否则，我又岂能会不对殿下痛下杀手！"薛治儿闻言，不由得冷笑着道："你自己不自量力，却还要说大话。你还未进殿，我就在这里等你了，你能行刺得了我家殿下吗？我没有立即出手，是要看你到底有多大的能耐。"红拂女惊讶地看着仅是穿着随身便服的薛治儿，疑惑地道："姐姐难道还有占卜先知之术？否则何会知道我要深夜来这里。"薛治儿冷淡地道："你说的那个义哥张仲坚，不就是被江湖人称之为虬髯客的大侠吗！我也曾与他有过一面之交，但他可不像你会如此藏头露尾。所以他把你来此的目的早就告诉了我。若不看在他的份上，我也早就把你拿下了。"张出尘不由得在心里骂道："这个大胡子真可恶，因为没被我看上，就敢出卖我，还是我的什么义结金兰的义哥呢？简直是个小人，以后看你还再敢跟我称兄道妹？"

杨广也似有惊喜地看着薛治儿道："原来如此，你早就在这里保护我了。那你为何不早点出来，却是让我惊吓了一番。"薛治儿不高兴地道："我又不知道来人有多大的能耐，而我若在明处就没有了主动权，万一你有个闪失，那我该怎么办？"杨广无心疼地道："唷，是为夫错怪你了。"薛治儿却指着红拂女，道："你现在怎么处置她呢？"杨广顿然醒悟，转身问红拂女，道："你父在战场上阵亡，人死不能复生。当时各归其主，你也怪不得我们，对此我也帮不上你什么忙。然而，你要寻母，可有线索？"红拂女即道："据说，我母亲是被一个叫杨素将领手下的人掳去的，我

想去他府上查找。"杨广道："这好办，我带你去到他府上，让他把府上的女人全召集起来，任你一个个查问。可好！"红拂女却自有心中的打算，即道："谢谢殿下的好意。但我不想如此大动干戈地去烦人，万一若是查找不到，岂不是要招人讨厌。所以，我在此只能别过殿下，容我另寻门路，慢慢地去寻吧！"

薛治儿见杨广还想说道，立即对红拂女下了逐客令，道："可以，你请自便吧！"随后又对杨广道："天快要亮了，你就回去歇了！这里的事交给我来当值！"杨广却摇着头道："你没听到，刚才张出尘所言，汉王要造反的事情吗？如此大事，我岂能不上心，而去安然入睡？"薛治儿道："此事真假有待查实，你何不让我去并州，把他押来见你，审个明白。"杨广道："不可如此而为，万一事情不实，造成兄弟阋墙，岂非要陷我不义！此事在我想来，既要提防他们会造反，但我却不能先动手。我既要有备而为，更得后发制人，如此于情于理我都会占上风的。"

此后，红拂女张出尘为了寻母，充作歌妓，卖身进入了杨素府上。但其进入杨素府上的真实用意却并非全是出于寻母，而是为了了却她的一段情缘。她曾在四处拜师学艺时，一次在旅途中偶然相遇了一位饱学之士李靖，即钟情于他，却因羞于启口而当面错过，从此却成了她的一块心病。她等到学艺功成，即执意要寻遍天下，去找回这一错失的情缘，这也成了她浪迹天涯的动力，也是她拒绝虬髯客张仲坚的根本原因。之后有人传来消息，说是李靖已投靠了隋廷的首辅，在相府当差，于是她便辗转千里北上，又进入了杨府，成了首辅大人杨素府中当红的歌妓。她既得知了母亲早已过世，却也寻找到了为她一见钟情的李靖，于是两人私奔离开了杨府，成就了这段一见钟情的缘分。虬髯客张仲坚得知了此中的实情后，便把自己的万贯家财赠给了张出尘，而他自己则孤身一人漂洋过海来到了一个叫扶余国的岛国，用才智和武功谋得了皇位，后又成了该群岛七十二个岛屿的群主。并在杨广三征高丽时主动出兵助战，给世人留下了一段有情有义的佳话。此后，李靖和张出尘在隋末天下大乱、群雄四起时，两人一齐投靠了大唐李世民，展抱负，成就演绎了一番举世闻名的伟业，而流传至后世。这一切便是此后流传于民间的《风尘三侠》故事的素材。

第五十六章
兵反并州汉王举兵，弑兄囚弟杨广善谋

杨广对五弟要造反之事，经过左思右想，决定还得先谕之以理。他当即亲笔写了一封情意恳切的书信，派遣专人送往并州。汉王杨谅接到书信展开一看，见信上写道：

  五弟，近可安好，甚念！父皇百日出殡大礼即在眼前，二哥盼五弟能前来与吾共同替父皇完成入土为安之大典，既慰父皇之念，更宽母后的在天之灵。想吾弟兄五人，大哥被囚、三弟已亡、四弟疯癫，就剩下你我二人还属正常健在。为不负父皇母后的期待，把他们留给我们的这份江山、这个大隋天下治理好，我们一定得携手精诚团结，更不能去听信谗言，去做亲人痛、仇人快之蠢事。兄弟之间哪怕是天大之事，都可以静下心来去细说商议，更没必要去为此而大动干戈。不然，伤的必是兄弟之情、骨肉之心，望五弟三思！二哥字。

杨谅看完信后半晌说不出话来。汉王府的众亲信幕僚不知其因，便纷纷猜测。汉王的亲信大将军余公理从杨谅手中接过书信，看后即道："这是让殿下进京去参加皇上的入葬大礼呀！殿下在迟疑是去还是不去吗？"司马总管皇甫诞也接过了书信，看后道："殿下，此等大事于情于理都得去，而且绝对没有不去的道理。否则便是大逆不道。"书信在众人手中传阅着，但随之而来的议论声却纷纷攘攘起来，而且更多的是不安和反对声。有人道："这是鸿门宴，去不得。"也有人道："我们已经是万事俱备、只欠东风了，反都反了，还要听他调遣吗？"还有人道："等到殿下坐上了皇位，再去替殿下的父皇办入葬大典也为时不晚。"更有人道："这是杨广施的阴谋诡计，殿下若进京必中圈套。殿下到那时会与先太子你大哥一样被囚入狱。那我们这些人该怎么办！还有那些已经整装待发的将士怎么办？"皇甫诞义愤填膺地道："你们这些人都在唆使殿下去做有逆人道之事，如此不忠不孝必然会遭人神共

愤、天打雷劈的！"

汉王杨谅似乎还是拿不定主意而沉默着，这场因杨广书信引发的争论于是也就没了结果。但是汉王手下那些想借此一搏、图谋翻身获利的谋臣和将军却并没有沉默，他们不仅在汉王耳边不时进着谗言，用称皇为帝的权势在蛊惑着杨谅，并且更在积极地备战着。

杨广见杨谅对他的规劝无动于衷，既担忧也有些气恼。于是，杨广一面派出了探子到并州去打探实情，一面又写了一信给杨谅，他在信中道：

五弟，母后在平时常说：兄弟之情乃是血脉相连的手足之情，都牵着心、连着筋。我念着这份情，本不想取代大哥，可大哥不仅不念这份情，还处处无端地欺压我，又出手伤母，所以他被父皇囚于狱中乃是咎由自取。你如今在并州为王，应该珍惜父皇给你的这份恩典，也不要辜负了父皇和母后对你的期待，更不能受人指使去做那些下三烂的勾当。红拂女来京行刺，已被我擒获。但我不信她的所言，却念其寻母之孝心，故已将她释放。我也不信，你会与大哥联手要兵反并州来争夺皇位。五弟，我希望你别受人的蛊惑，去做既伤兄弟之情，又犯国法的事。你若执意要走到这一步，那时我就算是念着兄弟的情分可以饶恕你，但父皇立下的律法你是逃不过去的。五弟，今天二哥已把话说到了这个份上，何去何从，望你好自为之。到时别悔之晚矣！

杨广在信中不仅是继续予以规劝，还把红拂女来京行刺的事也告诉了杨谅，此中的本意是要让杨谅做个明事理、知难而退的人。可是汉王杨谅看了此信，却认为这是杨广心中有愧的奸诈，也是杨广怕他的表现，而要执意反其道而行之。于是，杨谅不仅是把坚持反对出兵谋反的司马总管皇甫诞下入了大牢，而且立即召集了所有的幕僚谋士和将军，宣布举旗造反，并打出了清查父皇之死因和要替大哥杨勇申冤的旗号。随后，杨谅亲自祭旗，当庭与众将宣誓，并立即商议出兵之事。

大将王頍道："殿下此时已成了骑虎之势，也就只能趁势而为，绝不可以再三心两意。且此后的战事必然要以兵贵神速为念，必须奋力而为，方能长驱直入、势如破竹，一举成功。"柱国大将军裴文安道："井陉之西乃是殿下之属地，山东也全在殿下掌控之中，此两处我们只需要守住要道，便不怕有人来袭。末将愿率三万精锐为前锋，挥军直入蒲州，殿下以大军继后，风行电击，占得霸上，咸阳以东便可定

第五十六章　兵反并州汉王举兵，弑兄囚弟杨广善谋

矣。由此，再兵压京师，朝廷必然震惊，上下慌乱、群情离骇，殿下可陈兵号令，谁敢不从。如此之下，不出旬日，大事可定矣！"萧摩诃的本意在于要把隋廷搞乱，以泄自己心头不得意之愤，故常以煽风点火为手段，却并不想参与什么实战。而且他见汉王志大才疏，决策虎头蛇尾，行事又时常是朝变夕改、随心而为，便知汉王必难成大事。现在听了裴文安的这番一厢情愿之言，不由得在心里道："如此大言不惭之人，也可领兵征战吗？"于是，他把想要说的话全咽了回去而一言不发。汉王杨谅似乎是心中早就有了谋划，他令人把一幅行军战略图挂了出来，并手指着绘图命令道："本王对这次起兵之事早已谋划在此，各位将军听令！大将军余公理出大谷直取河阳；大将军綦良出滏口直取黎阳；大将军刘建出井陉略燕、赵之地；柱国乔钟葵出雁门，略关北之地；由柱国裴文安，统领大将军纥单贵、王聃、茹茹天保、侯莫陈惠挥兵直指京师；由本王率大将军王頍、萧摩诃、赵子开率精骑偷袭蒲州。诸军将凡能旗开得胜者均晋官加爵。"于是，三十余万兵马分兵五路全军出动，遮云蔽日、气势冲天，数日之内就攻占了数十城。杨谅所统大军诈称奉旨入宫，骗得蒲州刺史邱和没有防备，即被他一举攻克蒲州，而占领了大片土地。杨谅见各军出战告捷，军势如此旺盛，不由得满心欢喜，甚至是有些飘飘然起来。他觉得与其花大力去直捣京城，还不如先把京城周围的城镇都占领了，再去围住京城作全力一搏，必会有更大的胜算把握。故而，杨谅立即改变原策，指令裴文安率军回至蒲州，与其合兵一处去攻占周边城镇，形成以蒲州为核心的势力范围。同时，杨谅又迫不及待地封官授权，任命裴文安为晋州刺史、王聃为蒲州刺史、授薛粹守绛州、梁菩萨守潞州、韦道正守韩州、张伯英守泽州、又遣将军刘暠去袭代州，结果刘暠出师不利，被代州总管李景所杀。于是，杨谅不得不抽调已出雁门关的乔钟葵赶往代州去兴复仇之师。杨谅如此随心所欲的调兵遣将，不仅打乱了他原先的布局，更是让众将领不知其如此作为之所图，王頍不由得失望地道："兵机多变，如此行事，大势必去。"

杨广得知杨谅不听其劝，执意兴兵作乱，即招来了首辅杨素，大将军宇文述、史祥、麦铁杖、杨义臣等将领，一齐围着一张作战图商议迎战之策。杨素带着埋怨却毫不在乎地道："我早就对你提过了，这小子不地道，你父皇尸骨未寒，这个不忠不孝的畜生就要兴兵造反。我只要五千轻骑精兵，让我去收拾他，不出半月，我必把他擒来跪在他父皇跟前任你处置。"杨广道："相父可不能如此轻敌。据我所知，他手下有能征善战的大将不少，且这些年也聚集了数十万兵马，否则他也不可能有如此胆大妄为的举动，我们大意不得。"杨广接着道："我根据得到的军报消息，准

备做如下布兵,即杨谅手下的大将余公理已从并州自太行出大谷南下,意夺河阳,史将军可领你部扼守河阳伺机歼之。杨谅的部将綦良已占得黎州,今屯兵白马津,麦将军可带兵二万自东向西围堵綦良兵马,待史将军处一旦得手,綦良失去依托,其兵必乱,两位将军可联手予以围歼。代州被乔钟葵所围,杨将军当星夜带兵出西陉前往驰援。"杨素见旁人已有去向,便问道:"我呢!我可不愿守在京城,无事可干。"杨广道:"既然相父不愿意陪我留守京城,那么,就由宇文将军留守京城,以防有人与汉王里应外合趁机捣乱。相父可领兵四万,分兵两路,一路取陉蒲州;另一路直奔并州太原,把杨谅的老巢端掉,省得他以后再兴风作浪。"杨素道:"这为非作歹的小子,此一战又得死多少人?把他杀了以谢天下也不为过。"杨广道:"相父此说虽有道理,但其毕竟还是我的胞弟,各位将军若与其相遇,万望还能手下留情,恕免其一死。至于他的那些同党,绝不宽恕。"汉王杨谅的文韬武略岂能与杨广相比,并州的这些乌合之众,又岂能是朝廷这些久经沙场、能征惯战将领的对手。

史祥领兵来至河阳,即对部属道:"余公理敢孤军进太行,足可见其轻率,出大谷后又恃势众欲取河阳,实属无谋,现又驻足河阴,简直是自寻死路。我今当以智取,一战即可灭之!"于是,史祥留下一半兵马守河阳进逼河阴,自己率一半兵马,趁着夜色,由河阴的下游渡过河去。第二天,当余公理挥军准备渡河,即被史祥从斜背后杀入阵中,余军大乱。河对面的史军又据河而战,把余军挤压在河道中无法施展,而只能死的死伤的伤,剩余的纷纷缴械投降。余公理幸得几十个亲兵舍命保护,杀开一条血道得以逃脱。

麦铁杖率兵来至黎阳,与屯兵白马津的綦良对阵,麦铁杖遵照杨广的旨意并不急于与綦良交锋。数日之后,得知史祥在河阴大败余公理,便立即挥兵杀向綦良军阵。綦良也正在为余公理部全军被歼而惶恐着,岂能还有心思去力战麦铁杖的悍将勇兵。两主将两种心态,必然造成了两阵两军的不同气势,麦军其势如虎,綦军一触便溃,两军之战简直就如猛虎与绵羊相对,綦军立即成了一副兵败如山倒之态,綦良混在败军之中,方捡得了一条性命。

杨义成亲率五千轻骑的先遣队出西陉驰援代州,得知乔钟葵闻讯率了二万军将前来迎战,大有一口吞噬他们的态势。杨义臣知己兵寡难敌众,只能智取不能硬拼,他立即传令全军在山谷路口扎营,营内虚挂锦旗,将士下马在山谷中隐蔽待命。他一面遣人去催后军快速跟进,又一面指派人去代州告知守将李景,一旦开战,城内守军立即配合他们出城攻击乔军。然后,杨义臣命人在所有马匹牛驴的身上拖挂树

第五十六章 兵反并州汉王举兵，弑兄囚弟杨广善谋

枝、绑上火绳鞭炮，又选人各持锣鼓，隐身在山谷河道间，旦闻前方响起号角、燃起火球，立即点燃火绳鞭炮，驱马冲向敌阵，并敲锣打鼓齐声呐喊造势助长军威。然后，杨义臣把自己的这些将士每百人分成一队，埋伏在树丛草丘之中，且等敌军进入圈内便纵火燃烧树枝草垛，并用弓箭去击杀对手。乔钟葵本不把杨义臣的五千兵马放在眼里，但是，当他驱军来至杨义臣的军营前，却见横在路口的军营只见锦旗不见人影，但在杨义臣军营背后的山谷树林间却似有千军万马之势态，这不能不让乔钟葵心有疑虑，而不敢贸然前行开战，即只能就地收兵，以便探明实情后再做决定，由此却正中了杨义臣的缓兵之计。到了晚上，杨义臣却突然发起了攻击，如此虚虚实实的战法，让乔钟葵虚实莫辨、防不胜防，而不由得乱了阵脚。结果是杨义臣趁着夜色，借着马牛奔驰、横冲直撞的火势，与冲出城袭杀乔军的代州守军前后夹击，形成了似有千军万马在拼杀的态势，杀得乔军溃不成军、一败涂地。

杨素则是老将善战，他并没有按杨广所说分兵两路各自为战，而是率领大军横扫杨谅各部，在被杨谅所占的晋、绛、吕数州内，逢城攻城、遇县占县、过镇夺镇，简直是势不可挡。杨谅得知了各处的败绩，不免正在惊恐，又得知杨素率大军冲着他席卷而来，更是乱了方寸。他急忙令赵子开率十万兵马去迎战杨素，又调纥单贵去扼守蒲州河道，留下王聃镇守蒲州，自己则带着王頍、萧摩诃等幕僚退回了并州。赵子开仗着自己的兵马多了杨素一倍有余，便在霍山谷之前，一面居高占壁、树栅断路布阵，一面沿谷设局列营五十余里，准备以阵对仗把杨素全军一口吃掉。然而老谋深算的杨素自有他的攻防之计，他让自己的部属从正面轮番着去攻击赵子开设下的连营阵，而他自己则带了一批精兵强将绕道潜入山林，攀藤附葛深入霍山谷地，从后谷逼近驻守在前谷的赵子开营地，然后从其后击鼓纵火、出其不意直捣赵军各营，杀得赵子开设下的联营不知所措、无从协防，各营兵将麾众亟遁、溃不成军、互相踩踏死伤不知其数。杨谅得知赵子开兵败归来，不由得惶恐至极，他一面立即布兵守城，又一面派将去堵住蒿泽，拦阻杨素大军乘胜进逼攻城，同时召集为他倚托信任的大将军王頍、萧摩诃等幕僚商议应对之策。王頍带有指责道："殿下的战策原本并无不可，却是不能坚定地去推行，而是随心所欲、朝议夕改，让众将不知所措。如今事已至此，唯有稳定军心、兵来将挡方可。如今秋雨连绵，杨素大军必会行军不便、人马疲惫不堪，且他们又悬军深入，故我们可依仗着并州城墙高固，城内粮草充足，若能把战事拖至年冬腊月，我们则可以逸待劳，杨素必难持久。"

571

萧摩诃已对杨谅感到失望，便泼着凉水道："此议也就是一厢情愿罢了。杨广的用兵早就防到了这一点，并州东有史祥、南有麦铁杖、西北有杨义臣，所以杨素在并州的西南不是一支孤军，他们少则半月、最多不出一月必能合围并州，又岂能容我们拖至寒冬腊月！"王頍恼怒地道："这是临阵怯战，是在动摇军心。你为何没在开战之前就料到这一点，却要在此刻来说这些丧气之话，其意究竟何为？"萧摩诃道："事既至此，唯有两策：一是孤注一掷、鱼死网破，图个英名；另一是束手待毙，以求赦免，或许还有生机。"杨谅见自己器重和倚重的两人意念不合，更使他拿不定主意起来。他犹豫许久方才决定，道："你们是本王的左膀右臂，在此危急之时，越不可与本王离心离德。本王也是一时鬼迷心窍，轻信了旧太子大哥的蛊惑，又拒绝了新太子二哥的规劝，现今既不见京城内有人与我里应外合，又落到了被朝廷遣兵合围，让我陷于四面楚歌、不忠不义之境。如今我已无它想，只求听天由命了。"王頍见杨谅如此窝囊无志，知道事成定局、大势已去，自己必须要自谋出路了。他一转念即道："殿下，我还有一策，或许可解得此难。但不知当讲不当讲？"杨谅道："只要有一丝希望，何谓当讲不当讲！"王頍道："殿下还未到山穷水尽之地，观我们在各处兵马聚合在一起，尚有不下十余万之众，若退居清源，与关外突厥联手，又可自成一体，谅杨广的朝廷也奈我不得。这岂不又是一条生路？"

萧摩诃心存反感，即斥责道："这是什么狗屁之策？兄弟阋墙再怎么着也是内斗，你却拉外人来助内斗，这叫奸臣所为，是卖国。"杨谅刚热的心又被泼了冷水，心头虽对萧摩诃有所不满，但也不好有所忌讳地道："保存实力也有其可取之处，但是否与突厥联手，须从长计议，现在不必下此定论。"于是，杨谅对并州是守还是弃又成了没有决断之事。并州府主簿豆卢毓是汉王妃之兄，他本就反对杨谅兴兵谋反，却又不敢逆势反对。现在见汉王兵败至此，主将之间又心思不一，也就不能不为自己的前程而虑了。他私下串联了一些密友，决定要寻机而为、自谋生计。

杨素兵至蒲州上游的河滨，悄悄地征集了百艘商家货船，趁夜载草藏兵顺流而下，去偷袭纥单贵驻守的河桥要寨。次日凌晨，等到纥单贵的部属察觉河道上的商船有异情时，杨素的兵将已弃船登岸、一拥而上，把毫无应敌准备的纥军杀了个措手不及。那些仓促上阵的将士又岂能挡得住蓄势攻击的杨军？不下半个时辰，纥军溃败，纥单贵逃回蒲州。杨素则趁势水陆并进，挥兵追至蒲州城下。蒲州守将王聃情知难敌杨素，即将纥单贵绑至城前，献城求降。杨素没在蒲州停留，又驱军北上。王頍见杨谅遇事不决，大势再也难以挽回，即带领亲信部属，连夜出并州北门，欲去投奔突厥。却被东进的史祥、南下的麦铁杖、西来合围的杨义臣,梗路绝道而无路可走,不得不自刎而亡,其部众也就一哄而散、各找归宿。王頍之子只能把父尸葬于石窟中,孤身一人去投奔亲友,结果也被亲友出卖,捆送到杨素军前。杨素让他领人去寻回了父尸,与纥单贵、王聃等所俘的叛首将领一并斩首。

杨素与各路前来合围的将领把并州城团团围得水泄不通,又把王頍父子、纥单贵、王聃等被斩首将领的身首摆列至并州城下示众,并发出告示,勒令城内军将献城投降。汉王妃之兄豆卢毓见事已临头、不能再等待,即与几个同道去狱中私自释放了被囚的司马总管皇甫诞,准备开城门投奔杨素。他们没想到由于行事不慎,他们的举动被人告发至萧摩诃军前。萧摩诃二话不说就把他们全杀了,并亲自把他们的尸首也摆放在了阵前,随后领兵出战,以示他视死如归、捍卫并州城的决心。然而区区一个年已七十有余的老将,纵然浑身是铁,又能打得多少铁钉?这简直是不可理喻、自寻死路,却又不能不让人佩服萧摩诃的悲壮心态。杨谅再无斗志,也没有了犹豫的心态,便立即献城求降,还把王頍、萧摩诃、赵子开等参与谋反的叛将幕僚,及其家眷全押至杨素军前,并把策动此谋反的责任全推给了旧太子杨勇,以求得二哥杨广的宽恕。而这场战役却让十余万将士伤亡,毁城坏地、残家无数,杨谅之罪理不可赦。

杨广把旧太子杨勇定为此中的罪魁祸首,并把杨勇、汉王杨谅等所有参与谋反的将士和幕僚全交给了大理寺去处置。大理寺依据开皇律法经审核后,对所有参与反叛作乱的将领均判处了死刑,从犯流放至关外服役,家眷送往掖庭为奴。然而杨广在大理寺卿梁毗递交的宣判奏折上,没有在杨谅的名下打钩,因而杨谅得以免除了死刑,改判贬为庶民,囚禁在大理寺的单独狱中,后因病而逝。此后,杨广登基为帝。或许是杨广心有愧疚之感,也或许是杨广为了显示他的宽宏大度,更可能是为了推行其以宽柔为宗旨的新法,而封已伏法的杨勇为房陵王,并亲自把杨勇的灵位迁入了宗祠,也赦免了其他几个兄弟和家人的罪责,归其属地,容他们生计无忧。蜀王杨秀则因神志不清,仍被囚禁在狱中。此外,杨广还颁旨追封并州司马总管皇甫诞为柱国弘义公,家眷得以抚恤。杨广如此的作为,不仅显示出了他作为帝王的气魄,更是稳定了朝政,为他坐稳皇位迈出了第一步。

第五十七章
新帝登基三篇文章，新朝新规十年谋划

仁寿四年末，太子杨广守灵百日期满。在隋帝杨坚驾崩的第百日，杨广带领全族子孙眷属、皇亲国戚，率领满朝文武百官，起灵、扶送杨坚的梓棺至寝陵，行拜天地大礼，告祖先、念祭文，尊封隋帝杨坚为隋文帝，然后入葬、封陵，完成了隋文帝杨坚的治丧大典。

大业元年元旦日，隋朝新帝杨广登基上位。他废除了往昔新帝上位必须要做的所有繁文缛节和礼仪，仅定年号为大业。他大赦天下，改州为郡，撤州总管府，变朝廷三级管理为两级管理，削减了一批地方官吏，强化了以他皇帝为核心的朝廷权力。他立萧妃为皇后，长子杨昭为皇太子，次子杨暕为齐王，封朱贵儿、薛冶儿为夫人，尊二姐乐平公主为兰花居士、永享帝太后宫奉。杨广又赐封上柱国左仆射杨素为越国公、首辅，授内史令、太子太保；封宇文述为上柱国许国公，加左卫大将军，任皇城禁军总管；郭衍为上柱国左武卫大将军，镇守江都郡；麦铁杖为右屯卫大将军，镇守并州郡；李景为右骁卫大将军，镇守莱州郡；史祥为上大将军，镇守河阳郡；杨义臣为上大将军，镇守相州郡；张衡为银青光禄大夫，任内史侍郎（后又升迁为御史大夫）；段达为左翊卫将军，领御前黄门侍郎；迁右仆射苏威为吏部尚书令，大理寺卿梁毗兼刑部尚书令；升大理少卿杨约为右光禄大夫，任民部尚书令；御史牛弘为礼部尚书令；于仲文为右卫大将军、兵部尚书令；杨玄感为户部尚书令；高颎为太常卿。其余文武百官原职原位暂时保持不动，等待朝廷对所有在职官员做一次全新的测评后再量才选用，对有真才实学、能力突出的官员将不拘一格作升迁任免。

杨广在完成例行的朝政琐事后，颁下了他坐殿称帝的第一道圣旨：

吾大隋天下，乃是万众臣民的天下。吾大隋江山，还得靠天下臣民去维护。自大隋建国以来，吾大隋社稷受皇天庇护，时时风调雨顺；得天地万民的

辛勤耕耘,年年五谷丰登。此乃皇天后土的恩赐,也是吾大隋臣民之福分。为上感苍穹的恩泽,下谢万众臣民的付出,今特颁旨:免除大隋所有臣民的一年税赋,以休养生息,犒劳臣民,继而再创吾大隋天下之辉煌。

杨广在颁完圣旨后,起身离座,走至帝台阶前,看着阶下似乎还在期盼的众文武百官,道:"朕今日登基为帝,乃是顺应天意,上赖祖恩、下感诸位臣僚们的信任和抬爱。朕虽有些不自量力,也有所诚惶诚恐,但一定会不负众望,一定会勤业务实,一定会励精图治,一定会心系社稷,去开创出一个崭新的大隋天下。朕不求自己这一生有多大的荣耀,但一定得有所作为。朕无意给自己留下多少可以彰显的业绩,但一定得让世人都感受得到大隋给天下所留下的福祉。朕不会去考虑自己的功过得失会遭世人作何评说,但一定得以天下之责为己任,去想臣民之想,去忧民众之忧。朕在此就把这一段话作为自己上位后的开场白,作为朕往后要推行的施政志向和决心。同时也希望诸位大人能予以监督,随时指点,让我们君臣共同齐心协力,为开创大隋的新天地而去作为!"

众臣对杨广如此别出心裁的登基礼仪既感到新颖,却又觉得有违列祖列宗的惯例,似乎有些不够妥帖。但对新帝如此坦荡地当众表明心迹,则感到既有新意而感动,又有所不安,甚至有人还在心中产生着怀疑。尤其是先帝时期的一些重臣,更是在心中嘀咕着:"这小子,刚上位就不遵祖制要自搞一套了,看来这个朝廷往后是要乱一阵了。"

杨广见众大臣都沉默不语,有人似乎还有些不满之态,即又道:"朕知道,有人对朕这个新帝今天登基的场面不太习惯,更有人在期待着,朕还应该按照惯例对众臣有所赏赐,而皆大欢喜。为此,朕就再多说几句。朕接下来,不是没有下文,而是有许多的大文章要与大家一起去做,而且朕在先帝仙逝之后经反复思虑,觉得朕上位之后首先要去写好三篇文章。朕的第一篇文章标题是如何去《选好官,用能官》?前太子和汉王一伙人不是提出要朕清君侧吗!朕为了不负他们所望,就得写好这篇清君侧的文章。一句话,朕就要从自己身旁的人,也就是从朝堂上你们身上做起。朕要改革先帝在位后期的那种论资排辈的用人制度,朕容不下渣官、庸官,占着茅坑不拉屎的无能之官。朕要选用有才能的好官,不拘一格地把他们提拔到最能发挥他们所长的职位上去,为朝廷、为民做官。具体的做法可分为三种,一是自荐,每个人都可以自报家门,自荐能力,自选官位,来向朕要官职。而朕用官的标准只有一个：这就是量才用人。每个人都有自由选择和表现的权力，但做得好与坏得让大家来评。有能力胜任所选的官职便可留任，若有突出贡献的还可升迁。但如果是没能力做好本职的，不仅会被降职，甚至还可能会被问罪。二是举荐，每个人都有举荐他人和被他人举荐的权利。举荐他人的人，得对自己所举荐的人负责；被人举荐的人，得对举荐自己的人负责，这叫互负相辅相成的连带责任。三是选聘，此事将由朕任主官，按不同的专长组成评议监察部，负责对所有在位任职的官员实施审核评分。此中的原则不以爵位品位官职大小来评议，而是以才能、廉洁、口碑为评议标准。高分者上，低分者下，任何官位官职都不搞终身制。先帝开创的科举考试制度，虽对选官用官树了规矩，起到了除弊引流的作用，但尚有许多不足之处，甚至还被人利用，成了一些人谋权谋利的手段，造成了表面上的公正，实际上的腐败，而有违先帝开创科举考试制度的初衷，成了选官用官的弊端。因此要让科举考试制度真正成为能不拘一格用人才的途径，能公正公平地让参试者去尽情尽力发挥各自的才能，就必须得从制度的根本上去改，必须得去改革完善科举考试制度的准入规矩、标准规矩、审核规矩；要改革世俗的偏见、门派的偏见、官官相护的偏见，尤其要改一改选人用人唯亲唯利的规矩。"

杨广的话音一落，朝堂上好似炸开了锅一样。有感到意外的，也有在暗自欣喜的，更有怀疑的、不满的、焦虑的、惶恐的、愤怒的、泄然不知所措的。甚至还有人当廷冲着杨广嚷开了，道："我们都是先帝赐封的官员，岂能用如此手段来甄选，不让人心寒吗？"也有人不满地道："大隋的江山是我跟着你父皇打下来的，现在老了，你就要把我们一脚踢开吗？"甚至是有人冲着杨广指桑骂槐地道："这是哪个王八羔子出的馊主意，竟敢不尊先帝的封赐自搞一套，这不是唯恐天下不乱吗？"

杨广却处之泰然地道："你们难道不知道，一朝天子一朝臣这个道理吗！哪个新朝没有自己的新规呢？所以朕不能用前朝之规来定今朝之事。旧的观念总是要被新的意识所替代的，就与老的也总有一天会被少的所替代一样。说白了，朕的新朝就容不下占着茅坑不拉屎的官。朕希望这样的人有自知之明，把自己不能有作为的职位让给能有作为的人去担当。这叫作让贤，是美德，别让朕去逼迫他让位，那时就不好看了。但是退下来的官也尽可放心，朕不会把你们的爵位和俸禄削去，因为这代表着你们过去的功勋。当然，如果这些人不想被朕辞退，那么就得拿出像当年争功勋那样的劲头出来有所作为，否则就只能打道回府去养尊处优了。"果然殿堂内的议论声渐渐地少了起来。

第五十七章　新帝登基三篇文章，新朝新规十年谋划

　　杨广接着又道:"朕要写的第二篇文章标题是《改旧俗、立新规、惩恶吏》。先帝在世时，年年派巡抚官员下去清查各地的贪官恶吏。但据朕所知，此律推行的前一段时期，确实收到了很好的效果。然而随着此事成了某些人手中的特权，其治理效果就变了，有的地方甚至是贪官恶吏越查越多。此中的道理，在朕认为，用贪官去查贪官，岂能查得清？更甚的是，有人把朝廷每年选派巡抚官员下去审查地方官员的作为、考评各地官员的政绩，做成了是一项人人争抢的肥缺，成了拉帮结派、收贿受贿、营私舞弊走门道的官活，却把朝廷审核官员的初衷给丢弃在了脑后。如此巡抚考查审核测评的结果会公正公平正确吗？所以，今年选派巡抚下去审查考核地方官员的规则必须要改。否则，地方上的清官也将会变为贪官，贪官手下的官吏就会变成恶吏，朝纲将难以扶正，百姓就会骂朕，朕这个皇帝就会成为众矢之的。为此，要正本清源，必须从朝廷治起，上梁正了，下梁才能不歪。所以整治贪官恶吏必须自上而下从严而为，大贪不除，小贪岂能肃清，官不正，恶吏才会有滋生的靠山。我们对贪官恶吏的危害绝不能小觑，因为他们所贪的不是朝廷之财，却是臣民百姓用辛劳和血汗去换来的钱财，是他们上交给朝廷的税赋。由此产生的后果是，他们对朝廷的失望和不满，危害的是朕的声誉，受损的是朝廷社稷长治久安的大业。故朕对贪官恶吏的惩治之法就是七个字:严惩不贷杀无赦。往后选派巡抚的文章将由朕亲自操办。朕今年将要选派十路钦差巡抚，去按朕制定的新规矩下去审查考核各级官吏，并由吏部、刑部、礼部与民部组成监理班子参与，务必要做到政明、官廉、吏善。"杨广这一席亲自选用钦差巡抚去惩治贪官恶吏的言论，既点出了往昔朝廷选用巡抚的弊病，也明确表达了他对惩治贪官恶吏的重视和决心，让朝堂上更是鸦雀无声。但众臣各人的心态却不尽相同:有坦然的、有惶恐的、也有忐忑不安的、更有看着他人在暗自幸灾乐祸的。

　　杨广继续道:"朕第三篇文章的标题是《干实事》。这是一件朕已经谋划了十余年的大文章，而且也可以说是史无前例、举世无双的大工程。朕前面所要做的两篇文章，实质上就是为了要写好这第三篇文章而必须备下的铺垫。没有好官能官，没有新的规矩，朕要干的这件大事实事，就一定会是一个空想、一句空话。当然，如此大的一件事，朕也不可能自己一个人说了算，还得听大家的意见，朕现在就给大家说道一下。此事说来简单:朕要开掘一条河。但是朕知道，这件事真正要实施起来却未必是那么简单。所以就要请你们群策群力一起来出谋献计，让你们与朕一齐去把这篇文章写好。"杨广把他想写的第三篇文章，用如此的噱头来了个诱导，确实

冲淡了众臣方才所承受的压力,也吊起了大家的注意力,每个人都提起了精神在静等着杨广的下文。

杨广心中得意,但口上却轻描淡写地道:"朕想从北面的涿郡(州)向南,经上谷、河间、临清、魏郡、黎阳、板渚、汴郡、宿县、盱眙、山阳、江都,过长江,至京口、姑苏,到余杭开凿一条北南走向的大运渠……"杨广滔滔不绝地说了一大堆河道要经过到达的地名。对此,有许多人不仅连这些地名在哪里都不知道,故而又岂能说些什么。当然也有人知道,从北方的涿郡(北京)到南方的余杭(杭州),哪怕是快马奔驰也得数月方能驰完全程,然而此事可不是放马奔驰,却是要一尺一寸挖土掘地去开的河道。且不说开河有多么的艰辛,仅是如此巨大的工程将要动用的劳力和钱财就让人想都不敢想,故而众人都不由得暗自抽着冷气不敢吭声,所有的人似乎都蒙了,朝堂上一片静默。杨广见朝堂上既没人赞同,也没有人站出来反对他所说的这些话,不由得感到奇怪,便道:"怎么啦!是朕没把此事给大家说清楚,还是大家没听懂朕所说的话和想要做的事吗!"杨广见众臣还是没有人出来应答他的问话,只能以大包大揽、独断专行的口气道:"既然各位大人对朕所说的这个工程没有意见,那么此事就算通过,朕就得去逐步实施了。"

高颎再也忍不住了,他对新帝继位即有着许多的期待,却又怀有许多的不满。他期待着新帝执政会给朝廷带来新的风气,因此他对新帝发表要做的前两篇文章感到满意。因为高颎心里明白,先帝在位时,尤其是在执政后期给朝政留下的后患。他曾把杨坚执政的朝风划分成三个不同的表现阶段:一是二圣同朝期的政清民和阶段;二是皇后不再临朝,先帝轻信谗言的独行阶段;三是皇后患病、东宫易人之后的先帝偏执阶段。这三个不同风气的阶段所造成朝堂上人心人情的变化,又可以用三个不同的词来予以概括:一是二圣阶段的勤廉,二是独行阶段的庸俗,三是偏执阶段的混沌。由此所造成的众臣之变则是:勤勉的人少了,敢直言的人少了,而得过且过、观风使舵的人多了,贪名图位、急功近利的人也就多了。高颎扪心自问,他对此的划分,并非是以自己的得宠和被罢官去衡量的,而是他出自对朝政的忧心和必须尽职的本分所做的评估。因此,高颎从新帝发表的前两篇要做的文章中看到了希望,感觉到了新帝对朝堂上存在的实情,有着其态度鲜明的立场和整改的措施,也体现出了新帝过人的睿智,而让高颎从心底里对这个年轻的新帝充满了钦佩。但是,高颎却没有想到这个新帝要做的第三篇文章,竟然是如此一个破天荒、不切实际、好大喜功的工程。而且竟然还如此轻描淡写地要去付诸实施,简直令人

第五十七章　新帝登基三篇文章，新朝新规十年谋划

不可思议，更是近似荒唐。

于是，高颎那个耿直和无畏的个性又主导了他的身心，高颎出列站到了殿堂中央，神态严峻地道："臣对皇上要做的这第三篇文章，持有不同之见。"杨广坐回了自己的龙椅上，挥了挥手道："高大人，请讲。"高颎带着忧虑，无不担心地道："臣不知晓皇上有没有想过，皇上要做的这项工程会涉及哪些事吗？"杨广不动声色地道："高大人尽可直言不讳，朕愿闻其详。"高颎闻言，更觉得自己的忧虑没错，这个皇帝只知沽名钓誉，竟然连要做些什么都不知道，就要贸然行事，这不是独断专行又是什么？于是高颎道："臣暂且不说，开掘这么一条河道是否可行，但其所要牵涉到的那些事情却是无法避开的。比如：该河道的具体走向和实地测绘该如何去定夺？又比如：河道遇山咋办，遇水又该咋办？遇到田地、房舍、民宅祖坟将该咋办？再说，这工程需要征用多少民夫和劳力，会惊动多少地方的臣民，又需要动用多少国库钱财和民脂民膏，这项工程将要用多长时间才能完工？等等，等等。皇上，这篇文章不好做呀！而且在下认为这完全是一桩劳民耗财的工程，在短期内肯定是一项得不偿失的工程。"杨广没有接口应答高颎的责问，却在心里道："高颎呀，高颎！你也是个当过宰相之人，如此片面的执词也亏你说得出口，该不会是你诚心在跟我过不去吧？"

高颎如此开了个头，立即就引来了众多大臣的附议，尤其是一些前朝袭爵留任的重臣老臣，他们的不满声音更盛。安德王杨雄挺身而出道："臣听了皇上方才所言，感到有言哽喉不吐不快。皇上说要做三篇文章，可臣认为这不是什么三篇文章，却是三把火呀！第一把火要从满朝的官员我们这些人身上烧起。待烧熟了我们，皇上然后再放第二把火去烧贪官恶吏。而这第三把火是要去烧烤天下臣民了。如此之下，我们大隋岂不是都要被烧烤得焦头烂额了吗？皇上如此而为这与祸国殃民有什么差异呢！所以老臣认为此事断断不可为，否则大隋天下将从此不得安宁也。"武都郡公贺若弼出列道："皇上是看我们这些老臣不中用了，才找出这些借口，要把我们清除出朝堂吗？"武陵郡公元胄紧接着道："皇上，先帝在世时，一贯敬老扶幼，崇尚勤俭节约，倡导安邦息民。可皇上现在要推行的全是与先帝背道而驰之策，如此作为岂不是在乱朝乱国吗？"

杨广听到此实在耐不住了，他猛地站起身走到阶前大声道："听你们所言，朕简直失望透了。朕先来辩驳元大人指责朕乱朝乱国之说：先帝执政到后期，你们有良心的大臣都可以扪心自问，朝堂的风气与先帝前期施政的风气相比较，是正气多了

还是俗气多了？是清官多了还是贪官恶吏多了？是正直敢言的良臣多了，还是阿谀奉承、拍马溜须的小人多了？是刚正敢作为的官员多了，还是不求有功但求无过、碌碌无为的官员多了？如此的朝堂之风若任其发展下去，将要祸害的是谁？朕今日上位该不该去拨乱反正，甚至清算？确实，朝堂会因此乱一阵，而朕这乱的是那些贪官恶吏和问心有愧的官员，但这样的官员在朝堂上，在你们中间毕竟还是少数，因此其乱又能乱多少。相反，朕在清除了这些蛀虫和害群之马后，留下的便是朕要重用的那些正直无私的清官好官，让他们可以专心致志、责无旁贷地去放手治国安民，你们说朕如此'乱朝'，大隋国会乱吗？朕如此的用心用意，难道不正是先帝兴国治天下的初衷吗，又何来与先帝背道而驰呢！先帝曾对你们说过一句话：'君以礼待臣、臣以忠事君'。如今朕还要加上：'朕以信待臣、你们得以诚事朕'。朕没说明白的事，你们尽可问。但朕已经决定的事，你们就得尽心尽责去做，朕容不得任何阳奉阴违、居心叵测之人。"元胄被杨广批驳得哑口无言，不敢吭声。

杨广用眼看着安德王杨雄，继续道："安德王叔说，朕这三篇文章是在放火，放了三把火。没错，安德王叔说的这是个比喻很好，而且把朕的本意说得更清晰了。是的，朕就是要用这三把火去烧出一个新大隋的天下，去烧出一个不同于其他朝代的天下。朕其中的前两把火烧的是官和吏，凡能经受住朕这两把火'烧烤'的官吏，他们就是朕需要的'金子'，朕要用他们身上金子般的品质去造福天下臣民，由此天下臣民便会受益。那么，请各位大人想一想，这两把火会把大隋的天下烧烤得焦头烂额呢，还是能把吾大隋烧炼成百毒不侵之身呢？"

杨广又把目光投向了高颎，接着道："朕这第三篇文章却并非是火，而是水。方才高大人所说的那番话，道出的是这项开河引水工程的一个侧面，也是一个必须正视的负面，却不是这项工程的主流和收益。朕现在就来给大家说道一下这项工程的正面和主流，以及朕是如何萌起要开掘这条大运渠念头的。随后再由大家智者见智、仁者见仁地去评判其中的利弊和得失，再来应对朕的这'火'与'水'的文章，再来决定各人该何去何从。"

杨广停顿了一下，双目炯炯地扫视着各怀感受、正在聆听的满朝文武百官，然后道："朕难以忘怀二十年前那次南下的经历，尤其清晰地感受到水陆的差异、南北地域的差异。朕不知道有多少人亲身感受过：在夏天，人乘坐在一条张开风帆的大船上，时而迎着凉风踏浪而行，又时而乘风破浪飞速前行，那种爽快和舒适。而且人在船上，绝对没有像坐在马上和车上的那种颠簸、劳累，以及嘈杂、尘土飞扬的感觉。人在船上不仅可坐可躺，还可以在船上漫步，饮食起居可以与陆地上的居家一样自如，这便是水路与陆路的差异之处。北方多陆路、南方多水路，这是许多人都知道的事，但是南方的河道之多，却是朕没想到的。南方的河道可以说是三里一溪、五里一塘，七里八里必有河道，而且南方的河道密如蛛网，只要有一条船就可四通八达，因此他们的长途出行工具多是船，而非马和车。一条船可以装运几车甚至几十车的货物，既不用那么多的人去驾车，也不用带那么多既要喂食又要人伺候的马驴，岂不是省心省力又省钱么！由此不能不让朕感受到了另一个现实，北方多旱地，但却经常遭受洪涝之灾。雨水大了旱地就成了一片泽国汪洋，少雨缺水时便会赤地千里、河干溪枯，车马行走在道上更是尘土飞扬。南方多水田，许多地方更是物产丰盛的鱼米之乡，人的性格也比北方人温柔了许多。由此就不能不让朕去想另一个问题，这水或许就是造成南北方差异的重要因素之一吧！若能把南水北济，从中调和，能否收到意想不到的效果？朕便把心中的这个念头向一位民间高人王老伯作了讨教，回到北方后，朕又查阅了许多史料，甚至亲历实地去勘察。而在统一南方的进程中，让朕感到了更多水利的好处：比如运兵运粮、渡江作战、便商利民，均是有百益而无一害。然而纵观北方与南方的差异，让朕不能不感到其中问题纠结的所在：南方水系丰富，河道纵横交叉，内陆几大湖泊都分布在南方各区域，更有大江大河与东洋南海相通，因此涝可泄、旱可灌。而北方，虽有数条大河自西向东横穿着入洋，比如上谷的海河、山东的黄河、东海的淮河，以及江都口外的长江，但这些大江大河之间却没有一条是相互连通的，也成了彼此之间不能互济旱涝的河道。于是当一方水涝成灾时，另一方却是水枯塘干，朝廷官员束手无策，百姓叫苦连天。然而就在此时，王老伯特意遣人专程给朕送来了一份大江南北的山水地形图，图上有一条自南向北的红线连着所有西东走向的江河，这让朕茅塞顿开。朕为了验证图中红线所标注的地理地貌位置，即利用在河北、江都等地任职期间的便利，到各地各处前后做了一系列的实地考察，不仅让朕开阔了思路，也终于让朕坚定了要开掘这条大运渠的决心。朕曾向先帝提起过此事却没被采纳，也就成了朕埋藏在心中的一块心病、背在身上的一个包袱。如今朕继位后，更成了朕要迫不及待推行的首要之事。朕知道，这项工程一旦付诸实施，确实会牵涉到许许多多方方面面的事情，但是一旦完工却能让天下民众受益无穷，更会造福千秋后代。这不仅体现在方便舒适出行上、商贸货运上、调兵遣将征战上、汇集税赋粮帛上，更能改变北方的水系以及作物的生存环境，把千万亩贫瘠难保收成的田地，改为旱涝保收的良田，成为北方的鱼米之乡。你们大家想一想，由此能让多少臣民受益，又能让朝廷增加多少税赋粮帛收益！朕想要的民富国强将由此得以早日兑现。这便是朕这些年以来所构思的宏图，更是朕这些年以来魂牵梦萦都在追求要去实施的心愿。你们现在该明白朕在此中的'水火之情'了吗？"

高颎似乎有所明白，但他却还是坚持着自己所忧虑的事，继续苦口婆心地劝阻着道："皇上所言确实为我们勾画了一幅宏伟的蓝图，但心愿并不代表结果，尤其是推行此构想所必须要面临的问题是不能被忽略的。比如此中最重要的是人的问题：纵观朝中所有在职的大臣，请陛下去问一下，谁有能耐敢去接此任、担此责，又有谁有能力去把陛下如此之大的雄心付诸实施，更有谁有精力去征调那么多的人力财力？陛下，臣不是胆小，而是此工程真如陛下所言，确是前无古人的旷世未闻之事，其千头万绪真不知该从何处着手做起。臣是怕此头一开难以收场，会造成耗财无度、民怨沸腾，因为这项工程实在是太大太大了。为此，臣认为这项工程一定会是件得不偿失之事，万望陛下谨慎三思而后行，绝对不能沽名钓誉去冒险行事。否则，到时候耗费的是国库的资财、损害的是人力人情、落下的必定是好大喜功的骂名。"杨广心头虽然有怒意，但他还是用平静的神态，胸有成竹地道："高大人的忧国忧民之心实在可嘉。但朕对这用人的问题早已有所设想，若朝堂上没有可用之人，并不等于朝堂外也没有可用之人呀！"

首辅杨素一直在默默地听着，他更在心里猜度着这个新帝的心思，甚至让他不能不感到这小子的心不仅远比其父皇之心大，而且其果敢和手段也令人咂舌。由此，杨素还感到自己要想保住自己的荣华富贵，只能顺之而不能逆之，也不能用对待先帝那种两小无猜的语气去跟新帝套近乎，因为新帝这小子的性气没有其父皇那般能容得下人。而且杨素此刻更感悟到，这小子要开河渠之事是早已谋划好了的，是铁了心的，不仅反对没用，而且谁去反对谁必定会倒霉。于是，杨素立即顺着杨广的话接口道："皇上说得没错，朝中没人可用，不妨去朝外找。老臣想到了一个人，若把此人官复原职，必能不负陛下所托。"杨广总算听到有人出来赞成他的大略了，不由得满心喜欢地道："相父所荐之人，能否与朕想到的是同一个人？他是否就是被先帝因谋反之罪连带罢免的工部大臣宇文恺？"杨素得意地连连点头，道："皇上英明，正是此人。"杨广欣慰地道："知朕者，相父也！"

杨广上位之后的心态之变，赞赏者认为，这是帝皇风范，是雷厉风行；批评者认为，这是孤家寡人，独断专行。由此也就对杨广此后的行径留下了褒贬不一的说辞，而且因其皇朝的短命，也就成了贬大于褒的根源之一。

第五十八章
十路钦差别出心裁，独断专行志在千秋

常言道，新官上任三把火！然而杨广这个新帝上位烧的三把火，不仅出人意料，更是掷地有声。他用自荐、举荐、筛选的第一把火，罢免了一批渣官、庸官、尸位素餐的无能之官，还亲自出面劝退了一批身居高职的老臣勋爵，在朝堂上掀起了不小的波澜。赞誉声有之，不服声有之，无奈谩骂声也有之，但杨广仍然我行我素、从容应对，恪守其制订的用人原则，毫不动摇。杨广的第二把火，废除了从朝堂大臣中挑选钦差巡抚的惯例，而由他亲自从历届通过各类科考、却被无端冷落的后起之秀中，选用优秀之人为钦差，去出任由新帝亲自委任的第一任十路钦差巡抚正使，其中就有以后成为朝廷重臣的"五贵"：有为杨广信赖、有真才实学却一生清贫的内史令虞世基；有在杨广推行新政中坚定不移执行新律，为繁荣经济发挥了重大作用的裴蕴；有为发展隋朝与西域边贸立下大功的裴矩；有在杨广被弑后坚守东都，誓死忠于隋室，扶持拥立杨广之孙越王杨侗为帝的元文都；有为报君恩宁杀妻小、誓死不降叛臣贼将的尧君素；还有誓死拒敌的樊子盖等人。杨广亲选的这十路钦差巡抚使是：第一路正使内史侍郎虞世基，副使太子杨昭；第二路正使并州郡刺史宇文傲，副使嗣王杨纶；第三路正使三郡刺史裴蕴，副使齐王杨暕；第四路正使吏部侍郎裴矩，副使秦王杨浩；第五路正使太府少卿元文都，副使卫王杨集；第六路正使灵州郡总管段文振，副使昭王杨爽；第七路正使汤阴县令尧君素，副使河间王杨弘；第八路正使太子洗马苏菱，副使淮南太守杨恭达；第九路正使新丰县令刘子羽，副使弘农太守杨智；第十路正使司法书丞樊子盖，副使下大夫杨达。当杨广当众颁布了这份名单后，立即又引来了朝堂上一片议论声。有吃惊的、有想不通的、也有不满的，更有当面提出抗争的，道："钦差代表的是皇权，巡抚行使的是朝廷对地方的管治权。但这些正使却来自中下层，全是三品以下的官吏，让他们去治理地方上的诸侯臣僚，怎能服众！更有以下犯上之嫌？"杨广立即反驳道："皇权是朕给的，朕给每个正使赐一把尚方宝剑，看哪个人还敢不服？副使虽然都是皇亲国

第五十八章　十路钦差别出心裁，独断专行志在千秋

戚，但这是朕指派给他们的差事，更是朕对他们的考核。这有何可疑之处呀！"然而也有人反驳道："让皇亲国戚这些一品、二品的亲王大员去为三品以下的官员做副使，岂不是大小倒置，有违官制的常规吗！当事者能服吗？"杨广道："你们这是瞎操心。朕已对这些当差的皇亲国戚下了旨意，他们这次下去不是什么皇亲国戚，也不是什么一品、二品的太子、殿下、大员，而是作为一个正使的随员幕僚，去了解体察官情民意的。这也是朕给他们的一次历练机会，合格了回来复爵位、复官职，不合格的削爵、撤官职都有可能。"

杨广虽然用他的果敢和铁腕镇住了朝堂上的反对声，强行把前两把火在朝堂上烧了起来。但他知道，这表面上的不和谐声音虽少了，可那些面和心不满的人还大有人在，尤其是那些被罢官免职的老臣国戚们，并不甘心就此丢失权势。是的，俗话说得好，权势和富贵是尊严和辉煌的象征，是成功和挥斥方遒的体现。贫变富易，反之则难。有权之人一旦失去了权势，除非是他心甘情愿的，否则便会惶惶不可终日，甚至滋生怨恨、心怀杂念，由此走上极端的人也不在少数。然而在杨广的心中，他要用这两把火去烧出他的威严，去为他新朝的新律和将要推行的新政做铺垫。因为他不能允许自己颁布的号令，再有人阳奉阴违，或是打折执行，他更不能允许有人来挑衅他的权威。但是现实让杨广感到，他所期待的效果，没有他所期待的那样立竿见影。尤其是他想立即推行的开掘大运渠之事，遭到了以高颎为首一批大臣的诸多质疑和据理争议，甚至拖延，这迫使杨广不得不改变策略，变朝堂上的众议为召集股肱骨干之臣在朝堂之外付诸实施。杨广决心要用强有力的手段去推行自己的意图，独断专行地去实施他想要做的事。一句话，他要用既定的事实去教训这帮不思进取、墨守成规的官僚。

杨广在他的御书房内，召集了首辅杨素、左卫大将军宇文述、御史大夫内史侍郎张衡、黄门侍郎段达、吏部尚书令苏威、民部尚书令杨约、尚书左丞皇甫仪征、官复工部侍郎的宇文恺，一齐商议开掘大运渠之事。杨广带着不满开言道："朕在朝堂上作了那么多的解释，可就是有那么一些人听不进去，非得找出种种理由来抵制朕的决断。朕为此把你们找来，请你们告诉朕，开掘大运渠之事到底是行，还是真的行不通？"杨素早已领悟到了杨广的脾气，便带着奉承开口道："皇上之言乃是一言九鼎的天子之言，旁人哪有讨价还价的余地。皇上是太把那些自以为是之人的言辞当回事了，他们这叫作不识抬举。以老夫之见，皇上何不颁道皇命昭告天下，予以推行实施，谁敢抗命不遵，就作为抗旨论处，岂不来得痛快。"宇文述道："臣觉

得首辅大人之言有些欠妥。皇上在朝堂上一而再、谆谆不倦地解释,如此耐心地明言开掘大运渠的利好,要的就是众大臣的共识。有道是合力方能成势,势众才能成大事,开掘大运渠乃是天下之大事,必得凝聚起天下人之心方能水到渠成,所以皇上的苦口婆心不为过,是必须的。而高颎大人他们所言也有一定道理,却并非全是出于执意抵制此事的作为,所以皇上还得再耐些心,以诱导为宜。"苏威想了想道:"皇上在解释这条河道的益处上已是再明确不过了,但反对声中最纠结的是对这条河道工程实施细节的质疑。比如各河段之间的走向规模、所需动用的劳力、耗财等,尤其是其间会对社稷民生造成多大的伤害?若皇上在这些方面能把内情更透彻地告知众臣,朝堂上的反对声肯定会小许多。"杨素却带着既恭维又讥嘲的声调道:"你们这是只知其一不知其二。皇上做事向来是成竹在胸后才广而言之的。那么大的灭陈之战,那般风起云涌的汉王之乱,岂不都在他胸有成竹后才广而言之一气呵成的吗!我们作为臣子只需执行,没必要去想得那么多。所以老夫认为,皇上越解释就越是多此一举,却让那些自以为是的人,不知自己该有几斤几两了。"

杨素的话堵住了旁人之口,杨广不得不道:"解释还是需要的。朕只是觉得在该工程的有些细节问题上,还有不够成熟之处,尚需由专长之人予以认同,方可广而言之,所以也就在朝堂上没说细节之事。"宇文恺立即接口道:"皇上、各位大人,下臣承蒙皇上信赖,把如此一件天大的工程交托于我,让下臣不禁感到恩从天降,更让下臣不敢有丝毫的怠慢之情。为此,臣在这段时间内,夜以继日地按陛下所构思的整个工程方案,做了详细的推论复核、绘图测算,不能不让下臣感到钦佩,甚至是惊讶。皇上对整个工程的预设和规划不仅可行,而且臣认为可以说几乎是完美的。有些地方的设想甚至让下臣这个专职的工匠也自愧不如,感到羞愧。今天,臣已把所有经过复核的资料带来了……"宇文恺取出了携带的一捆图纸,在一张桌面上边铺开,对围上来的众人比画着道:"皇上设计规划的这项南北大运渠工程可分为四个段面施工。第一段,通济渠段。整条通济渠的北端渠首自汜水县板渚(今汜水镇黄河南岸)至浚仪(今开封),此间的渠道可以利用两汉时开的汴渠古道(蒗荡渠)进行拓宽加深成河道。此后,通济渠一路向东去与泗水汇合后,折向东南方向,经陈留、雍丘、襄邑、宁陵、宋城(今商丘)、谷熟、永城、临涣、埇桥(今宿州)、虹县(今泗县)、至泗州(今盱眙)注入淮水(今淮河)。该条通济渠不仅流域长、所过的城镇多,而且地形比较复杂,但它自北向东南连通了黄河与淮水,是整条南北大运渠的关键水段。第二段,永济渠段。此渠南起黄河与沁水的汇合口,沿沁水北上,入沁水支流(今孟姜女河),折向东北达于汲县,再循淇水(今白沟)、屯氏河、清河(今卫河),经滑县、浚县、馆陶、德州、沧州向北至天津,随后折向西北,经沽水、桑干水(今永定河古道),直达涿州(今北京)。此渠把黄河和海河两大水系连接了起来,与通济渠组合联通后,便完成了北方大运渠主干道的整体规划。第三段,山阳渎段。从山阳(今淮安)引淮水,至扬子(今仪征)入长江。这条水道原是春秋期间吴王夫差所开的邗沟,先帝曾在伐陈前夕对其进行过疏浚。故而臣认为,皇上构想的欲借此河道的旧址施以拓宽加深,不仅可行,而且工程量必定会大大减少,完全具有事半功倍之效。"杨广补充道:"朕对此河道,曾在江都任职时,进行过实地勘察。虽然觉得可以利用旧址施以拓宽加深,但旧河道弯头太多,水深水浅出入很大,对大舟行驶多有不便,必须得加以改善,而绝不能为了贪图一时的省心利好,去给后人留下诟病。因为朕要的是千秋之功,而不是一时之欲。"宇文恺连连点头道:"臣一定铭记在心,不敢忘怀。"宇文恺见杨广默许,接着道:"构成大运渠的第四段在长江之南,统称为江南河段。从京口(今镇江)至余杭(今杭州)。此段渠道都是在平地上开河,江南平原土质松软,施工难度较小,且江南雨水充沛、水系较多,历来水运又都比较发达,故而根据皇上的要求,这段江南河道一定得用更高的标准去施工,河面一定要比北方的大运渠更宽阔,水道更深,方便更大更多的舟船进出。臣上述所见全是基于皇上原有的构思和规划所为。据臣测算,整条大运渠自北向南按图面上的计算全长约在三千一百余里(大运河至今的实际长为一千七百九十七公里),该项工程若能调度全国之力,同时投入全线开挖,臣估算,除了分段要做的实地勘察规划和清除沿线障碍需要的时间无法预测之外,半年之内必能水到渠成。"众人闻言,神情各异,各自在心中盘算着由此而生的感悟。

  杨广对宇文恺能如此确切细化地领悟到他的构想规划而欣慰,然而他似乎还有不满意之处,道:"大运渠主干道水到渠成,仅是完成了朕的一半心愿。朕还想把江北的水系像江南一样连成片、织成网,既便漕运,又能改善水利灌溉田地,更可防灾、变祸为福,起到安定民生、富饶生计的作用。因此,在完成主干道通水的同时,还得把大运渠周边的水系都做好,如此才是朕想要得到的最终结果。"杨素忍不住道:"皇上的心也太大了吧!建成如此一条三千余里前无古人的大运渠还不能让你满意,还要把江北变成江南,是否有点太过……"

  宇文恺急忙道:"皇上所想不仅一点也不为过,而且下臣还有一个更大胆的构想,不知当讲不当讲?"杨广很感兴趣地道:"但说无妨,尽可直言。"宇文恺来劲了，他用手指着铺开在桌上的图纸道："通济渠和永济渠的交汇点在洛阳管辖的板渚，距洛阳郡城仅数十里之遥，若能把大运渠延伸至这座中原的中心重城洛阳，不仅能把大运渠的水系引向中原西域，富饶了洛阳域域的水系和田地，更可把洛阳变成为大运渠在北方的一个交汇点，成为一个集水陆交通的商贸之地，而大运渠的功效也将会更上一层楼。这与把板渚作为交汇点，绝对不可同日而语……"杨广听到此，心中突然闪过了一个念头，他立即伏下身，用手指比画着洛阳到板渚的间隔，又用手指比画着洛阳到长安的距离，然后沉思着没有言语。这让在一旁的众臣都各自在心里猜测着，而不敢开口出声。宇文恺似乎猜测到了杨广的心中所想，即道："皇上，板渚到洛阳这段距离不仅短，而且地势比较平坦，挖土施工难度不会太大。而洛阳到长安中间却隔着华山和中条山，不仅没有引渠上山的可能，更没必要去考虑两者距离之比。皇上若一定要把京都长安与大运渠相连，臣认为只要在长安挖一条水渠通向黄河，即可顺河东去与板渚的大运渠贯通了。"杨广摇着头，还是没有开口说话。杨素又忍不住了，立即带着不满道："宇文恺，你这东一榔头西一棒的，把皇上和我们都给说蒙了。现在竟然还要提出开挖长安水道联通黄河，你以为这是在闹着玩的吗？"杨广即道："相父不必指责宇文大人。朕由此却想到了有另外一种可能，你们觉不觉得现在的京都长安，对南北统一后的大隋社稷而言，是不是确实有些太偏西了？"

杨广此言一出，让所有的人都惊讶地瞪大了眼睛，一时间谁也不知道该怎样去回答杨广的问话。还是宇文恺脑子灵活，他立即悟出了杨广的思路所在，他那只知从自己擅长熟悉的思路去思考问题的执着工匠心态，让他脱口而出："皇上，难不成是想把京都长安迁到洛阳吧！"杨广默默无语地点了点头，却道："朕还没想妥当，所以不便当真。"然而宇文恺却是认真了起来，他用恭维的言辞，更是以他工匠的角度道："皇上不仅英明，而且伟大。长安城不仅偏西了，而且根本不在中原的中轴线位上，且关山重重，交通漕运不便，不利于开拓发展，绝对没有洛阳城能接中原的地气。如今这条大运渠一旦开掘成功，长安跟洛阳相比就更相形见绌了。"

沉默寡言的苏威一直在闷头旁听着，他此刻觉得不能再由着宇文恺如此信口开河地去蛊惑这个年轻气盛的皇帝，再去做又一件惊天动地的大事，把一个已经纷乱的朝堂再搅成一锅粥，给他这个吏部尚书令再添压力。苏威拿定主意，立即轻轻咳嗽了一声，道："皇上，京都长安乃是我大隋的根基所在，它比不得开掘大运渠那样可以在图纸上比画几道就能成型的。长安城更是历朝历代都倚重的古都皇城，是被

第五十八章　十路钦差别出心裁，独断专行志在千秋

历代君皇都公认的龙兴之地，绝对不能由人谗言而信口雌黄，去冒天下之大不韪。为此，老臣在此斗胆进言，皇上万万不可去动迁都的念头，而动摇了社稷的根基，让祖宗不安、众臣心惊、朝堂再添不宁，造成牵一发而动全身的严重后果。届时将悔之晚矣！"杨素此时方才听明白了宇文恺当讲之言的实质所在，由此却让他想起了先帝委派他督造大兴宫时所得到的好处，而不由地心头动起了歪脑筋。于是杨素即道："自古都有树挪死、人挪活之说。先帝就曾说过，京都长安旧城历经了八百余年，已成了一个老态龙钟的老人了，怕是皇气也该耗尽了。一个朝廷要有生气，一定得合天时地利人和，自古以来迁都之事比比皆是，成败自有目共睹，却不能墨守成规、固步自封。因此老夫认为迁都之想未必不是一件好事。皇上如果有迁都之念，臣愿请命讨此督造新都总管之职，臣一定会像领旨营造大兴宫城那样，恪尽职守去完成皇上交代的一切圣命，让新都洛阳更胜旧都长安而流传于后世。"

　　杨广确有迁都的念头，此中的起因却并非一朝一夕、一时之念。这不仅因为旧都长安城确实太老旧了，也不仅因为新建的大兴宫城中有着许多抹不掉、让他挥之不去的忌讳，而且连他自己也不知道这是一股什么样的力量在唆使着他，让他不甘心呆守在旧城的宫殿里忍受着压抑。杨广似乎觉得，这种情感自从南下江南之后就变得越来越强烈了。他的心思常被江南的人文情愫感染着，他总想着要让北方也有南方一样的温馨之态，要把南方的人文情怀因素引入到北方，让北方人有南方人的似水柔情，也要让南方人有北方人的豪爽情怀。因此宇文恺的无意之说激发了杨广内心潜在的意念，让他把洛阳与长安相比较，其中诸多的战略利好更是一目了然了，怎能不让他心动。由此，杨广也想起了一个术士曾对他说过的一段谶语，说是"杨属木，不宜长居雍州（长安），而该顺应修治洛阳还晋家。"此外，杨广心中还有着一桩纠结的事常常让他耿耿于怀，他确实忘不了宁远公主。想到她不顾习俗追迹至金山寺亲自向他表白，又跟踪到京口送他定情的信物，而他却灭了她的国，让她流离失所，这不能不让杨广感到自己对她有所亏欠。当杨广得知她成了父皇的宠妃，他不仅难以接受，更是引发了他对宁远的愧疚，甚至涌起了他对那段初恋之情的难以割舍。父皇过世后，杨广厉声地指责了要让这两个遗妃夫人陪葬的诉求，并斥之为是有违人性的恶行。为此，杨广授意萧皇后把她们移出居住的小苑，收入冷宫封存起来，免得让他陷于被动，但却始终拿不定主意该怎样去处置她们。由此迁都之说却也勾起了他的一丝欲念：换个人地两疏的环境，能否让他与她们都有一种时过境迁、人逝情移的感觉，而让各人都少了些许的尴尬而重新开始。杨广如此之

念想是在情理之中,还是有违人理纲常,笔者觉得此事难以断章取义。因为旧念有旧知的理由,而新意也自有新识的见解,或许这也可以用此一时彼一时去解释吧!总之杨广对他父皇的这两个夫人的处置,并没有按习俗之惯例行事。因此,杨广此时对迁都之说虽然没有立即表态,但他在内心中却已经有所期待了。

杨广见众人都在等待着他的决断,便道:"迁都之说还没有思虑成熟,确实应该从长计议,朕还想把它放到朝堂上去让大家再来争论一番。苏大人,你觉得如何?"苏威没开口,杨素即抢着道:"皇上,老夫觉得大可不必。皇上的三把火已经把朝堂烧得浓烟滚滚、水开冒泡了,若再要把这迁都之事放到朝堂上去众议,这不是要把朝堂给煮沸了吗!所以以老夫之见,既然皇上有烧这第四把火的迁都之意,也就该拿出像烧前面三把火的那种一锤定音之魄力。老夫倒要看看,哪个人敢拿自己头上的乌纱帽去抗皇上的圣旨。"杨素此说既有他作为众臣之首倚老卖老的威势,也有他要表现出自己顺从支持皇帝的意识,更能拉近他跟杨广的关系,让朝中更多的人能臣服于他,为能让他独揽迁都总管之职做铺垫。而且,他也忌讳此事到朝堂上去议论,不仅会众口难调,会给他这个首辅增添烦恼,他也怕这个迁都兴建宫城的肥差会让他人夺走,因此他于情于理都不赞成把此事放到朝堂上去议论。苏威被杨素抢去了话头,也就失去了说话的兴趣。杨广虽然不满意杨素老是强人之意,却又不便当面拂杨素的面子,况且在当今乱哄哄的朝堂上,他还得依靠杨素去替他撑掌局面。为此,杨广道:"迁都之事今日就不议了。我们还得言归正题,把开掘大运渠之事给定下来,以便把此事早日付诸实施。"宇文恺见皇上定下了调子,也就不便再去提迁都之事,他只能言归正题地道:"皇上既然已下定了要开掘大运渠的决心,就得赶快把班子搭起来。此事只要有了人,有了钱,臣就一定会让它水到渠成的。"

杨广道:"宇文大人言之有理。朕今天把你们招来,就是要把这个班子给定下来。蛇无首难行,将无帅谁来领兵布阵打仗,所以这么大的一件工程,朕不能让个外行人来当统帅……"又是杨素接口便道:"这领兵打仗当统帅之事,还非老夫莫属了。皇上放一百个心把此事交给臣去办,臣保证如期完工。"杨广却自有主张地道:"相父的信念可嘉,但此事比不得领兵打仗。朕经过再三思考,想请皇甫仪征大人领衔出任大运渠总管之职,统管整个大运渠的一切施工事务。宇文大人任技术总监,主管大运渠一切技术上的事务。吏部苏威大人出任施工协调总监,民部杨约大人出任施工协调副总监,分别担责协调因开掘大运渠而产生的各地官府和民户之间的纠纷事务。张衡大人兼任大运渠的度支侍郎之职,要确保朕的国库之财都能用在刀刃上。同时，由内史部出具皇榜告知天下官民，凡有碍大运渠施工的人和事，必须要为大运渠的顺畅而让道，违者当以律法论处。"

皇甫仪征诚惶诚恐地起身道："臣承蒙皇上信任，把如此天大之工程交付给臣为总管，臣定当竭尽全力而为之。但臣还须保荐一人出任副职，以协助臣把皇上交托之事能得以保质如期完工。"杨广挥手道："皇甫大人是水利工程上的三朝元老，朕是信得过的。说吧，你有什么需求尽可直言。"皇甫仪征拱手道："谢皇上，臣想举荐豪州刺史李渊领副总管之职，协理臣管理开掘工程具体事务。"杨广爽快地道："朕准了，让吏部发文去调吧！"杨素见如此大一个工程自己插不上手，又见杨广如此爽快地答应添加班底人手，即当仁不让地道："如此大一个工程，没一个领兵打仗的去保障护航，怕有些不妥吧！皇上，臣当举荐一将，以保障工程能安然顺利进行。"杨广还是爽快地道："可以呀，你说吧！你想举荐谁？"杨素道："臣举荐属下的虎贲郎将麻叔谋为施工护卫总管……"杨素没想到，杨广还没听完他的举荐就毫不迟疑地道："可以，就让他做个施工监理吧。总之一句话，你们都得尽心尽责地把朕交托给你们的这件大事给做好了。同时你们也得记住，朕会不时地到工地上去明察暗访，做好了有赏，你们做不好就要当心朕是会罚的。等水到渠成那天，朕还会率全朝文武百官乘船沿渠巡航。"

由此，一时间开掘大运渠成了大隋臣民议论的焦点，也成了一些权臣心中的关注议题。重获皇帝赏识的宇文恺更是打点起了十二分的精神，组成了几十支勘探队伍，沿着杨广设计的线路，夜以继日地进行着施工前的规划。但是，皇甫仪征推荐的李渊却似乎是另有所想，而托词有脚疾不便出门远行，婉言推拒了这个炙手可热、可以争功誉名的好差使。结果，这副总管的职位又被杨素推荐给了他的门生千牛守备将军令狐达。并由此让麻叔谋伙同令狐达联手演绎出了一折贪赃枉法，官逼民反，万民上折，杨广携夫人星夜赶赴现场去听民诉，擒贪官，平民愤，会古贤，祭拜仙狐，为大运渠的顺畅前行而呕心沥血的感人故事。

第五十九章
夙愿风缘旧情新意，迁都迁宫萧后牵线

笔者在前面几章中，一直在写着杨广登基前后所发生、面临的那些避不开的正事大事。而现在不得不再回过头去，把他后宫那些看似琐碎，却对他往后施政有影响的人和事做一番交代。

宣华夫人宁远身不由己地被人拉出房间，不等她回过神，就被人堵住嘴、蒙上眼……随后，便什么都不知道了。她也不知道自己昏睡了多久，等到苏醒过来，却发觉自己身处一间陋室。这空空荡荡的房内，除了炕榻和几张桌椅，什么摆设都没有，既没有人影，也不闻人声。她不知道这里是什么地方，也不知道自己是怎么来的，更想不起自己来这里之前正在做什么，甚至觉得眼前所见如同梦境，与记忆中的熟悉场所恍如隔世。她想张口喊人，可只感到口干舌燥，嗓子像在冒火，用尽力气从喉口发出的声音，连她自己都听不清在说什么。她挣扎着要从炕上坐起身，却觉得全身上下没有一点力气，似乎还在梦魇中，有的只是无助和无奈。

突然，破旧的门被人重重推开，一个脸上蒙着黑布的人被推进房门。躺在床上无助的宣华夫人，只能眼睁睁看着那个被推进房内的人，自己动手摘去蒙在头上的黑布，又用双手揉着眼睛，许久才放下手环顾四周……此刻的宣华夫人看清了，来人是容华夫人、自己的好姊妹蔡氏。但她没有力气去招呼她，只能静静等待蔡氏上前来认她。

容华夫人也看到炕上躺着一人在盯着她，同时也认出了蜷缩在炕上的人正是让她一直耿耿于怀的宁远公主。蔡氏立即扑到炕上扶住宁远，声泪俱下地道："公主，我们是不是在做梦啊？我记得你是留在圣上那里当值的。而我是因为太累，回到自己的小苑就睡着了。此后不知过了多久，也不知为何，却在睡梦中被人唤醒，即被蒙上脸带到了这里，似乎又回到了在掖庭的那个年代。"

容华的话让宣华记起了一些事，她又努力搜寻自己脑海里的记忆，终于回想起自己被人绑架之前的那段场景……突然，一阵莫名的恐惧袭上大脑，她情不自禁地

第五十九章　夙愿凤缘旧情新意，迁都迁宫萧后牵线

喊出声来："圣上，一定是圣上不在了！"容华大吃一惊，随即又似乎明白了过来，边哭边道："那，我们该怎么办？他们会怎样处置我们呢！"宣华似乎恢复了镇静，她倚靠在容华身上，用低微的声音道："顺其自然，听天由命吧！除此之外，我们还能有其他选择的权力吗？"容华不赞同宣华的说法，即道："我们毕竟是圣上赐封的二品夫人，由不得他们胡来。"然后她似乎又想起什么，道："我们可以去找太子，你为何不去求见太子呀！他能不管此事吗？"宣华不由得想起自己在廊道上严词拒绝杨广的场景，以及此后圣上动怒、欲要废黜太子储君之位、召回旧太子的情景，宣华的心凉透了。她神情不宁地道："此一时彼一时，他自顾尚且不周，又怎能顾及我们。"容华无法理解宣华此话的实情，问道："此话怎讲？难道朝廷另有变故？"宣华无奈地摇着头道："我不得而知。但圣上是当着我的面说，要废黜他的太子之位，让我去宣大臣、招旧太子进宫的。"容华不明白地问道："怎么会成这样呢？此中是不是还发生了什么事？"宣华见问，不得不把她拒认杨广和遭到杨坚误会而怒斥的过程说了一遍，并道："我没想到，圣上会如此猜忌，还会做出如此决断，让我百口莫辩。"容华急忙又问道："后来呢？你后来又怎么会来到这里，是旧太子所为吗！"宣华摇着头道："不知道。我还没去传话，就被人捂住了口鼻，醒来已在这里了。"两个女人面面相觑，无言以对，容华的心情也灰暗起来。命运好像在戏弄这两个无辜的女人，让她们时而富贵无比，时而又痛苦难堪。而最让她们心痛和不平的是，她们对世事一无所知，一切都是被动的，只能默默忍受、等待，除此之外，她们又能如何呢？

　　岁月无情，时光飞逝。这些时日以来，被囚禁在冷宫里的宣华夫人和容华夫人，除了一日三餐有人伺候，没让她们挨饿，原有的衣被也被送到身边，有了替换，其他一切都好似被旁人遗忘了。既没人过问关心，也没人探望传话，更没人尊称她们一声夫人、请安问好，她们真的好像又回到了那段在掖庭里，被外界隔离，被人有意识收藏起来的感觉。宣华夫人更像又得了一场大病，终日朦朦胧胧、昏昏沉沉、神志不清、茶饭不思，这让容华夫人也陷入神不守舍、度日如年的窘境。而最根本、最让宣华感到纠结和不安的是，她们虽然猜测到圣上可能出现了变故，甚至已经驾崩归西，但却无法证实，更不知宫外到底发生了什么事。此中尤其让宣华牵挂的，不仅仅是圣上的安危，还有她对杨广的思念，对皇太子能否顺当继位的担忧。

　　萧贞自从当上太子妃之后，心头的念想多了许多，想得最多的似乎是以后当了皇后自己该做些什么。因此也就不能不让她想到皇后管辖的后宫，以及杨广成为皇

上后想要做的事。而且萧贞还感悟到一个道理：自己要想稳住皇后的位置，就必须投皇上所好；要想成为独孤母后那样能左右朝政的圣后，就一定得有让皇上敬畏和舍不得丢弃的利好。由此，萧贞不能不想起杨广的嗜好，想起杨广要访遍天下去寻觅十六花魁的内心秘密，以及杨广告诉她的，他与已成为父皇宠妃的宣华夫人的恋情。这让萧贞意识到杨广这份怜香惜玉的心态，应该就是杨广的嗜好，也该是杨广最大的软肋。而她欲想掌控杨广、使自己成为受人敬畏的圣后，不仅要捏住杨广的软肋，更得像为了防止杨广与贵儿、治儿生庶子、分她所生嫡子之羹，而不惜给杨广下药那样未雨绸缪，方能心想事成。

萧贞对父皇的驾崩，虽说本该在情理之中、预料得到，但毕竟还是让她感到有些突然。而当她接到杨广的授意，让她派人把父皇的两位宠妃宣华和容华夫人秘密转移至冷宫封藏，这既让她感到意外，也终于让她察觉到了杨广的真实心意，并感悟到此事给了她一个可以讨好、成就杨广心愿的机会。在萧贞心里，她成就的不是杨广与宣华的男女之情，而是为了坐稳自己的后位，更是为了图谋往后能像母后那样参政而铺垫道路。为此，萧贞在心里告诫自己，欲要收获必须付出，她对此不但不能有丝毫醋意和妒忌，反而要尽可能显示出她的豁达大度去促成他们，让杨广对她这个皇后充满感激之情，从而依赖她、敬畏她。同时，萧贞也明白，这两个女人构不成对她弄权的任何威胁，她完全可以笼络她们，成为她达到取悦杨广、掌控杨广的垫脚石。故而萧贞对专职伺候她们的下人吩咐道："这两人是刚被收入宫中的贵人，她们只是一时不能适应这里的宫规，才对她们采取暂时惩罚。所以你们对待她们既要尊重又要严厉，却不能容非专职之人去接近她们，更不能与她们做任何交谈。谁不守此规定就惩罚谁。"

皇太子杨广登基为帝、当众宣告天下，正式册封萧贞为皇后之后，萧贞那颗不安宁的心算是定了下来。这是她梦寐以求的愿望，更是她含辛茹苦、孜孜追求的人生。她怎能忘得了自幼受众人欺凌、被人歧视的遭遇；当她得遇恩师指点，道破了她此生的前景，她又怎能不奋力自为。如今既然是上苍给了她应享的权利，她就得予以捍卫，哪怕忍辱负重，她也要把得到的东西紧紧捏在手中，更何况是这么两个已经捏在她手中的女人呢！

这天，萧皇后带着贴身侍女丹香来到冷宫，看到宣华和容华两人精神萎靡、衣衫不整、容貌灰暗、情绪不振，不免暗自吃惊，在心里道："她们两人怎会如此情景？若让杨广见到她们成了这等模样，岂不成了我的罪过。"萧皇后立即带着歉意

第五十九章　凤愿凤缘旧情新意，迁都迁宫萧后牵线

道："请两位夫人赦罪，本宫今日才知道你们避难在此，更没想到你们遭受这么大的苦楚，实在让本宫不仅有愧先帝，更是愧对新帝了。"

宣华和容华夫人从萧后的话语中听出了端倪，不由得失声痛哭起来。萧皇后则假惺惺地道："你们这是怎么啦？是本宫有什么话说得不对吗？"宣华边泣边道："请你实话告诉我们，圣上怎样了？"容华也问道："圣上是否还安好，是否还健在？"萧皇后故作惊讶地道："先帝已经驾崩，太子也已经继位登基。如此天大之事，难道没人来告诉你们吗？"宣华哀泣着道："我们都是行尸走肉，知与不知对我们都一样。"萧皇后即道："知与不知岂能一样？先帝在世时你们在受苦。如今新帝上位，你们就不盼着享福吗？"

宣华抹去脸上的泪水道："我们是先帝的遗妇，请你别对我们说这样的话。"萧皇后有些尴尬，但她还是诱导着道："本宫这是在为你们着想，就算这话不好听，但本宫的心是好的。你们别错怪了本宫的一番好意。"容华怕宣华固执己见，与皇后闹僵，把此后的生路给堵死了，急忙道："皇后娘娘，宣华之言仅是一时悲愤而已，请娘娘赦我们无知。我们对皇后娘娘可是深深感恩在心的。自从上次在梅香苑一别，我们一直在盼着皇后娘娘能来救我们出苦海。如今皇后娘娘在百忙中还抽空来关心我们，我们更是感激不尽。皇后娘娘若能不弃，让我们还有重见天日的机会，我与宣华姐妹俩定当衔环相报。"萧皇后心中满意，可嘴上却道："你们真是不识好人心，若没有本宫拦着，你们早就陪随先帝进皇陵了。如今本宫好意来看你们，毕竟我们都是女人嘛！谁不知道做女人的难处。但你们似乎并不领情，真让本宫觉得好人难做呀！"

容华听出了萧皇后的言下之意，立即一把拉住宣华，两人双双跪倒在地。容华边磕头边泪汪汪地道："我们若有往后，定当不忘皇后娘娘的再生之德，一定甘当皇后娘娘的奴婢，替娘娘铺床叠被也在所不辞。"萧皇后见宣华并没有感恩之意，便又借机讥嘲敲打着道："本宫在这里还得告诉你们一个事实，往后你俩不再是什么夫人了，因为宣华大人和容华夫人早就不存在了。你们还得恢复原来的名字，一个叫陈氏，一个叫蔡氏。而且不能把你们的过去告诉任何人，如此才可以免祸得福。否则不仅会给保你们的本宫添烦恼，也会给你们自己招来灾难，到那时本宫也再难出来替你们挡风遮雨了。今天，本宫把这些该说和不该说的话都对你们说了。你们往后该何去何从，就由你们自己选择了。但你们得记住，别再固执己见，更要好自为之，该吃的吃，该打扮还得打扮，女人没有外观，哪来内在？希望你们能领悟本宫

595

之意，别忘了那句老话：过了本宫此村就没这个店了。"

杨广登基之后终日忙于朝政，时常连后宫都顾不上回，因此也就把后宫还有两个女人等待他处置之事丢在了脑后。确实，万事开头难，杨广的这三把火，与其说是在烧烤众臣，实际上也是在锤炼他的决心和信念，凝聚他的智慧和意志，煎熬他的胆识和魄力，让他不能不坚定地按照自己的规划执着而为。否则，他谋划许久的心智就会成为泡影，立下的雄心壮志将一事无成，他这个帝王的威严也就难以建树起来。平陈之战中、讨伐汉王之乱的征战中，那种有令不遵、蔑视他权威、阳奉阴违的现象就难以根除，他要推行的新政就更不能得心应手了。杨广为了能整肃出一片专属于他的朝纲，觉得必须事事亲力亲为，必须独断执着、雷厉风行，而且如此的施政理念，必须成为他的常态，成为朝堂上众臣的共识。

杨广的个性不仅执着而且固执，尤其是对他思虑成熟的事，他的执着劲一旦上来就很难被人改变，这似乎承传着他父皇杨坚的拗劲，或许也就是他觉得身为帝王必须该有的权力和威严吧！宇文恺提议的迁都洛阳城让杨广怦然心动，他左思右想许久，把偏于社稷西侧的长安古城旧都，与置于中原地域中心的水陆要道洛阳城相比较，确实觉得前者闭塞，难有宽阔的发展前景，好似一个已入耄耋的老人；而后者却是四周开旷，能延伸自如，犹如一个血气方刚、正当强壮的年轻汉子。因此兴建洛阳的利必然大于守旧长安的弊。这让杨广感到此事确有可为之处，而且应该借势引导，让众臣群策群力、共议参与，同时也是一件时不我待的大势所趋之事。杨广甚至觉得若不能借着开掘大运渠的机会，一鼓作气把迁都洛阳之事也一举拿下，将会成为他这一生的憾事。这好似攻城略地一样，乘势而为必定能够形成攻无不克、再创利好之势。但是杨广没想到，他还没把迁都之事在朝堂上公之于众，就收到许多朝臣的上折请愿，而且全是反对迁都的理由，这让杨广既恼火又无言以对。杨广虽说一贯支持集思广益，有话明言直说，也从不反对众臣用上折的形式向他私下直言己见。然而这尚未公开征求众议的迁都之事，连他也还在思虑之中、未下最后定论之时，就成了众人声讨反对的事，这不能不让杨广感到恼火。他甚至在想，是有些人想以先入为主来左右他的思路呢，还是在用造势的阵仗来先声夺人，逼迫他放弃迁都之事？杨广对此不能不有所忌讳，但他绝不能允许这样的现象存在，反而是激起了他的拗劲。所以他觉得这迁都之事，他不仅不能退却，反而更得加紧推行。同时，杨广也注意到，此事牵涉到方方面面的利益过于繁杂，他既要让自己的心志如愿以偿，也得让本就不太安宁的朝堂少些争议，多些心平气和的和谐，所以

第五十九章　凤愿凤缘旧情新意，迁都迁宫萧后牵线

他也必须讲究些策略，最好找到一个能堵住众人口舌的措辞，去照顾一下众人的情绪，以便让他把想要做的实事进行到底。这些劳心伤神的事让杨广感到疲惫，由此也让他想到自己已有多时没回后宫，何不借此换个环境空间，既作休息，也便于静下心去想些对策。于是，杨广放下案头的奏折，打道回后宫。

这大兴城的后宫虽说曾经修缮过一次，但其原貌原景并没有改变多少，母后和父皇曾居住的永安宫还保存着。萧皇后则占据着永安宫旁的一幢殿室厅堂院子，作为她主政后宫的场所和与杨广共寝的住房，贵儿和治儿也有着各自的庭院，作为她们接待杨广、生活作息的厅房。每当杨广回到后宫，萧皇后便会召集贵儿和治儿到她的宫殿里，四人一起用餐，并叙说些宫廷家事。而后杨广便会依据原有的惯例秩序，轮着到三位夫人的房里过夜憩息。如今这里表面上的一切似乎还继承着独孤皇后在世时的那般温馨和融洽，但是除了瞒着杨广之外，这三位夫人之间已有了明显的裂痕，其中的起因不言而喻，全在萧皇后身上。

杨广来到后宫，萧后没有按往昔惯例去召集贵儿和治儿来陪杨广共用晚餐，却是推说自己身体不适，既无心绪备餐，也没胃口用餐，故而仅是让厨师替杨广备了一些常用菜肴，由她陪坐在旁食用。杨广原本身心疲惫，加上心头有事，所以对皇后没按往常之规行事也就没太在意。而萧皇后则是有谋在心，所以她不等杨广用完餐，便道："圣上近来是因为朝政繁忙才不常回后宫的吗？"杨广边吃边点着头，淡淡地道："正是如此。但一切都在按朕的意愿进展着，你们不必为此担心。"萧皇后却道："臣妾听说，有人反对圣上提议迁都洛阳的旨意。不知是否真有此事？"杨广不由得一愣，既感到有些唐突，却又点到了他的心事，即问道："你是怎么知道的，此事怎么传到后宫来的？"萧皇后见杨广不想直言，只能解释道："臣妾并无参政之意，但觉得迁都是件好事，圣上切不可听信反对之言而放弃。"杨广心头为之一振，好似找到一个同道之人，却故意问道："你确认迁都是好事吗！何以见得，能否尽道其详？"萧皇后见杨广对她所说虽无反感，却露出了认真的神情，不免又怕话不投机，故而只能闪烁其词地道："臣妾不知道朝廷上的大事，只是感到这大兴城的后宫，虽有空旷的气势，却缺少一些江南的妩媚，让人置身其间只有粗野的感觉，而没有温馨的情调。而且……"萧皇后见杨广用诧异的目光看着她，不由得吞下了想说的话，并沉默起来。

杨广忍不住道："说下去啊，而且什么？"萧皇后喃喃而道："臣妾、臣妾认为……旧的肯定没有新的好，而且……"杨广见皇后说不出个所以然来，不免失望

地道:"朕知道你要说什么了。你一定会说旧宫不好,这里有父皇母后的身影,你在他们的阴影下过得不顺畅。对吗?"杨广这话确实说出了萧皇后内心深处的感受,但她绝对不能承认这一点,免得以后成了杨广指责她居心不良、胸怀叵测的依据。故而,萧皇后反唇相讥道:"圣上,这是在以己之念,强加于臣妾吧!"杨广不解其意地问道:"此话怎讲?是皇后没有此心,还是另有他意?"萧皇后见杨广没有指责她的意思,道:"圣上难道忘了,让臣妾收藏的那两位夫人之事吗?"杨广愕然了,但也勾起了他的心事,即闪烁其词地道:"此事岂能相忘!但也就是一时之念罢了,总不能由着那些遗老小人去用活人陪葬吧!"萧后见有了发挥话题的机会,即道:"圣上对她们难道真的没有其他念想了吗?"

杨广无言以对。杨广无法把宁远从自己的心上抹去,但他也无法否认她是父皇宠妃的事实。当有人提出要让这两个活生生的年轻女人去陪葬时,杨广不仅感到厌恶,更是觉得这是件不可容忍之事。杨广曾想过要把她们遣入空门削发为尼,了断她们此后的一生。然而愧疚的心理让杨广不忍心这么做,但他又没有把她们留在自己身边的理由,为了掩一时之窘,不得不让萧皇后把她们藏匿起来,暂且避开朝中众人的眼目,并期待时间能冲淡人们的关注,以后找到一个适当的时机、合适的场合,再把她们解脱出来。而现在皇后点到了他这个难以启齿的软肋,杨广感到尴尬,便反问道:"此事与迁都有关吗!还是皇后对此有想法?"萧皇后见说中了杨广的心思,即借题发挥道:"圣上若真有迁都洛阳的打算,臣妾觉得这不仅对社稷有益,对圣上和这两个女子都是件大好事。"杨广若有所思地道:"朕和她们……请道其详。"萧皇后即道:"给她们换个新环境,不正是一个解脱的机会吗!如此岂不也方便了圣上的作为。"杨广放下碗筷,认真地道:"怎么个作为法?"萧皇后微笑着含蓄地道:"圣上的心思,臣妾早已知晓,你就别再故弄玄虚套臣妾的话了。若能迁都洛阳,臣妾一定促成你们之间的好事。"

萧皇后的话勾起了杨广的情绪,道:"迁都之事,朕还未在朝堂上公之于众,就引来了一片反对之声,而你却支持朕的迁都之意,还说与这两人有关。朕愿闻其详!"萧皇后见杨广并没把她拒于此事的门外,即开口道:"臣妾想都不用想,朝堂上的反对理由无非就是那么几点:一是乡亲难舍故土难离;二是兴师动众劳民伤财;三是人地两疏前程未卜;四是迁都乃社稷之大事……"杨广惊讶地接口道:"没想到,你所说的这几点还真全是他们反对迁都的理由。他们不仅振振有词,而且完全是一副为天下民众请愿、道貌岸然的样子。朕,还真有些被他们给难住了。"萧皇

第五十九章 夙愿凤缘旧情新意，迁都迁宫萧后牵线

后见杨广赞同她的见解，便继续发挥道："对待如此迂腐之人，圣上大可不必用常理去训导，因为在他们心里就是要借常理来胡搅蛮缠反对迁都。故臣妾认为，圣上若决定要迁都，何不把迁都改为迁宫，让他们失去借大事来聚众说理、不遵圣意的念头。"杨广的思路一时转不过弯来，问道："此话怎讲？何为借大事来聚众说理！"萧皇后道："迁都乃是举国臣民的大事，必然会引人注目。而迁宫则是帝王的家事，两者相比就少了许多说辞。以此来堵那些为民请愿的君子之口，这不正是以小事降大势吗！"萧皇后见杨广沉默不语，即又解释道："圣上可借建造洛阳行宫为名，随后把皇宫迁往洛阳。那时皇帝在洛阳，还怕百官不跟着去洛阳吗？如此一来，迁宫跟迁都又有何两样呢？"杨广不得不佩服皇后的睿智。是啊！女人的小心眼有时也别具一功，因为她们的心思往往是以小博大。但对杨广而言，这叫当局者迷。杨广此时不得不点着头，赞许地道："听了皇后这一席话，让朕茅塞顿开，用迁宫的说辞去堵那些反对迁都洛阳人的嘴，确实有异曲同工之妙。但与她俩有关吗？"萧皇后却道："当然有关！但你得让我把话说完。"萧皇后见杨广没有反对，接着道："圣上对主持迁宫的责任人，已有合适人选了吗？"杨广似乎已经知道了萧皇后的用意，即道："朕已有设想，皇后对此就不必参与了。"萧皇后见杨广如此忌讳她的动机，不满地道："圣上真是个讲原则、会过河拆桥的人。"杨广看了一眼萧皇后道："哟，皇后此话又是何意？"萧皇后看着杨广，不满地道："臣妾没别的意思。就是请圣上，别老是隔着门缝看人，把臣妾的好心好意当成驴心狗肺，有事便想着来讨教，没事就把人拒之门外。圣上更不能忘了古训：'百年修得同船渡，千年方能共枕眠'，这说的是什么意思？"杨广感觉到萧皇后这话里带刺的锐气，也让他悟出萧皇后对他产生的不满，心里不免自责，委婉解释道："皇后真是多心了。你我夫妻本是同林鸟，岂能如此说朕！俗话说'家和万事兴'，朕的后宫关系着朕身心的安宁，岂能离得开皇后？朕若还要把朝廷之事也让皇后来操心，既怕累了皇后，岂不也显出朕的无能吗？"萧皇后见杨广这么解释，心头之气稍减，却藏头露尾地道："圣上既然把后宫交托给了臣妾，就请圣上放宽心，臣妾一定不负圣上所托。迁宫之后，臣妾定会让圣上如愿。到那时，圣上就会知道，臣妾的良苦用心了。"杨广也想缓和一下谈话气氛，顺水推舟地道："朕的后宫之事，全由皇后说了算，朕绝不多言。但如今不知她们怎样了，还恨不恨朕？"萧皇后见杨广又提到这两人，心知肚明，佯装好人道："你这是在救她们出火坑，她们该有的是感激之情，怎会记恨于你。但你总不能一直把她们藏在冷宫里，让她们自生自灭吧！"杨广愧疚地道："实不相瞒，

| 599

朕对此还没想好呢！不知皇后对此可有高见？"萧皇后心中得意，试探地道："臣妾觉得她们实在可怜，年纪轻轻遭受了那么多磨难，若再让她们去陪葬，岂不更可惜。好在当今圣上是个怜香惜玉的君王，这也是她们的福气。因此圣上对她们有何打算，尽可直言告知。"杨广边想边道："朕对宁远公主是有亏欠的。但她如今的身份却让朕尴尬，也不知该怎么办才好。"萧皇后立即故作大度地道："圣上说这话是不是有点违心！圣上，依臣妾之见，既有当初，就没必要再怕以后，男人和女人的事也就是那么回事。如今先帝已安寝许久，后宫有臣妾主持，百泰安然，圣上何不主动些，把此事了了心愿。不过，圣上在贵儿和治儿那里，还需提前打点一下，只要她们那儿没事，臣妾也就没什么顾虑了，岂不皆大欢喜？"杨广频频点头，想了想才道："如此，你就把她们迁出冷宫，按夫人的宫俸安置吧！等朕忙过这一阵，再找时间去看她们。"

第六十章
江南情愫难杀众人，锦盒同心好事成双

有言道，马靠鞍，人靠妆，靓丽的女人得靠好心情。陈氏（宣华）和蔡氏（容华）经萧皇后调教，改名换装，迁入两处别院，重新恢复了夫人的地位待遇。她们犹如拨开乌云重见阳光，这一失一得、境过情迁，让她们恍如隔世，重新为人，精神面貌也发生了很大变化。在蔡氏心目中，这是她们的浴火重生，既得珍惜，也得感恩。而且蔡氏更明白，作为一个女人，唯一的本钱便是如花似玉的容貌和诱人的身躯，故而她时时精心打扮自己，但愿能被新帝赏识，涅槃升华，重新赢得人间的荣华富贵。但在陈氏的潜意识里，这是杨广在折磨她，让她生不得死不能地煎熬着，所以她对往后的前景提不起任何兴趣，清心寡欲，从不修饰打扮自己。陈氏把自己置身于与世无争、一切顺其自然的情态之中，闲时不是看书，便是对着窗外景色画画写生，消磨时间。与蔡氏相比，成就了她俩情趣各异、风格不同的活法，产生着各自独特的诱人魅力。蔡氏风姿绰约，犹如雍容华丽、香气四溢的一朵鲜花；而陈氏不施粉黛，清淡典雅，犹如一池清水中亭亭玉立的出水芙蓉，各自绽放着耐人寻味的艳丽色泽。这让萧皇后看在眼里，盘算在心里，她觉得目前还不宜让杨广得到她们。

隋廷的朝堂上，最近似乎安宁了许多。这不仅是因为杨广严厉公正的治吏手段和果敢雷厉风行的施政作为，让众臣对杨广的新政有了更多认知和适应，也让臣民开始感悟到新帝推行新政意在利民、功在千秋的高瞻远瞩。加上十路巡抚各显能耐，给各地带去的新政新风气逐渐形成新态，让臣民们感受到了新帝的威德。如今大运渠已基本完成实地勘察，进入由各地郡府负责的全民分段开掘阶段。这一切构成了一股拥戴新帝新政的新潮流，让杨广有了进一步施展自己志向抱负的意念空间，也终于让他定下了要把迁宫兴建洛阳之事付诸实施的决心。然而，蒲山郡公李密的一折奏章却让杨广大为恼火。

杨广在大德殿召集文武众臣，声色俱严地对众臣道："大运渠在各部众臣的努力配合下，已开始进入分段开挖阶段，朕对此很感欣慰。但是，朕提出的迁宫兴建

洛阳城之事,却仍有人没想通,还在坚持一己之念,甚至指责朕好大喜功,不念社稷之益,不顾天下民生,独断专行、肆意妄为,这让朕很是愤然。朕不禁要问,大隋的天下不就是朕的天下,大隋的子民不就是朕的子民吗!朕不为自己的天下做事,不为自己的子民谋福祉,朕这个皇帝成了谁家的皇帝呀?朕要开大运渠前,也曾有人用这些词指责过朕,现在又有人用这些陈词滥调干涉朕迁宫兴建洛阳,这实在让朕匪夷所思。这些人为何总是跟朕拧着劲,他们这是在体现为国爱民,还是在体现忠君尽职呢?"杨广用眼扫视着高颎和李密等人,然后继续道:"朕并非听不进反对声,也不想把自己变成孤家寡人。朕觉得人活在世上,不能只想到自己的得失,不能庸庸碌碌、犹犹豫豫过一辈子,更不能鼠目寸光看眼前之事。由此,朕想起古人在《荀子·天论》中说过的一段话,叫'强本而节用,则天不能贫;养备而动时,则天不能病;循道而不忒,则天不能祸'。朕开掘大运渠和兴建洛阳宫,为的不就是强本和养备,为的不就是防天贫、防天病、防天下之灾祸吗!这便是朕的为社稷之道、为民之道。有人指责说,朕这是在为自己树碑立传!可朕却认为,树这样的碑,立这样的传,能让天下后人、臣民世世代代得益,不好吗?朕在此告诉你们,朕循此道绝不会三心二意,已铁了心,有人再反对也没用。而且朕还觉得,与其跟这些人在殿堂内争辩不休,不去干实事,不如你说你的,我干我的,干成几件大事之后,再让事实证明谁是谁非,岂不更有说服力?因此,朕往后不管你们再说什么天大地大的道理,哪怕把朕骂成不堪的样子,朕也不要听、不会听了。朕就是要做一个不说空话,能干成几件实事的君皇,不枉此生。你们现在都给朕听好了,自今日起,兴建洛阳宫城之事就这么定下了,你们也不必管是迁都还是迁宫,往后长安就是朕的西京,洛阳是朕的东京。谁对此还要对朕说个不字,朕就让他把官帽留下,抬脚走人,反正朕也不怕被人骂'独夫淫帝'。"杨广如此蛮横的说辞惊呆了众臣,但众人都在猜测是谁激怒了皇帝。

李密,字法主,蒲山郡公乃是世袭爵位。杨广为帝后,他因无勋功又无业绩,在评分选官中仅被授了个从六品亲卫都督之职,为此他很是不满,便托疾在家养病。李密为人轻财好义、心高志雄,且文韬武略另有一功,却夸夸其谈、自命不凡。李密也好攀高骛远、沽名钓誉,喜结交名士文人,因此他的府上常宾客盈门,声誉口碑一向颇好。李密更愿意与朝中一些权贵名臣交往,此中有齐王杨暕、首辅杨素之子杨玄感、吏部尚书令苏威之子苏夒,以及被复职的高颎等。自从杨广推行新的官吏考核制后,他因得不到重用而时常愤声不绝,由此与仕途不畅、受了委屈的高颎

第六十章　江南情愫难杀众人，锦盒同心好事成双

有同病相怜之感，结下相谈甚欢的交情。每当两人谈到先帝杨坚晚年的荒唐、朝廷用人的弊政，以及新帝杨广的独断专行，更是情投意合，有着说不完的共愤。高颎很赏识李密不甘屈居人下的志向和文才，也对李密在运作管理财经上的独到见解而替李密鸣不平，便亲自写折向杨广举荐李密出任管理国库的五品度支侍郎。李密为感谢高颎的举荐，也为替高颎鸣不平，便执笔上疏给杨广，列举了杨广用人的偏执、冷落高颎的不公，并从他的角度评说了杨广为帝的专横，其中斥责杨广执意开掘大运渠、又要推行迁都兴建洛阳的举措是蛮横的独裁行为，是压制不同诉求的淫帝之举，此举激怒了杨广，成了杨广在朝堂上愤怒发威的导火索。有人说杨广是个性情中人，此说没错，但笔者却认为，哪怕不是性情中人，又有几人能受得了李密这般一面之词的指责！与其说造成杨广在朝堂上如此发怒发威，是杨广凭借帝威用权势压人，倒不如说是起因于李密的狂妄自大，激起了杨广的愤慨。笔者不想在此妄下断语，但此后洛阳城建成后产生的效益，却是无可争辩的最好结论，而李密此后的种种作为也见证着他的为人。

　　杨广把几个拥戴兴建洛阳宫城的大臣召集到御书房，其中有杨素、宇文述、杨约、郭衍、牛弘、封德彝、何稠。他开门见山地问："你们对朕在朝堂上所言有何想法？"众人面面相觑，不知从何开口。杨素见众人目光都投向自己，只能猜测着坦直道："皇上在朝堂上发的那通火，让人匪夷所思，与皇上往昔说理不倦、谆谆诱导的风格完全不同，该不会是有人惹恼了皇上吧！但以老臣之见，皇上这火也该发，尤其是皇上最后几句斩钉截铁的话，让老臣听着爽气。不让这些老是说三道四的人碰钉子，他们会越来越肆无忌惮。"杨广却似有所指地道："难不成相父也认为朕是独夫淫帝？"这话可把杨素吓了一大跳，急忙分辨，又拍马溜须地道："皇上真是冤枉老臣了。臣对皇上的决断，不管是开大运渠，还是兴建洛阳宫，都举双手赞成，这才是敢作敢为的皇帝样子。常言道，帅强将勇，必能攻无不克、战无不胜。老夫认为，天下有皇上这样有作为、敢作为的强悍皇帝，乃是我们臣子之福、万民之幸。"杨广虽满意此说，但仍道："但愿每个人都有相父之想就好了。"杨约恭维道："以臣所见，凝聚着皇上十余年心血的大运渠，既有近忧又有远虑，必定能成为一件旷世杰作。但如今皇上对兴建东京洛阳宫城，可有框架和预谋？"杨广道："朕对此事仅有几个粗略设想。其一，着眼点应放在借老拓新的基础上规划，不能处处推倒重来；其二，要借势顺势，把洛阳城建成能包容天下万国经典、接纳八方风情、通达五湖四海的水陆通畅的国之首府。要让洛阳成为大隋的政治枢纽、文化名城、经济要

塞，成为万商云集的交易中心、川流不息的商贸码头，成为万众向往的都市家园；其三，洛阳宫城得有山有水、有河有海，得城中有城、景中有景、宫中有宫、殿中有殿。但是，其城郭面积不得大过长安都城，其皇城的势态不得与大兴城雷同，其宫殿的大小不能超越大兴仁寿宫，但其宫内的一切装饰却要胜过旧宫：要雄伟中含秀气，要粗犷中见灵巧，要把江南的情愫融合其中，让人看到一个不一样的北国新城、东方名都，一个脱颖而出的江北新京，一个惊世骇俗的皇城宫殿。然而，其建造费用却得节俭着用，可以参照但不得超过长安的大兴城仁寿宫。"杨广这番话让众臣面面相觑。众人除杨素外，根本没有什么该用、什么不该用的概念，也不清楚这些目标的具体含义，更不知道如何认知这个超与不超的界限，所以只能听着，无言以对。

　　杨素督造过大兴城仁寿宫，但听了杨广提的这些要求，不仅从未想过，又怎能衡量其中的该与不该、能与不能呢！杨素有些懵，不过他有一点很明白，建造偌大工程，既要好又要不落俗套，耗费再节俭也不会少。可如今这个工程却要用几十年前的费用标准建造，而且还有诸多不简单的额外要求，这并不现实。杨素尤其想到自己曾向杨广自荐讨要这个差事，不由得气馁，便不敢带头吭声。

　　杨广见无人应答，只能点名问道："相父不是向朕自荐过要当这个项目的总管吗？现在，你对朕提的这些要求有何想法？"这可真是哪壶不开提哪壶，杨素只能硬着头皮搪塞道："皇上这一厢情愿之说，让臣不知如何应对。"杨广不以为然地道："相父尽管直言，说错无妨。"杨素见杨广逼着他说，只能壮着胆子道："建宫造殿要花钱，皇上要兴建的东京洛阳宫殿，不仅规格高、要求多，还不能遵循常规旧矩，费用不仅不能因地制宜确定，却要参照老皇历执行，这岂不是既要马儿好，又要马儿不吃草吗？建大兴城是在开皇初期，与今相隔二十余年，币值与物价岂能与当今相比？若皇上定要让我当这个工程的总管，老夫只有巧妇难为无米之炊了。"杨广不在意杨素发的牢骚，用欲擒故纵之法道："相父既然没有做巧妇的自信，那朕只能另请高明了。"杨素一听这话，立即辩解道："皇上，老臣不是没有自信，而是确实难以自信。哪怕让宇文恺回来接这个盘，老夫保证他也会与臣有同感。"杨素见杨广没有答言，便进一步阐述观点："老臣不是怕担责，而是觉得按皇上所言要求兴建洛阳宫城，如今什么都没有现成的。让臣何来自信？换任何人来做都一样。"杨广道："请相父明言直说，别绕圈子。你想要什么样的现成？"杨素至此不得不道："一是选址规划；二是设计图稿；三是选材备料；四是招工，尤其是要招能工巧匠；五是

第六十章　江南情愫难杀众人，锦盒同心好事成双

用工预算；六是按皇上要求，'洛阳宫城要融入江南的情愫'，这点最难估算。因为'情愫'这种感觉，既不是物也不是食，没有统一认知标准，因人而异，看不到摸不着，所以该如何估算其价值呢？所以臣不是绕弯子，说的全是实话。皇上若不信老臣，尽可把宇文恺召回来问。"杨广道："相父不必着急，朕信得过你，已派人去召宇文大人回来了。朕已定了，此工程还是由你任总管，宇文恺任总监，封德彝、何稠任施工监理。此外，朕还会调虞世基、裴矩来参与。等众人聚齐后，立即认真商讨，尽快把此事付诸实施。朕期待你们替朕长脸，尽快给朕交出一座充满新意、令天下人都惊讶的宫城。届时朕一定带着众臣去欣赏你们的大作。"

杨素等宇文恺来京后，等不及虞世基、裴矩到任，便带着封德彝、何稠前往洛阳选择建宫场址，作实地勘察规划，制定方案，测绘制作施工图纸。众人一番辛劳踏勘后，依据杨广要求，在洛阳城旧址基础上，初步形成改善旧城、东建商港、西造宫殿的规划，并且选中洛阳城西的阜涧作为建造皇城行宫的场址。选址理由是这里南接皂涧、北跨洛滨、东连旧城，不仅有山有水，而且若向西南拓展，还可引洛水入苑与大运渠贯通，是块不可多得的宝地。但是，众人对如何按照杨广要求，建造一座既有北方气势、又有南方灵巧，还能融入江南情愫的脱俗宫殿犯了难。尤其是谁都不知道，这"江南情愫"指的是什么具体东西。杨素为此大伤脑筋，道："老夫早就跟这个小子说过，这看不到摸不着的'江南情愫'，让人不知何处才有。若有参照，肯定容易得多。"宇文恺道："情愫的关键不在这儿，而是这情愫因人因域而异，是一种感悟。儒家有儒家的人文情愫，佛道有佛道的神仙情愫，世族有世族的宗族情愫，民间百姓更有各自的民俗情愫。皇上所说的江南情愫是个笼统概念，或许仅是皇上意念中的江南风俗，我们都不得而知，所以无法做出选择，也难以让建筑风格体现出皇上想要的情愫。"杨素道："皇上充其量就去过江南两次，而且都是打仗去的，他能领略多少江南风俗？可他这么一说，却难倒我们了。以老夫之见，干脆别理会这个虚无缥缈的江南情愫之说，等皇城造好了，他又能把我们怎样？"宇文恺道："相国此议不妥。相父是皇上国戚，也是朝中重臣，皇上若追责，未必罚到相国身上。本官是技术总监，担不起此责，所以我们还得从长计议。"封德彝接口道："宇文大人所言没错，我们官微言轻，绝对承担不起皇上责罚。因此务请相国大人再想办法，不负皇命。"何稠突然道："宇文大人的话启发了下官。皇上要的江南情愫是什么，我们不知道，皇上也没细说，若当面询问，又显得我们没本事。不过，下官猜想，皇上想要的江南情愫或许是一种情结，也可能是一种念想。我们与皇上

接触少，很难领悟皇上这种情愫想体现什么，要用什么形式、在何处体现。所以若要确切体现皇上想要的情愫，就得找熟悉皇上喜好的人，尤其是皇上亲近的人，去悟出皇上这种情愫的具体表现，只有这样才能造出符合皇上心愿的东西。"

此话突然点醒了宇文恺，他若有所思地道："何大人的话让我看到一条路，而且非得由相国大人亲自去探不可。"杨素莫名其妙地道："什么路？还得老夫亲自去探！"宇文恺神秘地道："皇上的后宫，当今的皇后。"杨素诧异地道："此话怎讲？这情愫与后宫皇后有关联吗？"宇文恺认真地道："不仅有关联，而且肯定有关联。谁都知道当今皇后是梁国公主，自幼生长在江南，又是皇上身旁最亲近的人，若能通过她了解皇上的江南情愫指什么，再确切不过了。相国大人是皇戚，入宫参见皇后也不难。而且下官曾听人传说，皇后得到过高人指点，琴棋书画样样精通，还身怀绝技，深得皇上信赖。相国大人若能说动皇后资助我们这项工程，定会收到事半功倍的效果。届时哪怕有些出入，有皇后托底，皇上也不见得全怪我们。"

杨素心动了，他觉得进后宫参见皇后并非难事。而且通过皇后探知皇上"江南情愫"的实情，确实可行。最让杨素动心的是，若能说动皇后来资助这项工程，产生的效果难以估量，工程资金短缺的问题或许也能解决，甚至他还能从中获利。宇文恺见杨素对他的提议没有表态，只能又道："相国大人怎么不说话？行还是不行。但下官觉得，此事非您莫属。"杨素见众人都等着他答复，这才点点头，矜持地道："既然如此，老夫就去试试！"

萧皇后听下人说杨相国入后宫求见，不免诧异。萧皇后知道，杨素不仅是先帝堂弟、前朝元老，更是当今朝廷举足轻重、杨广所信赖的重臣。往昔虽曾相识，也有过数次相见，却从未单独约见、交谈过。如今他却要单独入后宫求见，这让萧皇后既意外又突然，觉得其中必有要事相求。但萧皇后也清楚，杨广禁止后宫涉政，她曾因提出要学独孤母后参政，遭到杨广严词训斥，从此心有余悸。萧皇后当然知道，杨广从不带朝臣入后宫，也不随便带皇后和夫人参加朝廷聚会，这都是为了防止后宫与当朝大臣私下交往。因此，对于杨相国单独入后宫求见一事，萧皇后不免踌躇。可她又觉得这是结交朝中重臣的难得机会。萧贞这种权益心态并非凭空产生，而是从酸甜苦辣的经历中感悟积累而来，她那胜人一筹的胆识、智慧与果敢，奠定了她敢想敢为的动力，也成就了她此后虽颠簸却一直在巅峰的人生。

萧皇后在主政的正殿内接见了相国杨素。她见杨相国没穿朝服，只是一身素衣锦袍便装，不免有些失望，却也有所醒悟。失望的是对方没把这次求见当成正规

第六十章　江南情愫难杀众人，锦盒同心好事成双

大事，便服便装便于便宜行事。由此，萧皇后醒悟到这次相国入后宫求见，一定是私事，且只有她有可能办成。萧皇后想到自己的心愿，便放下架子，学着杨广的称呼，主动且亲切地轻声招呼道："相父今日入宫，真是难得，让侄媳很是欣慰。"见杨素要行参见大礼，她又急忙说："相父是长辈，本是一家人，不必行大礼了。快快请坐。"杨素见萧皇后如此平易近人，原本拘谨的心情便松弛下来。他坐定后，近侍上完茶，正想说些客套话，萧皇后便开口道："相父是为朝中公事，还是家庭私事入宫的？在本宫这里，请相父尽管直言，只要是本宫力所能及之事，侄媳绝不推辞。"杨素见皇后如此单刀直入问事并示好，虽感意外，却觉得这个皇后定是有胆识、能办实事的实干家。于是急忙拱手道："谢皇后娘娘抬爱，那老夫就不客套了。老夫今日私自求见娘娘，是为皇上要迁宫兴建东京洛阳之事而来。"萧皇后心里咯噔一下，眼睛却亮了。她心中自问，如此朝中大事，杨广一再阻止她插手，为何如今相国要来私下求见她？是君臣之间有难解之结，还是相国另有隐情求她纾解？于是便道："迁宫兴建洛阳之事，本宫有所知晓。如今还有何事需要解决，相国尽可明言。"杨素见皇后如此坦诚，便兴奋地把来意说了一遍，并道："我们左思右想，觉得此事唯有请皇后娘娘相助，方能不负圣命。"萧皇后边思索边问："你们为何不直接问皇上本人呢？"杨素有些尴尬地说："老夫不能让皇上认为我们无能呀！"萧皇后点点头道："本宫明白了……"突然，萧皇后心中冒出一个念头，问道："你们是想让本宫参与皇城的整体设计，还是仅让本宫给你们做些提示？"

杨素愕然了，他没想到皇后有参与整体设计的念头，也不相信皇后有这能力，但又不便一口回绝，便委婉地说："皇后娘娘只要有心且力所能及，一切皆有可能。我们求之不得呢！"萧皇后听出杨素的弦外之音，淡淡一笑道："本宫自小便对宫城建筑感兴趣，喜欢翻阅这方面的图解。师伯见我在这方面有长处，便时常指点，没想到现在竟能一展所长了。"杨素闻言，惊讶变成欣喜。他想到若有皇后参与兴建洛阳宫，所有担忧都会烟消云散，尤其是建造经费之事更无须担忧。于是高兴地说："太好了！有皇后参与，必能万事大吉。"然而萧皇后却道："既然如此，相父回去后，可把皇城的相关资料和实地勘察图纸送来，本宫定会绘一份让天下人惊喜的皇城布局图示给你们。但本宫参与之事不能张扬，只限于您和宇文大人知道便可，绝不能让皇上知晓。"杨素关心自己的事，一边奉承一边说："娘娘的天资才能，老夫绝对相信。但还有一事，老夫不得不说。"萧皇后和蔼地说："相父有话尽管直说。"杨素道："由于皇上规定，建造经费并不宽裕，所以娘娘对皇城的设计不能太奢华。

否则，老夫担心会适得其反。"萧皇后不以为然地说："相父不必担心，您只需记住一句话：取之于民，用之于民，那么一切都会有的。"杨素若有所思地点点头，告辞离去。

自古就有饱暖思淫欲之说，杨广虽不完全如此，却也有相似之处。杨广自登基为帝后，从整治朝纲、清理弊政，修改律法、用吏治吏，到力排众议开大运渠，又执意兴建东京洛阳，桩桩件件正事大事，确实让他忙得无暇顾及后宫之事和内心秘密。故而每次回到后宫见到三位夫人，都得作揖赔礼，解释一番，以求得谅解。三位夫人的回答，让他最为满意的是薛治儿的话："只要你心中有我，其他事我都不在乎。"二夫人朱贵儿的谅解也让杨广暖心："你是一国之君，当然应以国事为重。你在空闲时能想到我，贵儿就很满足了。"皇后的话却让杨广思索许久，皇后说："国与家本为一体，没家哪来国？你是皇帝，把心思放朝堂上，本该如此。我是你皇后，助你打理好后宫，也该如此。但你不能把应该如此之事，当作理所当然，从而忽视我的付出。只要圣上能时常想到臣妾为你付出的，那么你的其他任何事，我都可以不计较，甚至可为你赴汤蹈火。"三位夫人的话，让杨广时常在心头掂量，觉得她们说得都合情合理。然而，她们似乎都没对他藏在内心的秘密，给出明确答复，让他难以启齿，公开挑明对宁远的想法。如今朝堂之事步入正轨、顺利推进，杨广便有了空闲时间，思考自己的心事。

杨广在后宫不安的，并非三位夫人因朝政被冷落的感受，而是那两位被他藏匿许久的先帝夫人。杨广多次自问，能否无视宁远曾是父皇宠妃这一事实？他也多次自嘲自解。杨广对自己解释道："首先，宁远追求他是真爱，有她送的同心结为证，他们相爱在先。宁远此后入宫是无奈之举，迫不得已。其次，子承父妾，自古有之，他这么做又有何不可。再者，父皇晚年招幸她们，既未明媒正娶，又未当众宣告她们的身份，甚至对众臣、族人和子女都瞒藏着，岂不是连父皇自己都觉得不妥？而且父皇生前对她们没有留下只字片言的遗嘱。因此，他身为当今主宰天下的帝王，于情于理都得给她们一个交代，更不能再亏欠宁远。"杨广想明白这一切后，便从御书房取出宁远赠送、被他珍藏的锦盒，用御条封好，再用一方洁白丝巾包好，派近侍送入后宫别苑。

陈氏正在外间房里为刚绘就的一幅《洛叶归根》画作润笔，左描右修，总不满意，忍不住丢下笔，对坐在一旁闷头想心事的蔡氏有所指地道："真是越描越不像样，再修下去，不仅没了风骨，甚至连原形都没了。"蔡氏头也不抬地说："那还不如

第六十章 江南情愫难杀众人，锦盒同心好事成双

像我一样，什么都不做，管它有骨还是无形，只要是幅画就行，反正都是给自己看的。我们现在不也如此吗！自己容颜自己欣赏，是悦目还是丑陋，只有自己知道。"陈氏冷冷地说："你还有心思欣赏自己，我连多看自己一眼的兴趣都没有。我们活在这里，不过是两具自欺欺人的行尸走肉罢了。真不知道他们到底要把我们怎样？"蔡氏不以为然地说："你说的'他们'指谁呀？是你的那个晋王，还是这里的萧皇后？"陈氏说："宁远死了，她的晋王也死了。先帝走了，他的宣华夫人也就不存在了。现在活在世上的只是未亡人陈氏，所以我已没任何牵挂，反倒渐渐无忧无虑了。"蔡氏突然抬头盯着陈氏说："你就甘心这样了却一生？"陈氏说："甘心又如何，不甘心又如何！我们有选择的余地吗？"蔡氏说："我们应主动找萧皇后，让她告诉我们，当今皇帝对我们到底有何打算？"

不知何时，萧皇后已跨进她们房间，身后跟着一个手捧白巾包裹的近侍。蔡氏急忙起身迎接，陈氏只是站直身，并未移步。萧皇后似有不满地说："你们不用问了，本宫现在就给你们送答案来了。"说罢，让身后近侍把捧着的东西递上。陈氏扫了一眼白包裹，无动于衷。蔡氏见状，只好伸手接过包裹，低头看了眼，疑惑地问："请皇后娘娘赐教，这包裹里是什么？"萧皇后正因杨广没告诉她给宁远送的是什么，心情不爽。便看着陈氏说："这是皇帝赐给她的，还上了封条，本宫怎会知道里面包的什么。这或许就是皇帝把你们藏在这里的最终答案吧！是祸是福，你们打开看看，不就清楚了吗！"

蔡氏有些不安，迟疑着把白包裹送到陈氏跟前。谁知陈氏没伸手接，转身走进内房。萧皇后见状，训斥道："岂有此理！当今皇上都不会用这种冷漠态度对本宫，这简直没规矩！你以为皇帝送的东西就一定是福？你没看到送的是白包裹，可不是红包裹，到时候别哭都来不及。"萧皇后气恼地转身就走。

蔡氏惶恐了，赶紧捧着包裹走进内房，对坐在床沿的陈氏说："你这是何苦呢？我们在她庇护下活着，只能顺从，怎能忤逆！让她无端数落。真不知道你现在到底想怎样？"陈氏心情灰暗地说："我现在什么都不想，就希望他们别来烦我。"蔡氏把手中包裹塞到陈氏手里，说："现在由得了我们吗？你还是打开包裹看看，是祸是福都认命吧！"陈氏只好解开白丝巾包裹，见里面是一只粉红色锦盒，她觉得有些眼熟。她停住手，合上眼，心头不禁紧张起来。蔡氏忍不住在一旁催促："还愣着干什么，打开盒子不就都明白了吗！"陈氏揭去御封，打开锦盒盖，一只用粉红色珍珠串成的同心结展现在两人眼前。

| 609

陈氏顿觉心头像小鹿般乱撞，嫩白的脸瞬间涨得绯红。蔡氏先是一呆，随即不安地问："他们这时送这个，什么意思？"陈氏说："这是我在京口码头上与他分手时送的信物。他现在把此物送还……"蔡氏着急地说："快说呀！你知道他什么意思吗？"陈氏看着手中珍珠同心结，边想边说："这无非表明两个意思：一是原物归还，从此一刀两断，再无瓜葛；二是……"陈氏心慌意乱，语无伦次地说："不会的，不可能的！这怎么可能呢？"蔡氏疑惑地说："你能不能把话说清楚，也好让我安心，反正生死我都陪着你。"陈氏边思索边含糊其词地说："他若走出这一步，势必成为众矢之的，后果不堪设想，我也不能让他这样。"蔡氏似有所悟，又像是劝说："只要他愿意，你何必想那么多。你呀！我看是越活越糊涂了。换成我，求之不得呢！我们女人除此之外，还能有别的作为吗？"陈氏看着手中珍珠同心结，默默无语。蔡氏又说："你别多想了，一切顺其自然吧！这皇帝若真如此有情有义，我们吃的这些苦也值了。但到时候，你可别把我晾一边。我愿意还像伺候先帝那样伺候他！"陈氏手捧同心结，木然无语。蔡氏忍不住又说："男人到这时候，女人就得主动些。男人在迟疑不决的关键时刻，往往需要人推一把，尤其是需要女人诱导。况且他是当今君皇，你该趁他情动心热时添把火，我觉得这皇帝已到这地步。你得让他迈过这道坎，往后什么事都迎刃而解。你若墨守成规，最终苦的是我们自己。"

蔡氏这话一点没错，此时的杨广也正徘徊在情感和理念的十字路口，既放不下宁远，又迈不过世态习俗这道坎，宁远同样迈不过理性这道坎。蔡氏洞察这对男女心态后，凭自己的理念和需求，模仿宁远笔迹，给杨广回了一字条，并用一支金钗买通送膳的黄门近侍，把字条递给杨广。

杨广收到字条打开一看，上面写着：

　　世事难料是谁错，当惜人间一片情。与其空留同心结，不如共圆巫山梦。

杨广看了字条，岂能不明白其中意思，心中欣喜万分。入夜刚过二更，杨广便身穿便服，独自来到宁远住的别苑。宁远看到杨广兴冲冲走近，不仅没回避，反而心如小鹿乱撞，情似潮涌，满面红光。一时间，她手足无措，既不知该做什么，也不知该说什么，呆若木鸡。蔡氏见杨广也有拘束之态，心领神会地把室内侍从全打发走后，说："良宵值万金，你们可别再耽搁这巫山之会，更别再演京口之恋了。请皇上放心，有我在门外当值，你们尽可畅所欲为，弥补往昔未尽之情。"蔡氏说完，把

第六十章　江南情愫难杀众人，锦盒同心好事成双

宁远推向杨广。宁远毫无防备，身不由己扑进杨广怀里，杨广急忙张开双臂，将投怀送抱的宁远搂在胸前，一股情急性感的冲动油然而生。蔡氏见自己目的达到，边退出内室边说："下面的事，就由你们自己做了！"

两个年轻男女这般搂抱在一起，别说都是有情之人，就是普通人，彼此又怎能不心动！宁远投进杨广怀里瞬间，脑海思绪全空了，根本不知自己要做什么、该做什么。她只知道身体僵住了，又觉得这似乎是梦寐以求之事。她一动不动，任凭杨广搂抱，也感觉到杨广在亲吻自己的脸。杨广早已不是二十多年前情窦初开的少年，当初的朦胧不复存在，现在有的只是初恋的感觉和久别重逢的激动。他闻着宁远身上的清香气息，双手情不自禁在宁远身上摸索起来……有言道，久经风霜何惧雨，此时的宁远犹如梅开二度，当初义无反顾的追求，到此刻忘却世俗戒律，全身心涌起既饥又渴、心乱情热的生理需求，她怎能不随着杨广的搂抱挑逗而心急情迫。她张开嘴，迎合杨广的唇，任凭杨广在自己身上抚摸，慢慢向卧榻退去……

一个有品位情调的男人对女人的感觉，不仅看女人外表脸蛋身材，更注重女人内在素养，比如气质、知识、谈吐举止、情调感悟，以及女人依靠自身本能给男人最大满足。所以有的女人能让男人欲罢不能，有的女人却让男人感到乏味，这便是女人吸引男人的根本所在。而男人又有喜新厌旧，或喜新不厌旧的俗态，这也是自古以来男人多妾习俗被世态接受的原因。杨广见宁远如此迎合，更激起男人的冲动……许久，两人相拥钻进被窝。那种初恋新婚的感觉，让两人紧紧相拥，不舍分开；那种激情过后心满意足的疲惫，让两人累得似乎都开不了口。

杨广把宁远搂在怀里，闭合双眼，似乎还在享受刚才的快感。宁远静静依偎在杨广怀里，听着杨广胸中怦怦的心跳声，仿佛置身梦中……许久，许久，房门外响起轻轻敲门声，随即传来蔡氏的声音："皇上，此时已过四更，若不想让人知道，就快走，免得生出事端，大家难堪。"蔡氏的话提醒了杨广，也把宁远从梦中唤醒。两人急忙起身，杨广一眼看到宁远裸露的洁白似玉的上身，忍不住抱住她又要行事……宁远使劲推开杨广，说："你若对我仅是一时之欲，我可以任你而为，毕竟我是遗妇，是阶下囚。若你把我当作过去的宁远，就得尊重我，给我一个说法。"杨广愣住，随即信誓旦旦地说："我们虽十多年未见，但我重新见到你的第一眼就认定，你还是从前的宁远，否则也不会有此刻。你放心，我一定不会再辜负你，等洛阳新宫建成，我就封你为名副其实的二品夫人。"宁远却摇头说："我不会去你新建的后宫，你也不必给我名分。因为我稀罕的不是名分，而是情分。"

此后杨广常借口朝堂有事，偷偷潜入别院与宁远相会。继而在宁远默许、蔡氏主动献身下，将两人都纳入怀中。然而，在后宫，在萧皇后眼皮底下做这种事，又能瞒多久？没过多久，萧皇后便捅破此事。萧皇后对宁远和蔡氏说："你们别忘了自己身份，别想在本宫这里故技重施，用迷惑先帝的手段去迷惑当今圣上。只有在本宫允许的情况下，你们才可以与圣上重续旧情，否则本宫定让你俩生不如死。"萧皇后随后又对杨广说："圣上对这两个女人如此用情，臣妾早就知晓。若没有成全你们的意思，也就不会这样对待她们。但臣妾不得不提醒圣上，人言可畏。她们毕竟是先帝的人，世上没有不透风的墙，一旦传扬出去，不仅圣上颜面无存，臣妾也担不起纵容的罪责。然而，臣妾也并非不通情达理之人。圣上往后若想维持这段私情，善始善终，就必须听从臣妾的安排，臣妾也不会让圣上失望。"萧皇后果然说到做到，她把宁远和蔡氏收纳到自己所在的永安宫，并给杨广定下了去她们房里过夜的时辰。杨广明白萧皇后的心意，为求后宫一时安宁，也只能得过且过。但宁远对此心中郁闷，时隔不久便病倒了……

第六十一章
万民上折皇帝心惊，夜驰白石怒斩恶吏

杨广在御书房内审视着内史府送来的各部奏折，并不时提起朱笔在上面批写着……这时，黄门近侍匆匆走进书房，禀告道："禀告皇上，吏部尚书令苏威大人在门外有紧急奏折求见。"杨广一愣，道："宣！"苏威双手捧着一份奏折，走到杨广书案前，刚想行跪拜大礼，杨广立即挥手道："苏大人，这里不是朝堂，不必行此大礼了。说吧，是什么紧急奏折，竟要劳烦苏大人亲自面见朕？"苏威把手中的奏折举过头顶，道："皇上，下马村白石寨送来万民诉状，状告当地官府借开掘大运渠之机，任意侵占民田、侵吞民财、祸害百姓。臣不敢妄断，只能面圣报请皇上处置。"杨广急忙放下手中的朱笔，道："竟有此等事！下马村白石寨隶属于哪个郡府？开掘大运渠这段归哪个路段管辖？"苏威把万民诉状递上之后，道："启禀皇上，下马村在宿州郡和宋州郡的交界处，归宿县管辖。但白石寨不知在何处！臣也询问过户部，他们也不知下马村有白石寨。至于这段大运渠归谁管辖，此事不属臣的职责范围，所以不得而知。"杨广展开万民诉状，见上面用端正的楷书写道：

大隋皇帝陛下：白石寨万众子民，在此叩念天恩，愿陛下万岁万岁，万万岁！本族草民自汉末迁徙至此，已历四百余年。蒙先祖之德，感上苍之眷顾，与世无争，与朝廷无扰，得以生息繁衍至今，且能相安无事、人丁兴旺、六畜满圈。得知朝廷要开掘大运渠，这本是利民积德之事，却不知为何非得从吾白石寨中过境！执事官府放出话来，若求绕道，须备纹银万两即可如愿，否则将以藐视朝廷、抗旨违法之罪惩处。为此，草民特意查询了朝廷颁布的大运渠走向，发现吾白石寨并不在规划的河道之中。而且大运渠若从下马村经过，更有一条旧河道可利用，根本无须劳民耗财绕道至吾白石寨过境。如此既不合理、又不合情、也无益处的作为，可想而知：官府之意乃是借事敛财、借势扰民，于理不通，于法不行，实乃祸国殃民之举。

白石寨有万民之众，继承的是吾先祖留存的刚正血气，弘扬的是大汉民族据理必争的志气，秉持的是吾白石寨民不屈不挠的骨气。官不逼民，民何反之；吏不祸民，民何怨之！如今官府既然借势生端、无理生非，逼吾白石寨万众草民为生计拼命，吾众也将当仁不让。然而，由此而生出的是非，却并非吾等所愿。

　　中华炎黄子孙历来有先礼后兵的规矩，吾白石寨民众也不例外。故今先以吾白石寨万众之民意上书给当今朝廷和皇上，以告明此事的原委，既盼朝廷和皇上能明察秋毫，不袒护官府之责而冤民，不使民众生灵涂炭而枉民。如今吾族万众草民谨以此书上告朝廷皇帝，我寨上下已誓言立志，当万众一心守寨护法，且寸土不让。

白石寨全体民众跪拜叩首

　　杨广看到此处，立即仔细查看了大运渠在宿州郡府辖区宿县境内的规划路线，发现大运渠的既定河道应是过境睢阳，经大林村进入泗州郡境内。而宿县下马村地处宁阳彭城，并非大运渠规划中的过境之地。因此，杨广对下马村不仅没什么印象，还感到奇怪。睢阳的大林村在宿县之东，宁阳的下马村在宿县之西南，大林与下马并不在一条直线上，大运渠怎么可能不走直线而绕道下马呢？这么一绕，将要相差几十里地。如此重大的改道事件，皇甫仪征和宇文恺岂能不上报给他！然而，白石寨的万民诉折言之凿凿，又怎会有假？所以，这其中必然有猫腻。杨广心中生恨，拍案大怒道："岂有此理！恶吏如此行事，民怎能不反？"苏威抱着息事宁人的心态，低声道："皇上，此事仅是白石寨草民的一面之词，尚不足以就此断定是非。以臣之见，可令民部派遣专人前往实地查核此事的真伪，然后再论断是非。"

　　杨广似乎也察觉到自己有些失态，便平复了一下情绪，道："此事等不得传来传去核查，却也让朕忽然明白，朕不能光坐在京城里看奏折，还得以眼见为实才踏实。所以，此事就不劳民部了，朕当亲自下去走一趟，也可举一反三查看如今大运渠的开掘实情。"苏威知道杨广决定要做的事，只能顺从，不能违抗，便道："皇上出行乃是朝廷大事，应当让各部知晓，也得让禁军宇文大人派兵护行。"杨广摇着头道："不必如此。朕这次出行，仅带三夫人随行即可，也不得惊动各部，你更不能让旁人知晓。京城由太子监国，让相国辅佐，你与各部令相互配合，管治好日常朝政。"杨广待苏威离去后，左思右想，觉得事不宜迟，不查明真情并立即做出处置，民众难

第六十一章　万民上折皇帝心惊，夜驰白石怒斩恶吏

以安宁，最终损害的必定是朝廷和他这个皇帝。

杨广匆匆赶回后宫，召集三位夫人，把他的决定告诉了她们。萧皇后得知杨广要离京私访，仅带薛治儿随行，心中虽有不快，却也无可奈何，只能替杨广整理出行的行装。朱贵儿虽有心跟随同行，却又觉得难以开口，只能叮嘱治儿伴驾出行该注意的事项。薛治儿是三人中最为得意之人，陪伴杨广微服出行更是她梦寐以求之事。但她忍住高兴，故意道："这等匆忙出行的苦差事，舍我其谁！谁让我还兼着一个三品带刀武卫之职。不过，我还得带梅香随行，否则这一路上我可太辛苦了。"杨广觉得这个主意甚好，立即点头同意。

大运渠既定的河道确实不该绕道下马村，却因睢阳当地士绅为保睢阳地域的王气不受损伤，也为护住祖宗基业，故而聚集了五千斤黄金，买通官府，打点了督办官员，将大运渠改道绕行至宁阳，经下马村后继续南下入泗州境内。主管该地域工程的朝廷命官，是首辅杨素举荐的、替代李渊的副总管令狐达；督办该段河道的官员，也是杨素推荐的手下爱将麻叔谋。有言道，物以类聚，人以群分。这两人主动请缨参与此工程，本就怀着借事建功敛财的心思，又倚仗是相国的亲信门生，故而对总管皇甫仪征和总监宇文恺的嘱咐并不言听计从，却对有利可图之事争着揽权、格外上心。尤其是麻叔谋贪婪无忌，他仗着手握兵权，与副总管令狐达合谋，将护卫监理之职变成督办一方工程的主管，大包大揽地掌控整段工程的施工进程，从中谋取私利。麻叔谋为了争功赶进度，逼迫役夫民工没日没夜地干活（何为役夫？是贫民以工向官府折抵赋税的一种纳税方式，在服役期间，官府只需供吃供住，无须支付工钱。何为民工？是官府因朝廷所需，向市井招募的临时工匠，官府供吃供住后，还须按朝廷规定的用工酬金支付工钱）。他为克扣民工工钱，虚报民工人数，却让无须支付工钱的役夫多做工时，去填补民工进度的空缺；他对河道沿途经过的村宅田地，列出私定的补偿规定：绕地一尺收十金、避其一穴收百金、让过一宅收千金。大运渠睢阳大林村段绕道至宁阳下马村，便由此而来。

麻叔谋也知道大运渠如此绕，上面认真追查下来，自己难辞其咎。于是，他用重金贿赂了上司令狐达，又借相国名义，威逼利诱，封住了地方官府的嘴。麻叔谋本以为这样便可瞒天过海、为所欲为，却没想到，幕僚替他筹划的借旧河道绕至下马村，再向东南回归到大运渠原定规划线路的方案，在下马村前方的一道无名山岗脚下，被一方方正正的巨型石屋挡住了去路。而且此石屋坚硬无比，势如磐石，钢锤砸上去都留不下一丝痕迹。麻叔谋曾用开山大斧去砸石屋，结果斧柄折断，他

| 615

自己被震得手背发麻、口吐鲜血，在床上躺了足足三天。麻叔谋无奈之下，只能再绕道沿山岗继续向东南方向掘地开河前行。然而，更让麻叔谋意想不到的是，当河道挖进一片乱石山岗时，河渠前行道中竟有一座以白石为寨墙的山寨拦住了去路。这座白石山寨图纸上没有，连当地官府也不知道它的存在，更没人知道这座山寨是何时耸立在此的。但是，河渠到此已是退不能，进又无路可绕，这让麻叔谋陷入了进退维谷的绝境，一筹莫展。然而，麻叔谋更可恶的，不仅是贪婪成性，还有他那无法无天、唯我独尊的狂妄。麻叔谋在路逢绝境、无奈又情急之下，竟然假借朝廷名义，让当地官府向山寨发出通令，限其在十日之内，为大运渠让出一条宽十丈的河渠通道，若抗命不遵，当以忤逆朝廷之罪惩处，由此产生的一切后果均由山寨自负。麻叔谋本以为如此威逼，定能让这个隐于荒山野径中的无名山寨畏惧退缩，乖乖开寨门，让大运渠穿寨而过。但是，麻叔谋又失算了。山寨内的民众与他据理力争，不仅指责他的无理行径，还揭露出他贪赃枉法的恶行，这让麻叔谋恼羞成怒，扬言要派兵血洗山寨。这便是造成白石寨万民一面上书朝廷皇帝、一面准备拼死护寨的缘由。麻叔谋万万没想到，一个小小的荒野山寨，竟然敢以卵击石，对抗他这个朝廷大将军的虎威。而他根本没把山寨抵抗他军队的能力放在眼里。他为威胁寨民，亲自披挂上马，带着属下数名将官和百十个士兵，来到山寨前列阵示威，并向白石寨下达了让道的最后期限通令，妄图以此胁迫寨民让道，把大运渠河道引入岗坳，解除自己的绝地困境。

这座自生自立于荒山野岭中的白石寨，并非无名野寨。它借助两座山坳之间的地势，用白石砌成的寨门虽不高大雄伟，却占尽地理优势。寨门之内有一条长数里的通道，两旁古木参天蔽日，野藤缠绕四周，宛如一条绿荫丛中的隧道。人行其中，仿佛穿越在荆棘之中，给不识路径的行人留下荒凉惊悚之感，绝不会想到它的尽头会豁然开朗，竟是另一片天地。若外人强行攻取，寨内之人只需毁掉此道，寨外之人想要进入绝非易事，当然寨内之人也必定损失惨重。居住生活在这里的寨民并非无名之辈，他们是四百年之前汉朝开国功臣陈留侯张良的后裔子孙。张良助刘邦灭楚项、建立汉室、稳定朝政之后，不愿接受封侯拜相，而是急流勇退、隐居民间、绝迹山林，这个白石寨便是他们的隐居之地。却没想到，四百年之后，张良的后裔因杨广开掘大运渠而再度现身人间，而且是以一纸诉状把杨广招到了跟前。不得不说，这既是天意，也意味着杨广开掘大运渠之举惊动了先贤，让麻叔谋之流到了恶贯满盈之地。然而，由于杨广除恶未尽，给自己留下了杀身隐患。

第六十一章 万民上折皇帝心惊，夜驰白石怒斩恶吏

杨广身穿平民便服，带着治儿和梅香，一路上马不停蹄，飞驰来到了宿县下马村。善于打探民情的杨广很快得知了民心所向。这里的民众不仅认为朝廷开掘大运渠祸害的是平民百姓，得益的却是贪官污吏，而且当地百姓对飞扬跋扈的大运渠主管恨之入骨，却又因惧怕而不敢明言是非。这让杨广更加坚定了信念，此恶不除，民愤难消。然而，更让杨广心惊的是，主管大运渠的将领麻叔谋已带领手下所有兵马前往白石寨，扬言若白石寨今日不让道，他就要挥兵踏平山寨，血洗敢于抵抗的寨民。杨广既恨又急，他恨自己竟然任用了如此可恶的官吏，更担忧再晚来一步，会酿成不可收拾的后果。杨广问清去白石寨的道路后，翻身上马，带着身穿黑衣戎装的治儿和梅香，快马加鞭向白石寨疾驰而去。

麻叔谋也是命中该绝。他向白石寨发出三天之内必须让道的最后通告后，同时收到了相国府派专人快马送来的密件。恩师告诉他，皇上已微服出宫，要去各地查看大运渠的进展实情，让他小心应对，免得招来是非。麻叔谋本就心烦意乱，现在听说皇上要亲来查查，更是慌了神、乱了手脚，迫使他不得不孤注一掷。他觉得不能再等了，要借助武力威胁扭转眼前的被动局面，挽回掩盖当下的困境。于是，麻叔谋不等三天通告期满，便率领兵马前往白石寨，打算提前动手，铲除挡住他去路的祸端。因为他知道，不把改道后的大运渠做成既定事实，他就无法自圆其说，保他的上司和恩师也会没有替他说话的理由，他就只有死无葬身之地了。因此，他明白现在已到了伸头一刀、缩头也是一刀的境地，只有趁着现在还有权有势，孤注一掷、破釜沉舟，才有绝处逢生的可能，否则那些贪来的身外之财岂不是便宜了他人。故而，麻叔谋今天抱着不是破寨门打通大运渠河道、为自己留下生存通道，就是自己在白石寨门前止步而亡的决心，打算拼一把。麻叔谋调集了手下所有兵马，带上攻城的云梯和火器，以及役夫民工，向白石寨进发。

白石寨民众向朝廷上了万民折之后，没等到朝廷回复，却等来了当地官府限令让道的最后通告。而且，督办开掘大运渠的主管麻叔谋不等限令期满，就要兵临寨前，强行入寨掘地开河。这让白石寨民众既愤怒又不安，纷纷聚集到宗族祠堂前，等候族长的指令。族长似乎胸有成竹，不慌不忙地道："大家少安毋躁。该来的必然会来，不该来的，来了也没用。你们该干什么还去干什么，留下的人随我一起去迎候大隋天子吧！"众人听到大隋皇帝要来，既惊讶又欣喜，心态也随之安宁下来。族长率领着族人走到山寨大门外，迎面遇上了骑着马、带领数千将士和役夫民工正赶来的麻叔谋。

| 617

麻叔谋一路上也忐忑不安，他也不想把此事变成刀兵相见的流血事件，但更希望自己兵临白石寨时，寨民因害怕而乖乖让出河道，让他能顺利完事。此刻，麻叔谋见自己的兵马还没走近寨门，白石寨门开处，涌出一群身着汉服的人，这让他不由得紧张起来。但见对方都是斯斯文文的老者，且都赤手空拳垂手站在寨门前，他又不禁心中一喜，觉得自己兵临寨下的威慑起作用了。麻叔谋挥手让身后的将士停下，自己拍马向前，距族长一箭之地勒缰停马，坐在马背上神气活现地道："老头，你们现在醒悟还不算晚，也省得我们动手伤了和气。"谁知，被麻叔谋称为老头的族长微微一笑道："确实如此，将军若现在觉悟也不算晚。老朽保不了你的其他，却能保你不挨两金刀。"麻叔谋对自己以往所做之事心知肚明，听到此话，不免心中一刺，头皮一阵发麻。然而，他仗着朝中有人，又觉得此地山高皇帝远，没人能奈何得了他，便壮着胆子放声大笑道："笑话，山野草民竟说如此大话。你一个风吹就倒的老朽，竟然要保本将军，岂不可笑！本将军倒要问问你，什么叫不挨两斤刀？"族长摇着头道："无可救药，看来天意如此，老朽也仁至义尽了。"麻叔谋闻言大怒道："老匹夫，本将军见你们都是上了年岁的山野草民，本想再给你们条生路，没想到你们如此不识抬举。"麻叔谋扬起手中的大刀道："你们现在可怪不得本将军。听着，让道者生，挡道者杀。本将军上阵杀敌无数，岂在乎多杀几个你们这样的山野草民！"族长毫不畏惧，昂着头道："老朽最后再奉劝一句，你此刻收兵，尚有回旋余地。否则，一切就真的晚了！"麻叔谋催马舞刀，冲向族长，大声吼道："不知死活的老头，现在晚的是你，不是本将军。"

"住手！"随着一声洪亮的喊声，一白两黑三匹骏马如旋风般飞驰而至。杨广带着薛冶儿和梅香一路催马狂奔，终于在这千钧一发之际赶到了现场。他眼看着麻叔谋要动刀杀人立威，忍不住大喊一声"住手"！梅香见事态紧急，狠抽马背，窜向麻叔谋，挥动手中长鞭，砸中麻叔谋的手腕。只听得麻叔谋一声"哎哟"惨叫，手中大刀被打落在地，人也差点从马背上摔下来。随后，这犹如从天而降的三匹骏马横列成一字，挡在了麻叔谋和官军将士们的面前。骑在白马上的杨广勒住他的千里雪，冲着麻叔谋厉声喝道："大胆狂徒，你当的是谁家的官？竟敢在光天化日之下动用军队杀害平民百姓。你如此胆大妄为、视人命如草芥，真是活得不耐烦了。"麻叔谋捏着受伤、血淋淋的手腕，看清眼前挡住他行事的仅是一男两女三个人，而且还打伤了他，不由得怒气冲天，忍住手腕的疼痛，大声吼叫着道："你们是什么人？竟敢阻拦本将军执行公务，还打伤本将军，是你们活得不耐烦了吧！"杨广冷冷笑着道：

第六十一章　万民上折皇帝心惊，夜驰白石怒斩恶吏

"你死到临头，还敢打着朝廷的幌子徇私枉法，不仅可恨，更是可恶。"麻叔谋此时忽然想起恩师所说皇上微服私访之事，不由得浑身战栗。但随即又怒从心头起、恶向胆边生，他横下一条心，不再顾及生死，决定不是鱼死就是网破。麻叔谋一时间忘了战栗、忘了疼痛，抽出腰间佩剑，向着身后的众将士振臂大呼道："区区山野草民岂知朝廷大事，弟兄们跟我上，敢挡道者格杀勿论！"将士们闻言开始涌动起来。薛冶儿见麻叔谋欲以人多压人少做垂死挣扎，顾不上招呼杨广，立即从马背上纵身一跃，一手扬掌、一手执剑，迎着麻叔谋飞身扑去。麻叔谋此时仗着人多势众，觉得只要把这三人灭了，其他事就都能由他摆布。到那时，谁也说不清这三人是山野草民还是什么人，更别说是谁都没见过的皇帝了。但是他没想到，不等他的兵马行动起来，就见一团黑影扑到跟前，还没等他有所反应，就被打下马来。跟随在麻叔谋近旁的几个随从见主将落马，纷纷挥枪舞刀、催马前来救助。但是没等他们靠近倒在地上的麻叔谋，就被梅香隔空飞舞的长鞭一个个打下马，有的伤了脸，有的断了胳膊，这也镇住了众将士。倒在地上的麻叔谋却不甘心就此束手就擒，他跳起身，挥舞着手中的宝剑，冲着众将士大声喊叫道："你们还等什么呀！给我上，杀了他们有赏。"杨广又气又恨，抽出佩戴在身的龙泉宝剑，催马向前，厉声高呼道："朕是当今皇帝杨广，专程前来擒拿恶吏麻叔谋，与你们无关。麻叔谋公然对抗朕，已到了不可赦免的地步，你们若胆敢跟随他造反，将与他同罪。"杨广的亮相说辞让不明事理、蠢蠢欲动的将士将信将疑，犹豫起来，顿时失去了方才的冲动和杀气。麻叔谋见此，不由得气急败坏地大喊大叫着道："你们都别听他的，这里远离京城，哪来的皇帝？就算有皇帝，也一定是个假皇帝。你们杀了他便可立大功，本将军保你们封侯拜将。"杨广再也忍不住了，一抖马缰绳，通人性的宝马千里雪好似已明白主人的心思，四蹄腾起，跃至麻叔谋跟前。杨广手起剑落，砍向麻叔谋的头颅。情急气短的麻叔谋慌忙举剑抵挡，杨广顺势把剑刃转向麻叔谋的手臂。只见一道白亮的剑光伴随着一道血色的红光，又听得麻叔谋大喊一声"哎呀！"一条捏着剑的手臂掉落在地，随即麻叔谋轰然倒地（这便是麻叔谋挨的第一金刀）。

杨广执剑在手，指着在地上翻滚嚎叫的麻叔谋，对惶恐不安的将士们道："你们都给朕听着，麻叔谋不顾朕的三令五申，贪赃枉法，如今已恶贯满盈，这是他咎由自取。朕知道你们并不知情，不会降罪于你们。但是朕一定会查清楚麻叔谋私改河道、贪赃枉法、奴役百姓的罪行，以及参与同谋的帮凶，还朕和朝廷一个清白，给民众一个交代……"猛然，正在打滚的麻叔谋从地上一跃而起，像团血球一样扑向

| 619

杨广。他知道自己必死无疑，若不拼着最后一点力气争个鱼死网破，就太亏了。杨广本没打算一剑将麻叔谋置于死地，因为他还想从麻叔谋口中得知，他何来如此贪婪、胆大妄为的勇气，还有哪些人收受过他的好处、是他的同党。然而，杨广没想到麻叔谋还有如此拼死一搏的狠劲，更没防备到他会垂死挣扎，用带血的躯体向自己飞撞过来，瞬间愣住了……

薛治儿把麻叔谋一掌击倒在地之后，并没有返身上马。她觉得麻叔谋此时既不能死，更不能让他逃遁，与其在马上看住他，不如待在他身旁，便于随时将他擒拿。但她没想到麻叔谋会如此不计后果地做垂死挣扎，引得杨广震怒。薛治儿知道杨广从未亲自动手杀过人，所以杨广今天拔剑伤人，不仅让薛治儿感到意外，也觉得如此恶毒的麻叔谋确实该杀。但是薛治儿见杨广并未一剑夺命，只是砍下麻叔谋一条胳膊，便知道了杨广要留着麻叔谋的用意。然而此刻，见麻叔谋竟然丧心病狂地作殊死搏斗，她若再不出手，伤了杨广就是她的失职。笔者说时迟、薛治儿行动快，她身随心动，纵身飞起，手随念行，挥剑砍去，一道寒光闪过，将麻叔谋的身首砍成两截，倒在了杨广千里雪的脚旁（这便是麻叔谋挨的第二金刀）。

白石寨的民众在寨门前，亲历了官府将军的蛮横无理，正担忧由此引发的恶果。此时，三匹马、三个人如神兵天降般出现在他们面前，不仅一鞭抽掉官府将军手中的兵器，还将官府前来攻寨的军队拦挡在原地。寨民们立刻感觉到，这一定是族长所说的，他们的万民折招来的大隋皇帝。但众人又有些怀疑，皇帝出行，怎么可能只有两人相随？众人更是担心，就这三个人，怎么能挡住虎视眈眈的官府千军？然而，随着事情的发展，他们亲眼看见了大隋天子的威严，不仅当场斩杀了为首的官府将领，还降服了官军，他们不得不从心底里感叹大隋皇帝来得及时，替他们解除了这场祸端。白石寨民在族长的带领下，怀着感激的心情，向骑在马上正在安置官军的隋帝杨广走去。

杨广见白石寨民众走近，急忙翻身下马，快步迎向众人，并用双手扶住欲要行礼的族长，道："惭愧呀，惭愧！我杨广有失察之罪，竟然任用如此贪婪的恶吏治理百姓。若不是你们上书指点，险些酿成大祸。因此，现在该躬身谢罪的是我杨广，而不是你们。"族长并未推拒杨广的躬身谢礼，说道："陛下能此刻到来，为时也不晚。陛下刚才的作为和现在的言辞，老朽深感欣慰。由此可见，祖上先贤所言不虚。"杨广觉得老者的话另有深意，急忙恭敬地问道："白石寨在万民书折上说，您族自汉至今已有四百余年，刚才又听老先生说祖上有先贤之见，这更让杨广心生敬畏。能否

第六十一章　万民上折皇帝心惊，夜驰白石怒斩恶吏

请老先生赐教，以慰藉杨广的仰慕之情。"族长毫不谦逊地说："陛下既有此心，老朽定不让你失望。然而，这里并非细说原委之地，此刻你也还有诸多后事要处理。所以老朽给你定个时间，三天之后，陛下可来寨中一会，老朽将率领老少寨民恭候陛下光临，了却祖上先贤与皇帝陛下的一段隔世情缘。"族长说罢，转身率领众人离去，不一会儿便消失在白石寨的山门之内。

　　杨广虽感到有些意外和不知所措，心中更多的却是惆怅。但想到三天后的约定，心情又坦然了许多。杨广更明白，眼下要抓紧做的是：必须清查麻叔谋的一切贪赃枉法之事以及参与其中的同伙，并且严惩不贷。杨广立即亲自行文给吏部苏威、刑部大理寺卿梁毗和大运渠总管衙门，责成各部立即指派专案特使赶赴各地联合督查，彻查麻叔谋借开掘大运渠进行的所有贪赃枉法之事，以及追责查办所有涉案官员，并对各地开掘大运渠的实际状况展开举一反三的调查。杨广如此雷厉风行，不仅查出了麻叔谋与副总管令狐达借开掘大运渠敛财、贪赃枉法之事，还牵出了相国杨素收受钱财的问题。同时，查实了宿县县令伙同麻叔谋改道大运渠、从中收受贿金，并为讨好麻叔谋，献上私方，让下马村人用胎儿做药治疗麻叔谋头痛病的桩桩罪责。于是，副总管令狐达被打入大牢，接受进一步审查；宿县县令被判死刑，当众问斩；一批涉案官员被撤职查办。继而，杨广碍于杨素的情面，不仅没有追究杨素的责任，还从轻处置了令狐达，仅将令狐达发配到边城服役。这导致令狐达数年之后潜回京城，先后投靠权贵杨玄感和宇文化及，最终酿成勒杀杨广大乱隋朝的后果。

第六十二章
古祠参圣先贤留言，石屋拜仙水到渠成

陈留侯张良，字子房，出身韩国三相贵族世家，自小聪慧善谋。因祖先所在的韩国被秦国所灭，他对秦始皇怀恨在心，遂变卖家财，招募力士刺客，立志报仇复国，却未能如愿。后遇奇人黄石公，授其《太公兵法》，并告诫他不可只图小家之仇而弃天下，须识明主而辅佐，以成就一番名传后世的王侯大业。张良由此开窍，潜心研读兵法，纵观天下局势。在陈留，他结识了当时还是地方小吏的刘邦，自此助力刘邦兴兵争夺天下。他足智多谋，深思熟虑，替刘邦化解了一个又一个艰险，又独具慧眼，将韩信招纳到刘邦麾下，成就了汉刘灭楚项、一统天下的伟业。然而，当刘邦建立汉室、分封异姓王时，欲拜张良为侯，却被他婉言再三拒绝，最后仅接受了刘邦赐封的与刘邦初识之地陈留，号为"陈留侯"。此后，张良辞官回乡，谨言慎行，恪守"道行不食谷，闭门不出岁"的准则，不再过问世事，渐渐隐身市井，消失于山林。民间传言，陈留侯已得道成仙，不在人间；也有人说，曾亲眼看见留侯在荒山野林间骑虎而行。随着汉室变迁，人们发觉张良的宗族亲友不知何时已销声匿迹。于是，时光流逝，朝代更迭，再也没人关注小小的陈留侯张良及其族亲去向何方。更没人料到，隋朝杨广执政期间，在这片看似荒芜、人迹罕至的野山岗中，竟冒出一个白石寨，而且寨中之人自称是陈留侯张良的族亲后裔。这让杨广既惊又奇：这四百年汉室，以及汉室之后的四百年，这些张良的族亲后裔是如何生存下来的？为何这么多年，天下兴衰变迁，历经无数事，竟无一人知晓他们的存在？又为何如今开掘大运渠惊动了他们，不仅让他挖出身边的一颗毒瘤，且据族长所言，这个白石寨似乎还与他有所关联。怀着种种思绪，杨广带着薛治儿和梅香，按约定前往白石寨，他既想解开心中谜团，又想亲眼看见、亲身感受这些古人的往昔与今日。

老者们并未在寨门外迎候，族长仅派了三个年轻人在寨门外等候引路，这让杨广有些不快，却又觉得无从指责。年轻人接过杨广三人手中的马缰绳，在前牵着马，

第六十二章　古祠参圣先贤留言，石屋拜仙水到渠成

引领他们进入寨门。寨内古树参天，翠绿的古藤遮天蔽日。山间林中的路径虽曲折蜿蜒，但他们跟着引路人走在道上，并不觉得难行。野地清香四溢，令人心旷神怡。杨广情不自禁地对身后的治儿和梅香道："我仿佛走进了一处仙境，心宁情笃，忘却了一切烦恼。"然而，令他们惊喜且大跌眼镜的是，走出这条遮云蔽日的小径后，眼前豁然开朗，展露出另一片天地：青山环抱、依山傍水间，是一片平坦肥沃的万顷良田。田地间池塘连着河道，小径走道将原野有序分割成片片块块。各种作物成垄成行，生机盎然；瓜菜鲜嫩葱绿，成畦成片；果园里硕果累累，令人垂涎。田地上勤劳忙碌的身影，与散落各处悠闲吃草的牛羊相互映衬，相得益彰。错落有致、大小不一的各式宅院和农舍上空，炊烟袅袅升腾，鸡鸣狗叫之声不时在空中回荡……如此美妙的田园风光，俨然一处别有洞天的世外桃源。这一切让杨广陶醉其中，心旷神怡。然而，更让杨广心动的是沿途迎面相遇的行人。他们虽都身着古老式样的汉服，且不会主动与人搭话，但遇人时抱拳躬身、礼让有加，待人恭敬真诚，彬彬有礼、不卑不亢，处处展现出热情有礼的民风习俗。杨广身为外来之人，身处其中，不禁感到惶恐与汗颜。杨广似乎已明白这些人的生存之道，甚至不禁想到，若天下人都能生活在这样的环境中，都能如此知书识礼、勤耕善作，那天下必将是另一番景象。

　　杨广一行人刚走近村头，就见族长率领着一群身着汉服的老少早已恭候在村口。他们见杨广到来，全都双膝跪地，举双臂抱拳行礼，那认真至诚的情态令杨广十分感动，不由自主地加快脚步，来到族长跟前，一边拱手还礼，一边搀扶族长，道："各位父老乡亲，我杨广受不起如此大礼。该施礼致歉的是我杨广，不是你们。请大家快快起来，否则要折煞我了。"族长起身，对众人道："大隋天子既然这么说，大家都起来吧！"然后，族长拉住杨广的手，边向村内走去，边道："族人如此跪拜并不过分。因为大隋天子若为无道昏君，就不会理会我们的万民诉折，也不会亲临我们这荒山野地的山野草民之中，更不会当众怒斩贪官恶吏。因此，您大隋天子乃是吾族民众的又　救星，否则哪有吾等此刻的安宁。"杨广不安地道："老人家，话不能这么说。是我杨广施政不力，治下才出了如此恶吏，让你们险些遭受其害。"族长道："吾族虽与世隔绝多年，但并非对外界之事一无所知。世事虽变迁不休，但善有善报、恶有恶报，这是天道真理，更是我中华民族万变不离的善恶观念。陛下能亲自赶来，救吾族于水火，不正体现了这一点吗！"杨广听族长说出这番铿锵言辞，既觉得不虚此行，又对族长肃然起敬。他举目认真打量眼前的众人和族长。杨广觉

得眼前这群人似乎分为三个层次：站立在族长身后最前面的一群都是老者，有老态龙钟的、有长须飘逸的、也有鹤发童颜的，他们必定是寨里的尊长；在这些老者身后是些中年后生汉子，他们身强力壮，却显得斯文谦逊、自信满满，让人能感受到他们身上潜藏的无限潜力，这些人必定是寨中的梁柱；列队在最后相迎的是一批身着新衣艳服、朝气蓬勃的少年，不难看出他们身上既有知书识礼的印记，又有初生牛犊的傲气，然而他们眼中似乎还闪烁着一层光芒，这或许是他们对大隋天子的期待，也或许是他们内心对新鲜事物的探索憧憬。杨广再将目光投向族长，却不由自主地涌起一股深深的不安……老者童颜鹤发，一派仙风道骨，令杨广自觉渺小。老者三须垂胸，却不见丝毫衰老迹象，虽身着布衣，却神态安逸、精神饱满。言行之间，吐词抑扬顿挫、中气十足，步履敏捷，双目炯炯，看人似有穿透之力，让杨广不禁心生谦卑。杨广猜不透老者年岁，不过从众人对老者的恭敬神态来看，他必定是寨中最年长、最德高望重的至尊长辈。杨广有些惶恐，正想开口说些什么，却见老者手捋长须，笑容可掬地道："陛下一定是想知道老朽的年岁吧！实不相瞒，老朽生于东晋宁康元年，乃是先祖留侯的第一百一十一代孙。"杨广大吃一惊，默默一算，感慨道："东晋宁康元年，是孝武帝司马曜的登基之年，距今已有二百三十三年了。前辈如此高龄还如此健壮，太令人不可思议了。其中定有长寿秘诀吧！"族长不以为然，指着身旁的几位老者道："我与他们相比，还是小弟晚辈。我们这里的人只知命长命短，到时候两眼一闭不再睁开，便叫过世。我们命长，并不认为其中有什么长寿术，更无秘诀。如果非要讲有，那便是我们信奉自身修养，秉持与世无争、与人为善的心态，生活在安宁平和、清静的环境中，食用取自自然、受于上苍的饮食，保持节欲、自得其乐的情感。"杨广真正被族长这番平淡朴实的话打动了。

众人走近村寨中心的一个大池塘，一股香味扑鼻而来。原来池塘周边有几棵树干粗壮、叶冠硕大的香樟树，那浓郁沁脑的檀香味便来自这些已有千年树龄的古樟。池塘里山水碧绿，清澈见底，水草在水中飘动，鱼虾穿梭其间，一群大白鹅白毛浮绿水，悠闲地在水面上游弋，好一派宁静祥和的乡村风情，大有涤荡世态浊情之功效。杨广站在河畔，深深地呼吸着这令人沉醉的香味，情不自禁地道："如此闹中取静，真是别具一格！"池塘另一边，是一座引人注目的古色古香、恢宏高大、乳黄墙青黛瓦的祠堂，在那高大魁梧的大门匾上，清晰刻写着"张氏宗祠"几个斗大的字。杨广见状，不由得肃然起敬，连忙整衣扶冠，低声对治儿和梅香道："这是他们的祖祠，你们就别进去了。"薛治儿不以为然地道："我无所谓。我们就在门外等

第六十二章　古祠参圣贤留言，石屋拜仙水到渠成

你吧！"族长却笑呵呵地上前道："不必如此。你们今天都是我族的恩人，况且先祖早有预言留在此，因此她们进去理所当然。"杨广一愣，诧异地道："什么预言？"族长遣散其他族人，仅带了几位老者，在前引领，边走边道："你们进去一看，就什么都明白了。"薛治儿和梅香急忙整理鬓发衣衫，跟随在杨广身后，怀着肃穆的心情，随着族长向祠堂走去。族长陪着杨广、薛治儿和梅香走在前面，其他人跟在后面。走近祠堂大门，族长收住脚步，指着门匾上的"张氏宗祠"道："这块匾是先祖留侯生前所立，匾上的字是留侯亲笔所题，是吾族的镇宅之宝。"杨广驻足仰头细看，见横匾是一整块楠木，因年代久远，粉红色的楠木已变成暗红色，而刻写在上面的漆黑发亮的字，笔锋刚劲、形态秀丽。杨广不由得感叹道："我对陈留侯的文章书法知之甚少，以前只知道他是个善于运筹帷幄的文人书生，然而从这字体来看，他定是个外秀内刚之人，否则这历经八百余年的字匾怎能保存得如此完好！"杨广言毕，抱拳朝着字匾躬身三拜。

氏族文化在中国数千年的文化长河中占据着不可或缺的一席之地。它不仅记载着中国各姓氏宗族的由来历史，展现着历朝历代士族的兴衰存亡，还从侧面反映出各个朝代的民生轨迹。我们回看兴汉三杰张良、萧何、韩信的不同结局，不难发现，陈留侯张良从兴汉的开国功臣，到急流勇退、隐迹山林，他舍弃了表面的虚荣与高官厚禄，实际上却保全了自己以及张氏宗族八百年的兴旺。从中可见，张良以个人之失，换取了整个氏族的所得，这正是他比韩信、萧何棋高一着之处，令人钦佩。所以，后人应明白一个道理，不能仅凭一个人一时的兴衰论断其得失，也不能以一人一时的成败评论其对社会和家族的功过。

历经八百年仍完好无损的"张氏宗祠"，不得不让人感叹当初初建此祠的留侯张良高瞻远瞩与良苦匠心。从宗祠大门开始，入内共有三进：正堂、祠堂、功德堂。第一进正堂，室高而宽大，是宗祠的门面，供奉着张氏的开族之祖，以及设计建造此祠的先祖圣贤留侯张良的真身塑像，因此，正堂也是宗祠的灵魂所在；第二进祠堂，宽爽而幽静，供奉着族人分系分支、分门分广、分辈而立的灵位牌，各处显得庄严而肃穆；第三进功德堂，虽没有前两进大，却典雅而神秘，祭奠的香火终年不熄，而且其堂门除了逢年过节或重大族事庆典之外，从不开启。"张氏宗祠"能保存八百年完好无损，也与其初建时的结构用材有关：整个宗祠内，凡是有柱梁、椽子、门窗之处，均用楠木镶拼而成，其间未用一根钉子连接，这保证了宗祠房室骨架终身不腐不朽、坚固牢靠。宗祠的墙体砖石皆选自当地山中的白石，每块白石经精工

细雕后，再用秘制配方调成的浆液浸泡，入窑烧烤而成，出窑后色泽如玉、呈乳白色，不仅坚硬如石，而且光洁润滑，然后再用糯米浆砌成墙体，不仅使房屋美观亮丽，也成就了整幢建筑的牢固。因此，当杨广走进"张氏宗祠"的正堂室内，不仅没有感到祠堂内惯有的阴暗压抑，反而被里面整体的恢宏端庄和精美的装饰惊呆了。那有着精细浮雕图案的似玉墙体令他目瞪口呆，四周的立柱横梁和门窗全由油亮呈暗红色的楠木装饰而成，其色泽与墙体的玉白色相互映衬，瑰丽生辉，让整个宗祠更显珍贵无比，简直成了一件艺术珍品。的确，如此风格和用材的建筑，天下少有。然而，更令杨广眼前一亮、神情肃穆的是，在正壁前有一尊用一整段金丝楠木雕刻而成的雕像。这尊全身立像，面容英俊潇洒，神态温和仁慈，目光深邃严谨，一手握着书，一手捏着箫，通体散发着红光，形态神采与真人无异。杨广不由得肃然起敬，低声问族长道："请问前辈，此像所塑的就是替汉高祖奠定两百年基业，一箫吹散项羽江东八百子弟兵，兴汉三杰之一的圣贤陈留侯吗？"族长神态肃穆，点头道："正是先祖留侯圣贤。"杨广闻言，立即止步道："可否容在下携家人上前参拜，以表我们的敬仰之心。"杨广见族长应允，便把跟随在身后的薛治儿和梅香拉近身旁，自己领头，两人随后，一齐走到塑像跟前，向着塑像行了一跪三叩首的大礼。杨广双膝跪地，仰着脸道："留侯大人在上，杨广今日有缘瞻仰参拜先贤，实乃晚辈三生修来的幸事。忆想先贤当年运筹帷幄、决断天下的经典伟绩，令晚辈钦佩至极。而更令在下杨广感慨万分的是，先贤洞察世事的能力，以及轻权势、重人情，急流勇退的先见之明。想我杨广此生，若能像先贤一样有所作为且善终，也就心满意足了。因此，在下杨广恳请留侯先贤赐吾一策，如何才能既立志成事，又赢得人心。而吾又应以何为先、以何为贵？"杨广说罢，又连叩三个头，并闭目宁静片刻后，才带领薛治儿和梅香一齐起身。族长似有所感地道："陛下的心愿，先祖早有预言，且留下了谶语。"杨广闻言，似信又疑地道："是吗！先贤真有示和谶语给我？"族长严肃而神秘地道："请陛下随老朽入内！"

杨广已无心再细看第二进祠堂内各处的建造装饰杰作，族长也心知肚明，加快了浏览脚步。他引领着杨广一行人来到第三进功德堂。功德堂没有正堂和祠堂高大宽敞，但其简朴典雅的风格却汇集了秦代韩国建筑的经典：逐级而上的台阶、宽敞的廊道、简陋古朴的方格门户窗柜，以及房屋内的栋梁和支撑各处的立柱横木，全用整块整段的香樟树镶制而成，因此，浓郁的香气远胜于池塘边的气息，让人还未进入屋内，便感受到四周神圣的氛围。杨广惦记着留侯张良的预言和谶语，进入功

第六十二章　古祠参圣贤留言，石屋拜仙水到渠成

德堂后，便四处观察。功德堂内，除了正壁前有一张宽大的、供奉着三牲果点、燃着香烛的灵台之外，再无其他摆饰。正壁墙上，两侧是三排小神龛，每个神龛中都有一个灵位牌；正壁墙中间镶嵌着三座大神龛，供奉着三座塑像。杨广有些失望，问族长道："前辈所说的留侯预言和谶语在哪里？"族长举手指着三排小神龛道："这三排龛内供奉着三百八十八位先祖先师的牌位，他们都是历朝历代对本族有功德之人。"随后，族长又手指着大神龛道："这三座大龛内的灵像是先祖留侯生前花了数年时间，亲手雕琢的、对先祖和吾族有恩的圣贤之像。请陛下细看龛内所塑之像，以及龛底部先祖的留言谶语，从中联想感悟，便能明白其意。"

杨广闻言，立即走近大神龛，驻足仰首凝视：大神龛高一尺、宽三尺，全由香樟木雕刻而成。左手一龛内是一位苍苍老翁，目光炯炯，神情凝重，既有得道高僧之态，又有真人不露相之韵。杨广不知此人是谁，便去看神龛下面一方楠木板上刻的两行字：上面一行是"恩师黄石公"，下面一行是"奇书定天下，功德无量"。杨广立即想到张良年轻时，有位奇人三试张良后送书助其谋天下之事，便问族长道："黄石公就是赠留侯《太公兵法》的那位老人吗？"族长道："正是此人。陛下也知道这一民间传说？此传说并非虚假。所以，先祖在此给黄公立龛，以表其心。"杨广感慨道："滴水之恩，当涌泉相报！拳拳之心，可见一斑。此情此意，我杨广理当参拜！"言毕，即躬身一拜。

中间神龛内是一位汉巾束发、面慈目善、身背药葫、仙风道骨的雕像，神龛下方楠木板上刻写的是："恩公神医华佗先生；道行天下，德在于品，扶世救人，药在于心。"杨广见此，即道："我见过中华神医华佗之像，却没有如此逼真。留侯智可运兵帷幄、文能著书立说、艺能一箫抵千军，技艺还能如此绘就人间真容，简直是个多才多艺之人啊！令在下钦佩至极，也得一拜。"杨广又躬身施礼，随后又道："不过，在下尚有一个疑问，我们都知道留侯兴汉是在西汉之初，而神医华佗是东汉末年之人，因曹操心胸狭窄被害，两人之间相隔了四百余年，不知留侯如何能得遇华佗先生的？"族长道："陛下所言没错，留侯生前并未与华佗先生相遇。这三座神龛是先祖健在时，亲手雕刻而成，龛座内有年号可佐证。而华佗先生来吾白石寨救治寨人瘟疫时，吾先祖已离世近二百年。当时华佗先生就说过，他是受先祖托梦才得知族人有难而来。由此可见，先祖与华佗先生之间的交往乃是神交意会的忘年之交。"杨广惊讶地道："竟有如此奇事，太令人不可思议了。"族长道："请陛下看右手之龛，或许对陛下更有启迪。"

杨广急忙转脸，走近神龛前，昂首举目仔细端详。见龛内有两女陪同一男，男的在前，女的随后站立在龛内。神龛正中的男子神采奕奕、英姿潇洒，目露得意之光，脸带自负之色。他身后的两个女子，一个捧着膳盒，一个握着短剑，既娇小玲珑，又透着一股豪爽之气……杨广突然觉得眼熟，认真看了一眼握剑的女子，转身看向身后的薛治儿，道："太像了，简直就是治儿的翻版。"此时的薛治儿也正惊讶于龛内男子像杨广，听到杨广说有人像她，便留意起龛内那两个女子，随即也喊出声来："拿盒的不就是贵儿吗！这拿剑的是我吗？"杨广冲着薛治儿也道："手捧膳盒的是贵儿，没错！这握剑的是你，也没错。"薛治儿却对杨广道："中间那个男的，我觉得有点像你，却又不完全像你，这是怎么回事？"杨广扫了一眼龛中的雕像，目光落在神龛下方楠木板上的字，见上行写着：

故人大隋天子广、字英；下行写着：白鼠闹西池，遭殃知多少？天庭本残暴，一念入地狱。失职殿将军，早尔下凡尘。你我虽不识，其心已早通。世事皆有缘，何须人强求。还是人间好，有情便图报。不愿为天神，从此乐逍遥。还愿早通渠，诸事在心诚。得遇需谨慎，还防身边人。万宗别求全，方能谋百年。

杨广看完此五言谶语，顿时有所悟，道："原来如此，陈留侯竟是天庭殿将军转世，难怪他会知晓我的一切。没想到，真是没想到呀！是我害他被无情的玉帝罚下天界，但他却成就了一番事业，也不枉来人间走一遭了。"薛治儿似懂非懂地道："白鼠我知道，那个在天庭被你戏弄的殿将军是陈留侯吗！"杨广道："正是。你没看到谶语中写着'失职殿将军，早尔下凡尘'么！他因我被玉帝罚出天界，且比我罚至人间要早，所以他出生于秦韩年间，而我则生于当今。"治儿道："你大闹西池蟠桃会前后也就那么几天，怎么一差就差了几百年呢？"杨广道："有道是天上一日，地下便是百年，就是这个道理。然而从谶语中我也明白，留侯不恋高官厚禄，本意是留恋人间真情。而且他不愿再回天庭为神，故而隐迹山林，甘愿自食其力做个平民百姓。他虽隐于荒山野岭，却护得一族亲友八百年兴旺安宁，其功绩不可遗忘。我回京之后，让礼部拟文祭奠，以大隋天子名义诏告天下为其封神。他既不愿做天神，我就封他做个地仙，以还我杨广欠他的情。"薛治儿对此似乎并不感兴趣，手指着谶语后一阕道："这后面几句似乎写的是与你有关之事。"杨广道："是的，这后面

第六十二章　古祠参圣先贤留言，石屋拜仙水到渠成

几句与我有关。但我得好好琢磨琢磨，比如'还愿早通渠'，这个'还愿早'是什么意思？又比如'得遇须谨慎'，我会遇见谁？"薛治儿却自有感悟地道："你得琢磨'还防身边人'这五个字指的是谁？而且，你身后为何没有皇后？"薛治儿这话，让杨广联想到举荐麻叔谋和令狐达之人，朝中一人之下万人之上的首辅，他不正是自己身边最亲近的人嘛！杨广陷入沉默。

族长点拨道："陛下对大运渠之事可有新的规划？"杨广被提醒，道："正想请教先辈。事到如今，我不能任由这些恶吏之错继续损民、扰民、祸民。我已令大运渠总管和技术总监尽快拿出可行方案，弥补之前所犯之错，让大运渠早日回归原道。但一时间还想不出办法扭转当下的尴尬局面。"族长道："既然如此，老朽可提一策，陛下不妨一试。"杨广忙拱手道："请先辈赐教，杨广求之不得，定当洗耳恭听。"族长让人取来一幅纯白的丝绸卷图，展开后，指着图上的一条蓝线道："这图是先祖留下的山川图。这条图上的蓝线所示位置，就是陛下正在开挖的大运渠。"杨广神情一振，急忙俯身细看，看出这是一幅山川地形河道图，那条蓝线示意的确是大运渠的走向，从北涿郡向东南连通海河，再向西南连上沁水，过黄河至板堵到洛阳，随后进入浪荡、通济渠，一路折向东南，行至宿县却在睢阳未到之处开始偏离原规划河道，向西南偏斜进入下马村，随后再向东南倾斜至无名荒山前，蓝线便断了。杨广指着断头的蓝线，问道："这蓝线断头的地方就是你们这里的白石寨吗？"族长摇着头道："非也。这地方叫东山屋，在吾白石寨的东北处，相距有近二十里之遥。"杨广若有所思，又问道："那么，为何蓝线画到这里就不延续下去了呢？"族长道："这东山屋的山坳前原本有一条河道，向南入山后，便可沿着东山谷一路向东南而去，进入泗县，可连通到淮河。"杨广急忙道："这可好了！大运渠从这条旧河道走，不仅能解除现在的尴尬，还能省事不少吧？"族长道："并非如此。这条河道在数年前被一座石屋压断了水源，从此水枯河消，山谷成了野荆遍地、狐狼出没之处。"杨广道："这也好办呀，把石屋挪开，放火烧去野荆，狐狼自然绝迹，再引流入谷，也能省不少事。难道麻叔谋之流就没想到，却非要把大运渠绕到你们白石寨来呢？哦，我明白了，他们醉翁之意不在酒。"族长道："他们之意也未必全是如此。老朽得知，麻叔谋他们原本也想从东山出境。但因为无法挪动石屋，麻叔谋甚至还为此受了伤，他们这才不得不沿着山坳向东绕至白石寨，想从我们这里出境，再绕至泗县汇入原定河道。"杨广愤恨地道："简直岂有此理。他们算过没有，如此一绕又是几十里地，又要花朝廷多少银子呀？"杨广继而问道："请问先辈，这挡道的石屋在何

处？难道就真的没办法把它移开吗？"族长点拨道："石屋就在东山屋口。若要说挪它的办法，陛下对先祖留的谶语，就没有悟出些什么吗？"杨广又看了一眼神龛下的字牌，立即有所感悟，道："此石屋莫非有些来历！"族长含蓄地道："事在人为嘛！陛下亲临现场便可知其端倪了。"杨广若有所思地道："既然威武不能屈，或许心诚则灵吧！"

杨广离开白石寨之后，隔天，便在薛治儿和梅香的护卫下，带着皇甫仪征、宇文恺和已纷纷赶到下马村的朝廷众官员，抬着香炉和三牲贡品，来到了东山屋的河道口。在距石屋一箭之地，众人下马步行前往。杨广率众人来到石屋近处，见大运渠已挖至石屋旁，却因河道中央的一座石屋挡住去路而停工。石屋有脊有顶，足有三间正屋大小，除了屋顶之外，全被埋在土里。如今石屋面对大运渠的土石已被挖去，露出中间有门缝的痕迹。除此之外，整个石屋简直就是一块横卧在山谷入口的巨型白石。杨广让众人止步，他与薛治儿和梅香走近石屋。杨广仔细察看石屋，不见上面有被砍凿的痕迹，除了门缝之外，也没发现其他缝隙。杨广又攀登上石屋连着的山坡高处，果然见到石屋背后是一条长满荆棘杂树野草的长谷，两旁的山体悬崖峭壁犹如河堤一般，护着长谷向南延伸。杨广不由自主在心里道："好一条天然的河道，石屋若能让道，不就能省去多少心事，这可是我大隋之福，万民之幸啊！"谁知，杨广此念一动，似乎惊动了石屋，石屋竟发出一阵颤动，令众官员惊恐不安。

杨广急忙下了高坡，来到石屋跟前，命人摆香案、上贡品，亲自焚香磕头，随后双手抱拳，冲着石屋的门缝边作揖边道："大仙在上，随帝杨广因开掘连通南北江河的大运渠，欲借道大仙所辖宝地，沿山谷旧河道过境南下，不得已惊动大仙，盼大仙谅解宽容，并委屈允许移驾让出河道。我杨广定为大仙重建宝宅，立碑以示功德。"说来也奇怪，杨广话音刚落，石屋又发出一声震动，随即石屋的门缝似乎松动了。众人惊喜，杨广更是不敢怠慢，冲着门缝连续鞠了三躬，然后走到石屋门前，伸手推门。谁知原本板斧都砍不动的石门，竟被杨广轻轻一推，悄无声息地开了。众人大喜，纷纷围拢过来，都想探看石屋内有什么。宇文恺见此，急忙道："请诸位止步，此屋除了皇上和皇上允许的人之外，其他人暂且只能守候在门外，免得让大仙不愉快。"杨广觉得宇文恺所言有理，即点名由薛治儿和梅香陪同，让皇甫仪征和宇文恺跟随，一同进入石屋。

石屋内似有灵气，有一股微微的沉香味，且一尘不染。正屋除了一对白烛似月光般把屋内照得通明之外，没有其他摆设。杨广率先举步走进左手厢房，里面也有

第六十二章　古祠参圣先贤留言，石屋拜仙水到渠成

一对白烛照亮四周，正壁前供奉着一幅佛像，除此之外，室内空空如也。杨广走近细看，供奉的是一尊骨瘦如柴、正在说法的佛陀坐像，然而佛像年代久远，显得模糊不清，杨广一时间难以辨别这是哪尊菩萨。杨广朝着佛像拜了三拜，又带着众人来到右厢房。房内也有一对白烛燃着，屋的正中央有口石棺，棺盖半遮半开，棺盖上有一行似被重物敲击过的模糊小字，众人忙上前观看，却看不明白写的什么。众人移开棺盖，见棺内平躺着一块长二尺、宽一尺，上面刻着文字的石碑。杨广移来烛光细瞧，碑上所刻之字似篆又非篆，全是弯弯扭扭的蝌蚪文字。杨广认真仔细辨认许久，一个字也没认出来。他不得不转身，问皇甫仪征和宇文恺道："你们上前看看，识不识得此字。"皇甫仪征忙道："臣不识这碑文上刻的是哪方字体。"宇文恺也摇着头道："皇上看不懂的字，臣就更一无所知。"杨广道："照此石屋内的状况，要得知石屋主人的来历，就必须破解其所供奉的是什么佛，碑上刻的是什么字。否则，往后之事难以顺理成章、心安理得地推行。"宇文恺道："那就立即张榜招贤，天下之大，岂无识此字之人。"杨广没有言语，薛治儿即道："眼前就有一人，定能解得此字。"杨广道："你所说一定是白石寨的族长吧！"杨广见薛治儿点头，不无担忧地说："族长年岁大了，来去怕多有不便。但若要移动石屋，室内之物难以纹丝不动地保存好。与其如此两难，不如把佛像和石棺请到白石寨去，请族长相助，破解石屋之谜。"于是，杨广焚香跪拜，毕恭毕敬地把石棺盖好后，与佛像一起请出石屋，并亲自护送至白石寨。

族长看着杨广从石屋请来的佛像和石棺，道："此佛像的年代远没有石棺久远，只因受过水的浸泡，所以有些模糊不清，但可以认定这是一幅释迦牟尼的苦修像，不会有错。由此可知，石屋的主人信奉佛教，又因为石屋内再无其他形态的佛像，便可判断，他修的是佛门的小乘教果位。"杨广若有所悟，道："我或许与佛门无缘吧！对佛门内的事知之甚少。因此，能否借此请教先辈，佛的教义由来和教派果位是如何认定的？"族长道："佛教源自古印度，其创始人是印度释迦国（今印度与尼泊尔接壤处）净饭王的儿子悉达多。由于悉达多有感于人生万般苦难，又不满当时流行的种姓制度，便倡导种姓平等，创立了能使众人脱离苦海的佛教。他便是佛门的始祖，被佛门弟子称之为释迦牟尼。佛门的基本教义可概括为'三界''四谛''六道轮回''十二因缘'等，这些是佛教的核心内容，但要细说，话可就长了。"杨广却很感兴趣，道："在下愿意洗耳恭听。"族长接着道："印度社会以姓氏世袭制来划分人的门第高低，这与中国北方的士族制有些相似。其中最高种姓为婆罗

门，代表神权统治阶层，包括贵族、执掌祭祀、传教、法律者等；其次是刹帝利，代表王权统治阶层，有国王、官僚、武士等；再其次是吠舍，是一般劳动者，有农民、手工业者、商人等；最下等种姓首陀罗，是最低下的劳动者，有仆役、奴隶等；此外还有等外种姓，被称为贱民，凡是首陀罗男子与别的种姓女子所生的子女都叫贱民，世世代代只能从事最下贱的职业，如抬死尸、屠宰、当刽子手等，被社会各阶层认定为不可触及者，连他们的影子也不能碰到别人。释迦牟尼是悉达多的佛名，其中'释迦'是佛门的族名，'牟尼'是尊称，合在一起即为释迦族的圣人智者。佛门三界是：欲界、色界、无色界，最低是欲界，最高是无色界。四谛是：苦谛，即人生一切皆苦；集谛，即产生皆苦的原因；灭谛，即如何灭断皆苦；道谛，即消除痛苦、实现涅槃的方法。六道是：阿修罗道、天道、人道、畜生道、恶鬼道、地狱道。佛门认为，唯有阿修罗道和天道可以脱离欲界，凡在欲道中的众生都要在这六道中轮回，积德行善者下一世轮回即可上升，缺德恶行者下一世轮回即会沦降，如此循环往复，生生死死，痛苦不堪。若能修成正果，进入涅槃，便可不再轮回。"族长见杨广和众人都在静心聆听，便接着道："自古以来，宗有党，教有派，佛门也不例外。释迦牟尼虽然创建了佛教，但他没有经典的经文流传下来，所有佛门流传下来的经文，基本上都是他的十大弟子凭记忆汇集而成的。这就导致因各弟子的悟性不同，对佛门教义产生了不同的解释，进而形成了两大门派：即大乘教派和小乘教派。大乘教认为，一切众生皆有佛性，有佛性者皆可成佛。因此，大乘教信奉天地三世十方有无数之佛，主张普度众生。小乘教认为，天下只有一个佛，即释迦牟尼佛。小乘教奉行自我修炼，以达到无烦恼、无痛苦、无罪恶，实现自我解脱。佛门果位是衡量修行者修行程度的一种境界，大乘教有三个等级的果位境界：罗汉，得此果位者，证明已修到自我觉悟的境地；菩萨，得此果位者，不仅达到自我觉悟，还能引导众生觉悟；佛，即佛陀，得此果位者，进入一切皆通的圆满境地，是佛门中最高的修行果位。小乘教分有四个果位境界：初果，得此果位者，在轮回转生时，不会堕入地狱、饿鬼、恶鬼、畜生的恶道；二果，得此果位者，须在天上和人间再轮回一次，方能解脱欲界的折磨；三果，即不回果，得此果位者，不需要再回到欲界受苦；四果，即阿罗汉果，进入此果位境界者，没有了一切烦恼，能够受到天人的供养，永远进入涅槃，不再生死轮回，是小乘教中的最高果位。"杨广见族长停下不再说，便又问道："这石屋的主人已修到什么果位？"族长道："仅从这个佛像上看不出来。"

杨广忙指着石棺道："这石棺盖上有字，但我们都不识写的是什么。"族长走到

第六十二章　古祠参圣先贤留言，石屋拜仙水到渠成

石棺前，仔细端详棺盖上的字，道："这字受风雨长年侵袭已被腐蚀，无从辨认写的是什么了。但从这口石棺和字体形态磨损的程度判断，这口石棺的年头远比老朽长久，起码不下千年。"众人无不感到吃惊，杨广即道："棺中还有一块刻着字的石碑，不知上面都写了些什么。"族长净手、整好衣冠后，让人掀开棺盖，俯身去看棺内的石碑，随后边看边在口中念道：

吾本一白狐，生于夏商间；有感众生相，不想入轮回。天庭没有情，不允吾修性；百年一小劫，冬天封大雪。畜生入人道，天理情难容；千年一大劫，夏天遭雷轰。东藏与西躲，惶惶日无终；一意求正果，为何难从容。幸遇一恩师，赐吾一樽像；万念心向善，立地能成佛。岂知天庭怒，向善也不容；大雨倾盆至，五雷轮番炸。不灭吾踪迹，天帝不罢休；如此不讲理，得道也枉然。无可奈何下，翻身堵泉眼；断去下游水，留给天地怨。吾本无恶念，实是为天逼；但愿百年后，得遇兜率童。为吾诉冤屈，送吾上东台；吾捧身下泉，助尔通运渠。

族长念完石碑上的字后道："这是一块石铭志，是用古梵文刻成的。石屋的主人是得道白狐，从夏商至今算来已有两千余年了。天庭因其出身非人类而欲将其灭之，这才逼其反抗自保，致使它如今虽被埋葬在河谷山石间，却用石屋堵住了泉眼，断了河流。但它已预言陛下会因开掘大运渠而来临，并为它申诉天庭，以正其心向善之念。"杨广似有所悟地道："由此我也就明白了，留侯先贤在谶语中所留的那句'还愿早通渠'之意何在了。如今既然已经明白石屋主人之心意，我也当尽力而为。"族长点头赞许，宇文恺却道："皇上准备怎么去做呢？如此巨大的一个石屋被卡在两山之中，该如何砍山移屋，又该把此屋移向何处？"杨广也觉得此事有些棘手，只能拱手请教族长道："此事还得请先辈为我们指点迷津。"族长道："石屋主人不是已经向陛下提出了诉求，指明了地方和它的回报吗！"杨广恍然大悟地道："对、对，我记起来了，它后面的几句是这么说的：'为吾诉冤屈，送吾上东台。吾捧身下泉，助尔通运渠'。但不知这个东台在何处？"族长道："据老朽所知，在百年之前的东山顶上有　座石屋，里面供奉的一个白石老人似有灵气，对过往行人的诉求常有应验，故而香火渐渐旺盛起来，或许也因此惊动了天庭吧！于是在某天的夜晚，在狂风暴雨的裹挟下，石屋被掀下了山涧，堵住了谷口，断了河道，成了如今的

| 633

状态。"杨广即道:"谢先辈为我指了道。我这就亲自上东山台去祭告天庭,为白石老人申诉,并为其建祠庙、设灵位、塑仙容,允许其名正言顺地受人间香火。然后不惜人力物力把石屋移上东山顶,还它一方净土属地。"

杨广果不食言,不久便亲自率领臣僚官员上了东山顶,设坛焚香祭天,又在东山顶上开工建祠,并赐祠名为"大仙祠"。杨广同时让宇文恺调遣民役、民工入谷清河道,以便移石屋上山后,让大运渠畅通无阻。谁知就在"大仙祠"建成后的当晚,风雨伴着电闪雷鸣,石屋竟然腾空而起,随着一声震雷般的响声之后,石屋四平八稳、端端正正地降至祠庙的后面。而石屋起处泉流涌出,积水成河,入山谷汇流成渠,终于完成了大运渠这一段的工程规划。从此后,"东山大仙祠"便声名鹊起,过境之人慕名前去参拜的人络绎不绝,而且凡入祠诉求的正当心愿必有应验,故而香火越来越旺盛。于是便有乡间士绅把此祠扩建,替白石老人重塑金身,此祠即是此后大佛寺的前身。

第六十三章
洛阳行宫湖光山色，水席牡丹浮雕题词

兴建东京洛阳，若从偏执角度而言，有人会将其视作杨广独断专行、劳民伤财、荒淫无道的罪证；然而，从当时在政治、经济、文化等方面产生的深远影响，以及洛阳城在后续历朝历代所发挥的作用来评判，却不得不说这成就了杨广的又一丰功伟绩。

从洛阳城的地理位置来看，长安城与之相比确实存在不足。如今大运渠通至洛阳城下，更是赋予了洛阳水陆通衢的优势。若将隋朝地域比作一个人体，长安就像是偏居一方的脾脏，而洛阳则是位居躯体中央的心脏，水陆通衢恰似心脏连通四方的血管，由此形成了整个肌体的均衡与协调，也奠定了洛阳城在历朝历代中的重要地位。在杨广兴建洛阳城之前，洛阳远没有后来那般繁荣。北魏鼎盛时期，洛阳面积仅十五平方公里，住户不足两千，商家也寥寥无几。然而，杨广将洛阳建成东京新城后，廓城和皇城扩至三十余平方公里，随后又拓展了西苑和东城，贯通了洛水与大运渠，形成了前抵伊阙、后据邙山、左缠皇涧、洛水贯中的格局。皇城位于洛水之北，处于洛阳城西北隅至高处；宫城在皇城之北，是皇城的中枢；宫城后面是国壁城，东面是东宫和东城，西面是西苑上林。洛河之南有五十五坊，之北有九坊。这些坊呈方形，四周有坊墙，四面开坊门，坊内设街市，供商家富户聚市居住。其中，南、北、西三市规模最大，不仅有漕运码头可直通大运渠，而且西市是万国来朝恭贺、万商云集的官事商贸聚散地，水陆通畅，各国官吏商家进进出出，商贸交易大大井市，繁华无比。洛阳新城最兴旺发达时，人丁超过百万，东港码头船来船往、车水马龙、热闹非凡。由此可见，洛阳的地理位置及其重要性，是其他城市难以相比的，长安城与之相比也相形见绌。不过，这座东京洛阳新城能如此兴旺，并非仅因新城建成，其中也蕴含着杨广的智慧与果敢。洛阳新城尚在建设时，杨广便向各地巡抚、官府、商界和富人发出动员令，鼓励他们落户洛阳新城。其中最具吸引力的政策是：凡入住洛阳新城户籍者，均可享受免徭役、商家免税赋、富家免兵

役的待遇。朝廷还向每个洛阳户籍之人发放粮十石、布十尺、币十铢。洛阳新城建成后，杨广颁旨责成朝廷各部，除留守长安履行朝廷日常事务的官员外，一律限时限日举家迁至洛阳，违者就地免官。如此一来，洛阳成为全国官商富户、朝廷上下关注和议论的焦点，也成为许多官员富商无法回避的大事。事实证明，有人居住的地方就有人气、智慧与活力商机。杨广正是抓住了"人"这个关键因素，造就了洛阳新城的辉煌，成就了自己的功绩。因此，其中的功过得失岂能简单地评判是非，更不能以偏概全。而东京建成后，闻名遐迩、流传至今的洛阳两大特产，也就是"洛阳水席"和"洛阳牡丹"，也与杨广有着千丝万缕的联系。

在此，先说说"洛阳水席"。古时洛阳雨少天寒，气候干燥，不产水果。民间常用当地盛产的莲菜、山药、萝卜、白菜等经济实惠的食材制作有菜有汤的饮食，还喜欢添加酸辣调料以驱寒，逐渐形成一种民俗风气。但凡宴请，必有这类菜食，且会根据色泽、口味、数量来判断主客关系及主人身份地位，这便是洛阳水席的民间雏形。到了北魏时期，佛道得到官方扶持，寺庙庵堂星罗棋布，香火兴盛，僧尼众多。佛道之人想获得官方和上流社会的认可，便采用当地传统食材和习俗，辅以更多精品素食，加以研制改良，制成了连汤带水、既有当地民俗特色又色香味俱佳的菜肴，这便是最早的"洛阳水席"。此后，这种素食菜汤的制作方法迅速流传到上流社会，形成了当地特色宴席，宴请时以设水席为尊。自从杨广在洛阳建行宫、设京都后，如此具有地方特色的洛阳民间宴席逐渐登上官府餐桌和宫廷大堂。于是，厨师们精心研制，加入山珍海味、名贵菌菇等食材，形成了自成系列的名菜筵席。全套宴席共有二十四套菜品，分为前八品（冷盘：绿丝黄蛋皮、枸杞白鹿筋、叉烧狗腰花、橙香菌馅卷、雀舌鲜脆莲、青笋调画鹏、紫苏汁卤肉、水晶文虎皮），四镇桌（快菜：洛阳燕菜、葱扒河鲤、云罩乳肉、海米百彩），八大件（热菜：快三样、五柳鱼、鱼米仁、炒鸡丁、爆鹤脯、糖醋肉、甜拔丝、八宝饭），四扫尾（汤菜：鱼翅插花、金猴探海、开鱿争春、碧波伞丸），这便是当时官方正宗的"洛阳水席"。"洛阳水席"演变的鼎盛期是在盛唐武则天执政期间，菜品增加到一百零八套，彩女上菜的阵势犹如舞台走秀，步履婀娜多姿，让食者既能大饱口福，又能大饱眼福。当然，不同时代、不同地方会根据实际情况因人因席进行搭配，也有高中低三个档次之分，但其菜品调配和上菜次序的原则基本相似：各色食材均以汤水相伴，菜肴以酸辣甜为主味，上菜优雅如行云流水。食者初尝时好奇、觉得鲜淡，继而能感受到各种味感，如酸、甜、咸、辣、麻、甘……到最后只剩下两个字，那便是"爽快"。

第六十三章　洛阳行宫湖光山色，水席牡丹浮雕题词

笔者曾有幸在2006年应邀在洛阳"金满堂"民俗大酒店亲身品尝了最为正宗的"洛阳水席"。那环境排场、上菜阵势以及一碟接一碟的菜肴，笔者每碟仅尝一小汤勺，便已口福不浅、腹满肚饱，吃到最后，确实只剩下"爽快"二字，还得加上一句"难以忘怀"。

谈及"洛阳牡丹"，就不得不说杨广建洛阳宫、兴建东京城之事。洛阳新城的整体规划由杨广构思，杨素、宇文恺规划设计，封德彝、何稠、虞世基、裴矩参与督造，动用二百余万民夫，花费一年多时间，耗费难以估算的财力（许多珍贵建材由地方无偿贡献），日夜施工建成。然而，除杨素、宇文恺、封德彝、何稠外，无人知晓宫城山水布局设计出自杨广的皇后萧贞之手。宇文恺从杨素手中接过萧皇后绘制的规划图纸，展开时说道："皇后娘娘出手真快，仅几天就完稿了！"杨素却道："你先看看吧！按她的设计施工，会不会出问题？"宇文恺展开图纸，一边认真审视，一边自言自语："喔，这个整体构思好气魄，她把洛水东南的一整块地辟成了东京廓城，官宅有大院，商界有宜居，坊坊有都市，大道纵横可通达洛阳旧城。洛水穿城、河上有桥、皇城恢宏、宫殿雄伟、规划缜密、布局细腻，真是大手笔风范。尤其是后宫布局更是别出心裁，一条长堤将后宫苑分成两半，堤北有海、海中有三岛、岛上有丘，堤南有五湖、湖上有亭阁、亭下泊小船、堤上有桥、桥上有亭有廊，湖岸连着停靠几条大船的港湾，后宫主殿背靠的山丘成为宫城制高点，如此借山傍水、得地理之便的造势，简直巧夺天工。相国啊，没想到大隋皇后竟有如此天赋，连我这个专业工匠都要甘拜下风了……这一块地怎么是空白的，上面却写着百花苑，这是什么意思？"杨素忍不住道："你就不觉得，按她如此设计施工，皇上那里能过关吗？"宇文恺却不以为然："皇后娘娘的设计远超我的设想，若以她的规划设计为标准，我的设想恐怕连合格都勉强。但做工程哪有弃优选劣的道理。皇上不是不明事理之人，我们把工程做得超出他的要求，他怎会不知好歹怪罪我们。这不合情理吧！"杨素却担忧地说："你呀，真是个书呆了。我担心的就在这儿，皇后设计的图纸太过奢华，让皇上太审核，我怕通不过。"宇文恺毫不在意："那就跟皇上挑明，这是皇后娘娘亲自设计的，皇上怎会不高兴而不通过呢！"杨素挖苦道："你这人真是一根筋，若让皇上知道后宫娘娘参与此事，我俩就别想干别的事了。我大不了回家养老，可你就难说了，你已经被罢过一次官了。"宇文恺愣住，边想边不解地问："为什么？难道此中有犯忌的事吗？"杨素不得不解释："你说得没错，我岂能不知这小子的心思。他可不像他父皇那般大度，能容忍自己的后宫娘娘临朝参政，这就是忌

讳之处，也是皇后叮嘱我们要注意的事。皇后如此认真参与此事，自有她身临其境的切身需求，但她似乎没考虑到皇上对我们的限制，这就是我担心的。"宇文恺似乎明白了，说："这倒有些两难了。不用皇后娘娘的设计，不仅可惜，也辜负了她的心血。若照此图纸施工，又怎能通过皇上的审查呢？"

突然，一直在旁聆听的封德彝道："臣有个设想，不知是否可行？"杨素道："不妨说来听听。"封德彝道："何不用阴阳图纸一试？"杨素盯着封德彝问："此话怎讲？"封德彝道："阳图就是原图，复制阴图时，可以隐去可能通不过审查的原图部分细节，确保能通过审视。等木已成舟，成果摆在眼前再说事，大家就有了回旋余地。"宇文恺不等杨素答话，便道："此议甚妥。我相信咱们这位皇帝不会分不清好坏吧！"杨素却道："我还担心超支的问题该怎么办？"封德彝道："相国不是说过，皇后让我们取之于民用之于民嘛。到时候可以让管度支的裴矩与李密通融一下。"杨素若有所思，不再言语。

萧皇后在设计图纸上留出的"百花苑"空地，是为杨广圆梦、寻觅十六位花魁所留空间，而她对这个空间的布局设计尚未得出最完美方案，所以只能空着，以待后续补充。说来这或许是一次巧合，却给被杨广点名参与营建新京的虞世基提供了施展才华的机会。虞世基是江南会稽余姚人，博学多才，写得一手好隶书，但门第贫寒、家境穷困，常靠卖字赡养母亲。他性情沉静，喜怒不形于色，又不愿攀附权贵，曾两次参加乡试，均因无背景、没钱孝敬监理而无缘参加县考。后来经人推荐，他到莫山府任校猎，凭借勤奋努力被破格提拔为从九品通直郎。河东秘书监柳硕言欣赏虞世基的才华，极力举荐他参加县试，虞世基名列前茅，获得赴京会考资格，又在京试中取得第五名，被招入内史省待职，却因性情不合上司喜好，被发配到工部任从八品秘书吏。后来因母亲去世，他离职守孝三年。这三年间，虞世基一面守孝，一面勤奋博览群书，一面在乡邻间倡导敬老扶幼，渐渐声誉在外。虞世基的名声传到时任右仆射的苏威耳中，苏威将他招入内史府任六品舍人。杨广登基后，经苏威举荐，虞世基被任命为第一批第一路巡抚，率领太子杨昭下江南巡察姑苏、余杭，并代杨广前往会稽参访民间高人王老伯。虞世基出任巡抚后不负众望，一路上德廉政明，审案断事果敢公正，深得当地官民好评，也受到随行太子杨昭的敬重，被太子举荐给父皇予以重用。杨广得知虞世基曾在工部任职，便将他召回京城，委派他参与督造洛阳宫城，并在虞世基到京履职后，亲自在御书房召见他，还将杨素、宇文恺送交审核的图纸给他评议，由此谈及空白的"百花苑"用意。杨广很坦诚，向

第六十三章　洛阳行宫湖光山色，水席牡丹浮雕题词

虞世基说了十六花魁之事。这让虞世基想到，杨广得知王老伯过世时泪流满面的悲伤之情，他不难感受到杨广是个重情重义的帝王，便主动请缨，承担设计"百花苑"的差事，并将"牡丹花"定为洛阳宫中的花魁……"洛阳牡丹"便由此而来。

东京洛阳皇城建成后，杨广决定带杨素、宇文述、牛弘、杨约、郭衍、段达、张衡等亲信大臣，以及三位夫人一同前往查验东京显仁宫。整个宫城平面呈方形，由三重城垣组成，外城垣周长二十八公里，四面城墙共开有八座城门，南墙的定鼎门为正门，宽二十八米。外城垣内是太微皇城，有坊有道，是朝廷官衙各部的办公居住之地，紫微宫城是皇城的核心。皇城之北的显仁宫则是皇帝办公和生活的场所，而杨广一行人要查验的重点便是这座显仁宫。众人从显仁宫正门进入，由封德彝乘坐一辆小牛车在前引道，杨广与杨素相陪，和三位夫人同坐在第一辆双辕牛车上，其他人分坐五辆单辕牛车，由宇文恺、何稠陪同跟进，依次逐块巡察查验。杨素不用马车，而选用力气大、耐力强，行动虽迟缓但安全可靠的牛车作为众人巡察宫城的代步工具，这确实是他的别出心裁。因为宫城占地宽广，有富丽堂皇的宫殿、借山聚水的亭台楼阁，有蜿蜒曲折、时上时下的坡道，有锦绣宜人、自然景色与人造景观相得益彰的风貌，奢华至极，无与伦比。要将整个宫城仔细勘察一遍，没有几天时间还真不行，尤其是显仁宫作为宫城的主要建筑，包含外宫皇帝主政的大小殿堂十六所，拥有依山傍水的内宫三殿和四海五湖长堤十六院，整片建筑风格似乎都集中体现在这里，大有见微知著的功能。因此，杨广选择显仁宫作为巡察重点，也是事出有因。

果然，众人一进入显仁宫，就被宫廷的金碧辉煌吸引住了目光。牛车在一座高高耸立的宫殿前停下。宇文恺和封德彝招呼众人下车，萧皇后在杨广搀扶下，朱贵儿在薛治儿扶持下，由杨素在前引道，沿着白玉砌就的台阶向上走去。宫殿似乎建在四周最高处，与四周建筑相比，犹如鹤立鸡群般醒目。白玉铺地、红松为柱，楠木为门窗，金光闪烁的屋顶象征着皇权，在蓝天白云衬托下显得魁梧高大，众人置身其前，不禁感到自己的渺小。杨广在白玉栏杆前停步，举目望向四周建筑群，突然涌起一阵不快之感，立即转头问身旁的杨素："相父，朕怎么觉得这座宫殿四周的一些建筑，在你们给朕审视的图纸上没有呢？"杨素没想到杨广记忆力如此清晰，目光如此敏锐，一下就指出了他们想瞒天过海之处，一时不知如何回答。

杨素身后的封德彝见杨素尴尬，急忙说道："皇上，图示与实物会有一定视觉差异，而且施工时，为因地制宜，在不影响整体的前提下，可能会对图纸作适当改动，

但一般变动不会太大。还请皇上见谅。"杨广听手下这样解释，便没有再追究。杨广走进殿堂，举目扫视，空旷的四壁、高爽的大殿、红亮的地板、金黄的帝扆，让他再次感到自己的渺小。他不禁想起仁寿宫的太极殿，便若有所指地扭头问杨素："此处与长安宫殿相比，是不是太过奢华了？"杨素心中本就有鬼，见杨广又问到自己的软肋，不由得惶恐起来，无言以对。宇文恺只能上前答道："皇上如此相比似有不妥。一是新旧必然有差异，二是几十年前的理念怎能与当今现实同日而语。"宇文恺的解释似乎让杨广放下了心头的包袱，感到轻松了些。杨广抬头看到帝扆上方有一块空白匾额，似乎在等待题字。确实，杨素知道杨广不像其父不喜欢文墨，且杨广对书法颇有讲究，尤其擅长临摹王羲之的草楷，所以这块匾额是杨素特意为杨广留下彰显墨宝之处。正尴尬的杨素见杨广注意到空白匾额，立即不失时机地说："皇上，此殿还未命名，可否借皇上墨宝为它题个名？"杨广欣然点头："可以，这里有纸笔吗？"杨素一挥手，立即有人抬来案桌，取来纸笔墨砚。一时间，有人铺纸，有人磨墨，众人都被吸引到杨广身边，萧皇后更是挤上前，心里猜测着杨广会给此殿题什么字。唯有薛冶儿和朱贵儿似乎对此不感兴趣，手挽手走到殿外栅栏处，自顾自欣赏风景。

　　杨广举笔在手，边在砚上慢慢地舔着笔、让笔饱蘸墨汁，边在脑海中思索着合适的词字……中华民族的汉文书法不仅源远流长、传播甚广，被誉为是无言的诗、无形的舞、无图的画、无声的乐，而且攻法独特，执笔、运笔、挥墨、点划、结构、布局都有章法可寻，并由此形成了诸多的流派。杨广喜爱文墨书法，尤以临摹王羲之草书的功力为佳，绝不逊色于一般书法名家，然而他从不曾在人前炫耀，所以知晓他书法精湛的人并不多。在跟随杨广前来踏验新宫的这批人中，既有像牛弘这般精通书法的大臣，也有像杨约、张衡等人，虽懂书法却不热衷于自己动手书写。他们当中多数人并不了解杨广的书法功底，因此见杨广这般毫不犹豫地要亲自题字，有人感到惊喜，有人心存怀疑，这无疑更引发了众人的关注。

　　杨广胸有成竹，待笔吸足墨汁，砚舔利笔锋，他毫不犹豫地提笔挥毫疾书，笔锋随着他的手腕龙飞凤舞，顷刻间，一行柔中带刚的"乾坤殿"三个大字跃然纸上。常言道，懂行的看门道，不懂行的看热闹。牛弘率先瞪大了眼睛，竖起大拇指，惊喜地高声连声道："皇上……这简直深藏不露啊！不看不知道，一看吓一跳，这字体布局恰到好处。笔画构架独特，且每一笔都精准到位，简直犹如神来之笔，妙不可言。尤其是这'乾'字的一勾，气势十足，令臣自认为是书法大家，此刻也不得不自

第六十三章　洛阳行宫湖光山色，水席牡丹浮雕题词

愧不如啊！"杨约虽知道杨广写得一手好字，却从未亲眼见识过。此时看到杨广一气呵成写下"乾坤殿"这三个大字，字体不仅俊秀，笔画还苍劲有力，字字秀中带刚，实在难以想象这竟是一位年轻帝王的墨宝（按语：杨广的书法墨宝以及他的诗词，由于他自身未用心留存，再加上后人的偏见，致使后世能见到的极少，实在令人惋惜）。杨约感慨道："见字如见人，外表秀丽，内里刚强，皇上这字绵里藏针、锐而不露的笔法，用《文心雕龙》中的词句来形容，也不过如此吧！由此还让臣想起皇上运筹帷幄指挥江南伐陈以及挥兵北上一举平乱的风采，二者真有异曲同工之妙，令臣大开眼界。"两位高手争先发言，引得众人纷纷发出由衷的赞誉和感叹。

杨广心中得意，脸上却尽显谦虚，口中说道："朕的拙笔，让各位见笑了。但与这座宫殿的奢华大气、金碧辉煌相比，朕觉得这字似乎并不相称。"心存私心的杨素听了这话，感觉有些刺耳，赶忙恭维道："皇上的字若不配此殿，还有谁敢在此匾上题字。不是老夫妄言，这殿也只有皇上能坐，更别说这几个字了。"杨广对杨素的话心生不满，随即说道："朕不过写了几个字，你们就把朕捧得这么高，朕实在担当不起。此后若再让朕题字，朕可不敢了。我们还是去其他地方查看吧！"

萧皇后满怀对自己设计精妙之处的急切期待，说道："各位大人，据本宫所知，显仁宫的精华并非是皇上主政的朝堂宫殿。而且这些宫殿的建筑风格大多相似，看一座便知其他，看多了反而会觉得乏味。所以本宫提议，咱们还是先去后宫看看吧！这样既能让大家更真切地感受新宫，也能慰藉本宫对新居的深切思念之情。不知圣上能否恩准？"杨广对皇后这番话感到有些诧异，但对她思念新居的心情倒也能够理解，便问道："从这里到后宫有多远？"宇文恺上前禀报道："启禀皇上，从乾坤殿到后宫皇后娘娘主政的宫殿，有两条路可走。一条是乘车顺道前往，大约需要半个时辰；另一条是乘船，片刻即可到达。不知陛下想走哪条路？"杨广毫不犹豫地说："走水路！朕从长安来到洛阳，不是骑马就是坐车，到了这里还要坐牛车进宫，既累又无趣。若能乘船，既省力又省心，正合朕意。"

杨广这话确实说到了众人的心坎里，谁不想轻松又省心呢！于是，封德彝在前引道，杨素、宇文恺簇拥着杨广和萧皇后，众人紧紧跟随，穿过乾坤正殿，绕到后殿，便看到一条青石板铺就的通道，延伸至几十步外的一处船码头。几条装饰华丽的敞篷游船停靠在码头上，几个黄门侍从早已在船旁等候迎接。这条游船河道像是人工开凿的，宽度不足五丈，河道内湖水清澈见底，河道两旁的岸边矗立着一幅幅彩玉浮雕。

杨广喜爱水，却从未如此悠闲地乘船，头顶蓝天白云，缓缓地在碧波绿水上荡漾，惬意地极目眺望四周，欣赏着自己新建的宫殿，心中别有一番情趣。他有些陶醉其中，留意到岸边的浮雕，发现上面雕刻的竟是史册上流传的经典故事：既有女娲补天的传说，也有姜子牙遇文王的故事，还有张良兴汉的典故……突然，杨广心头一热，一幅彩雕上几个似曾相识的人形和熟悉的面孔映入眼帘。他情不自禁地从座位上站起身，连声说道："停下，停船！"随后问杨素："这幅彩雕讲述的是什么典故？是朕眼花了，还是……"杨素略带得意地说："皇上没有看错，这讲的全是您母后家和先帝的故事。"杨广站到船头，凝视着浮雕说："中间这个确实像我母后……真像我母后。上面这个是……"杨素回答："是明皇后，皇上的姑妈。皇上没见过吗？"杨广说："我知道，明皇后是我姑妈。她在世时，我还没出生呢！那么下面这个是……"杨素说："天元皇太后，皇上的二姐，您觉得不像吗？"杨广瞪大了眼睛仔细看着，说道："喔，有点像，不过现在她没这么胖了。那个在马背上举枪的就是我父皇了吧！"杨素说："没错，是先帝，您的父皇。旁边那些陪衬的有您的祖父和外祖父，这上面讲的是独孤天下之事。"

杨广沉默了，他似乎陷入了回忆，又像是在缅怀，眼眶渐渐湿润。宇文恺见杨广触景生情，担心影响他赏景的兴致，急忙说道："皇上，前面还有一幅，讲的是您的故事。"杨广一愣，有些难以置信地说："还有我的？"杨素立刻指着另一块浮雕，指挥游船靠近后说："这幅浮雕记载的是皇上挥军伐陈之战，上面的形象您看像不像？"杨广凝视着浮雕，脑海中浮现出当年在元帅帐中排兵布阵、发号施令的场景，一股自豪感油然而生……忽然间，他的思绪不知为何飘到了京口码头，宁远赠定情锦盒送行的画面出现在眼前，他觉得自己仿佛有所得，又有所失。杨广有些恍惚，泪水再次涌上双眼，随后带着复杂的情绪问道："如此规划设计是后来补上的吧！这是谁的主意？这些浮雕出自谁手，想必花费不菲吧！"

杨素看着杨广情绪的变化，一时间既不明白杨广的意图，又不敢在没摸透他心思之前，将自己置于风口浪尖。他只好装作没听见，默不作声，偷偷观察萧皇后的神情。宇文恺见杨素不说话，只能吞吞吐吐、含糊其词地说："这条人工河道的设计，是……是皇后娘娘想到后提出来的。河畔这些玉雕的构思……设计，是……是出自虞世基大人之手。"萧皇后对宇文恺这样的说法虽不满意，却也无可奈何。因为这条河道在她最初的设计稿中并不存在，是虞世基在实地施工时，考虑到皇上退朝后乘船去后宫既近又方便省力，才向杨素和宇文恺提出建议：在殿后建座码头，

第六十三章　洛阳行宫湖光山色，水席牡丹浮雕题词

开凿一条河道，沿岸打造人文景观，这样既能连通五湖直达三宫，又可通往四海抵达十六院。当时杨素出于私心，担心会增加费用开支，没有同意，而宇文恺却觉得这个建议有可取之处，便向萧皇后禀报了此事。没想到萧皇后也认为此建议不错，但她另有打算，叮嘱他们：若皇上对这件事满意，就趁机把她参与设计的事情说出来；若皇上不满意，就只字不提，或者把虞世基推出去承担责任。宇文恺虽然反感这种做法，但也只能照做。此刻见杨广追问，杨素却退缩不说话，皇后自然也不便多言，所以宇文恺只能委婉地禀报了此事，并解释说："臣认为，虽然这多花费了一些人力和钱财，但其立意明确，情怀独特，构思新颖，所以……"

杨广没等宇文恺把话说完，便转头四处寻找，问道："虞世基人呢？朕怎么没在这里看到他？"宇文恺接口道："虞大人在前面的百花苑恭候皇上大驾。"然而，杨广似乎并未在意宇文恺的回答，突然惊呼道："哎呀，朕的两位夫人呢！朕的两位夫人怎么不在船上？"众人被杨广的喊声吓了一跳，纷纷四处张望，确实没看到朱贵儿和薛治儿两位夫人在船上。杨广着急了，连声喊道："停船，停船……"萧皇后明白了，赶忙说："圣上别急，她们没上船，肯定还在乾坤殿。只需派个人把她们接过来就行。"杨广狠狠地瞪了萧皇后一眼，冲着撑船的黄门近侍说："调头，调头，回乾坤殿，快点调头！"游船调头，回到乾坤殿码头。杨广不等船停稳，便一个箭步跳上码头，撇下众人，朝着乾坤殿飞奔而去。

萧皇后冷眼旁观杨广的举动，心中不禁涌起一股酸涩，不由得产生了利用陈氏和蔡氏打压这两人的念头。

第六十四章
五湖四海相国遭忌，十六庭院皇上赐名

朱贵儿和薛治儿确实在乾坤殿，没有上船。她们对迁都之事不感兴趣，不过对于往后要移居洛阳新宫，心里还是有所期待。二人来到洛阳皇城后，既觉新鲜，又感新宫城的气势远超长安大兴城，一路上心情颇为愉悦。走进显仁宫，看到气势雄伟的殿堂，她们真心为夫君杨广感到高兴；可看到皇后一些故作姿态的神情，心里又不免有些别扭。尤其是萧皇后在杨广和众大臣面前，不时跟她们套近乎，表面上似乎在显示三人关系融洽，实则是在装腔作势，这让性情耿直的薛治儿不仅觉得恶心，甚至产生反感。若不是朱贵儿婉言相劝，她早就发作，让萧皇后难堪了。于是，趁着萧皇后和众人围观杨广题词的间隙，二人走到殿外尽情欣赏周围景色，倒也悠然自在。

二人倚靠在白玉栏杆上，薛治儿愤愤然道："我现在发现，在晋王府时与我们以姊妹相称的那个大姐变了。我越来越不认识这个皇后了。"朱贵儿说："这没什么好奇怪的，她地位和身价变了，情态自然会变。"薛治儿又道："我们的身价和地位也变了，可我们怎么就没变呢！你还是你，我还是我呀！"朱贵儿劝慰道："这或许就是人性吧！她现在是皇后，一国之母，和我们对自身身价地位的感受完全不同。"薛治儿不以为然："你的说法我不服，我觉得她变的不是情态，而是心，她变得权欲熏心了。"朱贵儿却道："这也正常，她以前无职无权，无须弄权。如今除了圣上，谁能不尊她为第二呢！"薛治儿道："我知道，她想当像母后那样的二圣，和圣上一起临朝听政！但就她的德行，配吗？"

杨广从乾坤殿内跑出来，见朱贵儿和薛治儿悠闲地聊天，不禁勃然大怒，吼道："你俩可真行，众人都走了都不知道，还在这儿装斯文，害得朕急匆匆跑回来找你们。你们说，该当何罪？"薛治儿一听就火了，立刻回怼道："你们走的时候招呼过我们吗？是你们把我们丢在这儿不管，反倒说我们有罪。简直岂有此理！"朱贵儿怕薛治儿在杨广生气时火上浇油，急忙说道："请皇上息怒，我们确实不知道你们

第六十四章　五湖四海相国遭忌，十六庭院皇上赐名

已经走了。"杨广走近二人，似乎余怒未消，带着讥讽道："二位夫人，朕亲自来叫你们，现在可以跟朕走了吧？"薛冶儿却不依不饶："不能！你得把'装斯文'这几个字给我说清楚。不然，我就回长安去。"杨广在薛冶儿面前向来甘拜下风，他宠爱薛冶儿的耿直，觉得她坚持的事情往往有道理，她那宁折不弯的个性让他折服，此刻也是如此。他只好放缓语气："算我说错了，行不？快走吧，大家都在船上等你们呢！"薛冶儿听说还要乘船，顿时来了兴趣，不再纠结，在朱贵儿的拉扯下，跟着杨广向码头走去。

萧皇后主政的后宫可分为北水南林，一条长堤将北水分成五湖和四海，一条大道把南林分成西园和东殿，西园包含四海，东殿坐拥五湖。这后宫比杨广以乾坤殿为主的前宫大得多，殿堂、楼台、山水应有尽有。后宫前临五湖、后傍山的东殿，虽没有前宫乾坤殿那般恢宏壮观，却融合了江南宫殿的俊秀玲珑与富丽堂皇，大气舒适，独具江南风情，粉墙黛瓦，雕花绣凤的门窗柱椽，与仿若真山真水的太湖山石、碧泉流水、玉雕小桥、莲塘游鱼，无不彰显着母仪天下的尊贵和江南人文情愫的独特魅力。东主殿背靠的山虽不高，却是后宫的制高点，山上建有一塔和殿堂，登上塔顶可俯瞰整个后宫。整个后宫为迎合杨广喜水的嗜好，三分之二的区域被水占据，其中四海三岛各具特色。

何谓海、湖、岛屿？在华夏西北方，人们把大的水面称作海，小的水面称作湖；海湖上有土石露出水面，大的成为岛，小的便是屿。根据萧皇后的规划设计，在后宫划出三百余亩田地作为水域，挖土蓄水、堆土成岛屿，田地中间留一条堤，将水域分成大小略有差异的两半。大的一半为海，海中设三岛，把整片海面划分为四个小海；小的一半为湖，湖中置五屿，把整个湖面划分成五个小湖和一个港湾，河道连着港湾，再配上花草树木、殿堂楼宇，完成了整个后宫的主体规模。

众人乘坐的游船驶出河道便是港湾，眼前顿时呈现出另一番景色：绿荫长堤、远山近水，豁然开朗，岛屿镶嵌其中，时隐时现，湖水清澈如镜，碧波荡漾，涟漪轻泛，微风拂过水面，宝塔山影倒映水中，右倚山石绿树，左傍楼台亭阁，两两相映，相得益彰，人船随波逐流，让人顿生超世脱俗、荡涤心肺之感，如此诗意盎然的美景，怎能不让人陶醉！游船荡至后宫主殿码头，杨广弃船上岸后，并未立即前往后宫主殿查看，而是朝着主殿旁的侧殿，一座建在殿后小山顶上的玲珑宝塔奔去。他要登上塔顶登高望远，纵览后宫全景，将四面八方的景色尽收眼底；他想知道这个后宫到底有多大，里面还有哪些建筑和景观；而且，杨广更想知道，为何要在后宫

建这么一座塔？

　　塔在梵语中称"窣堵坡"，源自印度，是释迦牟尼逝世后，其弟子为纪念他存放其骨灰舍利的地方，也是佛门最为至高无上之处。塔自秦汉开始传入中原，至魏晋起，有在佛殿后建塔的习惯，到了隋唐，在佛门之内的高处建塔成为必然。这座宝塔为砖木结构，共七层，飞檐穿椽，外观呈六边形，每层檐角有铜铃，风吹铃响，声传八方，清脆优雅，让人置身其中，仿佛身处佛境，心生厌世脱俗之感，楼层都有门道通往塔身外的廊檐，可观外景。众人跟随杨广进入塔内，立刻被浓郁的檀香味包围，原来这里面的佛像、装饰以及通向顶楼的楼梯全部用檀香木制成，让人感觉进入其中，就像走进佛堂，深受佛香熏陶。

　　杨广不由得皱起眉头，问宇文恺："这座塔是什么时候添建的？这里是后宫，又不是佛门，简直有些不伦不类。而且这里面的全部内饰都是用沉香樟木制成的，有必要这么奢侈吗！"宇文恺觉得此事难以启齿，他转脸寻找杨素，却不见其踪影，也没看到皇后，顿时尴尬起来。封德彝见状，只能上前如实说道："启禀皇上，此塔确实是后来添加的。因为我们在掘土引水建海时，发现了一条头上长角的奇怪红鲤鱼，经相国大人请来大师鉴定，认为是雏形龙种，不能伤害，只能镇之。"杨广惊讶又愤然道："这么大的事，朕怎么不知道！后来怎样了？"封德彝只能含糊其词："依据塔能镇邪，便在这山顶上建了座塔，把鲤鱼放生在海河里。"杨广余怒未消，问道："在这里建塔是谁的主意？是相国吗！"宇文恺见杨广如此发问，不得不说："在此建塔不是相国的主张，而是……皇后娘娘的主意。"杨广心中气恼，却不便当众追究，不再言语，一口气登上塔顶，走到檐廊上四处眺望。

　　何为心旷神怡？这便是杨广此刻登高望远的最初感受。他仿佛觉得自己的这座后宫已经包揽了天下美景：有金碧辉煌的宫殿群，有山山水水的五湖四海，有蓝天白云下的江山社稷，他身为这一切的君主，还有什么不满足的呢！杨广心中满是自豪。继而，杨广想到了独孤天下的那幅浮雕，也就想起了父皇和母后劳碌一生，却没有他这般的拥有，他们甚至可能都不完全清楚天下是什么样，这让杨广忽然感到心情沉重。杨广看着后宫那些富有南方特色的建筑，不由自主地想起了曾被他羡慕会享受的陈叔宝和张丽华，却更觉得他们远比不上此时的自己……突然，杨广想到了陈叔宝的结局，一股难以言喻的情感涌上心头，甚至有个声音在问他："你可知道，你身边这些人还有多少事瞒着你？你别忘了陈叔宝是怎么亡国的？"由此，杨广不由自主地烦躁起来。

第六十四章 五湖四海相国遭忌，十六庭院皇上赐名

他转脸看向周围的人，看到近旁的宇文恺和封德彝；看到牛弘旁边的杨素正指着远方，似乎在跟满面红光的萧皇后说着什么，这让杨广心里很不舒服；也看到朱贵儿和薛冶儿像两个初见世面的小姑娘，不时换着位置走动，贪婪地看着四周景色；其他人则似乎想跟他这个皇帝保持一定距离，退避在远处自得其乐地观景赏色。杨广看在眼里，恼在心头，他突然指着后宫皇后主政殿、海湖交汇近处的两幢高雅建筑，冲着杨素问道："相国大人，你来给朕指点一下，这一处是什么建筑？朕怎么不记得有这片建筑。"杨广如此发问，在场的除了萧皇后、杨素、宇文恺、封德彝四人心知肚明，其他人都感到愕然，更不知杨广用意何在。

杨素不得不走到杨广跟前，看着杨广手指之处，含糊其词道："皇上，这座宫殿还没有题名，是臣专为方便皇上建造的一座便殿。"杨广有些诧异，借题发挥道："在朕的后宫，专为朕建造便殿！朕一来不知道有这事，二来觉得没必要。相国大人，你以前总在朕面前说建造资金不够用，可现在看来并非如此吧！这前殿后宫的规模如此奢侈，远远超出朕的预想，还多出很多在你们设计送审时原本没有的东西。这到底是怎么回事？"萧皇后见杨素尴尬，其他人都不说话，只能挺身而出，上前说道："圣上，这是臣妾的主意。这座便殿是为西园的百花苑配置的，以后圣上临幸十六院，总不能没有自己的宫殿吧？至于建造洛阳新宫要参照二十多年前大兴城的规格，资金紧缺是必然的。但臣妾想起母后常说的那句话：取之于民，用之于民。因此，臣妾让相父大人照此办理，资金短缺的问题也就解决了。"

杨广没想到这是皇后的主意，觉得似乎有些道理，而且当众也不便追责皇后，一时间只能说："如此取之于民用之于民，不太妥当吧！母后说这话的意思，并非指可以用在自己的后宫啊！"杨素见杨广似乎已被皇后说服，便扯开话题道："皇上，后宫的几所宫殿都没有命名，还请皇上赐名，这样臣也好按名分完善各宫的配置。"杨广已对杨素心存不满，没好气地随口说道："你们觉得怎么好就怎么办吧！"此话本是杨广的气话，没想到杨素却当了真，说道："皇上主政的前宫为乾坤殿，那么前宫的其他所有殿堂，老臣斗胆均以乾字定名，如乾阳殿、乾隆殿、乾德殿、乾仁殿等等。乾与坤，前宫为乾、为阳、为天；后宫为坤、为阴、为地。那么皇后娘娘主政的宫殿何不命名为坤阴殿。侧殿和辅殿就命名……"

杨广对杨素的越俎代庖很反感，立刻打断杨素自作主张的命名，边想边自作主张道："不行，后宫主政之地怎能用如此晦暗的宫名。皇后主政之处应体现容和之意，这座宫殿宜命名为坤和殿。"随后杨广又道："这座塔下的侧殿要体现仁慈

心，就命名为坤慈殿。此殿以后归兰花居士乐平公主居住。这座塔就命名为仁慈塔吧！"杨广继而指着坤和殿旁的辅殿道："此殿命名为坤善殿，归朕的二夫人主管。你们准备给朕的那座便殿就命名为坤宁殿，归朕的三夫人执管。"

萧皇后心里一凉，杨广把她原本打算一统后宫的地盘划分成了四块，不仅打乱了她的设想，还让她无话可说，只能憋闷在心里。杨广知道皇后对他如此分割后宫地盘不满意，在心里说："皇后啊，你什么都好，就是心太野太大。你私自参与工程规划，朕如此制约你，只是给你个警告。但愿你记住，以后别把朕的规矩当儿戏。"杨素见杨广如此分割皇后的权势，又如此坚决地反驳他的意见，知道杨广自有主见，也就不敢再多言。

杨广虽然满意后宫的布局和海蓝湖漱的景色，但忌讳杨素不把他放在眼里的自作主张，也不满皇后未经他同意就私自参与此事，因此不愿再听从杨素的安排，按原定程序逐个查看各处宫殿。于是，他提出要乘船游湖，先游览湖水海岛，再去虞世基设计督造的百花苑中的十六所庭院。杨广带着众人乘船游湖，似乎忘却了刚才的不快，彩船在湖面上缓缓游荡，渡湖穿屿驶向长堤。长堤上百步一亭、三亭一桥、五十步一榭，青石护坡、杨柳拂堤、桃树夹岸，桥似玉环，上走人、下行船，长堤又似一条彩色飘带，将整片水域划分成东西两片。

东片是湖，共有水域百十余亩，有五湖五屿。东湖上的翠光屿，柳枝成荫，随风飘荡在湖面，与波光相映生辉；南湖上的迎光屿，有楼宇耸立，倒映在湖面自成一景；西湖上的金光屿，有芙蓉临水，黄菊满坡，白鹭飞鸥，时来时往，动静相宜；北湖上的流光屿，有白石似怪兽，时上时下，时显时隐，卧伏在水中，微风动水，似有百兽潜伏，令人望而却步；中湖上的彩光屿，视野宽阔，月光下宛如水空相连，难辨天水。西片为海，共有水域百六十余亩，海上列三岛，分别是蓬莱、瀛洲、方丈。岛上有百尺高的石山，山上峰悬石嶙峋，花草树木郁郁葱葱，还有金碧辉煌的楼台亭阁相衬，确有天上瑶台之风范，与碧波荡漾、荧光闪烁的海面相映，让人有身临其境、得道成仙之感。

杨广携三位夫人在众臣的陪护下，又在柳荫亭榭间徒步前行。左观湖、右看海，走了一段长堤，来到湖海交汇处的一处海滩边，被海岸坡地上一座好似盛开花卉的建筑景观吸引住了。随岸坡而建的绣楼橘瓦红墙，似牡丹花瓣时隐时现在绿枝芳草翠丛间，那层层相叠相连的一幢幢一片片的云亭榭阁，又似绿叶衬红花般相映成趣，令人耳目一新。俗话说，长时间观看类似景物会产生视觉疲劳，此时的杨广

第六十四章 五湖四海相国遭忌，十六庭院皇上赐名

对游湖赏景确实有些厌倦，见到如此独特新颖的景观，怎能不兴奋。

杨广立即问宇文恺："这是一处什么地方？坐西朝东，倚坡面海，花草树丛中隐藏着幢幢绣楼，莫非这里就是虞世基领旨督造的西园百花苑？"宇文恺急忙答道："回禀皇上，此处正是西园百花苑。我们只需沿着眼前这条大道再向前走一小段路，便可到达进入百花苑十六院的道口，虞大人已在前面备下车辇恭候皇上驾临，大家可以乘车前行探看。"

杨素虽是武将出身，但毕竟年事已高，又养尊处优惯了，很少如此长时间受拘束，陪着一个不能得罪的人上下折腾。此时，他不仅感到疲惫不堪，还一直对杨广让虞世基绕过他，领旨督造的这处百花苑心怀不满，进而对受杨广重视的无名小吏虞世基产生了妒忌和戒心。现在听说还要再走一段路才能上车，便心生不满，嚷道："这个虞世基胆子也太大了，自己不来这里候着皇上和皇后夫人，却要让我们去迎候他？简直岂有此理！皇上若不罚他个欺君之罪，也得给他点颜色看看，让他知道什么叫君大于一切。"众人对杨素为何当着杨广的面如此发火，知情的心里赞同，不知情的有些茫然，但都没有开口。杨广对此似乎并不在意，也没有表态。

正在这时，一个人沿着海岸边的一条小道，急匆匆地飞奔过来。宇文恺一见来人，立即说道："皇上，虞大人来了！"

来人正是被杨广破格提拔的虞世基，在短短一年时间内，虞世基连升六级（从正六品升至正三品），这让朝野震惊。熟悉虞世基的人觉得，这是他官运来了，遇到了识才敢为的君主；也有人认为，皇帝如此破格提拔一个人，是理政方略和治吏手段；但也有人对此不满，觉得不公平，是皇帝专制独裁。然而，虞世基能得到杨广赏识，并非没有实绩。

虞世基出任第一路巡抚正使之后，以睿智果敢、刚正不阿、精明干练、博学多才、严己宽人、执法公正且雷厉风行的作风，令官吏肃然起敬，百姓赞颂有加。他审案治吏同时进行，竟然创下三天连续判案断案百起，且无一起错断漏判冤假错案的纪录；他惩贪官、除恶吏百人，声誉传遍四方，百姓焚香截道，称其为"虞青天"；陪随他同行的太子杨昭在给父皇杨广的奏折中写道："儿臣身临其境参与了虞大人的审案断案，真是耳闻为虚，眼见为实，令儿臣不得不信服父皇的识人之睿、用人之魄。虞大人审案追根溯源，一丝不苟；断案似有神助，超俗严谨，据理服人；判案不仅刚严公正，不偏不倚，而且法情兼顾，令人折服。不仅让罪者悔不当初，甘愿服判遵法，也让受害者深感天地公理，感恩皇恩浩荡。儿臣对虞大人敬佩的，还有他

办事执着。为处置一郡府多年积案，竟三天三夜不离案堂，审理查处判案达百余起，不仅清理积案，还追查出一批陈年惯犯，同时依法追责涉案官吏，被民间称为'虞青天'。但更令儿臣感慨的是虞大人的人品，他处事待人不卑不亢、不骄不妄。身为巡抚，他却平易近人、谦卑礼让，且不奢不贪，处处节俭自省，令所有接触过他的人都感慨万千。若所有官员都像虞大人一样，天下将从此太平安宁。我们每巡察完一处要离开时，乡民们都会自发截道焚香送行，场面令人感动落泪。父皇，儿臣不禁感叹父皇英明，社稷有幸，上苍降此能人辅助我大隋。为此，儿臣更有时不我待之感，像虞大人这样人品才情俱佳的官员，应早日成为朝中栋梁，成为父皇撑起天下的坚实骨架，替换那些腐朽陈旧的朝堂支柱。儿臣觉得，为推陈出新，父皇纵有再多破格之举，也在情理之中。儿臣定会紧随父皇。"因此，杨广重用虞世基、裴蕴、裴矩等一批新人，并非心血来潮、任性而为，这也让朝中一些权臣旧贵心生嫉妒和不满，甚至口出秽言，处心积虑抵制排挤，杨素对虞世基就是如此心态。

虞世基得知皇上一行没按原定程序路线巡查，出其不意到了长堤口，打乱了他迎接圣驾的安排，这才情急之下抄小道，独自匆匆赶来接驾。虞世基奔至杨广跟前，跪地磕头后，气喘吁吁地说："请皇上恕臣虑事不周，致使皇上和众位大人在此等候，实乃臣之罪过。现在请皇上和众位大人再稍等片刻，臣已令接驾车辇正在赶来。"杨广上前扶起跑得满头大汗的虞世基，怜惜地说："此事怪不得你，是朕自作主张，随心所欲，才没按原定线路查看。我们此行虽打乱了你的安排，却也大饱眼福，收获颇丰。"杨广转身又对身边众人说："你们说，是不是这个道理？"众大臣见杨广这么说，只能纷纷点头，声调不一地附和道："正是，正是，此事怪不得虞大人。"杨素没有附和。

杨广见众人都赞成他的说法，便看着虞世基跑来的那条海岸小道，又突发奇想地问道："这条小道能通西园百花苑吗？"虞世基忙点头道："可以，走小道能省去绕大道的那个弯！"杨广看了看自己的三位夫人，见皇后似乎累了，正倚靠在贵儿身上稍事休息；治儿则站在一旁，用摘下的柳枝编制花环，一副满不在乎的样子。杨广又看了一眼杨素，见他一脸疲惫，还带着愤然。杨广便狡黠地说："既然能省去乘车绕弯走大道，不如就近步行走小道，既接地气，又有逛山看景的情调。我们还能边走边让虞大人给我们讲讲百花苑的事。就走小道吧！"杨广这话一出，无人再敢多言，尤其是杨素，虽恨得牙痒痒，却也只能无可奈何地跟在后面，众人鱼贯前行。

杨广在虞世基的引导下走在众人前列，薛治儿紧随其后，皇后在朱贵儿搀扶

第六十四章 五湖四海相国遭忌，十六庭院皇上赐名

下，由宇文恺陪护跟着……杨广饶有兴趣地边走边问："虞大人，前殿通往后宫的那条河道边上，你设置的那些彩玉浮雕，构思源于何处？"虞世基没想到杨广会问这个问题，谦逊地说："此事得自宇文大人指点，并由何大人亲自制作，并非臣一人功劳。况且此事也得到皇后娘娘和相国大人支持，否则仅凭臣一己之力，怎能成功。"

杨广又有所指地问："朕听说，这段河道本不在规划之内。开掘这样一条人工河道，以及两旁的设置，耗费的钱财和劳力可不是小数目吧？相国大人一直担心经费不够用，后来这事是怎么解决的？"虞世基坦诚地说："臣只管构思规划、设计制图，钱财之事不归臣管，所以臣并不知晓。"杨广又问："百花苑的规划设计建造都是你一人负责吧？据说有人为此向你发难、不满，认为这是朕对他们不信任，故意为难他们。你怎么看？"

虞世基诚恳地说："臣不想参与臣僚之间捕风捉影、钩心斗角的无谓之争。为臣办事遵循：上对得起天地、父母、君皇；下对得起臣僚黎民百姓；此生更要无愧于自己做人的良心。仅此而已！所以臣对皇上的信托，将百花苑工程交付给臣独立规划设计施工，臣只有一个心愿，一定要把此事做好，除此之外，没有其他念头。而且此事虽由臣领旨独办，但只是建造后宫的一小部分，我们有严格分工，都在相国和宇文大人监管下进行，各人尽到自己的职责即可。况且整个工程实施，也让臣受益匪浅。若陛下对百花苑满意，宇文大人和何稠大人功不可没。"

杨广对虞世基既不居功又不贬低他人的回答很满意。他又指着小道前方的景物问："这青松绿竹丛中层层叠叠的庭院，看似有规矩又似无规矩，整体看又像一朵盛开的花朵。中间那片金灿灿的，是不是这花朵的花蕊？"虞世基点头道："皇上说得没错，但不知还看出些什么？"杨广饶有兴趣地干脆站住，认真看起来，说："红橙相间，青翠相托，象征着绿叶扶红花。花瓣在一片翠色中时隐时现，看似无序无矩，却都朝着花蕊。哦！朕看出来了，这是朵盛开的牡丹花。每一花瓣就是一片庭院，而且这花瓣式的庭院，大小、朝向各不相同，却都围着花蕊，一共有一、二、三……"

众人被杨广驻足赏评眼前所见吸引，渐渐围了上来，有的站到道边的土石草丛上，顺着杨广注目的方向和手势观望。有看明白的，有稀里糊涂的，也有不知所以然的。萧皇后扶着朱贵儿的肩膀向前眺望，心中不禁赞赏虞世基超凡的想象力和精湛的构思规划：他把十六处庭院变成十六片花瓣，用十六种不同形态的造型和草木

异树相配相衬，与金灿灿的一座中心宫殿组成一幅牡丹盛开、绿叶扶持的图案。最让萧皇后满意的是，她已知道在那座金光闪亮的花蕊宫殿里，杨广同意用她喜爱的牡丹花作为镇苑之花。杨素见众人不走，只能也驻足，看到杨广对虞世基那般亲切满意，心里暗自道："小子别得意，居然跟老夫争宠。你等着，看老夫怎么收拾你。"

虞世基引领着杨广和众人进入花瓣式的庭院，众人顿时耳目一新、精神一振。海风微微拂面，不知名的花草香气扑鼻，桃畔溪李列径，梅绕院柳垂檐，宫殿金装银裹，楼阁锦绣装饰，仙鹤独立花草间，锦鸡成对在泉旁闲逛，青鹿在树丛中交游嬉戏，金猿飞鼠在树枝间啼鸣飞蹿，众人犹如进入梦幻仙境，美妙无比。杨广十分满意，萧皇后喜上眉梢，朱贵儿瞠目结舌，薛冶儿目瞪口呆，谁都没想到，这百花苑竟是如此绝世无双之地！然而，唯有相国杨素心中醋意和失意交织。他不禁想到，自己多次为难虞世基，否定他的施工方案，还从未按时发放该工程的劳酬，若不是宇文恺从中调解，此工程绝难按时完工。

虞世基见众人欣喜之情溢于言表，便上前说："启禀皇上，这百花苑内有一座正殿、十六座庭院，均未题名。望皇上赐名！"杨广想起乾坤殿题名之事，朝杨素扫了一眼，说："可以！不过，朕要逐个庭院看完后，才能恰如其分地赐名。不然，若名不副实，岂不让人笑话！"杨素听杨广说要逐个庭院查看，心中暗暗叫苦，这十六座庭院逐个走一遍，还不得把他累散架了？杨素见众人都不反对，只能自己说："皇上，这后宫的庭院，我们外臣没必要逐个查看了吧！"杨广没好气地说："是相国大人不想去，还是大家都不想去？"众臣难得有这样开眼界的机会，谁不想去？于是，宇文述、牛弘等人立即异口同声地说："托皇上之福，有此开眼界的机会，怎能错过。"杨广又看了杨素一眼，说："相国大人若不想去，或者觉得累了，可以自便。"杨广说完，头也不回地带着众人向一座庭院走去。此时的杨素进退两难，封德彝见杨素为难，便找了两个近侍，一左一右搀扶着杨素，跟随在众人后面。

虞世基引领众人在一座石墙环绕的庭院前停下。简陋的大门好似乡绅家的大院，素雅而别致，院内树木郁郁葱葱，阴凉宜人，不知名的野花清香袭人，一对绿孔雀见有客来，慌忙转身展屏相迎，让人顿感温馨。一条石径引人穿堂入室，秀楼玲珑，室内装饰简洁典雅，粉色墙体仿佛被花香浸染，透着沁人肺腑的香味，雕雀刻花的浅红窗几显得文静，案桌上摆放着琴棋书画、文房四宝，充满书香气息。登上绣楼，推开窗帘，清风拂面，凉爽无比，蔚蓝的海面天水一色，三岛耸立其间，宛如一幅水粉画，令人目净眼亮，一条蜿蜒在海面的绿波长堤，让人心情舒畅。近旁，一

第六十四章　五湖四海相国遭忌，十六庭院皇上赐名

对梅花鹿在溪边饮水；海边，一群白鹭缓缓翩翩起舞。

杨广忍不住赞叹道："构思新颖，意境美妙，静中见动，简洁素雅，处处充满诗情画意，真是一处不是仙境胜似仙境之地，更是难得的佳作，能入住此处的佳人有福了。"萧皇后虽然走得脚底生疼，却也被这美妙的境地提起精神，情不自禁地说："本宫不得不钦佩虞大人的过人才华。圣上，这里有现成纸笔，快给这座庭院赐个名吧！"谁知，杨广却挥了挥手说："别急，朕还没看完呢。等朕看够了，灵感来了再题也不迟！诸位大人，对此有何感想，或者有妙词都可提名参与，谁的好就用谁的，这叫君臣同乐！"

此后，杨广不再让虞世基在前引导，而是随性信步，逐一穿院入室浏览审视各处庭院，君臣各自凭着喜好点评。这里有：镶金嵌玉的楼阁、朴素典雅的厅堂、雍容华丽描龙绣凤的卧室、清新舒适的书斋和书香气四溢的闺房、曲径通幽翠环成荫的庭院、花木扶疏月形门洞穿梭其间的连廊、琉璃作瓦胭脂涂壁的绿瓦红墙、鹤鸣猿啼飞鼠出没的青松树林、荷塘映日碧叶花红的镜面水池、浮光耀金银龙游弋的玲珑湖面。处处自然错落别致，庭庭不同相映成趣，院院生辉姿态各异，众人仿佛在踏春赏景，杨广也暂时忘却了烦恼。

众人在杨广带领下，一路上走门逐户，走小道、穿斜径，边看边议，走完了这十六座庭院。最后，杨广带着众人来到百花苑的中心，一座金灿灿的丹蕊殿。众人走进殿内，无不感到吃惊，金碧辉煌是此殿的主色调。殿中有庭院，庭内有阁楼厅堂，院中有草坪溪水，厅堂里有十六张小圆桌，围着一张大圆桌，好似众星捧月。谁都明白，这里肯定是百花苑主招揽十六院主共同用餐之处。

杨广一路走来，不仅开了眼界，也身临其境感受到这里的美妙，灵感顿生，随即为十六别院亲笔题了院名：第一庭院，因海明景亮，赐名为景明院；第二庭院，有朱栏锁窗，阳光照射下似有百花妩媚，赐名为迎晖院；第三庭院，梧桐流荫、金风有声，赐名为秋声院；第四庭院，杨梅花开，化若朝霞，题名为晨光院；第五庭院，李花似玉、丽胜彩霞，命名为明霞院；第六庭院，伞松似盖、彰罩庭院，赐名为翠华院；第七庭院，因水中有一石壁，石壁上苔藓如文，题名为文安院；第八庭院，桃杏似锦屏，花簇为绣褥，流水似琴鸣，幼莺逐波游，命名为积珍院；第九庭院，长渠流经碎石，簇起许多细细皱纹，日光之下生出五色之痕，题名为影纹院；第十庭院，翠竹环绕中突现一丹阁，好似孔雀展屏，赐名为仪凤院；第十一庭院，彩楼夹于左山右水之间，山为仁、水为智，题名为仁智院；第十二庭院，院外乱石阻断出路，看似

无道可行，庭院中却有桃花流水与湖泾相通，靠轻舟方可畅通无阻，是极好的诵经养性之地，便赐名为清修院；第十三庭院，南院的银杏树，秋风起时金黄一片，赛似寺庙，赐名为宝林院；第十四庭院，因庭院内桃蹊桂阁，春有桃花和风拂面，秋可闻桂香赏明月，题名为如意院；第十五庭院，因细柳凝荫，皖花似绮，赐名为绮荫院；第十六庭院，蜡梅绕屋、楼台向暖、鸾鸟凭栏、可闻香赏雪，赐名为栖鸾院。同时，杨广欣然为此殿题名为百花殿，任命萧后为百花苑主，并赐萧皇后为百花居士。

杨广对这座由虞世基领衔督造的百花苑比较满意，这也让他对杨素一直以来在他面前诋毁虞世基的用意有了更多感悟。此刻，他见杨素被两个近侍抬着进了牡丹殿，不由自主地露出幸灾乐祸的微笑。薛治儿见状不满地说："你这是杀敌八百，自损一千，有什么好得意的？"杨广诧异地看着薛治儿问："此话怎讲？"薛治儿指着钗歪脸绯红的皇后和衣衫有些不整、满面汗珠的朱贵儿说："你那点心思，以为只有你自己知道？苦了贵儿，皇后把贵儿当拐杖使呢。"

杨广被薛治儿说中心事，又看到皇后和贵儿疲惫狼狈的样子，心中不免涌起悔意，对杨素的不满情绪也更强烈了。杨广走到杨素跟前说："相国大人，你这武将出身的人，怎么还不如朕的几位夫人？往后，朕还真得对你多留个心眼，不然把你累坏了，朕没法向你家人交代。"

杨素心中正憋着一口气，杨广这一路都在为难他，可他猜不透杨广为何这样对他。此刻杨广又挖苦他，杨素忍不住说："老夫可不敢让皇上对臣有所交代。想当年，老夫可从没让皇上失望过。如今臣老了，皇上若觉得臣不中用了，何不让臣告老还乡，安享晚年，也省得皇上费心。"杨素这番话本是一时气愤之言，他自恃这些年为杨广立下汗马功劳，朝中无人能取代他，便想借此显示强硬，以退为进，让杨广不敢小觑他，保住自己的权威和利益。

然而，杨素和在场所有人都没想到，杨广竟然顺水推舟地说："既然相国大人觉得自己老了，力不从心了，朕若还继续逼相国大人如此辛劳，就太缺德、太不念旧情了。为此，朕今日恩准，相国大人明日不必再来上朝。朕允你回府好好休息，养身延年。如何？"谁都知道这是逐客令，更是皇帝解职释权的圣旨。这不仅让杨素惊愕，所有人都无法理解，杨广这话是认真的，还是随口一说？是真心照顾老臣，还是别有用心刁难？

杨广对杨素的不满由来已久。随着朝政稳固，杨广越来越觉得杨素倚老卖老，有些尾大不掉，许多朝臣都要看杨素脸色行事，这让杨广难堪，甚至感到有股功高

第六十四章　五湖四海相国遭忌，十六庭院皇上赐名

盖主的味道。有一次，杨素说进后宫陪杨广钓鱼解闷，却要比赛，以钓多者为赢家取乐。最后杨广鱼多胜了杨素，杨素却不认账，反而以自己钓的鱼个头比杨广的大为由，强逼杨广认输。杨广觉得这样取乐没意思，便把钓到的鱼都放回水里。可杨素却把自己钓到的鱼一个个摔死踩烂，说："我钓的鱼，才不会放生呢！"杨广没想到杨素如此暴戾对待小生命，为此郁闷许久，从此对杨素心生芥蒂。

巡抚裴蕴任职期间，接到不少涉及当朝首辅杨相国在征战中私纳敌产的案实，更有人举报杨素许多贪赃枉法之事。杨广得知后，虽碍于杨素功大于过，未予追究责罚，但此事成了杨广心中的一个结。而且杨广对白石寨留侯谶语中"须防身边人"的说法也很上心，所以这次建造洛阳新宫，虽仍重用杨素为总管，却调来自己信任的两个官吏参与，以便掌控实情，实则也是监督。

由此，杨广对萧皇后参与设计、杨素瞒天过海，以及杨素与封德彝从中谋利之事并非一无所知。这让杨广无法淡定，便给杨素定下规矩：这次巡察洛阳宫殿，只要不太过分，能通过审查，就不再计较其他，让这个工程给他画个句号，然后让他安享晚年，也算是对得起他了。因此，杨广在亲临新宫查看时，并非无的放矢，而是有意逼迫杨素就范。此刻，杨素主动请辞正中杨广下怀，他岂有不顺水推舟之理。

杨广为了进一步表明态度，说道："朕其他地方就不去看了，相关之事朕也不再追究，你们好自为之吧！但洛阳新城还有许多事需要各位大人抓紧促完成，老城改造也必须同步推进，务请各位大人尽力而为，别让朕失望。"杨广此举惊呆了众人，尤其是让萧皇后心惊肉跳，可她又能说什么呢？只能呆呆地愣在一旁，不知所措。

杨广接着说："皇后，往后朕的后宫就都交给你了。"萧皇后眼睛一亮，真想开口谢恩，却又觉得不妥。她若不借此机会提些要求，岂不错失良机？于是，萧皇后故作矜持地说："圣上如此圣旨，臣妾可不敢领。"杨广诧异道："为何不敢领？这难道不是你梦寐以求的事吗！"萧皇后斟酌着说："偌大一个后宫，臣妾哪怕生了三头八臂，也难以兼顾周全。到时候万一有个闪失，臣妾可担不起这个责任。"

杨广似乎明白了，便说："后宫里，还有二姐，以及贵儿和治儿在。你若愿意，她们也能帮你。"薛治儿立即接口道："这个差事我可干不了。圣上与其让我给皇后添乱，不如允我在宫内随意走动，我也能享点清福。"朱贵儿也跟着说："圣上，这是皇后谦虚，您怎能当真？二姐也不可能参与后宫之事。您若真想让皇后担起此责，不如多给她配备些人手，这样才会有成效。"

萧皇后见朱贵儿说出了自己的心里话，不禁向她投去感激的目光。杨广也会意地说："看来，朕还不如贵儿了解皇后。既然如此，皇后就开门见山地说吧！你还想向朕提什么要求？"萧皇后到此时也就直言不讳："圣上既然要把新京的后宫交给本宫管理，必须依本宫三件事。其一，本宫是东京后宫的唯一主政人，圣上在后宫也得听本宫的，而且后宫总管由本宫挑选指定。其二，本宫治下的新都后宫，不能像旧都后宫那样捉襟见肘、冷冷清清，所以必须选招一批年轻侍从和宫婢充实后宫。其三，圣上已为十六院赐名，那么院中院主由本宫任命。而且我要广选美女入驻百花苑，不负圣上封我为百花苑主之恩。"

萧皇后见杨广面露犹豫之色，赶忙补充道："圣上别以为这是臣妾在弄权，实则恰恰相反，臣妾始终牢记圣上的嘱托，不会让这十六院空着。等百花苑中的十六院都满了，我这个百花苑主才算功德圆满。到那时，再请圣上来评判本宫的功过。可以吗！"杨广此时觉得，自己若再提出异议，就显得薄情寡义、无理取闹了。于是，杨广只能说："朕答应了。但也得给你约法三章。一是选美之事不能以朕的名义进行，更不能招摇过市，以免引起臣民非议；二是选美不能只看外表，更要注重内在才华；三是此事要你情我愿，不许强逼，更不可借事扰民、害民、巧取豪夺、逼人就范。也就是说，此事必须有个度，否则朕必定严惩。"

萧皇后虽对杨广最后一句话有所不满，但想到杨广已答应她的全部要求，心情也就坦然了。萧皇后为示好，灵机一动，低声对杨广说："圣上，趁着这里地广人稀，何不让臣妾把陈氏和蔡氏接来，让她们作为百花苑的第一批入驻花魁，如何？"杨广一听萧皇后这话，皱起眉头说："我还没想好，你也别操之过急，得尊重她们的意愿，别弄巧成拙。"

第六十五章
总管选美观音应招，猎色敛财痴男入宫

萧皇后不愧为敢作敢为的女子，既有皇命在身，便当仁不让地行使起主宰后宫的一切权限。除了陪嫁贴身侍女丹香和几位中意的御厨，长安旧宫内的所有官员、近侍和宫婢，她一个都不带往东京。她任命原梁庭后宫主管、跟随她嫁入晋王府为管家的许廷辅为东京后宫总管，又把堂叔萧怀静从大运渠工地召回，向杨广讨得正四品将军爵位，封其为后宫禁卫主管。随后，她授命总管许廷辅向民间招选后宫侍从和俊女宫婢各五百名。此外，还给许廷辅下了一道懿旨，令其私下去选美貌才女充填后宫各院，人数至少不能少于百人，若有出众者将被选为院主，授四品夫人官衔。不过，她再三叮嘱，选美之事务必谨慎行事，不可惹是非、遭争议。

后宫总管许廷辅是何许人也？许廷辅乃江南扬州人，家境贫困。幼年时，因家庭受灾难以生存，被家人净身后送入梁朝萧氏后宫为奴。他为人聪明好学、口才伶俐，渐渐得到梁皇后赏识，年纪轻轻就被提拔重用，成了梁朝后宫的主管。然而，梁帝后宫的腐败、梁朝的衰落直至灭国，让许廷辅感到前程无望。但他独具慧眼，看出众人不看好的萧岿之女萧贞仅是一时落难，日后必然出人头地。于是，许廷辅对落难中的萧贞不时予以力所能及的照看。萧贞被选为晋王妃后，他主动向梁帝自荐，愿随公主远嫁隋国长安，此后一直在晋王府内当差。太子杨广上位称帝，萧妃成为皇后，许廷辅觉得自己的好运来了。然而，杨广对自家亲友并无额外优待，对内眷萧家人更是没有过多眷顾，而且许廷辅还感觉，隋帝杨广似乎对后宫权势多有限制，因此他仍然只是一个内廷小官，这令许廷辅颇为失望。

洛阳新宫建成，翘首以待的许廷辅终于盼来萧皇后大权在握，他也因此飞黄腾达，且身负为皇上广招美女、将权势延伸至天下的美差，又怎能不尽心竭力？许廷辅并非没经历过为皇帝选美之事，他更清楚其中的利弊得失。可以说，为皇帝选美之事全在人为，各有所好、各有所求，他能做的文章大得很，其中得失全看掌权人想怎么做。当然，许廷辅明白主子萧皇后的心思，更清楚该如何维护主子的权势。

所以，他对萧皇后以公开招募后宫侍从、宫女仆役，来掩盖私下替皇上选美之实的用意心领神会。如此鱼龙混杂、明修栈道暗度陈仓之法，能让朝堂官员和民众难辨实情、无从指责，却不妨碍他从中渔利。于是，许廷辅安排好掖庭接收各处选送人员、进行训导的准备工作后，便贴出皇榜，大张旗鼓地为后宫挑选侍从和宫婢，私下却挑选了几个郡府，传达了皇后选美的懿旨及要求条件。然而，选美之事并不像许廷辅想象得那么顺利，一时间无人问津，似乎还有诸多忌讳。确实，一来隋朝自建国以来从未有过选美之说，况且谁都知道，前朝二圣倡导勤俭持家、寡欲待人，更没有选美入宫之事，所以接到私函的郡府有所顾虑、难以适从；二来后宫私下选美，似有难登大雅之嫌，官府怎能不心有余悸、不敢贸然响应；三是悄然选美入宫，若没有确切保障，谁愿意自投宫门？况且官府又无强逼之意，那些符合条件、有可能入宫参选的家庭和女子，更没人愿意不明不白地进入宫门，去过不知未来如何的宫廷生涯。这些因素致使许廷辅在选美之事上，几十天过去了一无所获，这让他纠结不已，也令萧皇后有些着急。为此，萧皇后不得不向许廷辅下达限期令，再给他三个月时间，并放宽限制，但必须如期完成选美之事。

许廷辅有了皇后的新懿旨，便放开手脚，毕竟他不能让这美差变成套死自己的枷锁。与亲信幕僚商讨后，他决定亲自下江南走一趟，第一站就选在自己的老家扬州，打算公私两便。许廷辅征得皇后同意后，以回乡祭祖之名，带着幕僚和侍从回乡了。他内心盘算着：其一，朝廷各部迁都东京正忙得不可开交，新招的侍从和宫女自有掖庭专人训导，此时正是他这个总管能离开后宫的空档；其二，扬州出美女，招上十个八个绝色美女回京交差易如反掌。何况这里是他熟悉的老家，四邻八舍有什么事他岂能打听不出来？再说，他以显赫的后宫总管身份锦衣返乡，那些地方官员岂会不来巴结，也可让他们替自己完成公事，如此有名有实之举，何愁不能名利双收！

隋文帝统一江南后，扬州郡归属于江都州府管辖。杨广上位后，改革中把扬州从江都划分出来，设为扬州郡府。大运渠也将从扬州过境，盐商富家都看好扬州的发展前景，纷纷在扬州城里城外圈地建宅，扬州城里的商贸各业因此如雨后春笋般兴旺发展起来。当朝后宫总管许廷辅回乡祭祖兼替皇上选美的消息不胫而走，在扬州城掀起不小的风波。有人自命清高，看不上许廷辅的人品，便冷眼旁观；有人想通过许廷辅巴结皇后，便登门拜访、送礼；还有人想借选美升官发财，于是前来通风报信，甚至亲自带人来给许廷辅过目。官场上真是形形色色的人都有。许廷辅仗

第六十五章　总管选美观音应招，猎色敛财痴男入宫

着自己是皇后亲信、朝廷三品大员，如今又携旨回乡，对那些冷眼旁观之人不屑一顾；对登门拜访送礼的，全都热情接待，还私下许愿，定会在皇后跟前美言；对待通风报信和直接送人来审评的，都认真对待，相距近的就自己上门审视，相距远的就派属下先去探看，甚至对这些想借他往上爬的人扬言，他这次下来名为奉皇后之命替后宫选美役，实际是替当今皇帝选美，若能选上中意之人，进京入宫后即可封为四品夫人，其家亲友都能跟着享福，这让这些人更加勤快起来，在许廷辅眼里，这叫礼尚往来。然而，送来应选之人能入许廷辅眼的寥寥无几，这既让他不满，又让他忧心、感到奇怪，难道扬州这些年不出美女了？为此，他的幕僚又给他出主意："扬州这么大一个出美女的地方，与其坐等靠别人，不如自己亲自去各处走走看看。不亲身探测扬州城的水深水浅，怎能得到池中的珍宝？"

许廷辅既因内心忧虑，又自信扬州城不会没有他想要的人，便带着四个属下侍从，轻装便服走街串巷。或许是天道酬勤，也或许是天意早已安排，许廷辅打探到，在扬州城北门内的文津桥畔，最近有一对北方来的夫妇带着女儿，新开了一家叫"入门醉"的酒肆饭铺。店内有一道特色饭菜叫"扬州炒饭"，色泽鲜美、价廉物美，特别好吃，而烹调这道美食的竟是一位貌美如仙的少女，不过能被此女和颜悦色待见的人少之又少，故而被称为可望而不可即的"云里观音"，这家店门面虽不大，却小有名气，生意不错。

许廷辅从未听说过老家扬州有"扬州炒饭"这道美食，既好奇又口馋，更让他心动的是那位"云里观音"般貌美的少女厨子。他想象不出如此小酒肆里怎会有这般令人难以置信之事，便带着手下兴冲冲来到文津桥这家"入门醉"酒肆饭铺门前，甚至想象着其中会有什么故事。

许廷辅仔细端详"入门醉"这个店名招牌，觉得这店名颇有新意，让人感受到店内的酒气与醉意，有引人入胜之处。这字似乎出自女子之手，灵巧而秀气，许廷辅由此想到了店里那位貌美如仙的少女厨子"云里观音"。他知道文津桥前连着蜀岗保障河（瘦西湖的前身）与汶河（人运渠在扬州的汇入之处），是个有名的观水赏景之地，不仅扬州文人墨客喜欢常来，过往商客也慕名必游（明朝所建的文昌阁就位于此处），所以这里的店家或多或少沾染上文人墨客和商家的习气，这不仅体现在店名取意上，也体现在待客之道和相互攀比之心上。故而"入门醉"从字意到字形，难免不让人想入非非，甚至想从中探寻出意外收获。许廷辅怀着猎奇和寻美的心情举步进了店门。

或许已过了用餐高峰，又到了晚间，店内没有客人，显得冷清，许廷辅却觉得此刻进店正合适。他正要找个合适位置坐下，却被门内一个男子拦住去路："客官，小店今天已到关店打烊时间，您还是明日请早吧！"许廷辅不免奇怪，哪有商家把进店客人拒之门外的道理，况且天色不算太晚，哪有酒肆饭店此时关门的怪事。许廷辅不想多费口舌，一边查看店内环境，一边问："听说，你们店里用一枚五铢钱就可以有酒有菜有饭，这是真的吗？"男子答道："正是如此，但每天只有二十个名额。客人不在前二十个名额内，要享受同等待遇需付三枚钱。"许廷辅说："三枚钱有吃有喝也不贵呀！"男子道："不贵也好、贵也罢，但现在已过了时间，就什么也没有了。"许廷辅看着柜台后面灯影下的两个人影说："你们店里的人都还在，让他们给我做饭，我给你十枚钱可以了吧！"男子似乎并不买账："关门打烊，就是闭店不做生意了，你给我再多钱也没用。"许廷辅有些不高兴了，盯着柜台里面那两个收拾碗筷的妇人，提高嗓音道："岂有此理，哪有这么早就关门打烊的。你们这做的什么生意？有这么待客的吗！"柜台里的中年妇人闻声走出柜台，迎上前来，和颜悦色、条理清晰地说："客官老爷请息怒。本酒肆店面虽小，但人手更少，一天下来累得精疲力尽。而且我们还得为明天开门经营做准备，所以早点关门打烊实在是无奈之举，绝非拒客，也不是为了钱。万望客官老爷能谅解！"许廷辅闻言觉得无话可说，却一眼看到柜台里光影下的女子，虽然影影绰绰，却似乎有着无限美感吸引着他。许廷辅想到自己来此的目的并非只为吃饭，若真能寻得美人归，岂不是大功一件！于是，许廷辅抬腿向柜台里的女子走去。

夫妇俩见来客如此不讲道理，慌忙前堵后扯，不让许廷辅走向柜台。许廷辅怒了，大喝一声："反了你们了！竟敢对本官拉拉扯扯，还有没有王法！"许廷辅的随从也立即上前扭住店家夫妇。柜台里的女子坐不住了，急忙起身，边用抹布擦手，边走到柜台前，冲着许廷辅温和地说："别拿王法说事，我们是平民百姓，除了纳税交赋，王法顾不上我们。你就直说，是真来吃饭的，还是来看我的？"许廷辅不仅被女子温馨悦耳的声音吸引，更被灯光下走近的女子身影惊呆了，全然忘了女子用词尖锐。他瞪大眼睛，直愣愣地瞧着女子，一时间不知该说什么好。

按理说，许廷辅在皇室宫中见过不少绝色美女，但他觉得眼前这个女子，是他之前见过的任何美女都无法媲美的。她身材高挑，不瘦不肥，丰满却不失苗条，粗犷中透着秀丽。扎在脑后的披肩长发一丝不乱，还微微泛出一层黑色光泽。脸上五官端正、眉清目秀、鼻梁挺拔，有棱的嘴角与双目闪现的聪慧和坚毅的光波，给人

第六十五章　总管选美观音应招，猎色敛财痴男入宫

一种不可侵犯的威严。整个人体在灯光映照下，身形凹凸相宜，处处恰到好处，真不知该用什么词来形容这份美。许廷辅被眼前女子惊艳到了。确实，许廷辅在京城没见过这般美女，来扬州转悠了这么多天也一无所获，却在这简陋酒肆内见到梦寐以求、如此出类拔萃、清秀清纯的美女，此时的他，真有踏破铁鞋无觅处、得来全不费工夫之感，怎能不喜出望外，认定这是天意，又岂能轻易放手。

许廷辅来了劲头，摆出总管架势，让下属搬来一张椅子，坐定后对酒家夫妇说："你们听着，本官来自新都洛阳，是奉皇上和皇后之命来扬州办事的朝廷钦差。现在问你们几件事，必须知无不言，否则本官绝不轻饶！"谁知年轻女子却道："绝不轻饶是什么意思？是我们犯法了，还是咋的！你们官府真的天下乌鸦一般黑？"这话让许廷辅感到刺耳，情不自禁厉声道："此话怎讲？"中年妇女怕女儿又惹恼官家生出事端，急忙说："请官老爷息怒。小女这么说，指的是新都洛阳的那些事，绝非冲您来的。"许廷辅已感受到年轻女子的倔强个性，也不想把事情闹僵，给达到目的添障碍。此刻见其母出来打圆场，便顺势而下："既然不是冲本官来的，那就把洛阳的那些事说清楚，你们若有委屈，也可告知本官，或许本官能为你们讨回公道。"

中年妇人想了想道："我们一家三口本是洛阳人，住在洛阳东门外的贫民区。因丈夫有些烹调手艺，就开了个小饭馆糊口。承蒙乡邻善待，女儿勤勉，日子还算过得去。谁知朝廷把大运渠开到洛阳，还要在东门外兴建大码头，我们这些住在东门外的贫民就遭了殃。朝廷来人逼迫搬迁范围内的人搬家，官府的人像对待罪犯一样赶他们走。我们的小饭店不在搬迁之列，却没想到一时间反倒受益了。官府的人都到我们小店用餐，那些无家可归的人，也把我们小店当成歇脚避风雨的地方，我们也尽力在饭食上给予资助。由此，来求助的人越来越多，名声渐渐传开。然而粥少僧多，我们也无力长久维持。于是，我女儿在其父帮助下，烹调出一种蛋炒饭，既省事又解饥，我们只想收回些本钱，所以一枚钱可买两碗蛋炒饭。官家富人觉得新鲜好吃，平民百姓觉得经济实惠，我们店竟成了专门卖蛋炒饭的店。后来又听说朝廷要把新都迁到洛阳，来洛阳的朝廷官员多了，不少官府大员也闻名来吃我们的蛋炒饭，有些王孙贵戚也来凑热闹。然而，这些王子哥儿们吃着碗里的饭，却盯着灶台上的人，甚至还想仗势欺负我们。我家桂枝得理不饶人，与他们抗争，甚至把蛋炒饭砸到他们头上。于是，他们想用朝廷和官府的势力压制我们，却惹恼了四邻八方早已心存不满的乡民，大家聚在一起与官府对抗。官府既怕事态闹大，影响兴建码头和迁都进程，又怕皇帝知道追究责任，便托人从中调停……"年轻女子愤愤不平

661

地插嘴道:"我本不想和解,他们想占我便宜,还认为我们有错在先,简直没公理。"妇人叹了口气说:"他们是官府,我们是平民百姓,胳膊拧不过大腿。退一步海阔天空。于是,我们举家来到扬州,开了这么个小店,还是做老本行。我女儿又把蛋炒饭做了改进,用扬州的江南大米,拌上鲜鸡蛋,加上青豌豆、胡萝卜等食材炒制烹调,并取名为'扬州炒饭',又赢得了扬州当地民众的喜爱。"男子却不赞同地说:"什么喜爱?有些人喜欢的不是蛋炒饭,而是我们女儿桂枝。所以我不把钱卡紧点,也得让他们知道进我这个店没那么容易。"

　　许廷辅似乎明白了这店的来历和一家人的窘境,想起自己来此的目的,便和蔼地问:"你家女儿今年多大了,可许了婆家?"妇人文绉绉地说:"小女今年正当二八年华,曾有许多人前来说亲,她都未曾点头,我们也就没有应允,为此我们也正担忧着。"男子不满地说:"桂枝都不急,你急什么呀!你急着把女儿嫁出去,我可撑不了这个店。离了女儿,我们往后拿什么养家?"许廷辅见有机可乘,急忙盯着年轻女子问:"桂枝小姐想不想随本官进宫做夫人?"年轻女子似乎脸红了,却斩钉截铁地说:"不想!而且我们不认识你,怎能凭你一句话就信你。"许廷辅看到了希望,便自吹自擂道:"我就实话告诉你们吧!本官是洛阳新宫的正三品总管。这次来扬州,就是奉皇后懿旨来选美的。洛阳新都的后宫已经建成,皇后让本官替皇上挑选十六位美女入后宫,若能被皇后选中,便可成为四品院主夫人,到时候你们就是皇帝的国丈国戚,还用得着开这么个小店吗?"年轻女子似乎有些心动,却问:"你凭什么让我信你这些话?"许廷辅坦然一笑,从身上取出一块腰牌,递到年轻女子跟前:"你仔细看,这是宫中腰牌,上面有本官名号。现在还有什么不放心的?"年轻女子接过腰牌,见上面刻印着"东都后宫正三品总管许廷辅",默然无声地把腰牌递给母亲。许廷辅知道女子已心动,便说:"本官还不知你们姓什么,除了一家三口,还有哪些亲属?这些事在桂枝小姐进宫前必须弄清楚。"妇人看了腰牌后,将其递还给许廷辅,说道:"我们姓王,穷家小户,没什么亲友,来扬州后,更是与旧时亲友断了来往。"许廷辅听后满心欢喜,这可省去他许多追根溯源的麻烦。于是,他借题发挥道:"听你们的言谈,看来都是知书识字之人,那本官也就不绕圈子,直说了!桂枝小姐这个人,我是选定了。但后宫规矩繁多,桂枝小姐得自己上心。比如,入宫前要去掖庭受训,学习宫规、礼仪,还要验明正身等。所以,并非本官今日说了,桂枝小姐日后就能顺利入宫,这还得靠她自己领悟和打点。"妇人听出话中之意,问道:"依大人所言,我女儿进宫还得花钱打点?"许廷辅笑着答道:"你们说

第六十五章　总管选美观音应招，猎色敛财痴男入宫

呢！就像做蛋炒饭，不也得下些本钱。但跟本官进宫可是一本万利的好事，不是每个女子都有这福分的！"妇人不安地问："这得花多少钱呀？我们小本经营，糊口尚可，家里拿不出太多钱。"许廷辅说："嫁女儿不也得花钱嘛！你就当是把女儿嫁到宫里，往后你们夫妇俩可享一辈子福。"王桂枝道："你一会儿这么说，一会儿那么说，叫我怎么信你？请回吧，我不去了。"

这话如同当头一盆冷水，浇得许廷辅后悔自己多言，不禁有些恼怒，说道："人，本官选定了，钱的事好商量！"王桂枝发怒道："我不去了，这事没得商量。"许廷辅真的怒了，从椅子上站起身，换了副凶狠的嘴脸，道："你已被本官选中，往后由不得你。不然，我即刻让当地官府，以抗旨不遵之罪，将你们全家关押。到那时，你们就会后悔敬酒不吃吃罚酒。"妇人怕事情闹僵，急忙说道："请官老爷息怒，我们就当这是嫁女儿吧！但我们也只能尽力而为。"许廷辅见状，故作姿态道："这就对了嘛！我不会为难你们的。桂枝小姐日后成了夫人，我或许还得仰仗她照应呢！"最终，许廷辅收受了王桂枝的陪嫁费两枚金钗、五十两纹银。临走时，他留下两个随从守在店里，隔天，官府派了辆车，将王桂枝接去了洛阳。夫妇俩眼巴巴看着女儿离去，泪流满面，却不知是喜是忧。

许廷辅成功招王桂枝入宫后，深受启发。他意识到，要让选美之事顺理成章被人接受，不能再悄无声息地进行，必须让天下人知晓，他替皇帝选美乃是奉旨行事，是历朝历代天经地义的朝廷之事，如此，他便能人财两得。于是，许廷辅以奉皇后懿旨替皇上选秀为名，向各郡府发出告示，还附上一条，若能送选出绝色且才貌双全的美女，另有赏赐。郡府将告示写成皇榜，四处张贴。一时间，大隋各地掀起前所未有的替皇上选秀的风潮。朝堂之上、酒坊之中、街巷之间，人们纷纷议论。官家富户、平民百姓都在传，家中有出众女子的，心态各异。官府衙门则觉得有事可做，其中难免有人打起了趁选秀之机谋私的主意。然而，这场选秀引发的结果，将隋帝杨广推上了风口浪尖，最后也让许廷辅自食恶果。这是后话，容后再表。

江左郡府有一家谢姓大户，祖上谢灵运曾在梁朝出仕过户部尚书，后人也都担任过大小不同的官职，可谓官吏世家。后来梁朝衰落直至亡国，谢家便退出官场。到隋帝杨广当政时，没落的谢姓家族仅剩下谢继祖这一脉。然而，谢继祖喜好的并非为官经商，而是江南丝竹，且对江南丝竹中的吹拉弹唱样样精通，被人称作"丝竹谢家"。谢继祖的夫人早逝，给他留下一女一男。女儿叫谢湘云，年方十六，长得冰清玉洁，如出水芙蓉，随母亲学得满腹诗书，随父亲学得吹拉弹唱，样样在行；儿

子叫谢承德，年仅七岁，却自幼体弱多病。谢继祖自夫人金氏过世后，为解闲愁、施展技艺，也为补贴生计，收了乡间十来个富家子弟在家中开馆授艺，谢湘云则挑起操持家务、照看父亲和弟弟的重担，成为乡邻称赞的对象，提亲者络绎不绝。谢继祖对女儿的婚事自有打算，他不想女儿过早嫁人，让自己无人操持家务，儿子无人照顾，更看不上那些来提亲的男方家境平平、男孩无才无貌。而谢湘云自己也不想早嫁，她一走，老父无人照看，年幼的弟弟也让她放心不下。因此，谢家女儿的婚事就这么一拖再拖，致使谢湘云十七岁了还未找到合适的婆家。谢继祖有个从邻县慕名前来求学的王姓富家弟子，名叫义仁，比谢湘云小三岁，因身材矮小，被人称为王矮子。但此人眉目清秀、聪明伶俐，学什么会什么，口才更是了得。谢继祖曾戏谑地对他说："可惜了你这身材，不然我定招你为婿，把湘云许配给你为妻。"谁知王义仁却答道："身材只是人的外表，内心才是人的本质。若恩师真有意把湘云许配给我，我定当掏心掏肺，至死不渝地追随她一生。"谢继祖本是无心之言，便没再接话，而这话传到谢湘云耳中，却让她有所感动。

　　朝廷为皇上选秀的消息传到乡间，官吏前来游说谢家应选，均被谢家父女一口拒绝。此事报到还在扬州的许廷辅那里，许廷辅尝到成功招王桂枝入宫的甜头，便带着手下不辞辛劳，亲自上门审视。他打定主意，如果谢湘云确实是个美人，那他的功劳簿上又能添一笔；若不符合要求，他也要敲谢家一笔，以补偿自己远道而来的辛苦，反正不能空手而归。谢继祖听说朝廷钦差来府上，也知道来意，便将许廷辅一行人迎进厅内。许廷辅不等主人让座上茶，就指名道姓要见主人的女儿谢湘云。谢继祖见来人有备而来，知道推脱不了，便把女儿叫来见客。许廷辅身为老宦官，对女色的鉴定自有一套。他见谢湘云亭亭玉立，如出淤泥而不染的芙蓉，肤白肌嫩，似洗净的莲藕，双眸含水、眉清目秀，十指尖尖，行如微风拂柳，简直又是一个人中仙子。许廷辅不由得满心欢喜，在心里默念："不虚此行，天助我也。"嘴上却道："嗯，人长得还不错。但本官还得尽到做人的本分，听说你们无意应选入宫，这是为何？"谢继祖忙说："回禀上差大人，湘云家中父老弟幼且多病，这个家实在离不开她，望大人通融，在下父女俩定不忘大人恩德。"许廷辅故作矜持道："通融有些困难，因为你们是被人举报到本官这里的，否则本官何必长途跋涉亲自前来！当然，你们若确实有难处，本官也不是不通情达理之人，但就看你们如何处理了。"

　　谢继祖明白这是来人在暗示他，赶忙进内室装了两锭纹银在盒内，捧出来交到许廷辅手里，说道："一点心意，不成敬意。万望大人高抬贵手，我们将感激不尽。"

第六十五章　总管选美观音应招，猎色敛财痴男入宫

许廷辅打开盒盖看了一眼，脸色一沉，道："就这么点心意，本官可受不起。"随即把盒子放到身旁茶几上。谢继祖有些尴尬，他知道来人嫌少，但自己拿不出更多，于是试探着问："大人觉得需要多少，才能通融？"许廷辅看着谢湘云说："你女儿姿色超群，非一般人可比。所以至少得这个数……"许廷辅伸出一根手指。谢继祖急忙问："一百两？"许廷辅站起身道："我这是在办皇差，可不是来要饭的。"谢继祖倒吸一口冷气，胆怯地问："一千两？"许廷辅怒了，边往门外走边说："你们家世代为官，怎能与穷户相提并论。谁让你养了这么个娇美的女儿。用一万两纹银换她的自由之身，不好吗？给你三天时间准备，是交银子，还是送女儿，你们自己看着办。"

王义仁得知朝廷钦差去谢家招秀的事，连夜急匆匆赶回家中，想说服父母拿出一万两银子解救谢湘云，却遭到父亲阻挠。父亲对他说："你是我们王家三代单传的独苗，你的安危牵动着王氏家族的全部希望。况且一万两银子不是小数目，别说我们王家现在拿不出这么多钱，就算去典田地、卖房子，也得花些时间。等凑齐这笔钱，你怎么保证官府会通融，谢家又定会把女儿嫁给你？"王义仁却铁了心说："我救湘云不单是为了娶她为妻，更是表明我的心意。因为我曾说过，外表只是表象，真心才是实质，我会追随湘云一辈子。你们若不帮我救湘云，我还要这徒有其表的躯壳做什么？"父亲见儿子如此痴迷，只说了一句："简直不可理喻！"便撒手不管了。王义仁毫不退让，当着众人的面宣告："我从现在开始绝食，直到你们答应我的要求，否则我丢不起这个人。与其做个没心的人活在世上，还不如死了算了！"如此一来，王家上下不得安宁。王义仁开始绝食，可把他母亲急坏了。母亲两边劝说都无果，便拿出自己所有的陪嫁，想资助儿子救人，可这只是杯水车薪，远远不够一万两。她不得不求族长出面调停。但掌权的父亲还是不肯松口。眼看着王义仁奄奄一息，谢湘云的一封书信打破了王家的僵局。谢湘云在信中写道：

义仁台鉴：方才得知，你为了我，竟以绝食与父亲抗衡，闹得族中上下不得安宁，这是我的错。我不该只想着自己，让老父和幼弟对抗借皇命谋利的恶官，更不该让你为我以性命与家庭抗争。为此，我深感愧疚，以师姐身份劝你，你是王氏家族的独苗，是数代人的希望，别再为我做傻事了。因为我已答应应召入宫，现在正在赴京的路上。所以，你若再继续执着地与家人以命相搏，既无意义，也没必要。我们都是知书明理之人，更应懂忠孝礼仪的内涵，你如此行为乃是不孝之举。我盼你迷途知返，好好孝顺父母，别像我有心却无

能为力。义仁，我最后衷心感谢你的情义，我看到了你金子般的心，我心满意足！今生虽无法为你铺床叠被，那就寄望于来世吧！湘云叩首拜别。

王义仁见信后哭晕过去，经众人抢救才苏醒过来。王义仁的父母也大为感动，为失去这样一个深明大义的好媳妇而愧疚。但王义仁救赎谢湘云的执着之心并未改变，他咬破手指，在谢湘云的书信上用鲜血写下几个字："我心不变！"父母见儿子如此执着，只好表示，只要儿子恢复进食，养好身体，他们就同意倾尽全力资助儿子赶去京城赎回谢湘云。

谁知，由此却演绎出另一场悲剧、一场梦，此乃后话。

第六十六章
绣女自荐候女自恋，十六花仙花落别院

一场选美，几人得益，几家怨恨，其中更有着说不尽的人间悲欢离合。大隋新都洛阳后宫总管许廷辅，仗着皇后的懿旨，借题造势，揽人敛财，不择手段。他这一番操作，搅得大隋天下皆知皇帝选秀之事，而他自己也成了那些各有所求之人竞相巴结的显贵。在他扬州的老家，每天人来人往，热闹得如同闹市。

许廷辅对待上门之人，无论是送礼的、送人来参选的、求情的、疏通关系的，还是禀告消息的官员、士绅、富户、商家、贫民、地痞，都一视同仁，迎来送往。在他这里，官绅平等，贫富无欺，只要有利可图，他都不厌其烦地尽力而为。因此，在与他打过交道的人心中，此人虽有贪心，但还算有责任心、有分寸，是个能办事的人。而且，他收受礼品财物并非来者不拒、多多益善，而是因人而异、因物估值、因事大小、因所求成败，分别对待索取。所以，在人们的传说中，他的口碑还算不错。

这天，许廷辅正在内室赏看各处送来的礼品，亲信内侍进来禀告："爷，大门外有一乡民求见，说是要让爷鉴赏一件东西。"许廷辅一愣，问道："是什么东西，还特意要我来鉴赏？"内侍回答："小的没看到他带着什么贵重物品，只见他手中捧着一方丝巾。"许廷辅眼珠一转，说："是丝巾！他说要我替他办什么事了吗？"内侍摇头道："没有。"许廷辅想了想，说："你把他带到大厅，我马上过去。"

许廷辅来到大厅，接过乡民捧在手中的丝巾，打开一看，不禁大吃一惊。他边细看边说："你怎会有如此苏绣方巾，还如此随随便便地捧在手里？"乡民面露得意之色，说："老爷，草民是与人打赌后，受人之托来请老爷裁决的。"许廷辅小心翼翼，似有不舍地看着手中的方巾，声色俱严地问道："打什么赌？还要裁决！本官倒要问你，这块苏绣方巾你从何而来？如此绣技精湛、图艺俱佳的苏绣精品，天下少见。你可知道它值多少钱吗？"这话把乡民问住了，一时间他竟不知如何回答。许廷辅见状，说道："本官在宫廷中见过不少这类东西，但从未见过如此出类拔萃的苏绣织品。就这么大小的一方普通苏绣，在市场上都能卖到数百两银子。你想想，这

幅上上品的双面苏绣，该值多少钱？"乡民似有不信，说："老爷，你说得太离谱了吧！我打赌时说，这方丝巾值一百两纹银，他们都还不相信呢！若照老爷所说，这方巾岂不是要值上千两银子了？"许廷辅狡黠地笑着说："你们真是愚昧无知。你们知道苏绣是什么吗？"乡民尴尬地摇摇头，说："小民只知道在方帛上绣花绣草能换银两，在衣物上替人绣饰能换回粮油，其他的就不知道了，哪晓得什么是苏绣？或许绣娘也未必全知道。"

许廷辅既有卖弄显摆之心，又有图谋之意，说道："苏绣是我们老祖宗创造的一种刺绣工艺，始于春秋，成形于三国。当时，吴国苏州的赵夫人，应吴王孙权之托，把山川河流、行军布阵图用彩线绣于方帛之上，供朝廷作战之用，从此便流传下来，赵夫人也被尊为'苏州针绝'的创始人，这就是苏绣的前身。此后，这一工艺虽有所发展，但仅限于在南方诸国的宫廷中，由专人专职制作流传，是宫廷显贵的装饰，也是身份的象征。专职制作绣品的女子被称为绣女。那时，针刺手法和工艺比较古板单调，用途也不多，但身价一直不菲。随着朝代更迭，尤其是大隋统一南方，隋二圣素以勤俭简朴、务实治国，甚至将这些华而不实的苏绣视为奢侈品。于是，南陈宫廷中制作苏绣的绣女流落到民间。她们为了谋生，重操旧业，这些绣女便成了绣娘，苏绣也因此得以传承。一些商人看到商机，在乡下雇人制作，低价收集，再高价卖给宫廷和达官贵族，这就是如今苏绣的来历。然而，会苏绣制作技艺的人不多，工艺繁杂，工期长，所以苏绣数量稀少，价格昂贵。能用得上苏绣的人，往往借此彰显自身的尊贵和富有。因此，苏绣成了市面上的稀罕之物，更别说这件工艺独特、如此精美的织品了。"

许廷辅见乡民似听非听，愣愣地看着他，忽然醒悟，说道："嘿，我说了这么多，岂不是对牛弹琴！喂，你还没告诉本官，这方苏绣到底从哪儿来的？是偷的，还是抢的？"乡民急了，慌忙解释："老爷，你可不能冤枉人！这方绣品是我邻家姑娘，知道我来扬州府城办事，托我带来请老爷鉴赏的，哪有偷抢之说？"许廷辅闻言一愣，又有些疑惑，问道："你邻家姑娘怎么知道我回扬州府上的事？"乡民说："老爷大人来扬州替皇帝招秀女，皇榜贴得到处都是，上至六七十岁的老叟，下到七八岁懂事的孩童，谁人不知，哪个不晓，想瞒也瞒不住！"许廷辅有些吃惊，没想到此事传得如此之广，又想到皇后的叮嘱，不知道洛阳新宫掖庭接收各地秀女的情况。他看着手上的绣品，对这送上门的好处又怎能不心动。他疑惑地问道："你邻家姑娘让本官鉴赏，目的是什么？是想换钱，还是有事相托？"乡民回答："她让我问老爷，

第六十六章 绣女自荐候女自恋，十六花仙花落别院

她若愿意跟老爷进宫，能不能见到皇帝？"许廷辅一听，猛然想到，能制出上等苏绣作品的绣女，必定心灵手巧。而且，他早就听过"字如其人"的说法，那么能绣出如此超上品苏绣的人，会是什么样呢……许廷辅眼睛突然睁大，急忙问道："你邻家姑娘今年多大了？"乡民看着许廷辅，吞吞吐吐地说："她比我小几岁，十四五六岁吧！"许廷辅又接连追问："她长得如何？可曾婚配？"乡民连忙说："没有，肯定没有许配人家。前些天还有大户人家来提亲，被她一口拒绝了。要说凤琴的长相，那可是十里八乡的女孩都比不上的。"许廷辅喜出望外，眉飞色舞地又问："你确定，是她亲口说让我带她进宫见皇上？"乡民点头道："没错，她就是这么说的。"许廷辅似乎还有些不放心，问道："她家里还有什么人，他们怎么说？"乡民说："她娘去年刚过世，她还有个舅舅，但管不了她的事。舅妈也从不过问她的事，所以什么事都由她自己做主。"许廷辅一颗不安的心定了下来，情不自禁地长舒一口气，大喊一声："阿弥陀佛，天助我也！今天，我又得了一宝。"许廷辅怕夜长梦多，立即吩咐："来人，马上备车，我要随这位小哥去接一位姑娘。"

这位自愿进宫的姑娘叫秦凤琴，年仅十五岁，生得秀丽脱俗，性情温和，为人稳重，知书识礼，能写会画，完全不像在乡间长大的女孩，这让许廷辅见到她后深感吃惊。更让许廷辅感叹的是，秦凤琴之母是苏绣名家秦氏之后，自小生活在陈国宫廷。陈国灭亡后，流落至扬州乡下，次年生下秦凤琴。母亲自小教她读书识字、习礼绘画，还手把手传授苏绣技艺。秦凤琴不知道自己的父亲是谁，母亲临终前给她留下一块玉璧，并嘱咐她不能让秦家的苏绣技艺失传。秦凤琴为此询问过舅舅，舅舅只知道当年母亲是始兴王府的绣女，始兴王常有赏赐补贴家用，舅舅也从中得了不少好处，这便是秦凤琴萌生出进宫念头的起因。朝廷选秀的消息传来，正合秦凤琴的心意，如今能如愿以偿，她自然乐意。

如此一来，这事一拍即合。但许廷辅可不想就此罢手，他怎能只为皇上皇后谋利，自己却毫无好处？

许廷辅贪婪的本性又露了出来，他拿着秦凤琴让他鉴赏的"敲门砖"方巾，故意说："秦姑娘让本官鉴赏的这幅方巾，本官爱不释手，能否转让给本官？"秦凤琴微微一笑，说："曾有人出两万纹银求购此方巾，我因他只知图利，不识其艺而拒绝了。大人与他不同，但我有个请求，大人若能答应，我分文不取，将此方巾奉送给大人。"许廷辅喜形于色，说："请讲！只要本官能做到，一定尽力而为。"秦凤琴说："进宫之后，请大人务必尽快将我引荐给皇上。"

许廷辅一愣，心想进了后宫，大权归皇后掌管，自己只能旁敲侧击，而要让皇帝临幸，还得看皇上的兴趣，哪能这么着急就办到？于是，许廷辅说："秦姑娘进宫后，还得随遇而安。你要学习许多宫廷规矩，皇上也不可能天天来后宫，一切还得随机应变。但只要有缘，心想事成也不是不可能。"秦凤琴淡然一笑，随手取过一只精巧的箱子，边打开边说："大人可能误解了我的本意。我急于见皇上，并非为了男女之事，而是要了结我娘的一桩心事。"秦凤琴打开箱子，许廷辅急忙凑过去细看，只见箱内装满了苏绣，精美珍贵程度不亚于他手中的绣品。许廷辅心动不已，又有些不知所措。秦凤琴大度地说："大人如果喜欢，我还可以从中选一件送给你。但条件是，我要把这些东西当面呈给皇上鉴赏。"许廷辅不解地问："你把这么好的东西送给皇上，图什么呢？求官不现实，求财的话，把这些卖掉肯定比皇上的赏赐多得多。"秦凤琴说："我所求的不是这些。我要让皇上看到这些绣品，资助我传承和光大祖宗留下的这门技艺。"许廷辅终于明白了秦凤琴的心意，不禁为之感动，说："你这个心愿，说不定在当今皇上那里，真能实现呢！"

许廷辅大张旗鼓地选秀，开创了隋朝立国后的先例，不仅惊动了朝野上下，他自己也获利丰厚。他没想到，各地选送来的秀女，不仅相貌出众，有才华的也不在少数，而且多达两千之众。许廷辅因此受到皇后赞赏，夸他会办事、能办事，这让他受宠若惊，更加忙得不亦乐乎。

于是，许廷辅陪同萧皇后对所有来洛阳候选的秀女进行了一轮又一轮筛选，并在萧皇后授意下，制定了相应的选美标准。体形标准为：身高在五尺三寸至五尺八寸之间为优；体重在九十斤左右为佳；三围比例在二比一比三为宜。五官容貌肌肤标准：一看脸型，瓜子脸、鹅蛋脸者为优；二审五官，眉清凤眼、挺鼻梁、牙白唇美者为佳；三观肌肤，肌肤洁白细腻、无斑痕且健康为宜。

经过筛选的秀女，进入才华审视环节。她们可以自由发挥，在皇后面前展示各自所长。有的翩翩起舞，有的亮嗓清唱，有的挥毫泼墨，有的拔剑展武，有的展示纤手女红，有的吟诗编曲，有的吹笛弹琴，将江南丝竹的吹拉弹唱演奏得出神入化，有的舌如巧簧，哗众取宠，令人啼笑皆非，还有的会使幻术，惊艳群芳……这场选美，简直是群星荟萃，许多秀女还有家传背景、民俗传承。这让选者和被选者都感慨不已，也见证了隋朝这一时期社会民间的文艺素养，尤其是江南女子的借鉴能力和传承意识，为隋朝后期及唐宋民俗风气的演变、发展和开放埋下了种子。

萧皇后对此颇为满意，对那些落选的秀女也不肯放过。她像元帅对待兵将一

第六十六章 绣女自荐候女自恋，十六花仙花落别院

样，觉得多多益善。用她的话说，兵多将广才能体现元帅的威严和权势。于是，萧皇后把落选的秀女充实到宫城的侍从和宫女中，将经过反复筛选的三百余名秀女归入她的百花苑。通过优中选优，挑选出最出色的十六位秀女，封为院主，授予四品夫人官衔，并让许廷辅为她们刻制名号印章。她们分别是景明院院主桂花仙子王桂枝（云里观音），迎晖院院主玫花仙子樊玉儿（胭脂玉女），秋声院院主海棠仙子梁文鸾（一枝红杏），晨光院院主迎春仙子吴降仙（掌上飞燕），明霞院院主蔷薇仙子方贞娘（天籁女仙），翠华院院主芙蓉仙子谢湘云（丝竹传人），文安院院主百合仙子刘云芬（巫山神女），积珍院院主茉莉仙子秦凤琴（苏绣圣手），绮荫院院主玉兰仙子黄雅芸（云雾佳人），影纹院院主碧波仙子狄珍珠（纯洁冰凌），仪凤院院主莲花仙子陈菊香（巧手女红），仁智院院主梨花仙子柳秀凤（甘露天使），清修院院主兰花仙子田玉芝（诗人妙手），宝林院院主梅花仙子石药倩（冰洁佳人），如意院院主菊花仙子袁宝儿（妙音童女），栖鸾院院主桃花仙子韩彩娥（闺中倩女）。挑选出才色次之的三十二位秀女，授为美人，享五品官衔，每个院主配备两位美人，分配到各庭院作为领班；其余秀女授为美女，享六品官衔，每院十名分到各庭院应差；剩余秀女到牡丹殿当差，均享七品官衔。

萧皇后看着原本冷冷清清的百花苑，如今一下子成了百花盛开的美人苑，虽然这些天忙得疲惫不堪，但看到眼前的成果，想象着未来的作为，她在心里对杨广说："我有了这些美女，你能不如我所愿吗？"

许廷辅与萧皇后心态不同，他是个不图虚名、讲究实惠的人。凭着以往对梁廷选美的了解，他早就想好了一套雁过拔毛、针对不同人用不同手段敛财的策略。他深知天下人都有借女得福的心态和对权势的顺从，因此，对想入宫的，伸手索要贿赂；对不想入宫的，索要好处费；对有背景的，因人而异，能敲一笔是一笔，不能敲的也要索取些红利；对有绝色女子的富户，恩威并施，逼其女入宫，还不遗余力地趁机谋利；对才色略逊的富户之女，降低标准，诱其心动，抓住其入宫心切，伺机行事；对已被选送来新京的女子，借各种名目让手下亲信勒索，不把秀女随身所带资财搜刮干净，绝不罢休。他心里的借口是："你们往后都是皇家宫廷的人了，吃穿不愁，享不尽的福，用不尽的富贵等着你们，这些从家里带来的钱财，和宫廷的富贵相比，简直是累赘。你们把这些钱财孝敬给我，不比放在自己身上强多了？"

因此，许廷辅看着府上堆积如山的各种礼品钱财，心中有一种难以言表的满足感。是啊，天下总有这样一种人，尤其是有权有势的官员，他们有着共同的心态：多

多益善！官职越高越好，权势越大越好，钱财越多越好，这就是贪得无厌，不拿白不拿，许廷辅正是这样的人。

各地送入新京的秀女都聚集在掖庭，需分期分批接受掖庭官员的初审筛选，随后由专职宫头进行训导和再次筛选。凡初选入围的秀女，会有专属自己的名号，接着开始接受各种宫廷礼仪的培训，还会有专职画师为她们写真画像，这些画像留在掖庭存档，作为日后选送的参考资料。

这批选送的秀女与往昔因战事、罪臣而被罚入掖庭的女眷不同，她们是专为后宫挑选的，日后专职侍奉皇帝和皇后，有的甚至可能成为后宫的夫人、贵人、美人，前程不可限量。而且此事皇榜公示，由皇后和后宫总管直接监管，满朝皆知，因此掖庭中的人对她们不敢有丝毫大意和怠慢。

但是，许廷辅可能从未有过如此大肆敛财的机会，也可能是贪婪让他失去了理智，又或许是他觉得有皇后撑腰，后宫就是他的天下，所以把这次选秀当成了可以为所欲为、一锤定音的事，想借此彰显自己的能量和权势。

在这批秀女中，有一位来自长安的秀女，姓侯，名瑛茹，年方十五。她才貌出众，家境富有，此次来京应选，带了一大箱珠宝衣饰，并且自信必能入选，独占鳌头。

年少气盛的侯瑛茹出生于没落官宦之家，是一位已退职尚书的女儿。从小接受的教育就是高人一等、出人头地、恃才傲物。她年少时就夺得当地名冠一方的女秀才头衔，风光一时。曾有相面之人断言：此女后福无量，把握机遇定能心想事成。侯瑛茹为了这句话，拒绝了许多高贵士族的提亲，一心想出人头地、一鸣惊人、光宗耀祖，既应验相士之言，又能实现重振侯氏家族的心愿。此时，恰逢皇帝选秀，她觉得这是千载难逢的机遇，等待的就是这样一个能助自己独占鳌头的机会。她不顾父母的规劝和弟弟的挽留，自荐入选秀女，前往新都候选。

侯瑛茹临行前，父亲凭借多年官场阅历叮嘱她："切莫轻信官场之人的许诺，任何事都要眼见为实，对待皇帝身边的人更要小心谨慎。"于是，侯瑛茹怀着自信，牢记父母的叮嘱来到洛阳接受选拔。与其他秀女相比后，她更坚信自己必定胜出，不仅傲视群秀、志在必得，对前来索贿、许诺能助她成事的宫头也不屑一顾。她还向宫头表明，自己要凭实力参加选秀，不愿靠钻营、投机，用钱财换取属于自己的名分。

自信满满的侯瑛茹甚至当着宫头的面打开箱子，说："这些钱财够不够？但我

第六十六章　绣女自荐候女自恋，十六花仙花落别院

现在不能给你们。我不是不想当院主夫人，而是不想用这种见不得人的手段，依靠你们赢得十六院夫人的头衔。不过，我可以承诺，等我如愿当上夫人，这箱子里的东西就全送给你们。"这话传到许廷辅耳中，既让他吃惊，又让他恼怒，这个小女子根本没把他这个总管放在眼里！他觉得不教训一下这个狂妄的小女子，自己这总管就白当了。许廷辅对亲信说："这个小女子如此不知天高地厚、自以为是，可到了这里，哪怕她是天仙神女，我也要杀杀她的威风，若她还不知趣，就让她成为没人要的剩女。"

于是，许廷辅不等侯瑛茹学完宫规，就把她列入筛选名单，甚至不让画师为她写真画像，随后将她与落选秀女一同归入做杂役的行列。许廷辅想用这种方式教训侯瑛茹，让她屈服。然而，侯瑛茹自幼养成的倔强性格并未让她低头，她也不明白其中缘由。相反，她坚信自己终有出头之日，甚至当着宫头的面，把财物施舍给周围有苦难、有病的宫女姐妹，也不愿收回对索要贿赂之人的承诺。

但官场似海，宫门如潭，侯瑛茹这个只知自尊、不识人间险恶的年轻女子，怎能凭一己之力抗衡宫廷势力，维护自己的尊严？她就像一只初出茅庐、刚能自立的羔羊，又怎能抵挡豺狼的追逐围逼？在许廷辅的恶意打压下，随着时间流逝，侯瑛茹感叹宫廷竟是如此险恶。她对着明月，诉说自己原本充满憧憬的人生，如今却只能对着落花伤心，无可奈何，只能用自己擅长的诗词记录心中的伤感与哀怨。除此之外，她还能做什么？然而，最终等待她的又会是什么……

杨广是个闲不住的皇帝，他不愿坐在宫内御前大殿中，四平八稳地听大臣汇报、审阅各地奏折来理政。再者，洛阳新都各部搬迁尚未完全到位，众大臣被搬迁事宜忙得焦头烂额，这给了杨广离开京城、四处走动的契机，也让他有理由不愿置身繁杂事务中。因此，杨广时常身着便装，带着治儿、梅香，有时还带上贵儿，实地督察大运渠工程进展，私查暗访官风民情。他认为这对官吏能起到威慑作用，是一种有效的理政手段。

然而，杨广的这种做法让一些豪门官僚难以适应，更让心怀叵测之人感到不安。于是，民间流传出一段带有贬义的说法：大隋天子好动不喜静，是个不理朝政、不坐金銮殿的皇帝。他开凿河道、大兴土木建新宫，还终日带着后宫女眷跋山涉水、肆意挥霍……对此，杨广有自己的一套说辞，他认为天下山水和京城里的金銮殿都是大隋的社稷，他喜爱山水与喜爱金銮殿并无不同。治理朝政何必一直坐在朝堂金銮殿上，不能到民间实地当场查处问题呢？所以，他觉得没必要计较这些似是

| 673

而非的传言，依旧我行我素地在各地游转，甚至还随治儿去了趟眉山，拜见了治儿的师父眉山剑仙，两人相谈甚欢。临别时，眉山剑仙送了杨广一段谶语："缘有头、债有主，情有份、亲有疏，一念间万事休。"杨广反复思考这十八个字，却不得其解，贵儿和治儿也帮他反复推敲，同样一头雾水。杨广不愿将此谶语交付朝中大臣商议，时间一久，便渐渐淡忘了此事。可这十八个字，却暗藏着杨广日后的遭遇。

皇后张榜招秀之事引发朝野议论，也引起杨广不满。他认为皇后违背承诺，超越了他的本意，甚至想下旨阻止。但朱贵儿一番调侃的话语让杨广改变了主意。贵儿说："你既然把此事交给皇后，就该让她有行使权力的空间，否则显得你心胸狭窄。后宫选秀并非稀奇事，可你身为皇帝，既要'吃鱼'又怕'腥'，这怎么行呢？岂不是要让天下人笑话你这个皇帝是个伪君子？你既然做了，就该有担当，别让天下女子再对你失望。"

第六十七章
臣议选美帝论女权，侯女遗诗总管毙命

有言道，人言可畏。民间百姓如此，帝王将相又何尝不是这样呢？

宁远自从接纳了杨广之后，虽有终成眷属之感，但难免会因侍奉父子两君而揪心。宇远既为了自我慰藉，也为了不让蔡氏失望，主动将杨广推给蔡氏，于是她俩成了同时侍奉君皇的连襟。然而，此中的感受与往昔全然不同，大有那种名不正言不顺、偷偷摸摸行事的意味。当萧皇后把她们接到永安宫，允诺她们可以公开接受皇帝临幸时，她俩虽如释重负，但宁远却轻松不起来，在众目睽睽之下，她甚至更多地感受到冷漠与鄙视。每当杨广来她们住处，宁远总有一种被监视的感觉，尤其是当杨广与她纵情缠绵时，她仿佛觉得皇后在暗中窥视，四周还有许多人在看着，这让她的情欲瞬间跌入冰点，也使杨广没了继续纵情的兴致。

宁远如此郁结于心，久而久之便成了心病，还常梦见先帝愤怒的神情，继而一病不起。俗话说，心病无药可治。不久，宁远便水米不进，撒手人寰，匆匆走完了她短暂而不舒心的一生。杨广痛不欲生，以夫人之礼将宁远安葬在陈叔宝的陵墓旁，在墓碑上刻着"宁远公主之墓"，还建造了一座墓室庵堂，令蔡氏为庵主，终身陪伴在宁远墓旁。宁远走了，可留给后人的并非同情与理解，而是谴责和讥嘲，这也加深了杨广对萧皇后的怨恨，致使杨广只愿带着治儿和贵儿外出，不愿回后宫亲近萧皇后，这也是促使萧皇后执意广招天下美女，试图召回杨广色心的另一个缘由。

洛阳新宫建成，朝廷迁都完毕，后宫选美也已到位，杨广风尘仆仆地来到洛阳新都。他虽对新都能如此迅速落成感到满意，但对朝臣中许多人的神态以及民间的巷议街谈颇为不满，决定要敲打一下这些人。

杨广来到显仁宫，步入乾坤殿，坐在龙椅上，面对恭候迎接的众臣说道："各位大人，这段时间，你们都辛苦了。朕上位后做的两件实事如今均有了结果：一是兴建东京洛阳的工程已全部竣工，你们也都来到新都安家入职，朝廷政事已纳入正常运作轨道，新区新居、老城旧居的百姓民众都已安居乐业，东门外的大码头也基本

建成，商贸集市运营呈现兴旺发展之势。二是各地开建的大运渠已接近收尾，待贯通蓄水后便可灌田通航，此项工程即将完工。这些都是你们与天下臣民共同付出、努力奋斗的成果，朕在此向你们和天下臣民表示最诚挚的感谢。朕曾向诸位臣僚许下心愿，等大运渠落成，朕不仅要在东都洛阳的显仁宫内设宴庆贺这两项工程圆满完工，嘉奖有功之臣，大赦天下，还会在适当的时候，带领朝中文武百官乘船视察游览江南……"

杨广话音刚落，朝堂上顿时炸开了锅。众人反应各异，有兴奋的，有惊喜的，有感叹的，也有沉默寡言的，还有因未参与甚至反对此工程而黯然神伤的。总之，议论声不绝于耳，朝堂瞬间如同集市中的茶馆一般喧闹。

杨广目睹众臣神态不一、情绪各异，正思忖着接下来要说的话，却见谏官纳言高颎出列，大声说道："启禀皇上，臣有一言，不得不说。"杨广一愣，不知这个爱多事的高颎又要生出什么是非。杨广对高颎的所作所为，感受颇为复杂，既有赞赏认可，也有不满憎恨。他赞赏高颎的才华与耿直，不满高颎处处别出心裁、逆向思维，哗众取宠以显示自己与众不同。杨广对高颎不满的根源在于：其一，挥兵平陈时，高颎阳奉阴违，私自斩杀张丽华；其二，高颎反对罢免杨勇，且在杨广入主东宫后，还在为杨勇鸣不平；其三，杨广继位后，高颎不仅对恢复其官位毫无感恩之言，反而时常出言不逊，让杨广难堪。因此，杨广撤去高颎太常卿之职，以表不满；留纳言之职给高颎，表明看重其才能。此刻，杨广正想借题发挥，训导朝臣，高颎却站出来要发表意见，这让杨广有所忌讳，却又不能不让他说。于是，杨广只能挥挥手道："说吧！"

众臣见皇上让纳言发言，朝堂立刻安静下来。高颎施了一礼，说道："臣认为，朝廷目前正在进行的开掘大运渠和兴建洛阳宫这两件大事，关乎大隋社稷和天下百姓，虽说已近尾声，但其中仍存在诸多问题，所以皇上还不能急于'把酒论英雄'！"杨广心中不满，说道："你对此有什么话，尽管直言！"高颎见杨广不高兴，便言辞闪烁地说："臣今日在此要说的，不是渠未通、水未流的大运渠可能留下的后遗症，也不是兴建洛阳城显仁宫耗费了多少民脂民膏、用去了多少国库银两，臣要说的是皇上后宫选美的事情。"杨广虽恼怒却未发怒，问道："此事怎么了？"高颎说："皇上难道没看到民间的街谈巷议，没听到臣民的议论吗？这些言论已然淹没了朝廷正在做的这两件大事的影响！"杨广愣了愣，说道："朕知道此事，但其中会不会有人混淆视听、推波助澜呢？"高颎反驳道："并非如此！大隋自先帝建国以

第六十七章 臣议选美帝论女权，侯女遗诗总管毙命

来，二圣秉持勤俭，从未有过向天下招秀填充后宫之事。如今此例一开，怎能不引起天下人的关注？所以臣民议论此事，在情理之中，不能认为是臣民的过错。"杨广强压不满，故意说道："是吗？"高颎认真地说："皇上将二圣倡导的朝律宫规全然丢弃，后宫如此大张旗鼓地选秀，声势盖过了朝廷正在进行的正事大事，怎能不引人非议？"

杨广被高颎这般指责，恼怒道："后宫选秀之事，虽是皇后在操办，但朕是应允的。朕认为新都后宫缺人手，向各郡府选秀招待从，乃情理之中，却遭如此非议，这是不是有些小题大做了？"高颎却振振有词地说："并非如此，这绝非小题大做，而是关乎皇上的名声以及社稷的长治久安。历来朝政衰败皆源于腐败，源于帝皇后宫的奢靡与纵欲。微臣不得不担心，此例一开，皇上会将二圣历尽艰辛创下的基业毁于一旦。"

杨广此刻真的被激怒了，他从龙椅上跳起来，厉声道："大胆高颎，你这是在诅咒朕吗？"高颎慌忙双膝跪地，边磕头边依旧直言不讳："微臣不敢，臣只是想将自己的担忧告知皇上。因为臣身为纳言，不能对所见所闻无动于衷，也不能不如实将所想说与皇上听。臣纵观历朝历代的衰亡史，往往都与帝室后宫的行为有关，皆来自女色的诱惑，所以才有'色字头上一把刀'之说。"杨广勃然大怒，觉得正好借此机会说出自己想说的话，便道："岂有此理！简直岂有此理。大胆高颎，你别以为自己是先帝的老臣，当过朝廷首辅，就可以在朕面前说古论今地指责朕，朕忍耐你已经很久了。也好，朕今日就当着众臣之面，把此事辩个清楚，以正视听，免得有人以讹传讹，从中浑水摸鱼，诋毁朕的声誉，扰乱朝臣们的心思。"众臣见杨广如此怒形于色，都感到惶惶不安，更为匍匐在地的高颎担忧。

杨广怒气冲冲地走到帝台阶前，指着高颎，看着众臣，声色俱厉地说："高颎，你站起来，给朕听着。"等高颎站直身子，杨广又指着阶下众臣道："你们也都听着。自古以来的事数不胜数，规矩也多如牛毛。倘若做任何事都要参照古人，遵循古代规矩行事，那何来朕如今的大隋？这天下还会是现在的天下吗？古人古言讲的是旧话，历朝历代展现给我们的是过去之事，我们可以借鉴，但不能照搬照抄。否则，我们岂不是还要回到那个饮血茹毛的野蛮时代？又何来你们现在穿的绫罗绸缎？朕知道，你们在拿朕与先帝做比较。朕的母后倡导一夫一妻制，那只是他们当时的理念，所以前朝没有选美，先帝也没有妃子，但这并不意味着他们倡导的就一定完美。不然，朕的母后临终前为何要特意替先帝选妃？先帝晚年又怎会有纵欲的饥渴？

| 677

墨守成规是思维僵化，以古责今是倒退，用先帝的陈规旧律来规范朕的行为，并不切合实际。'色字头上一把刀'说的是好色纵欲的隐患，但不能说亲近女人就是好色，更不能说选秀就是好色。爱美之心，人皆有之，男人女人都一样。你们难道不知道，我们的先师孔夫子曾说'饮食男女，人之大欲存焉'！孟夫子也说'食色，性也'吗？这可是颠扑不破的真理。由此，朕不禁要问，在美与丑面前，你们会弃美选丑吗？看到美貌的女子，你们能不心动吗？但凡正常之人，都知道答案。朕的新宫缺人手，要增添侍从秀女，自然要优中选优、美中选美，朕在自己的天下择优选美，有何不可？"高颎却坚持道："皇上这是强词夺理。朝堂上、街巷中传说的选美之事，众人议论的并非皇上好色，而是这种行为不可取，是朝廷后宫腐蚀诱惑皇上的用心所在。陈朝亡国如此，北周、东齐何尝不是这样。而这把'刀'就是女人，尤其是貌美的女人，不然何来'天下唯女子与小人难养也'这句话。"

杨广见高颎仍这般与他争辩，心头怒火更旺，提高嗓音道："朕完全不赞同这句话，尤其不认同'女子难养'之说。天下本由阴阳相合而成，男女失调、阴阳颠倒，天下何以为天下？天下男人离不开女人，女人也不能没有男人，这便是天下人的乾坤！高颎，朕问你，你离得开女人吗？"高颎没想到杨广会问这样的问题，一时间白脸涨得通红，不知如何作答。杨广接着说："这有什么不好说的？你的家是谁在打理？铺床叠被是你自己做吗？生儿育女你一人能行吗？"朝堂上有人忍不住笑出声，高颎更觉尴尬。杨广继续道："朕就离不开女人。在后宫如此，在外亦如此。比如，朕这些天走南闯北，若没有两位夫人相随，朕哪能有如此无所畏惧的好心情去处置那些贪官恶吏，又怎能吃得好、睡得香？所以朕的成功离不开她们的奉献。实际上，谁贬低女人，就是在贬低男人，因为男人和女人本就是相辅相成的。你们都知道朕的母后，谁敢否认，朕的父皇没有朕的母后，能有如今的大隋天下吗？所以你们别再用'女人难养'的偏见对待女人，更不能小看、鄙视她们。人心都是肉长的，男人对女人好，女人能不以真心相待男人吗？"

杨广见高颎神色尴尬，便挥挥手道："你归列吧！不过，朕也正要就朝堂上和街巷议论的后宫选秀之事说几句。如果朕说错了，谁都可以出列当庭辩驳，朕绝不以皇权压制你们。若你们没有异议，就证明朕说对了，你们就得照朕说的做。此事的结果和功过，朕全看你们的表现。"众臣被杨广有理有据的一番话折服，只能聚精会神、鸦雀无声地听着。

杨广接着说："皇帝选秀并非新鲜事。然而，朕后宫这次选秀的声势，竟盖过了

第六十七章 臣议选美帝论女权，侯女遗诗总管毙命

正在进行的开掘大运渠和兴建洛阳宫这两件天下大事，这是朕万万没想到的，也无法理解天下臣民为何不去多关注与自身切身利益相关的社稷大事，却热衷于议论朕的家事。不知哪位大人能替朕解答这个问题？"众大臣无人吭声，也不敢吭声，生怕答非所问招来皇帝的斥责。杨广见无人应答，只能自己说道："依朕看，无非是几种心态在作祟。一是好奇，皇帝家里无小事，况且此事是前朝未曾有过的新鲜事，没人不想知道。二是心术不正，有人想从中获利，有人想攀龙附凤，还有人想看笑话。三是唯恐天下不乱，皇家选秀牵涉上下方方面面，万一出事，官怒民怨，就有好戏看了。四是吃饱了撑着没事干的闲人，不仅爱听，更爱添油加醋地谣传，把听闻传说当作市侩交易，以此彰显自己的能耐。五是造谣生事、泄私愤，甚至借此蛊惑人心、搅乱是非、图谋不轨、伺机发难。朕对持有前四种心态的人可以不予计较，但对持有第五种心态的人，一定要与他们辨明是非，深挖他们的叵测之心。"

杨广见有人向高颖和户部尚书令杨玄感投去幸灾乐祸的目光，便说："高大人是职责所在，朕虽有些怨他，但他毕竟年岁大了，思维难免有些僵化。这不是朕对他的指责，而是朕的惋惜。生老病死如同月有阴晴圆缺，无法回避，旧的不去，新的不来！但你们别总用先帝的标准衡量朕，就像朕这次选秀，先帝没有做过，朕就不能做吗？当然，朕有选择美女的权利，美女也有选择朕的权利，双方自愿，皆大欢喜！所以，大家对朕这次选秀，别再大惊小怪了，还是要以做好本职工作为重，别像民间市侩那样津津乐道，更不能有非分之想。朕若再看到或听到你们妄议生非，就不会像今天这么好说话了。而民间的巷议街谈，全在于你们这些当官的。若官员没有非议，民间又何来传闻？此事也就过去了。不过，朕在此明确告诉你们，朕会对此事进行反思，并且承诺，此后不会再有这样的选秀了，省得你们再把朕当作酒后茶余的谈资和笑料，更不能让有些人借此将朕定罪，蛊惑不明事理的臣民引发事端。"（杨广确实做到了，此后他再未让"去天下选秀选美"之事重演。）

杨广虽在朝堂上对选美之事做了了结，但对皇后的做法难免耿耿于怀。杨广来到坤和殿，见萧皇后带着丹杳和总管许廷辅，以及侍从宫女已在殿门外迎候。杨广看着坤和殿内焕然一新的装饰环境和井然有序的侍从女婢，顿感不少新鲜感。

杨广坐定后，客套地对萧皇后说："朕因公务缠身，不能常来新京后宫，让皇后辛苦了。"萧皇后故作姿态，朝杨广抛了个媚眼，含蓄地说："臣妾明白，圣上乃天下人之圣上，自然应以天下事为重。但只要圣上心中有臣妾，对臣妾在新宫内操办的一切满意，臣妾再辛苦也是应该的。"突然，萧皇后面露诧异，问道："圣上，怎么没

见贵儿妹和治儿妹？她们没随圣上来洛阳吗？"杨广说："她们直接回长安旧宫收拾东西了，过几天自己来洛阳。"

萧皇后似有伤感地说："臣妾知道，自从宁远公主病逝后，圣上就郁郁寡欢，似乎责怪臣妾不该把她们接入永安宫，所以经常带着贵儿和治儿在外巡游，把臣妾一人丢在宫里不闻不问。圣上如此，让臣妾既委屈又伤心。"杨广急忙辩解道："皇后多心了。朕这段时间经常外出，一是因为朝廷各部忙于搬迁，朕不想留在宫里参与这些繁杂事务；二是自从开掘大运渠出了麻叔谋和令狐达贪赃枉法、胡作非为祸害百姓的事端后，朕放心不下，所以常去各处走走，实地查看，以便将祸端消灭在萌芽状态。朕带上贵儿、治儿以及梅香，只是想让贵儿在生活上照料朕，途中有治儿和梅香帮忙，绝无故意冷落皇后之意。再说，皇后不是还有后宫选秀之事要忙吗？"杨广见萧皇后不再言语，便看了眼恭立在萧皇后身后的总管许廷辅，转移话题道："朕听说，许总管亲自下江南选美，动静不小，结果如何？"许廷辅正想上前答话，却见萧皇后抬手示意，说："江南出美人，许总管此行怎会没有结果。不过，有些事超出了臣妾的预料，正打算等圣上前来，当面呈奏，听候圣意。"

杨广心中忌讳，不安地问道："许总管去江南选美出事了？"萧皇后狡黠地微微一笑，说："事是不少，但并非坏事，全是好事，圣上听了定会欣喜。"杨广疑惑地看着萧皇后，见她白嫩的脸上艳若盛开的鲜花，不仅色泽亮丽，而且娇美异常，这似乎是精心修饰的效果，又觉得可能是数月未见的变化，杨广不禁想起那句话：小别胜新婚。杨广心情荡漾，面露笑容，和蔼地说："是吗？快说来让朕听听。"萧皇后却故弄玄虚地说："我后宫这些事虽比不上圣上的朝事重大，但也能从中看出我大隋天下，不仅地域广阔、物产丰富、人杰地灵，而且美女众多。各地送来的秀女有两千多人，远超圣上与我们的约定。臣妾本想把她们都留下，又怕违背圣意。所以只能反复筛选，优中选优，尽可能多地充实到十六院，但最终仍有千余人落选。圣上不会因此责怪臣妾自作主张吧！"

杨广被皇后这么一说，原本不满的情绪平复了许多，但仍略带不满地说："皇后既然已有主意，还用得着等朕的旨意吗？你们发皇榜招秀，可曾等过朕的旨意？"许廷辅见皇上有责怪皇后之意，赶忙挺身而出，说道："禀告圣上，此事是臣考虑不周所致。选秀初期，竟无出色女子前来应招，臣这才亲自前往江南。后经高人指点，才有了发皇榜招秀的主意。只因只给各地郡府定了入选条件，未限定人数，才有了如今这般结果。所以圣上若要责罚，臣愿意承担此责。"

第六十七章　臣议选美帝论女权，侯女遗诗总管毙命

　　杨广本意并非真要责罚他们，只是想给个警告。见皇后和总管都小心翼翼应对，便顺着话问道："那么，你们打算如何处置那些筛选下来的秀女？"萧皇后和许廷辅都没想到杨广会问这个问题，一时间两人对视，不知如何作答。杨广不禁疑惑道："你们难道要将她们随意打发回去？"萧皇后猜度着杨广的心意，没有立刻回答。许廷辅见皇后没说话，只能含糊地点头道："正有此意。"杨广于心不忍地说："你们怎能如此对待人家？她们满心欢喜而来，即便落选，也该让她们开开心心地回去。这并非她们不愿留在宫里，而是你们不要她们了，所以得给她们及其家人一个交代，让她们觉得此次来京参加选美没有白来。"许廷辅不解地问："这……该如何交代？"杨广有些恼火，说："倘若那是你的女儿，你满心欢喜地送她来京城应选，期望她入选后让家人受益，改变人生。如今她落选了，你们却让她灰溜溜地回去，她会有何感想？她的家人又会怎么想？你们为何不能设身处地为她们想想呢！比如，你们可以像接她们进京时那样风光地送她们回去，让她们不因落选而自卑；再比如，赐给她们一些宫里的物件，留个念想。这些对你们而言不过是举手之劳，对她们来说却是终生难忘的大事。你们啊……做人不能太势利，用人时笑脸相迎，不用了就换副嘴脸，让人心寒。"

　　萧皇后明白了杨广的用意，趁机说道："那些落选的女子，我们并未全部打发回家，很多人还在宫里做些杂事。"杨广闻言，怜香惜玉之情又起，说："这些女子在家可都是父母的心头宝，她们来京是为了选美，不是来干杂活的。且不说她们父母知道后会多么伤心，就她们娇弱的身躯，又怎能承受这般苦累的活儿？你们呀，真是不懂人间烟火情，真让朕揪心。"

　　萧皇后和许廷辅被杨广说得无言以对。杨广见状，更觉于心不安，说道："这些落选的秀女现在何处？朕要亲自去看望她们。因为她们是为朕而来，所有过错朕愿当面道歉，并尽可能满足她们的要求。同时，你们对入选留在宫里的人也要善待，别委屈了她们。"这让萧皇后和许廷辅倍感尴尬，杨广却立即起身，冲着许廷辅道："你在前带路，皇后就不必去了。此事处理妥当，朕再回来与皇后一同用膳。"

　　许廷辅带着几个小宫头在前引路，杨广在四个内侍的护卫下随后而行，一行人来到后宫的勤杂坊。不算小的勤杂坊汇聚着后宫所有杂务与杂役，有洗刷缝补、清扫浆烫、修剪打杂，还有重活脏活之分。在里面干活的被视为宫内最卑微之人，为便于管理，在此干活的人吃住都在坊内。此时，谁都没想到总管会带圣上来此，不仅管理勤杂坊的宫头们心慌意乱、不知所措，那些干活的杂役更是惶恐不安，不知

出了何事。

　　宫头将众人聚集到一处，许廷辅站在高处环顾四周，觉得有些不对劲，便大声喝问："人都到齐了吗？洗刷间……怎么不见洗刷间的小李子！"站在人群前排的一个宫头说："小李子的洗刷间死了个干杂务的宫女，小李子正在那边处理此事。"许廷辅心生怀疑，说道："死个宫女，埋了不就完事了！为何不见小李子来面圣，而且他手下那些人似乎也没来！"杨广听说死了宫女，又见许廷辅如此不把人命当回事，不禁生气道："死人的事，怎能如此不上心。洗刷间在哪儿？带朕去看看。"许廷辅着急了，慌忙说道："圣上，洗刷间乃污秽之地，况且又死了人，圣上绝不能去那里。"杨广不以为然地说："有人的地方，朕为何去不得。少说废话，前面带路。"许廷辅无奈，在勤杂坊宫头的带领下，陪着杨广来到洗刷间。

　　洗刷间的工房里空无一人，洗刷间的宫头小李子听说总管来了，慌忙连滚带爬地从洗刷间的宫女住房出来，跪地迎候。许廷辅上前训斥道："小李子啊，你的胆子越来越大了，圣上来了，你竟敢不来迎接。"跪地的小李子听说圣上来了，吓得头都不敢抬，说道："小的该死，小的该死。谢天谢地，圣上来了再好不过。不然小的也无能为力了。"许廷辅怒气冲冲地大声喝道："你胡说八道些什么？什么谢天谢地，无能为力？"杨广似乎看出了端倪，上前说道："你起来，把这里发生的事说清楚。"小李子只得站起身，说道："昨晚洗刷间死了个宫女，今天洗刷间所有女役都没出来干活，说是要给这个宫女送葬，后来又说要讨个公道。小的怕事情闹大，一直在这儿劝说。"杨广皱着眉头问："这个宫女是怎么死的，众人要讨什么公道？"小李子吞吞吐吐地说："小的不太清楚。里面的人也没跟小的说明白。听说……听说是吞了什么东西死的。有人觉得她死得不公平，所以要讨公道。"许廷辅心里"咯噔"一下，忙问："寻死的宫女姓甚名谁？"小李子说："小的只知道她姓侯，是落选秀女被罚到这里当差的，不知道她叫什么名字。"

　　许廷辅脸色瞬间变得惨白，一时间没了主意。这时，住房内涌出十几个役女，好几个役女跪地高喊："皇天有眼，圣上来了，这是天意。恳请圣上为冤死之人做主，讨回公道。"杨广看了一眼脸色惨白的许廷辅，对跪地的役女们说："你们起来说话。这到底是怎么回事？"一个稍年长的领头役女起身说："恳请圣上进去看看，就什么都明白了。"杨广抬腿便走，在役女们的指引下走进房内，只见长长的通铺上躺着一个穿戴整齐、一头黑发、容颜绝美却毫无生气的年轻女子。杨广大步走到跟前仔细端详：肤似白雪，肌如凝脂，弯眉凤眼，鼻梁挺直，红唇淡淡，无一不在彰显此女的秀

第六十七章　臣议选美帝论女权，侯女遗诗总管毙命

美。然而此刻,她一动不动地躺在长炕上。她那双极美的凤眼虽已失去光亮,却睁得大大的,仿佛在诉说着什么,又似在盼望着什么,这分明是死不瞑目啊!

杨广心头涌起一阵酸楚,泪水涌上眼眶。他见此女枕下压着一本精致的花便笺,便弯腰取来,只见花笺首页用秀美的楷书写着《侯瑛茹误入宫门诗选》。杨广翻开第一页,浅粉色花笺上写着:

自叹
宫廷玉辇绝,芳草渐萧条。
隐隐闻箫鼓,皇恩在何处?

那清秀的字迹似乎在倾诉着作诗之人心中的失望与期盼。杨广怀着不忍,翻开第二页,又是一首五言诗:

自惜
妆成应自惜,好梦却成悲。
不如杨柳花,春来到处飞。

杨广在心里感叹:"早知如此,又何必自投宫门,入了宫门又怎能自由。别说你这个小女子,朕这个皇帝又何尝不是如此!"杨广再看第三页:

自悲
欲泣不成泪,悲来强自歌。
百花最浪漫,无计挽春归。

杨广心中感慨:"如此多情女子,为何会落到自尽的地步?"杨广翻看第四页,仍是一首五言诗:

自述
正当好时光,误把宫门闯。
帝皇近咫尺,雨露不能得!

杨广明白了,是有人将她挡在了宫门外,使她难以面圣。杨广目光扫向许廷辅,心中暗自发誓:"许廷辅,如果此事是你所为,朕一定饶不了你。"杨广又打开第五页,上面写着:

看梅

飞雪无消日,卷帘常自擎。梅姐对吾有怜意,已露枝头一点春。

清香寒方好,谁惜乃天真。玉梅榭后阳光至,可惜香消群芳里。

杨广连着默念两遍,情不自禁地说:"如此才女,近在朕身旁,朕却求之不得?"杨广朝许廷辅投去仇恨的目光,吓得许廷辅浑身颤抖。杨广又看了看静静躺在长铺上的女子,仿佛感觉到她正用悲愤无助的目光看着自己。杨广感到气馁,急忙收回目光去看花笺,这是一首叙事长诗:

自伤

初入承明殿,自信占头魁。宫廷似鳄潭,无缘见君皇。

尊严无处现,才貌无人怜。春寒侵入骨,独卧愁空房。

飒履步庭下,幽怀感自伤。平日深爱惜,自觉不寻常。

色美反是累,财多遭妒忌。命薄难享福,妄意终彷徨。

家岂无骨肉,偏亲老北堂。此身无双翼,怎有出墙计。

性命诚所重,君恩不掂量。悬帛朱梁上,从此归冥乡。

杨广的心头被这首长诗狠狠刺痛,他从中看到了此女怀才不遇的悲伤,对家中亲人的留恋,以及绝望无助。杨广泪水夺眶而出,急忙去看花笺最后一页,见上面用草楷写着:

遗言

秘洞匦仙卉,幽窗锁玉人。

毛君真可戮,不肯写昭君。

杨广看完此诗,已然明白一切,怒不可遏地转身冲向许廷辅,挥起一掌将许廷

第六十七章　臣议选美帝论女权，侯女遗诗总管毙命

辅打倒在地，大声吼道："大胆许廷辅，原来这是你干的好事。"许廷辅满嘴流血，趴在地上不敢吭声，那些许廷辅的亲信和宫头们全都吓得匍匐在地，头都不敢抬。杨广伤心悔恨到了极点，竟趴在侯瑛茹的身上放声大哭，不时喊道："是朕害了你……朕为何要同意他们选什么秀呀？却让你因为见不到朕，而误了你这豆蔻年华、姣美容貌……你如此有才有貌，朕却近在咫尺无缘与你相见，竟然还害你郁愤而死，这全是朕的错呀！你为何就不能再忍忍，朕这不是来了吗！"杨广的悲泣引得役女们哭声一片……

勤杂坊发生的事很快有人通报给萧皇后，本就担心强留落选秀女之事的萧皇后，顿感大祸临头。萧皇后对许廷辅在选美中的敛财行为并非一无所知，只是念他办事有成效且忠心可靠，便睁一只眼闭一只眼，未曾深究。然而如今不仅闹出人命，还被皇上撞个正着，萧皇后顿时手足无措，更担心杨广一怒之下做出极端之事，无法挽回。于是，她不得不乘辇车赶到勤杂坊，以便随机应变，平息杨广的怒气。

萧皇后来到洗刷间的役女住房，只见许廷辅被打得满脸是血，坐在地上，宫头们匍匐在地，无人敢吭声，众役女跪地，一阵接一阵地哀哭抽泣，而杨广则趴在尸身上，悲痛不已地哭诉着。萧皇后见状，既气愤又恼怒，冲上前去，让人将杨广从侯瑛茹身上拉起来，然后指桑骂槐地厉声训斥道："这成何体统！你们还有没有皇法宫规？死了个人，值得你们这样吗？洗刷间的宫头是谁，手下闹成这副样子，你罪责难逃。许廷辅，皇上打你，也是你活该。谁让你那么积极，要去天下选美！要是在当地选几个，不就什么事都没有了吗？"杨广见皇后如此不分是非地庇护手下，怨恨之气再度涌起，甩开搀扶的人，指着侯瑛茹的尸身，含泪说道："将如此才貌双全的秀女冷落于此，这就是你们的选美？你们别以为朕什么都不知道。许廷辅打着朕的旗号去天下选美，用了什么手段，敛了多少财，坑害了多少家庭和女子，这些账朕会让人跟他算清楚……"杨广本还想对萧皇后说几句狠话，但话到嘴边又咽了回去。他转身大声说："你们都听着，朕会彻查侯瑛茹的死因，给她的父母一个交代，而且朕会亲自为她送葬。同时，你们若有冤屈，也可诉说，朕会派专人受理。许廷辅这个总管做到头了，现在就把他押到掖庭，由内务府审讯定罪。"萧皇后见杨广正在气头上，也不敢多言，只能任由杨广泄愤处置。

杨广招来掖庭总管，命他们将许廷辅押入内务府大牢查处，将落选秀女收入掖庭，好生款待，并颁旨特赐每人帛一匹、宫衣一领，指派专人专车送她们回家。杨广又特封侯瑛茹为夫人，颁旨赐其父为国丈、母为诰命，其弟为员外郎。随后，杨

广亲自为侯瑛茹撰写祭文,在侯瑛茹葬礼上亲自宣读:

  苍天大地,呜呼哀哉!侯家之女,天生丽质。容兮娇娇,才兮熙熙。十五自荐,投入宫门。意在相随,却不遇朕。生前遭忌,冷落受苦。破被寒褥,谁人怜惜。叙说无道,遗诗诉愿。天生才女,吾却无福。妃子之逝,呜呼痛哉!
  爱妃有知,一心念朕。朕蠢无知,却在伤妃。妃没沾露,真情已笃。朕没纳妃,其心已幸。朕抚妃体,犹如捧玉。朕恋妃情,不胜伤悲。泪下如血,心伤如煎。妃今归天,朕当凭吊。食不甘味,酒难下咽。朕怨已衍,哀哉痛哉!
  虽有丝竹,却似耳聋。妃不遇朕,长夜孤鸣。朕失爱妃,遗恨九泉。妃苦生前,朕悲丧妃。生死今隔,情则永垂。千秋万岁,愿化双鸳。念妃情笃,酹妃兰全。妃若有灵,来享朕筵。呜呼哀哉,痛不可言!

  杨广祭完侯瑛茹,掖庭追查许廷辅罪责也有了结果。不仅宫内之人对许廷辅落井下石,宫外受过他欺凌之人得知皇上要追究其罪责,也纷纷痛打落水狗。于是,掖庭内务部给许廷辅定了腰斩之刑。皇后于心不忍,想保他一命,杨广却说:"你可知道,朕为何不把他交给刑部审查?朕是怕你被牵连其中。如今你若要保他,应该明白会有什么后果。"萧皇后被杨广驳回,杨广也为缓和萧皇后的情绪,改判掖庭原定的腰斩刑罚,赐给许廷辅一条黑绫,让他自行了断。侯瑛茹生前未能如愿得到皇恩与荣华,死后却全都有了,还惠及了一大批人,侯瑛茹也算值了。此后,杨广践行对萧皇后的承诺,让萧皇后自行挑选任命了一位新的冯姓总管。然而,杨广刚料理完洛阳后宫之事,便传来留守长安的太子杨昭病重,以及离职回乡养老的首辅杨素病危的消息。

第六十八章
生离死别情深情浅，一盘大棋杨广征西

太子杨昭聪慧、善思、宽厚且孝顺，深得其父杨广信任。因此，杨广每次外出，都会委派他留守监国。杨昭娶妻后育有三子，长子杨侑（代王、恭帝）、次子杨侗（燕王）、三子杨侗（越王、明帝），这三个孩子也都深受杨广宠爱。然而，杨昭患有罕见的肥胖症，尽管他节欲少食，病症却随着年龄增长日益严重，致使他行动不便，还经常气喘吁吁，御医们对此束手无策，贵儿熬制的几副汤药也不见效果。当杨广在洛阳得知太子病重的消息后，心急如焚，决定连夜赶往长安探视，贵儿和治儿也主动要求陪同前往。而萧皇后却表示，一来担心深夜长途奔波身体吃不消，二来害怕面对生离死别而伤心。杨广不愿勉强她，便带着贵儿和治儿星夜奔赴长安。

然而，无论是御医还是贵儿，都对杨昭的病无力回天，杨昭最终不治身亡，年仅二十三岁。杨广料理完长子杨昭的后事，将三个尚在幼年的孙子（韦氏生杨侑，时年四岁；大良娣生杨侗，三岁；小良娣生杨侗，二岁）搂在身边，泪流满面地说："你们的父亲走了，往后你们更要懂事，都要做知书达理、明辨是非的好孩子，爷爷把希望都寄托在你们身上了。你们不要惹母亲生气，要记住家和万事兴，兄弟齐心，其利断金。"最后，杨广任命内史侍郎虞世基、太常卿裴蕴为监国，辅助杨侑主政长安。他则将杨侗和杨侗及其母亲带往洛阳，亲自照看。

杨广对杨素病危一事，却持截然不同的态度。他指派御医前往杨府诊治，得知杨素已病入膏肓、无药可救后，仅仅恩准杨素的长子、户部尚书令杨玄感回府陪伴父亲。杨素病逝后，杨广除了赐了皇室丧事的最高礼遇：辒车、班剑四十人、前后部羽葆鼓吹，由鸿胪监护丧事；赐杨素谥号为景武光禄大夫，享弘农、河东、绛郡、临汾、文城、河内、汲郡、长平、上党、西河十郡太守阴禄之外，杨广没有踏入杨府一步，也未指派专人前往探视问候。这既引得朝臣们议论纷纷、猜测不断，也让杨府之人颜面无光，使得杨素的葬礼表面风光，实则蒙上了一层灰暗，透着难以言说的耻辱。杨素的长子杨玄感，更是因杨广未让其子承袭父爵而怀恨在心。杨广如

此行事，自有他的道理：他觉得在礼遇方面，已给予杨素应得的待遇，并未亏待他。但对于杨素以权谋私、贪赃枉法的行为，不能视而不见，自己在杨素生前没有依法处置，已是对他最大的恩惠。因此，杨广认为，于情于理、于私于公，只有这样做才能彰显公正。然而，杨广未曾料到，他的这一做法，日后竟导致杨玄感伙同其弟及李密等人起兵造反，从此搅得隋朝动乱风波四起。

隋朝西部疆域有个吐谷浑国，该国的西北均为突厥国领土，这片地域也是隋朝通往西域各国的必经之路。吐谷浑本是一个人的名字，辽西鲜卑族首领涉归有两个儿子，庶出的长子叫吐谷浑，嫡出的次子叫若洛廆。涉归死后，嫡子若洛廆代统部落，吐谷浑不服，便率领一部族众西渡，在甘松之南、洮水之西、南极白兰山数千里之地（今青海、四川西北部、西藏东北部）立国，并以自己的名字"吐谷浑"作为国名。到魏周时期，吐谷浑称汗，成为一方之王，建都伏俟城。不过，由于游牧习性，他们虽有城却不住，而是逐水草而居。其官制参照中原国家，设有王公、仆射、尚书、郎中、将军等职位。国王戴黑色帽子，妻子戴金花，其器械服饰与中原大致相同，只是王公贵人多戴幂罗，妇人穿裙襦，梳辫子并缀以珠贝。该国虽有固定法律，却无常税。国民生性贪婪残忍，杀人、盗马者处死，其余犯罪则征财物赎罪。其风俗与突厥相似，丧事有服制，葬礼结束后即除服。此地盛产大麦、粟豆，多牦牛、铜铁、朱砂。还产有一龙驹，相传是波斯草马与当地山中的龙种牝马交配所生，能日行千里，被命名为青海骢。该国鄯善、且末之西北有数百里流沙，夏季遇热风便热浪滚滚，常使行旅伤亡，无人敢穿越，竟成了该国西拒突厥的一道天然屏障。其西南则是高山众多的藏民聚居地。吐谷浑国到北周时期，国主吕夸，因周帝懦弱，常兴兵侵犯边境，成为北周西域的一大祸害。吕夸在位期间，喜怒无常，屡次杀害继位太子，令众子畏惧。到周亡隋帝杨坚即位后，吕夸又立少子嵬王诃为太子，嵬王诃害怕被父亲诛杀，便想率部众五千余人归顺隋朝，并派使者面见隋帝陈述此意。杨坚因立国之初政局不稳，便对来使说："朕受命于天，抚育四海，愿所有百姓都以仁义为本。父子之情乃天性，岂能不相亲相爱。父亲即便有过错，儿子也应劝谏。若劝谏不听，可让近臣、亲戚从内外劝谏，人皆有感情，定会有所感悟。万不可暗中谋划违背道义之事，而背负不孝之名。"于是嵬王诃放弃了归顺的想法。吕夸事后得知此事，便杀了少子，另立其子伏为太子。开皇十二年，吕夸去世，吐谷浑国内大乱，国人杀了伏，立其弟伏允为王。伏允为人狡诈，一方面向隋帝示好，另一方面却以都城伏俟为据点，招兵买马，四处吞并各小部落。到杨广即位时，其势力已

第六十八章 生离死别情深情浅，一盘大棋杨广征西

成西域一霸，还时常骚扰隋朝西部边境，与西突厥犹如隋朝西北方两只虎视眈眈的老虎。

突厥，是隋朝西北疆域外（今内蒙古西部，甘肃北部，青海，新疆）的一个特大部落。其起源于后魏，是平凉之后的杂胡，姓阿史那氏，世代居住在金山一带，擅长铁器制作。因金山形状像兜鍪，俗称兜鍪为"突厥"，故而以此为国号。相传其部落先祖居住在西海之上，遭邻国偷袭，部族男女老少皆被杀，仅留下一个被斩去四肢的男婴存活在荒野草丛中。后来，一只母狼将男婴衔至洞穴中抚养，并与之交配，生下十个男孩，这便是阿史那氏族的由来。所以突厥族人都在门前挂狼头纛作为标识，以示对先人的敬畏。突厥族历经兴衰，到后魏末期，木杆成为可汗，他勇猛且多智谋，灭掉邻国茹茹，西破挹怛，东击契丹，北方戎狄尽数归顺，便转而抗衡中原，与后魏联手，入侵东魏，兵至太原，奠定了突厥国独霸北方的强势地位。

突厥的习俗以畜牧为生，随水草迁徙，居住在穹庐毡帐中，披发左衽，食肉饮酪，身穿裘褐，轻视老人，重视壮年。官职有叶护、次设特勤、次俟利发、次吐屯发等，共有大小官职二十八等，皆为世袭。族人皆善骑射，性情残忍，没有文字，以刻木为契。常用器械有角弓、鸣镝、甲、矛、刀、剑等。法律规定，谋反、杀人者皆处死，淫乱者割生殖器或腰斩。斗殴伤人眼睛的，以女儿赔偿，没有女儿则输妇财；折断肢体的，赔偿马匹；盗窃者则赔偿赃物十倍。有死者，停尸帐中，家人亲属多杀牛马祭祀。父兄死后，子弟可娶其庶母及嫂子为妻。五月中杀羊马祭天。男子喜好博弈，女子喜欢踏鞠，喝马酪取醉，欢歌相对。敬鬼神，信巫觋，重视战死，以病死为耻，其许多习俗与匈奴大体相同。

木杆可汗在位二十年后去世，他舍弃自己的儿子，立弟弟佗钵为可汗。佗钵虽统兵十余万，但为平衡内部势力矛盾、便于管辖，便以金山为中，令弟弟摄图协管东面领地，称尔伏可汗（即东突厥）；令木杆之子褥但管辖西方领地，称步离可汗（即西突厥），突厥从此被分为东西两部。佗钵借此巩固了统治，突厥国实力更加强盛，成为当时北周和北齐竞相贿赂、依托，希望与之联姻结好的外援。所以佗钵常对人说："我在南方有两个孝顺儿子，还担心什么贫穷！"后来佗钵病逝，摄图伏尔可汗因勇猛得以继位，即沙钵略可汗。他娶北周宇文氏之女千金公主为妻，但占据突厥西部的步离可汗并不认同。杨坚改周为隋后，千金公主为此不平，唆使沙钵略反隋复周，结果被隋帝杨坚派遣河间王王弘、上柱国豆卢绩、窦荣定，左仆射高颎，右仆射虞庆则率兵击败，从此导致东突厥内部纷争不断，沙钵略疲于应付，实力大

689

减,后来因毡帐失火而亡。千金公主为达目的,与西突厥刚继父位的泥利可汗私通,遭到沙钵略之子染干突利可汗厌恶。染干为寻求依靠,便向隋帝求亲联姻,杨坚明确表示:"只有杀了千金公主,才答应婚事。"于是染干派人杀了千金公主。杨坚随即赐宗女安义公主为染干之妻,又为分化突厥,对染干特别厚待,派遣牛弘、苏威、斛律孝相继为使者安抚染干,还赐染干为启民(意为:智健)可汗。此后,杨坚又多次派遣越国公杨素击杀东突厥权臣雍虞闾叶护;派遣太平公史万岁剪除东突厥境内的达头可汗势力;派遣晋王杨广讨伐欲谋反的启民可汗之弟俟利伐,帮助启民可汗平息内乱,从而稳定了东突厥政局。安义公主病亡后,杨坚又赐义成公主为启民可汗之妻。各地部众见启民可汗有大隋作后盾,纷纷前来归附。种种举措,令启民可汗对大隋皇帝的感激之情难以言表,曾多次请求赐姓杨。

西突厥的掌权者泥利可汗,是溽但可汗之子、木杆可汗之孙。泥利可汗去世后,其子处罗可汗继位,可谓一脉相承。但这几代人都因木杆可汗将汗位传给弟弟佗钵,致使突厥一分为二而耿耿于怀。如今,他们的西部突厥虽然国土面积大于东突厥,但土地不如东突厥肥沃,人口也没有东突厥多,这成为他们之间世代不平的世仇。然而,金山之西的西突厥也有独特的地理优势,它东拒都斤,与龟兹、铁勒、伊吾、乌孙、石国及西域诸国相连通,是中原进入西域的必经之地。泥利可汗之妻、处罗可汗之母向氏是中原人,常以中原文化和对故土的留恋之情教育儿子。因此,在处罗的情感世界里,他觉得自己身上一半是匈奴鲜卑族血统,另一半应属于中原。所以他的性情既有暴戾的一面,也有理性的一面。父亲病逝后,母亲向氏改嫁给处罗可汗同父异母的弟弟婆实特勒,遭到处罗可汗嫉恨,欲杀之。向氏和婆实特勒为此逃往大隋长安鸿胪寺请求庇护,杨广得知后以礼相待。处罗可汗因此憎恶隋帝,常劫持中原途经西去的商客,还不断兴兵犯境,西突厥成为大隋边境兵患最多之地,更成为杨广发展边贸、打通西域行商交往的拦路虎。

在西突厥和吐谷浑之间的广袤山地间,分散生活着一支具有匈奴血统的游牧部落群。他们从西海之东沿着山谷,在伊吾以西傍着白山,在金山西南、康国之北、拂林之东、北海南侧均有游牧据点,部众聚集在一起不下十万。这些部众虽姓氏各异,却都自称是铁勒族的后裔。铁勒族长期受到西突厥的欺凌,不得不逐渐向东南迁徙。然而,吐谷浑的兴起,又如同在他们面前横了一把刀。吐谷浑自伏俟掌权后,更是加紧对铁勒族的蚕食。铁勒族被逼无奈,决定投靠大隋以求生存。此时,裴矩奉杨广之命秘密进入西域,一方面寻求结盟伙伴,一方面探寻征西道路。裴矩来到

第六十八章 生离死别情深情浅，一盘大棋杨广征西

铁勒部落，会晤了犹首莫何可汗，双方一拍即合，莫何可汗表示愿意全力协助大隋西征，消灭吐谷浑，征讨西突厥。

裴矩返回京城后，立即进宫面圣。他不仅将扫除进入西域的商贸路障、开辟完善西域通商环境、拟在西北边城设立商贸中转驿站的设想规划详细禀告杨广，还将用重金收买西突厥处罗可汗身边权臣次设持勤射匮、与铁勒部落结盟之事，以及绘制的三条进出西域的行军线路图示，都一一向杨广汇报。杨广对裴矩此次西域探路之行非常满意，不仅认为裴矩的设想规划与自己正在推进的西征国策相符，还完善了自己想要做的事。于是，杨广一盘大手笔的棋路落子定局：兴兵灭吐谷浑、西征西突厥、东巡东突厥，在张掖设置边贸商市，召开四方睦邻商贸同盟大会（后改为万国商贸同盟会）。

杨广主意既定，立即在朝堂上向众臣宣布他要亲征吐谷浑、平息边乱，西伐西突厥、扫除出入西域商贸通道的障碍，东巡东突厥宣扬国威，开辟中原与西域、北狄、东夷、南蛮诸国的睦邻商贸交往，在张掖设市的规划意图。这犹如一声惊雷，震得朝堂上的众臣面面相觑。谁都知道，这又将是一项旷日持久的行动，而且理由似乎十分充足，一时间，谁也不知该如何提出反对意见。杨广见众臣没有反应，便说："大家既然没有反对意见，朕就要开始行动了。"

朝臣们听后一阵骚乱，众人都把目光投向高颎，然而高颎却无动于衷，低垂双眼，既未出列也未开口。兵部尚书段文振着急了，不得不挺身而出说："皇上，此事万万不可。"杨广一愣，问道："此话怎讲？"段文振说："皇上，我虽不懂做买卖，但觉得这个边贸有三个不可行之处。其一，开边贸必然人来人往，而张掖是西域边城的重地，怎能容忍那些心怀叵测的西蛮鞑子随意进出？这岂不是给本就不太安宁的疆域自招祸端吗！其二，把边境重地当作迎来送往之地，官兵百姓定会受到西蛮风俗的蛊惑，何来安全可言？其三，我朝用绫罗绸帛去换取外蛮那些寒不可衣、饥不可食的珠玉工艺之物，是以有用换无用，得不偿失。为此还要调动自力之兵，每日耗费万金去征讨，其中利弊不是一目了然吗！如此不可行之事，望皇上切勿轻信妄人之言而为之。"裴矩忍不住说："段大人是以一己之见看待天下之事，用有价的绫罗棉帛去换无价的珠宝，其利何止百倍。若以不能食不能衣为依据，那么钱币也不能食不能衣，又当如何呢！这边贸之事虽是文事，却一定要有武备，西征就是武备。外国虽居心叵测，只要我朝有备而战，又能奈我何？"

御史李密出列说："皇上，吐谷浑的兵患由来已久，先帝也曾多次派兵讨伐，均

未能将其征服。如今，朝廷刚完成几件大事，大运渠尚未完工，我们大家都还未缓过神来，却又要大动干戈，皇上还要亲自西征东巡，如此劳民伤财之事，臣恳请皇上，还需从长计议。"杨广不以为然地说："这是书生之见，不可取。俗话说机不可失，时不再来。吐谷浑这个身旁的毒瘤早晚都得除掉。与其让它继续发展壮大，不如趁现在有人做内应，将其一网打尽，还可借此扫荡出进入西域的通道，把朕想办的边贸开展起来。如此利好时机，朕怎能错过？"李密面露愧色，归列。杨广见无人再出列辩驳，便起身说："既然大家再无异议，此事就这么定了。而且事不宜迟，朕将统兵百万分三路西征。具体可分四步走：第一步先灭吐谷浑；第二步再荡平西突厥；第三步创办张掖边贸城；第四步进入东突厥巡视，安定东北疆域。朕西征将在一个月后出发。在朕西征期间，东京洛阳由齐王杨暕、银青光禄大夫樊子盖、左翊卫将军段达、太府卿元文都留守。"杨广接着又说："安德王叔杨雄听令；命你为南路军行军元帅，统兵三十万，出浇河由南向北扫荡吐谷浑各散落部众，至其都城伏俟与朕会合后再西进。我们对吐谷浑各部众，只杀持械者和官员，平民百姓只要归顺，不可滥杀。"杨广又说："许公宇文述听令；命你为北路军行军元帅，统兵三十万，出西平自北向南扫荡吐谷浑国各个持械部众，凡抵抗者格杀勿论，与朕统领的中路军在吐谷浑国都城会师。左屯卫大将军张定和听令，命你出任中路军前锋总管，统兵十万，出袁川直捣吐谷浑都城，朕将领军二十万随后跟进予以接应，在灭了吐谷浑国之后再西征。此外，令伊吾镇使冯慈明将军率驻守西域所部为西路军，扼守敦煌阳关，掌控西域西北通道，西防突厥来袭，东擒吐谷浑西窜之残敌，待朕灭了吐谷浑国之后与朕的大军在敦煌会师。另外，任命吏部侍郎裴矩为西征特使，立即动身前往铁勒和突厥王庭城，为大军西征打前站，并与朕在敦煌会师。任命工部尚书宇文恺为西征副特使，率何稠、阎毗随同裴大人前往张掖，立即规划兴建商贸大会会址和商城、行宫驿馆，务必在本年九月初九之前全部竣工。吏部尚书令苏威听令，安排合适官员随军出发，准备去接收吐谷浑国，用我大隋律令整治这一方民众。吐谷浑灭国后，需从中原迁入一部分移民充实该国人口，改变其民族结构和风气，用我中原文化教养感化其民众习俗，从根本上消灭吐谷浑。你们也可前往刑部狱中挑选合适的犯人，赦免其刑罚，迁往吐谷浑边陲，给他们一个自力更生、重新做人的机会。该国归入我大隋版图后，朕初步认为，在伏俟城设置郡府为宜。"

裴矩有所疑惑，问道："皇上，臣对西征战事有不明白之处，不知当问不当问。"杨广挥手道："不妨，有话请讲。"裴矩道："铁勒族请战在先，为何不见皇上任用他

第六十八章　生离死别情深情浅，一盘大棋杨广征西

们？"杨广道："铁勒受到吐谷浑和西突厥的逼迫，是在万不得已之下才请求与我朝联手的。因此，朕不得不防这个部落的野性，别灭了一头狼又引来一只豺，所以不能让他们东进参与灭吐谷浑。但是，朕却要利用他们牵制西突厥的处罗，达到朕征服西突厥的目的。所以，你先前往张掖，与宇文恺规划好需做之事后，立即前往铁勒和西突厥，做好接应大军西征的准备，随后再回张掖，与礼部、民部、户部共同做好该会的筹备工作。故，礼部尚书令牛弘、民部尚书令杨约、户部尚书令杨玄感听令；你们各部都得派人随军出行，参与大会的筹备。因为，朕邀请各国君王参加的万国商贸交易同盟大会，预定九月初九至尊日将在张掖召开。具体事项的日程安排，将由裴大人按照朕的意图进行规划，各部官员须各尽其责，做好各自的本职工作，别让朕失望。"

此时，吐谷浑国伏俟已逝，由其子伏顺掌权。伏顺夜郎自大、不自量力，得知隋朝兴兵入境后，竟听信手下佞臣之言，倚仗伏俟都城墙高厚实、城内粮草充足，要与远道而来的隋军一较高下，若能取胜便可称霸西域。于是，他一面将散落在城外的兵马收缩入城，一面组织部众积极备战。张定和曾出任过宜州刺史、河内太守，因此熟悉西南疆域民俗情况，尤其对那些经常入侵骚扰的境外游牧部落深恶痛绝，而且常常因找不到与他们正面交锋的机会而恼火。这次能被杨广钦点为西征中路先锋，他觉得正是一展凤愿、建功立业的大好时机，所以张定和率领大军如狼似虎地扑向吐谷浑的伏俟都城。

张定和兵临城下，将伏俟城团团围住，立即指挥众将士抬火器、架云梯，四处攻城。吐谷浑守城的军民则凭借城墙优势，以逸待劳，顽强抵抗。他们施行远射近刺，有时还发射火球拒敌，致使隋军伤亡惨重，却又无可奈何。如此数天下来，张定和的前军伤亡过半，却仍未能登上伏俟城墙。杨广率领后军来到伏俟城，得知前军攻城失利后，立即带着治儿、贵儿、梅香和众将绕着伏俟城仔细察看城外地形，并在北门外选择一较高处，让人架设超过城墙高度的楼台，登台眺望城内军情。杨广见城内吐谷浑的守军身后，有众多男女老少在搬运守城器件、送食递水、包扎收容伤员，完全是一派军民齐心协力守城的景象。杨广便对众将说："他们军民如此协力守城，以逸待劳地与我们远道而来的将士拼死抵抗，我们一时间难以拿下该城也在情理之中。为此，我们必须改变打法，改围歼为网开一面，在途中设伏击杀其君臣。因此，我们必须让出南门，留一条生路给他们弃城出逃，以分化他们的坚守之心。其次，我们要在东、西、北门加强攻势，同时派人四处喊话，凡弃城出南门求生之

人悉听其便，保证不予以追杀，而对留城守土之人则格杀勿论。"

杨广的此策一经推行，立即让城内的君臣民众产生疑惑，起到了动摇军心民意的作用。紧接着，隋军更是集中兵力加强攻势，让坚守的吐谷浑将士臣民愈发失去信念。于是，便有人趁夜试着出城，后来发展到几十人伙同守城门的将士偷偷出城，甚至成群结队明目张胆地出城却无人阻拦。这让吐谷浑的君主和大臣感到无奈，惶惶不可终日。如此一来，隋军在第四天便攻破了伏俟都城。伏顺见大势已去，只能率领残兵败将出南门逃窜，结果沿途又遭到隋军的分段截杀。等到伏顺逃至保山时，其身旁兵马已不足千人。

张定和咽不下攻城失利这口恶气，得知吐谷浑君主逃往保山后，仅带了五百将士飞马前去追杀。伏顺见有追兵杀来，一面留下二百将士埋伏在山口，用弓箭阻击，一面慌不择路向藏区吐蕃境地逃窜。张定和追得性起，脱去头盔，一马当先冲向保山道口，恨不得立刻将吐谷浑君主擒获、碎尸万段。谁知，他的马刚进入道口，就被一阵飞箭射下马来。随行的将士见主将中了埋伏，有的去抢救张定和，有的则呐喊着向道口冲杀而去。本无心恋战的吐谷浑士兵不堪一击，不是被杀就是四散逃窜。隋军将士见主将已亡，也就无心再去追杀，便驮着张定和的尸体回到了伏俟城。杨广得知前锋将军追敌身亡，不禁深感后悔，边流泪边叹息道："这是朕的过错，朕忘了多叮嘱一句'穷寇莫追'！如今一切都晚了。"有将士提议："立即派兵前去捉拿吐谷浑君主，替张将军报仇雪恨。"杨广在问清楚伏顺逃遁的方向后说："他们若继续南窜，必遭我南路军的截杀，所以他们定会逃入吐蕃藏区。而我们若再派兵追杀，必会惊动藏区吐蕃，引发吐蕃与我大隋的不和，不利于我们西征。为此，就让伏顺带着我中原的余威，去藏地自生自灭吧！"

杨广占领伏俟城后，立即将伏俟城改为西宁郡。他一面清理战场，一面出榜安民，委派官员上任，各司其职，管辖原属吐谷浑国的全部领地。没过多久，西宁郡便焕然一新。杨广等南北两路兵马来伏俟城会师后，留下一支兵马驻守西宁郡，便挥师向敦煌县府进发。

第六十九章
敦煌遇佛沙门揭僧，文武之道威震突厥

　　敦煌南枕气势雄伟的祁连山，西接浩瀚无垠的塔克拉玛干大沙漠，北靠嶙峋蛇曲的北塞山，东有岩石突兀的三危峙峰山。敦煌深陷于这四面山峦戈壁的环抱之中，犹如处在一只木盆的底部。这里不仅日光充足、无霜期长，雨水虽不多但寒流难入。而且在这个群山环抱的天然小盆地里，山地上的绿树浓荫挡住了黑风黄沙，雪山上的雪水滋润着肥沃的土地，使得粮棉旱涝保收，四季飘香的瓜果甘甜爽口，还能站在高处看到神秘莫测的沙漠奇观、光怪陆离的戈壁幻海。由此，这里便成了西北独一无二的一块宝地，吸引着佛门道观的高僧仙长到此化缘寻悟，众多文人名士来此观光留迹。此地声誉日渐提高，成了凡出入西域之人必定涉足寻觅、入内仰慕游览观赏的好去处。杨广对塞北敦煌早有耳闻，也从各类史书上知晓了敦煌的往昔和兴衰，却从未有机会亲临此地，无缘涉足其间见识其真实面貌，深感遗憾。况且杨广本就对山水有依恋之情，喜欢跋山涉水寻觅探奇游览。如今，他亲率百万大军来到敦煌境地屯兵休整、补充给养，为进入西域做战前准备，又怎能放弃这个大好时机，不身临其境去踏看一番！杨广把这个想法对贵儿和治儿一说，立即得到了两人的一致赞同。

　　隔天，三人早早起身，身着便服、轻装简从，带着梅香悄悄地骑马出了营地。四人纵马奔驰了一阵之后，杨广为消解途中的疲劳和沉闷，便问："你们可知道这敦煌的来历？"治儿摇头道："一无所知。"贵儿边想边道："顾名思义，'敦'谓之大，'煌'谓之盛也，故此地名有着盛人辉煌之意。"杨广道："敦煌之名源自大月氏、乌孙、匈奴等少数民族的音译，并无太多含义，但在我们汉文化中确有盛大辉煌之意。敦煌在商周时期就有河西三苗族人在此繁衍生息，后来他们的后裔羌戎族在此游牧定居。自秦末西汉之初，这里是大月氏、乌孙族的属地，后被匈奴侵占。西汉武帝从匈奴手中夺回后，便在敦煌之外修筑长城、设置关卡以防鞑寇，在关内设立瓜州府进行治理，瓜州府下辖四个郡府，敦煌便是其中之一。此后，武帝从中原内

地迁来移民，提升改善了这一方民众的文化素养和劳作习性。由于这里地处西北边陲，中原历朝历代的争战对这里影响不大，这才有了这一片区域的长期安宁，让生长在这片土地上的人过上了空前安居乐业的生活，从而兴旺起来，各地来访和窥探之人也随之增多。敦煌地接西域、东联内地，过了敦煌西行是阳关长城，长城之外乃是一望无际、荒无人烟的不毛之地，由此敦煌便成了西行求法、东来传佛的僧人和商客的必经留宿之处。我们之所以要在敦煌屯兵三日进行休整和补充给养，也是因为"西出阳关无人迹"的缘故。

在西晋时期，据传有一译经大师竺法护及其子弟在此译经传教，并自称为敦煌菩萨，于是西域的佛教开始传入这里。随后，因中原动乱而流亡出来的一批著名儒家文人也相继来此开馆授教、著书立传，不仅给当地民众带来了各地的宗教佛道信仰，也带来了中原的儒家文化礼仪。

薛治儿不解地问道："你现在带我们去的莫高窟是个什么地方？它不在敦煌境内吗？"杨广道："此处方圆几百里地都归属瓜州府管辖，境内不仅有敦煌、莫高窟，还有玉门、张掖等。莫高窟虽在敦煌县，但彼此相距有十里之遥，所以莫高窟归敦煌县衙管辖，而敦煌却因莫高窟而名声远扬。"朱贵儿道："我知道敦煌，却不知道莫高窟，我们是不是属于孤陋寡闻之人？"杨广摇着头道："非也！常言道，术有专攻，识有片见。我们不能以一见之识、一技之长就去判定此人的长短缺失。因为天下之大，知识之广，技艺之多，绝非我们每个人都能全部掌握。所以古人云'学无止境，学海无涯'，就是这个道理。"薛治儿问道："为何敦煌因莫高窟而扬名？莫高窟里有些什么宝贝？"杨广道："敦煌是以地域位置、交通和人文历史而声名远扬的，而莫高窟则以佛道信仰闻名四方。如'莫高'在梵文中可译为'解脱'，佛道学说源远流长，根基深厚，传播广泛，信徒众多，与中原的儒家学说不相上下，非一般文化所能比拟。而民间数千年来都有一种不图今生还得修来世的想法，佛道所追求的正是这种念想的升华。因此，我母后信奉的上帝耶稣和世人信拜的佛道尊神也就应运而生了。"薛治儿嘟囔着道："答非所问！"杨广笑着道："你不想听却要说我答非所问，我没有这段开场白，何来下面的正文？"杨广见薛治儿不再言语，便道："莫高窟让人心仪神往的就是那些龛中的石刻佛像。据传在秦建元二年，有一沙门乐僧从敦煌持杖戒行来到莫高山。乐僧在此山前静悟时，忽见金光万道，似有千佛在前引道，顿时悟性顿开，便立刻慕拜，并在此凿窟一龛，刻下所见之佛像于其间。此后，中原法良禅师在其旁营建了伽蓝殿中的三尊神像，即波斯匿王、祇陀太子、孤独长者。后来之人见此处能建佛像，便相继模仿，于是在此山坡上兴起了凿龛建像之风。到了北魏东阳王元太荣、北周贵族建平公在此任刺史时，出于他们自己信佛的意愿，便在此兴起了造佛运动，莫高窟的名声也就越传越远、越传越广，致使莫高窟之地虽小，名声却盖过了敦煌。于是，凡到敦煌之人必去莫高窟，人们也往往把敦煌和莫高窟连在一起。我们今天虽说是慕名而来，但图的是眼见为实。"

四人扬鞭催马，且行且说，未到巳时，便来到一处集市道口。"莫高窟"三个醒目的大字刻在一大块石岩上，在这块石岩的后面是一条连通到远处长岗的集市街道。好似天然屏风的长岗衬托着这么个小小的荒野集市，自有一种风情。四人下马，牵马进街前行，只见丈余宽、脏兮兮的街道两旁是几十间大小高矮不一的店铺，而且多数是饭铺和香烛店。街道上除了在店铺门前招客揽生意的商家之外，几乎没有游客的人影，显得冷冷清清，生意萧条。商家见有客人入街，犹如旱天逢甘露，竟然不约而同地蜂拥而上，把杨广四人团团围住。有的说："客官，到俺店里打个尖，用个餐吧！"有人道："老爷，快近晌午了，在我店里用过饭菜后，再去窟上，正好两不误。"还有人把香烛递到朱贵儿的胸前道："夫人请束香火吧，菩萨会保佑夫人长命百岁的。"朱贵儿看着挤到跟前的人，吓得直往杨广身后躲。杨广怕招来意外，即大声道："我们来此既不是为了吃饭，也不是为了烧香，可你们却不分青红皂白地要推销你们的生意，哪有你们这样做生意的？"这时，从人群里站出一个中年妇人，用水灵灵的一双眼睛盯着杨广道："我们知道，老爷带着夫人来莫高窟不是为了吃饭，也不是为了烧香，而是为了观象拜佛。但是老爷和夫人一定不会像佛像那样，不知人间冷暖，不食人间烟火吧！"

杨广听这个女人说话有点刺耳，便认真地扫了这个中年妇人一眼，见此人穿着干净，长得也唇红齿白，不算俗气，即道："依你之说，我们该怎么样？"那中年妇人微微一笑道："老爷应该入乡随俗，先在这里歇个脚，把你们要前往的那个莫高窟的现状打探清楚后，再去观象拜佛也不迟，否则你们是会后悔的。而且我可以保证，你们在这里耽搁的这点时间，绝对误不了你们入窟观象拜佛。"杨广故作惊愕地道："是吗！难道去莫高窟还有如此讲究？"妇人道："老爷若是不信，小妇人先问你，你们来到这里有何感觉？"杨广看着围在跟前的人道："要说有感觉，就是觉得这里像你们这样的商家比游客多，而且你们如此一拥而上地做生意，像我夫人如此胆小之人，还敢买你们的东西吗？"杨广的话立即引来众人一片嚷嚷声，有人道："这里以前不是这样的，客人多时我们都忙得应付不过来。"也有人道："兴佛的是官府，灭佛的也是官府，苦的却是我们这些做生意的小老百姓。"还有人干脆扯着嗓子道："佛靠的是人间香火，我们生意人靠的是去佛前烧香拜佛的人，当前去佛前烧香拜佛的人越来越少了，我们的生意也就越来越难做，可官费税赋却又不能不交。如今敦煌县城外又大军云集要打仗了，照此下去，我们该怎么活呀？"杨广似乎感觉到了这里问题的关键所在，即似有怀疑地道："官费税赋？佛庙门前何来的官费税赋！"中年妇人道："看老爷的模样不是官场便是富家之人，但是你却一定不知道我们这里官府衙门的规矩。"杨广诧异地道："这里是大隋的天下，岂有朕……"薛治儿听杨广说漏了嘴，急忙道："什么真的假的？佛庙之地不纳税费，这是天下人都知道的事。哪个官府敢如此大胆胡作非为，不遵皇法！"杨广明白薛治儿的心意，但他想知道其中的真相，即接口道："大隋天下的皇法只有一个，我就不信真有此事。你们这里的官府在收哪门子的官费税赋啊？"妇人朝杨广投去疑惑的目光道："这里山高皇帝远，皇法是管不到我们这里的……"妇人突然刹住了话题，道："不说了，说给你们听了也没用。你们既不吃饭也不烧香拜佛，我们围着你们也无济于事。大家都散了吧！让他们去实地感受一下，必会比我们在这里讲的有用得多。"杨广看着散去的众人，低声对贵儿和治儿道："我觉得那个妇人之言不会是无的放矢。"薛治儿道："那人不是让我们去实地感受吗？我们进了莫高窟，不就都能知道了。"

四人牵着马沿街走到了街的尽头，见官道折向一条横卧在道上的河，一座由三块石板铺成、长约两丈余的石桥连通着两岸。在桥的一头有两道大栅门拦着，过桥后的对岸连着一条四处荒芜的便道通向那道灰黄色的长岗，杨广却没看到岗上有何石龛佛像。四人来到石桥前的栅门前，杨广刚想去推木栅门，不知从哪里冒出两个五大三粗、横眉竖眼的人，冲着他们大声吼叫道："你们没看到旁边官府的告示牌吗？凡要过桥去莫高窟的，每人需交五铢钱一枚。"杨广惊讶地道："官府告示！去佛门也要付钱？这是哪家官府定的规矩。"薛治儿带着讽刺的口气道："大隋天下的官府还能是哪家的呢？你去看一下告示不就明白了吗！"朱贵儿已走到竖立在河旁的告示牌跟前，边看边道："这是敦煌县府的告示牌，上面确实规定了，过桥之人每人得交五铢钱一枚。"杨广似有所悟地道："原来如此，那个妇人所言不假，或许这也是这里人稀客少的根源所在了。"薛治儿道："那么，我们现在是进去，还是不去呢？"杨广道："既来之，哪有不进去之理。梅香，付钱。"梅香从马背上的兜里掏出了四枚钱，上前交给了一个大汉，谁知另一个大汉却道："怎么只是四枚？"梅香双目瞪视着那个大汉，没好气地道："不是说一人一枚吗？你还想要多少？"那个大汉

第六十九章 敦煌遇佛沙门揭僧，文武之道威震突厥

却是认真地道："四个人是四枚，四匹马也是四枚，一共合起来就是八枚。"梅香怒了，她杏眼一瞪，厉声道："岂有此理，马是畜生也要按人头收费，哪来的道理。"那个大汉扫了一眼跟前的三女一男，立即双手叉腰，穷凶极恶地吼道："不留下八枚过桥费，你们谁都别想过桥。收你们八枚钱还是便宜的呢！你们若从前门走，门票就得翻一倍。"杨广怕梅香性起会跟那俩人动手，而他也不想在这个小事上纠缠，便道："梅香，现在不是跟他们计较这事的时候，付钱吧！"四人牵着马过了桥，上马奔驰了一阵，来到了长岗脚下，前面已经没有路了，只有一条人行踩出的小径沿着山岗坡脚向前延伸。杨广道："我现在明白了，这里是后山，所以看不到建凿在山坡上的佛龛。我们是被官道集市前那块写着字的石碑给误导了，若从前门进去或许就不会绕路。"薛治儿道："你这是一厢情愿。你既不知道从集市到前门会有多少路，而且你没听那人说吗，从前门进，门票还得翻倍呢！因此依我之见，有失必有得，既来之就顺之吧！"众人不再说什么，杨广牵马在前引路，贵儿、治儿、梅香依次牵马随行。小径歪歪扭扭沿岗而行，好在不算太难走，而且拐过一个弯就来到了岗坡前的大道上，不仅看到了凿刻在山坡上的石像佛龛，也看到了几个人影。杨广的精神为之一振，加快了脚步，朝最近的一个佛龛走去。

莫高窟的成因虽有各种传闻，但是先人们选择在这岗坡上凿龛刻像，并能流传数千年至今的根本原因，还在于这长岗上石质的特殊性能。据专家和考古人士研究分析，这道座西北面东南的长岗悬壁，其石质结构与众山石都不同，它是由细腻的沙石与黏性很强的一种昆虫分泌物质黏合在一起，经长期日晒粘压而形成的石材。其黏合牢固，硬度似石，但其细腻和可雕塑性又似玉，故被称为是没有光泽的又一种类型的石玉。它不仅易于雕刻成型，而且不易风蚀磨损，加上这道长岗的走向拦挡住了身后西北风沙的侵袭，而盆地内又雨水稀少，就成了这些洞龛石像的天然保护伞，这才有了以后各朝代流传至今的千佛洞窟。但是自然界上千数百年为之或不能为之的事，却因人的一念之差，带给了这些石龛佛像"兴"与"毁"截然不同的结果，怎能不令人感叹！

杨广带着众人把马牵到一个石墩上，站立在低矮的佛龛洞前，宁心静气地在心里默念了一阵后，首先举步跨入了石龛洞。谁知低矮的洞口内，石龛穴虽阴暗却高大宽敞，让杨广和四人都有些始料未及，吃惊不小，一股腥浊混合着腐臭的气味却令入内之人感到不爽。杨广闭目凝神适应了一下龛内的光线之后，再举目四察，只见有三尊巨大的佛像迎面而立。由于光线昏暗，杨广看不清佛像的真容，他向前

走了几步，逼近佛像，随后仔细观看，却见三尊石像都不是中原人士的打扮，而且还缺胳膊少腿，让人有些惨不忍睹。杨广不由得皱起了眉头道："怎么会成了这个样子？"薛治儿低声道："这不正是在应验着那个妇人之说吗！"薛治儿接着问道："这是什么佛？这三个人不像是我们中原人氏。"杨广边看边道："确实不是中原人氏……唔，我看出来了，中间这尊是波斯匿王、左面这尊是祇陀太子、右面这尊必是孤独长者了。由此可见，这个窟龛便是书上所说的由东汉法良禅师所建的迦蓝殿了。"

朱贵儿看着三尊神像问道："这里面有些什么故事吗？"杨广道："释迦牟尼佛是从印度传来的西域佛祖，他本是释迦国国王净饭王的儿子。他因为不满意当时推行的种姓等级氏族制度，又感叹人生万般苦恼，便出家寻道，倡导了能使众人脱离苦海的教义，这便是西域的佛教。当时在他艰难苦修期间，得到了舍卫国一名叫须达多的富商无私的捐助，须达多与舍卫国的祇陀太子一起，为释迦牟尼建造了一座祇园精舍，专供佛祖和其弟子传教所用，甚至耗尽了他的家财，这个人就是右面这尊神像孤独长者须达多。后来，舍卫国的国王波斯匿王也加入了进来。释迦牟尼得道成佛后，佛祖的信徒们为了纪念这三位扶持佛教有功的人，便在寺庙佛祖的大雄宝殿旁边，为他们专建了一座殿堂，称之为迦蓝殿。"朱贵儿叹息着道："可惜了，四五百年前的神像竟成了这个模样。"

杨广若有所思地道："佛门也可谓是多灾多难。佛道之争引发过两次出自皇家的灭佛运动。北魏的太武帝信奉本土的道教，自封为太平真君，斥西域传入的佛教为邪教，并降旨天下臣民不得信奉佛教，凡私奉私养佛门僧尼者死罪不赦。由此便展开了一场自上而下的灭佛运动，佛经被焚烧，佛教僧尼无论长幼全部坑杀，绝不留情。北周武帝袒护道教，指责佛教有'三不净'。一曰为主不净，指释迦牟尼出家前已娶妻生子，不合教规，谓之教主不净；二曰为教不净，指佛教律仪中允许出家僧人可吃三种净肉，这表明佛教教仪不净；三曰为众不净，指佛教僧众好行妖逸，徒众不和，递相攻伐，罪过太多，谓之佛教僧众不净。由此'三不净'，于辅国无用，而定下了以儒教为国教之尊、道教为辅的国策。并在灭了北齐之后，在邺都亲自宣布废除佛法，拆除境内的所有佛塔，把四万余座寺庙赏赐给王公大臣充为宅地，将三百余万僧徒蓄发还俗返家编户服役。"

朱贵儿问道："你为何对北周的这段灭佛史如此熟悉？此中不会无缘无故吧。"杨广道："确是如此。我研究过周武帝这段灭佛历史的前因后果，也曾听父皇母后谈

第六十九章　敦煌遇佛沙门揭僧，文武之道威震突厥

起过他们当时的感受。父皇认为，不管是灭佛还是扶道扬儒，作为皇帝要考虑的是如何才能对富国强兵有利，这就叫作取舍为用。而我母后却不赞同如此拉一派打一派，而说道：以和为贵才是中华民族的精华，这与上帝耶和华所说的爱世上的所有人是一个道理。世上万物和谐了，就能兴旺发达。后来，父皇在执政前期也确实在推行着这一'和为贵'的国策，才致使佛门有了此后的康复。但是，我却不知道，父皇的扶佛国策为何在这里不见效果，这一路上看到的荒芜乱象和这些古迹神像的惨状，是不是正如那个妇人所言：山高皇帝远，皇法是到不了这里的。"薛冶儿道："这好办。你这个皇帝，现在不是已经来到这里了吗？何不立即下道圣旨，治治那些不法之徒，还这里一片宁静乐土。"

"阿弥陀佛。这位女施主说得好！"一个苍老的声音突然在暗中响起，把杨广众人都吓了一跳。随即，一个瘦弱的身影从阴暗处现身出来。只见此人身披一件破烂的袈裟，手持一柄法杖，骨瘦如柴，形如枯枝，但他那炯炯闪光的双目却不能不令人感到神奇，似乎在这目光里蕴藏着无尽的阅历、无限的智慧、无穷的神力。他走至杨广跟前，把不执杖的右手掌举至胸前，四指向上，拇指压在掌心，冲着杨广低首垂眉道："阿弥陀佛。贫僧沙弥，恭迎大隋皇帝陛下光临莫高窟。"

杨广吃惊不小，慌忙还礼道："高僧何能识得我就是大隋皇帝？"沙弥和尚道："贫僧在此等候陛下已有二百年，今日总算如愿了。"杨广不由得惊讶地问道："何来此说，请高僧明示！"沙弥高僧道："一个'缘'字，尽在不言之中。此处不是交谈悟性之地，请陛下与诸位夫人随贫僧前往后院，再容详叙过往今来。"沙弥不等杨广回应，即举步走出窟穴。杨广心中虽有疑虑，却不得不随之而行。而更让杨广惊异的是，这个和尚在前面不紧不慢地走着，可杨广众人却不管如何加紧脚步就是不能与其平行，而始终保持着十来步的间距。

杨广边走边举目向长岗坡上看去，数条小径歪歪斜斜地通向一座座石龛。有的石龛门前似有香火焚烧的痕迹，有的石龛门前却长满了荒草，有的门洞甚至已经坍塌，呈现出一派荒凉的景象。沙弥高僧带着众人转过了一道山坡，迎面出现了一道破旧的山门，但门匾上"沙门寺"三个大字却还依然清晰可见。山门内是一条宽宽的石径，但石径的台阶已是破损不齐。沿着石径前往，便见到了一片已是断墙残壁的庙宇殿堂，其规模之大、殿堂之多，不能不令人感觉到这里曾经有过的辉煌。高僧七拐八绕地穿过了这片荒芜的废墟，来至一座有一道围墙拦挡的后院。推门入内，却是苍松遮阳，青翠遍地，一座不足数方的小小的茅草屋倚立在一片翠竹林中，

与墙外的境遇相比，简直是一处荒漠中的仙境。杨广怀着敬畏猜疑的心情与众人跟随着沙弥高僧来至茅草屋前。高僧撩帘入内，杨广不免有所担心，这个小小的茅草屋，一人在内打坐修炼尚可，却怎能容得下他们数人。杨广正在门口踌躇着，只听得高僧在室内道："各位施主不必疑虑，尽可入内，贫僧这里都有你们的座位。"杨广一愣，即举步进屋，一股提神醒脑的茅草清香味扑面而来。杨广举目扫视屋内，却见室内宽敞明亮。高僧已盘腿坐在一只大蒲团上，在他的身后是一张睡榻，在他的右手旁有一只装着几颗松果的食盒，在他的左手边是一张佛几，几上摆放着一叠纸页发黄的纸籍。在进门处是四只打坐用的蒲团。杨广没想到在外看似那么小的茅草屋，室内竟然如此敞亮而简洁有序，不能不让人有种袖中乾坤之感。杨广知道这四只蒲团是为他们留的，他慌忙在中间一只蒲团上坐下后，又招呼着贵儿坐在他的左边，治儿坐在他的右边，梅香坐在治儿的旁边。

  杨广待众人坐定之后，静心凝气，恭敬地道："请教大师，您所说的一个'缘'字尽在不言之中，在下该当何悟？"沙弥高僧道："阿弥陀佛。陛下的前世是道门中人，故在人间自小就有悟性，曾拜天台宗祖师智𫖮法师为师并授菩萨戒，这不是一个'缘'字吗？"杨广大吃一惊，他在儿时受戒之事，除了父皇母后之外几乎没有人知道，可这个沙弥却说得一点不错，但杨广却想不出这个缘结在何处。杨广不由得又想到了沙弥所说的"等了二百年"之言，便问道："大师所说，在这里等了我二百年，难不成我与大师前世相识，今生才有缘吗？"沙弥高僧道："阿弥陀佛。正是如此。贫僧本是佛门二十七祖般若多罗的大弟子，祖师得悉中原佛门将有大难，便派遣贫僧来这里建寺造佛，收容各处前来避难的佛门弟子和信徒，并在此等候二百年，与陛下会面，重振佛门，仰道天下。"杨广似有不信地道："这就是大师与我之间的缘吗？"沙弥高僧道："阿弥陀佛，一点不假。贫僧于北魏道武帝拓跋珪天赐二年来到这里，兴建了沙门寺，一度曾收徒一百五十人。至北魏太武帝拓跋焘执政期间推行灭佛运动，沙门寺收容来自各处避难的信徒已达三百余人。但是沙门寺并没躲过这一佛门大劫，寺庙被烧，佛像被毁，被杀的信徒尸身遍地。然而贫僧惦念着祖师所嘱托之言，掩埋了尸身，重振佛门，重建沙门寺。历经百年的艰辛，沙门寺不仅恢复了模样，更是盛况空前。而此时莫高窟的造佛运动也方兴未艾了起来。谁知北周武帝宇文邕，不仅要灭佛门，而且还用仰道扶儒贬佛的国策来诋毁佛教。他虽然没有杀戮僧众信徒，却毁佛像、拆寺庙、收庙产、强令僧徒返俗回乡，这又是一场佛门大劫，沙门寺和莫高窟也没逃过这一劫，你们在外面看到的就是这一大劫

第六十九章　敦煌遇佛沙门揭僧，文武之道威震突厥

的结果。至此贫僧已经感到了精疲力竭，觉得再也没有能力来使沙门寺重新恢复原样了。贫僧仔细算了算祖师嘱托的二百年之期，于是掰着手指，终于等到了今天之日，这便是贫僧与陛下之间的缘分。陛下或许不知道，为陛下受戒的天台宗祖师智顗法师乃是贫僧之门徒。"杨广似乎还有不信，故问道："依大师所述，可有凭证让我等信服。"沙弥高僧坦然一笑，指着佛几上那叠发黄的纸籍道："陛下可去查阅历朝各代君主给贫僧颁发的度牒（是朝廷颁发给出家人的身份证明），也就可信贫僧并没打诳语。"杨广起身走至佛几跟前，小心翼翼地去翻看那叠泛黄的黄纸，并在口中自言自语地道："唔，这是北魏道武帝期间登国三年的、这是明元帝永兴年间的、这是太武帝始光年间的……有东魏孝静帝天平元年的，北齐、西魏……北周，还有大隋先帝开皇元年的，也有吾朝颁发的……"杨广不由得肃然起敬，慌忙双膝跪地，举手恭拜道："先师先祖在上，恕我杨广有眼不识泰山，出言不逊，有犯祖师爷之威德，实属大逆不道。"贵儿、治儿、梅香见杨广跪拜，也都纷纷离座下跪。沙弥高僧道："阿弥陀佛。不知者不怪，更谈不上大逆不道。请陛下和各位女施主快起来入座，方便我们继续交谈。"杨广和众人入座。

沙弥高僧接着道："佛道本是一家，不该相互排斥。就像是你师祖与我师祖一样，他们虽各为道教佛门之尊，却彼此睦邻亲和，天下也本该如此。扬道还是抑佛虽是一念之差，体现的却是人性之狭窄，危害的却是民众的信念，得益的虽是帝王的一时之欲，却在其功德簿上会留下一笔难以抹去的功过罪孽。我们这里确实是山高皇帝远，等到皇法一层层一级级地传到这里，不是走样却也难免已是时过境迁了。致使平民百姓对朝廷的真实意图又能知道多少呢？如果当政的地方官是个贪官污吏，高高在上的皇帝又能知道多少真相？贫僧欣慰的是，你这个皇帝与众不同，能不辞辛劳，亲临这里探看，莫高窟有福了，沙门的僧众有福了，天下人也有福了，这便是缘分。"杨广谦逊地道："请问祖师爷，当下我该怎么去做？"沙弥高僧道："贫僧就送陛下十六个字：贵和伤斗，严法治惰，情移心离，魂散神归。"杨广若有所思地问道："请问祖师爷，吾大隋的国运如何？"沙弥高僧道："天下没有不灭的王朝，也不会有不散的宴席。只要陛下能够做到尽心尽力，问心无愧，也就何须去顾他人是怎么评说的。好与坏也就是人性一事一时的一种念想，而且又会因时势的不同而改变，所以无须在意。"杨广指着身旁的三个女人又问道："她们今后的命运如何？"沙弥高僧闪眼扫了三人一眼，随后合上双眼道："各有所依，又各有所归。命中注定，全在一个'缘'字。缘在人在，缘尽人散，非人力所能挽回。各位施主，贫

| 703

僧也只能说到此了。你们都请回吧！"杨广还想问，却听到沙弥高僧已经睡着打呼噜了，杨广只能作罢。杨广告辞了沙弥高僧出来，已经无心再去四处探看，他们匆匆赶回了营地。杨广对沙弥送给他的十六个字和几句谶语逐字感悟，似有清晰却又模糊，甚至还有一种不祥的感觉。

隔天，杨广召来了从张掖赶来的裴矩、敦煌县县令和各路元帅、主将，把他去莫高窟所看到的叙述了一遍后，道："朕上位之后，就一直在身体力行地推行着要依法治国、依法治吏，要严惩贪官污吏，却为何总不能尽心如愿？不仅是朕身旁的人在阳奉阴违，以至贪官污吏总是除而不尽，这里的官府更因远离皇城而伙同地方势力，明目张胆地动起了佛门的脑筋，巧立名目圈地设卡欺民收费……"杨广看了一眼敦煌县县令，吓得敦煌县县令急忙跪地道："万岁爷，小的冤枉。小的来这里上任还不到三月，对前任所定之规虽有所闻，却还不敢贸然予以纠正取缔。小的对此有延误之责，却无明目张胆故意为之之罪。"

杨广冷冷地道："好一个不敢贸然予以纠正！朕如果不是亲临实地，今日又在这里召见你，你将延误到何时才能纠正啊？你这不是延误，而是在姑息养奸！你能说，你或是你的衙门从中没有收到好处吗？借佛门之地，用朝廷的名义收取枉法不义之财，不仅污染了佛门的清白，更是伤了前往瞻仰人们的信念。大隋律法早就对佛道众僧有所规定免税免赋，佛道戒律中也明文写着佛门六戒（戒贩卖贸易、戒安置田产、戒蓄养奴婢、戒占卜巫术、戒结交权贵、戒私情欲念）。你这个管辖佛门属地的县令能推卸得了罪责吗！所以，朕对此不仅要追查前任官员的罪责，而且还得从根本上去改变这一现状。你现在先起来吧！"杨广看着众人道："朕已经决定了，在敦煌县设立特别郡府，目前将由伊吾镇使冯慈明将军任郡府太守，敦煌县令将功赎罪，听从调遣。郡府的职责重点在于治乱除恶，铲除地方不法势力，清理佛门乱象，重振佛道法规；要保护好莫高窟，使其有序发扬光大，朝廷将拨款重修沙门寺，重扬其昔日的辉煌。同时，朕还要通过敦煌沙门寺的遭遇去举一反三，让朝廷指派专职专人去各地检查审核佛道的乱象，拨专款去扶持受到不公平待遇的佛门道庵；并确立在我大隋的天下，儒、佛、道，以及西洋各教派之间没有轻重、先后、高低之分，朕要弘扬的是各教派之间的平和共处，而不是互相诋毁、互相排斥的不和谐之举。朕还要倡导信仰自由，但对各门道中的那些不良之徒也必须予以清理，不能让这些害群之马殃及大众，借教寺去敛财，让老鼠屎毁掉一锅好粥。（评语：杨广定下的如此国策，确是改变了隋朝之前儒、佛、道各教派的风气，并且产生了深远的

第六十九章　敦煌遇佛沙门揭僧，文武之道威震突厥

影响，甚至也影响到了唐、宋、元、明各教派的理念和兴衰。此后，杨广又为其父皇隋文帝建造了西禅定寺，在高阳建造了隆圣寺，在并州建造弘善寺，在扬州造慧日道场，在长安造清禅、日严、香台等寺，又舍九宫为寺，在洛阳设无遮大会，度一百二十人为僧尼，并为天郡府行道千日，度僧千人。还修治神道佛像十万余座，装补缮写新经六百余部，在洛阳西苑上林园内设翻经馆。为北周武帝之后衰落的佛教撑起了一片天，也抑制了道教的自大风气。随后杨广又重组了朝廷国子监，在各郡县恢复发展了国子学，把儒学与佛道摆上了同一个阶层。）你们还得做好迎来送往的准备，因为等到朕收服了西突厥之后，朕将要在张掖召开一个《万国睦邻商贸交易联盟大会》（即万国博览大会），在张掖设立边贸交易中心。由此，敦煌郡莫高窟将会迎来一个兴旺发展的机会。你们一定得既为了敦煌莫高窟，也为了助张掖，而要把握住这个机会，把你们该做的事尽快做好。"

　　杨广转向裴矩道："裴大人，你既然已经把铁勒和西突厥的事安排好了，你这次出关西征就不必参与了，你留在张掖可以专心筹备这次大会。你协助礼部与参会的各国多联系沟通，并可以通告各国可汗君王，大隋皇帝和皇后已备下了丰厚的礼物和美餐在张掖迎候他们，希望他们能准时携各自的皇后使臣光临参会。同时你让民部组织好参会的商家，必须带上各地富有特色的优质商品，提前到达张掖参与会场布置，以彰显我中华地大物博商贸的魅力，我们一定要把这个大会办得既隆重又成功。此外，朕的皇后也该收到了通知，她会带上礼物来张掖，与朕共同参加主持这次大会，以示大隋对参会各国贵宾的尊重。但皇后未出过远门，届时请你对她们做好妥善的安置。朕一定会在九月初九日之前，带着凯旋大军来张掖出席该大会，参加张掖商市的开市典礼。"

　　杨广在安排好了这些意外之事后，提高了嗓音道："有关西征突厥之事，朕已做了如下安排：我们征西大军自明日开始分三路穿越沙漠，对处罗王庭城实施三面围攻，留出西门供其逃生。具体行军路线，这里有三份图纸供参阅。南路军经若羌、且末，不出意外，十五天可到达葱岭，然后自南向西北征伐抵抗之敌；北路军经伊吾、伊宁，十二天可至疏勒，随后自北向西南围歼突厥各残部；中路军经楼兰、过库本，因为路程较短，预计十天之内可到达双河，从东向西去攻占突厥处罗的王庭城。而突厥兵马主力也必然会在双河地域，用以逸待劳之势来与我们交战，如此却给南路军和北路军留下了攻城略地、围歼突厥其余流散势力的空间，最后与中路军在处罗的王庭城会师。我们此战的目的在于清君侧，只消灭处罗身旁的那些主战将

领,其余的一概不杀,好言招降,以备后用。"安德王杨雄道:"这又是一个什么战术?我只知道擒贼先擒王,哪有不杀其王只杀将的道理,这会有用吗?还要留出西门,放处罗逃窜。我们这一路的艰辛岂不是白费了嘛!"杨广笑着道:"王叔所言固然不差,但是处罗未必敢西窜,他若西窜便会进入铁勒的地盘。到那时,铁勒可就没有朕这么好说话了。而且朕敢打包票,我们只要把处罗手下那几个蛊惑他抵抗的叶护头目给灭了,再把他的母亲和兄弟遣送回去,分散了他的权力,此后就是借他几个胆,他也不敢再胡作非为了。"安德王无言以对。

处罗可汗身边有几个弄权的大臣,一个叫达头,身居叶护要职,掌控着兵权;另一个叫射匮,身为次设特勤掌管着处罗的财权。达头虽勇却无谋,射匮则是个心贪奸诈且胆小之人。如今他们得知,隋朝大军分三路进逼,达头力主出兵迎战,他认为隋军虽然势众,但是要穿越数百里的沙漠戈壁来战,必然会疲惫不堪,绝难抵挡他们如狼似虎的雄兵。他们可以以逸待劳,逐个袭击冲杀,必然能够全歼隋军而取胜扬威。可射匮却心惊胆战,坚持道:"隋帝杨广是个会打仗的皇帝,他敢如此分兵三路穿越沙海来犯,必然是有备而来,而且隋军刚刚灭了吐谷浑,士气正旺。若以我们区区十万之众,去与其百万大军正面抗衡,必定是死路一条,因此切不可开战,这是在自寻死路。现在只有两策,一是称臣求和,二是借着我们地大物稀的优势,可以避其锋芒,与其四处周旋,把他们拖累拖垮,这叫作'不战而屈人之兵'之术。到时候我们就是要留他们,我谅他们也不敢留。"处罗可汗道:"我们若是弃了王庭城去四下游转,岂不是失去了城郭的防御吗?这犹如赤膊上阵,身上连盔甲都没有了,如何去打仗?万一有个闪失,血肉之躯如何抵挡得了刀枪!如果再让那伙窥视我们的铁勒鞑子逮到机会从后面给我们一下,如此失去了依托而腹背受敌,那才是绝路一条呢!"射匮道:"既然如此,我们只能乖乖地投降称臣。而且依我之见,杨广此来绝非是要索取你我的性命,也并非是要我们的土地和城郭,我们只要能够留得青山在,何愁没有柴烧。况且他们的军队也不可能长期留在西域,因此我们若能忍耐一时的委屈,将来这里还是我们的。"达头却吼叫着道:"一派胡言。杨广既不要你我的性命,也不要我们的国土城郭,他来西域干什么?你如此替杨广说话,该不是收了他们的好处吧?"这话戳到了射匮的要害,射匮顿时哑口无言。处罗虽然不想战,却也没了底气,达头占了上风,他决定要借此彰显自己的威风,杀隋军的锐气。

杨广从裴矩安插在射匮身旁的奸细传来的消息中,得知了突厥君臣的想法,立

第六十九章　敦煌遇佛沙门揭僧，文武之道威震突厥

即派人传令给铁勒，命他们准备拦截西逃的突厥君臣，但除了抵抗的一概不得杀害。同时，杨广派出了两支前锋军队趁着夜色赶至双河流域设伏，而杨广则率领中路军主力，以步军弓箭手、长矛队在前开道，耀武扬威、慢悠悠地向前开拨。而且，杨广还传信给射匮，让他待达头领兵出城后，紧闭城门，不能再让达头回城。等待隋军灭了达头之后，再开城门接应隋军入城。杨广还许诺射匮，只要他把此事办成了，一定让他当西突厥王庭的叶护。

愣头愣脑的达头虽然勇猛无比，但他哪里是杨广靠智慧取胜的对手。他本以为疲惫不堪的隋军，被他的铁骑一阵冲杀必定会溃败无疑。谁知，达头的第一波冲杀，就被隋军一阵狂风暴雨般的飞箭给挡了回去，冲在前面的骑手和马匹不死即伤，而突厥将士却连隋军的皮毛都没伤到。达头不甘心遭此败绩，便亲自带领着剩余的兵马，大声吆喝着，发疯般地向杨广的隋军阵前冲去。

杨广身披银白战袍，骑着一匹长腿白马，执着一面令旗，站立在一处高地上，居高临下地观看着眼前的战局。在杨广的身旁是三位骑在骏马背上、手执宝剑、英姿飒爽的女子，在杨广和她们的身后是一排手握长矛、腰胯长剑的护卫。一面大大的隋字国旗和一面大大的杨字帅旗插在一辆战车上，如此显眼的高处和如此阵势的护卫，让人一眼就可看出，这里是隋军的指挥中心。

达头身先士卒，勇猛无比，且力大无穷，冲入隋军阵中如入无人之境。达头在远处也看到了站立在高处的杨广，他虽然不知道在高处指挥作战的人就是隋帝杨广，但他凭着经验知道这个人一定是隋军的指挥大官。在"擒贼先擒王"的意识支配下，他鼓起一股疯劲，挥动长柄大铁锤，杀开一条血路向杨广所在的高处冲去。

薛冶儿看了一眼不动声色、神态自如的杨广，把紧捏着剑柄的手悄悄地松开了。朱贵儿的脸色因紧张而有些惨白，甚至额头上渗出了一层细细的汗珠，她可是从来没有经历过这样的场面，如此担惊受怕也是情所难免。梅香似乎是什么都不在乎，但她那严峻的神态和紧勒马缰的举动却掩饰不了她内心的紧张。那些护卫见敌军势如破竹般地冲着他们而来，立即上前挡在杨广的前面，挺举长矛护住了杨广和三位女将，一场拼死一搏的决斗一触即发。

达头冲至距杨广还有半箭之遥时，已看清了骑在白马上的人身上披的是龙袍，因此此人必定是隋帝杨广无疑了。达头不由得一阵兴奋，全身上下好似中了邪一样，他狂喊一声，双腿狠夹马肚，高举大铁锤冲向杨广。如此疯狂的蛮劲，隋军没人敢挡，纷纷闪向两边，任凭达头向杨广冲去。达头眼看着就要冲到杨广跟前了，他

的马只要再奔上几步,他的长柄大铁锤就能砸到杨广的身上了。谁知就在此时,只听得轰隆一声巨响,达头跟前的地面开裂,达头连人带马掉进了陷阱,紧随达头冲上来的那些突厥兵马,也因无法止住狂奔的坐骑而纷纷扎进了陷阱里。达头的头撞上了他那把长柄铁锤,当场气绝身亡,那些掉在陷阱里的兵马也互相踩压,不死即伤。

　　站在高坡马背上的杨广见达头中计,立即挥动手中的令旗,全军上下四处伏兵一拥而上,没用半个时辰就把突厥兵马杀的杀、招降的招降,全部解决了。

　　在王庭城中的处罗可汗听射匮说,叶护达头的兵马在与隋军的交战中已全军覆没,顿时没了主意,只得听从射匮的建议开城门投降。因此,当杨广带着中路军来到王庭城下时,处罗可汗已经带着大小官员在城门外迎候了。

　　杨广将兵马驻守在城门外,在中军帐内接见了处罗可汗,不仅好言宽慰,而且还说了许多中原与突厥要睦邻为伴的话,让处罗可汗既感到惶恐,又再三表示愿意听从大隋皇帝的调遣,做个像东突厥启民可汗那样的顺民。但是,处罗对杨广当众杀射匮,不仅感到难以理解,更感到不安。杨广却对处罗道:"让这样的小人留在你身边一定是个祸害。朕现在已派人,去把你的母亲和兄弟请回来了,等你见到你母亲后,你去问她,朕该不该杀射匮。"

第七十章
齐王自盗无法无天，萧后训词别有用心

萧贞一生育有一女两男：长子杨昭、女儿南阳、次子杨暕。长子杨昭生性耿直，做事理性，深得杨广好评，却不太讨萧贞欢心。加之杨昭体弱多病，常令萧贞忧心忡忡，她曾为此给杨昭算卦，得知其阳寿不长。而萧贞对女儿南阳也抱有偏见，她认为女子若不能像秦朝吕后那样大权在握、随心所欲，或如独孤皇后那般掌控男人、令朝野信服，展现自身权威，便只能沦为男人的玩物、生儿育女的工具，不过是一种摆设，毫无其他可取之处。所以，她对南阳十分冷淡。见父皇和母后喜爱南阳，便借口要更好地照顾长子，顺水推舟将女儿交由父皇母后养育。此后，对待女儿南阳更是如同泼出去的水，婚嫁之事也全由父皇母后做主操办，将南阳指婚给了宇文述的次子宇文士及。

次子杨暕长相英俊，皮肤白皙细嫩，音容笑貌颇有母亲萧贞的风采，且秉性柔和，不仅能说会道，还擅长甜言蜜语哄人，故而萧贞格外宠爱他。萧贞成为皇后之后，甚至萌生出让次子取代长子太子之位的想法。而且在这件事上，只有她自己清楚，不管杨暕有多少缺点，杨广多么不看好他，日后这太子之位由次子杨暕继承，几乎是难以改变的事实。因为无论杨广欲望多强，即便日后有众多女人，除了杨暕，他也不可能再有其他儿子继承太子之位和帝位，这也是萧贞对自己帝后之位毫无后顾之忧的保障。

不过，萧贞的志向并非仅仅满足于帝后之位，她渴望成为吕后和独孤皇后那样叱咤风云的名后。当然，她也明白，若要如愿以偿，必须洞悉杨广的心思，投其所好。于是，萧贞便时刻琢磨杨广的喜好。她全力配合夫君晋王，赢得了父皇母后的好感；放下身段，与杨广心仪的二位夫人和睦相处，展现出自己的宽容与大度。她本想用控制宁远和蔡氏的手段来迎合杨广的欲望，却弄巧成拙，宁远之死反倒成了杨广记恨、冷落她的缘由。这也促使她决心大张旗鼓地选美，企图用更多绝色美女挽回杨广好色的心。她心中不免哀伤，自己身为堂堂国母皇后，姿色尚未衰败，却

要用这种最令女人忌讳的方式讨好男人,实在有违常情。如今选美之事尘埃落定,十六院的美女个个绝美出众,且如杨广所愿,她们各有独特才貌与技艺,这让她重拾信心,坚信杨广定会拜倒在这些美女的石榴裙下。

萧皇后的心腹侍女丹香匆匆走进殿内,禀报道:"娘娘,齐王殿下和三位大臣在殿外候旨求见。"萧皇后心头一紧,急忙问道:"他们一同来后宫求见本宫!是朝廷出了什么大事吗?"丹香答道:"不知道。"萧皇后又问:"齐王可有示意?"丹香说:"没有。"萧皇后沉吟片刻,道:"该不会是西域出了什么大事吧!"丹香道:"娘娘把他们召进来一问,不就什么都清楚了吗?"萧皇后怀着忐忑的心情,无奈地说:"好吧!你去宣他们进来。是祸是福都躲不过。"

齐王杨暕在前,樊子盖、段达、元文都随后,一同进入坤和殿。向萧皇后行过大礼之后,樊子盖上前奏道:"启禀皇后娘娘,臣等刚接到皇上的手谕,我军在吐谷浑一战大捷,如今皇上已移师西进,不日便可抵达敦煌,请皇后娘娘宽心。皇上已下旨,令礼部正式发函通告南蛮、东夷、北狄、西域诸国的国君,携皇后及商家于九月初九至尊日,前往张掖参加万国商贸同盟大会,并令民部为各参会的国家部落准备一份彰显中华民俗特色的厚礼,随赴会商家送往张掖。此外,皇上还特意让臣等转告皇后娘娘,若皇后娘娘愿意,可前往张掖与皇上共同接待各国贵宾,主持大会,也可以皇后的名义,为各国贵宾备下一份能表达心意的后宫礼物。上述便是臣等众人一同入宫参见皇后娘娘的缘由,恭请皇后娘娘懿旨赐教。"

萧皇后听闻杨广特意下旨,邀她携带礼物前往张掖参与国事活动,一颗悬着的心顿时落了地。想到杨广此时能念及自己,给予这样一个在各国可汗面前露脸的机会,她心中暖意涌动,情绪也有些激动。她本想表达感激之情,可话到嘴边却变成了:"本宫知道了。这也是皇上早就安排好的事,本宫不会让皇上失望的。你们只需各自恪尽职守即可。"段达上前说道:"启禀皇后娘娘,前往张掖路途遥远,途中的护卫安全至关重要。"萧皇后听出了段达的言外之意,心中不悦,问道:"依段将军之见,本宫该如何是好?"段达道:"为确保安全,臣恳请皇后娘娘随民部的商队同行,届时臣会亲自带兵一路护送,以防路途不测。"萧皇后明白,段达是杨广安插在朝中的眼线,她不愿在这样一个人的监视下一路不自在地前行,更不想与乌烟瘴气的民间商队同行。

于是萧皇后说道:"皇上留段将军在朝中,意在辅助齐王监国主政新京,切不可因小失大。随民间商队同行,本宫诸多不便,况且本宫还要准备礼品,一时间难以

第七十章 齐王自盗无法无天，萧后训词别有用心

确定出行时间。本宫已想到一个可信赖之人，他就是许国公宇文述大将军的长子，现任太仆少卿宇文化及千牛，其弟宇文士及是本宫南阳公主的驸马。而且本宫还知晓，宇文化及虽军衔为千牛，却能文能武，若不是其父阻拦，皇上早就封他为将军了。由他一路护送本宫前往张掖，你们还有什么不放心的吗？"段达无言以对，只得默认了萧皇后的安排。萧皇后见众人不再言语，便说道："各位大人若无事，便可退下了。齐王留下，本宫有话要对他说。"

齐王杨暕年少英俊，外表十分讨人喜欢，然而他不学无术，文不能成章，武不能挽弓射大雕。每当皇室公子们围猎竞技，他总是名落孙山，遭人耻笑。但他对声色犬马、斗鸡走狗之类的玩乐却样样精通，且能谈笑自若。为此，他常被杨广训斥为无能之辈，行为无赖。杨广不仅时常将他禁足在府中，削减俸禄，限制日常开支，还指派专人看管、教导他，这让杨暕极为不满。若不是母后在暗中关照、扶持，杨暕真觉得生不如死。大哥病逝，太子之位空缺，他虽有觊觎之心，却深知父皇绝不会轻易将太子之位传给他，因此对当太子也不太上心。父皇远赴千里之外西征，杨暕觉得终于有了放松享乐的机会，可父皇却让他名义上主政朝事，留守新京，还安排了三位大臣辅助他，这使得他既无法随心所欲，又不能偷懒，每日都要上朝退朝，闲暇时还要受父皇安排的监管官员管束。加之母后时常唠叨如何做太子，这让他感到既疲惫又心烦。

如今，杨暕听说父皇要让母后前往张掖参加各国国事活动，心中既有些羡慕、痒痒，又觉得母后不在宫中，身边少了一个管束自己的人，自己或许能肆意妄为一番。所以，他虽随三位辅臣入后宫向母后禀告父皇旨意，心思却早已飘远，想着最近亲信给自己牵线搭桥，从马贩子那里买马的事。不知为何，这个马贩子今日非要见他，杨暕不禁心生疑虑，觉得可能会有变故。此刻，见母后又要留他说话，他既无法推辞，又满心不情愿。不过，杨暕对母后和后宫也并非毫无留恋，他正打算向母后开口要这次买马的钱呢。

萧皇后等三位辅臣离去后，将杨暕带到自己的私房，屏退房内近侍和侍女，说道："阿孩（杨暕小名），你对母后这次西出远行，有何想法？"杨暕带着情绪说："我想去西域领兵打仗，挣个功名，也想去西域游玩，看看草原，买匹宝马回来，可这有什么用！父皇会答应吗？"萧皇后怜爱地看着儿子，道："想法不错，只要你努力，等你当了皇上，这些事不都能随心所欲了吗！"杨暕不以为然地说："母后，您又这么说了。我连太子都当不上，哪有机会当皇上？我可没这个野心。"萧皇后不满地

说:"简直胡说八道!你不当太子,谁还有资格?你父皇严格管束你,是恨铁不成钢,实则是真心疼你。你怎么连'骂是疼,打是爱'这个为人之道的常识都不懂呢!况且你父皇就剩你这一个儿子了,他不把皇位传给你,还能传给谁?你呀,真让母后不放心。母后这次出远门,至少要数月时间。你在朝堂上要像你父皇当太子前那样,多听少做,给众臣留下稳重老成的好印象。在府里,少和那些没出息的浑小子瞎混,更不能受小人蛊惑,做出让人笑话的蠢事。母后在你身边时,还能替你遮掩一二,可母后这次要去那么远,时间又那么长,你若再闯出什么祸事,母后可就鞭长莫及,到时候你后悔都来不及。"杨暕厌烦地说:"又来了,您这不是咒我吗?"萧皇后有些恼怒地说:"天下哪有生母咒亲子的事?你这是好坏不分,简直要气死我了。"

杨暕见母后生气,急忙上前拉住萧皇后的手,一边求饶,一边哀求道:"请母后息怒,孩儿知道母后都是为孩儿好,孩儿一定牢记母后教诲,近君子,远小人,让母后放心。可是,母后也知道,父皇把儿子管得太严了。孩儿虽已娶妻成家,但总不能整天窝在府里,在外面连个朋友都没有吧!孩儿要和朋友交往,兜里没钱,总不能老是吃人家、用人家的。我最近看中了一位朋友家的一匹好马,他为了讨好我,愿意按市场价半价卖给我,可他们都不知道,我连这个半价的一半都拿不出来,这让我都不敢再见他们了,这不是丢父皇母后的脸吗!您说,我以后还怎么在外面混?这种事传出去,我要是以后当了太子,岂不是让人笑掉大牙,被人看不起?"萧皇后不得不问道:"这匹马值多少钱?"杨暕说:"白银五百两。"萧皇后倒吸一口凉气,道:"这么贵呀!"杨暕急忙说:"这是市场价,半价只要二百五十两。"萧皇后说:"二百五十两也不是小数目啊!母后这次去西北,你父皇还让母后备好后宫礼物带去,这又得动用母后的俸银了。"杨暕趁机说出心中所想:"母后替父皇办国事送礼,为什么要用您的俸银呢?国库里有的是钱,您去取,谁敢不给。"萧皇后无奈地说:"这是你皇爷爷和皇奶奶定下的规矩,国库里的钱是朝廷的,哪怕是皇帝和皇后也不能随便动用。如今朝廷到处都要用钱,不然你父皇也不会让你母后用私房钱替他置办礼物撑场面了。"杨暕哭丧着脸,失望地说:"我这个王当得,还不如大户人家的一条狗呢!要权没权,要钱没钱,还处处受管辖,真没劲。"萧皇后既生气又怜惜地说:"又胡说八道了。这话让你父皇听到,你以往的努力就都白费了。你呀……真让母后不知该说你什么好。这次买马的钱,等会儿让丹香给你送去,但你必须答应一个条件。"杨暕见母后答应给钱,脸上立刻笑开了花,急忙说:"母后,快说,什么

第七十章 齐王自盗无法无天，萧后训词别有用心

条件？孩儿答应便是。"萧皇后低声说："听说，你和你妻子的姐姐元氏关系不清不楚，你可别忘了，元氏的丈夫可是朝中民部尚书。此事万一传出去，你的好日子也就到头了。还有，你老是去城北口的一家酒楼，和这家店主的小妾眉来眼去，该不会这里面也有什么事吧！作为男人，亲近女色并非不可，但也得有点品位。所以，你得答应，以后别再沾这种事了。等你当了皇上，什么样的好女人找不到？"杨暕却愤怒地说："这是哪个浑蛋在信口胡说？我查出来，非把他的狗嘴撕烂不可。"萧皇后赶忙说："我只是给你提个醒，别把事情搞僵，到时候无法收场。以后母后不在后宫，你也少来这里，免得再招惹是非。现在你去吧，母后还有很多事要做。"萧皇后把儿子杨暕打发走后，立即乘辇赶往百花苑，她要在牡丹殿召集十六院院主，告知她们自己要出行的事，并对她们进行一番训示。

杨暕离开母后的坤和殿后，一面派人去召集想见的人，一面立刻赶往城北口的酒楼。这家酒楼的老板达溪通是外乡京兆人，在城北口开了这家酒楼，起初生意不太好。于是，手下人给他出主意，让他结交当地权贵，只要能攀附上这些人，生意自然会好起来。果然，在达溪通各投所好的钻营以及饭桌朋友的介绍下，他结识了朝中一些达官贵人，其中就有齐王杨暕。在这些权贵的资助下，酒楼吸引了各种需求的客人，甚至还有江湖上三教九流的人光顾，生意逐渐兴旺起来，还进行了扩建，增加了住宿等业务，改成了酒舍。达溪通得知齐王杨暕是当朝皇帝的二公子后，更是如获至宝，对杨暕恭敬有加，有求必应。不仅无偿供他吃喝，还时常孝敬银两，杨暕也因此把这座酒楼当成了自己的私宅，不仅与老板达溪通称兄道弟，还迷恋上了达溪通的小妾王氏。达溪通虽然对此不太在意，但看到两人当着他的面亲昵调情，心里总有些尴尬。更过分的是，杨暕竟然在达溪通面前，当着众人的面与王氏搂搂抱抱，亲密无间，这让达溪通觉得颜面尽失。因此，圈内人都知道，达溪通的小妾实际上就是杨暕的外室，达溪通心中气愤，却又无可奈何。

这天，王氏见齐王前来，立即风情万种地迎了上去。然而，今天杨暕似乎对她不感兴趣，连招呼都没打，径直走进了他常用的包间。不一会儿，被杨暕召见的人陆续赶到。杨暕等王氏亲自上完酒菜后，便把她撵出了房间，随后关上房门，声色俱厉地对被召集来的人说："你们今天非要立刻见我，什么意思？是怕我跑了，还是怕我欠你们的钱不还？"一个胖子说："齐王息怒，小的斗胆也不敢有这种想法。您可是未来的太子、皇上，我们巴结您还来不及呢！"杨暕依旧怒气未消，说："那你们为什么催着我马上见面？"另一个贼眉鼠眼的人说："齐王殿下，事情是这样

713

的。我们给您找的那个卖马人，原来是个盗马贼，现在他被官府抓了，他让我赶紧来找您，想办法把他救出来。不然，他怕自己扛不住，把您供出去。您也知道，盗马贼的下场可是必死无疑，买盗来的马也是重罪……"杨暕不等对方说完，便破口大骂："混账，他卖马时怎么没说这马是偷来的？"贼眉鼠眼的人狡黠地说："齐王殿下，您稍微想想就该明白，那么一匹千里马，只开价百两银子，还让您还掉了二十两，天下哪有这么离谱的买卖？"杨暕一时无言以对。胖子连忙拍马溜须："殿下将来可是太子，如今洛阳城由您主政，齐王殿下要捞个人还不是小菜一碟，谁敢不给您面子？"杨暕的虚荣心被鼓动起来，问道："这个人现在关在哪里？"贼眉鼠眼的人说："被关押在刑部大牢里。"杨暕面露难色："这事恐怕有点难办，现在的刑部尚书令是大理寺卿凉毗，连我父皇都得让他三分，我可不敢去蹚这趟浑水。"贼眉鼠眼的人带着威胁的口吻说："殿下已经趟进这浑水了，想脱身可没那么容易。我们已经找到一个在大牢当差的朋友，他答应帮忙，可他也不能白帮忙吧！"杨暕听出了话里的意思，问道："他要多少？"胖子赶紧说："一千两！从大牢里捞个人，这一千两不算多。可我们做这种玩命生意的，一时半会儿哪来这么多钱？所以这事还得靠殿下去想办法。"贼眉鼠眼的人说："只要齐王殿下能把我这兄弟捞出来，什么都好说。那匹千里马的钱就不用您付了，就当是我们结交殿下的见面礼。"杨暕沉思片刻后说："好吧！但我把话挑明了，我只负责出钱，捞人的事你们去办。不然，这事万一被我父皇知道，我不丢小命也得丢了这齐王爵位。而且这一千两白银也得给我点时间筹备。"胖子道："筹备可以，但时间可不能太长，我怕夜长梦多，生出变故，让咱们的努力都白费了。"杨暕面露难色地道："这买马的钱，刚才母后才答应给我。这一下子又要一千两，我上哪儿去弄啊？"贼眉鼠眼的人眼珠子转了两下道："您堂堂一个王府，随便拿一样东西出来，哪样不值个一千两千的。您拿一件卖掉，不就什么都有了吗？"杨暕似乎被说动了心思，他想起在母后宫里看到的那些华丽摆设，心里不禁起了主意，便问道："我把东西拿出来之后，卖给谁呀？"贼眉鼠眼的人朝胖子看了一眼，胖子心领神会，立刻说道："这不难，您交给我们帮您出货，我们保证不收佣金。"

　　杨暕心绪不宁地回到自己的齐王府，他东瞅瞅西摸摸，总觉得自己府里的东西都不值几个钱。他心想，与其小偷小摸一件两件，提心吊胆地往外拿，还不如去母后宫里拿件值钱的，一了百了把事给办了，往后也能省心。杨暕主意一定，决定找个时间去母后宫里寻觅合适的物件下手。

第七十章 齐王自盗无法无天，萧后训词别有用心

正在这时，杨暕的亲信齐王府长史乔令则匆匆走近，附耳细声道："殿下，元氏夫人来了，我已把她引入您的房间。她说让您快点过去，她在府上不能待太久。"杨暕因为心里有事，不禁说道："她这会儿来我这儿，真不是时候。"乔令则诧异地道："殿下怎么说出这话？您以前不是老抱怨她来得少，还不高兴吗！她今天来了，殿下怎么反倒觉得不是时候？"杨暕道："我今天刚被母后教训了一顿，而且买马的事又不顺利，心里烦得很，实在提不起兴趣。"乔令则似乎明白了，说道："和女人调调情，能缓解心情不畅。元夫人来一趟府上不容易，她这么主动，您可别辜负了她的心意。这对您、对她，都是有百利而无一害的事。女人的心一旦被伤了，往后再想弥补可就难了。"齐王杨暕对待女人，向来是随性而为，见一个爱一个，甚至为了自己一时之需，全然不顾他人感受，根本谈不上专情和长性，更没有什么爱意可言。因此，杨暕就是人们常说的那种有需求时才想起女人，没事时就把女人抛诸脑后的男人，由此也可见他的人品。

百花苑的十六院院主听说皇后要在牡丹殿召见她们，既感到惊恐，又有些欣喜。自从被选进宫，来到百花苑，被封为四品院主，住进各自的庭院后，她们一方面忐忑不安地盼着皇上的临幸，另一方面又在琢磨如何适应宫里的生活，怎样与他人相处，怎样才能博得皇上和皇后的欢心。然而，进宫后日子一天天过去，她们不仅没见过皇上，也很少见到皇后，更不知道在这百花苑里，还有多少和自己一样等待皇上临幸的姐妹。在这里，除了一日三餐的日常起居，更多的是总管和宫头们一遍又一遍地传授宫规，进行示范演习和审核检查，让她们感觉进的不是宫廷，而是兵营。所以，今天听说皇后要来召见她们，心里不禁惶恐起来，不知道会发生什么事，也不清楚这召见是祸是福。但能得到皇后的召见，总比整天守在自己的庭院里，只能看到头顶的一片蓝天，只能听到朝夕相处姐妹的声音要好得多。于是，她们都精心打扮了一番，按照规定带上可以随院主出行的两个美人领班，乘坐总管指派的专车，依次来到了百花苑的中心牡丹殿。

众人进入牡丹殿，只见殿内雕龙刻凤，富丽堂皇，十六院院主们看得目不暇接。殿堂上首，一道巨大的、盛开着一朵牡丹花的屏风格外醒目。屏风前是一张雕凤长桌，想必这里就是帝后的主位。长桌前下方的殿堂两侧，是两排并行的方桌，每排八张，每张桌子配有三张椅子，而且每张桌子上都摆放着皇后封赐给各个院主的名号花座，她们只需找到自己的名号花座，按号入座即可。两排桌子之间是一片空地，似乎是供院主向帝后行大礼的地方，无疑，这里就是后宫的朝堂。先来后到的各院

院主们，谁都没想到这苑内还有这么多和自己一样貌美出众的女子。于是，明事理、心宽的人并不在意，可也有一些人心存芥蒂，暗自思忖，一个皇帝被这么多如花似玉的女人围着，自己往后该如何与这些人相处，又怎样才能脱颖而出，博得皇上的垂爱……

萧皇后姗姗而来，在冯总管的引领、丹香的搀扶，以及一群宫头和侍女的簇拥下，坐上了凤桌后面的凤椅。在冯总管的吆喝声中，她接受着众院主和众美人的大礼参拜，享受着后宫至尊的礼仪。萧皇后对这阵势十分满意，她扫视着端坐在各自座位上的众人，面带笑容开口道："本宫看到你们今天的模样，觉得以往为你们付出的辛劳都值了。这里就是后宫的朝堂，你们都是本宫的臣子，也是本宫的将士。你们别小瞧了自己的地位，更不要轻视'女人'这两个字。在特定场合，一女可抵千军，这话绝非妄言。本宫知道，你们不仅貌美如仙，很多人还才华出众，是女中翘楚。所以，你们要明白自己的价值，珍惜本宫给你们的这份荣耀，更要懂得感恩。同时，你们还得明白另一个为妇之道：皇上只有一个，他既是本宫的，也是你们的，更是大家共有的。本宫能不以一己之私独自占有皇上，而是把他让给你们共享，这就是本宫作为国母的大度，也是你们要学习的风度。因此，你们之间不该有任何理由勾心斗角、争风吃醋，更不能不择手段地独占皇上，甚至闹出一些让人啼笑皆非的蠢事。忠贞不贰、大度宽容要成为你们终身的准则，若有违背，本宫绝不饶恕。只要你们守住这些规矩，本宫自然不会让皇上冷落你们，否则，可别怪本宫没提前说明。"萧皇后说完这段开场白，得意地看着全场鸦雀无声、认真倾听的众美人，接着不无炫耀地说："本宫今日召见你们，有一件大事要告知。本宫已接到皇上特颁的圣旨，皇上让本宫即刻启程前往西域，与皇上共同主持在张掖召开的万国商贸同盟大会。这是一个有上百个国家的皇帝皇后和上千户商家参加的盛典大会，是史无前例、唯本朝独有的百国万商云集的睦邻大会。皇上这次动用上百万军队西征，灭掉吐谷浑，荡平西突厥，就是为了开辟一条连通天下各国的贸易大道，召开这样一个举世瞩目的同盟大会。为此，陛下特意下旨，让朝中三位辅臣进宫请本宫前往，协助皇上促成此事。这说明了什么？这说明皇上对本宫的器重，也彰显了本宫在朝廷中的地位。前朝的先帝和母后被臣民们尊称为二圣，如今本宫也将像前朝母后那样，屹立于朝堂，接受众臣的参拜！不！本宫如今即将接受的是天下各国的皇帝皇后和臣民的参拜，而不仅仅是本朝的臣民，这是不是比先帝先后更胜一筹？作为一个女人，能在天下权贵面前如此亮相，接受他们的大礼参拜，本宫也知足了。在此，

第七十章　齐王自盗无法无天，萧后训词别有用心

本宫也向你们说明并承诺，本宫的荣耀也是你们的荣耀，等本宫凯旋回宫之日，本宫要携皇上在这里举办一场盛大的欢庆宴会，与你们同乐，而且本宫会安排皇上对你们进行逐个赏赐。至于皇上会以何种形式赏赐你们，本宫就不好说了。但既然身为女人，就该知道男人需要什么……到时候，你们如何取悦皇上，就看你们各自的本事了。本宫也希望你们能拿出各自的绝活，向皇上献媚，只要皇上满意，都是你们的功劳。要是皇上动作粗鲁，弄疼了你们，可别怪本宫。你们也该清楚，本宫不便干涉你们床笫之事，更不会以妇人之见揣度你们的心思。"萧皇后这番话，把坐在下面倾听的众人的心挠得痒痒的，有的人脸红了，还有人悄悄和身旁的人议论起来。萧皇后见状，又说："你们十六位院主在这个庆典大会上，还得集体准备一个节目作为开场戏，此事本宫将亲自编词，委派冯总管与掖庭的官员来指导你们排练。此外，我们的皇上不仅爱美，更是怜香惜玉、爱才之人。所以，到了凯旋宴会那天，本宫还希望你们各院都准备一个具有本院特色的节目，或者一件能充分表达你们真情实意的礼物，当面献给皇上，本宫相信，皇上一定会喜欢。你们的衣着颜色也得有统一规定：本宫将以各院主的花座为参照，为各院选定一种颜色作为主色调，至于如何搭配，由各院自行决定。本宫这次去西域要多久，本宫也不清楚，但数月之久是肯定的。这么几个月时间让你们准备，应该足够了吧。你们十六院，谁家能拔得头筹，得到皇上的嘉奖，本宫也会有赏赐。"萧皇后的这番话，彻底点燃了各院美人心头的热情，瞬间，牡丹殿内的议论声由小渐大，如同归巢的鸟雀般纷乱而热烈……

第七十一章
张掖城外皇后秀爱，治儿赌气不辞而别

张掖位于河西走廊中部两山相挟的一片平原上，它东邻武威荒漠，西连酒泉戈壁，南是连绵起伏的祁连山脉，北与内蒙古的合黎山、龙首山以及它们之间的草原接壤。张掖又是东入中原、西往关外西域诸国的必经之地，也是北达北狄各部落的枢纽。在张掖这块平原周边，南有山峰壮丽的冰川，北有广袤的高原草甸，西有七彩丹霞的自然地貌。平原上有富饶的绿洲，还有以黑河为主流的大小河流，灌溉滋润着田地、养育着万物，因而被人誉为"金张掖"。故而张掖与敦煌一样，先秦时期就有人在此居住，先是大月氏人、乌孙人，后来是匈奴。自西汉武帝驱逐匈奴之后，便在此设立了张掖郡府，管辖着酒泉县和武威县。此后西魏时期，由于连年战乱，张掖人口变得稀少，被改为甘川镇。西周时代，又因常受到游牧部落的侵袭，张掖一度变得荒芜。直至隋文帝杨坚建立隋朝，派重兵平定边关之乱，张掖才渐渐恢复生气。然而西突厥和吐谷浑崛起后，张掖便成了吐谷浑骚扰敛财的重地，不仅掐住了隋朝进出西域的通道，更扼住了隋朝欲向西发展经贸的咽喉，由此迫使杨广不得不动用重兵，亲自出征对吐谷浑和西突厥发动武力进攻。而且杨广采用一张一弛的文武之道战略，区别对待这两个国家：一是灭掉吐谷浑，拓疆扩土，彻底清除进出西域的绊脚石；二是清君侧，改革西突厥的政局结构，将处罗可汗的一人专权，分割为由亲中原的处罗可汗之母向氏夫人和其弟婆实特勤掌权，又封铁勒部的犹首莫何为可汗，并把被西突厥侵占的贪汗山划归给铁勒部，使得铁勒与西突厥成为相互制衡的邻国，达到了杨广利用彼此矛盾、相互监视制衡对方的目的，为最终实现他的整体大略方针，也就是清除进出西域的隐患，扫平通往西域各国的通道，逐个打造巩固好这条进出西域上的重镇，把大隋国的生意做到天下各国去，把大隋国的声威通过贸易传递到四面八方。

杨广虽然是个有智慧、有抱负且敢作为的君主，但是如果手下没有一批有能力的战将和有才华的人才，他也会一事无成。的确如此，杨广身边武有宇文述、杨义

第七十一章　张掖城外皇后秀爱，治儿赌气不辞而别

臣、麦铁杆、郭衍、陈棱、史祥、段达等人；文有虞世基、樊子盖、裴蕴、裴矩、张衡、元文都、沈光等人，还有一批勤勤恳恳、办事认真的老臣牛弘、宇文恺、苏威、梁毗等，他们都在尽心尽职地辅佐着杨广，这也是杨广能够做成一件又一件大事的依托。此后，如果不是萧皇后跟杨广离心离德，为了实现她做独孤皇后第二的野心，不惜用美色去迷惑杨广，那么就不会有薛治儿愤世嫉俗的出走，也就不会有此后一桩接一桩不顺心的事出现。当然，杨广之死、隋朝之亡，不能全说是由萧皇后造成的，但是却与她想专权弄政、心生异念、引狼入室而引发的连锁反应脱不了干系。

裴矩是个有战略眼光的人才，而宇文恺也确实不愧是个有才华、目光犀利的工程设计大师，何稠、阎毗则是顶级的能工巧匠。裴矩为杨广开发西域贸易蹚出了一条路，而宇文恺和何稠、阎毗则为发展边贸，打造张掖，奠定了能招揽天下客商的城郭基础。裴矩在征得杨广同意后，把"四方睦邻商贸交易同盟大会"改成了"万国商贸同盟大会"。宇文恺根据杨广的要求，按一城二区四门八方十六道三十二坊一中心三大市九片商的布局，设计了张掖城的进出通道、聚散居住、行宫官府、商贸集市，形成了张掖小城大市的格局。围城墙设东南西北四门，城内按八方建十六条大道，在城南区建三十二块生活坊居住区域；在城北区建一个中心广场，在广场中心建一幢坐北朝南、可容纳五千人聚会用餐的"万国商贸同盟会堂"，皇上的行宫和官府衙门以及各国的贵宾馆都设置在广场四周；在广场的西、北、东三面按货品、粮棉、牲畜为分类，开设三大贸易交流市场；在这三大交流市场内又各置三片商贸区，完成了南居民北官商的整体格局，而北门则成了专供官府和商家进出的通道。宇文恺如此的设计规划，仅用了不足六个月的时间，就把张掖改造成了一个面貌焕然一新的西北域商城。此后，裴矩便按照杨广的旨意，设官邸、置衙门、装饰行宫，安排贵宾馆，指点民部官员布置商场集市，部署礼部官员准备接待各国来宾。等到这里的一切都准备就绪，距杨广定下的开市之日九月初九，还有二十余天的时间。

由朝廷民部组织的丁人商队是第一个到达张掖的，他们带来了中原的丝绸锦缎、棉帛织品、竹器漆器、瓷器乐器制品、针织麻纺、书画衣饰工艺品，还带来了茶叶、名酒和各地的名食名菜名点名吃，简直是琳琅满目，吃穿住行乐用样样都有，一下子就把这个边疆小城民众的热情点燃了。随后，各国应邀前来参会的皇汗、后妃、特使、官员、贵宾、来客和商队也都相继纷至沓来，他们有的骑马而来，有的坐骆驼而来，有的乘车而来，更有的马驮兽载，不辞辛劳长途跋涉步行而来。一

时间，原本冷清的张掖城顿时变得人驼马车川流不息，红须碧眼、奇装异服的人到处可见，南腔北调、鸟声蛮音不绝于耳，语言不通却在张牙舞爪、热情四射地互相交谈，让这座新建的边城变得热闹非凡，奇妙而又乱哄哄的。然而，凡进入城里的人都知道，九月初九，大隋皇帝和皇后将在这里召开一个举世瞩目前所未有的"万国博览大会"，届时会有四面八方的君主、汗王、后妃和商家前来参会。

萧皇后在宇文化及一路细心周到、热诚的护送下，也提前来到了张掖，被裴矩、宇文恺、何稠、阎毗带领着众官员迎入行宫安置入住。大隋皇后到来的消息不胫而走，不出一个时辰就传遍了整个张掖城。出于新奇，也为了瞻仰，更似乎是一种表达情意的礼节，当地的居民和各国的官臣商贾民众都不约而同地拥向行宫，瞬间就把行宫周围的街道堵得水泄不通，似乎全城的人都聚集到了这里。不知是谁开了个头，人群中响起了："我们要见大隋皇后陛下！我们要见皇后陛下。"而且这呼声一阵高过一阵，既热烈又殷切。

萧皇后已更换了行程中的便服，身穿皇后朝服正在客厅内对裴矩等官员讲述着这一路来张掖的经历，不免被行宫外的嘈杂声所干扰，但随之而来的阵阵呼声却让萧皇后听清楚了，她说道："外面这么热闹，原来是冲着本宫来的呀！"裴矩慌忙道："启禀皇后娘娘，这边塞的民情比较剽悍，而张掖如今又是鱼龙混杂的地方，在没有弄清楚户外人群的真实意图之前，我们还是置之不理为好。"萧皇后却不以为然地道："裴大人难道没听清楚，他们是要见本宫吗？本宫可不能拂了他们的心意。况且本宫来这里参会，为的就是要见大众，也让大众见本宫，岂有怕见他们之理！"一直站在萧皇后身后的宇文化及立即插话道："皇后娘娘言之有理，由本将军在此护卫，何须惧怕见任何人！"裴矩到此不好再说什么阻拦的话，便说："下官这就去差人维护好秩序，打开大门，随后请皇后娘娘出宫去面见民众。"萧皇后已站起身道："本宫还是与裴大人一起出去吧！免得把顺应民心的好事，变成如临大敌的蠢事，让民众感到失望，却让本宫脸上无光。"言罢，在丹香的搀扶下起步就走，宇文化及紧握佩剑也跟了上去。

现在的行宫外已是人山人海，人头攒动，比往昔民间的赶集、赴庙会之声势有过之而无不及，而且人人都在昂首翘头看着大门紧闭的行宫，期待着一睹大隋皇后的尊容。随着大门"咣当咣当"的一阵声响，大门徐徐展开，萧皇后被丹香搀扶着走在前，宇文化及握剑紧随在皇后的身后，在裴矩等一批官员的拥护下出现在行宫大门口。行宫外的人群涌动了起来，站立在前面的人瞪大着眼睛，惊讶地看着萧皇

第七十一章 张掖城外皇后秀爱，治儿赌气不辞而别

后的仪容：乌黑的盘发上插着凤仪，美若天仙的脸颊含着笑容却又带着威严，鲜艳的朝服上绣着一朵鲜艳的牡丹花，让人眼花缭乱。后面的人见皇后出现，都不由自主地激动起来，他们涌动着，人人都在踮脚翘首向前看着、震撼着。边塞异域之人，谁见过如此真实的皇后尊容，而此刻却近在眼前，谁又能无动于衷，谁又不想把大隋皇后看得更清楚一些。人群不安分了起来，后面的人向前涌去，前面的人挡不住身后人的推动，只能被迫地向前挪着步，向着站立在行宫门首的萧皇后涌去……宇文化及感觉到了危险的临近，他拔出宝剑，一个箭步窜到萧皇后的前面，举剑在手，用身子护住了萧皇后，声如铜钟般地喝道："不准再拥挤，谁敢再朝前一步，本将军格杀勿论。"裴矩也感到了事态的严重，慌忙上前对花容有些变色的萧皇后道："请皇后娘娘马上退回去，这些边民万一不听劝阻，后果将不堪设想，下官也将会死无葬身之地。"丹香早已被眼前涌动而来的人群吓着了，她顾不上去征求萧皇后的意愿，立即挟住萧皇后的胳膊，又搀又拉地把萧皇后扯进行宫的大门。裴矩见萧皇后退进了大门，立即指挥众官员七手八脚地关上了大门，宇文化及则指挥士兵去驱散围观的人群。一场本是自发仰望天朝皇后尊容的好事，立即变成了悍民冒犯大隋皇后威严、趁机作乱之事，遭到了宇文化及带领士兵们的鞭挞棍打、挥刀威胁，最终被驱散了。

九月的塞北虽有些凉意，却是天高云淡、碧空万里，远山近水和开始有些泛黄的草地相映成趣。久居南方和深宫的萧皇后，怎能不被如此的自然风光所吸引，她又怎甘心待在行宫里，不去自由自在地享受这美妙的北疆风光。于是，她身着便服，瞒住了当地官员，仅带了丹香和宇文化及几个亲信近侍，骑马出了北门，来到北城外的一片大草原上。秋色渐浓的草原上，绿草开始泛黄，不知名的朵朵秋花，似璀璨的宝石镶嵌在这片黄绿相间的绒毯上，要多美就有多美。萧皇后以如此显赫的身份，第一次出远门独自来到这塞北边城，别提有多舒心惬意了。在如此空旷的草原上，她不用去想杨广在干些什么，也不用去想朝廷和后宫要她操心些什么，更不用去谋划自己还要做些什么。她可以无所顾忌地大声说笑，随心所欲地挥动手足，放开喉咙边走边舞，没有管束，没有压抑，自由自在地享尽人生。萧皇后虽然不太会骑马，却在如此平坦的草地上，纵情地让马奔驰了一阵，把众人甩在了身后。然后，她选择了一片野花朵朵的浓密草地，跳下马来，不管不顾地扑在柔软的草地上，放荡地左翻右滚了起来，而且还像一个妙龄少女般地放开喉咙大笑、浪声尖叫着。她似乎在享受着这美妙的自然风光，又似乎在发泄着积压在内心的情感。萧皇后如此

这般的情感，既感染着丹香，也感染着宇文化及和众人。宇文化及的马快，第一个来到了萧皇后的身边，他翻身跳下了马，也学着萧皇后在地上打起了滚。却没想到，萧皇后一个翻身，不知是有意还是无意，竟然把宇文化及压在了身下，而且还是嘴脸相对。宇文化及似乎吓傻了，他一动也不敢动地任凭萧皇后趴在他的身上。可是，萧皇后身上的香味却直钻宇文化及的鼻孔，让他情不自禁地心旌荡漾了起来。随后赶到的丹香，见了如此一副女上男下合体的情景，不由得脸红耳赤，情急冲动了起来，她顾不得跳下马来，即大声喝道："大胆宇文化及，竟然敢光天化日之下调戏皇后，你这是不要命了？"谁知，萧皇后却一个翻身，从宇文化及的身上滚到了草地上，看了一眼在后面跟上来的亲随，若无其事地起身道："走吧！难得有这么个放纵自己的机会，错过了可惜。"萧皇后这句话可能就是她真实内心的写照。在权贵名人的意识里，平日里会有种种规矩条框束缚着他们的行动，前后左右都会有无数双眼睛在盯视着他们，因而不得不装模作样，无时无刻掩饰着他们真实的内心和需求，去做着有违本意、既感到不自在却又不能不做的伪作。这就是这些权贵名人的悲哀，无疑也是萧皇后的悲哀，但又有几个人能理解他们的这种悲哀呢！

九月初，萧皇后接到了杨广信使送来的军报，得知凯旋将士将在九月初六正午到达张掖，杨广将率领众将于九月初九准时出席"万国商贸同盟大会"。这一切似乎都在预示着，隋帝杨广发动的西征第二阶段的战事已顺利结束，西征的目的也已如愿达到，接下来就应该是开辟边贸、造势树威了。萧皇后担忧杨广不能如期而至的心事有了着落，但她却动起了另一番心思。

九月初六，萧皇后早早起床，她让丹香用花露替她沐浴全身，穿上用熏香熏制过的后衫凤服，戴好由几个近侍替她精心编制的头饰，未到午时便率领着张掖城内的官吏和各国的汗王、后妃、特使，以及各地的商家和张掖居民代表，敲锣打鼓地来到了西门外，出城三里夹道列队恭候隋帝大军凯旋。

杨广身穿白袍，骑着白鬃千里驹，虽然风尘仆仆却是容光焕发地驱马在前领头行进。在他身后紧随着并排而行的三匹乌黑油亮的高头细腿骏马，马背上是三位英姿飒爽的女将：中间身披灰色风衣的是杨广的二夫人朱贵儿，她的脸色虽有些憔悴，但却精神饱满，在柔弱中显现着一股巾帼不让须眉的豪情；左边的一位身着紧身紫色战袍，脸庞白里透红，身材矫健而俊美，左手握着一柄短剑，双目炯炯，既透着秀气又含着刚毅的神采，她便是杨广的三夫人薛治儿；在右边的是一身皆黑的梅香，她这些年跟随着师傅薛治儿已练就了一身真功夫，成了薛治儿的得力助手，

第七十一章　张掖城外皇后秀爱，治儿赌气不辞而别

也成了杨广的六品近侍护卫。在她们的身后，锦衣盔甲的安德王杨雄、许国公宇文述、上大将军杨义臣、上大将军史祥，率领着彩旗招展、阵容威严的凯旋大军缓缓而来。

张掖城门上响起了连天的炮仗声，迎候人群的锣鼓声更是响彻四面八方。萧皇后迫不及待地迎着杨广快步上前，在她身后的民众也不由自主地跟了上去，夹道列队迎候的队伍似乎乱了。杨广慌忙跳下马来，向着迎上前来的人群扬起双手，他正想开口说话，却被奔到眼前的萧皇后一把搂住了脖颈，当众亲吻了起来。萧皇后如此不顾体面、当众放浪的举动，不仅让杨广出乎意料、手足无措，更是让目睹此举的各国君臣、百姓民众惊讶万分、瞠目结舌，让凯旋的众将士不由自主地惊呼怪叫了起来。这让朱贵儿脸红耳赤、羞愧难当，梅香则用手遮住了双眼，不好意思目睹。薛治儿勒马怒视，喷声而道："简直有违妇道，有失国体！"当薛治儿看到杨广在用手推挡，而萧皇后却不肯松手，还是紧抱着杨广在做亲密的举动，即又怒声道："如此当众作秀，简直过分。"

萧皇后如此作为，确实有些过分，但她却不是无的放矢。俗话说久别重逢情不自禁，萧皇后此时的年岁，正如俗话所说：女人三十如狼、四十似虎，而她又是个敢想敢为的女人。况且自从宁远病逝之后，杨广对她有了隔阂，到她那里过夜的时候少了，有时甚至一连数周都借口外出，把她冷落在一边，让她不能不感受到身在后宫的孤独难熬。如今杨广远征西域，与她已有大半年没见面了，萧皇后怎能不思念，她又怎能不思春？萧皇后千里迢迢不辞辛劳来到边城，此中既有她为了彰显自己是一国之母应有的权威，也有着她对杨广的思念和生理的渴望，因此初次见面有如此炽热的举动也在所难免，确实无可厚非。但是，萧皇后此中还有着另一层用意。她身为一国之母，当众用如此有悖常态的举止去展现自己，她不是不忌讳有失一国之尊的体面，而是要让世人都知道，她萧皇后才是隋帝杨广的原配正宫，她才是隋帝杨广所心仪倚重的女人。她就是要与杨广当众秀恩爱，让所有的人都看到，大隋皇帝与皇后有多么恩爱。而且萧皇后也料到，杨广绝不会当众拒绝她，也无法拒绝她，这就是她蓄谋要当众作秀达到的目的。果不其然，杨广对萧皇后的这般热情，并未反感，也未强行将她推开，而是任凭萧皇后与他亲热了一阵之后，才在她耳边轻声道："差不多了吧！这么多人都看着咱俩，你让朕以后咋跟人解释呀？"萧皇后却无比娇媚地道："你就跟他们说，久别重逢的夫妻，哪能不热烈呢！"随后，萧皇后又附在杨广耳畔低声道："今晚，你要是不让我满意，本宫决不罢休！"杨广心领

723

神会，在萧皇后丰腴的后背上捏了一把道："遵命！"萧皇后这才松开环在杨广身上的手，转身冲着四周人群大声道："锣鼓咋停了呀？快，使劲敲起来，恭迎大隋皇帝陛下和众将士西征凯旋。"惊愕发愣的人群行动起来，恢复了生气，热烈欢快的锣鼓声再度响起。萧皇后双手挽着杨广的手臂，既像一对亲密无间的伴侣，又仿佛生怕杨广会离她而去，走在人群前面朝张掖城内走去，将杨广身后的朱贵儿、薛治儿和梅香，以及几十万将士抛诸脑后。

薛治儿厌恶萧皇后的这种行径，也恼恨杨广的全然不顾身后将士的感受，执意不入城，而是去住军营。朱贵儿和梅香也赞同薛治儿的主张，便跟随杨义臣的大军驻扎在东门城外。朱贵儿顺从薛治儿留在城外，既因对萧皇后确实不满，又不愿因此与薛治儿产生隔阂，而且她也不想丢下薛治儿和梅香，独自入城，以免让她们与杨广、萧皇后之间产生更大的矛盾。同时，朱贵儿还以为，杨广见她们没有跟随入城，肯定会马上派人来传唤。谁知，杨广入城两天后才派近侍来传唤她们三人进城，住进行宫，一同参加九月初九在万国商贸同盟会堂召开的"万国商贸同盟会"。朱贵儿去劝说薛治儿要顾全大局，听从杨广的安排，入城准备参加万国大会。然而，却遭到薛治儿斩钉截铁拒绝："你要去就去，我绝对不会去。他们可以当众不顾国体礼仪、毫无廉耻，凭什么要我们顾全大局？这岂不是岂有此理！"朱贵儿劝说无果，感到进退两难。梅香便插话道："师姑，明天的会还是您一人去参加吧！省得让皇上难堪。我们都了解师傅的脾气，再劝也没用，除非皇上亲自来请，或许还有转圜的可能。我留在军营陪师傅，您放心去吧！"朱贵儿觉得梅香说得在理，而且她认为入城之后能当面说服杨广亲自去劝说薛治儿。可没想到，朱贵儿来到行宫后，见萧皇后寸步不离地陪着杨广接见各国君主、汗王，根本无暇顾及她的到来。朱贵儿好不容易在吃饭时找到向杨广诉说心愿的机会，却被萧皇后打断，并遭指责："她不顾国体，不来就算了。还想让皇上亲自去请她，这简直没了国法。大隋天下和大隋皇帝，离了她就不行了？这简直是不知天高地厚！"朱贵儿被萧皇后的话呛得无言以对，而杨广对此似乎也不上心，朱贵儿只能忍气吞声，就此作罢。

如今的张掖城内已是万商云集、万事俱备，万民翘首以盼隔天九月初九，大隋皇帝和皇后即将召开的"万国商贸同盟会"。许多人已怀着先睹为快的心情，提前逛遍了整个商贸区。他们看到，在三大集市、九片商区内的商品，琳琅满目、丰富多彩。这里不仅有中原本土的丝绸布匹、绫罗绸缎、精纺苏绣、书砚笔墨、各式器皿用品、各种名茶名点；更有闻所未闻、见所未见的南蛮珍珠玛瑙、贝饰海产、稀

第七十一章 张掖城外皇后秀爱，治儿赌气不辞而别

有矿石、稻米细粮；北狄的兽皮毛毡、鹿茸熊胆、乳品奶酪、名马异兽；东夷的人参貂皮、珍奇药材、雪域珍禽；西域的货品最多，有羽饰制品、奇装异服、如意珍宝、金器银瓶、水晶器皿、花香脂粉、琉璃珊瑚、良马种畜、朱砂水银、胡椒香料、锡器铁具等，以及许多根本叫不上名的稀世珠宝、美物用具，应有尽有，只有想不到，没有看不到的，让走进集市、片商区的人目不暇接，惊叹声不绝于耳，流连忘返。如此举世盛会，无论官员、商贾还是百姓，谁能不为之动容，又有谁能置身事外。因此，九月初九这一天，成了张掖城中官商民众热切期盼的节日，成了人们生活中的头等大事。

然而，隋帝杨广却因薛治儿拒绝参加这样一个盛典大会而烦恼。当然，杨广心里也清楚薛治儿执意不参加这个举世瞩目大会的症结所在，但他又怎能怪罪萧皇后呢？久别胜新婚这类情感，正常男女谁能没有，他自己不也有这样的冲动吗？况且自己的这个皇后如此娇美迷人，还善解人意，他又怎能拂逆她的心意，又怎忍心再故意冷落她呢？没错，杨广这两天来到张掖后，觉得长久的军旅生活，虽有两位夫人陪伴，但在军营中不能那般尽情放纵，难免有些枯燥单调。故而，确实被半年多没见、没碰过的皇后迷住了。而且杨广还感觉到，皇后似乎有了诸多变化，体型愈发丰满诱人，情感却一改往日的温柔顺从，变得热烈主动，甚至可以说是放纵浪荡，这让杨广在惊讶之余，感到无比满足。杨广与萧皇后久别后的当天及当晚，深切感受到萧皇后的炽热情感，更享受到许久未曾有过的男女之欢。此后，萧皇后又以一国之母的主人姿态，当众展现出彬彬有礼、大方随和的待客之道，这让杨广十分满意，也因此将城外的两位夫人抛在了脑后。直至九月初八，裴矩前来请示隔天将有几位夫人出席大会时，杨广才想起她们，派人前去通知。然而，令他失望的是，三夫人薛治儿拒绝了。而且杨广从朱贵儿口中得知，若不是他亲自去请，想让薛治儿入城参会绝无可能。为此，杨广决定，即便再忙，也得亲自去城外军营把三夫人治儿请来。

当晚，杨广不顾萧皇后阻拦，带着朱贵儿骑马前往城外军营。可是，等杨广和朱贵儿赶到薛治儿和梅香居住的军营时，帐内已是人去帐空。经执勤军士告知，三夫人和梅香在黄昏时就骑马离开了军营，且未告知任何人她们的去向。这让杨广不仅心里堵得慌，更埋怨自己对薛治儿的冷落。

第七十二章
万国大会隋皇鸣锣，丝绸之路高丽发难

九月初九，艳阳高照。张掖城内到处披红挂彩，无论是过往行人还是居家百姓，都喜形于色。谈话的内容，三句中起码有一句离不开：大隋皇帝和皇后，今日要召集天下诸国君王、可汗、后妃和商家，在万国商贸同盟会堂召开四方睦邻商贸交易同盟大会。的确，这一天，张掖城沉浸在节日的欢乐氛围之中。南区的民众，无论男女老少都身着新衣，喜气洋洋，不是聚亲会友，便是呼朋唤友、带着老人小孩前往集市，想要见识新鲜事物。北区则是另一番景象，中心广场四周都有披甲的锦衣将士在执勤把守。广场中心那个按头东尾西呈椭圆造型，既像一只蚕茧又似一个大鹅蛋的巨大建筑，便是杨广要在张掖城召开大会的万国商贸同盟会堂。此刻，会堂外已是彩旗招展、锣鼓喧天，身着各式彩服的侍从、护卫、厨师早早便进进出出，忙碌起来。博览会堂有两大功能，既是会场也是餐厅。整个会堂东西长三十余丈，南北宽二十余丈，顶高处近十丈。因为考虑到声音的传递效果，屋顶也是呈椭圆形的，而且内部没有一根柱子。它的造型按宇文恺的设计原意是一只蚕茧，取意"蚕蛹化蝶向天宇，桑蚕吐丝福万民"。然而，当地民众不知道什么是蚕茧，也从未见过蚕丝，于是大家习惯用熟悉的实体形象，为了顺口省事，便用"大鹅蛋"来替代宇文恺"万国商贸同盟会堂"的"蚕茧"冠名。于是，这个"大鹅蛋"便成了众人热议、远近闻名的去处，甚至成了张掖城的代名词。（按语：别看这个看似傻傻的大鹅蛋，却是中华民族的先人工匠们在公元六百年就已经汇合、贯通、运用了大型工程建筑学、力学、光学、声学、恒温学、材料学等科技知识建成的、举世无双的巨型实体。而西方对这门工程技术，在千年之后才开始摸索着运用到实体建筑工程中。可恨的是，隋末天下大乱，陇西贵族薛举起兵反隋，自封为西秦霸王。他为了使举兵师出有名，体现其反杨广的决心，便把张掖城的变化，诉说成是杨广荒诞无稽、役民耗财、穷兵黩武的罪证，并且一把火烧了这个举世无双的"大鹅蛋"，更让后人无从得知当时万国商贸同盟会堂这个"大鹅蛋"的辉煌真相。）"大鹅蛋"的壳体墙面是用

第七十二章　万国大会隋皇鸣锣，丝绸之路高丽发难

大小不一的竹枝篾片与厚薄、色彩不同的丝绸帛缎编制而成的。穹形屋顶和蛋体墙壁既透光透气、美观坚固，又隔音保温、防雨抗风沙。会堂东西两头各有两道采光门，南北侧面各有三道大门。东头是会堂的首席台，分前台与后台。如今，首席前台口已用汉文、阿拉伯文和蒙文写着"万国商贸同盟会"。首席台内后壁挂出一幅巨大的用丝绒织就的彩图，上面有数条红丝线，分别从中原长安、洛阳延伸向四面八方。其中还用金线标明了红线所经过的各个国家、部落的名称。这幅丝绒彩图无疑就是大隋将要推行实施的商贸交易路线图了。前台的左侧有一块用红绸缎遮盖着的匾，右侧是悬挂在木架上的一面大铜锣和一柄拳头大小的木柄布锤；在前台的正中放着一张龙椅。西端尾部是会堂的大厨房，内有上百个灶台可一齐生火开灶，可供数千人同时用餐，如此壮观的规模在当时也是绝无仅有。如今在大厨房的外面还架起了几顶大帐篷，不少厨师、伙计、工匠已经在里面准备着今天要奉上的佳肴了。椭圆形的会堂内金碧辉煌，供各界参会贵宾入住的大厅四周，用绿地毯铺就走道，中间呈长方形，分别用金色、红色、紫色的绒毯铺地，划分出了三大区域。每个区域内按出席席位摆放着一张矮脚长桌，供客人盘腿入座，听讲、饮茶、用餐，区域间用绿地毯作为走道分割开来。金色区域是供各参会国的国君、汗王、后妃、特使们坐的贵宾席位，一国一席；红色区域在会堂的中段，是供各国参展商家坐的嘉宾席位，两家一席；紫色区域是供隋朝的皇亲国戚、官员和凯旋有功将士坐的主宾席位，三人一席。

　　这些天以来，最忙碌的当属特使裴矩、礼部尚书令牛弘和梁公民部尚书萧琮，以及从各地聘来的那些通事们了。裴矩忙着招待各国远道而来的新朋老友，毕竟他到过西域和北狄的许多国家，甚至见过不少国君；而且他要上传下达隋帝杨广的指令，把一些重要的国君引见给杨广会面；同时，他还要根据各国宾客到来的实际情况，适时调整会务细节。牛弘虽然懂一些国家的语言，但并不专长于此，只能想尽办法招聘能适应这方面需求的通事来应付场面，为主客搭建起语言沟通的桥梁。然而，客人多而通事少，故而牛弘这个礼部尚书令常常不得不亲自上阵，用半通不通的语言为客人做翻译，却不免时常出错，令人啼笑皆非，自己也被搞得苦不堪言。为此，牛弘不得不把语音近似的客人编在一起，再指派一个通事去负责为他们做语音翻译，至于这个通事能否让所有客人满意，他也就顾不上那么多了。萧怀静则忙着安排、协调众多参会商家的店铺、储库分配，然而商家多、货物多，常常让他顾此失彼，忙得焦头烂额。杨广虽不用操心那些细小繁杂的事务，但他不得不会见各

国的国君、汗王和王后，既体现礼节，也可预先了解各国对大会的态度和心愿，因此也常常忙得应接不暇。而且，杨广还在为薛治儿的不辞而别耿耿于怀，甚至愤怒地对朱贵儿说："现在，她越来越不把我放在眼里了。如今这么大的事，她竟然还敢不辞而别，太胆大妄为了！你们谁也不准去找她，我倒要看看她到底有多大能耐。"此中，唯有萧皇后最是如鱼得水，她精力格外充沛。她不仅以国母主人的身份陪着杨广接见各国君王、后妃，出尽风头，而且对大会的事样样都要管，亲自接待外国商户，参与宇文恺设计制造宫车，到处都能听到她的声音，看到她的身影。

正午吉时到，号炮响起，鼓乐齐奏。各国君王、后妃、特使由身着锦衣的黄门侍卫引导着，分别从东端南北第一道大门鱼贯般慢步进入会堂，在早已标注好的各自座位上就座。各国的参展商家则在身着彩服的侍卫指引下，从中间南北大门涌入会堂，随后由各片组的通事带领，分别按片入座。主办国隋朝的官员和将士们，分别按南文北武的次序，从西端的两扇大门步入会场。这一切由于主办国官员的精心安排，显得按部就班、秩序井然。然而，众人期待见到的隋朝皇帝和皇后，却并未出现在首席台上，这不免引起了参会者的窃窃私语。

随着一声响亮的铜锣声，特使裴矩带着三位通事从后台走上首席台。他快步走到台口，扬起双臂大声道："各位尊贵的客人，请大家安静一下。"三位通事立即分别上前，对着台下众人叽里呱啦地大声嚷了一通。裴矩等到会场安静后，接着说道："今天是九月初九，是个好日子。不仅'九九'这两个数字吉利，而且在我们中华文化史册上，'九九'这天被誉为至尊至贵的日子。今天九月初九，大家想必也感受到了上苍的眷顾，风和日丽、艳阳高照。大家为之奔走忙碌、筹备盼等了一年多的这一天，终于到来了。我作为隋帝的特派使者，承蒙大家的信任和爱戴，一年来奔赴各国，在大家的共同努力下，终于迎来了九月初九，迎来了我们携手相聚在张掖的今天。如今，我受大隋皇帝的委派，在此向各位莅临张掖万国商贸同盟会的尊贵宾客，致以我大隋皇帝和皇后，以及万众臣民最热烈、最美好的祝愿，祝各国君王和王后身体健康，国泰民安！祝各位参展的商家来宾生意兴隆，富达三江四海。"台上台下的通事们忙坏了，裴矩说一句，他们就译一句。裴矩说完，便向着台下众人深深地鞠了一躬。不一会儿，堂上就爆发出一阵雷鸣般的掌声。

裴矩确实是一位有外交手段的人，这一段简短的开场白，就把众人的热情点燃了，也把会场的气氛调动起来了。裴矩等到大家的掌声稍落，便又举起双手，说道："各位尊贵的宾客，在大会开始之前，我还得把今天大会的议程当众宣告一下。"裴

第七十二章　万国大会隋皇鸣锣，丝绸之路高丽发难

矩等到通事们把他的话翻译过后，继续说道："我们都知道，雁有头雁，马有头马，我们这么大的一个同盟，怎能没有盟主？但是，我们大隋的皇帝为了体现公平公正，不以大欺小，以强凌弱，提出选盟主要大家投票选举，以多数人的意愿为准。也就是说，不管是谁，只要能被多数人推荐，此人便是本届同盟会的盟主。"裴矩的话音刚落，通事们还没翻译完，台下的人就开始混乱起来。尤其是贵宾席位上，坐在第一排的东突厥启民可汗和义成公主，他们双双站起身，启民可汗还扬着手，用京腔汉语高声道："此议不妥，我们反对投票选举。大隋乃是大邦之国，礼仪之祖，大隋皇帝陛下更是英武骁勇、德高望重的君主，他不当盟主，谁还有能力当这个盟主？"此话一出，坐在贵宾席第一排另一端的西突厥处罗可汗，在其母向氏夫人的催促下，为了表明他们忠于大隋皇帝的心意不逊于东突厥启民可汗，也双双起身，就地跪在座位旁，大声喊道："臣愿尊大隋皇帝为盟主，愿率子民永远追随大隋皇帝陛下。"会场内听得懂的人纷纷表示赞同，跟着离座跪拜以示附议。可那些有语言障碍、听不明白的人却是一脸茫然、不知所措，甚至有的人还叽里呱啦地追问通事这是怎么回事。更有人学着东突厥启民可汗站起身大声表示赞同，有人则学西突厥处罗可汗和向氏夫人离座跪地表明心迹，这让还没弄明白的那些人更加着急，或坐或站在座位上，你一句我一句地叽里呱啦追问着通事。这些被临时召集来的通事们，也都不知道前面发生了什么事，慌了神，也不知道该怎么翻译解释，这就更引得会堂内杂乱无序。

站立在台上的裴矩没料到会出现这种场面，他不得不扬着双手大声呼喊，希望会场能够安静下来，谁知却引发了会场上更多的骚乱。正在首席后台等待上台的隋帝杨广和萧皇后，以及二夫人朱贵儿，都不知道会场上发生了什么事。杨广急忙快步来到前台，见场内已乱成一锅粥，裴矩似乎已对会场失控，杨广也有些着急。正想上前帮助裴矩压场，却一眼看到了挂在木架上的铜锣，立即灵机一动，上前摘下铜锣，拿起锣锤，走到台前，"噔、噔、噔"地敲响了铜锣……铜锣声震撼着整个会场，头戴冲天冠、身着金龙朱服的皇帝出现在台上敲铜锣，这等新鲜事大卜少有，瞬间，会场混乱的局面就被镇压住了。杨广看着满头大汗的裴矩，低声道："别再按议程进行了，朕这就上台行使盟主的权力。"

杨广把手中的铜锣和锤交给裴矩，然后整了整衣冠，带着笑容，缓慢而又有些自嘲地大声说道："朕，刚才敲锣的样子，是不是不太雅观呀！"这话让底下有的人笑出了声，紧张严肃的会场气氛顿时缓和了起来。杨广接着说："但是，朕很愿意为

大家做敲锣打鼓的事。我们都知道，在我们中原，敲锣打鼓是为别人开道引路的，今天朕就是要做这个开道引路人。为了睦邻友好、为了四海升平、为了互通有无、为了相互提携、为了天下富足、为了你我大家都成为兄弟朋友，朕心甘情愿做这个敲锣打鼓的开道引路人。"

杨广双目炯炯地看着会场上认真听讲的人和那些忙着找词翻译的通事，继续缓缓地、一句一句地说道："刚才会场上出现的乱象，却让朕想到了这次大会中存在的不足之处，也让朕感觉到大会还存在欠缺，尤其是我们之间最直接的语言交流，还缺乏有效、及时、快速的沟通手段。我们都来自四面八方、五湖四海，都有各自的母语，短期内也不可能接受其他国家的语言。除了少数国家带着自己的通事，而我们为大家准备的通事还无法照顾到每个人，这便是造成刚才大家混乱的主要原因。由此却提醒了朕，让朕产生了一个想法：我们可不可以创建一种新的语言，一种能被大家接受，而且很容易学会运用的语言……"底下听讲的人都忍不住窃窃私语起来，连站在杨广身后的裴矩也瞪大了眼睛，似乎在思考着。杨广接着继续说道："我们现在的交流，是不是有点像聋子对哑巴，只能凭着口型、眼神、肢体动作，去意会、去猜测、去理解对方的需求和意图呀？"杨广这话犹如一石激起千层浪，台底下的人立即热烈地议论开了，尤其是坐在嘉宾席上那些参展的商家，表现出了更多的热情。杨广继续说道："那么，我们就从聋子哑巴的角度去思考，创建出一种能让聋子看得见、让哑巴听得到的画面。我们可不可以也像聋子与哑巴对话那样，利用口型、眼神、手势、实物和其他肢体动作，把心中、头脑里想说的话和想做的事表示出来，并且用一种统一、规范、最简单的形式固定下来。我们只要把这些固定下来的形式牢记心中，模仿着做，不就是一种最简单的语言吗？"裴矩似乎恍然大悟，脱口而出道："哑语！"杨广赞同地说："好，就叫它哑语吧！或者也可以把它称为国际贸易交流用语。"

突然，台下嘉宾席位上有人大声说道："这个想法虽好，但是由谁来规范呢？"杨广立即回应道："既然是好事，朕现在就责成裴矩大人，立即着手推进此事。朕希望在两天之内成稿，第三天在集市上推行使用。"裴矩有些愕然，但会堂上却热闹起来。杨广略等片刻，又举起双手，说道："朕，此外还有几件事要提出来，供大家附议。"杨广等到会场安静下来，接着说道："朕这几天在与各国君王交谈中意识到，为了我们这个贸易大会公平、公正、诚信经商，朕认为并且提议，由各方推荐代表组成大会贸易部和度支结算部很有必要。贸易部负责对市场交易的商品按品质、行

第七十二章 万国大会隋皇鸣锣，丝绸之路高丽发难

情进行公正公平的定价，不准以大欺小、以强凌弱，确保商品货真价实、物有所值。设立度支结算部，是为了确保以货换币、以币买货的方便简捷，减少流通环节的不确定性和风险。故朕提议由大隋朝廷指派专职官员负责，设立结算专用基金。为了便于这结算基金的流通，以万国商贸同盟会度支结算部的名义发行币值券，或称银票。币值券拟发行金币券、银币券、钱币券三类。金银币券的券值可分百两、五十两、十两、五两、二两、一两；五铢钱的钱币券可分百枚、五十枚、十枚、五枚、二枚、一枚。金币一两可抵银币十两，银币一两可抵钱币百枚，以此类推。此币值券由大隋国库内的金银币值做担保，任何人在任何时候都可以用此币值券，到大隋或是任何一个同盟国去兑换想要的等值货物，或是真金白银和钱币。"

裴矩的商业头脑，让他立即理解了此中的利益所在。他见台下有许多人还没弄明白发行币值券的含义，马上补充道："我给大家打个比方吧！你是带着一千两银子去进货方便，还是带着十张百两的银票，也就是陛下方才所说的十张银币券，或是一张百两金币券去进货方便？"立即有人抢着回答道："这还用说吗，带着一车银子去进货，既麻烦又不安全，还得雇镖师押车，要花不少钱，哪有把一张银票揣在兜里进出方便。"裴矩接口说道："对了，这就是大隋皇帝提出要发行金银币券的目的所在。而且大家也不用担心，这些币值券不是普普通通的一张纸，而是由我们共同参与、由同盟大会负责发行、有大隋国库作担保、能在我们所有同盟会员国内通用通兑的钱。"经裴矩这么一说，大家终于明白了币值券的作用。但是也有人疑惑地提问道："既然是我们大家共同参与的，为什么我们不能自己担保，而要由大隋国库来担保呢？"裴矩立即回答道："这个问题问得简直有些不知好歹了，这叫作信用担保。有大隋国库为币值券做担保，就意味是在为大家的生意做担保。做生意的人，谁不明白'担保'是什么意思？"于是又有人问道："大隋如此做，图的是什么？"

杨广回答道："朕刚才已经说过了。为了买卖方便，为了流通环节的安全，为了创建一个各国都能信得过的流通货币，去造福千家万户，所以大隋愿意为大家做担保。"大家都静默着，似乎已经默认了杨广的这个建议。杨广接着说："今天，我们大家为了开创一个平等、和睦、包容、友善的世界，能够从四面八方赶来相聚，这很不容易，更是一件会载入史册的事，但也不可能一蹴而就。我们之间，国有大小、民有众寡、财有贫富、实力有强弱、信仰习惯也各有不同。但只要我们怀着共同的和平共处、坦诚相待、互相提携的心愿，从这互通有无的公平交易做起，朕相信未来的天下定会焕然一新。这让朕不禁想起，母后曾给朕讲过的那个天国的故事。在

那里，我们都是一个大家庭里的兄弟姐妹；在那里，没有贫穷、没有病痛，更没有贫贱富贵之分；大家都能无忧无虑地生活在幸福快乐之中。朕期待着这个天国能降临到人间，让大家都能享受天国的恩泽。"台下众人似乎又骚动起来，甚至有人从席位上站起来大声说："我知道，那个天国就是上帝的国度，只要信上帝的人，都能去到那里。"

裴矩见杨广把大会内容引向了不可预测的议论方向，急忙上前，低声对杨广说："皇上，这里还是让臣继续主持吧，否则下面的议程将无法完成。"裴矩不等杨广应允，立即挡在杨广面前，大声宣布："既然大家已经选定大隋皇帝陛下为本届大会的盟主，而且盟主也已向大会提出要求，那么我们的大会进入第二个议程：请盟主大隋皇帝陛下、皇后及夫人上台入座，接受全体会员大众的参拜。"（按语：杨广的这几个提议，在此后各国的贸易进程中得到了不同凡响。"哑语"经裴矩组织专人设计制订规范后推广使用，因其易懂、易学、实用，确实被广泛应用，成为名副其实的国际贸易交流语言，也为此后世界各国推行的"聋哑手势用语"做了前期铺垫。"商品贸易部"的建立，为张掖成为丝绸之路各国的贸易交流保驾护航，也成为此后唐宋元明对外商贸必不可少的机构，是自明清之后发展而成的牙行、贸易洋行等商务中介机构的前身。"度支结算部"发行币值券，是杨广一个大胆超前的金融构想，他想用轻便的纸币银票取代沉重、不便流通的实物钱币，甚至可以说，杨广是想创建一种大隋的纸币，推荐到万国贸易交流会上，借丝绸之路使其成为世界各国通用的货币。然而，他的这个设想虽前卫却较为幼稚，他没考虑到当时的商品交易基本以货换货的形式进行，因此没多少人愿意用货物换纸币再去消费交易，所以由大会发行的币值券不久便销声匿迹了。）

立即有侍从搬出两张凤椅，摆在台中央龙椅的后面两侧。杨广走到龙椅前，却对两张凤椅如此分前后的摆放不满意，于是亲自上前，将两张凤椅移至与自己龙椅并排的左右两旁。随后，他把走上前台的萧皇后和朱贵儿引导到龙椅旁，一左一右请她们在凤椅上坐下，自己才入座。萧皇后今日的装扮立刻吸引了所有人的目光，她头戴十二树凤冠、身着五彩凤服、革带配以金色白玉佩，既威严又端庄。精心修饰的眉目顾盼生辉，端正的鼻梁、鲜红的双唇、粉嫩白里透红的脸颊，处处彰显着一国皇后的至尊与艳丽。二夫人朱贵儿也头戴一顶十二树凤冠，身穿一件素色凤服，身佩金玉革带，显示出与皇后同等的礼遇（这是杨广要求她穿戴的）。但她神情严峻，脸上虽薄施脂粉，眼神却透着疲惫。

第七十二章 万国大会隋皇鸣锣，丝绸之路高丽发难

裴矩待杨广与两位后妃正襟入座后，带领台下众人向杨广、萧皇后和朱贵儿行拜见大礼。随后起身，从近侍手中取过一封皇榜，展开看着上面的文字念道："今日已到达张掖、出席大会的国家君主、汗王、后妃有：东突厥的启民可汗和义成公主；西突厥的处罗可汗和向氏夫人；铁勒部的莫何可汗和汗妃；党项国的拓跋汗王和汗后；高昌国的国王佰雅和王妃；康国的国王代失毕和太子；安国的国王设力登和王后；石国的国王甸职；女国的国王苏毗；焉耆国的国王龙突骑和王妃；龟兹国的国王白苏尼咥和王后；疏勒国的国王阿弥厥和王后；于阗国的国王卑示闭练和首相；钹汗国的国王阿利柒和王妃；米国的国王闭拙和王后；史国的国王遬遮和王后；曹国的国王乌建和王后；何国的国王昭武敦和太子；乌那曷国的国王佛食和王妃；穆国的国王阿滥密和王妃；波斯国的国王库萨和王后；漕国的国王顺达和王后；附国的国王宜缯和王妃；奚国的国王阿会氏和王妃；百济国的国王馀璋和王后；琉球国的国王欢斯渴剌兜和王后，以及首相；倭国的国王多利思北孤和王妃；林邑国的国王梵志和王后；真腊国的国王刹利氏质多斯那和王后；赤土国的国王利富多塞和王后。此外，派遣使臣的有：车渠国特使拓跋王公；吐火罗国王的特使于真王弟；新罗国王的特使乐平郡公；波罗剌国的郡王特使；婆罗婆国的特使将军；婆利国王的特使独诃氏挐大臣；珂挹怛国大臣特使；罗旦国的内臣特使；高丽国特使次仙人（在高丽国内，该官职是最低级的）。由此可见，各国君王对隋朝皇帝陛下倡导的睦邻商贸交易同盟大会十分重视和期待。而且绝大多数国家不仅君王和后妃不辞辛劳亲自赴会，还各自带来了规模不小的商队，甚至带动了一批民间商家一同赴会参展，这更壮大了大会的阵势。这是我大隋民众的福分，也是各参会国民众的福分。吾大隋皇帝和皇后、夫人陛下，为表达对各国贵宾的敬意，特备下厚礼赠送大家。下面由礼部尚书令牛弘大人为大家宣读礼单。"

牛弘或许因为有些肥胖，又或许是有些紧张，走上台前时不免气喘。他努力镇静自己，然后缓缓打开手中的皇榜，轻轻咳嗽一声，文绉绉地说道："各位同盟会的会员，各位尊敬的参会国皇、汗王、后妃、太子、首相、大臣、将军、特使，以及商家嘉宾贵客，大家好！在这金色收获的秋天，大家为了共同富裕的目标，跋山涉水、不辞辛劳来到大隋的边城张掖，参加由大隋皇帝陛下亲自倡导发起举办的万国博览大会。这不仅体现了大家对隋朝臣民的信赖和友善，也给了隋朝臣民一次为大家效劳的机会。隋朝的皇帝、皇后、夫人和臣民，作为这次大会的东道主，每个人都怀着'有朋自远方来，不亦乐乎'的心情，热情接待、真诚期待、满怀信心地等待大会

733

顺利召开，并祝愿大会圆满成功。而且这里的民众早已迫不及待，甚至可以说全城百姓都聚集在大会集市的入口处，盼着我们前去剪彩开市。因为他们早已听说，万国博览大会为他们带来了天下各地的奇珍异宝，都是他们见所未见、闻所未闻的稀罕物件，都想先睹为快、开开眼界。"台底下的人骚动起来，尤其是嘉宾席上的那些商家，谁不希望自己的商铺宾客盈门？因此，当听到宾客如此急切地等待开市，他们内心怎能不激动？

牛弘继续说道："为此，我不得不缩短迎宾贺词，把宝贵的时间留给那些殷切盼望着我们前去剪彩开市的民众。"嘉宾席位上有人闻言，竟然站起身准备离座。牛弘见状，急忙带着幽默的口吻说道："请大家少安毋躁，我的迎宾词中还有重要信息没告诉大家呢！请大家耐心听下去，或许会带给大家更多惊喜。"牛弘说到这里故意停顿一下，接着说："我们的大隋皇帝陛下，已收到各国贵宾带来的许多珍贵礼物，在此向大家表示真诚感谢。同时，大隋皇帝陛下为答谢远道而来的朋友和客人们，也为让大家切实感受到中原地大物博、资源丰富，为各国贵宾准备了一份厚礼，为参会的嘉宾准备了一份见面礼。其中，赠送给贵宾的礼品有：丝绸一百匹、锦缎一百匹、棉帛一百丈……"底下的人轰动起来，如此厚礼，谁能不心动？牛弘连忙招手大声说："大家别激动，下面还有呢！"牛弘等到大家安静下来，继续说道："茶砖一百箱，每箱二十四块。"底下有人惊喜地叫起来："这够我们喝上好几年了。"牛弘不动声色地说："白酒一百坛，都是宫内御酒。御窑精品陶器一百套，锦衣一百领、锦鞋一百双、湖笔一百支、官纸一百卷。"又是一阵轰动，如此吃穿用俱全的礼品，谁能不期待？接着又有人担心地坐在座位上问道："这是每个参会国都有吗？"牛弘回答道："没错，每个参会国都有。"又有人问："国大国小都一样吗？"牛弘说："我们隋朝的皇帝说了，国不分大小、人不分多少、势不分强弱，在同盟国内都是睦邻友好的兄弟姊妹，都会享受到一视同仁的待遇。所以这礼品也都是一样的，没有厚此薄彼之分。"牛弘继续说："赠送给嘉宾的见面礼是一张礼品券，上面有几十份礼品，可供你们任选十份。你们可以根据自己的需要填写好，交给主管你们的官员，大会结束后，便可以拿到所需礼品。"

有人欢呼起来："感谢大隋皇帝，为我们想得如此周到。愿大隋皇帝万岁万岁万万岁！"有的人立即离席，跪倒在地，朝着台上的皇帝朝拜。站在一旁的裴矩见萧皇后有些尴尬，急忙上前高声说："大家快起来，大隋皇后陛下还有礼品赠送。"裴矩等到会场上安静下来，说："各国的后妃娘娘们，在大会期间，可直接去大隋

第七十二章　万国大会隋皇鸣锣，丝绸之路高丽发难

皇后陛下那里领取礼品一份。本官在此给你们透露一点信息，这份礼品价值不菲哟！"这话引得贵宾席上的后妃们惊喜地叫出声。

这时，牛弘拿出一份函件，打开后神态严肃地说："我这里还有一份高丽国高元国王派遣他们的次仙人作为特使，给大会送来的函件贺礼。吾大隋皇帝陛下见此，仅让本官将此函公之于众，供大家参审，以正视听即可。但本官认为，这是皇帝陛下以宽容为怀，不与其计较罢了，未必能合大家心意。"随后牛弘看着函件念道：

大隋皇帝陛下台鉴，万国商贸同盟会的邀请函本王已收悉。遗憾的是，本王因身体欠佳，无法长途跋涉，应邀赴远在千里之外的无名小城参加此大会。大隋乃万邦之国，财大气粗，而吾等乃区区小邦，国小人少势弱且无所图，实在经不起如此不惜财力的劳民伤财之举。然而本王仍念及大隋与吾国是相邻的邦交之国，故特派次仙人傻哈为特使，前来张掖旁听大会，以示本王的一点心意。贫国之人无礼上贡，只能发函一封作为贺词，愿大会举办成功，愿大隋皇帝陛下心想事成。高句丽国国王元

牛弘刚把高丽国的贺函念完，主宾席位上的安德王杨雄就高声吼道："这个高丽国，先帝在世时，我曾带兵教训过他们一次。近些年高元可能过得太舒服了，又该修理他一下了。"处罗可汗紧跟着站起身，对着杨广说："皇帝陛下，这样的害群之马就该教训。若要讨伐高丽，臣愿带兵随行。"（的确，此后杨广三征高丽，处罗可汗始终不离不弃，跟随杨广三次参与讨伐。）

杨广见大家误会了他的用意，便起身走到台前，说："人各有志，不必强求；国有所愿，也无须勉强。今天，这么多国家的君王都加入了我们这个同盟，由此可见，我们建立丝绸之道、互通有无、互相提携的意愿，符合天下大多数国家民众的需求和利益。"

突然，高丽国的特使离座跪地，大声喊道："大隋皇帝陛下英明，小人受本国王上差遣，并不知晓王上的真实用意。如今亲眼看见大会宾客盈门、众心所向，真切感受到大隋皇帝陛下的真心实意，对本国王上所言诚惶诚恐。为此，小人立即回去，将这里所见所闻如实报告给本国的王上，让王上亲自向大会谢罪。"

杨广微笑着，含蓄地说："不必如此。你起来吧！但你可以传一句话给你们的王。就说，他嫌路远不来张掖，朕不怪罪他。朕以后若有机会，可以带着朕的将军

们一同去拜访他。届时，他别再找借口不来相迎就好。"特使明白这话的分量，慌忙伏地不起，边磕头边说："小人不敢，本国的王也不敢。小人这就回去替皇帝陛下传话。"傻哈特使说完，爬起身就向门外走去。杨广却真诚地说："你不必这么急着走。你们的国王不会因为你早一天回去就改变原意，也不会因为你迟一天回去就怪罪于你。这里也不会因为多你一个特使而有何不同。但我们这里不会因为缺了高丽国，就改变大会的宗旨和议程，更不会改变接下来即将进行的剪彩开市，以及晚上开怀共饮的安排。你在这里可以把大家当作朋友，也不枉你千里迢迢来张掖一趟。况且还有给你们国王的礼物要带回去，他不会责怪替他收礼的人。"傻哈特使诚惶诚恐地坐回原位。

大会主持裴矩随即宣布："现在请大会盟主大隋皇帝、皇后、夫人陛下，率各国国王、汗王、后妃、太子、首相、将军和特使，以及所有嘉宾、主宾来客前往集市彩虹门剪彩开市。"

这场举世瞩目、意义深远的"万国博览大会"，四方来客国宾过百、商家上千，参展商品千奇百怪、琳琅满目，吃、穿、住、饰、用样样俱全。走进集市，令人眼花缭乱，若想认真观赏，一天时间也难以逛完整个集市。它为中原与世界各地的政治、经济、文化、商贸交流开辟了一条经久不衰的丝绸之路，一直流传至今。作为当时主办国的君主，杨广功不可没。

第七十三章
皇城酒舍师徒擒贼，招兵买马杨府露迹

薛治儿一气之下，带着梅香离开了军营，朝着长安、洛阳城方向奔驰而去。她气愤的不仅是萧皇后的故作姿态，更是杨广的厚此薄彼。杨广竟然当着那么多众人的面，将陪伴他风餐露宿、出生入死的二位夫人和几十万将士抛在一边，不闻不问，独自跟随萧皇后入城。此后两天，他都没有前来探视，关心一下她俩的冷暖饥饱和念想，仅仅派了个人来通知她们去城里行宫。这让薛治儿越想越气，决定不辞而别，给杨广一个警告。

薛治儿和梅香两人都非等闲之辈，沿途行路无须惧怕有人拦道行窃。而且，她们所骑的两匹尖耳细腿之马乃是千里良驹，虽说做不到日行千里、夜行八百，却也不是一般的马能够追得上的。况且，薛治儿本就出自江湖，心思缜密。她担心随着人烟稠密，经过城池、关卡时，常有官府军士盘问，会被人识破身份。所以，她不仅乔装打扮，还常常昼宿夜行。如此一来，薛治儿和梅香两人沿着东去长安、洛阳的官道，自由自在、无拘无束，想走便走，想停便停。走走停停间，不出一个月，在黄昏时刻便来到了洛阳城北门。从西北方向入城的长途旅客，往往会在北门大街歇脚、打尖，洗去长途跋涉的尘土，整理入城的行装，好让自己以崭新的面貌出现在东都皇城内。这里还是外来京城寻找门路的人与皇城权贵私下相会之地，也是塞外之人与京城商客谈生意、做交易的最佳场所。薛治儿和梅香也有在进宫之前，为自己洗尘的想法。但她知道，自己这次是背着杨广私自回京的，因此不能在大庭广众中露脸，更不能让京城熟识她的人知晓行踪。所以，当她来到北城门口，看到那个灯火通明的酒舍时，心中不免有些犹豫。甚至有一种意识，这或许是她最后一次在宫外与梅香自掏腰包，点自己爱吃的菜肴了。因为薛治儿明白，进了后宫，再想像现在这样自由自在、随心所欲是不可能的。因此，这顿饭一定要找个舒适的地方，好好吃一顿。既是对长途跋涉的犒劳，也是此后回到后宫，做个循规蹈矩夫人的新开始。

在酒舍门口迎客的店小二，注意到了这两个仪态异样的来客，立即恭敬地迎上前去，说道："两位客官，是想饮马打尖，还是想用餐住店？饮马打尖，我们这里有宽敞的马厩、上等的饲料；若想用餐住店，我们这里有美食佳肴可供选择，有干净、宽敞、舒适的上房，保证让客官满意。"薛治儿看了眼店小二，又瞧了瞧自己的马，说道："我们只用餐，不住店。你们这里可有单独的马厩？我们这两匹马不合群，我怕把它们与其他马拴在一起，会伤了别人家的马。"店小二看了一眼这两个蒙头遮脸的客人，又瞧了瞧那两匹高头大马，便说："我们这里没有单独的马厩，但我们的马厩很宽敞，我可以把它们牵系在远离其他马匹的另一头。况且今天来客的马不多，所以二位客官尽可放心，不会有事的。"

薛治儿见店小二回答得在理，便与梅香牵着马，跟随着店小二来到了马厩，并亲自选了个地方，把马拴在了马厩的另一头。随后又对店小二说："给它们喂上等精料，不用太多，喂个半饱就行。另外，给我们找一个干净的包间，再准备两盆净水。"店小二面露为难之色，讪讪地说："小包间已经没有了，但有一个很干净的大包间，可供三桌人同时用餐，不知二位意下如何？"薛治儿想了想，说道："行，我们就要这个大包间了。但这个大包间不能再进其他客人了。"店小二又犯难了，不得不解释道："两位客官有所不知，我们这店是北门最大的酒舍，不仅是南来北往的客人经过时必定会来的地方，也是朝廷那些达官贵人常来之处。因此，除了大堂之外，所有的包间一般都被预订出去了。今天还剩下的这个大包间，有两桌已经被一批塞外客人占用了，仅剩一桌还空着。两位客官若没有其他特殊要求，还不如去大堂，小的一定给两位客官挑选一个安静的雅座。"薛治儿迟疑着没有开口。机灵的店小二立即又说："两位客官若嫌大堂杂乱，在下还有一个主意。"薛治儿有些不耐烦地说："别吞吞吐吐的，快说。"店小二急忙说："我可以在大包间那个空桌前面，用屏风把它与先来的那两桌客人隔开，这样不就成一个小包间了吗？"薛治儿想了想，说道："可以，就这么办吧！"

薛治儿和梅香被店小二带进了一个大包间。果然，里面已经有七个人占着两张方桌，在饮酒吃菜、说着话。他们见店小二带了两个身披斗篷、遮头盖脸的人进来，立即警惕地收住了话题。有的垂头不语，有的却用冰冷的目光扫视着来人。这时，一个长着一脸大胡子的人冲着店小二凶狠地粗声说道："你这里不是说包间吗？怎么还有人进来？"店小二立即赔着笑脸说："这包间有三张桌子，还有一张桌子是空的，我会用屏风把她们与你们隔开来。好在这两位客人用完餐就要赶路的，请大家多多包涵。"店小二说完，就把放在一旁的屏风展开，挡住了两桌客人的视线。店小二摆好屏风，又把桌子擦了一遍，随后问道："请问客官，想用些什么菜？"薛治儿反问道："你们这里有什么好吃的菜？"店小二故弄玄虚地说："本店好吃的菜可多了去了，却不知道客官口味如何？比如鸡鸭山珍、河鲜荤素、酸辣甜咸，应有尽有。但是依小的之见，二位客官不妨尝尝我们这里正宗的洛阳水席名菜。因为此菜一菜含百鲜，能够满足不同口味、各有所好之人的需求。"

薛治儿来到洛阳后，虽说在后宫曾尝过萧皇后让宫廷御厨做的洛阳水席，却听杨广说，宫廷御厨做的水席不正宗，甚至还答应过要带她与贵儿去民间吃一套正宗的洛阳水席。可是杨广言而无信，直到现在也没带她们去吃过。而薛治儿这些年跟着杨广，也多少沾了些杨广对美食的嗜好。如今听说这里有正宗的洛阳水席，立即来了兴趣，说道："好呀，就给我们上一套正宗的洛阳水席吧！"店小二愣了一下，似乎有些不忍心，说道："得嘞！但小的有个提议，客官只有两人，且又要赶路，没必要像那些达官贵人那样讲排场、摆阔气，铺张浪费。"薛治儿诧异地问道："此话怎讲？"店小二低声说："洛阳水席虽然有名，却讲究排场、厨师和用料。我们这里的饭店，家家都说自己是正宗的洛阳水席，但关键还在于用料和大厨的厨艺，很难说哪家正宗、哪家不正宗。你们慕名而来吃水席的人，不必太在意正宗与否，而要知道水席是由哪位厨师烧的，用的是什么料，这里面的讲究可大了去了。"薛治儿疑惑地说："听你这么说，你们这里的水席也并非正宗喽！"店小二含糊其词地说："小的方才已经说了，洛阳水席全在于厨师和用料，无须纠结正宗与不正宗。小的给两位客官的建议是，吃水席只需吃其精华，不必样样俱全地吃全席。一来两个人吃不了全席，到最后也是浪费。所以，你们挑几样品尝一下即可。"薛治儿觉得店小二说得在理，便说："嗯，说得有道理。那么，你就给我们推荐一下，我俩该怎么吃这洛阳水席？"店小二说："你们两人可以点四式拼盘的冷菜两小碟，这就包含了全套水席的前八品；随后再点四个小碗的镇桌菜，这也是水席中的精华菜肴；至于八大件、四扫尾，可有可无，或者再点上一道酸辣甜咸皆有的'碧波四鲜汤'，那就更齐全了。"薛治儿对店小二的提议很满意，说道："就依你所说去办吧！此外，你先上两盆净水进来，我们要擦把脸。"

梅香放下背在身上的包裹。薛治儿隔着屏风，从缝隙向外瞧了一眼，转回身低声对梅香说："留点神，外面两桌的人不地道。"梅香愣了一下，也低声细语地说："我们这一路上也没碰到什么事，怎么到了皇城反而要留起神来？"薛治儿说："这就是道上人常说的灯下黑。如今皇上和皇后都不在京城，难免会有胆大之人趁机妄为。"

不一会儿，有人送来了两盆净水。紧接着，店小二又端来了两小碟荤素搭配的拼盘冷菜。薛治儿立即吩咐道："这里除了你，谁都别进来，上菜时在外面喊一声即可。"店小二唯唯诺诺地退了下去。至此，薛治儿方才脱下披裹在身上的风衣，摘下头上的面纱，卸下挂在身上的短剑。正想对梅香说话，却听到屏风外有人惊喜地说："我的妈呀！朝廷要这么多马干啥？"立即有人接口道："买几百匹马有什么好大惊小怪的，他们背后可是杨府。老相国虽然不在了，但杨府的势力仍遍布朝野。他们买马要是想拉杆子，只要有杨府撑腰，就没有办不成的事。"此话一出，马上遭到一个粗嗓门人的训斥："我们是做生意的，只要有银子赚，管朝廷的事干吗？以后在公开场合，你们要是再敢对朝廷的事说三道四，我看你们是活得不耐烦了。"屏风外面的众人都没了声音。

薛治儿似有所感，凑到屏风缝隙处向外观看。正在这时，包间外传来一阵急促的脚步声。随即，包间门被推开，一个人撞了进来。他进门后随手关门，欣喜地说："二爷，又有一桩发财的生意送上门来了。"还是那个粗嗓门的声音："没头没脑的，什么生意值得你这么大惊小怪？"那个人一屁股坐到板凳上，拿起桌上的一杯酒，一口干完，有些委屈地说："我大惊小怪？你们看到后不大惊小怪才怪呢！"这话吊起了许多人的胃口，立即有人问："三哥，别卖关子了，你发现了什么买卖？"三哥很得意，却又显得很神秘地说："我看到了两匹宝马。"此话一出，众人都觉得扫兴，立即有人带着讥嘲说："原来是两匹宝马！你们这里谁没见过宝马？"三哥不高兴地反驳道："这两匹长脖细腰、全身乌黑净亮、没一根杂毛的高头大马，耳尖如虎，脚细似羊，高眉骨、铜铃眼、阔鼻孔，绝对是大月氏纯种的汗血马，是我都从未见过的宝马。你们说，连我这个老盗马贼都没见过的宝马，你们见过吗？"众人似乎被镇住了，没了声音。却引来了粗嗓门人的兴趣，问道："三弟，快说，你在哪里见到这两匹马的？"这个三哥现在确实有些卖关子了，他拿起一杯酒，边喝边说："你们不是都不感兴趣吗？那我就当没说过。"还是那个粗嗓门的人说："快说吧，你二哥愿听。"谁知，正在这时，包厢门又被推开了。进来的人进门后就抱拳，冲着屏风外的两桌众人说："抱歉，抱歉！方才有事不在店内，二哥、三哥和众弟兄到来，未能迎接，实在抱歉！为此，小弟甘愿自罚一杯。"来人上前接过有人递上的酒，一饮而尽。接着，用神秘的口气问道："听说二哥最近接了一批大买卖，可真有其事？"

第七十三章　皇城酒舍师徒擒贼，招兵买马杨府露迹

粗嗓门的二哥含糊地说："道上什么事都瞒不过你达掌柜。"

来人正是这家酒舍的老板达溪通。如今他可谓是黑白两道都能左右逢源，因此消息比任何人都灵通，生意也就越做越兴旺，故而在熟人面前不免有些得意忘形。达溪通见对方没有把事情说下去，便卖弄地说："我知道此事说大不大、说小也不小。但是兄弟在这里不能不给你们提个醒，最近杨府有些不太安稳，不仅在江湖上招募异人，如今又开始招兵买马。他们万一有事，你们可就脱不了干系啊！"三弟一听就有些不耐烦地说："我们做我们的生意，他们要造反是他们的事，与我们何干？"这话让在屏风后面偷窥的薛治儿心中一惊，却又听到那个粗嗓门的二哥谨慎地说："达掌柜随便一说，可得当心隔墙有耳呀！"达溪通看了眼屏风，低声问道："后面有人！是什么人？"二哥点了点头说："不知道。裹得严严实实的，看不出是什么人。"达溪通警惕起来，立即从桌上取了一只酒杯，说："给我斟满。我去尽个地主之谊，会会他们。"

薛治儿赶忙回到桌前，捏筷在手，低头吃菜。梅香则机敏地端起一盆水，朝着响起脚步声的屏风口，向举着酒杯走入屏风内的达溪通撞去。一个是故意，一个是无备，立即一盆水把达溪通泼成了落汤鸡，连酒杯也掉在地上砸得粉碎。达溪通正想发作，却见泼他一身水的人竟是一个貌美的年轻女子，而另一个坐在桌子上正用餐的也是个美貌女子，不由得怒气顿时消了大半。但是梅香却恼怒地大声喊道："店小二，你们这个店是怎么搞的？怎么让个酒鬼闯到我们这里来了。"达溪通慌忙赔着笑脸解释："我是这里的老板，是特意来敬酒的。"梅香却不容分说地说："出去，我们这里不需要敬酒。"达溪通还想解释，梅香却捧起另一盆水，说："你走不走？不走，我再泼你一盆水。"这时，店小二端着菜盘匆忙走到跟前，看到眼前的情景，既惊讶又觉得可笑。他立即拦阻欲要上前围观的那两桌客人，说："没事了，没事了，大家请回吧！这都怪我，少说了一句话，惹恼了客人，让掌柜被泼了一身水。对不起，对不起，请两位客官息怒，你们点的菜来了，地上的水我马上让人来收拾。"达溪通无奈地走了出去，再也无心去与屏风外的两桌人应酬。

这一段意外的风波似乎过去了，然而屏风两边的人却都心有余悸。薛治儿在心中思忖着刚才店掌柜说过的那句话，不由得放下筷子，压低声音问梅香："刚才那个店掌柜说，杨府在招兵买马，你听清楚了吗？"梅香边吃边想，又摇着头说："你在听，我却没留意去记。"薛治儿无奈地看了梅香一眼，说："你呀，有时机灵起来比猴还精，可有时粗心起来，把西瓜放在你跟前都会视而不见。"梅香却毫不在意地说：

"人心只有一念，心无旁骛方能做好事！这不是师傅您一直在教导我的吗？"薛治儿苦笑着说："简直是一根筋！"

这时，屏风外响起一阵哈哈大笑声。只听到那个三弟的声音说："这个甘当王八的掌柜，无非就仗着那个要当太子的齐王与他的小妾有一腿罢了，却老是在我们面前装大爷，我看着就来气。"言者无意，听者有心。薛治儿心头又是一惊，情不自禁地在心里自问："这是个什么店？怎么什么事都与朝廷的人有关！"薛治儿立即低声对梅香说："你和我这回都仔细听好了，他们在说些什么？"可屏风外却响起了二哥的粗嗓门："三弟，别没事找事了。还是说说你看到那两匹宝马的事吧！"三弟用兴奋的声音说："我有个打算，送上门的生意不做白不做。这马别人不敢收，但是，我想杨府既然敢招兵买马，再多收两匹盗来的宝马，他们岂能不要？"粗嗓门的二哥有些生气地说："我连马的影子都没看到，你却已经在想卖马的事了，简直是一厢情愿。"三弟说："这叫作什么……绸缪来着？"有人接口说："未雨绸缪。"三弟的声音说："对对，这叫未雨绸缪！就像我们盗马一样，在下手前，先得把出路想好。"薛治儿接过梅香递来擦脸的布帛，边抹脸边低声说："这是一伙做贩马生意的盗马贼。"

三弟接着说："这两匹马就在这里的马厩里。我们在这里吃足喝饱了，临走时顺手把它们牵走，不说能卖个千儿八百两，就是卖上五六百两，岂不是意外收获？"包间外的人骚动起来，有人兴奋地说："三哥说得对，到手的财不捡白不捡。"也有人担心地说："在这达掌柜的店里盗马，不妥吧？以后还怎么来这里歇脚喝酒！"可立即有人道："管他呢，我们只要做得利落干净，达溪通拿什么来证明是我们干的！"有人马上接口道："二哥，要干就马上干，免得夜长梦多，到手的钱飞了。"粗嗓门的二哥似乎在思考，沉默片刻后道："三弟，先带我们去踩踩点吧！"二哥的话音刚落，屏风外就传出一阵推凳起身的声音。梅香见薛治儿仍然稳稳地坐在凳子上夹菜吃饭，没有反应，不由得着急地道："师傅，他们这是要去盗我们的马了。"薛治儿微微地一笑道："不急！我们的马，哪有这么好盗的。让他们先去，等一会儿我们再去收拾他们。"

果不其然，那伙人来到马厩，看到那两匹让他们眼红的宝马。有人立即心急地上前，想去牵马。可不等此人伸手，就被其中一匹怒目盯视着来人的马蹬腿踢出几丈远，吓得其他人都不敢再冒失地靠近这两匹马，只能围着马团团转，想着接近马匹的办法。自称为老盗马贼的三弟，不知从哪里拿来套马杆，准备接近马匹。两匹

第七十三章　皇城酒舍师徒擒贼，招兵买马杨府露迹

马好似知道危险来临，竟然双双一声接一声地发出灰灰长鸣。这洪亮且带着金属般质感的马匹嘶鸣声，立即向四周传开。这伙盗马贼中有人紧张起来道："三哥，这两匹混账东西不好对付，它们这一叫唤，保不准就把店里的人都叫来了。我们还是另想办法吧！"粗嗓门的二哥也道："三弟，这里不是动手的地方。派人盯住它们，另找下手的时机。"可是这个三弟却不听旁人的话，仍然悄悄地一步一步向马匹靠近。薛治儿和梅香也听到了马的嘶鸣声。薛治儿警觉地道："不好，这是我们黑虎、黑豹发出的告急声，看来这伙贼人在上手段了。梅香，收拾东西，马上走。"薛治儿丢下筷子，戴上面纱，握住短剑，披上风衣，身形一晃，人影就闪出了门外。梅香抓起包裹，抽出长鞭，又在桌上放了一锭银子，拿起披风，一闪身也出了包间。

这时的马厩里，盗马贼三弟已用马杆套住了黑豹，正在使劲收紧套马杆，想制服挣扎的马匹。有几人也正在试着靠近马匹，去帮助三弟。他们谁都没想到，随着黑虎一声兴奋的长长嘶鸣声，只见一道白光闪过，三弟手中的套马杆断了，三弟狠狠摔了出去。随后，三弟双手捧着血流满面的脸，倒在地上哀号起来。紧接着，又见一个人影冲着吓呆了的那伙人，"叭叭叭"几鞭，那些人一个个都被打倒在地。粗嗓门的二哥想翻身逃窜，却被酒舍的老板达溪通带着一伙官兵堵住了去路。梅香心疼地把套马索从黑豹身上摘下来，一边抚摸着马脖颈，一边对上前来抓人的官兵道："皇城脚下，竟然有人敢在众目睽睽之下入室盗马，你们也得好好查一查，这是伙什么人，竟敢如此胆大妄为。"

达溪通急忙走到梅香跟前，盯着梅香的脸，笑道："亏得有两位女侠在场止住了偷盗，否则在本店失窃马匹的事传出去，我们往后的生意可就没法做了。"薛治儿上前，对达溪通道："我已经给了那个盗马贼一点教训，他的双眼以后再也看不清马了。然而做盗马生意的人，往往都是些无奈的穷苦人。而你跟他们也是认识的，把他们送官府处死，对你没什么好处。听我们一句劝，得饶人处且饶人，放了他们吧！"薛治儿说完，就翻身上马，一抖马缰绳，驱马出了马厩。梅香上马也紧跟上去。达溪通也怕把事情闹大，更怕追上的人找他麻烦，便息事宁人地说服官兵把人放了。

薛治儿和梅香趁着夜色，没惊动多少人，悄悄地回到了后宫她的坤宁殿。一宿无话，可薛治儿心中有事，第二天便早早起了床。这千里的长途跋涉虽然劳累，但对自小习武练功的薛治儿而言，却并不当回事。薛治儿身穿对门襟宽松的练功服，见梅香睡得正香，也就没去惊动她，独自出了坤宁殿，信步走去。薛治儿已不像之

前年轻时，心头总是躁动不安，甚至可以不管不顾地为所欲为。如今她毕竟是个一品夫人，万众瞩目的皇妃了，所以做任何事，都不得不考虑自己的身份和地位。但是，她那耿直、容不下污秽杂念的本性，却主导着她的认知和良心，驱使着她去做自己认为该做的事，对杨广尽一个妻子应尽的责任和义务。薛治儿在张掖一怒之下不辞而别，回到了洛阳。然而，她内心不免对自己的执意而为有所后悔。有道是，开弓没有回头箭，而薛治儿的秉性又不可能让她在自己认定的事态面前退却和认错。所以这一路上，她虽有反悔，却并未回头，但若有所失的感觉却缠在心头。

　　清晨，北方十月的天气已渐冷，候鸟早已南迁。故而此刻四周万籁俱寂，唯有晨曦中漂浮着的树枝和花卉的清香，让人感到那么美好，令人心情舒畅。薛治儿自小在山林河川间长大，对自然风光和树木花卉没多大的嗜好和兴趣。她往日习惯的不是习武练功，就是打坐修性，哪有现在这份闲心去林间花树中散步赏景。所以，薛治儿不走后宫的大道，专挑林荫小道，在树丛花木中穿梭。薛治儿对自己现在的举动也感到难以理解，自己漫无目的地在林间树丛花木中穿梭游走，到底想要寻找、解脱些什么呢？薛治儿不由得想起师父对她说过的一段话："学剑之人，首先要心静气宁。入道之人，必须跳出常人的心态，不以常人之念去断常人之事。"由此，薛治儿边走边问自己："在张掖赌气不辞而别，是不是就是以常人之态，去想常人之念，做了常人之事？对盗马贼的宽容，是不是也是以常人之态，做了常人之事？"薛治儿思考的结果是："前者是，后者不是"。为此，她突然感悟到，不辞而别是她的不对，等杨广回来，理该向他道歉；而用宽容心对待盗马贼，应该是修道之人应有的善心，不应该因为他们想盗的是她们的马，就对他们落井下石。薛治儿想到此，心头似乎轻松了许多，脚步也变得欢快起来。她解开领口的纽扣，随手摘了一根树枝，边舞动着，边口中轻轻地哼起了小曲。猛然间，薛治儿发现对面小径上有个人影，闪身躲在了树后。薛治儿眼尖，还发现此人身上背着一个大包裹。这不能不让薛治儿警觉起来。这后宫本就地广人稀，萧皇后北上张掖，肯定带走了不少后宫之人。而此刻清晨，大多数侍从和宫人还未起身，或是还在睡觉休息，这林间小道怎会出现背着包裹的人影，又为何要躲闪？薛治儿想到此，便冲着那个藏身在树后的人温和地喊道："我看到你了，出来吧！"对方迟迟没有应声，也没有现身。这让薛治儿有了更多猜疑。她不得不身形一扭，就来到了那人的背后，并用手中的树枝在那人的手臂上轻轻地抽了一下，道："干吗不吭声？不会是做了见不得人的事吧！"那人不得不转过身，放下遮在脸上的手，带着哭声道："三娘，是我呀！"薛治儿闻言大吃一惊，急忙

第七十三章　皇城酒舍师徒擒贼，招兵买马杨府露迹

定睛去看，不由得惊讶地道："崠儿，怎么会是你呀！你怎么会在这里？"

杨崠万万没想到会在这里碰到三娘薛治儿，他还以为自己在做梦，故而神色惶恐地反问道："三娘，你不是跟着父皇去西征了吗？而且母后也去了。可你怎么会在这里？难不成是父皇和母后都回来了？"杨崠的问话，让薛治儿有些难以启齿，只能含糊其词地道："我有事，提前回来了。你父皇和母后还在张掖，他们还要去东北巡视，所以会晚些回来。"薛治儿见杨崠惶恐的神色豁然开朗起来，不由得疑惑地问道："你这一大清早来后宫干什么？"杨崠有些慌乱地道："我，我……我今天起得早，随便出来走走。"薛治儿似有不信，更是有些惊奇地问道："你……昨晚住在后宫了？"

这一问把杨崠问得惊慌失措，他既摇头又摆手地否认道："没有，没有这回事。我怎么可能住在后宫呢？"薛治儿用怀疑的目光看了杨崠一眼，又用树枝指着杨崠身上背的包裹问道："你这身上背的是什么东西？"杨崠一面把包裹紧紧捏在手里，一面语无伦次、喃喃地道："没什么东西，也不是什么值钱的东西。"杨崠的神态似乎更慌乱了，薛治儿的疑惑也更大了。她追问道："崠儿，你跟三娘说实话，今天一大清早来后宫，你到底来干什么？你背的包裹里到底是什么东西？"杨崠知道身上背的东西瞒不过去了，立即双膝跪地哀求道："三娘，崠儿求你了，别把我来后宫的事告诉我父皇和母后。"薛治儿问道："为什么？"杨崠故作委屈地道："父皇对我管得太严了，不让我这，也不让我那，还动不动就罚我俸银，让我连日常在外用的小钱都没有。不得已，这才趁他们不在的时候，去母后宫里拿了这个瓶子。"薛治儿似乎明白了，不由得惊讶地道："你是想拿这个瓶子去换钱呀？"杨崠哭丧着脸哀求道："三娘，你就可怜可怜孩儿吧！这事若被父皇知道了，别说我必死无疑，父皇的脸面也会丢尽的。"薛治儿被说动了心，她上前把杨崠扶起来，还像杨崠小时候那样，弯下腰用手去拍抹杨崠膝盖上沾的泥土。

杨崠见自己的哀求起到了效果，正在得意，却一眼瞥见薛治儿弯腰时，从宽松的练功服领口露出的紫色内衣肚兜。他不由得心神荡漾起来，情不自禁地低声对薛治儿道："三娘，你里面的肚兜真好看。"薛治儿闻言，立即直起身，一面用手扣纽扣，一面微红着脸厉声训斥道："你胡说些什么呀！还不赶紧把瓶子放回原处去，否则我也帮不了你。"

薛治儿说完，好似要避邪一样，立即转身向另一条小道快步走去。杨崠用异样的目光盯着消失在树林间的三娘，在心里道："等我做了皇帝，你们都是我的。"

第七十四章
治儿游园侠骨柔心，齐王乱宫罪不可赦

薛治儿七绕八绕出了树林，见前面不远处是一片碧波荡漾的水域，她不由得想起洛阳新宫建成后，跟随杨广前来探视的情景。那时，她对这座新宫既无好感，也无反感，更未认真观景赏花，甚至可以说，她只把自己当作一个过路客，是因杨广要去她才去的。所以，她根本没兴趣去品味大家口中"好"的新宫究竟好在哪里，也未曾认真思考过这座新宫日后会给她带来什么，仅将那次探视当作与贵儿外出散心、聊天、放松自己的契机。直到杨广把她和贵儿从长安仁寿宫接到洛阳这座显仁新宫后，她才真切感到新宫的新颖与好处。首先，薛治儿感受到的是新宫的奢华。她不清楚皇后宫里的模样，仅从自己和贵儿殿内的摆设与长安旧宫相比，便只剩惊讶。室内装饰不是散发香味的木材，就是镶金嵌银的玉石，就连如厕之处都香气宜人。其次，伺候她们的近侍和宫女增多了。在长安宫，许多事都需自己动手，而在这新宫，诸如打扫房间、梳洗晾晒，甚至连内衣内裤都有人打理，这让薛治儿和贵儿很不习惯。令薛治儿印象最深的是新宫的"大"，她独自外出竟会迷路，还被杨广当作笑谈，吓得她此后不敢独自贸然外出，以免陷入尴尬。因此，薛治儿住在新宫自己的坤宁殿里，除了常去贵儿的坤善殿、二姐乐平公主的坤慈殿，或是陪杨广去皇后的坤和殿用餐外，很少前往其他地方，而杨广也没时间陪她游览后宫各处。所以，薛治儿一直有个心愿，想找机会去探寻一下后宫到底有多大，除了她熟悉的这些人，后宫里还住着些什么人。她尤其想去西园，看看皇后的百花苑里究竟选了多少美人入住。如今杨广和萧皇后都不在洛阳，薛治儿既不用担心迷路遭杨广笑话，也不用忌讳去探视百花苑会遭皇后责难，这样的机会实在难得，于是她便径直朝着西园百花苑走去。

晨曦下，水域微波粼粼，东方渐渐泛白，蔚蓝的水面变得明亮起来。薛治儿迎着略带凉意的微风，沿着水边小道走向百花苑。她想起那天虞世基带他们走的也是这条小道，如今小道两边和前方的树木已郁郁葱葱，但四周依旧那般幽静，不见人

第七十四章　治儿游园侠骨柔心，齐王乱宫罪不可赦

影，不闻人声与鸟声，仿佛这里仍是刚建成、无人涉足的宫苑。就在此时，晨曦中、翠绿的树丛里，微风送来一阵如诉如泣的箫笛声。薛治儿虽对声乐曲艺并无特别喜好，也谈不上有多少了解，但从这阵阵哀伤、压抑的乐调中，她感受到了痛苦与哀愁。这箫笛声仿佛是有翅膀的幽灵，直往她心里钻，搅得她原本宁静的心阵阵作痛；又似一块磁石，将她一步步吸向发声之处。薛治儿终于看清，在一条小河旁的大石板上，坐着一个吹箫之人，那如泣如诉的箫笛声便出自此人之手。薛治儿不仅感到好奇，更因她那见不得悲苦、容不下不平的侠义心肠，促使她未加思索，便想弄清楚对方是何人，为何清晨独自在后宫西园的百花苑外吹箫倾诉。箫声停歇，四周再度万籁俱寂，仿佛刚才的箫笛声已被葱郁的林木吸收，或是沉入了地底。忽然，被绿叶树丛掩盖的庭院里传出一阵琴声。薛治儿不知这是用何种琴弹奏出来的声音，但她的心被这哀伤的琴声深深震撼。这琴声似乎在呼应着方才的箫笛声，诉说着苦闷与无奈，甚至饱含着更多的相思之情与弱者的无助，让薛治儿情不自禁地生出扶弱抑强的念头。

薛治儿一个箭步来到吹箫人身旁，定睛一看，坐在石头上吹箫的竟是个男侍从。此人身材矮小瘦弱，却眉清目秀，此刻更是满脸泪花，闭目静坐着，似乎在回味方才吹箫时的情感，又似在聆听琴声，被琴声感染而落泪。薛治儿见状，不明白其中缘由，她只想知道对方为何如此，自己能否帮上忙。薛治儿忍不住问道："你告诉我，你为何在此如此伤心吗？或许我能为你排解些哀愁。"那人闭目摇头，没有作答。薛治儿又问："你是为那个弹琴的人落泪吗？"吹箫之人睁开眼睛，看了薛治儿一眼，点了点头，眼中的泪水如断了线的珍珠般滚落。薛治儿见不得别人如此伤心落泪，她温柔且关切地轻声问道："你是宫中何处的侍从？清晨为何在此吹箫？"那人睁开泪汪汪的双眼，透过泪花看着薛治儿，摇着头说："我们的事已成定局，无人能帮，说出来也无济于事。"这话反倒激起了薛治儿更为强烈的侠义心肠，她不由用命令的口吻说道："我今日既然遇见了你，又想管这件事，你就必须如实告诉我，是什么事让你如此哀伤无助，那个弹琴的人与你又是什么关系？"吹箫之人止住泪水，用衣袖擦了把脸，盯着薛治儿反问道："你是这宫里的人吗？你有能力改变这后宫的宫规吗？"这话让薛治儿有所顾忌，但话已出口，她不愿在未问事由前退缩，况且如今这后宫还有她管不了的事吗？薛治儿说道："我是大隋皇帝的三夫人，你说我能不能管事？"

那人闻言，翻身跳下石板，双膝跪地，边磕头边说："娘娘在上，小人有眼无珠，

求娘娘宽恕。"薛治儿毫不在意地说："起来，快起来。我想听你们的故事，你为何又说要改变这里的宫规？"薛治儿丢掉手中的树枝，自己坐到石板上，用审视的目光盯着这个吹箫之人，一连串问道："你先说说自己，姓甚名谁，何时来到这里，现在何处当差，刚才为何边吹箫边流泪。随后再告诉我，那个与你琴箫相和的人是谁，你们如今想要怎样？"

那人起身说道："小的姓王名义仁，本是江南一介平民书生，曾拜在谢大人门下学艺。许廷辅到江南选美，选中谢家湘云，可湘云因家中上有老父、下有多病的小弟，不愿应选。但许廷辅开出一万两银子的天价赎金，才肯让榭湘云不应选。谢家哪有这么多钱，我便回家哀求父母资助，然而家中一时也凑不出么多钱。榭湘云无奈，只能离家跟随许廷辅前往洛阳参加选秀。"薛治儿见王义仁不再说下去，便追问道："后来呢？榭湘云到京城后怎样了，你又是如何进宫的？"王义仁泪水再度涌出，呜咽着说："我父母变卖了家产田地，为我凑足一万两银子，赶到洛阳京城，找到宫里的许总管。可许总管却对我说，湘云已被选中入宫，想见她很难，更别说让她出宫了。不过，许廷辅说，只要舍得花钱，他可以想办法让我们见上一面。我无奈之下，用一千两银子打点了许廷辅，终于在百花苑的翠华院与湘云见了一面。我离不开湘云，便把带来的所有银子给了许廷辅，只求净身入宫为奴，常伴湘云身边。许廷辅收了我的银子，也答应了我的请求。可我净身进入后宫后，许廷辅并未让我陪伴湘云，甚至连面都未能见到。"薛治儿既气愤又同情地说："这又是为何？许廷辅不是答应你了吗！"王义仁哭着说："皇上得知许廷辅敲诈勒索、收受贿赂、逼死秀女，便将许廷辅下了大牢，后来还把他杀了。新来的冯总管对许总管之前经手的事一概不理。而且，皇后娘娘制定的宫规规定，百花苑除皇上外，任何男人都不准进。我既无人情关系，又没钱孝敬他们，便成了无人问津的弃人。好在我身边还有这支箫，便常于凌晨或傍晚来此吹奏，期待湘云能听见，知道我在这里陪伴着她。后来有一天，我终于听到了湘云弹奏的这首《知音曲》。"王义仁说到此处，已泪流满面、泣不成声。薛治儿心存疑惑地问："你如何确定，这《知音曲》一定是榭湘云弹奏给你听的呢？"王义仁哭着说："《知音曲》是榭湘云亲手谱写的，我与湘云的琴箫合奏，被人誉为天衣无缝，是天籁之音，所以无人能像她弹奏得这般好。"薛治儿已然明白其中原委，动情地说："如今，你们岂不成了一河之隔的牛郎织女？"王义仁叹了口气说："牛郎织女尚有喜鹊搭桥，七七相会，可我却无人为我搭桥传情，如今我已成废人，即便能与湘云相会，又能怎样？"王义仁再度泪流满面。薛治儿

第七十四章　治儿游园侠骨柔心，齐王乱宫罪不可赦

再也忍不住，纵身跃下石板，愤恨地说："这个许廷辅死有余辜，可出这选秀之策的人更是罪不可赦，害得人间留下多少冤屈情恨！王义仁，我问你，想不想去见榭湘云？"王义仁似乎没听明白，呆呆地愣着，未做回应。薛治儿整理了一下衣衫，又问："王义仁，你想不想去见榭湘云？"这回王义仁听明白了，慌忙双膝跪地，边磕头边说："谢娘娘天恩，若能见湘云，我王义仁死而无憾。"薛治儿转身说道："那好，你跟我走吧！"

王义仁如痴如醉地跟着薛治儿来到百花苑入口处。驻守百花苑的宫头是萧皇后从长安调来的一位中年女宫人，她见三夫人带着一个男侍从要进百花苑，立即阻拦道："请娘娘恕罪，皇后娘娘定下规矩，除皇帝陛下外，任何男人都不得进入苑中。"薛治儿有些恼怒地说："这是什么混账规定。你看，他还算是男人吗？"中年女宫头哭丧着脸哀求道："请娘娘息怒，小的也是奉命行事。我们这里的人都认识王义仁，也都同情他的遭遇，但皇后娘娘对他下了绝旨，谁让他进院见榭湘云，谁就责杖一百。所以，请娘娘赦我们不恭之罪，我们不能让他进苑。"薛治儿气不打一处来，既恨眼前这些宫人势力、不近人情，更恨萧皇后专权霸道。但她觉得不必为难这些无辜的宫人，可又已对王义仁许下承诺，若不兑现，岂不有损自己尊严。王义仁见薛治儿为难，便说："娘娘，既然不能进，您就别勉强她们了。"薛治儿脾气上来了，说："好吧！他别进去了，我进去总可以吧？"中年女宫头无奈地点点头说："皇后娘娘没下过懿旨，所以……"薛治儿冷冷地说："谅她也不敢！"随后又对王义仁说："你别走开，在这里等我。"薛治儿转脸问女宫头："翠华院怎么走？"女宫头不敢再阻拦，抬手向左指着说："从这里向前，第四个庭院便是。"

薛治儿此刻义愤填膺，无暇顾及其他庭院，径直来到翠华苑门口。她正想举手推门，院门自动打开，门内站着一位素衣淡妆的苗条少女。薛治儿刚想开口问话，一眼瞥见少女脸上的斑斑泪痕，便问："你就是榭湘云？"少女瞪大惊恐的眼睛，不知如何作答。薛治儿又问："王义仁是你什么人？"少女泪水夺眶而出，神情紧张、焦急地问："他怎么了！义仁怎么了？"薛治儿为证实王义仁所言，追问道："你先告诉我，你们之间是什么关系？皇上临幸过你没有？"榭湘云秀美白嫩、沾着泪水的脸上泛起红晕，既胆怯又羞怯地低声讥道："我连皇上长什么样都不知道，哪来临幸之事。我与王义仁，他拜我父为师，我是他师姐。他家是邻县富户，他是家中三代单传的独子，曾我家提亲，我父嫌他身材矮小，没有同意。但我觉得义仁是个可托付、有情义之人，便拒绝了父亲另许亲事的想法。却没想到朝廷会来选美，我

| 749

家又拿不出那么多赎金，这才有了义仁卖房典田，追随我到新京，又舍身为奴，要陪伴我终身的决心。他对我的情义，我无以为报，我欠他太多太多了。"榭湘云哭出声来。薛治儿被这两人的悲苦遭遇和深厚情谊所感动，也更坚定了要成全他们的决心。薛治儿深情地说："别哭了，你现在跟我去与他见上一面，其他事等皇上回来后，我会替你们向皇上诉说。"谢湘云没有动身，用疑惑的目光看着薛治儿，怯生生地说："我还不知你是谁，又为何要替我们向皇上诉说。"薛治儿说："我是皇上的三夫人。我相信皇上一旦知晓你们的事，定会给你们一个交代。"榭湘云扑通一声跪倒在地，边哭边说："谢谢娘娘大恩大德，我与义仁若能有相聚相伴的日子，定当结草衔环相报。"薛治儿上前扶起榭湘云，自信地说："相信皇上，他会明断是非的。"

　　笔者前文讲述了薛治儿的巧遇，现在回过头来说齐王杨暕趁母后不在后宫时的所作所为。常言道，起贼心之人必有贪得无厌之念。杨暕为贪图小利，与盗马贼勾结。当时隋律仍承袭"盗马者死，买被盗马者重处"的律法，所以杨暕为摆脱干系，在盗马同伙的胁迫和诱导下，趁着父皇不在京城、母后出宫远行，从母后的后宫偷得一件西域进贡的琉璃水晶瓶摆件。可他没想到，这只不大的琉璃水晶瓶竟卖出二千两白银，除去花一千两捞人，还剩一千两零用钱，让他手头宽裕了一阵，也潇洒了一番，杨暕由此尝到了甜头。在做贼之人的观念里，偷一次是偷，偷两次、三次亦是偷，只要偷时不被当场抓住，又有谁知道自己是贼呢？而且享受着吃香喝辣的生活，何乐而不为？此外，在杨暕心中还有另一种想法，大隋天下是父皇的，这后宫是母后的，自己日后会成为太子、皇上，天下所有一切不都将归自己所有吗？因此，随着几次入宫顺手牵羊轻易得手，杨暕的贼心贼胆越来越大。起初，他入宫偷东西还有所顾忌，不是趁早，就是趁晚间无人时动手。当他觉得一切都如此容易，且无人告发宫殿内失窃之事后，不仅贼胆愈发大了，贼心也变得更大。有一次，杨暕看中母后书室内一只一人高的细瓷大花瓶，竟从宫外带了两个侍从进宫搬运。不巧，这次被留守看管内殿的宫女撞见。杨暕虽心虚，却并不惧怕，反而被宫女丰腴的身段吸引，顿生邪念。他上前缠住宫女，将其带入母后闲居时休息的卧房，让侍从堂而皇之地搬走花瓶，继而强行奸污了宫女，还软硬兼施地警告宫女："今日之事不得对任何人提起，否则我让你死都不知怎么死的。但只要你听我的话，等我日后当了太子，绝对不会亏待你。等我当了皇上，或许还会赐你妃子名分。"此后，在这个宫女的配合下，杨暕把手伸向母后的储存库，甚至常与这个宫女在母后卧房里奸淫同宿。这天，他与该宫女鬼混半宿后，拿了宫女从后宫储库偷出的一只波斯琉

第七十四章　治儿游园侠骨柔心，齐王乱宫罪不可赦

璃彩色花瓶，想趁早溜出宫换钱。然而，杨暕没想到途中会遇上三娘，这让他情不自禁地心生恐惧。杨暕不知道跟随父皇西征的三娘为何突然出现在后宫，难道父皇也回来了？可如此大事，为何没人告知他，让他如今束手无策。杨暕扪心自问，若早知三娘回宫，借他两个胆子，他也不敢在宫里鬼混，更不敢拿宫里东西，还光天化日之下背在身上走动。杨暕自小就惧怕这个耿直无私的三娘，因为他感觉不仅母后，就连父皇都有些忌惮这个武艺高强、直言快语的三娘。所以，当他一眼看到迎面走来的是三娘时，吓得蒙住眼睛不敢正视，甚至在心里念叨："这下死定了。"或许是上天庇佑，他命不该绝，又或许是三娘今日心情格外好，竟随便问了他几句就放过了他。这让杨暕如落水狗上岸般，顿感一身轻松。他抖了抖衣衫，把背在身上的花瓶换到右手提着，朝宫外既定目标走去。

　　杨暕的同伙没让他失望，这只彩色琉璃花瓶卖出了二千五百两纹银的好价钱。杨暕很高兴，为答谢同伙，这天中午在城北门达溪通的酒舍内，于他专用的包厢摆了一桌丰盛酒宴，开怀畅饮。达溪通的小妾王氏紧挨着杨暕斟酒夹菜，既殷勤亲热，又无限风骚，引得在座众人趁机打情骂俏、凑趣嬉笑，不亦乐乎。杨暕对此并不介意，还常被王氏当众过分亲热的举动撩拨到心情躁动。正在这时，门外进来两个化缘的比丘尼，一个年岁稍大，一个则像是刚刚出家，见人说话都羞答答的，让人看了心生怜惜。这两个女尼虽头戴僧帽、身穿青布僧服，却都出落得眉清目秀，面容粉嫩娇媚。年长的显得丰满，年轻的则苗条婀娜，皆有吸引人的姿色。如此两个比丘尼出现在一群醉眼蒙眬的显贵、无赖面前，会怎样的结果可想而知。

　　年长的女尼似乎见惯了这种场合，双手合十，不卑不亢，吐字清晰地请求施舍。年轻的女尼则躲躲闪闪地向众人作揖，那模样不像是出家人，倒有点像国子监里的学子向师尊行礼。这便给了这些人可乘之机，有人取笑道："你这是在乞讨呢，还是在拜堂呀？"也有人举着酒杯说："你过来陪大爷喝一杯，大爷肯定给你个惊喜。"还有人喷着酒气说："你今天只要肯献身，我就愿意花钱。"更有人指着杨暕说："你们今天可要看清楚了，他，齐王爷，以后的太子，将来的皇上，他才是你们的正主。只要他点头，把你们的道观、尼庵全部翻新都不在话下。你们投靠了他，还求什么施舍呀！"

　　两个比丘尼一听这话，立刻转身来到杨暕近旁，双双连连向杨暕作揖。年岁大一点的女尼甜言蜜语地说："原来是王爷在此，恕我俩有眼不识泰山，特来向王爷赔罪。只因我们尼庵遭遇灾难，道中兄弟姊妹为帮我们解困，发起了向世人求助施舍

的聚道会。今日恰逢道中人向世人求施舍之日，我们才抛头露面，来此求施主恩典，求有缘的施主慷慨解囊，助道化灾，扶弱施舍。我等会在聚道会上为施主扬名，求天师、玉皇大帝赐福于您，让您早入东宫，早登皇位，身后位列仙班，名垂永世。"杨暕还没开口，他身旁的王氏却风情万种地说道："好一张巧嘴，说得天花乱坠。可我们这位王爷既不信神，也不信佛，更不想成仙。不过，他呀……最想的只有我知道。你们要是求我，或许我一时心软，能私下告诉你们一点。"年长的女尼没有说话，年轻的女尼却向王氏投去求助的目光，又含情脉脉地看向杨暕，似乎在问："他们说的是真的吗？"

杨暕早就被这两个与众不同的女人吸引住了。他自认为尝过不少女人的滋味，却从未体验过光头女人的感觉。如今有这两个女人送上门来，而且年长的正合他喜欢成熟女人的口味，再有年轻娇嫩的做陪衬，既能尝鲜，又能比较，岂不是人生一大快事！此刻，年轻女尼又用如此娇媚的眼神看着他，杨暕的欲念瞬间高涨。他甚至已经在想象，自己左拥右抱着这两个女尼的样子。杨暕不由得眼露淫光，摇摇晃晃地站起身，嬉皮笑脸地走近两个女尼。他用目光盯着年岁大一点女尼，却伸手去摸年轻女尼戴着僧帽的头。年轻女尼吓得花容失色，躲躲闪闪，连连后退。已有七八分醉意的杨暕，见年轻女尼这般另类的娇态媚姿，哪肯罢休。他大步上前，伸手去抓年轻女尼的帽子，想看看女尼光头时的媚态。年轻女尼躲闪不及，头上的帽子被杨暕一把抓了过去，露出满头黑发，披散下来盖住肩头后背。这一幕惊得在座的人一阵惊叫。年长女尼见事情败露，拉住年轻女尼夺门而逃。杨暕愣住了，看着手中女尼的僧帽，放在鼻子底下闻了闻，自言自语道："怎么会这样？原来她们是假尼姑啊！"可有人唯恐好戏就此结束，蛊惑道："假尼姑更好啊。殿下如此良缘，可不能错过了。"于是，有人出主意说："殿下，快追呀！再不追，她们可就跑了。"杨暕被众人这般挑唆，拿着僧帽拔腿就追。店里不知情的食客没人敢阻拦，酒舍里的伙计见是齐王在追女尼，既好奇又不敢上前干涉。有人把此事告知了老板达溪通。谁知达溪通得知后，竟幸灾乐祸地说："只要不在我们店里出事，我倒巴不得他闹得满城皆知才好呢！"

俩女尼慌慌张张逃出酒舍，慌不择路地朝着北城门口有官兵站岗的方向跑去。杨暕仗着酒劲在后面紧追不舍，还口中大呼小叫："别跑，你们别跑！我给你们送帽子来了。"杨暕的喊声引来了许多路人围观，也招来了女尼的同道。他们见道中人被人追赶，纷纷围了上去。杨暕腿快，在距城门不远处就追上了女尼。他上前一把拉

第七十四章　治儿游园侠骨柔心，齐王乱宫罪不可赦

住披头散发的年轻女尼，搂在怀里就动手动脚，吓得年轻女尼大声呼救。跑在前面的年长女尼见同伴被抓，立刻返身营救。杨暕马上放开年轻女尼，顺势一把抱住年长的女尼，不仅在她脸上亲吻，还在女尼胸前身上乱抓乱摸，急得年长女尼满脸通红，使劲挣扎。围上来的女尼同道们，见杨暕在光天化日之下欺负他们的姐妹，顿时怒声四起。随着一声呼喊："打死这个畜生！"十多个身着道服的僧人一拥而上，把杨暕掀翻在地，挥拳抡脚一阵狠揍，打得杨暕在地上翻滚哀号。

北门站岗的几个士兵，先是看到一个男人追两个女尼，觉得好奇；接着又见男人当众猥亵一个披头散发的女尼，之后又抱住另一个女尼，觉得有些过分；继而看到一群人围上去群殴那个男人，心中有些解气。但随着倒在地上的男人声嘶力竭地呼救，又生怕闹出人命，不得不上前劝解，驱散人群。杨暕被打得鼻青脸肿，挣扎着从地上爬起来。见是官军帮他解了围，立刻对着士兵凶狠地说："我是齐王、以后的太子杨暕。这些人都是假僧人，你们赶紧给我把他们拿下，若放走一人，定拿你们治罪。"士兵们先是一愣，可看到那个身穿僧服却披头散发的女尼，以及那些参与群殴的道中人，有些确实不像是僧人，便信以为真。士兵们纷纷涌上前去捉拿参与群殴的假僧人。那些被抓扭住的人，因不服士兵的无理和粗暴，奋起反抗。于是，道中人和围观的人也纷纷加入攻击官军的混战。原本占优势的官军瞬间处于劣势，被迫拔刀抵抗，一场官军挥刀舞枪与一群手无寸铁的僧人民众的血肉搏斗就此展开。一时间，北门外血流成河，横尸遍地，惨不忍睹，参与者和围观者四散奔逃。

杨暕万万没想到会是这样的结果。他深知自己闯下大祸，也明白此事的严重后果。他四处搜寻那两个引发事端的女尼，却不见她们的踪影。杨暕害怕了，拖着被打得遍体鳞伤的身躯，刚想逃离现场，却被一个士兵指着说："你不能走，这事是你引发的，又是你指挥我们抓人杀人，你走了我们怎么向上司交代这里发生的事。"另一个士兵说："他说他是齐王太子，我们才听信他去动手的。我们得把他交给巡城官核实清楚，否则，我们有口难辩。"立刻有几个士兵上前把杨暕围了起来。就在这时，一队巡城的官兵闻讯赶来。见事态严重，便把在场的所有人都抓了起来，一并押送到洛阳郡府衙，等候定案治罪。经查明，此次事件死了四人，伤者十余人，且都是入道信道之人。郡守觉得事态太过严重，又牵涉到监国的齐王，便以郡府无权处置为由，上报给了刑部。刑部尚书令苏威有意大事化小、小事化了，便让人指使洛阳郡府从轻改写了诉状。然而，道中死者家属和伤者将此事告到了大理寺，还扬言要聚集天下道中人为死伤者讨公道，若不依法惩治齐王杨暕，决不罢休。大理寺卿

753

梁毗亲自查阅了此次事件的所有案卷，将杨谏关进大理寺的狱中，并委派下属光禄少卿王文同主审此案。结果发现事实与案卷所述差异很大。梁毗为澄清事实真相，将杨谏与外界隔绝，不准任何人私下探望，这反而让此事更加扑朔迷离。

第七十五章
贵儿回京两女议夫，杨广视察萧后揽私

　　齐王杨暕在北门外光天化日之下当众猥亵女尼，又指使官军击杀僧人的事，如同春天的柳絮，飞遍了整个洛阳城的各个角落。留守监国的齐王被关进刑部大狱，更是成了朝廷众臣议论纷纷、争论不休的大事。朝臣们都知道梁毗执法严厉，所以谁都不敢明目张胆地对此事评判是非，只能在私底下猜测议论，盼望着最终的结果。这可把留守洛阳新京的三位辅臣急得像热锅上的蚂蚁，团团转却毫无办法。他们深知此事的严重性与恶劣性，更担心梁毗会不顾情面地依法办事，为维护律法尊严判处齐王杨暕死刑，让别人没有回旋的余地。他们甚至害怕梁毗为平息民愤，不等皇上和萧皇后回到京城，便当众处决杨暕，使他们三个辅臣背上辅佐不力的罪责，辜负皇上的信任。此事难免传到后宫，这让薛治儿不仅大吃一惊，更有些懊悔。那天知道杨暕的盗窃行为，若能严加管教，或许就不会有后来这些事发生。薛治儿责怪自己一时心软，没有追究其中因果，放任了杨暕，才造成他如今如此无法无天的后果。薛治儿觉得自己难辞其咎，可又不知如何挽回。思来想去，她觉得现在唯一的办法就是直接派人去北方给杨广通报此事，让杨广下道圣旨赦免杨暕，平息此事。于是，薛治儿赶紧研墨展纸，提笔在手，可一时间却不知该如何下笔……

　　正当薛治儿左思右想、犯难之际，梅香匆匆走进来，说道："师傅，杨暕的救星来了。"薛治儿闻言，又惊又喜，急忙问道："是皇上回来了吗？"梅香狡黠地笑着说："您可真行，皇上要是知道您这么思念他，晚上做梦都会笑出声来。"薛治儿脸一红，故作生气地说："越来越没规矩了，竟敢开师傅的玩笑！看我怎么罚你。"梅香急忙讨饶道："师傅，徒儿下次再也不敢了。"薛治儿板着脸问："那你告诉我，杨暕的救星是谁？"梅香刚想回答，门外就响起一个声音："是我回来了。我连自己的住处都没回，就直接奔你这儿来了。"

　　薛治儿赶紧转头看向门口，只见风尘仆仆的朱贵儿已经跨进门来。薛治儿喜出望外，大步走到朱贵儿跟前，张开双臂将她拥抱在怀里，还把她抱起来转了一圈，

放下后说道："你瘦了好多，在那个女人手下肯定吃了不少苦吧！"朱贵儿眼圈一红，有些哽咽地说："我可没有您的魄力，说走就走。我这次能像您一样独自提前回来，是装病回来的。"薛治儿担心地问："怎么回事，装的什么病？"朱贵儿说："您能不能让我先坐下来，喝杯茶润润喉咙，再详细给您讲讲这些天我的经历。"薛治儿急忙对梅香说："吩咐下去，让厨房多做几个菜，我们今晚为贵儿娘娘接风。"随后，薛治儿把朱贵儿扶到自己坐的椅子上，说："我给你沏茶去。"

朱贵儿看着桌子上展开的纸和笔墨，打趣道："真是士别三日，当刮目相看。我们的女侠居然也变得斯文起来，开始舞文弄墨了。"薛治儿把茶放到朱贵儿跟前，说："别取笑我了，我正为杨暕的事发愁呢。想提笔给皇上写封信，把这儿发生的事告诉他，可就是落不下笔，不知道怎么写才好。现在你回来了，这事正好交给你想办法。"朱贵儿沉默片刻，说："我一到京城，就听说了杨暕的事。这小子怎么变成这样了！昭儿早逝，已经让皇上伤心不已，这个杨暕又如此不争气，犯下这种难以饶恕的罪过，这不是在皇上的心头上插刀吗！"薛治儿感慨地说："我更在想，皇上就剩这么一个儿子了，万一朝中大臣用民愤逼迫皇上，他该有多为难；要是顺应民情，他又该多么痛心！都怪我们不争气，没能给他生个一儿半女，不然多少也能让他有个盼头。"

朱贵儿若有所思地说："说到这事，我心里一直有个疑惑。到底是皇上不行，还是我们不行？"薛治儿有所感触地说："他和皇后不是已经生了两男一女吗！所以他怎么会不行呢？而且，我感觉他现在和以前没什么不一样啊！"朱贵儿边想边说："是啊！我还想起皇上在淮南任职时发生的那件事。"薛治儿若有所思地说："你是说皇上让山中那个偶遇的女子怀胎的事？"朱贵儿说："正是。从皇上入山遇险、被那女子救助，到那女子见官榜把皇上送下山，前后也就几个月时间，他却能让那女子动情有孕！可我们婚后天天和他在一起，为什么就是怀不上呢！"薛治儿说："我知道这事，之后我进山找过几次，都没见到那女子的踪影，我都怀疑他不是遇仙就是遇鬼了！"朱贵儿又说："我觉得自己没什么不正常啊！而且，我也常观察留意您的脉息、神色、经血等，都很正常，为什么也不能生呢？"薛治儿说："你是祖传医道，连你都无法解释，还来问我。"朱贵儿不得不说："我怀疑这里面会不会有我们不知道的原因。"

薛治儿不想再在这个没有结果的问题上讨论下去，便说："猜疑的事就别说了。还是说暕儿的事吧，毕竟我们是看着他从小长大的。"朱贵儿苦笑着说："这个暕儿

第七十五章 贵儿回京两女议夫，杨广视察萧后揽私

被他母亲宠坏了。有句话叫'儿不教母之过'嘛！"薛治儿却有些不平地说："我以前只知道'儿不教父之过，徒不教师之惰'。怎么现在变成母亲的责任了？"朱贵儿解释道："您想想，家中小孩从幼儿到成年，和谁待在一起的时间最长？肯定是母亲，而不是父亲！中华历来的习俗，我们女人从小接受的教育就是相夫教子，所以母亲的教育才是子女健康成长的基础。"薛治儿自嘲道："我们都生不出一儿半女，何必操这份心呢！还是想想怎么解救暕儿，替皇上分忧。"朱贵儿边想边说："我们现在唯一的办法是先稳住朝堂，保住暕儿，等皇上回来处置，除此之外，我们无能为力。但是这个暕儿，据坊间传说，简直偷鸡摸狗、无所不为，酗酒奸淫，样样都干。如今又干出这种触犯律法、罪不可恕、遭天人共愤的事，我们的脸都被他丢光了。就算皇上回来，又能用什么理由说服朝臣、平息民愤，赦免他呢？而且，我还听说，佛道中人都为这事不平，要聚众向朝廷讨说法呢！"

朱贵儿的话让薛治儿又想起百花苑的事，不禁自责道："你还不知道，暕儿竟然到后宫干偷鸡摸狗的事，被我撞上了，我不好意思声张，却没想到他又干出这种丑事。我都不知道该怎么向皇上交代？"朱贵儿有些情绪地说："这不是你我的责任，是那个女人害了暕儿。您没看到她在万国商贸同盟会上那副做作的样子，好像大隋的天下都是她在做主一样，不仅我看着恶心，连皇上有时也会皱眉头。"薛治儿有所指地问："听你说了这么多皇后的不好，是不是在张掖受了她太多气？"朱贵儿似乎觉得自己有些偏激，叹了口气说："是的，您说得对！您走之后，我简直成了她的陪衬和跟班，被她差来使去，有时还不如她的贴身侍女丹香呢！她整天陪在皇上身边，在那些外国可汗和后妃面前故作姿态、招摇过市，既让人恶心，又让我难以忍受。我这才萌生了学您一走了之的想法。"薛治儿不平地说："她这么对你，皇上难道不管吗？"朱贵儿无奈地说："我心疼皇上，他白天要应酬那么多国家，处理那么多方方面面的事，常常连顿安稳饭都没时间吃，晚上还得召集人布置第二天的事。而且，我从皇上口中证实了，那个女人每晚都不放过皇上，不管皇上有多累，她都要干那事，再这样下去，皇上准会被她吸干。后来我也发现皇上瘦了很多。"薛治儿半信半疑地打趣道："是吗？该不会是你吃不着葡萄说葡萄酸吧！"朱贵儿有些生气地说："别胡说，我是那种人吗！而且，我猜想这肯定是那个女人用了手段，借此替代皇上出面揽事。"

薛治儿不愿在这事上争论是非，便转换话题问道："你装的什么病，让皇上和那个女人肯放你回来？"朱贵儿眼圈一红，泪水涌上眼眶，说："我装水土不服，一吃

东西就吐，闻到有气味的东西就恶心，那些天我几乎等于绝食，人也开始消瘦。皇上见我这样，才同意我回京治疗调养。可那个女人巴不得我死在那儿呢！是皇上亲自把我送上车，还叮嘱我回京后好好养着，等他回宫后会加倍补偿我。另外，皇上还嘱咐我，让我一路上打听你的消息，一有消息就告诉他，把你也一起带回宫，还让我告诉你……"朱贵儿停顿一下，斟酌着说辞说："他让我告诉你，'他想明白了，是他有错在先'。但我心里明白，您肯定早回宫了，不会在外面瞎晃。"薛冶儿早已消气的心头涌上一股暖流，说道："真的吗？他没责怪我，还想着我！"朱贵儿说："您可错怪皇上了。他当时虽然对你不辞而别的事有些生气，但我看得出，生气之后更多的是不安和思念，常常情不自禁地对我说，这事要是冶儿在就好办了。有时还背着那个女人偷偷问我，有没有你的消息？从这些就能看出他对您的感情。"薛冶儿心头暖暖的，不由自主地关心地问："他没说什么时候回洛阳？"朱贵儿说："这事不好说。我知道，张掖的万国商贸同盟会结束后，皇上要去东巡突厥。启民可汗和义成公主都已经赶回去准备迎接了。宇文大人、何稠大人和阎毗大人设计制作的行宫大篷车也已经完工。据说那车子就像一座行宫，能容纳上千人，里面应有尽有，是用壮牛拉动的。但我在想，这么大的车子怎么上路，更没法过山，简直让人难以相信。"薛冶儿忽然想起在北门酒舍隔屏听到的事，便说："我这儿还有件让人难以置信的事！我刚回洛阳就听说，相国府在暗中招兵买马，还在江湖上招揽异人，图谋不轨。"朱贵儿惊讶得张大了嘴，说："这可怎么办？皇上不在朝中，倷儿又成了这样。"薛冶儿却胸有成竹地说："我不信，也不怕！有我在，谁敢造反，我就取他项上人头。那些心怀叵测、想借事生事的人，他们也不敢轻举妄动。"朱贵儿庆幸地说："谢天谢地！这或许就是天意吧！您这一闹回到洛阳，竟然成了能接替倷儿坐镇京城的不二人选，皇上也就没有后顾之忧了。我这就马上替您修书一封，把这儿的事告诉皇上，让他在外安心做他想做的事。"薛冶儿说："不是替我修书，是我们一起修书。而且，我们不能干等着，该出手时还得出手。"朱贵儿若有所思地说："您该不会是想去朝堂上亮个相，告诉朝臣们，您三夫人回京了吧！"薛冶儿说："正有此意！"朱贵儿边想边说："那我们可以分头行动。您在朝廷吏部有三品持刀武卫之职，去吏部转一圈，满朝大臣就都知道您回京了。我在朝廷中没有职务，不便在朝堂上露面。但我可以去御医馆，也能起到同样的效果。同时，我们一起去大理寺探监，给那些想置倷儿于死地的人一些压力，起码目前得保住倷儿，别让他受苦，一切等皇上回来再处置。"

第七十五章 贵儿回京两女议夫，杨广视察萧后揽私

杨广在张掖确实忙得不可开交。他不仅要应酬各国君主可汗，亲自解答他们提出的各种问题，还要把自己的设想规划推介给他们并推动执行。同时，他还要抽出时间常去集市商家，听取他们对集市的评议和对朝廷的要求，作为改进规划和让有关部门着手解决问题的依据，可谓一丝不苟。杨广这般平易近人、身体力行的付出没有白费，不仅让各国君主可汗十分满意，觉得不虚此行，还表示回去后要大力推动与大隋的商贸、经济、文化交流，把张掖边贸城当作他们在大隋国内长期经营的据点和驿站。各地商家也从中获益匪浅，卖家和买家都满载而归，见证了万国商贸同盟会的圆满成功。这届史无前例的万国商贸同盟会，不仅推进了大隋与世界各国的经贸文化交流和互惠互利，也为后世中原各朝代与世界各国的丝绸之路描绘了前景。杨广功不可没！

杨广和萧皇后料理好张掖的事情后，留下裴矩和一些官员驻军留守张掖，继续发展边贸。随后，他们带着杨雄、宇文述、杨义臣、史祥、牛弘、宇文恺、何稠、梁毗、宇文化及等一批武将文臣，率领几十万将士向东去巡视启民可汗和义成公主的领地东突厥。这是一次展示大隋国力和威严、笼络东突厥各部落人心、震慑心怀叵测的部落首领和邻国、为启民可汗和义成公主树立威望的壮举。因此，杨广一路上锦旗招展、亮甲耀目、号角连天、浩浩荡荡、军威森严，尽显大隋军势，也成就了东突厥此后数十年的安宁与兴旺。

启民可汗和义成公主得知大隋皇帝和皇后率领的大军已临近都斤山他们准备迎接贵宾的大牙帐，立即带领属下各个部落的大小头领前去迎接。当他们与大隋军旅还有数里之遥时，就已听到一阵接一阵的鼓角号声。那雄浑厚实的号角鼓声如同天边的闷雷，震撼人心，令启民可汗和大小部落头领无不神情振奋，催马加鞭。渐渐地，在前方天际地平线上，涌现出一群黑压压的兵马。随着距离越来越近，在阳光照耀下，刀光剑影刺眼夺目，锦旗飘舞、阵容整齐、盔甲鲜明的大隋军队，簇拥着一辆由几十头壮牛拉牵的行宫大连贯篷车，分在两旁缓缓驶来。启民可汗和义成公主率先跳下马来，各部落的头领也相继翻身下马，纷纷匍匐在道旁恭候迎接。车至启民可汗和义成公主跟前数丈之遥，在"啪、啪、啪"三下响鞭声中，宫车戛然而止。有黄门侍卫站立在车上大声宣告："大隋皇帝陛下和皇后，有请启民可汗和义成公主，以及众头领上车觐见。其他侍从平身后，随车而行。"随即有侍从放下上车的台阶踏板。启民可汗这时才抬起头仔细观察眼前的庞然大物——行宫车。这是一辆由三十几头壮牛呈三角形排列拉牵的厢房车，前后共有三节。这辆车像一座城堡，

却没有轱辘轮子，只有数条履带托着平板上的宫殿前行。（这是宇文恺、何稠、阎毗三人，依据三国时期蜀国宰相诸葛亮创制的木牛流马动力原理，开拓发展设计制造的世界上第一台履带式行走的多节超大型车辆。其动力来自拉车的壮牛，由牛传递动力带动平板底下大小不一的齿轮运转，再由传动轴带动数百个小齿轮和大齿轮转动履带，从而带动整个车辆行走。这种车辆传动行走原理，不仅所需动力小，让拉车的牛省力，而且载物量大，能适应各种地形的道路，甚至能爬不太高的坡，涉不太深的溪。整个大车分前、中、后三节，每一节都有独立的传动装置，分开后可成为独立行动的个体，每节之间通过数片活动的平板，托着一条短道走廊相连，就像千年之后西方制造的火车厢。然而，隋朝这些能工巧匠的创造比西方早了千余年。这车在爬坡或行走在崎岖道路上时，由于每节平板车和连接处的底下，都有竹片叠制的防震平衡装置，所以坐在车上，无论车行走在怎样高低不平的道路上，都不会有震动颠簸之感，反而有乘船乘风破浪的享受，故而该车被誉为"陆上舟"。）每节装在平板车上的宫殿有上下两层，宽五丈、长十丈、高三丈，有门有窗。房顶上为防日晒雨淋，用毡篷搭建着隔层装置。远看，这辆车上犹如载着三个大蒙古包；近看，却让人不得不感叹，这是三座可以移动的宫殿。确实，如今这辆大连贯篷车上的三座宫殿内，装载着杨广这次东巡的官员和侍从不下百人。一路上，既免除了这些人的鞍马劳顿、日晒雨淋、风餐露宿之苦，也让他们享受着少有的出征乐趣。坐在屋里，可坐可躺，可喝茶欣赏室外景色，或饮酒对天观星赏月，真可谓省心省力、随心所欲。而且，第三节车上的厨师们每天变着花样为大家烹调可口的美餐，甚至还会为露营在外的将士们送上热乎乎、香喷喷的馒头包子。征途中这般奇趣乐事，被众人引为美谈，却把前来迎候的启民可汗和义成公主，以及他们的下属头领惊讶得难以相信，天下竟有如此奢华的行军阵势和王宫仪仗。黄门侍卫见启民可汗只是愣愣地看着，没有动身上车，便又大声催促道："大隋皇帝和皇后，宣突厥启民可汗和义成公主，以及所有部落首领上车觐见！其他部众随车而行。"

启民可汗如梦初醒，慌忙起身向车上走去，义成公主和各部头领也纷纷起身跟上。又是一声鞭响，车辆缓缓启动。启民可汗和义成公主在黄门侍卫的引领下，来到第二节车厢，撩起毡帘，诚惶诚恐地推门入室。屋内的景象让他们惊呆了：宽敞明亮的室内富丽堂皇，身穿暗龙黄袍的大隋皇帝和身着帝后凤服的萧皇后，端坐在一张金灿灿的龙凤椅上。皇帝背后站立着一排佩剑的武卫，皇后背后站立着一排身着鲜艳服装的宫女，而在皇帝和皇后的左右两侧，分立着服饰亮丽、神态威武严肃

第七十五章　贵儿回京两女议夫，杨广视察萧后揽私

的众文武大臣。这阵势俨然就是朝廷的朝堂，而非阵前的行宫牛车。启民可汗和义成公主情不自禁地双膝跪地，向上朝拜。各部落的头领更是从未见过如此严肃的阵势，也不知会发生何事，全都趴在铺着地毯的地板上，不敢出声。启民可汗见隋帝在等待他开口，便打起精神说：“臣启民可汗携臣妻义成公主，以及全部落众头领前来参见，恭候大隋皇帝陛下和皇后娘娘光临巡视。敬祝皇帝陛下万岁万岁万万岁！祝皇后娘娘千岁千岁千千岁！”

萧皇后似乎有些不高兴，低声对杨广说：“这种没见过大世面的人，我们对他好了也没用。”杨广却急忙起身，上前扶起启民可汗和义成公主，说道：“汗兄、皇姐，你们不必行此大礼。我们在张掖相见甚欢，这次回程途中顺道回访，顺便也为你们夫妻俩助助威，增添些底气，除此之外，别无他意。”萧皇后这时也不得不走到义成公主跟前，装作亲热无比地说：“本宫还要让这里的民众都知道，本宫与义成公主情同手足，亲如姊妹。”启民可汗和义成公主受宠若惊，异口同声地说：“谢皇帝陛下和皇后娘娘的隆恩，我们夫妻俩定当没齿难忘。”杨广随即又上前扶起几个部落首领，并大声说：“请诸位兄弟平身！朕这次有幸借东巡之机，来看看你们的家园，实乃天大的幸事。朕感谢你们尊朕的启民兄长和义成皇姐为汗和后，将大隋北疆的安危与你们的家园连在一起，让朕无北顾之忧。朕在此替大隋的臣民，向你们表示深深的敬意。”杨广言毕，向着众人深深地鞠了一躬，慌得各部落首领手足无措，不知如何是好。

突然，启民可汗"扑通"一声跪倒在地，边叩首边哀求道：“小臣深感先帝和先后以及大隋皇帝的隆恩，赐我突厥这片土地和贤妻，又助我为汗，富我国、育我民。如此恩德，我即使肝脑涂地也无以为报。故而，我再次大胆恳求皇帝陛下，赐我弃祖氏归姓杨，让我实现多年梦寐以求的心愿，成为汉室中原人，成为大隋的子民。”杨广先是一愣，接着便上前挽住启民可汗的手臂说：“兄长的心意，杨广明白。但是，杨广却不能答应你的这个要求。我们都应明白一个道理：天下乃天下人之天下，不能也不可能始终为杨姓一族人的天下，更不该因归姓朕的杨氏，便可名正言顺地为汗为王。要赢得天下人和自己子民的信任，必须以德服人，通过自身的努力为子民造福，这样才能让他们拥戴你，为你不惜一切。你我虽为异姓兄弟，但只要心心相通、情感相连，岂不更能体现出四海之内皆兄弟之情，更能彰显出各民族相亲相爱、情同手足之谊吗？你莫要因朕不同意你姓杨，便与朕有隔阂。朕也不会因你不姓杨，便不认你这个兄弟，不帮你树威立德。你只要治理好自己的民族，让属下子

民都对你感恩戴德，朕这个当弟弟的，也同样会感到荣光。"杨广这番话，说得启民可汗满脸羞愧，却让义成公主和众头领感激得五体投地。连笔者也不得不感叹，杨广的这段话体现了极强的民族理念，更展现出他对皇权和世态人情的深刻认知。

义成公主见启民可汗尴尬，便说："皇弟、皇妹，我们已在前面准备的大牙帐内备下宴席，为皇上和皇后娘娘接风洗尘。能否请皇上允许我们下车，在前引导而行？"杨广却有显摆之意，说道："你们就随朕坐在这车上同行吧！朕造了这么一辆旷世奇车，也得让大家与朕一同享用！而且，朕还要陪你们上下前后参观一番，让你们真切感受这车的神奇与妙处。"杨广随后又大声说："众位兄弟们辛苦了！朕知道你们一定对这辆车很感兴趣！朕今天就让你们如愿以偿，你们可以跟随侍卫去各处走走看看。朕已让御厨为大家备下点心，你们可到后面的车厢内品尝大隋的佳酿美食，与朕共享天下之乐。等车到了你们的大牙帐，再去品尝你们备下的盛宴，如何？"启民可汗和义成公主立即匍匐在地，再次领头高声呼喊："谢谢皇帝陛下和皇后娘娘的恩赐！愿皇帝陛下万岁万岁万万岁，皇后娘娘千岁千岁千千岁！"杨广的这般安排，确实迎合了这些边塞草原头领们的心愿。谁都没见过如此奇特的车子，也没想到能随意观赏，还能品尝宫廷点心。这般有看有吃又有乘坐体验的享受，谁会不乐意呢？而且，这不仅满足了他们的好奇心，还让他们日后有了向人炫耀的谈资，更让他们切身感受到大隋皇帝的平易近人以及平等相待的手足之情。

杨广陪着启民可汗，萧皇后陪着义成公主，先观赏了第一车厢。底层前厅是侍卫室，后厅是大臣们处理公务、接待客人的正厅；上层是随行文武官员的公寓和办公处。第二车厢底层是大殿，也是杨广召集众臣议事、接见贵宾的地方，方才接见启民可汗和义成公主以及众头领就在此殿。上层是皇帝和皇后日常的起居之处，不仅有单人卧房、双人卧房，还有梳洗沐浴房、如厕房、更衣房、侍女房、用膳房、观景娱乐房，以及书房、阅卷审事房、待客房、侍卫房……不仅名目繁多，而且室内的豪华与舒适无与伦比，看得启民可汗和义成公主头晕目眩、羡慕不已。尤其是萧皇后领着义成公主参观她的单独卧房时，那里面粉红色的整体布置，更是让义成公主惊讶得目瞪口呆。萧皇后见此情景，很是得意，更有意显摆地对义成公主说："这房里的装饰布置全部参照波斯王宫打造，里面的摆设都是裴矩专门从波斯国定制来的。"义成公主东摸摸西看看，看到一张小巧玲珑的梳妆台上有一块椭圆形明亮的镜面。她站到跟前，立即在镜中看到了自己，而且无比清晰，连发丝都能看得清清楚楚。萧皇后见义成公主在镜子前发呆，便说："这叫玻璃镜，是波斯人的最新

第七十五章　贵儿回京两女议夫，杨广视察萧后揽私

发明创造，大隋天下仅此一块。"义成公主顾影自盼，似乎有些舍不得离开。她看到桌上摆放着大小不一、形状各异的彩色瓶子，随即拿起一只粉红色的瓶子，放到鼻孔处闻了闻，问道："皇妹，桌上这么多瓶子里装的是什么？好像还有股香味。"萧皇后故作神秘又卖弄地说："这些奇香无比的香液也叫神油，都是从南蛮商人那里高价买来的。不同瓶子里装的香液用处各不相同，有美颜的、嫩肤的、防皱的、提神的、强体的、醒酒的，还有催情的。"义成公主又惊讶得瞪大了眼睛，低声问道："这催情……是什么意思？"萧皇后认真地看了义成公主一眼，见她并无恶意，这才低声答道："就是想做男女之事。谁闻到这个香味，不管是男人还是女人，就会想要做那事，而且欲望特别强烈。"义成公主再次瞪大了眼睛，惊讶地说："真有这样的东西啊！"义成公主将信将疑地打开手中的瓶盖，轻轻一按，立即有一股甜丝丝的香味扑鼻而来。她从未闻到过这样的香味，不由得使劲吸了两口，却引来了一阵头晕目眩。萧皇后见状，立即夺过义成公主手中的瓶子，盖上瓶盖，有些恼怒地说："你呀，看就看呗！怎么说动手就动手。万一你受不了，我这儿可没有身强力壮的男人伺候你。"义成公主双手捧住脸说："我现在脸发烫、浑身无力，这东西真有这么厉害啊！你就把它送给我吧。"萧皇后怕义成公主真出什么事，慌忙把她扶到一张椅子上坐下，并让丹香倒了一杯凉水给义成公主喝了，这才看着手中粉红色的小瓶子说："你手中拿的这瓶就是催情神油，但我不能送你，我也只剩这么一小瓶了。"义成公主软绵绵地喃喃道："我又不会让你白送。我可以用一百头羊来换，这总行了吧！"萧皇后摇着头，生气地说："就算你用两百头羊换也不行。你知道这一小瓶值多少钱吗？一百两金子！你一头羊能值一两金子吗？关键是，张掖商贸会结束后，卖这东西的南蛮商人已经回国了，我现在去哪儿找这种外国商人。"萧皇后舍不得把这瓶东西送给义成公主，在乎的并非金钱，而是她后面说的那几句话。就像之前那个西域头陀送给她的那两瓶东西一样，用完了就无处寻觅。而义成公主则认为萧皇后小气，自从启民可汗在征战中受伤后，对房事似乎没了兴趣，这让正值如狼似虎年纪的义成公主总觉不满足。因此，见到有这种能提升欲望的东西，她自然求之若渴。谁知萧皇后因自身难处拒绝了她，这让义成公主不仅脸上尴尬，还记恨在心。这也导致杨广死后，义成公主在萧皇后避乱到突厥之后，唆使自己的儿子、她的第二任夫君始毕可汗，去纳萧皇后为汗妃。

车子在启民可汗精心准备的大牙帐外停了下来。杨广携萧皇后在启民可汗、义成公主，以及众大臣和各部落头领的陪同下，下车步入大牙帐，在启民可汗和义成

公主备好的龙凤椅上入座，并接受各部大小头领学习汉礼，向杨广和萧皇后行三跪九叩、三呼万岁的大礼。接着，启民可汗说："臣启民可汗与义成公主，率领各部落子民，对长生天发誓：生吾者长生天，成吾者大隋皇帝。臣蒙圣恩深厚，剖心掏肺也难以言尽。唯有永生永世愿与中原汉族结为兄弟姊妹，愿世世代代的突厥成为大隋的属国，永远唇齿相依、和睦相亲。如今，臣虽不能改姓换名，但恳请大隋皇帝施恩，让吾族臣民改服易饰，与华夏中原兄弟姊妹相同，仰乞赐赏为盼！"杨广见此，深为感动，急忙上前搀扶起启民可汗，萧皇后也学着扶起义成公主，让众人平身后，大声解释道："先帝建国，夷夏风俗不同。君子教化百姓，不求改变习俗。断发文身，各安其性；旃裘卉服，各尚所宜。服饰不同，乃各类族群的区别，却也体现天地宽广、人间情谊，何必拘泥于改穿汉服。朕理解你们的心情，畏惧北方强弩未绝、西方敌寇征战不止、南蛮东夷虎视眈眈，所以有弱国投靠强邦以保疆土的想法。这种想法并非不可，但无须更改姓氏、变换服饰来依附。朕在此承诺，大隋对待友好邻邦，必定尽保护之责，绝不允许其受到任何人的欺凌。朕也感谢大家的真情，并决定把朕常穿的这件龙袍赐予启民兄弟，既表朕的兄弟之情，也彰显朕对你们的承诺，以此作为朕今日所言的见证。"杨广言毕，当众宽衣解带，脱下龙袍交给启民可汗。这一举动把启民可汗和众部落头领感动得匍匐在地，高呼："吾王万岁万岁万万岁！"事后，萧皇后也效仿杨广，把自己一件崭新的凤袍送给了义成公主。

启民可汗备下的盛宴异常丰盛，各种菜肴中最多的是草原北方的牛羊和奶酪，饮品是烈酒和奶茶，还有充满异域情调、纵情欢歌艳舞的男女。几杯烈酒下肚后，杨广也忍不住加入欢乐的人群。启民可汗、义成公主、萧皇后、众大臣和各部落头领纷纷加入舞蹈行列，演绎出一场真正的民族欢乐交谊舞。次日，杨广在第三节车厢内设宴款待众人。杨广为见证这一盛会，挥笔写下一首诗：

　　尘塞鸿旗驻，龙庭翠辇回。
　　毡帷望风举，穹庐向日开。
　　呼韩稽颡至，屠耆接踵来。
　　索辫擎膻肉，韦鞲献酒杯。
　　何如汉天子，空上单于台。

第七十六章
县令奸邪官逼民反，建德聚众东北初乱

东北贝州漳南郡平乡县（今河北）地处黄河下游，本应是地势平坦、田广民多、物丰富饶之地。然而，黄河河道泥沙淤积，一到汛期，大水便溢出河道，水流改道，淹没田地庄稼，甚至冲垮农舍，祸害百姓，富饶之地沦为多灾多难之所。大隋朝廷为此年年拨出大量赋银，责成地方官吏修河道、赈灾民。但水害灾情时好时坏，追根溯源，这不仅是天灾，更与当时的大隋吏法相关。依据大隋吏法规定，当地主要官员不得在当地连任两届。这本是防止地方主政官员垄断一方财政、自成势力的举措，却也让主政官员心生顾虑，不少人有"做一天和尚撞一天钟"的得过且过心态。当然，若继任者是责任心强的清官好官，任期内定会尽力做出政绩，惠及民众，不负良心与朝廷俸禄；若接任者是无责任心的贪官，弊端便层出不穷。修河的大把银子，是真正用在河道河堤上、用于赈灾解百姓之困，还是打了水漂、进了为官者的口袋，全凭当官者追求的是民心还是财富。根据大隋立法，每年、每季、每时向百姓村民派发的赋税徭役，可用工或币帛抵税役，在灾区，此中的弊端更多。当政者可借灾情向朝廷申请免税免赋，却又能因灾情对百姓加派公役，一减一增，全凭主政官员的一纸公文、一张嘴。若主政官员是贪官，从中谋取利益便易如反掌。当然，这样贪赃枉法的官员也有所忌惮，一怕搞不定上面派来的巡抚，二怕乡里民间闹事。因此，类似平乡县这样的灾情多发之地，对清官好官而言，是一副压力巨大的重担；对贪官污吏来说，却是个敛财的肥差。如今，平乡县的七品县令冯贤德便是这样一个贪官，而且好色。他如此肆无忌惮并非毫无缘由，朝廷后宫总管冯思是他亲叔，而这位亲叔又是皇后娘娘的亲信。他能到平乡县这个油水丰厚之地担任主政县令，便是他亲叔向吏部尚书令杨玄感打的招呼。可想而知，冯贤德上任后的心思都放在了何处。

平乡县有个窦家庄，里长窦建德如今家境贫穷，但其祖上曾是当地名门大户。只因水灾天祸，家财散尽，父母丧身，唯一的姑姑远嫁李府，留下窦建德和妹妹窦线娘两人相依为命。窦建德幼年读过几年私塾，识些字，还拜过师学武，能使一口大刀，在乡邻和县里算是能文能武之人。他为人耿直，乐善好义，深得乡里邻间信服。窦线娘为人乖巧，不喜欢女红针绣，偏爱跟随哥哥学文练武。在哥哥使飞镖的启迪下，她自研自创了一门绝活——"圣手红锦套索"：一根红索连着裹藏五根套索的锦袋，在三丈开外，一手捏住红索，以抛链球的方式，出其不意地将红锦袋砸向对方。红锦袋在飞行中会打开，变成五指钩索去抓套对手，一旦对手被抓钩套住，使套钩之人只需拉扯红索，便能将对手拉翻在地。这是有形暗器的一种，与飞镖袭人原理相似，区别只是套索有线，飞镖无线。窦建德身为里长，断事公正，待人重情义，又因身材高大、面如红枣，被人誉为关帝转世。那些在道上混的和心怀叵测之人，大多敬重他，愿意与他结交为友。然而，窦建德为人本分，处世有几个原则：一是非分之事不做，二是不义之财不取，三是无功之禄不受。

　　窦建德有个邻村的儿时朋友叫孙安祖，两人站在一起，反差极大。孙安祖中等身材，比窦建德矮了一个头，面目丑陋，焦黄面皮，两道浓眉，一双怪目，大鼻阔口，模样甚是吓人。此人虽不通武艺，却为人坦荡，好打不平。他看不惯贪官恶吏为私利奴役贫民的行径，常常与官府恶吏争执，官府往往因理亏对他束手无策。窦建德视孙安祖为兄弟，两人常把酒对斟，谈论朝廷大事，评议乡里邻间的不平之事。孙安祖还常借题发挥，怂恿窦建德不要安于小小的里长之职，要顺应天命，干一番大事。但窦建德不为所动，反而说："当今朝政还算明朗，朝廷惩处贪官恶吏的举措也不可谓不严厉，天下还算太平，没必要去搅事。我们也得将心比心，能做多大事，就做多大事，别这山望着那山高，生出无端之事，这对自己和乡邻都没好处。"因此，孙安祖常嘲笑窦建德："你要么口是心非，要么心怀叵测。"窦建德对此不予理会。

　　平乡县还有个高家村，村内有一户高姓人家，家境不算富裕，也不算贫穷。家中四口人，两位老人年迈，生有一儿一女。儿子高士达生性凶猛，脾气粗暴，还会些武艺，被人称为"猛张飞"。不仅乡里邻居有些怕他，连官府的衙役都要让他三分。女儿高玉仙与哥哥性格截然不同，不仅长相秀气，而且性格温柔。她在家料理家务，照看父母兄长，既贤惠又孝顺，乡邻见了无不赞誉有加，也被哥哥视若珍宝。玉仙到了及笄之年，长相越发惹人注目：黑发垂肩，眉清目秀，唇红齿白，脸似桃花，张嘴一笑，脸上便有两个酒窝，谁见了都会多看几眼。然而，乡邻们知道其哥的习性，都不敢贸然上门攀亲。此事传到窦家庄窦线娘耳中，线娘正想为哥哥寻一门好亲

第七十六章　县令奸邪官逼民反，建德聚众东北初乱

事，让哥哥成家，自己也能有个疼爱自己的好嫂子。但传言总归是传言，线娘不亲自去探个究竟，也不放心上门提亲。

这天，线娘换了一身干净衣衫，把长发盘束在一顶遮阳帽中，若不细看，简直就是个英俊的年轻后生。她收拾好装束，将哥哥的一支刻有名字的飞镖插在腰间，又把红锦套索拢在手腕上，跨上哥哥留在家里的枣红马，向高家村驰去。高士达家的房子在村南头，门前有条小河，河上有桥，桥头有棵大槐树，大槐树下是一片空地，空地上有练功的石磴石锁、刀枪架什和箭垛，这里便是高士达日常聚众练功的地方。窦线娘来到大槐树下，见四处无人，高家大门紧闭，便把马拴在树杈上，走到高家门前举手敲门。不一会儿，门开了，走出一个虎背熊腰的彪形大汉，乌黑的脸上，鼻如蒜、眼似铃，真有几分三国时期蜀国猛张飞的模样。窦线娘知道开门之人必是高玉仙的兄长高士达，便拱手道："高兄，在下……"谁知高士达不等线娘把话说完，便粗鲁地说："谁是你的高兄？屁大点的人，也想跟我称兄道弟，被道上的人知道，我的脸面还不被你丢光啦！"窦线娘见高士达这般德行，既生气又觉得这个"猛张飞"不可理喻。但一想到自己是来相亲的，便忍住了气，再次拱手道："我是来相亲的，能否让我见一见高玉仙？"高士达正因平乡县衙门的都头薛永强上门借其妹之事纠缠而恼怒，现在见眼前这个其貌不扬的小子也要来借玉仙说事，心头之火顿时蹿了上来。他猛地伸手，朝着线娘胸前一掌击去，厉声道："滚，简直是癞蛤蟆想吃天鹅肉。"窦线娘毫无防备，见高士达的大手掌冲着自己胸脯而来，又羞又慌，难以躲避。情急之中，她一面举掌护在胸前，一面顺着高士达的掌势急退两步。由于退势匆忙，脚没站稳，一下仰面朝天摔倒在地。高士达见眼前这个小子如此弱不禁风，不由得哈哈大笑道："就凭你这副模样，还想来找我妹妹相亲？真是不自量力。"窦线娘脸红耳赤，羞怒异常，从地上爬起来，怒目圆睁道："你，卑鄙无耻。哪有这样偷袭的？"高士达见对方不服气，立即故作大度道："你不服气？那我们再比试一下。你若能把我打翻在地，这门亲事我就认了。如何？"窦线娘心里暗思，凭他那高大身材，自己与他硬拼肯定吃亏；但他那鲁莽样子，自己只有借力打力，智取才有胜算。窦线娘便道："你要比武招亲！我答应了。但你得先让我看你妹妹一眼，等我相中了，再与你比武也不迟，否则这比武就没意思了。"高士达觉得对方说得在理，便把窦线娘带入室内正厅，又唤来了妹妹高玉仙。

窦线娘见到高玉仙，立即动了心。她急忙冲着高玉仙行礼，说道："闻名不如见面。这门亲事，我就替哥哥做主了。"窦线娘说完，取出腰间的飞镖，递给高玉仙，

道:"这是我哥哥的佩镖,在此权当作定情之礼。改日我当请德高望重之人前来下聘,然后选个黄道吉日再来迎娶嫂子过门。"站在一旁的高士达不仅傻了,而且怒了。他觉得自己上当受骗了,对方连自己是谁都不知道,就把亲事给定了下来,他岂能不发怒?高士达怒气冲冲地上前阻拦,凶声恶气地道:"你还没跟我比武,岂能就下聘礼定亲?"窦线娘此番已有提防,不等高士达近身,一个转身闪到了高士达身后,并伸腿一绊,又顺势一掌,高士达身不由己地"轰隆"一声向前扑倒在地,吓得高玉仙手足无措、目瞪口呆。窦线娘急忙上前,要去搀扶高士达。谁知,高士达怒不可遏地从地上跳起身,冲着窦线娘挥拳便打。线娘见拳头来得凶猛,急忙低头一躲,高士达的拳头没打到窦线娘,却把线娘头上的帽子给打了下来。顿时,线娘头上的盘发散开,披落在肩头,一个英俊的小子变成了英姿飒爽的女子。不仅高士达惊讶得瞪大了眼睛,高玉仙也露出一脸迷茫,说道:"哥,这是干什么呀!你方才为了我,把薛都头打出门,现在又把一个女子领进门给我提亲。这到底是怎么回事呀?"高士达傻傻地盯着窦线娘,一时不知该说什么好。窦线娘捡起地上的帽子,道:"比武招亲是你提出来的,我只要能把你打翻在地,你就允诺这门亲事了。现在,你就当着妹妹的面说句话,这门亲事成与不成?"高士达心有不服,另找理由拒绝道:"我连你姓啥名谁都不知道,从何答应这门亲事啊!"窦线娘便道:"我们是前面窦家庄人。我哥是窦家庄的里长,叫窦建德,我是他妹妹,叫窦线娘。我们都是有名有姓之人,与你们也可谓门当户对。现在,你可以答应这门亲事了吗?"高士达对窦建德之名早有耳闻,却从未见过。听说要把妹妹嫁给窦建德为妻,心中已有几分愿意。但他又觉得如此轻易把妹妹嫁出去,心里有些不甘。看着眼前英姿飒爽、正得意的窦线娘,他立即生出一计,道:"你要我答应这门亲事也容易,你只需同意嫁给我,我就一定把妹妹风风光光地嫁给你哥为妻。这也叫门当户对,等价交换。如何?"窦线娘见高士达打自己的主意,还说什么等价交换,既羞得满脸通红,又有些愤然,说道:"让我嫁给你,等价换你妹妹?我与你妹妹年龄相仿,但你这副德行,能与我哥相比吗?"

高玉仙怕哥哥再说出难堪的话,急忙道:"哥哥,能不能让我与线娘妹妹单独说些我们女人之间的话?"高士达边走出房去,边无奈地道:"玉仙,哥哥刚才提的事你可别忘了。"高玉仙等哥哥走后,拉住窦线娘的手道:"你哥哥的亲事我允了,等会儿我立即去禀告父母。但是,我希望你哥哥尽快来娶我过门,因为我怕平乡县令会找我哥哥的麻烦。"窦线娘不解地问道:"县令要找你哥哥麻烦,这是为什么?"

第七十六章 县令奸邪官逼民反,建德聚众东北初乱

高玉仙道:"县令不知怎么看上了我,说要娶我为妾,已经派了三拨人来提亲,我哥都不愿意。你来之前,县衙的薛都头也被我哥赶了出去,但他放下狠话,说得罪了县太爷,我们会后悔的。"窦线娘一听,也火了,道:"这不是以官欺民吗?难不成他们还想明抢?"高玉仙道:"我担心的正是如此。别看我哥如此凶狠,却正如别人称他为'猛张飞'一样,有勇无谋。我怕他凭一己之勇,难敌那个县令的奸谋。而我看你虽然年轻,却是个巾帼英雄,你若能嫁给我哥,那是他的天大造化。"窦线娘不愿在自己的问题上纠缠,便含糊地答道:"我的事以后再说吧。现在,我这就赶回去,让我哥早日来提亲,把你娶回家,堵住这个狗县令的痴心妄想。"

平乡县县令冯贤德上任后,一反以往县令的平庸做法,不仅重用恶吏,重征重罚,把平乡县搞得村村不宁、家家鸡飞狗跳,还借朝廷征兵役为由,明目张胆地开价卖丁。有钱的可以出钱买丁,自己免役;没钱的就得出丁应征,而且不管朝廷立法中规定的已婚、单丁、残疾可免征的律令,强行征逼。窦建德、高士达、孙安祖均是单丁,也在被强征之列,但冯贤德对他们三人却有不同对待。冯贤德对窦建德的要求是:只要窦家庄能出二十个壮丁,窦建德这个里长就可以不用去服役。对高士达的要求是:只要高玉仙能成为他的四姨太,高士达就可以不用应征。但给孙安祖的话却是必须去服役。为此,孙安祖聚众纠结了一批人奋起反抗,其中有曹汝成、刘黑闼、徐茂源等。他们不仅杀了几个为虎作伥的恶吏,还为躲避官军通缉追捕,逃入一个叫高鸡泊的湖泽中,举起了义旗。

孙安祖有意拉窦建德入伙。一天深夜,孙安祖带着几个手下潜入窦家庄。他让手下留在庄外以防不测,自己敲开了窦建德的家门。他把县令冯贤德借征丁敛财、谋取私利、祸害平民百姓的种种罪恶说了一遍,执意劝说窦建德带着线娘随他去高鸡泊做首领。线娘担忧的不是哥哥能否征得二十个壮丁解脱自己,而是哥哥何时能把自己一手促成的高玉仙娶进门成家。当然,她也不赞成哥哥跟随孙安祖去高鸡泊落草为寇。然而,窦建德自有主张,说道:"我知道,县衙让我们窦家庄出二十个壮丁有些过分,哪怕把十岁以上的小孩都算在内,也凑不齐这个数。所以我宁可自己去应征,也不会按他们说的做。而且我认为,从军服役本是我分内之事,况且期限只是两年。我去从军,还可结识一些军中朋友,往后对我未必不是好事,所以我不能急着去高家娶亲。但我这个妹妹却要拜托兄弟照看一阵了。"

三人正在屋里说着,房门却被人一脚蹬开。只见高士达手握两柄铁锤,气势汹汹地冲着屋里的人喊道:"窦建德,你给我出来。今天,你不把我妹妹交出来,我一

定与你拼个你死我活。"窦建德一愣，正想开口询问，窦线娘一个箭步窜到高士达跟前，用手指着高士达厉声道："高士达，你今天吃了豹子胆吗！竟敢提着这玩意上门寻衅挑事。"孙安祖认识高士达，立即上前道："高贤弟，你这没头没脑的在说什么呀？我们刚才还在说，劝大哥早点把你妹妹娶进门。你却上门来向我们要妹妹，这是什么道理，该不会是受人唆使上门寻事的吧！"窦建德也上前来道："高兄弟，这到底是怎么回事，请进屋说个明白，行不行？"高士达被三人这么一说，心里也有些不自信了，垂下握铁锤的双臂，道："我今天外出回家后，见二老被人打伤倒在地上，妹妹也不见了。后来听父母说，妹妹是被一伙蒙面人抢走的，抢人的人告诉父母，让我去窦家庄找窦建德要人。于是我就来了。"线娘一听就恼火了，用手指点着高士达的脑门骂道："你是猪脑子啊！连三岁小孩都不会信的栽赃把戏，你不仅信以为真，还打上门来。你简直就是头猪！好在我没同意嫁给你，否则我也成猪了。"窦建德见高士达被线娘骂得满脸羞愧、无地自容，便上前把高士达拉进屋里，坐下后道："依你猜想，这件事会是谁干的？"高士达摇头表示不知。孙安祖道："不必猜测，光天化日之下入室抢人，除了冯贤德这个狗县令敢指派人去干，谁有这么大的胆子敢上你'猛张飞'的高府闹事。更恶劣的是，他还把这事嫁祸给大哥，借此挑起你们之间的矛盾。"线娘讥嘲道："这个冯县令倒真是个'有识之士'，选了头猪当枪使。要是换作我，他哪能得逞？"窦建德怕高士达难堪，便说："线娘，你就少说两句吧，高贤弟也是一时性急。"孙安祖却突然着急地道："这事不妙，我担心弟妹会吃亏。"高士达也着急地问："那这事该怎么办？"孙安祖道："冯贤德这狗官必定诡计多端、居心叵测，不然他也不会三番五次地逼迫我们，简直是把我们往绝路上逼。他既然把事情做到这份上，我们还有退路吗？这就是所谓的官逼民反，民不得不反。"窦建德思索片刻后说："这事是否真是冯贤德所为，目前还不能确定。万一有人借冯贤德之名干的呢！"高士达马上说："县衙那个薛都头是奉冯贤德之命来提亲的，狠话也是他放出来的，这事肯定是冯贤德干的，错不了。"孙安祖接着说："捉贼须捉赃，这道理我懂！但眼下，救人要紧，只要认准目标，即便错了也错不到哪儿去。我们要是再逆来顺受，他可真就不把我们当回事了，会步步紧逼，让我们就范，到时候可就追悔莫及了。"高士达性急地说："孙哥快说，你让我干啥我就干啥。"孙安祖道："立刻进县城，解救玉仙妹子。"线娘看向窦建德，问道："哥，到底该怎么办？"窦建德似乎也下了决心，说："你们马上乔装，直奔县衙，先控制住薛都头，让他带你们去冯府要人，尽量别杀人。要是事情不顺利，你们就随孙贤弟去

第七十六章　县令奸邪官逼民反，建德聚众东北初乱

高鸡泊。"线娘不安地问："哥，那你呢？"窦建德道："我不能出面，但我会在外面接应你们。只要你们行动顺利，我就自愿报名应征，让别人无从怀疑。"孙安祖问："不用叫高鸡泊的兄弟出来接应或助战吗？"窦建德道："这事不宜闹大。除非万不得已，绝对不能让高鸡泊的兄弟出来参战。另外，为避免意外，线娘也不能露面。"

然而，事情并不像窦建德想象的那么简单。冯贤德正如孙安祖评价的那样，是个心机深沉、狡猾奸邪之人。他来平乡县之前，就已打探好这里官场和民间的人情世故。一上任，便有针对性地推行自己的用人行事准则，决心在任期内狠狠捞上一笔，还想把自己的贪婪行径包装成无可指责的政绩。于是，他重用恶吏推行厉政，用厉政封杀反对者的声音，再借冠冕堂皇的理由强征强派，从中牟利，甚至不惜谎报、夸大灾情，贪污赈灾银粮，用贪来的钱财打点上司，培植心腹死党，可谓无所不用其极。冯贤德清楚，他管辖下的百姓性情耿直、好争斗，但怕官服狠，只要制服几个敢出头的人，其他人就会害怕退缩。为此，冯贤德恩威并施，一方面收服了手握兵权的刘守备作为同伙，圈养了像薛永强这样的地方恶霸作为心腹打手；另一方面，盯上了敢跟官府据理力争、爱出头打抱不平的孙安祖等人。而且，冯贤德也知道，在孙安祖背后，还有个声威更高却不露心迹的人——窦家庄的里长窦建德。而这个"猛张飞"高士达原本不在冯贤德算计清除的范围内，直到他一次去高家村巡视，得知高士达有个如花似玉的妹妹，便想通过正常途径，委托媒人提亲，把这个美女纳入后院享用。没想到高士达不识抬举，这才让他对高家人动了杀心。因此，他借征丁服役之机，想除掉孙安祖、曹汝成、刘黑闼，逼走窦建德，随后设下连环计，让薛永强借窦建德之名先抢走高玉仙，再诱使高士达去找窦建德寻衅，引发两人冲突，最好两败俱伤，然后他再伺机出面收拾残局，达到完全掌控平乡县的目的。但冯贤德没想到，孙安祖没等他动手，竟敢先下手杀了他的几个爪牙，逃到高鸡泊落草为寇。冯贤德虽恼怒，却觉得正好借此机会扩张势力范围。他打算以平定民乱为由，兴兵跨县征讨高鸡泊，一旦征讨成功，又能立下大功。为了一举剿灭高鸡泊的匪徒，冯贤德一面向上司报请调兵遣将，一面在高鸡泊布下众多暗探，监视高鸡泊内的一举一动。所以，孙安祖出高鸡泊、潜入窦家庄的行踪，早就被暗探报告给了冯贤德。就在窦建德、孙安祖和高士达三人商量好行动计划时，冯贤德指派的刘守备已带着一队官兵逼近窦家庄。

孙安祖的手下见官军来了，情况危急，急忙跑进庄里报信。孙安祖一听就急了，怒目瞪着高士达说："一定是你小子干的好事，想借官兵之手害我，对吧？"高士达

急得瞠目结舌,不知如何回答。窦建德赶忙说:"我相信高贤弟不会这样,你们的行踪肯定被人发现,报告给官府了,不然官兵也不会来得这么快。现在什么都别说了,安祖带上你的人赶紧离开,官军来这儿没抓到你们,也拿我没办法。"孙安祖觉得窦建德说得在理,带着手下出门,消失在夜色中。

平乡县的刘守备出身行伍,没有背景,全凭军功才混上七品守备之职,这身官服来得着实不易。作为平乡县的武职主政官员,虽说和文职主政官员冯贤德级别相同,但按照先朝惯例,同等级别的文武官员,文官要听武官的。可自从新帝上位,改了大业年号后,这一惯例改变了,武官渐渐没了以前的权势。这也难怪,天下太平,没仗可打,民众安居乐业,皇帝一门心思改革吏治、富民强国、开河兴建都市,自然重用有头脑的文官,而不是他们这些仅凭四肢发达的武将。这让行伍出身的刘守备总有一种被冷落、被贬视,空有武功无处施展的感觉。刘守备对新任县令冯贤德上任后大权独揽虽有不满,但经不住冯贤德的恩威并用和拉拢腐蚀,渐渐心甘情愿地成了冯贤德的帮凶。所以,当冯贤德说高鸡泊的匪首孙安祖潜入窦家庄,让他立刻带兵去抓捕,还说要是孙安祖去了窦建德家,就连窦建德一起抓来,刘守备不敢怠慢。不过,他觉得对付几个乱民,没必要兴师动众,带大部队围剿,于是只带了几十个士兵赶到窦家庄。

刘守备带着部众举着火把来到窦家庄外,立刻分兵两路,封闭住村庄东西两头的进出口,然后亲自带兵直扑窦建德家。窦家庄的乡邻半夜被进村的官军惊醒,一时间不知道发生了什么事,纷纷起身出来打探。只见一个骑马的将官带着一伙官军围住了里长家。窦建德向来受乡邻敬重,如今见他家有事,乡邻们岂能不上前围观帮忙。不一会儿,全村老少都聚集到了窦建德家门前。窦建德见官军来了,不慌不忙地和线娘、高士达开门迎接。刘守备拿出孙安祖的通缉画像,问道:"你们当中谁是孙安祖?"线娘没好气地说:"你不是在按图索骥吗?看看我们当中有没有孙安祖。"刘守备被驳得哑口无言,想了想,又厉声问道:"你们当中谁是窦建德?"窦建德坦然地说:"在下便是。"刘守备不容分说,挥着手指挥士兵:"把他拿下,带走!"窦线娘一步冲上前,护住窦建德,厉声道:"你们凭什么抓我哥?"高士达也上前,用手中的铁锤指着要抓人的士兵,喊道:"谁再敢上前一步,我就砸烂他的脑袋。"士兵们不得不止步。刘守备却怒了,"刷"地一下抽出腰间佩刀,厉声喝道:"你们想造反吗?"窦建德心平气和地问:"你凭什么抓我!我犯法了吗?"刘守备道:"你窝藏朝廷通缉犯孙安祖,这就是犯法。"窦建德不动声色地说:"你说我窝藏通缉犯,

第七十六章　县令奸邪官逼民反，建德聚众东北初乱

证据呢？"刘守备又被问住了，但他强硬地说："我说你窝藏了，就是窝藏了，窝藏就是犯法。"这话激怒了围观的乡邻，大家纷纷指责。有的说："岂有此理，这简直是无中生有！"有的喊："这是胡说八道，没抓到犯人，凭什么乱抓好人？"更有人高声怒斥："当众信口雌黄，没搜到赃物，哪来的窝藏？"不知谁在人群里喊了一声："深更半夜不分青红皂白乱抓人，这是官府逼民造反。"接着就有人吼叫："这些狗官没一个好东西，不是逼赋就是抓人，这日子没法过了。"刘守备有些慌乱，却更想抓了人早点回去交差，挥舞着手中的刀，冲着属下喊道："别管他们，上去抓人。谁敢阻拦本守备办官差，就和反贼同罪。"士兵们应声冲上前去抓捕窦建德……

孙安祖因为出村的道口被官军堵住，只能隐蔽在暗处伺机行动。他见乡民们被官军惊醒，纷纷围聚到窦建德家门前，便混在人群中观察官军的举动。此时，孙安祖见官军如此蛮不讲理，更怕窦建德不做抵抗，被官军抓走，替自己背黑锅。他再也忍不住了，从身上抽出匕首，纵身一跃，冲着骑在马上的刘守备扬起匕首刺去。孙安祖在暗处，目标明确且蓄谋已久；刘守备在明处，正对着窦建德，没想到背后会有人行刺。就这样，刘守备被孙安祖一剑刺中后背心，两人一起滚下马来。众士兵本就被乡民围住，心中胆怯，现在见长官被刺落马，更是慌乱得没了头绪。有的举刀要按长官的意思去抓捕窦建德，有的要去救护被刺的长官，还有的要去抓行刺之人，场面顿时混乱起来。高士达见有士兵冲上来抓人，立即大喝一声，挥锤便打。孙安祖夺了刘守备的刀，与冲上来的官兵厮杀起来。于是，孙安祖的手下也一起加入厮杀，围观的乡民有的躲避，有的也加入混战。窦建德见情况如此，只能和线娘各自抄起兵器，加入混战。窦建德使的是一口大刀，线娘挥舞的是一对双刃剑，兄妹俩配合默契，犹如两条蛟龙，士兵们逢刀必倒、遇剑必伤，纷纷避让，逃出庄去。高士达杀得性起，大喊大叫着要去追赶，却被窦建德拦住，说："黑灯瞎火的，你怎么追？我们还是静下心来想想后面的事吧。"高士达却不依不饶地问："那我妹妹，你还救不救？"

孙安祖上前来，说："事已至此，如今伸头一刀、缩头也是一刀。我们不仅要救高小姐，窦家庄的乡民也得早做打算，不能任由冯贤德这个狗官来收拾我们。"一些参与混战的乡民也纷纷围上来，你一言我一语地说："窦大哥，孙大哥说得对。自从那个姓冯的狗官来了，我们这些日子被折腾得够苦了。如今我们杀了他的官、赶走了他的兵，他岂能善罢甘休？我们与其等着被他追杀，不如杀进县城，端了他的老窝，省得以后再受这些官兵的窝囊气。"高士达更是性急地说："对，杀进县城，杀了

这个狗官,把我妹妹救出来。"孙安祖见窦建德还在犹豫,便蛊惑道:"事到如今,你还有犹豫的余地吗?我们现在唯一的出路就是一鼓作气杀入县城,打冯贤德这个狗官一个措手不及,占了县城,自成一方诸侯。"窦建德却犹犹豫豫地说:"这事没你说的那么简单。大隋的天下还没到分崩离析的时候,岂能容你自成一方诸侯!"

这时,人群中有一人站出来说:"建德兄这话没错。但我们占了县城后,就有了和朝廷谈判的筹码,总比待在这里束手就擒强。"孙安祖一见此人,立即惊喜地迎上去说:"徐兄怎么也在这儿?"孙安祖见窦建德面露疑惑,便拉着此人走近窦建德,说:"大哥,此人就是我以前跟你提起过的,人称'小诸葛'的徐茂元。"徐茂元上前,对着窦建德抱拳作揖道:"建德兄,小弟徐茂元早闻兄长为人,今日在此相见,实乃有缘。但此刻不是细说详情的时候。方才安祖贤弟说的一鼓作气拿下县城的主张,是当前以进为退、解决目前困境的最好办法。理由正如建德兄所说,如今大隋天下还没到分崩离析的地步,大隋皇帝和朝廷也没到是非不分的昏庸程度。正因为如此,如果我们不把事情闹大,地方官员会官官相护,朝廷就不会知道,我们也就没处说理。所以,我们攻占县城,甚至杀了那些贪赃枉法的狗官恶吏,目的就是要迫使地方官员瞒不住,上报朝廷。那么朝廷必然会派官员,甚至官军下来查处。到时候,让所有受过欺压的百姓当面控诉。我相信朝廷对此事肯定会不了了之,大家就可以各自平安回家,而我们则可以聚在一起,再商议以后的事。"徐茂元这番话让大家都安心了,也更激起众人攻占县城、杀狗官的决心。于是,窦建德和高士达一呼百应,率领着窦家庄和高家村的民众,孙安祖又带上高鸡泊的人马,兵分三路杀向平乡县城。沿途,不少民众纷纷加入,到达县城时,举着刀枪棍棒、锄头镰刀的造反民众多达数千人。按照隋律规定,县级府衙的县令只有主政权,没有军权,县府的衙役归县令管辖;而每县百余人的官军由守备指挥,县令若要动用百人以上的官军,必须向上级主管郡府上报申请。如今,平乡县的守备已阵亡,官军没了首领,而造反的民众又如此众多,驻守县城的官军谁都不愿出头冒犯众怒、拼死抵抗。于是,浩浩荡荡的民众轻易就占领了县城。那些平日里作威作福的衙役,成了人人喊打的过街老鼠,自身难保,更顾不上保护县令冯贤德的安危。

县令冯贤德把抢来的高玉仙安置在后院,满心指望借此挑起高、窦两家的争斗,好让他有进一步派兵镇压为首者、抄没其家财的借口。但事与愿违,这两家人不但没打起来,还引出了反贼孙安祖,迫使他连夜派兵去抓捕。而让冯贤德万万没想到的是,自己的如意算盘不仅没打成,反而逼反了乡民,落得如今四面楚歌、陷

第七十六章　县令奸邪官逼民反，建德聚众东北初乱

入绝境的下场。冯贤德清楚，自己一旦落入这些乱民手中，必死无疑，就算上司立刻派兵来营救镇压，也为时已晚。现在唯一的办法就是潜逃保命。俗话说：留得青山在，不怕没柴烧。于是，冯贤德换上青衣小帽，丢下贪来的财富、三妻四妾，以及还没来得及享用的高玉仙，只身翻墙钻洞，逃出府衙，前往郡府搬救兵平乱。

平乡县的上司漳南郡只是个下级郡府，郡守虽然收受过冯贤德的好处，却从没遇到过这么多民众造反的事，更怕因此殃及其他县府，被追究责任。所以，漳南郡郡守急于做的，不是派兵营救冯贤德，也不是去镇压平乱，而是一方面让官军加强郡府的自保，另一方面下令各县加紧防备。得知皇帝带着大军正在东北巡视后，又立即紧急行文，直接向皇帝报警，既尽自己的职责，又期待皇帝能亲自过问此事，尽快派兵平乱，减轻郡府的责任。

此时，隋帝杨广带着萧皇后，在牛弘、杨雄、宇文述、杨义臣、史祥、宇文化及等大臣将领的陪同下，率领着几十万西征大军，一路向东南巡视，到了临源郡境内。杨广登高远眺：北疆的巍巍长城，南面的滔滔黄水，身后的茫茫沙丘，东方的苍穹山黛，他不由得感慨万分，豪情顿生……杨广回到车厢内，挥笔写下一首诗：

　　西征乃届此，山路亦悠悠。
　　地干纪灵异，同穴吐洪流。
　　滥觞何足拟，浮槎难可俦。
　　惊波鸣涧石，登岸沔岩楼。
　　滔滔下狄县，森森肆神舟。
　　长林啸白兽，云径想青牛。
　　风归花叶散，日举烟雾收。
　　直为求人隐，非穷辙迹游。

第七十七章
杨广东巡志在千秋，义臣平乱县令获法

　　临源郡府是大隋东北疆域的一个边塞小城，虽是郡府，却地广人稀。这里大小文武官员有几十个，民众商家代表上百个，他们不仅从未见过皇帝皇后，更没耳闻目睹过能载上千人的行宫大车。所以，每个人都早早来到大道边，恭候皇帝车骑大军的来临。他们心里清楚，这可是一生中难得一遇的事。其中既有职责所在的无奈，也有想一睹龙颜风容的殷切期盼，更有对新鲜事物的猎奇心理。因此，尽管站得腰酸背痛、脚膝僵直，却没有一个人有怨言。不知是谁喊了一声："来了，皇帝的车驾来了！"吓得众官员齐刷刷地跪伏在地，头都不敢抬，大气也不敢喘，等待皇帝车骑的光临。可等了许久，大道上却毫无动静，众人这才慢慢抬头四处张望，方知是虚惊一场，被人捉弄了。

　　这些官员也不知等了多久，终于听到大道上传来隆隆的车声和马蹄声。他们知道，这回皇帝和皇后的车骑肯定来了。不再犹豫，各自整理好衣冠，匍匐在地，恭候皇帝皇后的到来。甚至有人暗自琢磨，见了皇帝和皇后该说些什么；还有人想象着，皇帝和皇后会不会允许他们仔细观赏这辆举世无双的奇车。但也有人担心，高高在上的皇帝会不会无视他们的存在，车骑只是从眼前经过，让他们的所有期待都化为泡影。然而，谁也没想到，随着三声鞭响，皇帝的宫车在他们跟前停住了。车上出现一个黄门侍卫，冲着众官员大声宣告道："皇上有请临源郡府所有官员和民商代表上车赐座！"这话犹如一声惊雷，震惊得众官员和所有民众代表不知所措，许久无人动弹。黄门侍卫不得不又高声喊道："皇帝陛下宣临源郡府所有官员和商民代表上车看茶赐座。"此时，所有匍匐在地的人，才跟着郡守站起身来。在郡守带领下，依照官职大小和民众先后次序上了车，并在黄门侍卫引领下，来到二车厢内的大殿。

　　杨广的车骑离开突厥后，一路上沿着北疆边境向东巡视。既看到辽阔的草原、茫茫的沙丘戈壁、巍巍的长城，也看到冰天雪地的山川、高耸入云的奇峰，还领略

第七十七章　杨广东巡志在千秋，义臣平乱县令获法

了北疆的风沙、滴水成冰的寒夜、荒无人烟的不毛之地，以及热情洋溢的各族民众和恪尽职守、守护大隋疆域的大小官员。杨广从中深切感受到大隋疆土的辽阔、民族风情的淳朴厚实、各地官员将士的艰辛不易，暗自勉励自己要做个尽心为民的称职皇帝。因此，杨广每到一个地方，都会停车细察当地实情，随时随地召见各地官员和民众上车畅谈，亲自慰劳当地官员，倾听他们的声音，探望当地民众的饮食起居，深入打探自己想知道的事情，并让牛弘把各地官员和民众的需求记载下来，作为日后改革朝政的依据，却无须大张旗鼓地惊扰地方。

杨广明白，把当地官员和一些民众请上车予以招待，既是对他们的一种犒赏，也能满足他们的好奇心，更是他慰官敬民的手段。同时，杨广也会根据各地不同实情，对官员和民众赐以不同的物质奖励。今天，杨广来到临源郡也不例外，他要用这种方式犒劳当地臣民。（按语：杨广这一路东巡，得到召见和赏赐的各地官员民众无不欢欣鼓舞、兴高采烈，盛赞杨广体察民情、平易近人，感恩皇上的亲民之举。但杨广如此不拘小节、挥金似土的举措，却引来了朝堂上一些官员和民间一些心怀叵测之人的恶评，认为这是隋帝杨广骄奢淫逸、作秀之举，是借东巡之名游山玩水，是彰显武威、劳民伤财。）

杨广等众官员和商民代表行完礼、落座，近侍上完茶点后，开口道："朕东巡一路走来，感慨颇多。大隋疆土之广、民族之多、风俗之异、物产之丰，难以用言语表述。而各地像你们这样坚守在疆域的官员和生活在边塞的商民，为大隋的安宁付出的精力和心血，更让朕欣慰。没有你们兢兢业业地尽职、含辛茹苦地坚守，朕怎能安稳坐在京都料理朝政，天下臣民又怎能安居乐业？所以，朕得替大隋臣民向你们表示感谢。"杨广言罢，起身向众人躬身致谢，慌得众人纷纷起身，跪地三呼万岁。

正在这时，一名黄门内侍手捧一份军报和一封急函，从大殿后门进入殿内，来到杨广跟前，低声道："陛下，贝州漳南郡发来十万火急军报，请陛下速看。另外，还有二夫人和三夫人从京城派专员送来的信函一件。"杨广一愣，接过军报和信函，见军报封面上盖着三个"急"字印戳。杨广知道，肯定是当地发生了大事，否则不会用如此紧急标记直接向他发军报。但杨广似乎更惦记两位夫人派专员送来的信函，他拆开信函，抽出信纸便看。信纸有两张，杨广一目十行地看着，脸色由愉悦逐渐变得严厉，最后竟把信纸丢给了萧皇后。杨广抬头，见身旁大臣们和临源的臣民正用疑惑的目光看着他，意识到自己失态了，便扬了扬手中的军报，对临源的臣民们道："来了封紧急军报，须朕与大臣们商议批阅。因此，接下来只能请各位跟随侍卫

| 777

去参观朕的这辆宫车。"这对众官员和商民代表又是一个惊喜，于是众人在侍卫引领下离开了大殿。

杨广拆开军报，只扫了一眼便说："平乡县乱民造反，简直可恶！"杨雄接口道："平乡县归哪个郡管？让我带兵去平定。"杨义臣道："平乡县归贝州漳南郡府管辖，距这里临源郡仅数天路程。前几年那里都好好的，今年怎么会出现乱民造反呢？"杨广把军报递给杨义臣，道："你曾带兵驻守过贝州，如今贝州并入了漳南郡，你觉得这乱民造反之说，与这有关吗？"杨义臣道："民乱必然与官府有关，但要知道其中因果，必须到当地详细勘查才能下断言。"杨广点头道："此说正合朕意。治民必先治官，这是朕历来的主张。杨义臣听旨，朕命你立即带十万兵马火速前往漳南平乡县实地勘查，查明起因，惩治首恶，务必严治官、轻治民、协从不治。如果是朕推行的政改造成的，这个责任由朕来负，但你要查明症结所在，以便朕做出改进。朕会迟几天到达漳南郡巡视。"

萧皇后也看完了信函，焦急地说："皇上还要去漳南郡巡视吗？倷儿的事你不管了吗？"众大臣被萧皇后的话惊呆了，都向杨广投去询问的目光。杨广见状，只能对萧皇后道："杨倷的事，朝中有段达、后宫有贵儿和治儿在京城维持，他们会把握分寸的。"萧皇后却不依不饶地说："我不放心。我更不放心你后宫的这两位夫人，倷儿不是她们的儿子，她们能知道什么分寸？她们能维持得了整个朝廷吗？"杨广皱着眉头，没有言语。萧皇后含着泪，不管不顾地举着手中的信函对众臣道："齐王被那些逆臣下了大狱，他的父皇却不管不顾，还要去那个造反的郡府巡视。请各位大人评说，天底下有这样不讲亲情的皇帝吗？"众臣愕然，却不知该如何回应。杨广不得不说："家事是小，国事是大。杨倷违法之事，自有国法处置，我去了也没用。"萧皇后哭出声来，抽泣着说："你是皇帝，他现在是你唯一的儿子，以后的太子，将来是你皇位唯一的继承人。你不顾他死活，还借口国事为重，我这个做皇后的当得太憋屈了。"牛弘见杨广尴尬，心里也不想再跟着皇帝在外奔波，如今见有机可乘，立即出面进言道："皇上，皇后娘娘说得在理。有家才有国嘛！皇上既然已把漳南郡的事交给杨将军去平息，就该相信杨将军会按皇上旨意去办。京城来函说齐王殿下有事，皇上也离开京城许久了，齐王殿下尚年轻，在监国这段日子里难免会出点小错，可不能任由那些不食人间烟火的大臣借题发挥，把事情闹到不可收拾的地步。到那时，有损的可是皇上和皇后娘娘的脸面。"安德王杨雄也对杨广没完没了的巡游不满，借机发着牢骚道："倷儿有事，我这个叔爷怎能不管。回京，打道回

第七十七章　杨广东巡志在千秋，义臣平乱县令获法

京！再巡游下去，我这把老骨头可受不了了。"杨广见众人都有返京之意，觉得不必勉强大家跟随自己的意愿行事，而且他也觉得东巡已近尾声，剩下的事交给杨义臣代劳也未尝不可。况且，他也思念起两个离他而去的夫人，对天天缠着他的萧皇后也有些厌烦了。杨广主意一定，反而急切起来，道："也罢，朕就遵从大家意愿，立即回京。杨义臣听旨，朕任命你为东征巡抚，平乱期间授你先斩后奏之权。你不仅要立即率十万大军前往漳南郡平乡县平乱，还要替朕完成既定的东巡规划，沿途省察民情、慰劳士官、整肃吏治。望你不负朕望，早日凯旋。"

萧皇后思子心切，更怕杨暕在大狱中受苦，便道："既然要回京，我再也不想坐这慢吞吞的牛车了。照这样沿途观景的速度，我们哪年哪月才能到京城？"这种归心似箭的感觉，人人都有，杨广也不例外，只是每个人思念的对象不同。杨广决定返京后，要考虑的事比别人更多：他首先想到，如此庞大的宫车肯定不适合前往京城，得找个地方把这三节车厢存放起来，以备后用。其次，临源郡地处北疆最北端，疆域之外，西北有突厥，东北有奚国、契丹、室韦、靺鞨、高丽。目前虽然安宁无事，但必须未雨绸缪：东突厥启民可汗之后，其子始毕可汗是否还能像父亲那样忠于大隋？张掖的万国商贸同盟会，契丹、室韦、靺鞨均未参加，而高丽国虽派人参加了，却已露出不服之心，这些都是大隋北疆的心头之患。而且，北疆东巡路上，抵抗北寇入侵的长城已有数处坍塌，留下了防范隐患，必须及时修补连接成链，才能不给外寇入侵的机会。燕云十三郡还得扶持一个强有力的人来统领镇守，才能形成强势，防备抵挡外族的不轨之举。杨广由此立即想到原幽州总管罗艺。

杨广思虑过后，道："这车进不了京，就把它留在临源郡，由当地郡府保管吧！此外，史祥将军带领十万兵马留在此处，参与当地修建长城。修建长城的款项和粮饷，先从西征军中领取，朕回到京城后，会立即责令度支部调拨。牛弘替朕拟旨：为防范东北疆域的外族入侵，决定把燕云十三郡划归幽州郡总管罗艺统领管辖。另外，特此嘉奖临源郡府和民众粮千石、帛千匹、银千两，以慰劳他们守边的劳苦。"

杨广的这三项措施，产生了三个不同结果：留在临源郡的三节宫车轰动一时，四处闻讯前来观看的人络绎不绝，却也成了外族人眼中的宝物，成了窥视临源郡的诱饵。最终，被启民可汗之子始毕可汗攻占临源郡后据为东突厥所有。然而，由于他们只知使用，不识保养，宫车最终变成一堆废物，被付之一炬，辜负了中华能工巧匠的一番心血，成了失传的绝物。杨广修长城则成了后人指责他的罪证。笔者不禁疑惑，为何秦始皇造长城是伟大创举，汉武帝扩建长城是辉煌业绩，而隋帝杨广

修建长城就成了他的罪恶？这种评价的差别，观念立场在哪里？耗财劳民难道也因人而异？简直令人不可思议。幽州总管罗艺转眼间成了统领燕云十三郡的总管，可谓一夜飞黄腾达。起初，他并未让杨广失望，对稳定东北边境、遏制契丹、室韦、高丽虎视眈眈的野心起到了一定作用。但此后，却演变成由杨广亲自扶持的、独霸东北一方的诸侯。

窦建德、孙安祖、高士达、曹汝成、刘黑闼、徐茂元、赵大通等人带领乡民占领平乡县后，发现县令冯贤德已不知去向。但他留在府衙内从各处搜刮来的家财、三妻四妾的家眷，以及还未来得及享用的高玉仙，都成了众人的"战利品"。孙安祖看中冯贤德的财富，忙着把从冯府和县衙收缴来的财富装车送往高鸡泊。曹汝成、刘黑闼看重的则是冯贤德那几个如花似玉的女人。曹汝成为讨好窦建德，竟把从冯府搜来的这些女人领到窦建德跟前，让他优先挑选，却遭到窦建德的一顿训斥。高士达见妹妹安然无恙，欣喜万分，急忙派人把妹妹送回高家村与父母团聚。只有窦建德在思考，占了县城之后该做些什么。他招来徐茂元、孙安祖、高士达、曹汝成，商讨道："我们轻而易举地占了县城，这让我意外，也让我感受到民众凝聚起来的强大力量。但我很担忧，我们是被逼无奈才造反的，可造反之后，最终目的是什么？是为了杀冯贤德，还是为了他家的财富和他的几个女人？冯贤德跑了，没杀成，这可是个祸害。你们拿了他的家财，要了他的女人，他能甘心吗？混乱之中，我们能否保证当地老百姓不受伤害，这关乎当地老百姓今后如何看待我们，也是我们获取人心的基础。在这一点上，你们必须对自己的手下人严加管束。然而，我们聚众闹事，平乡县上面的郡府和朝廷会置之不理吗？他们要是派兵来围剿，我们该怎么办？所以，冲动过后，我们必须静下心来，多想想后面的事，不能被一时的获益冲昏头脑。因为我们造了官府的反，就成了朝廷的罪人。我们若示弱，必死无疑；若强硬对抗，又有多大胜算？冯贤德虽是贪官恶吏，但他背后是强大的朝廷，仅凭我们这些人，根本斗不过。"曹汝成有些赌气地说："你这也不行，那也不行，我们岂不是没退路了？"孙安祖却道："我想好了，朝廷官兵来围剿时，打得过就打，打不过就回高鸡泊去。"徐茂元道："到那时，只怕想回也回不去了。"高士达问道："那依大哥之见，我们该怎么做？"窦建德道："未雨绸缪！趁着朝廷官兵还没来，立即让所有人撤出县城，各自回归乡里，高鸡泊的人也一样。就当造反之事从未发生过，让朝廷官兵找不到聚众造反的人，此事或许就能大事化小，小事化了。如果冯贤德要领兵指认，我愿意揽下所有事，跟他当庭抗衡。我相信，当前的朝廷还不至于黑白不分。"这番话既体现了窦建德过人的智慧，也展现了他的胆略和魄力，更彰显出他敢作敢为的人格魅力，为他日后一呼百应、称王称霸奠定了人缘基础。

杨义臣的东巡大军刚进入漳南郡境内，就得知平乡县的乱民已经撤离县城，平乡县境内恢复了往日的安宁与秩序。这让杨义臣十分惊讶，天下竟有这样的造反乱民？杨义臣决定不去郡府，直接前往平乡县。他要去看看，这伙乱民到底是何方神圣，竟能用如此神龙见首不见尾的韬略行事，其中必定有能人。杨义臣调转马头，直奔平乡县而去。杨义臣的兵马来到平乡县府衙，还没坐定，就有部下来报，说平乡县令冯贤德求见。杨义臣觉得有些奇怪，乱民造反时，这个县令去哪儿了？现在倒来得及时。杨义臣坐在府衙县令的座位上，把冯贤德传到府衙大堂。看着眼前这个衣衫褴褛、神情惶恐的县令，略带嘲讽地说："冯县令这副狼狈模样，这些天一定吃了不少苦吧！"

冯贤德这些天确实受苦不少：当天，他正在小妾床上睡觉，乱民如潮水般涌入府衙。他慌得连裤子都来不及穿，光着屁股套了件大褂，翻墙钻狗洞逃出府衙，身无分文，连饭都吃不上。他不敢去大街，生怕被人认出来丢了性命，只能躲在破庙里，与乞丐为伍。听说乱民已经退去，他估算着朝廷官军应该快来了。所以，得知官军来到县城的第一时间，他就来到县衙求见领军的巡抚将军，想把这些天遭受的苦楚向将军倾诉，求朝廷为他做主，严惩那些无法无天的乱民，以解心头之恨。此刻，见巡抚将军询问，他便滔滔不绝地把这些天的遭遇添油加醋、声泪俱下地说了一遍，最后恶狠狠地说："巡抚将军大人，这伙乱民的为首分子是窦建德、孙安祖等人。他们目无王法，聚众造反，光天化日之下攻占县城，抢劫民财，为所欲为。他们这么做，是想搅乱安宁的大隋江山，以便他们取而代之。所以下官请求朝廷，对这伙穷凶极恶之徒，必须一个不留地严加惩处，绝对不能姑息。"

杨义臣心中反感，说道："你说了这么多乱民聚众造反、攻占县城、抢掠县府的不法之事，可他们的人呢？我的将士们走遍了平乡县城的大街小巷，怎么没见到一个造反的乱民呢！该不会是你在故弄玄虚、欲盖弥彰、欺君罔上吧！"冯贤德一听这话，吓得冷汗直冒，慌忙双膝跪地，对天发誓道："巡抚将军大人，苍天在上，下官若有一句虚言妄语，必不得好死。窦建德之流狡猾至极，他们知道将军领兵来临，都逃回家里去了。将军只需派人到这几个为首分子的家中去，把他们抓捕归案，用严刑审问，便可知道其中的端倪了。"杨义臣却道："你让本将军仅凭你的一面之词，就去他们家里抓人，合适吗？你要知道，本将军的将士是奉旨来平乱的，可不是来替你这个县令执法的。如今无乱可平，本将军也就可以回去复命了。"冯贤德见杨义臣不支持他的主意，还要撒手不管，不由得着急起来，说道："大人，如今下官既无钱财，也无士兵衙役，我拿什么去执法。而且这些乱民凶狠得很，本县的士兵和衙役也未必是他们的对手，谁还敢上门去抓捕他们？"杨义臣嘿嘿冷笑着道："据我所知，这一方的乡民还是很讲道理的。除非是有人把他们逼急了，他们才会造反。你身为一县的父母官，却不敢面对自己的子民，由此也可见你这个县令的为人了。但是，你要明白，本将军奉皇上之命来平乡，不是为虎作伥、添乱的，而是要查你们这些当官的，你就等着好自为之吧！"冯贤德一听此话，犹如五雷轰顶，震得他瞠目结舌。他对自己的所作所为心知肚明，觉得自己绝不能坐以待毙，必须要未雨绸缪、先入为主。而且他还感受到当地的上司也保不了他，一定得另找靠山，他想到了在京城的亲叔。他回到自己的府衙里，立即亲笔修书一封，召来了旧时的亲信衙役，星夜赶往京城求援。

　　杨义臣确实如他所说，不仅没有派兵去抓捕乱民，而是张贴了安民的告示，并以巡抚的名义鼓励当地百姓，对官府的不端作为予以检举投诉。皇帝派巡抚带兵来查民乱和治不法官员的消息也传到了窦建德、线娘和孙安祖、高士达的耳朵里，窦建德感到朝廷并没有偏听轻信，这也是他们为自己聚众造反最好的辩解机会。窦建德不顾线娘和孙安祖的反对，决定要去县城面见巡抚，诉说这次民乱的由来，并当庭状告冯贤德的种种欺民虐民的不法之举。

　　杨义臣听说乱民之首窦建德前来投案申诉，立即升堂接见。杨义臣坐在案桌前，细看站立在大堂中央的窦建德，见他七尺高的身躯犹如一截铁塔，黑红的脸面不怒自威，双目炯炯，不卑不亢，让人一望便知此人一定是个耿直的汉子，杨义臣第一眼就对窦建德留下了很好的印象。但是，杨义臣却开口问道："窦建德，你可知道，蛊惑民众攻占县城，这可是要灭九族的造反之举啊！你现在竟然还敢来投案申诉，是不是有点太胆大妄为了吧！"站立在县衙外，随同窦建德一齐来县城的线娘、孙安祖、高士达、徐茂元闻言，都不由得一阵紧张。可站立在公堂上的窦建德却是理直气壮地说道："巡抚大人在上，我们都知道，水可以载舟，亦可以覆舟。同时我们也都知道，自古以来，民不愿与官斗。但是，若官不把民逼到绝境，民又岂能会去与官斗呢？"这一番刚柔相济的话，让杨义臣感到有些意外，却也让杨义臣对眼前这个汉子有了更深一层的认识。杨义臣接着道："依你此说，你们聚众造反是被当官的逼得无奈之举喽！"窦建德立即道："正是如此！"于是，窦建德把冯贤德来平乡

第七十七章　杨广东巡志在千秋，义臣平乱县令获法

县接任县令之后的种种不端行为作了供述，最后说道："朝廷用如此的贪官恶吏来当百姓的父母官，我们恨的虽然是这个当县令的父母官，可他代表的毕竟是朝廷、是皇上。由此，百姓进而思之，又怎能不会去恨朝廷、恨皇上呢！"如此铿锵有力、震撼人心却又令人回味的话，让杨义臣有些坐立不安了，他不能不对窦建德刮目相看。杨义臣立即派人将冯贤德传到了堂上，问道："冯贤德，乡民们告你，来到平乡县后，枉法乱纪、重用恶吏、奴役百姓、疯狂敛财、强抢民女等的恶劣行径，逼反了乡民，却还要自表清白、嫁祸于民。这些事实你抵赖得了吗？"冯贤德见窦建德站立在堂上，已是心虚，现在见巡抚将军又如此说，更是没了底气。但他一想到自己还有一个身为皇后总管的亲叔，不安的心情似乎又得到了支撑，立即说道："杨大人，您是皇上和皇后派来平乱民的巡抚，你可不能只信民不信官啊！他们聚众造反，占了县城、抢了衙门，还有我的家眷，这可是在众目睽睽之下的行为啊！可大人不去惩治他们，却要来追责于我，这情理何在？"冯贤德不敢把自己被搜去的财物端出来诉之公堂，也算他有自知之明。这话却激怒了衙门外的那些围观的听众，高士达首先就大怒着道："胡说八道，你那些家眷本来就是强抢来的，好在我妹没能让你得手。否则，我妹也成了你的家眷了。"杨义臣见冯贤德平白无故地把皇后扯了进来，猜测着此中会不会有什么缘故，便问道："冯贤德，你刚才所说的那段话是什么意思？"冯贤德见杨义臣如此相问，似乎感觉到出现了转机，也就趁机发挥着道："杨大人如果在此事上处理得不公，下官也会申诉的。我亲叔冯忠可是皇后娘娘的总管。"

杨义臣被冯贤德的小人之心激怒了，他脸色一变，道："大胆冯贤德，竟敢用皇后娘娘的总管来要挟本官。来人，剥去冯贤德的冠帽衣带，下入死牢，三天后当众开斩。"堂上堂下都欢腾了起来，冯贤德却吓得屁滚尿流，瘫了堂上。杨义臣把窦建德请到了后堂，问道："你往后可有打算？是还愿意做你的里长，还是另有所谋。"窦建德见问，立即说道："谢大人能秉公断案。在下往后只有一个心愿，想去军中历练一番，以增添自己的阅历！"杨义臣若有所思地捋着胡须道："好一个增添自己的阅历，可嘉，可嘉！这样吧，据说你会些武艺，你就到我军中来，先任一个校尉磨炼一番。如何？"窦建德慌忙拱手谢道："谢大人栽培。建德定不负大人期待！"然而两人谁都没有想到，数月之后，杨义臣被杨广削了军职，罢了官，杨义臣心灰意冷，从此隐居于乡间，不问朝政。而在十年之后，窦建德兴兵为王，把隐居在乡间里的杨义臣请了出来，委以重任，一起灭了叛臣宇文化及，替杨广报了仇。

第七十八章
官官相护法不治王，萧后闹殿杨广折寿

杨广在回京途中，就分批将随同出征东巡的将士遣散回各自驻地。当杨广和萧皇后带着众臣来到东京洛阳郊外时，仅剩下一支数千人的轻车简从队伍。但杨广仍心有顾忌，他不想惊动朝野，也不愿跟随萧皇后回到后宫，只带了宇文述和几个亲信侍卫，换上便服，悄然进入城内。他给众大臣和萧皇后留下三道旨意：一是朕已先行一步入城；二是你们众人须三天后才能悄然入城；三是朝堂上不管发生任何事，你们都不准参与其中。

杨广如此行事，自有一番用意。这一路上，他听闻许多有关齐王杨暕的传闻绯闻，真假难辨。但他觉得此事已远超自己原有的想象与担忧，成了民众热切关注的话题，是他无法回避、必须重视的大事。他身为大隋皇帝和杨暕的父皇，绝不能凭借皇权妄断是非，必须给民众一个明确交代。而且杨广清楚地意识到，如果杨暕的所作所为真如民间传说那般，想要保住这个唯一的儿子，不仅困难重重，在众臣和民众面前也难以通过。然而，杨广仍存一丝侥幸，希望民间传说是夸大其词、以讹传讹。他必须亲自查明真相，问个明白，才能断定是非，向朝臣有个说法，给民众一个交代，让皇后感到欣慰。这便是杨广便服简从潜入皇城的心思，也是他不让其他人招摇过市参与此事的原因。

杨广进入皇城后，首先想见齐王杨暕，这既包含父子之间的思念，也想听听当事人的陈述，以便辨别事实真伪。其次，他想私下约见几位大臣，听听他们对此事的分析与评判。随后，再回到给自己写求援信的两位夫人身边，将自己的所见所闻与她们知晓的事情相互印证，做出最终判断，从而在朝堂上应对各方面的诉求与责难，并在律法允许的范围内，竭尽全力保杨暕不死。然而，杨广深夜前往大理寺狱中想见杨暕时，却被狱官严词拒之门外。杨广拦住宇文述亮明身份硬闯大狱的举动，心中对这件事的端倪有了更多思考。于是，杨广来到右仆射苏威府上。苏威见皇上深夜来访，既惊又喜。在理解皇上秘密回京的用意后，立即将齐王杨暕在北门

第七十八章　官官相护法不治王，萧后闹殿杨广折寿

指使士兵误伤道人僧尼之事的前因后果禀告一番，并说道："此事原本只是小事一桩，且在臣职权范围内可以解决。但有些人唯恐天下不乱，将齐王告到大理寺。我们都知道，凡事到了大理寺，哪怕是小事也会变成大事，况且此事主凶是齐王殿下，大理寺岂会轻易放过？或许大理寺卿梁大人有意等皇上回来后亲自论断，也或许梁大人怕此事再生纠葛，于是下令将齐王与外界隔绝开来。据说，连两位娘娘去探监都不能进入，这是否有些矫枉过正了。"

杨广打断苏威的议论，问道："朝堂上大臣们对此事都有什么想法？"苏威边思索边说："众臣无非分成三种观点：其一，以'王子犯法与庶民同罪'为由，主张依法严惩，代表人物有那么几个，其中有高……"杨广再次打断苏威的话，说道："朕明白了。朕再问你另一件事，据说杨玄感府上在招兵买马，你知道有这回事吗？"苏威愣了一下，随即接口道："臣也听说了，但经查核，乃是杨府在招募家丁府兵。杨府家大业大，而杨玄感做事又比较张扬，难免会引起一些人的猜忌，其中的传闻也就难免捕风捉影。"

杨广从苏府出来，心头稍感宽慰。他连夜又来到梁毗府上，见到梁毗便开口问道："梁大人对齐王杨暕之事，打算如何处置？"梁毗没想到皇上已悄然回京，还会半夜突然来到自己府上，且一开口就问齐王杨暕之事，由此可见皇上对此事的重视程度。梁毗立即胸有成竹地说："启禀皇上，齐王殿下所犯之事，经多方审核，事实清楚、证据确凿。若依法定罪，死有余辜。"杨广又问："你们既然认定罪不可赦，为何既不公开宣判，又没有依法施刑呢？"梁毗似有为难之处，喃喃说道："启禀皇上，臣虽是皇上任命的大理寺卿、刑部尚书令，是皇上手中的一把刀，但也是为人之父。皇上自继位以来，披肝沥胆、呕心沥血，为社稷天下所做的桩桩件件之事，无不向天下民众证明皇上是一位英明有远见、敢作为的帝王。然而，圣人也会犯错，皇上岂能无过。所以齐王殿下有过错，皇上身为父皇又怎能没有责任。因此，皇上若能替齐王承担'子不教父之过'的责任，再以皇上的丰功伟绩抵消齐王殿下所犯下的部分罪行，求得大臣和民众的谅解，或许齐王殿下还有一线生机。"杨广含泪说道："所以，你将杨暕与世隔离开来，希望以此淡化平息民众的义愤，为朕回来后解救杨暕创造条件？"梁毗说："臣正是此意。"杨广却严肃地说："错了！你这是把朕架在火上烤。如此天下皆知的大事，能封锁得住吗？朕不给民众一个明明白白的交代，别说民众不认同，连朕自己都不会认同。而且还会让天下人知道，朕说一套做一套，大隋的律法仍是刑不上大夫、官官相护、法不治王。"梁毗辩解道："臣

所想不止于此。臣还想到,皇上刚失去太子长子,若仅存的一个儿子也保不住,人情何在?我们做臣子的又于心何忍!但法不容情,又是皇上定下的规矩,臣实在两难。"杨广无言以对。

次日,杨广把段达召到下榻之处,详细询问朝堂上各大臣的心态动向,尤其是户部尚书令杨玄感对齐王杨暕犯事的态度。段达说:"杨玄感大骂那些道中人无事生非,扬言该杀的不是齐王殿下,而是这些弄虚作假的道人,并提议派兵把那些闹事的道众全部抓起来惩处。然而,此说法遭到樊子盖、高颎、李密等人的极力反对。"杨广问道:"你对他们所言有何看法?"段达说:"杨玄感唯恐天下不乱。但高颎、李密等人极力主张依法严惩齐王殿下,樊子盖则态度暧昧。"杨广突然问道:"元文都对此有何说辞?"段达说:"他是中立派,在齐王殿下的事情上,没有任何表态。"

当晚,杨广独自来到后宫坤善殿。朱贵儿见杨广来临,喜出望外。但见杨广脸色阴沉,神情疲惫,既心疼又不敢多问,只能亲自为杨广端茶倒水、梳洗更衣,忙个不停,又让人去关照御厨准备晚餐。杨广梳洗完毕后,似乎对吃饭并不在意,开口问道:"治儿可好?你们联名写信给我,是你的主意吧?"朱贵儿连忙摇头说:"不是,是治儿的主意,我只是执笔而已。"杨广似有惊喜地说:"是吗?这真让我难以置信,还真得刮目相看了。"于是,朱贵儿把前因后果详细说了一遍,并说:"我回京后发现,治儿变了许多,似乎变得沉闷了,不像之前那么直言不讳,这或许就是人们常说的成熟了吧!"杨广若有所思地说:"她还在恨我吗?"朱贵儿说:"你这话真有点以小人之心度君子之腹了。治儿的不辞而别和我的装病回归,全是拜你的那个皇后娘娘所赐,你难道就不觉得皇后在张掖的所作所为另有图谋吗?"杨广沉默了。朱贵儿又说:"如今,你回京后,不该先来我这里,而应该先到治儿那里去。治儿是个心里藏不住事的人,但她更愿意把自己的心奉献给懂她的人,你难道就没感觉到她对你的这份炽热之情吗?"杨广无语了。他虽觉得贵儿说得在理,是自己错怪了治儿,但脑海中却有个声音:"天子夫君的尊严,君臣夫妇之道,乃是人间纲常。一个妇人再有道理,也不能藐视这些为人准则。在这个问题上不能迁就她,更不能放任她,以免养成她狂妄自大、唯我独尊的坏习气。"为此,杨广说:"等我处置好暕儿之事后再说吧!但我会去处理治儿告诉你的王义仁之事。"

隔天,薛治儿得知杨广已回到后宫,当即兴冲冲地赶到朱贵儿的坤善殿,想对杨广诉说别后的思念之情和自己的任性之错。然而,朱贵儿告诉她,杨广一早便去

第七十八章　官官相护法不治王，萧后闹殿杨广折寿

了朝堂。这让薛治儿怅然若失，在坤宁殿背着手下侍从和梅香，还偷偷哭了一场。

杨广急着去朝堂赴早朝，不仅因为自己许久未上朝，更因为有诸多忧心之事，必须与朝臣们深入探讨甚至交锋，而且刻不容缓。

朝臣们听说皇上早早来到朝堂，都不约而同加快脚步向乾坤殿赶去。每个人心里都在思忖、猜测，今日朝堂会有什么大事发生？当今皇帝为何悄然回京？又为何一反常规，早早来到朝堂坐等众臣？没有人能给出确切答案，但似乎每个人心里又都有了答案。

杨广等众臣施礼完毕归位后，起身开门见山地说："诸位大人一定对朕如此突然回京，又如此急切上朝感到迷惑和猜测吧！"杨广用锐利的目光扫视着众臣，继续说道："那么，有谁能直言不讳地说一说，朕不在京城的这段日子里，京都朝堂都发生了什么事？你们又是如何处置的？"朝堂上鸦雀无声，谁都不清楚杨广问这些话的真正用意。杨广嘿嘿冷笑着说："齐王杨暕的事，你们都不知道吗？可朕在北疆却未收到一份你们关于此事的奏折。为什么？是因为齐王是朕的儿子、未来的太子，所以你们不便说，还是忌讳说呀！"高颎忍不住出列说："启禀皇上，臣等确实有这两方面的顾虑。但最根本的是，有人想大事化小、小事化了；也有人想封锁此事、欲盖弥彰；甚至还有人想对受害者、对敢向朝廷申诉的人赶尽杀绝，以堵住众人之口。这正是臣等人最担忧的事。若朝廷按照这些人的意愿行事，大隋还有法可讲吗？天下之人还有是非可依吗？"杨广似有赞许，却又带着挖苦地说："高颎此说似乎有理，可你又做了哪些努力来扭转这种事态的发展呢？你身为纳言，为何不将你的担忧上奏给朕知道呢？你不觉得自己失职吗？"高颎委屈地说："皇上，往昔高颎口无遮拦，已多次得罪皇上。长此以往，臣不得不担心自己能否善终。"杨广勃然大怒，说："高颎啊，原来你是这么看朕的，简直是心胸狭隘！你难道要朕对你的话言听计从，才算是尊重你吗？"高颎心中虽有怨言，却据理力争道："臣不求皇上言听计从。但眼前的事实是，臣已从内史令一直降到现在无职无权的纳言。为什么？还不是因为臣多言了！臣若不小心谨慎些，今天在朝堂上早就没有立足之地了。"杨广沉默了，他内心也在反思其中症结所在：是因为高颎反对他接位太子，没有向他表示忠诚，还是因为高颎违背他的意愿杀了张丽华……似乎这些因素都有。但杨广也不得不承认，关键在于高颎太敢直言，有时甚至让他这个皇帝下不来台。或许这才是他不喜欢高颎，没有重用高颎，只是把高颎当作朝堂上的一个陪衬，当作自己宽宏大度用人的一个象征。杨广似乎感到自己理亏。

杨玄感见杨广被问住,而且他也忌惮高颎,觉得朝堂上有这样一个人对自己是种威胁。于是,杨玄感挺身而出,指着高颎厉声说道:"大胆高颎,竟敢当众指责皇上对你不公。你就不想想,这些年你在朝堂上的种种作为吗?你的内史令是先帝封的,但也是先帝将你削职为民的。自从皇上登基后,是皇上把你请回朝堂,你却不思回报,反而口出怨言。皇上,如此心怀叵测之人,不该再让他留在朝堂上了。"杨玄感这么一说,也引来兵部尚书令李圆通附和道:"皇上,臣觉得高大人对朝廷确实诸多不满。常言道,害群之马不可留。因此,臣对杨大人的提议表示附议!并希望皇上能像先帝一样当断则断,免受其乱。"梁毗见杨玄感与李圆通一唱一和攻击高颎,实在忍无可忍,出列声音嘶哑地说:"启禀皇上,常言道'良药苦口利于病,忠言逆耳利于行'。高大人敢于直言,体现的就是这种精神。臣认为,在齐王殿下这件事上,要说隐瞒不报的责任,全在老臣身上。是老臣封锁了消息,才导致众臣无法禀报。因此,皇上若要责罚,老臣愿意承担此责。但是,齐王殿下的罪责,老臣左思右想,觉得齐王纵然罪该万死,还请陛下能够赦免。齐王毕竟还年轻啊!"梁毗的话立即在朝堂上引发轩然大波,有人赞同,有人感叹,也有人挖苦道:"真没想到,这个向来铁面无私、油盐不进的老梁头,现在竟然也做起了好人。如此看来,律法说得再好,法不治王这一条,任凭哪个朝廷都难以打破。"

杨广看在眼里、听在耳里、想在心里,清晰地感受到朝臣们在处置杨暕的问题上观念难以统一。他若不立即表态,任由众说纷纭,朝臣们的心思必然会分裂成派系,甚至形成势力。于是,杨广立即大声宣告:"大隋的律法早已规定,王子犯法与庶民同罪。所以,在朕这里,'法不治王'这一条不存在。"众臣再次哗然。御史李密却不以为然,出列说道:"皇上既然表明'法不治王'这一条律法不存在,那么,以齐王所犯之罪,为何刑部大理寺不敢当众宣判,而吏部又在混淆视听、替齐王掩盖罪行呢?这显然是在公然包庇罪犯!这与法不治王又有何区别?"杨玄感见杨广又被问住,立即挺身而出,看似在替杨广解围,实则另有打算地说:"李大人这么说,岂不是把矛头指向皇上了?下官认为,真正该治罪的应该是那些始作俑者,是那些坑蒙拐骗的假僧尼。这些道中人仗着法不能治他们,不仅胡作非为,稍有不满就聚众闹事。若再纵容他们,不予惩处,实在太不像话了。"杨广若有所思地解释道:"不良僧徒只是少数,对于少数恶僧该治,但不能以偏概全。据朕所知,朕在敦煌下达的提倡儒、佛并存的旨意,各地郡府并未执行到位,这也是僧人不满的起因。作为朝廷,应该对此反省,朕也会再次下旨,责令执行。然而,杨暕的罪过,该怎么罚还

第七十八章　官官相护法不治王，萧后闹殿杨广折寿

得怎么罚，这就是朕的态度。"

突然，殿堂门口涌进一群人。为首的是萧皇后，搀扶她上殿的是贴身侍女丹香，在她们后面紧跟着少常卿、骠骑将军宇文化及，礼部尚书令牛弘，安德王杨雄。萧皇后边走边哭道："你们要杀齐王，就先把本宫杀了吧！"杨广愣住了，殿上的大臣们也都愣住了。萧皇后带着众人闯到殿堂上，怒气冲冲地指着众臣大声说："你们这群白眼狼，朝廷少给你们俸禄了吗？大隋皇帝亏待你们了吗？可你们却想方设法要置齐王于死地，想让大隋皇帝绝后。你们的心好狠毒啊！"杨广见自己的皇后如此当众胡搅蛮缠，脸上既挂不住，又心生怒意，但又不得不委婉地大声训斥道："成何体统！皇后，这里是朝堂，你来干什么？"

萧皇后看到杨广留下的三道手谕圣旨后，心头一直不安。她既担心杨广悄然进京是要秘密处置杨暕，万一杨暕有个三长两短，自己这个做母亲的将毫无回旋余地，届时一切都晚了；又担忧杨广孤身进京是为了处置朝廷中有人谋反的大事，因为贵儿来信中曾提到杨府招兵买马之事，万一属实，必然存在风险；此外，她还忌讳杨广提前进京是为了摆脱自己的纠缠，去与久别重逢的两位夫人亲热。萧皇后为了让忐忑的心情有所着落，便指派宇文化及潜入京城打探跟踪杨广的行踪，并及时回报。因此，第二天晚上，当萧皇后得知杨广回了后宫，便再也不愿遵从杨广的旨意。第三天清晨，她带着众人进城来到后宫，却被告知皇帝早已去了朝堂，这让萧皇后预感杨广一定是要去处置杨暕的事了。萧皇后觉得此时自己不能置身事外，于是匆匆赶到乾坤殿，不顾一切地闯入朝堂大殿。此刻，萧皇后见杨广问她来朝堂干什么，一时愣住了。一时的气恼和冲动让她不管不顾地带人闯入朝堂，连她自己也不知道来朝堂要做什么。杨广见萧皇后没有回答，便训斥道："下去！这里是朝堂，不是你的后宫，朝廷的事轮不到你来管。"萧皇后被激怒了，不由得脱口而出："暕儿的事，我这个母后为什么不能管？再说我乃是一国之母，凭什么我就不能管国事？"杨广不由得生气地厉声道："好一个一国之母，但你需要管好的是你的后宫，而不是这里。快下去，别在这里干扰朝政了。"萧皇后被气得七窍生烟，大声道："凭什么，因为我是一个女人吗？但是，在先朝二圣时代，独孤母后不也是女人、一国之母吗？她可以管国家大事，本宫又为何不可以管呢？"杨广被萧皇后气得不轻，狠狠地道："简直是在胡闹。来人，把皇后给朕拉下去，押回后宫禁足反省！"

众大臣此时似乎方才苏醒了过来，苏威带头，一齐跪倒在地，苏威高声道："启禀皇上，皇后娘娘所言也有一定的道理。母子连心，人之常情。朝廷要处置齐王殿

789

下,也应该听一听皇后娘娘的旨意,方能做到不偏不倚,让人信服嘛!"此时更有人大声道:"那些信道之人也实在可恶,冒充僧尼借化缘为由诱惑殿下,否则又何来齐王殿下后来的罪错?因此要杀要剐的不是齐王殿下,而是这些可恶的信道之人。"杨广见有人把矛头指向了那些受害的僧尼和信道之人,觉得非常的不妥,立即道:"杀人偿命乃是天经地义之事,不管有什么理由,杀人之举则是为我大隋律法所不容。齐王杨暕不获法,岂能平天下民众之心。"萧皇后见杨广还是坚持着要杀杨暕,不由得一阵气急血涌,只觉得眼前一黑,晕倒在殿堂上,慌得众大臣一片惊呼着道:"皇上,皇后娘娘晕倒了!"有人则高声喊道:"皇上,赦免了齐王殿下吧!"也有人大声疾呼道:"快传御医,快去传御医。"殿堂上乱成了一片。

丹香手足无措地搂着萧皇后,带着哭泣声喊道:"娘娘,你怎么啦?快醒醒。皇后娘娘,你快醒醒呀!"跟随在丹香身后的宇文化及,见皇后娘娘当众瘫倒在地,情况尴尬,也就顾不得嫌疑,一大步上前,在众目睽睽之下,伸手托住萧皇后的下巴,又伸出大拇指,掐住了萧皇后上唇鼻尖下的人中穴位,轻轻按压,不一会就见萧皇后悠然回过了神来。萧皇后睁开眼睛,猛然见到了近在咫尺,正用手托住她的脸、在用手指安抚她嘴唇的宇文化及,萧皇后一阵心慌意乱,嫩白的脸不由得涨得通红,她立即合上眼睛,并用手指推开了宇文化及的手,又侧过了脸,用手掌护住自己发烫的面颊,情不自禁地涌起了一股心醉神迷之感。但是,她想到杨广坚持要杀杨暕的事,又是一阵伤心在心头涌动着,而情不自禁地在殿堂上号啕大哭起来。杨广看着这乱糟糟的朝堂和倒在地上哭泣的皇后,一时也感到了束手无策。而且杨广一生中最怕的就是听女人的哭声,那哭声好似是在对他的谴责,让他想到了在天庭上,那些被他牵连而遭受到惩罚的无辜仙女们,他不能不感受着此中的愧疚。此时的杨广听着哭声也就是如此的心情,他默默无语地站着,似乎是眼前的事在告诉他,承担责任去赎罪的应该为他。

"皇上,启禀皇上,臣有事要起奏。"杨广被一声大喊召回了神,他抬头举目一看,见是光禄少卿、大理寺丞王文同那高大的身形,跪在他的帝台跟前。杨广不知所以然地随手一挥道:"你起来讲吧!"王文同站直了身,他那将近八尺长的身躯,站立在殿上众臣的前面,犹如一块门板,挡去了许多人的视线(日常上朝时,王文同的班列都是在最后一排人群末尾)。他的个性也像他的身材一样有点招人注目,凡是被他认定的事,他都会用百折不回的劲头去追究,他也是大理寺卿梁毗的得力助手,是他查实了齐王杨暕的许多罪证,也是他查清了刑部伙同洛阳郡府替齐王做

第七十八章 官官相护法不治王，萧后闹殿杨广折寿

伪证的事实。如今他既见证了皇帝对自己的儿子齐王之事严正的护法态度，此刻他又眼见着皇后的哭闹和皇上的愤怒与无奈，让他觉得自己于情于理都该站出来，去化解当下众人的尴尬。王文同挺直了身，道："皇上，臣对齐王殿下当众犯法之事，尚有另一说法。"

朝廷众臣都知道王文同是个酷吏，甚至是比大理寺卿梁毗更不讲情面的判官，更有人在背后骂他是活阎王。现在见他站出来，对齐王犯法还要另有说法，谁都感觉得到这是王文同不满皇后闹殿，而要以法说事，在对齐王落井下石了。王文同在得到杨广的允诺之后道："齐王杨暕当众犯法之罪，证据确凿，不容任何人质疑。如今皇上又当众重申了'王子犯法与庶民同罪'的大隋律法条款，因此对齐王之罪所适用的立法也不容置疑。从中体现出了不仅是我大隋法律的铁面无私，更体现出了大隋皇帝对律法的尊重，也让我们身为执法的官僚感到了理直气壮，更是我们可以问心无愧去面对天下民众的公正判决。由此，下官要在这里告诉大家，谁还要认为大理寺对齐王杨暕的判决存在不公，臣将认定这是对大隋律法的藐视。"众臣被王文同如此铿锵的严词镇住了，而且谁都不敢再发任何质疑和免刑之声，甚至是连萧皇后的哭声也被抑制住了。王文同继续道："但是，大隋的律法却并非是六亲不认、功过不辨之法。在大隋律法的补充条款中就有这么一条：以功抵过、以爵减刑、以认罪态度去量刑定重轻的法律。以功抵过，齐王无功可抵；以爵减刑，齐王仅是个封号，故也无爵职可减；而齐王的认罪态度，却被有些人教唆得去狡辩、去做伪证，甚至是诬陷诰告他人，而失去了从轻处罚的可能。故下官要对这些人说，你们不仅是在知法犯法，更是在把齐王推向罪恶的深渊，齐王有今日，臣不得不说，也是拜你们所赐。"苏威知道王文同所言是冲着他来的，心中虽有不平，却又无任何可去辩驳的理由。萧皇后则感到全身都在发凉，而几乎是所有的人都认为，经活阎王如此一说，齐王是死定了。

谁知王文同却把诘锋一转道："目前能救齐王殿下的只有其父亲一人了。"众臣面面相觑，连杨广也如坠云雾之中，并急忙申辩着道："朕早已有过声明，'法不治王'在朕这里行不通，否则我难以向天下民众作交代。所以朕不能赦免他！"王文同道："皇上不以皇权去赦免齐王之罪，但是却并不排除可以用父亲的身份，去向天下人申请减免儿子杨暕的罪孽呀！"杨广不解地问道："此话怎讲？"王文同道："皇上须主动承担'子不教父之过'之责；然后再以皇上积累的丰功伟绩，按'子债父还'的处置手段，去求得受害方的谅解，达到减轻齐王的罪责。如此齐王或许就有

救了。"杨广心头一亮,似有所悟地道:"此议甚好!朕愿意作为一个父亲,去向天下人和那些受害者表达一个父亲教子无能的罪责。"众臣至此方才明白了王文同的用意,萧皇后似乎也明白了这一招的可能性,她从地上站了起来,对王文同道:"本宫也愿意去承担'子不教母之过'的责任。"王文同却道:"皇后娘娘此愿虽好,但是娘娘能用何功德去替子抵债?"王文同的话把萧皇后给问住了。杨广即对众臣道:"朕已经决定了,只要那些受害者和天下人能留住逆子杨暕的性命,朕愿意用俸禄修建十座道观,建善桥十座,给死者奉银千两,伤者奉银百两。"王文同见杨广没了下文,即摇了摇头道:"不够,不够。皇上不是一个普通的父亲,齐王与受害者都不是普通的百姓,皇上又岂能用如此浅薄的观念去让天下民众接受呢!"杨广顿然醒悟地道:"朕明白了。"随即杨广道:"请礼部尚书令牛弘上来,替朕拟旨告白天下臣民。"牛弘慌忙上了帝台。杨广道:"朕,杨广,今以罪犯逆子杨暕父亲的身份,借皇榜昭告天下曰:罪犯杨暕所犯之罪,纵有千死也难抵其罪过。朕是其父亲,理该承担'子不教父之过'之责。故朕在此向所有受杨暕伤害的人,向天下臣民告白,臣自愿折阳寿十年来替子赎罪还债。"朝堂上沸腾了,但有认为这是不可能的而高声大喊道:"皇上,这折寿抵罪有点太过了。"杨广却不以为然地继续道:"朕虽然不是个好父亲,但朕却不是一个不明事理的皇帝,更不愿意做一个受人指责的国君,朕更该承担一个国君该承担的责任。为此,朕甘愿再自罚俸禄三年,罚没的俸禄用于为天下民众铺路造桥。同时,朕将颁旨重申:在大隋扶佛不得抑道、尊儒也得尊佛道,要做到儒、佛、道三家并存共荣。并责令各郡县府衙,为各自辖区中的所有道观、寺庙、国子学馆视实情予以出资修缮,为贫困道众、佛门弟子、国教学子送粮送帛,解除他们的后顾之忧。"(隋帝杨广如此颁旨,真正迎来了隋朝儒佛道三家并举的发展格局,也为唐朝奠定了三家并存的势态。)杨广接着又恳切地道:"天有好生之德,人有善念之举,以德报怨天下太平,以善制恶胸宽道畅。朕本着这一念想,恳请天下臣民和道众,能赐我儿子杨暕一丝生机,既宽朕孤家寡人的苦楚,也慰其母恋子心痛之切的情感。朕将从此贬杨暕为庶民,将其封闭在府中严加管教,若有不规之举,必将前后之罪共罚,以谢天下臣民如今对其的宽容。"杨广说完这些便对着众臣三鞠躬。

大理寺卿、刑部尚书令梁毗见此,双膝跪地道:"启禀皇上,臣有一事相求。"杨广诧异地道:"请起来讲。"梁毗没有站起来,道:"老臣现今年事已高,再难胜任担当皇上交托的如此大任。为此,臣恳请皇上,能允诺下官辞职归乡,在家终老。"杨

第七十八章　官官相护法不治王，萧后闹殿杨广折寿

广似有不舍地道:"你这是在自责处置杨暕之事上没有依法办理吗？"梁毗道:"臣既有此念，却并不完全是此念。"杨广探求着道:"请道其详！"梁毗道:"臣认为，为官在任必须心无杂念、情无旁牵，尤其是臣乃是司法执法之人，绝不能以一时之念、个人之情凌驾于律法之上，否则不仅是败坏了为官的声誉，更是有损律法的尊严，天下臣民的信任。而臣如今已有私念，故再也不配在这个位置上待下去了，务请皇上能够恩准。"杨广若有所思地道:"你离职之后，可有选定接你班的称职之人？"梁毗早已胸有成竹地道:"有！大理寺丞王文同、王大人便是老臣替皇上选定的大理寺卿不二接班人。"杨广点头道:"正合朕意。"

杨广话音刚落，辅臣银青光禄大夫樊子盖出列道:"启禀皇上，齐王殿下之过，臣有辅佐不力之责，臣愿辞去辅臣之职，听凭皇上发落处置。"杨广似乎心中早有安排，即若有所指地对着满朝文武大臣道:"樊大人知责而敢担当，让朕很感欣慰。现免去银青光禄大夫樊子盖的辅臣之职，改任涿州郡守，以观后效，再量能力启用。"

隋帝杨广如此为其子杨暕开脱罪责，又是如此坦诚的待人，不仅是感动了无数的臣民，也让悲痛欲绝的萧皇后，从心底里对杨广涌动着感激之情，她决定要给杨广一个惊喜，作为对杨广的回报。

第七十九章
后宫设宴院主献艺，治儿伤心贵儿伤情

　　百花苑内像是过节一样，十六院人人欢声笑语、喜笑颜开，牡丹殿上更是张灯结彩，大排宴席。御厨、内侍、役吏、宫女穿梭其间，忙个不停。萧皇后要在这里举办"庆贺皇上凯旋暨百花苑开苑典礼"的三天酒宴，这也是各院院主和诗人们盼等已久、精心准备的一次献技露脸、争宠的盛会，岂能不让人上心，又岂能不让人欢欣鼓舞。各院院主和她的属下似乎铆足了劲，都有争当第一、招来皇帝入院临幸的必胜信念，因为她们都有着各自的特色技艺，都有着胜人一筹的必胜把握。

　　比如，晨光院的院主吴绛仙，有赛飞燕之称，不仅身轻如燕、体态风流，而且能歌善舞。她与她的美人班首春娘、秋娘搭档排练了一出《游龙戏凤》，觉得定能令皇上销魂。又比如，文安院的院主刘云芬，色艳体丰，人称其为巫山神女。她还受异人教授，不仅身怀绝技，还在萧皇后的授意下，与她的两个美人班首雅娘、杏娘准备了一出在海上演出的大戏。皇后娘娘已经答应她了，只要这出大戏能成功，让皇上惊喜满意，那么皇上这天晚上就属于她的了。还有，仁智院院主柳秀凤，娇美如仙，其家是数代相传的酿酒世家，她深得其中的秘传，尤其是能采集百花蕊露酿制成百花蜜露，胜似天池王母娘娘招待众仙的天庭御酒，更是天下少有的佳酿。不仅醇醇可口，能让饮者欲仙似仙，长饮者眼清目亮、延年益寿，有返老还童之功。她为此已早早地开始在凌晨出去采集花露，秘密制酒露。她要在这一天来到之时，亲自手捧百花蜜露献给皇上饮用。此外还有，栖鸾院院主韩彩娥，美似画中人，肌肤如同煮熟剥去了壳的鸽蛋，白嫩细腻、润滑得让人不忍心用手去触摸，故有玉瓷美人之称。但她却能诗能画，还有一副好歌喉，她要当庭给皇帝唱一曲江南家乡小调，以便博得头彩；明霞院院主方贞娘有天籁曲仙之誉，不仅貌赛貂蝉，而且能谱曲唱曲；宝林院院主石筠倩冰清玉洁，一个美人，在舞蹈时体姿犹如清风拂柳，美妙绝伦；秋生院院主梁文鸯是一个典型的江南小家碧玉女子，温文尔雅、眉目传情、笑不露齿，用一口甜美的吴语自弹自唱，让人不能不似醉如痴；迎晖院院主樊玉儿，

第七十九章　后宫设宴院主献艺，治儿伤心贵儿伤情

通体白里透红，还散发着微微的玫瑰香味，而被人称为胭脂玉女。她出生于一个武术世家，自幼学得一身武功，却尤以剑术见长。她得知隋帝的三夫人剑术了得，在萧皇后的鼓动下便心心念念地想要与三夫人一比高下；仪凤院院主陈菊香人称巧手女红，不仅裁减针绣心细手巧，而且脸似满月、体态匀称。她向皇后要了皇上和皇后的旧龙袍、旧凤服作样衣，又精选了两幅绸缎，亲手为皇上皇后裁减缝绣两套彩服，在宴会上当众奉献；影纹院院主狄珍珠，善于长袖起舞，更有着一副好似夜莺般的歌喉，她那在月色下边歌边舞的风姿犹如嫦娥下凡，神秘而美妙；如意院院主袁宝儿，体态丰腴、神情端庄，且又吹拉弹唱样样皆能，有不同于一般年轻女子的韵味；绮荫院院主黄雅芸娇小美艳，体态玲珑、身段凹凸有致、神情潇洒活泼、口齿伶俐而童趣味十足，自有一种迷人的魅力在其中；清修院院主田玉芝眉清目秀、性格深沉，却写得一手好书法，水墨画卷画得神韵并茂，尤其善于临摹王羲之的墨宝，而被乡间文人士族恭之为诗书女圣手。但其为人清高，也不想沽名钓誉，甚至惜墨似宝，不肯轻易将自己的墨宝赐予人，故其字贵如珍宝，一字难求。田玉芝被选秀入宫也是因字而起，许廷辅得知民间有如此一位美貌清高的才女，原本是想借此敲些竹杠，求得田玉芝的几幅字画便罢。谁知，当田玉芝得知了许廷辅的真实来意之后，一言不发就让家人把许廷辅赶出了门外。这既让许廷辅丢了面子，更让他恼羞成怒，发誓不把田玉芝弄进宫去誓不罢休，由此田家又能挡得住许廷辅借用的朝廷官府威势。然而当田玉芝被选入了后宫，成了院主之后，经打探得知当今皇帝也写得一手好字，而且对书圣王羲之的书法也颇有造诣，于是便有心想见识一下这皇帝，是真的有才还是徒有虚名。甚至她还打定了主意，若这个皇帝确实有真实才华，那么也就不枉了这番无奈的进宫，哪怕是以身相许也是值的。如果这个皇帝是个沽名钓誉之人，那么她哪怕是去死也不会相从。故当皇后宣布了要举办这么一个盛会，田玉芝觉得机会来了，她画了一幅画、写了一幅诗字，准备献给这个皇帝，她并且要当众测试皇帝的真才实学，以便决定自己的取舍。

　　杨广得知萧皇后要在百花苑举办这么一个盛大的三天庆典宴席，他初时觉得没有这个必要。但当他得知了那些被选进宫的院主，正是他朝思暮想散落在人间的花魁女仙时，杨广心动了，他不仅不再坚持自己的主张，而且对这么个宴会还有所期待了起来。杨广对萧皇后道："皇后既然已经有备而为，朕也就再对你提个要求；既然这是个庆贺凯旋和百花苑开苑宴会，贵儿和治儿也必须参加。我希望你们之间能和睦相处，更希望朕的后宫往后能成为一个欢乐和谐的大家庭。"

薛治儿现在的秉性与其在江湖道上的时候有了诸多的改变，比如学会了许多宫廷的礼仪，也懂得了忍耐克制和谦让，还不时地用一个国母的标准在要求着自己。然而薛治儿眼中容不下沙子、坦率耿直无杂念的本性没有变，由此却成了她常常为此而苦恼的根子。她急着要见杨广的本意是替婡儿忧急，同时她也想当面去向杨广表示在张掖不辞而别的过错。然而却又因没见到杨广而感到失望和伤心。但当她知道了杨广为婡儿之事能做出如此破格的举措后又情不自禁地为杨广叫好。如今，见萧皇后亲自来请她去参加庆贺宴会，并得知了这是皇上亲自点的名后，她不仅是立即点头同意赴会，还愿意听从萧皇后的安排，与贵儿一起参加演练彩排。此后，当薛治儿在百花苑看到王义仁已调入了榭湘云的翠华院任职时，她又感到了杨广的温暖和情义，并一笔勾销了对杨广的不满。由此却能够看出薛治儿仍然是个性情中人。

第一天的庆典宴席放在了牡丹殿上。牡丹屏风前摆放的主桌上，正座是皇帝和皇后坐的，左右两边的侧座是两位夫人坐的。大殿上共有十六桌，分成左右两侧排列，每桌上不仅有着院名、院主的封号，还有着院主所属花座的名号。左侧前后次序是：景明院桂花仙子王桂枝、仁智院梨花仙子柳秀凤、晨光院迎春仙子吴绛仙、明霞院蔷薇仙子方贞娘、文安院百合仙子刘云芬、绮荫院玉兰仙子黄雅芸、影纹院水仙仙子狄珍珠、宝林院梅花仙子石筠倩；右侧前后次序是：仪凤院莲花仙子陈菊香、积珍院茉莉仙子秦凤琴、翠华院芙蓉仙子榭湘云、秋声院海棠仙子梁文鸾、迎晖院玫花仙子樊玉儿、清修院兰花仙子田玉芝、如意院菊花仙子袁宝儿、栖鸾院桃花仙子韩彩娥。大殿上彩灯高悬，沉厚优雅的箫笛声伴随着阵阵的鲜花香味，好似是从云端里飘泻下来一样荡漾在空间。一些身穿彩服的侍女伫立在大殿四周，有捧着壶在戏水的、有执着宫扇在眺望闲聊的，甚至还有麋鹿和仙鹤漫步在草丛小溪畔的，这一切似乎都在营造着不是天庭胜似天庭的那种氛围。

隋帝杨广在冯总管的陪同下兴冲冲地步入了大殿，却见大殿上除了那些散落在四周的人影之外，中央大殿上空无一人，不免有些诧异地问道："这是怎么回事，皇后和两位夫人呢！还说什么，在今天的庆典宴会上要让我见一见故人。可是人呢！"冯总管却是笑而不答，仅是举起双手向空中舞动了一下，又连着击了三掌。随即大殿上空飘起了一团团的白雾和彩云，麋鹿跑动了，仙鹤展翅鸣叫着，箫笛声似乎是由远渐近，逐渐地响亮清晰了起来。紧接着一阵银铃般的嬉笑声从大殿的四周传来，一群身穿缤纷彩服的仙女伴随着云雾出现在了大殿中央，并迅速地分成了

第七十九章　后宫设宴院主献艺，治儿伤心贵儿伤情

两队，面向着杨广，站立在中央大殿的两旁，似乎是在等待着天庭王母娘娘的召唤，又似乎在等待着玉皇大帝的检阅。杨广惊讶地看着眼前突如其来出现的场景，似乎是在迷惑，又生怕这是自己眼中的幻觉，他揉了揉眼睛，随后再睁大双眼向前看去。身穿着赤、红、粉、白、橙、黄、橘、青、嫩绿、蔚蓝、诸紫等各色彩服的女仙们貌美无比，甚至是一个比一个漂亮，看得杨广目不暇接、眼花缭乱，而不知该看哪一个才好。随着仙鹤的叫声，沉厚的箫笛声变得欢快了，白雾和彩云也似乎浓厚了，那群站立着的女仙轻移莲步，伴随着箫笛声开始翩翩起舞。就在声乐舞姿飘动的这片云雾中，先是隐隐约约地出现了三个神女的身影，随着这三个身影的临近，杨广看清了，走在中间那个身穿大红衣衫的女神不是别人，却是他的皇后萧贞。走在皇后左边身着诸黄色衣衫的是他的二夫人朱贵儿，在这两人稍后一点的是他的三夫人薛治儿，她穿的还是为她所喜欢的紫红色衣衫。皇后牵着两位夫人的手，似乎是在穿云破雾，又似乎是在腾云驾雾向着杨广一齐走来。杨广似乎明白了这一场景的由来，他想到了天庭，想到了那场由王母娘娘举办的蟠桃盛会，更想起了他所遇到的、又相互掩护他的、却受他所牵连而被罚下人间受苦的那些女神仙女们，杨广的眼睛湿润了。

萧皇后来到了杨广跟前，见杨广泪水溢上了眼眶，知道杨广已经被眼前的情景所打动，不由得带着风情满意地道："本宫的皇上就是个情种，你一定是被眼前的情景勾起了对天宫的想象吧！别急，你眼前所看到的不是幻影，而是实实在在的。这些如花似玉的仙子都将为你所有，你往后将会有的是时间去享受她们的艳福。"杨广似乎是清醒了过来，又似乎是不愿意听皇后如此去亵渎他心目中的女神，他避开了皇后眼神，却上前去拉住了贵儿和治儿的手，道："你们今天真漂亮。"两位夫人的脸一下都红了，萧皇后也听到了杨广的这句话，不由地带着妒忌道："皇上，本宫今天不漂亮吗？但本宫还会让你看到更漂亮的！"随后，萧皇后就冲着被杨广牵着手的朱贵儿和薛治儿道："本宫司导的庆典宴席马上要开始了，你们各自去入座吧！"

在大殿上的各院主是第一次见到皇上，谁都知道按往昔学到的宫廷规矩，见到皇上都必须跪地磕头高呼万岁。但是，皇后娘娘已经关照过她们了，今天她们在场的演出身份是花魁女仙，是皇帝的梦中情人，不必参照常规的礼节去拜见，故她们见到皇上来临，表面上谁都表现得无动于衷，可在每个人的内心都在对这个皇帝做着评判。

杨广按照萧皇后的指令坐到了主桌的正位,萧皇后坐在杨广的身旁,朱贵儿和薛治儿分别坐入左右两侧的座位上。随后萧皇后对冯总管道:"开始吧!"一声嘹亮而长长的仙鹤声响起,箫笛声戛然中止,云雾散去,一切都似乎是宁静了下来。冯总管拖长了嗓音,大声道:"庆贺大隋皇帝凯旋、暨百花苑开苑典礼现在开始……"随着仙鹤三声鸣叫声,响起了隐隐约约的钟声,这钟声深沉而优雅,似乎是来自天庭,又似乎是来自深山的密境,不仅遥远,而且回肠断魂地让人心生憧憬。这时十六位院主纷纷张开了双臂跳跃飞舞着,好似从天庭降落到了人间。鸟语声、山泉声响起,流畅的泉声越来越响了,这些自天而降的女仙们便伴随着泉声跳起了欢乐的舞姿。其中一位身穿大红锦衣的仙女,脱去了外衣,展露出了凹凸有致、无比娇美的身躯,她边舞边用夜莺般清脆悦耳的声音唱了起来:

清晨太阳大又红兮,十五明月圆又亮兮。天庭寂寞无奈多兮,玉帝喜怒有谁知兮。太乙童子闹西池兮,连累花魁下凡尘兮……

杨广的眉头皱了起来,他情不自禁地问萧皇后,道:"你让她们跳如此一个舞,唱如此之歌,是要让朕记住自己在天庭闯下的祸,还是在告诫朕要珍惜现在?"萧皇后道:"这些用意都有,但最根本的是,希望你能记住本宫为你所做的这一切。"杨广沉默了,他想起了皇后闹殿的事,想起了齐王杨暕的事,也想起了贵儿和治儿在信函上告诉他后宫的那些事,让他觉得心情不爽起来。萧皇后见杨广对她编制的歌舞不感兴趣,由此也突然感觉到了,杨广对莺歌燕舞向来是不怎么喜欢的,是她在用自己的情趣和意愿,想通过这么一折歌舞去感染于他,如今却落到了适得其反的效果,萧皇后不免也感到没趣,随后便叫停了这场本该是欢乐的开场歌舞。萧皇后为了弥补自己这一厢情愿的过失,再让杨广高兴起来,也为了安抚十六院院主被叫停演出的忐忑情绪,她站起身亲自对众勉励着道:"大家都别泄气!你们应该知道,我们现在所做的一切都是为了取悦皇上。只要是皇上不高兴的事,我们就别去做,而只要能让皇上愉悦的事就要认真去做。大家说对不对?"

各院院主正在为自己苦练了数月、却被突然叫停的演出,而在惶恐不安着。她们对皇后的这一番说辞虽然理解却有着各自的认同,因为她们从来没有经历过如此的场面,更不知道皇后此时的真实用意,因此对皇后突然问她们"对不对"的说辞茫然无答,却让萧皇后感到了无比尴尬。杨广看在眼里只能委婉地低声道:"你

第七十九章　后宫设宴院主献艺，治儿伤心贵儿伤情

就别再弄这种虚而不实的场面了，还是早些把她们引见给我，让我认识一下，她们与我心中所想象的是否相似。"萧皇后却是故弄玄虚地道："别性急么！好菜得慢慢地品，饭也得一口口咽。她们反正都是你的人，又何必在于这一时。"萧皇后见杨广被她说得没有了回话，便又道："这三天的庆典各有特色，但本宫相信一定会让你满意的。今天第一天的宴席是在牡丹殿内举办，主要仪式有开场歌舞，然后由各院院主为皇上献礼，接着是酒宴，在酒足饭饱之后，才是皇上选美欢愉之时。第二天的宴席是在海上举办，由全体院主和美人在船上参与表演，我们只需坐在船上边赏月边看戏即可，看完演出一齐去蓬莱岛上共度良宵，臣妻包皇上会心满意足。第三天的宴席安排在西苑，自西苑建成后，皇上还没去过呢，在西苑里可以游山游水，还有迷宫般的楼宇可供皇上任意选用。"杨广似乎并不满意如此安排，他对第一天的安排就提出了更改：他取消了所有不必要的礼仪，让献礼与酒宴同时举行，他认为只有如此既能活跃场内的气氛，也可以让众人有亲和如家的感受。杨广又对第二天的安排提问道："各院在船上演出，安全不安全，她们就不怕海上风浪吗？"萧皇后道："这就不用皇上担心了，各船都配备了侍卫和船老大，参演的院主和美人都已训练有素、成熟无误。在此也不妨给你透露一点可靠的消息，本宫请到了一位高人，此人有法术功力，在深夜能把月宫众仙请下凡。"杨广似有不信地道："天下能有这样的人吗？"萧皇后故弄玄虚地道："天下之大，无奇而不有。你也不是常梦见自己上得天庭吗？"杨广无语了，他想了想又问道："蓬莱岛上度良宵是怎么回事？"萧皇后微笑着狡黠地道："此事更不便透露，你上岛之后尽可乐在其中，臣妻包你满意就行了！"杨广不再言语。萧皇后见杨广默许，也就开始进入了宴席与献礼同时进行的仪程。

各院院主和美人纷纷归座，或去殿内各院指定的房室里卸妆更衣，同时准备各自的礼品节目。御厨宫役侍女上碟整杯、摆碗筷、倒茶端菜斟酒忙个不停，大殿上的气氛变得热闹而活跃了起来。杨广不用近侍伺候，亲自给皇后和两位夫人斟满了酒，对萧皇后道："朕想在宴席还没开始之前，先对大家说上几句，也就作为朕对这次庆典宴席的贺词吧！"萧皇后即对冯总管示意后，等到殿上安静了下来，才站起身用目光扫视着众人道："你们不是一直都在翘首盼望想见皇上吗？如今皇上已经来到了你们的面前，本宫虽然不知道你们现在心里都在想些什么，但有一点是肯定的，你们每个人今晚都想独占皇上，这不会有错吧？"萧皇后露骨的挑逗让许多人都脸红耳赤地垂下了头，可是萧皇后却又道："但你们放心，本宫今天不会跟你们争

| 799

抢。"杨广似有不满地皱了皱眉头，举起酒杯站起身，接过话头道："朕早就听皇后说了，皇后为了替朕圆梦，惊动了天下，把你们选进了宫，并告诉朕，你们就是朕心目中的那些仙女。因此，朕实在是有些迫不及待了，因为，你们是受朕的牵连而被罚下人间受苦的，而朕想你们也已经想了许久许久。朕的师傅说过，只要朕能得到了你们的原谅，朕就一定会与你们一齐重返天庭的。为此你们只要愿意，朕往后会尽自己所有的能力，让你们得到满足和快乐，去弥补朕对你们的愧疚。朕在此为了表示诚意，朕先干了手中的这杯酒。"杨广一口干完了手上的杯中之酒，并把空酒杯展示给众人看。萧皇后没想到杨广会顺着她的话意，说出如此一段富含深情的话，她似有所得又似有所失而默然无语。朱贵儿对杨广说的这番话神情自然，可薛冶儿的心中却有一股醋意在涌动着，并情不自禁地喃喃低语道："这么多的人，你顾得过来吗？"在殿堂上倾听的众人，似懂非懂、一头雾水地听着想着，又似悟似明白地盼等着杨广的下文，却没想到杨广饮完酒后就坐了下来。

　　坐在左侧第一桌、酒家女出身的景明院院主王桂枝，对如此的酒宴并不怯场，她见场面要冷落下来，立即端起桌上斟满酒的杯子，走至主桌杨广跟前，举着酒杯柔声细语地道："皇上，小女子王桂枝，有幸能被皇后娘娘选中，成了景明院的院主，从此将不离不弃地伺候皇上。现在小女子斗胆向皇上敬酒，愿吾皇万岁万岁万万岁！"王桂枝随后一口喝干了杯中之酒。杨广似有不满地端起冯总管刚斟满酒的酒杯，若有所思地站起身对着众人道："朕在干这杯酒之前，想给大家定个规矩。今天在这主桌上坐的不仅是朕一个人，还有朕的三位夫人。因此，你们眼里不能光有朕而没有她们。朕明白，你们只知道皇后娘娘，却不知道这两位夫人是谁。朕在这里就给你们说一下，她们在朕的心目中与皇后有着同等的位置，你们敬重朕就得敬重皇后，同样也得敬重她们。否则，朕是不会高兴的。"王桂枝没想到自己本想讨好皇上拔个头彩的心意，由于思虑不周遭到了皇上不点名的指责，不由得羞愧难当，正想返身离去，却见皇上又和颜悦色地对着她道："朕记住了，你叫王桂枝，是景明院的院主。但朕不知，你的花座是什么？"王桂枝见事有转机，也就嫣然一笑、伶俐乖巧地道："恭谢皇后娘娘，把桂花座赐给了小女子。为此小女子愿皇后娘娘和两位夫人娘娘千岁千岁千千岁！"杨广看着身穿橙黄色衣衫的王桂枝，似乎在品味着道："哦，'草肥马蹄捷，金秋桂花香'。好一个桂花仙子！你名副其实。"杨广一口喝干了杯中之酒，并用无不热烈的目光盯视着王桂枝那貌美如仙的脸。萧皇后见杨广满意，即道："她在民间有一个响亮的雅号，叫'云里观音'。"杨广露出了

第七十九章　后宫设宴院主献艺，治儿伤心贵儿伤情

惊讶的神态问道："这雅号来自何处？"王桂枝闪了杨广一媚眼，娇滴滴地道："小女子也不得而知。"萧皇后似有不高兴地借题发挥着道："你是忘了宫规还是咋的？怎么可以左一个右一个小女子地称呼自己。"王桂枝见皇后不高兴，立即知趣地退回到自己的座位上。

王桂枝毛遂自荐的大胆举动，激起了众院主的连锁反应。且不说这些年轻女子那颗久旱盼雨露的心情有多么炽烈，而又有谁不想在如此大好的机会中崭露头角、赢得皇帝的垂情，为自己的宫廷生涯去争个良好的开端。于是，众院主见王桂枝退下，立即纷纷端起酒杯、争先恐后地向主桌涌去。萧皇后发怒了，她一拍桌子冲着纷涌前来的院主厉声吼道："成何体统！你们还有没有规矩呀？你们以为这里是酒肆，还是你们的家宴，平时教你们的规矩都忘了！退下，全部退下。各院不是有礼品要奉献给皇上吗，你们就按照原定的次序带上礼品一个个地来。"

仪凤院院主陈菊香脸似满月、体态匀称，一手执壶、一手举杯，带着两位手捧遮着大红锦缎礼盘的美人，步履轻盈地走至主桌跟前，先向着主桌上的皇上、皇后和两位夫人施过万福礼之后，道："仪凤院院主陈菊香，愿吾皇万岁万岁万万岁！愿皇后和两位娘娘千岁千岁千千岁。"萧皇后故意问道："你这是要敬酒，还是要献礼呀？"陈菊香小心翼翼地道："臣女想先敬酒再献礼，不知皇后娘娘可否允许？"杨广端详着陈菊香的脸，道："不必拘束，合你心意便可。"陈菊香立即举杯道："臣女要先敬皇上和皇后娘娘，还有两位夫人娘娘一杯酒，愿大隋江山世代相传，愿皇上和娘娘们福如东海，寿比南山。"陈菊香把杯中的酒一口吞下，随后转身揭开了美人手中礼盘上面的大红锦缎，展露出了两件金光闪闪的衣袍，道："禀告皇上和皇后娘娘，这两件锦袍是用江南上等蚕丝绸，由臣女亲手缝绣而成的，献给皇上和皇后娘娘作为今日庆典的贺礼。盼皇上和皇后娘娘笑纳！"冯总管让近侍接过了礼盘，送至萧皇后跟前展开后，萧皇后认真地看了一眼，又用手抚摸着道："不错，你的手真巧，这针线比御衣匠做的还要好。"杨广不满意地道："为何没有两位夫人娘娘的？"陈菊香有些惶恐地道："请皇上和两位夫人娘娘恕罪，臣女当时并不知道皇上身边还有两位夫人娘娘。臣女一定立即补上。"薛治儿却毫不在乎地道："你不必把此事放在心上，更没有必要去补上。因为这样的衣服不适合我穿，但你的心意我领了。"杨广怕陈菊香难堪，即道："我还没问，你是什么花座？"陈菊香不安地道："皇后娘娘给臣女定位是莲花座。"杨广若有所思地道："你信佛吗？"杨广见众人都有迷惑之态，即道："莲花座是佛门菩萨的宝座，皇后将莲花座赐予你，你可要珍惜了。因

801

为没有善德是不能坐这宝座的。"杨广一口干完了杯中之酒。陈菊香诚惶诚恐地退回了自己的座位。

　　第三位上来敬酒的是仁智院院主柳秀凤,她带着两个美人,每人的怀里都捧着一个瓷坛,来到主桌的跟前。柳秀凤把瓷坛放到了桌子上后,对冯总管道:"能否请总管大人替我把这些瓷坛打开。"萧皇后已经知道瓷坛里装的是什么东西了,所以没有言语。杨广有些好奇地道:"你这瓷坛里装的是酒吗?你该不会要请朕当众来品酒!"柳秀凤狡黠地瞟了杨广一眼,低声道:"皇上多心了,这瓷坛里装的却不是酒。"杨广似信非信地没有搭话,却盯视着柳秀凤的脸,又看着柳秀凤一身白色的穿戴,似乎是在想着什么。密封的瓷坛口被揭开了,立即一股扑鼻的醉香味向四周飘洒开去,似酒香却没有醉人的感觉,似花香却让人有些头晕,这股扑鼻而来的香味似乎还有醒脑提神的功效,含一口这香味似乎有一种甜丝丝、清凉的味道,太神奇了!杨广虽然闻过不少的花香,也喝过不少的美酒佳酿,却从来没有闻到过这样的酒气香味。他使劲地吸了两口这饱含着如此迷人的芳香空气,忍不住问朱贵儿,道:"这味道是酒香吗?"朱贵儿摇了摇头道:"不是。但很有可能是一种酒的药引,或许就是药界中称之为醇的精体所散发出来的醇香味。"两位美人手中捧着的瓷坛也打开了,更浓郁的香味四溢开去、充满了整个殿堂。杨广忍不住问道:"你是哪个院的?这瓷坛里面装的到底是什么?"柳秀凤看着杨广甜甜地笑了笑,唇红齿白的口中吐字清晰地道:"臣柳秀凤,是仁智院的院主⋯⋯"杨广闻到了一丝淡淡的香味,猛然想起了白罗裙里的梨花香,而情不自禁地道:"你的花座是梨花吗?"柳秀凤惊讶地点了点头,看着杨广没有言语。杨广却是忍不住了,他起身来到柳秀凤的身边,把脸贴到了柳秀凤的跟前,边闻边道:"没错,朕还记得,白罗裙里就是这个梨花香味。"所有的人看着杨广这不为人知的奇怪举动,谁都不知道该怎样去理解此中存在的关系。萧皇后更怕杨广一时性起会做出让人难堪之事,即道:"柳院主献的是什么佳酿,闻着都让人心醉。还不快给大家斟上,让皇上也品尝一下!"正在脸红耳赤、不知所措的柳秀凤,立即避开了杨广,从冯总管手中接过了酒杓和酒樽(樽是古代盛大宴席上常用的存酒器皿,由青铜所制,下有三足,呈元宝状,是显示饮者身份的象征,可分大、中、小,比杯、盏大),把酒坛里的蜜露用杓分入几只酒樽。这浓郁的香味更似长了翅膀到处飞扬,让人闻着都会有一种情不自禁、心神荡漾之感。杨广既被这香味感染着,更被故人相逢的激情陶醉着,他不容分说地从柳秀凤的手中夺过了酒樽一饮而尽,并道:"好酒、好酒!这是朕从来没有尝到过的好

第七十九章　后宫设宴院主献艺，治儿伤心贵儿伤情

酒。这酒一定是你从天庭里带下来的吧！"杨广边说边又举起另一满樽的蜜露痛饮起来。柳秀凤所说的蜜露正是朱贵儿所说的醇，这是一种比高浓度的酒还要浓烈得多的引酒液，而且是存放得越久，它的香浓度会越纯厚，甚至可以溢出杯口不流淌。不会喝酒的人闻着这醇香味就会醉，会喝酒的人都知道，这样的露酒虽然可口却不能够多喝，因为此露酒上口容易，一旦醉了醒来却不易。柳秀凤见杨广如此不管不顾的痛饮，慌忙上前拦阻着道："皇上，此蜜露不能如此饮食，它得一小口一小口慢慢地品，如此方能感受到它的甘纯和清香，醒脑而提神，但不能多饮。"杨广此时已饮干了两樽蜜露，不仅感到爽口好喝，而且满口余香甘甜。朱贵儿知道醇露的厉害之处是在后劲，立即斟了一杯茶水递给杨广，道："喝杯茶调节一下吧！"

积珍院秦凤琴是轮到第四位上来献礼的院主，她带领两位美女抬着一幅绣匾走到主桌跟前，行过礼之后，揭开了遮盖在绣匾上面的绸布。一只虎头虎脑、神采奕奕、双耳竖直、杏眼圆睁、胡须似针、咧嘴露牙、长尾翘起作捕食状、毛色银白相间的猫咪出现在众人眼前。它那形态举动、全身柔和的光彩，它那连耳内的绒毛也看得一清二楚的细腻，尤其是它的一双闪着光芒的眼睛，凡是看它的人，不管走到哪里，这双眼睛似乎都在盯视着，并且让人会有种随时随地扑过来般的感觉。如此一幅活灵活现、似乎是呼之欲出的针绣图像，惊呆了主桌和殿上的所有人。杨广自认为对江南苏绣比较了解，却也从未见过有如此立体感极强而且是有如此超高工艺水准的精美苏绣品。杨广虽然不喜欢猫的形象，但他欣赏这幅作品的艺术，也知道这幅立体三面苏绣的价值。杨广再次离座，走到这幅苏绣的近前仔细观摩，并问秦凤琴道："这幅绣品是你亲手制作的吗？"秦凤琴答道："正是！"杨广朝秦凤琴深情地看了一眼道："你有如此绝技，进宫不感到是委屈吗？"秦凤琴低声地道："我进宫，是为了了母亲的心愿。"杨广盯视着秦凤琴诧异地道："此话怎讲？"秦凤琴的泪水溢上了眼眶，喃喃地道："母亲临终时对我说，我家的这门手艺不可满足仅能流传下去，而是要让它拓展光大，要让天下人都知道我们中原的'苏绣'。母亲嘱咐我，此事若要如愿，除了依靠当今皇上，其他人都无能为力。所以，我才自荐进宫的。"这话让杨广动情了，他上前捏住秦凤琴的手，亲昵地道："朕明白了！放心，朕不会让你和你母亲失望的。你现在就从积珍院开始做起，你需要什么尽可对朕说，朕还会配备专员来扶持你。"（杨广没有食言，秦凤琴此后在后宫办起了苏绣坊。精美绝伦的双面立体苏绣在隋朝得以流传光大，也为唐宋期间苏绣的发展奠定了基础）。一股茉莉花的香味从秦凤琴的身上传来，杨广又不由自主地把脸凑到了秦凤

琴的身上闻着嗅着，还喃喃地道："茉莉花的香味。没错，是茉莉花！"萧皇后心里有醋意，更不满意秦凤琴进宫另有目的，而且还在这大好的日子里掉眼泪哭泣。萧皇后忍耐不住而大声吼道："够了！把东西放下，都给本宫下去。"

薛治儿参加这次庆典宴会，是她努力说服了自己，尽力克制住自己的个性，是真心想与萧皇后和睦相处的结果。但是，萧皇后从庆典一开始便跋扈发号施令的举止，不仅杨广感到了不舒坦，薛治儿更是如鲠在喉般地不痛快，因此她对杨广叫停演出，改变宴会程序完全赞同。然而随着庆典宴会的进行，萧皇后无视她与贵儿在场的那副盛气凌人的模样，让薛治儿又忍无可忍了起来。但她碍着杨广和贵儿的面子，一次又一次地克制着自己性情而忍耐着。此刻，薛治儿见萧皇后对秦凤琴又大声呵斥起来，她那好打不平的个性再也忍不住了，即冷嘲热讽地道："好好的场面，吼什么吼！自己不怕坍台，我却感到了难堪。"萧皇后被薛治儿的话冲得够呛，但她见杨广也向她皱起了眉头，而不得不压下了想怒怼的情绪，却在心里酝酿着可以借题发挥的理由。

迎晖院院主樊玉儿早就等得不耐烦了，她见轮到自己，立即左手执一柄木剑、右手擎一酒杯来到主桌前，先对杨广和皇后行过礼，随后举杯向杨广和皇后敬酒。杨广爽快地陪饮了一杯，见来人手执木剑，不免好奇地问道："你这是要舞剑助兴吗？"樊玉儿很有底气地道："启禀皇上，臣乃武术世家出生，自幼便练习武功，尤其喜欢剑术。进宫后得知薛娘娘剑术天下无双，故一直想当面向薛娘娘请教，今日正好借此机会，请皇上允诺薛娘娘能够亲自教习玉儿几招，以慰生平之愿。"杨广感到新鲜，他看了薛治儿一眼，却见薛治儿脸无任何反应，只能道："此事，朕做不得主，你还是自己去问薛娘娘吧！"萧皇后见机即在一旁敲着边鼓道："你一个无名鼠辈，岂可与薛娘娘比剑术，太不自量力了吧！况且你拿的是一把木剑，当然不在薛娘娘的眼里了。"樊玉儿正在为薛治儿不理会她的求教而在尴尬着，现在听皇后如此一说觉得有道理，立即道："臣立即去取剑来，务必请薛娘娘当面赐教。"说罢转身便走。这让薛治儿有点为难，她方才见樊玉儿拿的是木剑，以为这是小孩玩的把戏，也就根本没把对方的要求放在心里。却没想到皇后会用如此的激将法去把她逼上架，让她没有了推辞的余地。薛治儿狠狠地盯了萧皇后一眼，在心里想着应付的办法。不一会，樊玉儿取了一把从侍卫处借来的短剑，走至薛治儿跟前，握剑抱拳鞠躬，略带挑衅地道："薛娘娘在上，臣女樊玉儿虽自知不才，但为了心中的意愿，恳请娘娘能赐玉儿一个学艺的机会。为此，玉儿将终身不忘娘娘的恩德。"薛治儿见

第七十九章　后宫设宴院主献艺，治儿伤心贵儿伤情

樊玉儿如此认真，不得不取了一支玉筷在手，上前应付道："习武之人谈不上赐教，也就是相互切磋罢了。"樊玉儿见薛治儿上来应战感到得意，却见薛治儿没有剑，手中只有一支玉筷，不免有些不快地道："薛娘娘难道想用玉筷与我的宝剑对阵吗？"薛治儿淡淡一笑道："如果你不介意的话，正是如此。"萧皇后对薛治儿武功的深浅只闻其名，却从没有见过其真招，现在见有此机会当目睹，而且她也巴不得樊玉儿能胜过薛治儿，因此立即带着偏向道："艺高不在于兵器，你们快过招吧，也好让本宫开开眼界。"樊玉儿见皇后允许，也就退至大殿空处，拉开了架势，等待薛治儿的进攻。薛治儿却不慌不忙地走至距樊玉儿尚有一剑之遥的近处，道："你先开剑吧！"樊玉儿见薛治儿如此不把她放在眼里，不由得心头火起，挥剑就向薛治儿胸口刺去。薛治儿不等樊玉儿的剑锋临近，便轻轻一闪，避过了剑锋；樊玉儿见自己一剑落空，立即收势，一个侧身，挥剑向薛治儿的腰身砍去。薛治儿见来剑气势凶猛，立即伸出玉筷，迎着剑背用了三分内功轻轻一击，只听得"当啷"一声，樊玉儿手中的剑已被震落在地。吓得樊玉儿玫红的脸色变得刷白，她为自己的狂妄感到了羞愧，而情不自禁地"噗通"一声跪倒在地，纳头便拜，并大声道："娘娘在上，樊玉儿有眼不识泰山，狂妄自大冒犯娘娘，万望娘娘能饶赦玉儿的罪错，玉儿愿意永远追随娘娘，拜娘娘为师。"薛治儿上前扶起樊玉儿，道："快起来，不必如此。你我练武之人，都得切记武门之忌讳：不狂妄，不自大，更不要去听信谗言而忘了自我。"樊玉儿惭愧地道："玉儿明白了。但玉儿只求娘娘一件事，请娘娘能收玉儿为徒，让玉儿可以终身陪伴在娘娘左右。"薛治儿不以为然地道："师徒的情分得随缘。你我现在的缘分仅是同僚姊妹，至于今后能到什么地步，还得拭目以待。"薛治儿丢下樊玉儿回到了自己的座位上，恨恨地看了萧皇后一眼，一口干了杯中的百花蜜露。杨广满意薛治儿的胜而不骄，且拒绝收徒的言辞得当，即亲自给薛治儿的杯里斟满了酒，又取了自己的酒杯，带着一些醉意赞许道："大将风度，有理有节，不愧国母娘娘的称号。朕敬薛娘娘一杯！"言罢，一口喝干了杯中之酒。

历来，杯中之物的酒，能助兴也能败兴，饮劣酒会伤身，饮好酒常会让人迷恋其中。柳秀凤酿制的百花蜜露甘美爽口，闻着香气醉人，饮一口满嘴留香，浆液入喉似一丝凉泉下至胃肠，继而变成了暖暖的热流涌向心肺，牵动全身，让人兴奋、让人飘飘欲仙、让人忘了自我，饮了还想饮，欲罢不能。此刻的杨广就有这种感觉。杨广的酒量本来还不至于如此，但一来是，他自西征之后长久累月金戈铁甲、风餐露宿、劳心伤神；二来为了儿子和朝廷之事，又千里赶路、连夜探访、谋划应对，而

没能很好地休养，造成了他精力的亏欠，体质抗力的下降。如今杨广在众多美色和如此佳酿的面前，他真有点难以自控了。醉酒之人往往都是自认为是清醒的，明明是言不由衷的话却说得特别认真，而且是不管不顾要反反复复地说。杨广虽然还没有到这个地步，却是离这样的境地已是不远了。

　　清修院院主田玉芝手捧两幅字卷，脸露淡漠的神色走上前来，先向皇后和二位夫人，再向皇上行过礼后道："清修院院主田玉芝，奉皇后娘娘的懿旨，向皇上献礼。然而玉芝不知皇上喜欢什么，只能冒昧地把自己所喜欢的字画送上一幅，供皇上茶余酒后作鉴赏、提神醒酒之用。"说罢将其中的一幅字画卷伸手递上。杨广虽说有些醉酒，却被田玉芝与众不同的清秀和似有不满的献礼说辞吸引住了。而且，杨广本身对书法字画有所喜好，现在见有人来献字画，不免也就来了兴趣。他伸手接过了字画卷展开去看，立即就惊呼着道："王羲之的《鹅》！这个礼可是太贵重了。"田玉芝闻言，不无吃惊地道："皇上也喜欢王羲之的《鹅》吗？"杨广边看边道："朕不仅是喜欢，而且是很喜欢。"田玉芝不由地道："但这幅画和上面的字并非是王羲之的真迹。"杨广吃惊了，他急忙去看字画的落款，又仔细认真地盯视着字迹看着，然后道："果然是赝品，然而足可以假乱真。"杨广放下了手中的字画，抬头盯视着田玉芝，问道："你这幅字画是哪来的，为何要把假字画献给朕？是在戏弄朕，还是有意在欺君！"田玉芝见杨广认真，也就认真地道："我并没说这幅字画是王羲之的真迹，我仅是说这幅字画是我喜欢的。何来戏弄、又何谓欺君之说呀！"杨广被驳住了，他想了想道："你言之有理，是朕错怪了你。但你得告诉朕，这幅字画是谁的手笔，你又为何要将这幅字画献给朕？"田玉芝到此不得不道："民女在进宫之前就听说皇上喜欢书圣王羲之的书法，但不知此传说是否是皇上'叶公好龙'？于是也就有了想以字画来探究皇上实情的心思。不瞒皇上，民女出生于书香世家，自幼受到父母的熏陶而喜欢书法字画。尤其喜欢家中祖传收藏的一幅王羲之画鹅的真迹，从此就热衷起了临摹王羲之的书画，甚至达到了如皇上所说以假乱真的地步。此后虽说是无奈被选入宫，却觉得若能借此机会见到皇上，了却自己心头的一个心愿，也不谓不是一件好事。若皇上不是那个叶公，而确是个有真才实学的书画大家，则更不枉了我舍身进宫的意愿，这便是我献字画的本意。如今我见皇上对王羲之字画如此熟悉，但还未见过皇上的真迹墨宝，所以还不能完全消除我对皇上是否是叶公的认知。故……"杨广已明白了田玉芝的心思，立即转身吩咐道："冯忠，取笔墨四宝过来，朕不能让田院主感到失望。"不一会，侍从取来了文房四宝，有人又搬来

第七十九章 后宫设宴院主献艺,治儿伤心贵儿伤情

了一张方桌,有人铺纸,有人砚墨。杨广捋袖举笔沾墨,略一思索,即挥笔在方正的纸上挥毫舞龙地写下了一个斗大的"鹅"字,并随即头也不抬地问道:"玉芝,你是什么花座?"田玉芝被杨广如此不拘小节、当众为她写字的洒脱行径感动着,而且见杨广写下的"鹅"字,不仅苍劲有力,还与王羲之写的"鹅"字在形态神韵上不差上下。田玉芝感动之极,忙含情脉脉地道:"皇上想赐我什么花座,我就是什么花座。"杨广只能道:"你走近我身旁来,让我闻闻。"田玉芝心跳脸红地走近了杨广身旁,杨广把鼻子凑在田玉芝的颈旁闻了闻道:"哟,你身上的香味有些像我二姐,但却与我二姐的香味有所不同。哦!我闻出来了,这是玉兰香味。朕就赐你为玉兰仙子吧!"杨广在《鹅》的落款上写下了:杨广为玉兰仙子字。田玉芝至此才把手中的另一幅字卷送上,道:"皇上,玉芝这里还有一幅字,是臣妾心甘情愿献给皇上的。"杨广接过字卷,展开一看,见上面写着一首诗:"不知情何物,但以字会友。若得一字缘,甘作帝皇妇"。杨广见字既惊又喜,却又神情荡漾地道:"原来,你进宫并非是为了做院主的呀!哈哈,好个'一字缘'。你既然'甘作帝皇妇',我们就约个时间,你拿着这幅字到我那里去,让我把印章给你盖上。如何?"田玉芝脸红耳赤地道:"臣妾遵旨!"杨广盯视着田玉芝娇美无限的身段,兴奋地大呼道:"来人,斟酒,朕要跟玉芝爱妃共饮三杯。"杨广接过酒杯,把一杯递给田玉芝,随后自己举起酒杯,无不怜香惜玉地道:"我喝三杯,你喝一杯就行了。"田玉芝深情地看着杨广,却一口干了杯中之酒,杨广大喜,一连喝了三满杯。

箫声起、琴声和鸣,似山间的溪、似林中的风,情意绵绵是在倾诉,哀哀切切又像在哭泣,勾起了薛治儿的恼恨,也勾起了杨广的想象,却让萧皇后感到了晦气。音符就是那么几个,但实在是太奇妙,在不同的场合,对怀着不同情感的人,竟然会产生着完全不同的效果。坐在主桌上的四个人,现在面对着由翠华院院主榭湘云和王义仁箫琴合奏的《和鸣曲》,似乎也进入了这样的境地。薛治儿想到的是两个好端端的家庭,一对情投意合的人落到了如此境地,她要为这对人鸣不平,她在想着应该责怪杨广还是萧皇后?杨广是被乐曲声迷惑、感动着,箫声优雅似仙境中的天籁之音,令人神情荡漾,又似山谷树林中的小鹿在嗷嗷待哺,更似受伤的山雀在声声哀鸣;琴声深沉似述似泣,余音缠绵而让人感到沉重,琴声悠长似伤心彷徨,让人感到悲苦无奈,琴声更似孤鸿只雁在翘首盼望着茫茫的前程,让人感到似在哭泣、似在哀求,更在期待……杨广的情感被箫声和琴声牵动了,他忍不住站起身,用恍惚的眼神盯视着正在大殿上弹奏的两个人影,大声问道:"你们是哪个院的人,

| 807

弹奏的是什么曲调？"箫声终止了，琴声消失了。弹奏的榭湘云和王义仁突然一齐跪倒在地，王义仁道："启禀万岁，草民有冤情要诉。"薛治儿闻言，神情为之一振，怀着同情心的朱贵儿紧张了起来。萧皇后正在为这两人所献奏之曲与庆贺宴席的不和谐想发火，现在见他们要趁机告御状，这愤怒之火更是涌上胸口，而情不自禁地喷口骂道："王义仁、榭湘云，你们这一对贱人！本宫已如此破例容纳你们待在了一起，你们还有什么不满足的，却要在这里搅乱庆典、蛊惑人心，你们居心何在？"薛治儿怀抱不平地道："别说的比唱的好听了，他们如今的模样不是拜你所赐吗？"杨广看清楚了：跪在跟前哭泣的女子似雨露中的荷花，娇美而令人垂怜；杨广也听明白了，这两个人正是薛治儿替他们求情的一对情侣、两个苦命人。杨广对他们的故事虽有同情和惋惜，却并没有想过自己在其中的责任。现在杨广见萧皇后在指责他们，薛治儿则在替他们鸣不平，生怕由此皇后与治儿当庭冲突起来，而闹得大家难堪，便以息事宁人的口气道："王义仁、榭湘云，你们的故事薛娘娘已经告诉过朕了。现在还有什么诉求尽可道来，只要是朕能办得到的，就一定替你们主持公道。"杨广的话让薛治儿更不平了起来，她怀着激将的情绪，用嘲讽的口气道："这里是后宫，不是你的朝廷，你是做不得主的！"果然，杨广被激怒了，他带着醉意，声色俱严地道："岂有此理，天下都是朕的，哪有朕做不了主的地方？"杨广随后又道："说吧！你们还有什么冤情要诉。"王义仁道："皇后娘娘既然能够容我们在一起，我们想请求皇上能够容我们还乡！"萧皇后不耐烦地道："你们简直是在得寸进尺。来人，把他们拉下去，打入冷宫另作处置。"薛治儿强忍着怒火，盯视着杨广，冷冷地道："听到没有啊，你的话在这里是没用的！"杨广既同情榭湘云和王义仁的遭遇，也为萧皇后置他的言辞于不顾而不满，更被薛治儿的冷嘲热讽激起了他自尊的冲动，即用逆反的心态道："你们的诉求，朕不仅准了，而且，朕对你们的遭遇要做出补偿。朕现在就封王义仁为忠义侯，赐榭湘云为忠义夫人，并降旨责令地方府衙为你们建坊树碑。你们起来吧！朕会让礼部备专车把你们风风光光地送回家去。"

萧皇后没想到杨广会不顾她的脸面，去如此处置这两个人。不由得含着委屈，声泪俱下地道："皇上，这后宫的权限是你给我的。可你现在如此处置我后宫的事，合适吗！我这个皇后以后还怎么当？"薛治儿却反唇相讥着道："天下都是皇上的，皇上处置天下的事，有什么不合适的？"萧皇后怒火中烧，拍桌而起，狠狠地道："你别仗着皇上宠你，就可以无视宫规。这里是后宫，是皇上赐给本宫的天下。"杨广被两个人吵得头脑发胀，酒性上涌，即道："你们都别吵了，此事就这么定了。谁

第七十九章　后宫设宴院主献艺，治儿伤心贵儿伤情

如果再争吵不休，就是存心在跟朕过不去！"萧皇后见杨广不支持她的主张，立即趴在桌上放声大哭着道："本宫这个皇后是没法当了。皇上，你还是把我给罢免了，去让想当皇后的人当吧！"杨广看不得女人掉泪，更没想过要去罢免皇后，现在见萧皇后如此当众哭闹，不免心头烦恼，酒气难以克制。杨广似乎为了平息皇后的哭闹，而不得不去训斥薛治儿，道："你也就少说两句吧！朕知道，你对皇后替朕选美之事不满，但也没必要现在就跟皇后闹分庭抗礼，让朕夹在中间难堪。"薛治儿从未受过杨广如此的指责，情不由己地争辩着道："是我让你夹在中间难堪吗？好！你既然这么说了。我走，我这就走！"

朱贵儿在旁一直揪心地看着、听着这场争吵，她既恨萧皇后的胡搅蛮缠，也恨杨广在皇后与治儿之间的和稀泥。此刻又见杨广说出了如此不分是非的话，而气得治儿要走，朱贵儿慌忙上前去拦阻。但薛治儿已是忍无可忍了，她一脚蹬开了椅子，转身就走。朱贵儿见拦不住薛治儿，即愤然地转身冲着杨广道："皇上，你这话太偏心了。一直在挑事的难道是治儿、我们吗？"杨广正在烦恼、酒性发作之时，即口齿不清地道："不是她，也不是你！难道是皇后、是朕吗？"从不发脾气的朱贵儿此际也忍无可忍了，她厉声道："皇上，你要如此之说就是没有良心了。你扪心自问一下，治儿随你不辞辛劳南征西战，有过一言居功自傲、目空一切的吗？我们跟随着你风餐露宿、披星戴月、风沙裹体、出生入死，有过一句怨言吗？这些，你是视而不见，还是全都忘了！可是，你看看你的这个皇后，她自从当了皇后却干了些什么？她一心想当独孤母后第二，而议政参政、借事弄权，但凭她的这副德行配吗！她陪你在张掖，谁都看得出来，她无事揽事、处处抛头露脸、哗众取宠，有的地方简直是盖过了你这个皇帝。更甚的是，她在各国君臣商客中到处炫耀大隋皇后国母的身价，去招蜂惹蝶、去夺人眼球，却在伤华夏礼仪之风化。她回京之后现在还要干些什么！她这是在帮衬你，还是在败坏你呀！你难道就不能认真地去想一想，她把这么多女人招进宫来的居心何在？她这是要陷你于酒色之中，是在败坏独孤母后定下的规矩，真正祸害的将是你这个皇上和大隋的天下。"

在人性世界中，沉默寡言之人的内心世界往往是深挚的，一旦他们开口吐言，必定是到了忍耐之极限，而且又必定会无所忌讳、一吐为快，甚至是不管不顾、语出惊人。此刻的朱贵儿就是这种心态。杨广听不下去了，他仗着酒性，大声怒吼着道："反了你们了，竟然连你也来教训朕了。滚，你们都滚吧！朕难道不该拥有天下的美人吗？"朱贵儿气得脸色惨白，泪如泉涌地转头就走。

809

萧皇后见杨广骂走了这两个在她身旁的荆棘，心头顿时舒畅起来。她上前扶住有点站立不稳的杨广，情意绵绵地道："皇上，我不会跟她们一般见识的，她们要走就让她们走吧！她们见了有这么多的仙女美人陪你，全是醋意大发才会这样的。这里的庆典宴席没有她们或许会更安宁，你就更会无忧无虑了。放心，你刚才对榭湘云和王义仁下的旨意，本宫一定让他们如愿。"杨广醉眼蒙眬地道："行！朕就知道，唯有你不会让朕失望，你的宴席还是继续吧！"萧皇后立即吩咐道："王桂枝、陈菊香、柳秀凤、樊玉儿，你们要把皇上给陪满意了，今天皇上就交给你们了。其他人今晚吃好喝好后回去准备明天的事。"

这场啼笑皆非的皇帝与后妃之争，让坐在殿上的众院主和美人们无不目瞪口呆。谁都不知道这里面的起因和因果，但谁都知道在后宫主宰她们的不是皇帝而是皇后。

第八十章
北海猎奇蓬莱纵色，皇后谗言义臣解职

自古以来，酒、色、财、气是世人避之不开的风情世俗欲念，也是悬在世人头上挥之不去的四把杀人不见血的利刃。欲念使人迷茫，利刃夺人性命，帝王将相能脱此欲念者，便可成为神仙圣人；民间百姓、凡夫俗子能脱此欲念者，可保一生无忧。然而帝有帝道，王有王规，凡夫也有一定之俗律。如此常见的世态，本该是无怪可奇、无非可责。但是这些人人都习以为常的世俗，若被欲念左右着失去了方寸，成了一种追求嗜好，成了一种奸谋手段，成了一种权限势力的象征，其后果就难以预料了。

萧皇后一手操办的庆典盛宴，第一天就让杨广被酒夺去了心智，一念之下赶走了跟他最贴心的两位夫人，而成了萧皇后蓄谋已久的俘虏。当晚，萧皇后又把杨广推入到了四位院主的肉欲温柔乡中，任凭杨广纵欲发泄。她们是景明院院主王桂枝、仪凤院院主陈菊香、仁智院院主柳秀凤，迎晖院院主樊玉儿因逢经期而自辞。杨广这一昼夜在醉酒中的左拥右抱和鏖战，这一觉竟然睡到了第二天近黄昏方才醒来。当他听说当晚海上还有一场大戏在等着他观看，也就激起了杨广的好奇心。再加上萧皇后的殷勤，以及还有那么多院主美人在等待着他的接见与赏赐，杨广岂能推辞得了众望的殷切期待和他本身的需求。

星光闪烁的天空，月亮还未升起，静悄悄的四周微风轻拂，漆黑的海面荡漾着微波，一切似乎都已开始准备入睡、进入梦乡。杨广在萧皇后和昨晚侍寝的三位院主陪同下，坐上了一条灯光辉煌的二层大游船，离了百花苑的码头，悄然无声地驶向北海。船首的甲板上铺着地毯，杨广和萧皇后，以及昨晚陪寝的三位院主，席地坐在也铺着地毯的二层甲板上。一张矮脚方桌摆放在他们五人的中间，上面摆着满桌的菜肴佳酿。杨广与萧皇后坐在主位，三位院主在下首斟酒夹菜、笑颜相陪。萧皇后咪了口酒，看着杨广还有些倦容的脸，微微一笑，挑逗地道："皇上，昨晚是太累了，还是对她们三位不甚满意？"杨广没想到皇后会问他这种事情，又见三位院

811

主闻听此言后脸全红了。他既怕自己如果不回答，会造成皇后的误解而去责难三位院主，便即道："满意，朕非常满意！谢皇后如此的安排，让朕体验到了从未有过的痛快。"三位院主的脸不仅红到了脖颈，而且都把头垂在胸前，不敢抬起。萧皇后却毫无忌讳地问道："你们三个人都说一下，你们对皇上满意不满意？每个人都得说，而且要说实话，本宫更要听你们的心里话。"王桂枝脸红耳赤地抬头看了眼杨广，又闪眼看了一下皇后，赶紧低下头，不得不道："满意。但皇上把我搞得好疼。"杨广却尴尬地道："第一次都是如此的，朕已经是小心翼翼了。"萧皇后笑了，又追问道："第二次就不那么疼了吧！"王桂枝不好意思开口，仅是点了点头。杨广怕萧皇后还要问出让人尴尬的话，立即道："船走了这么久，四处都是漆黑一片的，皇后这是要把朕带到什么地方去啊？"萧皇后看了看天上的星空，道："皇上既然是等急了，那就开始吧！"萧皇后转身喊道："冯总管，掌灯！"立即，大船主桅杆上缓缓升起了一盏红灯。瞬间，在漆黑的海面上也跟随着亮起了一盏盏红灯，这些红灯渐渐地汇成了一个方阵，过一会又变成了一个三角形，然后又成了一条弧线向着大船聚拢过来。亮点越来越大，渐渐地看清了亮点下面的游船轮廓。向着大船驶来的游船不大，但船上却有不少的人在甲板上活动，而且还有一阵阵优雅动听的乐曲声荡漾在海面上，并越来越清晰地传入到大船上众人的耳中。杨广惊喜地问道："皇后，这就是你今天晚上，在海上为朕准备的节目吗？"萧皇后藏头露尾地道："皇上别急，这仅是序曲，好戏还在后头。"

果然，众游船把大游船围在了中间，北方的筚篥笛声伴随着江南的丝竹锣鼓声此起彼伏、热闹非凡，响成一片，似乎是大戏在开演前的一场热身锣鼓开场戏。然后众游船又围成了一个半圆形，在距大游船首半箭之遥处收桨停了下来。随即锣鼓声戛然终止，众游船上却突然华灯齐亮，把大游船首底下的海面照得发白，也让杨广看清楚了，游船共有二十余艘，每艘游船上都有穿着彩服的人影在舞动着。杨广情不自禁地问道："皇后，这是把岸地上的舞台搬到了船上吗？"萧皇后无不得意地道："是，但也不尽然是。"杨广道："愿闻其详！"萧皇后却神秘地道："此中的情趣，不能言传只可意会。等到你看完了，也就自然会知晓其中的奥妙到底在何处了。"又是一个卖关子的说辞，杨广无奈地摇着头，接过了王桂枝递上的酒杯，与三位院主合饮了一杯。

一条游船驶到了半圆的中心，船头上坐立着两女一男。杨广看清楚了，两女美艳无比，容貌和穿着与古代仕女图中的美人无异，她们一个站着执扇、一个坐着似

第八十章　北海猎奇蓬莱纵色，皇后逸言义臣解职

在看书，却各自展示着迷人的姿态；一个男的英俊潇洒、风度翩翩，毋庸置疑是个美男子。这让杨广心中生疑，后宫都是他的女人天下，此处何来一个如此俊美的男子？杨广朝萧皇后投去了疑惑的目光，可是萧皇后却视而不见，独自饮酒吃菜。船上的琴声响起，男子拉住了执扇女子的手，两人伴随着琴声相拥相抱在船首翩翩起舞。男的舞姿刚毅、女的身段娇柔，男的收纵自如、女的迎合随意，看得杨广心生妒忌，也看得那个坐着看书的女子欲火中烧。看书女子突然放下手中的书，起身把俊美男子拉进了自己怀里，男子并不推辞，两人也就搂抱着舞动了起来，而执扇的女子并没退却，仍然在旁陪舞着。男子也就穿梭在两个女人之间，时旋、时转、时拉、时扯、时搂、时抱、时迎、时合，潇洒倜傥地游戏在两个女人之间……杨广皱起了眉头问道："这是哪个院献演的节目！这个男子是哪里来的？"萧皇后见杨广生气，笑着道："这一出戏叫作《游龙戏凤》。皇上是不喜欢那个男的呢，还是太喜欢那两个女的？"杨广生气地道："答非所问。"萧皇后不以为然地道："这好办，等一会把她们宣到大船来，当场验明正身，不就什么都明白了吗？"杨广无言以答。

　　这时，"游龙戏凤"船退去，一个珠圆玉润、甜美的歌喉在江南丝竹声的伴随下悠然荡漾在海面，有一艘船驶出了圆弧，来到了圆中心。船首端坐着一位怀抱琵琶的女子，她那长发飘逸、半抱琵琶半遮脸的风姿，不能不令人要去猜想，被遮住的半张脸是否也与已亮相的半张脸一样艳丽娇美？女子舒展手指，一连串的音符从她手指间流出，似山泉般清晰、似松涛般纯厚、又似飞瀑自高处泻下般澎湃，让人心惊肉跳；女子张口启唇，浓浓的吴语声似夜莺在啼鸣，缓缓的江南调似珠落瓷盘般悦耳动听，珠联璧合的唱词不能不令人陶醉。杨广闭目倾听，他听辨出来了，女子在唱道："丽宇芳林对高阁，新装艳质本倾城。映户凝娇乍不进，出帷含态笑相迎。妖姬脸似花含露，玉树临风照后庭。"杨广听到此不由得一愣，他似乎觉得这首词曾在哪里听到过。杨广睁开了眼睛去盯视唱词之人，在有些凄凉的琴声过后，女子又轻启唇齿唱道："花开花落终有时，落红满地有谁知？……"杨广猛然想起来了，这首唱词不就是陈后主写的《玉树后庭花》吗？这更让杨广想起了那次江南行，想起了宁远公主，想起了陈叔宝和张丽华在兰香院宴请他们一行时所发生的那些事，也想起了陈叔宝的下场，杨广的心情不爽起来。萧皇后见杨广的神态由开朗变阴暗，不免有所担忧地问道："陛下是对唱词之人不满，还是不喜欢这唱腔唱词？"杨广不愿意把所想之事对萧皇后说，便敷衍着道："此人是哪个院的？怎会弹唱陈叔宝写的这首曲调。"萧皇后乍一听也呆住了，因为她不知道梁文鸳弹的这首曲词是谁写

的，但她知道陈叔宝是谁。她似乎也猜测到了杨广阴暗心情的来由，便道："既然是唱词，听了只要舒服，何必去管是谁写的呢！"

　　一轮明月从东方冉冉上升，漆黑的海面立即变得明亮起来，萧皇后设置的海面船上舞台，也增添了神秘的色彩。灯光、人形、歌声、舞姿在朦胧的月色中好似仙境的幻影，令人迷茫也令人向往。忽然一声号炮响起，灯光月影中升起了一炷烟火，火树银花的光影让人眼花缭乱。等到光影消失，除了大船，四周竟然又变成了一片漆黑，没有了游船上的灯光，也没有了海面上的月光。正当大船上的人在惊愕时，天空响起了优雅动人的旋律声，那乐声虚幻缥缈、似有似无、似远似近，令人捉摸不透。杨广竖起了耳朵、睁大了眼睛想捕捉这乐声的由来，可是他们船上的灯光难以穿透这浓浓的黑雾，他什么也看不到。正在这时，在大船的前上方出现了一道亮光，一轮明月随着亮光升上了天空，顿时四周又似乎变得明亮了，天际的声乐也随即清晰了起来。杨广听出来了，乐曲声来自悬挂在天上的明月；杨广也看到了，明月上有人影在晃动。不！这些人影不仅是在晃动，而且是在纷纷迎着他们飞驰而来，不一会就先后落到了他们大船的甲板上。然而此刻大船上的灯火突然全部熄灭了，四处则成了一派银色光芒照耀着的世界，似明亮却又不是很清晰，似清晰却又让人感到有些恍惚。杨广揉了揉眼睛，想把眼前的实景看得更清晰些。他看到了：从明月上飞驰下来的是七位女仙，飘逸的长发，婀娜的身材，披挂着似白云缠身的薄纱，伴随着优雅动人的天籁之音在翩翩起舞。但是杨广却感到了恍惚，他似乎看到了这些女仙身上一丝不挂，绵薄柔软、透明似白云般的纱巾遮掩不住她们凹凸有致的身材。杨广甚至看透了那个领舞的女仙，不仅脸似星辰般靓丽，而且体态丰盈、肌嫩肤白。她那一弯一挺一仰一俯，不能不让人感受到此中的女性躯体之美；她那一颦一笑一跃一纵，无不令人能感受到此中的妩媚和矫健并存。如此美轮美奂的绝色女子确实只能来自天上月宫，杨广有些迷惑却更有些垂涎，他真恨不能立即将她们招近前来，让他仔细欣赏，让他随心所欲……

　　"皇上，皇上！"萧皇后的呼唤声把杨广从迷茫中招醒，他立即问道："朕大概是睡着了在做梦吧！"萧皇后笑着说："皇上不仅是在做梦，而且是有些想入非非了吧！"杨广不好意思地笑了笑，继续盯视着下面甲板上在飞舞的女仙，道："今天是什么日子？朕何德何能，竟然能让月宫里的女仙们下来为朕舞蹈。那个领舞的该不会就是月宫里的嫦娥吧？"萧皇后见杨广如此入迷，心中得意，口上却挑逗着道："这不是皇上的无德无能，而是心有灵犀的感应。月宫里的女仙们，得知皇上召集到

第八十章 北海猎奇蓬莱纵色，皇后逸言义臣解职

了十六位花魁，她们是前来庆贺的，那个领舞的肯定是嫦娥无疑。皇上此刻应该立即下去，用诚意去迎接她们，或许还有意想不到的好事在等着你呢！"杨广看着舞蹈的女仙们，将信将疑地道："真有如此好事在等着朕吗？该不会是皇后在取笑朕的痴心妄想吧！"萧皇后却认真地道："你不身临其境，何能知道她们的心思，别忘了神仙也是有七情六欲的。快去，别错过了这个机会。"萧皇后的纵容激起了杨广的欲念，他匆匆起身，三步并作两步下了楼台，向底层甲板上还在纵情舞蹈着的女仙们，向着领舞的嫦娥走去。杨广已看到了嫦娥裸露着的肚脐，甚至闻到了嫦娥的体香。谁知正在此时，天庭突然一声巨响，炸得天际烟火四冒、月光失色，四周立即又陷入了一片漆黑之中。大船上的灯光重新点亮，杨广眼看着刚才就能伸手牵住的嫦娥，现在却是没有了踪影，这让杨广顿感若有所失，而站立在甲板上不知所措。

萧皇后满意自己导演的这一出好戏收到了预期的效果，让她更看清了杨广的好色之心态，也让她对自己往后借色行事有了更大的信念。此际，一轮明月又悬上了天际，明亮的银光又洒向了人间，可是杨广对下面船上的节目已经没有了兴趣。杨广悻悻地回到了萧皇后的身旁，道："朕没有这个艳福。回吧！下面的节目，朕不想看了。"萧皇后知道杨广的脾气，只能又抛砖引玉地道："皇上该不会是因为没得到嫦娥的亲近而不高兴了吧？别急，本宫自有办法让你如愿。这些俗套的节目既然不想再看，那么我们就上岛吧！"萧皇后把手一招，道："冯忠，招呼大家上蓬莱岛。"又是一声号炮伴随着一朵礼花升上夜空，突然，被银光、黑色笼罩着的远处海面上，好似变幻魔术那样出现了一座灯火辉煌的"海市蜃楼"。在灯光的照耀下有山、有楼台亭阁，那些围着大船的小游船纷纷调转船头，向着明亮的海市蜃楼飞驶而去。杨广似乎又被惊呆了，他情不自禁地道："皇后，你还有多少藏着掖着的事要让朕感到惊喜呀？"萧皇后无不得意地道："能让皇上感到惊喜，就是本宫举办这场庆贺盛宴的宗旨，却并非是藏着掖着的故意之作，仅是一个先后次序而已。但这一切全为了能让皇上有惊喜感。只要皇上满意了，本宫这番心血就没白费，也就心安了。"

大船缓缓掉头，猛然间，船底好似被重物撞了一下，桌上酒杯里的酒也洒了出来。萧皇后和三位院主不免有些惊慌失措，杨广却是在长江里坐过船、经受风浪颠簸的。他待船体平稳后站起身问道："冯忠，快去问船老人，船是不是碰上什么东西了？"正在此时，船老大和船上侍卫有的擎着灯笼、有的举着火把，沿着船沿在向海面张望着。杨广好奇，也下到了底层甲板上问道："你们发现什么了吗，船撞了什

么东西？"突然有人惊呼了起来道："快来看，一条大鱼，一条好大的鱼。"许多人都围了上去，杨广也围了上去。果然，在船上灯光的照耀下，船沿旁的海面上，有一条大鱼伴随着船体在游动着，它那巨大的背鳍在海面上时隐时现，可想而知这条鱼少说也得有七八尺之长。这时有人拿了一根带镝头的长竿，欲要去刺鱼。杨广见此急忙拦阻道："不可伤了此鱼。"正在伴随着船体游动的大鱼，仿佛是听到了杨广的声音，它猛然一个翻身，金黄色的尾巴击拍水面，掀起了一层巨大浪花，哗啦一声，鱼身跃出水面，蹿上了船首的甲板，惊得众人四处逃窜。杨广起初也是一阵紧张，但看到大鱼蹿上甲板之后，瞪大了眼睛在直视着他，这让杨广有些奇怪。他小心翼翼地走近大鱼身旁，却一眼看到了鱼头顶端两眼上方有一对很是清晰的角。杨广愕然了，却猛然想起了他与杨素钓鱼时，被他放生的那条头上长角的红鲤鱼；也让他想起了，兴建洛阳后宫汇水入海时杨素发现的似龙大鱼，而建宝塔欲镇之的往事。杨广不由得动了感情，即走至大鱼跟前，用手抚摸着大鱼的背鳍道："你是不是我们之前见过面的那条小鲤鱼呀？"大鱼好似听懂了杨广的问话，竟然点了点头，张了张嘴，摆了摆尾巴以示回应。杨广问道："你今天来见朕，是不是朕惊扰了你？"大鱼似有不高兴地摇了摇头。杨广见此又问道："那么，你这是特意来见朕的吗？"大鱼重重地点了点头，张了张嘴，摆了摆尾巴。杨广明白了，立即猜测着道："你今天来见朕一定是有事吧！"大鱼立即又是点头，又是张嘴，又是摆尾巴，眼中还露出了哀求的神色。杨广的心紧缩了，他猜想着这条大鱼一定碰到了难处，但是他却不知道大鱼的难处在何处，杨广也露出了为难的神色。大鱼见此使劲摇动着背鳍，眼中滚出了两颗泪珠，杨广顿然醒悟了过来，立即道："朕明白了，你是厌这北海小了，你已难以容身。对吗？"大鱼猛然一个翻身冲着杨广躬身致谢，然后再一个翻身窜入了水中。杨广急忙奔到船沿冲着海面大声喊道："兄弟，你放心。朕立即安排人把北海与外河打通，让你顺流回归大海。"水中的大鱼又跃出水面，好似在向杨广致谢。（杨广这段放龙鱼归海的故事，民间有好些版本在传说，却不外乎是杨广不该把已成龙形的鲤鱼放走，否则也不可能造成隋皇朝如此快地灭亡，李家皇朝替代杨家皇朝的后果。但是杨广却并不是这样想的，这可以从他与萧皇后当时的一段对话中，便能知道他的情感在何处了。）

萧皇后在二楼的甲板上，不仅看到了杨广对待大鱼的一举一动，而且也听清楚了杨广对大鱼所说的话，让她也想到了杨广曾经对她说起过的，有关放生长角鲤鱼的事，以及后宫建塔镇妖之事。她等到杨广回到餐桌之后，即道："你不该把那条头

第八十章　北海猎奇蓬莱纵色，皇后逸言义臣解职

上长角的鱼放生，而且还要引水让它回归大海。"杨广边喝酒边不以为然地道："为何？"萧皇后无不担忧地道："你难道忘了，父皇杀李浑的事吗？'鲤'即是'李'，鲤鱼成龙其意何在？"杨广却道："无稽之谈。鲤鱼能成龙是它修炼的成果，是它的造化，与我何干！杀人是无奈，杀生也是如此。不管是待人还是待妖，都得以善念相待。"杨广又问道："这蓬莱岛上，还会有什么能让朕感到惊喜的？"萧皇后奸诈地问道："皇上，十六位花魁你现在结识了几位呀？"杨广含糊地道："在这里仅有三位，积珍院的秦凤琴朕算是结识了，那个舞剑的叫什么来着……也算是结识了吧！朕也就是结识了这么几个。"萧皇后带着讥嘲道："那个被你赐恩回家的榭湘云，也是十六花魁之一，你怎么不认账啊？"杨广道："他们本来就不该是朕的人，所以你所说的十六位花魁，实际上只有十五位。"萧皇后似乎是明白了杨广所说之意，即道："本宫明白了。依皇上之意，还要让本宫替你补上一位咯！"杨广不言可否地沉默着，萧皇后道："这事好办，本宫以后一定替你补上一位。由此可见，你还有十位没有结识。那么，今晚上了岛，本宫让她们全部围着你吃、围着你睡、由着你随心所欲地去结识她们。如何？"杨广张大了口不知该作何回答，却把在旁的王桂枝惊讶得唏嘘着道："哎呀，我的妈呀！天下哪有让十个女人陪一个男人睡觉的事，皇上如何吃得消呀？"杨广似乎已经是胸有成竹了，他不以为然地道："那么，你所说的那个嫦娥算不算在其中？"萧皇后知道杨广是对嫦娥上心了，即答非所问地道："你不会只要嫦娥，不要其他花魁吧！"杨广却坦诚而贪婪地道："嫦娥不可多得，但其他花魁……朕可以慢慢地消化么。"

　　北海的三岛之首蓬莱岛，今晚被灯火点亮，照耀得光彩夺目。不仅小道还是树丛中都点着一盏一盏的灯笼，而且每幢房的廊檐墙角都挂着盏盏花灯，尤其是楼台亭阁厅堂内更是被烛光点得通体明亮。由此从远处看到的整个岛乃是一派灯火辉煌的海市蜃楼，而进入了岛内则到处是银光火树，不是白昼胜似白昼，登上岛的人都有上了天堂一样的感觉。小船神速，很快驶到了码头，众人纷纷弃船登岛，又被引进了早已准备好的房间，供大家梳洗换装，等候皇上皇后的到来。而其中唯有晨光院的院主吴降仙，以及文安院的院主刘云芬没有去卸妆更衣，她们还是穿着原来在船上演出的服装，仅是身上披了一件风衣在等待着皇上的召见。大船调头慢，又碰上了鲤鱼撞船的耽搁，而船速更不能与小船相比，且大船靠码头抛锚放跳板、人离船的速度就更慢了。等到杨广和萧皇后上得岸来，已经上岛的众人早已换好了装，整整齐齐地排列在上岛的道边，恭候着皇帝和皇后的来临。飘逸的乐曲声响起，朦

817

朦胧胧的人影在烛光中晃动，杨广也似乎来到了天堂中的蓬莱仙岛，他神情有些恍惚。然而他最迫切想见的，还是那个为他所心仪的嫦娥。

萧皇后似乎并不理解杨广的心情，仍然是在厅堂里大摆宴席。但这次不是分桌设席，而是在宽敞的厅堂里摆了一张特大的圆桌，她与杨广坐在主位，三位已经被杨广临幸过的院主，坐在杨广的上下首，其他院主都围桌而坐。杨广用眼扫视着众院主，这些年轻貌美如仙的院主确实不能不让他感到心醉神迷。但是杨广却发现了端倪，即问道："各院的人都来齐了吗？"这话问得众院主都面面相觑、左右相顾，不知该作何解答。萧皇后心有灵犀，却带着揶揄的神态故意道："皇上就是个情种！这是在问，围桌而坐的院主应该有十六位，为何现在只有十三位。皇上是担心有人没上岛会不会掉海里去了，对吗？"杨广被说得不好意思地点着头，只能顺其意道："朕，正有此意。"萧皇后即道："别急，本宫立即会给皇上一个明白的交代。翠华院的榭湘云，你已经赐她回家了，她还好意思来这里与你这个男人、和你们大家合欢共寝吗？"萧皇后如此露骨的话，说得众人都不好意思地垂下了头。萧皇后接着又道："还有两位，一位是晨光院的吴降仙，另一位是文安院的刘云芬，她们不便在这里露脸，因为她们在等着皇上去验明正身，所以她们在各自的房间里待命。"杨广看着眼前这一群艳丽佳人，心头早已是痒痒的了。而此刻听说还有两位要让他去验明正身，不由得勾起了他那垂涎的心思，即问道："你是说那个扮演游龙戏凤的男子，以及那个嫦娥，在等着朕去验明她们的真身吗？"萧皇后道："本宫就是此意。但是，一切还得以陛下之意为准。"杨广想了想道："朕对那个男子不感兴趣。如果你们感兴趣，就由你们去验吧！"杨广此话一出，立即激起了在座众人的一片哗然。萧皇后对众人使了个眼色，狡黠地道："皇上既然是如此开明，本宫倒也无所谓，愿意带领众人去替皇上鉴别那个男子，目睹他与皇上有何两样？那么鉴别嫦娥，皇上则是要亲力亲为咯！"杨广见此立即起身拱手道："朕，这就去验明嫦娥的真身，随后再出来陪大家共饮。"说罢，即跟随冯忠离席而去。

萧皇后见众人若有所失，便宽慰着道："你们也都别急，皇上这盘菜，你们每人都有份，只不过是谁先尝、谁后吃罢了。而今晚侍寝，除了本宫，你们也会像这张圆桌一样，可以把皇上给团团围住。至于是蜂拥而上，还是一个个轮着来，都由你们自己做主。但是能否让皇上欲罢不能，这就得看你们自身的真功夫了。"萧皇后这番言论，简直与妓院的老鸨有过之而无不及。确也是，她完全是把这后宫当成了由她经管的名正言顺的妓院，这满院的女人则成了她操控杨广的工具。由此杨广陷在

第八十章 北海猎奇蓬莱纵色，皇后逸言义臣解职

这花堆里，天天笙歌宴席、左拥右抱，夜夜抚艳肉、探花蕊，其乐无穷，过着不是神仙胜似神仙，纵欲无度、乐不思蜀的日子。然而，杨广对着这群聚群乐群淫的日子，不仅是体力精力不支，也难以照顾到各院主的所需所好，且也遭到了不少院主的拒绝，而感到了诸多的不便。事后，他甚至连被自己临幸过的人的相貌也记不起，不免让他又有些愧疚。故而不出三日，杨广便对这种形式的乐事失去了兴趣，却憧憬起要享受更完美的各院独家的艳福。于是，萧皇后便带着众人撤离了蓬莱岛，回到了百花苑，以便让杨广可以有选择地去享受他想要的艳福。

后宫总管冯忠收到了侄子冯延德寄来的求救信，而不得不请求萧皇后出面救助。萧皇后也正想在朝廷上下扶植自己的势力，便一口允诺找机会去皇上跟前替冯延德说情。可是没过几天，萧皇后又接到了朝中传来的消息，得知东北的造反已经平息，赃官冯延德和一伙污吏已被就地正法，乱民也都自行散去。这事让冯忠捶胸顿足地向萧皇后哭诉，反诉这是一件误传的民众造反之事，冯延德也罪不至于死，杨义臣更不该招降纳叛、大开杀戒。萧皇后对自己扶持的这个忠臣有点过意不去，也就不管不顾地当夜带着冯忠闯进了文安院去找杨广讨说法。

文安院院主刘云芬，江南绍兴人氏。其家虽说是个书香人家，但其父仅是个县衙里的九品笔吏，无责无权还常受人白眼。刘云芬因其母早亡，不得不常被其父带在身边出没于官府衙门，受尽了上差的势力欺压和下差的妒忌冷嘲，在她幼小的心灵里长出了愤愤不平、欲要出人头地的种子。她勤奋，自小就学会了料理家务，照看父亲，被邻里称赞是一个懂事的孩子。她好学，不仅是无师自通，也会模仿，而且学啥像啥，她更有过目不忘的能耐，连她的父亲也不能不为她叹息，说她不该生在穷人的家里，否则她的前程无量。可是刘云芬很自信，她说穷人家的孩子未必都没有天助。果然，刘云芬在十岁那年遇到了一位云游僧尼，此人一见刘云芬就道："原来你在这里呀！真是踏破铁鞋无觅处，得来全不费工夫。"刘云芬奇怪地问道："师父，这话是什么意思？"僧尼仔细地瞧着刘云芬道："你与贫僧在梦中所见之人一丝不差。你什么都别说，也不用问，我要收你为徒。快带我去见你的父母。"

原来这个云游僧尼乃是南岳魏夫人的第十六代嫡传弟子，是一位得道高人，不仅学识渊博而且身怀异术，更是对道教中的《黄庭经》深有研究，尤其是对其中的《内景经》自有一套与人不同的见解。她在梦中受张天师旨意，让她去解救一位受困的道中有缘之人。僧尼没想到，一出门便遇到了梦中所见之人。刘云芬的父亲听说僧尼要收他女儿为徒，并承诺五年之后定会让他女儿出人头地，十年之后会荣归故

里。刘云芬的父亲正在愁着自己无法照看好女儿，又见女儿欣然愿投师门，也就勉强同意。果不其然，刘云芬跟随着师傅入山修炼，在这五年期间不仅学得满腹经纶，而且也学到了师傅的炼气吐故纳新之术、聚神养颜之法、还学会了幻影之技。五年之后，刘云芬的容颜大变，而被招选入宫成了四品院主，其父也得以沾光成了吃穿不愁的国戚。刘云芬应皇后之愿，在海上用烟雾蒙住了月亮星空，又用魔术变幻出了月亮，由她扮成嫦娥，手下的美人和侍女扮成女仙，在朦胧的光照下演出了一场以假乱真的月宫女仙下凡戏。然而让刘云芬没想到的是，皇上居然会信以为真，而萧皇后又故弄玄虚，让她得以单独面对皇上。而且更让刘云芬没想到的是，皇上对她一见钟情，回到百花苑之后，竟然一连几天都在她的文安院没有离开一步，这让刘云芬在惊喜之余也就乐在其中。

　　萧皇后带着冯总管的不期闯入，让刘云芬感到尴尬，却让正在行云布雨的杨广有些不快。杨广在听了冯忠的诉求和萧皇后出的主意之后，不假思索地道："杨义臣先斩后奏是朕给他的权力，但他把贼首窦建德收为自己的属下，却不能不防他心有叵测。"萧皇后立即道："害人之心不可有，防人之心不可无。杨义臣拥有重兵，又手握生杀大权，且又如此心怀叵测，与其防他，还不如把这隐患给除了，还能给心怀叵测之人一个警告！"杨广看了一眼躺在身旁的刘云芬，想着刚才正在兴头上做的事，立即不耐烦地道："立即解除杨义臣的军权和职务，让他回乡养老去吧！"冯忠似有不满地道："皇上，杨义臣杀我侄儿冯延德的仇……"杨广有些恼火地道："够了，你不用再多说了。杨义臣毕竟是前朝老臣，往日也无多大过错，你们也该得饶人处且饶人吧！"杨广说完，立即钻入了被窝中去拥香惜玉、行巫山之欢了。

第八十一章
治儿隐踪贵儿寻迹，南巡争议杨广怒怼

朱贵儿一气之下，当着杨广和萧皇后的面，说出了多年积压在心中的话，并赌气离开了庆典宴席，回到了自己的坤善殿。一时，她觉得心情舒畅了许多。然而，朱贵儿静下心来又觉得诸多不妥，甚至还有些后悔不该一时冲动，把自己对萧皇后的不满发泄给杨广听。倘若杨广听信了她的话，去追究皇后的责任，那么后宫将从此不得安宁。万一杨广对她所说的话不当回事，那么她与萧皇后的仇便毫无疑问地结下了，她也将从此难以再像往昔那样心安理得地过日子。朱贵儿有心想去找治儿倾诉一下自己的心情，却又觉得天色已晚，还是改天去吧。

隔天，朱贵儿刚起床，梅香就急匆匆地来到她的房间，询问她师父为何一夜未归，是被皇上留住了，还是去了别的什么地方。朱贵儿不由得也感到奇怪，道："你师父是被皇上气走的，怎么可能会被皇上留住呢！"随后，朱贵儿也把自己怒对萧皇后、生气回殿的事说了一遍，并问道："你师父以前有没有不跟你说明白，就整夜不归的事？"梅香摇头道："没有。师父虽然行事喜欢独来独往，却从来没有瞒过我什么。而且师父也从不喜欢到皇上那里去过夜，哪怕是皇上要来过夜，也都是到师父房里去的。"朱贵儿不由得忧心忡忡地道："我和你师父像亲姐妹那样相处了这么多年，她的性子我是知道的，她若不是伤心到极处，是决不会像在张掖那样不辞而别的。我就担心皇上不理解她的心思，而萧皇后则是别有用心地在故意气她，让皇上生你师父的气，逼迫她再离宫出走。萧皇后由此便可以拔去眼中之刺，能随心所欲行事了。"梅香忧虑地道："这可怎么办呢，我该到哪里去找她呀！"朱贵儿边想边自言自语地道："她有什么地方可去呢……她的师父在眉山……不可能，她没回来，又没带随身的衣衫，所以不可能去眉山找她的师父。除此之外，她已没有可去之处了。"梅香突然道："我知道了，师父有可能去坤慈殿天后皇太后那里了！"朱贵儿道："你是说，她去了二姐丽华那里。嗯，有此可能！走，我们一起去找她！"朱贵儿和梅香两人匆匆赶到了坤慈殿，却被告知，坤慈殿殿主兰花居士早在半月前

就外出去会道友了，留守殿塔之人最近也没见到薛娘娘来过。这让朱贵儿犹如泄了气的皮球一般悻悻而归。可是梅香却似乎并没感到泄气，仅是道了一句："我在家守着，师父总有一天会回来的。"

朝堂上最近又热闹了起来，大家都在议论着由后宫传出来的消息：皇上为了曾经在朝堂上许下的承诺，已责令工部去改造水军用的战船，等到战船改游船成功，皇上将率后宫和满朝文武大臣沿大运渠南下巡游。这可又是一件了不起的大事，首先是乘船游山玩水，而且是满朝文武百官都去，如此阵仗的声势不仅是谁都没有经历过，而且想想都壮观，因此也就成了朝臣们热议的话题。有议论此行可行性的；有议论此行是否必要的；有议论此行可以去哪些地方游玩的；也有议论百官跟随皇帝出行，等于是把朝廷搬到了船上，众臣上朝该怎么上、朝政诸事谁来办；也有议论这么多人每到一个上岸地点，地方上该如何接待；更有人议论如此一次出行会耗费多少人力财力；甚至还有人议论晕船该怎么办……真是形形色色各种各样的议题都有，然而谁都不知道该有个什么样的正确答案。因此，朝臣们都在盼等着皇帝能够出来当面做一个说明、做一番解答，以便能安定一下众人的心思。

杨广要南下巡游的想法并非一时心血来潮，也不是单纯为了完成对朝臣们的承诺。他既要学秦始皇那样去昭告天下，彰显大隋的威严，更是要对大运渠通水之后做一次沿途实地考察。此外，杨广还有他的一些小心愿在其中。比如，他要去江都扬州作次故地重游；又比如，他要去余杭故友王老伯的墓前祭扫；还比如，他这些天在温柔乡中得知，这些如花似玉的女孩多数都来自江南，如今她们已成了皇上的人，都有一种渴望荣归故里的心愿。而且，他也曾许诺过皇后，要带她去江陵，到那个生她、把她育养成帝后的故乡，让那些故人一睹她帝后的威严。所以，杨广这既是兑现自己的承诺，是他必须了结的一桩公事，也是对完成自己私愿的一份匠心恩施。当然，杨广知道如此大的事件一定会引起朝臣们的争议，但杨广觉得争议并不可怕，通过争议可以把众人的心思看得一清二楚，也可以把朝臣们的意见归理明白，更便于针锋相对地予以解释清理，从而把众人的心思凝聚在一起。而可怕的是朝臣们的心思不一致，并借此拉帮结派地搞争斗。因此，杨广决定，得找个时间在朝堂上把此事公之于众，让大家争论一番，再去做出决断。

隋朝水军最强盛时，曾拥有可容纳千人的巨舰十艘，可容数百人的大型战船五百余艘，可容百余人的战船上千艘和无数的小艇，以及训练有素的水军八十余万，在灭陈之战和渡海征东夷、收服琉球等岛国之中尽显威风。此后，随着国内外

第八十一章　治儿隐踪贵儿寻迹，南巡争议杨广怒怼

太平，战事稀少，尤其南方疆域的安宁，再加上国策战略意念的改变，尤其是杨广对吏制的改革，废除了无武职不能入朝为官的惯例，倡导儒学，提高了文人在社会中的地位，改变着社会重武轻文的习气，因而也削弱了军队的武备，水军的战船更成了一种摆设。有言道：流水不腐，户枢不蠹。这是说经常使用的东西不会腐烂坏掉，水军大批的战船却由于缺少使用，更缺乏保养，而每年都在损耗报废。因此，杨广要巡视大运渠走水路南下，就自然而然地想到了对这批战船的利用，杨广把改战船为游船的设想便由此而来。

一个帝王、一个当权者要显示其智慧权威，全在于他所制定的方略和做出的决断是否符合当前的时势，是否有高屋建瓴的预期，是否能调动起上下的人心。否则，就算他能强行推行自己的方略和决断，也必定会带来人心不齐的后患。杨广不是不明白这一点，而且他也收敛了以往的些许独行武断，因为这次他是要让满朝的文武大臣跟随而行，所以他一定要在朝堂上去对众臣细说南巡的意义，统一朝臣们的意识，清除一些思想僵化、固执己见的绊手碍脚之臣，把这次沿大运渠南下的巡视，搞得既要轰轰烈烈，让天下人都知道大隋国力的强盛、皇帝的威严，又要成为一次对大运渠整个工程的验收和鉴定，而且还要做到能够流芳后世，成为又一个能载入史册的壮举。为此，杨广做出了许多重大的铺垫。他下旨调虞世基至东京任内史令，召回樊子盖任刑部尚书令，调李密为度支尚书，去充实朝堂所缺之职位，免去了老态龙钟的段文振的兵部尚书令之职，改由兵部尚书李圆通继任。杨广继而下令宇文述置办军需，务必要让随行的每个将士换上鲜盔亮甲；还令江都郡守王世充修建江都行宫，以备后宫和众臣在江都停留。杨广等到这些前期准备工作安排就绪，这才亲临朝堂，准备与众臣展开一场辩论交锋。

这天上朝，老臣新臣来得特别齐整。有陈王杨侑、燕王杨倓、越王杨侗；国戚有安德王杨雄、蔡王杨智积、遂安王杨集、秦王杨浩；文官有御史内史令虞世基、御史大夫监国辅臣元义都、银青光禄大夫御史张衡、建安郡公御史柳述、汉南县公内史舍人刘　、吏部尚书令苏威、户部尚书令杨玄感、民部尚书令裴蕴、礼部尚书令牛弘、刑部尚书令樊子盖、工部尚书令宇文恺、上开府仪同三司御史薛道恒、上开府仪同三司户部尚书长孙览、上开府仪同三司刑部尚书卢凯、渤海公纳言高颎、蒲山公度支尚书李密、大理寺卿王文同、刑部尚书周法尚、刑部尚书宇文弼、礼部尚书许善心、都官尚书皇甫绩、商务卿裴政、司农卿刘权、水务卿杨汪。武官有许国公上大将军京城禁卫军总管宇文述、随州郡公上大将军麦铁杆、汝阳郡公大将

军独孤楷、宜阳郡公大将军总管王世积、定真侯上大将军兵部尚书郭衍、左卫大将军皇城总管独孤盛、大将军兵部尚书令李圆通、上开府右卫大将军史祥、骠骑大将军大都督来护儿、骠骑大将军陈棱、左翊卫大将军元寿、大将军沈光、大将军鱼俱罗、武贲郎将斛斯万善、监门郎将薛世雄，甚至连已经告老在家的宋国公贺若弼、武陵郡公元胄、上都郡公杨虎、河南郡公令狐熙都来到了朝堂上。

杨广开门见山地说："朕，曾对大家有过许诺，等到大运渠通水之后，朕要带着满朝的文武官吏一起坐船南下，去实地巡视查验大运渠，并考察沿途的民情。如今，朕已经做好了准备，将要带领大家去实现朕的这个承诺。不知你们准备好了没有？对此若有不同的见解，或是有什么需要询问的事，尽可提出来，朕能解答的，朕立即予以解答，朕不能解答的，朕将择日逐一解答。朕一定会尽己所能，让大家这次南巡去得放心，行得安心，沿途尽兴。"朝堂上的众臣静默无声，好似都在酝酿着各自该怎么开口，又好似在等待着谁能开这第一口，去奠定这朝堂上的气势所向，去窥测皇上的喜好所在。杨广见没有人开口，便生气地道："据说，你们不是有许多不甚明了的事要问朕吗！为何此刻却默然无语了呢！说吧，每个人都说一下，你们对此事是怎么个态度。"

户部尚书令杨玄感出列道："启禀皇上，臣向来喜欢直言不讳，更不会藏着掖着去说事论非。臣记得，皇上说过：'君示臣以信，臣事君以忠。'皇上对自己许下的承诺如今要做出兑现，这是取信于臣民之举，也是在彰显皇上信誉的作为，我们身为皇上的臣子理该感到荣耀，更该为大隋社稷尽忠效国。所以，臣举双手赞成这次南下之行。"

杨玄感定下了如此一个拥戴此行的基调，也就引来了一片附和声。兵部尚书令李圆通原是前相国杨素的部将，此刻出列道："臣也赞同。此行不仅能彰显国威，更能显现军威，是件一举多得的大好事。身为臣子岂能何乐不为呢！"接着，礼部尚书令牛弘引经据典地道："昔时秦王嬴政五次率文武大臣巡游天下，其深远的意义和辉煌的形象，在史书上都留下了难以磨灭的记载。皇上如今要率领百官、乘船沿着以举国之力开掘的大运渠南下巡查之举，不仅重现了昔日始皇帝的威严，更是开启了吾大朝百官史无前例巡游天下的壮举，还向世人展示着吾大隋帝国的举世之功和敢为人先的德行。此举必会在史册上给后人留下一笔永远也不能被抹去的辉煌。"经牛弘如此一说，把这次南下提升到了一个崭新的高度，不仅正合杨广本意，也让朝堂上原本还在犹豫观望风向的人心头热烈了起来。接着，御史柳述、薛道恒，尚

第八十一章 治儿隐踪贵儿寻迹，南巡争议杨广怒怼

书卢凯、许善心、皇甫绩等人都纷纷表态赞同此行。连年迈的遂安王杨集也兴奋地道："既能留名又能游山玩水，太好了。谁人会乐而不为呢！"燕王杨倓、越王杨侗听说既能不用上朝，又可乘船外出游玩，此刻又听到了此行还有这么深远的含义，也就纷纷表示赞同，却唯有陈王杨侑闷声无语，被杨广看在了眼里。

银青光禄大夫张衡道："秦始皇五巡天下，有其积极的一面，向天下人显示了一统天下的权威。其中却也有五次巡视所带来的负面行径，挥霍无度，劳民伤财，百万随从所过之境遍地荒芜，既造成了官恨民怨，也给了秦始皇的仇家有了可乘之机，而导致秦始皇死于巡视途中，更酿成了天下大乱的局面。所以，臣认为皇上南巡，当以前车之鉴，以防未然。"杨广心有不悦，却仍然点头表示赞同。吏部尚书令苏威则有些担忧，委婉地道："启禀皇上，众人说了那么多必行和可行的话，臣虽有同感，却也不能不考虑到此事还需要面对的问题，所以不免有些担忧。"杨广道："尽可直言，朕愿闻其详。"苏威道："皇上要带满朝文武南下巡视，按臣的理解认为，这是要把整个朝堂都搬到船上去跟随皇上同行。"杨广点头答道："正是如此！"苏威接着道："既然如此，据臣所知，洛阳东京在朝堂上任职的各部文武大小官员，虽然只有百余人，但却离不开那些在朝堂上执勤的役吏侍从，而各部府衙的日常运作也离不开所有在职的从业官吏。此外，我们在日常生活中都离不开那些管吃管住等的随从仆役，若把这些人加上，起码得有数千人之多。为此，臣不能不担忧，这么多的官吏随从需要多大的船队，方能撑得起如此大的场面？"工部尚书令宇文恺接口道："苏大人对船队之事无须担心。皇上早已未雨绸缪，指令臣打造好了龙船巨舰和大船数百艘，足够装得下数千人的乘载、吃住和使用，而且不日即将驶达洛阳东京码头。"宇文恺的话引起了众臣的一片议论声。苏威却继续道："按宇文大人所说，这水上的船运是无忧了，但皇上和众臣不可能不上岸吧！若要上岸去视察和观景看物，众人是步行、骑马，还是上轿、乘车？由此，马匹和轿车从何而来？若要让地方上去承办，这将要动用多大的人力和物力？"还是宇文恺出来答道："皇上早已把此事想好了。臣在改建之时已为车马在船上都留下了空间，所以无须去担心上岸后会没有车马伴随着出行，而要去骚扰当地的百姓。而且，臣还备下了足够多的船只，作为辎重后补船队，以确保这次出行的所有供给，不去依托当地的官府，以免惊扰百姓，这也是皇上在我改建游船前都已考虑到的事。"

河南郡公令狐熙不满地道："如此好事，皇上对我们这些离职休闲在家还健在的官员将作何安排？"杨广见问，即冲着那些正在虎视眈眈盯视着他的前朝老臣，

抱拳含着笑容道:"诸位叔伯,你们都是大隋的功臣,与先帝有着过命之交,你们只要愿意,且体魄允许,欢迎你们随朕而行,一起去领略大隋江山的富饶和美好。"上都郡公杨虎早已憋着一腔怒气了,他接口道:"别说得这么好听,什么大隋的功臣,我们这些老朽早已成你的累赘了。你现在所做的哪一桩事情,曾想到过,我们这些建国立业的老臣,当年是怎么跟随你父皇母后忍辱负重、含辛茹苦去打拼江山的,否则何会有你如今安稳的天下!再看看你现在做的这些事情,又有哪一件是符合你父皇和母后心愿的?他们省吃俭用攒下的家业,却成了你大把大把花费的本钱;我们与你父皇和母后争来的江山,却成了你炫耀的资本。现在又要去搞什么南下巡游,如此劳民伤财的事也亏你想得出来。还什么美其名曰,让我们跟你去领略大隋江山的富饶美好!你如此下去,再富饶的家国也会被你败坏精光。杨广,你是我从小看着长大的,你那些弯弯绕的肠子我比谁都清楚,因此,我反对你搞这次南下巡游。"杨广的脸色有些难堪,但他还是心平气和地道:"虎叔,您对这次南下巡查有什么意愿尽可直言,不要去扯那些陈词滥调,更没必要去用您过时的观念来评判当今的朝政。"武陵郡公元胄忍不住地道:"皇上此言差矣。纵观皇上上位之后所做的那些事,与其说是在造福百姓,但实质上却是在用先帝积攒下来的钱财和臣心民意,在为皇上自己树碑立传,做流芳后世的事。皇上可知道臣民是怎么评述的吗?他们说,夺兄之位,谋父之妃。重用酷吏、鱼肉百姓。开掘运渠,欺世盗名。大兴土木,滥杀无辜。天下选美,荒淫无度。恃强凌弱,穷兵黩武。劳民役吏,罄竹难书。人神共愤,必遭天报。"杨广脸色大变,怒气填膺,然而他仍然强压着心头的怒火,仅是提高了声调道:"元老大人,朕念你是前朝的元老,也就不计较你借他人文过饰非之词来当庭说是论非。朕的功过绝对不会因为一些卑鄙小人的恶意污言秽语而遭受诋毁。但朕要送你一句话:你该好自为之,安度晚年,不要以己之心去度他人之腹。然而,朕从此之后再也不想见到你了。"(恃才自傲的元胄遭杨广斥责之后,从此郁郁寡欢,不久便过世了。)宋国公贺若弼倚老卖老,仗义大声吼道:"皇上如此对待老臣,老夫不服!"杨广尽力克制着自己的情绪,冷冷地道:"有何不服,尽可道来。"贺若弼不以为意,仍然吼叫着道:"大隋天下都是我们这些老臣打下来的。没有我们这些老臣与先帝的浴血奋战,何能有你今天坐在帝位上作威作福?如今你却把我们这些老臣视为眼中钉、肉中刺,将我们一个个都赶出了朝堂,以方便你独自尊大……"

杨广真正是忍无可忍了。他一下从帝座上站立起来,厉声道:"大胆贺若弼,竟

第八十一章 治儿隐踪贵儿寻迹，南巡争议杨广怒怼

敢自我标榜，恶言攻击朕，诽谤朝政，实属胆大妄为。来人，把他拿下，押入大牢，听候处置。"与贺若弼关系甚密的刑部尚书宇文弼见杨广要处置贺若弼，急忙出列辩解道："启禀皇上，臣认为仅凭一时之气，就如此处置开国老臣，既有失公允，又不合法。"安德王杨雄早就有气在胸，现在见宇文弼要替贺若弼巧言鸣不平，即挺身而出，愤怒地道："何为有失公允啊！元胄、贺若弼算哪门子开国老臣，他们打过几个仗呀？"宇文弼低声申辩道："平陈之役，贺若弼功不可没。"定真侯上大将军兵部尚书郭衍插嘴道："什么功不可没？平陈之役，他不听帅令，独自冒进，差点全军覆没，影响到整个战役的成败。若不是先帝恩宠宽容，岂能有今天的他呀！"安德王杨雄又道："皇上对这些占着茅坑不拉屎的老臣，也可谓是仁至义尽了。朝堂上有什么好事赏赐，何时没想到他们。贺若弼年老离职，皇上还赐国公爵位予他，这不是恩典是什么？可他们还总是用老皇历评论当前之事，谁听了会没有反感。不制止他们的老朽迂腐之气，让后人听信了他们的，天下还能有正道吗？这才叫作没有王法。"宇文弼还想开口辩解，就被杨广不耐烦地打断道："什么是合法、什么是不合法，朕心中自有一本账。你若还要替贺若弼辩解，你就随他一起下大牢去辩吧！"杨广的话吓得宇文弼赶紧退下，再不敢多言。

高颎也心有不平，他挺身出列道："皇上，臣认为方才几位退职的老大人当着皇上之面所言，虽有些出言不妥，却乃是肺腑之言，而且也是实情。臣身为纳言，对此不能视而不见，也就不得不也说上几句。其一，老臣们对大隋的功勋是不能磨灭的；其二，先帝对老臣们的功过早就有了明示，不能因时过境迁而抹去；其三，老臣们之所以敢当着皇上之面直抒己见，乃是他们赤诚之心的表现，绝非是对皇上的不恭；其四，先帝先后二圣历来就提倡闻过则思、有过就改的执政理念，这才有了此后在朝堂上言路广开、众议政道、臣清民和的施政成果……"杨广愤然了，他打断了高颎的陈述，大声训斥道："高颎，朕已经忍耐你很久很久了。你每次朝廷众议，没有不逆朕之意提反对之词的。今天，你总算是让朕知道了此中的根源何在。你这是不满意朕的用人之策，认为朕亏待了那些有卓越贡献的年纪已大的老臣，也包括你在内。朕也明白了，你如此作为是在哗众取宠，是在借那些已退职的老臣之见来蛊惑众听，扰乱朝堂。如今，朕已经忍无可忍了。高颎，从今日起，朕就赐你归乡养老去吧！免得哪一天，朕一时性起，把你蛊言惑众的前罪后过一并处之，就悔之晚矣！"

蒲山公度支尚书李密，既为杨广如此对待敢直言不满的老臣和高颎而不平，也

憋着一肚子话要讲。他整了整衣冠，出列道："启禀皇上，臣有事要禀告。"杨广挥了挥手，坐到了龙椅上，道："讲吧！"

李密字法主，其父李宽，乃北周之名将，归隋后受封蒲山郡公。李密自幼下帷耽学，对《史记》《汉书》励精忘倦，尤好兵书，常皆诵在口，可谓才兼文武，志气雄远。李密舍财重义，养客礼贤，声名在外。开皇中期，父逝，他受袭为蒲山郡公，但在朝堂上并无任职。杨广上位大业初期，受封为蒲山公，任大都督之职。然而，李密对此职不屑一顾，并渐与时任吏部尚书的杨玄感亲近，意欲投靠相国杨素，而被举荐为御史。李密曾数次投帖拜见杨素，然而杨素不喜欢他的夸夸其谈，并告诫儿子杨玄感道："此人只可适时而用，不可信。"李密又渐与仕途受挫、被杨广冷落的高颎相谈甚欢，两人对朝政都有共同的看法，故常在朝堂上一唱一和地发表一些有违杨广意愿和逆潮流的说辞，因而引来了杨广的不满。但李密没有高颎的深厚根基，而被调入到度支部去管财政、看国库。李密从此更是满怀着一肚子怨气，总想找个机会当众发泄一番，既能倾吐一下心中的不平，也可在众人面前树立自己刚正不阿的形象。如今，杨广让众臣畅议南下巡游之事，朝堂上已明显地形成了意识不同的两派争执态势，这让李密觉得此时正是一个可以借题发挥的机会，故而他也就当仁不让地站了出来。他要语出惊人地一述己见，大声疾呼，以表明他的观念和见解，引发杨广的重视，让朝堂上的大臣们对他刮目相看。李密见杨广允诺他开讲，便道："启禀皇上，常言道，有源之水方能不枯，有根之树方能茂盛。想我大隋天下，二圣接下的乃是北周的一个烂摊子：民不足两千万，田仅千万顷，朝政腐败，内争动乱不断，国库空虚，民不聊生，而四周却强敌如林，西有不断犯境的吐谷浑，北有凶悍的突厥，东有虎视眈眈的北齐（此处前文杨广已纠正，北齐在北周时已被武文邕灭掉，此处为李密表述错误），南有强盛的陈国。因此，大隋初建时的社稷正可谓内忧外患，民贫国弱。先帝和先后卧薪尝胆、忍辱负重、力竭汗湍、以身作则、兢兢业业地带领着众臣民，仅用了十余年的时间，就把如此一个千疮百孔的江山建造成了一个南北一统、官正吏清、国库充实、民众安居乐业的大隋天下。"杨广插话纠正道："北齐早在北周时就被宇文邕灭掉了。"李密愣了一下，急忙道："喔，是臣说错了！对的，当时留下的也是一副烂摊子。"杨广有些不耐烦地道："你别做铺垫了，就直言正题吧！"李密至此也就横下了一颗心，直言不讳地道："臣反对举朝南巡，也反对皇上如此对待忠心耿耿的老臣。理由有以下几点：南巡之举是劳民伤财、得不偿失之事，体现的是皇上的好大喜功，困惑的是朝臣们对此事的目的有不同的

第八十一章　治儿隐踪贵儿寻迹，南巡争议杨广怒怼

主见，伤害的是沿途臣民的安逸，耗费的是国库的钱财、百姓的血汗。臣自从担任了国库度支之后，眼见着国库的储存日渐减少，有时还有入不敷出的窘况，臣不能不为此而感到担忧。国与家的经营理念应该是一样的，家无隔夜粮是会睡不好安稳觉的，国库没有充足的钱财储备是难以理直气壮去行使政权的。据说二圣在朝最关心的是国库是否都满仓了？可如今，自皇上君临天下之后，一会开掘大运渠、一会迁都建造宫殿、一会出兵征战、一会又大兴土木建行宫粮仓、还要动不动施皇恩免税赋减粮饷，甚至还大把大把地把粮钱锦帛无偿地送给那些域外无用之国，以博取虚而不实的拥戴和一时的好名声，却把吾大隋一个殷实富有的国体，拖入了后患无穷的灾难之中……"杨广拍案而起，但却是用平和的声调语重心长地道："李密，朕曾对你有过评说，当时仅认为你是书生气太重，因此也就对有人举荐你为御史没提异议。但是你在任御史期间，只听到你的夸夸其谈，却没见到过你有任何实际的作为，朕这才决定把你调入度支部，想让你去做些切实可行的事情，以便能用你的一技之长。然而现在看来，朕对你的认知又错了。你刚才所说的这番话，让朕觉得，你这个人连度支尚书也不配做。"李密没想到杨广会如此看待他，不由得惊问道："为什么？"杨广愤愤地道："朕错用了你。因为你根本不懂得何为度支？你的价值观也跟朕的价值观不符。"李密感到茫然，问道："皇上所说，臣不甚明白。"杨广既气又恨地道："度支就是审时度势地去替朕管理资财，把有限的资产用到最需要、最适合、最有前途的地方去。说白了，度支就是理资聚财，却不是守财，也就是说眼中不仅要有钱，还要让钱由少变多、物由小变大，这也可以说成是要会做生意。做生意就得懂用钱去生钱，这叫作流通，也就是投资。钱财放在仓库里不让它们流动，钱财能变多变大吗？这是不可能的。连商家都知道没有付出，何来的收益？而朕则知道，不大把大把地花钱去开源引流、去富民强国、去开拓市场，把钱变成货、变成物、变成社稷发展的资源，仅是图个眼前的满足，这不仅是不作为，更是最愚蠢的目光。相反，若是有意识地去做些事，眼前的钱财是化出去了，可未来的收入将会源源不断。比如，朕化了那么多的财力、物力、人力去开掘大运渠和沿途的水利河网、兴建洛阳东京、出兵灭吐谷浑、西征突厥打通西域商道、建张掖边贸城举办万国商贸同盟会、开辟外贸商铺、修建长城，扩建粮仓储库于民、去拓路建大码头、去减赋免税、严惩贪官污吏等作为，从表面上看这是在役民耗财，致使国库的钱财在你的眼里是越来越少了，可你想过此中长远的利益吗！没有开拓何来发展、没有付出就不可能有回报、没有征战怎能有安宁的疆域、没有严惩恶吏民生又何能安

829

居、没有安居又何来的乐业、没有乐业岂能富民、又何能强国？这就是朕的投资意识，也是朕以钱生财、安邦治国的理念。这就是朕的价值观，用现有的钱财物力人力去铺就未来安疆治国能赚钱赢利的大道。可是，你李密呢？在你的眼里，看到的仅是为你所管辖的库存在减少，却没看到这些库存变成了什么！更没去想，由这些钱财和库存变成的东西会产生哪些长远的效益？钱财一定得靠流通方能产生效益，经济民生也得靠源源不断的流动方能盘活，死守着一堆钱物，饱的是眼福，安的是眼前的心情，如此鼠目寸光的人只能是个傻子，是个蠢货，对朕一点也没用，你李密就是这样的一个人。你现在该明白自己不配当度支尚书了吧！

此外，有人指责朕用前朝的钱财和积累的资源，在为朕打造当前的丰功伟绩，是在树碑立传，却造成了国库的空虚，民众的贫穷，社稷的不宁，这简直又是在信口雌黄。你李密也可以当庭公布一下几组数据：前朝户籍最兴盛时有多少户、人口多少、上缴国库的钱帛有多少？而现在又是多少。"杨广见李密无以解答，即转脸问杨玄感，道："杨大人，你是户部尚书令，你对这些数据不会也一无所知吧！"

杨玄感没想到杨广会问他，即呆了一下，才边想边道："启禀皇上，臣在前朝是管官吏的，大业元年皇上才升任臣为户部尚书令。故臣只记得，大业初年吾大隋已有户籍六百余万户，人口约三千万，可耕地约二千万顷，比起李大人所说的先帝建朝初期已有了翻倍的增添。然而，自皇上继位推行了一系列的改革之后，目前吾大隋已有户籍九百余万户，人口已近五千万，良田与可耕地足有五千余万顷，至今收纳的粮帛钱币足可供臣民享用六十余年。如今朝廷已经在广通、常平、河阳、黎阳、洛口等地，已建有千石以上的大仓三百余窖，仅是东京就建有含嘉、回落、子罗等仓二百余窖，可储存粮帛和盐米数千万石。此外，在西京、太原、江淮、浙广等地兴建了大小官仓、社仓、义仓，不下数千个，基本上实现了皇上所倡导的储钱币于朝、存粮帛盐米于民的国策。这与历代朝廷相比是绝无仅有的盛况。故李大人所述尽是虚妄之言，当属危言耸听。"

民部尚书令裴蕴补充道："臣这里还有几组数据可以做补充。吾大隋民生的现状可以用几句话来概括：农无荒田，民不忧食，商家满柜、府藏仓溢。也可以说吾大隋臣民之富有是历朝历代所没有的。具体的数据除了杨大人上述所述之外，还可以体现在，商贸集市已遍布全国各地，南有广州，西南有成都，西北有张掖，东有吴郡，中有西京长安，东京洛阳，汴州开封，货物贸易已经通达世界各地，商市重楼延阁互相辉映，异珍奇物山积于市，各域商贾熙熙攘攘。尤其是东都洛阳已经形成了三市并茂（东市丰都、南市大同、北市通远），百姓敬业乐道，民商共富的态势。而民间的富裕还可以从他们的服饰中看出，如今的民众穿锦佩银已成常情，皇上之前用一两银换一匹缎的好事再也没有了。此外，吾大隋这几年的铺路筑桥数量更是惊人，据不完全统计，自开皇十年至今，全国共造桥五百八十八座，比历朝历代留下的旧桥总和还多。"

杨广至此变怒为喜，笑着道："你们大家都听到了没有啊！现在还有谁想对南巡之事说不吗？"民部尚书令裴蕴却道："启禀皇上，臣对南巡还是有所担心。如此兴师动众的南巡，会带给民众的是喜还是忧，臣觉得一时还难下结论！也不能因为社稷民生富裕了，就可以不提倡节俭了。"刑部尚书令樊子盖道："启禀皇上，臣愿留守京都看家护院。"陈王杨侑也接口道："皇爷爷，孙儿也愿意在京看家护院。"

杨广对裴蕴的话虽有不满，但他略一思索道："倡导节俭并不等于什么事都不做，该省的得省，该用的也得用，所以南巡也得去。朕现在就颁旨，免去李密度支尚书之职，蒲山公之爵位应当保留，谁要是再反对南巡，当以李密为戒。此外，改封陈王杨侑为代王，授银青光禄大夫御史张衡与上大将军独孤盛为辅臣，与代王一齐留守长安京都；授越王杨侗为洛阳总管，御史元文都和左翊卫将军段达为副总管，协助越王镇守东京。南巡之事由内史令虞世基为本次南巡的总管，上大将军宇文述、民部尚书令裴蕴、礼部尚书令牛弘、吏部尚书令苏威、刑部尚书令樊子盖和工部尚书令宇文恺为副总管，一齐负责本次南巡的行程和具体事宜的安排。具体的出行时间以船队抵达东京之后再做定夺，各部从今日起便可以做好出行的准备。朕在这里还得强调，别把南巡仅看作是一次巡游，尤其是水务要关注大运渠对周边水系的影响，司农要重点关注大运渠对农田收成带来的变化，商务要注意大运渠沿途的民生需求都有了些什么改变。然后各部都得拿出一份对症下药的后续施政方略，供朕作审核评判。"杨广在朝堂上除去了反对南巡的杂音，归拢了众臣的心思之后，也就自然而然地想到了后宫的那些事，尤其是想起了治儿、贵儿对他的不满，以及与萧皇后之间的隔阂。于是，杨广决定先去贵儿那里做些沟通，求得和解，然后再借贵儿这块"跳板"，去求得治儿的谅解，解开后宫的不和谐之结，重新回归到以往平和的岁月中去。杨广下了朝堂，即向朱贵儿的坤善殿走去。

第八十二章
登门碰壁梅香露形，臣谋皇命黄雀在后

　　杨广自认为对朱贵儿和薛治儿的秉性与人品了如指掌。他尤其熟知朱贵儿的为人与情感：她待人接物彬彬有礼，吐字说辞温文尔雅，断事论非从不骄妄，遵规循矩恰如其分；她怒时从不形于色，喜悦也不会开怀放纵，甚至在行床笫之欢时，也是那般克己守礼，不失妇道分毫。她对待自己的夫君，不仅温柔贤惠无可挑剔，而且百依百顺、忠贞不贰，是一个标准的大家闺秀、江南淑女形象，也是杨广梦寐以求的心仪女子。薛治儿的脾性不像朱贵儿那般复杂，杨广一眼便能看穿她的内心。所以，杨广觉得无须刻意去了解薛治儿，因为他早已读懂了她的心思。然而，薛治儿骨子里的刚毅和果敢，却让杨广心生敬畏。因此，在杨广心中，薛治儿虽是他深爱的、如通体透明般的无价之宝，是他不可或缺的得力臂膀，却更像一尊让他依恋又敬畏的神像。这也致使杨广对薛治儿的情感，七分是爱，三分是敬畏。杨广曾将朱贵儿与薛治儿作比，如此说道："朱贵儿是朕榻上的一床被褥，可助我安然入睡；薛治儿是朕手中的一把剑，可助我纵横沙场。"然而，杨广怎么也没想到，更不愿相信，这两个令他如此倾心、难以割舍的女人，竟然都弃他而去。这让他既难以适应，又无法接受。杨广只觉得她们是因萧皇后的霸道而发怒离去，却从未反思过自己在其中的过错。所以，他从未担心过薛治儿和朱贵儿会真的与他形同陌路，成为他人生中消逝的两盏灯火。杨广甚至自信地认为，只要他放下帝王与夫君的身段，向她们认错，她们定会义无反顾地回到他身边，像往昔一样陪伴左右，在武事上助他除暴安邦，在文事上慰藉他身心安康。

　　如今，南下巡游之事迫在眉睫。从情感上讲，杨广舍不得不带她们一同前往；从道义层面，他更要兑现对她们的承诺，让她们能够风光回乡祭祖、荣耀宗族。为此，杨广既为达成心中所愿，也为践行承诺，不得不采取"退一步海阔天空"的策略，放下身段，去寻求这两位心爱的女人的谅解，促使她俩放下恩怨，与他和皇后言归于好，重现往昔后宫的和睦景象。为此，杨广已有两天没去百花苑的温柔乡，

第八十二章　登门碰壁梅香露形，臣谋皇命黄雀在后

也没去萧皇后的寝宫，而是静心休养了一晚。在解决朝堂大事后，他带着愉悦的心情和志在必得的期望，决定先前往朱贵儿的坤善殿，再去薛冶儿的坤宁殿，登门求和。

朱贵儿的坤善殿离萧皇后的坤和殿不远。杨广不愿让萧皇后知晓他去找朱贵儿，便支走随从，独自绕了个大圈子，来到坤善殿的后门。然而，他敲门许久，都无人应声开门。无奈之下，杨广只得再绕到正门，却见坤善殿正门紧闭，四周不见一个人影，整座宫殿仿若无人之境。这让杨广既感到纳闷，又心情不畅。

杨广并非不知，贵儿自被他母后接纳为儿媳后，便处处秉持独孤母后勤俭简朴的作风，还将已成年的贴身女仆玫香打发回老家结婚成家，且不愿再找女仆伺候自己。她包揽了烹饪、洗刷、缝补、清扫等所有家务。每当杨广前来过夜，她除了恪守妻子本分，还会对症熬制滋补膏汤，为杨广养精提神、强健体魄，令杨广倍感温暖。朱贵儿迁至洛阳新宫坤善殿后，依旧保持在长安宫时的习惯，殿内仅留几个必要侍从，烦琐杂事仍亲力亲为。侍女和役吏们都清楚，朱娘娘所做之事远超他们。

杨广不知坤善殿为何空无一人，也不知朱贵儿去了何处，更不甘心满怀诚意而来却一无所获。他只能守在门外，时不时敲打几下大门。不知过了多久，"哐当"一声，大门突然打开，朱贵儿出现在杨广面前，轻声说道："臣妾让皇上久等了。"杨广既恼怒又疑惑地问道："朕在后门、前门敲了这么久，你在里面没听到吗？"朱贵儿答道："臣妾听到了。"杨广愤愤地训斥道："那你为何不开门？是眼中没有朕这个皇上，还是另有隐情？"朱贵儿依旧温和地说："都不是。臣妾正在学习冶儿的坐禅辟谷养身法，所以不便见客，也不知在门外如此敲门的竟是皇上。"杨广似有惊喜，脱口问道："那么，你现在为何又出来开门了呢？"朱贵儿说："或许是臣妾与皇上的缘分未尽吧！臣妾辟谷的周期正好在此暂告一段落，否则这门是不会开的。"杨广仍不解地问道："你在辟谷不能出来开门，那你殿内的其他人呢？他们就不能出来替朕开门吗？"朱贵儿道："臣妾在辟谷前就让他们都回家省亲了。"

杨广心头的怒火渐渐平息，随即问道："冶儿也在你这儿？"朱贵儿用惊异的目光看了杨广一眼，说道："皇上何出此言？"杨广诧异地说："你方才不是说在跟冶儿学坐禅辟谷吗？"朱贵儿略带讥讽地说："臣妾没想到，皇上也会有误听之时。冶儿在庆典宴席上离去后，臣妾再未见过她，她又怎会来这里。皇上不会认为我们是申通一气，故意让皇上难堪吧！"杨广觉得在此事上不宜纠缠，以免再生事端，便上前搂住朱贵儿，说："我有事找你们，还是让我进殿细说吧！"朱贵儿脸色由惨白转

为通红，悻悻地说："皇上有那么多如花似玉的新人要照料，臣妾已是过时之妇，皇上没必要如此虚情假意。"杨广不以为意，情意绵绵地说："你们的皇上可不是喜新厌旧之人！旧人不能弃，新人也得照看好，这才是我的真心实意。"朱贵儿虽感温暖，却无奈地在杨广的搂抱下，边往里走边说："臣妾辟谷刚结束，今晚无法侍奉皇上。还请皇上谅解！"杨广只好说："那么，你能不能陪我一起去治儿那里？有你在旁，我见她时或许胆气能壮些。"朱贵儿道："皇上，臣妾已许久没去治儿的坤宁殿了，确实不知她去了哪里。如果皇上为此事而来，那就请皇上早些回去吧！免得皇后再来为难我们。"杨广心中自有打算，却死皮赖脸地说："你该不会连口茶都不给我喝，就赶我走吧！"

朱贵儿无奈，将杨广带进茶道室。杨广看着朱贵儿取火烧水，说道："朝廷南巡之事已定，我承诺带你们南下回乡祭祖的事也会兑现，今天特意来告知你们。"朱贵儿闻言，惊喜地说："真的吗？臣妾自来到北方，算来已有二十余年，不知家乡变成什么样了。"朱贵儿眼中泛起泪花，接着说："可惜，不知能否找到治儿。"杨广深情地说："治儿若不能随行，我会觉得此行失色许多。贵儿，你一定要帮我找到她，告诉她，我不能没有她！"杨广说到此处，心中涌起一阵酸楚与凄凉，眼中也蒙上一层泪花。朱贵儿看在眼里，心中感动，边泡茶边说："你喝完茶，我就陪你去坤宁殿，但愿治儿已经回来了。"杨广心情舒畅起来，说："好！"他拿起朱贵儿沏满茶水的杯子，放在鼻前闻了闻，说："第一杯茶，闻香润喉。"杨广将茶水抿在口中，然后一口吞下，又接过朱贵儿递来的茶杯，说："这第二杯茶，品味解渴。"杨广慢慢喝着茶，将茶水含在嘴里缓缓咽下，咂着嘴讨好地赞美道："贵儿泡的茶就是好喝，香浓味甘，爽口！"朱贵儿又递上斟满茶水的杯子，带着讥嘲说："臣妾不是初出茅庐的茶妹子，用不着皇上如此恭维。"杨广却自得其乐地说："什么恭维不恭维，我这是在回报师门。没有师父往昔的教导，哪有我的这些茶道知识？"杨广接过茶杯，又说："这第三杯茶，醒脑提神。喝完之后，我们就去坤宁殿找治儿吧！"

在杨广的软磨硬泡下，两人一同来到坤宁殿。果不其然，坤宁殿也是大门紧闭。杨广不免有些失望，但仍心存期待，盼着治儿也像贵儿一样在闭门修炼。杨广正要上前敲门，门开了，梅香一手挽着一只盖着布帛的篮子走出来。杨广惊喜之余，上下打量着梅香：乌黑的头发用一块蓝帕扎在脑后，透着几分乡下女子的质朴；鹅蛋般的脸型白里透红，五官端正，浓眉大眼闪烁着机敏与坚毅的光芒，秀气挺直的鼻梁下，唇红齿白，尽显别样女子的靓丽。尤其是她那丰满而矫健的身材，在一身素

第八十二章　登门碰壁梅香露形，臣谋皇命黄雀在后

色布衫的包裹下，别有一番韵味。杨广不禁在心里想："真是女大十八变，没想到往昔的小梅香如今竟出落得如此娇美，比起那些养在深闺的女子，另有一股野性之美。"梅香没想到皇上会突然出现，还盯着她目不转睛，仿佛要将她看透，顿时慌乱起来，一时间不知所措。朱贵儿看出杨广的贪婪和梅香的尴尬，立刻上前说："梅香，你师父呢？皇上今天特意上门向你师父道歉。你快把她叫出来见皇上！"

梅香得知杨广的来意，心里坦然了许多，便说："启禀皇上，师父自从去了皇后娘娘举办的庆典宴会，就再没回过坤宁殿。我四处寻找，都不见她的踪影，四处打探，也没有她的一点消息。我还找过贵儿娘娘，但贵儿娘娘在辟谷，我便没了主意。既然皇上来了，恳请皇上能把我师父找回来，否则我就到皇后娘娘那里去要人。"此刻，杨广心里有些乱。他既为薛冶儿不在坤宁殿而不安，又为眼前突然出现的靓丽梅香而惊讶。杨广甚至在心里自问，为何之前没发现身旁竟有如此风情万种的大美人！朱贵儿似乎看出梅香的异样，便上前问道："你这是要去哪里啊？"朱贵儿说完，装作不经意地掀起遮盖在篮子上的布帛一角，看了一眼，却没出声。梅香见杨广默不作声，只能喃喃地说："我不去哪里。殿里没事，我就随便出去走走，顺便打探师父的消息。"杨广似乎回过神来，说："梅香，等你师父回来后，告诉她，我要带你们坐船沿大运渠南下巡游，这也是我对她的承诺，让她别错过这个好机会。你师父……万一还没回来，你一定要去，或许你还能找到你的家人。"杨广说完，便搀扶着朱贵儿离去。梅香若有所思地看着两人的背影，转身带上大门，朝着河堤一路小跑而去。

五条两大三小、金光闪烁的龙船和一百五十条威武雄伟的官府大游船，浩浩荡荡地驶入洛阳码头靠岸停泊，吸引了洛阳城众多臣民驻足围观。大龙船从龙首至龙尾长二百余尺、高四十五尺、宽三十余尺，船沿四周有画栏曲槛围护，壁板绘有五彩图案，楼层上门窗玲珑，锦帘飘舞，珠光映照，金饰玉装，尽显精光璀璨、富丽豪华。整船共五层：甲板上有三层，上层是内殿，有房有殿、有室有厅四十余间，既可供皇帝、皇后或宠妃居住，也可作为皇帝的御用办事房；中层有正殿、内殿、东西朝堂，是皇帝召见臣僚议事之处，船首殿堂外还有一个观景平台；下层有分割成两幢的大小厅房六十间，可供皇帝、皇后按需选用。船首有宽敞平台，厅房外船沿两侧有走道，甲板上铺着醒目的大红地毯，前后还竖立着三根一人两小的大帆柱，风顺时可扬帆行船。甲板下有两层：上层是厨膳坊，有专用楼梯通道可直达上三层楼道，专为乘坐龙船的皇帝和宾客饮食起居服务；下层有房八十间，供侍卫、仆役和

船工生活居住。在龙船榔的两侧还分别设有三十道门窗户和上百个拴拉纤绳索的环扣，门窗可上下翻动闭合。门户下翻打开，安上橹桨摇动，便成为行船的主要动力（这是对当年杨素设计的巨舰战船拍杆的改进，将拍杆武器改为橹桨动力）；逆水行舟时，可拴上纤绳，依靠岸上纤夫之力拉船行驶；窗户上翻闭合，既可防风浪，又可采光，可谓设置周全。其余四条龙船只是体量大小与大船不同，内部设置基本相似。官府大游船按功能分为两类，一类是供朝廷官员使用的虎首游船，长一百二十尺、宽十五余尺、高仅二十尺。虎首游船在船头前竖一面部旗，两侧分别竖列威、严、雄、武、寂、静、避、让八杆彩旗，船沿有围栏，楼层有雕花镶画的门窗珠帘，甲板铺设着诸色地毯，上竖两杆风帆。甲板上设两层，上层有房二十间，为官员的住房和膳食房；下层是公事房、书寓房、议事堂。甲板下有房四十间，供衙役、侍从、护卫、仆役、厨子、船工使用。另一类是装货载物用的豹首辎重船，长宽与官员用船几乎一样，但其甲板上没有护栏，也没有楼层，只有堆货物的船棚，船首船尾插着回避的锦旗。甲板下则是马厩、车库、储库和船役、侍卫、随从的住室。这两类船的动力既来自船上的风帆，也来自船尾两排的十六支摇橹和木桨。如此一支引人注目的船队停泊在码头旁，怎能不引发人们的热议？而皇帝要率后宫和百官南下巡游的消息，早已四处传扬，于是，褒贬不一的议论借着对这支招摇过市船队的评议随之而来。

民间的街谈巷议自然有人传给了杨广。杨广正因船队逾期抵京，欲询问其中缘由，便招来工部尚书令宇文恺和负责改建、押解船队来京的何稠与阎毗，以及南下总管虞世基，副总管宇文述、裴蕴、牛弘、苏威、樊子盖、杨玄感、李圆通，以便听取各部对南巡的备案，确定出行日期。工部侍郎何稠一直不满杨广只信任宇文恺，忽视他在其中的付出，总想找机会整治宇文恺，让杨广知道，宇文恺没了他们将一事无成，甚至会带来意想不到的后果。所以，他俩并未提及行船途中遇到的河道凶险，只是轻描淡写地说船队逾期抵京是因潮汐变化，还称这是行船中常见之事。对此，杨广便没有再追究。随后，杨广听取了各部门的禀报，再次询问各部随行的确切官吏人数后，做出决定：精简船队。留龙船五艘，最大的龙船作为议政船，皇帝率朝廷三省六部首令在此审时度势商议朝政、颁发政令，由随船快艇将圣旨政令送往官船上的各部府衙施行。实际上，这条最大的龙船就成了大隋的朝廷，杨广占用上层，朝堂议事在中层，三省六部令在下层办公居住。另一条大龙船作为皇帝、皇后和夫人的后宫用船，杨广可按需或上议政船视朝施政，或住在后宫船召见嫔妃。其

第八十二章 登门碰壁梅香露形，臣谋皇命黄雀在后

余三条龙船，一条供皇亲国戚和退职大臣乘坐，另两条分别由十六院院主率众美人居住。虎首游船只需五十艘，三十艘由各部根据实际出行人数需求自行调配，二十艘供铁甲士卫使用；豹首辎重船归民部按需调配，多余船只驶往洛水停泊，以备日后所需。精简侍卫：杨广否决了宇文述带五万将士沿岸随行护航的提议，仅从禁军中抽调一万铁甲骑士，由宫城禁军副总管驸马宇文士及和骠骑将军宇文化及弟兄俩指挥带领，在岸上伴船队而行。确定出行日期：定于此后第八天上午巳时启程。杨广安排好这些具体出行事项后，又提出启程那天，所有出行的各部首令、将军、随行的皇亲国戚和离退职的元老大臣，以及后宫的十六院夫人和美人们都要聚集到大龙船上，一起向送行民众致谢，以彰显大隋朝廷的威严气势和君仁民亲。

可就在此时，杨府传来噩耗，户部尚书令杨玄感的叔父、原民部尚书令杨约病逝。于是，杨玄感向杨广告假奔丧，无法参与此次南巡。隔天，兵部尚书令李圆通报告杨广，济南郡府发来军情快报，山东乱民王薄占山造反，并请缨亲自领兵十万前往剿灭平乱。杨广不想因此影响众人出行情绪，既未追究其中缘由，也未征询旁人意见，当即提笔批准了杨玄感的丧假和李圆通的领兵平乱请求。至此，杨广率后宫和文武百官南下巡查之事，看似万事俱备，只欠东风。然而，树欲静而风不止，暗流涌动，差点让杨广在南巡途中丧命。

杨玄感回到府邸，来到供奉祖宗牌位的祠堂。他走到牌位灵座前，点燃三炷香，边作揖边说："列祖列宗、父亲叔父大人在上，不孝儿孙杨玄感忍辱负重，终于等来了这一天。过河拆桥、忘恩负义的隋帝杨广，数日之后即将率众南下出巡，这是天赐我替父辈报仇雪恨的机会。想当年，你们冒着凶险助杨坚灭周建隋，又呕心沥血地替杨坚的朝廷保驾护航，并忠心耿耿地扶持杨广登上了帝位。但是，奸诈的杨广却在坐稳了帝位之后，无端地剥夺了父亲在朝中的所有职位，随后又找借口削去了叔父的一切官职，让你们落到了遭人耻笑和死不瞑目的境地，这口怨气不能不让儿孙我时时耿耿于怀。有话道，人在做天在看。杨广上位之后，处处作威作福，时时倒行逆施，不顾臣心民意的向背，一意孤行地推行着他那欲要流芳后世的所谓十功伟绩，也引来了朝中与儿孙有同样感受的有识之士的不满。为此，他们已经与儿孙结成了反杨广同盟，决心要为天下持有不平之念的臣民去清除杨广这个独夫淫贼，还天下臣民一个公道，给世界留一个朗朗清平乾坤。如今，我已召集了他们前来决议此事，求列祖列宗、父亲叔父，在阴间保佑我们能心想事成、一切如愿。"杨玄感插好香，又拜了三拜，即转身向他的书房密室走去。

杨玄感,已故楚公、受阴封为景武公的杨素长子。少时虽痴却是少年晚成,一日开窍,便显现出喜读书、善骑射的良好本能,而深得其父杨素的欢心。年少时借得其父的军功和帝皇的恩宠便步步升迁,还被破例授为二品柱国,与其父同列朝堂,荣极一时。此后,至杨广上位改革官制,废除了柱国的爵位,杨玄感等一批世袭爵位之官均被降位调职,杨玄感也就由职权油水极大的吏部尚书丞降调为三品户部尚书。此后虽然又被提升为从二品的户部尚书令,但杨玄感的这个心结却是在心里扎下了。其后,其父杨素被杨广罢免而至失意郁闷、染病在床,可杨广却冷漠对待,以至其父杨素心伤气绝,这更让杨玄感愤恨在心,誓言要找机会替父报复、为己雪恨。为此,杨玄感一面联络一些与他志同道合的其父亲信,一面在暗中招异人、集兵马,准备在适当的时候奋起一搏,去实现他杀杨广、重振族威的心愿。杨广要率后宫和朝廷文武百官南下,这让杨玄感觉得这是一个趁机行事的极好机会。杨玄感又为了摆脱嫌疑,避免在事发现场不得脱身的牵连,而借了为叔父杨约举办丧事为名,隐身幕后去操纵指挥这场伏杀杨广之谋。

杨玄感的书房密室内已有几个人在内了:杨玄感的叔父、民部尚书杨文思,二弟、礼部侍郎杨玄纵,三弟、郎将、刑部尚书杨玄挺,兵部尚书令李圆通,大将军李子雄,户部尚书赵才,兵部侍郎斛斯政,农务司卿赵元淑,工部员外郎何稠,刚被罢官的李密,以及从边关潜逃回来的罪臣令狐达,余杭豪杰刘元进,江湖异人鬼头大王无名。众人见杨玄感进来都纷纷起身相迎,唯独身披一件黑袍、遮头露眼的鬼头天王坐在椅子上纹丝不动,在闭目养神。杨玄感对此并不介意,说道:"杨广出行之日已定在七天之后的巳时,大家可以说一下各自的打算了。而且,我还打探到了一个对我们极为有利的好消息,杨广那个极为厉害的三夫人自从被皇后气走之后,再没有回过后宫,因此这次也就不会随杨广南下了。"鬼头天王的眼皮动了一下,却没有出声。

杨玄纵见没人应答,便道:"大哥,我们一定要去行刺杨广吗?这可是要灭九族的大事啊!"杨玄感怒了,道:"胆小鬼,你若怕事,就给我滚。我们杨家没你这种没有骨气的子孙。"李圆通劝解地道:"兄弟之间有话好好说,毕竟兄弟打断骨头还连着筋,没必要意气用事。"李圆通见杨玄感兄弟俩默认了他的话,接着道:"刺杀当朝皇帝,确实是一件需要慎重考虑的事。但是要么不做,要做就得一箭中的,来不得半点含糊。而且也不能只寻求一种方法去达到最终目的,应该多备些预谋,方能做到万无一失。"

第八十二章　登门碰壁梅香露形，臣谋皇命黄雀在后

李圆通之父李景是杨坚任北周相国时的侍卫，其父与女婢私通生了李圆通，故他出身卑微，自小受到家族的歧视和乡邻同伴们的讥嘲，未及成年就被赶出了家门，四处漂泊。时为相国夫人的独孤伽罗得知此事后，便收留了李圆通在家作帮佣。杨坚受禅为帝之后，独孤皇后见已成年的李圆通生性耿直、臂力过人，便举荐他去杨素军中效力，以便争得军功、博取爵位。李圆通没辜负独孤皇后的期待，在军中骁勇善战，很快就被提升至兵曹校尉。在平陈狼尾滩一战中，李圆通身先士卒、奋勇杀敌，力斩敌酋，而被授予将军之衔，并被杨素收为亲随。从此之后，李圆通拜杨素为恩师，成了杨素的亲信。随着杨素职位的步步高升，李圆通也得以鸡犬升天，前后出任过左卫长史、扬州总管长史、尚书左丞，授封大将军，还出任过刑部尚书。杨广登基后，量才用人，迁李圆通为兵部尚书，后又被升任为兵部尚书令。然而李圆通却一直认为自己这一生的飞黄腾达，全是在投靠了恩师杨素之后才有的。因此他对杨广罢免恩师的一切官职深有不平之感，就此在杨玄感的挑唆之下，加入了反杨广同盟，并成了其中的核心骨干。

一直闭目愣坐在一旁的江湖异人鬼头天王无名，是杨玄感化重金请来的高人。此人自称是受鬼谷天师的梦中传教，学就了一身旁门左道的功夫。他不仅可以一眼看天、一眼看地、双眼观阴阳；还可以左掌扇风、右掌发雷，合掌出火。他行走如飞却无声无息、神出鬼没，使一柄飞锤，五步之内夺人性命如囊中取物。然而此人的相貌确实如其名号"鬼头"那样让人看了害怕：骷髅似的脑袋，凹眉塌鼻龅牙，让人看一眼就会做噩梦，且身材短小，比侏儒好不了多少。故除了在室内或是他单独一人自处之外，他总是身披一件罩住全身的黑袍，盖头遮脸，只露眼目。此刻他听了李圆通的话，却不以为意地道："既然要想做成此事，就没必要去顾左右而言他。伸头是一刀，缩头也是一刀。否则乱的是自己的心智，成就的是对方的侥幸。"杨玄感有所敬畏却引而不发地道："依大师所言，此事该当如何而为呢？"鬼头天王睁开了一只眼道："此事不难，只需大人能兑现对本王的承诺，余下之事全可交给本天王去办即可。"说完他把睁开的一只眼又闭上了。杨玄感似乎并不赞同鬼头天王所说的话，便道："我对大师的承诺将以杨府的信誉为担保，是绝对不会食言的。但是，我却不知道大师将怎么样去兑现您许下的诺言？因为刺杀当朝皇帝，正如圆通所言绝非是小事。一旦失手将会招来无穷的灾难，甚至是灭九族的祸端。所以，我得知道其中详细的方略，以便做出相适应的措施。"鬼头天王嘿嘿冷笑了一声，闭目而道："我没有你们那么多的前顾后虑，你们怕我牵连到你们，所以不让我在京城动手。

如今，你们说让我在杨广南下的途中动手，这对我而言没什么问题，你们只需告诉我，杨广在何时上船动身南下即可。至于我会在何时、在哪里下手，我却无法告诉你们。因为我得找到合适的地点，合适的时间，方可一锤了事。因此你只要备好了许诺给我的东西，却无须去过问我会怎么去做，到时候我交人头，你交钱财即可。"李圆通似有不信地道："你真有那么大的把握，可以一锤了事？"鬼头天王似乎不耐烦了，他跳下座位，头也不回地朝门外走去，并道："信不信由你，行不行在我。欲想成事，就别那么婆婆妈妈的。"李圆通等到鬼头天王消失之后，有所担心地问杨玄感，道："你用如此之人，能有多大的成功把握？成了当如何，不成又该如何，你想过吗？"杨玄感胸有成竹地道："成了，我就拥立齐王杨暕为帝，在朝堂上重振我杨府的威风，你们都会被封官加爵。如果不成，我就搅得他隋家的天下鸡犬不宁，让杨广做不成他的安乐皇帝。所以，李圆通，你这次拥兵十万去山东不该是平乱，而是要拥兵自重，等待我的消息。若齐王上位，你就把山东给我整治好了；若不成，你就把山东给我彻底搞乱，乱民越多越好。同时，你，刘元进回江南去兴兵造反，我则在黎阳策应你们，不把杨广的隋朝天下搞得四分五裂，我将上对不起杨氏的列祖列宗，下对不起你们这些信我的兄弟。"

李密却有些不以为意地道："在下尚有几处不明了之事，不知当讲不该当讲？"杨玄感道："法主兄有言尽可直言不讳。"李密道："吾似乎觉得，众人对这次刺杀杨广还心存余念。并且也都没有把问题从根子上去想彻想透。"杨玄感疑惑地问道："此话怎讲？"李密挺了挺胸脯道："刺杀杨广的最终目的是什么？是为了改朝换代，还仅是为了换一个皇帝。如果仅是为了换一个皇帝，不说这个继位的皇帝会不会领你的情，可身受数百年儒教熏陶的天下臣民，又有哪个会认你这个理。我们不妨回顾北周权臣宇文护的下场，宇文护在朝中拥有一手遮天那么大的权势，都不敢明目张胆去行刺皇帝，你与我们这些人合在一起有宇文护那么大的权势吗？再说，你所依靠的那个鬼头天王，在我的眼里纯粹是一个江湖术士，不仅是成不了气候，或许还会坏了大事。到时候不仅是刺杀杨广不成，反而会殃及在座的所有人，甚至是牵连出许多无辜的人士，必定会后患无穷。"杨玄感有些不快地问道："那么依你之见，我们该当如何呢？"李密道："一不做二不休，要反就反他个底朝天，杀隋帝杨广是造反，让隋朝改朝换代也是造反，我们何不让隋朝的天下换一个姓氏，去成就另一段史实又有何不可呢？"众人似乎都在思索着李密所讲的话意而默不作声，杨玄感想起了父亲曾说过"李密此人只可用不可信"的话，道："法主兄之议不可

第八十二章　登门碰壁梅香露形，臣谋皇命黄雀在后

取。我们身为隋臣只能尊隋帝为主，绝不能取而代之。否则既有背我们'为天下选一个好皇帝当政'的初衷，又有违世俗的理念，而遭天下臣民的谴责。所以此议不妥，绝对不妥。但是，法主兄对鬼头天王的评议并非没有道理，因为我也有如此的忧虑。为此，我已想好了应对之策。"杨玄感转脸对令狐达道："令狐将军，鬼头天王刺杀杨广的后事就交给你了，成与不成都不能让他再在江湖上出现。"

第八十三章
君临山阳旧事重现，鬼王行凶梅香捐躯

杨广南下巡查靠岸停宿的原定线路是：由洛阳出发，经板渚到汴郡，再经宋城至埇桥宿郡，到泗州郡至盱眙县入淮水，到山阳镇，随后到达江都郡，过长江入京口，至吴州到余杭。其中，洛阳至山阳镇这段通济渠河道，除了有一段汴渠是在原有旧渠道上拓宽加深的之外，其余都是实地开挖的。所以该段河道不仅直挺而且宽敞，适宜大船行驶。但是从山阳镇到江都这一段河道，多数是利用了春秋吴王所开的邗沟古河道加宽加深而建的，因此这段河道不仅弯多，而且宽窄和深浅也有所不同。故而，杨广在听取了水务部官员的意见，又想到空船队抵京时的延误，决定对行船速度不做硬性规定，而是视潮汐河水的深浅、风向风力、河道的宽敞度，由在船队前面开道引航的船老大做决断。并且定下了，引航船竖绿旗为全速前行，竖蓝旗为中速前行，竖橙旗为慢行，竖红旗为停船待泊，竖黑旗为途有险情须警惕慎行。杨广还制定了铁甲禁卫队的护航准则：铁甲禁卫队分两列沿河岸伴着船队而行，每至一处泊船停靠点，就在岸上宿营负责警戒和巡逻。杨广对这一切都安排就绪之后，又定下了两条规矩：一是除了吏部指定的接待府衙之外，不需要沿途其他官府迎接候送；二是各地不得借承接皇差而去损民扰民、鱼肉百姓。可后来又补充了一条，让反对南巡而被下狱的贺若弼、撤职的高颎和李密也一齐参加这次南巡，他要用事实去让他们心服口服。

杨广率后宫和文武百官南下巡航启程那天，洛阳码头上停泊着彩旗招展、官容威严的龙船和官船。整个码头在亮盔鲜甲、神武的禁卫将士护卫下，没有一个闲杂人影，而码头四周的大街小巷却都挤满了前来观看皇帝、皇后、嫔妃和文武百官出行盛况的民众。铁甲禁卫将士的首领宇文士及和宇文化及兄弟俩则带领着一队将士，整队站立在飘扬着大隋朝廷彩旗的大龙船上船桥梯口，恭候着皇帝和皇后的来临。巳时还未到，朝廷的侍卫官吏、各衙门的侍从、后宫的宦官、内侍和宫女都提前来到了码头，在码头引导官员的指引下上了各自的船，准备迎候皇上的到来。此

第八十三章　君临山阳旧事重现，鬼王行凶梅香捐躯

后不久，伴随着码头外街道上的一片欢呼声，十几辆辇车在一群骑马侍卫的开道下，来到码头。前面几辆车上坐的是十六院院主和各院的美人侍女们，她们穿戴得花枝招展，纷纷下车时，有的喜笑颜开，有的左顾右盼，有的矜持，有的默默无声，却把四周的目光都吸引到了她们的身上。众位院主和美人被宦官引至大龙船的桥梯，由宫女搀扶着上了船，并到二楼厅堂内，或坐，或站，或走至窗户旁向外张望着，她们都在等候着皇帝、皇后和夫人来临之后，可以开船启程。随后，几十辆马拉轿车驶入了码头，各王公贵戚和退职的公爵，以及各部尚书令纷纷下车，相互谦让着被侍从引导上了大龙船，站立在船面甲板上恭候着皇上、皇后和夫人的来临。片刻之后，一辆三匹马拉的华丽大辇车，在几十个铁甲黄门侍卫骑士的拥护下驶入码头。从车上首先下来的是坐在车首的后宫总管冯忠，他下车后拉开了辇车厢门，扶着隋帝杨广下了车。今天的杨广头戴冲天冠，身穿紫红色金丝绣制的龙服，外披一件褐色暗龙袍，脚蹬一双软底半筒靴，全身上下无不神采奕奕。他抬头看见众官员都站立在龙船的船沿甲板上在恭候着，便立即扬手向众人摆手招呼以示亲和，却引来了在二楼窗前观望的院主们一阵惊喜。身穿艳丽后服的萧皇后在丹香的搀佐下，被冯总管双手扶持着下了车。在上船梯口等候了多时的宇文化及急忙迎了上去，殷勤万分地把萧皇后与丹香迎向上船桥梯处。萧皇后似乎是无意地向他抛了个媚眼，却引得宇文化及一阵体热心跳。朱贵儿的身体似乎有些虚弱，她在梅香的搀扶下艰难地下了车，向着大龙船慢慢地走去。

隋帝杨广和萧皇后还有夫人朱贵儿登上了船首，岸上的侍卫们移去了桥梯，龙船上的船工收起了缆绳。随着九声号炮响起，龙船在十六艘快艇的护卫下与大游船缓缓地驶离了码头。禁卫将士收队撤离码头绕道护航，在街道港岸围观的民众涌向码头。一时间，码头河道岸边人头攒动，盛况空前。杨广站立在船首，带领着众臣，向着岸上的民众拱手作揖，赢得民众欢呼声雷动，而不能不激起在船上的文武百官和众院主深受感动，甚至有人还泪盈于眶。浩浩荡荡的船队，在三艘开道官船的导航下，在快艇忽前忽后的伴随、传递着启航的信息下，形成了一支数里长的船队。等到整个船队驶入了大运渠的主干道后，引导船竖起了绿旗，船队纷纷升起了风帆破浪前行。

坐船的感觉就是不一样。这些在京城里坐惯了车马的大官，除了水军武官有坐船练兵、乘船去征战的感受之外，又有几个人能享有过如此心宽情舒、无所牵挂的乘船出行之旅？而且还是如此的威风凛凛：岸上有铁甲将士护卫，船上吃、用、住

有侍从伺候。放眼极目，左顾右盼，有人处都是些怀着敬畏心情在翘首盼望，甚至顶香礼拜的人群；无人处则远山近田，黛翠分明，不能不让人从心底油然升起一股豪情。如此浩浩荡荡，站在船首一眼望不到船尾，站在船楼高处，一切似乎都变小了，变得单纯了，变得美不胜收了。又岂能不让人感到自己似乎就变得渺小了，而不能不感到意气风发、心胸坦荡起来。是的！环境能陶冶人心，情绪能主宰人生。而感受着眼前这一切美好现实的人，还有谁会去想在朝堂上的那番争论和不快？此刻，众人心目中所有的都是看不完的景，道不完的感叹，抒不尽的情。然而，谁都没有注意到，在田野间有一个身披黑斗篷的独行客时隐时现地伴随着船队同行。

　　杨广似乎并没有被眼前的所见而陶醉，他对围在四周的众臣道："这段河道基本上都是平地开河，也本该是如此壮观的。但麻叔谋为了一己之利而私改河道，若不是白石寨万民上书，朕也不可能会常来此实地察看，所以这段河道应该来说不会有太大的问题。而让朕有所不放心的是山阳镇到江都郡的那段邗沟旧河道的改造。开挖这段河道期间，正值朕出兵西征北巡，回京之后也没能有时间去查看过那段河道的实况，因此不免有所担心……"在一旁的安德王杨雄插嘴道："河道都通航了，皇上还有什么可担心的？"杨广道："小船能通航是一回事，可我们如此庞大的载重船队，能否也像小船一样，与眼前这段河道一样畅通无阻，这才是大运渠通航的主要关键标准。如果其中有一段河道没能改造好，影响的不仅会是航道畅通，还势必会引发出河道两岸的田地收成和民众的生存，这才是必须要担忧之事，也是朕一定要亲自带领你们去走一走、看一看的原因之一。"杨广见众人对他的这段话并没有多大的反响，即转脸问苏威，道："苏大人，你们吏部有没有接到过当地府衙有关大运渠的报告？"苏威迟疑了一下道："启禀皇上，大运渠之事不属我们吏部所管，故我们吏部并未接到过有关这方面的奏折。"内史令虞世基插言道："启禀皇上，大运渠自从出了麻叔谋和令狐达事件之后，牵涉出了一批贪赃枉法的地方官员被法办，因此地方和朝廷对大运渠之事都有些讳莫如深。尤其是主管开掘大运渠之事的皇甫仪征大人病逝之后，大家都觉得大运渠之事已告段落了，朝廷也就没有了后续的跟进，仅把此事划给了户部所属的农务和水务司，以及地方府衙分管了。"杨广朝众人扫了一眼道："户部尚书令不在此，看来此事有待眼见为实了。"

　　这一段畅通无阻的数百里河道，也确实让众人心旷神怡，陶冶着情操，增长着见识。杨广除了在船队预订停泊的地点召见地方官员，询问了解当地的水务和农务，以及民生的日常政务之外，时而也去后宫船上休息，还带领众官员去东山参拜

第八十三章　君临山阳旧事重现，鬼王行凶梅香捐躯

了白石大仙。此中让杨广遗憾的是仍然无法找到进入白石寨的道口，而让杨广感到有些不可思议。船队如此顺畅地走走停停，驶出了通济渠，来到了江淮地段，沿淮水东去，进入了邗沟的北端起点、江都郡府管辖的山阳镇。

　　山阳镇是淮水下游南岸的一个小镇。春秋战国期间，吴王夫差利用山阳渎与淮水相通的便利，在其原址上延伸开掘了一条联通长江的南北河道邗沟。然而山阳渎口大腹狭，吴王夫差所开掘的邗沟也仅是为了满足其征战运兵所需，故不仅是河面狭窄，河道水不深且弯道众多。加上华夏民族都有依水而生、沿河道而居的习性，故这邗沟沿岸就成了民众生活作息的聚集场所。时长日久，这条邗沟则成了当地民生赖以生存的经济动脉，山阳镇也渐渐成了一个南北交往的集市港口。而邗沟作为通航河道的真实用意却是名存实亡，而成了一条仅供蓄水泄流排污的渠道。隋文帝杨坚为了出兵平陈，曾下过决心要疏通这条河道，然而却因该河道两岸所系的民生切身利益之事过多，而只能事倍功半，不了了之。杨广开掘大运渠的奇思异想和好高骛远，要借邗沟旧址联通淮水、长江，成为大运渠的一条干道，其出发点图的也是沿河道开掘能够省心、省钱、省时间，却对影响民生生计之事估算不足，更对所指派的主办官吏令狐达之廉洁和秉性认知不够。这才导致了主办官吏与地方官员相互勾结，对朝廷的旨意阳奉阴违，借机敛财，肆意坑害百姓利益的不法作为，而把原有规划的河道线路一改再改，酿成了百姓的愤怒和无尽的后患。然而麻叔谋的事发，牵出了令狐达以及江都郡守等一批贪赃枉法的官吏被惩处、被撤职入狱查办，致使江都郡守的职位至今还空着。因此，杨广对这段河道的担忧也并非是空穴来风。

　　山阳镇虽小，却并非是一个无名的乡间小镇。汉代名将韩信就出生在此，韩信胯下受辱和乞食漂母之事也发生在此，兴汉谋臣张良说服韩信弃楚投汉也在此。汉高祖刘邦为了掩盖他杀功臣韩信的无信义之行径，把急流勇退、辞官归隐的张良封为留侯，为张良建祠树碑，以示他并非是个忘恩负义之人的事还是在此（现今张良留侯祠还存在于山阳镇南就是佐证）。杨广把山阳小镇作为南巡的一个重点，有其两重深意在内：一是怀古，他要去留侯祠祭拜天庭殿将军，他要在此为不愿返天庭为神、只想在人间为仙的挚友张良赐仙位；二是观今，他要切身感受山阳镇的民情、民意和民风，以及查验邗沟大运渠的实况。

　　百十余条大大小小的船只和数千禁卫将士，把小小的山阳镇外的港口挤得水泄不通。河道上船并船、船连船，乌泱泱一大片。五条大龙船身姿雄伟，绳索把船与

船连在了一起，占满了港口。河道沿岸禁卫人马相拥，以至人喊马嘶，马首对马尾拥挤不堪，不免显得有些杂乱无章。早已迎候在码头上的江都郡丞王世充和一批大小官吏，都被眼前见到的景象惊呆。谁都没见过这么大的阵势，谁都不知道见了皇上和朝廷那些大官该做些什么、说些什么。故而他们只能呆呆地站立在码头上，看着船上和码头上的船工们在吆五喝六地上下忙碌，既帮不上手也插不上嘴，只能期待皇上安然无恙，并让他们知道还该干些什么。

江都郡郡丞王世充，本姓支，字行满，改姓为王名世充。是西域析支氏族人，其父支收是北周汴州长史，一生并不得志。王世充幼年好学，爱好兵法，受汉文化影响。在隋文帝开皇年间，屡建军功，得以授为从六品兵部员外郎官衔，后又被派往晋王任职的淮南道江都府衙带兵。晋王登基为皇，王世充被升任为江都郡郡丞，因为江都是个大郡府，所以他的官衔为从五品，是江都府除了郡守和长史之外的掌兵权之人。江都郡守和长史受令狐达的牵连而被下狱追责，于是王世充就成了江都郡府的实际掌权执政官，兴建江都行宫的事也就自然而然地落到了他的身上。如今，迎候皇上和文武百官来江都考察的大事也就非他莫属了，却也让王世充感到了这是一个难得彰显自己能力的机会。为此，王世充不仅倍加精致地建好了江都行宫，还带领手下提前来到了山阳镇，部署迎接事项。他拆房铺道、清壁扫街、封路闭户，还下令在皇上视察期间，闲杂人一律足不出户，更不能开门敞户观视、探头探脑偷窥。真可谓是在竭尽全力要让皇上对他的能力和尽职感到满意。然而，让王世充没想到的是，皇上的船队太庞大了，不大的山阳镇码头岂能容得下这么多的大船，这也成了王世充束手无策、惶恐的原因。

杨广在船上早就注意到了在码头上恭迎的这些地方官员，也知道他们惶恐不安的原因，但对码头上不见一个百姓的身影不免有些诧异，便对跟随在身旁的虞世基道："你去把码头上那个为首官员宣上船来，朕有话要问他。"不一会儿，王世充来到了杨广跟前，诚惶诚恐地行过了大礼之后，坐到了杨广赐座的椅子上等待着问话。杨广盯视着王世充看了一会，才和颜悦色地道："朕看得出来，你们为了迎候朝廷的南巡，事前做了不少的准备。但你们没想到，朕会带了这么多的大船来到山阳这个小码头，所以在惶恐不安着。对吗？"王世充慌忙起身答道："皇上英明，确是如此，这乃是下臣的罪过。"杨广挥着手道："不必如此拘谨，坐下答话便可以了。不知者又何来的罪过！但朕不明白的是，为何码头上不见一个百姓，也不见一家商户在开店做生意，难不成是你把他们封禁在家，不让他们见朕吗？"王世充惶恐地解

第八十三章　君临山阳旧事重现，鬼王行凶梅香捐躯

释道："臣得知圣上此行带有宫眷。臣怕乡民无知，不懂礼仪而做出冒犯皇规之事，所以这才下令……"杨广含着笑容道："这就是你的不对了。朕这次带着这么多人出行，为的就是要让他们走出宫廷去见见外面的世面，感受民间的淳朴和踏实，你这岂不是在与朕的意愿背道而驰吗？朕不一会还要率领百官和后宫步行穿镇而过，前往留候祠祭拜。你快去撤销禁令，让百姓和商家们想干什么就干什么，别让他们埋怨是朕的到来，影响了他们的日常生活。"王世充有些吃惊地道："皇上的后宫也要前往吗？"杨广反问道："这有何不可，还是你们这里另有规矩？"王世充急忙摇着手道："没有，没有规矩。臣是觉得，这里的乡间街道比不上京城，百姓和我们男人行走尚可，后宫的娘娘们若要上街行走，必有诸多的不便。"杨广追问道："你就直说吧，宫眷上街有何诸多不便？"王世充尴尬地道："龙船体魄高大，这里的码头上也没有那么高大的桥梯，故宫眷上下船就是一难。镇上的街道虽已平整过了，但难免还有凹凸之处，万一伤了娘娘们的脚，臣担罪不起。此外，这里的乡间百姓尚未开化，更未见过圣上和娘娘们上街，必然会引起百姓的围观，若有意外发生，臣死不足惜也！"杨广却不以为意地道："你的尽职忠诚可嘉，但却是多虑了。朕后宫的这些眷属，入宫前与普通百姓没有多大差异，现在也不会那么娇贵，也不会忌讳被人围观。然而她们祭拜留候却是必须去的，因为留候不仅是朕的挚友，也是她们的故人。至于上下船的艰难，朕不忌讳让将士船工们背着她们上下船。"众臣哗然了，王世充更觉得不可思议地张大着嘴，不知该说什么才好。杨广却道："朕没你们想象的那般封建不开化，男女之交无须那么多的清规戒律，也不需要用那么多的讲究和规矩去约束，贞洁与浊念自在人心与人情，更没必要杞人忧天或是自作多情地去想当然，你们把她们当成普通百姓就好了。"杨广这些话起到了一石掀浪又一锤定音的效果。山阳镇的商家们欢天喜地地开门做起了生意，百姓们涌上了码头，都要一睹如此开明皇帝的风采和宫眷被陌生男人背下船的风情。然而谁都没想到，这些娇生惯养在宫中的娘娘美人们，除了少数几个体弱的人之外，人人都是独自走下了高高的桥梯，这不能不让围观的臣民们感到惊叹，为她们喝彩，却让杨广暗自得意。

有言道，有怎样的男人，便会有怎样的女人；有怎样的皇帝，便会有怎样的臣民。山阳镇在杨广以身作则的感染下，全镇的老老少少都沸腾了起来。他们大胆地涌上街头，簇拥着皇帝、皇后和文武官员，伴随在众宫眷的左右相继而行。有大胆的妇女还与院主和侍女们攀谈了起来，而宫眷们也没有矫揉造作的神态，更没有自以为是、高高在上的做派，完全是一副温馨且自然、其乐融融的样子，让众百姓无

不欢欣鼓舞,也与她们异常地亲热起来。但这让那个混杂在百姓群中的黑衣怪人无机可乘,感到无奈。

杨广祭拜完了留侯祠,便带领着皇后、夫人与百官在朝廷的龙船上设宴,招待王世充一行官吏和当地的百姓尊者。酒过三巡,杨广开口道:"王大人,朕总觉得在哪里曾见过你,该不会是朕与你有缘之故吧!"坐在下席相陪的王世充心头一热,慌忙放下手中的杯筷,朝着杨广躬身拜倒在地,道:"圣上日理万机,与臣一面之识已过去了这么多年,却还能有印象,让臣感激涕零、诚惶诚恐。"杨广见自己的意念没有猜错,忙道:"既然如此,你快起来说话,朕与你相识起自何由?"王世充站起身道:"先帝开皇七年,晋王在淮南道任职期间,进山踏查河川地形却数月未归,急坏了晋王府的上上下下。江都府衙便指派小臣带人四处查访寻找,时值先帝又急召晋王回京,郡守不得不张贴告示悬赏寻找……"杨广不等王世充把话说完,即接口道:"朕记起来了。你就是那个骑在马上第一个发现朕的将官,后来又是替朕进山送信的那个人,对吗?"王世充连连点着头道:"正是,正是在下。"杨广不由得感慨了起来,道:"当时,朕为了勘察这条邗沟的走向和它的水系,跋山涉水,不仅迷了路,随从也走丢了,在山沟沟里转了三天两夜都没找到出路。衣衫被荆棘扯得布不裹体,鞋也没了形状,荒山野岭更是没个人影,没吃没喝,又冷又饿,病倒在乱石草丛里奄奄一息、昏死了过去……"杨广情不自禁地想起了当时的那段情景:

不知过了多久,杨广被一股热辣辣的腥味熏醒。他睁眼醒来,即见一头乌黑的大狼,在用它那血红的大舌头舔他的脸额。杨广不仅吓呆了,更是觉得自己此番命休矣。杨广此念一生,立即感到自己手脚冰凉,昏死了过去。也不知过了多久,杨广悠悠醒来,见自己躺在一张暖暖的炕上,软软的被窝、香香的气息,让杨广觉得这是不是在梦里。他想摆动一下身躯和手脚,却是软绵绵的,浑身没有一点力气。他想转脸查看一下四周,即见到了一张美如天仙、满是惊讶的脸,随即又听到了一个似银铃般惊喜的喊声,道:"娘,快来看,他醒了。"

杨广看清了,这是一间女孩子的闺房。房屋虽然简陋,却是摆设整齐,橱是橱、柜是柜,梳妆桌上还摆放着女孩子用的胭脂水粉。门帘掀开,走进一个衣饰简朴、眉清目秀、风韵犹存的中年女子。她用不满的目光扫了女孩子一眼,走至杨广跟前,伸出手指就替杨广搭脉。片刻后,她无不严厉地问道:"你知道自己睡了多久吗?"杨广不自然地摇了摇头,没有吱声。中年女子道:"整整一旬。"杨广似有不信地低声道:"不可能吧!"女孩上前插嘴道:"我娘说了,你这是积劳成疾,心思太

第八十三章　君临山阳旧事重现，鬼王行凶梅香捐躯

重，且又喜欢刚愎自用才会如此的。"中年女子用不满的眼神盯视着女孩子，低声地训斥道："站到一边去，别在这里一知半解就胡说八道。"

杨广此时方才看清楚，女孩是个已成年的姑娘，不仅面容娇美，而且身段健秀。粗布素衣已裹不住她那丰满身材，而纤纤的腰肢又把青春的体形勾勒得靓丽诱人，这不能不让对女色有嗜好之心的人想入非非。中年女子见杨广盯视着女孩子看，道："她是我女儿。虽然生在富家，命中却没有富命。其父遭仇家栽赃受人牵连而亡，我们才不得不隐居埋没在山间。"言者无意、闻者有心，杨广觉得既然是如此的遭遇，自己不仅应该，而且也有能力可以为她们去申诉，即强打起精神道："既然有冤情，何不去向朝廷申诉，或是向当地的道台府衙申诉，也是不会没有结果的。"中年女子摇了摇头，没有言语。姑娘忍不住道："娘不说，我说。我爹乃是朝廷五原公元旻，朝廷宇文氏族诸王谋反，远在江都的我父对此根本一无所知，却被说成我父是他们的同谋。我家即遭满门抄斩，有好心人见我娘怀着我，偷偷地放了我娘一条生路。我娘便在山里生下了我，并靠我娘所懂的医道，替在山里的乡邻们诊医看病，方得以维持生计。"杨广对朝廷镇压诸王谋反之事虽未参与，却是有所耳闻的。尤其是对父皇滥杀有功的小皇帝宇文阐，与二姐杨丽华有着同样的感受，认为是父皇做得太过了。因此现在听了元姑娘的这番话，不仅全信，更深有同感地道："当时的朝廷，对此事做得也确实是太过了。"中年女子用疑惑的目光看着杨广问道："好大的口气！我猜不透，你该是个什么样的人？"杨广不愿让她们心生忌惮，而且他也感到了疲惫，便搪塞着道："一个落难人而已。"中年女子见杨广不愿诉说且神露倦意，即解释道："我没有打听人隐私的习性。如今既然已经把你当成落难病人收了下来，就会对你尽到一个医者的责任。我在家时会由我来照看你，我不在家时，我会让她来照看你的。但不允许你对她想入非非、动歪脑筋。"杨广由此便在这家人的悉心照顾下，心安理得地住了下来，也就知道了那天把他舔醒的不是狼，而是她们家的那条叫黑虎的大狼狗。若没有黑虎在草丛中发现了他，杨广也就必死无疑了。中年女子若要出门接诊，必会在黑虎的陪护下来回，有时路远还不得不在外借宿。因此每当此时，元姑娘都会陪伴在杨广的左右，像个百灵鸟那般，在杨广跟前滔滔不绝地说东道西，这让杨广时常情不自禁地要动心神荡漾，甚至要有跃跃欲试之感。这也难怪，两个正是风华正茂的年轻男女，一个是已经尝过了女人滋味、敢作敢为的男子，一个是情窦初开的姑娘，而且又是那般地性感。如此情态的孤男寡女在一起，想要做出些什么事，又会做出些什么事来，也就可想而知了。尤其是杨广，家中虽

849

有王妃（萧贞）和一位新婚的夫人（贵儿），却因王妃有孕在身，已有许久不能让杨广任意纵欲了。而王妃在时，杨广也不能与新夫人过度亲热，且贵儿又是个墨守成规的女人，让杨广总感到不能尽兴。故而在这荒山野岭中，有这么一个姿色独特、野味十足的诱人女子在旁，杨广又岂能不动心思。而年轻女子到了情窦初开之时，对男人的好奇之心也是必然之事，异性相吸也就成了自然。况且杨广又是个俊美的年轻男子，在他的身上不仅有着能让女子着迷的气质，更有着令年轻姑娘向往的神秘情愫和朦胧故事，元姑娘又何能不想进一步去探究呢？这对男女之间的情感企求虽然说不上是干柴遇上烈火，但是彼此的意愿却是一拍即合的。杨广见试探性触摸并没被元姑娘拒绝，于是也得寸进尺，越来越大胆了起来，而终于如愿以偿地把元姑娘搂进了怀里，纳入了被中，任其所为。元姑娘初有的惶恐之态，却在杨广的甜言蜜语之下，不仅感到了心安理得，而且是欲罢不能了起来，更是让杨广尝到了许久没有过的感受，而越发放纵泄欲。这对男女只要家中无人，便会心照不宣地纠缠在一起，在床上、在地上，各处释放着各自的情感欲念，甚至是到了如胶似漆的地步。有话道是乐极生悲，先是杨广病体还未痊愈就如此偷欢纵欲，犹如是在饮鸩止渴地丧神，枯灯熬油般地伤身，终于患上了伤寒症，又神志昏迷不醒起来。中年女子似有所察，而她的女儿又矢口否认，这让她觉得难以启口去当面询问病人，更不便在杨广病重期间予以威逼，而让杨广的病情雪上加霜。由此显示的既是天下父母之心，也是医者之仁。常言道纸包不住火，中年女子发现女儿的月事已有两月未来，立即猜到了此中的可能。到了第三个月，已能从女儿脉息上清晰地感受到了女儿体内的变化。至此，元姑娘再也瞒不下去，道出了真情，也就让中年女子知道了杨广的真实身份。中年女子真是百感交集，她没想到自己救的竟然是一个仇家的儿子，窝藏的是一个杀夫朝廷的权贵，而且还把女儿搭了进去。她一怒之下，竟然提刀要去与杨广拼命。杨广自知荒唐和理亏，在杨广的再三起誓保证下，又在女儿的苦苦哀求下，中年女子不得不放弃了以命相拼的雪恨之念，答应给杨广一个月的期限，让杨广替她丈夫申冤，把她女儿明媒正娶地接进府衙成亲。然而杨广并没兑现他的诺言，他回到江都就接到了母后的口谕，说是萧王妃生了个大胖小子，让他立即赶回京去。母命不可抗，况且杨广对自己初为人父也充满着喜悦和期待，于是立即匆忙料理了府衙中积压的事务，给这对母女留了一纸婚约，并对元姑娘腹中孩子写下了留言，差人送往山中之后，便返回了京城。

此刻，杨广听王世充提到了他被黑虎护送着走出山沟，与寻查他的人相遇之

第八十三章　君临山阳旧事重现，鬼王行凶梅香捐躯

事，不免也让他想起了这段难以忘怀的亏欠往事。带着遗憾道："你们此后就再未见到过她们吗？"王世充道："那条山沟沟的路径太难走了，没有熟悉此路的人引领根本无路可寻。我送信入山时就迷了路，若不是偶遇一个山里的采药人，我不仅送不了信，也会出不了山。"杨广问道："她们收信后，对你可有话说吗？"王世充似有隐瞒地道："我来去匆匆，没听她们说些什么。此后，据说她们是搬迁了。至于搬到何处去，谁都不知道。"

杨广见众人都是一脸茫然地听着他们的对话，立即改口道："王大人，你能否告诉我们，现在这条邗沟的现状如何？我们这么多载重的大船通过，会不会搁浅或是有险情呀！"王世充迟疑了一下道："启禀圣上，以臣之见，可能有些难。"杨广无不诧异地道："何来此说？"王世充道："自从邗沟通渠后，臣已数次向户部水务司和农务司上达过水情和航道通航的状况，却一直不见上司有任何的回复，为此让臣深感忧虑。这次得知圣上要率朝廷沿大运渠南下实地考察，真有些喜忧参半，却不知该如何对皇上细说此事。"杨广听出了其中的原委，即转脸四处寻找着道："户部的杨玄感没来，那么就让水务司和农务司来解释一下吧，你们收没收到江都郡府水情、农情的上达折子？"水务司和农务司的官员慌忙起身道："收到过，但我们都转递给了部里的秘书丞。至于部里作何处置，在下都不得而知。"杨广脸露愠色道："好一个不得而知！朕现在也没兴趣追查你们的责任，但一旦查清事实真相，你们自己去想想其中的后果吧。"杨广接着又对王世充道："你在上折里写了些什么，就在这里对大家都说一下吧！"王世充道："旧邗沟本来就水浅、淤泥厚、弯道多，且居民密集、地形复杂，沿原址拓展必定会有诸多的纠葛。但只要能够认真去做，也不是没有可为的。然而开掘该河渠的主管令狐达，依仗朝中有人替他撑腰，勾结了地方上的主要官员，不仅随意改道从中牟利，更甚的是为求进度弄虚作假，占农田、断水系。结果是渠虽通了，却留下了无数的隐患：河道弯弯曲曲，水道渠底坑坑洼洼，造成了水深时旋涡连连、暗流涌动，水浅时行船搁浅，货运船不敢驶航。更甚的是由于原有的蓄泄水系被破坏，事后也没有认真去修复，造成了汛期时低洼田一片汪洋，旱季时河道断水、池塘见底。尤其当雨季来临，淮水泄水不畅而漫堤，首当其冲遭殃的便是邗沟两岸的百姓，房屋被淹、庄稼颗粒无收，百姓苦不堪言，对朝廷开掘的这条运渠更是大为不满。臣虽然为当地受灾的百姓做了些力所能及的事，但臣位低职微，能力也有限。如今盼得皇上带领各部大人亲临江都实地巡查，臣觉得江淮有救了。这便是臣忧喜参半的心情。"

杨广在内心谴责着自己的疏忽：一是用人不当；二是只惩罚了当事人，却对后事没有认真跟进；三是如今对此该做如何补救？故杨广听后沉默着没有开口。众大臣见皇上不发话，谁都不敢吭气。王世充见皇上无语，心头不免也忐忑不安起来，生怕自己如此直指朝廷大运渠的话会遭到责罚。杨广在心中理顺了思路，道："依你所说，我们这些载重的大船是难以通过这条邗渠了。"王世充不得不道："禀告皇上，确实如此。上次这些空船经过此渠时，走走停停，险情不断，有的河段还雇用了人在岸上拉纤，下河道去疏通后方才得以勉强通过的。如今的载重大船肯定是通不过去的。"杨广还是不死心地道："朕明天改乘小艇进入，该不会有问题吧？"王世充见杨广执意要去，既感到无奈和不安，又不得不直言道："皇上比不得那些常年驾船行走江河的船老大，轻舟虽然可行，但邗渠弯多有暗流，难免会有不测，所以臣认为皇上不便亲自去冒险。皇上若是信不过臣所说，可指派专人，臣愿陪同入渠查验。"杨广见自己的执着引来了王世充的误解，道："朕不是对你所言的不信，而是朕要吸取前车之鉴，以眼见为实方能觉得心安，也可在实地商讨出应对的措施。这样吧，你明天选几条大一点的轻舟，挑几个行船经验丰富的船工和一些水性好的水手，随朕一起前往。如何？"众臣都知道杨广的脾性，因此谁都不敢出面劝说。

酒宴结束，众臣各自回了自己的船上。杨广在宴席上喝了些酒，加上心头有事，便让丹香陪萧皇后回自己的龙船上去，留下贵儿和梅香伺候他在议政船上休息。三人上了顶楼，朱贵儿似乎察觉到杨广的居心，便自顾自地进了自己的房间，心情不宁地等待着事态的发展。梅香见贵儿没招呼她就独自离去，不免有所奇怪，却又不便追上去询问。她正想找借口脱身，却被杨广喊住道："梅香，你师父给你留下的嘱托还记得吗？"梅香奇怪地反问道："师父给我留下过嘱托吗？可我怎么不知道呢。"杨广有些醉眼蒙眬地盯视着梅香道："她自己走了，把你留下来，就是为了让你来伺候我的。你现在明白了吗？"梅香的脸腾地一下红了，她心慌意乱地道："我不明白，师父也没对我说过。皇上该不会是喝醉了酒在胡说八道吧！"杨广看着梅香艳如桃花的脸，情不自禁地心猿意马起来。他上前搂住梅香道："朕没有胡说八道，朕以前是忽视了，但现在把你这么个美人收在怀里也不晚。你该不会不愿意吧！"梅香情急智乱地挣扎着道："师父没对我说过这种话，我也不能去违背师父。皇上，师父万一回来了，你还有脸去面对她吗？你可不能如此地去伤师父的心啊！"杨广却不管不顾地紧搂着梅香不放，还把嘴凑到梅香的脸上去亲吻着。梅香躲也躲不了，尴尬异常。想要用力去摆脱杨广的搂抱，又怕出力过猛会伤了杨广。

第八十三章　君临山阳旧事重现，鬼王行凶梅香捐躯

正在为难之际，只见朱贵儿手举着一张纸，急匆匆地向他们奔来。杨广也有些尴尬而松了手，梅香趁机挣脱了杨广的搂抱，茫然地盯视着朱贵儿，一时不知该说什么才好。朱贵儿却视若无睹地扬着手上的纸和另一只手中的飞镖，对杨广道："有人飞镖传书，让我们提防刺客。"杨广吃惊地接过了朱贵儿手上的纸和镖，见纸上写着"提防刺客"。梅香看清楚了杨广手上的飞镖，情不自禁地喊出了声，道："这支飞镖是师父的。"

朱贵儿瞪了梅香一眼，心知肚明地道："梅香，现在可以把你师父的行踪告诉我们了吧！"梅香知道，朱贵儿因她隐瞒了师父的实情而在怨恨着她，便只能委屈地道："师父不让我告诉你们，我也无奈。"朱贵儿还是严厉地道："那么，你现在可以说了吗！"梅香到此不得不喃喃地道："师父没离开过后宫，一直住在二姐处。师父得知皇上要带领朝廷和后宫南下，为防皇上在路途中有意外，便一路在岸上伴随着船队行走。师父此时用飞镖传书，肯定是已经察觉到了险情所在，皇上不能掉以轻心，我们得早做防备。"杨广此际的心头有些五味杂陈，他没想到过，治儿从未离开过后宫，更想不到治儿还在心心念念地为他的安危操心，并且不惜步行千里，时时刻刻地在暗中关注着他的安危。可他却在动着她徒弟的脑筋，杨广真的是觉得自己太无耻、太没情理了，故杨广一时间真不知该说些什么才好。朱贵儿见杨广呆愣着一言不发，也就猜测到了杨广的心思，为了给杨广一些回旋的余地，便道："梅香，我早就知道你跟师父有联系，只是没有点穿你罢了。我们现在什么都别说了，你快去把师父喊出来吧！就说防范刺客的事大，皇上没她在旁是不行的。"梅香哭丧着脸道："我也想见师父。可是我又该到哪里去找师父呢？我也不知道她在哪里呀！"

正在此时，码头上响起了隆隆的雷声，随着一道闪电过后，码头上立即有人喊了起来："着火啦，船舱着火啦！"紧接着岸上传来了人的奔跑声，码头上传来了敲锣声。梅香一个大步窜到窗户旁，居高临下地向外看去，见江面上的船队有一处正在冒着火和烟。朱贵儿似有警觉地喊道："梅香回来，保护好皇上，要防备其中有诈。"随着朱贵儿的话音，"哐啷"一声，一道窗户被砸得粉碎，紧接着有一道黑影从破碎的窗户间飞跃而进，并向杨广跟前扑去。梅香见险情来得突然，可自己却是赤手空拳，万一皇上真的有个闪失，别说是师父饶不了她，她自己也不能饶恕自己。梅香不能犹豫了，她扬拳朝着飞近的那道黑影纵身扑去。朱贵儿见刺客光临，一面奋不顾身地护住了杨广，一面大声喊道："薛治儿，你此时不现身护他，还待何时？"然而梅香迎战的并非是一个血肉之躯，而是一柄斗大的飞锤，梅香再坚硬有

853

力的血肉双拳又何能敌过飞驰而来的铁锤。随着梅香的一声惨叫，梅香被铁锤砸中，倒卧在地板上。在船舷外的刺客见自己的一锤遭人拦击没有砸中目标，而再要收锤重砸，必定会贻误时间，生出变故。况且刺客也看清了，在船舱里面除了杨广，也仅是两个女子。如今一个已经被锤砸中，必死无疑，剩下的杨广和这女子岂能让他们逃过此一劫？

刺客正是杨玄感雇来的鬼头天王无名，他从洛阳一路跟来，终于在山阳镇码头找到了下手的机会。但让他没想到的是，在杨广身旁还有两个如此甘愿舍身相护的女子，而且其中一个竟然还敢用血肉之躯去与铁锤相搏，却坏了他的本意，换得了杨广短暂的生机。鬼头天王不免在心里呵呵冷笑着骂道："本天王出手，是你能护得了的吗！"鬼头天王奋起神威，身首一缩，双腿一蹬，化作一团黑影，冲着被砸破的窗户纵身飞入，直扑杨广和朱贵儿。杨广虽然被朱贵儿用身掩护着，但他心里明白，面对如此身手高超的刺客，朱贵儿完全是一厢情愿、螳臂当车的作为。他只能在心里呼唤着治儿快来救驾，但他又不能不想到自己对待薛治儿的种种不端作为，而不能不感到绝望，他合上了眼睛，等待着厄运的来临。然而朱贵儿却是一副无所畏惧的样子，她盯视着飞驰近前的一团黑影，她要像梅香一样以身护主，给薛治儿赢得前来救杨广的时间，因为她坚信薛治儿一定在附近，薛治儿是不会不来救杨广的。

笔者的这支笔跟不上事态发展的变化。此时，被砸碎的窗户外，已有一道白光追着那团黑影飞驰而来。不等鬼头天王接近朱贵儿和杨广，白光在鬼头天王跟前一闪，随着一个撕心裂肺的叫声，黑影冲起两道血光，"轰隆"一声，鬼头天王的身、首、臂分成了三截，倒在血泊之中。薛治儿一手执剑，一手握剑鞘，现身在朱贵儿和杨广的跟前。她随即把剑收入鞘中后，抱起血肉模糊、已没了气息的梅香，哭泣着道："好妹妹，是师父害了你。师父低估了这个丑八怪的能量，却让你遭遇到了不测。不该呀，师父不该把你留在这里，而招来非命。好妹妹忍着点，师父这就把你带回山里去，找个僻静的地方让你疗伤。"薛治儿又冲着呆如木鸡的杨广道："我两次不辞而别，本想能让你有所醒悟。我把梅香留在你身边，本意是想让她代我能够护你一时，却没想到你会如此的不堪。如今你我之间的缘分已绝，再也无挽回的余地了。故我在此向你当面告辞，既还你之前对我的情分，也让你别再对我有任何幻想。"朱贵儿见薛治儿的去意已决，知道此事已没有了挽回的余地，便道："治儿，念着我俩姐妹一场，你就不能对我也说几句临别的赠言吗？"薛治儿似有不舍，却又毅然地道："缘在人在，缘断人散，这是天理，你往后的一切也在其中了！"朱贵儿

第八十三章　君临山阳旧事重现，鬼王行凶梅香捐躯

又问道："我往后有事，该去哪里找你？"薛治儿没有回答，她背起梅香，随着一道白光，人没有了踪影。

杨广被身旁的变故震撼着，好似中了魔一样。他拉着朱贵儿的手，反复说着一句话："治儿不能走，治儿不能走。"一时间，他对闻讯前来请安的萧皇后和众大臣都不认识起来。后经御医予以诊断，认为这是因情急所引发的一时的忆断症，只要情绪稳定之后，一切便会恢复正常的。由此一来，却把隔天要入邗沟渠去实地查验的事给耽搁了下来。

杨广经过御医的治疗，又在朱贵儿的悉心陪护下，身体虽已渐渐恢复了正常，但其在性情上却有了不少的变化：多了易怒暴躁，少了温文尔雅；多了武断执着，少了遇事说理，尤其竟然厌恶起了酒色。这让朱贵儿深为忧虑，她知道这是杨广的心结所致，却又不知该从何入手去予以引导纠正。然而萧皇后对此却提出要以魔制魔，用酒色去让杨广跳出自我禁欲的封闭圈，让帝皇和男人的本性回归到他的身上。这正是天下之事无奇而不有。

第八十四章
一征高丽劳师动众，轻敌开战损兵折将

杨广在张掖举办万国商贸同盟会期间，因高丽国对他的蔑视，就对高丽王高元埋下了杀一儆百之心。故杨广在北巡途中便开始了部署，他把长城之北与契丹、高丽交界的燕、柳、云诸州合并为燕云郡，提升镇守在燕州的虎贲郎将罗艺为郡守领军总管，集燕云十三州的军政大权于其一人。杨广的用意是要把这块地方上的权力集中起来使用，以便在需要的时候，可以北拒契丹、随时出兵讨伐高丽。同时，杨广为了把北方关内的重城涿州，建成一个往后朝廷出兵北伐时的后续中转基地，他借势而为，把文武双全的樊子盖派任为郡守。然而，此事只因杨广为了平衡朝中各部的势力，又不得不重新把樊子盖召回朝廷任职，故涿州郡守至今还未有继承人。

燕云郡守总管、虎贲郎将罗艺是何许人也？又何能被杨广看中，委以北方的重任？此后又何能成为雄踞北方，让李渊和窦建德都不能不忌惮的燕王？笔者在此不得不介绍一下此人的背景来历。罗艺出生于京兆府云阳县，其父罗荣是隋朝监门将军。罗艺自小喜爱读书，尤其喜欢看兵书和行兵打阵战之类的史书，故被其父认为，这小子以后的出息一定在他之上。罗荣是罗氏家族的长子，有一个妹妹在战时走失，至今也没有下落。而罗艺则是罗荣家的独子，娶妻秦氏，也只生了一个儿子叫罗通。罗通英俊潇洒，惯使一支银枪，武艺远在罗艺之上，故而成为罗家上两代人的宝贝。平陈和东征琉球之战中，罗艺应征入伍且英勇善战，而被封为了虎贲郎将，却被委派至东北边城，成为现职带兵将军。其父罗荣和妻儿都认为朝廷对罗艺的任用不公允，可罗艺却是心甘情愿、乐享其成。而且不久，他便向朝廷写出了一份奏折，详细分析了当时东北疆域的现状，认为治理好北疆的燕云诸州，将能保得大隋关内的长治久安。同时，罗艺还提出了"背靠长城、关内涿州，北拒契丹、西牵突厥、东压高丽"的战略观点。此折被当时已是太子的杨广看到，不仅认为分析得有理有据，更有高屋建瓴之念在其中。于是，罗艺这个名字也就被杨广记在了心里，也成了杨广要用罗艺去对付高丽王元的一枚棋子。杨广把东北关外一大片土地的军

第八十四章 一征高丽劳师动众，轻敌开战损兵折将

政大权，全部划给了罗艺去经管，其用意不仅是在表示着杨广对罗艺的赏识，更是在为杨广要做强东北、教训高丽、威震外夷做着铺垫。然而，杨广却错估了罗艺的心计，罗艺甘愿到边缘的东北疆域为将，并非是他对朝廷的忠心，而是他早就看中了这块远离朝廷、天高皇帝远的富饶之地，他要实现自己成为一个封疆大吏，成就自己独霸一方、自得其乐为王的野心。

杨广率朝廷百官南巡，不仅让朝廷内一些心怀叵测的人蠢蠢欲动，如杨玄感加紧了谋反的步骤；也让境外一些对隋朝心怀不满的部落感到了有可乘之机，如高丽国联合了契丹，对罗艺治下的燕云各州府进行了侵袭蚕食。他们经常出其不意，今天在这里偷袭一下，明天去那里抢掠一番，把罗艺搞得有些顾此失彼，而不得不把实情向朝廷上折报告。

此际的杨广身心虽已康复，却正在为邗沟渠存在的种种不端之患恼怒着。因为邗沟渠存在的问题，远远超出了他的预想，不仅河道不合设计规定，一般货船都难以顺畅通行，更别说是大型载重船了；而且沿河的水系遭到严重破坏，旱时庄稼枯死，涝时田地被淹，百姓简直是在水深火热之中生活。杨广坐船实地察看所见到的现实，与王世充所言只有过之而无不及，故而恨得杨广咬牙切齿地冲着众臣吼道："可恶至极，简直是可恶至极！这条邗沟渠有哪一处是符合朕要求的？朕之前为何就没听到过，你们对令狐达的如此作为，有过一言片语的奏折呀？令狐达之罪，死十个都不够，却为何只判了他一个发配边庭服苦役呢！你们刑部听着，立即派人去把这个罪该万死的令狐达抓来，朕要在这里当众把他斩了，向百姓谢罪。户部的罪责也不可恕，水务司、农务司、商务司，你们这三司是怎么验收的？该把这些参与验收官员的眼珠给抠了，因为他们有眼无珠，在睁眼说瞎话。"杨广对众臣如此凶狠的训斥，是从来没有过的，不仅惊呆了所有的人，更是让众人胆战心惊，不知下面还会发生些什么事。杨广余怒未息地道："你们都给朕听着，往后谁要是再敢阳奉阴违，朕就罢他的官、撤他的职，让他上大街扫地去。"杨广接着又道："这条邗沟渠一定得重开，而且还得限时限责限规矩地去开。开得好，官员升官加爵；开不不好，主办官员撤职查办。你们说吧！谁来自报家门，去领这个衔。"众官员面面相觑，没人敢站出来接这个活。杨广看了眼站在末位的王世充，道："既然朝中没人敢领这档差事，朕只能点将让地方去办了。江都郡丞王世充听旨。"王世充犹豫着站了出来。杨广道："朕现在就升任你为江都郡郡守，任命你为邗沟渠重建总管，让宇文恺给你当顾问，给你半年时间，把邗沟渠建好。你现在就领旨谢恩吧！"王世充既没领旨

857

也没谢恩，却道："启禀皇上，臣领旨之前，尚有一言，若皇上能允诺，臣便领旨谢恩。"杨广无奈地道："说吧，朕听着。"王世充道："皇上曾在江都郡任过职，知道江都郡是个鱼米之乡。但自从开掘了大运渠后，这条邗沟渠在人祸加天灾之下，致使江都郡的前任主管为了平息民怨、保住自己的官位，而欺上瞒下，掩饰灾情、谎报平安，造成了江都郡府卯吃寅粮，库存虚假不实，却害苦了当地的百姓。如今，皇上让臣当江都郡的郡守，就得允许臣把之前这些虚假不实之数全部清除掉，而且还得免除江都百姓两年的税赋。由此，三年之后，皇上再来江都郡巡查，臣可以向皇上保证，臣一定会把一个不一样的江都郡，交付给圣上验收。"杨广满意王世充如此坦直且有担当的言论，道："朕允了！同时朕也与你约定，朕三年之后必将率百官再下江南。你若不违约，朕就封你为这江淮一方的诸侯。如何？"王世充领旨谢恩。

这时，内史令虞世基手持一份快报上前禀告道："启禀皇上，燕云郡府送来八百里加急军报曰：高丽国伙同契丹出兵屡屡犯境。由于燕云郡府地广人稀，诸州分散又相距甚远，而入侵之敌却狡诈多变，致使我官军防不胜防，常常处于劣势，使得百姓被杀戮，财物遭到抢劫。为维护百姓人财的安全，为了克外敌、保疆域的安宁，特请朝廷速派大军前来围剿敌寇。臣燕云郡郡守罗艺叩拜上书。"谁都没有想到，杨广听完快报，竟然拍案而起，厉声凶狠地道："这个高丽国，朕忍他已有许久了。现在竟然找上门来送死，朕岂能饶得过他？否则，吾泱泱大隋岂不要被天下人笑话吗！宇文述、樊子盖听旨。"宇文述和樊子盖慌忙上前拱手道："臣在！"杨广似乎是已经胸有成竹地道："此次东征，朕将御驾亲征，任三军元帅。任命你俩为前军陆路行军正副元帅，率大将十员，统兵五十万，立即乘船沿大运渠永济渠道北上涿州，从陆路出关至辽水，先拿下本该是属于我大隋的辽城，然后分兵两路，东进过鸭绿水，进逼高丽国都平壤。等到水路军截断了高丽国君臣的退路之后，与水军合力一齐拿下平壤，把高丽国王高元抓来见朕。"杨广不等宇文述把他的指令消化掉，立即又道："来护儿、陈棱听旨，朕令你俩为水军行军正副元帅，率水军二十万，沿大运渠至涿州渡海，入高丽国的浿水，切断高丽国君臣溃逃东去之路，然后挥兵直逼平壤城下，与陆路军围攻平壤，擒拿高丽王高元。"杨广随即又道："虞世基听旨，你随朕率百官领兵三十万为中军，乘船沿大运渠北上入驻涿州，立即调兵遣将、审时度势地接应前军和水军。"虞世基似有担心地道："启禀皇上，如此规模的境外水陆行军作战，比不得往昔。虽说整个朝廷大臣都在船上，但六部主管中，户部、兵部却不在船上。故臣不能不担忧，如今三军的统帅已有，可这兵员的调遣、领军将领的

第八十四章 一征高丽劳师动众，轻敌开战损兵折将

指派，还有粮草辎重先行的保障，将由谁来领衔担任呢？皇上如此的雷厉风行，会否给政令与执行带来脱节的后患？"杨广很自信地道："不用担心，讨伐高丽，朕早已在胸中打好了腹稿，却是没想到这个高丽国王高元，会在这时候来惹朕。也好，朕既然不能南下，就调转船头来个北上。"

众臣正在为这段时间，船既不能前行又不得后退，待在拥挤杂乱的港口，还为了防备歹人而把众人都禁足在船上，故心头都有不快之情和怨言。此刻听说不再南下却得北上，而且这北上还得去参与打高丽，不免都有些忍耐不住了。右光禄大夫、左翊卫将军元寿道："高丽国狼子野心确实可恨，但臣认为，此际并非是出兵征讨的时机。首先，皇上虽对此战已胸有成竹，却仍显得有些仓促。比如，我们这些大将都在船上，不像以往骑在马上，身旁有兵、挥手有熟悉的将士那般脚踏实地、行动自如。就算到了涿州有将士可供我们指挥，但毕竟对他们不熟悉，得有一个知己知彼的过程。其次，天时至今已是入秋，北方的天气将开始转冷，此战万一拖延，我方将士将会陷入被动。所以……"杨广不等元寿把话说完，道："老将军此言不无道理。但朕已经有了对策，朕将命兵部李圆通亲自调遣兵源，力争让领军的将帅得心应手。其次，朕已定下了此战的期限，两个月之内一定凯旋回朝。"

杨广不想再听人说三道四，即对虞世基道："杨玄感不能因家事而躲在家里享清闲，他是户部尚书令，粮草辎重也理该归他督办。你这就替朕拟旨：朕令杨玄感为本次东征后军总管，限其在收到圣旨后二十天之内，把征战所需物资送至涿州待用。令李圆通带其所辖十万兵马在十天之内赶至涿州，设立兵站和物资储运站，同时速征调战时所需兵马百万，在三十天之内集结涿州待命。此外，在吾大军到达辽水时，命罗艺统兵出击契丹。"兵部侍郎宇文 道："皇上，李大人正在山东平乱。把李大人调往涿州，山东之乱还要不要平息？"杨广道："平息内乱是自己家里的事，早一天晚一天无伤大雅。征战高丽争的是国家的体面，不雷厉风行何能体现出我大隋的威严？因此请各位大人都记住了，此威不树，大隋何能号令天下，吾杨广也将愧为大隋天子了。"这场征战高丽的战事，在杨广如此强势的步骤下展开了。杨广调转了船头，把皇后和十六院院主美人，以及所有与战事无关紧要的人员，都遣回了东京洛阳，仅带了夫人朱贵儿，率领着朝廷百官，驱船向涿州开拔而去。

高丽先祖出自夫馀，其工朱蒙尝遇河伯女，将其囚于室内，感于室外阳光，未婚便孕，生下一大卵，一男子破壳而出，自称叫朱蒙，是河伯之外孙。夫馀之臣认为朱蒙非人所生，实为妖孽，理当诛杀。朱蒙便弃夫馀向东南出走，夫馀之臣派兵追

859

杀。朱蒙在逃跑途中，遇一大水拦住去路，正在危急之中，河水中的鱼鳖相聚成桥，朱蒙得以踩脊过河，上了该岛，摆脱了追杀。朱蒙随后在该岛以高为姓，建国号高句丽，传至第三代孙莫来，出兵并吞了夫馀。至六世孙高汤，虽在表面上接受北周武帝宇文邕所威逼，受封为辽东王，年年向周室进贡，但他却借了周室的腐朽和国力的衰弱，在暗中不断地蚕食着北周的疆土。杨坚继位立大隋时，高丽的疆域已扩展过了鸭绿水，把原属周室的辽水以东的一大片领地和辽城，都划归成了高丽的管辖范围。隋帝杨坚则因南陈未平、内乱不断，为了稳定北疆，改高句丽为高丽，授高汤为高丽王。高汤之子高元继位后，不满此现状，便自封为高丽国王，挑动北方靺鞨、契丹等游牧部落，不时地入侵大隋，致使大隋北疆常有战事。一旦开战，也互有胜负，故而高丽国也就成了大隋东北方的一颗恶性毒瘤。杨广继位后，本想维持以和为贵的形势，却又忍受不了高丽国蔑视他的作为。故而在杨广的心里，早就备下了要狠狠教训高丽国的念头。

高丽国位于华夏大陆东北角的一个狭长半岛上，东西二千余里，南北仅千里，西北分别与隋、契丹、靺鞨接壤。建都于平壤城，亦名长安。该城背靠山、南临水，东西六里，与西面的内城、东边的汉城，称之为三京。高丽的宫规与习俗受汉文化影响，人皆皮冠，加饰鸟羽，贵者用紫罗饰以金银，服大袖衫、大口裤，素皮带、黄革履。妇人裙襦加襈，王公贵族有春秋涉猎的习惯，兵器与华夏略同。官职设有五部十二等，从大至小名曰：太大兄、次大兄、次小兄、次对卢、次意侯奢、次乌拙、次太大使者、次大使者、次小使者、次褥奢、次翳属、次仙人。人税布五匹、谷五石，游人三年一税，十人共细布一匹，租户初一石、次七斗、下五斗。反逆者缚之于柱斩之，盗则偿十倍。乐有五弦，吹芦以和曲。每年初聚戏于浿水上，王列羽仪以观之，事毕王以服入水示参与。有婚嫁者，取男女相悦然即为之，男家送猪酒，若有收财礼者，人共耻之。死者殡于室内，需三年方可择吉日而葬。习礼敬鬼神，多淫祠。

杨广率着朝廷众臣来到了涿州，李圆通虽然已经在涿州建立了兵站和储运站，可是要求其调集的兵马，尚有大半还在途中。杨玄感运送的粮草辎重，除了由陆路运到几批粮草辎重之外，尚缺许多战时必需的物资。有说是在途中的，也有说被阻在河道上的，而且责任官员都说不清此中的实情，这岂能不让杨广恼怒万分。俗话道，兵无将不行，兵马未动粮草先行。可如今的杨广则是有将却无兵，更无征战必需的粮草辎重作为保障供应，而节气却不等人。北方的中秋一过，已感到了凉意，这又何能不让杨广感到着急和愤怒。杨广根本听不进李圆通的因果解释，若不是虞

第八十四章　一征高丽劳师动众，轻敌开战损兵折将

世基等众臣的劝阻，李圆通早已被撤职查办了。为此，李圆通只能星夜派人四处催兵。杨广对杨玄感更是恨之入骨，却又奈何他不得。因为由地方官员发来的告急函中，言之确切地道：户部尚书令杨玄感亲自押解的货运船队，因为装载超重，途中遇大雨风浪而翻船沉没，货物虽被抢救回了一部分，可损失惨重，护运官兵死伤失踪无数，户部尚书令杨玄感至今生死不明。这既是一桩意外，也是一桩在一时中难以去追究责任的事故。杨广知道时不我待，再等下去天寒地冻，这仗就难打了。他为此不得不改弦易辙，一面急忙下旨，从涿州临近郡府抽调人力物力，抢运征战物资；一面拼凑兵马准备出征；一面下令工部调动一切力量，就地用人取材，限时一月制作一万辆货运车、一千条渡船，随军供使用。这却苦了当地的民工和百姓，在如狼似虎的官吏逼迫下，不得不日夜干活。杨广又为前军指定了十员先锋将，他们是：左路先锋主将卫玄、副将陈茂、沈光；中路先锋主将元寿，副将薛世雄、钱世勇、接应刘权；右路先锋主将史祥，副将斛世政、杨玄挺。指令他们在攻占了辽城之后，各路军各领兵十五万，接应领兵五万，立即渡鸭绿水。中路军取道攻占内城后，带领接应军参与平壤会战；左路军从镂方、乐浪道出，右路军出粘蝉、襄平道，直扑平壤与水军会合，最后全军合力一举拿下平壤，完成此战，随后押解高丽国王高元凯旋回朝。

杨广如此的部署，谁都说不上来是草率轻敌，还是智慧果敢的体现，但却让一些老当益壮的将领感到不平。郡公、右屯卫大将军麦铁杖第一个反对道："皇上，臣对此安排感到不公。如此之战，岂能没有我等老将参加，这岂不是在羞辱我们吗？"安德王杨雄也道："正是。皇上怎能尽用些后辈之将，却把我们这些身经百战的老将丢在一旁当看客，岂非是在暗示着我们该退休了嘛！"杨广慌忙作揖道："老将军们多心了，朕绝非是此意。常言道，杀鸡何须用牛刀，你们浴血奋战了一生，此时也该养息身体，把机会和功勋让给后生们去挣一挣了，也当是让他们练练刀吧！否则，你们后继无人，谁来克敌护国？"安德王杨雄没话说了，一些想开口说话的大臣也不得不闭了口。可麦铁杖还是力争道："皇上，我家世受皇恩，无以为报。故臣要上阵杀敌，并非是为了要去争功名，而是为了报先帝和皇上对我家的恩典，报大隋给予我家的荣耀。皇上不能因为欧阳姉不在了，就不把我当成长辈了吧！你欧阳姉曾对我说过：君待臣以信，臣当事君以忠。高丽国辱我大隋，岂能不给他点颜色看！此次东征，臣是去定了。否则，臣不仅骨头懒得要长锈了，而且连儿子们也会看不起我的。"杨广听麦铁杖把话说到了这个份上，只能委婉地道："伯父言重了。

我是欧阳婶和您看着长大的，岂能对您不恭？既然伯父一定要参战，容我想好后再定吧！"

然而，杨广如此的步骤确实是轻敌了。首先，他为了抢天时而让辎重、渡船配备还未完全到位的将士匆匆出征；同时，他对高丽国守土的士气低估了。宇文述的五十万大军逼近辽水，就被高丽国坚守辽城的将士据水拒敌，挡在了辽水西岸，让缺乏渡河有效工具的将士有了畏难情绪。而中路军主将元寿却因劳累，突发急病而亡。宇文述一面下令赶制浮桥，一面把实情上报给了元帅杨广。未战将先亡，可是兵家之大忌，这虽然让杨广感到不安，但是执着和自负并没有让杨广丧失信念。他立即任命左御卫大将军薛世雄为中路军主将，并让麦铁杖赶赴前往接任中路军副将之职，督促全军迅速渡江开战。

北方秋天的一个显著特点就是天高气爽，中午热、早晚凉，白天和晚上的温差会有很大的差异。如此的气温，也就容易形成大自然的一种奇观——雾。这雾浓时，白茫茫的一片，万物都被其隐匿，人置身在其中行走，好似穿梭在云中，既有神秘感，又不免带有些许的恐惧。因为眼前所能见到的都是朦朦胧胧的物象，数十步开外也就什么都看不清了，因此也就不知道在自己的四周会有什么出现。这"雾"出现在水面上，则又是另外一番景象。因为昼夜水温与空气温差的缘故，当旭阳初生时，水面就会形成一层水汽；也因为水和气感受传递热量有差异的缘故，水蒸发升华成雾会有一个过程，雾便会与水面保持着一尺左右的间距。这一尺的间距，便是水雾化演变的过程。由此，也就造成了大自然的另一种奇观，白雾会像是一块蒙在水面上的布，飘浮在距水面一尺左右的高度。一尺之上是白茫茫的一片，一尺之下是清澈的微暖凉水，留给人的感受也由此而不同。秋天的辽水，就是如此一番景象。然而，此际的辽水给两军对垒的人们带去的不是一种享受，而是一道天然的屏障，它阻隔着双方的杀戮。尤其是在朦胧的雾气中，隔水相峙的双方只闻彼此的人喊马嘶声，却不知彼此的阵容和作为。进攻方因此而感到恐惧，防守方却以此为保障，真是目的不同，心情寄托也不同。

老将麦铁杖明白杨广要求速战的心情，而且他也依仗着自己的资历和战绩，在察看了辽水的河面和水情之后，决定不再等待浮桥全部架成。他带着另一年轻副将钱世勇和郎将孟义，要趁着早上水面的大雾，率领自己属下的兵马偷渡辽水，然后出奇兵突击辽城，去赢取东征高丽的开战首捷，为全军建树一个必胜的榜样。可是，这天太阳迟迟不肯露脸，凉水没有温度，升华不成雾，这让麦铁杖的偷渡失去了依

第八十四章 一征高丽劳师动众，轻敌开战损兵折将

托。而麦铁杖又不甘心自己的计划半途而废，便弃车马，率部众步行冲上一座距对岸最近的浮桥，想强行登岸。谁知浮桥距对岸尚有两丈之余的空缺，而水流经过这空缺之处，不仅变得湍急了起来，而且也拓深了河道。致使前行下水的几十个将士瞬间就被冲没了踪影，吓得其他将士都驻足不敢下水了。此际，高丽守军发现了隋军的企图，便派出兵马前来围堵。麦铁杖见形势紧迫，若不立即抢占对岸的桥头阵地，此次的偷渡不仅无功而返，还会遭人耻笑，甚至受到军纪处罚。为此，麦铁杖决定孤注一掷，他对众将士大声道："我先过去占住桥头，你们随后跟进。"说罢，他手执大刀，大吼一声，纵身一跃，飞过了空缺口，落在对岸，向着迎面而来堵截的高丽将士横劈竖砍起来。他身后的将士们虽然也被主将身先士卒的行为感动、鼓励着，然而麦铁杖却忘了，将士中能有几个像他一样有腾飞本领的人呢！因此，许多将士纷纷仿效着也纵身向对岸跳跃而去，却是没有几个人能上得了岸的。副将钱世勇落在了岸边，他举枪冲上了岸，与高丽将士战成了一团。郎将孟义虽然跳落在水中，但他会水，爬上了岸，也成了一员悍将，加入了冲杀。此外，也有一些会水的将士上了岸。然而，他们又岂能挡得住以逸待劳、源源而来的高丽将士呢！不久，麦铁杖、钱世勇、孟义，以及上得岸的隋军将士都因寡不敌众而纷纷战死。这第一仗，就以隋军失利而告终。宇文述一面把麦铁杖私自出战的实情上报给了杨广，一边加紧了修桥。两天后，浮桥建成，全军渡过辽水，把辽城团团围住，继而发动了攻城之战。

　　杨广得知麦铁杖阵亡，心中虽有惋惜，却也明白了这些老臣忠心报国的诚意。然而，又似乎觉得这或许是天意，也或许是欧阳婤的心愿吧！因此，他没有去追究此中的责任，却立即降旨，追赠麦铁杖为宿郡公，爵位由其长子孟才继承，次子仲才、季才拜为正议大夫，赐孟义为忠勇将军，并追封虎贲郎将钱世勇为定辽公。接着，杨广为防后效，顿生一念，即向全军颁发了一道圣旨曰："朕本次东征，是以百万大军的铁锤之势在砸鸡蛋，故此役不存在胜负的悬念，你们只需按朕的布置步骤去执行便可。朕在本次战役中，不想再看到类似麦老将军为图报恩而私自出战、不惜以身殉职的作为，更不得为了建功而立异，而去轻兵袭击、孤军独斗，以将士的性命去赌胜负，致使生灵无辜遭涂炭。各路军的军事进止，必须同步进出，相辅相成，而且必须报于朕复。朕决定，此役不再以战功来定赏罚，而是以遵律作战素养来定功过。否则，即使有功也必加罪。"杨广下此旨的本意，既是为了防止类似麦铁杖不遵军纪的行为再发生，也在表示着他对宇文述遇事必报的赏识，并为了规范行军打仗的协调和加强其调控的能力而作的一次统兵改革，让他能够成为掌控全

863

军将士行为规范的中枢,让他能坐在上面就能知道下面一切举动作为。然而,杨广此圣旨一公布,却给他带来了意想不到的副作用。将士们见没有功名可争,还得遇事共进退、处处上报,事事讲规矩守则,而让将士们失去了自我的主动意识。而且,许多将士都不明白什么叫作战素养。这让攻辽城的战事变得疲疲沓沓、疲惫不堪起来,致使一个辽城被围了六天也没能打下来。这让杨广很是不满,他亲自赶往辽城前线督战,只见士兵老弱多、壮丁少,军纪松弛,众将士斗志不高。并在与将士们的交谈中得知,这些临时应征入伍的将士都不愿意打仗,而且他们中的多数人都是受人所雇,替人代役的。(隋朝对兵源做过两次重大的改革:隋文帝杨坚改西魏北周遗用下来的家属随军府兵制,为由官府统领的坊兵制,改变了府兵家属不事农桑、不纳赋役的惯例,减少了朝廷官府的付出,也提升了坊兵的作战能力。杨广随着社会稳定、战事减少,推行了征兵制,官府按战事所需、按户籍予以征兵役。此役与其他徭役不同的是,服兵役之人不可用币帛替代,但可雇人代役。由此,既体现着一个社会的公平,也减少了朝廷日常的军费开支,但是对军队的作战能力却是削弱了。)杨广内心虽有震撼,却没有丝毫退却的意思。他亲自下令杀了几个退缩不前的将士,还撤换了一些将领,终于拿下了辽城。

　　杨广发动的这场东征高丽之战,一开始就受人刻意掣肘,接着又损兵折将。但是杨广的执着,让他不管不顾地继续按自己的心思去做着。但他原定两个月之内凯旋,已成了不可能实现的空话。因为时间已过去了两个月,可隋军却还未越过鸭绿水,踏上真正属于高丽国的领土,而天气却已经转凉,这不能不让杨广有些焦虑。于是,他又立即调整了作战部署和带军将领,并道:"朕的作战方略由水陆两路会战平壤,调整为:水路作战方略不变,陆路军由三路分成九路全线奋进,一个月之内必须攻占平壤。否则,谁都别想回去了。现在,诸将听令,左翊卫大将军宇文述、副将沈光出扶余道;右翊卫大将军于仲文、副将斛斯政出乐浪道;左御卫大将军薛世雄、副将杨玄挺出辽东道;右御卫大将军卫玄、副将刘权出沃沮道;左骁卫大将军元恒、副将陈茂出玄菟道;左屯卫大将军张瑾、副将赵孝才出襄平道;右屯卫大将军权武、副将周罗睺出碣石道;左武卫大将军王仁恭、副将李景出遂城道;右武卫大将军吐万绪、副将崔升出增地道。你们各带领五万兵马,各携百餐之粮草,渡过鸭绿水,逢城攻城,遇敌杀将,合力攻占平壤,活擒高丽王高元。朕的中军大营也将推进至鸭绿水西岸驻扎,等候你们的归来。"

　　然而,这天公似乎在从中作梗。行军途中,山沟野道刮起了朔风,天空下起了

第八十四章 一征高丽劳师动众，轻敌开战损兵折将

小雨，让这些匆忙上阵，身穿秋装，背负粮草器械辎重的士兵简直苦不堪言。而那些就地取材赶制出来的货运车，不知是因为制造仓促马虎，还是操作不当，或是故意人为，竟然坏的坏，有的甚至散了架。有人竟然还发现，这货运车的轱辘大多数不是圆形的，而是或多或少都有些椭圆形的。这不仅让使用的人非常吃力，而且推不快、行不稳、容易坏。这让将士们的怨气随着行军路途越远，怨气就越大。有人还把背在身上的粮草和器皿、作战辎重，偷偷地丢弃在路边和草丛间。杨广这场东征之战的后勤保障，实在让人有些匪夷所思。

高丽国王高元本想趁杨广率朝臣南下之际，在大隋北方来个"偷鸡摸狗"之举，捞上一把。但他却没想到，竟然会引来了杨广强势的反响，不仅立即驱船调头北上，而且还以迅雷之势调集了百万军兵，亲自对他发起了报复之战。不说高丽国的疆土无法与大隋相比，就是国势和人力财力与大隋相比，也只能是粪土，甚至还不如。因此，大隋用百万之兵来入侵他的国土，岂非就是在用铁锤砸他这个卤蛋吗？对这样的后果，想也不用想，只有两个字——"等死"。高丽国王高元面对如此的状况，怀着怨气对臣子们道："没有当初，何会有今日。本王后悔听了你们的嗡嗡之音，为了贪图蝇头小利，却引来了如今的灭国杀头之祸。你们说，现在本王该怎么办？"次大兄大臣乙支文德道："大王无须泄气。自古以来就有兵来将挡、水来土掩之说，中原国也有以弱胜强之例。《孙子兵法》有云：避其实，击其虚；用我长，迎其短；待其劳，养我锐。故此役还不知是谁胜谁负呢！"高元道："我国城没有十座，民不过千户，全国的将士加起来，还不及隋朝的一个郡。你让我拿什么去击其虚、迎其短呢？以往那些偷鸡摸狗之举之所以能够得逞，是因为北周的腐败，隋文帝杨坚的心没有当今杨广的大，而没有跟我们认真计较，所以才能容得我们小偷小摸捞些实惠。可你们却让我得寸进尺，要在北方称霸，这不是在关公跟前舞大刀吗？张掖的万国商贸同盟会上，他隋帝杨广已经在警告我了。可你们见杨广并没有对我们采取行动，便认为这是杨广在吓唬我们，还联络了契丹、靺鞨去招惹他，这岂不是又在搬石头砸自己的脚吗！"乙支文德道："这不叫招惹，而是在试探。但没想到罗艺不再像以往那样，让我们得些便宜后就退兵，他则不仅是向朝廷去报告，还搬来了杨广的举国之兵。"次小使者傻哈（傻哈在万国商贸同盟会带着礼品回国后，高元见财眼开，把他连升了三级）在底下嘀咕着道："隋皇威巡东突厥，把罗艺升为东北十三州的郡守，如此明显地在展示着他的作为，岂能说他没有行动？只是有人视而不见罢了。"乙支文德有些尴尬地道："臣对罗艺还是比较了解的，他是不会甘心就做这

个十三州郡守的。"高元有些不耐烦地道："你们不要去扯这些没用的闲篇了。现在杨广率大军不日将兵临城下，我们该怎么办？"乙支文德道："大王不用着急嘛！隋军现在还未过鸭绿水，就算过了鸭绿水，还有冰天雪地的山路在等着他们，这两道坎够他们喝一壶的了。因此，我们还有足够的时间，可以以逸待劳地做准备。"高元还是信心不足地道："怎么个准备法呀？是等他来砸我们，还是我们自己送上去让他砸。"乙支文德胸有成竹、狡诈地道："都不是。我们要劳其体力，疲其心智，然后一鼓作气把他们赶下大海。"傻哈嘀咕着道："一厢情愿。"

乙支文德此说还真不是他的一厢情愿。几十万陆路隋军穿着单薄的秋服，身背肩扛着粮草辎重，过了鸭绿水就进入了高丽国的西北山地。迎接等待他们的不是挥刀舞枪的敌方将士，而是崎岖的山间小道，淅淅沥沥的秋雨冬雪，以及越来越冷的天气和一步一滑的道路。杨广似乎已有先见之明，把三路纵队分成了九路支队，否则这行军的速度一定会比蜗牛还慢。然而，这几十万人的九路支队，要快也快不了多少，只是不会因人多而堵塞在道中罢了。这百里之地的山路，却让隋军走了整整半个多月。而且等他们出了山路，各队几乎都成了溃不成军的残兵败将之旅。因此，别说是临阵杀敌了，他们连举刀的劲也没有了，有的只能是怨气和无奈。因此，杨广此时胜敌的"天时、地利、人和"三要素都没有了，这场东征的胜算也就可想而知了。

乙支文德确实是个老奸巨猾的人，他早在隋军出山地的道口埋伏下了兵马。他们不等隋军整队成营，就挥军冲杀了上来。如此以逸待劳的奇袭杀戮，犹如是狮子扑进了羊群，没人能挡得了。若不是高丽国的将士兵少，而不敢入敌阵太深，否则隋军的死伤会更大。高丽国的将士们冲杀了一阵便匆匆地撤退了，却让隋军吃了个毫无还手之力的哑巴亏，更伤了隋军的士气。宇文述急忙整顿军队，清点人数。这一突如其来的遭遇之战，将士竟然死伤了五万之众，也让宇文述明白了，这场东征之战未必会像杨广所说那样，可以轻易取胜。

宇文述根据实战所需，恢复了三三制的战术队列。由薛世雄、元恒、张瑾各率副将为左路军，由卫玄、权武、王仁恭率各副将为右路军，由宇文述、于仲文、吐万绪各率副将为中路军，成品字行向平壤城推进。然而，高丽国的乙支文德也改变了战术，他派出高丽国的老弱军队，在途中不时地变换着旗号去袭击隋军，但每次袭击都是一触即溃，给隋军留下了一副不堪一击的态势。隋军就如此战战兢兢、打打停停，终于来到了平壤城域的西端，在距平壤城三十里的萨水边驻军扎营。宇文

第八十四章　一征高丽劳师动众，轻敌开战损兵折将

述一面派人去向三军统帅杨广通报军情，一面派出探马去搜寻水军所在的位置，又一面做着攻占平壤城的准备。

来护儿和陈棱引领着二十万水军，乘坐数百艘舰船出海，一路风平浪静地来到高丽国的浿水河港。高丽国官兵和民众看到如此庞大的隋军船队来临，吓得四散奔跑，片刻间就把一个空空荡荡的港口留给了隋军。主将来护儿见如此轻易地占领了港口码头，便想趁势而入，一鼓作气把船驶到平壤城下。但是他却不知道，这浿水河是条喇叭型的河道，港口的入海口很宽，水也很深，但是越往里走，河道便渐渐变窄变浅。隋军庞大的战舰不是搁浅，便是触礁，船在狭窄处掉头都不行。由此，船队被卡在河道上，进不能、退不得，这可把来护儿和陈棱给难住了，也让隋军明白了，高丽国的官兵为何不抵抗就把港口码头让给他们的用意。来护儿不想就此罢手，他见船队距平壤城只有六十多里地的陆路，便让陈棱留下部分将士去处置船队受阻的后事，他则率水军走陆路去攻打平壤城。陈棱见来护儿主意已定，也就不便多说，仅提醒他要当心高丽国的花招。

水军离船上岸作战有许多的不便之处。一是没有陆军长途行军的体能，二是没有陆军擅长的陆战兵器和辎重辅助，三是后勤补给会捉襟见肘。所以水军（陆战队）上岸出战，一般不会离母船太远。而来护儿觉得这六十里地不算太远，而且他也认为小小的高丽国是不堪一击的。如此唾手可得的功劳，他又岂能拱手相让？但是，浿水到平壤的这段陆路并不好走。等他们来到能看到平壤城南门时，将士们都已累得只想坐下休息，不想打仗了。可是，让来护儿没想到的是，平壤城门洞开，却没有一个人进出，城墙上也没一个人影。这让随军的将士都奇怪了起来：是高丽国的君臣民众得知百万隋军来临，而吓得弃城逃了呢，还是一个阴谋，他们也想学着诸葛亮唱一出空城计？

来护儿带着手下几个将军，走近了平壤城，观看了许久，也没看出什么名堂来。于是，有人提议先派一队兵马入城去侦探一番，冉行决断；然而，也有人觉得肯定是水陆两路进攻的隋军，把高丽国的人都吓跑了；还有人则说，与其拿不定主意，还不如就按皇上定下的规矩，守在南城门外，等待与陆路军会合后，再一齐进平壤城。来护儿倾向于第二种观念，而且他立功心切，更觉得自己这二十万大军打他一个小小的高丽国已是绰绰有余了，何需要等到陆路大军来了之后，去与大家分享成功呢！来护儿拿定主意，立即挥军向平壤城南门杀去。

高丽国的国都平壤城是依山而建的城市，城外不仅有护城河环绕，也有储军屯

兵的瓮城，城内还有外城与内城之分。外城墙有四门，与内城八门相通，这内城与外城的中间相隔着一道行军走马的环道。外围城墙不仅高大而且厚实，让人望而生畏。来护儿指挥着隋军冲入了南门，确实没有见到人影，隋军的胆子大了，熙熙攘攘地沿着外城墙内的环道，向内城门冲杀而去。猛然间一声炮响，内城和外城墙上喊声大作，仅瞬间功夫，城墙上都布满了高丽国的将士。他们居高临下，箭如飞蝗般地射向了惊慌失措的隋军。来护儿知道中计，立即大呼撤退。可是，城外蜂拥而至的隋军与城内要后撤的将士相挤相拥，互相踩踏成了一堆。而城墙上又向下泼着燃着火的油料，这外城与内城之间的环道，立即就成了一片火海。而这时，那些躲藏在瓮城里面的高丽国将士，却举着长柄大刀、长枪、长矛，向乱成一团的隋军扑来。他们逢人便砍，见人就刺，而随军只有抱头逃避的本能，根本没有人敢去抵抗。来护儿在亲兵的掩护下，杀出了一条血路，带着仅剩的数百人，冲出了平壤城，向来路逃去。高丽国的将士知道来护儿是随军主将，便在其后紧追不舍。若不是迎面遇上了前来接应的陈棱，杀退了高丽国的追兵，来护儿的性命也怕是难保了。这一仗，来护儿的水军损失了大半，他与陈棱不得不带着剩余的水军，灰溜溜地退离了浿水。因此，等到宇文述的陆军来到平壤城外，来护儿的水军早就撤回了境内天津港的定海码头。

　　陆军行军元帅宇文述见各路将士都有疲惫之态和厌战之情，他也看到了平壤城是一座易守难攻的城池。他更知道全军各自所带的粮草已所剩无几，若再不速战，怕有断粮的危险。而这时，外出寻找水军的探子回来禀告，说是没有找到水军，怕是水军还没有到达平壤城外。正当宇文述在思考着该怎样去面对现实时，右翊卫大将军于仲文进账来禀告道："宇文元帅，方才高丽国遣人来求降。我见此人神态古怪，怕有诈，便想把此人扣住，以便询问高丽国的真相。可斛将军认为扣押敌方来使，有失吾大隋的国道，也会让外族笑我们不知礼义。我为此只能把他放了。"宇文述听说有人来求降，不免正中下怀。他又想到这一路上，高丽国不堪一击的军队，便道："快，立即差人去把此人请回来。不管他是求降还是诈降，当面问一问还是应该的。"于仲文急忙转身，亲自去追赶，可是此人已经不见了踪影。宇文述只能期待着高丽国会再派使者来求和。而这时，士兵中间的厌战情绪已经越来越浓了，甚至还流传开了要逃跑回家去过年的诉求。就在这时，高丽国的外事大臣乙支文德前来求见宇文述，说是要商讨献城投降之事。宇文述对此满心欢喜，立即会同了卫玄、薛世雄、于仲文，在大帐内接待了乙支文德。

第八十四章　一征高丽劳师动众，轻敌开战损兵折将

宇文述在于仲文证实了乙支文德就是上次来求降的使者后，不无警惕地道："你上次来我军营，是真求降，还是另有其诈？却为何到现在又要来求降呢！"乙支文德闪动着眼珠道："大元帅在上，我们求降全是出于无奈。我们国小人少财薄，怎能与大隋国相比？如今你们百万大军压境，我们若再不识趣，还有活路吗？"乙支文德的这话，说得在帐内的众人都感到舒坦，而露出了满意自负的神态。宇文述又问道："你们既然知道这个理，却为何还要惹是生非，挑衅我大隋呢？"乙支文德狡诈地道："大元帅说的是，但我朝中就有那么一些不自量力的人，非要用鸡力去执牛耳，非要去招惹你们，岂不可笑！这才害得我不得不再跑一次，来求大元帅开恩，接受我们求饶，赐我们一条活路。"卫玄突然问道："那么，那批人如今想通了吗？如果还要一意孤行，惹是生非，你们怎么办？"乙支文德急忙道："这次，我们再容不得他们去惹是生非了。我们大王也同意献城投降。"宇文述感到满意，但想了想又道："你们献城投降可以。但你们得接受一个条件，在献城投降那天，你们得把高元绑在城门口，交付于我们。"乙支文德有些为难了，他喃喃了许久，也没道出一个明确的字语。卫玄不免有所怀疑地道："你们这是真有难处，还是另有计谋？"乙支文德转动眼珠，慌忙道："不、不，没有计谋，我们没有计谋！只要你们能进城接受我们的投降，这不成问题。"宇文述见乙支文德把话说到此，也就不想再生枝节，便定下了隋军三天后进平壤城，接受高丽国投降。

隋军将士听说高丽国三天之后要献城投降了，这东征的仗不用再打了，这可是一件欢天喜地的大事。于是，有人甚至偷偷地整理起了自己的包裹，准备着回家团聚的好事。宇文述似乎并不那么放心，他召集了各队的主将，让他们务必要加强对部属的管辖，尤其对军纪不能掉以轻心，更得防范高丽国有诈。为此，宇文述还加强了对夜间的巡防。然而，宇文述所做的这一切似乎都是多余的。各军营的将士根本不把宇文述的叮嘱放在心上，甚至在士兵中还流传了一句话："宇文述人老心更老，他不配再当元帅，该退休了。"

这预约的三天受降期，前两天都平平安安地过去了。第三天，宇文述带着各队的主将，到各个军营去巡查了一遍，再次向众将士强调了入城受降要注意的事项，还规定了各路军入城的先后次序是：薛世雄的左路军在先，卫玄的右路军殿后，宇文述居中。当晚，各军营里还举行了欢庆加菜，宇文述却增加了当晚将士巡夜的班次。就这样，第三天也风平浪静地过去了。可就在这第四天的凌晨，当隋军将士还在梦中时，高丽国的倾国将士已经潜伏到了隋军军营的四周。随着三声炮响，一队

队如狼似虎的高丽国将士，风驰电掣般地冲入了隋军军营。在一阵疯狂的横砍竖杀之下，隋军主将薛世雄带领的左路军全军覆没，薛世雄等一批将领，除了杨玄挺和赵孝才得以逃脱之外，全都丧身在乱军之中。宇文述的中路军也损失惨重，吐万绪受重伤，周罗睺受箭伤，士兵死伤大半。若不是卫玄的右路军用方队镇住了阵脚，卫玄又率副将刘权奋力杀入重围，援救出了宇文述、于仲文等一批将领，中路军的损失也将难以估计。这场隋军准备接受高丽国献城投降的闹剧，在高丽国君臣狂欢胜利中，在隋军残兵败将的狼狈逃窜中，宣告了结束。

第八十五章
杨广梦游萧后计谋，云芬说性雅芸破局

　　杨广送走了九路进军平壤的将士，屯兵在鸭绿水边，等候着前方将士们传来一切顺利、凯旋的消息。这天傍晚，杨广出了军营，踏着月光来至水边。见一轮皓月映照在波光粼粼的水中，奇异的光波泛出引人入迷的光彩，让杨广不由得想起了萧皇后在北海举办的那场海上盛宴，想到了那个从月宫里下来的嫦娥，以及跟她在一起度过的那几个疯狂的日日夜夜。当时的杨广似乎已经忘了自己的皇帝身份，尽情地享受着嫦娥与众不同的柔情和给予他的温柔，让他不能不感慨男女之间会有如此美妙无比的交合，而让他欲罢不能。然而当他从情欲中清醒过来，知道这一切都是假的，嫦娥是由文安院院主刘云芬扮演的之后，他不仅感觉自己被蒙骗了，也鄙视自己受人愚弄的可悲，因而对刘云芬产生了厌恶，好长一段时间没再去文安院。此后，治儿和贵儿跟他离心离德，梅香又为他死于非命，以及治儿与他情断义绝，让杨广在悲伤之余，更有一种似乎是在向她们忏悔的心念左右着他的作为，让他对男女之欲也似乎变得淡漠了。杨广性情的变化，导致他的行为变得更执着、更主观、更独断专行起来，这场匆匆而定的东征之战，便与他这种性情变化有关。然而出战不利，又不能不让杨广对这场战争的前景有所担忧。

　　有言道：日有所思，夜有所梦。杨广从江边回来之后，并没有回到后帐去贵儿处休息，而是在帅帐里取过一本书看了起来。可是书没翻上几页，他竟然朦朦胧胧地睡着了……

　　一条小舟把杨广带到了一个四处飘香的庭院，杨广觉得这个庭院似曾相识，却已记不起在何时来过。在一阵美妙的乐声吸引下，他登堂入室，走进了一间金碧辉煌的殿堂，只见一个美貌无比的妇人在殿堂上迎候着他。杨广见妇人有些眼熟，但也想不起曾在何处认识过她。杨广正在踌躇，那妇人便启口道："陛下别来尤恙吧！"杨广惊愕地问道："我们曾相见相识过吗？"美妇嫣然一笑道："岂止认识，陛下内心对小女子还有过一段别样的情缘呢！陛下难道忘了？"杨广不解地问道：

"此话怎讲？"美妇上前来勾住了杨广的手，情意绵绵地道："你只要见到了另外一个人，就会想起小女子的。你看，他不是来了吗！"杨广急忙掉头一看，果然见一个有些肥胖的男子正姗姗而来。杨广定睛一看，不由得大吃一惊，慌忙甩脱了美妇的手，有些尴尬地道："黄奴兄，你为何也在这里？难不成，这位女子便是……"来人毫不介意地道："没错，她正是你曾心仪过的丽华，我的贵妃。"杨广惶恐得无地自容地道："说来惭愧，仅是一念之错罢了。"张丽华却似有不高兴地道："好个一念之错，若不是高颎的一剑，我可能就会成为你的新宠了。"杨广一脸茫然地道："何来此说，是言过其实吧！"黄奴上前化解着道："你们就别说此事了，我是不会为此计较的，历来就是唯小人与女子难养也。只要丽华愿意，我什么都不在乎。杨广老弟，你也得有我这份肚量哟！"杨广感到不堪，道："这是什么话？这又是哪儿跟哪儿呀！女子三从四德本是天经地义之事，这与男人的肚量有关吗？"丽华含着不满地道："你们都是一丘之貉，你们可以嫔妃成群，而我们却得三从四德，到头来还得让我们去承担世人的指责，岂有此理！"杨广似有所悟地道："我没有丝毫指责女人的意思，却也觉得世人对她们确实有所不公平。"丽华道："听见没有，这就是你们之间的差别。"黄奴不以为意地道："我与他之间有差别吗？他的结果还不如我呢！不信，你就等着瞧吧。"黄奴见杨广似有不信，即又道："天下之事一切都是在情理中的，别把自己想得那么不可一世，得过且过方可顺理成章，方叫心安埋得，才能像我这样心宽体胖。老弟，我还得劝你一句，人情不能不还，有些债也是躲不掉的，万事必须得认命。"杨广猛然想到，张丽华和陈叔宝已过世多年，此刻怎么还能跟他对话？这不是见鬼了吗！杨广一阵紧张，立即感到有一阵冷风袭来，让他感到手脚发凉，情不自禁地大声喊道："你们到底是人，还是鬼？"

"皇上，快醒醒！你怎么睡在帅帐里了，这是要着凉的。"一个温柔的声音在杨广耳畔响起。杨广急忙睁眼细看，只见贵儿正在把一件大袍披盖在他身上。杨广知道了，刚才所见乃是一场梦，但是张丽华和陈叔宝的形象，以及他们所说的那些话，却清晰地回旋在他的脑海间。他又不得不想起了治儿和梅香，想起了眼前东征的不顺，他掀掉了大袍，坐直了身子，情不自禁地道："治儿和梅香在时，每次出兵我都所向披靡。可这一次，我为何预感不好呢？我方才还梦见了陈叔宝和张丽华，他们的话也耐人寻味。"朱贵儿宽慰着道："梦本是虚无之事，无须挂在心上。至于这次东征高丽，我虽知你早有此意，但不免也觉得，时间选择得不妥，太过仓促了。"杨广若有所思地道："你的预感也不好吗？"朱贵儿坦诚地道："你贸然把南巡改为

第八十五章 杨广梦游萧后计谋，云芬说性雅芸破局

东征，不仅众臣失望，更出乎众人的意料。你胸有成竹不等于别人有心理准备。而且如此一件举国大事，你竟然仅凭个人意愿就如此决定了，你怎么能知道，大臣们心中没有怨言呀！人心不齐的仗，何能取胜？当然，我知道你当时的心情：刺客行刺，让你既失了梅香又丢了治儿，悔在当初，几乎痛不欲生、一病不起；地方官员瞒上欺下，让大运渠这段邗沟出了这么大的事，你心里不痛快，积忧成疾；疾病相加，让你的性情产生了很大的变化，你变得更固执、更独断专行，甚至更狂暴起来。而高丽国却在这个时候触动了你的底线，于是你就不管不顾地把内心的情感发泄到了他们身上。你如此主观的作为，若出现些意外也是在情理之中。所以，你现在需要的不是忧虑，也不是后悔，而是静下心来面对现实，不以胜而骄狂，也不以败而气馁。"

杨广正想说些什么，虞世基带着一个军士走进帐来，有些不安地道："皇上，水军有消息了。"那个军士上前道："启禀皇上，陈将军令我向皇上禀告，我们水军进攻平壤失利。来将军中了高丽国的诡计，将士死伤无数，如今不得不退回至天津海河码头休整待命。"杨广见自己担心的事果真发生了，即气恼地吼道："这个该死的来护儿，我让他在城外等待陆路军，会合后两军再联手攻城，可他就是不听。他现在竟然还有脸派人来禀告？虞世基，你立即替朕下令，让来护儿提头来见。此外，你立即传朕的圣旨给宇文述，命令陆路军不用再等水军了。立即率队攻占平壤城，活捉高丽王，我要用高元的头颅去祭奠大隋死去的将士。快去！"军士吓得赶紧退出帐去。这时樊子盖匆匆走进帅帐道："皇上，陆路军被高丽军偷袭了大营，右路军全军覆没，中路军死伤大半，如今已经全军溃败，目前正在向鸭绿水退回。"杨广闻讯大喊着道："岂有此理，我这不是在阴沟里翻船吗？虞世基，我咽不下这口气，快替朕下旨，再调集军队，我非得把这个高丽国给踏平了不可。吾大隋岂能输给这个弹丸小国……"如此接踵而来的噩耗，是对杨广自信的沉重打击，也让杨广病后体虚的身体承受不了情绪上如此的冲动。他话还没说完，就觉得头胀痛欲裂、目眩眼黑，随即瘫倒在地。朱贵儿慌忙上前测息把脉，并道："两位大人，皇上仅是病后体虚，是一时的晕症，只需静养便可康复。故请两位大人别把眼前所见到的事传出去，以免乱了军心。此外，现在还不是追责的时候，两位大人得尽快稳住军心，做好下一步的打算。我相信，你们做的决定，皇上最终一定会认可的。"

这场东征高丽之战，就以隋军溃败而告终。但众臣们都明白，他们的皇帝是绝对不会甘心如此失败的。因此，在征得病中的杨广同意之下，樊子盖辞去刑部尚

书令之职，留在涿州郡整顿边务；卫玄率左路军和中路军的残部镇守在收复的辽城，并把军队驻扎在了鸭绿水边上，既防高丽军来侵袭，又可为二征高丽守住滩头阵地；陈棱替代来护儿，担起了在定海训练水军的责任；宇文述、李圆通被免职罢官，落水未死的杨玄感被免职待用；虞世基带着文武百官撤回了东京洛阳；阵亡的将士，有爵的子承、无爵的晋级子享荫封、士官抚恤加倍。而隋帝杨广回到东京后，并没有回后宫萧皇后的坤和殿，也没有去百花苑，而是让贵儿陪伴着住进了他的乾坤殿。

萧皇后没想到杨广这次东征会大败而归，而让她更没想到的是，杨广性情的变化。以往的杨广就像他自己所说，他到哪里都离不开女人，可这次回京之后，他竟然对女色视若无睹起来。而且杨广执意由贵儿照看着他的日常起居，并且除了皇后，他不见其他任何女人。萧皇后为此怎能不感到担忧，因而不得不招来十六院中的亲信文安院院主刘云芬来商议此事，道："男人不近女色，好比是馋猫不吃腥鱼，如此反常之举意味着什么呢？"刘云芬被萧皇后如此没头没脑的话问得有些蒙，便道："娘娘是有所指，还是有所忧呢？"萧皇后却答非所问地道："你是用什么功夫能让皇上缠住你几天几夜欲罢不能的？"刘云芬红着脸，尴尬地道："无非也就是两个字'新鲜'嘛！"萧皇后不解地问道："新鲜！此话何意？"刘云芬见萧皇后问得认真，只能道："男人馋色，但他们更图新鲜。这'新鲜'两字，不仅包括新人、新情、新欲、新念、新形、新态、新姿。"萧皇后道："新人本宫知道，心情本宫也可以理解，可此后的几个'新'该怎么说？"刘云芬道："欲是一种追求，念是一种想象，形是式样，态是状况，姿是引诱。"萧皇后摇着头道："本宫还是无法理解。你就不能替本宫详细解说一下其中的实情吗？"萧皇后见刘云芬似有难言之情，道："你我都是女人，又都是过来人，还侍奉着同一个男人，此中还有什么不可言语的事吗？我也就对你直说了吧，皇上以往见了女人，一个晚上没两次是不肯罢休的，但这次回来性情大变，他似乎变得对女人不感兴趣起来，我不能不担心其中存在的隐患。一个女人要能让男人不离不弃，靠的是什么呢？还不是投其所好，满其所需吗！"刘云芬却道："也不仅是如此。我师父在传授给我的《素女经》上曰，阳得阴而化，阴逢阳而通，一阴一阳须相向而行方可。于是男感坚强，女动辟张，精气交流，情投意合，知得其道，便能久常。"萧皇后似有所悟，却又有不解地道："你能否说得具体实在一点？"刘云芬不得不道："男女之交乃是气血相交、阴阳之合，须身心互动，情意融洽，却不能仅是为了满足一方的需求而任其为之。男女交接之道虽固有常规，

第八十五章 杨广梦游萧后计谋，云芬说性雅芸破局

女人却大可不必墨守成规去接纳，更得有新意。其中最本质的乃是必先和气，再调情；次挑逗，再抚弄；进而是顺其五常，感其九部；再进而是欲擒故纵、不按常规，凡一切可以提性悦情的形态举动均可为之。如此之下，天天有新意，时时有新欢，岂能不让男人津津乐道呢？"刘云芬这席话说得萧皇后脸热心跳，却让萧皇后没想到的是，刘云芬如此年轻竟然会有如此让男人疯狂入迷的手段？但她似乎还有些不过瘾，若有所指地问道："难道药物还不如你这些手段能让男人入迷吗？"刘云芬愣了一下，道："药物虽有用，但会伤身，只可辅之，不可依赖。我们道家所提倡的阴阳修炼法，这对男女都有益，所以方能延承至今。"萧皇后又道："那么，皇上自从得知了嫦娥的实情之后，你却为何不能留住他呢！"刘云芬坦诚地道："我不是不能留住他，而是我得尊重皇上对嫦娥的情感。因为皇上毕竟不是一个凡人，我往后还得与他在天庭相见，留下一分情，要比留下一分恨好得多。"萧皇后无不惊讶地问道："你也信他的大闹天庭之说，你是十六花魁之一的百合仙子吗？"刘云芬点着头道："我信。而且我师父已经对我说了，我的阳寿还有六年，到时候会回归天庭的。难道娘娘不信皇上这一天庭之说吗？"萧皇后沉默了，她对杨广的梦境似信似不信。但她对自己如今皇后的身份，虽然还不能像母后那样与皇上平起平坐而不够满意，却对当下所拥有的权势还是眷恋的。故她既希望自己是百花魁首的牡丹仙子，但她又不甘心自己会跟随杨广再回天庭，去做个受人欺凌、无职无权的伺花使者。所以她才会既怕失去杨广，又怕杨广的一意孤行会给她带来灾难。

萧皇后换了个话题道："你有什么办法能让男人好色的本性再回归到皇帝的身上？"刘云芬用诧异的目光瞥了萧皇后一眼，道："我觉得还是两个字，就是'新鲜'。"萧皇后道："你的意思是，让本宫再替皇上去天下选新秀？"刘云芬道："后宫有那么多的美人，何必还要去宫外选呢！皇上也未必会同意娘娘再去宫外选秀的。"萧皇后不无揶揄地道："他把你们十六院院主都临幸过了，可如今他竟然连你都不想见，那么在你们的十六院里，还有他中意的人吗？"刘云芬道："依我之见，皇上心目中的新鲜感，不仅仅在于人，还在于才，更在于情。"

这几天百花苑群情震动，大家都被萧皇后的一则告示惊扰着。萧皇后让各院院主替皇上荐美，所荐之人不仅要有色，更得有才情，若能让皇上中意，一定会有重赏。众院主没想到，皇上这么快就对她们厌倦了。真的，她们之中有些人虽然把自己奉献给了皇上，可至今还没有把皇上仔细地看个够，甚至连皇上的长相秉性都没捉摸清楚，而皇上却就要另寻新欢了，她们岂能不感到伤心而情绪低落。但她们又

能如何呢？在后宫，皇后的懿旨分量远比皇上的圣旨要重。她们都知道，怠慢了皇上，最多是皇上不再来院过夜。可要是不尊皇后之令，轻则被打入冷宫，重则将有性命之忧。她们只有唯皇后之命是从，而不得不去按皇后的要求做事，但毕竟并不心甘情愿。为此，各院主只能从自己院里的美人中挑选出几个出色的去凑数应选。

然而，杨广此时的心情状态并非如萧皇后所说：对女人厌倦了。梅香之死、治儿诀别、邗沟现状、将士伤亡、东征败归，这一连串的悔恨和挫折，犹如一枚枚利针在刺着他的心房，让他感到疼痛，感到难受，而且难以自拔。他觉得现在是红颜离异、朝臣离心、武威失尽、国颜丢尽，自己无脸去面对臣民。他现在想做的事，是静静地、认真地去反省，随后该怎样去扭转这个局面。因此，他现在需要的是贵儿的温柔和宁静，而不是皇后的殷勤纵欲和各院主的炽烈之情，更不能用女人来麻痹自己的身心，去缓解自己内心的痛楚。否则，他既对不起自己这么些年来的努力，更对不起天下的臣民，以及治儿和梅香。

华历年前，瑞雪飘飘洒洒地下了一整夜，覆盖了天地万物，把地上的一切污垢都用它那洁白的颜色给遮掩住了。杨广清晨起来，披着件斗篷，独自走出了坤善殿。他被室外洁白宁静的世界所吸引，他踩着吱吱作响、似棉花糖般的白雪，沿着小道信步前行。洁白让他觉得万物都是干净的，宁静让他觉得心情舒畅，凉气让他头脑清醒，寒冷把他的脸额和耳朵冻得通红，可他浑身上下却是热的，他感到年轻时的精气神又回到了自己身上。杨广举起双臂使劲向上伸展着，好似要去拥抱整个天穹一样。突然，一只灰色的小松鼠从杨广身后窜入眼帘，它瞪大警惕的小眼睛四处观望，拖着长长的尾巴在洁白的雪地上跑跑停停，见有人盯着它看，立刻向着前面挂满白雪的几棵松树奔去。杨广正感到好奇，就听到身后有人喊道："喂，你愣着干什么？还不赶快帮我把它抓住。"杨广扭头一看，见不远处有个衣着单薄的女子在冲他扬手喊叫。杨广不由得心生恻隐，心想若让这只小松鼠逃到松树上，可就麻烦了。杨广不容细想，撒开腿就向小松鼠追了上去。可想而知，两条腿的杨广怎么能追得上四足的小松鼠！等到杨广追踪到五棵高大的松树底下时，小松鼠早已爬上了松树的枝头。杨广站在松树底下，挥舞着手臂，大呼小叫着想把小松鼠轰下来，可小松鼠根本不理会他，甚至还悠闲地采摘着挂在松枝上的松塔。女子气喘吁吁地赶了上来，抬头看着高高在上的小松鼠，旁若无人地道："这可怎么办，它怎么上树了呢？"杨广觉得好笑，道："松鼠不上松树，你想让它上哪儿去啊？"这时，小松鼠好似在恶作剧，在树枝间上蹿下跳，把积压在树枝上的雪纷纷扬扬地震落下来。女

第八十五章　杨广梦游萧后计谋，云芬说性雅芸破局

子吓得抱头躲雪，竟一头撞进了杨广怀里。美女投怀送抱，杨广怎能不张开双臂迎合？可女子仰脸一看，顿时吓得赶紧趴在雪地上叩着头道："皇上恕罪！小女子不知道是皇上，多有冒犯，请皇上恕小女子不知之罪。"

杨广见不得这么个穿着单薄衣裳的女子趴在雪地上给自己磕头，急忙上前伸手把她拉了起来，不由自主地打量起这个女子：乌黑的头发上沾着雪花，白里透红的脸上冒着热气，晶莹剔透的大黑眼珠黑白分明，眼眶里似乎还蒙着一层泪花，单薄的衣裳下细腰丰臀，将一个年轻女性的美姿展露无遗。这让杨广既感到吃惊，又失去了指责她的勇气，反倒多了几分怜悯。杨广急忙脱下自己的斗篷给她披上，并道："这么冷的天，穿这么单薄的衣服，在大雪地里捉松鼠，你着凉生病了怎么办？"女子见皇上没有责怪她，反而脱衣给她保暖，还如此怜香惜玉地对她说话，既感动又放下了心中的惶恐，便娇憨地道："俺东北的女人，骨子里生就喜欢雪，哪会生病呢。"杨广见她如此爽直，颇有好感地问道："你是哪个院的？一个人大清早跑出来抓松鼠，好玩吗？"女子见皇上不认识她，既有些伤感，又带着不满地道："皇上日理万机，哪能记得我一个普普通通的女子。不说也罢，说了反而让人难堪。"杨广听女子话里有话，便追问："此话怎讲，是朕有什么地方曾让你难堪了？"女子犹豫了一下，才道："皇上还记得蓬莱岛的那个晚上吗？"这话让杨广提起了精神，道："岂能忘却！难道你……"女子直言不讳地道："皇上是乐在其中，可我们经历的却是羞于启齿的难堪。"杨广愣住了，忙问道："你那晚也在其中？你是哪个院的？"女子道："我是绮荫院的黄雅芸。"杨广不由得惊讶地道："你就是那个带头造反的人、也是第一个敢抗拒朕的人、却也是一个让朕难堪而幡然醒悟的人，对吗？"黄雅芸却道："不对，让你难堪的不是我们，而是你和你的那个皇后娘娘。"

杨广不由得想起了那个晚上：与十六院院主同睡在一张合欢大圆床上，逐个临幸的刺激和疲惫劳累，以及遭到被人拒绝的尴尬，让他醒悟到此中的不堪和淫秽。黄雅芸见皇上没有否认，心中有气地道："天下哪有在众目睽睽之卜行夫妇交合之礼的？"杨广赶忙申辩道："此意并非出自朕的心愿。"黄雅芸毫不忌讳地道："皇后娘娘有违妇道，却让你这个君皇乐在其中，你岂能无责？被天下人知道，你们最多落下一个'天下第一淫帝淫后'的指责，而我们则成了遭人耻笑、无地自容的女人。"杨广自责地道："你那晚一闹，确实让朕清醒了过来，所以朕也没有同意皇后治你们的罪。而且朕从此之后，再没有允许这样的事发生了。朕也曾几次来绮荫院向你道歉，却都被你拒之门外，这些都是朕的罪过。今日有幸能在此相遇，权当是

天道酬诚，让朕得以向你当面道歉了。"杨广抱拳向黄雅芸作揖，慌得黄雅芸赶忙闪身躲避道："皇上，使不得！小女子承受不起。"杨广趁机上前把黄雅芸拥入怀中，含情地道："你若是真心原谅朕，就让朕抱你一会儿。"黄雅芸却体贴地道："皇上知错能改的心意，雅芸早就领了。只是想到皇上有那么多的天下大事要日间操劳，晚上还要抚慰后宫那么多翘首待慰的女人，雅芸也就不想去凑这个热闹了。但是听皇后娘娘说，皇上现在对后宫的这些女人都已经厌倦了，所以皇后娘娘正在想方设法要替皇上另觅新欢。此事不知是否当真？"杨广惊讶地看着黄雅芸道："何来此说？喔，朕明白了。这次东征失利回来之后，朕本就身体有恙，也羞于见人，更想静下心来思考一下前过后错，以及今后的作为，这才拒绝见人，尤其是不去后宫各院。哪来如此喜新厌旧之说，岂不荒唐！走，朕今天就到你院里去。既可让大家心安，更要让皇后省了这份瞎操的心。"

第八十六章
杨府谋反李密三策，二征高丽功亏一篑

　　杨玄感对鬼王行刺不成反而被击毙，心中虽有失望，却因并未受此牵连而感到欣慰。然而杨广贸然发动的东征高丽之战，不仅打乱了杨玄感的谋划，而且杨广还把失败的责任分卸给了他们，既撤了李圆通的兵部尚书令之职，还将他户部尚书令的官位也给挂了起来。这让杨玄感既无奈又愤恨，还不免有些忐忑不安，心里想着：这是杨广对他们的作为有所察觉而借题发挥，还是偶然的无意为之呢？为此，杨玄感这几天一直闭门谢客，苦思冥想这件事的前因后果，却始终没有得到一个满意合理、能宽慰自己的答案，这让他不安的心情与日俱增。一时间，他不知道自己下一步该怎么走，但他绝对不甘心杨家的声势在他手上一年不如一年，更不甘心被杨广逼到如今的地步，这口气他是非出不可的。

　　手下人进来通报，蒲山公李密求见。此时的杨玄感正想找人来解开心中的疑团，便立即在密室召见。李密不等杨玄感开口，道："玄感兄怎么还能静下心来，坐在家里闭门思过呀？"杨玄感虽然被李密说得心惊肉跳，但他面不改色，平静地反问道："法主兄，何来此说？"李密稳定了一下情绪，道："杨广已经把刀架到你的脖子上了，你怎么还能沉得住气，如此若无其事！"杨玄感自壮其威地道："你这不会是在危言耸听吧！我何罪之有，却要让杨广把刀架在我的脖子上。"李密哭笑不得地道："你这不会是在自欺欺人吧！杨广这次东征大败而归，这可是他从未有过的。难道这不是拜你所赐吗？"杨玄感闻言暗暗吃惊，但却不露声色地道："此说何来？"李密道："凡是有点军事头脑的人都知道，你户部的粮草、李圆通兵部的兵源对征战意味着什么？可这两大战争的要素全都掌控在你的手上。兵源贻误集结时间，粮草翻船沉入江底，造成杨广不能如期开战，而失去了有利的天时，导致执着的杨广不得不临时动用当地大量的人力和劳力，去弥补由李圆通和你所造成的空缺，以致当地民心浮动，军心厌战，为这场东征高丽之战埋下了败北的伏笔。此外，区区一个高丽的举国之兵，充其量也就是十来万之众，若没有隋军中的内应作怪，

高丽国有何胆量敢偷袭数倍于他们的隋军！隋军中阵发的谣言，右路军和中路军不战自溃，如果杨广要追查此中的因果关系，顺藤摸瓜，你的弟兄和党羽能脱得了干系吗？"杨玄感被李密的这段话说得毛骨悚然，他不得不佩服李密对事情剖析得如此精细。如果杨广也想到了这点，他们杨家怕早就被灭门了。但是，杨玄感觉得此时还不是对李密摊牌的时候，他还得进一步摸清李密到底还知道些什么，以及他今天来访的目的。杨玄感便装出不以为意的样子，道："这仅是你的猜测罢了。杨广若有证据，他怎会如此宽容我们杨家？"李密冷笑着道："我不知道，你是真糊涂还是在装糊涂。谁都知道杨广是个会用兵之人，而且历年来他每战必胜。如此极其聪明和自负的杨广，在如今大败而归之后，会不去细想造成此后果的原因吗？"杨玄感故作镇静地道："杨广当然会去想啊！这不，罢了宇文述、李圆通和我的官，这不是结果吗！难道杨广还有其他什么花招？"李密不由得仰天长叹道："玄感兄啊，玄感兄！你让我说你什么才好？你杨家世代为官，位至宰相，倾一朝之权贵于你一府，却怎么连这点皇道与官道的权术都不懂呀！杨广现在不是不想动你，而是因为还忌讳着你杨家在朝中的势力，并非是你所说的还缺什么证据。你难道对'欲加之罪，何患无辞'也看不透吗！你父在世时，杨广就有了要削减你杨府权势的念头。不然，怎会仅凭你父亲的一句气话，就把他在朝中的官职都卸了呢！而且连你父亲的丧事他都没有来参加，这全是在做给天下人看的，这是在显示他的皇权才是主宰天下的特权。如今他虽然把你户部尚书令的职位给免了，但他却还留着你待用，没有把你逼到绝境，让你心中还有一个念想，借此来稳住你们杨府的势力。"杨玄感似有疑惑地问道："李圆通是我父亲一手提拔起来的，杨广岂能不知道李圆通与我杨府的关系，却把他一撸到底，难道杨广就不怕我们杨府借此与他翻脸吗？"李密嘿嘿冷笑着道："你既不会、我谅你也不敢借此翻脸，更别说杨广会为此而忌讳你了！这也正是杨广的厉害之处。你难道可以不承认吗？"杨玄感扪心自问，他确实不能为了一个李圆通而去冒天下之大不韪。李密见杨玄感默认了他的剖析，立即话锋一转道："纵观目前的形势，杨府现在已经处于劣势，你是等着杨广一步步地把你宰割掉，还是趁着现在杨府的余威还在而奋起一搏呢！玄感兄，你可得明白'当断不断，反受其乱'。你现在已经到了悬崖边缘，被人再逼一步，你就要被推下悬崖了。若能趁此返身去面对迎击，不仅可以绝地逢生，还可以居高临下振臂高呼，更能产生意想不到的共振效果。玄感兄，是该当机立断了，若再犹豫不决就晚矣！"

杨玄感明白了李密的来意，也感受到了李密已经看透了他的心思，更给他指明

第八十六章　杨府谋反李密三策，二征高丽功亏一篑

了出路，这说明李密这个人确实有远见卓识。为此，杨玄感觉得再没有必要对他隐瞒什么，更应该把自己的担忧和想法坦诚地说出来，寻求他的意见。杨玄感道："法主兄，不瞒你说，我早有揭竿而起之意，却总觉得时机未到，总想找一个合适的机会奋力一搏。我不求能惊天动地，只求可以出一口心中的怨气。"李密见杨玄感终于吐露了真心话，便道："玄感兄，此言又差矣。凡有血性的男儿，人生在世谁不想做一番轰轰烈烈的大事。以玄感兄之才、杨府之势，岂能总给他人当鸡尾，我替你想想都会感到不值。天下乃是天下人的天下，杨坚何能受禅北周帝位，杨广又何能登基为帝，这全是事在人为嘛！你只要有一颗能装天下的心，并去尽力为之，万事皆有可能。否则就永远只能做鸡尾，任人宰割。"

杨玄感心头很热，却不得不道："我何尝不想，但确实心有余而力不足。我杨府之兵至今充其量也就近五千余众，何能担起改朝换代的大业？"李密却不以为意地道："英雄造势，贵在一个'造'字。陈胜吴广不过是百十人的役奴，竟然把大秦帝国搅得天翻地覆；小小一个里长刘邦，却建树起了四百年的西汉皇朝而流芳后世。你却不仅有五千兵丁，更有杨府历年积累下的财力势力，你还有什么可犹豫的？"杨玄感的心真正被说动了，道："依法主兄之说，我当如何为之？"李密胸有成竹地道："乘势而为，借机行事。"杨玄感殷切地道："愿闻其详。"

李密站起身道："我料杨广二征高丽势在必行，且又志在必得，故必会倾举国之力而战。你与李圆通既被罢官，正好置身于这举国之战事外，塞翁失马，焉知非福，乘虚而动，这就是你们的机会。高丽国在前迎战隋军，你们在杨广的身后狠狠捅上一刀，杨广不死也得瘫痪。"杨玄感若有所思地道："可有详策？"李密微微一笑，自负地道："我早已料知玄感兄必会有此问，今已备下三策供你选择。其一，趁杨广竭全国兵力远征高丽，后方空虚之机，可拥兵揭竿而起，号召四方，长驱入蓟，直扼杨广的咽喉要道，阻其粮草，断其退路。而杨广前有高丽、北有胡戎、南是巨海，被困其中，不出旬月，粮尽马疲，玄感兄便可凭着杨府的威势振臂一呼，何愁其众不降、杨广不束手就擒！天下从此便会易主，此乃上策。其二，率兵西进，轻装而行，经城勿攻，务早拿下西京，占得四塞，据险而守，拥天府之富，何愁粮饷。杨广纵然回援，必鞭长莫及，奈何不得。势成两分天下，此不失为是进退自如的中策。其三，就近逐边，占黎阳仓，进兵东都，攻城略地，逐鹿中原，胜者为王，此乃下策也。"杨玄感沉默不语，似有所思，权衡着其中的得失利弊。李密便问道："兄对此三策意下如何，可有取舍？"杨玄感沉思良久，方道："各有所利又各有所蔽，在下却觉得上策

不如下策凶险小。但如此大事，得容我反复掂量，方可付诸实施。"李密见杨玄感如此优柔寡断，不由得摇着头道："征战之大忌，乃是机不可失，时不再来。领军将帅之大忌，乃是优柔寡断，当断不断。玄感兄，在下最后再提醒一句，你若不趁杨广二战高丽之机兴兵立业，你将失去最佳时机，从此前功尽弃，一事无成。"

冬去春来，寒意未尽，杨广正在谋划着再征高丽之事，江都忽然传来工部尚书令宇文恺因劳累殉职的消息。杨广想起宇文恺这一生不计个人得失、任劳任怨，他与名利无争、与权贵无涉，恪守着自己为人为臣兢兢业业、忠于职责的本分，为兴旺大隋社稷、为造福天下民众所做的桩桩往事，悲痛万分。为此，杨广亲赴宇文恺府上，在宇文恺的灵位前亲自上香祭拜，并册封宇文恺为金光禄大夫，赐其长子儒童为骠骑郎将，少子温为侍郎。并将宇文恺遗留的工艺匠作：《东都图记》二十卷，《明堂图议》二卷《释疑》一卷，作为传世国宝收藏于国库，供后人参阅借鉴。

春暖花开，大地复苏，杨广决定再征战高丽，仍由自己担任三军统帅，并下诏恢复了宇文述的所有职务，任命其为东征前军元帅，任命史祥为副帅，任命王仁恭、于仲文、刘权、吐万绪、沈光、鱼俱罗、王辩、周罗睺、李景为主将，任命陈棱为水路军元帅，来护儿为副帅，任命裴蕴为后军主帅，负责粮草辎重供应。杨广还亲自调集了天下兵马一百三十万，水军二十万，征集民夫百万，号称两百五十万之众，聚集于涿州、辽城、天津定海。他又令代王杨侑留守西京长安，任命卫玄为兵部尚书令，郭衍与王文同留京辅助代王；令越王杨侗留守东京洛阳，升樊子盖为刑部尚书令，与元文都、段达助越王镇守东京，留驸马宇文士及为京城禁军总管，宇文化及为皇城守备。命罗艺坚守燕云北疆，以防契丹、靺鞨乘虚入侵。杨广把这一切安排好之后，觉得再征高丽之战已是万事俱备。杨广一面下令水军渡海入浿水至平壤，去切断高丽国君臣的退路，一面则亲自来至辽城布阵，令前军渡鸭绿水，辟新道，由王仁恭统领的中路军为先锋，首攻高丽国的内城，形成中间开花，左右两侧全军进攻的态势，直逼高丽国都平壤城下，合围攻城，灭其国。

高丽国的君臣谁都没想到，隋帝杨广发兵征讨他们大败而归之后，竟然半年不到又兴兵入境，而且此次的声势远比上次浩大，这不能不让高丽国王高元和众臣民感到恐慌。高元更是哭丧着脸对众臣道："我说了吧，我们这个弹丸之国，别去招惹是非，更不能去得罪大隋这个强国。上次的胜利只是侥幸，你们却自以为是、不可一世了。我也早就跟你们说过，杨广比他父亲杨坚的心大，更不好惹。你们怎么不看看他上位以后都做了些什么呀！改吏制，杀贪官恶吏，眼睛都不眨一下；动用举

第八十六章　杨府谋反李密三策，二征高丽功亏一篑

国之力开大运渠，迁都洛阳兴建东京，灭吐谷浑，兴修长城，收服东夷琉球，征讨突厥，开张掖边贸商城，他所做的桩桩件件，哪一样不是别出心裁、夺人眼目的，这又是古往今来哪一个国君敢去做的？可你们却要蛊惑我，让我去做什么试探，这下好了，我们大家都等着去做亡国之人吧！"高元竟然当众号啕大哭起来。乙支文德道："大王何须长他人志气，灭自己威风。杨广也就是一个疯子罢了，他去年不是扬言要两月灭我们高丽吗！结果怎么样呢，他的军队不是不堪一击么！现在这一役又怎能断言我们会败呢！"傻哈听了来气，即挺身而出道："你这是夜郎自大，此一时又岂能与彼一时同日而语！彼时，你靠的是隋军中的内奸。此时，你还能看到他们的身影吗？别把用奸谋带来的一时得逞，当成是世态人情的必然，更不要把我们数千万计臣民的性命当成你赢取资本的赌注，却要害得王上当众出丑，千万民众流离失所。"乙支文德大怒，骂道："反了你了，小屁官一个，竟然敢反抗起我来。你别以为大王给你连升三级，就可以忘乎所以。来人，把他拉下去，重打二十大板。"高元不忍心地道："算了算了，傻哈说的也不无道理。一时占了便宜，不可能时时都会占到便宜的。你们还是想想怎么应敌吧！"太大兄道："大王可有主张？"高元道："事到如今，我还能有什么主意呢？"傻哈道："臣认为，隋帝要的是面子，却并非真想要灭我们的国。而且臣觉得，大隋皇帝是个有道之君，而此战也是我们惹是生非在前，我想只要我们能丢弃不切实际的幻想，真心诚服于大隋，隋朝皇帝会给我们网开一面的。"乙支文德嘿嘿冷笑着道："你上次去隋朝万国商贸同盟会，隋朝皇帝私下给了你多少好处啊，却要让你如此替他们说话。你简直就是杨广埋在我朝的一个奸细。"傻哈毫不畏惧地反驳道："别用你的奸诈之心来度我光明磊落之情。我钦佩隋帝的情怀，我更佩服大隋皇帝的智慧，他的睦邻通商、修秦晋之好，是你的奸诈心计可等同匹配的吗！你蒙蔽大王，为的是显摆你的智慧，赢取你的权势罢了，却把大王和我们高丽国的千万臣民都放到火上去烤。你的如此作为才是高丽国的奸细，民众的祸害。"乙支文德怒不可遏，大骂道："来人，把他打入大牢，我要拿他的人头来祭军抗击隋军。"傻哈被殿上的军士上前抓住，但他仍然大呼道："乙支文德才是心怀叵测的奸细，他是要把我国臣民都拖入火坑。大王要想保住我高丽国，就必须把乙支文德这样的奸细清除出朝堂，否则我高丽国将永不得安宁。"高元此时不得不道："你们都别意气用事了，大敌当前，你们还得以和为贵。而且我觉得，我们对大隋也得以和为贵。"乙支文德阴险地道："请问大王，你拿什么去跟大隋和好呀？杨广兴举国之兵，气势汹汹地杀来，他是来和好的吗？不，他是来报仇的。

我们上次杀了他那么多大将、那么多人，他能允许我们和解吗！"高元无奈地道："既然求不得和，我们就投降吧！投降总比灭国好。"乙支文德气急败坏地道："大王，我看你是越来越糊涂了。一仗未打，胜负未定，就要去乞降，就要任人宰割！我办不到。"太大兄见高元尴尬，道："以乙支大人之见，该当何为方好？"乙支文德道："平壤城高墙厚，内外有两道围墙，且城内粮草军械充足，动员全城军民上阵，守上三个月半年也不足为奇。可隋军远道而来，只宜速战，不会久留。况且我已发函去知会了契丹和靺鞨，他们会配合我们扰乱隋朝的边境。所以，我们凭什么不战就降呀？"傻哈却大叫道："大王别听他的，他这是一厢情愿，他这是在害大王，陷我高丽国的全体臣民于万劫不复之地。大王应该把他捆起来，交付给隋帝，我相信隋朝皇帝会接受我们求和的。"乙支文德气急败坏地从士兵手中夺过剑，向傻哈当胸刺去，并且道："谁再敢谈求和之事，将与他一样下场。"大殿上鸦雀无声，再没人敢发声议和。

　　隋军二征高丽乃有备而为，且又逢天晴地暖之时，百万大军、百万民众入境高丽，声势浩浩荡荡。各路军将又怀着复仇的心态，个个气势汹汹，一路上所向披靡，如入无人之境。不出十天，便纷纷杀到了平壤城下，将平壤城团团围困起来。水军在岛国张仲坚的资助下，也如期占领了浿水，切断了高丽国向东南撤退的陆路和海路通道。而高丽国的军民也摆出了死守平壤的架势，一场你死我活的攻防之战就此拉开序幕。隋军虽然势众，却不占地利之便，攻城时施展不开。高丽军民虽然势弱，却依仗着城高墙固，以逸待劳，居高临下地奋力抵抗，令隋军望城兴叹。一时间，两军的攻防战形成了胶着状态。杨广得知攻城不顺，便带着贵儿和虞世基、宇文述等一批亲随将领来到平壤城外观战。针对隋军缺乏有效的登高攀城工具，以及平壤城墙高厚、易守难攻的态势，杨广当即制定出全城域佯攻、集中攀高云梯选点强攻、重点突破的攻城战术：制作高过城墙、有轮可移动的箭塔云台十座，每座塔台上布置十名强弩手，居高临下地封锁一段城墙，掩护城墙外十万士兵携带袋装泥土，磊土叠泥建坡，以便登上城墙。正所谓楼外有楼、山外有山、人外有人，一物降一物，隋军战术的这一改变，既振奋了隋军的斗志，也起到了立竿见影的效果。高丽军则顾此失彼，外墙上有几处被强攻的据点已被隋军攻陷，不得不调用后续兵力去争夺。那段被隋军用箭塔封锁的城墙外，十万将士川流不息地在城墙脚下堆土成坡，这坡简直分秒秒都在增高，让高丽国将士心慌不已。因为他们都明白，这道坡用不了一两天就能斜着延伸到城墙上，隋军就能顺着斜坡蜂拥而入，届时高丽国

第八十六章　杨府谋反李密三策，二征高丽功亏一篑

谁能挡得住这股势头？高元惶恐得不知所措，乙支文德也傻了眼，束手无策，其他众臣都面面相觑，呆若木鸡。高元见此，不得不道："事已如此，也只有献城投降这一条路可走了。乙支文德，是你把我们大家坑成这样的，你还有什么话要说，就自己去对杨广说吧！"乙支文德见多数臣僚都怒目而视，不得不强打起精神道："既然如此，我明天便出城去乞降，一切罪责皆由我一人承担罢了。"

然而天有不测风云，人有旦夕祸福，杨广万万没有料到自家后院起火了。当晚，杨广接到了东京越王杨侗和樊子盖发来的八百里告急军报：杨玄感在黎阳聚众数万造反，占领了黎阳仓，还向全国发出了檄文，令天下震动。已有不少心向杨府的势力纷纷响应，加入了造反队伍，如今兵逼洛阳。而东京城内将少兵弱，城内民众恐慌，万一有杨府势力渗入，东京必将难保。盼速派救兵入京拒敌，以免遭乱兵侵城，生灵涂炭。这一釜底抽薪、背后被人捅刀的消息，不仅让杨广心惊，更让将士和随军官员感到忧虑。这迫使杨广不得不顾虑眼前的现实：一是民情，若京都被占，必会长敌人志气，乱民众之心，使战势变得难以控制，后果不堪设想。二是军心，多数军将和官僚的家眷都在京都，万千士兵又有谁不牵挂家中亲人的安危？如此一来，谁还有心思攻城略地攻打高丽？届时高丽国再来个全军反击，让隋军腹背受敌，后果更是难以预料。为此，杨广当即下令，放弃攻城，连夜退兵返回辽城、涿州，并密令立即抓捕在军中和随军的杨玄感的两个弟弟杨玄纵和杨玄挺，以及杨府的亲信李子雄、斛斯政等人。谁知这几个人早已逃之夭夭，杨玄挺、李子雄逃回了黎阳，加入了反叛队伍；杨玄纵不愿跟随造反，入山出家为僧；斛斯政投奔高丽国，成了乙支文德的幕僚。杨广来到涿州，在得知国内各地的战况详情之后，立即做出部署：令宇文述率屈突通领轻骑兵二十万，由武安经上党过黄河，飞驰到弘农，阻断杨玄感西进，威胁西京长安，并向杨玄感发起攻击；令史祥、王仁恭、吐万绪、周罗睺各统兵五万，沿河间、信都直下黎阳，端掉杨玄感的老窝，随后分路击溃其部众；令陈棱、来护儿驱船从水路向洛阳增兵，在确保东京安全的前提下，与其他各路军合力剿灭杨玄感。

这场杨玄感聚众造反之事，对杨玄感来说，是一场积怨蓄谋、势在必行的泄恨不平之战；但对杨广而言，则是一场意料之外的反叛，完全打乱了他的计划，也从此开启了隋朝天下大乱的局面；可对高丽国来说，却是一场天赐的福音，让他们得以绝地逢生，举国欢庆。

第八十七章
玄感兵败树倒猴散，后宫选美杨广纳新

杨玄感黎阳起兵，采纳的是李密的下策：就近占据黎阳仓，获取粮草军资，聚众成兵；逐便攻打洛阳，洛阳虽为东都，却是杨广政治经济的中心，朝廷百官的家眷多数在洛阳，因此攻占东都洛阳既能威慑天下，动摇杨广的社稷，也便于牵制百官、号令朝廷。于是，杨玄感趁着杨广专心致志、全力以赴东征高丽之际，暗中示意号令各地党羽，于同一日在黎阳揭竿而起，并向天下发布了讨杨广檄文，内容如下：

先帝文皇自建国以来，在众臣忠心耿耿的辅助下，南讨北伐，平定了天下，又万事兢兢业业，克己勤俭，方建起了大隋的不朽功绩。可当今昏君杨广，弑父占娘、谋位登基，杀兄囚弟、陷害忠良，穷兵黩武、奴役百姓，简直罪不可赦。现将其十大罪状公之于众，以彰显天道犹存，人心所向。其罪如下：

一、谋夺东宫，欺母陷兄，不择手段。二、为窃帝位，鸩父图娘，狼心狗行。三、兄弟阋墙，滥杀无辜，丧心病狂。四、忠奸不辨，过河拆桥，恩将仇报。五、喜怒无常，杀人成性，暴虐无道。六、不分善恶，独断专行，狂妄无德。七、连年征战，穷兵黩武，劳民无度。八、乱国害民，凶残成性，天良无存。九、挥霍贪婪，奢侈好色，荒淫无耻。十、奸盗民意，好大喜功，十恶不赦。

同时，杨玄感开仓放粮，笼络民心，并当面告知民众：吾身为上柱国世家，身价千金万银，还追求什么荣华富贵？今日在此起兵，不顾身家安危，全是为了解百姓之苦、民间之不平，为了大隋之前程，而非为了自己的一家私仇。尔等随吾起事，必保汝有福同享，光宗耀祖。一时间，民情激动，李圆通立即竖起杨府招兵买马的

第八十七章 玄感兵败树倒猴散，后宫选美杨广纳新

大旗，瞬间就聚集了市井民众数万。杨府的党羽也纷纷响应，鹰扬郎将万硕、齐鲁士族徐圆明先后来投；李子雄杀死副将，与杨玄挺会合后从辽城潜逃回了黎阳；黎平县守元务本献城纳叛；汲州郡守赵怀义扯起杨府大旗表示顺从；东义县丞唐祎弃城而逃。余杭刘元进纠集朱燮、管崇攻占了吴郡，自立为王，封官许愿，号令一方。山东、河北之百姓受战事之苦甚多，见有朝廷权贵官员揭竿造反，便纷纷响应：孙安祖携窦建德重占河北高鸡泊；翟让占据河南瓦岗山；杜伏威占山东章丘做起了草头王，真是烽烟四起，民心思动。

杨玄感欲说服御史游元随他一起反杨广，说道："杨广独夫，肆虐成性，不念臣情，执意而为。如今又身陷异国，必难返矣！今吾举义旗，乃是上顺天意，下达民情，必会心想事成。以公之才能，若能随吾，官爵名禄，荣华富贵，何愁不能随手而得？"游元则道："楚公尊贵恩宠近古无比，杨府权势威震四海，如此殊荣本该竭诚尽节，上报鸿恩。却为何相国坟土未干，即图反噬？元虽一介书生，却懂得扪心自问，当今皇上虽有小过，却仍不失为一个有作为之明君。故楚公所言，元断断不能苟同，更不能遵命。"杨玄感见劝降无果，立即翻脸杀了游元，以此警告不肯臣服的官员。顷刻间，民心惶恐，社稷震动，朝廷惊恐。于是，杨玄感一面派三弟杨玄挺率骁勇三千人为前锋，占取河内，又派堂弟杨积善统兵三千去攻占河南，对洛阳形成夹击之势，再派李子雄出兵洛南，意在西进，随后杨玄感与李圆通则统率大军向洛阳开拔。在行军途中，不断有民众加入，杨府队伍迅速扩充至十万之众。

东都洛阳留守越王杨侗得知杨玄感兵分四路来攻取东京，立即上书皇爷爷杨广报告军情，请求派兵救援东都。樊子盖派遣河南令达奚善意领兵五千去抵御杨积善，又令将作监裴弘策率八千将士去迎战杨玄挺。达奚善意在汉王寺立营，等到杨积善兵到，两军交战，隋军一触即溃，达奚善意死于乱军之中。裴弘策领军行至白马坡，遭到杨玄挺军伏击，一败再败，不得不退至洛阳南城大阳门。杨玄挺和杨玄感两路大军随即追至洛阳城外，东都洛阳危在旦夕。樊子盖一面飞书向杨广告急，一面与元文都、段达调集城内守军严阵以待。京都禁军总管宇文士及让其兄宇文化及带领禁军侍卫镇守皇城，保护后宫安全，自己则统领铁甲军将士维护京都秩序安宁，并准备随时上阵参战。

代王杨侑得知杨玄感在黎阳造反，兵逼洛阳，立即委派卫玄出兵平乱，救助东都洛阳。卫玄留郭衍和王文同镇守西京，自己率五万精兵分成三军前往东京驰援。同时，他又派出一支队伍去华阴，掘了杨素的冢，扬其骨灰。杨玄感获悉卫玄掘祖

887

坎来驰援东都，不禁义愤填膺，先派遣小股队伍去迎战，每战必溃，以此麻痹卫玄，却把大队精兵埋伏在途中。结果卫玄中计，前军损失惨重，不得不引兵退却。次日，卫玄调集后军，再次引兵出战。谁知两军一接战，四下就传来"杨玄感已被官军抓获"的喊叫声，隋军闻言，军心松弛，失去了锐气，却被杨军一鼓作气攻破了隋军的阵线，卫玄二战又败。卫玄见部属将士伤亡过多，不得不引兵暂退，欲聚集兵力，伺机再引军开战。洛阳城里的樊子盖见西都的援军临近，立即指派裴弘策领军出战，可裴弘策怯战，不肯受命出城，樊子盖当即下令将裴弘策斩首示众，震慑了众将士，并亲自引领守军开城门接战。两军在城外交战，互有死伤，打成平局，隋军退守城内继续固守待援。

杨军遭受里外夹击，将疲军衰，锐气已失。杨玄感郁闷不已，找来李密商讨，道："我军起事虽顺，却在此处受阻，奈何？"李密道："在下当初就曾说过，逐鹿中原，胜者为王，乃是下策。据传杨广已返回涿州，其援兵不日即到，若再在此滞留不前，四处援兵一到，我们将成瓮中之鳖，万事悔之晚矣！故现今之计，此地不宜久留。改取中策，向西进兵，夺取关中，拥兵自重，据险守土，方可保得一时之宜。"杨玄感有所顾虑地道："吾杨府之声望在中原，而关中地贫人稀，不能与中原相提并论。万一我们入关再不顺，不就没有退路了吗！"于是，杨玄感把李子雄西进的军队调回，加入了攻克东都的争战。樊子盖见形势紧急，只能把宇文士及的禁军都调上城墙去守战迎敌，洛阳城的攻防战进入了白热化。

杨玄感见攻城不能立即取胜，不免忧虑，即招来李圆通和李密询问对策。李圆通想了想道："唯有一策可鼓士气。"杨玄感忙道："愿闻其详。"李圆通道："称王号召天下，方能拢民心而鼓士气。"李密闻言，当即摇头，却不开口。杨玄感见此，问道："此为何意？"李密不得不道："先秦陈胜欲称王，张耳进谏被斥责。魏武帝欲求行天子仪仗，荀彧劝阻而被诛。吾若此时进言，难免会步此二人之后尘。倘若阿谀奉承，却违吾之本意。公既然现在相问，在下只能坦言了。请问，公自起兵以来，可曾亲自攻下过一郡一城？那些随风趋附归顺的不能算在其中。"杨玄感摇头无语。李密又道："东都城固难拔，且将士齐心，本是意料之中的事，公当倾全力去攻战克城，却要分心去树帜称王，岂不是在招惹天下共愤，成为众矢之的吗？届时招来的将不一定仅是杨广的一军之旅了。密此言，请公三思！"杨玄感沉思无语，可从此后与李密的关系渐疏。李密看在眼里，记在心里，一日对自己的亲信道："其妄自尊大，不信忠言，日薄西山为时不远矣！吾若不早做打算，恐要与其一同为虏了。"

第八十七章　玄感兵败树倒猴散，后宫选美杨广纳新

果不其然，杨玄感优柔寡断，等来的却是杨广派遣飞驰而来的援兵。水军援兵先至，陈棱发兵先解南门之危，又与城内的樊子盖守军联手，首战便将杨玄挺刺成重伤，隔日杨玄挺死于军旅之中。来护儿领军作包抄状，欲断杨玄感向东北撤退的后路。这时，两战俱败的卫玄，又召集了附近各郡县的将士和自己的残兵，从西面向杨军卷土杀来。而史祥、王仁恭、吐万绪、周罗睺四支隋军已攻占了黎阳，正在扫荡着附近追随杨玄感造反的各郡县乱民，迫使杨玄感不得不引军向洛阳西北撤去。

此时，杨玄感又得知，宇文述和屈突通的援军已离他们不远，他只能找来李圆通和李子雄商讨对策。李圆通道："宇文述和屈突通都是会用兵之人，只有凭借黄河天险把他们挡在河对岸，方能阻其锐势，使我们速进关中，据险而守。否则我们必将没有生路了。"于是，杨玄感只能分出一支兵马给李圆通和徐圆明，由他俩去阻挡宇文述和屈突通的兵马过黄河。然而，徐圆明见大势已去，在途中杀了李圆通，带着兵马避开了隋军，回了老家，在任城占山为王，后被王薄所杀。杨玄感则与李子雄、杨积善、万硕、李密等幕僚带领着剩余兵马向关中地域进发。

杨玄感余部来到弘农县，得知弘农县城有仓储粮库，决定先夺占粮库再西撤。李密得知此情，即劝阻道："后面的追兵将至，不宜贪小而失大。此时当以迅速攻占西京为宜，否则满盘皆输。"杨玄感却执意攻城。乌合之众的杨军早就没有了斗志，结果三天都没攻下弘农县城。而此时，宇文述和屈突通的追兵已从北面杀至，卫玄又率兵从南路杀来，迫使杨玄感放弃攻占弘农县城，仓皇西窜。

杨玄感众人逃至冯翊郡一个叫董杜原的地方，被追兵围住，李子雄战死，万硕被擒，李密等余党四散逃命。杨玄感自知逃脱不掉，便对其堂弟杨积善道："事已至此，我必死无疑。你当把我头颅交付杨广，或许能保得一命。"杨积善见追兵已近，只能挥剑割下杨玄感的头颅，交付给隋将，以求保命。然而，杨积善并未保住性命，杨玄感的头颅被悬挂暴晒三日后焚毁。杨积善、万硕等主犯与杨氏家族，以及反杨广同盟的党羽斛稠等人均被诛杀。朝野上下更是掀起了一阵追查杨府余党、腥风血雨的杀戮，凡是跟杨府有所牵连、追随顺从杨府造反的官吏民众，被逮住不死必破财。隋军主将于仲文有纵放斛斯政的嫌疑，被罢官，以至气郁而死。只有李密和杨玄纵在逃，斛斯政投奔了高丽。

杨玄感图谋数年，欲想换帝弄权，轰轰烈烈的造反，仅历时一月有余便就此告终了。其在史册上虽然没有留下多少恶评，但却给杨广的隋朝带来了无穷的后果，

889

也造就了一批新的贪官恶吏，更开启了隋朝官僚世族为争权夺利而兴兵揭竿谋反的先河。此后，此起彼伏的十八路反王：济宁王、民间草莽山东王薄；混世魔王、河南翟让、程咬金；南阳王、地方豪族刘元进、朱燮；西魏王、官僚世家李密；定阳王、北方的马邑守备刘武周；夏明王、李渊夫人窦氏之堂兄河北窦建德；江南王、宇文化及；楚王、江淮地方豪族隋朝受封鹰扬郎将杜伏威；宋义王、贵族后裔孟海公；梁帝、地方豪族隋鹰扬郎将梁师都；燕王、燕云十三郡总管罗艺；西秦霸王、陇西贵族薛举；凉王、陇西北豪族李轨；梁王、梁朝宗室后裔隋皇后的宗亲萧铣；唐王、陇西贵族西京杨侑的首辅李渊；洛阳王、江淮士族一方诸侯王世充等，无不与杨玄感此次的叛乱有关。而且不难看出，其中引领起事造反真正出身于民间百姓草莽的却鲜有其人，而绝大多数则是世族官僚、地方豪绅。其中最终修成正果、夺取大隋天下的乃是隋帝杨广的连襟陇西贵族李渊。故真正兴兵造反的并非是百姓民众，而是这些达官贵人和想争权夺利的士族。

　　杨广神情疲惫地回到朝堂上，在听取了各部清查杨玄感余党的奏折后道："说朕亏待了他们杨府，简直岂有此理。杨门集朝中权贵于一身，其父子却还要贪赃枉法，朕已经念及旧情，仅是罢了他们的官职，却没有追究，可他们竟然以此为造反的理由，岂不令朕后悔，当时不该对他们如此姑息。你们传朕的口谕下去，凡涉及此次造反的事与人，不能轻判放任，必须一查到底，绝不宽容。对那些在逃的党羽，必须通告各地，凡知情不报的必追究，凡窝藏的必连坐。尤其是对那些闻风倒戈的朝廷官员和那些暗中资助造反的权贵，不管其职位多高，势力多大，一经查实，必须严惩。朕不能容忍这些人，拿着朝廷的俸禄，却干着吃里爬外、有损朝廷威严和利益的事。这些内奸不清除，朕就一天不得安宁。"内史令虞世基似有忧心地道："此次杨玄感起事，竟然一呼百应，数天间就聚集了数万之众，而且一路上还不断有人加入，臣对如此态势，不能不感到担忧。吾大隋的政令难道真的那样不合民意，让那么多民众心生反念去追随造反吗？"杨广不以为意地道："朕曾在一本书上读到过这么一段话，说：'民本无好恶之念，却易为利所驱。有利而趋之，无利则避之。民也是墙头草，东风吹便随东风倒，西风来便顺西风伏'。故朕认为，民众跟随造反，乃是为利所致。杨玄感就是利用了民的趋利之心，放粮、封官许愿而操控他们。所以，朕对杨玄感能一呼百应，一点也不感到奇怪。若是换了另一个人，比如李玄感、张玄感，只要他们有利于民，也能做到一呼百应。再纵观历朝历代，不管朝代帝皇怎么换，民还是那些民，他们不管你是哪个朝代哪个皇帝，都可以随着大流呼

第八十七章　玄感兵败树倒猴散，后宫选美杨广纳新

唤万岁。但若是一朝变天，也还是这些民，却又能跟随他人，把他们曾经颂扬过的皇帝骂得一钱不值，甚至恨不得掘他的祖坟。因此，民在朕的心里就是一潭水，它可以载舟、也可以解渴、还可以灌田养生，而且只要你有道可引，让他们向东，他们就会向东，只要能规范他们的形态，能让他们在规定的范围内去作为，便能成为当政者赖以生存的甘泉。否则，若被人利用，则将成为一潭祸水，不仅可以覆舟，更可以把人淹死。当然，朕还明白一个道理：水只要无风无潮，就掀不起浪；水只要没人去推波助澜，也就覆不了舟、淹不死人。"大理寺卿王文同道："皇上，可不能再以仁慈之心去纵容可恶之人了。现经查实，山阳镇行刺皇上的那个丑八怪，是受杨玄感派遣的江湖刺客鬼头天王。此外，还有一个随行的刺客，就是从边关潜逃回来后投靠杨玄感的令狐达，此人也是杨玄感这场叛乱的推波助澜者。如今令狐达与李密还有杨玄挺等人漏网在外，往后必将成为朝廷的大患。因此，臣认为吾朝立法必须重申，对叛乱造反之人杀无赦、首恶必死，而且矫枉必须过正。此外，对那些是非不分、兴风作浪的刁民也得加以严惩，否则天下难以太平。所以依臣之见，杨玄感的叛乱之害，还不仅仅在现在，若不把其余毒肃清，天下将从此不得安宁。"杨广沉默了一阵后道："治民不能用治吏的高压手段去对待，还得用利益和枷锁并举的手段去诱导、去驯服。要让他们聚不成群、成不了浪，也就覆不了舟。你们官吏则是朕这舟上的部件，部件坏了只能换掉，不能勉强使用，否则就是水不覆舟，舟也会沉没。因此，对助纣为虐的官吏必须严查追责，必须严惩不贷，而对民还得讲究些手段策略。"杨广的这套治理民与官的"舟水理论"，并没有如他所愿，给他带来的不是正果，而是官为了保自己的利益，只能把自身的压力转嫁给民众，从而造成了此后更多官逼民反的恶果。

杨广回到后宫，本想让自己清静一下，却没想到萧皇后要他去百花苑选美，而且还对他说这是各院院主的主意，这让杨广感到众情难却。况且他已经从黄雅芸口中得知，皇后正在各院为他选美，因此他也想知道此事的结果，更想借此对各院做番解释，免得大家对他多有误解。俗话说：女人多的地方热闹多，女人多的地方是非也多。百花苑本就是一个女人的世界，而其中的萧皇后不仅是这些女人的魁首，还是一个心有寄托、胸怀手段、能呼风唤雨的女人，因此这场女人的聚会怎能不热闹，又怎能没有是非呢？

杨广来到百花苑，就被各院院主围住了。有牵手的，有嘘寒问暖的，也有伸手摸着杨广的脸说皇上瘦了的，更有含情站立在一边默默注视着杨广的，还有在一旁

含着泪想心事的。如此热情的场面,让杨广感到温馨,有一种回家与亲人团聚的感觉。杨广应接不暇地握一握这个人的手,搂一搂那个人的腰,捏一捏另外一个人的脸,又去摸摸挨在身旁人的臀,却引来了旁边人的几声尖叫……萧皇后看不下去了,急忙扬着手喊道:"你们都够了没有啊!又不是生离死别后的相聚,用得着这么肉麻吗!"清修院田玉芝反驳道:"今天怎么不是生离死别后的相聚呢!若是乱军攻入城后,我们还能如此吗?"萧皇后被驳住了,却又不甘心地吼道:"你们是不是想把皇上掰散了分着吃啊?你们就是想把皇上吃掉,也得由皇上来点你们的菜,岂能容得了你们为主去自选!简直都没有规矩了,各自都回自己的位置上去坐好。"一阵训斥,热闹的场面顿时像冻结了一样,各院主纷纷回到自己的座位上,等候着皇后下面的训词。

萧皇后对自己的威慑力感到满意,接着说道:"你们不都在嚷嚷着,皇上对后宫厌倦了,所以要为皇上再选新美吗?"绮荫院院主黄雅芸反感地说:"皇后娘娘,我们可没说过这话。为皇上再选新美,是您出的主意,我们仅是听从安排而已。"黄雅芸这么一说,引来了各院主的一片附和声,这让萧皇后感到尴尬。杨广见状,赶忙打圆场道:"朕谢谢大家的好意。但朕也得在此向大家声明一下,朕自从南巡之后,来后宫确实少了,却并非是厌倦你们,而是朕在忙着朝廷的几件大事。你们也都知道,有人派刺客行刺朕,梅香为救朕而捐躯;朝中则有人里外勾结,致使朕的东征无功而返;接着又有人聚众叛乱,闹得朝廷上下不得安宁。你们说,朕还有空闲和心思来陪你们寻欢作乐吗?朕当然知道,你们想见朕并非只是……"杨广觉得这话不便说出口,连忙改口道:"并非只是单纯地想念朕,而是在关心朕的安危,以及大隋社稷的安宁。为此,朕要在这里谢谢大家。"杨广的这番说辞让众院主深受感动,但萧皇后却有自己的想法,她认为这是杨广安抚众人的借口,她不相信杨广不来后宫全是因为朝政,而不是因为失去了治儿和梅香迁怒于她。她更不愿意自己在众人面前失去威严,于是说道:"我们可以理解皇上,但皇上也得理解我们的做法。替皇上在后宫选美,更是我们大家的一番好意。希望皇上不要辜负了我们对皇上的这片真情。"文安院院主刘云芬马上帮衬道:"皇上更不能辜负了皇后娘娘的良苦用心,替皇上选美,还不是为了让皇上更开心吗?况且我们各院也都做好了准备,只要是皇上看得中的,我们绝不吝啬,一定风风光光地把她嫁给皇上。皇上是男人,哪有男人不喜欢新鲜美女的。"杨广有些尴尬,却又不好明言拒绝,只能默默无言,顺其自然。萧皇后含着笑容,心知肚明地说:"既然如此,那就开选吧!从景明院开始,

第八十七章　玄感兵败树倒猴散，后宫选美杨广纳新

王桂枝去把你院的人带上来。"

萧皇后这一令下，殿堂上立即热闹非凡起来。王桂芝忙着张罗，把自己院里的美人一个个带上来，供皇上和皇后过目，又让各院院主品头论足、评审着。然而，杨广似乎心不在焉，萧皇后也没有中意的，可各院院主都是各怀鬼胎地做着点评，如此一来，竟然没有一个令人满意的。就这样，一个院一个院地选看下去，被选的人像走马灯似的进进出出，十六院大半已经选过了，却没有一个能让杨广点头、萧皇后中意、众院主齐声好评的人。渐渐地，杨广疲倦了，萧皇后也感到失望，众院主却在相互打趣，似乎此事早在她们的意料之中。好不容易十六院的女人都走过了场，却没有一个被当场留下的。这样的选美，实际上是一种审美疲倦效应：起初期待过高，因此处处从严，而且有十六位院主的样板在旁边做比较，各院无人胜出也在情理之中。此后视觉麻木，各院应选的美人都是千人一面地涂脂抹粉、花枝招展，却没有特色，让审选人没有新鲜感而失去了兴趣。再往后是神情疲惫，长时间看着同一类型的人在眼前晃动，不仅是视觉上的疲倦，更是精神上的劳累，其后果便是对被选人的厌倦，如此又怎能认真评选呢？加上主选人杨广又不热情，这样的选美怎么会有结果呢？

萧皇后似有不甘，指桑骂槐地发泄道："本宫辛辛苦苦从天下选来的美女，竟然如此不堪，没有一个能入你们法眼的吗？你们别忘了，你们曾经也是这些人其中的一个，别现在自己当了院主，就把底下人踩在脚下。你们别以为本宫不知道你们那点小心思，生怕皇上喜欢了新人，把你们晾在一边，所以就把这些不中看的人送上来挑选。你们说，你们院里还藏了多少人？各院的人都来齐了吗？是你们自己把所有人都带出来，还是我让冯总管去逐院搜一遍？"众院主哗然了，有的院主确实留了一手，把中看的女子留了几个下来，但也有几个院主感到委屈，绮荫院院主黄雅芸就不满地说："娘娘是让我们把所有美人都带出来参选，还是让我把院里所有女人都带出来呀？"萧皇后自知理亏，却蛮横地说："本宫不跟你咬文嚼字。现在让冯总管按名册点名，刚才走过场的就不用点了，凡名册上有的，都得进场参选。本宫就不信了，偌大一个后宫，竟然挑不出一个能让皇上动容的美女。"如此之事，简直让杨广哭笑不得，天下哪有老婆这么热衷为老公选女人的，但他又不便拂了皇后的好意，以免惹出不愉快的是非。

天下之奇就在于此，然而有缘之人又是奇遇中不可或缺的花絮。绮荫院有个宫女叫袁紫烟，是后来为填补后宫侍女空缺从其他宫里选调来的，来的时候年仅十三

岁，肤色微黑，长相普通，且又不善修饰，更不喜与人交谈，所以不太引人注目。但她有个怪癖，常常在夜深人静之时，独自坐在暗处仰望星空，有时一坐就是半夜。众人起初对此有些闲言碎语，但她从不与人争辩，时间长了，众人也就习以为常了。黄雅芸起初对此也没太在意，只是在暗中对她多留了个心眼。俗话说，无心的最怕有心的，黄雅芸终于发现了这个小姑娘的秘密，原来袁紫烟深夜仰望天空是在观察星辰的变化。这让黄雅芸异常吃惊，她知道这是一门博大精深的异学，也被称为玄学。没有特殊的天赋，没有超人的智慧，是绝难领悟其中深奥的。如今袁紫烟小小年纪竟然有此学识技能，这不能不让黄雅芸对她刮目相看，于是把她从做粗工的侍女调到自己身边，做了贴身近侍，也因此让黄雅芸了解了袁紫烟的身世、家事，以及她能识天文、解星象之学的来历：

袁紫烟出生在江南丹阳，祖父曾任南朝陈国御史，隋朝统一江南后，父亲任江都国子监主簿，母亲杨氏是官宦之女，识文断字，贤惠无比，隋朝上大将军杨义臣是她的舅父，真可谓世代书香、一门权贵。不幸的是，袁紫烟出生后不久，母亲便病逝，而她又体弱多病，父亲在江都为官，照顾不了她，因此她虽生在富家，却孤独凄苦。好在她家附近有一座尼姑庵，袁紫烟便常去那里玩耍。庵内有一位老尼，见她聪慧伶俐，便时常以天象之说引导她观星看天。谁知她悟性极强，不仅一点就通，而且触类旁通，这让老尼喜出望外，于是把毕生所学都传授给了她。有一天，遇到一位云游僧尼，见她小小年纪竟然懂得这么多天象知识，惊叹不已，便给她算了一卦。僧尼推算后，异常吃惊地说："罪过，罪过。如此命相，天下少有。但你的发迹地不在江南，而在北方。而且你有两朝富贵的命运，富甲天下，贵不可言。"袁紫烟将信将疑，并未当真。谁知在她十二岁那年，父亲病重，把她接到江都，父女俩匆匆见了一面，父亲便撒手人寰。父亲咽气前，只给她留下一句话，让她去东京洛阳找舅父杨义臣。袁紫烟来到东京，得知舅父已被罢官，返乡隐退，不知去向。陪同她来京的随从见投亲无望，纷纷借口离去，留下袁紫烟举目无亲，沦落街头。适逢掖庭招收年少宫女，袁紫烟便把自己卖入宫中，随后便来到百花苑，成了绮荫院的侍女。黄雅芸没想到袁紫烟竟然有如此悲凉的身世，从此便把袁紫烟当作异姓姊妹相待，甚至总想找个机会把她推荐给杨广认识，却又怕杨广只重美色不重人，因而踌躇不决。

有句话说，女大十八变；还有句话说，一方水土养一方人；更有句话说，近朱者赤，近墨者黑。袁紫烟自从被黄雅芸慧眼识珠，加以精心调养后，正处于发育中的

第八十七章　玄感兵败树倒猴散，后宫选美杨广纳新

十三岁小姑娘，渐渐发生了奇异的变化。两年之后，竟然出落成一个亭亭玉立的美女，皮肤白里透红，细腻润滑，眉清目秀，双眼皮的大眼睛犹如一潭明亮清澈、不见底的深渊。发育中的少女身段，春山初露、腰柔臀圆，这让黄雅芸又惊又喜。而且，她也感受到杨广为人不仅怜香惜玉，还爱才、重情义。但是，黄雅芸又有所顾虑，此时把袁紫烟推荐给杨广是否为时过早，毕竟她才十五岁。皇后在后宫要替杨广选美，黄雅芸觉得这是推荐袁紫烟的一个机会，可皇后却指定应选之人得有美人的宫衔。此时，黄雅芸眼看着这场选秀要走过场，没想到萧皇后自己否定了自己的主张，这让黄雅芸有了机会，便当仁不让起来。黄雅芸立即起身说："皇后娘娘既然降低了应选的门槛，我们绮荫院就有一个可选之人。"杨广闻言，抬头用惊愕的目光看着黄雅芸，似乎在说："你怎么也来凑这个热闹了？你难道不信我曾对你的表白，我没有厌倦百花苑众院主的意愿，也不需要选什么美吗！"萧皇后用诧异的目光看着黄雅芸，她有点忌惮黄雅芸那张不饶人的嘴，而且还时常在心里念叨，好不容易逼走了一个薛治儿，怎么又冒出个黄雅芸，让她在后宫总有所顾忌，不能称心如意，这难道是天意吗！然而此刻，她只能带着猜忌，厉声说："黄雅芸，本宫有言在先，皇上就在旁边，你若敢戏弄本宫和皇上，本宫将把你的前过和现罪合并处罚。"黄雅芸却不以为意地对杨广说："我相信皇上自有慧眼，更不会良莠不辨，错失奇缘。"黄雅芸的话引起了杨广的重视，而且他更相信黄雅芸的坦率和人品，于是说："朕允了，你就把她带上来吧！"众院主都感到好奇，她们都知道黄雅芸对萧皇后的选美之事一直持冷嘲热讽的反对态度，现在怎么会主动把自己院里的人推荐出来呢！大家都带着不同的心态，拭目以待。

袁紫烟虽然是黄雅芸的贴身近侍，但由于她没有美人的宫衔，所以不能进殿，只能留在殿堂外伺候。黄雅芸牵着一身素装、不施粉黛的袁紫烟的手，出现在众人面前，立即引来了一片惊叹声，连杨广和萧皇后也被这个不修边幅、朴素无华的年轻女子震撼了。这或许是一种对比的反差效应，就像吃惯了浓油赤酱、山珍海味的人，看到一道碧绿清爽、可口的青菜，会赏心悦目、胃口大开；也如同看惯了涂脂抹粉、盛装招展的仕女，突然看到一个本色布衣的美女，会感到诧异醒目。此刻袁紫烟的出现，确实起到了这样的效应，让大殿上的所有人都感到震撼。而毫无心理准备的袁紫烟，在众目睽睽之下，不仅羞怯得惊慌失措，更是被众人看得脸红如桃花，手足无措。萧皇后用审视的目光看着袁紫烟：没有金钗银饰的乌发打成一个云结盘在头上，既朴素又端庄，五官俊秀的脸上，流露的不仅是羞涩，更是一种单纯

女孩的媚态，让人看了不能不动心。萧皇后在心里感叹，皇天总算不负有心人，如此一个清纯脱俗的女子，怎能勾不住杨广的心思，而且她还在心里情不自禁地暗自欣喜，自己这后宫还是有宝可寻的。于是，萧皇后扫了一眼目光有些呆滞的杨广，带着赞许说："黄雅芸，今天你替本宫做了一件好事，本宫就不再追究你的前过了。你把她的情况向皇上介绍一下吧！"

杨广看到的是这个女孩的秀气和胆怯，以及在明亮深邃的双眸中流露出的稚气和凝重。此时，杨广似乎清醒过来，连忙摆着手说："不必了，不必了。众目睽睽之下，她已经无地自容了。还是容我私下去问吧！"说罢，杨广便快步走到袁紫烟身旁，拉住袁紫烟的手，低声说："如果你不愿意，朕不会为难你的。"萧皇后在此看到的是杨广的一副猴急相，黄雅芸从中看到的是杨广的柔情蜜意，但在众院主眼里，这是一幅水到渠成的必然结局。谁知，景明院院主王桂枝突然喊道："恭贺皇上喜纳新人，今晚皇上罢宴请客是必不可少的。"这话也点燃了众人的各种心态，有真诚的，有酸溜溜的，也有无所谓的。刘云芬走上前，毫不掩饰地对袁紫烟说："恭喜妹妹鸿运高照。但姐姐有一言相告，妹妹娇嫩初婚，得当心今晚，可不能由着皇上的兴致胡来。否则明天你下不了床，走不了路，可别怪姐姐没提醒过你呀！"袁紫烟的脸红到了耳根。

第八十八章
李密途穷翟让收贤，三征高丽一战平藩

　　杨广一年多的时间里两次征战高丽，山东、河北、河南这些地域都是大军集结、出发之地，也是兵源、民夫徭役的主要征集地。尤其是初次征高丽时的应急征调，给当地官府和民众造成的巨大压力与负担是空前的。官府衙门为了完成朝廷上司下达的差事，即征兵、征粮、征夫，不得不一而再地向乡间民里摊派名额指标，甚至为了自身政绩，强行摊派、征收，乃至强抢。这对地方官员来说，是上命不可违的无奈之举，却让民众怨声载道、苦不堪言，原本安居乐业、平和的民情被推向了风口浪尖。这场风波把民间这潭水搅得泛起涟漪：官逼民，有钱的民众还能出钱免灾，没能力的只能逆来顺受、唉声叹气，有本事又不服气的民众便聚众抗征，进而为躲避官府镇压上山为寇。山东长白山草寇王薄的队伍越来越庞大，河北的孙安祖再次聚众占据高鸡泊，河南的翟让、翟宽等人也是被逼无奈，上了瓦岗寨落草为寇。杨玄感之乱更是掀起了动乱的大浪，把浮动的民心搅得更加混乱，也鼓起了民众用暴力抗法、聚众抗击当地官府暴政的勇气，这片区域成了聚众抗法的发源地。

　　瓦岗寨地处河南、河北、山东黄河下游的东郡境内，西南距荥阳、东北距黎阳不足一百二十里，南离黄河岸口也仅一百五十里地。由于瓦岗寨处在三省边缘之地，起初鲜为人知。翟让是东郡人氏，在东郡府衙任法曹，为人仗义、好打抱不平、喜交朋友。他因不满上司欺善扬恶、鱼肉百姓，被诬陷判处死刑入狱，后经朋友相助逃出东郡，来到瓦岗寨，与几个志同道合的兄弟翟宽、王信儒、徐世绩、裴仁严、房彦澡、孙长岳等人做了草寇。他们劫富济贫，专惩官府恶吏，深得周边民众拥戴。杨玄感之乱时，为避战乱的贫民纷纷躲入山中，加入了瓦岗寨，其阵容渐渐扩大，声势日益强盛，但他们从不任意杀人放火。当地官府虽然几次派兵征剿，不是无功而返，就是奈何他们不得，因此瓦岗寨的名气越来越响，更成了当地民众心目中的一处义寨。官府也就睁一只眼闭一只眼，把它当成了一块碰不得、惹不起的贼窝禁地。

杨玄感兵败在即，李密因早有预谋，不等隋军追兵临近，便带了一个贴身亲信，离开杨玄感队伍，潜入河南郡乡下一个远房亲戚家中藏身，想躲过这阵动乱风波后，再找机会谋生。谁知杨玄感兵败被灭之后，朝廷对其党羽深究不放，就连与杨玄感稍有一点关联的人都难免被追究治罪。隋朝天下一时间风声鹤唳，吓得李密躲在乡下亲戚家，根本不敢出去寻找求生门路，便化名刘智远开馆聚徒授课。但他又不甘心长期躲在乡下，没有出头之日。一天，酒酣之后，李密心血来潮，提笔在学馆墙上写了一首五言诗：

金风荡初节，玉露凋晚林。
此夕穷途士，空轸郁陶心。
眺听良多感，慷慨独沾襟。
沾襟何所为？怅然怀古意。
秦俗犹未平，汉道将何冀！
樊哙市井徒，萧何刀笔吏。
一朝时运合，万古传名器。
寄言世上雄，虚生真可恨。

诗成之后，李密竟然号啕大哭。他这怪异举动传到当地赵太守耳中，赵太守立即派人追捕。李密闻信，连夜带着亲信出逃，官府见人去屋空，竟把收留李密的亲戚抓捕归案，替李密顶罪而死。李密逃至自己妹夫雍丘县令丘君明家中，却被丘君明的义子丘怀义告发，李密不得不再次仓皇潜逃，其妹夫也被连坐免职，最终死去。李密带着唯一的亲信，在四面楚歌、惶惶不可终日的情况下，逃窜至邯郸城郊一个朋友家暂住。一天，李密对亲信道："我名声在外，如今已被官府到处通缉，所以不能出去抛头露面。而你不用担心，没人知道你跟随我参加过叛乱，你尽可大胆进城，替我打探一下城里的状况。我这里有一些银两，你带上，若方便就买些吃的用的带回来。"亲信带着银两走了，但他带回来的却是一队官兵，不仅抓捕了钦犯李密，将其押送至京城，交由大理寺处置，还把收留李密的这位朋友也牵连进去，以窝藏逃犯之罪杀害。

李密戴着枷锁，被官兵押解着向洛阳京城走去。因为李密是皇上钦点的要犯，所以押解他的官兵也不敢过于虐待他。而李密不甘心就此被送上断头台，便一路上

第八十八章 李密途穷翟让收贤，三征高丽一战平藩

寻找逃脱的机会。洛阳临近了，押解官兵松弛了警惕，给了李密脱身的机会。他对带队的将官道："我是皇上点名的钦犯，到京之后必死无疑。你们这一路上押解我也够累的，而且对我也挺好，为此我想对你们有所表示。前面有个柳庄，我在那里有一处房产，我带你们去，把这处房产抵押给当地富户，换得的银两就当是我对你们的答谢。就是麻烦大家得多走几步路，可以吗？"带队将官将信将疑地问："真有此事的话，你这处房产大概能折多少钱？"李密道："我李密为人向来正派，众所周知，岂会诓骗你们！我在该处的房产是一座庄园，就算打折抵扣，少说也得有数千两银子。我留着无人照看，与其让它荒芜，还不如送你们个人情。"将官和众士兵们都心动了，于是一同来到柳庄。李密写据画押，很顺利地以两千两纹银的价值把庄园折抵给了当地富户，并当场把所有银两交付给押解他的将官，还提出在庄园里设宴席，与乡邻和众人作别。押解将官见李密言而有信，也就欣然同意，还为了方便他行动，把他身上的枷锁全部卸了下来。正所谓无心算不过有心，李密由此得以逃脱。

李密为躲避官府通缉，再也不敢找熟人藏身，且身无分文，只能昼伏夜行，栖身破庙、藏身野地，靠乞讨、偷农家田里的果蔬充饥，一路向山东走去。他想到了在山东济阴县二贤庄曾有过一面之交的庄主单雄信。他知道单雄信为人豪爽、敢作敢为，又有许多绿林朋友，富有侠义之心。他想在落难之际去投奔单雄信，让其推荐自己到山野暂且安身，渡过眼前劫难，再设想往后之事。李密的艰辛与无奈可想而知。

李密趁着黄昏来到一处农庄，一手拿着一根打狗的树枝，一手捏着一只缺了口的碗，想找户人家讨口饭吃。李密衣衫破烂、蓬头垢面的模样，不仅引来了几条狗围着乱叫，也引来了一群小孩围观堵截，让李密不得不左躲右闪，无法从容入户乞讨。正当李密尴尬无奈之际，从一处农舍里走出一个身穿白袍的年轻人和一个手捧一大碗米饭、米饭上还扣着一大块肉的老翁。年轻人驱散了汪汪乱叫的狗，喝退了小孩，老翁把米饭和肉倒入李密手中的碗里，说道："小孩不懂事，您别在意。"李密一阵感动，急忙放下手中的碗和树枝，对着这一老一少抱拳作揖道："落难之人无以为报，只能以此揖暂作答谢。"年轻人闻言，盯着李密问道："兄台可是京都人氏？"李密一愣，抬眼看了年轻人一眼，觉得似曾相识，却不敢贸然相认，只能道："兄台这么说，有何依据？"年轻人道："我曾去过长安京都，听兄台口音有些相似，所以问问。"李密心头一热，急忙正眼仔细打量年轻人：白袍白靴，若再戴上一顶白帽，

骑上一匹白马……李密情绪激动，含泪喊道："伯当兄弟，真的是你吗！"年轻人闻言，惊讶地道："你……是谁，怎么会落到这般田地？"

李密警惕地看了一眼四周，这才跨前一步道："在下李密，有话容我到里面细说。"三人一起进了农舍，老翁端来清水让李密梳洗。随后，李密才把自己跟随杨玄感叛乱后被通缉，为躲避追捕想投奔二贤庄，一路乞讨至此的事说了一遍。并问道："伯当兄弟，你怎么会在这里，单二哥和你在一起吗？"王伯当不由得笑着道："真是惺惺相惜，心有灵犀啊！当地官府胡作非为，惹得我们不得不杀了他们。单二哥和我已经合计好了，要去河南投奔瓦岗寨的翟让。你来得正好，我们可以一路同行，去另干一番事业，岂不快哉！"李密有些犹豫地问道："翟让此人你们熟悉吗？他与你们山东的知世郎王薄相比，谁的势力更大些，为人更好相处些？"王伯当沉思了一下道："我对王薄不太熟，但听二哥说此人格局不大。若真想做一番事业，瓦岗的地理位置更便于施展。"李密点着头道："言之有理，但就是不知道翟让这个人的个性如何。"王伯当道："去了再说吧！若不能相处，再另谋生路也为时不晚。"李密心有余悸地道："单二哥去哪里了，我们在这里不宜久留。"老翁道："你们在老朽这里尽可放心，单二爷去办些私事，很快就会回来。"

单雄信因在家中排行老二，故被人称为单二爷。他为人豪爽讲义气，喜交江湖朋友，不仅体强力壮，善使一杆琅琊锤，且又仗义轻财、爱打抱不平，因此在乡里很受人尊敬，也被人称为小孟尝。王伯当原名王勇，伯当是他的字，魏郡黄县人。他不仅能射一手百步穿杨的好箭，而且还有一弩三箭的绝招，且又喜穿白袍，故被人称为白袍圣手。单雄信和王伯当慕名相交，两人相见后一见如故，立即结拜为异性兄弟。他们曾一起去京都长安游历，因而得以与李密相识。

如今没想到三人竟然会在异地相逢，而且都是为了另谋生路，想去干一番自己想干的事业，真可谓是天作之合。单雄信告诉李密，选择去投奔翟让，是因为瓦岗寨的创始人之一徐世绩也是他的兄弟，尽可放心前往。就这样，三人一起来到了瓦岗寨。果然，瓦岗寨寨主翟让为人宽厚大度，不仅求贤若渴，而且待人耿直豪爽，深得众兄弟和部众的信赖。况且翟让早从徐世绩口中听闻了单雄信和王伯当的大名，因此对他们两人更为热情，却把李密当作一般朋友相待，这让李密心中有些不悦。李密既为了展现自己的才能，也为了试探翟让的为人，来到瓦岗寨后不久，就提出把瓦岗寨原来入室劫富、拦道截财的聚财手段，改成设路卡、封河道、堵船运收取保护费，专劫富商和官府之财的取财方式。接着又提出对瓦岗寨进行官制改革，变

第八十八章　李密途穷翟让收贤，三征高丽一战平藩

乌合众议制为：由寨主翟让、正副军师房彦藻、李密为主政，将领按次序排名为：单雄信、王伯当、王信儒、翟宽、孙长岳、徐世绩、邴元真、杨德方等为辅政，实行分级别的管理聚议制和记功论赏制。这大大提高了瓦岗寨的整体聚众能力，也吸引了更多的英雄豪杰前来投靠，其中就有陈智略、李俊、程咬金、秦叔宝、罗达等人。瓦岗寨的财力和将士兵力明显增强，瓦岗寨的名声开始威震三省。李密进而又提出要攻占金堤关壮大瓦岗寨军，夺取荥阳粮仓拓展瓦岗寨地盘的战略步骤。这让翟让开始真正认识到李密的才能，但也引来了其亲信的抵制，同时也引起了当地郡府对瓦岗寨乱民势力的重新估量，郡府决定报请朝廷派重兵予以剿灭。

河南讨捕使张须陀是一名能征善战的将军，在河南曾剿灭过无数叛臣乱将和大小草寇山头，知世郎王薄也曾败于他的麾下，不得不从章丘溃逃至山东长白山，因此张须陀素有"荡寇将军"之称。张须陀早就听说三省边缘地有处瓦岗寨，声势渐大，然而上司没有指派他去剿灭的军令，他也就不便主动出战。如今瓦岗寨的势力开始向邻地拓展，不仅郡府上司坐不住了，张须陀也意识到此寨不剿灭，必将后患无穷。因此，他一接到军令，便立即率领五万将士出发征讨，决定以雷霆之势把瓦岗寨剿平，且志在必得。

瓦岗寨的众将领本来就良莠不齐、心智各异，对于李密的改革也持有不同看法。但碍于寨主大哥翟让认可，又眼看着瓦岗寨不断壮大，也就默认并顺从了李密的改革。如今听闻荡寇将军带着大队官兵前来征讨，众人不免各怀心思：初生牛犊不怕虎的摩拳擦掌，准备一战；只会耍嘴皮子却没有实战真功夫的主张避其锋芒，认为退一步海阔天空；老奸巨猾的江湖油子，既想争功又怕出力伤身，便退在一边观风使舵、伺机而动。李密早就看透了翟让身旁这批兄弟将领的心思，便故意对此战不做任何表态。翟让见众人心思不一，只能开口道："张须陀带重兵来战，与当地县府的那些官兵不可同日而语。大家必须齐心协力，想出迎战之法，我们瓦岗寨才能度过此劫，否则之前的努力都会白费，乡民也会对我们失望。"于是，主战的请战迎战，没底气的提出退避三舍，甚至化整为零以躲过此劫。翟让见李密没有开口，便问道："李兄可有高见？"李密沉思片刻后，矜持地道："兵来将挡，历来是征战的惯例。而且寨主也说了，此战不同于往昔与当地官府士兵的小打小闹，况且张须陀又是个能征惯战的名将。我们瓦岗寨若要迎战，就一定要有必胜的决心。而要赢得此战，更得有一个能够指挥全寨的强有力的作战统帅，且该统帅必须拥有生杀威慑大权，让众将士只能听从，不能违抗。否则就不能迎战，若要迎战也是必输无疑。"

李密之言，有人赞同，也有人装聋作哑，更有人嚷道："有寨主大哥在，还要什么作战统帅，岂不是多此一举？"翟让听明白了，便道："李兄，何不把你的意图说得更详细些，只要大家认可，一切都可以听你的。"李密要的就是翟让的表态，道："寨主既然这么说，在下也就当仁不让了。此战只能智取，不能硬拼。若让我来指挥此战，我将把全寨将士分成五队：第一队诱敌，只准败不准胜，把张须陀的主力引入我的包围圈；第二队迂回包抄，去捣毁张须陀的大营；第三、第四队为主战队，设伏在树林里，等张须陀进入埋伏圈，便奋力杀敌，务必全歼；第五队为备战队，以防战场出现意外，作应急补救之用。"众人见李密已把此战设想妥当，既有佩服的，也有无话可说的。翟让至此更感受到李密的能量，却不免又有所疑惑地问道："李兄该不会连设伏的地点都选好了吧？"李密淡淡一笑道："正是，选在大海寺。我知道瓦岗寨想要拓展，必有此战，这也是我的未雨绸缪。而且此战仅仅是个开始。"翟让立即诚恳地对众人道："各位兄弟，此战由李兄代我统兵指挥，他的将令就是我的指令，若有违抗，必定严惩。"按理说，此时的瓦岗寨将勇兵也不少，若与张须陀认真一战，未必会输。但李密担心众将士心不齐，因此他如此布阵：第一队由翟让的兄弟翟宽和亲信王信儒为主将，带领老弱士兵五千诱敌入伏后，再返身杀回马枪；第二队由单雄信和徐世绩领兵五千，去抄张须陀的大营，并伺机收拾张须陀败退回营的残兵；第三队由程咬金、李俊和陈智略领兵一万，埋伏在大海寺右侧的树林里，截杀张须陀的主力；第四队由秦叔宝、罗达和孙长岳领兵一万，埋伏在大海寺左侧的树林里，截杀张须陀的主力；王伯当、邴元真随统帅李密率二万士兵作为第五队，随机行动。其余将领由寨主带领剩余士兵镇守瓦岗寨。

　　有道是骄兵必败。在张须陀心里，瓦岗寨就是一群乌合之众的乱民，所以他认为瓦岗军一战即溃是理所当然的事，甚至当伏兵四起时，他也镇定自如，奋力迎战。瓦岗军凭借有利地形，让人数众多的隋军施展不开。程咬金、秦叔宝、罗达三人把张须陀围在中间打群战，但也只能战成平手。李俊、陈智略、孙长岳则率军与隋军将士混战，一时间杀声此起彼伏，难分胜负。然而，隋军将士人数占上风，主将张须陀越战越勇，渐渐地瓦岗军有些抵挡不住了。正在危急时刻，只听得鼓声隆隆，李密、王伯当、邴元真带领着备战队从侧后杀到，瓦岗军士气大振，隋军心生惧怕开始溃逃。张须陀稍一失措，被罗达一枪刺中大腿，张须陀一阵慌乱，又被秦叔宝一铜打在背上，程咬金抡起板斧砍倒张须陀的坐骑，一代名将张须陀顷刻便死于乱军之中。隋军则死的死伤的伤，投降的投降，残兵败将逃回大营又遭到迎头痛击。这

第八十八章 李密途穷翟让收贤，三征高丽一战平藩

一战，隋军全军覆没，瓦岗军的声势越发强大起来，李密在瓦岗寨的声望也更上一层楼。

杨广对二征高丽无功而返一直耿耿于怀，此时见杨玄感之乱已基本平息，便觉得必须征服高丽。否则，他认为自己对不起那些死去的将士，更会让天下人讥笑他连小小的高丽都征服不了，致使大隋国威丧失殆尽。所以，这国恨民痛以及帝王的颜面，都不容被小小的高丽国羞辱。这口恶气不出，上对不起祖宗，下对不起臣民，更让杨广寝食难安。由此，杨广三征高丽之战势在必行，任谁反对都无效。朝堂上，杨广将决心告知众人，起初朝堂一片静默，谁都没有吭声。杨广知道众臣并非默认他三征高丽的主张，而是以静默表示心中的无奈与抗拒。杨广忍耐不住，冲着众大臣道："朕知道你们心里有话却不敢说，那现在朕就替你们说出来。你们一定认为朕又发疯了，才过几个月又要去征高丽，觉得这是把打仗当儿戏，不把将士性命当回事，是劳民伤财、穷兵黩武等，或许还有其他恶言秽语。当然，更会有人拿杨玄感叛乱后的社稷动乱、此起彼伏的民众造反来说事。事实上，朕对这些事都考虑过，而且不止一遍，朕的观念也曾对你们中的一些人说过。你们可以替朕想想，堂堂大隋，竟然在高丽国城下损兵折将，两次征讨都收服不了这个弹丸之国，这是国耻！朕对如此国耻岂能置之不理？你们让朕这个大隋天子，还有何颜面面对天下臣民？然而，朕的颜面事小，国耻才是大事。你们说，大隋国能咽下这口气吗！俗话说，佛争一炷香，人争一口气！但这三打高丽之战，打的不是朕的颜面，而是大隋的国威、军威，是我华夏民族之威。朕在此告诉你们，这三打高丽是非打不可的。本次讨伐高丽，朕已决定亲自担任三军统帅，从全国调兵百万，除已被清除的杨玄感余党之外，仍由宇文述为前军元帅，二征高丽时的原班将领参战，裴蕴督办粮草辎重，担任后军总管。这次若不把高丽国君臣打得趴下，我杨广誓不为人！此外，朕还要强调一点，民乱并不可怕，可怕的是像杨玄感之流的达官贵人在背后搞破坏。因为民乱是由于心中不平、有气，或许也因日常生计有些困难，只要把这些问题给他们解决了，再让他们乱，他们也不会乱。可杨玄感之流达官贵人的乱就不同了，他们的出发点并非为了这些日常生活的琐事，而是为了自身利益和手中特权，甚至觊觎朕的江山。所以，对这两种性质的动乱，不能混为一谈，更不能用同样手段对待。对于民众的动乱，一定要以安抚为主，加以疏导，只要他们不太过分，就不要用兵镇压。而对于官僚的叛乱，必须用严厉镇压手段，不仅不能让他们得逞，更要杀一儆百，追究其九族，让其他人不敢效仿。"

这时，虞世基出列道："启禀皇上，江南会稽有杨玄感的余党刘元进和朱燮称王作乱，山东有长白山王薄、河南有瓦岗寨翟让聚众占山为寇，河南讨捕使张须陀征战阵亡，朝廷该如何处置？"杨广皱了下眉头道："这个杨玄感真是阴魂不散。余党要除，称王的乱民也要除。这样吧！升江都郡守王世充为江南讨捕使，率领江淮兵马五万，去剿灭敢称王的杨玄感余党。对阵亡将士做好抚恤。对乱民，责令地方官先反省自身，再妥善处置。否则，朕将追查他们的责任。此外，据说贺若弼、高颎、宇文䜣私下议论朝政，认为朕处置杨玄感叛乱矫枉过正。大理寺卿王文同，你去查核一下，若他们确实有此议论，该如何处置就如何处置，决不能纵容妄议朝政的行为存在。"杨广如此壁垒分明的杀伐决定，确实起到了震慑作用，却也带来了不同结果。贺若弼、高颎、宇文䜣因有同情杨玄感的言论，被以妄议朝政罪赐死。

高丽国王高元得知隋帝杨广又率大军前来征讨，在朝堂上对众臣道："这可如何是好？本王若早知道杨广如此不依不饶，岂敢听信谗言、惹是生非！乙支文德，此事皆因你挑唆而起，你说，现在该怎么办？"乙支文德也没想到杨广竟然如此不好惹，仅仅间隔几个月又出兵讨伐，这让小小的高丽国如何承受得起。他原本想借此彰显自己的本事，以便在朝堂树立形象，让国王依赖他、众臣敬畏他，可如今事与愿违。高元已在明显指责他，众臣也对他怒目而视，让他不寒而栗。然而此时，他也感到自己无计可施，真是早知今日，何必当初！所以他无话可说。太大兄带着讥嘲道："臣早就说过，我们高丽国的鸡蛋碰不得大隋的石头，可有人为了谋私利昏了头，还杀了能与隋帝说得上话的傻哈。这不，祸事来了！如今依臣之见，除了乙支大人，再没人能解这个结了。乙支大人不是曾说愿意承担责任，愿意去求降吗，不知此话现在还算不算数？"高元也道："对呀！要救高丽之难，非你莫属了。"乙支文德无奈地道："容臣去试试吧！"

隋军这次进入高丽境内，如入无人之境，高丽国的各州府官员不是闻风而逃，就是敞开大门任凭隋军进出。因此，隋军兵不血刃便来到了平壤城下。令隋军上下没想到的是，平壤城上早已挂起白旗。宇文述的大营刚驻扎好，高丽国的使臣就送来了求降书。宇文述立即把高丽国的求降书呈送给隋帝杨广，并按照杨广的意见：高丽国王高元上表大隋皇帝，愿意世代称臣，年年进贡、岁岁朝贺；高丽国在平壤城外设祭台，斩杀主战的大臣乙支文德和大隋叛将斛斯政，以祭奠阵亡将士；拆除平壤城的内城和外城，以示高丽国臣民的诚服。隋帝杨广三征高丽的战事就此结束，高丽国以及周边的契丹、靺鞨等国也从此安宁下来。

王世充带着五万江淮精兵渡江来到吴郡，数战皆捷，击毙刘元进，斩杀自封为南阳王的朱燮。又谎称朝廷招安，将刘元进和朱燮三万余人的部众骗至黄亭涧全部坑杀。王世充虽完成了隋帝杨广钦点要他办的事，却在江南民众心里落下阴影，致使参与造反的剩余乱民不再信任朝廷，各自流落荒山野岭，占据一方为盗匪，成为此后隋末民反的各处烟尘。其中，杜伏威占据江淮，成为楚王；沈法兴成为江南王；还有辅公祏、林士弘、苗海潮、宋子贤等人，都成为隋末大乱的推动者。而王世充则借此机会，迅速将自己的江淮兵扩充到十万之众，并由此升任江淮总管，集江淮军政大权于一身，成为名副其实的一方诸侯，也为他此后跻身朝廷、聚势弄权、挟越王杨侗号令诸侯，乃至称王称霸打下基础。

山东长白山草莽英雄王薄趁着杨广专心征讨高丽之际，扩充军队、抢占地盘，成为当地一霸，后又自封为济宁王。河北窦建德被官府追逼无奈，只能重新加入高鸡泊孙安祖的草寇队伍，此后不仅势力壮大，还建国为夏，自称为夏明王，成为隋末反杨的一支劲旅。河南瓦岗寨的李密，趁此时机扩展壮大瓦岗军，攻克金堤关，占领荥阳粮仓，又用计杀死瓦岗寨寨主翟让，夺取权力，建立西魏，极力推行他的灭隋兴国主张，将隋末的动乱推向新的高潮。

总之，就事论事而言，杨广三征高丽催生了隋朝的动乱，杨玄感的叛乱是隋朝动乱的导火线。而杨广所倡导的先攘外后安内的朝政方略存在局限，带来的后果是给内乱提供了滋生发展的空间，成为促使隋朝走向衰亡的助推器。

第八十九章
萧后起意紫烟说天，巡查边城帝皇惊忧

　　杨广征服了高丽，去掉了心头的一件大事，确实也感到有些劳累。听说萧皇后与众院主在百花苑的望星阁备下了酒宴，既要替他接风洗尘，又要为袁紫烟正名赐官爵，因此杨广不能不去。朱贵儿不愿意去凑这个热闹，便推说身体不舒服，所以杨广只能独自欣然前往。

　　杨广接纳袁紫烟，是被她毫无矫揉造作的神态、不施粉黛的朴素以及清纯靓丽的姿色所吸引。然而，当杨广得知袁紫烟竟然是杨义臣的外甥女，而且还精通星象天文之后，既让杨广对草率处置杨义臣一事有所愧疚，更让他对袁紫烟产生了好奇。杨广立即派人去召回杨义臣，以弥补自己的过失。但由于三征高丽之战开始，一直没时间去探究袁紫烟对星象天文的真知灼见。因此今日回后宫，既有难以推辞萧皇后的盛情，更有想要见袁紫烟的殷切之心。

　　杨广来到望星阁，没太在意萧皇后宴席的丰盛，却留意着众院主对他的热情以及她们的喜怒哀乐、红肥绿瘦，还把袁紫烟搂在身边，十分亲热。这难免让主人萧皇后感到失落，心里不由得滋生出逆反情绪。萧皇后见杨广没完没了地与众院主亲热嬉笑，却把自己晾在一边，当作不存在一样，便忍不住大声道："你们打情骂俏够了没有啊！在你们眼里还有没有我这个皇后？"众院主见皇后吃醋发怒，便乖乖地回到各自的座位上，留下袁紫烟不知该坐到哪个座位。杨广拉着袁紫烟的手，想让她坐到自己与皇后的主桌，却被萧皇后喝住："袁紫烟，你的座位在翠华院。你以后就是翠华院的院主，本宫已经替你配备好了该有的一切，你今天就可以入住。"然后萧皇后又说："各位院主，都听好了。皇上在外征战很劳累，今日回后宫，你们都要体谅他。所以今日除了袁紫烟，谁都不要再打皇上的主意。往后皇上只要不出征，你们还怕没时间侍候皇上吗？"萧皇后这番话，让众人的热情消退了大半，也让杨广感到有些尴尬，酒宴便在这样的氛围下开始了。

　　酒过三巡，杨广见大家情绪不高，便举杯起身道："各位院主夫人，杨广承蒙各

第八十九章 萧后起意紫烟说天，巡查边城帝皇惊忧

位夫人垂爱，能相聚在一起，既是前世之缘，更慰生平之愿。但你们的夫君不是平民百姓，不可能像民间夫妇那样天天守着你们，也并非如你们之前所想，是对你们厌倦，而是因为国事为重，家事为轻。朕曾对你们许过愿，在朕有生之年，一定会尽心尽力让你们过得幸福快乐，以弥补朕曾经对你们的亏欠。趁着这段时间朝廷没什么大事，天气也渐渐炎热，朕已决定带你们去北方避暑……"杨广的话还没说完，众人已欢呼雀跃起来，萧皇后却板着脸道："一群荡妇，竟然如此得意忘形。"众院主中有人问道："皇上，北方很大，您会不会带我们像皇后娘娘那样，把整个北方都走一遍呀？"杨广笑着含糊道："北方确实很大，朕只要有时间，也想带大家都走一遍。"萧皇后却冷冷地说："想得美，北方并非你们想象的那么美好，不仅荒无人烟，一旦起风，会把你们都吹成黄脸婆。而且你们怎配与本宫相提并论？"杨广见萧皇后不高兴，只能委婉地说："皇后说得没错，北方刮起风沙确实很可怕。但晴天时，辽阔的草原很美很美，你们身在草地上，会情不自禁地想去打滚玩耍，心情跟在宫里完全不一样。"

萧皇后被杨广的话勾起了回忆，她想起那次在草地上翻滚的情景，也想起自己把宇文化及压在身下的感受，心里不由得一阵冲动。她看着杨广对眼前这些女人的殷勤体贴，又想到宇文化及投向自己的目光，情不自禁地在心里想："他可以拥有这么多女人，我为何就不能拥有其他男人呢！"萧皇后想到此，脱口而出："我不会再去那种地方。你们要去就跟皇上去吧！我留在宫里给你们守家。"杨广以为萧皇后在说气话，也不想此刻就把此事做最后决定，便说："此事朕还得与大臣们商讨一下，你们知道就行了。"众人欢腾，唯有萧皇后心里打着自己的主意。

这顿酒宴吃到最后，室外夜色已深，繁星高悬、星光闪烁。黄雅芸见袁紫烟不时地仰望天空，不禁勾起了好奇心，便冲着杨广，诱导道："皇上可知道紫烟妹妹懂得天文？如此好的夜色，何不让她给大家展示一下才华，让我们也长点见识。"这话点燃了杨广心中早就想探究的心思，他说："好呀！朕也正有此意。"萧皇后也已知道袁紫烟懂天文玄学，觉得此刻正是当众考查她是否有真才实学的时候，便不容分说地吩咐："此议正合本宫之意。冯总管，让人把椅子搬到院子里，本宫要与皇上和众院主一起听袁紫烟讲天文！"皇后下令后，众人无不欢欣鼓舞，有的干脆跑到院子里挑选最佳位置。清修院院主田玉芝走到袁紫烟跟前，亲切地说："紫烟妹妹，我们是沾光了，但你的良宵吉时可要被耽搁了。"袁紫烟微红着脸道："谢谢姐姐们抬举，就怕紫烟才疏学浅，说出来让姐姐们见笑。现在皇后娘娘下了懿旨，我也只能

907

从命。"杨广走上前来拉住袁紫烟的手,说:"不用谦虚,也不必胆怯,让大家开开眼界,你义不容辞。有你在,是杨广的福分。"

闪烁的星星镶嵌在漆黑的夜空,好似黑绒毯上挂着的颗颗宝石,繁星汇聚成的星河犹如一条白练在黑幕上飘荡。东一闪西一闪的星光让人着迷,又不禁让人猜想,这一闪一闪的光亮来自何处,又在向人们传递着怎样的信息?那七颗特别明亮的星星挂在天上,形似一柄饭勺,它又代表着什么呢?

杨广对天象并非一无所知,但有很多地方不甚明白,便对袁紫烟说:"朕虽然对各种学术了解不少,但对天文知之不多。朝中虽有专门研究天文的台官,朕却讨厌他们说话藏头露尾、故弄玄虚,所以朕也懒得问他们。今后有了你,朕甘当弟子,可以随时请教。"袁紫烟慌忙道:"贱婢只是一孔之见,实在不值一提,唯恐玷污皇上智慧,岂敢妄自尊大为师。"杨广却不以为意:"能者为师,这是天理,哪有妄自尊大之说。"

杨广接着问道:"据说'下有失德、上有天应',真有天象应验之事吗?"袁紫烟道:"星象学认为,凡五星运行,必有合、散、犯守的规律。合,即两星处于同一位置;散,是指五星变化,其精气化为妖星;犯守,则是两星邻近时光芒相及,会产生诸多变数。比如两星象迎而过称为凌厉,星月相凌不见则为斗食。还有彗孛飞流、日月薄食、晕适孛云、抱珥虹霓、迅雷风妖、怪云变气等,这些都是阴阳的精气。它们的根源在地下,天上的变化是地下的感应。人君的政令失误在哪里,天上的变异就会出现在哪里。就像影子随形、回声相应,丝毫不差。因此明君见到天象变异,便会反思过错、谢罪改过,祸患也就消除了。所以说,下有失德,上应天象,并非夸大其词。"杨广听后若有所思。

众人坐定,迫不及待地等着听袁紫烟观天象、说天文。萧皇后首先开口问道:"听说天上也有三宫六院,是真的吗?"袁紫烟让众人面北而坐,指着北方天庭中几颗明亮的星说:"天上的星座不叫三宫六院,而是叫三垣,由紫微、太微、天市组成。其中最明亮的一颗星叫天极星,是三垣的核心中垣,也叫紫微垣,或皇城,也称帝皇星,是皇上主权天下和三宫所在的区域。其旁边上方的星区是太微垣,是帝皇发布政令的地方,也是朝廷所在区域,又叫上垣。下方星光密集的星区为天市垣,也称下垣,代表天下百姓所在区域。北斗和文昌星区在中垣左侧,华盖和传舍在中垣右侧,这些星区都围绕着中垣运转。"

有人指着形似饭勺的七颗星问道:"你说的北斗是这七颗星吗?"袁紫烟道:

第八十九章　萧后起意紫烟说天，巡查边城帝皇惊忧

"正是。从勺头起，分别是天枢、天旋、天权、天玑、玉衡、开阳、摇光七星。前四颗为斗魁，后三颗为斗柄，也象征着帝皇的座驾，还表示四季的轮换。当斗柄东指时，天下为春；南指为夏；西指为秋；北指为冬。"

杨广问道："二十八宿和十二地支有什么含义吗？"袁紫烟指着紫微三垣说："在三垣四方的大圈内，有二十八颗闪烁着不同光泽、分布在东南西北四个方位的星座，分别是：东方青龙七宿，角、亢、氐、房、心、尾、箕；北方玄武七宿，斗、牛、女、虚、危、室、壁；西方白虎七宿，奎、娄、胃、昴、毕、觜、参；南方朱雀七宿，井、鬼、柳、星、张、翼、轸。二十八宿对应的地支是子、丑、寅、卯、辰、巳、午、未、申、酉、戌、亥。东方青龙的形象，属于五残星。大家看，正东方有七颗大而黄的星，星表面有青气，如晕有毛。北方玄武的形象，属于咸汉星，又名狱汉星，外面赤色，中心青色，下面有三彗纵横的就是。"众人都伸长脖子，盯着星空，大气都不敢出。

袁紫烟继续边指边说："西方白虎的形象，属于司诡星，正西方那几颗大而白、有尾有两角的星就是。南方朱雀的形象，属六贼星，在正南方向，大而赤形如彗芒、有九角、并时而晃动的那七颗星便是。这二十八宿星环绕天空，分管着天下四面八方的地域。它们分别对应着：角、亢、氐三宿属兖州；房、心两宿属豫州；尾、箕两宿属幽州；斗宿主江湖；牛、女两宿属扬州；虚、危两宿属青州；室、壁属并州；奎、娄、胃属徐州；昴、毕属冀州；觜、参主益州；井、鬼、星主雍州；柳、张、翼、轸主荆州。若要探知各地灾难，只需观望五星侵犯何宿，就可知何地有灾难。而且可以通过青、黄、赤、白、黑五色分辨，荧晕主内乱，太白主用兵，黑惑主邪疫，青色主地灾，黄色主天灾。"

突然，萧皇后指着帝皇星，若有所思地问道："这颗帝星怎么会有晃动的形状？难道帝星晃动，预示着天子好动喜游？"袁紫烟含糊地说："可以这么理解。"杨广诧异地道："朕喜动不喜静这点小事，上天也会有应验之象！那朕往后的一举一动岂不是都要受拘束了？"袁紫烟认真地说："有道是人在做，天在看，就是这个道理。皇上身为天子，星象备受瞩目，上天岂能没有感应。"杨广无奈地说："照你这么说，朕往后岂不是一动也不能动了。"袁紫烟和颜悦色地说："不是的，只需非礼勿动即可。"

杨广手指紫微星区又问道："紫微垣的气色忽明忽暗，预示着什么？其东方有几颗小星闪烁，又有什么应验？"袁紫烟盯着杨广手指的方向看了一阵后说："皇

上,恕臣妾不敢直言。"杨广心头一紧,说:"既然是天象,你但说无妨。"袁紫烟迟疑了一下说:"紫微垣晦明,预示着朝廷动乱。这三处闪动的小星,是贼星,正应验着朝廷动乱由此而起。"

杨广又问道:"你能推断出这三处贼星对应的位置吗?"袁紫烟道:"据三星所在位置判断,它们对应的是房、心和奎、娄、胃星宿之间,应该在豫州和徐州一带区域。"杨广似有所悟地说:"朕明白了。朝廷重臣杨玄感在黎阳叛乱,引发了河南瓦岗翟让、山东长白山王薄、河北高鸡泊窦建德的贼民动乱,不正是在豫州、徐州一带吗?这不也应验了朝廷的动乱!"杨广见袁紫烟没有应答,立即又说:"这好办!杨玄感的叛乱已被平定,朕再下令去剿灭这三处的贼星,到时候我们再看紫微垣的星象。如何?"正所谓帝皇一句话,鬼神也得听。

杨广隔天便在朝堂上调兵遣将,令弘化郡守李渊率关右十三郡兵马征讨河北窦建德;令江淮总管王世充率十万江淮兵剿灭河南翟让;令右卫大将军史祥领兵十万讨平东北王薄。随后杨广又当场宣布要带后宫去汾阳行宫避暑,并令宇文士及率五千铁甲骑士伴驾前行。

虞世基忧心忡忡,小心翼翼地说:"皇上,如今天下尚未完全太平,北方的突厥近来也有些异动。皇上仅带这么点侍卫北上,臣觉得不妥。"杨广不以为意地说:"西突厥的处罗可汗出兵助朕东征高丽,朕刚对其功绩进行了赏赐,他们不会背叛朕。东突厥的启民可汗刚去世,朕已允诺其子咄吉世继位为始毕可汗,还同意他按当地习俗迎娶其母义成公主为汗妃,他还有什么不满意的?"

裴矩说:"皇上,防人之心不可无。据臣所知,这个咄吉世不像他父亲那样忠厚老实,与其养虎为患,不如防患于未然。臣有一策,可以防范咄吉世的野心。"杨广点头道:"不妨说来听听。"裴矩道:"咄吉世有个弟弟叫咄吉拓,皇上已封咄吉世为可汗,咄吉拓多有不满。皇上何不用先帝分化突厥的策略,封咄吉拓为可汗,让他来平衡其兄的权势,为大隋所用?"杨广点头说:"此策甚好。即刻传旨,封咄吉拓为南面可汗,赐帛三百匹,酒三百坛,茶三百箱。"谁知杨广的这个封赐不但没有起到平衡作用,反而激怒了咄吉世,让杨广差点丧命于咄吉世的弓箭之下。

杨广北上汾阳宫避暑的行程就此确定,只是将铁甲侍卫增加到了一万之众,还带上了女儿南阳公主以及宠爱的孙子燕王杨倓。西京和东京仍由代王和越王留守,朝政由虞世基、宇文述、裴蕴、樊子盖、苏威主持。为保障前往汾阳宫途中北方疆域的安全,杨广还下令燕云总管罗艺整兵备战,警戒北疆。

第八十九章 萧后起意紫烟说天，巡查边城帝皇惊忧

杨广应朱贵儿所求，同意她不随众人北上去汾阳行宫避暑，而是与二姐结伴西行，去眉山寻访薛冶儿。杨广也允许萧皇后留在洛阳后宫，还应她所求，不仅留下了冯总管，还让皇城禁军总管宇文化及兼任侍卫后宫安全的特权。杨广对这两个女人的要求，也有自己的打算：自从薛冶儿愤怒离去后，杨广总会情不自禁地想念她，期待她有朝一日能回到自己身边，因此他从心里赞许朱贵儿与二姐去寻访薛冶儿。萧皇后不愿随众院主去汾阳行宫避暑而留在洛阳，对杨广和众院主来说都是好事。杨广省去了顾忌，众院主卸下了头上的压力，感到轻松；朱贵儿了却了心愿；萧皇后满足了情欲，可谓各得其所。

北方的盛夏依然炎热，汾阳行宫地处晋西北，是在旧址上新建的，对众人来说有新鲜感。而且行宫靠近汾河畔，比西京长安和东京洛阳凉快许多。杨广来此避暑，不仅是为了免去天天上朝听政、面对众臣的烦恼，也是为了兑现对众院主的承诺，同时他还想把上次北巡没走到的地方走一遍。因此，杨广在汾阳行宫中不仅天天享受着众院主的柔情蜜意，还不时规划着北巡的路线，他也真是够累的。

汾阳之北是雁门郡，雁门关是雁门郡的北方门户，出了雁门关向北就是大隋最北边的定襄郡。雁门郡的西北是马邑郡，马邑郡的西北是榆林郡，再往北就是突厥境域。一条蜿蜒曲折的长城自西向东，从黄河河套经马邑郡，向东北至雁门关，再到张家口。上次杨广北巡到榆林就折返了，此次他决定从雁门郡出关，经定襄到马邑，再沿滹沱水到博陵郡、赵郡。他不仅要查看北面的这些属地，也要让自己的红颜知己领略到大隋江山的广阔。杨广的用心着实辛苦。

夏去秋来，杨广带着各位院主踏上了北巡之路。北方的秋天天高云淡，早晚凉爽、中午炎热，寒暑分明。汾阳宫在楼烦郡境内，过了楼烦一路向北，就进入了雁北郡的辖地。四周渐渐变得荒凉起来，不过雄伟的长城却时隐时现，众人虽觉旅途枯燥，却也会因时常看到雄伟的长城而感到振奋。雁门关就镶嵌在这段雄伟长城的中间，是北拒胡马南下的一道屏障。

雁门郡守备陈孝意得知皇帝带着后宫嫔妃不仅要巡游雁门关，还要出关北上去定襄郡，既惶恐又担忧。他一面准备接驾，一面派出探马出关监察北域突厥的动静，以便一旦有风吹草动，能够提前防范。

杨广一行风尘仆仆地来到雁门郡，陈孝意带着属下将士列队相迎。杨广既感到暖心，又看到将士们生活的艰辛，立即让随从供应队中匀出粮饷赐给众将士。随后，在陈孝意的陪同下，杨广巡视着雁门郡府破旧的府衙、城郭以及民众低矮简陋

的房屋，这让杨广和随行众人都感到一种莫名的压抑。

杨广情不自禁地问道："怎么会这样？朕记得，当年朕还是晋王时，曾带兵来过雁门关一次。几十年过去了，这里怎么还不如从前？是朝廷的政令没有惠及此处吗？"陈孝意回答道："这里土地贫瘠、人口稀少，又是地处偏远的边塞之地，政令层层下达，到了我们这里就变了样。之前还有征战补给，多少能补贴些府衙开支，如今战事少了，补贴也就没了。"杨广似有所悟地说："原来如此，这倒是朕没想到的事。"

当杨广来到雁门关巡查时，只见关衙雄伟、城墙坚固，尤其是两道关门厚实沉重，需转动轱辘才能开闭。杨广不禁问道："为何这里的城墙关衙与府衙和民房的城郭截然不同？"陈孝意说："朝廷每年拨发修建长城的款项，臣不敢挪用分毫，全部用在了这上面。因为这关系着关内民生的安危。"

杨广随即又问道："据说北面的突厥换了可汗，近来不太安稳，有这回事吗？"陈孝意立刻回答："始毕可汗可不像他父亲启民可汗那般厚道。但他的目标不在我这地贫人稀的雁门郡，而是我们雁门西北河套渡口的马邑郡。"杨广诧异地问道："此话怎讲？"陈孝意说："马邑郡占据着黄河渡口，背后是富饶的河套平原，不仅物产丰富，而且人口众多、商业繁荣，可以说富得流油。始毕可汗只要拿下马邑，就能满载而归，不像我这里，他捞不到什么好处。"

杨广边思考边问道："马邑郡的郡守叫王仁恭。"陈孝意接口道："正是。但实权掌握在其属下守备刘武周手里。"杨广有些惊讶地问道："为何会这样？朕记得王仁恭是武将出身，因征战有功才被晋升为文职郡守，怎么会管不住自己的手下？"陈孝意说："皇上有所不知，刘武周是本地土生土长的官僚，在当地根基深厚。俗话说，强龙难压地头蛇。王仁恭是外来的官员，怎么斗得过刘武周？"

杨广边思索边说："竟有这样的事！这倒是朕没想到的。那么，这个刘武周是个怎样的人物，朕怎么一点印象都没有！"陈孝意看了看四周的人，面露难色。杨广说："他们都是朕信得过的人，你但说无妨。"陈孝意压低声音说："据传此人有反骨，当地人见了他都有些害怕。"杨广诧异地问："既然如此，他有何德何能，能升任手握兵权的守备？"陈孝意说："此人是行伍出身，为人凶猛好斗，前任官员为了便于敛财，便将他收为心腹。前任官员离任前，把他提升为了守备。"

杨广不解地问："各级官员都要有朝廷任命，一个郡守岂能任命手握兵权的守备？"杨广又问："马邑的前任官员叫什么名字，现在任何职，在什么地方？"陈孝

第八十九章 萧后起意紫烟说天，巡查边城帝皇惊忧

意说："据说此人因投靠叛臣杨玄感，已经被正法了。"杨广说："原来如此，朕明白了。朕这次去了定襄郡之后，还要去马邑郡。朕要会会这个刘武周，考查一下他到底是个什么样的人物。"

陈孝意听后有些着急地说："皇上还要出关去定襄郡吗？这可万万使不得。"杨广问道："为什么？"陈孝意说："定襄郡守已告知下官，突厥始毕可汗继位后在广聚兵马，大有南下进犯的可能。所以定襄郡守也开始招兵买马，准备应战。皇上若去，凶险极大。"

杨广诧异地问道："果真如此，定襄郡守招兵买马又是怎么回事，他们原有的守备兵力不够吗？他们上报朝廷了吗？"陈孝意惶恐地说："定襄郡地处关外边缘，离最近的榆林郡，快马也要走两天。定襄原本只是个小镇，先帝为抵御外敌入侵，在此设置府衙，与榆林郡、马邑郡以及我们雁门郡，组成互为犄角的联防阵势。我们四方若有紧急情况，都会燃烽烟为号，相互发兵增援。然而这四方虽同为郡府，但因地域大小、财力强弱不同，兵力配备也不一样，所以我们都受马邑郡节制。因此一旦临战，必然会临时招募兵力，一般情况下也不会上报朝廷。"

杨广不解地问："那么，招兵买马的开支从哪里来呢？"陈孝意说："皇上，这还得托先帝和您的福。之前，我们这四方只有马邑的人口体量够得上设置郡府。当时，我们雁门勉强够设置县府，榆林只够作为一个镇，定襄只是个集市。先帝出于战略考虑，从关内迁徙了一批犯人，在榆林建了县府，把定襄提升为镇，这才有了像样的官府。皇上高瞻远瞩，不拘一格，把敦煌县府提升为郡府，我们也因此受益，雁门、榆林、定襄都被升为郡级府衙。不仅我们的官爵都升至四品郡守，当地臣民也享受到郡级城府的待遇，官制和兵员的财力配备也有了极大提升。然而，随着边境安宁，上级府衙财政开支不堪重负，我们这些底层郡府便成了被层层克扣的对象，不得不削减官吏、裁减兵员、压缩各项民生费用。所以一旦有战事，兵员粮饷不足就成了不争的事实。为此，官府只能拆东墙补西墙地调集资金，或者官员自掏腰包，或者向民间征粮，去临时招兵买马，以应对战事所需。"

杨广若有所思地问道："这个定襄郡守叫什么名字？是本地人吗？"陈孝意说："定襄郡的郡守叫云定兴，是从关内京城来的。他原本是个生意人，但为人不错，与周边各郡关系融洽，民众口碑也很好。"宇文士及插话道："云定兴！难道是先太子的岳丈？皇上早已赦免他们无罪，却没想到他会在这里为官。但他如今应该有六七十岁了吧，还能理政吗？"

杨广感兴趣的似乎不在此，他问道："你怎么对这些事如此了解？"陈孝意诚惶诚恐地说："启禀皇上，臣家里两代都在此为官。父亲陈忠贤原是赵王府丞，因受五王之乱牵连，全家被发配到雁门县服苦役。当时的县令见我父亲为人忠厚，又能识文断字，便把我父亲留在府衙当抄抄写写的书记。后来适逢先帝大赦天下，便把我父亲提升为主簿，县令卸任前举荐我父亲为雁门县县令。我父亲病故后，由我接任县令，此后升任为郡守。臣从小生活在这里，出于职守和探究，对周边之事也就了解得比较详细。"

　　杨广疑惑地问道："大隋的官制没有私自提携、世代相传的。你们这里的上级官府对此也不闻不问吗？"陈孝意说："此地偏远，且土地贫瘠、人口稀少，之前在这里当官，除了一点微薄的官饷，不仅无利可图，还要担负许多责任，所以若非迫不得已，谁都不愿来此为官。而上级府衙为了撑起辖区的机构，只能按照朝廷意图，敷衍地设置官职官位，他们既能从中获利，又能做人情。所以，只要能达到这个目的，这官让谁来做又有什么关系呢！"

　　杨广没想到自己精心设置的官制，到了下面竟成了这般模样，心中不免惆怅。但看到底层官员在如此艰苦的环境下还能尽职尽责，又感到过意不去，甚至在心里思索着该如何弥补他们。突然，杨广又问道："从雁门关到定襄郡有多远？从这里到马邑郡的路好走吗？"陈孝意答道："从我们雁门关到定襄郡，快马也要走三天，但途中多为戈壁，少有草原，黄沙漫天，不过路还算好走。而从这里到马邑郡虽然只需两天行程，但路况不佳，若是碰上刮风下雨，就难说了。"

　　杨广当即毅然决定："明天，朕带裴矩与三千侍卫去定襄郡，看看云定兴是否真是朕的故人。宇文士及带着宫眷留在这里，等我们到了马邑郡之后，会派人来通知，你们再来马邑郡会合。"

第九十章
被困雁门君臣拒敌，少年将军智破突厥

东突厥启民可汗之子咄吉世继承汗位后，他想做的第一件事，便是将心仪已久的父妃义成公主娶到手。然而义成公主给他提出条件：她首先是大隋的公主，其次才是突厥的汗妃，能否下嫁汗王之子，需有大隋皇帝的允诺旨意，之后方可再议婚嫁之事。咄吉世虽不满却无奈，只能备下厚礼，亲自前往隋廷，请求隋帝杨广赐婚。

然而，咄吉世没想到，隋帝杨广竟将他当作贵宾接待，不仅允许他继承父亲的汗位，封他为始毕可汗，还下旨同意他按当地习俗迎娶父妃义成公主为汗妻，同时赐予许多宫廷物品作为赐婚贺礼。这让咄吉世惶恐而来，满意而归，却也让他大开眼界、增长了见识，甚至心生不少遗憾。尤其是隋帝杨广不把他当外人，与皇后在后宫为他践行，不仅让他见识了后宫的壮观，还让他见到了艳若天仙的后妃和无数宫廷美人，致使他数天无法安然入睡。

始毕可汗回到自己的王庭后，一面匆匆与义成公主完婚，将积压在心头的欲念尽情发泄在义成公主身上，一面在心底暗暗发誓，有朝一日一定要像隋帝杨广那样，拥有众多美艳女子。始毕可汗的狼子野心由此可见一斑。为实现野心，他开始筹划，重用汉人史浊胡为军师，着手组建自己的卫队。他加强对属下各部落的管控，镇压清洗不服从管制的部落，换上听从指挥的人做部落首领。随后，他按地域组建军队、训练士兵，为谋取中原做准备，还派出不少探子进入关中，打探隋廷动静，设法收买朝臣为他通风报信。因此，他早就知晓隋帝杨广带着后宫美人前往汾阳行宫避暑，随后北上的动向。

然而，咄吉世一时拿不定主意该如何利用这一信息。军师史浊胡猜到了他的心思，便对他说，这是在途中截取美人的绝佳机会，建议他派人跟踪监视隋帝的动态，寻找合适时机，将隋帝后宫的美人全部抢到手，以了却咄吉世的心愿，并提醒他此事只能智取，不可硬来，因为突厥此时还不具备与隋廷开战的条件。而且史浊胡料定，只要事情做得巧妙，让杨广抓不到把柄，隋军就不会因失去后宫美人而与他们

交恶，更不会因此开战。

正当咄吉世犹豫不决时，得知隋帝杨广册封其弟咄吉拓为南面可汗，并赐予许多物品，这让咄吉世极为不爽，觉得隋帝杨广分明是在分割他的权力。此时，他又得知隋帝杨广已到雁门关，再也按捺不住，立即率领两万轻装马队，偃旗息鼓，绕过定襄郡，连夜向通往雁门关的大道疾驰而去。他既想劫人劫财，又想警示威胁杨广，让杨广知道他不好惹，别把他逼急了，否则他什么事都做得出来。

定襄郡郡守云定兴，正是先太子杨勇的岳丈。自从杨勇被废，女儿云妃被囚，杨勇又因涉及唆使汉王谋反被杀后，云定兴一直流落在关外，做着皮毛和药材生意。或许是命中注定，云定兴贩卖一车药材途经定襄时，恰逢当地闹瘟疫，而他这车药材恰是治疗瘟疫的良药。于是，他将药材捐献给当地官府，解救了无数百姓，成了定襄民众的大救星。郡守见云定兴见多识广、能写会算、待人厚道，而自己年老多病，便将郡守之位让给了他。

此时的云定兴虽已年过花甲，但身手敏捷、身体健壮、头脑清晰。看到百姓苦苦挽留，又想到自己漂泊半生，总得有个归宿，便欣然接受了这份差事，做起了边塞定襄郡的四品郡守。他上任后的第一件事，便是将自己多年做生意积攒的银钱全部奉献给当地百姓，还卖掉在关内的几处房产，接济官员、充作军饷。当他得知境外突厥有犯边迹象时，一面行文朝廷、向四周邻近府衙禀告，一面在关内外张贴招募将士的告示，决心在定襄郡组建一支能与外敌抗衡的军队，守护当地百姓，尽到郡守的职责。

这天，云定兴得知隔夜有大批突击骑兵绕过定襄郡，驰往雁门关，立即召集手下官员和将士商讨应对之策。众人看法不一，有的说只要突厥不侵犯定襄，可置之不理；有的说应赶快燃起烽烟，向周边郡府告急；唯有一位少年将军沉默不语。云定兴有些奇怪，问道："李二郎，大家都表态了，你有什么想法？"李二郎思索着说："突厥轻骑夜间偃旗息鼓绕我们而行，此举意在奇袭，绝非攻城略地，也不会远离本土滞留太久。所以，我们得弄清楚，他们前行方向的雁门关，最近可有什么重大事情发生？"立即有官员说："我昨天刚收到雁门郡发来的公函，说皇上率领后宫不日要来我郡巡视，让我们早做准备。"李二郎恍然大悟："我明白了，他们是冲着皇上去的。"

云定兴紧张起来，心想皇上为何此时要来定襄郡，是专程为自己而来，还是另有他事？万一皇上在自己辖区出事，自己不仅脑袋不保，还觉得冤枉。他倾家荡产

第九十章 被困雁门君臣拒敌，少年将军智破突厥

想把这里的事办好，既是尽臣子之心，也是报答杨广对云氏一家的宽厚之情。杨勇犯下满门抄斩之罪，隋帝却未将其遗孀和亲友赶尽杀绝。如今杨广要来这偏远之地，万一突厥进犯，或是皇上途中出事，自己拿什么抵挡，又如何保护皇上安全？云定兴急得脸色发白、头上冒汗，说道："这可如何是好！我该怎么办呢？"

李二郎见状，说道："突厥若真是冲着皇上去的，这一招够狠毒。"云定兴急忙问："此话怎讲？"李二郎说："皇上在我们地段出事，突厥人只要做得干净利落，始毕可汗便可装聋作哑，避开嫌疑，罪责却全落在雁门关和我们这里。"李二郎见云定兴着急，又说："大人别急，我已想到一策，或许既能化解皇上的安危，又能保全定襄。"云定兴迫不及待地问："快说，怎么化解？"李二郎说："突厥既然夜间行动，必然怕暴露行踪。所以我断定，他们白天定会潜伏下来。我们趁此机会，立即派快马前往雁门关沿途，拦阻皇上的车队，让他们立即返回关内，以免中了突厥兵马的埋伏。其次，我们派出精干将士，寻迹跟进，尾随突厥兵马，伺机而动。此外，我还想知道，在雁门关到定襄的途中，可有适合隐蔽埋伏兵马的地方？"一将领立即答道："有，距我们这里约两天行程，但快马只需一天的地方，有一座山岗叫半月岗，因山岗背后有一潭形似半个月亮的水潭而得名。在此设伏，既有山岗可隐藏兵马，又有水草。"李二郎又问："这半月岗离雁门关有多远？"将领道："大概有一天半的行程！快马也就大半天时间。"李二郎思索着说："大人，事不宜迟，立即派人穿上平民服饰，沿着大道飞马前往雁门关，拦阻皇上出行。"将领立道："大人，末将去过雁门关，愿意领命前往。"云定兴点头，又对李二郎说："那个领兵尾随突厥、见机行事的将领，非你莫属。你需要带多少兵马？"李二郎道："兵不在多而在精，我就带自己训练的一千将士吧！但大人得做好定襄城的防范，提防突厥兵马顺手牵羊。还有，立即派人通知榆林郡守，如果雁门关燃起烽烟，让他们立即大张旗鼓地出兵奔袭突厥的都城王庭。同时，我们定襄也要派出兵马，虚张声势地奔袭突厥境地，支援雁门郡抵抗突厥。"

杨广执意要去天襄郡，谁都阻拦不了。但他抗拒不了众院主要跟随前往的一致请求，只能带上她们一同出行。陈孝意派了向导在前引路，杨广带着孙儿燕王杨倓和裴矩，乘坐在第一辆厢式敞篷大马车内。在他们身后，是驸马和南阳公主、十六院院主和侍女的车队，随后是随队官吏、应职侍从仆役，以及随行的粮草辎重供应车队。宇文士及将铁甲禁卫军分成三队，两队分列在左右两旁，护卫着行走在中间大道上的车马，一队殿后，随车队而行，阵势浩浩荡荡。

917

辽阔空旷的雁门关外，满目荒凉。野兔被万马蹄声惊得四处逃窜，秃鹰在万里碧空盘旋，不时发出凄厉叫声。这辽阔空旷让从未见过戈壁的人心旷神怡，荒凉凄厉却又让众人心头压抑。如此矛盾的场景，带来矛盾的情感，不免让人产生不祥预感，然而却没人愿意说出这种感觉。隋帝杨广的车马，义无反顾地向着北方定襄郡一路前行。

燕王杨倓年近八岁，生得眉清目秀，颇有小男子大丈夫气概，这也是杨广喜欢他的原因之一，杨广还常当众夸他有皇爷爷小时候的气概。杨倓聪明伶俐、善解人意，此刻见皇爷爷似有心事，没有开口说话，便说："皇爷爷，如此广袤之地，却不见人影，真煞风景。京城有那么多人，何不迁一拨过来，让他们在这里开荒种地，岂不又会成就另一番景象！"杨广皱了皱眉，耐心地说："不切实际的想法，荒唐。你可知道这里为何没有人迹？因为戈壁滩上长不出庄稼，这些碎石杂荆的表面土层不仅薄，底下全是岩石，蓄不了水，再加上这里天气干燥多风沙，所以在这里开荒种庄稼徒劳无功。所以你呀，这是浮夸虚华、好高骛远！在这方面可不像皇爷爷这般务实。"

裴矩怕杨倓不高兴，赶忙说："皇上，燕王殿下年纪这么小，就有如此豪情壮志，实在难得。皇上应该鼓励，不该给他泼冷水。"杨广却不以为意："对小孩的教育，该鼓励的就得鼓励，不该鼓励的就得让他们明白其中道理，不能一味迁就，养成骄纵习性。"裴矩还想说些什么，却见前面大道上有一团尘烟滚滚而来。这不仅引起前面向导的警觉，也让两旁护卫将士警惕起来。车队停下，护卫将士手执矛、刀出鞘，将车队团团围住，摆出严阵以待的架势。

杨广不由自主地在马车上站起身，注视着前面翻滚而来的烟尘，在心里判断烟尘后面的状况，设想种种应对方略。烟尘越滚越近，渐渐能看到烟尘裹挟的中心，似有一团火红的物件在烟尘前奔驰。近了，众人看清，烟尘前面是一匹狂奔的火红马，马背上的人也是一身红色。杨广看得更清楚，骑在马上的是一个披散着长发的女子，长发因马的狂奔飘散在身后，好似飞扬的黑色纱巾。大概是骑在马背上的女子也看到了荷枪拔刀挡道的将士，在距卫队前四五丈的地方，猛地勒住马缰。正在飞奔的火红马长嘶一声，腾起前蹄，戛然而止。然而，止不住的滚滚烟尘却向着众将士和车队冲去。裴矩急忙扬起双臂，用宽大的衣袖替杨广遮挡扑面而来的风沙，而杨广却返身将燕王搂在怀里。

风沙过后，杨广还没回过神，就听到一个女子的声音在车下喊道："皇上安康！

第九十章 被困雁门君臣拒敌，少年将军智破突厥

甥女风娇奉汗母之命前来报信；前面有伏兵，请皇上速速退回雁门关，免遭不测。"杨广举目向车下看去，只见一个英姿娇美、身穿大红紧身骑装的年轻女子在车下抱拳喊道。杨广愣了一下，急忙问道："你说是奉汗母之命前来报信，你汗母可是义成公主？"女子道："正是。"杨广欣喜地招着手说："这么说，朕是你的皇舅了！快，你上车来告诉朕，这前有埋伏是怎么回事？"女子却摇着手说："皇舅，没时间了。我也不知其中详情，是汗母昨晚告诉我的，说咄吉世带着人马要在半道上拦截皇舅，让我务必拦住你们。咄吉世那个骄妄狂徒，什么无耻之事都做得出来。"

杨广担心地说："你们给朕通风报信，若是被咄吉世知道了，你母女俩的安危怎么办？"女子道："只要皇舅安全了，我料咄吉世这个骄狂之徒，也不敢把我们怎样。皇舅，快快回去吧！汗母还等着我去报平安呢！"女子冲着杨广鞠了一躬，转身飞奔至火红马旁，纵身上马，扬鞭催马飞驰而去。杨广看着渐远的尘埃，若有所思地喃喃自语："上次看到她时还是个黄毛丫头，如今却已长成一个英姿丰美的大姑娘了！"裴矩在旁着急地问："皇上，我们该怎么办？"杨广看着消失在地平线上的尘埃，说："既然是义成公主专程来告知，宁可信其有，不可信其无。回吧！回到雁门关后，再打探此事真伪。若真有此事，这个咄吉世罪不可赦。"

果然不出李二郎所料，咄吉世的伏兵就埋伏在半月岗后面。这里是定襄郡至雁门关之间唯一可设伏，且最适合隐藏军队、搞突然袭击的地方，距隋城两地距离几乎对等。在此地有动静，等两地发兵赶来救援，搞事之人早已消失得无影无踪。所以，咄吉世带着两万轻骑趁夜而行，就是为了搞突然袭击，抢了人和财物后迅速撤离，不留后患。

然而，咄吉世没想到，派出去侦探的人回来禀告，隋帝的车马突然回撤了。咄吉世想到即将到手的美人和财物竟然溜走，既懊恼又不甘，决定立即飞马全速追击。他想，就算追不上隋帝杨广的车队，也要一鼓作气闯一下雁门关。因为他知道雁门关守军不过万余人，凭他这两万骁勇善战之士，没有攻不下的地方。这个咄吉世正如他同父（启民可汗）异母（义成公主）的妹子风娇所言，是个骄妄狂徒。他也不细想此举后果，竟然挥兵向着雁门关奔驰冲杀而去。

雁门郡守陈孝意得知隋帝杨广车马折返的缘由后，还没等他想好应对之策，就有官员奔进来禀告："发现关外满天尘烟向城关涌来，听声音似有万马向着城关奔驰而来。"陈孝意马上明白是怎么回事，对杨广说："皇上，这显然是突厥兵马见伏击不成，要来冲关了。"陈孝意又吩咐官员："赶快敲锣，关闭城门，所有将士上城墙

应敌。让烽火台准备好，听我命令燃放烽烟。"杨广也吩咐道："裴大人，你去替朕安置好后宫，照看好燕王殿下，让后宫的夫人们不要惊慌，不要随意乱跑。宇文将军，你随朕去城关察看敌情，并传令众将士，做好应敌参战准备。"

　　北方秋天昼长夜短，此时雁门关天色虽已近黄昏，但天空依然明亮。站在城楼上向下看去，视野清晰，在极目可望的地平线上，已能看清一片烟云下万马奔驰、杀气腾腾的景象。陈孝意不免有些紧张地对杨广说："皇上还是下城楼去吧！突击骑兵来的不少，臣怕他们射的箭会伤着皇上。"杨广扫了一眼城墙上严阵以待的将士，不以为意地说："朕又不是没经历过战事，哪怕敌酋倒在脚下，朕也不曾眨一下眼睛。况且我们脚下有这道长城，突厥纵有再多兵马，也奈何不了我们。祖先替我们建造这道长城，此刻不正是派上用场了吗？由此可见，我们日常维护修建长城，并非劳民伤财，而是防患于未然，没有事前防范，何来天下长久安宁！你们说是不是？"

　　在杨广身后的宇文士及仍有些担心："看眼前突厥这阵势，来犯兵马少说也有好几万，仅凭雁门关和我们万余之兵，如何抵挡得住？"杨广转脸问陈孝意："雁门关有多少能上阵拒敌的将士？"陈孝意道："目前满打满算，能上城墙的有近六千人，只要后援能及时赶到，还能抵挡一阵子。实在紧急的话，关中还有千余老少百姓也可上阵参战。"杨广若有所思地说："突厥骑兵闯关，靠的是奇袭、快捷和凶狠，他们欺负我们没防范、没斗志、惊慌失措。如今我们既有这道长城，又有了防范，再加上这些敢于拼杀的将士和臣民，暂且不必忧虑。"陈孝意道："皇上，要不要燃放烽烟向周边郡守告急？"杨广道："先看看他们的攻势再说。"陈孝意有些担忧地说："皇上，关外突厥兵最擅长弓箭，他们射的箭不仅远而且准……"

　　陈孝意这话还没说完，就听到城墙外响起一阵弓弩声，紧接着，一阵阵"嗖嗖嗖"的声音飞向城墙头。城墙上不少将士被飞蝗般射来的箭羽击中，倒地嗷叫起来。杨广站立在关衙箭楼的屋檐下，也有一支箭"嗖"地向他射来。杨广赶紧侧身躲避，箭"嘣"地一下射到门框上。吓得宇文士及赶紧把杨广拉进箭楼。

　　杨广在箭楼里看到，突厥士兵骑在马背上，轮番上阵向城楼上射箭。带羽的箭时而呈抛物线、时而呈直线射向城墙，而守城将士头顶却没有遮挡箭雨的物件，只能靠龟缩在墙根躲避迎面或是头顶上飞来的利箭，一时间伤亡多了起来。杨广没想到突厥兵不是立即攻城而是先用箭来伤人，忙对陈孝意道："快去让人抬门板上来，在城墙上建一道可以用来拦挡前上方射来的箭的屏障，以减少将士的伤亡。否则，他们用箭伤人之后再攻城，我们就没有守城的将士了。同时立即点烽烟求援。"陈孝

第九十章 被困雁门君臣拒敌，少年将军智破突厥

意匆匆而下，杨广又对宇文士及道："你去把后备将士调来参加守城，告诉他们要防备头顶上的飞箭。另外传朕的口谕，让裴矩动员后宫的夫人们去协助当地医治受伤的将士。"

狂妄的咄吉世在发兵前没想过，自己的设伏、奇袭，甚至闯关、攻城的计划能否成功。故他这两万轻骑也就没有带攀爬城墙的长梯绳索和攻城的器具。咄吉世也没有想到自己的如意算盘一错再错，伏击奇袭不成，追击闯关攻击也不成。他本想凭着轮番密集的箭雨，在最大限度杀伤守关将士之后，就能轻而易举地拿下关口，那么失去城关屏障后的隋帝杨广和他的后宫，也就无处藏匿逃生，此后的一切就只能任凭他处置了。可是他的箭雨被城楼上用木板给挡住了，尽管木板被箭射成了刺猬，可在木板底下的人却安然无恙，而且城墙上的人还捡起他射上去的箭来回敬他们，让他的手下也死伤了不少人。他虽然让人找来了大树木和石头去撞击城关门，谁知这城关门竟然纹丝不动，让他无计可施。而且他也看到了雁门关已经燃起了烽烟，也就是说不出两三天，雁门关周边各郡府的隋军就会赶到。咄吉世更是没想到这手到擒来的速决之战，如今成了一筹莫展的攻坚之战。

眼看天色渐暗，众将士也因昨晚连夜赶路，今天又是一路狂奔，紧接着又是轮番攻战，早已是精疲力尽了。况且由于匆匆成行，既没有做好在外旷日野战、也不曾有要攻城夺关的心理准备，不仅没有带充足的粮草，更没有攻城的方略，且又多次攻城失败，造成了不仅是士气渐渐低下，也引来了有些部首将领的不满，而让咄吉世陷入了进退两难之地，并不得不暂停了攻城夺关，而去让将士们就地燃篝火休息，宰杀阵亡将士的坐骑来烧烤充饥，咄吉世则召集了各部首商量对策。然而没有心理准备的各部首领，有的只是牢骚和埋怨，却都想不出一个有效的应对方略，而不能不让咄吉世心烦而火冒三丈，甚至是见人就骂，看不惯的就动手拳打脚踢，吓得各部属不敢靠近他。最后众人不得不在咄吉世的淫威下决定暂且休息一晚，第二天再集中兵力用箭雨封锁城墙，再用火攻燃烧城关门，力争能够一举攻破城关以不枉如此兴师动众地奔战一番。

李二郎带着自己的部下跟踪寻迹找到了突厥兵马设伏的半月岗，可不等李二郎想好应对之策，埋伏的突厥兵马竟然全部急匆匆地向雁门关赶去。这不免让李二郎有些忧虑，他生怕隋帝杨广的车队被突厥兵马拦截住了，故而突厥兵马全军出动前去参战。李二郎觉得，若真是这样，自己这千余人的兵马也就无济于事，隋帝就危矣！李二郎不得不带兵一面继续尾随突厥兵马向雁门关而去，一面想着应对的策

略。途中，李二郎看到了雁门关燃起的烽烟，也遇见了那个去报信的将领，得知了隋帝已经退回关中，突厥兵正在攻关的实情，这让李二郎忧虑的心情平静了不少，并在心里判断着道："雁门关只要能守住两天便有救了，而且突厥兵也必退无疑。"同时李二郎也想到了一策，他这千余人的兵马要在晚上搞出点动静，让咄吉世不得安宁。

雁门关的将士经过这番防守，虽然死伤不少，却也学会了既防范密集箭雨的攻击保护自己，又能伺机用弓箭和长矛及石块对逼近城墙和城门，或是攀爬上墙的突厥兵作有效的攻击，而抵挡住了突厥兵马的轮番进攻，守住了雁门关。杨广满意将士们的作为并感到欣慰，当他在探望受伤将士时，则更满意自己后宫夫人侍女们与众将士同仇敌忾的表现。杨广没想到这些平日看着娇贵嫩弱的女人，竟然也会撩起袖子露出白嫩的手臂去替素不相识的男人包扎伤口，洗涤血淋淋的衣衫和器具。尤其是当杨广看到那些受伤的将士，在得知了替他们包扎清洗的人是宫里的娘娘和近侍之后，所流露出来的惊讶、激动和振奋，让杨广不能不在心底里为自己的这些女人感到自豪，甚至涌起了一股想上前拥抱亲吻说些甜言蜜语感激话的冲动。而当这些娇贵的女人，看到皇上对她们如此欣赏也都故意地昂起了头，更认真地做着手上的活，似乎是在表示着："皇上，您的女人不会做得比别人差"时，杨广由衷地对自己的这些女人感到了钦佩，而在心里赞美着道："不错，简直就是夫唱妻随的典范，也该是我们大隋女人的楷模。"

夜色降临，砍杀声震耳、刀光剑影的景象已经消失，代之而现的是：雁门关外的空旷野地被一簇簇的篝火点亮，一群群的人形马影在光亮中晃动，而雁门关的城墙上，却是漆黑一片静默无声，似乎是没有一个人影而失去了生气。然而在寂寞的黑暗中，杨广却带着裴矩、宇文士及和陈孝意及几位将领正站立在箭楼前的城墙上，在举目眺望着关外这遍地的篝火人影，许久杨广才道："他们这是不肯罢休哟！"陈孝意道："按照关外胡人闯关的常规，他们远途奔袭不仅是有的放矢，而且会速战速决，占了便抢、抢了就走，却是绝不会围而不战又不走的。瞧这阵势，明天他们必定会有新的举动。"杨广道："是的，朕也正在想着这个事情。从他们今天攻关的阵势看，他们的'的'便是朕。但他们并非是有备而来，因此他们的攻战也是临时起意，否则他们如此之众的人，岂能没有一件像样的攻城器具？且也没有后续辎重的跟随。要不然我们的伤亡将会更大，城关或许也就难以坚守了。"裴矩也道："臣也在纳闷，他们既然凭着人多来抢关，可抢关不成却又不愿离去，我们的援军明天不到，后天一定会到，这帮突厥胡蛮还有什么胜算的把握？"杨广似有所悟地道：

第九十章 被困雁门君臣拒敌，少年将军智破突厥

"他们或许还寄希望于明天，他们一定想好了会用另一种手段来攻城，以便在我们的援军到来之前，达到他们的预期希望。"宇文士及道："他们除了弓箭之外，还能用什么来攻城？"杨广道："火攻！"宇文士及不解地道："我们的城墙不怕他们的火攻。"杨广道："城关门是木头的，它却经不起火攻。"陈孝意自负地道："皇上，不用担心。雁门关的城门有抵挡火攻的准备。城墙上的这几排大水缸并非是仅用来蓄水的，它们的底下有水道通向城关大门，一旦城门着火，只需把水道的闸门打开，水流就会顺着城门而下，再大的火也就着不起来了。"杨广无不欣慰地道："真是魔高一尺，道高一丈。有你们如此赤胆忠心的将士守卫在边城，朕还有何忧虑可言！"裴矩关切地道："皇上，塞外夜凉，还是早些回去休息吧！"

杨广正想转身，却听到关外突厥兵的篝火群里发出了一阵阵的骚乱声和人喊马嘶声，继而也看到了在篝火光影间隐隐约约的人窜马跳形影。裴矩情不自禁地喊道："皇上，该不是我们的援兵来到了吗？"陈孝意立即摇着头道："不可能的。我们求援的烽烟是傍晚时点燃的，就算离我们最近的马邑郡看到烽烟立即发兵，他们的兵马最快也得到明天下午才能赶到，可此时才近子夜，而定襄郡是更不可能了。"

突厥阵地的这阵动乱，却正是定襄郡的李二郎所为。李二郎把自己千余人的队伍分成了百人一队，取了十个方向，趁着突厥兵马的困乏，借着黑夜，从暗处袭击龟宿在篝火旁的人群马匹，用箭射、枪挑、刀砍、人喊、速攻、狠打、快撤的手段，搅得睡眼蒙眬的突厥将士心惊胆战，不知道对方来了多少兵马，而自己马跳人逃互相踩踏，乱成了一锅粥，却让在雁门关城楼上观看的人猜疑不透，也让在暗中观战的李二郎和众将士感到痛快，并趁着突厥兵马的混乱，安然退到了半月岗作反客为主的埋伏，等待战机再度出击。正是，螳螂捕蝉黄雀在后。突厥兵马的这一乱等到平息下来已是启明星高悬，晨光初现了。

第二天雁门关的战事，守关一方摩拳擦掌、士气高昂、众志成城，连燕王杨倓在迎晖院院主樊玉儿的陪护下也提着宝剑上了城楼，嚷着要跟皇爷爷杀敌守城，却慌得也是一手提剑的樊玉儿见了杨广就诉苦道："皇上，南阳公主交给我的这差事是没法担当了。燕王殿下根本不听我的话，他一定要上城来跟你一起杀敌。"杨广看了一眼孙子杨倓，微笑着对樊玉儿道："很好！朕五岁就敢匹马提剑陪二姐去上坟祭祖，他现在已经八岁了，上阵见世面，杀敌练胆气正该如此。你岂不也可以借此练你的剑术吗！但你们得提防头顶上的飞箭。"此话说得樊玉儿脸红，可杨广却哈哈大笑地自顾自地走开了，似乎没把她俩当回事。

攻城的突厥将士既没吃饱又没睡好地乱了一宿，却又被首领催着喊着去四处搜寻可以燃烧的柴物。然而戈壁滩上多的是矮小的灌木荆棘，少的却是高大的树木，而且灌木荆棘的火头虽大火焰却小，燃烧时看似红光明亮可燃烧力却不强，故虽然易燃却不能持久，更禁不住水泼雨淋，由此可见成堆成堆的灌木荆棘堆放在被水帘浸泡的城门前燃烧，虽然浓烟滚滚火势很大，但其有效作用也就可想而知了。咄吉世发动的火攻，烧了半天也没有伤着雁门关大门多少，却让突厥的将士像泄了气的皮球一样，再也没有后劲去捡柴烧火了。到了近黄昏，连咄吉世也感到了疲倦和无奈，而不得不停止了火攻。雁门关则是有惊无险。

杨广见战事稍息，即不无担忧地转脸对陈孝意道："今天虽然有惊无险。朕不能不担心突厥兵马如果不退，还会用其他更毒的招数来攻城。如果马邑郡的兵马不能及时来援，雁门关就危矣！你说，马邑郡的郡守王仁恭不会不知道朕在你们的雁门关吧！"陈孝意道："皇上驾临雁门关，这么大的事情，四处早就传得沸沸扬扬了。马邑郡又近在咫尺，岂能不知道？"杨广道："朕也是这么想的。王仁恭又是朕新近提拔的边城郡守，他一旦知道朕近在咫尺，他岂能不赶来参见朕。哪有见了告急求援的烽烟而无动于衷的？此中会不会有其他的缘故在内。"陈孝意马上猜测到了杨广内心所忧虑之事，道："皇上是担心守备刘武周会不会在从中作梗？"杨广道："正是"。

杨广的忧虑一点也没错，此际的马邑郡正在发生着一场兵变。左武卫大将军王仁恭被封为马邑郡守上任之后，就发现了府衙内的反常现象，府衙内上上下下的官吏和仆役似乎都被守备刘武周掌控着，而且这些官吏衙役明言说他们都是守备的人，王仁恭明白他被架空了，既没有权限，也没人听他的。这让王仁恭不仅震撼，而且感到了一股莫大的压力，并深深觉得此事如果听之任其发展下去，自己不仅是有负皇上的信任和提拔，也会助长刘武周这样的地方恶势力的发展。

王仁恭不是一个愿意听人摆布的孬将，他不仅能领兵打仗也能挥毫弄墨，他一面收集刘武周心怀叵测、独霸一方的言行，一面把他掌握到的状况写成了奏折，一份上报了节度马邑郡的上司太原郡守，另一份上达给了朝廷吏部，他在奏折上力举了刘武周不遵法度、独自为大的不规之举，要求上司朝廷不能姑息，立即派兵前来扭转马邑郡的势态，免得让刘武周的羽毛长齐了不可收拾。

谁知王仁恭上报给太原郡府的折子，竟然落到了刘武周的手上。刘武周一怒之下决定先下手为强，隔天就挥兵冲入郡守府衙杀了王仁恭，还扬言是王仁恭要反

第九十章 被困雁门君臣拒敌，少年将军智破突厥

叛，才被他杀的，并自称将由他继承郡守之位。因此他对皇上巡视雁门关之事不仅是充耳不闻，也对雁门关燃放烽烟视而不见，甚至对突厥兵马围困雁门关还暗自拍手叫好，大有皇上如果被诛他就可取而代之之念，这个刘武周也真是够胆大妄为的了。因此雁门关的君臣盼望马邑郡发兵来救援之事也就成了镜花水月。

咄吉世两天没有攻下雁门关，他的心里在发毛，更引起了他身旁各部首领的指责。他知道自己现在唯一的退路是赶快撤兵，否则援助雁门关的兵马一到，他将会腹背受敌，别说是已经又累又饿没有力气的将士们抵挡不了，恐怕是他们的坐骑连撤退也跑不动路了，到那时就只能等人宰割了。但是咄吉世又觉得心有不甘，故而在踌躇着。

不知怎的，正在散乱待命的突厥兵马突然骚乱了起来，更有人喊道："不好了，隋军的兵马分两路奔袭我们的都城王庭去了。"咄吉世和众首领都急了，有人竟然不等咄吉世发令就去集合自己的部下准备撤退。咄吉世确实是没想到，隋军会釜底抽薪去袭他的老巢，万一都城王庭丢了，那他这个汗位也就难保了。由此，在咄吉世还没有真正拿定主意，就被亲随部下裹挟着上了马背，随着众人向北撤去。

突厥的将士们在得知自己的家要被人抄了，谁能不忧虑，又有谁不想尽快地去保住自己的家底？因此，突厥兵马此时的撤退正应了"归心似箭"四个字，谁还有心思去顾其他的事，有人甚至恨不得自己的坐骑能长出翅膀飞回去。他们虽然知道自己的坐骑也累得够呛，但为了奔跑得快些，不仅是狠命地举鞭抽马，还把身上所有多余的累赘甚至是兵器和空箭囊都丢了，更有一些受了伤的将士，只能忍着疼痛跟随撤退，突厥兵马的这副阵势与被人追杀的残兵败将撤退没什么两样。

雁门关的将士见突厥兵马狼狈撤退，以为是援军到了。立即打开城门追杀了出去，宇文士及也带着他的铁甲骑士赶去收拾落伍的残敌。突厥兵马的如此状态，又被料事如神的李二郎给算到了，他趁着突厥兵马无心恋战、执意奔逃的心态，在半月岗截住了突厥兵马的尾巴，与雁门关追杀出来的宇文士及铁甲骑士们狠狠地冲杀了一阵，不仅是杀了千余突厥的将士，还缴获了数百匹战马。宇文士及得知李二郎是定襄郡的援军后，即把李二郎带到雁门关，引见给了皇上。

隋帝杨广有点喜出望外，他没想到近的援军没到，远的不仅是先来还非常及时，而且带队的竟然还是个这么年轻的将领，于是不仅是立即赐座，还颇有兴致地问道："李二郎，你这么年轻，仅带了千余之人，就敢作为援军、去与数万之众的敌军对阵，还以极小的伤亡，扭转了整个战场的态势，简直就是初生牛犊不怕虎啊！

让朕不能不刮目相看了。"

李二郎拱手而道："谢皇上赞许。兵家的胜败往往不在于多而在于精,更在于谋和判断。"杨广道："好一个精辟的说辞。朕喜欢你的见解,但朕还有不解之惑,像你这样年轻有为的将领,在定襄边关从军图的是什么?"

李二郎道："启禀皇上,在下并非是定襄人,而是陇西人。"杨广闻言更是惊讶地问道："陇西人跑到了关北去从军,这又为的是什么?该不会是因涉事而被发配到那里去的吧!"李二郎道："非也。是小的在陇西看到了定襄郡的招军告示之后,自愿要去的。"

杨广更感兴趣地问道："为何?此中该不会没有道理吧!"李二郎道："在下不愿在父亲指定的范围区域之内去历练。一个人要想历练自己的本事,就一定得到最艰险的地方去切身经历,否则徒有虚名却难有作为。"

杨广不由得竖起大拇指道："说得好,有志气。哟!朕还没问过你的家世呢!你家在陇西什么地方,你父亲可有官衔?"李二郎似有隐情不便直说,只能吞吞吐吐地道："我出生在武进,我家在弘化,是陇西的世族。父亲……父亲虽然有官职,也就是个小官罢了,不值一提。"

谁知杨广却道："你父叫什么名字,什么官职。他能养育出你这样有志气的后辈,朕得给他加官晋爵。"李二郎为难了,喃喃了一阵也没有说出一个明白的词来,这让杨广感到了奇怪,不由得疑惑地问道："你如此吞吞吐吐,该不会是你有什么难言之隐吧?别怕,说出来,凭着你有胆略前来成功救驾,你纵然有再大的罪过,朕都给你做主赦免了。说吧,你父亲是谁?"李二郎到此不得不道："请皇上恕罪。在下是陇西弘化郡守李渊的次子叫李世民,二郎是在下的乳名。"

杨广真正吃惊了,道："你父是李渊!是朕最近才册封他为陇西十三郡总管的李渊?"李世民道："正是"。杨广若有所思却又惊喜地道："正是将门无犬子。你可知道,你的祖母是谁吗?"李世民没有回答。杨广道："你祖父李炳,是朕父皇的姨夫,你的祖母独孤曼陀,是朕母后的二姐,你现在该明白,你们李家跟我们杨家是什么关系了吧?"李世民并非是不知道这些姻亲关系,而是他不想因此去高攀皇家亲戚,甚至也不想用父亲的官衔作阶梯去为自己争添功名。他孤身一人跑到定襄郡去从军,其目的就是要凭自己的本事去闯出一番事业。但现在却被皇上给点破了,让他感到了左右为难,一时不知该怎么回答才好。

杨广见李世民沉默不语,似乎是明白了此中的内因,道："说吧,你想让朕给个

第九十章　被困雁门君臣拒敌，少年将军智破突厥

什么官？"李世民道："谢皇上。世民不想要官，却有一件紧急军情要禀告。"杨广道："唔，说来听听！"李世民道："在下在行军途中得知，马邑郡的郡守王仁恭被其下属守备刘武周杀了，而且刘武周自荐为郡太守。"

杨广既诧异却又愤怒地道："原来如此，难怪马邑郡的援军不到。哼！这个胆大妄为的刘武周，竟然敢杀朕任命的郡守，简直是无法无天了。看我怎么去收拾他！"

李世民见杨广动怒，忙道："皇上，就目前北疆的态势来看，在下有一个建议，不知当讲不当讲。"杨广忍住怒气道："但说无妨。"李世民道："当前北疆的突厥蠢蠢欲动、不安稳，他若要进取中原，其捷径必定是沿黄河南下。而首当其冲挡在他面前的便是榆林、定襄，其后是雁门、马邑郡，此四郡唯有相互携手方能与突厥抗衡。四郡之中，尤以马邑郡的实力最为强盛，也可谓是四郡联守的支柱，若马邑郡动乱，其他郡必然动摇难保，由此北疆就危矣。突厥兵马破了北疆的四郡联守，便可侵楼烦、逼太原，长驱南下，大隋中原会无险可守，天下就乱了。由此可见，马邑郡绝对不可以内乱。因此，当今之计，既然守备刘武周不服王仁恭要篡权当郡守，而且已经成了现实，只要他不明着对抗朝廷，皇上就赐他当个郡守，让他担起这北疆抵抗突厥的重任，稳住马邑，达到保护一方的安宁，皇上何必不乐其为呢？"

这一篇精辟的论断说得头头是道，不仅让杨广心悦诚服，而且不由得对这个年轻的侄甥越发喜欢起来。

杨广边点头边道："言之有理，言之有理。世民啊！你在定襄边城当一个校尉太屈才了。朕现在就封你为六品虎贲郎将，随朕回京都去，朝中的官职任你挑，如何？"

李世民急忙起身拱手婉言推拒着道："谢皇上的眷顾。但在下现在是定襄郡的校尉，且还有军务在身，必当以尽职有始有终为念，故目前还不能跟随皇上进京。请皇上容在下返回定襄，向郡守交差请辞完事之后，返回家中向父母禀告后，再来聆听皇上的差遣。"

杨广不能不在心眼里要对这个表侄器重了，他那不骄不奢的一言一行让杨广看到了他潜在的品质，更让杨广感觉到这是一个罕见的将才，在朝廷现有的文武官员中能够胜出他的几乎没有。但是他那有理有据的说辞，杨广又无从去批驳他的不当，故而只能道："定襄郡守云定兴乃是朕的故人，你回去替朕告诉他，让他保重身体别太辛劳，有空能到京城来看望朕。此外，你在向父母禀告之后，尽快来京找朕这个表伯父，并对你父母说，朕的大隋是绝对不会亏待你们李家的。"

第九十一章
权臣拥兵瓦岗渐大，忠臣闯宫淫后失态

隋帝杨广在雁门关遭遇突厥兵马袭击的消息，早就由各路关心皇上动静的封疆大吏派出的探马传了回去。燕云十三郡的罗艺根本不想出兵驰援，他推辞的理由是：北有虎视眈眈的契丹和靺鞨，万一这些胡寇趁他出兵驰援、燕云兵力空虚之际乘虚而入，后患就大了，所以他抽不开身。

太原郡守受李渊管辖，李渊已出兵去讨伐河北高鸡泊的窦建德和孙安祖了，只能自保，无力出兵救驾。更何况李渊自有打算，匪首窦建德乃是他夫人窦氏的堂弟，李渊出兵前，夫人还再三嘱托，让他网开一面，别赶尽杀绝，以便留个日后相见的念想。

因此，李渊带兵进入河北境内后，仅是跟孙安祖打了一仗，致使高士达阵亡，此后再没有直接剿匪。因为李渊看到了杨玄感叛乱时一呼百应的态势，以及各地诸侯拥兵自重的趋势，他也得为自己留下一片可以施展拳脚的空间。所以，他这次出兵河北剿匪，没必要太当真，完全可以借隋帝杨广"治民先治官，剿匪先安民"的治乱宗旨行事。于是，李渊把剿灭高鸡泊乱民当作应付朝廷的招牌，实则着手清理当地有污点的官员，换上他认为可信托之人，并开仓放粮周济百姓，以此赢得当地百姓的口碑，为长远谋划做铺垫。而高鸡泊的乱民似乎也很配合，见大军压境却未被往死里逼迫，便很知趣地归宿在高鸡泊内，不任意轻举妄动，确实让民众有了安全感，起到了稳定社稷民生的作用。

右卫大将军史祥带兵十万出征山东，声威显赫。然而，王簿匪民聚众作乱的长白山区，山峦起伏、杂草荒径，官兵所到之处，匪众闻风而逃，根本不与官军打照面。这让打惯了面对面正规战的史祥有力无处使，久而久之，史祥对如此剿匪平乱失去了信心，于是找了个匪情已平息的借口，带着兵马撤回了原籍并州。

河南瓦岗寨主翟让在得知朝廷要派大军来剿灭他们后，立即召集众将领商讨应对措施。有人主张兵来将挡；有人提议暂时避其锋芒、化整为零；还有人建议声东击西，与官军周旋；唯有李密笑而不语。翟让见状，不得不躬身问道："军师可有高见？"

李密胸有成竹地说："在朝廷看来，他们为官，我们为匪。可我们为何一定要自认是匪呢？来犯之敌是在侵犯我瓦岗的疆土，我们为何不能理直气壮地捍卫？两军对阵，历来是兵来将挡、水来土掩。像朝廷猛将张须陀，都死在了我们刀下，朝廷官军还有何可怕的，为何非要自矮一截，去谦让躲避，长他人志气、灭自己威风？所以，在下认为，我们没必要怕官军，反而要趁机扩大地盘，打几个硬仗给他们看，让杨广这个昏君别小瞧我们，别老是把我们当作匪。"

众人被李密这一说，纷纷点头赞同，这让李密无比得意，又接着说："我们瓦岗寨说大不大，说小不小，但终究是个山寨，所以被人视为草寇。然而，天下是天下人的天下，只要有道，皆可取之。隋朝的社稷也并非他杨广一家人的，杨玄感不就打出了要杨广下台的旗号吗？因此，我们不能自甘在山寨中当草寇。胜者为王，我们为何不能夺取杨家的天下，改朝换代，为自己赢得封官加爵、荣华富贵？"

如此蛊惑人心的言辞，确实把众将领说得群情激昂、蠢蠢欲动，更有人摩拳擦掌，准备跃跃欲试，却把寨主翟让晾在了一边。李密接着愤然道："我的主张早就提过，取金堤关，北拒黎阳来犯之敌；占荥阳城，攻夺兴洛仓，让我们的瓦岗军衣食无忧，然后挥兵争夺天下。可我的方略，有人不以为意，甚至认为是异想天开。如今，趁着淫帝杨广带着后宫女人去北方游山玩水，我们正好乘虚出兵，实施此方略。所以，如果大家真想分天下这杯羹，就必须拥我为帅，像大海寺之战那样，听从我的指挥，服从我的军令，我定能还大家一生锦衣玉带、荣华富贵。"

众将领立即纷纷表示赞同李密的说法，愿意听从他的指挥。翟让见状，不得不说："既然大家都愿意听从军师的，本寨主也没有异议，往后的战事谋划和指挥，就都归军师代劳吧！"

李密对翟让不痛不痒的表态，心头虽有不满，面上却只是微微一笑，说："既然如此，我们的扩地拓疆之战就此开始。众将军听令：由程咬金、杨德方、李俊带三千将士去取金堤关；由单雄信、徐世绩、罗达、房彦藻、郑德韬领兵五千去占荥阳；由秦叔宝、邴元真、陈智略率兵三千去攻夺兴洛仓；我和王伯当、王信儒、蔡佑仁率一万将士作后队接应；其余将士随寨主留守瓦岗寨。"

李密如此调兵遣将，把翟让的亲信都排斥在外，这让翟让和他的亲弟兄们怒在心里，可面上又不敢说什么，却为此后瓦岗寨内部的火拼分裂埋下了伏笔。

| 929

荥阳是中原的战略要地，瓦岗在其东北，其东南面是一片平原，水系也非常丰富。荥阳向西是虎牢关，再向西是东都洛阳的门户巩县，巩县有洛阳境内最大的粮仓洛口仓。李密此战北取金堤关，西进占荥阳，战略意义不在于夺取兴洛粮仓、保瓦岗寨衣食无忧，因为兴洛粮仓毕竟是个小仓，他的着眼点是巩县的洛口仓和东都洛阳。只要能攻占洛口仓，就可以直接威胁洛阳的生存，这也是李密欲夺隋朝天下的第一步战略。由此可见，李密的心机并非争一城夺一地的小打小闹，而是要与隋帝杨广分庭抗礼、争夺天下。

镇守东都洛阳的越王杨侗，在得知瓦岗寨的乱民杀了郡守杨方、占了荥阳，正在围攻兴洛仓后，立即派出虎贲郎将刘长恭带领二万兵马前往征讨。刘长恭没把瓦岗军放在眼里，认为数千乌合之众的乱民根本不堪一击，结果却撞进了李密设置好的包围圈。一番争斗后，刘长恭最后单枪匹马逃回虎牢关求救。

李密击败刘长恭，夺取兴洛仓之后，发粮济民，趁势扩大自己的队伍，并立即向虎牢关进军。虎牢关守备虎贲郎将裴仁基，见连连得胜、声势正旺的数万瓦岗军要来夺关，自知不是对手，只能带着儿子裴元庆献关投降，刘长恭不愿降草寇，逃往东都洛阳报信。

李密兵不血刃，轻而易举又拿下虎牢关，还有隋军两员将军来投诚，心头得意，立即授裴仁基为上柱国和军前司马之职，既是对他们献关有功的奖励，也是做给隋朝其他官员看的表率。李密见挥兵西进如此顺利，于是决定乘势攻占巩县，打通西取洛阳的通道，并夺取洛口仓，切断洛阳口粮、围攻东都。

越王杨侗与辅臣元文都、段达见战事紧急，一面上告西京主持朝政的代王杨侑，一面调兵遣将加强洛阳城的防守，却无力派兵支援洛口仓。西京代王杨侑接到东都洛阳的告急文书，立即让虞世基发八百里文告，催促江淮总管速速带兵拦击瓦岗军，解东都洛阳之急难。同时，由兵部尚书令宇文述亲自率大军十万增援东都洛阳，并调大将军卫玄领兵五万驰援洛口仓。一时间，东西两京战云纷乱，臣心民情动荡不安。

江淮总管王世充率领的十万江淮军，已经来到了荥阳南面的洛南黑石。王世充得知荥阳失守，虎牢关守将投敌，李密的瓦岗军已扩大到十万之众，不仅势头正盛，还占了巩县，目前正在围攻洛口仓。为此，王世充决定不正面与李密的瓦岗军对垒，而是采用釜底抽薪、围魏救赵的战术，迫使李密放弃攻夺洛口仓，撤军回援自己的老巢瓦岗寨。于是，王世充挥兵直奔瓦岗寨，围住了瓦岗的南寨月城，直接威胁到

第九十一章　权臣拥兵瓦岗渐大，忠臣闯宫淫后失态

瓦岗寨的安危。

此刻的瓦岗寨内兵力空虚，也没有能独当一面领兵拒敌的大将。为此，不仅寨主翟让慌乱，更引来了他那帮亲信兄弟的不安和不满，纷纷向翟让进谗言，认为这是李密架空了瓦岗寨，故意用空寨和寨主做隋军的诱饵，目的是借隋军之手灭掉寨主，为李密篡位铺平道路。

翟让虽没有完全听信这帮兄弟的话，但对李密的诸多言行也不禁产生了猜忌。翟让为解瓦岗寨眼前的危急，平息这些兄弟的议论，证实自己的猜忌，便以书信形式亲自下了一道命令，派人飞马送往李密军中，令其立即撤军回保瓦岗寨平安。

正在势头上的李密，眼看着洛口仓就要到手，东都洛阳也近在咫尺、随手可得，却收到了翟让一封口气强硬的撤军令。而且信中还说，瓦岗军多数将士的家眷都在瓦岗寨，万一山寨失守，所有家眷都会落入隋军之手，到时候谁还有心争战，这一切责任该由谁承担？

李密对这场战役的布局是主攻向西、防范在北，所以把主力放在西进夺取战略要地荥阳和兴洛仓，派悍将和精兵拿下金堤关，防备从北方魏郡黎阳来袭的隋军，却没把南来的隋军考虑在内。这并非李密考虑不缜密，而是根据他了解到的隋军部署，隋朝北方战事多，重兵都布置在北方，南方虽有军兵，却多是以地方防范治安为主。而且李密知道，江淮的王世充是杨广新提拔的地方儒将，不仅名不见经传，也从没听说他领兵打过什么大仗，且又被派往江南平息民乱，所以南方隋军不足为虑。

然而，让李密没想到的正是这个不足为虑的王世充，竟然带兵捅了他的软肋，让寨主翟让给他下了死命令。不过，从中李密也明白了一个道理，不把自己的根基打扎实，必定会受小人掣肘，就无法随心所欲地施展自己的才能、实现自己的抱负。因此，翟让如此措辞，不仅让李密感到压力，更感到了后患，但他又不甘心此战半途而废，正在踌躇。

此时，瓦岗军将士听说隋军围攻自己的老巢，瓦岗寨危在旦夕，都不由得失去了继续在外争战的信念，纷纷表示要撤军驰援山寨，保护山寨里家人的安全。李密见军心已乱，又传来宇文述亲率的十万大军已抵东京，西京来援洛口的隋军也已逼近的消息，不得不做个顺水人情，下令撤军驰回瓦岗寨。

王世充见自己围魏救赵的计谋得逞，足以向朝廷报功，也就没必要拿自己刚刚聚集的实力，与草寇瓦岗军拼个你死我活、鱼死网破，让坐在京城里的高官达人坐

享其成。于是，他见好就收，把兵马收回到洛南黑石休整，以便在有利时机再伺机而出。

宇文述来到洛阳之后，因身体不适，便把十万援军的军权交给了越王杨侗，自己留在洛阳府邸治病调养。然而，这十万援军在此后李密再打洛阳之战中起到了很大作用，致使李密再度无功而返，只能转战其他方向，也促使瓦岗军从此开始走向分崩离析的境地。卫玄见瓦岗军慌乱撤退，便趁势收复了荥阳，并被授权留守荥阳为代理郡守，待隋帝杨广回朝后再作封赐正式任命。

瓦岗军的荥阳之战虽草草收场，却给人留下诸多值得思考和回味的话题。如果李密的瓦岗军不撤退，与隋军拼死一战分高低，会有怎样的后果？如果王世充的江淮军坚持打下瓦岗寨，让李密没了根据地，又会怎样？此时的江淮军与瓦岗军到底谁更强？若江淮军灭了瓦岗军，会是什么结局，反之又如何？隋朝又会发生什么变故？若瓦岗军与隋军两败俱伤，李密还会有此后的一度辉煌吗？王世充之后还能否称王称霸？如果隋帝杨广此时在京城坐镇指挥，他能容得下瓦岗寨如此嚣张吗？会不去追究王世充佣兵做大、助长各方势力自强的行为吗？因此，这场由李密发动的荥阳之战，是风雨来临前的序曲，是各方势力亮相的前奏，更预示着隋朝当政者此后的作为，会给隋朝命运带来怎样的结局，这或许是天意，也或许是天命所归。

隋帝杨广神情疲惫地来到西京长安，得知东都洛阳发生的战事之后，既感欣慰，更觉得有些事不能不说、不能不做了。杨广在朝堂上说："朕这次北巡，最大的收获是，只要君臣心齐，万险可克。"

于是，杨广把在雁门关遇险被困，君臣齐心协力拒敌，边城小将李二郎智退敌兵的事说了一遍，然后说："这次雁门关的遭遇，让朕看到了边关将士生活的艰辛，以及他们的忠心可嘉，同时也看到了朝廷官僚的不作为，可恨至极。你们这些高官，也应该到边关去体验一下，这些坚守在边关的基层将士有多困苦。没有他们忠心耿耿、含辛茹苦地坚守，哪有我们此刻的安闲？可你们却墨守成规，坐在暖屋里，穿着锦罗绸缎，喝着美酒，吃着山珍海味，左一个框、右一条律地制定出种种规矩，再一层一层地推行下去。你们可知道，你们制订的这些规矩，哪怕再好，到了底层会变成什么样子吗？你们对自己定的规矩，又有谁去实地核查过，是否有效，是否切合实际，有多少人在认真执行，又有多少人在张冠李戴、弄虚作假、借此胡作非为？"

杨广越说越气，点名道："苏威，苏大人。你是本朝元老，却也是个老朽的老官僚。在朕之前，朕似乎还觉得你的中庸之道，在朝堂上能起到平衡作用，现在却发现，朕错了。天下没有靠中庸之道可以强国的，更没有用中庸理念可以治官的。所以，朕今天要免去你所有官职，但保留官俸，让你回家安享晚年。吏部尚书令之职，将由樊子盖担任；樊子盖的刑部尚书令，将由大理寺卿王文同兼任；牛弘遗留下来的礼部尚书令空缺，由裴矩担任；宇文述因病向朕提出辞呈，要辞去兵部尚书令，朕想过了，该空缺暂且留着，待李二郎到京之后，由他接任；裴蕴接任户部尚书令，其民部尚书令之职，由御史许善心接任。调弘化郡守、陇西十三郡总管李渊来西京，任代王的辅臣，与裴蕴、周法尚、赵仲卿一起协助代王镇守西京。同时，由内史令虞世基负责主办，户部和民部协办，在年底之前，给所有在边城服役的官员、将士和民众，每人每户分发一批钱帛、衣被、粮饷，让他们过个暖暖和和的冬天。"

代王杨侑却有疑问，说："皇爷爷，李二郎才多大呀，他能担负得起兵部尚书令的担子吗？况且他的身世……"杨广不以为意地打断杨侑的话，说："为人只要有志气，头脑有智慧，心中有韬略，品行端正，何必在乎年龄大小、出身贵贱？秦国的甘罗七岁为相，西汉的韩信曾乞食漂母，他们不都成就了一番大事，为国家带来荣耀吗？侑儿，你要明白，用人在于君，识人在于己。你以后为人为君，就得坚守皇爷爷上面说的这些话去选人用人，保证错不了！"

杨广处理完朝政之事后，便带领各部朝臣和后宫十六院院主，在宇文士及铁甲禁军的护卫下，急匆匆地向东都洛阳赶去。杨广如此行事匆忙，原因有三：其一，在这次北巡中，后宫有几位院主可能水土不服，也可能在雁门关受惊吓、劳累，身体不适，其中尤以清修院院主田玉芝最为严重。据西京御医诊断，田玉芝既有水土不服，又有沿途劳累，加上体质虚弱、受惊吓等因素，且在旅途中既无良医治疗，又无正常饮食起居，才造成如今不思饮食、只知昏睡的状态。西京长安地处西北，不及东京洛阳湿润暖和，且东京洛阳显仁宫的规模、设置、宜居等硬件软件环境，都要远比大兴的仁寿宫好。所以，让这些患病院主到东京调养，或许会有更好的收效。其二，杨广接到萧皇后的懿旨，让他尽快处埋好西京朝堂之事，然后立即回东京。杨广见萧皇后没说明缘故，也无从知晓后宫出了什么事，因此不能不担忧。其三，杨广也惦念着这次瓦岗之乱，想弄清楚是瓦岗寨果真有实力，还是官府将士不作为，抑或是朝廷治乱政策不妥。他要查明真相，制定往后应对措施，该罚的罚，该奖的奖，该撤职查办的绝不手软。这便是杨广匆匆赶回东京的缘由。

杨广回到东都洛阳之后，第一件事便是把院主们送回百花苑，并亲自招来御医为患病的院主把脉诊断治疗，尤其是对清修院的田玉芝倍加关切，不仅嘘寒问暖，还亲自给田玉芝端药喂食，这让其他院主心生忌妒，却让田玉芝感动得泪水直淌。若不是萧皇后差遣丹香来催促，杨广还不愿离开清修院呢！

杨广满腹狐疑地来到萧皇后的坤和殿。他一踏进正殿，就有一股带着牡丹花香、暖暖的春意迎面扑来，而且殿内除了两个值勤的宫女，却没有其他任何人影。杨广不免好奇地问丹香："今天这里怎么啦，皇后在办什么大事吗？"丹香朝杨广抛了个媚眼，娇滴滴地说："皇上是真感受到了，还是因为许久没来，才有这种新鲜感觉？"杨广听出了丹香这话里的味道，便带着歉意说："确实，朕是有些怠慢皇后了。"丹香启唇一笑，莺声燕语道："知道就好。皇上只要今晚好好表现，皇后娘娘也许就不会计较了。"杨广不得不讪讪地问："皇后人呢？"丹香狡黠地说："皇后娘娘在她的寝殿里等着你呢！"

杨广踏进萧皇后的寝殿，确实被一股浓浓的春意裹挟住了。殿内似乎生了火炉，暖洋洋的，让杨广不由自主地觉得自己身上的衣衫穿多了。滋润的花香味直钻鼻孔，令人有些头晕目眩，江南丝竹的和弦声好似天籁之音在头顶飘荡，让人仿佛漫步在云雾仙境之中，杨广有些飘飘然，真的陶醉了。

突然，一个清脆的声音在前面响起："皇上，你让我等得好苦哟！"杨广急忙循声看去，原来是一只红嘴绿羽的鹦鹉在学舌，接着鹦鹉又道："皇上，我想得你好苦哟。"杨广的心被牵动了。他知道，自从有了百花苑这十六院美人，自己确实很少再光顾萧皇后这里。这并非他不愿意来，而是分身乏术。朝堂之事是第一位的，他不能听之任之，不得不事事亲力亲为。其次，十六院那些善解人意的女人，个个如新婚宴尔般热烈，让他应接不暇、欲罢不能，不得不竭尽全力去应付周旋，哪里还顾得过来关照老妻萧皇后，乃至外出离不开的夫人贵儿，甚至之前的治儿。

杨广为此常在心里对她们感到愧疚，除此之外，他又能怎样呢？所以，更别提再多纳些女人来后宫寻欢作乐了。杨广曾扪心自问，什么样的女人才是好女人的标准？自己喜欢什么样的女人？男人在女人身上要得到什么才能满足？在女人身上寻欢作乐到底意味着什么？什么样的女人才会让男人欲罢不能？作为男人，应该怎样做才能不让每个女人失望？然而，这些答案杨广始终没有找到，这让他常常觉得自己顾此失彼，安抚好了这个，却冷落了那个，疲惫应战，得到的仍是愧疚和力不从心之感。此刻，他对萧皇后也是这般心态。

"皇上，你总算是来了。"一个娇滴滴的声音在杨广耳畔响起，打断了他的思绪。

第九十一章　权臣拥兵瓦岗渐大，忠臣闯宫淫后失态

杨广举目定睛细看，只见萧皇后已悄无声息地走到跟前。尤其让杨广吃惊的是，眼前的萧皇后犹如一朵含苞待放的出水芙蓉，娇嫩羞涩、清纯靓丽，完全是一副沐浴刚毕、出水的半裸美女模样，楚楚动人。那漆黑的长发、秀美的脸庞、似宝石般闪光的双眸、大理石般端庄的鼻梁、红润的唇、洁白的齿、玉雕般的颈脖，全身散发着迷人的香味，无不令杨广神迷心乱、性情动荡，几乎把持不住。

杨广实在没想到，萧皇后会以如此诱人的裸态迎接他，而且他更感觉到，这是萧皇后在用身体向他示威。杨广也确实没想到，自己的皇后虽已过不惑之年，却仍有这般娇美震撼的体形，与那些年轻院主相比，似乎并无太大差异，反而更有一种成熟丰满、放浪的感觉。

萧皇后已猜到杨广此刻的心态，便用双手拢了拢自己的长发，不无哑然地说："本宫未必比不过你的那些院主吧！"杨广尴尬了。在他心目中，每个女人都有各自的优势和特点，也有不足与弱点，对女人不可简单比较，只能欣赏、包容，才能相得益彰，否则必然相互伤害。所以，杨广此刻真不知该如何回应眼前这个如此娇美动人、性感洋溢的女人。

萧皇后似乎不在乎杨广的回答，却满怀怨气道："我这是教会了徒弟，饿死了师父。怪不得别人，是我自找的。"杨广不愿萧皇后把怨气撒向那些无辜的院主，便表白道："确实怪不得别人，也怪不得你，都是我的错。朕放着自己如此无比娇美的皇后独守空房，实在是罪过之极、不可饶恕！皇后，朕知错了。朕今日定当好好表现，保证让皇后满意，从今往后，也不会让往事再现。"

萧皇后并未消气，说："都是女人，谁不知道床上那点事！本宫既能把她们扶到这个位置，也有能力把她们推向地狱。不信，咱们走着瞧！"杨广真怕萧皇后会对这些院主动用手段，连忙张开双臂，想上前拥抱化解萧皇后的不满。谁知萧皇后轻盈一闪，躲过了杨广的搂抱，说："皇上现在知道弥补了？可以，本宫也不是个不知情趣的女人，否则也不会三请四邀地催皇上回来。"

杨广见有转机，立即借题发挥："皇后这里好像已经回到了春天，朕都觉得身上衣服穿多了。"萧皇后接口道："是吗！皇上难道不喜欢春天？"杨广讨好地说："喜欢，喜欢，春天是万物苏醒的季节，怎能不好！"萧皇后却问："在四季中，皇上最喜欢哪个季节？"杨广说："春华秋实，夏露冬藏，凹凸有致，腴瘦各一，千姿百态，各有特色，各有好处，由此才能体现出各自的娇美，所以朕都喜欢。"萧皇后略带讥讽地说："皇上真是个多情种，难怪会见一个爱一个。如此下去，还爱得过来吗？"

杨广盯着萧皇后说:"朕可没有见一个爱一个呀!皇后安排了那么多美人让朕挑选,结果朕只选了紫烟一个,这不是最好的证明吗!皇后还要盘问朕多久,才肯让朕倚香偎玉,享受人间美餐佳肴啊!"萧皇后见杨广这般馋相盯着自己,不由得微微一笑,转身向里间走去。

盛年中的萧皇后并非羞涩的荷花,而是一株盛开的牡丹,此刻不仅花娇色艳,更是最诱人的花季,萧皇后岂能不知?因此,她不能不感谢那个送她两瓶神药的西域头陀:黑瓶的药让她不用担心杨广与其他女人会生儿育女,影响到非她所生子女继位;红瓶的药则让她至今仍保持着不老容颜和迷人的身段。

然而,她也明白,自己不是普通女人,虽有一人之下、万人之上的权力,却难以像普通女人那样任性,甚至还得放弃作为女人应有的权利,去迎合皇上的嗜好,这便是萧皇后喜怒哀乐的根源。萧皇后更是个不甘心满足现状的女人,她有自己的人生观,觉得自己付出多少,就应收回多少。所以,她期待有朝一日能为所欲为,在权力上像独孤母后那样与皇上平起平坐,欲望上也能有自己的喜好和选择。她曾试图破除束缚女人的那道禁律,没想到不但事与愿违,反而勾起了她更旺盛的欲火,让她在失望和欲罢不能的心态下欲火中烧、难熬难忍,这便是她催促杨广回洛阳的主要原因之一,也是她迫不及待把杨广召回后宫、满足欲念的动机。由此可见,她内心的需求,也印证了"女人三十似狼,四十胜虎"这句话。

在杨广没来之前,萧皇后心头还有些担忧,生怕自己比不上那些风华正茂、娇嫩似水、媚态十足的十六院院主,失去吸引杨广的魅力。所以,她不得不使用一些手段:营造出一个温馨的环境,还不惜把自己最具诱惑力的形态展现在杨广面前,用自己最原始的本钱投杨广所好,以达到自己的目的,满足自己的欲念。

这个温馨的环境是,在极其奢华富丽的卧房内:有西式新颖、具有按摩效果的超大沙发床,男女置身其中,不仅能感受到床笫的柔软,还能享受浪漫;有舒适的美人榻,不仅可仰可卧,供人起坐小憩,还能成为男女方便纵欲的平台;琉璃梳妆镜台上,既有女人用的胭脂花粉,还有各式花蕊研制的蜜露和香水,以及一切能为女人添色增艳的饰品,这些都是裴矩专程从波斯国为萧皇后定制采购来的。

萧皇后这间最私密的卧房,杨广从未涉足过。或许是杨广忙得无暇顾及,没留意皇后竟有如此一处享受生活的私密空间;也或许是杨广豁达,不在意皇后有不让他知晓的隐私之处;当然,也有可能是萧皇后不想让杨广分享此中秘密,抑或是她真有秘密怕被杨广发现而刻意为之。总之,这里是属于她享受权力的天地。

第九十一章　权臣拥兵瓦岗渐大，忠臣闯宫淫后失态

然而现在，萧皇后似乎不再秉持这些初衷。她要给杨广一个惊喜，要在这里尽情展现成熟女人的魅力，用刘云芬教她的那些对付男人的手段，让杨广为她销魂倾倒，用自己的本能征服这个人君，把杨广变成像纣王对待妲己那样言听计从的人。萧皇后的这番用心，真是良苦啊！

杨广走进萧皇后的卧房，着实大吃一惊。弥漫着醉人香味的房间里，不仅富丽堂皇，而且壁挂、地毯、家什、摆饰，都是杨广见所未见的稀罕之物。杨广睁大眼睛，扫视着四周，言不由衷地说："皇后，原来你是想在这里给朕一个惊喜呀！"

谁知萧皇后褪去身上的衣衫和绣鞋，赤着双足，全身一丝不挂地站在杨广面前，一手护乳，一手遮裆，双目闪烁着淫荡的光波，娇声嗲气地问："皇上，与你的十六院相比，逊色吗？你满意否？"杨广惊喜之余，更被萧皇后这般浪荡姿态吸引得心跳情急，说："朕岂止是满意，简直是等不及了！"杨广说罢，便纵身上前，一手按住萧皇后的丰乳，一手搂住她的柳腰，向美人榻扑去。

萧皇后却半推半就，莺声细语地不满道："皇上，这不公平！我现在一丝不挂，任你所为。可你却衣衫重重，让我不知从何处下手。而且你一路风尘，说不定身上还有其他女人的汗渍香味。不行，我不能容你这样对我！否则，我可吃大亏了。"萧皇后说罢，便挣扎起来，还说："皇上，你必须把衣裤全脱了，让我先给你洗个澡，之后任你而为。否则，我绝不让你如愿！"此时的杨广虽欲火难熬，但觉得皇后说得在理，便松开手，说："好吧，你先给我洗澡，看我待会儿怎么收拾你！"

杨广伸手去解自己的衣扣，没想到丹香匆匆奔进房来，说："娘娘，宇文大人在殿外有私事要见皇上。"萧皇后闻言，不觉一愣，声色俱厉地问："这么晚了，他来见皇上，想干什么？"丹香惶恐地说："不知道，他说是有要紧的私事，一定要见皇上。"萧皇后脸色大变，恼怒地喊道："滚，让他马上滚出去。你去告诉他，如果再来胡搅蛮缠，我定让他不得好死！"

杨广诧异地问："这是怎么回事，怎么把皇后惹得这么烦躁？"丹香尴尬地看着赤身裸体的萧皇后和正在解衣扣准备脱衣衫的皇上，不知如何作答。杨广若有所思地问："丹香，宇文大人有要紧私事定要见朕，你说的是哪个宇文大人？"丹香恍然大悟，说："是许国公大人，是他非要见皇上。"

萧皇后闻言，暗自松了口气，忍不住说："又是他！这个老不死的，怎么阴魂不散？"杨广用疑惑的目光看了萧皇后一眼，问："皇后，此话怎讲？"萧皇后见自己因气恼说漏了嘴，赶忙搪塞道："这个许国公，自己有病在身，不好好在家休养，这

么晚了却跑到后宫来搅和,真够可恶的。"

　　杨广虽觉得宇文述此时来得不是时候,但既然知道他有事求见,便不便推脱。他一面重新扣上解开的扣子,一面暗示道:"皇后,你稍忍耐片刻,朕去去就来。"萧皇后看着杨广匆匆离去的背影,既无奈,又忐忑不安,不由得想起自己与宇文化及之间那些尴尬和恼怨的事。

第九十二章
萧后偷欲化及无能，主仆狼狈丹香巧辩

常言道，心中有鬼，才怕半夜敲门。欲望正旺的女人，长期独守空房，实在难以忍受，尤其是眼睁睁看着自己的男人左拥右抱其他女人寻欢作乐，自己却只能忍受寂寞孤独。萧皇后虽权势无比，但作为一国之母，她不能不顾及宫里的规矩和女人的尊严体面，无法随意任性而为。然而，一股叛逆之情、女人本能的需求，以及她敢作敢为的心态，驱使她去尝试别人不敢也不能做的事。

为此，萧皇后打算趁着皇上和众院主都不在后宫，宫内人丁稀少的机会，偷食禁果，既是对自己的一种补偿，也是对以男人为主导的体制的反抗。萧皇后正是这么想，也是这么做的。而她早已相中的这个男人，便是皇城禁军统领、宫廷禁军侍卫长宇文化及。

萧皇后看中宇文化及，是因为他年轻英武，面容帅气，身躯伟岸，身上散发着男人气息，且近在咫尺，她能名正言顺地指挥他。同时，她也感受到宇文化及对她的窥视，以及言听计从。萧皇后权衡利弊后，下定决心迈出关键一步。由此可见，她的预谋并非一时冲动，也不只是贪图情欲的贸然之举，而是风华正茂的女人生理需求的必然，是成熟女人处心积虑的破茧之为，是对封建枷锁的反抗。然而，她没想到偷食禁果会带来尴尬、麻烦，甚至气愤。

男女交合并非简单的性行为，会受到各种外界因素制约，也受男女双方地位、经济、文化修养、情趣秉性、嗜好以及心态的影响。以萧皇后的权势，追求自己想要的，看似手到擒来，可事实并非如此。

这天夜晚，萧皇后让丹香安排好宫里殿内的一切后，在卧房里用香露沐浴全身。她上身穿着一件半透明的粉色蕾丝牡丹花肚兜，下体仅裹着一条纱巾，斜躺在美人榻上，幻想着即将发生的事，浑身燥热，欲火难熬，恨不得那个受她所约的男人此刻就在眼前，为她做一切她渴望的事。

实在等不及了，萧皇后从美人榻上站起身，刚想开口询问，就见宇文化及已站

在房门前，用惊恐又火辣辣的目光盯着她。那神态，像个初见世面的小孩，看着魔鬼手上诱人的蛋糕，既害怕又贪婪，流露出畏缩与渴望。此时的萧皇后强忍着内心炽热的欲望，故作矜持地说："哦，进来吧！"随后，她用双手拢了拢披肩长发，故意挺了挺胸说："如今虽是秋天，还是这么燥热，本宫刚洗了澡，凉快了许多。你也到里面去洗个澡吧！"

谁知宇文化及眼睛盯着萧皇后那洁白粉嫩、诱人的裸体，连连摆手说："不用，不用了。谢皇后，我不热！"这煞风景的回答，让萧皇后有些尴尬，不得不直白地说："那你就把衣服脱了，总不能这样站在我面前说话吧！"宇文化及似有惊喜，更多的却是惶恐、胆怯，问道："一定要脱衣服吗？"这话让萧皇后怒气顿生，露骨又狠绝地说："蠢货，不脱衣服，怎么干那事？"

宇文化及有点蒙，喃喃道："皇后娘娘想让臣干什么事？一定要脱衣服吗？"萧皇后简直哭笑不得，猛然一想，脱口问道："你没碰过女人吗？"宇文化及尴尬地摇摇头说："家母早逝，家父管得严，家里除了继母和几个女佣，没有别的女人可碰。"萧皇后听了，变怒为喜，说："没想到，你还是个没破过身的童男子啊！这好办，让本宫教你。"

萧皇后说着便上前拉住宇文化及的手，走到美人榻旁，一边替他宽衣解带，一边问道："你今年多大了，你家老爷子怎么还没让你娶媳妇、结婚生子、成家立业？"宇文化及腼腆地说："家父对我们说，不立业不能成家。家父生我时已三十多岁了，所以我们不急。"

宇文化及任由皇后把他的衣衫一件件脱下，感受到皇后有意无意地不时用手在他身上抚摸，异常舒坦，甚至闭上了眼睛，享受着从未体验过的温柔。突然，他感到一阵紧张，整个人似乎要僵直了，情不自禁地涌起一股冲动，一种难以言表、无法忍受的快感，迫使他"啊"地喊了出来……

萧皇后从未经历过这种事，感到意外，擎着沾满粘液的手，一时间又羞又恼，不知所措，只得冲着外面喊道："丹香，丹香，快进来！"丹香不知里面发生了什么，匆匆奔进房，看到如此尴尬的一幕：宇文化及双目盯着皇后，一脸惊恐，裸露着半身站在美人榻旁，而皇后正不知所措。丹香似乎明白了一些，却也不知如何处置眼前的状况，愣在了一边。萧皇后羞恼交加，气愤地冲丹香吼道："愣着干什么，还不快帮我擦掉。"丹香慌忙上前，用肚兜替皇后擦手。萧皇后一眼看到宇文化及直愣愣地盯着她，又恼又恨，夺过丹香手中的肚兜砸向宇文化及，骂道："蠢猪，有你这样

第九十二章 萧后偷欲化及无能,主仆狼狈丹香巧辩

行事的吗?滚,让你妈教会了你再来。"

肚兜砸在宇文化及脸上,他赶紧把肚兜从脸上取下,捏在手里,可双眼仍贪婪地盯着萧皇后,没有移步离开。丹香见宇文化及这副傻相,忍不住喊道:"让你滚,没听见吗?"此时的宇文化及如梦初醒,慌忙提起衣裤,捏着肚兜匆匆离去,留给萧皇后的只有失望和愤怒。宇文化及虽不懂男女之事,但毕竟是成年男人,对女人并非没有感觉,更何况是萧皇后这样高高在上、貌若天仙的非凡女人。他虽有窥视之心,却无占有之非分之念。因此,当听到皇后召唤他晚上进宫,他满心欢喜又能见到皇后了,压根没想过还会有其他事情等着他,更没想到萧皇后会把最私密的地方展露给他,让他实现了窥视已久的心愿,以至于失控恼怒了皇后。

回到家后,宇文化及悔恨交加,心情低落,唉声叹气。尤其是亲手洗净皇后的肚兜,捧在手里,回想当时的遭遇,更是百感交集,无地自容。然而,他没想到,老三宇文智及竟偷了他收藏的肚兜,还误以为大哥与年轻继母有染,去敲诈继母换银两,致使继母将此事告诉了父亲。父亲把他叫去当面对证,让他差点下不来台,气得他恨不得一巴掌拍死宇文智及这混账小子。可父亲似乎并未完全相信弟兄俩的话,不仅没收了皇后的肚兜,还下令将宇文智及禁锢在家,命宇文化及除了当值,不得任意外出。

萧皇后不知宇文化及回府后生出诸多事端。她静下心细想,觉得自己处理此事也有不妥之处,不免对宇文化及又生出一丝挂念,甚至谅解与期待。在她周围,符合她要求、又能供她驱使的,唯有宇文化及一人,她不能不牵挂。而且,她也该谅解他,毕竟他是不懂男女之事的童男子,人生第一次,临阵失控也情有可原,这反而证明他诚实可靠。若能调教好此人,长期为己所用,岂不正好遂了自己的心愿?

常言道,欲念是魔鬼,能让正常人魂不守舍;欲念更是地狱,多少人为此身败名裂。男女出轨,多因欲念诱惑,明知前方是地狱,却仍迈步向前。萧皇后明白,自己只要迈出关键的第一步,通常便不会在乎第二次、第二次……既然如此,为何不再尝试第二次?第一次是偶然,是宇文化及这个童男的无心之举,第二次便可有针对性地做些准备,让他明白男女之道的实质。在一张白纸上写字画画,总比在有墨迹的纸上擦了再画容易吧!何况,她也感受到宇文化及体内那股井喷式的冲动力,这是年近半百的杨广所没有的,不正是她作为女人想要的吗?

萧皇后想通了这些,心头欲火再度燃烧。没过多久,她便让丹香传话给宇文化及,让他做好准备,当晚进宫面见皇后。宇文化及喜出望外,想到当晚又能见到令

941

他销魂的皇后，兴奋又紧张，坐立不安。他甚至在心里暗暗告诫自己，此番绝不能再像上次那样失控，让皇后失望，让丹香笑话。

老三宇文智及确实如父亲所定义的，是个鬼心眼多的混账小子。他为人机灵，能说会道，善于结交狐朋狗友，在宇文述的四个儿子中，他能量最大。许国公府里，好事坏事大多与他有关，被父亲骂作混账小子一点不冤。大哥宇文化及视他为弃之可惜、用则烫手的无赖，二哥宇文士及称他为小人，拒绝与他来往，唯有四弟宇文成及对他言听计从。

宇文智及最羡慕二哥早早成为皇上驸马，又被授予京城铁甲禁军副总管，尽享富贵荣华。他也羡慕大哥被皇上启用，授为京城禁军都尉，后又升为皇城禁卫统领、宫廷禁军侍卫长，成为有衔有职的真正将军。唯独他和四弟被父亲压制，成了有衔无职的闲人。

宇文智及在家最怕父亲，最不服父亲续弦娶回家的年轻继母。这继母模样俊俏，比他们大不了几岁。得知继母曾是后宫侍女后，他更是鄙视。他觉得父亲堂堂一品国公、柱国大将军，武将世家，怎能让一个后宫侍女当继母。但他不得不承认，父亲娶了继母后，精神焕发，整个许国公府也焕然一新，四兄弟许久未曾聚在一起，如今也能围在一张桌子上把酒言欢，有了家的氛围。而且，他发现大哥和二哥对继母都很敬重，年轻继母对大哥似乎格外热情，这让他心生嫉妒，甚至怀疑继母与大哥有不可告人的秘密，便留意起大哥和继母的举动。

果不其然，他在大哥房里发现了一件女人胸挂（肚兜）。他觉得这种东西，除了在宫里待过的继母，其他人不可能有。为证实想法，宇文智及趁大哥去皇城当值，偷走胸挂，拿去给继母看，想探探继母虚实，还虚张声势地扬言，谁出一百两纹银，就把胸挂卖给谁。没想到继母很爽快地掏出一百两纹银买下，这让宇文智及更加坚信自己的猜测，认定大哥与继母有染，便打算再向大哥敲诈一笔银两。

可宇文智及没想到，继母把胸挂交给了父亲。父亲找来大哥与他当面对质，他还挨了大哥狠狠一巴掌。此时他才知道，这胸挂竟是皇后娘娘的。吃了亏的宇文智及不肯善罢甘休，不怪自己偷了大哥的东西，反而觉得大哥与这肚兜之间必有猫腻。为报这一巴掌之仇，他暗中更加留意大哥的一举一动。

得知宫里来人，让大哥晚上去后宫，宇文智及猜测其中必有文章。但他无官职，找不到进宫的理由去探个究竟，又不愿放弃让大哥难堪的机会，便添油加醋地把此事告诉父亲，还蛊惑道："那件肚兜，我明明从大哥房里拿到的，他不仅不认账，还

第九十二章　萧后偷欲化及无能，主仆狼狈丹香巧辩

打我，说明他心中有鬼。父亲，你得给我个说法。"

宇文述将信将疑，问："你要我给你什么说法？"宇文智及说："他今晚不当值，后宫却来人叫他进宫。父亲，你可别姑息养奸，让他害了我们一家人啊！"这话提醒了宇文述。他虽不愿相信老大有胆量做这种灭九族的事，但老婆之前确认肚兜一事，又让他不得不信。此刻老三拿老大晚上进后宫说事，让他揪心不已。

宇文述左思右想，觉得只有自己找借口进宫，把事情弄清楚。若真是老大的问题，赶紧把事情平息；若是老三胡搅蛮缠，一定要狠狠教训他，以正视听，省得他没完没了地闹事。

宇文化及身兼两职，一是隶属京城禁军总管的皇城禁军统领，二是兼任宫廷禁军侍卫长。此外，他还有一个由皇后授封的后宫侍卫官衔。根据隋朝宫廷管理条例，禁军负责宫外治安防护，朝廷宫内治安归黄门侍卫管辖，后宫由隶属于后宫总管的内侍管理。外臣进入后宫，若非特殊情况，必须经皇上、皇后或后宫总管允诺，并经后宫侍卫检查方可入内。宇文化及因有后宫官衔，出入后宫便没那么烦琐。

宇文化及兴冲冲来到坤和殿，满心以为能像上次一样立刻见到令他销魂的皇后，没想到丹香把他带到一间房门前，对他说："你先进去把自己收拾干净，再把室内桌上的彩图都看明白，随后我带你去见皇后。"宇文化及一脸茫然地推门进房，原来是个浴池。清澈的池水能看到池底彩陶，光滑的琉璃池壁能照见人影，池斗里放着香沐，衣架上挂着擦身巾帛，四周散发着令人心神荡漾的香味。

宇文化及从未见过如此奢华的浴池，也没享受过这般高贵待遇，瞬间明白了皇后的用意。他匆匆脱光衣裤，跳进池中使劲洗刷，全身皮肤都擦得发红才罢手，生怕皇后觉得他身上不干净而不满。用巾帛擦干全身后，他看到桌上有本打开的绘图，是一幅裸女沐浴图，女子全身裸露，一览无遗，看着有点像上次见到的皇后。宇文化及一阵紧张，赶紧转脸看旁边一幅画。这是一幅男女嬉戏图，他似乎看懂了其中情调。接着移步翻看另一幅，是一幅裸男裸女搂抱在一起的图案，他对此图似乎不感兴趣，摇摇头，转身翻看另一面墙上的壁图。这幅图全是裸体男女，他终于明白图示之意，顿时浑身燥热，喉干舌燥。

宇文化及既怕丹香进来看到，又怕像上次那样失控，赶忙抓起一条巾帛围在腰间，遮住下体。丹香推门进来问："怎么样，看明白了吗？要是还不明白，要不要找人来教你？"这话让宇文化及尴尬得满脸通红，连连说："懂了，懂了，不用了，不用了。"丹香嘲讽道："懂了没用，还得会做。不然像银样镴枪头，中看不中用，你就

找个地方把自己埋了吧！省得我也跟着你受罪。"

丹香把宇文化及带到萧皇后卧房，却没马上离开，怕宇文化及重蹈覆辙，让煞费苦心的皇后再次失望。就在这时，殿门外值勤的宫女匆匆跑进来，说："丹香姐，许国公有急事要见皇后娘娘。"丹香一愣，忙问："什么急事？他人呢？"宫女指着殿门说："在殿门外，说是来找他儿子的。"

丹香一听就急了，若让许国公闯进殿来，成何体统。她急忙说："你快去把他挡在门外，不能让他进殿。我这就去通报皇后。"宫女匆匆跑出去，丹香急忙推门进皇后卧房。皇后看到丹香进来，恶狠狠地说："你去把他那个没用的东西割了，省得他以后再害人。"

丹香似乎明白房里发生了什么，虽替皇后又气又恨，但不能照皇后的意思做，否则事情闹大，难以收场。便说："许国公来闯宫了，说是要见他儿子。"萧皇后呆住了，随即跳起身，冲着宇文化及的脸就是一巴掌，恨恨骂道："你个蠢猪，成事不足，败事有余。滚，你给我滚出去，我再也不想见到你了。"

丹香急忙阻拦，说："现在不能让他走前门，不然会给许国公落下话柄。"又转头对宇文化及说："赶快把衣服穿好，从边门出宫回府。不准对任何人说你进宫的事，否则皇后饶不了你，皇上也不会饶恕你们全家。"

萧皇后明白丹香的用意，怒吼道："滚，你以后再敢踏进后宫，就剁了你的双腿。"随后问丹香："我该怎么打发那个老不死的许国公？他可是皇上的亲信近臣，重话说不得，轻话也不能说。你说，本宫该怎么办？"丹香边想边说："那就什么也别说，我去告诉他，我们这儿没见过他儿子，让他去别的地方找。"宇文化及对自己的无能不甘心，却又无可奈何，一脸沮丧地回到军营当值的府衙，不时长吁短叹。他的反常神态引起幕僚宇文达的关注，宇文达立刻殷勤地上前，端茶询问情况。宇文化及心里正憋闷，想找人倾诉，便大致说了自己临阵无能的事，只是没说那个女人是谁。

这个幕僚宇文达，其实就是朝廷通缉的边城逃官、参与鬼头天王行刺杨广的同犯、投靠叛臣杨玄感造反的漏网干将令狐达。这个集数罪于一身的令狐达，凭借智谋一次次逃过劫难，还花钱买通官府，化名宇文达，投靠到当朝权贵许国公宇文述的长子、皇城禁军侍卫统领宇文化及帐下做幕僚。而且，他善于察言观色、投人所好，赢得了宇文化及的信任，成了宇文化及的亲信。

因此，宇文化及在他面前毫无顾忌，把如此私密的事告诉了他。宇文达听完后

第九十二章 萧后偷欲化及无能，主仆狼狈丹香巧辩

说："依我看，这里有两种可能。一种是由病态生理造成的无能，另一种是受环境因素和心理状态影响造成的无能。如果是前一种情况，就得找医生治疗。如果是后一种情况，你可以另外找个女人，换个地方先试试，这样一切自然就会有答案了。"

宇文化及觉得宇文达说得有道理，立刻让宇文达给他找了个年轻女人在府衙内尝试，结果与在宫里的状态截然不同，还让他尝到了其中的滋味。由此，宇文化及增强了自信，更觉得有必要向皇后解释自己无能的原因：不是生理上的无能，而是受环境影响、心情紧张导致的无能。

宇文化及有了底气，为了在萧皇后面前挽回尊严，竟然不顾一切地闯入后宫，当着丹香的面向萧皇后申辩，还信誓旦旦地对萧皇后说："皇后，只要你能换个地方，或者现在就跟我回府衙，我保证不会让你失望，而且一定会让你知道，什么才是真正的男人！"

萧皇后又气又恨，抽了宇文化及两个大巴掌，大声骂道："混账东西，你现在把我当成什么了？你是皇上吗？你说要做，我就得让你做？你简直是昏了头。等你当了皇上，才有资格对我说这种话。滚，你马上给我滚出去！要是还敢在这里胡搅蛮缠，我就把你爹叫来，让他听听，他是相信我还是相信你。而且，我一定会让你全家都不得好死，就算你爹是皇上跟前的红人也没用！"

许国公宇文述，字伯通，鲜卑族代郡武川人。他的父亲宇文盛是北周八大柱国之一，与独孤信和杨忠交情深厚，又深得太师宇文护信任。宇文盛老年得子生下宇文述，对他格外疼爱，经常带他出入军营。

宇文述性格内向，不善言辞，但聪明伶俐，为人诚恳，尤其对军旅谋略、行兵布阵之事能触类旁通，深得父亲欢心，也与独孤氏和杨家的子女有来往。不过，因为他比同代人小十几岁，两家人都不把他当作同辈看待，这让宇文述在这些大哥大姐面前很自卑。

太师宇文护被诛杀后，宇文盛受到牵连，被贬到江北边关服役，从此与独孤氏和杨家失去联系。宇文述五岁时父亲病逝，不久母亲也去世了。正当他落魄的时候，遇到一位老者，老者看了他的面相后说："公子应当自爱，日后必能位极人臣，权贵天下。"

此后，北周灭亡，隋朝兴起，杨坚称帝并大赦天下，宇文述得到恩准，被赐为安州刺史。隋帝平定陈国时，晋王杨广为元帅，宇文述初次展现才华，帮助贺若弼破了长蛇阵，反败为胜，受到杨广的看重，被收为心腹。从那以后，他追随杨广，一路

升迁，成为当今的一品大员，朝中的五大权贵之一，应验了老者所说的权贵天下的预言。

然而，宇文述内向的性格和真诚待人的品质并没有改变多少，他尤其珍惜杨广的知遇之恩。因此，如果不是因为生病，他不会辞去能帮助杨广稳定社稷、治理朝政的军职，心甘情愿在家治病休养。

在府中，宇文述虽然恨老三惹事，但更担心老大真的出事，所以只能硬着头皮闯进宫求见萧皇后。他一方面想把事情问清楚，另一方面也是对老大的警告，同时在暗示萧皇后要明白其中的利害关系。因此，当萧皇后传话出来，说没见到他的儿子，让他去别的地方找人时，宇文述既感到有些安心，又担心萧皇后是在刻意为宇文化及隐瞒，还怕老大执迷不悟，利令智昏，到时候难以收场，更怕以后事情败露，自己有愧于杨广。所以，他决心等杨广回宫后，把这件事交给杨广去查个明白。

今天宇文述夜里闯宫要见杨广，并非任性而为。他想明白了，肚兜这件事，于情于理，于国于家，他都不能不管。这件事成了压在他心上的一块石头，如果不把事情告诉杨广，让杨广辨明是非、做出决断，宇文述觉得自己要是不趁着还有精力把事情弄个水落石出，就无颜面对赏识他、信任他的明君杨广。所以，当他得知杨广已经回宫，根本不在乎后宫的萧皇后会怎么看他，因为他要忠于的是隋帝杨广，哪怕是杀子毁誉，也要报恩。杨广独自一人，满腹狐疑地来到坤和殿的前殿，看到宇文述一脸病态地坐在椅子上发愣，不禁心生不忍，快步上前说："叔父大人，外面天凉了，你有什么事，派人来告诉我一声就行，没必要深夜亲自过来。"

宇文述急忙起身，想要行大礼，说："皇上，臣夜间进宫冒犯圣驾，希望皇上恕罪。"杨广赶紧双手扶住宇文述，说："叔父，这里不是朝堂，不用行这么大的礼。你我论辈分是叔侄，但情谊如同手足，所以就算有天大的事，在这里也谈不上罪不罪的。"

杨广把宇文述扶到椅子上坐下，自己也在旁边的椅子上坐下，然后问："叔父，近来你的病体恢复得怎么样了？"宇文述没有回答杨广的问题，而是从怀里掏出一包东西，放在杨广面前，说："你看看，这里面的东西，是不是出自你后宫的？"杨广用奇怪的目光看了宇文述一眼，然后伸手打开用锦帛包裹的东西，抖开一看，是一件粉色蕾丝织成的女人贴身护胸肚兜，不禁好奇地问："你这是从哪里得到的？"

宇文述坚持说："你先说说，这件东西是不是你后宫的？"杨广这才用手捧起肚兜，仔细看了起来：这是一件用极细蚕丝织成的女人贴身护胸肚兜，色泽鲜艳，柔

第九十二章　萧后偷欲化及无能，主仆狠狈丹香巧辩

软轻滑，做工极其精细。肚兜中央还织着一朵盛开的牡丹花图案，这让杨广觉得眼熟，便带着疑惑说："这确实像是宫里的东西。但它怎么会到你手里呢？"宇文述见杨广认可了肚兜的出处，不禁长叹一声，骂道："这个畜生，竟然无知到如此不知天高地厚的地步。皇上，先让老夫去杀了他，然后再来向你赔罪认罚。"说完便要起身。杨广急忙按住宇文述，说："你这是唱的哪一出啊？我还没弄明白是怎么回事，你就要打要杀的？你先坐下，把事情的来龙去脉给我讲清楚，然后再说别的。"

宇文述见杨广发怒，只好坐下说："我那四个儿子，除了给你当驸马的老二士及，都不是省油的灯。老大化及，别看他长得人高马大、一表人才，可从小就没有当大哥的样子，不仅胆小量窄，还没有主心骨，是个腹中空空的绣花枕头。要不是你提拔他当上了禁军统领、侍卫长，让他长进了不少，他是最让我失望的人。老三智及那个混账小子，整天呼朋唤友、招惹是非，不是斗鸡跑马，就是东游西荡，让家里不得安宁。我尤其担心他和没脑子却力大的老四合伙闯祸，所以老三老四是我时刻提心吊胆的根源。我在家的时候，他们还能老实点，我不在家，就不得不雇专人看着他们，免得他们出去惹事。"

杨广此时根本没心思听宇文述唠叨这些家长里短，便打断他说："这我知道，你对子女的教育向来很严厉。但我不明白，你为什么不同意我给你那三小子一官半职，让他收收心呢？"宇文述说："皇上，知子莫若父。这个混账小子可不像他大哥，还懂点为人处世的道理。我是怕他有了一官半职后，会不知天高地厚，像脱缰的野马一样难以管束，给皇上和我们家惹出更大的麻烦，到时候我没法向皇上交代。这不，肚兜的事就出在他身上。"杨广见宇文述终于说到了正题，急忙说："快说，这事怎么出在他身上了？"宇文述长叹一口气说："真是家门不幸。自从这四个小子的生母去世后，他们根本不把你赐给我续弦的继母放在眼里。只要我不在家，就没人能管得住他们，家里就被搞得乌烟瘴气、天翻地覆。这不，三小子智及居然拿着这件宫里的东西，向他们的继母兜售一百两纹银。你说这小子是不是昏了头？"杨广追问自己关心的事，说："你怎么知道这就是宫里的东西？"宇文述道："你赐给我的夫人，她是皇后宫里出来的，见过这东西。不然我哪能知道呢？"杨广这时也想起，这上面织有牡丹花图案的肚兜，确实是他让裴矩去波斯国特意为皇后定制的内饰衣裤、各式织品，每套一箱，一共十二箱。便追问道："后来呢，这东西怎么又到你手里了？"宇文述道："我夫人见这事不对劲，就用一百两纹银把它换下来，交给了我。我立刻把这个混账小子叫来盘问，他先说这是捡的，可又说不清楚在哪里捡

947

的。当他知道这是后宫娘娘的东西后,又说是去后宫偷的。我便追问他是怎么进后宫的,或者是谁带他去的后宫,这个浑小子支支吾吾说不清楚,最后才说这是从大哥那里偷来的。我怕这事和老大在皇城后宫当值有关,就把老大传来,让他们当面对质,没想到老大矢口否认这事和他有关,还动手打了老三一巴掌,所以也没问出个所以然来。事后我怕这事传出去不好收拾,就把这个混账的三小子关在家里,也让老大除了当值,就得待在家里,不准外出。我想等你回来后,把这事告诉你,交给你处置。"

杨广多少听明白了一些,便说:"这事既然牵涉到我的后宫,确实不便声张。你就把这个肚兜交给我,等我调查清楚后,再做处理。"杨广送走了宇文述,但他想到的似乎并非是偷不偷的问题,而是……杨广手捏着这件薄如蝉翼、轻似彩云,可以团揉在手心里的肚兜,匆匆向皇后的卧房走去。萧皇后听到杨广的脚步声后,赶紧上床,脸朝里躺下,并用锦被遮住全身,期待着杨广能继续刚才的猴急心情,上床来熄灭她那团渴望许久的欲火。杨广跨进房,看到萧皇后的睡姿,也明白了她的用意,但他此刻想的是先解开心中的疑惑,否则哪有心思与她寻欢作乐、双宿双栖。杨广走到萧皇后跟前,用平和的口气说:"皇后,你起来,我有事要问你。"萧皇后不得不裸露着上身坐起来,用疑惑的目光看着杨广,没有开口说话。杨广把手中包着肚兜的锦帛,丢到萧皇后的跟前,说:"你看看,这东西是你的吗?"萧皇后心中一惊,展开锦帛,看到是一件肚兜,立刻明白了它的来历,也猜到了杨广想要知道的事。她故作惊讶地说:"这带有牡丹图案的肚兜,不是你送我的吗!怎么会到你手里啦?"杨广说:"对呀,你的东西怎么会到宇文述家的老三宇文智及的手里呢?"

萧皇后真的吃惊了。她知道自己一怒之下,把这件肚兜砸到了宇文化及的脸上,事后疏忽了,没有立即追回。但她不明白这肚兜怎么会到宇文智及的手里,难道宇文化及愚蠢到把这种事也告诉了他的兄弟?萧皇后此刻只能在心里愤怒地骂着,嘴上却故作诧异地说:"这不可能,我的东西怎么会到他们手上。"随即她灵机一动,又说:"这事该不会和丹香有关?"萧皇后不等杨广开口,就冲着外面喊道:"丹香,你给我进来!我有事要问你。"丹香匆匆赶进房来,看到皇上站在床榻旁,皇后坐在床上,手上捧着一件肚兜,正怒目盯着她。聪慧灵巧的丹香,立刻明白了将要发生的事,脑海中也构思好了回答的话语。萧皇后不等丹香站定,便把手中的肚兜摔到丹香的脸上,怒容满面地说:"这是怎么回事?本宫的贴身之物,怎么会到外臣宇文府上那个三小子的手上去了。"

第九十二章　萧后偷欲化及无能，主仆狼狈丹香巧辩

丹香知道了事情的缘由，立刻双膝跪地，委婉地说："请皇后、皇上恕罪，皇后娘娘的贴身衣物都是奴婢亲自洗涤的，前段时间确实发现少了一件肚兜，可能是被人偷了，可奴婢没敢声张，没想到现在又出现了。"杨广似乎有些放心了，但还是疑惑地说："我的后宫里有小偷！这事得查个明白。不然，我怎么能安心？"丹香接口说："奴婢仔细想过，这个小偷可能不是后宫里的人。"杨广问道："你这么说有什么依据？"丹香说："皇上要带众院主北上去避暑之前，各院主要置办物品，后宫进出的人比较繁杂。此后，皇上和众院主出行，后宫人丁稀少，后宫防范难免会松弛，这肚兜失窃就发生在那个时候。所以奴婢认为，这事不会是后宫里的人干的。"丹香这一番说辞编得头头是道，不仅与宇文述所说肚兜的来历对上了，也让萧皇后安下心来，更消除了杨广心中的疑惑，真是有其主必有其奴。况且此时杨广心中的疑虑已被赤身裸体、性感的萧皇后所吸引，他也没心思再追究其中的缘由，便宽宏大量地说："丹香，起来吧！这事也不能怪你，但你要知道，这肚兜的事虽小，却关系着皇家的脸面，以后你小心点就行了。"

第九十三章
黑石之战淮军得利，杨广诗作玉芝绝笔

瓦岗寨主翟让得知朝廷派江淮总管王世充，率十万江淮军前来征讨瓦岗寨，如今已把月城围住，立即召集军师和众将领到聚义堂商讨军情，制定应对之策。来到聚义堂的有，被翟让新委任的军师柴孝和，将军单雄信、王伯当、徐世绩、裴仁基、罗达、房彦藻、杨德方、陈智略、程咬金、秦叔宝、李俊、邴元真、王信儒、郑德韬、蔡佑仁、翟宽、孙长岳、张言仁等。军师李密派下属前来告假，称自己身体抱恙、力不从心，无法前来参会。

寨主翟让心里虽不高兴，但没说什么，看着众人道："王世充的江淮军上次趁我寨兵力空虚，偷袭我山寨、围困月城，致使各位将军夺取洛口仓、进军洛阳无功而返。如今王世充又想故技重施，兵临瓦岗、率兵围月城，妄图灭掉我瓦岗军，真是欺人太甚。而我们如今今非昔比，兵多将广，岂能再容他在我寨门前耀武扬威？所以今日请众位将军前来，商讨制定破敌之计，希望各位将军各尽所能。"

柴孝和说："常言道，兵来将挡，水来土掩。我们作为将领和士兵，本分就是上阵杀敌。据我所知，来犯的王世充所统率的江淮军，是初建之师，从未打过大战。上次偷袭得手，只是侥幸，大家不必为此担忧。"

房彦藻却道："军师这话似乎有些轻敌。据我所知，王世充的江淮军曾在江南灭掉称王的刘元进，坑杀乱民三万余人，是个奸诈心狠的杀人狂魔，对付这样的人，怎能掉以轻心？"

翟宽见柴孝和面露尴尬，便道："刘元进怎能与我大哥相比，我瓦岗寨的将士更是兵强马壮。柴军师，你就下令吧！我们都听你的。"

柴孝和见翟让也微微点头，便咳嗽一声道："兵贵神速，事不宜迟。现在本军师下令，由单将军、徐将军、罗将军、杨将军、郑将军，各领兵三千作为第一梯队，前往月城解围。由翟将军、伯当将军、程将军、秦将军、孙将军，各率五千军马作为第二梯队，于当晚子时绕道前往洛水黑石滩，偷袭王世充的军营。他们背水扎营，

犯了兵家大忌，你们只需突袭他们的营盘，一鼓作气冲乱他们的阵势。随后由寨主和我，以及其余将军，率三万兵马作为第三梯队，作为后军接应参战。就算不能杀尽他们，也可把他们逼入洛水淹死。此战务必打出我瓦岗军的声威。"

邴元真道："此战是否还应听听李军师的意见？"翟让摆摆手道："不必了，李军师身体不适，就别去打扰他。等众位将军破敌成功之日，本寨主一定为大家摆酒庆功。"

王世充兵临瓦岗寨，第二次围困月城，自有他的盘算。他得知兵部尚书令宇文述因病向隋帝提出辞呈，而朝廷目前似乎还没有人能胜任这一空缺职位。且朝廷正值用人用兵之际，兵部尚书令之职不可能长期空缺。王世充觉得隋帝杨广十分器重他，因此，他认为只要自己努力，就有可能赢得这个职位，届时便能跻身朝廷权贵之列。

于是王世充决定事不宜迟，他要灭掉瓦岗寨，向隋帝献礼，作为进入朝廷的敲门砖。当然，他明白第一次采用围魏救赵、偷袭瓦岗寨、兵围月城的成功，是乘虚而入的结果。如今的瓦岗寨人多兵广，不仅江南的刘元进之流无法相比，也是他绝不能轻视的对手。

所以，他设了一条连环计：表面上仍然采用进兵瓦岗寨、攻占月城的策略，但把大营以长蛇阵的阵式建在洛水北岸的黑石滩，暗中却把重兵囤聚在洛水北岸的丛林中，以逸待劳。他的目的是用长蛇阵围住前来偷营的瓦岗军，再用伏兵把前来接应的瓦岗军逼入洛水，一网打尽。这正是将帅对弈，比的不仅是勇，更是智。

此战结果是围困月城的江淮军被瓦岗军一击即溃，瓦岗军第一梯队顺利解了月城之围。然而，半夜偷营的瓦岗军却陷入了江淮军长蛇阵的包围之中。后续前来接应的瓦岗军第三梯队，又被埋伏在松林中的江淮军尾随截杀，不仅损兵折将无数，孙长岳、干信儒两员大将阵亡，连军师柴孝和也被逼进洛水，溺水而死。寨主翟让身负刀伤，在亲兵的拼命护卫下，才杀出重围，逃回瓦岗寨。

王世充的江淮军第二次与瓦岗军作战得胜，不仅暂时稳住了东京洛阳周边的乱势，也让朝廷对王世充和江淮军刮目相看。但这一战更重要的作用是，不仅多少削弱了瓦岗军的实力，更促使了瓦岗寨内部势力的分裂，这也是洛阳周边一时平静的主要原因。

瓦岗寨内部原本就存在新旧两股势力的分歧。一股是以翟让、翟宽兄弟为首，最先创建瓦岗寨、执掌山寨大权的元老派，其中有孙长岳、王信儒、房彦藻、张言仁、徐世绩、郑欸、祖君彦、程咬金、李俊等人。另一股是后来派，有单雄信、王伯当、李密、邴元真、郑德韬、蔡佑仁、秦叔宝、罗达等人，这批人都是能征善战之士。此后，又有作为第三派的投诚隋朝官员，如柴孝和、杨德方、裴仁基、裴元庆等人加入。

由于寨主翟让为人豪爽、坦率，待人宽宏大度，故而能在各派系中起到平衡调和的作用。然而，随着瓦岗寨的势力越来越强，名声逐渐传播开来，各派势力开始分化，以李密为首的后来派渐渐占据优势。翟让在元老派的鼓动下，为了化解李密的优势，便启用、扶植投诚的隋朝官员，用柴孝和替代投靠李密的房彦藻为军师，把裴仁基父子提升至前十大将军之列。

翟让此举，本想压制李密的不安分想法，借此平衡各派势力，维护自己的寨主地位。但他没想到，黑石滩一战，元老派损失两员大将，连他一手扶持起来的军师柴孝和也死于非命，不仅打破了寨内势力的平衡，也让他不得不承担这次战事失利的后果。而李密因未参与这次失利之战的谋划，坐享其成，受到好评。

心怀叵测的李密又趁机煽风点火，要追查此战失利的主因，为死难将士讨说法，不仅扬言瓦岗寨要发展壮大就得改变现状，瓦岗军要名扬天下就必须有一个智勇双全的统帅，还在暗中拉帮结派、蓄势谋动。明眼人心里都清楚，李密这是在喧宾夺主。因此，有人愿意追随李密，也有人出于对翟让和李密的情谊，不愿参与其中，想保持中立。当然，也有人不愿意李密得势，鼓动寨主翟让：不能让李密篡权夺位、分裂瓦岗寨的阴谋得逞，要先下手为强，清除李密这颗不安定的毒瘤。一时间，瓦岗寨内暗流涌动，人心惶惶，根本无心考虑对外争斗，这给外界造成一种假象：瓦岗寨在黑石滩一战中，被王世充的江淮军打得元气大伤，斗志全无，离四分五裂、走向衰落已为时不远，也给朝廷隋帝杨广制造了一种假象，认为瓦岗寨的草寇不堪一击，根本无须放在心上。

杨广上朝召见江淮总管王世充，详细询问江淮军在黑石滩对瓦岗寨之战的谋划思路和取胜经过，兴奋地说："此战足以证明，朕以往对这些草民之乱的认知是正确的。草民既没有多大能量，也不会有多大志向，他们只是一时不满官府的一些作为，尤其是对一些借权谋私、欺压民众的贪官恶吏愤恨，不得已才上山落草为寇。所以，对待他们，不能像对待那些叛乱的官僚一样，必须赶尽杀绝才能绝后患。你们都要记住那句话，'民以食为天'，百姓只要有吃、有住、有衣穿、有钱花，我们做官的不欺负他们，他们就不会造反。那些身为父母官的地方官员，尤其要明白这个

第九十三章　黑石之战淮军得利，杨广诗作玉芝绝笔

道理，治理百姓在于讲道理，更在于首先满足他们的这些基本需求。如果他们的这些基本需求得不到满足，那时他们造反就是有理的。而你们这些高高在上的朝廷官员都要明白：民是水，官是鱼，没有水，鱼能活吗？你们也别总是坐在京城的衙门里看折子、听禀告，要经常下去走走，听听看看民众百姓都有什么需求，他们对当地的父母官是怎么评价的。你们更要记住，凡有好官的地方，必出好民；凡有好民的地方，必有好官。像王世充王大人，当年他仅是个江都郡丞，却数年如一日坚守在江都，替朕治理江都，在平杨玄感叛乱中也做出了政绩，这样的好官朕没有忘记他，让他成为一方封疆大吏。如今他又带兵北上平乱，一战解了洛仓之围，二战又大败瓦岗军。然而，他领悟了朕的意愿，只是狠狠地给了这些乱民一个教训，便见好就收，没有把他们赶尽杀绝，体现出朝廷对自己子民惩戒和恩威并举之策。为此，朕认为此战王世充功不可没。故朕决定，封王世充为大将军衔，领御史、授扬州总管之职，统管江淮二十一郡。"

王世充磕头谢恩，随后道："启禀皇上，如今瓦岗草寇已一蹶不振，且当下四方安宁。为此，臣有一事相求，不知当讲不当讲。"杨广道："但说无妨。"王世充道："皇上曾与臣约定，三年之后前往江都查验臣治理邗沟渠和江都农田水系的成效。如今臣已完成皇上的嘱托，并备好了江都行宫，恭请皇上能带领娘娘、夫人和朝中各位大人，在开春期间前往巡视查验。而且此时前往江南，或许还能赶上扬州琼花盛开之时。因此，恳请皇上能够采纳下臣建议，安排好南下出行的时日，方便臣提前做好接驾准备。"

王世充的这番邀请，一石激起千层浪，不仅让朝中大臣们各有所思，也勾起了杨广的心思，正合他的心意。杨广道："此议甚好，朕也正有此意。至于扬州琼花之说，朕虽有所耳闻，却不知详情。你可否先在此解释一下，扬州琼花之说的由来。"

王世充见自己的提议合了杨广的心意，心中喜悦，便缓缓道："相传在西汉末年，王莽专权，天下已有动乱迹象。一天傍晚，扬州城内的羊离观来了一位风尘仆仆的道姑。看守道观的童子立即上前热情接待，又是上茶递水，又是嘘寒问暖，殷勤备至，让道姑有回家的感觉。然而，道姑看着破旧的道观，不由得开口问道：'看这道观有些根基，为何会败落到如此境地？'童子道：'皇家不信吾道，只知装神弄鬼、争权夺利，平民百姓衣不蔽体、食不果腹，哪还能顾得上身外之道？'道姑用深邃的目光看了童子一眼，又道：'这道观里就你一人吗？你师父呢？'童子道：'师父已经仙逝，这道观如今仅存我一人。'道姑似有不信，便信步在观内四处察看。果

然，这道观虽有些规模，既有前观、又有后院，还有钩井、厅堂、花坛，却是断墙残瓦、四壁空空，一片萧条景象，但四周收拾得干干净净。道姑怦然心动，问道：'你对吾道还是初心不改吗？'童子恭敬地答道：'道非道，乃是吾心之道。人非人，吾乃是道中之人。天地万物虽有兴有衰，但万变不离其道，信之则有，不信则弃，却非是诚信人之道。'道姑大为感动，用手抚摸着童子的头顶道：'吾道有望，后继有人。'道姑临走时给童子留下一块玉佩，叮嘱童子在次日东方拂晓、太阳未出之时，把此玉佩种入花坛正中，无须浇水施肥，待其长成开花，必有奇观。果然，玉佩入土之后，三天露芽出土，十天长枝，半月展叶，不出一月便长成一株枝叶茂盛的树丛。到了三月初三，适逢扬州庙会赶集之日，这株由玉佩长成的树丛一夜之间，枝头挂满雪白雪白的花朵，而且奇香扑鼻、香溢八方，吸引了各方来客。原本门可罗雀的道观，不出数日便声名远扬，然而谁都不识这株花树叫什么名字。一天，来了一位道士，仔细观看此花后声称，曾在九天皇母的瑶池见过此花，称之为琼花。于是，'扬州琼花'这名字便流传开来。从此，每年谷雨前后，此树便会琼花盛开、香飘数里，羊离观前也就车水马龙、络绎不绝，成了扬州城里的一处名胜之地，羊离道观也从此再度兴盛起来。此后，有位江南名士刘孝威观赏此花后赞美道：'扬州香缨麝带缕，琼花胜玉缀珠微。'一时间，三月去扬州赏琼花成了天下名人文士的嗜好，但后来却成了权贵的专利，一般人赏花还不能轻易入内。"

王世充这一番有理有据、有声有色的讲述，不仅燃起众臣南下的渴望，更把杨广撩拨得心头痒痒，道："扬州竟有如此名花，可朕在江都时，为何就不知道有此一说呢？"王世充道："皇上在江都时的江都郡已非之前的扬州了。扬州历经几个朝代变迁，早已物是人非。据传，羊离道观在北齐兴佛灭道时被付之一炬，成了一片废墟，琼花也被毁了。这佛道之间的争斗和其中神神秘秘的传闻，只是民间传说，难以载入史书成为经典，供后人辨认查阅。因此，陈年往事久而久之人们也就淡忘了，皇上又怎能知晓呢？但是，奇怪的是数年前，在羊离道观的遗址废墟上，竟然长出一株树冠，所开之花异香扑鼻。于是，便引来了好事之人的猜测，并从尘封已久的记忆中，想起了这株树的来历，更引来了商家和道众的关注。随后，商家出资、道家出力，一座取名为蕃禽观的崭新道观就此拔地而起，春天去扬州赏琼花也就又成了一绝。"

杨广感慨道："原来如此。真是天地有道，万物有心，人间有源，全在一个'缘'字。朕在扬州时无缘得见如此奇花，此番南下若能一睹其容，岂不是一种缘分？"

第九十三章 黑石之战淮军得利，杨广诗作玉芝绝笔

王世充见杨广欣然同意南下，万分高兴，跪地磕头道："谢皇上隆恩，能接受臣的邀请前往江南巡视。臣这就回去准备接驾，定不负皇上眷顾之情。"众臣见皇上同意南下，都感到欣喜，再没人站出来提反对意见。

皇上又要率后宫和众臣南下的消息传到百花苑各院主耳中，成了众人期待之事。病态中的清修院院主田玉芝，在一本装订好的诗集扉页写完最后一笔后，放下笔，合上彩锦封面，不由得长长舒了一口气，对自己的贴身侍女道："我总算没辜负贵儿娘娘的嘱托，在自己身体不行之前，终于完成了把皇上诗稿编录装订成册的重任。若此时让我去死，我已生无牵挂、死不足惜了！"

田玉芝说罢，便是一阵剧烈咳嗽，咳得花容变色，脸色惨白。一个侍女慌忙上前替她捶背，另一个侍女忙着把一碟参汤递上，道："夫人，这是用皇上送来的高丽人参熬制的，快把它喝了。御医说过，这对你的病体好转会有帮助。"

田玉芝苦笑道："此生能遇到皇上这样才情并茂的男人，是我的福分。我遗憾的不是自己寿命短，而是如今病体恹恹，再不能像往昔那样依偎在他身边，与他谈诗论文了。"侍女劝慰道："夫人只要病体好了，往后何愁没有与皇上谈诗论文的时间？"另一个侍女道："听人说，皇上这次要带后宫南下，会不会也带上我们？"

田玉芝正准备开口说话，只见杨广跨进门来道："怎么能不带你们去呢！朕决定再次南下，第一个重要理由是，除了要去查验江淮的水系，首先就想到南方气候暖和，在春暖花开时去南方，既对宇文大人和玉芝养病有益，还可以让你们荣归故里探亲，这可是朕早就答应过你们的事，朕怎能不兑现！"

田玉芝眼中渗出泪水。杨广走到书桌前，看到桌上的笔砚和一叠诗稿，立即不满道："你呀，真是本性难移。都病成这样了，还写什么诗？"杨广见桌上还有冒着热气的碗盏，用手摸了一下道："这温度正好喝。快去榻上躺下，让我来喂你。"

杨广扶着田玉芝在床榻上躺下后，一手端碗，一手举勺，坐在床沿一勺一勺地喂着田玉芝，并道："我知道你性情倔强，但是病了就得好好遵医嘱服药，别在病中还争一时之事。等康复了，何愁没有时间再去写你的诗稿！"田玉芝眼中含着泪花，用深情的目光看着杨广道："皇上，贵儿姐托付我的事，今天我终于完成了。你去看看，不知是否合你的心意？"

杨广诧异地看着田玉芝问道："贵儿！她托你什么事啊？"田玉芝道："贵儿姐临走前，把你的诗作交付给我，让我用楷书把它抄录清楚，编写成册。"杨广吃惊地转身看着书桌上的文稿道："我的诗作！我怎么不知道。我何时有过诗作呀？"田

玉芝接过杨广手中的碗盏，吃力疲惫地道："是贵儿姐，把你平时所写的诗收集了起来，让我誊写的。如今我已经把它编成册了，桌上那本锦面的书即是你的诗集。"

杨广诧异地站起身，走到书桌旁，拿起用锦绸厚纸做成封面的书，打开一看，即见在扉页上有他的名字，左下方一行落款小字是"百合居士贵儿编集"。杨广翻过扉页，见此页上端写着"序记"，而这两个字下面则是一片空白。杨广又翻过此页，映入眼帘的是用俊秀楷书体写就的一首诗，杨广心头一热，念道：

饮马长城窟行

萧萧秋风起，悠悠万里行。万里何所行，横漠筑长城。
岂合小子智，先圣之所营。树兹万世策，当馈亿兆生。
讵敢惮焦思，高枕于上京。北河见武节，千里卷戎旌。
山川互出没，原野穷超忽。撞金冲行阵，鸣鼓兴士卒。
千乘万骑动，饮马长城窟。秋昏塞外云，雾暗关山月。
缘严驿马上，乘空烽火发。借问长城侯，单于入朝谒。
霸气静天地，晨光照高阙。五湖四海志，不在一时功。

杨广念完此诗，不由得用惊讶的目光看着田玉芝，边想边喜悦地道："我记起来了。此诗是我在领兵征讨突厥得胜之后，为保北疆安宁，修建长城时所写。没想到贵儿有心，竟然把它收录了下来，否则我早就忘了。玉芝呀，你现在用如此漂亮的楷书一誊写，真让我感到确有点诗作的味道了。"

田玉芝用低哑的声音点评着道："皇上在此诗中写道：'悠悠万里行，横漠筑长城。撞金冲行阵，鸣鼓兴士卒。千乘万骑动，饮马长城窟。借问长城侯，单于入朝谒。'岂止是有点味道，简直是气势磅礴、气吞山河呀！让念诗之人犹如身临其境，仿佛在随着诗人一起冲锋杀敌，迫使突厥可汗入朝诚服。尤其是霸气静天地，晨光照高阙。五湖四海志，不在一时功。足见皇上的凌云壮志，胸襟之远大，性情之豪爽宽旷，令臣妾佩服至极。"

突然，田玉芝的眼中闪出光芒，眼眶里的泪水涌了出来，她凝视着杨广，用尽全力深情地道："皇上，此后玉芝虽然再难有机会与皇上谈文论字了，然而玉芝却并不后悔弃家离亲来到京城，进入皇宫成为清修院院主，也不遗憾在皇上身边度过的那些美好时光。更为自己能在有生之年，为皇上把如此美好的诗句誊录汇集留于世

第九十三章 黑石之战淮军得利，杨广诗作玉芝绝笔

间，玉芝知足了。诗集的'序记'玉芝不能写，该请名人来写，所以空白着。如今玉芝只有一愿，等到玉芝走后，但愿皇上能把玉芝的遗骸送回我家，以遂玉芝叶落归根、宽慰家人之念。"

杨广闻言，慌忙放下诗稿，上前抱住田玉芝，忧虑地道："你何出此言？朕还要带你去江南，陪你去荣归故里。你不是喜欢朕的字吗？朕要为你亲笔题写牌坊，让你与朕的字一起流传后世。"田玉芝用微弱的声音道："臣妾不要什么牌坊。但愿皇上能在我的墓碑上，像民间习俗一样写'妻田玉芝之墓'，我便心满意足了……"

杨广紧紧地抱着田玉芝，含着泪道："你别胡说八道了，你会好起来的。"然而此时的田玉芝已含着惨淡的笑容合上了双眼。田玉芝为了完成贵儿的嘱托，忍受着病体的折磨，坚持把杨广的诗集誊录完装订成册后才撒手人寰，此中的付出和毅力，谁人能不为之动容？杨广搂抱着田玉芝，声泪俱下地号啕大哭，全然忘了自己帝王的身份。

随后，杨广不顾萧皇后的反对，在田玉芝的灵位牌上亲笔写了"爱妻田氏玉芝灵位"，并亲自为田玉芝守灵。他盘腿坐在田玉芝的灵柩旁，一边流泪，一边一页一页地翻看着田玉芝用生命的余晖抄写的他的诗集：

梵宫菩提树
梵宫既隐隐，岫嶂亦沉沉。平秋送晚日，高峰落远阴。
回幡飞曙岭，疏钟响昼林。蝉鸣秋期近，泉吐石溪深。
抗迹禅枝地，发念菩提心。

江都歌
黄梅雨细麦秋轻，枫叶萧萧江水平。飞楼绮观轩若惊，花簟罗帏当夜清。
菱潭落日双凫舫，绿水红妆两摇渌。还似扶桑碧海上，谁肯空歌采莲唱。

凤媚歌
三月三日向红头，正见鲤鱼波上游。意欲垂钓往撩取，恐是蛟龙还复休。
八月十五在船头，乘风破浪海上游。鱼跃出水惊人众，却是旧识又相逢。

南楼寺
法轮天上转，梵声地下传。灯树千光照，花焰七枝开。
月影凝流水，春风含夜梅。幡动黄金地，钟发琉璃台。

悲秋诗
故年秋意去，今年秋复来。露浓山气冷，风急蝉声哀。
鸟击初移树，鱼寒欲隐苔。断雾时通日，残云尚作雷。

冬夜思
不觉岁将至，已复入长安。月影含冰冻，风声凄夜寒。
江海波涛壮，崤潼坂险难。无因寄飞翼，徒欲动和銮。

春江花月夜
暮江平不动，春花满正开。流波将月去，潮水带星来。
夜露含花气，春潭漾月晖。汉水逢游女，湘川值二妃。

晚春吟
洛阳春宵晚，四望满城辉。杨柳行江岸，桃花落未稀。
窥檐燕争入，穿林鸟乱飞。谁当关塞者，溽露沾方衣。

夏日情
夏潭荫修竹，高岸坐长枫。日落沧江静，云散远山空。
鹭飞林外白，莲开水上红。逍遥有余兴，怅望情不终。

长渠贺
寒鸦飞数点，流水绕孤村。斜阳欲落处，一望黯销魂。
长渠穿岩过，货自八方来。渔歌唱晚烟，百姓点灯笼。

献岁燕宫
三元建上京，六佾宴吴城。朱庭容卫肃，青天春气明。

朝光动剑彩，长阶分佩声。酒阑钟磬息，欣观礼乐成。

赐史祥诗

伯翳朝寄重，夏侯亲遇深。贵耳唯闻古，贱目讵知今。
早标劲草质，久有背淮心。扫逆黎山外，振旅河之阴。
功已书王府，留情太仆箴。

赐诸葛颖

参翰长洲苑，侍讲肃成门。名理穷研核，英华恣讨论。
实录资平允，传芳导后昆。

还京师诗

东都礼仪举，西京冠盖归。四月春之季，花柳相依依。
云跸清驰道，雕辇御晨晖。嘹亮铙笳奏，葳蕤旌旆飞。
后乘趋文雅，前驱厉武威。

定辽东诗

秉旄仗节定辽东，俘馘变夷风。清歌凯捷九都水，归宴洛阳宫。
策功行赏不淹留，全军藉智谋。讵似南宫复道上，先封雍齿侯。

咏鹰诗

迁朔欲之衡，忽投罗网里。既以羁华绊，仍持献君子。
青眸固绝俦，素羽诚难拟。深目表兹称，阔臆斯为美。
惊兽不及奔，猜禽无暇起。虽蒙鞲上荣，无复凌云志。

乾坤殿受朝

北陆玄冬盛，南至晷漏长。端拱朝万国，守文继百王。
至德惭日用，治道愧时康。新邑建嵩岳，双阙临洛阳。
圭景正八表，道路均四方。碧空霜华净，朱庭皎日光。
缨佩既济济，钟鼓何锽锽。文戟翊高殿，采旄分修廊。

元首乏明哲，股肱贵惟良。舟楫行有寄，庶此王化昌。

泛龙舟诗
舳舻千里泛归舟，言旋旧镇下扬州。借问扬州在何处，淮南江北海西头。
六合聊停御百丈，暂罢开山歌棹讴。讵似江东掌间地，独自称言鉴里游。

临渭源诗
西征乃届此，山路亦悠悠。地干纪灵异，同穴吐洪流。
滥觞何足拟，浮槎难可俦。惊波鸣涧石，澄岸泻岩楼。
滔滔下狄县，森森肆神州。长林啸白兽，云径想青牛。
风归花叶散，目举烟雾收。直为求人隐，非穷辙迹游。

喜春游
禁苑百花馨，佳期游上春。轻身赵皇后，歌曲李夫人。
步缓知无力，脸曼动馀娇。锦袖淮南舞，宝袜楚宫腰。

杨叛儿曲
青春上阳月，结伴戏京华。龙媒玉珂马，凤轸绣香车。
水映临桥树，风吹夹路花。日昏欢宴罢，相将归狭斜。

答宁远诗
雨不稀，露不稀，愿化春风日夕吹，种成千岁枝。
恩何疑，爱何疑，一日为欢十二时，谁能言别离？

录宁远诗
红已稀，绿已稀，多谢春风着地吹，残花难上枝。
得宠疑，失宠疑，想象为欢能几时，怕添新别离。

杨广手捧着诗集，看着那娟秀的字体，想起了"见字如面"这句话，忍不住又扑在田玉芝的棺柩上号啕大哭起来，并喃喃地道："玉芝呀，我会把这本你用生命写就

第九十三章　黑石之战淮军得利，杨广诗作玉芝绝笔

的诗集日间带在身边，夜晚伴在床头。我不在乎自己的诗集会否流传后世，但我在乎贵儿和你对我的情意。玉芝，我按你的心愿，写好了'爱妻田玉芝之墓，夫杨广立'的碑词，已经交付匠人去刻制了。我虽然不能扶柩把你送归故里，但我割下了自己的一束长发放在你的棺枕边，权当陪你到永远。过了年，我已决定要南下，届时我也会把你的灵位带上同行，以兑现我对你的承诺。"杨广的眼前飘动起了贵儿和玉芝的身影……

第九十四章
再下江南国公遗言，道观赏花萧后败兴

自古以来，中华民族就有过年的习惯。自汉武帝刘彻定下正月初一为夏历（阴历）岁首元日，以及一年的官制年谱之后，从十二月初八民间谓之腊八节起，上自朝廷，下至民间百姓，便开始准备过年了。官府、民间、寺庙、富家祭祖敬神，熬制腊八粥施舍乡邻、路人、贫户，进入过年的节奏；朝廷衙门收拾官文、清理陈案、了断政务、向主管上司呈交年报，若要返乡省亲，便提交告假文折。民间百姓、富家宰猪杀羊、修饰门庭、定日子邀亲友、请戏班唱社戏；贫家也会拿出一年的积蓄去集市置办年货、腌鱼肉、添新衣、清扫家室、扬尘洗被。

十二月二十三日至二十四日为灶王节，也称之为小年。朝廷办朝会，百官向皇帝敬贺，皇帝向百官赐福颁赏；家家户户要祭灶拜神，送灶王爷回天廷述职。二十五日至二十七日，人们磨豆腐、搡米粉、腌糖瓜、做年糕、蒸馒头、炖大肉，忙得不亦乐乎。二十八日至二十九日，宰鸡杀鱼、整菜盘点、拜祖祭先人、请春联、换门神。三十日即是除夕，朝廷官府由礼部出面举办千人跳傩舞、点旺火、祭祖拜庙、驱旧迎新；民间则盛行阖家团聚吃年夜饭、放鞭炮、燃焰火、逛花市、长辈发压岁钱，孩童通宵守岁。正月初一至初四，习惯走亲访友拜年恭贺新禧。初五燃爆杖迎财神。初八吃七彩羹，请灶王诸神下凡。正月十五元宵节，由朝廷官府、富家与民同乐，举办灯市、猜灯谜、看百戏、燃烟火、吃元宵，普天同庆。至此，这个年才算是过完了。于是朝官上朝议政，官衙开堂理事，商家开门迎客，农家下田务桑。古代把这个过年的日程分别称之为：新正（腊八），新岁（小年），岁日（除夕），元日（正月初一），元宵（正月十五）。在隋朝时，过年分为岁日（除夕）、元日（正月初一）、元正（元宵正月十五），如今称过年为春节，乃是在1913年确定。

杨广这个年没有过好。这不仅是因为年前田玉芝之死，让他心怀伤感；也因为他自感身心疲乏，时常头疼欲裂，御医医治、吃药都不见效，这让他不禁时常想起外出寻访治儿的贵儿，以至于心情烦躁，时常夜不能寐。杨广更相信，若是治儿在

第九十四章　再下江南国公遗言，道观赏花萧后败兴

身边，他就无须担忧自己外出会有安危之忧；若贵儿在旁，定有良方治好他的头疼病。如今他不知道她们两人身在何处，这使他做什么事都有一种不踏实的感觉。因此，在过元宵节时，杨广再也提不起兴趣像往年那样，带着治儿和贵儿，穿戴着青衣小帽，走出宫廷，与平民百姓为伍，混迹在民间的闹市商铺，穿梭在熙熙攘攘的人流之中，猜一猜灯谜，讨得几件彩头，吃一碗在宫内吃不到的民间小吃，讨价还价地为治儿和贵儿买两样她们喜欢的物件，享受着人间夫妇逛街的乐趣，体现着与民同乐的情调，同时也感受着民众的喜悦和满足。今年的元宵节，杨广没有出过宫门。

杨广扪心自问，似乎觉得自己有些厌烦终日沉迷在后宫，与身边的这些女人所做的那些事。他甚至对萧皇后所展露出来的那些炽烈的性感举动也提不起兴趣了，这让他急切地想要尽快摆脱这种心态。因此，过完元宵年后，他上朝第一件事就宣布要再下江南，并当庭公布了南下伴驾随行官员的名单，其中有：虞世基、宇文述、樊子盖、裴矩、许善心、王文同等朝廷大员，以及一些皇亲国戚和开国老臣，甚至把囚禁中的杨秀和杨谏也带上了。

杨广也定下了辅佑越王杨侗留守东都的官员，有元文都、郭衍、段达、宇文士及等人。杨广还指定宇文述的长子宇文化及为南下禁军侍卫总管，率两万铁甲禁军随行，并授予宇文述的另两个儿子老三智及和老四成及为随军校尉。同时，为了沿途能照顾宇文述的病体，杨广还特许宇文述可以携妻同行，从中也彰显着杨广对宇文述一家的特殊眷顾，可谓恩隆至极，让宇文述感激得泪流沾襟。

杨广对这次南下之行乘船的安排本是：杨广带着田玉芝的灵位，与萧皇后和众院主共同乘坐一条龙船，以示他对田玉芝的承诺；秦王杨浩，燕王杨倓与众皇亲国戚同乘一条龙船；其他官员都乘坐官船。这样的安排让萧皇后感到不爽，甚至觉得不吉利，便提出由她带领众院主另乘一条龙船。众院主虽有心陪伴姊妹田玉芝的灵位，与杨广同乘一船，却碍于萧皇后不允，只能顺从皇后之意。然而，杨广对萧皇后的意见没有完全接受，仅是改为由他带着田玉芝的灵位住在龙船的最上层，萧皇后和各院主都住第二层，其他的侍从和宫女都在其他层面居住。众臣对皇上的安排无人敢提异议，这南下之行也就定下了。

夏历二月初二龙王节，杨广再下江南的船队在祭过了水神之后，便浩浩荡荡地出发了。此次下江南的规模比起上次缩小了许多，但沿岸护卫的铁甲禁军骑士却增强了一倍。

春天里的江南，是北方不能比拟的。尤其是沿江两岸，春风拂面，柳枝吐绿，树花含苞，江鸭戏水，南燕北飞；在旷阔的田野里，青的是麦浪，黄的是吐蕊早的菜花，墨绿的是蚕桑，让人观之无不心旷神怡、心情舒畅。杨广忍不住冲着滔滔的江水和田玉芝的灵位大声喊道："贵儿、治儿、玉芝，你们若能站在朕的身边，伴朕一起巡视江山，观赏如此美景，即兴吟诗作画，那该有多好啊！可如今，朕却觉得安没人庇护、病无人能治、文对谁人去叙……朕如今是身孤影单呀！"杨广的眼眶里溢上了泪水。

一阵脚步声在船梯口响起，黄雅芸带领着众院主上了楼面，边向杨广走来边道："皇上无须触景生情了，我们众姐妹都上来陪伴你和玉芝，你还身孤影单吗！"杨广看着众人，又看了看田玉芝的灵位，无不伤感地道："谢谢众位夫人能理解杨广此际的心情。想我杨广身为帝皇，却仍然有如此之多的无奈。上次南行，梅香为我而捐躯，如今玉芝又为我而终，我也不知道治儿和贵儿现在身在何处，而对你们又有许多亏欠，我是不是很无能啊？"

晨光院院主吴降仙道："皇上此言差矣。我们姐妹无不在私下说过，此生有缘才能得遇皇上这样的好夫君，我们谁都愿意为了皇上，像玉芝那般呕心沥血，即便去死也在所不辞，更不会觉得枉来世上而后悔。"迎晖院院主樊玉儿大大咧咧地上前道："我想起了跟随皇上在雁门关的那些时日，身前身后飞箭如蝗，眼目所见血流如注，我们却义无反顾、视死如归，摒弃杂念救死扶伤。当时的那种气概、那种心境，有谁不感慨能生逢此际，能为自己的夫君尽一个臣妾应尽的职责，又有谁会去想自己的好恶、去贪图安逸，更别说有什么后悔了。"

此话一说，立即勾起了众人的热议，一时间个个慷慨、人人凛然，大有烈女为夫赴死的神韵。黄雅芸听不下去了，她挥动双臂大声道："你们都在说些什么呀？什么要死要活的，是不是要让皇上都给你们树忠节牌坊啊！你们忘了上来是干什么来的吗！难怪皇后说我们是一群乌鸦，咋巴咋巴地没有一句好话。"

杨广看到众夫人都被黄雅芸数落得有点尴尬，即扯开话题，和婉地道："你们都上来了，把皇后一人晾在下面，她会不会生你们的气呀？"影纹院院主狄珍珠狡黠地道："有言道，将在外军令有所不受。这里不是后宫，因此我们现在只听皇上的，皇后之令可暂且不理会。皇上，我此话说得在不在理？况且皇后娘娘也不希望我们这些乌鸦在她身旁喋喋不休说个没完，她才巴不得我们不在旁边，可以独自一人去修身养性呢！"

第九十四章　再下江南国公遗言，道观赏花萧后败兴

杨广看着这些娇媚的女人，想到她们平时的作为，更想到在雁门关，她们放下身价、无所顾忌，卷袖露胳膊地为受伤将士救治的情景，无不感触地道："我杨广何德何能，能娶到你们为妻，我此生是无悔的了。可你们尚都年轻，未来还长远，不能像玉芝那样，仅为了一念之想，却不管不顾地去为朕而死，让朕落下难以挽回的伤痛。"杨广说到此，眼眶里又溢上了泪水。

文安院院主刘云芬似乎觉得这个场面有些不妥，立即分开人群上前道："各位姐妹，大家都不要再提会让皇上触景伤心的事了。我们大家都要记住了，不管往后各自的路有多长，大隋皇帝杨广才是我们唯一的男人。谁要是敢做对不起皇上之事，我刘云芬第一个饶不过她。"

这正是一句犹如千金之贵的说辞，此中似乎预示着什么，却也震撼得众院主都纷纷向杨广表态，更感动得杨广热泪盈眶，却并不赞同地道："女子从一而终虽然体现的是贞节，但我认为对女子却并不公平。男人可以一夫多妻，也可以续弦纳妾、休妻再娶。反过来，女子却为何就不能也像男人一样，拥有自己的主张呢？因此在我的心坎里，不存在从一而终这个词。你们只要感到不合适就可以一拍两散，不用勉强，也不用拖泥带水，更不要装模作样、口是心非，明里一套、暗里一套地装门面，这对男女都没有好处。你们说对不对呀？"

杨广这话让众人都没了说辞，热烈的场面顿然冷清了下来。杨广不想拂众人的心意，即又道："到了江都扬州，朕请大家上街去品尝当地的特色小吃！如何？"突然，杨广好似想起了什么，他转脸在人堆里搜寻着道："桂枝曾在扬州待过，让桂枝来给你们说扬州吧！"王桂枝红着脸既推辞着，却不无调侃地道："让我在皇上跟前谈扬州，岂不是班门弄斧吗！再说我那时哪有时间去逛什么扬州。而我进宫之后，父母也就回到了洛阳，我也再没来过扬州。皇上现在让我来说扬州，真不知道怀的是什么心思。"

杨广也感到自己出言不妥，急忙怀着歉意道："哟，确是朕的不是了，但朕绝无他意。朕是想到了桂枝炒的那可口的扬州蛋炒饭，据王世充说，这扬州蛋炒饭，现在已成了江都名传四方的美食。可他们都没想到，这扬州蛋炒饭的创始人现在就要回来了。朕忽然有个提议，到了江都，该让桂枝请大家品尝现在的扬州蛋炒饭。"

谈到吃，冷清的场面又热闹了起来。这些才貌双全、聪慧过人、伶牙俐齿的女人合在一起，任谁也挡不住她们的诱惑，大家也有着说不完的词和事。这正是三个女人一台戏，而这些杨广的女人又会唱出多少台戏呀？

浩浩荡荡的船队乘风破浪一路南下，所到之处，官员列队恭候，民众人头攒动，似过节般地在码头、街道两旁争相观望圣容。尤其是从山阳镇一直到江都（扬州）郡这一段新开的邗沟水域，河道笔直开阔，船队驰行通畅，田野里沟是沟、道是道，庄稼长势喜人，两旁堤岸上柳丝飘荡、绿叶起舞，沿岸百姓扶老携幼，烧香磕头跪地迎候，与杨广上次南下硬闯邗沟时所见截然不同，让杨广在满意、感动之余，更有一种说不出来的亲切。

杨广对在山阳镇接驾后上船的王世充道："民安则社稷安，民乱则君不宁。看到你治下的这片区域里能有如此景象，朕觉得自己没有看错人。如今朝廷中，既能理政治民又能用兵打仗的人不多，因此，你往后也该为朝廷出更大的力了。"王世充闻言满心欢喜，但口上却谦虚地道："谢皇上隆恩，但臣乃是一介地方官吏，入朝担责怕难服朝中大臣之心。但臣定会不遗余力去为皇上尽忠的。"杨广似有所悟地道："你放心，朕既然有意要让你挑更大的担子，就会给你实权。但愿你别让朕感到失望。"

扬州地名最早出于大禹分天下为九州，其中一州为扬州。然而当时的扬州并非是一城一地之名，而是泛指江淮、江南的一大片自然区域。至春秋期间，扬州地域归属吴国，夫差在此开掘邗沟、筑邗城，即是最早、最古老的运河和扬州城。西汉武帝刘彻在全国设十三刺史部，其中就有扬州刺史部。此后，扬州的地名又各有不同，东汉称广陵、江都，东晋、南朝称南兖州，北周改为吴州，至隋朝，隋帝杨坚改吴州为扬州，其所辖地域有十三郡，江都郡乃是其中之一。扬州的州府衙门就设在其所属的江都郡城内，而此处即是最古老的扬州邗城。开皇九年（公元589年），杨广平南统一了大江南北之后，扬州的辖区扩大至江南，共辖有二十一郡。杨广执政之后，取消州制，改扬州为江都郡，扬州所辖的区域均归江都郡所管辖，江都郡府衙门就设在江都城内。至唐代，李世民又将江都郡改为扬州，管辖面积也有所缩小，从此扬州地名便有了专属地，一直延传至今。

江都城面积不大，但有山有水，风景秀丽。以江都郡府衙门为中心，周边有四市八街十六巷，人口稠密，商贸繁华。其东是大运渠的入口处，与城内的汶河交汇，连通着城西北蜀岗前的保障河。因此这里水路交通便捷，码头前车水马龙，商贸也特别繁荣。王世充为隋帝杨广建造的江都行宫，就在该处东北方靠岗临水的一片茂盛的翠竹林内，让人有闹中取静之感，船队沿着汶河可直达此处。

府衙的北门有文津桥，桥畔两侧是闻名遐迩的诗文酒肆街，此处不仅有浓浓的

第九十四章 再下江南国公遗言，道观赏花萧后败兴

江南诗文习气，更有荟萃各方的小吃美食，其中尤以扬州鸡汤三丝、蛋炒饭、三丁包、蟹粉狮子头、水豆腐馋人口舌，是一处来江都之客必到之处。府衙其西北是蜀岗峰，该峰不高却秀丽，南北朝的宋孝武帝于大明年间，在此岗建了一座寺庙，即为大明寺。隋文帝杨坚在六十大寿时，在蜀岗峰上又建灵栖塔，也称灵栖寺。蜀岗峰有山泉（即为后人唐代陆羽所评之第五泉），泉水清澈甘甜，自山峰上流下至山脚形成潭，又汇入了弯弯曲曲绕山南去的十里保障河（也称炮山湖，即是此后的瘦西湖）。

此处的景色宜人，不仅有山有水，而且富有特色美景，既有南方的亭阁之秀，又有北方的峰寺之雄。曾有文人沿河而走，写下了"两岸花柳全依水，一路楼台直到山"这样撩人心扉的诗句。因此这里也就成了江都的一块宝地，是文人墨客、商家旅者来到江都必去之处，这条河也就是此后闻名天下的扬州瘦西湖。

江都城还流传着三把刀（菜刀，理发刀，修脚刀）的种种传说，这既是江南民间传统手艺的传承，也展现着中华民族勤劳朴素的本质，还体现出了天下人共同的爱好。尤其是菜刀切出了扬州扬名天下的美食鸡汤三丝，这道菜始于秦汉，三色丝（紫色是火腿、黄色是竹笋、白色是豆皮；或红色腌肉、黄色蛋皮、白色干丝等）可因人而配。其中，让人感叹的不仅是菜肴的色艳、味美、鲜嫩，更有其切菜的刀功之绝，厨师可以把不同的食材切成细如发丝、粗细均匀、互不差毫厘的精美艺术品，再浇上清鲜味美令人叫绝的鸡汤，成就了一道下自民间、上至宫廷谁都喜爱的诱人食欲的佳肴。这便是此菜肴能与扬州蛋炒饭那样，达官贵人喜欢吃，老百姓也吃得起，从而名扬天下的关键所在。

杨广来到了江都，好似回到了故乡。这里既有他熟悉的乡音，也有他留恋的美景，还有他难以忘怀的一些往事。同时，他也满意王世充为他建造的行宫选址适当、环境幽雅，宫殿布局合理，装饰华而不奢。

然而，不等杨广在新居静下心来，就传来了宇文述病危的消息。杨广匆匆赶至宇文述的床榻前，已是奄奄一息的宇文述抓住杨广的手道："皇上，臣再也不能随你治天下了，臣要走了。然而，让臣最放心不下的是那个混账三小子，望皇上对这小子不要姑息，别让他惹出祸来。他若能安宁，臣在地下也就能安心了。"宇文述说罢，便撒手人寰。

杨广念着宇文述的忠诚，亲自上香祭拜，追赠其为司徒尚书令，享十郡太守之荫禄，出殡行班剑四十人、辒辌车，前后部羽扇鼓吹，由礼部尚书令裴矩主持祭太

牢、鸿胪监护丧事、所有官员挂孝送行，极尽了一切至尊礼仪，胜过当年相国杨素的葬礼。同时，杨广又允诺宇文述的长子宇文化及继承父爵为国公，但并没把宇文述对其三小子宇文智及的遗言放在心上。

杨广还未从宇文述的丧事中回过神来，就传来了另一桩奇事。藩篱道观里的琼花，之前一般都要在夏历三月上旬至中旬才能绽放，如今才二月末居然提前开放了。这不仅引来了民间的惊喜诧异，却被道观里的道长说成这是天意，是因为扬州来了贵人，这个贵人便是隋帝杨广。于是，藩篱道观由道长亲自持帖至衙门，邀请皇帝携后宫夫人和大臣莅临道馆赏花，此等好事杨广岂能不去。

"蕃篱"两字本是篱笆的意思。原有的"羊离道观"取名之意是：因道观后面的小巷是羊群出没的地方。如今小巷没了，羊群也没了，再把道观取名为"羊离"就有些不妥，于是就借用了篱笆的学名"蕃篱"这两个字来给道观命名。然而如今这四周的篱笆已是用青砖砌成，这座"藩篱道观"的规模也远胜于之前的"羊离道观"。

藩篱道观的门前空地开阔，适宜停车走马。道观大门上画着阴阳八卦图，前院的走道青砖铺地，四角有沟有井，走道的两侧是两座炼丹的铸铁炉，此际似乎在焚烧着檀香木，满院溢香。行人走在砖道上，犹如进入了仙境道场。前厅正壁供奉着黄帝和老子的两尊塑像，侧壁悬挂着张天师的画像，还有法器和座榻，画像下有着一灵台，设有道家先师的灵位。

穿过前厅进入中院，院中有亭，两边有廊，北有玉皇阁，西有雷经坛。正厅正中是道家聚集修炼的祠堂，两侧面壁还有着团圞，乃是道众听经的坐垫。后院却是另一番景象了：庭院四周有廊，廊内有桌椅，庭院中心有用玉石砌成的花坛，中间便是那株开着洁白花朵的琼花树。后厅内有面向花坛的殿堂，殿堂上可摆设餐桌，供人边赏花边饮食，正可谓能让人乐在其中。这个道观如此的排场也是别出心裁，真让人不知这是在尊道还是在借花享乐！

藩篱道观的道长，得知皇帝带着众夫人和大臣们要来赏花，便早早地安排妥了一切，并带领着道众站立在大门外恭候皇上驾临。

天色晴朗，和风暖阳，杨广和萧皇后一行赏花人在王世充的陪伴下来至道观。进入道观后由道长在前引领，皇帝皇后在前，众院主跟随在他们的身后，此后是众大臣，纷纷举步迈入了前院。

杨广和萧皇后似乎并不在意这道观的规模，也就对道长的滔滔讲解不感兴趣。他们也没有在前厅的黄帝和老子塑像前驻足，也没有在张天师的像前进香，却是穿

第九十四章　再下江南国公遗言，道观赏花萧后败兴

过前厅进入了中院。不知是谁首先开口道："哟，这里好香啊！该不会这就是琼花的香味吧。"杨广也闻到了这股馨人肺腑的香味，他忍不住深深吸了两口气，似乎是感受到了什么，立即停步回头对众院主道："你们还记不记得这股香味出自何处？"众院主被杨广这没头没脑的话问得都愣住了，一时间谁都不知道该怎样去回答此话。

杨广又转脸问萧皇后，道："你是百花之魁，你识不识得这股香味出自何处？"谁知萧皇后接口便道："我知道你要问我什么了。但天庭上再娇贵的花落到了人间，也就脱不了花开花落的俗气，盛开时招人喜、败落时遭人贱的命运都是同一回事。"杨广却道："非也，它的香气会永远留在我的心里。我忘不了在你们裙底下所闻到的那阵阵香味，而这里的这股香味，正是我在天庭上所闻到的琼花香，这是没错的。"

道长听见皇帝和皇后在谈论着闻到的香味，也就带着渲染的口吻道："启禀皇上和皇后娘娘，贫道这后院的琼花，非凡间之花可比。她是由仙姑玉佩种成的，花艳似天仙美女、瓣洁如无瑕美玉、盛开时白花粉蕊娇美无比，秋天结红果衬绿叶又是一景，全年不见落花，也不见落叶，真是奇妙无比。此间的香味就来自该花，清晨数里之外均可闻到其香。"杨广和萧皇后什么都没说，仅是加快了脚步向后院走去。

后院殿堂上和廊道的桌上都摆好了茶点，然而吸引众人目光的并非是这些茶点，而是花坛上的那株琼花。杨广第一个迈步走向花坛。汉白玉的围栏里是一株盛开着洁白花瓣、中心有一簇粉蕊的鲜花，人还未临近，已是香气袭人。

这株一人高的树花，树干皮白有细细的纹路，绿叶有巴掌大小，边缘有似锯齿状的棱角，且枝繁叶茂，一朵朵大大的好似绣球状的粉蕊白花开满了每个枝头。乳白色的花瓣，不仅晶莹洁白无瑕，而且花瓣厚实丰腴，乍一看真好似是用美玉雕成一样。而那花朵中心的粉蕊不仅饱满，且有着一粒粒球状的蕾头，好似女人的乳头特别醒目。然而让杨广感到惊讶的是，这朵球状的白花与其他的花有很大的不同，竟然是由九朵小白花围绕着粉蕊展开成的，且每朵小白花又有九片大小相似的花瓣，而整株树的花冠却由九朵大白花组成，层层叠叠，整株树除了树干和绿叶都被洁白似玉的花瓣所罩住了。

如此奇妙的树花不仅是杨广从来没有见过，所有围在四周观看的人都无不啧啧称奇。众院主闻着花香看着花美，好像是见到了久违的姐妹那样，脸上都无不流露出赞叹和神往，谁都不愿意离开花坛去坐到殿堂的椅子上品茶，远距离赏花。杨广更是忍不住道："我杨广总算有福，在这里又结识了一位姐姐。我虽然不能把她请到宫里去，但我会立即让人来把她绘成画带回宫里，让她常年盛开不败地陪伴着我。"

萧皇后不知何时竟然走进了花坛，抵近了花树，仔细而认真地查看着粉色的花蕊，还不时地把脸凑近花蕊去闻其香味。当她听到杨广说，要让人把琼花绘成画带回宫里去常年相伴，不由地带着讥嘲道："皇上真是一位怜花惜玉的皇帝，宫里有这么多的花仙在旁还嫌不够，竟然还要把这么一棵被世人浊目所染过的花也要带进宫去常年相伴，这会不会有些太过了呀！"杨广却不以为意地道："君子爱花乃是文雅，朕之惜花乃是心有所系，有何不可？"众院主和四周围观的大臣都默不作声，似乎都在回味着杨广与皇后所说的这段话意。

萧皇后听了却有些不太舒服，但却又觉得没有任何可以反驳的说辞，故不免带上了些许情绪，竟然伸出手指要去采摘那洁白如玉的花瓣。谁知，当萧皇后的手指刚刚触摸到那白玉般的花瓣时，花树竟然全身颤抖了起来，顿时花蕊萎缩、花瓣纷纷收卷。紧接着一阵旋转的狂风自天而降，在琼花坛内肆意涤荡着，吹得四周尘土飞扬、舞沙走石，让众人不得不抱头遮面、乱窜躲避。

此风来得奇怪，走得却也快，仅是瞬间的工夫便风消物静。然而众人却傻了眼，方才还是花盛叶茂的琼花树，如今只剩下了光秃秃的一杆树杈，而且四周竟然连一片花瓣和一张绿叶都不剩。萧皇后则是鬓发蓬乱、脸色苍白地匍匐在地，失去了知觉。

杨广匆忙跳入花坛扶起萧皇后，用既怜惜又不满的口气道："你这是自作的，何苦要进到花坛去看花呢！你身为花魁，难道就不知道花仙忌讳的是什么吗？如今你在凡间为后，却也该有自知之明。琼花虽然落下凡尘，却并非是凡花，容不得你随意而为。否则岂能有如此一出？你呀，太让朕失望了，也扫了众人的兴。"

道长见此情景竟然伏地失声大哭着道："这作的是什么孽呀？好端端的一树花，竟然成了这副模样。我们道观原本还指望着它能生财养道、匡扶门庭的，如今让我怎么去向仙师交代呀！"

杨广一听此话更怒了，立即大声训斥道："简直是岂有此理，有你们这样生财养道的吗？此风来得也好，正可以教训一下你们，别把圣洁的东西演变成了歪门邪道的工具。道有道德、佛有佛法、儒有儒教、帝则有帝规；德高自然道盛、法正方能佛扬、教有所学儒才能有为、我们身为帝后也得像道佛儒家那样守得各自的律法，不然天地是会不容的！"

杨广的愤怒既有惜花之情，也有对皇后的不满之意，更有对道长哭花之态的谴责。如此一场乘兴而来的赏花，竟然变成了一场扫兴而归的难堪。杨广带着恢复了

第九十四章 再下江南国公遗言，道观赏花萧后败兴

神智的萧皇后和众院主回到行宫，思前想后，总感到这次南下确实有些不吉利，心头也就不免有些沉重。

此后，藩篱道观内的这株琼花竟然全部枯萎了，连枯枝断根也不剩一点，道观没有了琼花也就失去了生气，渐渐败落。据传，唐代武媚娘执政的鼎盛期，在藩篱道观的遗迹上又长出了一株开黄蕊白花的花树。于是民间便传开了八仙施法琼花起死回生又开花的传说，而且此花从此后生生不息，一直延传至今。然而此花却并非是原先的粉蕊琼花，而是一株花瓣花色与琼花相似，花冠也貌似琼花的八瓣绣球花，属落叶灌木五福花科，却并非是原先真正的琼花。

第九十五章
杨广观天紫烟解像，智及无德沙弥丧命

　　翠华院院主袁紫烟自从南下之后，心情十分纠结，因为在南下之前，她接连做了两个梦。前一个梦的当晚，她观看星象时，发现有数颗亮度不一的贼星闯入了紫微垣，并贴近了帝后星座。这让袁紫烟大为吃惊，也对杨广的安危深感担忧。可她无法推测这三颗贼星所在的位置，因为它们距帝星太近了。

　　当晚，袁紫烟就做了一个梦：她来到浩渺的星空，想要搜寻那三颗贼星，亲手将它们毁灭，或是把它们驱赶出紫微垣。然而，天宇紫微垣中，围在帝星旁的星星大大小小、亮度不一，数量太多了，她使尽全力，也无法辨认出哪三颗才是危及帝皇的贼星。袁紫烟心累口渴，想找个地方休息一下，再继续寻找。她不知不觉飘飘然来到一座似曾相识的宫殿，举目一看，发现自己竟然到了太乙宫。

　　袁紫烟知道这是隋帝杨广修炼的场所，便想进宫讨杯茶喝。她刚想举手敲门，门却不敲自开。门内站着一位鹤发白须、童颜的老人，不容她开口便说道："天意所至，非人力所能为。各人自有天相，你回去吧！别做这徒劳无益之事。"老人说完，太乙宫的门轰然关上。袁紫烟在关门的轰隆声中醒来，老人说的话却一直萦绕在脑海，挥之不去。隔天，朝廷就定下了下江南出行的日子。

　　当天晚上，袁紫烟在船上，梦见师父前来告知她，隋帝杨广带她们南下江都之日，便是她与杨广这段姻缘的终结之始。这让袁紫烟感到十分诧异。她想到杨广平日里待她的深情厚谊，那种贴心和温暖是她从未感受过的：知冷知暖的关怀、推心置腹的交谈、不拘一格的说笑，让她觉得杨广不像是一个帝皇，而像是她的知心朋友，是一种她之前从未经历过的亲密情感交融。

　　哪怕是在初婚的那个夜晚，她感受到的不是众人告诫她的担心和害怕，而是甜蜜温馨、无可言喻的回味，全然没有一丝让她感到难堪需要拒绝的理由。他与她谈情说爱，她向他倾诉身世遭遇，他用手轻柔地安抚她，她依偎在他怀中，感受到从未有过的冲动，情不自禁地将自己交付给他。此后，他为她去寻访舅父，她向他讲

第九十五章　杨广观天紫烟解像，智及无德沙弥丧命

解天宇星辰，他告诉她儿时的梦境，她惊讶地发现，自己好像很早就认识他了。因此，袁紫烟根本无法想象自己会离开他。袁紫烟当即问师父，这是为什么？师父只是告诉她，若对此有疑惑，可以到江都庵找法明师姑询问答案。

这便是袁紫烟虽然随众人一同来到江都，却全然没有众人那般舒畅心情的原因。她一直心神不宁、情感纠结、郁郁寡欢。袁紫烟本想一到江都就去找法明师姑讨个说法，可一时间又觉得难以启齿，更怕自己这一走会被师姑留住，再难回来，故而一直踌躇不决。此后，见杨广数事缠身，朝中重臣许国公病逝，让杨广痛心；去道观赏花，琼花却瞬间凋谢，让杨广心惊。众人都觉得此事是不祥之兆，袁紫烟则感到异常不安，她决定找个宁静的地方观天象，期望能从中找出症结所在……

王世充花了数年为杨广建造的这座江都行宫，仿照东都皇城，倚岗临河，规模不小。行宫远离江都闹市，也不在繁杂的文津桥和保障河那些人来人往之处，而是偏处于江都风景秀丽、有山有水的蜀岗东侧。行宫里外翠竹终年常绿，行宫旁江水常年流淌，行宫一侧的岗峰岁岁常秀，这一切似乎都寓意着大隋江山物华天宝、峰秀流长。

行宫分为三重：第一重前门可通官道，由禁军守卫，归宇文化及管辖。前门内是大殿朝堂，是朝廷皇上百官办事之处。第二重为正宫，是皇上办公、处置政务和小憩的殿堂，其内边门有码头，可停靠大船游艇，方便帝皇宫眷出行，也方便为行宫运送给养和所需物资，由黄门侍卫把守，归大将军黄门侍郎独孤盛管辖。第三重是内宫，是供皇上、皇后和众夫人生活栖息的场所，里面的布局仿照洛阳显仁宫，有殿、有院、有厅堂，其规模虽然没有洛阳宫大，但其精致和典雅程度并不亚于洛阳宫，由此可见王世充这一番殷勤也是下了血本的。内宫由宫内近侍把守，归后宫冯总管管辖。行宫西侧有道可上蜀岗峰、大明寺、栖灵塔。行宫外围四周筑有三人高的围墙，宇文化及所统领的铁甲禁军就驻扎在附近，如此防范可谓森严。

这天，杨广没兴趣关注江都行宫的规模，也不想与皇后和众дов土共进晚餐。然而，他又耐不住寂寞，便换了便服，只带了两个近侍，准备趁着夜色出宫，沿江走走，寻访江都城的民风，领略蜀岗峰和保障河的夜景，慰藉、平复自己的心情。杨广走出户外，抬头见漆黑夜空繁星闪烁，悠然间又萌生出探测星象的念头，他立即转身向袁紫烟所在的庭院走去。

袁紫烟独自一人席地坐在庭院中，找到了极星所在的位置，又校对了四方七宿与自己所处的方位，随后闭目凝神片刻，再睁眼举目眺望天宇星空。猛然间，一颗

耀眼的星星拖着一条粗粗的尾巴，掠过袁紫烟的眼帘，划向夜空。袁紫烟不由得一阵紧张，她知道这种星象分明就是书中所指的彗星，也就是人们常说的扫把星，这是一颗灾星，预示着灾难的来临。袁紫烟没想到自己凝神睁眼后看到的第一颗星，竟然是如此一颗含着杀气的星，她心里顿时涌起一股冰凉的感觉，不由得自言自语道："怎么会这样呢？"

杨广已经来到袁紫烟身后，他也看到了天上掠过的那颗彗星。此刻，听了袁紫烟说的话，便接口道："我听台官说过，彗星不在月光下掠过，构不成'彗星袭月'之说，所以不用紧张。"袁紫烟见皇上来了，慌忙要起身施礼相迎，却被杨广一把搂住，随后与袁紫烟并肩席地而坐，说道："我来你这儿，正是想让你陪我看星象，没想到你已经就位了。我俩真是心有灵犀啊！紫烟，告诉我，你还看到了什么？"袁紫烟心有余悸地说："臣妾也刚坐定入神，没想到睁开眼就看到这颗彗星掠过，所以……"杨广不想听有关彗星的事，立即打断道："你原本打算观看什么星象？"袁紫烟迟疑了一下，坦诚地说："臣妾见这次南下接连发生这些事，有心想看星象上有何反应，更想从中找到症结所在，以便让皇上能做出相应的化解对策。"杨广搂着袁紫烟的肩膀说："紫烟真是我的好夫人，你想的和我想的如出一辙，这是不是应验了心心相印之说！"袁紫烟依偎在杨广身前说："皇上，我想去江都庵看望师姑，不知……"杨广随即说："放心，我答应让你们返乡省亲的事已经安排好了，你们不日就可成行。此刻，我们什么别的事都别想，专心凝神看星象，看看天上会告诉我们些什么。"

袁紫烟收拢心神，专心注目夜空上的星辰。她搜寻到三垣，凝睛看去，随即用手指着说："皇上快看，在三垣帝星的上方，有一颗青色的贼星在闪动，这颗星的边上还有一些浊气相伴，似乎预示着北疆有兵灾了。"杨广顺着袁紫烟手指的方向看去，若有所思地说："我也一直在担心北方的那个刘武周和突厥的始毕可汗，难道此星象意味着他们要造反了吗？"袁紫烟拿起罗盘校对着说："只有一颗闪着青光的星在动，其对应的区位似乎在河套之间。"杨广沉思着说："那必定是河套马邑郡的刘武周无疑了。然而朝廷此刻还未收到边关的军报，但只要楼烦、太原能够守住，他活动的余地也不会太大。"

袁紫烟又指着紫微三垣右侧说："皇上，帝星东北那三颗贼星也在闪光晃动了。难道是朝廷上次没有把他们全部灭掉？"杨广边看星象边说："看来，朕对他们不该那么仁慈，他们贼心不死，如今有可能死灰复燃，但这次就别怪朕要痛下杀手了。"

第九十五章　杨广观天紫烟解像，智及无德沙弥丧命

朕明天就让王世充再带兵去把他们剿灭，不留后患，省得他们搅得朕的天下不得安宁。"

突然，袁紫烟手指着三垣左上方的星空，连连摆着手，却说不出一句话来。杨广也看到了，在袁紫烟手指的天际，似乎是很遥远的夜空方向，星星显得暗淡稀疏，但有一束若隐若现的紫色光像在天际游动着，其形状有时聚在一起像龙，有时散开成雾状般虚无缥缈。杨广不知道此星象意味着什么，便问道："这星象怎么解读？"袁紫烟喃喃地说："依照书上所言，凡有形有状，或龙或凤的赤紫五彩之气，谓之真人天子之气。此气出处，数月数年之内必有异人出现。我从未见过此气，但观其形色，必是与书上所说的天子之气无异。"

杨广问道："依你之见，此气出在何处？"袁紫烟又拿出罗盘反复校对着说："此气在二十八宿的室、壁之间，其对应所属该是并州地界。皇上可派人去此地探究，便知端倪，或许还有挽回的余地。"杨广似有感悟地说："既然是天象所应，必是天意如此，凡事岂可人为？"袁紫烟盯着那股变化的紫气又说："此气还未真正成型，会有挽回的余地。皇上，臣妾明日向你告假，去这里的江都庵寻访师姑，求她给一个解法。"次日清晨，袁紫烟一身道姑打扮，辞别杨广，只身离开行宫，去寻访在江都庵的法明师姑。

隋帝杨广在行宫朝堂上同时收到两道快报。一道是西京长安代王派专使送来的快报：突厥始毕可汗说服北疆马邑郡守刘武周，册封刘武周为定杨可汗，并联手起兵。突厥占了榆林、定襄，定襄郡守云定兴阵亡。刘武周偷袭雁门关，杀了雁门郡守陈孝意后，又起兵南下攻占了楼烦郡，太原郡守请求朝廷速派兵救援。

另一道是东京洛阳越王飞马送来的军报：瓦岗寨贼军卷土重来，镇守荥阳的卫玄将军阵亡，致使荥阳失守，兴洛仓被占。如今瓦岗军兵围巩县，意在夺取洛口仓后西进，攻占洛阳。

这两道军报应验了袁紫烟对星象所示的解读，所以杨广已有了对策。虞世基宣布："王世充、樊子盖听旨。授王世充为兵部尚书、东北剿抚史兼江淮兵马总管，即日率兵前往河南、河北、山东剿匪，有调用当地兵源用于平乱安民的特权，可以先斩后奏。授樊子盖为特使前往东都督战，继而留守东京为辅臣。"

随后，虞世基又宣告："传令并州总管史祥领兵二十万驰援太原，与太原守军一起征讨叛臣刘武周，替王仁恭和陈孝意报仇。并传令弘农郡守李渊之子虎贲郎将李世民为北疆征讨史，领兵十万沿黄河北上，奔袭马邑郡，北拒突厥，与太原并州军

围剿刘武周。传令燕云罗艺出兵突厥,夺回被突厥所占之地。"

杨广在朝堂上胸有成竹地处置了北方的内乱之后,回到后宫又宣布了两条旨意:一是凡有家在江南的后宫院主和美人宫女都可以回家祭祖探亲,期限连路程在内为期一月;二是凡被获准回家乡祭祖省亲的人,均由后宫总管统一安排,派遣车辆,带上皇后赠赐的礼物,由黄门侍卫和内侍护送,择日出行,各院美人和侍女也可视情自愿随同前往。

这圣旨一出,十六院中有十位院主获准可以返乡探亲,她们是:秋声院的梁文艳、晨光院的吴降仙、文安院的刘云芬、积珍院的秦凤琴、影纹院的狄珍珠、仪凤院的陈菊香、仁智院的柳绣凤、宝林院的石筠倩、如意院的袁宝儿,以及已经独自出行访道的袁紫烟。这些被允许如此光宗耀祖回家省亲的女人们,犹如遇上大赦一般,个个兴高采烈,而那些因家不在江南而留下的院主们,心情则不免有些低落。

萧皇后虽然不满意杨广如此越俎代庖的安排,但又没有理由提出反对意见,故而只能带着自嘲和晦涩的口吻说:"我们留下也有留下的好处。比如,少了十个与我们抢皇上的女人,岂不是便宜了我们,能多沾些皇恩雨露呀!"明霞院院主方贞娘嘟囔着说:"皇后娘娘的家不也在江南吗?皇上为何没允诺娘娘回去省亲呀!"萧皇后酸溜溜地说:"本宫是梁国的公主,国都亡了,还有家吗?现在的大隋就是本宫的家,皇上就是本宫最亲的亲人,皇上到哪里,本宫的家就在哪里,本宫还需要回家吗!"栖鸾院院主韩彩娥问:"皇后娘娘,我们回到北方后,是否也能被获准返乡探亲呀!"萧皇后说:"这里的南方不好吗?天和日暖,可比北方寒冷的天气好多了,我都有些不想回去了。"

宇文述的灵柩由其续妻陪同,由朝廷派专人专车护送回乡安葬。他的四个儿子,除了次子宇文士及从洛阳赶回老家替父置办后事、为父守灵之外,长子宇文化及、三子智及和四子成及都借口军务重要,没有伴灵为父送葬。尤其是三子宇文智及,送走父亲的灵柩后,好似卸掉了身上的枷锁,瞒着在家主政的大哥宇文化及,溜出了府邸。

宇文智及随军来到江都,早就听说江都城内有许多好玩的地方。但他既受军纪限制,又因父亲病重,一直没空去领略江都的风情。而且江都城对他来说,不仅是个陌生的新地方,也不像在京城里,他有那么多趣味相投的朋友和弟兄,可以一呼百应,聚在一起随心所欲。故而他好动、喜欢热闹的性情被束缚住了。如今借着家中有忧,可以不去军营当值,父亲一走,也没人能压制他,他得以全身心解脱,大有

第九十五章　杨广观天紫烟解像，智及无德沙弥丧命

久关在笼子里的虎崽，一旦冲出笼子，便无所顾忌的架势。

宇文智及来到闹市，听着江都的方言，看着异地的风情，觉得样样新鲜，事事好奇，东听一耳朵，西看一眼，不亦乐乎。当宇文智及听说文津桥有许多好吃的东西，便一路打听着来到文津桥，挑了几样当地人赞誉的小吃，品尝后却觉得不过如此。他又听说蜀岗峰上的大明寺和岗下保障河风景秀美，是来扬州的人必去之处。他对山岗寺庙不感兴趣，但觉得去逛河看景倒还值得，于是一路玩耍着来到一条弯弯曲曲的河道，得知这条河就是保障河，便学着他人的样子，沿河左看右观起来。

有言道，仁者爱山，智者喜水。爱山的人能看出有棱有角的山形之奇特、状态之雄伟、气势之恢宏，从中寄托自己的心胸抱负；爱水之人能看到水的秀丽、水质的洁净、水波的美妙，从而浮想联翩，构思出自己憧憬的心愿。然而宇文智及既不爱山也不喜水，只是慕名而来看看罢了。因此，他沿河走了一段，什么也没看出来。他随手在河边摘了一根柳枝，一边挥枝击打河水，一边自言自语道："这些南方佬真是少见多怪，河水到处都有，何必特意来看呢！还说什么不到此处等于没到过扬州，简直是妄言惑众！"有路过行人闻言，向他投来疑惑的目光，宇文智及觉得无趣，便继续向前走去。

蜀岗峰不高，却拥有山体之雄、峰峦之秀的美，山上有终年翠绿茂盛的树林、有清澈甘甜的山泉，山下有山泉积成的潭和湖泊，以及绕岗南去的十里长河。加之岗上有寺庙宝塔，岗下有水桥亭榭，这片区域可谓是一处有山有水、有独特景观、能引人入胜的地方，难怪成了来扬州之人必去之处。

然而宇文智及来此，既不是为了赏景，也不是为了遂愿，只是出于无聊、慕名而来，因此也就没了许多可观可赏的兴致。他走走停停、百无聊赖地来到一座碑亭前，见碑亭前有几个人围着看碑文，一个年长者还在用手指比画着，一字一字地念着。碑亭旁边有一潭清澈的池水，不少人在池边排队依次取水，有的用桶装水，有的用勺杯直接饮用。

宇文智及对碑文没兴趣，但看到清澈的泉水，不由得感到口渴。然而，见有那么多人在等候，又觉得不便强行插队去饮用。他偶尔抬头，见池水背后的山坡上有一条被爬坡人踩踏出的斜径，这让他心生一个别出心裁的取水办法。与其在这里等着喝水，不如爬到上面去找泉水的源头畅饮，既省事又更干净。宇文智及想到就做，几大步奔上斜坡，左攀右爬地来到一丛灌木树间。他听到了泉水的潺潺流声，立即举步进入树丛，跨过几处灌木丛，果然见到一条清澈的山泉溪流沿坡而下。

977

宇文智及来到溪水边，欣喜自己的高明决断，立即双手捧起泉水就喝。冰凉甘甜的泉水美妙无比，既爽口又解渴。饮足解渴之后，宇文智及突然冒出一个恶作剧的念头。他转脸四下瞧望，见四周没人，就解开裤子，对着溪水撒起尿来，并在心里想象着下面饮水之人的尴尬模样。

谁知，他的尿还没撒完，身后突然响起一个严厉的吆喝声："大胆狂徒，竟然对着众人要饮用的山泉撒尿。你这是没德行，还是没有人性呀？"宇文智及大吃一惊，赶紧回头去看，只见一个光头小沙弥正怒目圆睁地盯着他大声喊叫。宇文智及情知自己理亏，慌忙系上裤子，撒腿就往山下跑。可小沙弥不依不饶，在后面紧追不舍，口中大声喊道："快来人呀，不能让这个恶徒跑了。他在我们赖以生存的山泉里撒了尿，快把他抓住，送官府去讨个说法。"

平日里从不爬山越岭的宇文智及，哪能跑得过自小生长在山里的小沙弥。还没等他跑下山坡，就被小沙弥从后面追上并抓住了。宇文智及心虚，一心想尽快摆脱小沙弥的纠缠，拼命挣脱；可小沙弥使出全身力气，紧紧抱住对方，一副不达目的誓不罢休的架势，两人就这样扭打在了一起。

山下潭边取水和路过的行人听到喊声，也看到了山坡上小沙弥与一个年轻男子纠缠的情景，一时间群情激奋，纷纷朝两人涌来。刚才在碑亭旁看碑文的几个人，也被喊声吸引，转身注视着山坡上正在发生的事情。宇文智及眼见众人朝自己涌来，既慌张又恼怒，不得不使出全力，掰开小沙弥搂抱的双手，将小沙弥使劲往山坡下摔去。小沙弥哪能承受得住宇文智及的全力反击，一下子被摔下山坡，头部撞在山岩上，脑浆迸流，当场死去。

这一幕不仅让围上来的人看得心惊肉跳，更有人随即大声呼喊起来："打死人了！快把那个人抓住，不能让他跑了。"看碑文几人中的那个长者见此情景，立即吩咐道："去把那个肇事者拿下，这也太无法无天了！"

宇文智及很快就被长者指派的人抓住，并押到了长者跟前。然而，他并不服软，大声喊道："放开我，你们凭什么抓我？"长者既气愤又觉得可笑，指着已死的小沙弥厉声说道："你打死人了，不知道吗？"宇文智及不服气地争辩道："是他先纠缠我，我不得已才这样做的，而且我也不是故意的！"长者冷笑着说："竟然还敢狡辩！要不是你作恶在先，又想逃跑，他会纠缠你吗？好在这一幕老夫和众人都亲耳听到、亲眼看到了，铁证如山，岂容你狡辩！来人，把他押送到江都府衙去，依法制裁。"

第九十五章 杨广观天紫烟解像，智及无德沙弥丧命

宇文智及却不服气地大声喊道："我是许国公的三公子、皇上亲赐的六品侍郎、朝廷命官、禁军校尉，谁敢制裁我？"长者一愣，盯着宇文智及问道："你这话当真？还是想为了逃避罪责而冒名顶替？"宇文智及见有转机，更是气势汹汹地说："这话怎会有假？我叫宇文智及，禁军总管宇文化及是我大哥。你们不信，可以当面去问皇上。"

长者怒了，上前狠狠地甩了宇文智及一个耳光，愤恨地说："你父亲刚死，你就出来闯祸。这一巴掌是我替你老子教训你的！"宇文智及有些蒙，却又不服气地叫嚷道："你是谁呀？居然敢打我！"长者恨恨地说："你这个混账小子，听好了！老夫叫虞世基，是你父亲的同僚。你父亲为官一生，刚毅清正，怎么会生出你这么个混账东西。你让他在地下怎能安心？"

宇文智及傻眼了，他并非不知道自己所犯之事的后果。他本以为只要能逃离这个没人认识他的事发之地，随后死不认账，一切就会太平无事。但他没想到，如今竟被朝廷的大官逮住了，而且他更清楚，内史令虞世基就是当今一人之下、万人之上的相国。于是，一股侥幸心理涌上心头，他立即双膝跪地求饶道："伯父大人在上，小的知错了。但小的确实不是故意的，求伯父大人看在家父的面上，饶恕小的一时无知之举，小的定当结草衔环报答您的恩情。"

虞世基长叹一声说："事已至此，你让我怎么饶恕你？否则，如何对得起这位无辜的小沙弥和在场的百姓。你现在知错已经晚了，国法难容，哪怕是皇上也救不了你。来人，把他和死者一起送到江都府衙，依法处置。"

江都府衙面对这样一起命案，感到十分棘手。杀人偿命，无可非议，可行凶者却不是一般人。朝中五大权贵之一的许国公虽然已经去世，但其长子继承了国公之爵，是皇上跟前的红人，还掌控着朝廷禁军的实权。若是依法处置，必定会引发仇恨；然而，若从轻处置，且不说寺门和百姓会不满，也无法向将宇文智及扭送来府衙的相国大人交代。于是，江都府衙决定将这个烫手山芋交给正在江都的朝廷大理寺卿处置。

宇文化及得知三弟智及在外闯下杀人大祸，一时没了主意，立即招来宇文达商讨营救对策。宇文达听完事情的经过后，有所顾忌地说："此事落到大理寺卿王文同手上，可就有点难办了。其一，这个王文同是个不讲情面的人，三公子到了他手上，没事他也能整出点事来。其二，我在这件事上不便出面，也无法出面。"

宇文化及疑惑地问道："你为何无法出面？在这牵涉我兄弟性命的大事上，你

不帮我出面，还有谁能帮我出面！你平日里对我表忠心，该不会都是空话吧！"宇文达见宇文化及着急认真起来，只能将自己的真实身份和前因后果编造一番说了出来，随后说："如今小人投靠了将军，就是大人身边最忠实的一条狗。只要国公大人需要，我怎会在乎自己的性命。但是让我去见王文同说事，我还没到王文同跟前，他手下的人就会立刻把我认出来。到那时，别说救不出三公子，连我自己也会陷进去，那我以后还怎么替大人出谋划策、为大人效劳呢？"

宇文化及觉得令狐达这话在理，便问："那依你之见，我该怎么救三弟呢？"令狐达故意试探着说："你在宫中除了皇上，还有可以依靠的人吗？比如皇后娘娘！"这话勾起了宇文化及的难言之隐，他不免有些沮丧地说："与其去求这个女人，还不如直接去求皇上，或许还有点挽回的余地。"

令狐达眯了眯眼睛，狡黠地说："大人为何这么说呢？我的看法正好与你相反，我对当今这个杀人不眨眼的皇上，不仅没信心，简直还有点怕他。他几次三番下令追杀我，他又怎会放过你这个当众作恶杀人的三弟。弄不好，他甚至还会迁怒于你！"宇文化及此时只能委婉地说："我和三弟都与皇后娘娘有过节，如果她知道我三弟出事，她巴不得我们都死，这样她才能心安呢！"

令狐达感觉自己对其中之事的猜测没错，便诱导道："皇后娘娘对你们有那么深的仇恨吗？我看未必吧！我之前也见过皇后娘娘，她如花一般的容貌，肌肤白嫩得像草原上的鲜奶酪，简直是天下少有的美妇。我也听说，皇上在张掖举办万国会时，除了皇上，你可是她身边形影不离的人啊！那时谁不羡慕你能得到皇后如此的青睐。"

这话不禁勾起了宇文化及对当时那段情景的回忆，尤其让他忘不了的是，皇后主动趴在他身上，脸对脸、胸贴胸，那种气息相吻、神情荡漾的感受。但是宇文化及又不能不想起，皇后两次召他进宫，他却都无能为力的尴尬。故而他此时不得不说："此一时彼一时。不能怪皇后，是我自己不争气。"

令狐达立即追问道："此话怎讲！是你在皇后面前惹她生气了吗？"宇文化及有些尴尬，沉默不语。令狐达心中已明白了大半，便开导道："女人的肚量毕竟小，皇后也不例外。但女人的心都是水做的，只能顺从引导，不能强求，只要渠道通畅，水自然会流到。你作为男人，在女人面前就得宽宏大度些，该低头时就得低头，这并不失身份，何况是在皇后面前呢！我相信，你只要放下架子去求她，死缠烂打地求她，一定会有效果。"

宇文化及信心不足地问:"我该怎么死缠烂打呢?"令狐达奸邪地笑着说:"我不知道你和皇后之间到底发生了什么事。但你只需尽力做到,一切顺着她,她想听什么你就说什么,她想做什么你就为她做什么,她要什么你就给她什么,那么天下再强悍的女人也会被你征服!"

宇文化及不安地说:"她要我去做皇帝,我难道也要答应她吗?"令狐达吃惊地看着宇文化及问:"她让你去当皇帝!这话从何说起?"宇文化及至此不得不把自己被萧皇后责骂的前因后果都说了出来,并说:"你说,我还能去求她吗?"

令狐达眯着眼睛,别有用心地说:"若皇后娘娘真这么说,那就另当别论了。"宇文化及茫然地问:"怎么另当别论?"令狐达奸诈地说:"皇后娘娘让你当皇上,这有什么不好。你就当呗!"宇文化及急了,慌忙说:"开什么玩笑!皇上是随便什么人都能当的吗?"

令狐达却道:"天下乃天下人的天下,只要有实力,就能当天下人的皇上。我看你就有这实力,若有皇后支持你当皇上,那就更好了。"宇文化及说:"别胡说八道了。我哪有当皇上的实力?"令狐达却认真地说:"据我所知,如今天下各处已是烽烟四起,只是各地的信息还没完全传到江都而已。"

宇文化及似有不信地说:"怎么可能呢?你该不会是危言耸听吧!"令狐达辩解道:"这绝对不是危言耸听,王世充匆匆领兵北上就是最好的证明。这是由杨广'重惩官,轻责民'的朝政引发的。地方官员怕受到惩处,遇事不敢上报,或者大事报小、小事不报、报喜不报忧,造成瞒报、假报和谎报。致使京城朝堂上的官员听不到各地实情,或许他们也是怕惹是生非,充耳不闻、视而不见、得过且过,却让皇上蒙在鼓里,不知下面的真情,才会有皇上自认为天下太平,偏安江都的情况。如今江都地方兵力空虚,只有你重兵在握。若你还有皇后做内应,当皇上有何难?"

宇文化及的脸都变白了,语无伦次地说:"别……别说了,你这是造反,是要犯杀头之罪的。"令狐达此时已是毫无顾忌,滔滔不绝地说:"你收容我这个皇上点名追杀的逃犯,早已犯了杀头之罪。你三弟当众杀人,也犯了杀头之罪。你私通皇后,更是犯了杀头之罪,你们九族都会因此受到牵连。由此,你还有活路吗?所以,你现在唯一的出路就是,顺着皇后指点你的路走,自己当皇帝。那么,你眼前的一切困境就都能彻底改变。不仅皇后是你的,大隋的江山也都是你的,你还有什么不满意的?"

宇文化及用颤抖的声音喃喃地说:"我从来没想过自己要做皇帝,就像当初我也没想到皇后会看上我。如果让我当皇上，我更不知道该怎么当好皇上。万一大臣们不服我怎么办？这岂不是把我架上了断头台吗！"

令狐达奸笑着说："你难道不知道自己早已上了断头台吗！如今你伸头是一刀，缩头也是一刀。所以你只有豁出去，这一切才能改变。况且现在江都地域的兵力全被王世充带走了，行宫内的侍卫也都被派遣出去护送皇上的宠妃回乡探亲了。因此，目前在江都，除了你有拥兵的实力，其他人都是傀儡，你当皇上还有什么难事！你只要把杨广杀了，又有皇后为你撑腰，然后登上皇位号令天下，不怕没人奉承拥戴你。若真有人不服，杀他们几个以儆效尤，还怕人敢不服从你吗？"

宇文化及仍然心有余悸地说："各地手握重兵的大将军不少，他们若起兵对抗，我这区区两万兵马，怎么挡得住？"令狐达嘿嘿冷笑着说："你无须担心，自古都是水来土掩、兵来将挡。我知道，你家老四是头锁在笼子里的狮子，若有人敢起兵对抗，可让他领兵上阵，保你没有过不去的坎。而且我也替你谋划好了，你若起事，你手下的武贲郎将司马德戡、元礼、校尉元武达、直阁将军裴虔通等都是可用之人。因为这些人都是我可靠的兄弟，只要你一声令下，我们都可以为你效力。再说你三弟头脑灵活，他也有些门路和一帮兄弟，你还怕朝中有人敢不服吗？你应该明白，现在摆在你面前只有两条路可走，一条是满门抄斩的死路，一条是做皇帝、拥有天下的辉煌大道。何去何从，你自己看着办吧！"

宇文化及至此已无言以对，沉默许久，方才说："既然如此，我确实没有退路了。但是我们要做的一切，还得从长计议之后才能行动。"令狐达见宇文化及已经默许，立即躬身说道："皇上尽可放心，此事包在臣身上，我一切都会先谋划好再行动。你现在什么都别想，也别做什么，等我把一切安排妥当，便会来请你坐镇朝堂。而且我们只会成功，绝对不会失败。"

第九十六章
瓦岗易主世充败北，治儿归道贵儿回宫

瓦岗寨对外看似偃旗息鼓、与世无争，内部表面上也风平浪静，众将领无所事事，然而实际情况并非如此。如今的瓦岗寨已分裂并重新组合成了三派：一派是以翟让、翟宽兄弟俩为首的保守派，其中有祖君彦、张儒仁、郑欸、李俊、程咬金等人；另一派是以李密为首的新派，其中有王伯当、陈智略、邴元真、郑德韬、蔡佑仁、杨德方等人，以及从保守派中分化出来的房彦藻、徐世绩；还有一派则是不愿参与内斗、想保持中立的中间派，其中有单雄信、秦叔宝、罗达、裴仁基、裴元庆等人。

这三派中，论实力，新派较强；论势力，保守派最大。然而，若要引发争斗火拼，各派各有优势，谁也难以以绝对力量压倒对方。因此，争取中间派的支持，成为目前双方着力的方向。所以，不知情的人从外面看瓦岗寨这个贼窝，以为已成死水一潭，无须担忧；可身在其中的人都清楚，瓦岗寨就像个火药桶，终有一日会被点燃，届时必然会有一场火拼。

然而，李密作为新派的首领，有着势在必得的打算。他已下定决心，若不夺取瓦岗寨的大权，自己的抱负将难以实现。而且他明白，以自身实力对付保守派不足为惧，难的是既要灭掉保守派，又要把中间派拉拢过来，否则瓦岗寨难以形成合力。如此一来，别说争夺江山，恐怕这辈子都难以走出瓦岗寨。因此，他要趁着江淮军撤退、杨广南下江都、东京空虚之机，尽快解决瓦岗寨内部事务，树立自己的专权威势，然后再去夺取隋朝天下。此时的李密，已不再是在朝中为官时那个夸夸其谈的李密，也不再是四处逃窜、惶惶不可终日的钦犯了。

为此，李密决定以智谋行动，提出出兵攻占荥阳、再夺兴洛仓的计划。这对许久无所事事的众将领来说，无疑是件受欢迎的好事，寨主翟让也不便反对。李密立即调兵遣将，指令中间派单雄信为南路军先锋，保守派李俊、新派房彦藻为左右先锋，各领兵三千去攻占荥阳南门；派中间派秦叔宝为东路军先锋，保守派程咬金、新派徐世绩为左右先锋，各领兵三千去攻占荥阳东门；派中间派罗达为西路军先锋，保守派祖君彦、新派陈智略为左右先锋，各领兵三千去攻占荥阳西门；派中间派裴仁基为北路军先锋，保守派郑颋、新派蔡佑仁为左右先锋，各领兵三千攻占荥阳北门。并且宣称，谁先攻入荥阳城、占得兴洛仓，谁就是头功，等大家凯旋时，他与寨主会在山寨内摆酒宴，为大家庆功接风。

众人对李密如此看似公平的安排，谁也不好说什么。可李密早已在心里另有盘算：他要在山寨空虚之时，一举灭掉留守山寨的保守派。等在外征战的人凯旋时，他将以寨主的身份迎接众将领，届时若有人反抗，一律格杀勿论。李密这招釜底抽薪，翟让哪里是他的对手，翟让留在山寨里的几个手下，又怎能敌得过李密手下的几员大将。李密此招不仅志在必得，更是绝杀！

瓦岗寨以秦叔宝、程咬金、徐世绩为首的东路军，在两军交战阵前，程咬金杀了荥阳郡守卫玄之后，率先冲入荥阳城，各路军也纷纷破门而入。程咬金又趁势夺得了兴洛仓，立下了攻占荥阳城的首功。李密得知此讯后，立即在瓦岗寨内展开行动。他封锁了进出瓦岗寨的所有通道，在聚义堂设下伏兵，然后指派王伯当去请寨主翟让来聚义堂商议摆庆功酒宴之事。

翟让不知有诈，在王伯当陪同下，带着亲信大将翟宽、张儒仁等人，在一群亲兵护卫下来到聚义堂。然而，当他们走进聚义堂，迎接他们的不是军师李密，而是从四面八方如飞蝗般射来的利箭。片刻之间，翟让与他手下的所有人都倒在了血泊中。紧接着，李密又指使郝元真、郑德韬率人对翟让的亲信部属进行清洗和招安，愿意投诚的予以奖励，不愿投降的格杀勿论。

随后，李密将翟让等几位大将的尸体装殓入棺，全山寨挂白披孝，在聚义堂上设灵堂，请佛道之人诵经超度。李密恩威并施，稳定了山寨将士。还兑现承诺，在众将凯旋之时，亲自身穿孝服，率人出寨十里相迎。并在宴席上当众宣告："寨主不听我的忠告，私自带领将士下山劫道，结果中了官军的埋伏，全军覆没。我用重金赎回他们的尸首，并将他们与所有阵亡将士安置在后山。此外，山寨不可一日无主，所以我提议，立此次出战得首功者程咬金大将军为寨主。并且，为了以后能够号令天下，称我瓦岗寨的寨主为混世魔王。为此，我们所有将士也都有官名封赐。"

谁都没想到山寨会发生如此大变故。尽管有人内心疑惑，但看到李密那副有备而来、踌躇满志的神态，以及四周虎视眈眈的李密亲兵，谁都没敢开口反对。程咬金做梦也没想到自己一夜之间成了王，他虽有顾虑，但更多的是惊喜。况且他本就

第九十六章 瓦岗易主世充败北，治儿归道贵儿回宫

是个直性直肠的粗人，经不住事后李密的一番教导，便心安理得地做起了只需听从李密安排、发号施令，无须干实事的混世魔王。故而，在李密授意下，他追封翟让为司徒东郡公，封李密为魏公，掌管瓦岗寨的一切军政大事。授房彦藻为左长史，邴元真为右长史，杨德方为左司马，郑德韬为右司马，单雄信为左武侯大将军，王伯当为无敌大将军，徐世绩为右武侯大将军。其余十大将军依次排名为：罗达、陈智略、裴仁基、秦叔宝、李俊、蔡佑仁、祖君彦、裴元庆、孟让、郑欷。

李密安排好山寨内部事务后，觉得是时候放手去干一番事业了。他让邴元真和郑德韬带领两万将士看守山寨，由王伯当镇守金堤关，由徐世绩镇守月城，自己则带领众将统帅三万瓦岗军杀向巩县，去夺洛口仓，随后攻占隋朝东都，成就自己的一番霸业。

巩县和洛口仓的守军似乎早有准备，东都的援军在老将军郭衍率领下及时赶来增援，所以这次李密的瓦岗军进攻并不像上次那般顺利。紧接着，李密又得知王世充率领十万大军赶来支援，他不得不暂时放弃对巩县和洛口仓的进攻，决定先全力对付王世充这个死对头，之后再来实现攻占东都洛阳的计划。

李密为激发瓦岗军众将士对王世充的同仇敌忾之情，说道："这个王世充率领的江淮军几次坏我们瓦岗军的好事。这次他们再来，我们绝不能再让他们得逞，否则我们瓦岗寨的脸面都要被他丢尽了。因此，众将士听着，这次与江淮军对战，只能胜，不能败。凡斩杀敌将一员，想做官的给官，不想当官的赐银；杀敌士兵一人，赏银五两；临阵后退者格杀勿论。"瓦岗寨的众将士经李密这么一鼓动，加上之前两次受的窝囊气，群情激愤，纷纷摩拳擦掌，决心与王世充的江淮军决一死战。

王世充带领的十万江淮军却是另一番心态：一是有两次击败瓦岗军的战绩，让他们对瓦岗军的卷土重来不以为意；二是王世充求功心切，他算计瓦岗寨主力在巩县，山寨必定空虚。他的江淮军从南面而来，与其绕道向西北去驰援洛阳，不如采用前两次的战法，就近去攻占瓦岗军的老巢，来个釜底抽薪，先占月城，后率兵直扑瓦岗寨，捣毁其根基，最后再与瓦岗寨主力决战，将其灭掉。

然而，王世充没想到，李密预料到了他的意图，已经领兵回撤，并在月城设下以逸待劳的包围圈。瓦岗军不等江淮军对月城发起攻势，就分兵五路杀向江淮军，打了毫无防范的江淮军一个措手不及，将其截成五段，使其失去统一指挥，乱成一团。

这一战，江淮军兵力虽占绝对优势，但因墨守成规、战术僵化，将士斗志不如

瓦岗军，又不熟悉地理环境，且长途跋涉劳累，经不住瓦岗军的穷追猛打，最终溃不成军，死伤无数。此战过后，十万江淮军仅剩不足三万。王世充真正见识到了瓦岗军的厉害，此时他才得知瓦岗军主帅竟是在逃的叛臣李密。王世充率领残兵败将一路败退，撤到东都洛阳，准备依托朝廷力量，积蓄实力，再与李密的瓦岗寨较量。而李密则带领瓦岗军一鼓作气，趁势攻占了巩县和洛口仓，然后一面招兵买马，一面准备发兵攻占洛阳。

在江都的杨广得知江淮军不敌瓦岗军，且损失惨重，既觉得自己低估了瓦岗寨实力，心头郁闷，又认为朝廷此战失利将带来难以预料的后果。这不禁让杨广想起那晚与紫烟夜观星象时留下的不祥之感。而且他也不知道紫烟去江都庵访师为何至今未归，是途中有事，还是被师姑留住？为此，杨广指派黄门侍卫前往江都庵寻访，带回来的信息是：法明师父外出访友前留下一封信给来访之人，如今此信已交给来人。至于来人看信之后去了何处，不得而知。这让杨广本就烦躁的心绪，更增添了不安和担忧。

此时，杨广又得知大理寺卿王文同要判处在光天化日之下杀人的宇文智及死刑，这让他陷入管与不管的两难境地。杀人者理应伏法，这是天经地义之事，他不该出面干涉，否则会引起臣民不满。但他又不忍心看着年纪轻轻的宇文智及就此断送一生，更觉得自己若不出面干涉，有点对不起宇文述临终的嘱托，甚至担心会因此引起宇文家其他三兄弟与朝廷离心。于是，杨广亲笔给王文同写了一封信，希望王文同从轻处罚，留宇文智及性命。结果，宇文智及被判处削职为民，永不录用，并由其大哥宇文化及保释回家，严加管教。

然而，宇文智及对此愤愤不平，认为自己是无意杀人，这样的处置太重。令狐达借此推波助澜，说服了宇文智及和宇文成及，将这对兄弟也拉进了谋反的圈子。

杨广已经好几晚没睡安稳觉了。一是担心北方战事进展，二是挂念紫烟访师的安危，三是似乎有一种不祥之感，搅得他彻夜难眠。萧皇后为他请来御医诊治，可杨广服了御医开的药，不但毫无好转迹象，反而头疼欲裂的老毛病也犯了。萧皇后让留在宫中的各院院主前来陪伴，但无济于事，这反倒让杨广思念起不知所踪的治儿、贵儿和二姐丽华，甚至在昏睡中说起胡话。一时间，众人惶恐无主。明霞院院主方贞娘见杨广如此痛苦，竟嘤嘤哭了起来，更是搅得众人心情一片混乱。一个束手无策的老御医情不自禁地说："若是朱娘娘在此，皇上这老毛病或许能治。"萧皇后狠狠瞪了这个御医一眼，说道："自己没本事，说这废话有什么用？"

第九十六章 瓦岗易主世充败北，治儿归道贵儿回宫

谁知萧皇后这话刚出口，仿佛天道故意要让萧皇后难堪，一个宫女匆匆跑进来，惊喜地说："皇后娘娘，贵儿娘娘回来了！"这话让所有人都惊呆了，众人又情不自禁地转头向宫门外看去。

朱贵儿身穿农家妇人便服，头上扎着一方深蓝布帛，肩上背着一个包裹，面容憔悴、风尘仆仆，一副长途跋涉的模样走进门来。绮荫院院主黄雅芸第一个迎上去，接过朱贵儿肩上的包裹，关切地说："贵儿姐，皇上刚才还在念叨着你。"众院主一拥而上，纷纷向朱贵儿表达自己的情感。这却引得萧皇后借题发挥，愤怒地大声训斥道："成何体统，没规矩了吗！皇上还躺在这里呢！你们这是想干什么呀？"一个御医却欣喜地说："这下好了！朱娘娘回来，皇上有救了。"

朱贵儿似乎明白了一些情况，什么也没说，立即走到杨广的床榻前，先看了看昏睡中杨广的神色，随后坐在床前，宁心静气地伸手为杨广把脉，先把左手，再把右手，许久才起身向御医要来纸笔，沉思片刻后写下一张处方递给御医，说："请照此方去抓药，浸泡半个时辰，然后再熬煎一个时辰，待温后取用。"

御医看了一眼处方，面露难色地说："启禀朱娘娘，此方中的其他药都好办，只是用作药引的七天之内的鲜活羔羊血肉难办。江南不像北方多山地草原，家家养羊，所以一时间很难马上征集到所需药引。"朱贵儿愣了一下，想了想后说："你们去把其他药材备好，连同熬药用的药罐、炭火炉子都拿到这里来，由我亲自熬煎。此外，再替我准备些三七粉和包扎用的帛布，以及一瓶烈酒。"御医不安地问："娘娘要亲自给皇上熬药吗？"朱贵儿和蔼地说："你们去准备吧，这里的事交给我。"

朱贵儿等御医们都离去后，对萧皇后说："启禀皇后娘娘，皇上这里有没有能让我沐浴更衣的地方？"萧皇后勉强地说："皇上的习惯，你又不是不知道，他卧殿内就有浴池。但你要置换的衣衫，他这里未必有。"黄雅芸闻言，立即上前说："贵儿姐，我的体型和你差不多，我马上取来给你用。"朱贵儿淡淡地笑了笑，说："谢谢，我包裹里有自己置换的衣衫，就不麻烦妹妹了。"随后，朱贵儿又对众人说："请大家都回去吧！既然我回来了，我会尽我所能，让皇上摆脱病痛。"众人无奈，纷纷走出房间，却又都不愿散去。结果，除了萧皇后，其他院主都守在房门外，既想看看朱贵儿如何给皇上治病，又在等着皇上醒来。

朱贵儿沐浴更衣完毕，穿着一身洗得发白的布衣衫，走到御医为她备好的熬煎汤药的桌子前，把浸泡过的药材放入药锅里用炭火煎煮，又打发走房内所有人，关上房门。随后，她取过一把精巧的匕首和一瓶烈酒，摆放好白布、三七粉末，又拿

987

出一只盆盏，卷起左衣袖露出胳膊，把胳膊伸到盆盏里，用烈酒慢慢擦洗着。直到药锅里的汤药沸腾，她才用干布擦净发红的胳膊，再把匕首的刀锋放到炉火上烤红，揭开药锅盖，把裸露的胳膊伸到冒着热气的药锅上，随后举起匕首对着胳膊一刀下去，一块血淋淋的肌肉掉进了锅里……

此举被一个在外偷窥的御医瞧见，不禁惊恐地叫出声来："哎呀！这是在割自己的肉做药引呀！"朱贵儿咬着牙忍着痛，若无其事地用粉末止血，用白布包扎好，然后把药锅内的汤药倒入碗中降温待用。

朱贵儿有条不紊地做着该做的事，脑海里却回想起与二姐丽华这一路跋山涉水去眉山寻访治儿的历程，以及治儿与她临别时含泪说的那段话："我如今已是道中之人，再难像以前那样陪伴在他身边。因为我已答应师父，要挑起眉山剑道总掌门人的重担，不仅要义无反顾，更要言出必行，死而后已。你回去告诉皇上，我以前虽恨他，但如今一切早已烟消云散。好在他身边有你，我也就放心了。你还要告诉他，要好好保重自己的身体，别太把我们这些女人放在心上。我不后悔此生有他，但男女之情全在一个'缘'字上，我一直记着敦煌那个沙弥高僧说的话，'缘在人在，缘尽人散'。我们各自都有各自的归宿，所以让他不用为我们操心。"

朱贵儿等汤药适口后，又一勺一勺地把汤药喂入迷迷糊糊的杨广口中，然后收拾好一切，趴在杨广的床沿上，似睡似梦地回忆起与二姐丽华来到眉山的情景……

眉山真是人间仙境：秀峰穿云、翠竹遍地、飞瀑溪流、青山碧水、繁花奇草、珍禽走兽、鸟语花香、蟠桃珍果应有尽有，幽静中透着仙气，冷峻中又似乎含着杀意。而中华四大剑道（昆仑华山、峨嵋蜀山、武当衡山、崆峒嵩山）的后起之秀眉山剑道，就在此山中。眉山剑道本是峨嵋蜀山派中的一个后起门派，因该派的开山先祖眉山剑仙剑术出神入化，另有他人无法企及的独特功夫，被峨嵋蜀山派掌门人允诺自成一派。由此，眉山剑道在开山祖师眉山剑仙的倾力传授下逐渐壮大，历经百年磨炼，成为江南一枝独秀、享誉中原的剑术门派，道中门徒遍布各地，何止千人。

朱贵儿和杨丽华一路寻访，终于来到眉山。两人进得山中，立刻被山中景色迷住了。尤其是杨丽华忍不住说道："这就是我梦寐以求的修炼之地，如果找不到治儿，我也不想回去了。我就在这里搭个棚舍，就此度过我这迷迷茫茫的一生。"朱贵儿却道："我可没有你这般虔诚。我见到治儿后，不但自己要马上回去，还得把治儿也带回去。因为我知道，皇上一定在盼着我们回去。"

正当朱贵儿、杨丽华各怀心思，边走边赏景时，迎面走来两个年轻秀气的道

第九十六章 瓦岗易主世充败北，治儿归道贵儿回宫

姑，对着她们双手合十道："两位娘娘，我家总掌门师祖有请。"杨丽华一边还礼，一边不无惊讶地问道："你们怎么知道我们的身份？你家总掌门师祖是谁呀？"一个道姑面露笑容，低声说道："我家总掌门师祖以前也是位娘娘。"朱贵儿立刻明白了，说道："谢天谢地，她总算没把我们忘了。快带我们去见她！"

朱贵儿和杨丽华跟着两位道姑来到一座被溪流和翠竹环抱的道观。鼻吸着翠竹的清香气息，耳听着山泉潺潺的水声，眼看着清澈见底的流水，杨丽华的心都陶醉了，忍不住又说道："这个治儿真会享福，换作是我，也不想回去了。"朱贵儿却道："二姐，你怎么忘了我们来时的初心了？"道姑把两人带进一处殿堂，让两人在殿堂门口站定后道："两位娘娘，此刻正是总掌门师祖训道之时，你们只能在此等候，切不可随意走动，更不得出声。否则，将违反师祖定下的道规。"

常言说得好，心心相印，气息相闻。薛治儿早就知道二姐丽华和贵儿进山来找她的目的。然而，她如今已不能像往昔那般任性自由了，因为自从她答应师父，接过师父眉山剑仙的掌门印之后，便成了眉山剑道的第二任总掌门人。她的一举一动都要受到道规的约束。而且，她也已答应师父，要割断之前的一切情丝，排除一切杂念，做到人在心在，专心致志地将眉山剑道发扬光大；要坚守道规，继承师父的遗志，只能扶弱制强，不能成为帝王权势的爪牙；只能成为师门众人的楷模，而不能让师父失望。

因此，薛治儿既要担起振兴门派的重任，也要以身作则，以严己励人的姿态去整肃道规，树立自己的声誉威望，更要让道中的众前辈和信徒们对她这个年轻的女掌门人由衷地信服和心甘情愿地尊重。故而，薛治儿决定，对待这两位曾经的姐妹、如今的故人，既要以礼相待，又要让她们明白，现在的她已不再是过去的薛治儿了，更不可能再跟她们回宫。

薛治儿料理好道内事务之后，在四位随从道姑、八位护法使者和六十四位分掌门人的陪同下，在殿堂上召见了杨丽华和朱贵儿。眉山剑道的殿堂宽敞明亮、高爽庄严，真有点不亚于帝王的朝堂。那些分列在殿堂内侧的各地分掌门人神态各异，却似乎都有仙风道骨之态。坐在椅子上的八位护法使者，个个神情怪异，让人望而生畏。站立在薛治儿身后的四位年轻道姑，其中有两位正是前来迎接杨丽华和朱贵儿的，此刻她们也一脸肃穆地站在薛治儿身后，目不斜视地看着前方。而薛治儿则身披一件诸色八卦道袍，头戴一顶诸色护发方巾，一脸严肃地坐在椅子上，让人不得不感受到其中的威严。

| 989

薛治儿等杨丽华和朱贵儿两人站到殿堂中央后，微微欠了欠身子，权当作行礼，说道："不知两位姐姐因何事，不辞辛劳远道而来赐教？"朱贵儿不禁感到压抑和气恼，说道："治儿，我们长途跋涉来到你这里，你竟然连个座都不让我们坐，你的心肠真变得如此冷酷了吗？！你难道真不知道我们来此的目的？"杨丽华也道："治儿，看在以前的情分上，你就先让我们坐下来再说吧！"

　　薛治儿似有不忍，却依然冷冰冰地说道："请两位姐姐恕罪，因为这是在道门的殿堂上，除了我和护法使者，谁都不能破例就座。如果两位姐姐不是为公事而来，那就请到我的住处入座休息。否则，我也不能为了你们而破本道之规。"朱贵儿似乎明白了薛治儿的难处，同时想到，在如此众目睽睽之下，又怎能说服薛治儿跟她们回宫呢，便说道："我们来此并非公事。你们既有这样的规矩，我们还是到你的住处去吧！"

　　薛治儿的住处在道观的后院，院内有庭院、房屋。一幢坐北面南、里外三套间的房室前的庭院内种有数十株芍药和两棵梅树，屋后有翠竹和潺潺流淌的山泉小溪相伴，颇具农家和出家人的韵味。屋内宽敞明亮，摆设简朴且收拾得整洁，然而却少了些女子的气息。朱贵儿看到芍药，不禁想起杨广亲笔为薛治儿填写的"芍药居士"名号；看到梅树，也让她想起梅香。因此，这一切不禁让朱贵儿感到心酸，却也由此可见，在治儿的心中，并没有将过去完全忘却。

　　杨丽华没有朱贵儿那么多伤感，她冲着薛治儿便问道："这么好的地方，我不想走了。治儿，让我留在这里陪你吧！"朱贵儿急了，说道："二姐，你怎么啦！你忘了皇上还在等着我们回去吗？"薛治儿淡淡一笑道："二姐向来与我有缘，只要二姐愿意，想留多久就留多久。但贵儿姐不知何时变得如此不淑女了啊！"这话引得朱贵儿不满，反唇相讥道："你撇下我们说走就走，倒是潇洒得很。却害得我和皇上朝夕相思，可没想到你原来是到这里来当女王的！"

　　薛治儿似有委屈地说道："我们都不知道师父究竟有多少高龄，我更没想到师父也会仙逝，可师父却知道我会回来。师父算准了我回来的日期，所以他是在等着我来接他的班，这并非是我原先就想好的！"朱贵儿毫不相让地说道："你难道不知道，我们做女人的，一日为妻终身为妇的道理吗！可皇上却还在心心念念地念叨着你会回去。"薛治儿不得不说道："这并非我心狠，我给了他三次醒悟的机会，他却听了那个女人的话，一意孤行，乐在其中。他可曾体会过我的感受？"杨丽华道："治儿说得没错，此事我可以作证，广弟做得确实有些过分。但是此错应该归结到萧

第九十六章　瓦岗易主世充败北，治儿归道贵儿回宫

贞的身上，她才是始作俑的罪魁祸首。"薛治儿道："此事，我并不想去论证谁对谁错，所以，我们都别说了。我如今已经接了师父的班，就不可能再像过去那样随心而为了。因此，让我再回到宫里去，这是绝不可能的事，这关乎我的道义。所以，我请贵儿姐回去替我告诉皇上，情义在道义面前，我只能选择道义。"

"贵儿，你回来啦！"的呼喊声，把朱贵儿从梦忆中惊醒。她睁开眼，见杨广已经坐了起来，正惊喜地看着她。朱贵儿急忙起身，不经意间碰到了胳膊上的刀伤口，疼得她龇牙咧嘴，站立不稳，冷汗直冒。杨广由惊喜转为吃惊，立刻伸手要去扶朱贵儿，并说道："你这是怎么啦？"朱贵儿慌忙挡住杨广伸来的手，强忍着疼痛道："我没事。你现在感觉怎么样？"杨广看到朱贵儿胳膊上渗出的血迹，既不安又愤怒地说道："你受伤了！这是谁干的？"朱贵儿伸出右手按住杨广，说道："你现在不宜动怒。你把手伸出来，先让我给你搭把脉。"杨广一边乖乖地伸出手，一边一连串地问道："你们见到治儿了吗？治儿回来了吗？还有二姐呢！"朱贵儿没有回答，把过脉，又查看了杨广的舌苔后道："我把从下马村讨来的方子做了些改进，看来治理你头疼症的效果还不错。但你还得进行些调理，更不能劳神动情。否则，神仙也无能为力了。"

第九十七章
邙山决战后庭宫变，贵儿护君杨广身亡

宇文化及所率领的铁甲禁军，绝大多数是北方人。此时，军中传言瓦岗军声势浩大，在月城黑石滩大败江淮军。如今瓦岗军已攻占洛口，兵围洛阳，东都危在旦夕。可隋帝杨广不仅在江都寻欢作乐，还打算前往江南丹阳巡游，全然不顾北方战事以及众将士心系家人、渴望北归的意愿。接着，便有人蛊惑道："大隋气数将尽，军心已然涣散。我们身为禁军将士，既不能护国，又不能保家，还无法惠及家中父老兄弟，当这样的兵已毫无奔头。与其听天由命，跟着昏君游山玩水、浪迹天涯，不如顺应天意，自成势力，返回北方与亲人相聚，继续尽为人子的本分。"正所谓"三人成虎"，这样的传言禁不住一人传十、十人传百，而且越传越离谱，甚至说洛阳城里城外天天交战，死人无数，瓦岗军已攻占东都，北方各地盗匪动乱、烽烟四起，天下已然大乱。一时间，江都禁军的军心被搅得大乱。

此时的东都洛阳，确实正在酝酿一场大战。王世充带着江淮军的残兵败将撤到洛阳城后，心有不甘，为报此次战败之仇，他向越王杨侗提出调用洛阳官军参战，却遭到元文都以守城官军不能调用为由的极力反对。于是，王世充不得不拿出杨广的手谕，强行要求洛阳守军听从他的指挥，一时间双方闹得剑拔弩张。越王杨侗没了主意，后来经段达和樊子盖出面协调，达成由郭衍率领宇文述的十万旧部归王世充指挥，洛阳城内原有的守军归元文都管辖，负责守城。此事表面上解决了双方争夺军权的矛盾，却让王世充与元文都之间结下了隔阂。

王世充有了这十万劲旅，再加上自己江淮军原有的三万余兵马，号称十五万之众，在洛阳东北的邙山布下一个连环阵，要与瓦岗军一决高下。

李密的瓦岗军夺取洛口仓后，借着得胜之威和粮帛充沛的优势，一面开仓放粮，周济百姓，一面趁机广招兵马，很快聚集起十万之众。一时间，瓦岗军的强盛之势传遍四方。然而，此时瓦岗军内部却流传着一个传闻，说李密为夺权设陷阱，残杀了寨主翟让及其下属。此说法在众将领中引起不同凡响，有人不信，有人将信将

第九十七章　邙山决战后庭宫变，贵儿护君杨广身亡

疑，更有人为老寨主翟让愤愤不平，认为李密是忘恩负义的小人。

李密听闻此传闻，既恼火又担忧，立即下令彻查，还杀了几个传谣之人。虽然暂时平息了一些非议，却也在将士之间种下了裂痕，更让人对李密的德行有所忌讳。李密为实现攻占东都洛阳、在中原独霸一方的心愿，也为消除军中这种负面消极的传闻，决心迎战王世充的挑战，再打一场胜仗，既树立自己的威严，又凝聚军心，然后再图谋大事。

洛阳城北的邙山是中条山的余脉，山不算高，但地形复杂。西北背靠黄河，有岗有丘有峡谷；东南面向平原，有河道有沟渠，是从东北荥阳、洛口出兵占领洛阳的必经之地。此时，隋军王世充抢占先机，在通向洛阳的官道口，北邙山脚下居高临下地扎下营盘，摆出一个品字形阵势，大有磐石之固、雷打不动、誓死一战的架势，以逸待劳，等待瓦岗军的到来。

李密率领瓦岗军浩浩荡荡来到隋军阵前。他带领众将登高眺望，察看隋军王世充的阵营后，说道："王世充用这种小儿科的连环阵来与我对阵、阻挡我前进，不仅可笑，而且自不量力。你们有谁知道该如何破此阵？"大将军裴仁基见没人开口，便说："我觉得王世充在这道口布下此阵，不会如此简单。在没探清他的真实意图之前，我们不该冒险去撞他的圈套。为此，我们何不绕道从洛阳南门攻城，或许胜算更大。"李密却不以为意，说道："我料这江北小子王世充没那么深的城府。就算他此阵另有圈套，有你们这些大将在我身旁，他又能把我怎样！更不用绕道攻打南门。他用连环阵对付我，我就用双连环阵应对他。我倒要看看，到底是他的连环阵厉害，还是我的双连环，甚至三连环阵厉害。大家听着，今天我们就在此地扎营垒灶、点火做饭，明日我点将布阵，出兵破他的连环阵，一定要像在月城黑石滩那样，把他打得屁滚尿流、溃不成军。"

王世充并非李密所说的没有城府之人。他外粗内精，别说李密猜不透他，就连隋帝杨广都被他摆布得服服帖帖。短短数年，他就从一个地方郡丞升任为一方诸侯、朝廷大吏。所以，他表面上摆出的连环阵，又怎会没有圈套？然而，刚愎自用的李密不仅听不进部下的建议，还以自己的固执应对王世充的奸诈，如此又怎能有绝对胜算？

王世充在道口摆下的连环阵，不仅是守株待兔的阵势，还是后发制人的冲杀阵势，连环之处不仅在阵内，还有阵外。他利用邙山的地势，战前就在阵外埋下数股伏兵。他要在两军正面对垒时，不仅让冲入阵中的瓦岗军陷入阵内，用围斗的方式

碾压对方，同时还要派出奇兵截断其后路，偷袭瓦岗军占据的城镇，打乱瓦岗军的整体部署，彻底击溃对方。

而李密也有自己的布局。他安排程咬金、单雄信、罗达三员猛将率领一万将士为先锋军打头阵，这既是试探，也是要用这三把"砍刀"，以势如破竹之势在王世充设下的品字阵地中劈出一道口子，把该阵搅得一团糟。随后，由裴仁基、陈智略、祖君彦和秦叔宝、李俊、孟让分为左右两梯队，各领兵两万，紧随先锋军之后，以秋风扫落叶之势荡平王世充的整个营地，让隋军连不成营，更成不了环。接着，李密将亲率从金堤关调来的王伯当、从月城调来的徐世绩，以及杨德方、裴元庆、蔡佑仁、郑欻为后队，带领五万将士扫荡隋军的剩余势力，随后去攻占洛阳。

正所谓将帅对阵，各有谋略，最终谁能成为赢家，还得看部属是否训练有素、肯尽全力拼搏。然而，此时瓦岗军不仅缺乏将领的同仇敌忾，士兵素质也是良莠不齐，大多是临时招募的乌合之众，又怎能与训练有素的隋军将士相提并论？因此，瓦岗军的败局似乎已注定。

王世充的三口品字阵由郭衍率领的宇文述十万旧部组成，分为前口四万，左口、右口各三万三个方阵。王世充和郭衍的指挥塔台设在左右两个方阵后面的中间，他们居高临下地站在塔台上举旗指挥各方阵收缩进退，而且在他们身后还有两万蓄势待发的江淮军作为后备队。

当王世充看到瓦岗军气势汹汹前来冲阵，立即示意郭衍举旗发令，前口阵向两侧避让，放任瓦岗军如无人敢挡般冲入阵中。随后，不等瓦岗军的第二梯队杀到，前口阵迅速闭合，同时收缩方阵，将瓦岗军围困在前口阵内。瓦岗军的第二梯队分左右两队杀入隋军的左右两方阵，王世充如法炮制，也把瓦岗军收入阵中。

此时的战局，隋军以十万之众围斗五万瓦岗军，明显占据上风。然而，李密的瓦岗军还有五万主力兵马随后席卷而来，也杀入阵中。此时，若被围斗的瓦岗军将士能以困兽犹斗的凶狠态势拼搏，策应主力到来，隋军的优势必然会被改变。可是，先期冲入阵中的瓦岗军将士发觉自己陷入隋军围斗后，不仅没有奋勇突围，反而斗志全无，竟然有人丢弃刀枪下马投降。

这让随后率众杀入阵中的李密感到意外。但他同时看到了前方高塔台上挥旗发号施令的隋军将帅，顿时心生一计，决定改变主攻方向，组织一支精兵，以直捣黄龙的决心，"擒贼先擒王"，扭转当前的劣势。李密立即招来裴元庆和杨德方，指着前方隋军的塔台，命令两人率将士沿着隋军左右两口方阵中间的结合缝隙向前杀开

第九十七章 邙山决战后庭宫变，贵儿护君杨广身亡

一条通道，掩护他与王伯当率亲兵奔袭隋军的指挥塔台。李密不愧是杰出的将帅，反应迅速，决策果断，这是王世充始料未及的。

站立在塔台上指挥的王世充、郭衍同时看到了冲着他们一路杀来、势不可挡的瓦岗军将士。郭衍不知该如何指挥将士拦击，王世充则不相信瓦岗军能冲出阵围，杀到自己跟前与他对阵。而瓦岗军的李密和王伯当志在必得。瞬息万变的战局，容不得王世充和郭衍有片刻迟疑。眨眼间，李密马快在前，王伯当的马和众亲兵随后，已经驰到王世充和郭衍所在的指挥塔台前。

李密手举宝剑，仰脸冲着高高在上的王世充哈哈大笑道："你这个江北小子原来是这副模样！真是闻名不如一见。我今天要让杨广这个昏君知道，他把我逼成匪的后果是什么！"这时，王伯当已经赶到李密身后。他觉得此时不宜多言，应立即行动，便迅速取弓箭在手，挽弓搭箭，瞄准塔台上的王世充，使出一弦三箭的绝招。

此时的王世充只顾着向江淮军挥手发攻击指令，没留意塔台下来人的举动。郭衍却看到了王伯当举箭瞄射的动作，情不自禁地大喊一声："当心暗箭！"并使劲一跃，把王世充推向一边。王伯当这一弦三箭如同三把竖立的利刃，分成上、中、下三点，向着王世充的头、颈、心迎面飞去。这三箭不仅速度快、力度大，而且所射之点都是致命之处，因此王伯当这一弦三箭被称为绝命箭，若无绝世功夫，极难逃生。

此时，王世充受郭衍一喊，本能地向右偏了一下头颈，竟然躲过了迎面飞来的上箭，可此箭却射中了站立在王世充身后的一名亲信侍卫的脑门，侍卫当场毙命；中箭划破了王世充的脖颈，却把跃身推他的郭衍射倒在地；但王世充无法躲过下箭，被击中左肋，离心脏仅差半个拳头的距离。从此，王伯当一弦射三人的声誉在江湖上传开，也成为此后秦王李世民崇拜的对象。

隋军指挥塔台上的主帅被射倒，塔台底下的隋军顿时失去战斗方向，两军陷入混战。压阵的江淮军在樊子盖的指挥下全军出击，势不可当。军心涣散的瓦岗军又怎能抵挡如此奋力的冲击？王伯当见势不妙，立即护着李密，在杨德方和众亲兵的掩护下杀出重围，带着残兵败将向洛口逃去。陷在阵中、失去斗志的瓦岗军不见了主帅旗号，纷纷放下器械，伏地向江淮军投降，此战仅有少部分瓦岗军将士冲出阵去。

当李密等人逃到洛口，迎接他们的却是江淮军的迎头堵截和身后追杀。李密寡不敌众，只能带着瓦岗军的残部一路向东逃去。谁知，瓦岗军辛苦打下的巩县、荥阳，都已被王世充埋伏在阵外的江淮军偷袭占领。李密不得不逃回瓦岗寨，清点剩

余将士,仅剩下王伯当、杨德方、蔡佑仁、孟让和不足万人的残兵,加上原有留守山寨的邴元真和郑德韬两员大将,以及两万兵马。经此一役,瓦岗军元气大伤。从此,李密也失去斗志和勇气,只能等待时机,另谋出路。

隋军在邙山一战中虽然击溃了瓦岗军,夺回洛口仓、巩县和荥阳,赢得胜利,却也付出惨重代价:老将军郭衍因伤重身亡,主帅王世充受箭伤卧床,还损失了六万余隋军将士的性命。而且,此战真正得益的似乎不是以越王杨侗和元文都为首的东都朝廷官员,而是王世充和他的江淮军。

王世充击溃瓦岗军,收复失地,还收编了失去主帅的隋军,加上收降的瓦岗军将士,不仅成为守护洛阳城的功臣,更成为东都洛阳周边独一无二、手握重兵的权臣。这样一个短短几年就从地方小吏升迁至朝廷重臣的权贵,怎能不引起一些老臣和宿将的妒忌甚至不满?原本掌控东都洛阳大权的辅臣元文都就是最不满的人。

在一次殿会上,元文都对越王杨侗和其他大臣说:"王世充借疗伤为名,既不听宣上殿,也不来堂上议政,但他却掌控着东都的军权,还不肯把洛口、巩县、荥阳的地方军政大权交给越王殿下处置。他这是根本不把越王殿下和我们大家放在眼里啊!长此以往,东都一旦有事,谁还能指挥得动他?"

樊子盖有所忌讳地说:"话也不能这么说。王世充执掌东都洛阳和周边地方的权限,有皇上手谕,不能说完全没道理。况且他说现在养伤不能上殿议事,也不能完全指责他不尊重殿下。所以依我之见,大家还是应以朝廷大事为重,对王世充还需从长计议。"

段达则说:"据我所知,王世充收留了不少瓦岗寨的降将,如单雄信、罗达、徐世绩、秦叔宝、裴仁基等人,连混世魔王程咬金也收在帐下。他不把这些贼首交给朝廷处置,这是想干什么?这是在招降纳叛,其用心不能不让人怀疑。然而目前我们这里还没有人能压制他,皇上又远在江都,还不知道这些实情。因此,我们不得不防患于未然。"越王杨侗毫无主见地问:"我们既无将又少兵,该怎么防范呢?"段达说:"我想过了,只能以叛制叛。"元文都忙问:"什么是以叛制叛?"段达说:"趁着瓦岗军大败,李密落魄之际,以朝廷名义向他和瓦岗军发出招安诏书,让他们入朝为官,牵制王世充和江淮军,达到朝廷势力的平衡。"元文都立即说:"段大人这个主意好。李密在朝时和我有些交情,此事交给我去办,我一定能说服他归顺朝廷。"樊子盖说:"李密不仅是瓦岗军的叛首,还是杨玄感叛乱的主谋,是朝廷一直在追捕的重犯。此事未经皇上允许,我们就私自招安,会不会不妥?"元文都却道:

第九十七章 邙山决战后庭宫变，贵儿护君杨广身亡

"此一时彼一时，因时而动、因势而为，一切都是为了朝廷大业，有何不妥？"段达说："依我看，事不宜迟。一方面由越王殿下把此事的原委写折子上报给皇上，另一方面由元大人亲自去招安李密。而且此事要秘密进行，在事成之前不能让王世充知晓，以免节外生枝。"然而此时，江都已是阴云密布，一场惊天动地、改朝换代的政变已拉开序幕。

宇文智及这个糊涂小子，被杨广赦免后，不仅不知悔改感恩，还在令狐达的蛊惑授意下，异想天开地做起了助大哥称帝、事成之后自己能高官厚禄、门庭若市、仆役成群的美梦。他不仅招来禁军中的狐朋狗友，煽动将士闹着想家返乡，还打着大哥宇文化及的旗号，亲自出面策反了掌控行宫前门的武勇郎将赵元枢和直阁将军裴虔通。他还去江都府衙的牢狱中探视自己被关押时结识的所谓"英雄好汉"，招募他们出狱后为自己效命，充当死士。同时，他还拍着胸脯向大哥保证，一定会带着四弟宇文成及为大哥保驾护航。

宇文化及也没闲着，他把自己在禁军中的亲信全部安排到各处要害部门，带兵领将，以备日后能掌控整个禁军为己所用。

而此中最忙碌、最紧张的当属令狐达。他既要谋划，又要鼓动，还得不动声色地应付日常事务，选择最佳行动时机，以便能一举成功挟持宇文化及，杀掉杨广，实现自己多年来因受苦而种下的杀杨广、雪仇恨的心愿。

中华习俗，在二十四节气之一的清明前有禁食的传统，清明当日则要祭祖。据说这一习俗起源于春秋时期的晋国，晋文公重耳为铭记义仆介子推在他落难饥渴时割肉充饥，而选择禁食；也为了表示对介子推在他成为国君后，不愿接受赐官答谢，宁可携母避入深山而亡的高风亮节的纪念。久而久之，这一感恩祭奠习俗便成了民间一年中的重大节日。

在清明节前后，官府停办公务，商家歇业，每家每户都会禁烟禁食，清心寡欲地怀念有恩于自己的人，还会阖家焚香祭拜已逝的恩人和亲人，以示虔诚和敬仰。令狐达选择在寒食清明节起事，既有乘虚而入之意，也有报私仇而放手一搏的念头。

杨广自己也不知为何，在这个清明节前一晚，突然有了去祭拜母后的冲动。为避免引起他人忌讳，他独自在止宫内沐浴禁食，想要清心寡欲、不受干扰地祭奠母后，祈求母后宽恕和理解自己这些年的所作所为。杨广知道母后不喜欢焚香磕头，因此只备了几碟鲜果，摆放在此次南下随身携带的母后遗像前，盘腿席地而坐，闭

目冥想，回忆着母后自小对他的教诲……

萧皇后和朱贵儿以及留在宫内的众夫人，在清明节前不见皇上回内宫，都有所猜测，只是各人想法不同。萧皇后心中惶恐，似乎预感到有大事即将发生，因为她给自己算了几卦，却都是无解之卦，这让她既不安又心烦。朱贵儿则担忧着皇上的身体，她知道皇上头疼的症状虽暂时消失，但并不意味着不会复发；她更清楚皇上目前忧心北方战事和社稷安宁，可自己却无法为他分忧。为此，朱贵儿不免在心里挂念着治儿，要是治儿在，皇上何至于如此忧虑。众夫人的心思则各不相同，有的惦念自己的亲人，有的猜测回家探亲的姐妹们此时在做什么，当然也有像黄雅芸这样的人，在猜测皇上今晚会做什么，还回不回后宫。

正在这时，萧皇后派去窥探正宫消息的丹香匆匆进来，悄声对萧皇后说："皇上不知为何，把自己关在便殿，还不让人进去打扰他。"朱贵儿听后着急起来，起身说道："他或许是头疼病又犯了，却又不想让我们担心。还是让我去看看吧！"萧皇后心中没底，也想去探个究竟，便对众院主说："本宫带贵儿去探望皇上，你们去了也帮不上忙。所以，你们还是回各自房间吧，若有什么事，我会派人告知你们。"

宇文化及在自己的军衙内坐立不安，等待着外面的消息。此时，宇文智及手持宝剑，与手执一杆混金铛兵器的宇文成及，在各持兵刃的直阁将军裴虔通、虎贲郎将司马德勘、鹰扬郎将孟景、医正张恺等人的陪同下，带着几十个禁军将士，杀气腾腾地向正宫门涌来。

镇守正宫门的大将军独孤盛听到宫门外人声嘈杂，正想询问情况，却被自己的属下城门郎唐奉义从背后刺了一剑，唐奉义与同伙趁机打开宫门。千牛备身独孤开远见父亲被内奸杀害，乱兵涌入，一面拔剑迎敌，一面大声呼喊："来人啊！快去告诉皇上，有乱军闯宫了！"

此时行宫内将少兵稀，又逢过节，值勤的官员和将士都有些懈怠。所以，当他们听到呼喊声，拿起刀枪准备应敌时，乱兵已经涌入宫门，一场有备而来对无备而为的格斗就此展开。

冲在前面的宇文智及难以抵挡独孤开远的凶猛，被逼得步步后退。但随后赶到的宇文成及，举起手中的混金铛，用力一铛就击飞了独孤开远手中的宝剑，随手又是一铛，将独孤开远的头颅削去一半，独孤开远当场倒地身亡。正在格斗的守宫门将士见此情形，知道不敌对手，纷纷丢弃刀枪跪地投降。

宇文智及见初战告捷，举剑挥舞着喊道："昏君杨广就在宫内，大家立即分头去

第九十七章 邙山决战后庭宫变，贵儿护君杨广身亡

找，谁先找到谁就是首功，杨广若不从，格杀勿论，但不得去后宫惊扰皇后。"众人举着兵器呐喊着，向宫内各殿冲去。

杨广正在便殿闭目静坐，萧皇后和朱贵儿入内说明来意，杨广只好起身说道："在这清明节前夕，朕只是想静下心来，祭奠一下母后，也缅怀一下自己所经历的事，以及那些为朕而生生死死的无辜之人。除此之外，别无其他想法。"萧皇后疑惑地问道："清明祭祖本是习俗，为何不带上我们，又为何只祭奠母后一人，父皇不用祭奠吗？"杨广迟疑了一下才说："父皇和母后的信仰不同，我不想让母后感到压抑。况且不知为何，今天我只想祭奠母后！"一阵阵呼喊声从殿外传来，萧皇后惊恐地问道："这么晚了，这是什么声音？好像还有喊杀声！"朱贵儿侧耳一听，也急忙说道："没错，我也听到了喊杀声。该不会……"杨广不等朱贵儿把话说完，便道："我也听到了。为防意外，你们俩到后面暂避一下。我去看看前面出了什么事。"朱贵儿却说："让我跟你一起去吧！"杨广听到殿外一阵慌乱的奔跑声，果断地说："你们快走，没有我的口谕不准出来。"萧皇后拉住朱贵儿的手，匆匆向便殿后的西阁走去。

杨广整理了一下衣衫，刚向殿门走了两步，迎面就看到几个内侍匆匆跑来，惊恐地说："皇上，乱兵杀了独孤将军，正向殿内杀来。"杨广皱了皱眉头，问道："你们看清楚了吗，这是哪里来的乱兵？"一个内侍说："不知道，我们也是听到喊声，跑来禀报的。皇上，快随我们去避一避吧！"杨广听着越来越近的喊杀声，说道："朕倒要看看，这些如此胆大妄为的乱兵是从哪里来的，他们到底想干什么？"

杨广的话音刚落，手提宝剑的宇文智及就冲进了便殿，身后还跟着十几个禁军将士。杨广没见过宇文智及，也不认识这些将士，但他熟悉他们身上穿的禁军服装，便威严地喝道："站住！你们手持刀剑，深夜闯入殿堂，想干什么？"

宇文智及远远地见过皇上几次，但都没敢正眼瞧过。此刻，他在众人的怂恿下，凭着一股勇气杀入宫殿，没想到要杀的皇上就在眼前，而且皇上还问他想干什么，这让宇文智及有些胆怯，不知该如何回答。那些跟着宇文智及闯殿的将士，见领头的愣住了，一时也没了主意，呆呆地站着不知所措。杨广见状，厉声追问道："你们是禁军中哪个部门的，你们的头领是谁？"见还是没人回答，便指着宇文智及说："你，叫什么名字，是谁让你手提宝剑来这里的？"

几个内侍见皇上震住了来人，胆子也大了起来，齐声喝道："说呀，皇上在问话呢！你们再不回话，可就都犯了死罪，难免一死。"宇文智及只好胆怯地说："皇上，

999

有人让我们来杀你。但你若听从我们的，我们就不杀你。"杨广顿时大怒，骂道："大胆狂徒，竟敢如此猖狂，要来杀朕。你说，指使你们来杀朕的人叫什么名字？人在哪里？说清楚了，朕不治你们的罪。若敢隐瞒，你们的死期就到了。"旁边的近侍也附和道："快说呀！说了你们都没事，不说你们都是死罪。"有人害怕了，急忙指着宇文智及说："我们是跟着他进来的。他是我们禁军总管的三弟，叫宇文智及，我们都听他指挥。"

杨广一听，怒火中烧，恨恨地骂道："原来你就是那个混账小子！你父亲刚去世，你就敢做如此胆大妄为之事。朕刚给你封了官爵，又赦免了你的死罪，可你不但不感恩，还竟敢提剑来杀朕，你简直胆大包天，不，是无法无天！你父亲骂你是混账小子，看来一点没错。朕更觉得你是个没心没肺的豺狼，连畜生都不如。朕今天若不治你的罪，就对不起你死去的父亲。来人，把他拉出去……"

随着杨广的话音，虎贲郎将司马德勘、直阁将军裴虔通、鹰扬郎将孟景、城门郎唐奉义以及一帮禁军将士涌进殿来。唐奉义一看到杨广，就指着大喊："皇上，他就是当今皇上杨广！"

涌入殿内的人不约而同地愣住了。裴虔通一眼看到宇文智及的尴尬模样，马上明白了当前的形势，立即喊道："你们此时不动手，还等他来杀我们吗？"众人这才似乎明白过来，手快的上前动手，杀了几个近侍，也有人举刀冲向杨广。

"住手，大胆逆贼，你们都吃了豹子胆，竟敢以下犯上！"朱贵儿柳眉倒竖，杏目圆睁，怒容满面地从殿后冲出来，挡住了举刀走向杨广的人，同时向众人挥手道："你们谁再敢上前一步，必将死无葬身之地！"

众人被朱贵儿正气凛然的神态震住了，或许这就是所谓的"以正克邪"吧！甚至有人想起一个传说，杨广身旁有个武功非凡的夫人，该不会就是她吧？因此，众人都不约而同地有所收敛。裴虔通有些疑惑地问："你是谁？为何要替这个昏君挡道？"

杨广至此终于明白这些人闯入宫中的意图，便把朱贵儿拉到一旁，上前声色俱厉、义正词严地说："你们说朕是昏君！好啊，那朕倒要听听，朕昏庸在何处？"一时间，众人都不知该如何回答杨广的问话，默不作声。

"好个昏君，竟然还敢在此抗拒众人，执迷不悟！"一个苍老嘶哑的声音在众人身后响起。令狐达手持一条白练，在宇文成及和一群禁军将士的护卫下，分开众人，走到杨广跟前说："你，杨广，在朝中谋兄夺位，荒淫无道，陷害忠良，杀戮成性，过

第九十七章 邙山决战后庭宫变，贵儿护君杨广身亡

河拆桥，朝廷官员被你杀害、罢官的不计其数。你在朝外穷兵黩武，劳民伤财，三征高丽，致使将士百姓白骨成堆，民穷财尽。如今又巡游江南，只知寻花问柳，不思回京，全然不顾禁军将士的思乡之情。你如此昏庸，岂能无罪？"

朱贵儿忍不住手指着令狐达，无所畏惧地骂道："你是哪里来的狂徒，竟敢如此不顾事实，大放厥词！贪赃枉法的官员不该杀，渎职无能的官员不该罢吗？我看你的言论与反臣杨玄感的言论如出一辙。我不得不怀疑，你就是杨玄感的余党。"

这话提醒了杨广，他说道："朕暂且不论你所言是否在理。但朕倒想知道，你是何人，朕与你有仇吗？为何要如此不分青红皂白、危言耸听地给朕罗列这么多罪名！"

令狐达见周围众人都看着他，等着他回答，又羞又恼。但他心里明白，这些受他蛊惑造反的将士，有的是思乡心切，有的是受他许愿，盼着造反成功后能高官厚禄，真正对朝廷和皇上不满的人毕竟是少数。所以，如果此时不能压住眼前这两人的气势，后果将不堪设想。

令狐达双目闪烁着寒光，冷笑几声道："你不认识我，可我忘不了你。我就是那个被你三番两次下令追杀的令狐达。你把我逼得家破人亡，东躲西藏，浪迹天涯，不得不改换姓名，这就是你我之间的仇。但没想到吧！你也有落在我手里的时候。今日就是你的死期，我可不会像你心慈手软。不过我知道，你们帝王有帝王的死法，为顾全你的体面，我把白练都带来了。现在你该明白我为什么来了吧！"

杨广听后，挺身怒斥道："原来你就是那个死有余辜的令狐达！你身为朝廷命官，却徇私枉法、贪赃舞弊，跟随逆臣杨玄感卖凶行刺，如今又危言耸听，蛊惑这么一帮狐群狗党持剑闯宫，你们就没想过自己的下场吗？"

朱贵儿明白了其中缘由，更为杨广的安危担忧，灵机一动，委婉地说："天子之尊，纵然有些小过错，也是难免的。还望各位以礼相待，目光放长远些，容皇上酌情弥补过错，这难道不比现在舞刀弄枪更好吗？"

令狐达双眼一瞪，大声喝道："贱婢休得花言巧语，惑乱众人，你以为我会中你的缓兵之计！"令狐达又冲着身旁的司马德勘和宇文智及声嘶力竭地喊道："你们还愣着干什么，上前把他杀了。否则，就等着他来杀我们了。"

宇文智及有些胆怯，只是举了一下刀，没有行动。司马德勘却举刀冲向杨广。朱贵儿见来人凶狠，奋不顾身地扑到杨广身前，用自己的身躯护住杨广。司马德勘的刀狠狠地砍在朱贵儿的后背，朱贵儿血流如注，倒在杨广怀中，无奈地魂归天际，

| 1001

仿佛化作烟云去给治儿报信了。

  杨广又惊又恨,怀抱着朱贵儿,双眼冒火,盯着手举砍刀的司马德勘和令狐达,愤恨地说:"你们这些逆臣贼子,我定要将你们诛灭九族,为这一刀报仇!"司马德勘被杨广的气势逼得连连后退,竟然把手中的刀都扔掉了。

  令狐达担心众人受此影响,导致事情功败垂成,便不顾一切地冲上前去,用手中的白练套住杨广的脖颈,闭着眼睛,狠命地绞着。杨广则紧紧抱着朱贵儿,任凭令狐达残忍地收紧套在脖颈上的白练,渐渐失去了知觉。

  杨广的一缕魂魄在朦胧中离开了行宫,在空中盘旋。他依依不舍地回首眺望灰暗的人间,似乎还在寻找、等待着什么。这时,半空中响起一个声音:"如此人间,你还留恋什么!"杨广抬头望去,见是自己的师父,师父看着他说道。杨广便问:"师父,我的归宿在哪里?"师父说:"你这些年在下界做了不少有益之事,天庭念你有功,允你返回天庭,随师父继续修炼。"杨广却说:"我在下界还有许多事未完成,各院的夫人都在省亲,还没回来,能否容我交代一番,再随师父回天庭修炼?"师父说:"你不必再操心凡间之事了,你的后事自有人会料理。也不必挂念其他人,她们各自有各自的归宿,这是天意!"

第九十八章
萧后贪生化及乱宫，舅甥相逢院主殉情

宇文化及得知杨广被杀，立刻问道："皇后呢，皇后在哪里？快把她给我带来。"令狐达冷冷地说："你现在该考虑的不是皇后在哪儿，而是该怎么当这个皇帝！"宇文化及却道："我当不当皇帝无所谓，但我得让她知道，我并非无能之辈。"令狐达冷笑着说："你不当皇帝，皇后会听你的吗？你现在必须想想，该如何面对朝堂上的那些大臣。"一旁的宇文智及也说："大哥，你不当皇帝，我们就名不正言不顺了。那让我们这么多人怎么跟着你？"此时，宇文化及似乎清醒了些，说道："你们不是说全都安排好了吗？你告诉我该怎么做？"令狐达道："我已封闭了行宫，你只需召集众臣上朝，当众宣告皇上得暴病而亡即可。"已经投靠宇文化及的内史元敏说："此事如此宣告不妥，而且也不宜由许公您亲自去说。否则，定会招来众臣质疑，万一激起众怒，我们就没有退路了。"令狐达问："那么，依你之见，怎样做才妥当？"元敏道："必须借助朝中有威望之人，或者由皇后当众宣布才行。"宇文化及听后说："这事得我去找皇后当面说。是她让我当皇帝的，她不说谁说？"

众人簇拥着宇文化及和令狐达，来到点着灯盏却显得阴森的正宫便殿。只见杨广紧紧搂着朱贵儿的尸体，浸在血泊之中，一个长发凌乱、衣衫不整的女人似乎哭晕在了尸体旁边。宇文化及快步走到女人身旁，仔细一看，果然是萧皇后，急忙伸手去搀扶。萧皇后像是从梦中惊醒，一阵抽搐后，吓得连声喊道："别碰我，别碰我！"宇文化及小心翼翼地说："皇后娘娘，我是化及，宇文化及。我是来接您回府的。"萧皇后神色惊恐地盯着宇文化及，语无伦次地说："你们杀了皇上，还想干什么？"宇文化及蹲下身子，盯着萧皇后，贪婪地说："我想把您接回府去，让您知道我不是无能的。"令狐达不满地走上前，大声说："皇后娘娘，现在您顺从我们，以后还是皇后娘娘。要是您不按我们说的做，我们就会让您像这两个人一样，倒在血泊中死去。"萧皇后看了眼血泊中的杨广和朱贵儿，不由得一阵哆嗦，赶紧扭过头去，却又看到一群如狼似虎的将士，便更清楚自己的处境，颤抖着说："你们想让我做什

么？"令狐达道："您到朝堂上去，对众臣宣告皇上得暴病而亡，降旨让许国公总揽朝政。"萧皇后仰脸看着令狐达，惊恐地说："皇上从不允许我上朝参政，我这么宣告有用吗？"这话让令狐达觉得有理，一时竟被问住了。

宇文化及把萧皇后从地上扶起来，柔声说道："您有什么别的办法能让我执掌朝政？我只有掌控了朝政，才能让您继续当皇后。"萧皇后又看了眼躺在血泊中的杨广和朱贵儿，心有不忍，胆怯地哀求道："我不能就这么让皇上躺在血泊中，然后按你们说的做。"令狐达见事情有转机，立即表态："这事好办，我马上派人找个地方，把他们埋了。"萧皇后道："他毕竟是皇上，怎能如此草率？"令狐达愤怒了，厉声道："他把我逼得家破人亡，几十年无处藏身，此仇我怎能不报！我如今答应把他入土埋葬，已经仁至义尽。您还想让我用皇上之礼对待他？休想！您若不听从我们，我就把您和他一起埋了。"

令狐达的凶狠让萧皇后不敢再言语。萧皇后在宇文化及的帮助下，找了几个人用几块木板钉了口木箱。然而，在将杨广的尸体入殓时，却怎么也无法把朱贵儿从杨广怀中分开。令狐达恨得骂道："这个淫帝，死了还抱着个女人不松手。"无奈之下，只能将两人合葬在同一个木箱中，在前殿的僻静处找块空地埋了。

埋葬了杨广之后，萧皇后说出自己想好的谋略："你们想要顺理成章地掌控朝政，唯一的办法是先立皇帝，然后由皇帝当众宣布对你们的任命。"宇文化及急切地说："是您要我当皇帝的，您去宣布让我当皇帝，不就万事大吉了！"萧皇后道："你不姓杨，怎么能当皇帝？"令狐达急忙问道："您想让谁当皇帝？"萧皇后心怀算计地说："唯有立齐王杨暕为皇帝，才名正言顺。因为杨暕是皇上唯一的儿子，由他继承皇位，无人会说三道四。"令狐达沉思着，宇文化及却反对道："您儿子成了皇帝，我怎么办？不行，这个提议不妥。"宇文智及也反对："我也不赞成。杨暕那小子还不如我呢！"内史元敏见两个起事的首领都反对，脑子一转道："皇后的主意有道理，这样能让我们避免成为众矢之的。不过，让齐王继位不太合适，因为齐王是被皇上亲自废除王位的，要是由齐王继承皇位，会有弑君的嫌疑。"令狐达也猛然醒悟："确实不妥，要是你们母子俩联手，我们还能掌控朝政吗？"元敏趁机说："我想到一个人，能解目前的两难之局。"令狐达道："快说，这人是谁？"元敏道："皇上之弟杨俊之子杨浩，被皇上恩准继承父皇爵位的当今秦王杨浩。由他继位，既能排除弑君嫌疑，也能消除我们彼此间的猜忌。而且秦王为人和善，做人低调，不容易引起他人非议。他继承皇位后，再委我们以重任掌控朝政，必定能减少很多人的反对

第九十八章　萧后贪生化及乱宫，舅甥相逢院主殉情

之声。"令狐达立即说："这个提议很好。我了解这个秦王杨浩，让他当皇上，我没意见。"宇文化及道："他只要听我的，我也没意见。"萧皇后见自己的如意算盘落空，也没了别的主意，此事便在众人的共识下定了下来。

秦王杨浩，因自小家庭变故，生性懦弱谦卑，为人随和，做事不张扬，人缘很好。杨广念及三弟杨俊受王妃崔氏蛊惑而变态，遭父皇处罚，还被崔氏下毒身亡的悲惨遭遇，上位后不仅赦免了三弟一家人受崔氏连累的责罚，还让杨浩继承了其父皇的爵位，封为秦王。所以，在杨广剥夺了唯一儿子齐王杨暕的继承权后，由侄子秦王杨浩继承伯父的皇位，显得合情合理。

然而，此事在朝堂上公布后，首先遭到内史令虞世基和刑部尚书令大理寺卿王文同等朝臣的质疑。他们既不相信皇上会突然暴亡，也不相信皇上会留言让秦王杨浩继承皇位，更不服由宇文化及出任大丞相主持朝政，甚至提出要去朝见皇上的遗体，以验证此事真伪。秦王杨浩异常尴尬，宇文化及则没想到朝堂上的反应会如此强烈。躲在殿后观察朝堂动态的令狐达，不得不带着一群将士涌上殿堂弹压。他挥刀当场斩杀了带头质问的内史令虞世基，想以此镇压众人的反对之声。

但令狐达没想到，自己被王文同认了出来。王文同当众指责令狐达和宇文化及，厉声道："原来叛逆的祸首是你！现在老大什么都明白了。大胆宇文化及，竟敢伙同被朝廷通缉的逃犯、叛臣、行刺皇上的凶手令狐达等人弑君篡政，真是胆大包天，死有余辜，千刀万剐也难泄天下臣民之恨。如今竟然还敢公然造谣惑众，厚颜无耻地登殿，要众臣参拜，助你们为非作歹，简直不自量力，愚蠢至极，岂有此理！"恼羞成怒的令狐达不等王文同把话说完，举手一挥，同伙孟景即冲上前去，将王文同砍倒在大殿上。随后，孟景扬着手中带血的刀，凶狠地说："顺我者昌，逆我者亡。你们都看到了，若再有人敢反对今天所见的事实，我一定让你们像他们一样。我们连皇上都杀了，还怕多杀你们几个？"众臣被吓到了，一时间朝堂上鸦雀无声。

令狐达对自己的威慑效果很满意。为缓和朝堂上众人的情绪，他又说："你们听着，本将军也不是不讲情理之人。淫帝杨广杀人无数，我们现在杀了他，是对他的报应。而且我们立其侄子秦王为帝，可见我们并没有自立为王、改换朝代。所以，原朝廷中的官员，只要遵从现在的变故，服从我们的指挥，不仅能继续当原来的官，甚至还有额外赏赐，先来先得，后来可就没有了。"

站立在殿堂上的众臣静默片刻，随即悄悄议论起来。不一会儿，内史舍人封德

彝首先走到朝堂中说:"古人云,一朝天子一朝臣。如今事已至此,我内史舍人封德彝愿意遵从事实,尊秦王为帝,宇文大人为相国,做好本职工作,既不负先帝对我的认可,也不让新帝对我不满。"宇文化及十分高兴,立即故作姿态地说:"封大人言之有理。为表彰封大人顺应时势之举,我会让皇上为你升官加爵。"此言立即引来一片附和声。礼部尚书令裴矩环顾左右说:"启禀皇上,先帝待我不薄,如今先帝已逝,我也别无选择,唯有恪尽职守,把皇上和大宰相交付的事做好,既不负先帝之情,也不让新帝和相国失望。"

令狐达见朝堂上没有反对之声,便说:"既然大家都愿意做通情达理之人,那就要相信我们不会辜负大家的期望。现在由元大人宣告新朝新帝的任命。"

元敏手持圣旨道:"大隋新帝告示天下:天有不测风云,人有旦夕祸福。大隋皇帝广于大业十四年清明日,因患暴病驾崩于江都行宫。特此告于天下,国不可一日无主。经皇后娘娘提议,尊先帝为炀帝,立秦王浩为新帝,继承先帝之位。荐许国公为大宰相,总揽朝政;授少监卿宇文智及为仆射;禁军校尉宇文成及为无敌大将军;封大将军令狐达为御史吏部尚书令;元敏为礼部尚书令;司马德勘为兵部尚书;赵元枢为户部尚书;裴虔通为民部尚书;孟景、张恺、唐奉义为大将军。同时尊皇后娘娘为皇太后。"

宇文化及随即宣布:"今日来朝的官员,每人官升一级,加俸三月。"御史给事郎许善心出列说:"我已年迈,不愿为官,特此告辞。"说罢转身便走。宇文化及十分恼怒,觉得许善心是故意跟他作对,立即派人追上去,将许善心杀害。许善心之母已九十二岁高龄,听闻儿子被杀,亲自带人替儿子收殓,风光下葬,并逢人便说:"尽忠君之事,尽人臣之责,不负君恩,不忘人德,能死于国难,不愧是我的儿子。"继而扶杖卧床,绝食而亡。

宇文化及和令狐达为震慑他人效仿,巩固政权,大开杀戒,对不顺从他们的朝臣格杀勿论。他们不仅杀了誓不赴朝的梁公萧钜、左卫大将军来护儿、右翊大将军宇文协、太史令袁充、千牛宇文晶,以及反对立秦王杨浩为帝的蜀王杨秀、齐王杨暕、燕王杨倓等皇亲国戚。这真是一场空前的杀戮,用刀剑和鲜血铸就了一个以宇文化及兄弟三人、令狐达、司马德勘为政,杨浩为傀儡皇帝的隋朝新朝廷。他们不仅震住了所有幸存的官员,也为宇文化及杀出了威严,开辟出一片暂时平静的空间。

宇文化及见朝堂安宁下来,便想去了却自己的心愿。在这些提心吊胆的日子

第九十八章 萧后贪生化及乱宫，舅甥相逢院主殉情

里，他还没机会探望过皇后，也不知道被禁军守卫的后宫现在怎样了。

袁紫烟离开行宫，找到江都庵，看到法明师父留的信，上面写着："我在以下地址会见故人，你可速速前来见我。地址：濮洲雷夏泽。"袁紫烟觉得既然法明师父让她速速前往，必有要事相嘱，而且她也想早去早回，便来不及回行宫告知杨广。问清行程后，雇了条小舟，匆匆赶往百里之外的濮州。

说到濮州雷夏泽，不得不提一个人，此人便是袁紫烟的舅父、因杨广听信萧皇后谗言而被免职的上大将军杨义臣。他看透了功名利禄，选择远离闹市，在水乡濮州夏雷泽过起"闻鸡晨起舞，闲来塘垂钓，有兴笔挥毫，无事酒当歌"的寓公生活，倒也活得潇洒自在。濮州的夏雷泽确实适合他修身养性，远山近田，碧水柳塘，春来鸟语花香，野花遍地；夏至芙蓉盛开，泽国碧连天；秋时稻花飘香，满目金黄；冬临白雪皑皑，蓑笠钓江鱼。杨义臣自称为"南杨老翁"，隐居于这美好的乡野。然而，杨义臣表面休闲宁静的生活，并未掩盖他对天下大事的关注。

杨义臣戴着遮阳帽在河边垂钓，一个骑在牛背上的村童大声打趣道："南杨老翁，今天钓了多少鱼啦？"杨义臣头也不抬地说："一条都还没钓到呢！你小点声，把我的鱼都吓跑了。"牧牛村童却不理会，继续大声说："我看今天'愿者上钩'是钓不到啦！"杨义臣突然把鱼竿一沉，又轻轻顺势一拎，一条活蹦乱跳、闪着银光的大鱼被钓出水面。牧牛村童欣喜地拍手道："杨公公上钩啦！好大一条鱼呀！"杨义臣边伸手把鱼从鱼钩上摘下来，边纠正牧童的话："不是杨公公上钩了，而是'愿者上钩'了。"

一阵马蹄声由远及近，杨义臣瞥了一眼，急忙把鱼放进鱼篓，随后把遮阳帽往下拉，盖住半张脸，一边换鱼饵，一边对牧童说："若有人问你，就说没见到过我。"谁知，领先的一个骑马人已到他们身旁，还未下马就说："义臣公，别来无恙？"杨义臣一惊，急忙抬头看去，见是故人凌子肃，不得不放下鱼竿，迎上去诙谐地说："今天是什么风，把凌大人给吹来了？"凌子肃跳下马，把马缰绳递给随从，反唇相讥道："曾经一枪震大卜的杨公，怎么心甘情愿做起垂钓蓑笠翁了？"杨义臣打着哈哈敷衍道："老夫已是暮年老朽，哪敢再提当年之勇。"凌子肃拉住杨义臣的手说："咱不说当年提枪之勇，就说你现在运筹帷幄之智！"杨义臣见对方有事而来，便说："此地不是说事的地方，草舍离此不远，请到那里详谈。"

来人凌子肃是杨义臣在朝为官时的挚友。杨义臣被无端罢官，当时身为兵部尚书的凌子肃深感不满，不久也辞官归隐山野，但与杨义臣时常有来往。凌子

肃对杨玄感之乱深恶痛绝,对后起的地方新官僚王世充媚上欺下、借平乱滥杀百姓、称霸一方极为愤恨,尤其对杨广偏听偏信、执意而为感到失望。朝堂上没有敢言的大臣,北方边城战事不断,地方小股义军此起彼伏,瓦岗军崛起并大败王世充,这些都让他深感忧虑,觉得天下将要大乱。于是,他接受朋友举荐,成为长乐王窦建德的一名亲信幕僚。此后窦建德在乐寿建立夏国,他被授为祭酒。这天,他受窦建德所托,前来邀请杨义臣出山挂帅助战。

杨义臣了解凌子肃的来意后,说:"我是因为窦建德被罢官的。这些年我也关注着窦建德的所作所为,确实觉得此人并非一般草莽盗匪可比。但他如今建国称帝,我觉得时机未到,也不会有太大作为。因为目前天下虽有些乱象,各方诸侯拥兵自重,但当今皇上仍有把控局势的能力。皇上只要能幡然醒悟,广开言路,不再偏听偏信,不再北巡南游,坐稳东西二京,重振朝纲,削减各地诸侯的兵权,提升民众获得感,大隋天下就不会乱到哪里去。而且我现在已经习惯了安逸生活,不想再蹚这浑水,所以你就替我谢谢他的好意吧。"杨义臣以此说辞打发走了凌子肃。

又一天,杨义臣正在书斋挥毫作画,家仆杨方前来禀报,说有一位道姑前来拜访。杨义臣急忙放下手中画笔,出去相迎。果然见到一位仙风道骨的女尼,单手举胸对他说:"贫僧法明,参见光禄大夫杨大将军。"杨义臣有些惊愕,边还礼边说:"师父如何知晓老夫之前的称谓?"女尼说:"可否借一步说话?"杨义臣慌忙把女尼让进书斋。女尼不等杨义臣开口询问,就从兜里取出半块玉佩递上。杨义臣见此玉佩,惊讶地说:"这不是我妹的那半块玉佩吗!"杨义臣转身从书桌的一个盒内也取出半块玉佩,将二者合在一起,拼成了一块完整的玉佩,其中的图案是一头羊。杨义臣道:"没错,这正是我们杨家的祖传之物。请问师父,您这是从哪里得来的?"女尼道:"我受师姐之托,一是把此物归还原主,二是要把您的外甥女引荐给您。"杨义臣半惊半喜地道:"愿闻其详。"女尼道:"据师姐说,她所收之徒是您妹之女。您妹临终前,因您外甥女尚小,故把此物交给了我师姐,托她保存,以便作为你们相认之信物。可后来由于兵乱,您外甥女被其父接去江都任上。我曾见过您外甥女一面,交谈之下,我不仅觉得她得我师姐道法观星之术的精华,而且其相贵不可言,便指点她前往京城应验我之所说。果不其然,她被当今皇上选为夫人,并深得皇上宠爱。如今她随皇上南下来到了江都,但却要面临着江都即将发生的兵变,这是天意,不可人为,我也不便见她去道破天机而有违天意。然而她的福分却还绵长,还有待于您去助她实现心愿。为此,我便前来,既完成我师姐所托,也把您外甥

第九十八章　萧后贪生化及乱宫，舅甥相逢院主殉情

女引见给您，以扬我道家顺应天意之举。"杨义臣似有疑惑地问道："我外甥女叫什么名字？她人呢？"女尼道："她叫袁紫烟，是当今皇上后宫翠华院的院主。她会在清明节前一天来这里找您。"杨义臣又问道："她的心愿是什么，我该如何助她去实现？"女尼道："在天机没有应验之前，我不便泄露。等到她来到这里之后，您便可知晓一切。此后您还有一个使命，您可携她同行去夏国窦建德处为帅，既助您外甥女遂愿，也可顺天意、遂民愿，更可成就您自己这一生的辉煌，还可还她另一番的情遇归宿。"

袁紫烟来到夏雷泽之日正是清明节之前的寒食节，舅甥相逢自有一番辛酸喜悦之情。当晚深夜，袁紫烟静下心来细观星象，即见紫微垣内帝星陨落，惊吓得袁紫烟失声大哭。杨义臣闻讯赶来，问明原委道："此时虽有星象之说，却尚未证实。我明日即遣杨方前去探视，若有其事再作商议。"然而此时江都行宫又在发生着另一场惨烈的变故。

宇文化及带着一帮亲随兴冲冲地来到了内宫，他直奔萧皇后的寝殿。他忘不了自己三次被萧皇后羞辱的场面，他今天要以另一种身份去证明自己的能耐，去讨回自己的尊严。宇文化及虽然在西京和东京都进过后宫，但是来到江都后，却没有机会进过内宫。但他知道西京和东京，尤其是东京的后宫景色如画、管理森严，仆役、内侍、宫女众多。然而此时的江都内宫却是没有人迹、不闻人声，给人一种人去室空的印象。宇文化及把亲随留在了殿堂外，独自一人向萧皇后的卧房走去。

萧皇后已经知道了宇文化及的来临，也猜测到了他的来意，便支走了身旁的所有人，静等着将要发生的事态降临。她甚至已经做好了准备，若是宇文化及要报复之前她对他的羞辱，她能忍则忍，不能忍则以死相拼，做个鱼死网破，也权当作是报杀夫之仇，还杨广的一段情分。

宇文化及走进萧皇后的卧房，发觉如今这皇后的卧房内虽然不失奢华，却没有了他曾经闻到过的那种让人心醉的香味，也没看到性感让他心动的皇后。他此刻看到的仅是一个端坐在一张大床沿上、长发蓬乱、不饰容颜、面色苍白、神情恍惚，似乎是在等待着什么，又似乎是在期盼着什么的中年女人。这让宇文化及感到了意外，甚至也让他失去了刚才进来之前有过的那种冲动。然而他那个欲要征服这个女人的意念又在支配着他的行为。宇文化及走近萧皇后，盯着她的脸，用认真中带有愤恨的口气道："你不是说我无能吗？我今天就要让你看一看，到底是我无能还是你无能？"萧皇后虽然知道如今自己已成了阶下囚，是男人需要的猎物，然而她却

没想到宇文化及上来就提这件受她羞辱的事，甚至还带有仇恨，她不免有所惶恐起来。萧皇后飞快地闪了一眼跟前这个曾被她斥之为无用的男人，想到他赤裸裸地站在她面前那副尴尬的模样，萧皇后的眼神不由自主地闪出了一丝羞愧和不安，甚至还有那么一点点的得意，竟然开口道："将军，现在想怎么样呢？"这话似乎是一种无奈低下的应答，但在宇文化及的耳中听来却是一句挑衅之词，他那积压在胸中的愤怒迸发了出来，凶狠地道："你上次让我脱光了站在你面前。我现在要你也脱光了，站在我面前。脱，快脱！"宇文化及的眼中冒着愤怒的火花，萧皇后害怕了，她在宇文化及凶狠目光的逼视下胆怯地站起了身，又一件一件地把自己的衣裤脱到上身仅剩一件蕾丝粉色肚兜，丰满的双乳隐约可见；下身只穿一条镶着蕾丝花边的粉色短裤衩，包裹着诱人的圆臀，激起了宇文化及一个男人的冲动。宇文化及想起了萧皇后摔在他脸上的那条粉红肚兜，他上前一步伸手就把萧皇后胸前的肚兜给扯了下来……一夫多妻制虽是中华民族世俗的传承，却含着男女的不平等和男尊女卑的观念。此刻在宇文化及身上涌动的是泄恨、纵欲，以证明自己的能力，去讨回自己做男人的尊严，却没有丝毫的情感在内。而在萧皇后内心先涌动的是被迫和无奈，继而是忍受、惊讶和本能需要的快感，甚至是忘了自己的身份，而像往常与杨广纵欲一般地不管不顾起来。当宇文化及站起了身，看着赤裸全身瘫软在床上的萧皇后，他脸上露出了得意的胜利者的笑容。当他穿好衣裤想离去之时，却被萧皇后一把拉住，柔声细气地道："将军就这样把本宫撇下不管了吗？"宇文化及一愣道："我不是证明给你看了吗！你还想咋样？"萧皇后用缠绵的声调道："你就不想要天长日久吗？"宇文化及似有所悟，呆了呆道："此话怎说？"萧皇后赤身露体地坐了起来，含情脉脉地盯着宇文化及道："自古以来，我们女人都是你们男人的附属，与其说我们女人离不开你们男人，还不如说是你们男人离不开我们女人。如今你是无冕的皇上，而我如今也成了你的人，你何不从今往后就搬入宫内与我同住，我们不仅可以天天如此、夜夜承欢，我还可让你享受到与皇上同样的待遇。你又何乐而不为呢？"这话让宇文化及突然开了窍，他似乎意识到，自己并没有像令狐达那般，与杨广有着切肤伤痛、生死之仇，而要跟随令狐达去把杨氏一家所有人都斩尽杀绝。而且他也在自问，自己如此不管不顾地去弑君杀臣，难道为的就是泄这一时之辱、图这片刻之欢吗？宇文化及此刻不禁有些后悔了起来。民间常把有勇无谋的武夫斥之为是体魄强壮、脑子呆笨的莽夫，此言应在宇文化及的身上一点也没错，这也就是宇文述对其这个长子感到失望的主要原因之一。宇文化及至此似有不解地问

第九十八章 萧后贪生化及乱宫，舅甥相逢院主殉情

道："皇上在后宫，除了与你作乐之外，还有什么其他的待遇可以享受？"萧皇后故意扭动了一下身子，眼中闪动着迷人的光波道："皇上在后宫享受的待遇可多了，否则，他为何一下朝就往后宫跑呢！"萧皇后见宇文化及眼中流露出迷茫的神色，便又道："你没听到过自古以来在皇上的后宫有三宫六院之说吗？而我这后宫却不仅有十六院美人可供皇上采择，还有可供皇上品尝的天下美食和美酒。这能是一般人可以拥有的吗？"

尝到过了女人甘味的宇文化及，被萧皇后的这段话真是勾起了他的世俗欲念，他看着萧皇后光溜溜的身子，心中又萌起了一层冲动，他不能不想起以前所看到的那些花枝招展的女人，想象着在她们各色衣衫包裹下，是否也有像眼前这个女人的体态风姿。宇文化及动心了，道："是吗！你去把她们都招来，让我见识一下。"萧皇后道："有言道，心急吃不得热豆腐，好酒好菜都得一口口慢慢地去品尝。以后大隋的天下都是你的了，你又何必去在乎这一时一行呢？"宇文化及似有不高兴地道："你此话是什么意思？"萧皇后狡黠地道："我无非是提醒你不要心急，后宫内的人像本宫一样是跑不掉的，你完全可以像皇上一样，慢慢的逐个逐个去享用，如此而为难道不比你像现在这样心急火燎地发泄一通有味吗！况且，现在后宫十六院的人还没到齐，有十位院主被皇上放出去回家省亲了。我正在担心，这些在外的院主听到皇上不在了，还会不会回来？"宇文化及却不耐烦地道："鞭长莫及的事别说。我以前对皇上的这些院主从来没有敢细瞧过，你现在就让我瞧上一眼，若有兴趣再慢慢来，若没有兴趣，也就不用费我其他心思了。"萧皇后想了想，边穿衣披衫边道："还是一个个来吧！人多了不仅是你不好办事，甚至也会引起众怒。但是你得答应我，有了新欢不能把我撇在一边不管。"

被传唤到皇后寝殿的第一人是绮荫院院主黄雅芸。萧皇后把黄雅芸首先推荐给宇文化及是有着她一番心计在内的。萧皇后知道黄雅芸心高气傲，还依仗着皇上的宠爱常常与她分庭抗礼，让她难堪，因此她早就对黄雅芸记恨在心了。萧皇后也不能不想到，如今她以身事杀夫之贼，既犯妇道更犯帝道，必遭群怨，若不拉上几个同道之人共陷泥潭，往后在后宫将难以服众，因此她要把最受忌讳的黄雅芸推出来，让宇文化及首先去征服。这个头开好了，其他的人也就不在话下了！

黄雅芸这些天以来，像其他几个留在宫里的院主一样，兴来时相互串门聚会，闲时自找事由，或吟诗作画沉湎其中，或描龙绣凤做女红，或是吹拉弹唱自娱自乐地盼等着皇上的突然临幸，甚至还想着皇上能够带她们去逛街或游山玩水。这样的

1011

日子似乎平淡，却是她们习以为常习惯了的。因为在这深宫大院里，除了这些事，她们又能做什么呢？然而这些时日，她们不仅没见到皇上来临，甚至是连皇后也见不到，而且她们没有皇后的允许，冯总管也不会放她们出宫去打探，因此她们对宫外所发生的事更是一无所知，这些貌似娇贵的女人真有些可怜。

　　如今，黄雅芸突然听到皇后召见，既欣喜又感到有所不安，她匆匆梳洗打扮了一下，便随丹香前往皇后的寝殿。这沿途的路上，往常总能见到的一些仆役近侍和宫女，今天似乎都没了踪影，然而在皇后寝殿门前却有一伙禁军侍卫把守着，这不能不让黄雅芸感到惊愕，甚至还让她产生出一种不安的感觉。黄雅芸步入殿内，即见萧皇后陪同着禁军侍卫宇文总管端坐在殿堂上，似乎已经在等待着她的来临了。黄雅芸的心咯噔了一下，她知道这个总管是皇上的亲信、皇后跟前的红人，但却从来没有见过他与皇后如此亲近地平肩平坐在一起，而且，随着黄雅芸走近皇后，她感到了从这个总管眼中喷射出来的淫荡光波，似乎是要穿透她的外衣去探视她的身躯，让她感到了毛骨悚然般的不自在，而情不自禁地垂下了头，用手拢紧了衣衫。

　　萧皇后等到黄雅芸行过参见礼之后，故作姿态地道："雅芸呀！近来干了些什么？"黄雅芸不自然地低着头道："回禀皇后娘娘，江都行宫与京都内宫并无多大区别，因此我与姐妹们闲来还是老样子。却不知咋的，大家许久都没见到皇上了，不免都有些牵挂。"萧皇后与宇文化及都似乎有些不太自然地动了动身子，萧皇后又似乎想要摆脱些什么，竟然挥了挥手，道："本宫把你招来这里，是要把这位宇文将军介绍给你认识。"黄雅芸闻言急忙抬头，吃惊地朝萧皇后看去，诧异地道："为什么？"宇文化及有些忍耐不住了，盯着黄雅芸大声道："不为什么，本将军就是喜欢你这样身材的女人。"黄雅芸的脸色刹的一下涨得通红，愤怒地道："无耻！就凭你这句话，我便可让皇上砍下你的狗头。"萧皇后躲避着黄雅芸的眼神，而宇文化及却哈哈大笑道："让皇上砍我的头！你这辈子就休想了。"黄雅芸突然似乎明白了一件事情，双眼盯着萧皇后厉声道："皇后，你知道他在说什么吗？"萧皇后却闪烁其词地道："雅云，我也是为你们好。我们身为女人到了这一地步，又能何为呢？"黄雅芸是真正明白了萧皇后的言下之意，立即声嘶力竭地问道："你们把皇上怎么样了？"宇文化及站起身向黄雅芸走来，淫笑着道："你从了我，我就告诉你。"黄雅芸感到手脚冰凉，眼睛一黑，似乎要跌倒，她又看到了有一只手在向她的胸前伸来，她本能地连退了几步，振作起精神，闪眼看到了身旁的一根石柱，用喷着火的双目盯着萧皇后怒吼道："一对狗男女，竟然敢做如此杀夫弑君、伤天害理之事，普天下

第九十八章 萧后贪生化及乱宫，舅甥相逢院主殉情

臣民都不会放过你们的。"宇文化及向黄雅芸逼近，嬉笑着道："你还是先想想怎么保全自己吧！"黄雅芸知道自己孤身难敌对手，她咬紧牙根，双目一闭，猛地一头撞向石柱，轰隆一声，脑浆崩裂，倒地身死，出窍的灵魂去追寻夫君杨广了。

萧皇后似不忍又觉不安地默然无语，宇文化及却是失望之极地道："何苦要这样呢？真是扫兴。"随后便大声怒喊道："来人，把这个女人拖出去给埋了。"萧皇后见宇文化及脸有怒容，只能抚慰着道："人各有志，强扭的瓜不甜。这个女人的个性确实比较强硬，她仗着有皇上撑腰，我看到她都得让其三分。"宇文化及却没好口气地道："你治下的人是像你这样的人多，还是像她这样的人多？"这话让萧皇后该怎么回答呢，但她又不能不回答，故而只能道："改天吧，让我调教好了再让你过来。"宇文化及似乎并不甘心如此之结果，道："你去替我再招一个过来。我就不信了，她们个个会如此！"

然而，那些躲在一旁偷窥的近侍和宫女，不仅是被黄雅芸宁死不辱、撞柱而亡的壮烈震撼着，更是对萧皇后与乱贼为奸，如此逼良为娼而感到了愤慨，便有人偷偷地跑去向十六院主通风报信。于是朝廷发生宫变，皇上被害之事也传开了。一时间内宫各院悲哀哭泣之声此起彼伏，连成一片，这与萧皇后助纣为虐形成了鲜明的对比。

迎晖院院主樊玉儿义愤填膺，当她听说皇后娘娘要召见明霞院院主方贞娘时，她便提了宝剑就向萧皇后的寝殿奔去。此时萧皇后的寝殿内，宇文化及的几个亲随都被支派去埋葬黄雅芸的尸体了，殿内不多的几个内侍和宫女在洗刷着地上和石柱上的血污，萧皇后与宇文化及避进了侧殿，在等待着被召唤院主的来临。然而他们却没想到，被招来的不是明霞院院主方贞娘，却是提着一把宝剑向他们冲来的迎晖院院主樊玉儿。萧皇后明白樊玉儿的来意，吓得脸如土色，宇文化及看到的却是一个气势轩昂、体型饱满的美女提着剑走进房来，不由得满心喜欢地道："哦，这个也不错。"并主动起身迎了上去。樊玉儿知道此人就是杀害皇上的乱贼，她挥剑就向宇文化及当头劈去，惊得宇文化及急忙躲闪，并撞翻了一张椅子。樊玉儿见一剑没有劈中宇文化及，便又随势一剑横扫，砍向宇文化及的前胸。此时的宇文化及明白了樊玉儿的来意，他知道侧殿空间小，徒手不易躲避刀剑，故一面避让，一面脚下用力向殿外窜去。樊玉儿见自己的第二剑又落空，心头不免忧虑，她紧跟一步，跃身对着宇文化及的后背就是一个突刺，宇文化及虽然赤手空拳却是武将出身，他感觉到了剑锋的临近，便一个侧身躲闪，不仅避开了樊玉儿的突刺，还一个返身，顺势

1013

给了樊玉儿狠狠的一掌，樊玉儿突刺不成，收步没稳，却被一掌击中后背，便身不由己地向前扑去，摔倒在地，手中的剑也被震脱，吓得在寝殿干活的侍卫和宫女四散奔逃。宇文化及赶上几步，冲着倒在地上、口吐鲜血的樊玉儿，得意地狞笑着道："怎么样，还想过招吗？"樊玉儿又羞又恼，她知道自己不敌对手，却一眼瞥见了撇在一旁的宝剑，即忍着疼痛仰身坐起，怒目而视，猛地张口把满口的鲜血喷向宇文化及，并趁机一个翻身抓过宝剑，奋不顾身地举剑又纵身向宇文化及刺去。宇文化及没想到这个女人会这么厉害，他慌乱中伸左掌去挡剑，出右手握拳向樊玉儿当头砸去，剑锋划破了宇文化及的手掌，可宇文化及的重拳却把樊玉儿击倒在地，樊玉儿立即颈脖断裂，一缕幽灵飞出躯体，去寻找夫君杨广诉说衷肠了。

萧皇后见又死了一个，虽然惊恐却又觉得未必是坏事，便一面亲自替宇文化及包扎伤口，一面宽慰着道："这个女人仗着会武功，从来不把我放在眼里。如今死了也好，我可少了一个对头。"宇文化及惊魂未定，看着近侍和宫女在替樊玉儿收尸，心有余悸地道："你这后宫怎么都是些烈女呀！这让我往后怎么敢住在你的宫里？"萧皇后却故作镇定地道："她们仅是一时难以接受罢了。等我给你调教好了，够你受用！"宇文化及忍不住伸出右手捏了一下萧皇后，自嘲着道："这真是偷鸡不成，蚀把米，我连她们的毛都没碰上一根，却是让我血染剑锋，还洒了我一身血。"萧皇后趁势依偎到宇文化及的身上，娇声道："有我在，能让你亏吗？你放心！她们欠的，我会加倍来偿还你。"

突然宇文化及的眼睛一亮，他看到了一个穿着盛装、亭亭玉立的美女，一手提壶、一手握着酒杯，在向他们走来。宇文化及赶紧推开了萧皇后，瞪大着眼睛盯着来人，问萧皇后道："这个女人是你后宫的，还是天上下来的仙女？"萧皇后也看到了来人，却不免既惊讶又不安地道："她就是我方才派人去召见的明霞院院主方贞娘！"宇文化及欣喜地道："没想到，你这后宫里的女人一个比一个漂亮。依我看，天上的神仙也未必如此！"方贞娘走进跟前，向两人施了个万福之后，一面用壶向杯中斟酒，一面微启樱桃般的小口红唇，莺声细语地道："将军既然要召见我，我岂能空手而来。这是我亲手酿制的百花蜜露，作为见面之礼，献给将军品尝。请将军张口笑纳！"方贞娘把斟满酒的杯子递给宇文化及。萧皇后觉得事有蹊跷，见宇文化及毫不迟疑地接过酒杯张口要饮，急忙拦阻着道："等一下。百花蜜露是仁智院院主柳绣凤家的祖传酒，你何时也会这一手了。该不会是你故弄玄虚、以假乱真吧！"宇文化及愣住了，他盯着方贞娘，露出了疑惑之色。方贞娘也愣了一下，道：

第九十八章　萧后贪生化及乱宫，舅甥相逢院主殉情

"皇后娘娘是只知其一，不知其二。柳绣凤早就把她祖传的秘方传给我了，我哪敢以假乱真来戏弄将军啊！不信，皇后娘娘也尝尝。"方贞娘说罢把手中的壶递给萧皇后，随后满面春风地走到宇文化及跟前，不无亲热地道："将军是驰骋疆场、杀人不眨眼的英豪，岂能不饮这区区的一杯美酒？况且酒是壮士胆，不饮此杯酒反而显得将军胆小如鼠了！"宇文化及被方贞娘说得不好意思，刚想举杯入口，萧皇后却大喊一声，道："慢着！你这酒里怎么有股药味？"方贞娘见计谋败露，慌忙抓住酒杯向宇文化及的嘴里灌去。然而她哪能有宇文化及的力大，酒不仅没有灌入宇文化及的口中，相反她的双手被宇文化及紧紧地捏住了，酒洒在了地上，冒出了一股刺鼻的青烟，惊得宇文化及目瞪口呆。萧皇后上前冲着方贞娘狠狠地甩了两巴掌，道："贱婢，都反了你们了，竟然敢用毒酒来谋害我。你既然如此不识抬举，我今天也就成全你，让你们这些敢违抗我的人都知道会有什么下场。"萧皇后见宇文化及还在呆呆地愣着，道："你还愣着干什么！送到你嘴边的肉不吃，你还等何时？"

宇文化及恍然大悟，急忙搂抱住方贞娘，要向萧皇后的卧房走去，却被萧皇后喝住道："别让她玷污了我的房间。你就在这大殿上把她给剥光了，当着我的面去干你的好事。"宇文化及愣了愣，却觉得此事如此干倒也是新鲜，立即把方贞娘摔在了地下，在四周的内侍宫女早吓得跑光了，弱女子又岂能反抗得了如此凶狠的兽行，方贞娘哭天喊地也无济于事，不一会便被剥得赤条条地躺在了地上。宇文化及看到终于可以随心如愿了，也就当着萧皇后的面，迫不及待地在咬牙切齿哭泣的方贞娘身上发泄了起来。

宇文化及的亲随在埋葬完了黄雅芸的尸体，走进寝殿见到如此难得一见的场景，不仅是惊喜万分，甚至还跃跃欲试起来。萧皇后看在眼里，等到宇文化及事毕，即对宇文化及道："我不能让这个想毒死我们的贱婢如此舒服。你应该让手下这些亲随也尝些甜头，这对你往后办事有好处。"宇文化及觉得此话有道理，便一面系裤带，一面对手下这些亲随道："既然被你们看到了，就见者有份。你们一个个来，别争先恐后的。"如此当众奸淫的作为，看得宇文化及和萧皇后心热情动，不等到看完全程，俩人按耐不住，就到萧皇后房里干上了，连方贞娘是何时咽气的也不知道。

此后萧皇后和宇文化及的恶行传遍了内宫，留在内宫的景明院院主王桂枝和栖鸾院院主韩彩娥害怕也遭到玷污蹂躏，当晚一个跳河溺亡，一个吞金而死。

1015

第九十九章
群雄兴兵天下大乱，义臣挂帅世民论道

东京洛阳，元文都招安李密的事进行得并不顺利。其一，李密的要价太高。李密道："我可以归顺朝廷，但是皇上得允诺我几件事：废除通缉令；恢复世袭爵位；授我太师领尚书令官职；瓦岗寨现有的将领由我提名封赐；兵源、军饷、粮草以五万人次起算，均由朝廷供给。"其二，此事遭到了王世充的极力反对。王世充道："李密是我的手下败将，如今的瓦岗军所剩无几，已掀不起大浪。等我身体康复后，我一定领兵把瓦岗寨铲除掉。因此没必要去养贼为患，更不能把他引入朝廷，以此来与我抗衡。否则，我将上书皇上讨个说法。"由此，这招安之事便一时搁了下来。然而王世充却并没有像他所说的那样，身体康复之后，率兵去铲平瓦岗寨，而是依仗着手中有军权，常常以此来左右着东京朝堂上的政事，令越王杨侗无奈，让众臣难堪。

皇上在江都遭兵变，被禁军首领宇文化及所杀的消息传到了东京，越王杨侗只知哭泣，不知所措，王世充虽信誓旦旦要领兵报仇，却迟迟没有实际举动。可是瓦岗寨李密却上书给越王杨侗，声言自己愿意接受朝廷招安，领兵南下去征讨叛臣乱将，为皇上复仇。元文都大喜，在段达、樊子盖的支持下，极力促成此事，提出接受李密的申议，提议赐李密为魏公，授太尉、尚书令、东南道大行台、行军元帅。择日领兵启程，征讨叛臣乱将宇文化及，待得胜回朝之日，再另行授赐封礼仪，并入朝辅政。王世充对此不仅没提出反对意见，反而是督促李密的瓦岗军早日出征，兑现他们讨伐宇文化及的誓言。这两个各自拥兵为大的对手，此刻竟然能够放弃前嫌、同仇敌忾，这让许多人既感到欣喜，却又心存疑惑。

然而王世充和李密在此中确实都有着各自的盘算。王世充的本意是既不想领兵去与瓦岗军决斗，再打个两败俱伤；他也不想发兵去征讨宇文化及，他需要保存实力，为自己长远的图谋做打算。因为他知道，如今在自己的军队内，有许多是瓦岗军的人，若让他们去征讨瓦岗军，必会适得其反。其次，他更知道皇上突然被杀，朝

第九十九章 群雄兴兵天下大乱，义臣挂帅世民论道

廷将群龙无首，天下必然会大乱，此际必须得冷眼旁观，切不可轻举妄动，而且他明白，往后能够主宰天下就得靠手中的实力。因此，他要以弃小我求大同的姿态，支持李密的瓦岗军去征讨叛臣，既顺应朝廷众臣的心思，也顺应天下民意之道义，为自己的脸上贴金，更要利用这场动乱去削弱瓦岗军，以便从中收取渔翁之利，达到助长自己的声势、一家独大的目的。同时王世充也想好了，他现在要蓄势待发，等到瓦岗军与叛军打到两败俱伤时，他再出来收拾残局，必能达到事半功倍的效果。李密的谋划是：他知道现在自己的瓦岗军势力已经难敌王世充的江淮军了，与其待在瓦岗寨内等着朝廷来剿灭，或是坐吃山空，还不如顺势而为，借朝廷替皇上报仇征讨叛臣的名义，去名正言顺地扩军备战，然后再领兵南下讨伐杀害皇上的叛臣乱将，趁机扩充自己的势力范围，而且还可以借此机会去掏王世充江淮军的老巢，这可是一举多得之举。由此之下，这两股交织在洛阳周围的敌对势力，在讨伐宇文化及的意向上达成了一致的共识。东京的朝廷授予了李密冠冕堂皇的旗号，王世充给了李密方便，允许其公开招兵买马、出兵南下，而李密也就趁势展开了出征前的筹备谋划。

此时的江南，随着隋帝杨广被叛臣乱将宇文化及杀害的消息传播，不仅激起了民间的层层涟漪，更是激发出了将领官员积压在内心的阵阵波澜。家在江都郡府属下江左县乡间的榭湘云和王义仁，被杨广恩释回乡后，不仅两家父母大为感动，更是被亲友乡邻传为美谈。在两家亲友和乡邻共议下，为隋帝杨广树了一块功德牌坊，上写"帝恩永存"，当地官府也乐成其事。不久，一座由当地名家撰写、用石刻雕成的字碑在江左县王家镇落成了。榭湘云嫁给王义仁，两人就是在这石碑前拜的天地。此后两人虽结为夫妇却不能生儿育女，可两人恩爱有加、如胶似漆，不仅孝顺父母，而且爱怜乡亲，尤其是榭湘云敬老扶幼，深得公婆和众乡邻的赞誉。两人还在王家村开办了一座不收费传授江南丝作的学坊。当榭湘云和王义仁得知恩公隋帝来到江都后，心心念念想着要去江都拜见隋帝，却一时又想不出该拿什么礼物去赠送给恩公和那些曾经相处过的院主姊妹。然而当榭湘云和王义仁动手谱写练就了一曲《恩情颂》的琴箫合奏曲，准备去献给隋帝时，却又听到了恩公隋帝被害的消息，让两人痛不欲生。榭湘云和王义仁在父母和乡邻们的支持下，决定变卖家财，招募乡勇组成义民，去江都讨伐杀害隋帝的凶手，为恩公报仇。一时间，数天之内，响应受招者竟然就聚起了数千人。于是，这群手拿刀枪棍棒、镰刀锄头各式器械的义民，怀着一腔感恩报仇的义气，持着一股替天行道的豪情，在榭湘云和王义仁夫

| 1017

妇的带领下，徒步向江都府走去，途中被他们激情感动的民众也纷纷加入。当这支义民来到江都府时，人数已达万余，这不能不让身为仆射的宇文智及感到惊恐，让令狐达对宇文化及不理朝政、只知在内宫与萧皇后寻欢作乐而感到愤怒。令狐达不得不拉上宇文智及闯入内宫，去逼迫宇文化及决定应对措施。

宇文化及这些天在后宫确实是享受着萧皇后所说的皇上待遇，不仅萧皇后天天不离左右地伺候，让他尽情享受着从未有过的与女人交合的快感，还让他尝到了从未尝过的天下美食和美酒，而且萧皇后还纵容他找宫内各院美女去纵欲，甚至连自己的贴身侍女丹香也允许他去沾手，真正让他乐在其中而忘乎所以，更不知道除此之外，天下还有其他之事。因此，当宇文智及和令狐达入内宫到萧皇后的寝殿来找他时，宇文化及刚刚从醉梦中醒来。宇文化及披了件大袍来到殿上见两人，不高兴地道："你们有什么大事，却要如此早地把我从睡梦中叫醒？"宇文智及道："大哥，百姓在外面闹事，人还来了不少呢！我们该怎么去处置他们？"宇文化及揉了揉眼睛道："这种小事也值得你们把我吵醒？你们去把他们驱赶掉，赶不掉就杀几个吓唬他们一下，不就得了吗！"令狐达没好口气地道："你说的真轻巧。他们是来寻找杀害皇上凶手报仇的，你杀他们几个能得了吗？搞不好，他们下一刻就会冲进宫来找你。"宇文化及一听此言，似乎有点清醒了，忙问道："他们有多少人，现在在哪里，离我这里还远吗？"宇文智及道："兵部尚书令司马德勘已命孟景带着禁军去围堵了，一时间或许还不会有什么大事。"宇文化及松了口气道："没事就好！"令狐达却道："怎么会没事呢？我得到消息，萧皇后的堂弟萧铣在罗县带领了一帮将士聚众造反，不仅占了一大片郡县，还攻占了巴陵，在那里称王，并扬言要发兵为杨广报仇。"宇文化及急忙问道："罗县和巴陵在什么地方，距我们这里有多少路？"令狐达不予理会，继续道："还有呢！镇守闽南的左武卫大将军陈棱正在赶制孝服。他要领着三万孝兵前来征讨我们，并扬言不把我们赶尽杀绝决不罢休。我们若不早做打算，你的好日子也就到头了。"宇文化及真有点急了，道："我知道陈棱，他是杨广在平陈时，与我爹一齐提拔起来的亲信将领。你们说，现在我们该怎么办？"令狐达道："兵来将挡，水来土掩。该杀的杀，该剐的剐。我们只要心齐，天无绝人之路。"宇文化及想了片刻之后道："容我再想想！你们先去商讨一下，我一会去朝堂再议。"

罗县县令萧铣是西梁文宪王萧璇之子，与萧皇后虽是同宗却是远亲。梁国被灭后，萧铣之父因不愿降隋而去投奔了南陈，在南陈被灭时死于乱军中，故萧铣自幼

第九十九章 群雄兴兵天下大乱，义臣挂帅世民论道

受动乱贫困所扰，靠卖书为生。此后受堂伯父萧怀静举荐，被破格授为罗县县令。然而，他却自认为是梁朝皇室后裔、是当今萧皇后的堂弟，仅被授为一个偏乡县令，职位太小。故他在任上虽常以萧皇后堂弟自称，却总有不满之情。其手下有一个守备叫董景珍的，与在湖州从军的几个校尉雷世猛、郑文秀、许玄策、徐德基、张绣等人是朋友。这几个校尉因不满上司任人唯亲、赏罚不公，便串联在一起准备杀了上司，自己做一番事业，却苦于没有一个有远见、有胆略能够服众的带头首领，故虽有蠢蠢欲动之心，却不敢贸然起事。董景珍得知了他们的意想之后，觉得这也是一个自己能够出头露脸的机会，便想到了不满现状、似有反意的上司罗县县令萧铣，若能够说服此人成为他们起事的头领，必会有所成就。然而萧铣对董景珍的策反说辞并没有做出肯定的答复，似乎还在踌躇观望中。实际上，萧铣对其叔父梁帝萧岿把江陵当作陪嫁献给隋朝心存不满，认为萧贞的皇后之位是用祖宗的家财去买来的，曾暗中发誓要等待机会去夺回来。因此他对董景珍所说之事虽然赞同，却觉得当前的时机不成熟。江都之变，隋帝杨广被杀，让萧铣觉得起事的条件已经来临。萧铣立即同意成为起兵造反的首领，并在他的谋划下，以湖州郡守和守备是叛臣余党为由，一举夺取了湖州郡的军政大权，树起了讨伐叛臣宇文化及、为隋帝杨广复仇的大旗，吸引了周边几个郡县纷纷跟随响应，形成了一股以萧铣为首领的征讨宇文化及势力。而萧铣也就趁机出兵攻县夺郡，一路向江都杀去，并且在巴陵自封为梁王。

濮州夏雷泽的杨义臣，在证实了隋帝杨广被宇文化及一伙所杀之后，在外甥女袁紫烟要舍身报仇的意志感动下，决定听从法明师父的留言，带着袁紫烟一起去乐寿接受窦建德的邀约。杨义臣立即修书一封，写明自己的意向，派杨方前往乐寿递交给凌子肃。夏主窦建德听到杨义臣愿来助战，喜出望外，立即派凌子肃带人前往相迎。当杨义臣和袁紫烟来到时，窦建德不仅大开府门，带着手下众将外出迎接，还在府内大摆宴席，替杨义臣和袁紫烟接风洗尘。当窦建德得知袁紫烟乃是皇上的夫人后，立即让自己的二位夫人尚氏和曹氏，以及妹妹线娘出来晋见，并设专席款待。杨义臣在宴席上说出了自己的来意，并道："我此行有三个条件，请夏主能够当众允诺于我。一，我是隋臣，依照祖先一臣不事二主的律制，我在夏主面前不能称臣。二，我此行是来借夏主之力替我外甥女报杀夫之仇的，因此谈不上是在助朝廷报杀君之恨。三，臣不言君之过，但得记住君之恩。宇文化及之流不念皇上对其的恩德，竟然敢以下犯上，犯弑君大逆不道之罪，乃是天理不容，人人得而诛之的正

道。夏主愿意助我共同讨伐这伙叛臣乱将,不仅顺应了天下正道,也显示了夏主的浩然正气,此恩此德我杨义臣将铭记在心。但是,等到剿灭了这伙叛臣乱将之后,请夏主还得允我解甲归田。"窦建德对杨义臣如此磊落的胸怀大为敬佩,道:"杨公的这三点要求,子肃祭酒已经对我说过,我已允诺了。但不知杨公对我的要求是否首肯?"杨义臣道:"谢夏主抬爱。我已对子肃兄说了,我非为官职而来,左仆射相国之职实难担当,你委我兵马元帅便可,而我必会对得起夏主给的这份信托。"窦建德见杨义臣如此之说,只能道:"杨公对当前的局势和征讨之事可有新的见解?"杨义臣缓缓而道:"皇上逝于非命,朝廷目前群龙无首。而西京的代王和东京的越王都不足以担当继位之重任,况且在他们身旁的辅臣又各有算计,很难拧成一股势力,就算这两王之中有人登基称帝,也必难以服众,故隋廷的未来难以期待。而如今北疆已有刘武周占了河东和雁门关后,建定杨国,自封为定杨王;西疆的薛举在天水建秦国,称西秦霸王,所以天下的乱势已呈潮流。"杨义臣随即挂出了一幅图,继而道:"根据如今天下之态势,我提议夏主,北结罗艺、共拒刘武周和突厥,稳定北域;东图山东、拓展地盘;南下伐叛、顺应民情替天行道;西联李渊、伺机逐鹿中原。若真龙天子果然出在西京,夏主择机归顺,将不失终身荣华富贵。"

窦建德沉思良久后道:"北结罗艺我也正有此意。罗艺之子中意我妹,罗艺也愿与我结成亲家,我本在犹豫之中,现在当促成此事即可。东拓山东,南下伐叛也正合我意。可西联李渊……这是为何?我们与西京之间不是还隔着东京洛阳吗?"杨义臣道:"东都洛阳的政局必然会有变故,且王世充为人奸诈,难成大器。而据我所知,你与李渊本有血亲之缘在内,你们携手做强做大也在情理之中。"

勋国公杨贞道上前拱手道:"请教大元帅,按此图所示,我军为何到了魏城便没有了继续南下的意图?"杨义臣道:"我在路途中,又得到了信息:在南方,罗县县令萧铣聚众数万,正向江都扩展而去。镇守闽南的陈棱已带着三万孝兵,发誓要替皇上报仇。而被王世充灭掉的刘元进、朱燮乃有一部分余众,如杜伏威、李子通、沈法兴等人,他们聚众落草,占山为王,此时也都在蠢蠢欲动。这些对叛臣宇文化及都是一种制压和威胁,故我料定宇文化及在江都待不长,必会北上与东都朝廷争夺中原粮仓。而他们北上洛阳,除了大运渠,唯有两条道可行,一是经荥阳至巩洛,二是绕魏城下东都。荥阳巩洛一带由李密的瓦岗军和王世充的江淮军把持着,宇文化及的军队必然不敢与他们硬碰,因此也就一定会选择绕道魏城去攻占洛阳。由此,我们可以不用劳军南下,只需在聊城、魏城一线布下口袋,守株待兔,等待着

第九十九章　群雄兴兵天下大乱，义臣挂帅世民论道

宇文化及送上门来，让我们坐享其成，即可事半功倍。"

窦建德在乐寿立国号为夏，定年号为五凤，设都在乐寿后，自称为夏帝，因有二妻高氏和曹氏，故不设皇后，妹妹线娘封为永安公主。高氏之兄高士达已阵亡，曹氏之父曹旦被封为领军将军。此外，内史令孙安祖，勋国公杨贞道，右仆射齐善行，纳言宋正本，祭酒凌子肃，总管刘黑闼、徐茂公、高雅言，护军将军冯超武、甘起鹏等人，都是窦建德手下的能臣猛将，也可谓是人才济济。但窦建德总觉得自己缺少了一个足智多谋、能文能武的宰相来帮他打天下，因此他就想到了曾经引导他走上军旅的杨义臣，但他也不便勉强为了他而丢官的这位恩师。现在听了杨义臣的这番对当前时势的言论，让他萌起了一个念想，便问道："以杨公之见，西京真可能有新帝出现？"杨义臣道："我外甥女紫烟知晓天象，据她所言，紫微三垣的帝星殒落后，西北方的紫气已呈龙形，未来的帝星或将出自西北方的西京一带。"窦建德若有所悟，正想再问，手下人来报，西京有特使求见。窦建德一愣道："何能有如此之巧的事呀！我们刚说到西京，他们就来人了。"杨义臣道："且听他们说些什么，或许可从中知些端倪。请他一起来入席吧！"

西京特使刘文净，是奉西京首辅唐公李渊的指令，携唐公世子、北疆征讨使、虎贲郎将之书前来会晤窦建德的。窦建德接过书信看后递了杨义臣，道："你家二公子有如此高瞻远瞩之见，确实难得。我愿意听从他之言，联手讨贼，稳定天下。但我却不知，他何能也如此料事如神地断言宇文化及弑君后必会北上？"刘文净不无惊讶地道："你们难道也已经料定宇文化及会北上犯境吗？"窦建德笑而不答。杨义臣把信递给了窦建德后道："我听紫烟说过，皇上对你家二公子在雁门关能以少胜多替皇上解围而情有独钟，甚至还把朝中兵部尚书令的职位留给了他。此际他又能与老夫的言论不谋而合，确实是智高不在年少，看来往后的世界都是他们的了。"刘文净问道："杨公所说的紫烟是谁呀？"杨义臣不无自豪地道："是我外甥女，也是皇上册封的翠华院院主。"窦建德补充道："杨公的这位外甥女还精通天象，现在也正在吾府上。"刘文净肃然起敬地道："原来有国母在此，可否容在下拜见？"杨义臣记起了道姑的留言，立即起身请出了袁紫烟。

刘文静行过大礼后，袁紫烟落落大方地道："我曾在雁门关见过你家公子一面，也可算是故人了。烦请刘大人回去，能替我问个好。"刘文净慌忙起身还礼道："遵命，在下一定把娘娘问候之信带给我家二公子。"谁知勋国公杨贞道突然上前跪倒在袁紫烟跟前，边拜边道："不知母后驾到，孩儿拜见母后。"在场所有的人都大为

1021

吃惊，袁紫烟更是尴尬异常，一时不知该怎么才好。

杨义臣看着窦建德问道："这是怎么回事？"窦建德虽感意外，却不得不道："让袁娘娘和杨公都受惊了。但事出有因，你们见了一份东西，便可知其所以。"窦建德即招来曹氏，道："你去把替贞道保管的那份文书取来，让袁娘娘和杨公做个鉴别，或许能解其中之秘。"不一会，曹皇后捧出一只锦盒，从内取出一封书信递给了杨义臣道："这是贞道身份的信物。"杨义臣取信在手展开，见上面写着：

民女夏氏予吾有救命之恩，今纳其为妇，若日后生男，取名贞道；若生女，取名贞珍。立字人晋王杨广。

杨义臣看后把信递给了袁紫烟道："夏主的意思是，无法确认此书的真伪！"窦建德道："正是此意，所以想请杨公和袁娘娘能做个鉴定。"杨义臣又看了一眼跪在地上的杨贞道，随后道："首先我不知道此事的来龙去脉，也不熟悉皇上的笔迹。再说紫烟进宫也是近年的事，年龄也比勋国公小得多。让我们来鉴定此事，真有些难为我们了。"袁紫烟把书信送回给曹氏后道："我从未听皇上说起过此事。但你们不妨去向萧皇后或是朱娘娘做些咨询，我想如今除了她们，或许再无人能解得此中之谜了。"窦建德道："杨贞道投奔我这里才年余，我见他为人忠厚老实，且才貌双全，便想替我妹线娘招其为婿。起初我们并不知道他还有如此一个身份，是被我妹给诈出来的。我也想找机会托人去问皇上的，而皇上突然驾崩，我一时便没了其他主意，却没想到贞道如此病急乱投医，真让大家见笑了！"

此时的江都，宇文化及正在朝堂大殿上，听取手下众臣对声势汹涌的义民潮说着对策。有惶恐束手无策的，有旁顾左右而不知所言的，也有认为乱民只可抚不可压的，更有认为必须大开杀戒、不杀难以平息此乱的，这让宇文化及一时间不知该咋办才好。令狐达的主张是要派兵坚决镇压，禁军将领赵元枢却不无担忧地道："禁军将士的军心原本就不稳，现在被这些义民当众蛊惑，更是引起了他们的不满。若再让他们去杀这些义民，我怕会激起兵变。"这话让所有的人都呆住了，宇文化及更是着急地问道："安抚又安抚不了，杀又杀不得，这怎么才好呢？"封德彝道："此事不难。有言道，惹不起就躲呗！"宇文化及忙问道："此话怎讲？"封德彝另有其意地道："这么多的义民来闹事，造成军心不稳，还不如大家都离开江都北上回家。"令狐达一听就火了，凶声恶气地道："胡说八道，哪有军队怕草民的事！否则，我们这个朝廷何能再去治民？你这不是把我们都架到火上去烤吗！"元敏见新帝和宇文化及都没有吱声，便道："我也觉得，我们不能再待在江都了。"宇文智及问道："为什么！为的就是怕这些乱民吗？"元敏道："怕乱民闹事，这是次要的。现在据我所知，我们现在要面临的，既有萧铣数万之众的梁军和陈棱的三万孝兵正在向江都杀来，我们区区两万之军，何能抵挡得住他们的十万之众。而且我们所在的江都无险可守、无城可防，再加上江都府没有充足的粮草储存，全靠四周调剂供给，若各处来军把我们围困在江都，断我们的给养粮道，我们将会不战自乱，就更别说去领兵抵抗了。"宇文化及的心都凉了，忙道："听你此说，我们岂不是败局已定了吗！"元敏道："目前还不至于如此。"令狐达也急着道："你别再卖关子了，有什么办法可解当前的燃眉之急，就痛痛快快地说出来吧！"元敏道："唯有北上去争洛阳东都之地。"

一时间众人都默然了。片刻后，宇文化及突然狞笑着道："这真是人算不如天算！我原以为杀了皇上，占得江都，天下便全是我们的了。却没想到，绕了一圈，我们还得回去与天下人去争天下。早知如此，又何必当初要去杀皇上呢！想想皇上待我们宇文一家也不错啊！"宇文化及说到此，竟然放声大哭起来，把朝堂上的众臣都哭得面面相觑。令狐达吼着道："够了，够了！像个什么样子。我们还有两万禁军劲旅在手，岂能不去拼搏一下？"元敏也道："此时言败，还为时尚早。北上去争夺洛阳东都尚有不少有利可图：一是运渠沿途的城镇，皇上建有不少储粮于民的粮仓，因此我们不用担心没有粮草军饷，我们甚至还可以以此去扩充兵马、壮大队伍；二是据说王世充的江淮军与李密的瓦岗军激战未久，双方都损失惨重。朝廷有人想去招抚李密的瓦岗军，却遭到了王世充的激烈反对而没有结果。我们此际北上，既可乘虚而入，甚至还可以左右逢源。再说洛阳东都城内的守军原本就是宇文老将军的部下，现在又归宇文二公子管辖，到时去招呼一下，来个里应外合，这东都岂不就成我们的了吗！"元敏这番话，不仅止住了宇文化及的哭声，也让众人兴奋了起来。宇文化及却道："我二弟在家替父亲守灵，他是绝对不会来资助我们的。"令狐达觉得元敏此说乃是当前唯一的选择，若能杀出一番新天地来，也就大功告成了。于是也就一锤定音地道："有言道，富贵险中求。要想成大事，不冒险怎么成呢！北上之事就这么定了，大家各自回去赶快准备，能带上的都带上。三天后，文官和女眷坐船，武将上马带兵出发。"宇文智及问道："那些在城外的乱民怎么办？"令狐达道："一个字'杀'！否则我们岂能脱身。"这场屠杀，鲜血染红了炮山湖，榭湘云和王义仁被杀，上万人仅逃出了三千余人。

西京代王杨侑得知了皇爷爷被害之事，大哭了一场后，立即招来了众臣，执意要亲自带兵前往江都替皇爷爷报仇。裴蕴想起皇上对自己的恩惠，也赞成立即兴师讨伐，但见执掌西京兵权的李渊没有开口，也就没有过分强调自己的主见。李渊此际不是担忧远在江都的宇文化及的叛乱，而是近在咫尺的陇西豪族薛举的造反称帝。他虽然把自己的儿子李世民从征讨北疆刘武周的行军途中调回，改为去西域平乱了，却为一直没有得到战地的消息而担忧着。他知道这个薛举不仅是财大气粗、勇武冠人的当地一霸，而且此人也对皇上杨广重用李府来压制薛府之举而心怀不满，尤其对李渊独揽一方军权而虎视眈眈。因此薛举选择在杨广死后称帝，此举的目的就是为了与李家争权。因此他若是同意代王之见，兴兵南下讨伐宇文化及，那时西京的兵力就更为薄弱了，若是儿子不能一举剿灭西秦霸王薛举，那么等到薛举羽翼丰满，再要去剿灭他就更难了。故李渊这迟迟不开口表态就是由此而起。

代王杨侑着急地道："李大人，你为何如此沉默不语啊！你难道不赞成我带兵去替皇爷爷报仇吗？"这让李渊感到尴尬，而不得不道："非也！叛臣当诛，乃天地之理。然而薛举在天水造反称帝，则是在我们的后院燃起了一把火，我们不趁着这火势还没烧旺之时去把他扑灭了，却要倾全力去南下讨贼，我们就会两头难全，这后果就不堪设想了。因此我的意见是，等到世民有了清剿薛举的消息之后再做定论。"李渊的长子、任参军司马的李建成不满地道："为何一定要等到他回来后再做定论呢？我愿意陪代王南下讨贼，我也不需要太多的兵马，给我二万骑便可，但必须得让三弟随我同行。"李渊有点恼火，他是知道自己这个长子秉性的，貌似斯文，却夸夸其谈、好说大话，因此李渊对其所言从来没有当真过。但李渊知道，建成把元霸拉上，是想借助三弟的神力，这却又是李渊最不放心的另一面。所以李渊道："不成，不成。还是等世民回来再说吧！"殿堂上的议事也就如此搁浅了下来。

李世民西征薛举并不顺利，他率领着大军从北疆折向西疆，还未到达天水郡就遭到了薛举的伏击，损失了不少兵马。这对李世民来说是个破天荒的失利，为此李世民觉得有辱他李家的声誉，故没有向西京报告战况，而是从自己的老家弘农郡借调了两万兵马，连同自己原有的兵马在渭水边摆下一阵，执意要面对面地挑战薛举，决一高低。狂妄自大的薛举初战就大败李世民，因此对李世民又摆阵与他决战根本不放在心上，认为这是小儿玩的游戏，他依仗着自己的武功和蛮力，竟然带了百十来个亲兵就去闯阵，结果不仅他的亲兵都有去无回，他自己也受了伤才逃回了

第九十九章 群雄兴兵天下大乱，义臣挂帅世民论道

天水，没过几天便死于天水宫中，西秦霸王之位便由其儿子接任。他儿子按照薛举临终前的嘱托，不对外张扬他败给李世民的实情，却以得暴病而亡宣告于世，并且为了避开李世民的追讨，护着薛举的棺木悄然从天水撤退到了金城。李世民得知了薛举暴亡，却并不知道西秦的真情实况，但他却出于兵不伐丧的人道理念，而没有派兵去追杀，却是把重兵驻扎在天水陇西一线，防范西秦再举兵前来复仇。隋帝杨广在江都被宇文化及所杀的消息传来，让李世民感到惊愕，更让他对当前的时局产生了担忧。他把西征的兵力作了收缩，连夜匆匆地赶回了西京，他要促使朝廷做一个重大的决定。李渊得知李世民回来，立即在家里把几个儿子都叫到了跟前，道："天下动乱，势在必行。我们李家必须审时度势，养精蓄锐，谨慎而为。切不可去为一时之利，把我们多年积聚起来的气势消耗在无谓的争斗上。"李世民却是不以为意地道："我觉得天下不能一日无主，眼前该立即扶持代王为帝，没有一个能够号令天下的帝王，将会让天下的动乱不可控。"李建成却道："我们为何要去扶代王为皇帝呢！我们手中有兵权，爹爹做皇帝不是一顺百顺了吗？"李渊立即训斥道："别胡说八道。我只希望在朝中能保持我们李家的特权就可以了。"李世民道："扶持代王为帝是顺应时势，更是为了把控当局去号召天下。然后顺序前行，再审时度势而为，做到有礼有节、步步为营。过早标新立异，必会成为众矢之的。"李世民这番深谋远虑的话，让李渊感到满意，道："依你之见，我们当何为呢？"李世民道："当务之急，立即通告天下，由皇上长孙代王继承皇位为帝。随后以帝王之名发出惩处叛臣乱将的诏旨，让天下臣民都感觉到，这天下还是隋朝的天下。"李建成却道："你这是在为他人做嫁衣裳，对我们有多大的益处呢？"李世民含蓄地道："你这是鼠目寸光！你懂挟天子令天下吗？"李渊的四子李元吉道："还不如我们自己做皇帝爽快。"李渊道："别胡说，听你二哥的。"李世民道："我们现在要做的是，除了扶持代王做皇帝、号令天下之外，我们也得尽快出兵去征讨叛臣乱将。我们此举虽是做给天下人看的，但得让天下人都知道，西京的皇帝不仅有号令，而且还有出兵征战的能力和行动。"李渊有所顾虑地道："那么往后呢？"李世民道："等时局平定之后，冉来逐个收拾各方诸侯，不能让他们养大为患。"李建成道："爹爹，让我领兵去征讨叛臣乱将之事吧！你不能什么好事都让二弟去做。以后论功行赏，我岂不亏了吗？"李元吉也急忙道："我也去。让我跟大哥一起去吧！"沉默寡言的三小子李元霸，瓮声瓮气地道："你们都去了，我咋办？"李建成马上道："你跟我去，大哥不会亏待你的。"李世民不放心地道："三弟还是在家里陪爹爹吧！"李建成不满地挑拨着道：

"三弟,你二哥不让你跟我去,该不会是怕你的功劳大过他吧!"李世民怒了,道:"大哥,有你这么说话的吗?我是想到了三弟师父叮嘱的那句话,怕他万一遇上把持不住,岂不有违师命吗!"李建成不以为意地道:"天下那么大,哪有这么巧的事?而且我也从没看到过,有人在使这种叫混金铛兵器的人。如果真有这种人,我会盯着他,不让他们交手罢了。"李世民到此也就无话可说了。

代王杨侑在西京继位,即是史书上的恭帝。他尊杨广为太上皇,谥号为炀帝,定都长安,年号义宁。封李渊为唐国公、授太尉大司马职,总揽朝政。授李建成为征讨特使、李元霸为无敌大将军、李元吉为平南大将军,一齐奉旨领兵讨贼平乱。授李世民为征西大将军,继续领兵讨平西秦叛乱。授裴蕴为光禄大夫,其他的人也都各有封赐。恭帝同时派出了特使分别前往东都洛阳、北疆燕云、闽南福州、南疆岭西、西域等地颁发恭帝诏令,通令天下臣民一起讨伐叛臣乱将宇文化及。

第一百章
傀儡四帝难挽国运，治儿复仇萧后归唐

风风雨雨几世秋，缠缠绵绵总有休。帝王将相恩怨事，史料传说各有求。隋帝杨广之死，不仅他本人始料未及，更是天下世人都难以想到。其一，因为他正当年盛；其二，隋朝当年的国力还未真正衰退，他虽不常在京城，却还能左右朝政，各地诸侯还不敢明目张胆对他有所不恭，天下百姓除少数人外，绝大多数尚能食有餐、衣裹体，安居乐业。因此，隋朝大乱的起因是杨广死后，无人能镇得住各地有势力的豪门和拥兵的诸侯，正是这些人把隋朝解体，而非所谓的民众百姓。

腹无半点文墨、胸无丝毫壮志大谋的宇文化及，听信谗言，怀着执念，凭着一时之意，匆匆忙忙杀了有恩于他们一家的隋帝杨广，仅是沉迷于自己的肉欲之中，却全然不知往后自己还该做些什么，以至于自己顶了个天大的弑君谋逆罪名，却成就了令狐达狼子野心的复仇之念。如今又在令狐达的主使下，带着一帮人匆匆从江都向北而去，临走前还把江都郡城洗劫一番，留下的江都一片狼藉、哀鸿遍野，人心惶恐，夜不敢出户，纷纷逃离，十室九空。江都行宫也是人去室空，整个宫廷好似豪宅被洗劫之后那般荒凉、恐怖。往昔里外三层戒备森严、人来人往的情景已不复存在，留存的仅是门庭四开、无人看管，入夜更是阴风串户、死气沉沉，一派让人心惊胆战的光景。庭院里，水浸紫苔，风拂铁马，阴森森好不凄凉，尤其是在正宫这流珠院黄土垄中的隋帝杨广和朱贵儿土堆坟前，天上星光惨淡，四周漆黑一片，既不闻人声，更不见人影，还有谁能记得，在这堆黄土垄中埋葬的，却是一位曾经叱咤风云、征战南北、力排众议、执意而为，让天下增添了许多史无前例的壮举，怜香惜玉、嫔妃成群的帝王！

远处寺庙的更鼓闷闷地响了两下，似乎敲开了天庭的大门。多情的月亮，从云层中露出还未睡醒的半个俏脸，把带着寒意的光亮洒向大地，为黑暗中的人间添上一层灰蒙蒙的色彩。一个身影丰满、提着一只包裹的女子，在这片朦胧中向黄土堆走来，人还没走近土堆，就听到了她的唏嘘声。她来到黄土堆旁，竟然不顾一切地

扑到土堆上,边哀泣边哭道:"圣上、圣上,没想到,来江都,你送我们回家去省亲的一别,竟然成了永别!早知如此,你哪怕是让我去死,我也不会离你而去的。你是我的天,天塌了我还活在人间有何意义?圣上啊!你以前答应过我,等到你空闲下来会陪我去家乡观看绣坊。可如今你匆匆地走了,你让我怎么去对绣坊的姐妹们说呀!这个苏绣坊可是你让我办起来的啊!她们也是你让我手把手教会她们手艺后,从我积珍院出去把苏绣光大、传承四方的姐妹。圣上呀!姐妹们知道你喜欢吃我们苏州的豆干,她们特意让我带了许多回来,让你和宫中姊妹们品尝。可我回来之后,却再也见不到你了,也没见到一个姐妹。是你们都不要我了吗!圣上,往后,你让我该怎么办?"哭泣声渐渐变弱,天上的月亮也似乎被这哀哭声感染得不忍心再看下去,躲进了云层里。这空旷的流珠院,越发显得阴沉。凉风吹打着窗户,好似幽灵在发出吱吱的叫声,令人毛骨悚然。然而趴在土堆上哭泣的女子,却全然没了声息。

正宫进入流珠院的门洞处闪烁出一盏亮着微光的灯火,好似有一个幽灵在向土堆游来。借着这道微微亮的灯光,可以看到有两个苗条的身影在微光中晃动,还隐隐传来她们的说话声。一个含着悲泣的声音道:"我到现在都无法相信,圣上已经离我们去了。他把我们送上车时的音容笑貌还在我眼前晃动着,你让我怎么能够相信,他跟我们已经阴阳两隔了。云芬姐,我们这次是不是不该回去探亲呀?我们都在圣上的身边,这歹徒或许也就没这么大胆子了。"刘云芬用嘶哑的嗓音愤愤地道:"梁文鸾,你是哭傻了还是咋的,你没听说吗!这歹徒不是别人,是萧皇后跟前的大红人。我们留在这里也会跟雅芸姐、贞娘妹妹们一样下场的。圣上把我们送走,是我们托了圣上的福,没有圣上又何能有现在的我们。我已是定下心来了,此生再也不离开圣上了,哪怕他是一堆黄土,我也会陪他到终老的。"

两人来到土堆旁,举灯一照,却发现在坟堆上已经躺着一个人。两人慌忙上前扶起哭晕过去的人,不由得同声喊道:"凤琴姐,快醒醒呀!"两人慌慌张张地给秦凤琴捶胸拍背,许久,秦凤琴"哇"的一声吐出一口气,一时间三人抱成一团,也大哭起来。哭声虽然低沉,却在这阴森森的黑暗间传递得很远,不仅让人感到凄惨,而且更令人震撼。蓦然间,在漆黑的夜色中传来一个尖细的哭泣声,这声音好似拉开了江都城内哭泣的大门,先是几声,接着是一片,随后便是一阵接着一阵,好像整个江都府都陷入哭海,到处都是哭声。

黄土堆前又来了几个人影,她们是晨光院的吴降仙,影纹院的狄珍珠,仁智院

第一百章　傀儡四帝难挽国运，治儿复仇萧后归唐

的柳绣凤，宝林院的石筠情，如意院的袁宝儿。除了仪凤院的巧手女红陈菊香，以及独自出行的袁紫烟之外，杨广送回乡去省亲的院主，都不约而同地如期回到了江都行宫。然而，等待她们的不是行宫内的欢乐融融，也不是与夫君隋帝杨广小别重逢后的温馨和亲密无间，相反，迎接她们的却是一片哭声和触景伤情的悲哀。江都城内四周传递着的哭声，虽说各有各的哀伤之情，却也像是在为这些伤心的院主们伴奏，但这一切全是对这场动乱的哭诉。怨谁呢？是怨隋帝杨广不该来到江都，是怨萧皇后不该纵欲不成去刺激宇文化及，还是怨令狐达这个幽灵不死而起的报复之念，或者是怨天意所归、天命不可违！但不管如何埋怨，杨广难辞其咎却是必然的。因为，水有源，债有主，谁叫他是隋帝杨广、隋炀帝呢！

然而情为何物，虽然谁也说不清楚，但此后的实情是：众院主中，秋声院院主海棠仙子梁文鸾在江都行宫自己的院内上吊而亡；如意院院主菊花仙子袁宝儿投河自尽；积珍院院主茉莉仙子秦凤琴为承继杨广之愿，返回故乡继续办绣坊，把传统苏绣发扬光大，奠定了隋朝之后、唐朝苏绣的蓬勃发展，为丝绸之路增添着无与伦比的色彩；其余的几位院主，晨光院院主迎春仙子吴降仙、影纹院院主碧波仙子狄珍珠、仁智院院主梨花仙子柳绣凤、宝林院院主梅花仙子石筠情，在文安院院主百合仙子刘云芬的带领下，执意留在江都行宫为杨广守坟。

三日后，孝兵首领陈棱将军赶到江都，正遇上梁王萧铣的军队逼近，两军相遇交战。萧铣从各处拼凑聚合的一伙杂牌军，哪能敌得过训练有素、同仇敌忾、如狼似虎的陈棱孝军，故一战即溃，被逼退到了江陵。最后，萧铣在唐军兵临城下无奈之中，虽投降了唐朝李世民，却又内心不服，在私下口出狂言被人告发，结果被李渊下令斩杀于都市。萧铣之事，笔者在此表过，不再提及。

陈棱在稳定了江都周边的战况之后，也收到了西京代王登基为恭帝的消息，便亲自来到江都行宫，在杨广坟前焚香祭奠，又行见君之礼，参见了守坟的众位院主，并提议把隋帝杨广和朱贵儿的木箱迁往吴公台，用上好棺木重新安葬。在迁坟入葬那日，打开木箱，竟然发现杨广与朱贵儿拥抱在一起的尸体栩栩如生，令人大为感叹。陈棱亲自执笔为墓碑写了"隋炀帝偕夫人贵儿娘娘之墓"。同时，陈棱又为这些守坟的炀帝未亡人在吴公台旁建造了一座"忆恩庵"。宝林院院主石筠情亲手画了一幅杨广的肖像，悬挂在"忆恩庵"的正堂内，院主们常在画像前打坐习经。而那个归期未返行宫的仪凤院院主莲花仙子陈菊香，是因病不能赶回江都，她在得知隋帝杨广死讯后便绝食殉情，亡于家中。此后，陈棱挥师北上，追击宇文化及的叛臣乱

1029

将,以实现为隋帝杨广报仇的心愿,直至得遇李世民而率军归唐,实现了其一生的忠孝仁义之愿。

说完了杨广江都后宫众院主的这些事,再回过头来说叛臣乱将宇文化及一伙撤离江都,西进北上去争夺东都洛阳之事。秦王杨浩是个没有主见之人,被这伙叛臣乱将捧为新帝,却是傀儡一个,既做不得主、又下不得旨、更没人会听他的,故而他只能听从仆射宇文智及的指令,让他向西,他就得向西;听从御史令狐达的旨意,让他向东,他就得朝东。因此,当大宰相宇文化及说要撤离江都回东都洛阳,他也是如此听之随之,反正到处都是一样,他跟着他们走就是了。然而在这场撤离江都中,杨浩虽然坐上了皇伯父杨广曾坐过的大龙船,可眼中看到的四周却是一片混乱和无序:官员们争先恐后登船的慌乱、女眷们拖儿携女的狼狈、将士们如狼似虎地抢夺民船、当地民众追着抢夺他们财物的士兵怒骂哭泣。这一切,哪有一丁点像是跟随着皇伯父初来江都时那般风光灿烂!新帝杨浩含着泪合上了眼睛,却在心里默默思念着再也见不到的皇伯父。

宇文化及拥着萧皇后也坐在这条曾经是杨广乘坐的大龙船上,他也想感受一下杨广乘坐在船上的心情。然而他想来想去,却体验不出杨广当时坐在这条至高至大的龙船上有些什么样的心情,而不得不问坐在身旁的萧皇后,道:"你当时跟皇上乘坐这条龙船时是一个什么样的心情?"萧皇后的心被这问话刺痛了,她狠狠瞪了宇文化及一眼后,道:"你什么话不好说,却要问这种话。该不会是诚心想要让我难堪吗?"宇文化及愣住了,不得不讪讪地道:"我仅是想体会一下,当时皇上跟你一起乘坐这条龙船时的心情。"萧皇后没好口气地道:"你只配骑着马在岸上跟着船走。你不可能有他那种宽广的情怀,你也不配拥有他那样的情怀。如今我虽跟你乘坐这条船,有的却只有悔恨!"萧皇后的眼中蒙上了泪水。宇文化及惊讶地问道:"悔恨!为什么要悔恨。我们现在不好吗?"萧皇后恨恨地道:"我恨自己成了你们的帮凶,既害了皇上,更让自己从此后成了天下的罪人。"萧皇后哭出了声,那泪珠像断了线的珍珠一样成串地滚落而下。宇文化及不高兴了,他一下站直了身道:"什么罪人不罪人!我是明白了,我现在还不是皇上,所以我不配与你这个皇后待在一起坐这条龙船。你就等着吧,等我夺了东都,我必废了这个皇帝,自己来当。到那时,我看你还有什么话可说。"天下没有任何药可治后悔,萧皇后的后悔也挽回不了天下大乱的局面,因为目前已经没有一个人能控得住这场乱局了。

宇文化及的乱军沿着大运渠一路北上,岸上数万人的军队逢村荡村,遇镇夺

第一百章　傀儡四帝难挽国运，治儿复仇萧后归唐

镇，迫使各郡县府联手组军自卫，也就又形成了众多的地方山头势力，苦了这些遭受此乱的百姓。更有无家可归的乡民上山落草为寇，助长了江南反隋的烟尘越刮越旺起来。李子通、沈法兴、辅公祐、杜伏威等人也纷纷趁机聚众抢地盘，先后称王。宇文化及的船队来到了彭城郡地域，因河道被堵塞，只能弃船上岸。一时间，乘船的官员无马可骑、女眷无车可坐，而不得不四下向乡里村民征借车马，甚至把耕牛也抢来当作坐骑和拉车使用，这也促使宇文化及所管辖的禁军涌动起了反叛的情绪。已逝的欧阳若兰和麦铁杆之子、禁军将领虎贲郎将麦孟才，本就对宇文化及杀害皇上怀着仇恨，却因身在异乡、势单力孤难以成事，故而一直忍耐着。如今见其他将领也涌起了对上司的不满之情，便在暗中串联了几个谈得拢的将领：虎牙郎将钱杰、折中郎将沈德成等人达成共识，准备在途中伺机行刺令狐达和宇文化及、宇文智及三人，替皇上报仇。谁知事不机密被泄密，遭到令狐达的杀害。这些乱局之账，也就难免不算到了隋炀帝的身上。

乱哄哄的叛臣乱军行至巩洛境内，遭到了李密军队的设伏拦击。令狐达带领的一批官员陷入了李密的包围中。令狐达眼见自己的部属不仅势不敌众，而且宇文化及指派给他的那些部属禁军根本毫无斗志，还纷纷缴械投降，他知道大势已去。他想到了自己与李密在杨玄感府上共谋的交情，决定先下马投降，再设法脱身，便带着这些官员将士一齐束手待缚，其中也包括了元敏、裴矩、封德彝等人。李密没想到原本被称为朝廷最精锐的禁军铁甲骑士会如此不堪一击，自己初战就收获了如此战绩，足可以向洛阳的朝廷去邀功请赏了。因此，李密指派了大将军邴元真率队，押解这批降官降将先行去向东都朝廷报战功，他自己则带领部下继续去追击宇文化及的乱军，期待能够一举把乱军消灭干净，将乱首宇文化及擒拿归案。

然而此际的东都洛阳城，在王世充别有用心的煽动之下，几位辅臣一致同意，确立了不遵西京恭帝之命，由越王杨侗嗣皇帝之位，尊先帝杨广为太皇帝、萧皇后为太皇后、定都洛阳、改年号为皇泰、授元文都为内史令、王世充为大司马、在外征战的李密为仆射，赐段达、樊子盖为纳言，共同执掌朝政，完成了帝位的更迭。王世充肯如此屈尊第二并非本意，他知道自己虽然身为大司马，却是受着内史令和仆射的掣肘。但他知道只要军权在手，以后一定会有机会总揽朝政的。因此，王世充对邴元真送来的战俘不仅照单全收，还说服邴元真归顺于他，这却是李密所始料未及的事。

宇文化及得知令狐达和自己的一批官员被李密的瓦岗军劫持，既惊恐又慌乱，

1031

立即下令自己的三弟宇文智及和四弟宇文成及要不惜一切代价去把他们营救出来。他自己则带着萧皇后和司马德勘、赵元枢等将士在济阴郡长寿宫等候消息。宇文智及依仗着自己四弟宇文成及的英武神勇，有恃无恐地去迎战李密趁势而来的得胜之军。而李密的部下却没有领教过宇文成及的厉害，结果是两军对阵，李密手下的三员大将杨德方、蔡佑仁和孟让都惨死在了宇文成及的铛下，而且全是一铛毙命。王伯当连发三箭都被宇文成及挥铛击落，惊得李密带着王伯当掉转马头逃命，战场上的形势立即被扭转了，宇文智及便挥兵乘胜追杀。李密带着残兵败将逃至洛阳城下，却被王世充拒之门外，不得入城。李密眼看着追兵渐近，无奈之下便避其锋芒，向西逃窜，并期待着追兵能够前去攻城，不再来追杀他们。然而李密并不知道，这身后的两个愣头煞星除了要追杀他们之外，还有另一个使命是要讨回被他们俘虏的令狐达和那批官员。因此，李密和王伯当在前面慌不择路地逃命，宇文智及兄弟俩在后面拼命地追赶着。

笔者在这里不得不又要掉过头来说一下，李建成带着李元霸和李元吉奉恭帝圣旨率兵出征讨伐叛臣乱民。他们这一路上不像是去上阵杀敌，却是虚张声势、耀武扬威地走走停停行进着，因此走了这么多天，方才走到洛阳境内。这天，李建成带着两个兄弟和手擎隋、李大旗的将士行至一片山丘地，刚出山坳，便看到一小群人在被一大群人追赶着朝他们奔驰而来。被追赶的人正是李密和王伯当，后面追杀的就是宇文智及和他的兄弟宇文成及一伙。李密见前面来了一队官军，一看旗号便知道是西京派出征讨叛军的将士，不由得喜出望外，立即奔驰上前求救。李建成没想到叛军会送上门来，立即摩拳擦掌地整队立阵迎战。宇文智及见自己的手下败将有人接应，也就毫不在乎地驰向前来道："快些逃入你们阵中人还给我，否则我把你们也一锅端了。"李元吉抢着答话道："你们这伙叛臣乱军竟然敢如此嚣张，你们知道我们是谁吗？学乖点，就赶快下马受降，我们可以免你们死罪。否则格杀勿论。"正追杀得性起的宇文智及哈哈大笑道："你这个乳臭未干的小子，竟然敢跟你爷爷叫板。我再说一遍，快把逃入你们阵里的人交出来，否则我定让你们玉石俱焚。"李建成却有恃无恐地把手中的长刀一扬，道："你以为，爷爷我是被吓大的吗？有种的你就放马过来，我三个回合就可把你拿下。"宇文智及也是个银样镴枪头，见对方发话强硬，不免有些心虚，但却因有着无人可敌的四弟做靠山，也就故作姿态地道："对付你这种草包，岂要用你爷爷我动手吗？"随即宇文智及把手一挥道："四弟，你替我去教训教训他们。"宇文成及便手提混金铛拍马出阵。李建成也想拍马迎战，却被

第一百章　傀儡四帝难挽国运，治儿复仇萧后归唐

躲在帅旗下的王伯当提醒道："大意不得，此人武功厉害，只能智取，不可力敌。"李建成踌躇了，他不由得看了一眼身旁的三弟，低声道："他们派了个副将出场，此战不如你去吧！"李元霸早就心头痒痒、跃跃欲试了，只是碍着二哥的嘱托而一直忍耐着。此刻见大哥发话让他去出战，岂不正中下怀，立即从马背上抽出两柄斗大的铁锤，双腿把马一挟冲出阵去。

李元霸与李建成、李世民、李元吉并非一母所生兄弟，他仅比李元吉大了数月，但体态却远没有李元吉高大强壮。据说当时其母在怀李元霸时，妊娠反应特别强烈，不仅吃不下东西，睡不好觉，而且还常常做噩梦，请了许多名医，吃了许多药也都治不好，甚至其母过了临产期还没有丝毫要生的迹象，这不能不让全家人都感到诧异和不安。直至一天府上来了一位佛陀，得知宅中有如此之事后，仅是入内宅看了一眼，便围着宅子念了一天的经文，第二天其母便产下来一个血球，佛陀一剑破开血球，取出一个男婴，并给他取了个名字叫元霸，随后又主动要求能够让他领养这个小子十年，以便诊治他的邪气。十年中，元霸的生母已逝，十年后，佛陀果真带着元霸回到了李府，临走时留下几句嘱咐道："此儿并非是异类，却因其授法枷在身不得自由而已。此番降世也是一劫，但家人只需记住一戒，令其在有生之年，不得伤害执混金铛兵器之人，便可一世善终。切记切记！"

李元霸沉默寡言却力大无穷，还常帮府中下人做粗活重活，人缘极好。在兄弟中，他尤与二哥李世民合得来。李世民见他体形虽小，双臂却有使不尽之力，便在教他习武功时让其自己挑选兵器，可他左选右选都觉得太轻巧，没有他中意的兵器，于是李世民便把他带到了朝廷的兵器库去，他一下便选中了一对生了锈的大铁锤，一称分量，每个竟然有百五十斤，但这对铁锤到了他的手上，却好似孩童手中的玩具那样被他耍得团团转。于是李世民替他选了匹纯种的三河马作脚力，还为他专门请了师父传授锤法，谁知他一学就会，竟然还过目不忘、触类旁通，在军中与人比试，上百人都不是他的对手，令其父亲李渊为之惊喜。但李世民却一直记住了佛陀的话，不轻易让他独自外出和上阵去与人争斗，以免他遭到灾难。李建成这次让他跟着外出，本是为了壮胆的，却没想到要让他上阵。但临阵面对现实，李建成又不得不改变了主意，觉得让他去试试身手也未必是坏事，况且十八般兵器中也没有叫混金铛的器械，更就别说是谁都没见过混金铛是什么兵器了。在一旁观战的李元吉见大哥让三哥出战，虽感有些不妥，却又觉得好奇，但见到对方出战将军手中的兵器有些奇怪，不免有些担忧，便催马上前拦阻道："你俩暂缓交手。"随后又冲

着对方询问道:"你手中使的是啥兵器,我怎么从来都没见过?"宇文成及不耐烦地道:"你管我是什么兵器啊!简直是少见多怪。快闪开,要不然我连你一起打下马来。"此话吓得李元吉调转马头就跑回了阵去。李元霸并不搭话,仅是把手中的双锤举过头顶扬了扬,示意对方放马过来。宇文成及见对方不仅人矮小,骑的又是匹矮脚马,不免轻蔑地道:"小鬼头,你手中的锤是木头的,还是用纸糊着来吓唬人的?"李元霸把双锤互相碰了一下道:"你上来试一下不就知道了吗?"此话激怒了宇文成及,他手舞兵器拍马向前,对着李元霸的头顶就是一铛泰山压顶,李元霸左手举锤迎铛,锤铛相撞的瞬间,火星蹦跳,哐咣一声巨响,宇文成及的手臂不仅被震得发麻,而且握着铛柄的双手虎口被震得鲜血直流,疼得他哇哇大叫着。然而李元霸不容宇文成及还手,右手挥锤砸向了宇文成及和他的坐骑,可怜的宇文成及连反应都来不及做,就与坐骑被铁锤砸得血肉模糊,呜呼哀哉了。如此神速快捷的交战结果,看得双方将士都目瞪口呆,许久回不过神来。还是宇文智及阵中的人首先喊出声道:"快跑呀!再不逃都要没命了!"喊声提醒了众人,逃命出于本能的反应尤为迅捷,人群转身逃跑,好似决堤的水一样疯狂且神速,连宇文智及的马一时间也跑不过这些人。

然而得胜的李家三兄弟不仅没有兴奋和疯狂,而是愣愣地看着前面疯狂奔逃的人,谁都没有放马去追赶。李元霸是因为从来没有如此轻而易举地把对手打死而在发呆;李元吉却总感到此事有些不妙,因为他在怀疑对方的兵器会不会就是三哥的克星混金铛;而李建成则是没想到,这个三弟竟然会有如此大的本事,二锤就定了胜局,往后该怎样利用这个三弟去为他打天下。在阵中的李密见打了胜仗的这三个领军将军不去乘胜追击,便情不自禁地喊道:"叛军逃了,快去追呀!"李建成醒悟过来,立即指挥将士出兵追赶叛军。可是不等他们跑出一箭之地,天上乌云四起,片刻间四处就变得天昏地暗,而且电光闪烁、雷声隆隆,好似马上就要降倾盆大雨一样。众将士被眼前的情景惊吓得收住了脚步,李建成也勒紧了马缰绳,不敢再向前去追赶。李元吉见电光不住地在头顶上闪烁,而闷闷的雷声又接二连三地向着走在前面的三哥头顶上打着,李元吉着慌地冲着李元霸大喊道:"三哥,你找个地方躲一躲吧!"李元霸被这老是在自己头顶上炸开的雷激怒了,一道闪电亮起,他见前面有个高耸的土丘,立即驱马奔上土丘的高处,举着手中的锤,指着天喊道:"瞎了你的势利眼,为什么净往我头上打雷?我已经忍让许久了,你以为我真是那么好欺负的吗!你若再敢往我头上打雷,我也要反击了。"谁知此话刚出,漆黑的天

第一百章 傀儡四帝难挽国运，治儿复仇萧后归唐

空，一道闪电过后，一个火球向李元霸飞来，李元霸毫无惧色地把右手的锤对着火球砸去，随着火光四射，轰隆一声巨响，在半空中显出一个怪兽般狰狞的光影，李元霸随即又把左手中的锤砸了上去，光影消失了，铁锤却从半空中对着李元霸砸了下来，把李元霸和他的坐骑砸成了肉饼。此后仅片刻工夫，天空便烟消云散放晴了，留在山丘顶上的则是李元霸和他坐骑的尸骸。隋军目睹了这一场变故，都吓得再没有了追杀的斗志，而李建成和李元吉知其中的原委，故只能收拾起兄弟的遗尸，带着李密和王伯当的残兵败将，收兵回西京去报丧了。李密和王伯当投唐之后，李密不满有职无权的现状而起叛心，在河南邢公山被唐将盛彦师设伏，结果连累王伯当一齐被处死。

宇文智及把四弟之死和由胜到败的过程对大哥宇文化及说了一遍，心无斗志的宇文化及为了避实击虚、保存实力，不得不绕道折向魏郡去夺取东都洛阳。宇文化及的这支乱军一路上如此折腾，不仅宇文化及这些首领感到累了，而且其手下的将士们也渐渐地越来越没有了取胜的信心，更有人趁着离家近的机会偷偷逃离回了家。因此当宇文化及行至魏城时，有许多将士不愿意再向北走。宇文化及不得已决定暂住休整后，再一鼓作气去夺取洛阳。而此时宇文化及还有着一个心愿要去实现，他要去废掉新帝秦王杨浩，自立为皇帝。宇文智及对此当然全力赞成，但却引来了司马德勘和赵元枢的反对，他们认为大事未成，却又要去废皇自立，必会引起军中更多的动乱，也会引起一些隋朝留用旧臣的不满。这让宇文化及大为恼火，便听信了宇文智及的计谋，决定让裴虔通去诱骗司马德勘和赵元枢予以斩杀，去除不和谐之声。结果此计行使途中，赵元枢被杀，却被司马德勘逃脱。于是，宇文化及便在魏城杀了新帝杨浩，建立许国，自立为许帝，封萧后为皇后，任宇文智及为大宰相，裴虔通为大司马，终于圆了他做皇帝的梦。

杨义臣与窦建德屯兵聊城，等的就是宇文化及取道魏城自投罗网。杨义臣早在魏城布下了眼线，不等宇文化及过足皇帝瘾，就围住了魏城，杀了裴虔通，瓦解招降了乱军，没损一兵一将地生擒活捉了宇文化及兄弟俩，也把醉生梦死、度日如年的萧皇后请到了夏主窦建德的跟前。窦建德虽以国母之礼见了萧皇后，却被萧皇后的风姿神韵惊住了。他没想到人已到中年的萧皇后竟然还有如此绝色佳态，若以徐娘半老、风情更盛之话去形容她，不仅一点也不为过，还可以说是有过之而无不及，因此把窦建德搅得心头痒痒的，但却碍着部下的众目睽睽，而不得不对萧皇后以礼相待、好言安抚，并把她用辇车送到乐寿，交付给夫人好生款待。随后，窦建

1035

德在聊城为隋帝杨广设了衣冠冢,并设台带领随军将士祭拜过之后,由袁紫烟在杨广的衣冠冢前下令斩杀了宇文化及兄弟俩,了结了这两个恶徒的一生。窦建德在料理完魏城之事后,决定带着众将班师回朝,设宴庆功,再图后事。

然而此际洛阳城内却出现了一件怪事。已经投靠了王世充,并被委以随军司马的令狐达和元敏,在一天夜间竟然同时被人杀了,他们没了头颅的身躯被挂到了洛阳南门的城墙上,还在他们尸身旁的城墙上用鲜红的血写着:弑君恶行,狼心狗肺!如此腥人眼目的留言,无不让人触目惊心。一群秃鹰围着这两具尸躯在天空盘旋着,围观人络绎不绝。更有人觉得,能够把这两个五大三粗当官的人,悄无声息地悬挂到城墙上去暴晒喂鹰,又能在这么高的墙上用鲜血写上这么些话,没有天大的仇恨,没有高超的武功,绝难做得如此淋漓尽致。一时间,此事成了洛阳街谈巷议的热事,却不能不让王世充感到心惊肉跳,他甚至不敢从南门进出。三天之后,才下令让人把已被秃鹰啄得只剩下骨架的尸体从城墙上取下埋葬,才让人搭上架梯去清洗城墙上的血字,并且还怀疑这是元文都一伙对他专权朝政、招降纳叛的警告,也就让他定下了对元文都的杀机,而那些投降他的瓦岗将领却对他心存不满、离心离德起来。

弄权之人当自己的权限受到威胁时,他是不会轻易置之不理的,王世充如此,元文都又何尝不是如此呢?元文都联络了段达、樊子盖等人,准备借皇泰帝杨侗的名义,招王世充入朝进宫议事时将其捕杀。可谁知,段达把此事暗中报知给了王世充,结果王世充先发制人,发兵围住了朝堂,逼迫皇泰帝杨侗交出元文都和樊子盖,杨侗无奈交出了元文都,却让樊子盖逃走了(樊子盖在已经投奔了唐公的宇文士及引荐下也投了李渊)。王世充则借此机会,不仅杀了元文都,还杀了皇泰帝杨侗,并建国号为郑,自立为郑帝,定都洛阳,封段达为内史令,裴矩为仆射,封德彝为纳言,又一个乱中之国诞生了。

与此同时,西京也演出了一场逼恭帝逊位于李渊的宫变,只是没有王世充那般血腥,过程也没有东都那般复杂罢了。李世民平了西秦之后回到西京长安,根据刘文静收集到的各地军报分析得知,他想挟天子以令诸侯的韬略,已经起不了作用,各地诸侯都纷纷揭竿称王,西京恭帝已经失去了对局势的掌控能力。东北的罗艺在燕郡建燕国,称燕王;山东王薄在齐郡建齐国,称济宁王;湖南的萧铣在江陵建梁国,称梁帝;江淮的杜伏威在历阳建吴国,称吴王。而此时大哥李建成和四弟李元吉回来却告知了三弟的死讯,一家人悲伤之余,李世民认为要想把当前的乱局全部

第一百章　傀儡四帝难挽国运，治儿复仇萧后归唐

控制住，必须得以武治武，那么废帝自立已成了必然之趋势。于是他便召集了自己亲信部下，在征得了大家的拥戴之后，才由刘文静出面去逼迫恭帝杨侑逊位，并把自己的父亲李渊推上了皇位，以唐为国号，改义宁二年为武德元年，追谥隋帝杨广为太上皇、谥号为隋炀帝，授杨侑为鄌国公，立李建成为太子，封李世民为秦王，李元吉为齐王，追封李元霸为安国公。赐裴寂为右仆射，刘文静为御史纳言，窦威、萧瑀、裴蕴为内史令，所有隋朝的官员一律量才留用，并应刘文静的推荐，授杨义臣为大将军，聘袁紫烟为秦王妃，由刘文静出面去邀请两人入朝。由此，西京的改朝换代就显得比较平和，在朝里朝外也就没有让人感到太多的不安。秦王李世民在料理好了朝政之后，制定了：东联燕夏，平定东北；西稳川藏，巩固西南；随后发兵洛阳、再南下去逐鹿中原，争夺天下。

　　夏主窦建德凯旋回到乐寿之后，在宫内大聚宾客，设宴庆功，并让自己的二位夫人和妹妹线娘，以及袁紫烟在侧殿设专席宴请萧皇后。在窦建德的心中认为，若能把袁紫烟留住，再加上萧皇后，他的后宫可就蓬荜生辉了。随后自己让这两位国母与他的二位夫人和妹子和睦相处，让他可以在这五人之间游刃有余，既不失家庭的和睦，也不失他的体面，还能让他随心所欲，岂不是此身为帝最甜美的事吗？然而，窦建德却没有想到，这五个女人却是各有心计。

　　许氏自哥哥战亡之后，已看淡情欲，与世无争。曹氏排行在许氏之后，却出身卑微，虽说有夫君夏主的宠爱，却受着夏主妹妹线娘的掣肘，所以行事说话都得瞻前顾后去应对。现在她见夫君把如此一个娇美的大隋皇后带了回来，还让她好好款待，她也就明白了其中的含义，这不仅让她心头添堵，更让她感到了往后自己地位的岌岌可危，但她又不能不违心地去按夏主的吩咐去应付着。线娘本不想参加这种不自在还得赔着小心去应酬的吃喝，因为她喜欢的就是跨马舞刀、弯弓射箭，酣畅淋漓的作为，但是为了维护兄长的尊严，她不得不去应酬。而线娘心里也很是明白，新来的这个皇后却是个祸害，不仅害了大隋皇帝，也害了为了她而去弑君造反的许帝，若自己的兄长也因此而入迷，这就是她的不幸了，因此她不能让她留在自己兄长的身边。袁紫烟在杀了宇文化及弟兄俩，替夫君杨广报了仇之后，本想随舅父返回夏雷泽，从此去过清修的日子。然而她与舅父一样，经不住夏主一而再热情的邀请，只能随同众人一齐来到了乐寿，准备应酬完这场庆功宴之后就告辞回乡。因此她对这宴请乃是一种无奈的礼节，却没有其他任何的想法。

　　萧皇后自从眼看着宇文化及一伙人杀了皇上和贵儿，又亲眼看见着留在后宫

内的院主们一个个悲惨死去，她的内心说不出是什么滋味。然后对宇文化及一刻也离不开她的感受却是明白的，这也是她唯一感到可以欣慰和成功的事。她甚至还想到，这个小男人为了她的一句无意之言，竟然敢弑君谋反，犯下如此无法无天的滔天大罪，真让人有一种"冲冠一怒为红颜"而不能不令人刮目相看之感，由此还让她感到了自己的魅力，似乎觉得为此而付出也就值了。因此，她也就浑浑噩噩跟随着宇文化及过着醉生梦死的日子，直至被人用刀枪押着来到了这个正当年的夏国国主跟前。萧皇后原以为自己的日子到尽头了，因此她便心死如灰地等待着被羞辱、被处决。但是她凭着本能，从夏主盯视她的目光中看到了一丝光亮，甚至也燃起了她心头即将熄灭的火花。果不其然，她被用专车送到了宫里，也就让她明白了一个女人的价值所在，甚至幻想起了往后要走的路。然而让她没想到的是，竟然会在这异地他乡得知，杨广还有一个私生子杨贞道，而在夏主的家庭宴席上，又遇见了由她一手扶持成为杨广红人的袁紫烟，这似乎让她找到了可以倾诉衷肠的人，紧张的心情有所松弛。

此刻，萧皇后见大家都默不作声，似乎在等待着她开口说话。便想了想道："未亡人承蒙夏主能够如此款待，心中实感不安，一时间都不知该说些什么了。"窦线娘一听就来气，道："你这个未亡人，指的是哪家的未亡人呀？"萧皇后的脸一下涨得通红，她当然明白自己本意要说的是"隋帝的未亡人"。但是这里的主人要去曲解，她又有什么办法呢？萧皇后眼中溢满泪水。曹氏怕得罪萧皇后，被其到夏主跟前进谗言，道："今天是喜庆之日，就别再用未亡人来说事了。"袁紫烟却含蓄地道："我明白萧皇后的意思，她所指的未亡人是指炀帝的未亡人，而我也是炀帝的未亡人。然而这是名正言顺的事，没什么可回避的。至于其他的未亡人之称，却是名不正言不顺的丑事，所以萧皇后岂会把这种羞于出口的事往自己头上套呢！"此话似乎在替萧皇后分辨，却无疑是在揭萧皇后的短，让萧皇后有口难辩。线娘却当仁不让地道："什么是自己往自己头上套呀！自己送上去的事，别人能强加得了吗？自己做都做了，还要在乎人家去怎么说！我就看不得这种既做婊子又要立牌坊的人！若是换作我，早就找个地方把自己埋了，省得再出来现世。"如此尖刻的谩骂，萧皇后如何受得了，她哇地哭出了声。却让曹氏感到为难，赶忙起身上前去安抚。可是萧皇后却像是打开了哭闸一样，把这些时日来所受的气闷和不顺心的情绪一股脑借着哭声涌了出来。

这哭声惊动了正殿上的窦建德、杨义臣和杨贞道，三人一前一后走进房来。窦

第一百章　傀儡四帝难挽国运，治儿复仇萧后归唐

建德见萧皇后哭成泪人，心有不忍地上前去询问道："你们把皇后娘娘怎么样了？"线娘一听就不高兴地道："什么是我们把她怎么样了？我倒想问问她来我们这里，她想把我们怎么样？我可不愿意她成为第三任未亡人。"窦建德一听就冒火了，上前扬手要去教训线娘，曹氏急忙上前拦阻，杨贞道也边劝边道："请主公息怒，随口之言不用当真，往后都是一家人了，还有什么不好说开的呀？"线娘大怒道："你别在这里把水搅浑了。你也别以为，讨好这个女人她就会认你做儿子了，我就会嫁给你。我更不可能会跟你们成为一家人。这酒席我是吃不下去了！"线娘说完抬腿就走。袁紫烟也起身对着窦建德道："谢夏主替皇上报了仇，我已与舅父说定了，我们这就告辞。"杨义臣也抱拳拱手道："请夏主能兑现承诺，我们告辞了。"杨义臣跟随着袁紫烟走出房去，在正殿宴席上围坐的人见杨义臣执意要走，也都依依不舍地纷纷起身相送，一时间这场庆功宴成了告别宴。然而大多数人都明白，此中的"老鼠屎"是谁。

萧皇后在乐寿是待不下去了，这不仅是因为她的名声在外而自感羞愧，也因为窦建德迫于线娘的威逼和部属议论的压力，而不敢再把萧皇后留在身边招来非议。于是窦建德在反复权衡之下，经萧皇后同意，派了一队士兵把萧皇后护送到东突厥义成公主那里去暂避一时。

萧皇后乘车刚出乐寿不久，杨贞道身背包袱骑着马赶了上来，说是放心不下让母后独自远去突厥，执意要陪同前往突厥，哪怕是葬身在异域也在所不辞。杨贞道的执着和坚决让萧皇后大为感动，她把这个比她小不了几岁的杨贞道搂在怀里哭泣着道："我没想到，此生还有你能够如此不顾一切地真诚待我。你这个儿子，不管是真的还是假的，我都认了。但愿皇上在天有灵能够保佑我们北上，在异域他乡一切顺利。"

一天夜晚，在吴公台的杨广坟前来了五个女子，一人全身穿白，四人穿着紧身黑衣。她们在坟前摆上了三个木箱，穿白衣的女子亲手焚香点烛在墓碑前祭拜，完事之后，她们留下了一封字条和三个木箱便悄然离去。第二天一大早，就有人敲开了"忆恩庵"的大门，说是在炀帝坟前有三个木箱，还有祭拜的痕迹和一封信，乡民不知缘故，都不敢上前去打开看个究竟。庵主刘云芬闻言便带着众院主一起来到杨广坟查看详情。刘云芬知道是有人来祭拜过炀帝了，她即取过信封拆开观看，见信纸上写着：

此三人是杀害皇上和贵儿的罪魁祸首，令狐达、司马德勘、元敏。宇文氏三兄弟已另有报应。

刘云芬即请人打开了木箱，却没想到从木箱里滚出了三颗用石蜡封住的人头。刘云芬仗着愤恨和胆大，一面报官，一面当众亲手砸去了石蜡，看清了是三颗脸色惨白的人头。众院主立即都感到这必定是三夫人薛娘娘的作为，因为除了她没人能有这么大的激情和胆魄。为此，石筠倩又画了薛治儿和朱贵儿的两幅肖像，挂在了杨广画像的两边以示纪念之情。可惜的是，这座"忆恩庵"，不知在何年何月何日竟然在夜间毁于火烛，各院主也都葬身于火海，是天灾还是人祸均不得而知，不久后杨广坟前的墓碑也不见了。民间有人传言说，当时有人看到有一位身着道姑装的年轻女子带着唐国的官兵，把坟内的棺木迁走了。这位女子是谁？当时没人知道。直至唐朝秦王李世民做了皇帝，带着袁妃去雷泽塘给隋炀帝杨广祭墓时，有人似乎认出了此女子，就是那个替杨广迁墓之人。因此，隋炀帝的坟墓在传说中有三处：一处是陈棱在吴公台为杨广与朱贵儿建的合葬坟；另一处是窦建德在聊城为杨广建的衣冠冢；再一处是李世民和袁紫烟为杨广迁就的雷泽塘墓地。

萧皇后带着杨贞道果然一帆风顺地来到了东突厥，受到了已成为始毕可汗王妃的义成公主热情接待（义成公主本是启民可汗的王妃，是始毕可汗的继母）。然而始毕可汗见色起意，提出要娶萧皇后为妃，否则就把他们赶出去喂狼。萧皇后无奈只能答应，但她却提出了一个条件，必须要立杨贞道为隋帝，以示杨广还有子孙，隋朝未亡。这对始毕可汗来说，既不用割地征战，也不用费银钱，仅给个头衔，却能得到大隋皇后做自己的老婆，这并不是一件亏本为难之事，他又何乐而不为呢！于是，萧皇后成了始毕可汗的汗妃，与热诚待她的义成公主同帐同榻伺候同一个男人，如此不久义成公主便郁郁而亡。而杨贞道则成了隋朝最后一个皇帝，被称为北帝。他尊隋帝杨广为父皇，萧后为母后。

此后，唐国联手夏国灭了郑国，秦王李世民率兵征服了中原，夏国和燕国都归顺了唐朝。继而李世民出兵北上，扫除了由始毕可汗扶持的定扬王刘武周，又杀了始毕可汗，征服了突厥，并把这个无国土无臣民的空壳隋朝北帝杨贞道也杀了，仅是把萧皇后迎回了长安，封其为皇太后，将其留在宫中养老送终。待其过世之后，又把她的尸体与从吴公台下迁移至雷泽塘的隋帝杨广合葬在一起，还了她一个最终的归宿。

第一百章　傀儡四帝难挽国运，治儿复仇萧后归唐

隋朝自隋文帝杨坚的开皇元年（公元581年），到隋炀帝杨广大业十四年（公元618年），至恭帝杨侑继位义宁二年（公元619年），新帝杨浩、皇泰帝杨侗、北帝杨贞道被杀（公元620年），前后经历了四代六帝共四十年。此中似乎没有太多轰轰烈烈，也没有太多可歌可泣的史实，但却在中华大地上，在炎黄子孙中，在史册上，在民间留下了不少抹不去的古迹和褒贬不一、真真假假的史实和传说故事。孰是孰非，就让智者见智，仁者见仁去理解感悟评说吧！笔者在此，讲的只是道听途说的故事。谨此而已！（全书完）